MIGUEL DE CERVANTES
SAAVEDRA

Leben und Taten des scharfsinnigen Ritters
DON QUIXOTE
de la Mancha

Mit 134 Zeichnungen von Prof. H. E. Köhler

RHEINGAUER VERLAGSGESELLSCHAFT
ELTVILLE AM RHEIN

Rheingauer Verlagsgesellschaft
Eltville am Rhein, 1978
Gesamtherstellung
May & Co, Darmstadt
ISBN 3 88102 025 X

PROLOG

Müßiger Leser! Ohne daß ich schwöre, magst du mir glauben, daß ich wünsche, dieses Buch, das Kind meines Gehirns, wäre das schönste, lieblichste und verständigste, das man sich nur vorstellen kann. Ich habe aber unmöglich dem Gesetze der Natur zuwiderhandeln können, daß jedes Wesen seinesgleichen hervorbringt. Was konnte also mein unfruchtbarer, ungebildeter Geist anderes erzeugen als die Geschichte eines dürren und verstiegenen Querkopfes, der wunderlich und voll seltsamer Gedanken ist, die vorher noch niemand beigefallen sind: ein Werk, das seinen Entstehungsort nicht verleugnet, ein Gefängnis, in dem jede Unbequemlichkeit zu Hause ist und alles traurige Geräusch seine Wohnung hat? Ruhe, ein angenehmer Aufenthalt, die Lieblichkeit der Gefilde, die Heiterkeit des Himmels, das Gemurmel der Quellen, diese Begünstigungen machen selbst die unfruchtbarsten Musen fruchtbar und teilen der Welt Werke mit, die Bewunderung und Furcht erregen. Ein Vater hat wohl einen häßlichen, unliebenswürdigen Sohn, aber die Liebe, die er zu ihm empfindet, knüpft ihm eine Binde um die Augen, so daß er dessen Fehler nicht sieht oder wohl gar für Vorzüge und geistige Eigenart hält. Ich aber, wenn ich auch der Vater scheine, bin nur der Gevatter des Don Quixote und will nicht dem Strome der gewöhnlichen Sitte folgen, dich nicht, geliebter Leser, wie wohl andere tun, mit Tränen in den Augen bitten, daß du die Fehler, die du an diesem Kinde wahrnimmst, vergeben oder übersehen mögest: denn du bist ja weder sein Verwandter noch sein Freund, du hast deine Seele, du bist in deinem Hause so unumschränkter Herr wie der König in seinen Domänen, und du weißt das Sprichwort recht wohl zu schätzen, daß jeder in seinen vier Pfählen der Klügste ist. Dies zusammengenommen, befreit und erlöst dich von jeder Rücksicht und Verpflichtung, du kannst also von dieser Geschichte sagen, was dir gut dünkt, ohne zu fürchten, daß man dich für das Böse, das du sprichst, schelten, noch für das Gute, welches du von ihr redest, belohnen wird.

So wird dir denn nun die aufrichtige und unverfälschte Historie des berühmten Don Quixote de la Mancha geschenkt, der, wie alle Einwohner auf dem Gefilde Montiel behaupten, der keuscheste Liebhaber sowie der tapferste Ritter gewesen ist, den man wohl seit vielen Jahren dort herum bemerkt hat. Ich will den Dienst nicht sehr rühmen, den ich dir damit erweise, daß ich dich mit einem so merkwürdigen und ehrenvollen Ritter bekannt mache; aber das verlange ich von dir, daß du mir für die Bekanntschaft mit seinem Schildknappen Sancho Pansa danken sollst, in welchem ich allen Witz der Schildknappen, der in den unnützen Ritterbüchern zerstreut ist, habe vereinigen wollen. Und hiemit beschütze dich Gott, so wie er auch mich nicht vergessen möge. Lebe wohl!

Erstes Kapitel

das vom Stande und von der Lebensweise des berühmten Ritters Don Quixote de la Mancha handelt.

In einem Dorfe der Mancha, auf dessen Namen ich mich nicht entsinnen kann, lebte vor gar nicht langer Zeit ein Ritter, der eine Lanze und einen alten Schild besaß, einen dürren Klepper und einen Jagdhund. Eine Suppe, mehr von Rind- als Hammelfleisch, des Abends gewöhnlich kalte Küche, freitags Linsen, sonn-

tags aber einige gebratene Tauben zur Zugabe verzehrten drei Viertel seines Einkommens. Der Rest ging drauf für ein Wams aus feinem Tuch, Schuhe und Pantoffeln aus Sammet und einen Wochentagsrock aus gewöhnlichem Bauerntuch. Bei ihm lebte eine Haushälterin, welche die Vierzig überschritten, eine Nichte, welche die Zwanzig noch nicht erreicht hatte, und endlich ein Bursche für Feld- und Hausarbeit, der den Klepper zu satteln hatte und wohl auch die Axt zu führen wußte. Unser Ritter war fünfzig Jahre alt, von starker Konstitution, mager, von dürrem Gesichte, ein großer Frühaufsteher und Freund der Jagd. Es gibt einige, die sagen, daß er den Zunamen Quixada oder Quesada führte*), aber wahrscheinlicher dünkt uns die Vermutung, daß er sich Quixana nannte. Doch tut dies unserer Geschichtserzählung wenig Eintrag, wofern wir nur in keinem Punkte von der Wahrheit abweichen.

Nun muß man wissen, daß besagter Ritter die Zeit, die ihm zur Muße blieb (und diese machte den größten Teil des Jahres aus), dazu anwandte, Ritterbücher mit solcher Liebe und Hingabe zu lesen, daß er darüber sowohl die Ausübung der Jagd als auch die Verwaltung seines Vermögens vergaß; ja seine Leidenschaft ging so weit, daß er verschiedene von seinen Saatfeldern verkaufte, um Bücher von Rittertaten anzuschaffen; auch brachte er so viele in sein Haus, als er deren habhaft werden konnte.

Es traf sich, daß er oft in Streit mit dem Pfarrer seines Dorfes geriet, wer von beiden ein größerer Ritter sei, ob Palmerin von England oder Amadis von Gallien. Aber Meister Nicolas, der Dorfbarbier, meinte, daß keiner dem Ritter des Phöbus gleich sei, oder wenn sich einer mit ihm messen dürfe, so sei es Don Galaor, der Bruder des Amadis von Gallien, dieser sei durchaus edel und ritterlich, nicht geziert und weinerlich wie sein Bruder, auch gebe er diesem, was die Tapferkeit betrifft, nichts nach.

Kurz, unser Ritter versank so tief in seine Lektüre, daß er seine Tage und Nächte — von Sonnenaufgang bis -untergang, von Sonnenuntergang bis -aufgang — damit verbrachte; und so kam es vom wenigen Schlafen und vielen Lesen, daß sein Gehirn ausgetrocknet wurde und daß er den Verstand verlor. Er erfüllte nun seine Phantasie mit solchen Dingen, wie er sie in seinen Büchern fand, mit Bezauberungen und Schlachten, Herausforderungen, Wunden, Artigkeiten, Liebe, Qualen und anderem Unsinn. Er bildete sich dabei fest ein, daß alle diese erträumten Hirngespinste, die er las, wahr wären, daß es auf der ganzen Welt keine zuverlässigere Geschichte gab.

Als er nun mit seinem Verstande zu Ende gekommen, verfiel er auf den seltsamsten Gedanken, den jemals ein Narr gehabt hat, denn es schien ihm nützlich und nötig sowohl zur Vermehrung seiner Ehre als zum Besten seines Landes, ein fahrender Ritter zu werden und mit Rüstung und Pferd durch die ganze Welt zu ziehen, um Abenteuer zu suchen und alles das auszuüben, was er von den fahrenden Rittern gelesen hatte, alles Unrecht aufzuheben und sich Arbeiten und Gefahren zu unterziehen, die ihn mit ewigem Ruhm und Namen schmücken würden. Der Unglückliche stellte sich vor, daß er mindestens zum Lohn seiner Tapferkeit zum Kaiser von Trapezunt würde gekrönt werden, und in diesem schönen Wahne eilte er nun, seine Pläne in Taten umzusetzen. Zuerst begann er damit, einige Waffenstücke zu reinigen, die er von seinen Urgroßvätern geerbt und die gänzlich mit Rost und Staub bedeckt vergessen in einem Winkel standen. Er putzte und schmückte sie, so gut er konnte, wobei er aber gleich einen großen

*) Quixada, Kinnlade; quesada, Käsekuchen.

Mangel bemerkte, daß der Helm nämlich nicht vollständig, sondern nur eine Pickelhaube sei; aber seine Erfindergabe half dem Übelstande ab, denn er verfertigte aus Pappe eine untere Hälfte und verband sie mit der Haube, die dadurch den Anschein eines vollständigen Helmes erhielt. Es ist wahr, daß er, um zu erproben, ob er stark genug sei, die Gefahr eines Kampfes auszuhalten, sein Schwert zog und zwei Hiebe wider ihn führte, dermaßen aber schon mit dem ersten das wieder vernichtet hatte, was er in einer Woche gearbeitet. Ihm gefiel die Leichtigkeit nicht, mit der er sein Werk zerstört hatte, und um sich vor Gefahr zu sichern, erneuerte er es, fügte inwendig einige Eisenstäbe an, und ohne eine andere Probe zu machen, hielt er sich für überzeugt, daß dieser Helm der denkbar trefflichste sei.

Sogleich ging er, seinen Klepper zu besuchen, und ob dieser nun gleich mehr Dreiecke am Körper hatte als Haare im Schweif, so schien es ihm doch, als ob sich weder der Bukephalos Alexanders noch der Babieza des Cid mit diesem messen dürfe. Drei Tage lang sann er nach, welchen Namen er ihm beilegen solle, denn es schien ihm unanständig, wenn das Pferd eines so berühmten Ritters, das an sich so trefflich sei, keinen bekannten Namen führe. Er suchte nämlich den Namen so auszuwählen, daß man daraus begriffe, was es vorher gewesen, ehe es einem fahrenden Ritter gedient, und was es nun sei; schließlich wählte er den Namen Rosinante*), der ihm sonderlich erhaben, volltönend und bedeutungsvoll erschien.

Da ihm dieser Name für sein Pferd so nach seinem Geschmacke gelungen, so suchte er nun auch einen für sich selbst.

*) rocin-antes, Mähre vorwärts.

In dem Nachsinnen darüber verstrichen wieder acht Tage, und nun geschah es endlich, daß er sich Don Quixote nannte. Da er aber bedachte, daß der tapfere Amadis sich nicht begnügt hatte, sich bloß trocken Amadis zu nennen, sondern noch den Namen seines Reiches und Vaterlandes hinzugefügt, um es berühmt zu machen, und sich daher Amadis von Gallien betitelt habe, so meinte er, es stehe ihm als einem wackeren Ritter ebenfalls zu, den Namen seines Landes beizufügen, und er benannte sich also Don Quixote de la Mancha. Hiermit erklärte er nach seiner Meinung Vaterland und Geburtsgegend genau und ehrte sie zugleich, indem er den Zunamen von ihnen entlehnte.

Die Rüstung war gesäubert, die Haube zum Helm gemacht, dem Klepper ein Namen gegeben, sein eigener festgesetzt; er sah ein, daß nun nichts fehle als eine Dame, in die er verliebt sei, denn ein fahrender Ritter ohne Liebe sei ein Baum ohne Laub und Frucht, ein Körper ohne Seele. Er sprach: Wenn ich nun zur Strafe meiner Sünden oder zu meinem Glück auf irgendeinen Riesen treffe (wie dies ja gewöhnlich fahrenden Rittern begegnet) und ich ihn in einem Anlaufe niederrenne oder ihn mittendurch haue oder kurz ihn überwinde und bezwinge, wär' es nicht gut, jemand zu haben, zu dem ich ihn schickte, sich zu präsentieren? Wenn er dann hineinträte, vor meiner süßen Herrin sich auf die Knie niederließe und mit demütiger und unterwürfiger Stimme spräche: Meine Herrscherin, ich bin der Riese Caraculiambro, Herr der Insel Malindrania, der mit Recht hochgepriesene Ritter Don Quixote hat mich im Zweikampf überwunden und hat mir befohlen, mich Euer Gnaden zu präsentieren, auf daß Eure Hoheit nach Belieben mit mir schalten mögen. — O wie erfreut war unser wackerer Ritter, als er diese Rede gehalten, noch mehr aber, als er wußte, wem er den Namen seiner Dame geben solle. Es war, wie man glaubt, ein Bauernmädchen in einem benachbarten Dorfe, in das er einmal verliebt gewesen war, welches sie aber nie erfahren, er ihr auch niemals gesagt hatte. Sie hieß Aldonza Lorenzo und schien ihm würdig, den Titel der Herrin seiner Gedanken zu tragen. Er suchte nun einen Namen, der dem seinigen entspräche, der eine Prinzessin und Herrscherin bezeichnete und ihr gezieme, und er nannte sie daher Dulcinea del Toboso, denn sie war aus Toboso gebürtig; ein Name, der ihm musikalisch, fremdtönend und bezeichnend schien, wie alle übrigen, die er zu seinem Gebrauche erfunden hatte.

Zweites Kapitel

welches von der ersten Fahrt handelt, die der scharfsinnige Ritter Don Quixote tat.

Da er diese Vorkehrungen getroffen, konnte er es nicht länger aufschieben, seinen Vorsatz ins Werk zu setzen, denn er fürchtete, aus jeder Verzögerung könne der Welt schwerer Schaden entstehen; ihn riefen das Unrecht, das er gutzumachen, die Schuld, die er vergelten mußte. Ohne also irgend jemand seinen

Vorsatz mitzuteilen, ohne daß ihn einer bemerkte, rüstete er sich eines Morgens vor dem Tage (der einer der heißesten des Monats Juli war) mit allen Waffenstücken, bestieg den Rosinante, setzte den Helm auf, faßte den Schild, ergriff die Lanze und zog durch eine kleine Tür des Hinterhofes aufs Feld hinaus, sehr zufrieden und vergnügt, daß sein guter Vorsatz einen so leichten Anfang nahm. Kaum aber sah er sich auf dem Felde, als ihn ein furchtbarer Gedanke mit solcher Gewalt ergriff, daß er beinahe sein angefangenes Unternehmen gänzlich aufgegeben hätte. Es kam ihm nämlich ins Gedächtnis, daß er noch kein geschlagener Ritter sei und daß er also nach den Gesetzen der Ritterschaft mit keinem Ritter einen Waffenkampf halten könne noch dürfe, daß er ferner als neuer Ritter weiße Waffen führen müsse und kein Sinnbild auf dem Schilde, bis seine Tugend ihm eins gewinne. Diese Vorstellungen erschütterten seinen Vorsatz heftig, aber seine Torheit, mächtiger als jeder andere Grund, gab ihm ein, daß er sich vom ersten, auf den er träfe, zum Ritter wolle schlagen lassen, wie so viele andere, die ebenso verfahren, wie er in den Büchern gelesen, die davon Meldung getan. Was die Weiße der Waffen beträfe, so gedachte er sie, wenn er einen Ort erreicht, so hell zu schleifen, daß sie den gefallenen Schnee an Weiße überträfen. Hiermit beruhigte er sich und setzte seinen Weg fort, ohne einen anderen zu suchen, als den sein Pferd eingeschlagen, denn er meinte, daß dies das Geheimnis sei, Abenteuer zu beginnen.

Indem nun unser angehender Abenteurer fortritt, sprach er zu sich selber also: Es leidet keinen Zweifel, daß in künftigen Zeiten, wenn die wahrhafte Geschichte meiner Taten an das Licht tritt, der Weise, der sie schreibt, gewiß nicht ermangelt, von meinem ersten so frühen Auszuge also anzuheben: „Der feuerrote Apollo hatte kaum über das Angesicht der großen, weiten Erde die güldenen Fäden seines schönen Haupthaares verbreitet; kaum hatten die kleinen buntgemalten Vögelein mit ihren Harfenzungen die rosichte Aurora begrüßt: als der berühmte Ritter Don Quixote de la Mancha die müßigen Federn verließ, sein berühmtes Roß Rosinante bestieg und begann, über das alte und wohlbekannte Feld Montiel zu reiten.“ Er ritt jetzt in der Tat durch diese Gegend und fuhr weiter fort: „O beglückte Zeit! beglücktes Menschenalter! in dem meine preiswürdigen Taten ans Licht treten werden, die verdienen, daß man sie in Erz gießt, in Marmor haut und künftigen Zeiten zum Gedächtnis im Bilde festhält! O du weiser Zauberer, wer du auch seist, dem es vorbehalten ist, die Chronik dieser Wundergeschichte zu schreiben, o vergiß, ich flehe dich an, den wackern Rosinante nicht, meinen unzertrennlichen Gefährten auf jedem Wege und jeglicher Bahn.“ — Darauf sprach er, als wäre er in der Tat verliebt gewesen: „O Prinzessin Dulcinea! Herrin dieses gefangenen Herzens! Wie quält es mich, daß Ihr mich verbannt und mit grausamer Härte verwerft, daß Ihr gebietet, ich solle nicht vor Eurer Schönheit erscheinen. O gedenkt, Herrscherin, dieses Euch unterworfenen Herzens, das so Großes um Eurer Liebe willen leidet.“

Hieran fügte er noch andern Unsinn, den er in seinen Büchern gefunden hatte, wobei er sich bemühte, ihre Sprache, soviel es ihm möglich war, nachzuahmen. Er zog dabei eine große Strecke fort, und die Sonne brannte so heftig und heiß auf ihn herab, daß sie ihm leicht die Sinne verwirrt haben würde, wenn sie welche angetroffen hätte. Er zog den ganzen Tag fort, ohne daß er auf etwas stieß, das der Erzählung würdig war.

Einige Autoren berichten, daß das erste Abenteuer, das ihm begegnete, das am Paß Puerto Lapice gewesen sei. Andere führen dasjenige mit den Windmühlen auf, aber alles, was ich hierüber habe erforschen können und was in den Jahrbüchern von la Mancha geschrieben steht, ist, daß er den ganzen Tag fortzog und daß am Abend sein Roß und er vor Hunger beinahe gestorben waren.

Er schaute nach allen Seiten um, ob er nicht ein Kastell erspähen könne oder eine Schäferhütte, um sich zu erquicken und seiner Not abzuhelfen. Endlich gewahrte er fernab von dem Wege, auf dem er ritt, eine Schenke, die ihm wie ein Stern entgegenschien, der ihn zur Pforte der Erlösung von seinen Leiden führen würde. Er eilte dorthin und erreichte sie mit Anbruch des Abends. Unter der Tür standen von ungefähr zwei von jenen Mädchen, die man die gutwilligen nennt, die mit einigen Maultiertreibern, welche in dieser Schenke ihr Nachtlager hielten, nach Sevilla zogen. Wie nun unserm Abenteurer alles, was er dachte, sah oder sich einbildete, so erschien und sich zutrug, wie er es gelesen hatte, so kam es ihm sogleich, als er die Schenke sah, vor, dies sei ein Kastell mit vier Türmen, mit silberglänzenden Zinnen, mit Zugbrücke und Burggraben nebst allen übrigen Dingen, mit denen dergleichen Kastelle ausgestattet werden. Er näherte sich der Schenke, und da er nur noch wenig entfernt war, hielt er in der Erwartung an, daß ein Zwerg auf den Zinnen erscheinen würde, um mit einer Trompete das Zeichen zu geben, daß sich ein Ritter dem Kastell nahe. Da er aber sah, daß nichts dergleichen geschah, Rosinante auch begierig war, sich dem Stall zu nähern, so wandte er sich der Tür der Schenke zu und sah dort die beiden liederlichen Mädchen stehen, die ihm zwei schöne Fräulein oder zwei anmutige Damen schienen, die sich vor dem Tore des Schlosses im Freien ergingen. Es traf sich indes, daß ein Schweinehirt, der eine Herde Schweine (die ohne Gnade diesen Namen führen) versammeln wollte, in ein Horn stieß, auf dessen Schall sie alle zusammenkamen. Sogleich bildete sich Don Quixote ein, daß der nämliche Zwerg das Zeichen seiner Ankunft gegeben habe. Sehr zufrieden näherte er sich der Schenke und den Damen, die, da sie einen Mann mit Schild und Lanze auf sich zukommen sahen, aus Furcht in die Schenke hineinlaufen wollten. Don Quixote aber, der erkannte, daß sie aus Angst vor ihm flüchteten, schob das Pappvisier seines Helmes hoch, zeigte sein mageres und staubbedecktes Gesicht und sprach zierlich und mit sanfter Stimme: Fliehen Eure Gnaden nicht und fürchten Dieselben keinen Unglimpf, denn der Orden der Ritterschaft, dem ich diene, gebeut, keinerlei Raub oder Gewalttätigkeit an irgend jemand zu verüben, geschweige denn an so edlen Jungfrauen, deren Erscheinung allein schon vornehme Herkunft verbürgt.

Als sich die Mädchen Jungfrauen nennen hörten (etwas, das ihrem Gewerbe so fern lag), konnten sie sich des Lachens nicht erwehren, ja sie lachten so laut, daß sich Don Quixote entrüstete und sprach: Es geziemt Bescheidenheit den Schönen, und überdies ist es eine große Torheit, ohne Ursache zu lachen; doch sage ich dies nicht, um euch zu kränken, noch daß ich Übelwollen zeige, denn ich habe keinen andern Willen als den, euer Diener zu sein. Diese Sprache ver-

standen die Damen nicht, und das üble Aussehen unsers Ritters vermehrte ihr Gelächter ebenso wie seinen Zorn; sie hätten auch darin fortgefahren, wenn der Schenkwirt nicht hinzugekommen wäre, ein Mann, der ebenso fett wie friedliebend war; als dieser Don Quixote mit so unziemlichen Waffen lächerlich gerüstet sah, so fehlte wenig, daß er nicht das Vorbild der beiden Mädchen nachgeahmt hätte. Da er aber doch diese umbollwerkte Figur fürchtete, so entschloß er sich, höflich zu reden, und sprach also: Wenn Euer Gnaden, Herr Ritter, Ruhe suchen, so finden Sie außer einem Bett (denn wir haben keines in der Schenke) alles übrige in reichem Überflusse. Als Don Quixote die Unterwürfigkeit des Kommandanten der Festung sah (denn dafür hielt er den Schenkwirt und die Schenke), antwortete er: Für mich, Herr Kastellan, ist alles genug, denn mein Schmuck sind die Waffen und meine Ruhe ist Streiten. Der Wirt dachte, da er sich Kastellan nennen hörte, jener hielte ihn für einen Gauner, die man wohl Kastilianer nennt; er aber war ein Andalusier, ein Eingeweihter in die Künste der falschen Karten, ein Schelm und Spottvogel wie ein Student oder Page, er antwortete daher: So werden also Euer Gnaden Betten harte Steine und Euer Schlaf ein beständiges Wachen sein, und wenn die Sache so steht, so wollet absteigen, denn Ihr trefft in diesem Hause Gelegenheit und Anstalt, ein ganzes Jahr nicht zu schlafen, geschweige denn eine Nacht. Indem er dies sagte, hielt er Don Quixote den Steigbügel, der seinerseits mit vieler Mühe und Beschwer abstieg, wie eben ein Mann, der noch den ganzen Tag nüchtern geblieben ist. Er sagte sogleich dem Wirt, daß er für sein Pferd große Sorgfalt tragen möge, denn es sei das schönste Tier auf der ganzen Welt. Der Wirt beschaute es, aber es schien ihm nicht so trefflich, wie es Don Quixote beschrieb, ja nicht einmal halb so gut. Er führte es in den Stall und kam dann zurück, um zu sehen, was sein Gast befehle, den indes die Jungfrauen, mit denen er sich wieder versöhnt hatte, entwaffneten. Sie lösten den Brust- und Rückenharnisch ab, konnten es aber mit aller Arbeit nicht dahin bringen, die Kehle frei zu machen und den nachgeahmten Helm abzunehmen, der mit grünen Bändern unter dem Halse festgebunden war. Don Quixote blieb also den ganzen Abend in seinem Helm und stellte die anmutigste, seltsamste Figur dar, die man sich nur einbilden kann. Er meinte, daß diejenigen, die ihn entwaffneten, vornehme Damen und Gebieterinnen eines Schlosses wären, und sagte daher mit vielem Anstand:

Niemals ward ein edler Bote
So bedient von Damen süß
Wie der große Don Quixote,
Als er seine Heimat ließ.
Zarte Mädchen pflegten sein,
Damen warten sein Rösselein.

O Rosinante! dies, meine Gebieterinnen, ist der Name meines Pferdes, und ich heiße Don Quixote de la Mancha. Ich sollte mich nicht zu erkennen geben, bis meine Taten, die ich eurem Dienste weihe, mich kenntlich machen, aber diese alte Romanze von Lanzarote, die sich auf meinen gegenwärtigen Zustand schickt, hat mich bewogen, meinen Namen vor der Zeit zu nennen; aber es wird die Zeit kommen, da die Tapferkeit meines Armes den Willen, euch dienstbar zu sein, bekunden wird. Die Mädchen, die solcher rhetorischen Figuren ungewohnt waren, antworteten nicht darauf, sondern fragten ihn nur, ob er nicht etwas zu essen begehre. Wenn ich etwas Genießbares bekommen kann, antwortete Don Quixote; denn soviel ich empfinde, bedarf ich dessen ungemein. Es war gerade Freitag, und in der ganzen Schenke gab es nichts als etwas Stockfisch, den die Leute in dieser Gegend Föhr nannten. Man fragte ihn also, ob ihm vielleicht beliebe, Föhrchen zu speisen, denn man könne ihm keinen anderen Fisch zu essen reichen. Don Quixote, der an Forellen dachte, antwortete: Wenn es viele Forellchen sind, so können sie eine Forelle vorstellen, denn es läuft auf eins hinaus, ob mir jemand acht Realen einzeln gibt oder eine Münze zu achten; es kann überdies wohl zutreffen, daß es sich mit einem Forellchen verhält wie mit einem jungen Kalb, welches dem Rind vorzuziehen ist, so wie auch das Zicklein zarter ist als der Bock: aber es sei, was es wolle, man möge es nur rasch bringen, denn die Beschwer und Waffenlast habe ihn arg mitgenommen. — Sie setzten also den Tisch, der Frische wegen, vor die Tür der Schenke, und der Wirt trug ein Stück des schlecht gekochten Stockfisches auf nebst einem Brot. Es war ungemein lächerlich, ihn essen zu sehen, denn da ihn der Helm und das Visier hinderten, konnte er mit den Händen nichts zum Munde führen, wenn es ihm nicht ein anderer gab und hineinsteckte. Eine der Damen bediente ihn auf diese Weise. Ihm aber zu trinken zu reichen, war unmöglich und wäre unmöglich geblieben, wenn der Schenkwirt nicht ein Rohr ausgehöhlt, ihm das eine Ende in den Mund gesteckt und durch das andere den Wein eingegossen hätte.

Mittlerweile geschah es, daß ein Schweinschneider in die Nähe der Schenke kam und vier- oder fünfmal auf seiner Pfeife blies. Dies überzeugte Don Quixote völlig, daß er sich in einem berühmten Kastell befinde, daß man ihn mit Musik bediene, der Stockfisch Forelle sei, das Brot feine Semmel, die Dirnen Damen und der Schenkwirt Kastellan des Kastells; und somit hielt er den Anfang seiner Fahrt für glücklich genug. Was ihn nur quälte, war, daß er noch nicht zum Ritter geschlagen und er sich mithin nicht gesetzmäßig in ein Abenteuer einlassen dürfe, ohne den Orden der Ritterschaft empfangen zu haben.

Drittes Kapitel

Erzählt, wie Don Quixote zum Ritter geschlagen wurde.

Von diesen Gedanken beunruhigt, ließ er seine magere und schlechte Abendmahlzeit nicht lange währen; als er sie beendigt, rief er den Wirt, zog sich mit ihm in den Stall zurück, sank vor ihm auf die Knie und sprach: Niemals werde ich mich von hier erheben, tapferer Ritter, bis Eure Güte mir eine Gabe bewilligt hat, um die ich flehe und die Euch zum Ruhme und der ganzen Menschheit zum Nutzen gereichen wird. Als der Wirt seinen Gast zu seinen Füßen sah und dergleichen Reden vernahm, betrachtete er ihn voll Verwunderung, ohne zu wissen, was er tun oder sagen solle. Er bat ihn, daß er aufstehen möchte, welches jener aber versagte, bis der Wirt ihm die Gabe bewilligt hätte, um die er flehte. Ich erwarte von Eurem Großmut nichts anderes, mein gnädiger Herr, sagte Don Quixote, als daß Ihr mich morgen vor Sonnenaufgang zum Ritter schlagen mögt und daß ich in dieser Nacht in der Kapelle Eures Kastells die Waffen bewachen dürfe; morgen früh wird dann mein höchlichster Wunsch erfüllt, damit ich, wie es sich gebührt, in alle vier Teile der Welt ziehen könne, Abenteuer aufzusuchen zum Nutzen der Hilfsbedürftigen, wie es das Amt der Ritterschaft und der fahrenden Ritter ist, zu denen ich mich bekenne.

Der Wirt, der, wie schon gesagt, ein Schelm war und wohl einigen Verdacht gegen den gesunden Verstand seines Gastes haben mochte, war jetzt völlig davon überzeugt, da er diese Reden hörte. Um sich für die Nacht einen Spaß zu machen, nahm er sich folgendes vor. Er sagte also: daß er sehr gut das verstehe, was er wünsche und erflehe, und daß dergleichen Begehren sehr natürlich und schicklich für einen so trefflichen Ritter sei, wie er scheine und sein heldenmütiger Anstand verkünde; er selbst habe sich in seinen Jugendjahren einigen ehrenvollen Übungen ergeben, habe gleichfalls verschiedene Teile der Welt durchzogen, um Abenteuer aufzusuchen, sei in den Herbergen von Malaga bewandert, in den Inseln von Riaran, in der Gegend von Sevilla, auf dem kleinen Markt von Segovia, in dem Olivengarten von Valenzia, desgleichen auf dem Platz von Granada, am Ufer von San Lucar, unter den Rittern von Cordova, den Schenken von Toledo und anderen verschiedenen Gegenden, wo er die Gewandtheit seiner Füße und die Geschicklichkeit seiner Hände habe sehen lassen, dort sei ihm manches geglückt, dort habe er manche Witwen gewonnen, einige Jungfrauen berückt und etliche Unmündige betrogen; kurz, er habe sich mit tausend Menschen und vielen vornehmen Gerichtshöfen in Spanien bekannt gemacht; letztlich habe er sich entschlossen, sich in dieses Kastell zurückzuziehen, wo er mit seinem Vermögen und fremdem haushalte, alle fahrenden Ritter aufnehme, von wes Art und Stand sie auch sein möchten, aus großer Liebe zu ihnen, und darum auch seine Habe mit ihnen teile, um ihre guten Absichten zu belohnen. Er fuhr fort, daß er in seinem Kastelle keine Kapelle habe, wo man die Waffen bewachen könne, weil er sie niedergerissen, um eine neue aufzuführen, daß er aber wisse, daß man die Wache im Falle der Not an jedwedem Orte halten dürfe und daß er also in dieser Nacht das Wachen in einem Hofe des Schlosses verrichten könne; früh am Morgen wolle er mit Gottes Beistand die nötigen Zeremonien so vornehmen, daß er ihm auf eine Weise den Ritterschlag geben wolle, wie ihn noch kein Ritter in der ganzen Welt erhalten. Er fragte ihn ferner, ob er Geld mit sich führe. — Don Quixote antwortete, daß er keinen Heller habe, weil er in den Geschichtsbüchern von fahrenden Rittern niemals gelesen, daß irgendeiner Geld mit sich geführt habe.

Es wurde also ausgemacht, daß er die Waffen in einem Hofe bewachen solle, der zur Seite der Schenke lag. Don Quixote nahm sie alle und legte sie auf einen Trog, der neben einem Brunnen stand, dann nahm er seinen Schild, faßte die Lanze und fing vor dem Troge an, mit edlem Anstande auf und ab zu gehen: als er diesen Spaziergang begann, brach eben die Nacht herein.

Der Schenkwirt erzählte allen, die in der Schenke waren, von der Torheit seines Gastes, daß er die Waffen bewache und Hoffnung hege, zum Ritter geschlagen zu werden. Alle verwunderten sich über diese seltsame Art von Narrheit und betrachteten ihn von weitem, wie er mit friedlichen Gebärden einmal vorüberging, wieder zurückschritt, sich auf die Lanze stützte und seine Augen auf die Waffen heftete, ohne sich weit von ihnen zu entfernen. Es war völlig Nacht, aber der Mond schien so helle, daß alles, was der neue Ritter vornahm, ganz deutlich von allen gesehen wurde.

Es fiel einem von den Maultiertreibern, die in der Schenke waren, ein, seinen Tieren Wasser zu geben Er mußte dazu notwendig Don Quixotes Waffen wegnehmen, die auf dem Troge standen; aber als dieser ihn nahe kommen sah, rief er mit lauter Stimme: O du, wer du auch seist, übermütiger Ritter, der du dich nahst, die Waffen des allertapfersten aller fahrenden Ritter anzurühren, den je ein Schwert umgürtete, siehe wohl zu, was du tust, berühre sie nicht, wenn du nicht dein Leben als Strafe deines Übermutes verlieren willst. — Der Eseltreiber kümmerte sich um diese Reden nicht (wenngleich es für sein Wohlbefinden besser gewesen wäre, wenn er sich darum gekümmert hätte), sondern nahm die Waffen herunter und warf sie eine große Strecke weit von sich. Als Don Quixote dies sah, schlug er die Augen zum Himmel, richtete seine Gedanken zu seiner Gebieterin Dulcinea und sprach: Helft mir, Gebieterin, in dieser ersten Gefährdung, die sich dem Euch unterworfenen Herzen darbeut: entzieht mir nicht bei diesem ersten Wagestück Eure Gunst und Hilfe. Indem er dies und dergleichen Dinge sprach, warf er den Schild weg, faßte mit beiden Händen die Lanze und gab dem Eseltreiber einen so gewaltigen Schlag auf den Kopf, daß, wenn noch ein zweiter Schlag gefolgt wäre, jener keines Wundarztes zu seiner Heilung bedurft hätte. Nachdem dies getan war, sammelte er die Waffen wieder auf und fing wieder an, mit derselben Gemütsruhe wie erst, auf und ab zu gehen. Kurz nachher, ohne zu wissen, was sich zugetragen (denn der erste Eseltreiber lag noch bewußtlos auf dem Boden), kam ein anderer, in der nämlichen Absicht, seinen Maultieren Wasser zu geben; er machte Anstalt, die Waffen herabzuwerfen, um den Trog frei zu machen. Don Quixote, ohne ein Wort zu sprechen und irgend jemand um seine Gunst anzuflehen, warf zum zweiten Male den Schild weg, ergriff zum zweiten Male die Lanze, und ohne weitere Umstände schlug er den zweiten Eseltreiber wohl dreimal auf den Kopf. Auf das Geschrei liefen alle aus der Schenke herbei, und unter diesen war auch der Schenkwirt. Als Don Quixote sie sah, faßte er seinen Schild, legte die Hand auf seinen Degen und sprach: O Herrin der Schönheit! Kraft und Stärke meines schwachen Herzens! Zu dieser Frist wende die Augen deiner Größe auf deinen ergebenen Ritter, dem ein furchtbares Abenteuer bevorsteht! — Dies Gebet flüsterte ihm, wie er glaubte, so unerhörten Mut ein, daß er nicht einen Fußbreit gewichen wäre, wenn ihn auch alle Eseltreiber der Welt angegriffen hätten.

Als die Gefährten der Verwundeten das sahen, fingen sie an, nach Don Quixote aus der Ferne mit Steinen zu werfen, wogegen er sich, soviel es ihm möglich war, mit seinem Schilde verwahrte, aber dabei nicht wagte, den Trog zu verlassen, um seine Waffen nicht unbeschirmt zu lassen. Der Schenkwirt rief, um sie abzuhalten, dazwischen, er habe es ihnen vorher gesagt, daß jener närrisch sei und daß ihn seine Narrheit freisprechen würde, wenn er sie auch alle umbrächte. Don Quixote aber schrie noch lauter und nannte sie alle Verräter und Nichtswürdige, der Herr des Kastells aber sei ein feiger und schlechtgearteter Ritter, weil er dulde, daß man also gegen fahrende Ritter verführe; sobald er den Orden der Ritterschaft empfangen, wolle er auch über seine Verräterei mit ihm Rücksprache nehmen; — was aber euch übrige betrifft, fuhr er fort, so seid ihr gemeines Gesindel, auf welches ich gar nicht weiter achte; werft, nähert euch, kommt heran und beleidigt mich, soviel ihr könnt, ihr sollt den Lohn empfangen, der eurem Unsinn und Aberwitz gebührt. Diese Worte sprach er mit so vieler Kühnheit, daß alle, die ihn angriffen, von Furcht befallen wurden. Hierdurch und durch die Überredungen des Schenkwirtes bewogen, hörten sie auf zu werfen, er aber erlaubte den Verwundeten, sich wegzubegeben, und kehrte dann zur Bewachung seiner Waffen mit eben der Ruhe und Friedlichkeit zurück, mit welcher er sie begonnen.

Dem Schenkwirt mißfielen die Possen seines Gastes, er beschloß also, sie abzukürzen und ihm lieber sogleich den fatalen Ritterschlag zu erteilen, ehe noch mehr Unheil daraus erwüchse. Er ging also zu ihm und entschuldigte sich wegen der Kränkung, die Don Quixote von einigen pöbelhaften Menschen ganz ohne sein — als des Wirtes — Mitwissen erfahren, weshalb er sie auch geziemlich ihres Übermutes halber gestraft habe. Er wiederholte, was er ihm schon gesagt hatte, daß er in seinem Kastell keine Kapelle habe, daß aber zu dem, was noch zu tun, wenig vonnöten sei; alles, was zur Feierlichkeit gehöre, bestehe hauptsächlich im Nackenschlage mit der Hand und im Schulterschlage mit dem Degen, soviel ihm von den Zeremonien des Ordens bekannt sei, und daß dies mitten auf dem Felde vollbracht werden könne; mehr als genug habe er in der Bewachung der Waffen getan, zu der zwei Stunden hinreichend wären, auf welche er aber mehr als vier aufgewandt habe. Don Quixote glaubte dies alles und antwortete, daß er sogleich bereit sei, zu gehorchen, und daß er alles so schnell als möglich beendigen möchte, denn wenn man ihn wieder angriffe und er schon zum Ritter geschlagen sei, gedenke er keine Person im ganzen Kastell lebendig zu lassen, diejenigen ausgenommen, die der Kastellan ihm nennen würde; diese allerdings wolle er aus Achtung vor dem Schloßherrn verschonen.

Dieser kluge und fürsorgliche Kastellan nahm sogleich ein Buch, in welchem er über seinen Häcksel und die Gerste für die Eseltreiber Rechnung führte, und ging so und mit einem Jungen, der ein Endchen Licht trug, und mit den beiden obgenannten Jungfrauen zu Don Quixote hin. Diesem gebot er, sich auf die Knie niederzulassen, und indem er in seinem Manuale las (als ob er ein andächtiges Gebet hersagte), erhob er die Hand und gab ihm einen guten Schlag in den Nacken, hierauf einen zierlichen Rückenschlag mit seinem eigenen Schwerte, indem er immer zwischen den Zähnen murmelte, als wenn er etwas hersagte. Dann befahl er der einen Dame, ihm das Schwert umzugürten, welches sie auch mit vieler Artigkeit und ziemlichem Anstande tat, ob sie gleich große Mühe hatte, bei diesen Zeremonien nicht wieder in ihr erstes Lachen zu verfallen; doch hielten die Tapferkeiten, die sie den neuen Ritter verüben gesehen, die Lachlust in

Schranken. Während sie ihm das Schwert umgürtete, sprach die wackere Dame: Gott mache Euer Gnaden zu einem glücklichen Ritter und segne Eure Kämpfe. Don Quixote fragte nach ihrem Namen, um zu wissen, wem er für die empfangene Vergünstigung verbindlich sei, denn er war gesonnen, ihr einen Teil der Ehre, die ihm die Tapferkeit seines Armes erwerben würde, abzutreten. Sie antwortete in aller Demut, daß man sie Tolosa nenne, sie sei die Tochter eines Pfandleihers und zu Toledo gebürtig und wolle ihm in allem dienen und ihn als ihren Herrn erkennen. Don Quixote antwortete, daß sie sich aus Liebe zu ihm künftig Fräulein nennen möge, mithin sich also Doña de Tolosa nennen solle.

Nachdem schnell und eilig diese unerhörten Zeremonien beendigt waren, konnte Don Quixote die Zeit nicht mehr erwarten, sich auf dem Pferde zu sehen, um auszuziehen und Abenteuer aufzusuchen. Er lief sogleich zu Rosinante, bestieg ihn und umarmte seinen Wirt, indem er ihm so wunderliche Dinge sagte und seine Verbindlichkeit in so verwirrten Reden vorhielt, daß es sich kaum wiederholen und erzählen läßt. Der Schenkwirt antwortete ihm, um ihn bald los zu sein, zwar nicht minder rhetorisch, aber kürzer und ließ ihn, ohne Zehrgeld zu verlangen, auf gut Glück fortziehen.

Viertes Kapitel

Was unserm Ritter begegnete, als er die Schenke verließ.

Mit Tagesanbruch verließ Don Quixote die Schenke so zufrieden, vergnügt und hoch erfreut, sich als Ritter zu sehen, daß er fast vor Entzücken den Sattelgurt seines Pferdes zerriß. Unverzüglich beschloß er also, nach Hause zurückzukehren, um sich mit einem Schildknappen zu versorgen, wozu er einen Bauern, seinen Nachbarn, bestimmte, der arm war und Kinder hatte, ihm aber zum Dienste eines Schildknappen der Ritterschaft vorzüglich tauglich schien.

Mit diesen Vorstellungen lenkte er den Rosinante seinem Dorfe zu, der, als ob er diese Absicht verstünde, mit solcher Bereitwilligkeit zu laufen anfing, daß es schien, als ob seine Beine den Boden nicht berührten. Er war noch nicht weit geritten, als ihm vorkam, als ob rechts aus einem Gebüsch die schwache Stimme einer Person ertöne, die Klagen führe. Kaum hatte er sie vernommen, als er sprach: Ich danke dem Himmel für die Gnade, die er mir widerfahren läßt, indem er mir so schnell Gelegenheiten zuführt, die Pflichten meines Standes zu erfüllen und die Früchte meines edlen Entschlusses einzusammeln; ohne Zweifel rühren diese Klagen von einem Bedrängten oder gar von einer Bedrängten her, die meiner Hilfe bedarf. Er ergriff zugleich den Zügel und ritt mit Rosinante dahin, woher ihm die Stimme zu kommen schien. Als er im Gebüsch nur wenige Schritte gemacht hatte, sah er eine Stute an einer Eiche, an einem anderen Eichbaume aber einen Jungen angebunden, der von den Schultern bis zu den Hüften nackt war, ungefähr fünfzehn Jahre alt sein mochte und eben derjenige war, der jene Klagerufe ausgestoßen hatte, und das nicht ohne Grund, denn ein vierschrötiger Bauer prügelte ihn mit einem ledernen Riemen und begleitete jeden Streich mit einer Warnung und einem Rate, indem er sagte: Maul zu, Augen auf! Der Junge antwortete: Ich will es nicht wieder tun, lieber Herr, um Gottes Barmherzigkeit, ich will es nicht wieder tun, ich verspreche, künftig auf das Vieh besser zu achten.

Als Don Quixote sah, was vorging, rief er mit erhabener Stimme: Unritterlicher Ritter! Schlecht geziemt es sich, diejenigen zu bekämpfen, die sich nicht verteidigen können; besteigt schnell Euer Roß und ergreift Eure Lanze, damit ich Euch zeige, daß es schändlich sei, also zu verfahren. — Der Bauer, der diese von Waffen starrende Erscheinung plötzlich über sich sah, die überdies wild die Lanze schwang, hielt sich schon für tot und antwortete mit bittender Stimme: Herr Ritter, der Junge, den ich da abstrafe, ist mein Knecht, der eine Herde Schafe hüten soll, die ich hier in der Gegend halte; aber er ist so unachtsam, daß mir jeden Tag ein Stück fehlt, und darum bestrafe ich seine Unachtsamkeit und Bosheit, denn er sagt, ich tue es aus Geiz, um ihm den Lohn nicht zu bezahlen, den ich ihm schuldig bin, aber bei Gott und meiner Seele, er lügt es.

Er lügt, sagst du? Ha, du elender Lümmel! rief Don Quixote aus, bei der Sonne, die uns bescheint, ich renne dich durch und durch mit dieser Lanze, wenn du ihn nicht ohne Widerspruch bezahlst, oder bei dem Gotte, der uns schirmt und schützt, ich vernichte dich augenblicklich; sogleich binde ihn los!

Der Bauer ließ den Kopf hängen und band, ohne ein Wort zu sagen, seinen Knecht los. Diesen fragte Don Quixote, wieviel sein Herr ihm schuldig sei, worauf dieser antwortete: Neun Monate, jeden Monat sieben Realen. Don Quixote rechnete es zusammen, fand, daß die Summe dreiundsechzig Realen betrug, und befahl hierauf dem Bauern, sie sogleich auszuzahlen, falls er nicht umkommen wolle; der erschrockene Bauer antwortete, so gewiß er dastehe und geschworen habe (ob er gleich gar nicht geschworen hatte), es betrage nicht soviel, denn man müsse die Kosten von drei Paar Schuhen abrechnen, die er dem Knecht gegeben, ebenso einen Real für zwei Aderlässe, die er ausgelegt habe, als er unpaß gewesen. Dem mag also sein, antwortete Don Quixote, aber was die Schuhe und die Aderlässe betrifft, so magst du sie für die Streiche abrechnen, die du ihm unverschuldet gegeben hast; hat er das Leder deiner von dir bezahlten Schuhe zerrissen, so hast du dafür dasjenige seines Körpers zerrissen; hat der Barbier ihm Blut abgezapft, da er krank war, so hast du es ihm in seiner Gesundheit abgezapft; dafür ist er dir also nichts schuldig.

Das Unglück, Herr Ritter, sagte der Bauer, ist nur, daß ich kein Geld bei mir habe, will aber Andres nur mit mir nach Hause kommen, so will ich ihm einen Real auf dem andern aufzählen.

Mit ihm gehen! rief der Junge, schönen Dank; nein, mein Herr, daran ist nicht zu denken, denn wenn er mich allein hätte, so würde er mich schinden wie einen Sankt Bartholomäus.

Fürchte nichts, antwortete Don Quixote, genug, daß ich es ihm bei seiner Ehrfurcht gegen mich gebiete, er soll mir bei dem Orden der Ritterschaft, den er empfangen, schwören, dich freizulassen und den Lohn gewiß zu bezahlen.

Bedenket wohl, gnädiger Herr, was Ihr sprecht, antwortete der Bursche, mein Herr ist kein Ritter und hat auch gar keinen Orden der Ritterschaft empfangen, denn er ist ja der reiche Juan Haldudo aus Quintanar.

Das hindert wenig, antwortete Don Quixote, auch ein Haldudo kann Ritter sein, um so mehr, da jedermann der Sohn seiner Taten ist.

Das ist wahr, sagte Andres, aber welcher Taten Sohn ist mein Herr, der mir meinen Lohn, meinen sauer verdienten Schweiß verweigert?

Ich verweigere dir ihn nicht, Freund Andres, antwortete der Bauer, und wenn du nur mit mir kommen willst, so schwör' ich dir bei allen Ritterorden der Welt,

ich will dir bezahlen, wie ich gesagt habe, einen Real auf den andern, und obendrein lauter blank geschliffene.

Auf der Geschliffenheit bestehe ich nicht, sagte Don Quixote, wenn Ihr ihm nur Realen gebt, so bin ich damit zufrieden; trachtet aber, daß Ihr es vollführt, wie Ihr geschworen habt, sonst schwöre ich bei dem nämlichen Eide, daß ich Euch wieder aufsuche und züchtige und daß ich Euch wiederfinden werde, und wenn Ihr Euch auch besser als eine Eidechse verbergen könntet. Wenn Ihr aber wissen wollt, wer Euch dies gebeut, um desto mehr Grund zu haben, Euer Versprechen zu erfüllen, so erfahret: Ich bin der tapfere Don Quixote de la Mancha, der Rächer jeglichen Unrechts und jeglicher Unbill; und somit Gott befohlen: vergiß nicht, was du versprochen und geschworen hast.

Mit diesen Worten gab er Rosinante die Sporen und verließ die beiden. Der Bauer folgte ihm mit den Augen, und da er bemerkte, daß er das Gehölz verlassen hatte und nicht mehr zu sehen war, wandte er sich zu seinem Knecht Andres und sagte: Nun komm, mein Sohn, daß ich dir bezahle, was ich dir schuldig bin, wie es mir der Rächer allen Unrechts geboten hat. Ich schwöre Euch, sagte Andres, tut Ihr nicht, was der gnädige Herr, der wackere Ritter, Euch befohlen hat, der tausend Jahre leben möge und der ebenso tapfer als verständig ist, beim Sankt Rochus schwör' ich Euch, bezahlt Ihr nicht, so such' ich ihn wieder auf, damit er tut, wie er gesagt hat. Ich schwöre dir ebenfalls, sagte der Bauer, daß ich aus purem Wohlwollen für dich noch die Schuld zu vergrößern wünsche, um die Bezahlung zu vergrößern. Mit diesen Worten ergriff er ihn, band ihn wieder an die Eiche und schlug ihn halbtot. Nun, Freund Andres, sagte er dabei, ruft doch nun den Rächer allen Unrechts und seht, wie er dieses rächen wird, ich glaube, Euch geschieht noch nicht genug; denn ich habe fast Lust, Euch das Fell abzuziehen, wie Ihr sagtet. Endlich band er ihn doch los und gab ihm die Erlaubnis, seinen Richter aufzusuchen, um das gesprochene Urteil zu vollstrecken. Andres ging erbost hinweg und schwur, sogleich den tapfern Don Quixote de la Mancha aufzusuchen, ihm alles, was vorgefallen sei, aufs genaueste zu erzählen, um sich alles siebenfach bezahlen zu lassen. Aber er ging dennoch weinend fort, während sein Herr lachte.

Also rächte der tapfere Don Quixote das Unrecht und war über diesen glücklichen Erfolg ungemein vergnügt, er glaubte seine Ritterschaft auf die schönste und edelste Weise angetreten zu haben, und indem er mit großer Selbstzufriedenheit den Weg nach seinem Dorfe fortsetzte, sagte er mit halblauter Stimme: Glücklich kannst du dich vor allen preisen, die auf der Erde leben, o du Schönste aller Schönen, Doña Dulcinea von Toboso, da dir ein so tapferer und überdies berühmter Ritter ergeben ist wie Don Quixote de la Mancha, der eben erst den Ritterschlag empfangen hat und schon das grausamste Unrecht verhindert hat, das jemals die Unvernunft ersann und die Grausamkeit ausübte! Ich schlug die Geißel aus der Hand dieses unmenschlichen Feindes, der ganz ohne Ursache den zarten Knaben zerfleischte.

Unter diesen Betrachtungen kam er zu einer Stelle, wo sich der Weg in vier andere teilte, und sogleich fielen ihm die Kreuzwege ins Gedächtnis, an denen die fahrenden Ritter still hielten, um zu überlegen, welche Straße sie nehmen sollten; nach ihrem Vorbilde hielt er gedankenvoll still, und nachdem er genug gesonnen, ließ er Rosinante den Zügel, um dem Willen seines Gaules seinen eigenen zu unterwerfen, der seinerseits auch seiner vorigen Absicht treu blieb, sich nämlich nach seinem Stalle zu begeben. Als Don Quixote ungefähr zwei Meilen geritten war, erblickte er eine Anzahl Menschen, die, wie sich nachher erwies, Kaufleute aus Toledo waren, die nach Murcia zogen, um Seide einzukaufen. Es waren sechs Männer, die mit Sonnenschirmen reisten, ihnen folgten vier Bediente, ebenfalls beritten, und drei Burschen zu Fuß für die Maulesel. Kaum hatte sie Don Quixote entdeckt, so hielt er dies auch schon für ein neues Abenteuer. Er bestrebte sich, soviel als möglich alle Denkwürdigkeiten, die er in seinen Büchern gelesen, nachzuahmen, und endlich fiel ihm etwas ein, was ihm hier schicklich angebracht schien. Er setzte sich also mit edlem und kühnem Anstande in den Steigbügeln fest, hielt die Lanze bereit, bedeckte mit dem Schilde die Brust und lagerte sich dann in der Mitte des Weges, weil er glaubte, daß dort die fahrenden Ritter vorbeikommen müßten, denn daß sie dergleichen wären, bezweifelte er nicht. Als sie so nahe gekommen, daß sie ihn sehen und hören konnten, erhob Don Quixote die Stimme und sprach mit kecker Gebärde: Alle Welt sei hier angehalten, wenn nicht alle Welt bekennt, daß in aller Welt keine schönere Dame lebe als die Kaiserin der Mancha, die unvergleichliche Dulcinea del Toboso.

Die Kaufleute hielten still, um die Worte zu hören und die seltsame Gestalt zu beschauen, die sie hersagte, und aus dieser Gestalt und den Worten merkten sie sogleich die Narrheit dessen, dem beides angehörte. Sie wollten aber gern erfahren, warum ihnen dergleichen Geständnis abgefordert werde, und einer von ihnen, der gern spottete und dabei witzig war, sagte: Herr Ritter, wir alle kennen die Dame nicht, von der Ihr sprecht, zeigt sie uns, und ist sie so schön, wie Ihr behauptet, so wollen wir freiwillig und ohne allen Zwang die Wahrheit bekennen, die Ihr von uns fordert.

Wenn ich sie euch zeigte, antwortete Don Quixote, was wäre es für ein Verdienst, eine so bekannte Wahrheit zu gestehen? Es ist vonnöten, daß ihr ohne zu sehen glaubt, gesteht, behauptet, beschwört und dafür kämpft; andernfalls sei euch, ihr freches und trotziges Volk, hiermit Fehde angesagt, einen nach dem andern will ich bestrafen, wie es sich nach den Rittergesetzen ziemt, oder euch alle zugleich bekämpfen, wie es Sitte und übler Gebrauch unter Gesindel von eurer Art ist, indem ich der guten Sache vertraue, die auf meiner Seite ist.

Herr Ritter, antwortete der Kaufmann, ich flehe Euch an im Namen aller dieser Prinzen, daß Ihr unser Gewissen nicht beschweren möget und uns nicht etwa zwingen wollet, eine Sache zu beschwören, die wir nie sahen, von der wir nie gehört haben und die überdies so sehr zum Nachteil aller Kaiserinnen und Königinnen von Alcarria und Estremadura ausfallen dürfte; wir bitten nur, Euer Gnaden wollten die Güte haben, uns ein Bildnis dieser Dame zu zeigen, wäre es auch nur so groß wie ein Weizenkorn, denn wenn man dem Faden nachgeht, so findet man auch das Knäuel, und damit wollen wir uns dann zufrieden stellen und Euch Genüge leisten; ich glaube selbst, daß wir alle schon für sie sind, und wenn man auch auf dem Bildnisse sähe, daß das eine Auge schiele und ihr aus dem andern Zinnober und Schwefel triefe, so wollen wir dessenungeachtet, um Euch gefällig zu sein, alles zu ihren Gunsten sagen, was Ihr nur verlangen werdet.

Nichts trieft, niederträchtige Bestie, rief Don Quixote zornentbrannt, nichts fließt, sag' ich dir, wie du behauptetest, außer Ambra und Zibet, nichts ist schief oder bucklig, sondern sie ist gerader als eine Spindel; aber ihr sollt die schreckliche Lästerung büßen, die ihr gegen die große Schönheit meiner Dame ausgestoßen habt.

Mit diesen Worten legte er die Lanze gegen den, der gesprochen hatte, ein und rannte mit solcher Wildheit und Wut auf ihn zu, daß es, hätte es sich nicht so glücklich getroffen, daß Rosinante mitten im Wege gestolpert und gefallen wäre, wohl dem übermütigen Kaufmanne übel ergangen sein möchte. Rosinante stürzte und rollte seinen Herrn eine gute Strecke feldein. Dieser gab sich Mühe aufzustehn, aber er vermochte es nicht, so hinderte ihn die Lanze, der Schild, der Helm und das Gewicht der alten Rüstung. Während er sich vergeblich bestrebte aufzustehn, rief er: Flieht nicht, feiges Gesindel, elende Memmen! Vernehmt, daß ich nicht durch meine Schuld, sondern durch Schuld meines Pferdes hier liege. Als einer von den Maultierjungen, der nicht sonderlich aufgeräumt war, den armen Umgefallenen diese Schmähungen sagen hörte, konnte er nicht umhin, ihm die Antwort für seine Schmähungen auf die Rippen zu schreiben. Er ging hin zu ihm, nahm seine Lanze, zerbrach sie in mehrere Stücke, und mit dem einen davon

fing er an, unserm Don Quixote so viele Schläge zu geben, daß er ihn unter der Last und dem Drucke seiner Waffen fast wie Getreide drosch. Seine Herren riefen ihm zu, daß es genug sei und er ihn lassen möchte, aber der Bursche war einmal erbittert und wollte das Spiel nicht aufgeben, ohne vorher die Gelegenheit zu nutzen, er nahm also auch die übrigen Stücke der Lanze und zerschlug sie alle auf dem Rücken des Niedergestürzten, der während des Ungewitters von Schlägen, das auf ihn niederfiel, nicht das Maul hielt, sondern dem Himmel, der Erde und den Wegelagerern, für die er sie hielt, drohte.

Der Junge wurde müde, und die Kaufleute setzten ihren Weg fort und hatten noch viel von dem armen Geprügelten zu sprechen. Als dieser sich allein sah, versuchte er von neuem, sich zu erheben; aber da es ihm unmöglich fiel, als er gesund und wacker war, wie konnte er es jetzt, so zermahlen und zerprügelt? Dabei aber pries er sich doch glücklich, denn er hielt dies für ein Unglück, das nur den fahrenden Rittern eigentümlich sei, und schob alle Schuld auf sein Pferd. Er konnte sich durchaus nicht erheben, denn er war am ganzen Körper zerschlagen.

Fünftes Kapitel

Fährt fort, von dem Unfalle unsers Ritters zu erzählen.

Da er sich nun gar nicht bewegen konnte, so verfiel er endlich auf sein gewöhnliches Mittel, nämlich an irgendeine Stelle in seinen Büchern zu denken. Er wälzte sich daher mit dem Ausdrucke eines großen Schmerzes auf der Erde herum und sagte mit schwacher Stimme:

Wie kommt es doch, Gebiet'rin mein,
Daß dich mein Leid nicht schmerzt?
Du magst wohl ohne Kunde sein
Oder hast die Treu verscherzt.

So fuhr er in der Romanze bis zu den Versen fort:

O Mantuas edler Markgraf,
Mein Ohm, verwandtes Herz!

Es traf sich, daß bei diesen Versen ein Bauer aus seinem Dorfe, sein Nachbar, vorüberging, der einen Sack Korn zur Mühle gebracht hatte. Als dieser einen Mann auf dem Boden liegen sah, ging er zu ihm hin und fragte ihn, wer er sei und was ihm fehle, daß er so jämmerlich klage. Don Quixote glaubte fest, daß dieser der Markgraf von Mantua, sein Ohm, sei, und antwortete also, indem er in der Romanze fortfuhr, in der er sein Unglück und die Liebe des Kaisersohns zu seinem Gemahl vortrug, ganz so, wie es die Romanze besingt. Der Bauer stand verwundert da, als er dergleichen Unsinn hörte; er machte das Visier los, das von den Schlägen in Stücke gegangen war, und reinigte ihm dann das Gesicht vom Staube. Er hatte ihn kaum gesäubert, als er ihn erkannte und ausrief: Ei, Herr Quixada! (Dies war also sein Name, als er bei Verstande war und sich aus einem friedliebenden Edelmanne noch nicht in einen fahrenden Ritter verwandelt hatte.) Wer hat Euer Gnaden denn so zugerichtet? — Jener aber fuhr immer fort, auf alle Fragen mit der Romanze zu antworten.

Als der gute Mann dies sah, machte er ihm, so gut er es konnte, Brust und Rücken frei, um nachzusehn, ob er verwundet sei, aber er fand weder Blut noch eine Verletzung. Er bestrebte sich, ihn vom Boden aufzuheben, und mit vieler Mühe brachte er ihn auf seinen Esel, weil er diesen für die bequemste Art von Reittier hielt. Die Waffen suchte er bis auf die Stücke der Lanze zusammen und lud sie Rosinante auf, den er beim Zügel faßte, seinen Esel aber führte er an einem Stricke, und so trat er den Weg nach seinem Dorfe an, sehr nachdenklich über den Unsinn, den er Don Quixote sagen hörte. Übler noch befand sich Don Quixote, der sich, zerschlagen und zerquetscht, kaum auf dem Lasttiere halten konnte und dann und wann einige Seufzer gen Himmel schickte, so daß der Bauer dadurch von neuem bewogen wurde, ihn zu fragen, was ihm fehle. Es schien, daß der Satan ihm alle Geschichten ins Gedächtnis brachte, die auf seinen Zustand paßten, denn nun vergaß er den Balduin und erinnerte sich des Mohren Abindarraez, den der Burgvogt von Antequerra, Rodrigo de Narvaez, fing und als Gefangenen nach seiner Festung führte. Als ihn der Bauer also von neuem fragte, was ihm sei und wo es ihm weh tue, antwortete er ihm mit den nämlichen Redensarten, die der gefangene Abindarraez gegen Rodrigo de Narvaez führte, daß der Bauer des Teufels werden wollte, so ein Gewebe von Albernheiten anhören zu müssen. Er merkte aber daraus, daß sein Nachbar närrisch sei, und eilte behende dem Dorfe zu, um nur die ganze Sache loszuwerden. Schließlich sagte Don Quixote: Wissen demnach mein gnädiger Herr Don Rodrigo de Narvaez, daß diese oft erwähnte schöne Xarifa zur Stunde die süße Dulcinea del Toboso genannt wird, um derentwillen ich die berühmtesten Rittertaten tue, getan habe und tun will, die die Welt je sehen wird! Der Bauer antwortete hierauf: Sehen doch nur der gnädige Herr, daß ich, bei meiner armen Seele, nicht Don Rodrigo de Narvaez bin, auch nicht der Markgraf von Mantua, sondern Pedro Alonzo, Euer Nachbar, und so seid Ihr auch nicht Balduin und Abindarraez, sondern der ehrenfeste Herr Quixada. — Ich weiß, wer ich bin, antwortete Don Quixote, und weiß auch, daß ich nicht nur sein kann, was ich sagte, sondern auch alle zwölf Pairs von Frankreich und noch dazu alle neun Helden: Josua, David, Judas Makkabäus, Hektor, Alexander, Cäsar, König Artus, Karl der Große und Gottfried von Bouillon; denn alle ihre Taten, die sie alle zusammen und jeder einzeln für sich getan haben, halten den Vergleich mit meinen Taten nicht aus.

Unter diesen und ähnlichen Gesprächen kamen sie gegen Abend an das Dorf, aber der Bauer wartete, bis es finster würde, damit man nicht den zerschlagenen

Edlen als einen so üblen Ritter sehen möchte. Als ihm nun die Zeit günstig deuchte, zog er in das Dorf ein und nach Don Quixotes Wohnung, wo alles in Verwirrung war. Der Pfarrer und der Barbier des Ortes, die Don Quixotes gute Freunde waren, befanden sich dort, und die Haushälterin sagte eben mit lauter Stimme: Was sagt nun Euer Ehrwürden zu meines Herrn Unglück? Seit sechs Tagen ist er nicht zu sehen, nicht sein Pferd, nicht die Lanze und der Schild, nicht die Waffen! Ich will nicht gesund hier stehen, wenn ich es nicht weiß, und es ist ebenso wahr, wie daß wir geboren werden, um zu sterben, daß ihm seine verfluchten Ritterbücher, die er immer las, den Verstand verwirrt haben! Ich erinnere mich jetzt, daß ich ihn oft habe sagen hören, wenn er für sich sprach, daß er fahrender Ritter werden möchte und ausziehen, um in der ganzen Welt Abenteuer zu suchen. Hole doch Satan und Barrabas alle dergleichen Bücher, denn sie haben den feinsten Kopf in der ganzen Mancha um seinen Verstand gebracht.

Die Nichte sagte das nämliche und fügte noch hinzu: Wißt, Meister Nicolas (denn so hieß der Barbier), daß mein Herr Oheim, wenn er manchmal in diesen unmenschlichen Unglücksbüchern zwei Nächte und zwei Tage las, am Ende das Buch wegwarf, den Degen nahm und auf die Mauer losschlug; wenn er dann ermüdet war, sagte er, er habe vier Riesen, so groß wie die Türme, umgebracht, der Schweiß, den er von der Anstrengung vergoß, behauptete er, sei Blut aus den Wunden, die er in der Schlacht empfangen habe; dann trank er schnell einen großen Becher kaltes Wasser aus und war gesund und ruhig, behauptete aber, daß das Wasser ein köstliches Getränk sei, das ihm ein großer Zauberer gebracht habe. Ich gebe mir aber vor allem die Schuld, daß ich Euch nicht von den Torheiten meines Herrn Oheims unterrichtet habe, damit wir vorgebeugt hätten, ehe er das geworden ist, was er jetzt ist. Wenigstens hättet Ihr alle die verfluchten Bücher verbrannt, denn sie verdienen den Flammentod nicht minder als ein Ketzer.

Das sage ich auch, sagte der Pfarrer, und wahrlich! morgen soll die Sonne nicht untergehen, ehe wir sie verurteilt und zum Feuertode verdammt haben, damit sie nicht jemand anders verführen, sie zu lesen, und es ihm dann so ergeht, wie es meinem guten Freunde ergangen sein muß.

Alles das hörten der Bauer und Don Quixote mit an, und der Bauer begriff daraus völlig die Krankheit seines Nachbars; er rief nun mit lauter Stimme: Man geruhe dem Herrn Balduin aufzumachen und dem Herrn Markgrafen von Mantua, der schwer verwundet ankommt, ebenso dem Herrn Mohren Abindarraez, den der Kommandant von Antequerra, der tapfere Rodrigo de Narvaez, gefangen führt.

Bei diesen Worten liefen sie alle hinaus, und wie nun die beiden ihren Freund, die andern ihren Herrn und Oheim erkannten, der noch nicht von seinem Tiere abgestiegen war, weil er nicht konnte, wollten ihn alle umarmen. Er aber sagte: Ich komme durch Schuld meines Pferdes schwer verwundet an: bringt mich zu Bett und ruft, wenn es möglich ist, die weise Urganda, daß sie meine Wunden heile und untersuche.

Nun, da haben wir's ja, sagte die Haushälterin, mein Herz sagte es mir wohl, wo meinen Herrn der Schuh drückt, wir wollen Euch mit Gottes Hilfe, gnädiger Herr, schon selber heilen, ohne daß die Urganda dazu nötig wäre. Verflucht und noch hundertmal und noch tausendmal verflucht mögen die Ritterbücher sein, die Euer Gnaden so zugerichtet haben.

Sie brachten ihn sogleich zu Bette, um seine Wunden zu untersuchen, da sie aber keine fanden, sagte er, daß er ganz zerquetscht sei, weil er mit seinem Rosse Rosinante einen schweren Fall getan während eines Kampfes, den er wider zehn Riesen ausgefochten, die ungeheuersten und wildesten, die man wohl auf der Erde finden könne. — Ah, sagte der Pfarrer, waren es die Riesen, die Euch zu Leibe gingen?! Nun, seid getrost, noch vor morgen abend werden sie ihre Ungebühr durch den Tod in den Flammen sühnen!

Sie taten tausend Fragen an Don Quixote, aber er antwortete auf alle nichts weiter, als daß man ihm zu essen gebe und ihn schlafen lasse, welches ihm das Nötigste sei. Dies geschah auch, und der Pfarrer erkundigte sich bei dem Bauer umständlicher, auf welche Art er Don Quixote gefunden habe. Dieser erzählte alle Tollheiten, die jener auf der Erde liegend und unterwegs gesprochen habe, was den Pfarrer in seinem Vorsatze bestärkte, so daß er am folgenden Tage sogleich seinen Freund, Meister Nicolas, den Barbier, zu sich rief und sich mit diesem nach der Wohnung Don Quixotes begab.

Sechstes Kapitel

Lustiger und feierlicher Gerichtstag, den der Pfarrer und der Barbier im Büchersaale unseres scharfsinnigen Ritters hielten.

Er war immer noch im Schlafe, als der Pfarrer sich von der Nichte den Schlüssel zu dem Zimmer geben ließ, in welchem sich die verurteilten Bücher befanden. Sie gab ihn sehr gern, und alle gingen hinein, auch die Haushälterin. Im Zimmer standen mehr als hundert Autoren in Folio, gut gebunden, und außerdem noch mehrere in kleinerem Format. Sowie die Haushälterin sie erblickte, ging sie eilig aus der Stube, kam aber sogleich mit einer Schale Weihwasser und einer Rute zurück und sagte: Da, nehmt, Herr Lizentiat, besprengt die Stube, damit nicht einer von diesen vielen Zauberern, die in diesen Büchern stecken, uns behexen möge, weil wir ihnen jetzt zu nahe kommen und sie aus der Welt schaffen wollen.

Der Lizentiat lachte über die Einfalt der Haushälterin und befahl dem Barbier, daß er ihm ein Buch nach dem andern reichen solle, um sie anzusehn, weil sich vielleicht einige finden möchten, die die Feuerstrafe nicht verdienten. Nein, sagte die Nichte, es muß nicht einem einzigen vergeben werden, denn sie sind alle Verbrecher; es wäre am besten, sie durch die Fenster in den Hof zu schmeißen, sie da auf einen Haufen zu packen und Feuer dran zu legen; oder man könnte sie auch in den Hinterhof bringen und da den Scheiterhaufen errichten, weil dann der Rauch nicht beschwerlich fiele.

Dasselbe sagte die Haushälterin, so große Eile hatten sie, diese Unschuldigen ums Leben zu bringen.

Siebentes Kapitel

Von der zweiten Fahrt unseres wackern Ritters Don Quixote de la Mancha.

Kaum war das Urteil geziemend vollstreckt, da fing Don Quixote an, mit lauter Stimme zu schreien: Wohlauf! wohlauf! ihr tapfern Ritter! Wohlauf! es ist vonnöten, die Stärke eurer tapfern Arme zu zeigen, damit die Höflinge nicht das Turnier gewinnen!

Als sie zu Don Quixote kamen, war er schon aus dem Bette aufgestanden; er schrie und tobte und schlug nach allen Seiten um sich, wobei er so wach war, als wenn er gar nicht geschlafen hätte. Sie überwältigten ihn und warfen ihn auf sein Bett; als er darauf ein wenig beruhigt war, wandte er sich zum Pfarrer und sagte: Wahrlich, Herr Erzbischof Turpin, es ist eine große Schande für uns, die wir die zwölf Pairs genannt werden, so mir nichts dir nichts den Hofrittern den Sieg dieses Turniers zu lassen, da wir doch den Preis der vorigen drei Tage gewonnen haben. — Beruhigt Euch, Herr Gevatter, Gott wird es fügen, daß das Glück sich wieder wendet und daß das, was heut verloren ist, morgen wieder gewonnen wird, jetzt tragt nur für Eure Wohlfahrt Sorge, denn Ihr müßt über die Maßen entkräftet sein, wenn Ihr nicht gar schlimm verwundet seid. Verwundet nicht, sagte Don Quixote, aber gewiß sehr zerschlagen und zerquetscht, denn der Bastard Don Roland hat mich elend mit dem Stamme einer alten Eiche zerprügelt, und das bloß aus Neid, weil er gewahr wird, daß ich sein einziger Nebenbuhler in der Tapferkeit bin; aber ich will nicht Reinald von Montalban heißen, wenn er mir nicht alles, sobald ich nur von diesem Bette aufstehe, trotz aller seiner Zauberkünste bezahlen soll: jetzt aber bringt mir augenblicklich Speise, denn dieser bedarf ich am meisten, und nachher will ich schon an Rache denken.

Sie taten es, sie gaben ihm zu essen und überließen ihn dann dem Schlafe zum zweiten Male, während sie selbst sich über seine Narrheit nicht genug wundern konnten.

Ein Mittel, das der Pfarrer und der Barbier gegen die Krankheit ihres Freundes ersonnen, war, das Bücherzimmer zu vermauern und anzustreichen, damit er es nicht wiederfinde, wenn er aufstände, weil mit der weggeräumten Ursache auch die Wirkung aufhören würde, wobei sie sagen wollten, daß ein Zauberer Bücher, Zimmer und alles entführt habe; alles das wurde mit großer Schnelligkeit ins Werk gesetzt. Nach zwei Tagen erhob sich Don Quixote, und sein erster Gang war, nach seinen Büchern zu sehen. Da er nun das Zimmer nicht dort fand, wo er es gelassen hatte, wandelte er suchend von einer Seite zur andern. Er ging dahin, wo die Tür gewesen war, und tastete mit den Händen und blickte mit den Augen hin und her, ohne ein einziges Wort zu sprechen; nachdem so eine geraume Zeit verflossen war, fragte er endlich die Haushälterin, wo sich denn sein Bücherzimmer befinde. Die Haushälterin, die schon auf ihre Antwort abgerichtet war, sagte: Was für ein Zimmer sucht Ihr denn da, gnädiger Herr? Wir haben im Hause weder das Zimmer noch die Bücher mehr, denn alles hat der leibhaftige Teufel mitgenommen.

Nicht der Teufel, sagte die Nichte, sondern ein Zauberer, der auf einer Wolke in derselben Nacht kam, nachdem Euer Gnaden tags vorher abgereist waren; er stieg von einer Schlange ab, auf der er wie ein Ritter saß, ging in das Zimmer, und was er drinnen gemacht hat, weiß ich nicht, aber nach einer kleinen Weile flog er wieder zum Dache hinaus und ließ das Haus voller Rauch, und als wir zusehen wollten, was er gemacht hatte, fanden wir weder Buch noch Zimmer mehr; nur das erinnere ich mich noch, wie auch die Haushälterin, daß er im Augenblicke, als er fortfliegen wollte, laut sagte, daß er aus heimlicher Feindschaft gegen den Herrn der Bücher und des Zimmers ein Unheil angerichtet, das man nachher schon finden würde. Ich glaube, er nannte sich den weisen Munaton.

Dieser, antwortete Don Quixote, ist ein weiser Zauberer und mein großer Feind, er ist mir gram, weil er durch seine Kunst und Wissenschaft in Erfahrung gebracht, daß ich einst in künftigen Zeiten einen Zweikampf mit einem Ritter bestehen werde, den er begünstigt, und ich soll ihn überwinden, ohne daß er es zu hindern vermag; deshalb erzeigt er mir so viele Unart, als er nur kann. Aber ich verkünde ihm, daß er dem nicht widerstreben noch ausweichen kann, was der Himmel einmal verhängt hat.

Das ist gewißlich wahr, sagte die Nichte, aber warum wollen sich der Herr Oheim in dergleichen Händel mischen? Wäre es nicht angenehmer, ruhig zu Hause zu bleiben, als in der Welt herumzuziehen, um das Brot der Betrübnis zu kosten? Gar nicht einmal zu erwähnen, daß so mancher ausgeht, um Wolle zu scheren, und selbst geschoren heimkehrt. O Nichte! rief Don Quixote aus, welche ungereimten Dinge sprichst du da! Bevor mich einer scheren sollte, müßte der eher sein Leben wagen, der sich nur unterfinge, ein einziges meiner Haare zu krümmen. Sie antworteten ihm nichts weiter, weil sie sahen, daß er in Zorn geriet.

Er verweilte noch vierzehn Tage ganz friedlich im Hause, ohne den Argwohn zu erregen, daß er in seinen vorigen Tollheiten fortfahren werde; in dieser Zeit führte er sehr anmutige Gespräche mit seinen beiden Gevattern, dem Pfarrer und dem Barbier, in welchen er behauptete, daß das, was der Welt am meisten vonnöten, fahrende Ritter wären und daß in ihm die fahrende Ritterschaft wieder auferstünde. Der Pfarrer widersprach ihm einmal, ein andermal gab er ihm recht, denn ohne diesen Kunstgriff konnte er nicht mit ihm fertig werden.

Inzwischen verhandelte Don Quixote mit einem Bauern, seinem Nachbarn, einem wackeren Manne (wenn man nämlich den so nennen kann, der gar kein Geld hat), der aber nicht sonderlichen Witz im Kopfe hatte. In diesen drang er so sehr, redete ihm zu und versprach ihm so viel, daß der gute Landmann sich entschloß, mit ihm auszuziehen und ihm als Knappe zu dienen. Unter anderen Dingen sagte ihm Don Quixote, daß es für ihn der größte Gewinn sei, mit ihm zu ziehn, denn es könnte ihm sehr leicht ein Abenteuer begegnen, in dem statt der Streu, die er jetzt verließe, eine Insel gewonnen würde, über die er ihn zum Statthalter setzen wolle. Auf diese und ähnliche Versprechungen hin verließ Sancho Pansa (so hieß der Bauer) Frau und Kinder und ward der Knappe seines Nachbars. Don Quixote sorgte ferner dafür, Geld zu besorgen, er verkaufte also ein Stück, verpfändete ein anderes, alles aber in eiliger Unordnung, und brachte so eine ansehnliche Summe zusammen. Er versah sich auch mit einem Schilde, den er von einem Freunde borgte, flickte, so gut er konnte, seinen zerschlagenen Helm und bestimmte seinem Knappen Sancho Tag und Stunde, wann er sich auf den Weg machen wolle, damit dieser sich mit allem Nötigen versehen könne; vor allen Dingen aber befahl er ihm, einen Schnappsack mitzunehmen. Jener versprach, ihn nicht zu vergessen, auch einen wackeren Esel beizustellen, denn viel zu Fuß zu laufen, sei seine Stärke nicht. Das mit dem Esel verstimmte Don Quixote ein wenig, denn er überlegte sogleich, ob er sich eines fahrenden Ritters entsinnen könne, der seinen Knappen eselweise beritten mit sich geführt, aber nicht ein einziger kam ihm in Erinnerung; doch willigte er dessenungeachtet ein, ihn mitzunehmen; denn er dachte, die Gelegenheit würde sich wohl bald finden, seinen Knappen ehrenvoller beritten zu machen, man werde eben dem ersten besten Feind, auf den man stoßen würde, sein Pferd wegnehmen. Als nun alles getan und vollbracht, zogen sie in einer Nacht, ohne daß Sancho von Frau und Kindern oder Don Quixote von Haushälterin und Nichte Abschied genommen, aus dem Dorfe aus, ohne bemerkt zu werden, und sie reisten so eilig, daß sie mit Tagesanbruch sicher waren, nicht eingeholt zu werden, wenn man sie auch verfolgen sollte. Sancho Pansa zog auf seinem Tiere mit Schnappsack und Schlauch wie ein Patriarch einher, indem er sich schon in seinen Gedanken als Statthalter der Insel sah, die ihm sein Herr versprochen hatte.

Don Quixote war bemüht, dieselben Wege wieder einzuschlagen, die er auf seiner ersten Reise genommen hatte, und diese gingen über das Feld Montiel; auf diesem zog er auch jetzt fort und mit weniger Mißbehagen als das vorige Mal, denn da es frühmorgens war, trafen ihn die Sonnenstrahlen nur von der Seite und ermüdeten ihn nicht. Indessen sprach Sancho Pansa zu seinem Herrn: Schaut auch, Herr Ritter, wohl zu, daß Ihr des nicht vergeßt, was Ihr mir von wegen der Insel versprochen habt, ich will sie gewissenhaft regieren, und wäre sie noch so groß. Hierauf erwiderte Don Quixote: Du mußt verstehn, Freund Sancho Pansa, daß es eine sehr gewöhnliche Sitte der alten fahrenden Ritter war, ihre Schildknappen zu Statthaltern von Inseln oder Reichen zu machen, die sie gewannen, und ich bin fest entschlossen, daß durch mich ein so edler Gebrauch nicht erlöschen soll, lieber denke ich daran, ihn zu verbessern; denn oft, ja vielleicht meistenteils warteten sie, bis ihre Schildknappen alt waren, schon müde im Dienst und der bösen Tage und der noch böseren Nächte überdrüssig, dann gaben sie ihnen die Würde eines Herzogs oder mindestens eines Markgrafen von irgendeiner Mark oder einer Provinz. Aber wenn du lebst und ich leben bleibe, so kann es wohl geschehen, daß ich innerhalb acht Tagen ein Reich gewinne, von dem wieder andere Reiche abhängig sind, und es mag dann zutreffen, daß du in dem einen von diesen als König gekrönt wirst. Das wäre gar nichts weiter Absonderliches, denn den fahrenden Rittern pflegen Dinge vorzukommen, die ein gewöhnlicher Mensch nie erleben oder sich auch nur vorstellen mag. Und so kann es sogar leicht sich fügen, daß du über Erwarten mehr erhältst, als ich dir verspreche.

Auf die Art, antwortete Sancho Pansa, wenn ich nun durch ein solches Wunder, wie Euer Gnaden da verheißen, König würde, so würde Marie Gutierrez, meine Alte, Königin und meine Kinder Infanten?

Wer zweifelt denn daran? antwortete Don Quixote.

Ich zweifle, sagte Sancho Pansa, denn wie es mir vorkommt, wenn Gott auch Königskronen auf die Erde herunterregnen ließe, so paßte doch keine davon auf den Kopf der Marie Gutierrez. Nein, Herr, nicht für einen Dreier paßt sie sich zur Königin, Gräfin mag eher gehen, und auch das nur mit Gottes Beistand.

Laß du alles Gott empfohlen sein, Sancho, antwortete Don Quixote, der wird dir geben, was dir am besten zusteht, aber erniedrige dein Gemüt nicht so sehr, daß du dich mit etwas Geringerem als der Stelle eines Gouverneurs zufriedenstellst.

Das soll nicht geschehen, mein gnädiger Herr, antwortete Sancho, da ich vollends einen so trefflichen Herrn in Euer Gnaden habe, der weiß schon, was er mir geben soll, das mir heilsam und zuträglich ist.

Achtes Kapitel

welches vom glücklichen Ausgang des unerhörten Abenteuers mit den Windmühlen und anderen gedenkenswerten Ereignissen berichtet.

Inmitten solcher und ähnlicher Gespräche erblickten sie eine Gruppe von dreißig oder vierzig Windmühlen, wie sie in jener Gegend häufig sind. Kaum war Don Quixotes Blick auf sie gefallen, als er sich schon zu seinem Knappen wandte und sprach: Das Glück betreibt unsere Sache besser, als wir es nur wünschen konnten, denn siehe, Freund Sancho, dort zeigen sich dreißig oder noch mehr ungeheure Riesen, mit denen ich eine Schlacht auszufechten gesonnen bin. Ich gedenke ihnen allen das Leben zu nehmen, mit der Beute davon wollen wir den Anfang unseres Reichtums gründen, denn dies ist ein trefflicher Krieg und selbst ein Gottesdienst, diese Brut vom Angesichte der Erde zu vertilgen.

Welche Riesen? fragte Sancho Pansa.

Die dort, antwortete sein Herr, mit den gewaltigen Armen, die zuweilen wohl zwei Meilen lang sind.

Seht doch, gnädiger Herr, sagte Sancho, daß das, was da steht, keine Riesen, sondern Windmühlen sind, und was Ihr für die Arme haltet, sind die Flügel, die der Wind dreht, wodurch der Mühlenstein in Gang gebracht wird.

Es scheint wohl, antwortete Don Quixote, daß du in Abenteuern nicht sonderlich bewandert bist, es sind Riesen, und wenn du dich fürchtest, so gehe von hier und ergib dich in einiger Entfernung dem Gebete, indes ich die schreckliche und ungleiche Schlacht mit ihnen beginne.

Mit diesen Worten gab er seinem Pferde Rosinante die Sporen, ohne auf die Stimme seines Knappen Sancho zu achten, der ihm noch immer nachrief, daß es ganz gewiß Windmühlen und nicht Riesen wären, was er angreifen wollte. Aber er war so fest von den Riesen überzeugt, daß er weder auf Sancho hörte noch sich bemühte, sie zu erkennen, bis er dem Orte, wo sie standen, nahe gekommen war, worauf er mit lauter Stimme rief: Entflieht nicht, ihr feigherzigen und niederträchtigen Kreaturen! Ein einziger Ritter ist es, der euch die Stirn bietet. Zugleich erhob sich ein kleiner Wind, der die großen Flügel in Bewegung setzte; als Don Quixote dessen gewahr ward, fuhr er fort: Strecktet ihr auch mehr Arme aus als der Riese Briareus, es soll euch doch nicht helfen! Und indem er dies sagte und sich mit ganzer Seele seiner Gebieterin Dulcinea empfahl, die er anflehte, ihm in dieser Gefahr zu helfen, wohl von seinem Schilde bedeckt, in der Rechten die Lanze, sprengte er mit dem Rosinante im vollen Galopp auf die vorderste Windmühle los und gab ihr einen Lanzenstich in den Flügel, den der Wind so heftig herumdrehte, daß die Lanze in Stücke sprang, Pferd und Reiter aber eine große Strecke über das Feld hinausgeschleudert wurden.

Sancho Pansa trabte mit der größten Eilfertigkeit seines Esels herbei, und als er hinzukam, fand er, daß Don Quixote sich nicht rühren konnte, so gewaltig war der Sturz, den Rosinante getan hatte. Gott steh uns bei! sagte Sancho, sagte ich's Euer Gnaden nicht, daß Ihr zusehen möchtet, was Ihr tätet, und daß es nur Windmühlen wären, die ja auch jeder kennen muß, der nicht selber welche im Kopfe hat? — Gib dich zur Ruhe, Freund Sancho, antwortete Don Quixote, das ist Kriegsglück, das am meisten von allen Dingen einem ewigen Wechsel unterworfen ist; um so mehr, da ich glaube und es auch gewiß wahr ist, daß eben der weise Freston, der mir auch mein Zimmer und meine Bücher geraubt hat, jetzt diese Riesen in Mühlen verwandelt hat, um mir den Ruhm ihrer Besiegung zu entreißen. So groß ist die Feindschaft, die er gegen mich hegt! Aber endlich, endlich wird er doch mit allen seinen bösen Künsten nichts gegen die Tugend meines Schwertes vermögen!

Gott mag es so fügen, antwortete Sancho Pansa, indem er sich bemühte, ihn aufzurichten, worauf er ihn auf den Rosinante setzte, dessen Glieder ausgerenkt waren, und so verfolgten sie, indem sie sich von dem überstandenen Abenteuer unterhielten, den Weg nach dem Paß Puerto Lapice. Dort, meinte Don Quixote, müsse es viele und mancherlei Abenteuer geben, weil es ein vielbegangener Weg sei; über den Verlust seiner Lanze war er sehr betreten, und indem er darüber mit seinem Knappen sprach, sagte er: Ich erinnere mich, gelesen zu haben, daß ein spanischer Ritter, Diego Perez de Vargas genannt, als in einer Schlacht sein Schwert zersprang, einen gewaltigen Zweig oder Ast von einer Eiche riß und mit diesem am selbigen Tage solche Taten verrichtete und so viele Mohren erschlug, daß er den Zunamen Mohrentöter erhielt, welchen späterhin auch seine Nachkommen trugen. Ich erzähle dir alles das, weil auch ich von der ersten Steineiche einen Ast abzureißen gedenke, der gerade so gewaltig ist wie jener, und mit ihm werde ich solche Taten vollbringen, daß du dich glücklich preisen

wirst, dazu auserlesen zu sein, sie anzuschauen und Zeuge von Dingen zu werden, die man kaum wird glauben können.

Das gebe Gott! sagte Sancho, ich glaube ja alles, was Euer Gnaden erzählen, aber setzt Euch doch ein bißchen gerade, denn mir dünkt, Ihr hängt so auf der Seite; das ist gewiß noch ein Malzeichen von dem Falle.

Es ist wahr, antwortete Don Quixote, und wenn ich aus Schmerz nicht klage, so geschieht es nur, weil es fahrenden Rittern nicht ziemt, über irgendeine Wunde zu klagen, und wenn selbst die Eingeweide herausbrächen.

Wenn dem so ist, so läßt sich nichts dagegen sagen, antwortete Sancho, aber das weiß Gott, daß Ihr mir eine Liebe tätet, wenn Ihr klagtet, falls es Euch irgendwo weh tut; von mir kann ich versichern, daß ich mich über den allerkleinsten Schmerz beklage, wenn es sich nicht auf die Knappen der fahrenden Ritter ebenfalls erstreckt, daß sie nicht klagen dürfen.

Don Quixote mußte über die Einfalt seines Knappen lachen und antwortete, daß er sich beklagen könne, wie und wie oft es ihm beliebe, denn er habe bis dahin noch nichts vom Gegenteil in den Vorschriften der Ritterschaft gelesen. Sancho sagte, daß es Zeit sei zu essen. Sein Herr erwiderte, daß er selbst des Essens noch nicht bedürfe, daß aber Sancho essen könne, soviel er wolle. Mit dieser Erlaubnis richtete sich Sancho auf seinem Tiere so bequem ein, wie er nur konnte, er nahm aus dem Schnappsacke, was er hineingepackt hatte, und so folgte er reitend und essend seinem Herrn eine große Strecke, indem er von Zeit zu Zeit den Schlauch mit so vielem Anstande zum Munde führte, daß ihn der ausgelernteste Gastwirt von Malaga hätte beneiden können. Wie er nun so fortzog und die Schlückchen immer schneller wiederholte, gedachte er keines Versprechens mehr, das ihm sein Herr gegeben hatte, hielt es auch für keine Beschwerde, sondern für ein großes Ergötzen, herumzureisen und Abenteuer aufzusuchen, wenn sie auch noch so gefährlich sein sollten.

Sie mußten schließlich die Nacht unter einigen Bäumen zubringen, und von dem einem Baume brach Don Quixote einen trockenen Ast ab, der ihm zur Lanze dienen sollte und an dem er auch das Eisen befestigte, das ihm von der zerschlagenen übriggeblieben war. Don Quixote schlief die ganze Nacht hindurch nicht, sondern gedachte seiner Dulcinea, um nachzuahmen, was er in seinen Büchern gelesen, wie die Ritter ohne Schlaf viele Nächte in den Waldungen und Einöden zubrachten und sich mit dem Andenken ihrer Herrscherinnen unterhielten. Anders machte es Sancho Pansa, der, da er den Magen, und zwar mit keinem Habersüppchen, angefüllt hatte, die ganze Nacht aus einem Stücke schlief und auch nachher nicht erwacht wäre, wenn ihn sein Herr nicht aufgeweckt hätte, denn die Strahlen der Sonne, die ihm ins Gesicht schienen, sowie der Gesang der Vögel, die von allen Zweigen mit jubelndem Gesange die Ankunft des neuen Tages feierten, vermochten es nicht. Als er sich ermuntert hatte, betastete er seinen Schlauch und fand, daß er viel eingefallener war als Tags zuvor. Darüber betrübte er sich herzlich, denn er erhoffte fürs nächste keine Gelegenheit, ihn wieder zu füllen. Don Quixote begehrte nicht zu frühstücken, weil er sich, wie schon gesagt, von süßen Vorstellungen genährt hatte.

Sie ritten auf der Straße nach dem Paß Puerto Lapice weiter, den sie auch drei Stunden nach Sonnenaufgang entdeckten. Hier, rief Don Quixote, als er ihn erblickte, Bruder Sancho, hier können wir die Arme bis an die Ellenbogen hinauf in das tauchen, was man Abenteuer nennt, aber vernimm, daß, wenn du mich auch in der allergrößten Gefahr erblicken solltest, du doch niemals die Hand an den Degen legen sollst, um mich zu verteidigen, außer du müßtest gewahr werden, daß ich vom Pöbel oder gemeinen Volk beleidigt würde; nur in einem solchen Falle ist es dir gestattet, mir beizustehen; sind es aber Ritter, so ist es dir nach den Rittergesetzen keineswegs erlaubt oder vergönnt, mir zu helfen, bevor du selbst zum Ritter geschlagen bist.

Seid versichert, gnädiger Herr, antwortete Sancho, daß ich Euch pünktlich Gehorsam leiste, vollends da ich sehr friedliebend bin und mich nicht gern in Schlägereien und Händel einmenge; aber freilich, wenn einer meine eigene Person angreifen wollte, da würde ich nach Euren Gesetzen nicht fragen, denn göttliche und menschliche Gesetze erlauben, daß sich jedermann wehren darf, wenn ihm was zuleide geschieht.

Das leugne ich auch gar nicht, antwortete Don Quixote, nur in dem Umstande, daß du mir nicht gegen Ritter beistehen darfst, sollst du deine natürliche Hitze bändigen.

Ich sage ja auch, daß ich es tun will, antwortete Sancho, und daß ich diese Vorschrift so genau halten will wie den Sonntag.

Als sie so redeten, zeigten sich auf dem Wege zwei Brüder von dem Orden des heiligen Benedikt, die, wie es schien, auf zwei Dromedaren ritten, denn viel kleiner waren die Maultiere nicht, auf denen sie saßen; sie trugen Brillen und Sonnenschirme. Ihnen folgte eine Kutsche, von vier oder fünf Dienern zu Pferde und zwei Eseltreiberjungen zu Fuße begleitet. In der Kutsche war, wie man nachher erfuhr, eine Dame aus Biscaya, die nach Sevilla zu ihrem Gemahl reiste, der in einem ehrenvollen Geschäfte nach Indien ging. Die Patres reisten nicht mit ihr, ob sie gleich dieselbe Straße zogen, aber kaum hatte sie Don Quixote gesehen, als er zu seinem Knappen sagte: Wenn ich mich nicht irre, so ist dieses das berühmteste Abenteuer, das jemals gesehen worden, denn diese schwarzen Gestalten, die dort kommen, sind gewiß zwei Zauberer, die in jener Kutsche eine geraubte Prinzessin fortführen, und es ist also vonnöten, dieser Ungebühr nach meinem vollen Vermögen zu steuern.

Das wird noch schlimmer gehen als mit den Windmühlen, sagte Sancho, seht, gnädiger Herr, das sind Brüder des heiligen Benedikt, und in der Kutsche sind wohl andre reisende Leute. Hört, was ich sage, und seht, was es ist, daß Euch der Teufel nicht wieder verblende.

Ich habe dir, Sancho, schon gesagt, antwortete Don Quixote, daß du wenig von der Natur der Abenteuer verstehst, was ich sage, ist wahr, wie du sogleich gewahr werden sollst.

Mit diesen Worten ritt er fort, stellte sich in die Mitte des Weges, den die Patres kamen, und als er so nahe war, daß sie seine Rede vernehmen konnten, sagte er mit lauter Stimme: Teuflisches und heidnisches Gesindel! Sogleich gebt die erhabenen Prinzessinnen frei, die ihr mit Gewalt in jener Kutsche fortführt! Wo nicht, so seid gefaßt darauf, den Tod als gerechte Strafe eurer Übeltaten zu empfangen!

Die Patres hielten an und verwunderten sich sowohl über Don Quixotes Gestalt als auch über seine Rede, welche sie also beantworteten:

Herr Ritter, wir sind weder teuflisch noch heidnisch, sondern zwei Mönche des heiligen Benedikt, die ihre Straße ziehen und nicht wissen, ob in jener Kutsche mit Gewalt fortgeführte Prinzessinnen sind oder nicht.

Ich achte nicht auf eure listigen Reden, denn ich kenne euch Lügenbrut, sprach Don Quixote, und ohne eine andere Antwort zu erwarten, setzte er Rosinante in Galopp und griff mit solcher Wut und Erbitterung den vordersten Mönch mit eingesenkter Lanze an, daß er ihn, wenn sich der Pater nicht behende vom Maultiere geworfen, übel von seiner Höhe heruntergestürzt, schwer verwundet oder gar getötet hätte. Als der andere Mönch sah, wie man seinen Gefährten behandelte, stieß er seine Beine in die Flanken seines trefflichen Maultieres und fing an, leichter als der Wind über das Feld zu rennen. Als Sancho Pansa den Mönch auf der Erde liegen sah, stieg er behende von seinem Esel ab, machte sich über ihn und fing an, ihm die Kleider auszuziehn. Die Maultiertreiber der beiden Mönche kamen nun herbei und fragten ihn, warum er diesen auskleide. Sancho antwortete, daß ihm dies rechtmäßig zustehe als Beute der Schlacht, die sein Herr Don Quixote gewonnen habe. Die Burschen, die keinen Scherz verstanden, auch nicht wußten, was er mit der Beute und der Schlacht sagen wolle, und Don Quixote weitab von sich erblickten, nahmen Sancho, schmissen ihn auf den Boden, rissen ihm die Haare aus dem Barte und richteten ihn mit Fußtritten so übel zu, daß er ohne Atem und Besinnung auf der Erde liegenblieb. Ohne einen Augenblick zu warten, stieg nun der zitternde Mönch, ganz blaß im Gesichte, wieder auf sein Maultier und trabte, sowie er sich beritten sah, seinem Gefährten nach, der in weiter Entfernung still hielt und den Ausgang dieses Überfalls abwartete; ohne aber weiter den Verlauf dieser Begebenheit zu erwarten, setzten sie ihren Weg fort und schlugen so viele Kreuze, als ob ihnen der Teufel auf den Schultern säße.

Don Quixote hatte sich inzwischen der Dame in der Kutsche genähert und sagte: Eure Schönheit, meine Gebieterin, mag nun wieder mit ihrer Person nach ihrem Wohlgefallen schalten, denn der Stolz Eurer Räuber liegt auf den Boden gestreckt, bezähmt durch die Stärke dieses meines Armes. Und damit Ihr nicht ungewiß seid, wer Euch befreite, so wißt, daß ich Don Quixote de la Mancha bin, fahrender Ritter und Abenteurer, Gefangener der unvergleichlichen und schönen Doña Dulcinea del Toboso; zum Lohn der Wohltat, die ihr von mir empfangen, begehre ich nichts, als daß Ihr nach Toboso reiset, Euch meinerseits dieser Dame präsentiert und ihr sagt, was ich zu Eurer Befreiung getan.

Alles das hörte ein Reitknecht, der ebenfalls die Kutsche begleitete und ein Biscayer war, mit an. Da dieser sah, daß Don Quixote den Wagen nicht wollte fortlassen, wenn er nicht den Weg nach Toboso einlenkte, wie er forderte, so wandte er sich an ihn, und indem er die Lanze anfaßte, sagte er mit seiner schlechten kastilianischen und noch schlechteren biscayischen Sprache: Weg, Ritter, schert Euch fort! Bei Gott, zu dem ich bete, wenn Ihr nicht ablaßt von der Kutsche, erschlag' ich Euch, so wahr ich aus Biscaya bin.

Don Quixote verstand ihn recht wohl und antwortete gelassen: Wärst du ein Ritter, so hätte ich dich für deinen Aberwitz und deine Frechheit schon gezüchtigt, du dienender Sklave!

Der Biscayer versetzte hierauf: Ich kein Ritter? Du lügst, ich schwöre, daß du lügst. Wirf die Lanze fort, zieh deinen Säbel, und du wirst gleich erfahren, wie die Mäuse vor der Katze zittern. Wer Biscayer ist, ist Edelmann zu Land, zu Wasser und noch vor dem Teufel, du lügst, wenn du's anders sagst.

Nun, du wirst gleich sehen, antwortete Don Quixote und warf die Lanze auf die Erde, faßte sein Schwert, legte den Schild vor und griff den Biscayer mit dem

Vorsatze an, ihm das Leben zu nehmen. Der Biscayer, der ihn so ankommen sah, wollte von dem Maultier absteigen, weil es ein schlecht gemietetes war, auf das er sich nicht verlassen konnte, aber er mußte sich begnügen, seinen Degen zu ergreifen. Er war der Kutsche so nahe, daß er ein Kissen an sich reißen konnte, das ihm zum Schilde diente, und nun gingen die beiden gegeneinander, als wären sie die tödlichsten Feinde gewesen. Die übrigen suchten Frieden zu stiften, aber vergeblich, denn der Biscayer erklärte, wenn sie ihn seine Schlacht nicht ausfechten ließen, würde er seine Herrschaft und alle anderen töten, die ihn stören würden. Die Dame in der Kutsche, erschreckt und entsetzt, befahl dem Kutscher, etwas beiseite zu fahren, und so wollte sie von weitem dem hartnäckigen Kampfe zuschauen.

Ehe sich Don Quixote dessen versah, versetzte der Biscayer ihm über den Schild weg auf die Schulter einen so gewaltigen Hieb, daß der Ritter, wenn der Schild nicht geschützt hätte, davon bis auf den Gürtel gespalten worden wäre. Don Quixote, der das Gewicht dieses ungeheuerlichen Hiebes fühlte, rief mit lauter Stimme: O Gebieterin meiner Seele, Dulcinea! Blume der Schönheit! Helft Eurem Ritter, der Eurer hohen Trefflichkeit zu Ehren sich in diesem hartnäckigen Kampfe befindet! Dies sprechen, das Schwert schwingen, sich mit dem Schilde schirmen und auf den Biscayer zustürzen, war Sache eines Augenblicks, denn Don Quixote war entschlossen, alles auf das Glück eines einzigen Hiebes ankommen zu lassen. Der Biscayer, der ihn also auf sich zustürzen sah, war willens, es ebenso wie Don Quixote zu machen. Er erwartete ihn also, von seinem Kissen beschirmt, wobei er sein Maultier weder auf die eine noch auf die andre Seite wenden konnte, denn aus Müdigkeit und auch, weil es an dergleichen Possen nicht gewöhnt war, konnte es keinen Schritt tun.

Also, wie gemeldet, rannte Don Quixote gegen den Biscayer, das Schwert geschwungen und mit dem Vorsatze, ihn mittendurch zu hauen. Ebenso erwartete ihn der Biscayer, das Schwert geschwungen, von seinem Kissen geschirmt, und alle andern standen voll Furcht und Erwartung, was sich aus diesen gräßlichen Hieben ergeben möchte, mit denen jene sich beiderseits bedrohten; die Dame in der Kutsche und ihre Bedienten taten allen Heiligenbildern und Kapellen in Spanien tausend Gelübde, daß Gott ihren Diener und sie selber aus einer so großen Gefahr erretten möge.

Neuntes Kapitel

welches den gräßlichen Zweikampf, den der wackere Biscayer und der tapfere Held von la Mancha ausfochten, beschließt.

Hochgeschwungen waren die mörderischen Schwerter der beiden tapfern und ergrimmten Kämpfer, die dem Himmel, der Erde und der Unterwelt zu dräuen schienen, so groß war ihre Kühnheit und ihr Mut. Den ersten Streich führte der hitzige Biscayer, der so kräftig und wütend ausholte, daß, wenn sich das Schwert nicht unterwegs gewandt hätte, dieser einzige Streich hingereicht hätte, dem edlen Mute und allen künftigen Abenteuern unseres Helden ein Ende zu machen; aber das Glück, das ihn wichtigeren Dingen aufsparte, drehte das Schwert seines Gegners, so daß es auf die linke Schulter schlug und ihm weiter keinen Schaden zufügte, als daß es diese ganze Seite der Rüstung entblößte und einen großen Teil des Helmes sowie die Hälfte des Ohres mit sich nahm, welches alles mit einem entsetzlichen Gekrache auf die Erde stürzte und eine Strecke weit wegflog.

Heiliger Gott! Wer wäre imstande, die Wut genügend zu beschreiben, die das Herz unsers edlen Ritters erbeben ließ, als er sich so zugerichtet sah! Ich will nicht mehr sagen, als daß er sich von neuem in den Steigbügeln erhob, das

Schwert mit beiden Händen faßte und damit so rasend auf den Biscayer loshieb, daß, obwohl jener mit dem Kissen über dem Kopfe gepanzert war, trotz diesem herrlichen Schirme der Hieb wie ein Bergsturz herabfiel, so daß ihm Blut aus der Nase, dem Munde und den Ohren strömte und er im Begriff war, von dem Maultiere zu fallen; er wäre gewiß herabgestürzt, wenn er nicht dessen Hals umfaßt hätte. Dennoch aber verloren die Füße die Steigbügel, die Arme ließen los, das Maultier, von dem fürchterlichen Hiebe scheu gemacht, lief überfeld und warf seinen Herrn nach einigen Sprüngen auf den Boden.

In aller Ruhe betrachtete Don Quixote dies alles, aber sowie er ihn liegen sah, stieg er vom Pferde, ging sehr schnell zu ihm, setzte ihm die Spitze seines Degens auf die Brust und befahl ihm, sich zu ergeben, wofern er ihm nicht den Kopf abhauen solle. Der Biscayer lag ohne Bewußtsein da, konnte kein Wort sprechen, und es wäre ihm übel ergangen, denn Don Quixote war blind vor Zorn, wenn nicht die Damen aus der Kutsche, die bis dahin mit Entsetzen dem Zweikampfe zugesehen hatten, herbeigeeilt wären und ihn sehr artig gebeten hätten, ihnen die große Gnade und Gunst zu erweisen und ihrem Stallmeister das Leben zu schenken.

Don Quixote erwiderte hierauf mit sehr ernster und feierlicher Stimme: Unendlich, schöne Damen, bin ich erfreut, euer Begehren zu erfüllen, aber meine Bedingung ist, daß dieser Ritter mir versprechen soll, nach dem Dorfe Toboso zu gehen und sich meinerseits vor der unvergleichlichen Doña Dulcinea zu präsentieren, damit sie nach ihrem Willen mit ihm schalten möge.

Ohne sich mit Don Quixote in Erörterungen einzulassen oder sich weiter nach der Dulcinea zu erkundigen, versprachen die erschrockenen und trostlosen Damen, daß der Stallmeister alles tun werde, was man ihm gebiete. — So sei es denn, sprach Don Quixote, im Vertrauen auf euer Wort, daß ich ihm kein Unheil weiter zufüge, wofür er mir sehr verbunden sein kann.

Zehntes Kapitel

Ein anmutiges Gespräch zwischen Don Quixote und Sancho Pansa, seinem Schildknappen.

Indessen hatte sich Sancho Pansa aufgerichtet, den die Burschen der Patres gemißhandelt hatten; er hatte der Schlacht aufmerksam zugeschaut und herzlich zu Gott gebetet, daß er Don Quixote den Sieg verleihen und eine Insel gewinnen lassen möge, über welche er ihn, seinem Versprechen gemäß, zum Statthalter setzen könne. Da er nun merkte, daß der Kampf entschieden war und sein Herr wieder auf den Rosinante steigen wollte, kam er hinzu, ihm den Steigbügel zu halten, und ehe jener noch aufgestiegen war, warf er sich vor ihm nieder, ergriff seine Hand, küßte sie und sagte: Erinnere sich mein gnädiger Herr Don Quixote nunmehr, mir die Regierung der Insel zu schenken, die in diesem hartnäckigen Kampfe gewonnen ist, sie sei auch noch so groß, ich fühle Tüchtigkeit in mir, sie zu regieren so gut wie irgendeiner in der Welt, der nur je Inseln regiert hat.

Hierauf erwiderte Don Quixote: Wisse, Bruder Sancho, daß dieses Abenteuer, wie andere ähnliche, kein Insel-, sondern nur ein Kreuzwegsabenteuer ist, bei dem man nichts gewinnt als zerschlagene Köpfe und abgehauene Ohren. Fasse Geduld, es werden sich Abenteuer einstellen, die dir nicht nur eine Statthalterschaft, sondern wohl noch mehr eintragen sollen.

Sancho war sehr erfreut und küßte wieder die Hand und den Harnisch unseres Ritters, worauf er ihm auf Rosinantes Rücken half, selbst den Esel bestieg und seinem Herrn nachritt, der, ohne weiter mit den Damen in der

Kutsche zu sprechen, sich eilig in ein nahe gelegenes Gehölz wandte. Sancho folgte ihm im vollen Trabe seines Tieres, aber Rosinante war so behende, daß er sich bald weit zurückgeblieben sah und seinem Herrn laut zurufen mußte, er möchte auf ihn warten. Don Quixote tat es, er hielt den Rosinante solange an, bis ihn sein Knappe eingeholt hatte, der darauf, als er nahe gekommen, sagte: Es wäre wohl gut, Herr, wenn wir uns in eine Kirche flüchteten, denn da der Bursche so übel zugerichtet ist, mit dem Ihr Euch geschlagen habt, so ist er imstande, alles der heiligen Hermandad*) zu klagen, daß sie uns fangen; haben die uns aber einmal festgesetzt, so kann wahrhaftig der Himmel drüber einfallen, ehe sie uns wieder herauslassen.

Sei ohne Sorge, sagte Don Quixote, wann hast du jemals gesehen oder gelesen, daß ein fahrender Ritter vor Gericht geführt worden sei, wenn er auch tausend Homicidien begangen hätte?

Von den Omecilien versteh' ich nichts, antwortete Sancho, habe mich auch zeitlebens auf keine eingelassen, aber das weiß ich, daß sich die heilige Hermandad drum bekümmert, wer sich auf freiem Felde rauft; alles übrige geht mich nichts an.

Du darfst nicht zweifeln, Freund, antwortete Don Quixote, daß ich dich aus den Händen der Chaldäer, geschweige denn der Brüderschaft erretten wollte. Aber sage mir aufrichtig, hast du wohl einen so tapfern Ritter, als ich einer bin, auf der ganzen bisher bekannten Erde gesehen? Hast du in den Historien von einem gelesen, der größere Kühnheit in Angriffen, mehr Festigkeit in der Ausdauer, mehr Geschicklichkeit zu verwunden und größere Behendigkeit niederzuwerfen beweist oder bewiesen hat?

Die Wahrheit ist, antwortete Sancho, daß ich niemals eine Historie gelesen habe, denn ich kann nicht lesen und schreiben, aber das will ich behaupten, daß ich einem so verwegenen Herrn wie Euer Gnaden in meinem ganzen Leben noch nicht gedient habe, und Gott gebe nur, daß die Verwegenheit nicht so bezahlt wird, wie ich schon gesagt habe. Ich bitte aber Eure Gnaden, sich zu kurieren, denn aus Eurem Ohre läuft Blut, ich habe Scharpie und etwas weiße Salbe im Schnappsacke.

Alles wäre besser, sagte Don Quixote, wenn ich daran gedacht hätte, mir eine Flasche von dem Balsame des Fierabas zu machen; denn mit einem einzigen Tropfen könnten wir Zeit und Medizin ersparen.

Was für eine Flasche und was für ein Balsam ist das? fragte Sancho Pansa.

Dieser Balsam, erwiderte Don Quixote, dessen Rezept ich im Gedächtnis habe, ist so beschaffen, daß ich mit ihm den Tod nicht zu fürchten oder an irgendeiner Wunde zu sterben zu besorgen brauchte. Wenn ich ihn also verfertigte und ihn dir übergebe, so hast du weiter nichts zu tun, als, wenn du mich

*) Die Santa Hermandad, ursprünglich ein Bund der kastilischen Städte gegen die Übergriffe des Adels, später ein Korps von Polizeisoldaten, übte seit dem 13. Jahrhundert ihre Jurisdiktion, die in der Verfolgung und Bestrafung von Verbrechern bestand.

in einer Schlacht mittendurch gehauen siehst (wie dies ja oftmals begegnet), die Hälfte des Körpers, die auf den Boden gefallen ist, sauber aufzuheben, sie eiligst, ehe das Blut erkaltet, auf die andere Hälfte, die im Sattel sitzt, aufzupassen und sie sorgfältig und richtig einzufügen. Zugleich gibst du mir zwei Schluck von dem genannten Balsam zu trinken, und du wirst sehen, daß ich dann so gesund bin wie ein Fisch.

Wenn dem so ist, sagte Sancho, so will ich mich der Regierung der versprochenen Insel begeben, und ich verlange zum Lohn meiner vielen und tapferen Dienste nichts anderes, als daß Ihr mir das Rezept dieses erstaunlichen Getränkes mitteilt, wovon nach meiner Rechnung die Unze wohl ihre zwei Realen wert sein mag; mehr brauch' ich dann nicht, um mein Leben ehrlich und lustig hinzubringen. Aber nun muß ich noch wissen, ob es viel kosten wird, ihn zu bereiten.

Mit weniger als drei Realen kannst du drei Quart zubereiten, antwortete Don Quixote.

Meiner Seel! rief Sancho aus, warum macht Ihr ihn denn nicht und lehrt es mich gleich?

Sei nur ruhig, Freund, sagte Don Quixote, noch größere Geheimnisse will ich dich lehren, noch größeren Lohn sollst du empfangen, aber jetzt wollen wir an die Kur denken, denn das Ohr schmerzt mich mehr, als ich sage.

Sancho nahm aus dem Beutel Scharpie und Salbe, aber als Don Quixote sah, wie sein Helm verdorben war, wollte er unsinnig werden, er legte die Hand

an das Schwert, erhob die Augen zum Himmel und sagte: Ich schwöre hier beim Schöpfer aller Dinge, bei den heiligen vier Evangelien, wo sie am umständlichsten geschrieben sind, eben das Leben zu führen, welches der große Markgraf von Mantua führte, als er schwur, den Tod seines Neffen Balduin zu rächen: welches darin bestand, auf keinem Tischtuch zu essen, sich nicht zu ergötzen mit seiner Gemahlin und noch einiges mehr, dessen ich mich nicht erinnere, bis ich vollständige Rache an dem genommen, der mir diesen Schimpf erwiesen.

Als Sancho dies hörte, sagte er: Bedenkt, mein gnädiger Herr Don Quixote, wenn der Ritter das tut, was Ihr ihm befohlen habt, nämlich hinzugehn und sich der Dame Dulcinea del Toboso zu präsentieren, daß er dann alles getan hat, was ihm zukommt, und also keine andere Strafe verdient, wenn er kein neues Verbrechen begeht.

Du hast gut und trefflich gesprochen, antwortete Don Quixote, ich vernichte also den Eid, insofern ich eine neue Rache nehmen wollte: aber ich wiederhole und bestätige ihn, das genannte Leben zu führen, bis ich mit Gewalt von einem Ritter einen so schätzbaren Helm erobere, wie dieser war. Und denke nur nicht, Sancho, daß ich diesen Schwur vom Zaune breche, sondern ich ahme hierin buchstäblich das nach, was sich mit dem Helm des Mambrin zutrug, der dem Sacripante so teuer zu stehen kam.

Laßt doch, gnädiger Herr, den Teufel diese Schwüre holen, versetzte Sancho, die der Seligkeit zum Schaden und dem Gewissen zur Last gereichen! Bedenkt nur, wenn wir nun längere Zeit keinen Menschen treffen, der einen Helm führt? Was sollen wir dann machen? Sollen wir den Schwur erfüllen, der so viel Unbequemlichkeit und Drückendes hat, wie in den Kleidern zu schlafen und in keiner Herberge einzukehren, nebst tausend andern Kasteiungen, die in dem Schwure eines alten Narren, des Markgrafen von Mantua, vorkommen, den Ihr nun wieder erneuern wollt? Bedenkt nur, gnädiger Herr, daß auf allen diesen Wegen hier keine geharnischten Männer reisen, sondern Eseltreiber und Fuhrleute, die gar keine Helme tragen, ja die vielleicht in ihrem Leben keinen Helm haben nennen hören.

Du irrst, antwortete Don Quixote, denn nicht zwei Stunden werden wir auf den Kreuzwegen fortreisen, ohne mehr Geharnischte anzutreffen, als nach Albraca kamen, um die schöne Angelica zu befreien.

Gut denn, sagte Sancho, und ich bitte Gott, daß es uns gut gelinge und daß bald die Zeit kommen mag, die Insel zu gewinnen, die mir so köstlich ist, dann will ich sterben.

Ich habe es dir gesagt, Sancho, daß du darum unbekümmert sein darfst, denn wenn uns auch eine Insel fehlen sollte, so gibt es ja doch die Reiche Dänemark und Sobradisa noch, die sich dir wie ein Paar Handschuhe anpassen werden und die dich um so mehr vergnügen müssen, da sie auf dem festen Lande liegen. Aber wir wollen dies der Zeit überlassen, jetzt schaue zu, ob du in deinem

Schnappsacke etwas Eßbares führst: dann wollen wir sogleich ein Kastell aufsuchen, wo wir die Nacht herbergen und den Balsam bereiten können, von dem ich dir gesagt, denn ich schwöre dir zu Gott, daß das Ohr mich heftiglich schmerzt.

Sancho zog hierauf eine Zwiebel, ein wenig Käse und einige Stückchen Brot hervor und sagte: Dies sind aber keine Gerichte, die sich für einen so tapferen Ritter, wie Eure Gnaden sind, schicken.

Du verstehst nichts davon, antworte Don Quixote; erfahre also, Sancho, daß die Ehre der fahrenden Ritter darin besteht, monatelang nicht zu essen, und selbst wenn sie essen, nur das, was ihnen in die Hände fällt; du würdest es auch wissen, wenn du so viele Historien wie ich gelesen hättest, denn trotz der großen Menge habe ich nicht in einer einzigen erwähnt gefunden, daß die fahrenden Ritter gegessen hätten, wenn es sich nicht etwa traf, daß sie ein prächtiges Bankett anrichteten, sonst begnügten sie sich an den übrigen Tagen mit der Entbehrung. Wenn ich nun freilich wohl einsehe, daß sie nicht ohne Essen sowie ohne die übrigen natürlichen Bedürfnisse leben konnten, denn sie waren ebensolche Menschen, wie wir es sind, so versteht sich doch auch von selbst, da sie die meiste Zeit ihres Lebens in Waldungen und Einöden, und zwar ohne einen Koch, zubrachten, daß ihre gewöhnlichen Speisen in solchen ländlichen Gerichten bestehen mußten, wie du sie mir da eben anbietest. Also, Freund Sancho, sorge nicht, mir etwas Schmackhaftes zu geben, wenn du nicht die Welt neu schaffen und die fahrende Ritterschaft aus den Angeln heben willst.

Nehmt's nicht übel, gnädiger Herr, sagte Sancho, da ich, wie ich schon oft gesagt, weder lesen noch schreiben kann, so versteh' ich auch drum keine Regel vom Handwerk der Ritterei. Ich will aber künftig den Schnappsack mit aller Art von trockener Frucht versorgen, für Euch, der Ihr ein Ritter seid, für mich aber, der ich es nicht bin, will ich ihn mit andern Sachen versorgen, die nahrhafter sind.

Ich sage ja nicht, Sancho, erwiderte Don Quixote, daß die fahrenden Ritter gezwungen seien, nichts als Früchte zu essen, von denen du da sprichst, sondern nur, daß ihr gewöhnlicher Unterhalt darin und in etlichen Kräutern bestand, die sie auf dem Felde fanden und kannten und welche ich ebenfalls kenne.

Es ist ein Glück, antwortete Sancho, mit solchen Kräutern bekannt zu sein, und wie ich mir vorstelle, wird wohl einmal eine Zeit kommen, wo wir gezwungen sind, aus dieser Bekanntschaft Nutzen zu ziehen.

Unter solchen Worten holte er hervor, was er bei sich hatte, und sie aßen friedlich und gesellig miteinander. Da sie aber begierig waren, einen Ort zu finden, wo sie für die Nacht einkehren könnten, so beendigten sie schnell ihre dürftige und trockene Mahlzeit. Dann stiegen sie zu Pferde und eilten sehr, um noch vor der Nacht eine Ortschaft zu erreichen; aber die Sonne ging so unter wie ihre Hoffnung, das zu finden, was sie wünschten, als sie bei den Hütten etlicher Ziegenhirten anlangten, bei denen sie anzuhalten beschlossen. Sancho war sehr verdrießlich, daß er keine Herberge mehr erreicht hatte, sein Herr aber desto vergnügter, unter freiem Himmel schlafen zu können, denn er glaubte durch jede neue Entbehrung erhöhtes Anrecht auf seine Ritterwürde zu erwerben.

Elftes Kapitel

Was Don Quixote mit den Ziegenhirten begegnete.

Don Quixote wurde von den Ziegenhirten sehr bereitwillig aufgenommen, und nachdem Sancho, so gut es sich tun ließ, für Rosinante und seinen Esel gesorgt hatte, folgte er dem Geruche von einigen Stücken Ziegenfleisch, die über dem Feuer in einem Kessel kochten. Er war auch gleich des Willens, sie ohne weiteres aus dem Kessel in seinen Magen zu führen, aber dieser Vorsatz wurde dadurch vereitelt, daß die Hirten das Fleisch vom Feuer nahmen, auf der Erde einige Schaffelle ausbreiteten, sehr bald ihren ländlichen Tisch fertig hatten und hierauf die beiden mit dem besten Willen zu dem, was vorrätig war, einluden. Um die Felle herum lagerten sich ihrer sechs, nachdem sie Don Quixote vorher mit ungeschickten Komplimenten genötigt hatten, sich auf einem Troge niederzulassen, den sie umkehrten. Don Quixote setzte sich. Sancho aber blieb stehen, um den Becher herumzureichen, der aus Horn gemacht war. Als ihn sein Herr stehen sah, sagte er: Sancho, damit du die Vorzüge erkennest, die die fahrende Ritterschaft mit sich bringt, und wie geehrt diejenigen sind, die in irgendeinem ihr angehörenden Amte stehen, damit du merkest, wie solche von der Welt geachtet und geehret werden, will ich, daß du an meiner Seite und in der Gesellschaft dieser braven Leute sitzest, daß du eins und dasselbe mit mir seist, der ich doch dein Herr und eigentlicher Gebieter bin, daß du aus meiner Schüssel essest und trinkest, woraus ich trinke. Denn von der fahrenden Ritterschaft kann man das nämliche sagen, was von der Liebe gesagt wird, daß sie alle Dinge gleich macht.

Großen Dank! sprach Sancho, aber ich muß Euch sagen, gnädiger Herr, daß, wenn ich was Gutes zu essen habe, es mir im Stehn und so für mich weit besser schmeckt, als wenn ich einem Kaiser zur Seite gesetzt würde. Und soll ich vollends die Wahrheit bekennen, so schmecken mir Brot und Zwiebeln in meinem Winkel besser, in dem ich ohne Umstände und Komplimente essen darf, als Puterbraten, wenn ich nur langsam kauen soll, wenig trinken, mir alle Augenblick den Mund wischen muß, weder niesen noch husten darf, wenn mir die Lust dazu kommt, oder andre Dinge tun, die sich mit der Einsamkeit und Freiheit vertragen. Also, gnädiger Herr, könnt Ihr die Ehre, die Ihr mir zudenkt, da ich ein Diener und Angehöriger der fahrenden Ritterschaft bin, ich meine, Euer Schildknappe, lieber in etwas anders verwandeln, das mir bequemer und nutzbarer ist: denn dies nehme ich hiermit für empfangen und entsage ihm von jetzt an bis in Ewigkeit.

Du sollst dich dennoch niedersetzen, denn der Himmel erhöht den, der sich selbst erniedrigt, sagte Don Quixote, und zugleich faßte er ihn beim Arm und zog ihn mit Gewalt an seine Seite nieder. Die Ziegenhirten begriffen von diesem Gerede des Ritters und seines Knappen nichts, sie aßen, schwiegen still und beschauten ihre Gäste, die sehr anmutig und behende faustgroße Stücke hinunterwürgten.

Das Fleisch war verzehrt; als zweites Gericht legten sie auf die Felle eine große Menge Eicheln, wozu sie einen Käse aufsetzten, der härter war als Kalk. Das Trinkhorn war auch nicht müßig, denn es ging häufig herum, wie der Eimer an einem Schöpfrade, so daß einer von den beiden preisgegebenen Schläuchen bald geleert war.

Als Don Quixote satt war, nahm er eine Handvoll Eicheln, betrachtete sie aufmerksam und tat seinen Mund auf zu folgenden Worten: O du glückliche Zeit! Glückliches Jahrhundert, dem unsre Vorfahren den Namen des goldenen beilegten, nicht weil man das Gold, welches in unserm eisernen Zeitalter so geschätzt wird, in jenen preiswürdigen Tagen ohne Beschwernis gewann, sondern weil unter denen, die damals lebten, die beiden Wörter mein und dein unbekannt waren. In diesem segensreichen Alter waren alle Dinge Gemeingut, keiner brauchte für seinen gewöhnlichen Unterhalt etwas tun, als die Hand ausstrecken, um sie von den starken Eichen zu pflücken, die einladend und freigebig jedermann die süße und gesunde Frucht hinreichten. Die klaren Gewässer und die rollenden Ströme boten in ihrer herrlichen Fülle die wohlschmeckende durchsichtige Welle zum Trunke dar. In den Felsenritzen und Baumhöhlen bauten die fleißigen und klugen Bienen ihren Staat und luden ohne Eigennutz jedwede Hand zum Einsammeln ihrer lieblichen Arbeit ein. Die festen Korkbäume gaben freiwillig und ohne Berührung des Beils ihre reichhaltige und leichte Rinde her, mit welcher man die Hütten, die auf unbehauenen Pfählen ruhten, deckte, um sich gegen die Unbill des Himmels zu schützen. Alles war Friede, Liebe, Eintracht; noch hatte es das schneidende Eisen des gekrümmten Pflugs nicht gewagt, die frommen Eingeweide unsrer ersten Mutter zu öffnen und zu verletzen; denn ungezwungen verbreitete von allen Seiten der fruchtbare große Schoß alles, was zur Sättigung, Erhaltung und Freude ihrer Kinder diente. Damals schweiften die einfältigen und schönen Hirtenmädchen von Tal zu Tal, von Hügel zu Hügel, die Haare aufgeflochten und nicht weiter bekleidet, als um das anständig zu verhüllen, was die Tugend damals und immer zu verhüllen geboten hat: aber sie waren nicht geschmückt, wie es jetzt geschieht, denn Purpur von Tyrus und die tausendfältig zermarterte Seide kannten sie nicht. Grüne Blätter mit Efeu verwoben waren ihre Tracht, in der sie wohl so herrlich und reizend erschienen wie jetzt unsere Damen in ihren seltsamen und fremden Erfindungen, die der sinnende Müßiggang hervorbringt. Einfalt und Treue waren damals der Schmuck der werbenden Liebe, sie sprach, wie sie dachte, und suchte keinen künstlichen Schwung der Worte, um sich köstlich zu machen. Betrug, Täuschung und Bosheit waren nicht mit Wahrheit und Aufrichtigkeit vermischt. Auf eigenen Gesetzen ruhte die Gerechtigkeit, weder Gunst noch Eigennutz wagten es, sie zu täuschen, die sie jetzt schmälern, irreführen und verfolgen. Willkürliche Urteilssprüche befleckten keinen Richter, denn keiner richtete damals und keiner wurde gerichtet. Die Jungfrauen und Tugend gingen, wie schon gesagt, wohin sie wollten, allein und sich selbst genügend, denn sie hatten keinen Raub und keinen schamlosen Feind zu fürchten, freiwillig und aus eigener Liebe verschenkten sie ihre Gunst. Aber in unseren verderbten Zeiten ist keine Tugend sicher, wenn sie sich auch in einem neuen kretensischen Labyrinth verborgen und verschlossen hielte: denn auch dort dringt durch Ritzen und mit der Luft die ungebändigte, listige Begierde hinein und vereitelt und vernichtet jegliche Vorsicht. Zur Sicherheit wurde also im Lauf der Zeiten und gegen die anwachsende Bosheit der Orden der fahrenden Ritter begründet, um Jungfrauen zu verteidigen, Witwen zu schützen, Waisen und Hilfsbedürftigen beizustehen. Desselben Ordens bin ich auch, ihr Hirten, meine Brüder, denen ich für die Aufnahme und den freundlichen Willkommen danke, welche ihr mir und meinem Knappen geboten: denn obgleich das Gesetz der Natur alle Lebendigen verpflichtet, den fahrenden Rittern freundlich zu sein, so habt ihr mich doch, ohne diese Pflicht zu kennen, aufgenommen und gespeist, und deshalb danke ich euch um so mehr.

Die ganze lange Rede (die er wohl hätte unterlassen können) hielt unser Ritter, weil ihn die aufgetragenen Eicheln an das goldene Zeitalter erinnerten, um dieser Eicheln willen gab er den Ziegenhirten, die ihm, ohne eine Silbe zu antworten, mit Erstaunen und Verwunderung zuhörten, diese ausführliche und überflüssige Beschreibung. Auch Sancho schwieg still, aß Eicheln und besuchte wiederholt den zweiten Schlauch, den die Hirten, um den Wein frisch zu halten, an einen Korkbaum gehängt hatten.

Die Abendmahlzeit war beendigt. Geh nun, sagte Don Quixote zu Sancho, suche dir nur eine Schlafstelle, ich für meinen Teil werde die Nacht durchwachen, Leuten von meinem Stande geziemt das Wachen besser. Bei alledem, Sancho, wäre es aber wirklich gut, wenn du mir das Ohr verbinden wolltest, denn es schmerzt mich mehr als billig.

Sancho tat, wie ihm befohlen war, da aber einer von den Ziegenhirten die Wunde sah, behauptete er, es habe damit keine Not, er wolle sie bald heilen. Er nahm sogleich einige Blätter von Rosmarin, der dort herum wuchs, kaute sie, vermischte sie mit etwas Salz und legte sie auf das Ohr, indem er versicherte, daß es nun keiner anderen Medizin mehr bedürfe, wie es sich auch wirklich ergab.

Zwölftes Kapitel

Was ein Ziegenhirt der Gesellschaft Don Quixotes erzählte.

In diesem Augenblick kam ein junger Bursche, einer von denen, die aus dem Dorfe die Nahrungsmittel holten, hinzu und sagte: Wißt ihr nicht, Kameraden, was sich im Dorfe zugetragen hat? — Wie sollen wir es wissen? sagte einer von den andern. Nun, so will ich euch sagen, fuhr der junge Hirte fort, daß heute früh der berühmte studierte Schäfer Grisostomo gestorben ist, und wie man sich erzählt, ist er aus Liebe zu dem Teufelsmädchen Marcella gestorben, der Tochter des reichen Guillermo, die auch in Schäferkleidern hier durch die Wildnisse zieht.

Für die Marcella! rief einer der Hirten aus.

Wie ich euch sage, antwortete der Ziegenhirt, und das Tollste an der Sache ist, daß er in seinem Testamente befohlen hat, daß man ihn auf freiem Felde wie einen Mohren begraben soll, und zwar am Fuße des Felsens, wo die Quelle zwischen den Korkbäumen entspringt, weil er sie an dieser Stelle zum ersten Male gesehen hat. Er hat noch mehr dergleichen befohlen, aber die Gemeindevorsteher sagen, sie gäben es nicht zu und dürften es nicht zugeben, denn es sei heidnisch. Darauf hat sein guter Freund, Ambrosio, der Student, der gleicherweise Schäfer geworden ist, gesagt, sie müßten alles so ausführen, wie Grisostomo es anbefohlen hat, und nicht anders; und darüber ist nun das ganze Dorf in Aufregung. Wie man aber sagt, wird das doch am Ende geschehen müssen, was Ambrosio und die übrigen Schäfer, seine Freunde, wollen, und morgen, wie gesagt, soll er nun mit großer Pracht beerdigt werden. Und ich glaube, daß es da viel zu sehen geben wird, ich wenigstens gehe gewiß hin, um alles zu sehen, wenn ich nicht früh wieder ins Dorf muß.

Das wollen wir alle tun, sagten die Ziegenhirten, und drum wollen wir losen, wer zurückbleiben und die Ziegen hüten soll.

Recht, Pedro, sagte ein anderer, aber ihr braucht nicht so viele Umstände zu machen, denn ich will für euch alle hierbleiben; und das ist keine Tugend von mir oder daß ich nicht neugierig wäre, sondern es geschieht wegen des Splitters, den ich mir letztens in den Fuß getreten habe, so daß ich nicht laufen kann.

Wir danken dir darum doch sehr, antwortete Pedro. Diesen Pedro fragte Don Quixote, wer der Tote und wer die Schäferin sei, worauf Pedro erwiderte: Soviel ich weiß, war der Gestorbene das Kind eines reichen Mannes in der Nachbarschaft; er hat viele Jahre in Salamanca studiert, und dann kam er in sein Dorf zurück, worauf ihn die Leute für überaus gelehrt hielten. Besonders, sagten sie, habe er die Wissenschaft von den Sternen inne, und buchstäblich sagte er uns auch jede Verfinsterung von Sonne und Mond vorher.

Auch konnte er voraus wissen, ob ein Jahr gut oder schlecht würde. Ich sage also, daß, wie man erzählt, sein Vater und seine Freunde auch sehr reich wurden, weil sie ihm glaubten, denn sie machten alles so, wie er es ihnen riet; bald sagte er: Dies Jahr säet Gerste und keinen Weizen, nun müßt ihr Erbsen säen und keine Gerste, diesmal wird's eine gute Ölernte, aber in den drei folgenden Jahren gerät kein Tropfen.

Diese Wissenschaft nennt man Astrologia, sagte Don Quixote.

Ich weiß nicht, wie es genannt wird, antwortete Pedro, aber ich weiß, daß er das innehatte und noch mehr. Kurz, es waren kaum etliche Monate vergangen, seit er von Salamanca zurückgekommen war, als er eines Tages als Schäfer auszog mit seiner Herde und seinem Kittel, der weite Rock, den er als Gelehrter trug, war weg; und mit ihm zog auch sein Freund Ambrosio, der sein Kamerad beim Studieren gewesen war und nun Hirte wurde wie Grisostomo. Ich habe vergessen, Euch noch zu erzählen, daß der Verstorbene auch ein Meister darin war, Verse zu machen. So hat er die Gesänge für Weihnachten gesetzt und die Chöre, die zu großen Festen im Dorfe gesungen werden. Die Leute sagen, daß diese Chöre überaus schön sind. Als die Leute im Dorfe die beiden Schüler so mit einem Male als Schäfer angezogen sahen, verwunderten sie sich und konnten es gar nicht begreifen, warum sie auf diese närrische Abänderung verfallen wären. Um diese Zeit war auch der Vater unseres Grisostomo gestorben, und er erbte von ihm eine Menge Geld, bewegliche Güter und Grundstücke und eine ziemliche Menge von großem und kleinem Vieh; über das alles war der Sohn nun völlig Herr. Aber er verdiente es auch, denn er war ein guter Geselle, mitleidig und freundschaftlich gegen alle Leute, und ein Gesicht hatte er, wie es nur so sein mußte. Endlich kam es denn heraus, warum er seine Tracht verändert hatte, und es war nichts anderes, als daß er in die Wüstenei der Schäferin Marcella nachziehen wollte, die unser Hirt vorher genannt hat und in die sich der arme gestorbene Grisostomo verliebt hatte. Nun muß ich Euch auch erzählen, wer die Spitzbübin ist, weil Ihr es wissen müßt, denn vielleicht, ja gewiß werdet Ihr dergleichen zeit Eures Lebens nicht wieder hören, wenn Ihr auch mehr als Hiob erleben solltet.

Da lebte also in unserm Dorfe ein Bauer, der noch reicher war als der Vater des Grisostomo, der Guillermo hieß und dem Gott nebst seinem vielen und großen Vermögen auch eine Tochter schenkte, bei deren Geburt die Mutter starb, die wohl das herrlichste Weib war hier weit herum. Denn immer noch seh' ich ihr Gesicht vor mir, in dem auf der einen Seite die Sonne und auf der andern der Mond stand, und dabei war sie so arbeitsam und gegen die Armen so mitleidig, daß ich auch gewiß glaube, sie genießt jetzt und immerdar im Himmel die Seligkeit. Aus Gram über den Tod einer solchen braven Frau starb auch der Mann Guillermo und gab seine junge und reiche Tochter Marcella unter die Aufsicht eines Oheims, der Priester in unserm Dorfe ist. Das Kind wuchs auf und wurde so schön, daß wir immer dabei an die Mutter dachten, die ungemein schön gewesen war, aber bald sagte man, daß die Tochter sie noch übertreffen würde. So kam es auch, denn als sie ungefähr vierzehn oder fünfzehn Jahr alt sein mochte, sah sie keiner, der nicht Gott dafür segnete, daß er sie so schön erschaffen hatte, und viele wurden in sie verliebt und wie bezaubert. Der Oheim hielt sie sehr eingezogen und unter strenger Aufsicht, aber das Gerücht von ihrer herrlichen Schönheit verbreitete sich so, daß deshalb wie auch wegen ihres Reichtums nicht nur aus unserm Dorfe, sondern auch von fern her viele Meilen in der Runde angesehene Leute kamen, von denen der Oheim gebeten, gequält und geängstigt wurde, daß er sie ihnen zur Frau geben möchte. Er aber, der in der Tat ein guter Christ ist, wenn er sie auch gern bald verheiratet hätte, da sie das nötige Alter hatte, wollte doch nichts ohne ihre Einwilligung tun, ohne dabei den Gewinn und Vorteil vor Augen zu haben, der ihm durch das Vermögen des Mädchens erwüchse, wenn er ihre Heirat aufschöbe. Und wahrlich, das wird zum Lobe des braven Priesters in jedem Hause im Dorfe erzählt. Denn Ihr müßt wissen, Herr fahrender Ritter, daß man in kleinen Dörfern über alles spricht und über alles zischelt; und Ihr werdet es einsehen, wie ich es für meine Person einsehe, daß der Geistliche ganz erstaunlich wacker sein muß, der seine Beichtkinder dahin bringt, daß sie gut von ihm reden, vollends auf dem Lande.

Das ist wahr genug, sagte Don Quixote; aber fahrt fort, denn die Geschichte ist gut, und Ihr, guter Pedro, erzählt sie gut und artig.

Ihr müßt also wissen, daß der Oheim oft mit der Nichte sprach, ihr die Eigenschaften eines jeden auseinandersetzte, der sie zur Frau begehrte; er bat sie, sich zu verheiraten, und sagte ihr, daß sie nach ihrem Geschmack wählen möchte. Sie antwortete ihm nichts anders, als daß sie noch nicht ans Heiraten dächte, daß sie zu jung und unfähig sei, die Last der Ehe zu tragen. Dies schienen hinlängliche Entschuldigungen, und der Oheim drang nicht weiter in sie, denn er wartete darauf, daß sie noch etwas älter werden und sich dann einen Gefährten nach

ihrem Geschmack auswählen möchte. Denn er behauptete, und das mit Recht, daß Eltern ihre Kinder nie gegen ihren Willen verheiraten sollten. Aber eines Tages, als man's gar nicht dachte, kam die hinterlistige Marcella als Schäferin daher, und ohne sich an ihren Oheim oder die übrigen Leute im Dorf zu kehren, die ihr davon abrieten, zog sie mit den übrigen Hirtenmädchen aufs Feld und hütete ihre Herde. Als sie nun den Leuten sichtbar wurde und ihre Schönheit an den Tag kam, so läßt es sich gar nicht beschreiben, wie viele reiche Knechte, Studierte und Bauern die Tracht des Grisostomo anlegten und ihr durch die Felder nachzogen. Einer von diesen, wie ich schon gesagt habe, war unser Verstorbener, von dem sie sagen, daß er sie nicht geliebt, sondern angebetet habe. Man muß aber nicht glauben, daß, weil sich Marcella einer so freien und ungebundenen Lebensart ergab, bei welcher sie so wenig oder gar nicht unter Aufsicht stand, daß sie deshalb nur den kleinsten Argwohn erregt hätte, der ihrer Ehre und Tugend nur etwas Abbruch täte. Denn sie denkt und wacht so sehr über ihre Ehre, daß von allen, die ihr dienen und sich um sie bewerben, sich noch keiner gerühmt hat oder mit Wahrheit sich hat rühmen können, daß sie ihm nur die kleinste Hoffnung gegeben hätte, seinen Wunsch zu erfüllen. Deswegen aber flieht oder vermeidet sie nicht die Gesellschaft und Unterhaltung der Schäfer, sondern sie geht höflich und freundlich mit ihnen um, bis irgendeiner von ihnen seine Absichten entdeckt, und wenn es denn auch die ehrlichsten und schönsten sind und er eine Heirat wünscht, so wirft sie ihn fort wie einen Kieselstein. Und mit dieser Lebensweise richtet sie hier im Lande mehr Unheil an, als wenn die Pestilenz hereinbräche, denn ihre Freundlichkeit und Schönheit zieht alle Herzen an, und ihre Verschmähung und Härte bringt sie in die Verzweiflung, und sie wissen dann nichts weiter zu sagen, als daß sie sie mit lauter Stimme die Grausame und Undankbare nennen, nebst andern ähnlichen Redensarten, wie sie sich wohl für ihre Eigenschaft und Denkungsart schicken. Wenn Ihr Euch, gnädiger Herr, etliche Tage hier aufhalten wollt, so könnt Ihr sehen, wie diese Berge und Täler von den Klagen der Verworfenen widerhallen, die ihr folgen. Nicht weit von hier ist ein Ort, an dem zwei Dutzend hohe Buchen stehen, davon ist keine, in deren glatte Rinde nicht der Name Marcella gegraben und geschrieben wäre, zum Überfluß haben einige noch eine Krone in denselben Baum eingeschnitten, als wenn der Liebhaber ganz deutlich hätte ausdrücken wollen, daß Marcella unter allen Mädchen allein die Krone der Schönheit verdiene. Dort seufzt ein Schäfer, hier klagt ein anderer, dort vernimmt man verliebte Gesänge, hier verzweiflungsvolle Liebesqual. Etliche bringen die ganze Nacht am Fuße einer Eiche oder eines Felsens zu, und ohne daß sie die nassen Augen geschlossen haben, in ihre Gedanken vertieft und entzückt, finden sie noch am Morgen die Sonne wieder. Andere, ohne in ihren Seufzern einzuhalten oder sich zu erholen, liegen in der Sonnenhitze in den heißesten Mittagsstunden auf dem brennenden Sande ausgestreckt und schicken dem mitleidigen Himmel ihre Klagen zu. Und über diese und jene sowie über jene und diese triumphiert hohnlachend die schöne Marcella. Alle, die wir sie kennen, haben schon darauf gewartet, was aus ihrem Übermut werden soll und wer der Glückliche sein wird, der diese fürchterliche Kreatur bezähmen und ihre entzückende Schönheit genießen wird. Alles das, was ich Euch hier erzählt habe, ist die vollkommenste Wahrheit, so daß ich deshalben auch das glaube, was unser Hirte vom Tode des Grisostomo erzählt hat. Ich rate Euch auch dazu, gnädiger Herr, daß Ihr morgen der Beerdigung beiwohnt, denn es ist gewiß viel zu sehen, Grisostomo hat viele Freunde, und der Ort, wo er begraben sein will, ist nur eine halbe Meile von hier.

Ich will es nicht versäumen, antwortete Don Quixote, auch danke ich Euch für das Vergnügen, welches Ihr mir durch Erzählung einer so angenehmen Geschichte gemacht habt.

Oh! rief der Ziegenhirt, ich weiß nicht die Hälfte von alledem, was den Anbetern der Marcella begegnet ist; vielleicht finden wir aber morgen auf dem Wege einen Schäfer, der uns alles sagen kann. Jetzt ist es aber wohl Zeit, daß Ihr Euch unter einem Dach schlafen legt, denn die freie Luft könnte Eurer Wunde schaden, obgleich bei der Medizin, die ich Euch aufgelegt habe, kein schlimmer Unfall mehr zu befürchten ist.

Sancho Pansa, der den Hirten mit seiner langen Erzählung schon zum Satan gewünscht hatte, bat seinerseits auch, daß sein Herr sich in Pedros Hütte möchte schlafen legen. Er tat es auch und brachte den größten Teil der Nacht mit dem Andenken an seine Gebieterin Dulcinea zu nach dem Vorbilde jener Liebhaber der Marcella. Sancho Pansa machte es sich zwischen Rosinante und dem Esel bequem und schlief, nicht wie ein unbegünstigter Verliebter, sondern wie ein Mann, der zahlreiche Fußtritte erlitten hat.

Dreizehntes Kapitel

in welchem die Erzählung von der Schäferin Marcella beschlossen wird.

Kaum aber schien der Tag aus dem Osten, als von den sechs Ziegenhirten fünf aufstanden, Don Quixote weckten und ihm sagten, daß er nun mit ihnen mitkommen könne, wenn er noch gesonnen sei, das prächtige Begräbnis des Grisostomo mit anzusehen. Don Quixote, der es sehr wünschte, erhob sich und gebot Sancho, sogleich zu satteln und aufzuzäumen, der es auch in großer Eile tat, worauf sich alle auf den Weg machten. Sie waren noch keine Viertelmeile fortgezogen, als sechs Schäfer in schwarzen Kleidern zu ihnen stießen, die auf den Köpfen Kränze von Zypressen und Lorbeerrosen trugen. Jeder von ihnen hatte in der Hand einen großen Stock von einer Stechpalme, und mit ihnen kamen zwei Edelleute zu Pferde in anständigen Reisekleidern nebst drei Burschen, die ihnen zu Fuß folgten. Sie grüßten einander höflich, und einer fragte den andern, wo sie hingingen, worauf sich erwies, daß alle nach dem Begräbnisort wollten, so daß denn alle denselben Weg fortsetzten. Einer von den Berittenen, der mit seinem Begleiter sprach, sagte: Es scheint mir, Herr Vivaldo, daß die Zeit unsers Aufenthaltes gut angewendet sei, um dies merkwürdige Begräbnis zu sehen, welches wirklich nach dem, was uns diese Schäfer von den Seltsamkeiten erzählt haben, schon wegen des Toten und der seltsamen Mörderin merkwürdig sein muß.

Ich bin auch der Meinung, antwortete Vivaldo, und ich hätte nicht nur einen Tag, sondern wohl vier Tage gewartet, um es anzusehen.

Don Quixote fragte sie, was sie von der Marcella und dem Grisostomo gehört hätten, worauf der Reisende sagte, daß er früh am Morgen einigen Schäfern begegnet sei, die er nach der Ursache gefragt habe, aus welcher sie in Trauerkleidern gingen; einer von ihnen habe ihnen darauf von der wunderbaren und schönen Schäferin Marcella erzählt, von den vielen Verehrern, die sich um sie bewerben, wie auch von dem Tode eines Grisostomo, nach dessen Begräbnisse sie jetzt gingen. Kurz, er erzählte ihm alles, was Don Quixote schon von Pedro gehört hatte.

Als dieses Gespräch beendigt war, fing ein anderes an, und der, welcher sich Vivaldo nannte, fragte Don Quixote, warum er auf diese Weise bewaffnet durch ein so friedliches Land zöge?

Hierauf erwiderte Don Quixote: Das Gewerbe, welches ich treibe, erlaubt mir nicht, auf andere Weise zu reisen. Wohlbefinden, Fröhlichkeit und Müßiggang trifft man bei den weichlichen Höflingen, aber Beschwer, Unruhe und Waffenlast werden bei jenen gefunden, die die Welt der fahrenden Ritter heißt, zu welchen ich Unwürdiger mich als niedrigster zähle.

Sowie sie diese Worte hörten, hielten sie ihn auch für närrisch, aber um dessen gewisser zu sein und zu sehen, welcher Art seine Torheit sei, fragte Vivaldo: Was meint Ihr mit diesen fahrenden Rittern?

Habt Ihr niemals, antwortete Don Quixote, die Annalen und Historien von England gelesen, in denen die berühmten Taten des Königs Arthur erzählt werden, den wir in unserer Sprache gewöhnlich nur den König Artus nennen, von dem eine alte Sage durch das ganze Königreich Großbritannien geht, daß er nicht gestorben, sondern durch Zauberkunst in einen Raben verwandelt worden sei und daß er in künftigen Zeiten wieder regieren, seinen Thron besteigen und das Zepter ergreifen werde, weshalb auch seit jener Zeit bis jetzund kein Engländer einen Raben getötet hat? Zu den Zeiten dieses edlen Königs wurde der berühmte Ritterorden der Ritter von der Tafelrunde gestiftet, damals ereigneten sich die Liebeshändel, die vom Don Lanzarote vom See und der Königin Ginevra erzählt werden, woraus die bekannte Romanze, die in unserem Spanien so oft gesungen wird, entstanden ist:

Niemals ward ein edler Bote
So bedient von Damen süß
Wie der große Lanzarote,
Da er aus Britannien kam.

Und wie das Gedicht dann süß und anmutig von seiner Liebe und Tapferkeit zu singen fortfährt. Hierauf verbreitete sich dann der Orden der Ritterschaft und erstreckte sich durch viele und verschiedene Teile der Welt. So suchte auch ich mir in diesen Wüsteneien und Einöden Abenteuer, indem ich mit freiwilligem Entschluß meinen Arm und meine Person der größten Gefahr gewidmet habe, die das Verhängnis mir nur bei der Errettung der Elenden und Hilfsbedürftigen zuschicken kann.

Diese Reden bestätigten es den Reisenden vollends, daß es Don Quixote an Verstand fehle, so wie sie nun auch wußten, von welcher Art Narrheit er beherrscht war, und sie verwunderten sich wie alle diejenigen, die ihrer zum ersten Male gewahr wurden. Vivaldo, der ein verständiger Mann und von fröhlichem Temperament war, suchte sich den übrigen kurzen Weg angenehm zu machen, den sie noch bis zur Begräbnisstelle hatten, er gab sich also Mühe, seine Tollheiten noch mehr in Gang zu bringen. Er sagte daher: Ihr, Herr fahrender Ritter, habt also nach meiner Meinung eins der mühseligsten Gewerbe ergriffen, die es nur auf Erden geben kann, und ich glaube, daß die Brüder Kartäuser keinen so strengen Stand haben.

Vielleicht, antwortete Don Quixote, mag der Kartäuserorden dem unsrigen an Strenge nichts nachgeben, an Wichtigkeit und am Nutzen gemessen, den er der Welt bringt, reicht er zweifellos nicht an unseren heran. Denn um die Wahrheit zu gestehen, tut der Soldat, der den Befehl seines Hauptmanns befolgt, nicht weniger als dieser Hauptmann, der ihm gebietet. Ich will sagen, die Mönche erbitten in Ruhe und Frieden vom Himmel das Glück der Erde, aber wir Soldaten und Ritter setzen ins Werk, was sie erbitten, und verfechten es mit der Stärke unseres Arms und mit den Schneiden unserer Schwerter, nicht von einem Dach bedeckt, sondern unter freiem Himmel, gänzlich den brennenden Sonnenstrahlen im Sommer und dem erstarrenden Winterfroste ausgesetzt. So sind wir also Gottes Diener auf Erden, sein Arm, durch den er seine Gerechtigkeit ausübt. Wie nun Krieg und alles, was mit ihm zusammenhängt und ihn angeht, nicht ohne Schweiß, Beschwer und Arbeit ausgeübt werden kann, so ist es klar, daß denjenigen, welche sich diesem unterziehen, gewiß mehr Arbeit bevorsteht als jenen, die in Muße und friedlicher Ruhe zu Gott beten. Ich will damit nicht sagen, ja ich hege nicht einmal diesen Gedanken, daß der Stand eines fahrenden Ritters ebenso fromm sei als der eines einsamen Mönchs; sondern ich will nur die Behauptung verfechten, daß er mühevoller und beschwerlicher, hungriger und durstiger, elend, zerschlagen und lausig sei, denn ich zweifle gar nicht, daß die fahrenden Ritter nicht im Verlaufe ihres Lebens mancherlei Unglück erfahren haben. Wenn es auch einigen gelang, sich durch die Tapferkeit ihres Armes zu Kaisern emporzuschwingen, so geschah es doch immer mit Aufwand von Blut und Schweiß; und wenn denen, die sich so hoch erhoben, nicht Zauberer und Weise beigestanden hätten, so möchten wohl alle ihre Wünsche unerfüllt geblieben sowie ihre schönsten Hoffnungen vereitelt sein.

Dieser Meinung bin ich auch, erwiderte der Reisende, jedoch hat mir unter vielen anderen ein Ding an den fahrenden Rittern immer vorzüglich mißfallen. Wenn sie nämlich im Begriff sind, ein großes und gefährliches Abenteuer zu bestehen, bei welchem sie die augenscheinlichste Lebensgefahr erwartet, so wenden sie den Augenblick vorher nicht dazu an, sich Gott zu empfehlen, wie es doch jedem guten Christen zusteht, ehe er sich dergleichen Gefahren aussetzt, sondern sie empfehlen sich ihrer Dame so ergeben und andächtig, als wenn diese ihr Gott wäre. Dies, dünkt mich, schmeckt etwas nach Heidentum.

Mein Herr, antwortete Don Quixote, das darf durchaus nicht anders sein, und einem fahrenden Ritter, der es anders anfinge, würde dergleichen übel ausgelegt werden; denn es ist einmal Gebrauch und Gewohnheit der fahrenden Ritterschaft, daß der fahrende Ritter, wenn er eine große Waffentat unternimmt, sich zu seiner Gebieterin kehrt, schmeichelnd und liebevoll die Augen auf sie heftet, als flehte er, daß sie ihn begünstigen, ihm helfen möge in dem zweifelhaften Kampf, den er beginnt; ja auch wenn er sie nicht vor sich sieht, ist es seine Pflicht, einige Worte zwischen den Zähnen zu sagen und sich ihr von ganzem Herzen zu empfehlen, wovon auch unzählige Beispiele in den Historien aufgeführt werden. Darum aber muß man nicht glauben, daß eine Empfehlung an Gott gänzlich ausgeschlossen sei, wenn Zeit und Umstände es vergönnen, dürfen sie dergleichen immerhin im Verlaufe des Werkes verrichten.

Dessenungeachtet, entgegnete der Reisende, habe ich dagegen einige Bedenken. Denn ich habe oftmals gelesen, wie zwei fahrende Ritter sich besprechen, von einer und der anderen Seite der Zorn entbrennt, sie mit den Pferden umkehren, ein gut Stück Feldes zwischen sich nehmen und blitzschnell, ganz unvermittelt, im vollen Galopp aufeinander losrennen und sich unterwegs ihren Damen empfehlen. Was sich dann gewöhnlich ergibt, ist, daß der eine hinter seinem Pferde niederstürzt, von der Lanze seines Gegners durchbohrt, und der andere auch auf den Boden hinstürzen würde, wenn er sich nicht an der Mähne seines Pferdes festhielte. Nun begreife ich nicht, wie der Getötete Gelegenheit finden soll, sich im Verlaufe eines so übereilten Werkes Gott zu empfehlen. Es wäre doch besser, wenn er die Worte, mit denen er sich im Anrennen seiner Dame empfiehlt, dazu gebrauchte, wozu er als Christ eigentlich verpflichtet wäre. Überdies glaube ich, daß nicht alle fahrenden Ritter Damen haben, denen sie sich empfehlen können, denn nicht alle sind verliebt.

Das ist unmöglich, antwortete Don Quixote. Ich sage, es ist unmöglich, daß es einen fahrenden Ritter ohne Dame geben könnte, denn ihnen ist es so eigen und natürlich, verliebt zu sein, wie dem Himmel, Sterne zu haben; es ist zuverlässig, daß es keine Historie gibt, in der ein fahrender Ritter ohne Liebe vorkäme, ja selbst wenn es einen solchen geben sollte, so ist er kein rechtmäßiger Ritter, sondern für einen Bastard zu erkennen, der in die Burg der genannten Ritterschaft nicht durch die Tür eingegangen, sondern wie ein Straßenräuber und Mörder durch das Fenster eingestiegen ist.

Aber dennoch, fuhr der Reisende fort, glaube ich, wenn ich mich nicht irre, gelesen zu haben, daß Don Galaor, der Bruder des tapfern Amadis von Gallien, niemals eine besondere Dame hatte, der er sich empfehlen konnte, und doch ward er darum nicht geringer geachtet, denn er war ein überaus mannhafter und berühmter Ritter.

Hierauf antwortete unser Don Quixote: Mein Herr, eine Schwalbe macht noch keinen Sommer, um so mehr, da ich weiß, daß insgeheim dieser Ritter sehr verliebt war; er schien zwar allen Mädchen gut zu sein, wenn sie ihm gefielen, aber dies war seine Natur, die er nicht ablegen konnte. Aber es ist trotz alledem für gewiß anzusehen, daß er eine einzige zur Herrscherin seines Willens erkoren hatte, der er sich auch jedesmal, aber heimlich empfahl, denn er setzte alles daran, ein sehr geheimnisvoller Ritter zu sein.

Wenn also Verliebtheit ein Hauptelement der fahrenden Ritterschaft ist, sagte der Reisende, so kann man wohl denken, daß auch Ihr verliebt seid, da Ihr Euch zu diesem Stande bekennt. Setzt Ihr nun also, mein gnädiger Herr, nicht auch etwas daran, so geheimnisvoll wie Don Galaor zu sein, so bitte ich demütig im Namen dieser ganzen Gesellschaft und meiner, daß Ihr uns Namen, Vaterland, Eigenschaft und Schönheit Eurer Dame nennt, denn sie muß sich glücklich schätzen, wenn alle Welt es erfährt, daß sie von einem so vorzüglichen Ritter, wie Ihr es seid, geliebt und bedient wird.

Hierauf tat Don Quixote einen tiefen Seufzer und sagte: Ich kann nicht bestimmen, ob es ihr, der süßen Feindin, beliebt oder nicht, daß die Welt erfahre, daß ich ihr Diener bin; ich kann nur soviel sagen, um Euer höfliches Begehren zu beantworten, daß ihr Name Dulcinea ist, ihr Vaterland Toboso, ein Ort in der Mancha, ihre Würde sollte wenigstens Prinzessin sein, da sie meine Königin und Gebieterin ist; ihre Schönheit ist übermenschlich, denn in ihr vereinigen sich wahrhaftig alle unmöglichen und erträumten Schönheitsideale, die die Poeten ihren Damen beilegen: denn ihr Haar ist golden, ihre Stirn ist das elysische Gefilde, ihre Augenbrauen sind Himmelsbogen, ihre Augen Sonnen, ihre Wangen Rosen, ihre Lippen Korallen, Perlen ihre Zähne, Alabaster der Hals, Marmor die Brust, Elfenbein die Hände, ihre Haut wie der Schnee, und alles, was die Anständigkeit dem menschlichen Auge entzieht, ist nach meiner Überzeugung so beschaffen, daß es dem liebenden Herzen köstlich, ja ganz unvergleichlich ist.

Ihre Abstammung, Geschlecht und Verwandtschaft wünschten wir zu erfahren, sagte Vivaldo.

Hierauf antwortete Don Quixote: Sie stammt nicht von den alten Curtiern, Cajern, römischen Scipionen ab, noch in der neuen Welt von den Colonna, Orsini, Moncadas oder den Requesenes von Catalonien, ebensowenig von den Rebellas, den Villanovas von Valencia, den Palafoxas, Nuzas, Rocabertis, Corellas, Lunas, Alagones, Urreas, Foces und Gurreas von Arragon; den Cerdas, Manriques, Mendozas und Guzmans von Castilien; den Alencastros,

Pallas und Meneses von Portugal: sondern sie ist eine von Toboso de la Mancha, ein noch neuer Zweig, der aber den glorreichsten Familien zukünftiger Jahrhunderte ihren edlen Ursprung geben kann. Und hierauf erwidere man nichts, wenn es nicht unter der Bedingung geschieht, die Zerbino unter die Trophäen der Waffen Rolands schrieb:

Keiner soll sie berühren,
Der sich nicht unterfängt,
Mit Roland Streit zu führen.

Mein Stamm ist von den Cachopines von Laredo*), erwiderte der Reisende, aber ich unterstehe mich nicht, ihn mit dem Stamme Toboso von La Mancha zu vergleichen; doch wenn ich die Wahrheit gestehen soll, so ist mir dieser Name noch niemals zu Ohren gekommen.

Das ist ganz erstaunlich, erwiderte Don Quixote.

Alle, die mitgingen, hörten dem Gespräche der beiden mit der größten Aufmerksamkeit zu, und selbst die Ziegenhirten und Schäfer bemerkten an unserm Don Quixote den Mangel von Verstand. Nur Sancho Pansa hielt alles, was sein Herr sagte, für Wahrheit, denn er hatte ihn von Jugend auf gekannt, nur wegen der zarten Dulcinea del Toboso erlaubte er sich einige Zweifel, denn niemals hatte er von diesem Namen und dieser Prinzessin etwas gehört, so nahe er auch an Toboso lebte. Sie waren unter diesen Gesprächen fortgezogen, als sie zwischen zwei hohen Felsen ungefähr zwanzig Schäfer sahen, alle in Kitteln von schwarzer Wolle, mit Kränzen von Taxus und Zypressen auf den Köpfen. Sechs von ihnen trugen eine Tragbahre, die mit mannigfaltigen Blumen und Zweigen bestreut war. Als sie einer von den Ziegenhirten bemerkte, sagte er: Da kommen sie, die die Leiche des Grisostomo tragen, und am Fuße des Felsens ist die Stelle, die er sich zum Begräbnis auserwählt hat.

Sie eilten hierauf, die anderen einzuholen, und sie kamen gerade an, als die sechs Träger die Bahre auf den Boden setzten und einige von ihnen anfingen, mit scharfen Hacken das Grab in der Seite eines harten Felsen auszuhauen. Man begrüßte sich gegenseitig höflich, und Don Quixote sowie alle, die mit ihm kamen, betrachteten sogleich die Bahre, auf der ein Leichnam mit Blumen bestreut lag, wie ein Schäfer gekleidet und von ungefähr dreißig Jahren; noch im Tode sah man die Spuren eines schönen Angesichts und eines edlen Ausdrucks. Um ihn auf der Bahre lagen verschiedene Bücher und viele offene und zusammengerollte Papiere. Alle Zuschauer sowie diejenigen, die das Grab aushöhlten, beobachteten eine feierliche Stille, bis einer von den Trägern zu einem andern sagte: Sieh zu, Ambrosio, ob dies auch die rechte Stelle ist, die sich Grisostomo gewählt hat, da du willst, daß alles buchstäblich so geschehen soll, wie er es in seinem Testament angeordnet hat.

Hier ist der Ort, antwortete Ambrosio. O wie oft hat mir mein unglücklicher

*) Cachopines heißen die verkommenen Abenteurer, die ihr Heil in gewagten Unternehmungen in den Kolonien, zumal in Amerika, suchten. Laredo ist eine Hafenstadt, die wegen ihrer Herabgekommenheit berüchtigt war.

Freund hier die Geschichte seiner Leiden erzählt. Hier, wie er mir sagte, sah er zuerst die geschworene Feindin des menschlichen Geschlechts, hier gestand er ihr zuerst seine edle und heftige Liebe, und hier verschmähte und verwarf Marcella zum letztenmal sein Flehen, so daß er sein Leben jäh beschloß; und hier wünschte er nun als Denkmal so vielen Elends in den Schoß der ewigen Ruhe gesenkt zu werden.

Er wandte sich hierauf gegen Don Quixote und die Reisenden, indem er so fortfuhr: Dieser Leichnam, edle Herren, den ihr mit gerührten Augen betrachtet, umschloß einst eine Seele, die der Himmel mit seinen reichsten Geschenken geschmückt hatte. Es ist der Leichnam des Grisostomo, eines Mannes, dessen

Geist ohnegleichen war, eines Mannes von seltenem Edelmut, von bezaubernder Liebenswürdigkeit, eines Phönix der Freundschaft. Er war freigebig ohne Grenzen, ernst ohne Bitterkeit, fröhlich, ohne gemein zu sein, kurz, der erste in allen Dingen, die den Menschen zieren, und wahrlich nicht der zweite in dem, was man Unglück nennen kann. Er liebte und ward verschmäht, er betete an und ward verhöhnt, er flehte zu einer Unmenschlichen, seine Tränen benetzten einen Marmorstein, er klagte den tauben Winden, seine Worte verschlang die Öde, er diente der Undankbarkeit, die ihm die Belohnung gab, daß er kaum in der Mitte seines Lebens eine Beute des Todes ward, des Todes, den ihm eine Schäferin gab, der er die Unsterblichkeit erringen wollte, damit sie ewig im Angedenken der Menschen leben möchte; dies könnten seine Verse bezeugen, wenn er nicht befohlen hätte, sie dem Feuer zu überliefern, sobald sein Leichnam der Erde überliefert ist.

So wollet ihr, sagte Vivaldo, strenger und grausamer gegen sie verfahren als ihr eigener Verfasser, denn es ist weder gerecht noch billig, einen Befehl auszuführen, der so sehr gegen alle Billigkeit streitet. Wenn Ihr also, mein werter Ambrosio, den Leichnam Eures Freundes der Erde überliefert, so müßt Ihr darum nicht wünschen, seine Schriften der Vergessenheit zu übergeben: wenn er es im Unwillen so verordnete, so ist es darum nicht gut, wenn Ihr es mit Grausamkeit so ausführt; sorgt vielmehr, daß diese Papiere aufbewahrt werden, damit immer das Andenken von Marcellas Grausamkeit bleibe, damit sie denen, die in künftigen Zeiten leben, zur Warnung dienen, um nicht in denselben Abgrund zu stürzen. Ich sowie die, welche mit mir gekommen sind, wissen die Geschichte Eures liebenden und unglücklichen Freundes, wir kennen Eure Freundschaft zu ihm und die Ursache seines Todes, so wie wir alles wissen, was er in seinen letzten Stunden befohlen hat; aus dieser rührenden Geschichte haben wir erfahren, wie unmenschlich die Grausamkeit der Marcella war, wie groß des Grisostomo Liebe und Eure Freundschaft, so wie wir in ihr das Ziel erkannten, welches diejenigen erreichen, die mit losgelassenen Zügeln den Pfad hinunterrennen, zu dem sie die sinnlose Liebe führt.

Vierzehntes Kapitel

welches die Rechtfertigung der Marcella und einige unerwartete Begebenheiten berichtet.

In diesem Augenblick wandten sich die Augen aller, die der Leichenfeier beiwohnten, einer Erscheinung zu (denn wie eine Erscheinung kam sie allen vor), die sich unvermutet ihren Blicken zeigte; auf der Spitze des Felsens, in welchem das Grab ausgehauen wurde, erschien die Schäferin Marcella, und sie war so schön, daß die Beschreibung noch von ihrer Schönheit übertroffen wurde. Die sie noch niemals gesehen hatten, betrachteten sie mit stiller Bewunderung, und die an ihren Anblick gewöhnt waren, hefteten nicht minder hingerissen die Augen auf sie. Kaum aber hatte Ambrosio sie erblickt, als er mit dem Ausdrucke des Unwillens ausrief: Ha! Du kommst wohl, schrecklicher Basiliske dieser Gebirge, um zu sehen, ob deine Gegenwart das Blut aus den Wunden dieses Unglückseligen wieder hervorruft, dem deine Grausamkeit das Leben raubte? Oder kommst du, um über deine grausamen Taten zu triumphieren? Wie ein zweiter frevelnder Nero den Brand deines angezündeten Roms zu sehen? Oder willst du höhnend den Fuß auf diese jammervolle Leiche setzen, wie es die undankbare Tochter ihrem Vater Tarquinius tat? Sage nur schnell, was du willst oder welches dir die liebste Freude ist, denn ich weiß, daß jeder Gedanke des lebenden Grisostomo dir dienstbar war; auch im Tode soll er dir gehorchen, und wir alle, seine Freunde, wollen dir ohne Widerspruch willfahren.

Nichts von all dem, Ambrosio, führt mich her, antwortete Marcella, sondern ich bin entschlossen, allen denen, die mir die Leiden und den Tod des Grisostomo zuschreiben, zu zeigen, wie sehr sie irren. Ich bitte also alle, die zugegen sind, aufmerksam zu bleiben, denn ich werde weder lange Zeit brauchen, noch viele Worte verschwenden, um meinen Beweis den Verständigen deutlich zu machen. Der Himmel hat mich, wie ihr sagt, schön geschaffen und so, daß ihr ohne andern Grund mich meiner Schönheit wegen liebt, und die Liebe, die ihr mir zeigt, soll, wie ihr sagt, ja fordert, mich zwingen, euch wiederzulieben. Durch den natürlichen Verstand, den Gott mir lieh, begreife ich, daß alles Schöne liebenswürdig ist; aber das ist mir ganz unverständlich, daß die um ihrer Schönheit willen Geliebte gezwungen sein soll, den wiederzulieben, der sie um eben dieser ihrer Schönheit willen liebt. Es ist sehr wohl möglich, daß ein Häßlicher die Schöne liebt, wie also sollte sie ihn wiederlieben, da doch alles Häßliche verächtlich und hassenswert ist! Wie reimt sich das, zu sagen: Ich liebe dich, weil du schön bist, also mußt du mich wiederlieben, wenngleich ich häßlich bin! Wenn es sich aber auch trifft, daß gleiche Schönheit einander begegnet, so macht dies nicht aus, daß sich die Wünsche begegnen müssen: denn nicht alle Schönen wirken Liebe, manche erfreuen das Auge, lassen aber den Willen frei: denn machten alle Reizenden verliebt und fesselten sie den Willen, so würden sich alle Willen in verworrener Richtung bewegen, ohne Anlaß zu finden, irgendwo stillzustehen, denn wie unzählig die Gegenstände der Schönheit sind, so unzählig müßten auch die Wünsche sein: und doch hat man mir gesagt, wie die wahre Liebe unteilbar ist, so sei sie auch freiwillig und ohne Zwang. Wenn dem so ist, warum wollt ihr meinen Willen mit Gewalt bezwingen und aus keinem andern Grund, als weil ihr, wir ihr sagt, mich liebt? Aber nehmt den Fall, der Himmel hätte mich häßlich gebildet, täte ich recht, wenn ich mich dann über euch beklagte, daß ihr mich nicht liebtet? Wobei ihr überdies erwägen müßt, daß ich mir meine Schönheit nicht erwählt habe, daß sie mir der Himmel ohne Bitte und Wahl nach seiner eigenen Gnade verliehen hat: wie nun die Viper ohne Schuld ist, daß ihr Gift tötet, weil die Natur es so eingerichtet hat, so verdiene auch ich nicht, daß man mir aus meiner Schönheit einen Vorwurf macht, denn die Schönheit der tugendhaften Frauen gleicht dem fernen Feuer, das keinen brennt, der ihm fernbleibt. Die Ehre und die Tugend sind Schmuck der Seele, ohne welche der Leib, wie er auch sei, niemals schön erscheinen kann. Ist die Ehre nun von so hoher Tugend, daß sie Leib und Seele schmücken und verschönen kann: warum soll die, welche ihr der Schöne wegen liebt, sie verlieren, dem Willen desjenigen zu gefallen, den einzig seine Leidenschaft treibt, ihren Verlust mit Gewalt und List zu suchen? Frei bin ich geboren, um frei zu leben, und ich wählte die Einsamkeit der Felder zu meinem Aufenthalt. Die Bäume dieser Berge sind meine Gesellschaft, die hellen Wasser dieser Ströme meine Spiegel, diesen Bäumen, diesen Wassern teile ich meine Gedanken und meine Schönheit mit. Wen mein Anblick zur Liebe lockte, den enttäuschten meine Worte. Wenn Wünsche sich von Hoffnungen nähren, so habe ich weder dem Grisostomo noch einem andern die kleinste Hoffnung gegeben, so daß man sagen muß, er sei an seinem Wahnsinne, nicht an meiner Grausamkeit gestorben. Auf den Vorwurf, daß seine Absichten redlich waren und daß ich sie deshalb hätte erwidern müssen, antworte ich, daß ich entschlossen bin, in ewiger

Einsamkeit zu leben, und daß nur die Erde das Kleinod meiner Schönheit und die Blume meiner Keuschheit genießen soll. Wenn er nun auch nach dieser Enttäuschung gegen alle Hoffnung seinen Sinn behalten und gegen den Wind segeln wollte, wie bin ich schuld, wenn er mitten auf dem Meere seines Wahnsinns Schiffbruch leidet? Kam ich ihm entgegen, so war ich falsch, hätt' ich seine Neigung erwidert, so hätte ich gegen meinen bessern Willen und Vorsatz gehandelt. Er kannte meine Gesinnung und blieb in seinem Wahne, er verzweifelte, ohne daß er von mir gehaßt ward: wo ist nun der Grund, daß ihr die Schuld seines Todes mir beimessen könnt? Der Getäuschte klage, den ich mit falscher Hoffnung hinterging, der rede laut, um den ich klagte, er höhne mich, dem ich erwiderte; aber keiner nenne mich grausam oder Mörderin, dem ich nichts verspreche. Bisher hatte es der Himmel über mich noch nicht verhängt, daß ich gezwungen lieben muß; der Glaube aber, daß ich aus freier Wahl lieben werde, ist Torheit. Diese allgemeine Absage sei für jeglichen von denen von Nutzen, die sich um mich bewerben, jeder begreife in Zukunft, daß keiner an Eifersucht und Unglück um meinetwillen stirbt, denn wer keinen liebt, kann keinem Eifersucht geben: wie es auch unrecht wäre, diese Absagen für Verschmähungen anzusehen. Wer mich wild und Basilisk nennt, fliehe vor mir wie vor einer schädlichen Pflanze; wer mich undankbar nennt, diene mir nicht, wer mich unerkenntlich heißt, bleibe mir unbekannt, wer grausam, der folge mir nicht: denn diese Wilde, der Basilisk, die Undankbare, Grausame, diese Unerkenntliche wird keinen suchen, ihm dienen, seine Bekanntschaft wünschen und auf keine Weise irgendeinem folgen. Wenn Unvernunft und törichte Wünsche den Grisostomo töteten, warum wird meine Ehre und Tugend angeklagt? Wenn ich meine Reinheit in Gesellschaft der Bäume bewahre, warum soll ich wünschen, daß sie der verletzt, der doch wünscht, daß ich sie unter den Menschen bewahre? Wie ihr wißt, besitze ich eigenes Vermögen und begehre nach keinem fremden; ich bin frei, und es gefällt mir nicht, untertan zu werden; ich liebe und hasse keinen; ich täusche nicht den einen, bewerbe mich nicht um den andern, scherze nicht mit diesem, lache nicht mit jenem. Meine unbescholtene Gesellschaft sind die Hirtenmädchen dieser Gegend, meine Beschäftigung ist die Sorgfalt für meine Herde, meine Wünsche werden von diesen Bergen umgrenzt, übersteigen sie diese, so geschieht es nur, um mir die Schönheit des Himmels vorzustellen, den Aufenthalt, zu dem unsere Seele wie zu ihrer ersten Heimat zurückkehrt.

Mit diesen letzten Worten wandte sie sich um, ohne eine Antwort abzuwarten, und verlor sich in einem nahen Hohlweg des Gebirges, indem sie alle über ihren Verstand wie über ihre Schönheit entzückt zurückließ. Einige von denen, die von den Strahlen ihrer schönen Augen wie von scharfen Pfeilen verwundet waren, wollten sich anschicken, ihr zu folgen, ohne die ausgesprochene Absage auf sich zu beziehen. Als Don Quixote dies bemerkte, schien es ihm, daß seine Ritterschaft hier trefflich als Hilfe der bedrängten Jungfrauen anzuwenden sei;

er legte also die Hand an den Degen und sagte mit lauter und verständlicher Stimme: Niemand, welchen Standes und welcher Würde er auch sei, unterfange sich, der schönen Marcella nachzufolgen, es sei denn, daß er meinen wütendsten Unwillen erfahren würde. Sie hat mit deutlichen und hinreichenden Gründen bewiesen, daß sie wenige oder gar keine Schuld am Tode des Grisostomo trägt und wie fern es ihr sei, in die Wünsche irgendeines ihrer Liebhaber einzuwilligen: deshalb ist es gerecht, daß man sie als das Edelste in der Welt schätze und verehre, statt sie zu verfolgen, denn sie ist wahrlich die einzige auf der Welt, die mit so edlen Vorsätzen lebt.

Ob es nun die Drohungen Don Quixotes oder Ambrosios Bitten bewirkten, daß sie alles, was er seinem wackern Freunde schuldig sei, noch mit ihm vollenden möchten, genug, alle blieben ruhig und keiner entfernte sich; so ward das Grab fertiggemacht, die Papiere des Grisostomo wurden verbrannt, sein Leichnam in die Erde gelegt, wobei alle Umstehenden viele Tränen vergossen. Mit einem großen Steine verschlossen sie das Grabmal.

Über das Grab wurden dann viele Blumen und Blätter gestreut, dann trennten sich alle vom Ambrosio, indem sie ihm wegen seines Freundes Trost zusprachen. Eben dies taten Vivaldo und sein Gefährte, und Don Quixote trennte sich von seinen Wirten und den Reisenden, die ihn baten, mit ihnen nach Sevilla zu ziehen, einem Orte, der sehr geeignet sei, um Abenteuer zu finden, denn in jedem Winkel und in jeder Gasse begegne man Abenteuern mehr als irgendwo. Don Quixote bedankte sich für ihren Rat und ihre freundschaftliche Gesinnung, sagte aber zugleich, daß er für jetzt noch nicht nach Sevilla gehen dürfe, bis er alle diese Berge von den verborgenen Mordbrennern gereinigt habe, mit denen sie angefüllt sein sollten. Da die Reisenden diesen edlen Entschluß hörten, drangen sie nicht weiter in ihn, sondern nahmen zum zweiten Male Abschied, verließen ihn und setzten ihren Weg fort, auf dem es ihnen nicht an Unterhaltung fehlte sowohl über die Geschichte der Marcella und des Grisostomo als auch über die Narrheit des Don Quixote. Dieser war entschlossen, die Schäferin Marcella aufzusuchen und ihr seine Dienste und Hilfe anzubieten. Er kam aber, wie wir im ferneren Verlauf dieser wahren Historie hören werden, nicht dazu, diesen Entschluß zur Ausführung zu bringen.

Fünfzehntes Kapitel

Beschreibt ein glückliches Abenteuer, das Don Quixote mit einigen Leuten aus Yanguas begegnete.

Nachdem also Don Quixote von seinen Wirten und allen übrigen, die an dem Begräbnisse Grisostomos teilgenommen hatten, Abschied genommen, wandte er sich mit seinem Schildknappen in jene Gegend, nach welcher er Marcella enteilen gesehen hatte. Als sie länger als zwei Stunden suchend nach allen Seiten herumgestreift waren, ohne sie zu finden, hielten sie auf einer Wiese an, die frisches Gras bedeckte und durch die ein frischer, erquickender Bach floß; sie beschlossen, hier in der Hitze der Mittagsstunde, die eben heftig zu brennen anfing, auszuruhen. Don Quixote und Sancho stiegen also ab und ließen den Esel und Rosinante nach ihrem Gelüste von dem schönen Grase fressen, sie selbst aber öffneten den Schnappsack, und Herr und Knecht verzehrten friedlich und ohne Zeremonien, was sie darin antrafen.

Sancho hatte Rosinantes Füße nicht gebunden, denn er kannte ihn als so sanft und einen solchen Feind aller Ausschweifungen, daß ihn alle Stuten von der Weide von Cordoba nicht von dem Wege des Guten ablenken könnten. Das Schicksal und der Teufel, der nicht immer schläft, fügten es aber, daß ein Zug galicischer Füllen von Leuten aus Yanguas durch das Tal getrieben wurde, die mit ihren Koppeln mittags gern an Orten still liegen, wo sie Gras und Wasser finden; der Platz also, auf welchem Don Quixote ruhte, war auch jenen sehr willkommen.

In Rosinante stieg bald der Wunsch auf, sich mit den liebenswürdigen Stuten zu ergötzen; er witterte sie also kaum, als er auch schon gegen seine sonstige Gewohnheit und Natur und ohne von seinem Herrn Erlaubnis zu erbitten, sich in einen eiligen Trab setzte, um jenen Stuten seine Wünsche mitzuteilen. Diesen aber war mehr an der Weide als an anderen Dingen gelegen, sie empfingen ihn also mit Hufen und Zähnen. Was ihm aber noch weniger gefiel, war, daß die Treiber, da sie die Gewalt sahen, die ihren Stuten drohte, mit Knütteln herbeieilten und ihm mit Prügeln so zusetzten, daß er kraftlos auf den Boden stürzte.

Don Quixote und Sancho, die die Mißhandlung des Rosinante mit angesehen hatten, liefen eiligst herbei, um ihm wieder auf die Beine zu helfen, und Don Quixote sagte zu Sancho: Wie ich gewahr werde, Freund Sancho, sind jene dort keine Ritter, sondern gemeine Menschen und schlechtes Volk. Das besagt, daß du mir deshalb wohl in der gerechten Rache beistehen darfst, die ich wegen der Gefährdung Rosinantes nehmen will, die er unter unseren Augen erlitten hat.

Was Teufel können wir für Rache nehmen? antwortete Sancho, sie sind über zwanzig Mann und wir sind nur zwei, ja vielleicht gar nur anderthalben.

Ich stehe für hundert! versetzte Don Quixote, zog, ohne sich in weitere Gespräche einzulassen, den Degen und griff die Pferdetreiber an; ebenso tat Sancho Pansa, vom Beispiele seines Herrn gereizt und angefeuert. Zum Anfange gab Don Quixote dem einen einen starken Hieb, der in die Schulter drang und das lederne Koller zerschnitt. Da die vielen Pferdetreiber sich so von zwei einzelnen Menschen mißhandelt sahen, liefen sie alle mit ihren Knütteln herbei, nahmen die beiden in die Mitte und schlugen nun mit vieler Gewalt und Behendigkeit von allen Seiten auf sie ein. Schon beim zweiten Hieb lag Sancho auf dem Boden, und weder Mut noch Geschicklichkeit konnten Don Quixote vor einem gleichen Schicksal bewahren: er sank zu Füßen des Rosinante nieder, der seinerseits vergebliche Versuche machte, sich wieder aufzurichten, woraus denn jedermann ersehen kann, was die Knüttel in Wut versetzter Bauern für Wirkung zu tun vermögen. Als diese nun glaubten, genug und zuviel getan zu haben, trieben sie eilig die Koppeln zusammen und ließen die beiden Abenteurer in übler Verfassung und noch üblerer Stimmung zurück.

Der erste, der sich besann, war Sancho Pansa, der, da er sich so nahe bei seinem Herrn fand, mit schwacher und kranker Stimme sagte: Herr Don Quixote! Ach Herr Don Quixote!

Was begehrst du, Bruder Sancho? erwiderte Don Quixote, ebenso schwach und erschöpft wie Sancho.

Ich begehrte, wenn's möglich wäre, antwortete Sancho Pansa, daß Euer Gnaden mir nur zwei Schluck von dem Wundertranke reichen möchten, wenn Ihr ihn gerade bei der Hand habt, denn vielleicht ist er für zerschlagene Knochen nicht weniger nützlich als für Wunden.

Wenn ich Unglückseliger diesen Trank besäße, was ginge uns dann ab? sagte Don Quixote; aber ich schwöre dir bei der Ehre eines fahrenden Ritters, Sancho Pansa, nicht zwei Tage sollen verlaufen, wenn das Glück es nicht anders fügt, und ich will ihn besitzen oder nicht gesund vor dir stehen.

Wie viele Tage werden dann, fragte Sancho Pansa, nach Eurer Meinung verlaufen, in denen wir weder gehen noch stehen können?

Was mich betrifft, so muß ich gestehen, sagte der zerprügelte Ritter Don Quixote, daß ich die Zahl dieser Tage nicht genau anzugeben weiß; aber ich messe mir selber alle Schuld bei, da ich nicht gegen Menschen das Schwert

hätte ziehen müssen, die nicht so wie ich geschlagene Ritter sind; ich glaube daher, daß zu meiner Strafe, da ich die Gesetze der Ritterschaft verletzte, der Gott der Schlachten zugegeben hat, daß ich deshalben gezüchtigt wurde. Darum, Bruder Sancho, laß dir dieses für jetzt und immerdar gesagt sein, weil es für unsere beiderseitige Wohlfahrt wichtig ist, daß du nämlich, wenn du siehst, daß dergleichen Pöbel uns eine Ungebühr zufügt, nicht darauf wartest, bis ich das Schwert ziehe, denn ich werde das keineswegs wieder tun, sondern greife du sogleich nach deinem Degen und züchtige sie nach Herzenslust; kommen ihnen aber Ritter zu Hilfe, dann werde ich dir auch mit aller meiner Kraft zu helfen wissen, denn du hast ja tausend Zeichen und Beweise gesehen, wie weit sich die Kraft dieses meines tapferen Armes erstreckt.

So eingebildet war der arme Mann auf die Besiegung des wackeren Biscayers. Dem Sancho Pansa aber schien diese Weisung seines Herrn nicht so durchaus trefflich, er antwortete daher: Gnädiger Herr, ich bin ein friedfertiger, stiller, ruhiger Mann, ich bin gewöhnt, Leiden zu tragen, denn ich habe Frau und Kinder, die ich ernähren und erziehen muß: lasse es sich der gnädige Herr also ebenfalls gesagt sein, daß ich auch keineswegs mein Schwert ziehen werde, sowenig gegen gemeine Leute wie gegen Ritter, indem ich alle Ungebühr, die man mir erwiesen hat, erweist oder die mir noch künftig erwiesen werden möchte von hoch oder niedrig, arm oder reich, Ritter oder Knecht, nach Gottes barmherzigem Beispiel verzeihen werde, ohne irgendeinen Stand von dieser Vergebung auszuschließen.

Als dies sein Herr hörte, antwortete er: Ich wünschte nur etwas mehr Atem zu haben, um ohne große Beschwerde reden zu können, und daß sich der Schmerz in den Seiten nur so lange legte, bis ich dir, Panso, bewiesen hätte, wie sehr du dich im Irrtum befindest. So antworte mir doch darauf, du feiger

Knecht: Wenn sich der Glückswind, der uns bisher entgegenwehte, nun zu unserm Vorteile dreht, die Segel unserer Pläne schwellen macht, daß wir sicher und ohne Gefahr in den Hafen von einer der Inseln einlaufen, die ich dir versprochen habe? Wie würdest du fahren, wenn ich sie gewönne und dich zum Herrn einsetzte? Denn du machst es zur Unmöglichkeit, daß du jemals ein Ritter werdest, du wünschest es auch nicht zu sein, dir würde auch weder Mut noch Willen zu Gebote stehen, erlittenes Unrecht zu rächen und dein Besitztum zu verteidigen; denn du mußt wissen, daß in neueroberten Reichen und Provinzen die Gemüter der Eingeborenen nie so ganz beruhigt oder gänzlich auf der Seite ihres neuen Herrn sind, wenn sie nicht von Furcht gezügelt werden, daß sie nicht etwas unternehmen sollten, um die Lage der Sachen zu verändern und, wie man zu sagen pflegt, ihr Heil zu versuchen; es ist also notwendig, daß der neue Herrscher Verstand genug hat, um die Regierung zu verstehen, und Tapferkeit, um jeglichem Unfall zuvorzukommen oder sich dagegen zu schützen.

In dem, was uns jetzt geschehen ist, antwortete Sancho, hätte ich gewünscht, den Verstand und die Tapferkeit, von welchen Ihr sprecht, zu besitzen; aber ich will darauf schwören, so wahr ich ehrlich bin, daß ein Pflaster mehr als Reden heilsam wäre. Seht doch, gnädiger Herr, ob Ihr aufstehen könnt, so wollen wir dem Rosinante aufhelfen, der es freilich nicht verdient, denn er ist doch die hauptsächlichste Ursache der ganzen Prügelei. Ich hätte so was nie von Rosinante geglaubt, denn ich hielt ihn für einen so sittsamen und ordentlichen Kerl wie mich selber. Aber es ist wohl wahr, man braucht lange Zeit, um die Leute kennenzulernen, und kein Ding ist in diesem Leben gewiß. Wer hätte das denken sollen, gnädiger Herr, als Ihr dem verfluchten Ritter die gräßlichen Hiebe gabt, daß so bald hinterher eine so tüchtige Tracht von Prügeln folgen sollte, die nun auf unsere armen Schultern herniederging.

Doch sind die deinen, Sancho, antwortete Don Quixote, wahrscheinlich noch eher für dergleichen Vorfälle abgehärtet, aber ich bin in ungewalktem Zeuge erwachsen, es ist also deutlich, daß ich die Leiden dieses Unfalles noch tiefer empfinden muß; wäre es nicht, daß ich meinte, und nicht bloß meinte, sondern fest versichert wäre, daß dergleichen Unannehmlichkeit notwendig mit dem Tragen der Waffen verbunden ist, so würde ich vor bloßem Zorne augenblicklich sterben.

Hierauf antwortete der Schildknappe: Gnädiger Herr, wenn solche Unfälle die Ernte der Ritterschaft ausmachen, so sagt mir doch, ob sie selten oder oft eintreffen oder ob sie nur in gewissen Jahreszeiten zur Reife kommen, denn ich glaube, daß wir nach zwei solchen Ernten vergeblich auf die dritte warten würden, wenn uns Gott nicht in seiner unendlichen Barmherzigkeit zu Hilfe käme.

Wisse, Freund Sancho, sagte Don Quixote, daß das Leben der fahrenden Ritter tausend Gefahren und Unglücksfällen unterworfen ist. Durch nichts anderes werden die fahrenden Ritter zu Königen und Kaisern geweiht, wie es die Erfahrung an so vielen und verschiedenen Rittern bewiesen hat, deren Geschichte ich umständlich beschrieben fand; wie ich dir auch gleich von einigen erzählen könnte, wenn es mir die Schmerzen erlaubten, die sich bloß durch die Stärke ihres Armes zu einer solchen Höhe emporgeschwungen haben, nachdem sie sich vorher oft und vielmals in mancherlei Unglück und Trübsal gesehen hatten. Denn der tapfere Amadis von Gallia sah sich in der Gewalt seines Todfeindes, des Zauberers Arcalaus, von welchem als gewisse Wahrheit erzählt wird, daß er ihm mehr als zweihundert Streiche mit dem Zaume seines Pferdes gegeben habe, nachdem er ihn an eine Säule in seinem Hofe festgebunden. Ein geheimer, aber glaubwürdiger Autor schreibt ebenfalls, daß der Ritter des Phöbus in einem Schlosse plötzlich in eine Falle geraten sei, die sich unter seinen Füßen geöffnet habe, er sei hierauf in einem tiefen unterirdischen Abgrund an Händen und Füßen gefesselt worden, worauf seine Feinde ihm ein Klistier aus Schneewasser und Sand gegeben, welches ihm übel bekam, und wäre ihm nicht in dieser großen Not ein Weiser, sein guter Freund, zu Hilfe gekommen, so möchte es dem armen Ritter schlimm ergangen sein. Ich darf mich also wohl mit diesen wackeren Leuten trösten, denn der Unglimpf, den sie erduldeten, war noch härter als der, den wir heute haben aushalten müssen; überdies, Sancho, mußt du wissen, daß die Wunden nicht verunglimpfen, die man mit den Instrumenten erhält, die ein andrer zufällig in den Händen hat, auch steht es im Gesetze vom Duelle mit ausdrücklichen Worten: Schlägt ein Schuster einen andern mit dem Leisten, den er in den Händen hat, so kann von jenem nicht gesagt werden, daß er geprügelt sei, wenn freilich gleich Leisten und Prügel aus Holz erwachsen. Ich sage das, damit du nicht auf den Gedanken verfällst, daß wir, weil wir in diesem Kampfe zerschlagen worden sind, darum auch verunglimpft wären, denn die Waffen, die jene Menschen führten und mit denen sie uns zerklopften, waren nichts weiter als ihre Knüttel, und kein einziger von ihnen, soviel ich mich erinnern kann, führte eine Lanzenstange oder Schwert oder Dolch.

Mir ließen sie gar nicht Zeit, antwortete Sancho, dies alles zu beschauen, denn kaum hatte ich meinen wackern Degen herausgezogen, so ölten sie mir die Schultern mit ihren Pflöcken auch schon so ein, daß ich Gesicht und Gehör verlor und mich nicht auf den Beinen halten konnte, so daß mir keine Zeit übrigblieb, zu bedenken, ob mir die Stangen eine Verunglimpfung sind oder nicht, so überwältigte mich der Schmerz von den Hieben, die sie ebenso meinem Gedächtnisse wie meinen Schultern verabreicht haben.

Du mußt trotz alledem bedenken, Freund Pansa, daß es kein Andenken gibt, welches die Zeit nicht verlöscht, und keinen Schmerz, den der Tod nicht vertilgt.

Ich weiß nicht, erwiderte der Knappe, wie es noch ein größeres Unglück geben könnte als solches, wobei man warten muß, daß es die Zeit vertilgt oder der Tod verlöscht. Wäre unser Unglück doch lieber von der Art, daß wir es mit etlichen Pflastern bessern könnten, das käme erwünschter; aber ich sehe wohl ein, daß alle Salben in einem Hospitale nicht hinreichen würden, uns wieder auf die Beine zu bringen.

Höre auf damit und raffe deine schwachen Kräfte zusammen, Sancho, antwortete Don Quixote, und so will ich ebenfalls tun, damit wir nach dem Rosinante sehen können, ich glaube, daß der Arme nicht den geringsten Teil unseres Unglücks erlitten hat.

Darüber muß man sich nicht verwundern, antwortete Sancho, denn er ist ebenfalls fahrender Ritter. Worüber ich mich aber verwundere, ist, daß der Esel so frei und ohne Handgeld davongekommen ist, da unsere Hände und Füße es so haben entgelten müssen.

Das Glück läßt bei Unfällen immer noch eine Türe offen, durch welche man sich retten kann, erwiderte Don Quixote; hiermit mein' ich, daß dieses Tierlein uns nunmehr den Rosinante ersetzen kann, damit ich ein Kastell aufsuchen möge, in welchem ich von meinen Wunden genese. Auch halte ich diese Reiterei mir nicht zu Unehren, denn ich erinnere mich, gelesen zu haben, daß jener wackere alte Silenus, Begleiter und Erzieher des fröhlichen Gottes des Gelächters, als er in die Stadt der hundert Tore einzog, ungemein vergnügt auf einem herrlichen Esel ritt.

Es ist gut, wenn er ritt, wie Ihr da erzählt, antwortete Sancho, aber es ist doch ein großer Unterschied, ob einer reitet oder wie ein Sack voll Dreck querüber hängt.

Hierauf erwiderte Don Quixote: Die Wunden, die in Schlachten empfangen werden, geben Ehre, aber nehmen sie nicht; also, Freund Pansa, trachte nichts weiter zu erwidern, sondern erhebe dich lieber, so gut du vermagst, und lege mich dann, wie es dir am besten deucht, über deinen Esel, damit wir fortziehen, ehe die Nacht beginnt und wir aus diesem einsamen Walde kommen mögen.

Ich habe aber von dem gnädigen Herrn sagen hören, antwortete Sancho, daß es für die fahrenden Ritter ganz was Besonderes ist, in Einöden und Wüsteneien zu schlafen, und daß sie sich das zum trefflichen Glücke rechnen.

Das geschieht, sagte Don Quixote, wenn sie nicht weiterkönnen oder wenn sie verliebt sind; und wahr ist es, daß mancher Ritter sich auf einem Felsen der Sonne und dem Schatten sowie allen Unfreundlichkeiten der Witterung zwei Jahre hindurch aussetzte, ohne daß es seine Dame wußte. Einer von diesen war Amadis, der sich Schöndunkel nannte und auf dem Felsen Armut wohnte, ich weiß nicht, ob acht Monate hindurch, denn hierin ist die Erzählung nicht genau, weil er sich über eine Kränkung grämte, die ihm die Dame Orania zugefügt hatte. Aber lassen wir das, Sancho, und setze alles ins Werk, ehe dem Esel ein ähnlicher Unfall wie dem Rosinante zustößt.

Das wäre des Teufels, sagte Sancho, und mit dreißig Seufzern, sechzig Jammerausrufen und hundertundzwanzig Flüchen und Verwünschungen stand er auf: mühselig zäumte er seinen Esel auf, der sich ebenfalls in Anbetracht der unmäßigen Freiheit dieses Tages ziemlich weit entfernt hatte. Darauf gingen sie zu Rosinante, der, wenn er sich nur hätte beklagen können, gewiß nicht hinter Sancho oder seinem Herrn zurückgeblieben wäre. Kurz, Sancho packte Don Quixote über den Esel, band Rosinante an dessen Schweif, er selbst führte den Esel am Stricke, und so trat er nach und nach den Marsch nach der Gegend an, wo er die ordentliche Straße vermutete. Das Schicksal, welches sie aus dem Guten ins Bessere führte, brachte sie nach einer kleinen Meile auf den wirklichen Weg, auf dem sich eine Schenke zeigte.

Sechzehntes Kapitel

Was dem scharfsinnigen Ritter in der Schenke begegnete, die er für ein Kastell hielt.

Der Schenkwirt, der Don Quixote quer über dem Esel hängen sah, fragte Sancho, was ihm fehle. Sancho antwortete, ihm fehle nichts, als daß er von einem Felsen herunter einen Fall getan habe, wodurch ihm die Rippen ein wenig zerschlagen wären. Der Schenkwirt hatte eine Frau, nicht so wie die meisten dieses Standes gesinnt, denn sie war von Natur mitleidig, und das Unglück ihres Nächsten dauerte sie: sie nahm es also sogleich auf sich, Don Quixote wiederherzustellen, und ihre Tochter, ein junges Mädchen von hübschem Aussehen, stand ihr darin bei, ihren Gast zu verpflegen. In derselben Schenke diente eine Magd aus Asturien, mit breitem Munde, großem Hinterkopf, platter Nase, einem schielenden und einem nicht ganz gesunden Auge; aber alle Fehler wurden durch die Anmut des Körpers ausgeglichen. Von Fuß bis zu Kopf war sie nicht ganz drei Fuß lang, und ihr krummer Buckel zwang sie, ihren Blick mehr zu Boden zu senken, als ihr wohl lieb war. Diese zarte Jungfrau unterstützte wieder die Tochter, und beide besorgten dem Don Quixote ein elendes Bett in einer Scheune, die, wie man an deutlichen Spuren sah, seit vielen Jahren dazu gedient hatte, das Stroh aufzubewahren; hier wohnte zugleich ein Eseltreiber, dessen Bett von dem unseres Don Quixote etwas entfernt war und, ob es gleich nur aus den Sätteln und Decken seiner Maultiere bestand, doch das Lager des Don Quixote bei weitem an Bequemlichkeit übertraf. Dieses war auf zwei ungleichen Bänken gebaut, über welche man vier ungehobelte Bretter legte, und über diese wurde eine Matratze, nicht dicker als eine Decke, ausgebreitet. Diese Decke war überreich an unebenen Stellen, Klümpchen, die man wohl für Kieselsteine hätte halten können, wenn nicht einige Risse verraten hätten, daß sie aus verfilzter Wolle bestanden. Dazu gab es zwei Bettücher aus steifem Leder und eine Bettdecke, deren Fäden man, ohne sich um einen zu verrechnen, hätte zählen können, wenn man sich die Mühe hätte geben wollen.

In dieses vermaledeite Bett mußte sich Don Quixote legen, worauf ihn die Wirtin mit ihrer Tochter auf dem ganzen Körper bepflasterten, indessen Maritorne, denn so hieß die Asturierin, dazu leuchtete. Beim Pflasterauflegen bemerkte die Wirtin, daß Don Quixote allenthalben blutrünstig war, und sagte, es schienen ihr mehr Spuren von Schlägen als von einem Falle zu sein. Schläge wären es nicht, sagte Sancho, sondern der Felsen hatte viele Spitzen und Ecken, wovon jeder einen blauen Fleck zurückgelassen hat. Seid doch so gütig, liebe Frau, fuhr er fort, und sorgt, daß noch einige Lappen übrigbleiben mögen, denn sie werden nicht unnütz sein, weil mir der Buckel auch ziemlich weh tut.

Ihr müßt also, antwortete die Wirtin, wohl auch einen Fall getan haben?

Das nicht, sagte Sancho Pansa, sondern von dem Schrecken, den ich empfand, als ich meinen Herrn herunterfallen sah, tut mir der ganze Körper so weh, als ob ich tausend Prügel bekommen hätte.

Das ist wohl möglich, sagte die Tochter, denn mir träumt oft, daß ich von einem Turme herunterfiele und gar nicht auf die Erde kommen könnte, und wenn ich dann aus meinem Traume erwache, bin ich so müde und zerschlagen, als wär' ich wirklich heruntergefallen.

Da liegt der Hund begraben, antwortete Sancho, daß ich, ohne irgend zu träumen, sondern wacher, als ich jetzt bin, ebenso braun und blau wurde wie mein Herr Don Quixote.

Wie heißt der Ritter? fragte die asturische Maritorne.

Don Quixote de la Mancha, antwortete Sancho Pansa, er ist ein abenteuernder Ritter und der beste und kräftigste, den man wohl seit langem in der Welt gesehen hat.

Was ist ein abenteuernder Ritter? fragte die Magd.

Seid Ihr denn so neu in der Welt, daß Ihr das nicht wißt? versetzte Sancho Pansa. So wißt denn, mein Kind, daß ein abenteuernder Ritter ein Mann ist, der abwechselnd geprügelt wird und als Kaiser regiert. Heute ist er die unglückseligste und jämmerlichste Kreatur auf Erden, und morgen hat er zwei oder drei Kronen von Königreichen zu verschenken, die er seinem Knappen geben kann.

Wie kommt es denn aber, da Ihr einem so gewaltigen Herrn dient, sagte die Wirtin, daß Ihr noch nicht einmal, wie ich glaube, eine Grafschaft besitzt?

Das ist noch zu früh, antwortete Sancho, denn es ist noch nicht länger als einen Monat, daß wir nach Abenteuern suchen, und bis jetzt haben wir noch nichts Rechtes getroffen, auch geschieht es wohl, daß man ein Ding sucht und ein ganz andres findet. Das ist aber wahr, daß, wenn mein Herr Don Quixote von der Verwundung oder dem Falle wieder aufkommt und ich nicht davon einen Schaden zurückbehalte, ich meine Hoffnungen nicht gegen die höchste Würde in Spanien vertausche.

Dieses ganze Gespräch hörte Don Quixote sehr aufmerksam mit an; so gut er konnte, richtete er sich im Bette auf, nahm die Hand der Wirtin und sagte: Glaubt mir, schöne Dame, daß Ihr Euch glücklich preisen könnt, in diesem Euren Kastell meine Person beherbergt zu haben; denn wenn ich mich nicht selbst lobe, so geschieht dies nur, weil Eigenlob unziemlich ist; jedoch kann Euch mein Knappe erzählen, wer ich bin. Nur das will ich sagen, daß der Dienst, den Ihr mir erwiesen, ewiglich in meinem Gedächtnisse leben wird; solange ich lebe, werde ich Eurer Unterstützung gedenken, und hätten die hohen Himmelsmächte es nicht also verhängt, daß die Liebe mich ihren Gesetzen unterworfen und den Augen der schönen Undankbaren, die ich mir nur heimlich nenne, untertänig gemacht hätte, dann wäre ich glücklich, die Augen dieser schönen Jungfrau zu den Gebietern meines Willens zu machen.

Verwirrt standen die Wirtin, die Tochter und die edle Maritorne da, da sie diese Redensarten des fahrenden Ritters vernahmen, die sie ebensowenig verstanden, wie wenn er griechisch gesprochen hätte; so viel merkten sie aber, daß sie alle als Höflichkeit und Komplimente gemeint waren: da sie aber an dergleichen Sprache nicht gewöhnt waren, so sahen sie ihn an, verwunderten sich, und da er ihnen anders schien als die Leute, mit denen sie sonst umgingen, so beantworteten sie seine Höflichkeit mit Wirtshausredensarten und gingen dann fort; die Asturierin Maritorne sorgte aber erst für Sancho, der dieser Aufmerksamkeit ebensosehr bedurfte wie sein Herr.

Der Eseltreiber war mit dieser einig geworden, daß sie sich in der Nacht miteinander ergötzen wollten, und sie hatte ihm ihr Wort gegeben, sowie die Gäste zur Ruhe gebracht und ihre Herrschaft eingeschlafen wären, wolle sie ihn aufsuchen und ihm, soviel er wolle, zu Willen sein. Es war von dieser edlen Magd bekannt, daß sie kein dermaßen gegebenes Wort gebrochen habe, wenn sie es auch ohne Zeugen auf einem Berge gegeben hätte, denn sie war auf ihr Herkommen stolz und hielt es nicht für schimpflich, als Magd in der Schenke zu dienen; sie sagte, Unglück und ein unverdientes Schicksal haben sie so weit heruntergebracht.

Das harte, schlechte, elende und nichtswürdige Bett des Don Quixote stand voran in der Mitte des sternerleuchteten Stalles, dicht daneben machte sich Sancho sein Lager, welches aus nichts als einer Schilfmatte und einer Decke bestand, die eher das Ansehen von grobem geschorenem Tuch als von Wolle hatte. Hierauf folgte das Bett des Eseltreibers, wie schon gesagt, aus den

Sätteln und dem Schmucke seiner besten beiden Maultiere zubereitet, deren er zwölf hatte, die spiegelblank, dick und ansehnlich waren.

Nachdem also der Eseltreiber noch einmal sein Vieh besucht und ihm das zweite Futter gegeben hatte, streckte er sich auf seinen Sätteln hin und erwartete seine gewissenhafte Maritorne. Schon war Sancho bepflastert und im Bette, aber der Schmerz seiner Seiten erlaubte ihm noch nicht einzuschlafen, und Don Quixote hielt vor Schmerz die Augen weit offen wie ein Hase. In der ganzen Schenke herrschte Stille, es brannte auch kein anderes Licht als eine Lampe, die in der Mitte des Eingangs aufgehängt war. Diese nächtliche Einsamkeit sowie die Bilder, die unser Ritter in den Büchern, den Urhebern seines Unglücks, gefunden hatte, bildeten in seinem Kopfe eine der seltsamsten Narrheiten, auf die nur eine Einbildung verfallen kann. Er stellte sich nämlich vor, in ein sehr einsames Kastell geraten zu sein (denn wie schon gesagt, Kastelle mußten bei ihm alle Schenken sein, in denen er herbergte) und daß die Tochter des Schenkwirts eine Tochter des Herrn des Kastells sei, die sich in sein überaus edles Betragen verliebt und ihm versprochen habe, sich ohne Wissen ihrer Eltern heimlich in der Nacht zu ihm zu schleichen und eine Zeitlang bei ihm zu liegen. Über diese tolle Erfindung, die er für die ausgemachteste Wahrheit hielt, fing er an sich zu ängstigen und über den gefährlichen Kampf zu sinnen, den seine Keuschheit zu bestehen haben würde, doch gelobte er in seinem Herzen, keine Falschheit gegen seine Dame Dulcinea del Toboso zu begehen, wenn sich ihm auch selbst die Königin Ginevra mit ihrer Dame Quintannona darbieten sollten.

Während er noch über diesen Gedanken brütete, kam die Zeit und Stunde (für ihn eine Unglücksstunde), welche die Asturierin festgesetzt hatte. Sie schlich also im Hemde und barfuß, die Haare unter einer wollenen Mütze aufgebunden, nach dem Orte, wo die drei lagen, und suchte leise und bedächtigen Fußes ihren Eseltreiber. Sie war kaum zur Tür herein, als Don Quixote sie auch bemerkte, sich im Bette trotz seiner Pflaster und der Schmerzen seiner Rippen aufrichtete und die Arme ausstreckte, um seine schöne asturische Jungfrau zu empfangen, die leise und schüchtern mit den Händen tappte, um den Geliebten zu finden. Sie traf auf die Arme des Don Quixote, der sie heftig bei der Hand ergriff, sie zu sich zog und sie, ohne daß sie ein Wort zu sagen wagte, zwang, sich auf sein Bett zu setzen. Er befühlte alsbald das Hemd, und wenngleich es von Segeltuch war, schien es ihm aus edelstem Flachs gewebt zu sein. Um die Hände trug sie Glaskorallen, die ihm den Glanz köstlicher orientalischer Perlen zu verbreiten schienen; die Haare, die Pferdehaar ähnlich waren, schienen ihm leuchtende Fäden arabischen Goldes, deren Funkeln selbst die Sonne verdunkelte, ihr Atem, der nach verdorbenem, abgestandenem Salate roch, war ihm ein Strom von süßem, würzigem Wohlgeruch; kurz, seine Einbildung malte sie mit allen jenen Farben aus, wie er in seinen Büchern die Schilderungen von andern Prinzessinnen gefunden hatte, die kommen, um nach dem schwerverwundeten Ritter ihrer Liebe zu sehen. Der arme Mann war auch so verblendet, daß weder die Berührung noch der Atem noch andre Dinge, die die edle Jungfrau an sich hatte und die jedem andern als einem Eseltreiber Übelkeit erregt hätten, enttäuschen konnten; vielmehr hielt er sie für eine Göttin der Schönheit, faßte sie zart bei den Händen und sagte mit lieblicher und leiser Stimme: Ich möchte Ausdrücke finden können, schöne und erhabene Dame, um für eine so große Gnade zu danken, wie Ihr mir sie durch den Anblick Eurer herrlichen Schönheit habt erzeigen wollen; aber das Unglück, welches nie müde wird, die Edlen zu verfolgen, hat mich auf dieses Lager geworfen, auf welchem ich zerquetscht und zerschmettert liege, so daß, wenn ich auch gesonnen wäre, Eurem Wunsche Genüge zu leisten, es mir unmöglich fiele. Jedoch zu dieser Unmöglichkeit kommt eine andere, größere hinzu, nämlich die versprochene Treue, die ich der unvergleichlichen Dulcinea del Toboso angelobt habe als der einzigen Beherrscherin meiner innersten Gedanken. Wäre mir dieses nicht entgegen, so würdet Ihr mich nicht als so trägen Ritter schauen, der ungenutzt ein so großes Glück aus den Händen läßt, welches Eure überschwengliche Güte ihm hat verschaffen wollen.

Maritorne schwitzte vor Verdruß, sich von Don Quixote festgehalten zu sehen; ohne ihn zu verstehen oder nur auf seine Reden achtzugeben, bemühte sie sich stillschweigend, sich von ihm loszumachen. Der edle Eseltreiber, den seine bösen Vorsätze munter hielten, hatte seine Geliebte bemerkt, sowie sie zur Tür hereingetreten war, er hatte auch allem, was Don Quixote sagte, aufmerksam zugehört; böse darüber, daß ihn die Asturierin verfehlt habe, ging er näher zu dem Bette des Don Quixote, um zu sehen, worauf diese Reden, die ihm unverständlich waren, hinauswollten. Da er aber sah, daß die Magd bemüht war, sich loszumachen, und daß Don Quixote arbeitete, sie festzuhalten, nahm er diesen Spaß sehr übel, reckte den Arm in die Höhe und ließ einen schrecklichen Faustschlag auf das magere Gesicht des verliebten Ritters niederfallen; und damit noch nicht zufrieden, stieg er auf ihn hinauf und trat ihn mit Füßen. Das Bett, welches schwach war und auf keinem festen Grunde ruhte, konnte die hinzugefügte Last des Eseltreibers nicht aushalten, sondern stürzte in sich zusammen, auf welches Poltern hin der Schenkwirt erwachte und sogleich glaubte, daß Maritorne Händel verursacht habe, weil sie ihm auf sein lautes Rufen keine Antwort gab. In diesem Argwohne stand er auf, zündete ein Licht an und begab sich nach dem Orte, von dem das Geräusch kam. Als die Magd ihren Herrn kommen sah, dessen Zorn sie sehr fürchtete, kroch sie zitternd und bebend ins Bett zu Sancho Pansa, der schon schlief, krümmte sich zusammen und rollte sich wie ein Knäuel ein.

Der Wirt trat herein und sagte: Wo bist du, Hure? Ich weiß, daß das deine Streiche sind. Indessen ward Sancho munter, und da er die Last auf sich fühlte, meinte er, daß ihn der Alp drücke, und er schlug rechts und links mit den Fäusten aus, wobei er Maritornen nicht selten traf. Als diese den Schmerz

fühlte, ließ sie die Schamhaftigkeit fahren und gab dem Sancho die Faustschläge so kräftig zurück, daß er völlig aus seinem Schlafe wach wurde. Da er nun diese Begegnung merkte, ohne zu wissen, von wo sie ihm komme, wehrte er sich nach aller Macht, und die beiden begannen nun die wütendste und lächerlichste Schlägerei von der Welt. Beim Schein der Laterne des Wirtes sah nun der Eseltreiber die Lage seiner Dame, er ließ Don Quixote und eilte dahin, wo seine Hilfe vonnöten war. Dasselbe tat der Wirt, aber in anderer Absicht, um nämlich die Magd zu züchtigen, weil er glaubte, daß sie allein den ganzen Lärm verursacht habe. Wie man nun im Sprichwort sagt: Die Katze an der Ratze, die Ratze am Stricke, der Strick am Stocke, so schlug der Eseltreiber auf Sancho los, Sancho auf die Magd, die Magd auf ihn, auf die Magd der Wirt, und alle arbeiteten mit solcher Hast durcheinander, daß sie einander auch nicht einen Augenblick zu Atem kommen ließen. Das beste war, daß das Licht des Wirtes ausging, in der Finsternis schlugen sie so unbarmherzig aufeinander ein, daß keine gesunde Stelle blieb, wo ein Hieb hintraf.

Es traf sich, daß in dieser Nacht in der Schenke ein Häscher schlief, einer von der sogenannten heiligen alten Brüderschaft von Toledo; als dieser den ungeheuren Lärm der Schlacht vernahm, rüstete er sich mit seinem Stabe und seinen Amtsinsignien, trat im Dunkeln in das Gemach und sagte: Friede im Namen der Gerechtigkeit! Friede im Namen der heiligen Brüderschaft! Der erste, auf den er stieß, war der gemaulschellte Don Quixote, der in seinem zerbrochenen Bette mit offenem Munde und ohne Bewußtsein lag, er fühlte mit der Hand seinen Bart und rief: Respekt vor der Gerechtigkeit! Da er aber sah, daß der, den er festhielt, nicht Atem holte oder sich rührte, hielt er ihn für tot und die übrigen Anwesenden für seine Mörder, in dieser Meinung schrie er mit lauter Stimme: Verschließt die Tür der Schenke, daß keiner entwischt, denn hier ist ein Mensch umgebracht worden!

Dieser Ausruf erschreckte alle, und jeder ließ unverzüglich vom Kampfe ab, als er den Ausruf vernahm. Der Wirt zog sich nach seiner Stube, der Eseltreiber nach seinen Sätteln, die Magd nach ihrem Verschlage zurück; nur die beiden Unglücklichen Don Quixote und Sancho konnten sich nicht von der Stelle rühren, wo sie lagen. Der Häscher ließ hierauf den Bart des Don Quixote los, um Licht zu suchen und die Verbrecher zu fangen, aber er fand nichts; denn der Wirt hatte die Lampe ausgelöscht, als er in sein Zimmer zurückging, er war also genötigt, nach dem Feuerherde zu gehen, wo er nach vieler Arbeit und langer Zeit ein anderes Licht anzündete.

Siebzehntes Kapitel

welches die weiteren mannigfachen Unannehmlichkeiten beschreibt, die den braven Don Quixote und seinen wackren Knappen in der Schenke betrafen, die er zu seinem Unglück für ein Kastell hielt.

Um diese Zeit hatte sich Don Quixote von seiner Betäubung erholt, und mit demselben Ton, mit welchem er am vorigen Tage seinen Knappen angerufen hatte, als er von den Knütteln zu Boden gestreckt worden war, fing er auch jetzt wieder an: Freund Sancho, schläfst du? Schläfst du, Freund Sancho?

Wie zum Henker soll ich denn schlafen? antwortete Sancho voller Verdruß und Ärgernis, es ist ja nicht anders, als ob sich in dieser Nacht alle Teufel über mich hergemacht hätten.

Du kannst sicher sein, antwortete Don Quixote, daß ich entweder ein Dummkopf bin, oder dieses Kastell ist verzaubert, denn du mußt erfahren — — — Aber schwöre, daß du das, was ich dir jetzt sagen werde, als Geheimnis bis nach meinem Tode aufbewahren willst.

Ich schwöre, antwortete Sancho.

Ich sage dies nur, fuhr Don Quixote fort, weil es mir verhaßt ist, die Ehre irgend jemandes zu kränken.

Nun, ich sage ja, daß ich schwöre, entgegnete Sancho, ich will's ja verschweigen, bis Euer Gnaden tot ist, und ich bitte Gott nur, daß ich es morgen schon entdecken dürfte.

Und du bist mir so feindlich, Sancho, antwortete Don Quixote, daß dein Wunsch meinem Leben eine so nahe Grenze steckt?

Nicht das, versetzte Sancho, es ist mir nur verhaßt, die Sachen lange aufzuheben, und es ist immer mein Wunsch, daß sie vom langen Liegen nicht verfaulen möchten.

Es sei also denn, sagte Don Quixote, daß ich deiner Liebe und deinem Worte vertraue. Du mußt also wissen, daß mir in dieser Nacht eines der seltsamsten Abenteuer zugestoßen ist, das ich wohl zu schätzen verstehe, und um es dir mit wenigem zu sagen, so erfahre, daß unlängst die Tochter des Herrn dieses Kastells zu mir kam, die zarteste und schönste Jungfrau, die auf der Erde zu finden ist. Was soll ich dir von den Reizen ihrer Person sagen? Was von ihrem vorzüglichen Verstande? Was von anderen verborgenen Dingen, die ich lieber unberührt und im Stillschweigen vergraben lasse, um die Treue nicht zu brechen, die ich meiner Gebieterin Dulcinea del Toboso gelobt habe? Nur das will ich hinzufügen, daß der Himmel, neidisch wegen des edlen Gutes, welches das Glück mir in die Arme geführt hatte, oder vielleicht (und vielmehr ist dieses Gewißheit), weil dieses Kastell verzaubert ist, folgendes zuließ: Es geschah, daß eben, da ich in den süßesten und liebevollsten Gesprächen begriffen war, ohne daß ich sehen oder wissen konnte, woher sie komme, eine Hand kam, die dem Arme eines ungeheuren Riesen angehörte, und mir einen solchen Schlag auf die Backe gab, daß das Blut herausstürzte, worauf ich überdies noch so zerschlagen wurde, daß ich mich weit schlimmer als gestern befinde, als die Treiber der Unenthaltsamkeit des Rosinante halber uns die Ungebühr zufügten, deren du dich erinnern wirst. Ich ziehe daraus den Schluß, daß der Schönheitsschatz dieser Jungfrau von irgendeinem verzauberten Mohren bewacht und mir nicht zugedacht ist.

Und mir auch nicht, antwortete Sancho, denn über vierhundert Mohren haben mich dermaßen zerprügelt, daß das mit den Knütteln nur Konfekt und Marzipan dagegen ist. Aber sagt mir nur, wie Ihr das für ein schönes und herrliches Abenteuer halten könnt, da wir doch das genossen haben, was man uns gereicht hat! Euer Gnaden freilich nicht so schlimm, denn Ihr habt doch, wie Ihr sagt, die unvergleichliche Schönheit in den Armen gehabt; aber ich? Nichts als die kräftigsten Püffe, die ich noch zeit meines Lebens gefühlt habe. Ich Unglückseliger! Ich bin zum Unglück auf die Welt gekommen! Ich bin kein fahrender Ritter und denke es auch niemals zu werden, und doch muß ich von allen Balgereien das Beste abkriegen!

Also bist du ebenfalls geprügelt worden? fragte Don Quixote.

Hab' ich's denn, zum Teufel, nicht schon gesagt? rief Sancho.

Sei ruhig, mein Freund, antwortete Don Quixote, denn ich will alsbald den köstlichsten Balsam verfertigen, der uns in einem Umsehen ganz gesund machen soll.

Indessen hatte der Häscher sein Licht wieder angezündet und kam nun herein, um nach dem vermeintlichen Toten zu sehen; als ihn Sancho hereintreten sah, im Hemde, mit einem Tuche um den Kopf, die Lampe in der Hand und mit einem ziemlich widerwärtigen Angesichte, fragte er seinen Herrn: Gnädiger Herr, sollte das wohl der verzauberte Mohr sein, der von neuem zu prügeln anfangen will, weil er noch etwas vorrätig behalten hat?

Der Mohr kann er nicht sein, antwortete Don Quixote, denn die Verzauberten lassen sich nicht blicken.

Lassen sie sich nicht blicken, so lassen sie sich fühlen, sagte Sancho, das können meine Schultern bezeugen.

Das können die meinigen ebensowohl, erwiderte Don Quixote, aber dies ist dennoch kein hinreichendes Anzeichen, um jenen dort für den verzauberten Mohren zu halten.

Der Häscher kam näher, und da er die beiden in so ruhigem Gespräche antraf, stand er voll Erstaunen still. Don Quixote lag aber immer noch mit aufgerecktem Gesichte da, weil er sich, so zerschlagen, wie er war, nicht regen oder bewegen konnte. Der Häscher ging also zu ihm und sagte: Nun, wie steht's, mein guter Kerl?

Ich würde mich anständiger ausdrücken, erwiderte Don Quixote, wenn ich an Eurer Stelle wäre. Spricht man hierzulande so mit fahrenden Rittern, Ihr Lümmel?

Der Häscher, der sich von einem so schlecht aussehenden Menschen so verächtlich behandelt sah, verlor die Geduld und warf die Lampe mit allem Öle an Don Quixotes Kopf, worauf er ihn mit zerschlagenem Kopfe liegen ließ und in der Finsternis gleich wieder hinausging. Sancho Pansa sagte: Ganz gewiß, gnädiger Herr, ist dieses der verzauberte Mohr, der für andere den Schatz aufheben muß, für uns aber Faustschläge und Lampenschmisse aufhebt.

So ist es, antwortete Don Quixote, und es ist nichts weiter gegen dergleichen Zauberdinge zu tun, wie es denn auch unnütz ist, sich darüber zu ärgern und zu erzürnen, denn sie sind nur unsichtbare Phantome, so daß wir an ihnen durchaus keine Rache nehmen können, wenn wir auch wollten: besser ist es, Sancho, du stehst auf, wenn du es vermagst, gehst zum Kommandanten dieser Festung und verschaffst dir etwas Öl, Wein, Salz und Rosmarin, um den heilsamen Balsam zu brauen, denn ich glaube, er würde mir jetzt guttun, da vieles Blut aus der Wunde fließt, die mir das Gespenst geschlagen hat.

Mit vielen Schmerzen seiner Gebeine erhob sich Sancho und ging im Finstern hinaus, er begegnete dem Häscher, der auf der Lauer stand, wie es mit seinem Feinde ablaufen würde, und zu diesem sagte Sancho: Wer Ihr auch seid, mein Herr, seid so gut und erzeigt mir die Wohltat, mir ein wenig Rosmarin, Öl, Salz und Wein zu geben, um einen der besten fahrenden Ritter auf der ganzen Erde gesund zu machen, der dort im Bette liegt, schwer verwundet von den Händen des verzauberten Mohren, der in dieser Schenke umgeht.

Nach dieser Rede hielt ihn der Häscher für verrückt; da es aber schon anfing, Tag zu werden, machte er die Tür der Schenke auf und rief den Wirt, dem er die Bitte dieses verständigen Mannes mitteilte. Der Wirt gab ihm sogleich das Verlangte, und Sancho ging zu Don Quixote zurück, der den Kopf auf die Hände stützte und sich über den Lampenschlag sehr beklagte, der ihm aber kein anderes Übel als zwei tüchtige Beulen zugefügt hatte, denn was er für Blut hielt, war nur Schweiß, den er dieses Vorfalls halber und wegen des überstandenen Leidens vergoß. Er nahm nun sogleich die Elemente, aus denen er ein Kompositum machte, indem er sie zusammentat und eine gute Zeit kochen ließ, bis sie nach seiner Meinung die gehörige Tüchtigkeit erreicht hatten. Er forderte alsbald eine Flasche, um den Trank hineinzugießen, da aber in der Schenke keine zu haben war, so entschloß er sich, ihn in ein Ölbehältnis aus Blech zu tun, welches ihm der Wirt großmütig schenkte. Hierauf betete er über das Behältnis wohl achtzig Paternoster, ebenso viele Ave Marias, Salves und Credos, und bei jedem Worte machte er ein Kreuz, als wenn er sie einsegnete; bei diesem ganzen Weiheakt waren Sancho, der Wirt und der Häscher gegenwärtig, denn der Eseltreiber war stillschweigend fortgegangen, um seine Tiere zu füttern.

Nachdem er alles vollbracht hatte, wollte er gleich die Trefflichkeit seines erfundenen köstlichen Balsams probieren, er trank also das Übriggebliebene aus, das er nicht in die Ölflasche hatte füllen können; es war wohl ein Viertel Quart in dem Kochtopf zurückgeblieben. Er hatte es aber kaum getrunken, als ihn ein so heftiges Erbrechen befiel, daß er nichts im Magen behielt, und durch diese Anstrengung und Ängstigung geriet er in starken Schweiß, worauf er befahl, daß man ihn zudecken und allein lassen solle. Sie taten es, und er schlief über drei Stunden, worauf er erwachte und sich so stark fühlte und seine Schmerzen so gelindert, daß er sich für ganz gesund hielt und wirklich glaubte, er besitze nun den Balsam des Fierabas, mit welchem er nun künftig ohne Furcht alle Kämpfe, Schlachten und Händel, seien sie auch noch so gefährlich, bestehen könne.

Sancho Pansa, der seinen Herrn auch zum Erstaunen besser fand, bat um das, was noch im Topf zurückgeblieben sei, und das war in der Tat nicht wenig. Don Quixote gewährte es ihm, er ergriff mit vollem Zutrauen und der größten Begierde den Topf mit beiden Händen und trank wohl ebensoviel wie sein Herr hinunter. Der Magen des armen Sancho mußte aber von stärkerer Reizbarkeit sein, denn vor dem Erbrechen hatte er solche Beängstigungen, wobei er schwitzte und sich quälte, daß er fest überzeugt war, daß dies seine letzte Stunde sei, worüber er ebenso böse wie traurig wurde und den Balsam und den Totschläger, der ihn ihm gegeben hatte, verwünschte. Da Don Quixote dies sah, sagte er: Ich glaube, Sancho, daß dein ganzes Unheil daher rührt, daß du nicht zum Ritter geschlagen bist, denn ich bin der Meinung, daß niemand, der nicht Ritter ist, sich dieses Getränkes bedienen dürfe.

Wenn Ihr das wußtet, versetzte Sancho, warum in des Satans Namen habt Ihr es mich denn kosten lassen? Indessen fing der Balsam zu wirken an, und der arme Schildknappe entledigte sich seiner Bürde aus beiden Kanälen mit solcher Eile, daß weder die Binsenmatte, auf der er lag, noch das Tuch, mit dem er zugedeckt war, jemals wieder gebraucht werden konnten. Er schwitzte unter solchen Beklemmungen und Martern, daß nicht bloß er, sondern alle übrigen glaubten, sein Leben ginge zu Ende. Dieses Ungewitter und Übelbefinden dauerte ungefähr zwei Stunden, worauf er sich nicht so wie sein Herr befand, sondern so erschöpft und ermattet war, daß er sich nicht auf den Beinen halten konnte. Don Quixote aber, der sich, wie gesagt, gesund und kräftig fühlte, wünschte gleich abzureisen, um Abenteuer aufzusuchen, denn jeder Augenblick, den er zögerte, schien ihm ein Verlust für die Welt und die Unglücklichen, die seiner Hilfe und seines Beistandes bedürften, vorzüglich da er nun, auf seinen Balsam vertrauend, um so sicherer zu Werke gehen könne; von seinem Vorhaben angetrieben, sattelte er also selbst den Rosinante und zäumte das Tier seines Schildknappen auf, dem er hierauf half, sich anzukleiden, und den er dann auf den Esel setzte. Alsbald stieg er selbst zu Pferde und ergriff eine Stange, die in einem Winkel des Hofes stand und die ihm zur Lanze dienen sollte. Über zwanzig Menschen, die in der Schenke waren, standen umher und sahen ihm zu, unter diesen befand sich auch die Tochter des Wirtes, von der auch er seinerseits kein Auge abwandte, und von Zeit zu Zeit seufzte er schwer, so daß alle meinten, es geschähe deshalb, weil ihm seine Rippen sehr weh täten; wenigstens dachten diejenigen so, die ihn am vorigen Abend hatten bepflastern sehen.

Als sie nun beide beritten waren, rief er am Tor der Schenke den Wirt herbei und sagte mit feierlicher und ernster Stimme: Zahlreich und bedeutungsvoll sind die Gefälligkeiten, Herr Kommandant, die ich in Eurem Kastell erfahren, und es ist meine Pflicht, Euch mein ganzes Leben lang dafür dankbar zu sein. Kann ich sie Euch vergelten, indem ich an irgendeinem Frechen Rache nehme, der Euch Ungebühr erzeigte, so wißt, daß es mein Gewerbe ist, den Schwachen beizustehen, die zu rächen, die Unrecht erleiden, und den Übermut zu züchtigen. Sammelt Euer Gedächtnis, und wenn Ihr ein Ding der Art findet, welches Ihr mir auftragen mögt, so verspreche ich bei dem Orden der Ritterschaft, den ich empfangen habe, Euch Genugtuung zu verschaffen und Euch nach allen Euern Forderungen zu bezahlen.

Mit ebenderselben Feierlichkeit antwortete der Wirt: Herr Ritter, es ist mir gar nicht vonnöten, daß Ihr mich wegen irgendeiner Ungebühr rächt, denn ich nehme meine Rache immer selbst, wenn es die Gelegenheit fügt; wessen ich bedarf, ist nur, daß Euer Gnaden die Zehrung dieser Nacht bezahlt, das Heu und den Hafer für die beiden Tiere und das Abendessen und die Betten.

Dieses ist also eine Schenke? fragte Don Quixote.

Und eine sehr vorzügliche, antwortete der Wirt.

So habe ich mich also bisher getäuscht, erwiderte Don Quixote, denn wahrlich, ich dachte, es sei ein Kastell und kein unansehnliches. Weil es aber kein Kastell, sondern eine Schenke ist, so kann hier nichts weiter geschehen, als daß Ihr mir die Bezahlung erlassen mögt, denn ich kann unmöglich dem Orden der fahrenden Ritter zuwiderhandeln, von denen ich gewiß weiß (denn bisher habe ich noch nirgends das Gegenteil gelesen), daß sie niemals ihre Herberge oder andere Dinge in den Schenken bezahlten, denn freiwillig und ohne Eigennutz wurde ihnen allerwege gute Aufnahme bereitet, zum Lohn der unsäglichen Mühseligkeiten, denen sie sich unterzogen, indem sie Nacht und Tag Abenteuer suchten, im Winter und Sommer, zu Fuß und zu Pferde, Hunger und Durst, Hitze und Kälte erlitten und allen Unfreundlichkeiten des Himmels und jeder Widerwärtigkeit der Erde unterworfen waren.

Alles das kümmert mich nicht, versetzte der Wirt, bezahlt, was Ihr schuldig seid, und geht mir mit dem Ritterkrame, denn er taugt in meinem Krame gar nichts, sondern ich will das Meinige haben.

Ihr seid ein frecher, elender Schenkwirt! antwortete Don Quixote und gab dem Rosinante die Sporen, schwang die Lanze und ritt zur Schenke hinaus, ohne daß ihn einer zurückhielt; er aber, ohne zurückzuschauen, ob ihm sein Knappe folge, entfernte sich eine ziemliche Strecke. Der Wirt, der ihn wegreiten sah, ohne bezahlt zu haben, wandte sich an Sancho Pansa, um sein Geld zu bekommen, der aber die Antwort gab, daß, da sein Herr nicht habe bezahlen wollen, er solches auch nicht zu tun begehre, er sei der Knappe eines fahrenden Ritters, er müsse also mit seinem Herrn derselben Vorschrift und Gesetzgebung gehorchen, in den Herbergen und Schenken durchaus nichts zu bezahlen. Der Wirt wurde böse und drohte ihm, falls er nicht bezahle, wolle er ihn so mahnen, daß er es fühlen würde. Worauf Sancho erwiderte, daß er kraft der Ritterschaft, der sein Herr angehöre, nicht einen Heller bezahlen würde, wenn es ihn auch das Leben kosten sollte, denn durch seine Schuld sollte nicht dieser alte und löbliche Gebrauch der fahrenden Ritter verlorengehen, und die Knappen zukünftiger Zeiten sollten sich niemals über ihn beklagen oder ihm einen so gerechten Vorwurf machen dürfen.

Das böse Schicksal des unglücklichen Sancho fügte es, daß sich unter den Leuten, welche in der Schenke waren, vier Tuchscherer aus Segovia, drei Nadelhändler vom Markte von Cordova und zwei Landstreicher aus Sevilla befanden, lustiges, aufgewecktes und ebenso boshaftes und schadenfrohes Volk. Wie von einem Geiste zugleich angetrieben, ergriffen sie Sancho und hoben ihn von seinem Esel; einer der Leute holte hierauf das Bettuch des Wirtes herbei, und sie legten Sancho derartig darauf, daß sein Rücken auf dem Tuch zu liegen kam, seine Augen aber himmelwärts gerichtet waren. Sie bemerkten aber, daß die Decke zu dem Werke, das sie vornehmen wollten, zu niedrig sei, sie entschlossen sich also, in den Hof zu gehen, der nur vom Himmel beschränkt wurde. Hier legten sie Sancho mitten auf das Tuch, warfen ihn in die Höhe und fingen ihn wieder auf, wie man es wohl mit den Hunden zu Fastnacht zu machen pflegt. Der arme Geprellte erhob ein so lautes Geschrei, daß es in die Ohren seines Herrn drang, der sogleich still hielt, um aufmerksam hinzuhorchen, weil er dachte, es möchte ihm ein neues Abenteuer bevorstehen; endlich begriff er, daß derjenige, der so jammerte, sein Knappe sei: sogleich lenkte er um und ritt in einem steifen Galopp zur Schenke zurück, die er verschlossen fand, er umkreiste sie also, um irgendeinen Eingang zu finden. Sowie er an die Mauern des Hofes kam (die nicht sonderlich hoch waren), sah er, wie übel hier seinem Knappen mitgespielt wurde. Er sah ihn mit solcher Anmut und Behendigkeit niederfallen und wieder in die Höhe fliegen, daß er gewiß darüber gelacht hätte, wenn sein Zorn nicht zu mächtig geworden wäre. Er machte also den Versuch, vom Pferd auf die Mauer zu steigen, aber er war so schwach und steif, daß er nicht einmal aus dem Sattel kommen konnte, worauf er vom Pferd herunter denen, die Sancho prellten, so schreckliche Schmähungen und Verwünschungen zurief, daß sie sich unmöglich niederschreiben lassen. Sie aber ließen sich im Lachen und in ihrer Beschäftigung nicht stören, auch ließ Sancho seine Klagen nicht, die er bald mit Drohungen, bald mit Bitten vermischte; alles aber war ohne Erfolg und Nutzen, bis sie aus Müdigkeit ihr Werk ließen. Sie führten also seinen Esel herbei, setzten ihn darauf, bekleideten ihn mit seinem Mantel, und da ihn die mitleidige Maritorne so ermattet sah, schien es ihr dienlich, ihm mit einem Becher Wasser zu Hilfe zu kommen, das sie auch selbst aus dem Brunnen schöpfte, damit es um so frischer sei. Sancho nahm den Becher und setzte ihn zum Munde, hielt aber bei dem Zurufen seines Herrn inne, welcher schrie: Mein Sohn Sancho, trink kein Wasser, trink's nicht, es bringt dich um! Schaue hier den köstlichen Balsam (wobei er ihm die blecherne Flasche zeigte), mit zwei Tropfen, die du davon nimmst, bist du gesund und frisch!

Bei diesen Worten sah ihn Sancho über die Schultern an und sagte unter andern und noch härteren Redensarten: Ihr habt wohl schon wieder vergessen, daß ich kein Ritter bin, oder Ihr wollt wohl, daß ich die Eingeweide noch vollends herausspeien soll, die mir etwa noch übriggeblieben sind? Behaltet Euren Trank in des Teufels Namen und laßt mich! — Und indem er diese Worte noch sprach, fing er auch schon an zu trinken. Da er aber beim ersten Schluck spürte, daß es Wasser sei, hatte er keine Lust, mehr zu trinken, sondern bat Maritorne, ihm Wein zu geben, was sie auch mit gutem Willen tat, sie zahlte diesen Wein sogar aus ihrer eigenen Tasche; denn man kann mit Recht von ihr sagen, daß sie in ihrem Stande immer noch einige Spuren von Christentum behalten hatte.

Nachdem Sancho getrunken hatte, trat er seinen Esel in die Seite, und sowie das Tor der Schenke aufgemacht wurde, rannte er hindurch, sehr zufrieden, daß er doch nichts bezahlt und seinen Willen durchgesetzt habe, wenn es auch auf Kosten seiner gewöhnlichen Bürgen, nämlich seiner Schultern, geschehen war. Der Wirt behielt freilich als Bezahlung seiner Schuld den Schnappsack zurück, aber Sancho hatte es in dem Tumulte nicht bemerkt. Der Wirt wollte, als er hinaus war, das Tor verriegeln, aber die Prellenden gaben es nicht zu, denn sie waren Leute, die den Don Quixote, wenn er auch wirklich ein fahrender Ritter von der Tafelrunde gewesen wäre, doch nicht für zwei Dreier achteten.

Achtzehntes Kapitel

in welchem ein Gespräch erzählt wird, welches Sancho Pansa mit seinem Gebieter Don Quixote führte, nebst andern Abenteuern, die der Erzählung würdig sind.

Sancho kam so zermalmt und ermattet zu seinem Herrn, daß er sich kaum auf seinem Tier halten konnte. Als ihn Don Quixote sah, sagte er: Jetzt bin ich völlig überzeugt, mein getreuer Sancho, daß jenes Kastell oder jene Schenke verzaubert sein muß, denn jene, die sich ein so unmenschliches Spiel mit dir machten, was können sie wohl sein als Gespenster und Wesen aus einer andern Welt! Was mich hierin bestätigt, ist, daß es mir nicht möglich war, die Mauer zu besteigen, da ich außerhalb des Hofes deiner kläglichen Tragödie zusah, oder mich nur von Rosinante herunterzuheben, weil sie mich gleichfalls bezaubert hatten. Aber ich schwöre dir bei meiner Ehre, hätte ich nur hinaufsteigen oder mich herunterheben können, so wollte ich dich so gerächt haben, daß diese Spitzbuben und Mörder ewig ihres Spaßes hätten gedenken sollen, wenn ich auch hierin die Gesetze der Ritterschaft hätte übertreten müssen, die nicht erlauben, daß ein Ritter gegen einen, der es nicht ist, das Schwert ziehe, wenn nicht zur Verteidigung seines Lebens und seiner Person oder im dringendsten Falle der Not.

Ich hätte mich gerächt, ich mochte nun Ritter oder nicht Ritter sein, aber ich war nicht imstande: dabei glaube ich immer noch, daß die, welche den Spaß mit mir trieben, keine Gespenster oder verzauberte Menschen waren, wie Euer Gnaden sagen, sondern Menschen von Fleisch von Blut wie wir, denn ich habe sie auch alle, als sie mich in die Luft warfen, bei ihrem Namen nennen hören, so hieß der eine Peter Martin, der andere Tenorio Herandez und der Wirt Hans Palomeque der Linkische: so, gnädiger Herr, seid Ihr auch gewiß nicht verzaubert gewesen, als Ihr nicht auf die Hofmauer kommen oder nicht vom Pferde heruntersteigen konntet, sondern was ich davon halte, ist, daß es bald mit uns Abend und gute Nacht werden wird, wenn wir weiter so nach Abenteuern herumsuchen, so daß wir am Ende nicht wissen, was an uns Kopf oder Bein ist. Das Klügste und Beste wäre nach meiner Meinung, jetzt gleich, da die Erntezeit ist, nach unserem Dorf zurückzugehen und nicht so von Hinz nach Kunz, von Brot nach Not und Tod herumzuziehen.

Wie wenig verstehst du, Sancho, antwortete Don Quixote, von den Elementen der Ritterschaft! Fasse dich in Geduld, denn die Zeit wird kommen, in welcher du es mit Augen siehst, wie ehrenvoll es sei, dieses Gewerbe zu treiben. Wenn nicht, so sprich, gibt es auf der Welt ein größeres Vergnügen, als eine Schlacht gewinnen oder über seinen Feind triumphieren? Wahrlich, nichts anderes kommt diesem gleich.

Das mag wohl sein, antwortete Sancho, doch kann ich's nicht begreifen; ich begreife nur, daß wir, seit wir fahrende Ritter sind oder vielmehr Ihr es seid (denn ich darf mich nicht zu so trefflichen Herren rechnen), noch keine einzige

Schlacht gewonnen haben, außer die mit dem Biscayer, und da kamt Ihr nur mit halbem Ohre und zerschlagenem Helme durch: seitdem aber hat es nichts als Prügel und Prügel, Püffe und Püffe gegeben, ich bin zum Überschuß noch geprellt worden, und obendrein von verzauberten Personen, an denen ich keine Rache nehmen kann, um das Vergnügen über einen überwundenen Feind zu schmecken, wie Ihr es nennt.

Das ist es, was mich verdrießt und was dich ebenfalls verdrießen muß, Sancho, antwortete Don Quixote; aber ich will von nun an streben, mir ein Schwert von solcher Eigenschaft zu erwerben, daß derjenige, welcher es führt, keiner Art von Verzauberung unterworfen ist; das gute Glück kann mir wohl gar das des Amadis in die Hände spielen, das er führte, als er sich Ritter des brennenden Schwertes nannte. Dieses Schwert war eines der trefflichsten, das ein Ritter in der Welt nur führen kann, denn außer obgenannter Tugend schnitt es so scharf wie ein Schermesser, und keine Rüstung, so stark und verzaubert sie auch sein mochte, konnte ihm Widerstand leisten.

Ich bin ein Glückskind, sagte Sancho, daß sicherlich, wenn sich's nun auch so schickt und Euer Gnaden ein solches Schwert antrifft, es doch nur wieder, wie der Balsam, für einen geschlagenen Ritter etwas taugen wird, der Schildknapp aber nur seine Qual daran erlebt.

Fürchte dies nicht, Sancho, antwortete Don Quixote, der Himmel wird es besser mit dir meinen.

Unter diesen Gesprächen zog Don Quixote mit seinem Schildknappen fort, als er mit einem Male eine große und dichte Staubwolke bemerkte, die ihnen auf ihrem Wege entgegenzog; sowie er sie bemerkte, wandte er sich zu Sancho und sagte: Dies ist der Tag, o mein Sancho, an welchem sich zeigen wird, was mir das Schicksal aufbewahrt hat; dies ist der Tag, sag' ich dir, an dem sich mehr als an irgendeinem andern die Tapferkeit meines Armes kundgeben wird, an welchem ich Taten zu tun gesonnen bin, die in die Bücher des Ruhmes für alle künftigen Jahrhunderte eingeschrieben werden sollen. Siehst du jene Staubwolke, Sancho, die sich dort erhebt? Ein unzähliges Heer erregt sie, welches, aus verschiedenen und zahlreichen Völkern geworben, uns von dort entgegenzieht.

So müssen es zwei sein, sagte Sancho, denn von der andern Seite steigt eine ebenso große Staubwolke auf.

Don Quixote drehte sich um und sah, daß es wahr sei, worüber er sich sehr erfreute, denn er war überzeugt, daß es zwei Armeen wären, die hier zusammenkämen, um sich in der Mitte der großen Ebene eine Schlacht zu liefern; zu jeder Zeit war seine Phantasie mit Streit, Bezauberungen, Siegen, Unglücksfällen, Liebe und Zwiespalt angefüllt, so wie er es in seinen Büchern gelesen hatte, und alles, was er sprach, dachte und tat, entsprach diesen Dingen: die Staubwolken, die er sah, erregten zwei große Herden von Schafen und Hammeln, die auf demselben Wege von zwei verschiedenen Seiten kamen, die aber der Staub so bedeckte, daß man sie nur ganz nahe sehen konnte, Don Quixote aber behauptete so entschieden, daß es Armeen wären, daß Sancho sie ebenfalls zu sehen glaubte und nur fragte: Was sollen wir aber dabei tun, gnädiger Herr?

Was? rief Don Quixote aus, den Unterdrückten und Hilfsbedürftigen Beistand leisten! Du mußt wissen, Sancho, daß diejenigen, die uns von dort entgegenziehen, unter Anführung und Kommando des großen Kaisers Alifanfaron stehen, des Herrn der großen Insel Taprobana; jener aber, der hinter mir kommt, ist sein Feind, der König der Garamanten, Pentapolin mit dem aufgekrempelten Ärmel, so genannt, weil er mit entblößtem Arm in die Schlachten zu ziehen gewohnt ist.

Warum sind sich aber diese Herren so böse? fragte Sancho.

Sie sind sich böse, antwortete Don Quixote, denn jener Alifanfaron ist ein verstockter Antichrist, dabei aber in die Tochter des Pentapolin verliebt, die eine sehr schöne und überaus liebenswürdige Dame und eine Christin ist, ihr Vater will sie aber dem Heidenkönig nicht überliefern, wenn er nicht vorher dem Glauben seines falschen Propheten Mohammed entsagt und den unsern annimmt.

Bei meinem Bart, sagte Sancho, Pentapolin tut recht, und ich will dazu helfen, soviel in meinen Kräften steht.

Du sprichst, wie du sollst, Sancho, sagte Don Quixote, denn um an dergleichen Schlachten teilzunehmen, braucht man den Ritterschlag nicht erhalten zu haben.

Das trifft sich ja gut, antwortete Sancho, aber wo lassen wir den Esel solange, daß wir ihn wiederfinden, wenn die Schlägerei aus ist, denn so auf ihm als Reiter in die Schlacht zu ziehen, ist doch bisher wohl noch nicht gebräuchlich gewesen?

Du hast recht, sagte Don Quixote; was du mit ihm vornehmen kannst, ist, ihn auf gut Glück laufen zu lassen, er mag sich nun verlieren oder nicht, denn sobald wir Sieger sind, werden wir eine solche Menge von Pferden erbeuten, daß selbst Rosinante Gefahr läuft, gegen ein anderes Roß vertauscht zu werden.

Nun, Sancho, sagte Don Quixote, hörst du nicht das Wiehern der Rosse, der Trompeten Schmettern, das Gelärm der Trommeln?

Ich höre nichts weiter, antwortete Sancho, als Blöken von Schafen und Hammeln. — Und das war es auch, denn die beiden Herden waren nun ziemlich nahe gekommen.

Deine Furchtsamkeit, sagte Don Quixote, macht, Sancho, daß du weder richtig siehst noch hörst, denn eine von den Wirkungen der Furcht besteht darin, die Sinne zu verwirren und dadurch die Dinge anders erscheinen zu lassen, als sie in der Tat sind: trägst du also so große Bangigkeit, so tritt beiseite und laß mich allein, denn ich allein genüge, der Partei den Sieg zu verschaffen, zu welcher ich mich schlage. Und mit diesen Worten gab er dem Rosinante die Sporen, faßte die Lanze und schoß wie ein Sonnenstrahl von dem Erdhügel herunter. Sancho schrie laut und rief: Haltet doch, mein gnädiger Herr Don Quixote, ich schwör's zu Gott, Hammel und Schafe sind das, was Ihr angreifen wollt! Haltet! Oh, um Gottes Barmherzigkeit willen, was sind das für Tollheiten! Da ist ja kein Riese, kein Ritter, keine Rüstung, weder der Teufel noch seine Großmutter. Was, um's Himmels willen, tut Ihr da?

Aber Don Quixote hielt deshalb nicht an, sondern rief vielmehr mit lauter Stimme: Auf, ihr Ritter, die ihr unter den Fahnen des tapfern Kaisers Pentapolin mit dem aufgekrempelten Ärmel streitet, folgt mir alle, und ihr sollt sehen, wie leicht wir ihn an seinem Feinde Alifanfaron von Trapolana rächen wollen! Mit diesen Worten stürzte er mitten in das Heer der Schafe hinein und begann

ein so verwegenes und wütiges Lanzenstechen, als ob er wirklich mit Todfeinden zu kämpfen hätte. Die Schäfer und Hirten, die die Herde führten, riefen ihm zu, daß er davon ablassen möchte, da sie aber sahen, daß sie damit nichts ausrichteten, griffen sie zu ihren Schleudern und begannen seine Ohren mit faustgroßen Steinen anzureden. Don Quixote kümmerte sich um die Steine nicht, sondern rief: Wo bist du, stolzer Alifanfaron? Hierher zu mir, der ich ein einzelner Ritter bin, damit ich Mann gegen Mann deine Kräfte erproben und dir das Leben nehmen und die Schmach vergelten kann, die du dem tapfern Pentapolin Garamanta angetan hast! In diesem Augenblick aber traf ihn ein Stein in die Seite, der ihm zwei Rippen einschlug. Als er diese üble Behandlung sah, hielt er sich für tot oder schwer verwundet, gedachte seines Getränks, nahm seine Flasche, setzte sie an den Mund und fing an, sich das Getränk einzugießen; aber er hatte noch nicht soviel hinuntergetrunken, als ihm nötig schien, so kam eine zweite Zuckermandel und traf die Hand und Flasche mit solcher Gewalt, daß sie in Stücke ging, dabei überdies drei oder vier Backenzähne eingeschlagen und zwei Finger der Hand grausam zerquetscht wurden. So heftig war der erste Wurf und so heftig der zweite, daß der arme Ritter gezwungen war, vom Pferde zu steigen. Die Schäfer kamen herbei und meinten, daß sie ihn umgebracht hätten, sie trieben also hastig die Herde zusammen, luden die ermordeten Stücke auf, deren Zahl sich auf sieben belief, und so entfernten sie sich, ohne etwas anderes abzuwarten.

Die ganze Zeit über stand Sancho auf dem Hügel, sah den Tollheiten seines Herrn zu und riß sich den Bart aus, indem er die Stunde und den Augenblick verfluchte, in welchem er seine Bekanntschaft gemacht hatte. Da er nun sah, daß Don Quixote auf der Erde lag und die Hirten fortgingen, stieg er den Hügel hinunter, ging zu ihm und fand ihn in einem sehr schlimmen Zustande, trotzdem aber noch bei Besinnung; er sagte also zu ihm: Sagte ich's Euch nicht, mein Herr Don Quixote, daß Ihr halten möchtet und daß das, was Ihr angriffet, keine Soldaten, sondern eine Herde Hammel war?

So hat sie der Schelm, mein Feind, verwandelt und entstellt, und du mußt wissen, Sancho, daß es diesen Wesen etwas Leichtes ist, alles so scheinen zu lassen, wie sie es wollen; dieser Boshafte also, der mich verfolgt, neidisch gegen den Ruhm, den ich, wie er merkte, in dieser Schlacht erwerben möchte, hat den Zug der Feinde in eine Herde Schafe verwandelt. Glaubst du das nicht, so tue, Sancho, ich beschwöre dich, etwas, damit du deinen Irrtum loswerdest und merkest, daß ich die Wahrheit rede; besteige deinen Esel und reite ihnen nach, so wirst du gewahr werden, daß sie, sowie sie nur eine kleine Strecke entfernt sind, ihre erste Gestalt wieder annehmen, keine Hammel mehr sind, sondern Menschen so recht und gerecht, wie ich sie dir erst beschrieben habe. Doch entferne dich für jetzt nicht, denn ich bedarf deiner Hilfe und Liebe: komm her und sieh, wie viele Backenzähne mir fehlen, denn mir ist, als hätte ich keinen einzigen im Munde behalten.

Sancho machte sich so nahe an ihn, daß er die Augen fast in seinen Mund steckte, und dies geschah, indem der Balsam schon im Magen Don Quixotes gewirkt hatte; indem sich also Sancho an ihn machte, um in seinen Mund zu schauen, schoß er heftiger als eine Büchse das von sich, was er in sich führte, und alles in den Bart des mitleidigen Stallmeisters hinein. Heilige Mutter Gottes! rief Sancho, was ist mir da zugestoßen? Gewiß ist der arme Sünder auf den Tod verwundet, denn das Blut stürzt ihm aus dem Halse. Da er sich aber ein wenig sammelte und an Farbe, Geschmack und Geruch merkte, daß es kein Blut, sondern der Balsam aus der Flasche sei, den er ihn hatte trinken sehen, ergriff ihn ein so heftiger Ekel, daß auch sein Magen sich umwandte und er seinen Gebieter bespie, worauf sie sich beide wie Brillanten ausnahmen. Sancho lief nach seinem Esel, um aus dem Schnappsacke etwas zu holen, sich abzutrocknen und seinen Herrn zu heilen, da er aber diesen nicht fand, war er im Begriff, den Verstand zu verlieren. Er fluchte von neuem und nahm sich im Herzen vor, seinen Herrn zu verlassen und nach Hause zu gehen, wenn er auch selber seinen Gehalt und die Hoffnung auf die Regierung der versprochenen Insel verlieren sollte.

Jetzt erhob sich Don Quixote, steckte die linke Hand in den Mund, weil ihm die Zähne immer noch weh taten, mit der andern faßte er die Zügel des Rosinante, der sich nicht von der Seite seines Herrn gerührt hatte (so redlich und schön war sein Gemüt), und ging zu seinem Stallmeister, der sich mit der Brust über seinen Esel lehnte und die Backen zwischen den beiden Händen hielt, wie ein Mensch, der in den tiefsten Gedanken versunken ist. Als Don Quixote diese Zeichen einer so gewaltigen Schwermut bemerkte, sagte er: Wisse, Sancho, daß ein Mensch nicht mehr ist als ein anderer, wenn er nicht mehr tut als ein anderer; alle diese Stürme, die uns verfolgen, sind Beweise, daß sich das Wetter bald aufheitern muß und daß unsere Sachen zum Glück ausschlagen müssen, denn es ist unmöglich, daß so Glück als Unglück immer dauere. Hieraus folgt, daß, da wir viel Unglück überstanden, das Glück uns nahe sein muß. Drum laß die Betrübnis der Widerwärtigkeiten, die mir zustoßen, da sie dich nicht mit betreffen.

Also nicht? antwortete Sancho; war denn der, den sie gestern prellten, ein anderer als ich in eigener Person? Und der Schnappsack, der heute mit allen meinen Habseligkeiten weg ist, gehört wohl einem anderen als mir?

Also der Schnappsack ist weg? fragte Don Quixote.

Freilich ist er weg, antwortete Sancho.

Auf diese Weise haben wir heute nichts zu essen, erwiderte Don Quixote.

Es wäre übel, versetzte Sancho, wenn hier auf den Wiesen nun auch alle die Kräuter weg wären, die Euer Gnaden kennt, wie Ihr sagt, mit denen sich, wenn alles weg war, unglückliche irrende Ritter, wie Ihr einer seid, behelfen.

Mit alledem, antwortete Don Quixote, wäre mir jetzt ein Laib Brot oder ein Stückchen Hering viel erwünschter als alle Kräuter. Aber vor allen Dingen besteige dein Tier, Sancho, mein Getreuer, und folge mir: denn Gott, der für alle sorgt, wird auch uns nicht vergessen, da wir besonders alles, was wir arbeiten, zu seinem Dienste arbeiten, denn er speist die Fliegen in der Luft, die Gewürme der Erde und die kleinen Kreaturen der Flut; seine Güte läßt die Sonne über Böse und Gute aufgehen, er regnet auf die Gerechten und Ungerechten.

Euer Gnaden, sagte Sancho, taugt besser zum Prediger als zum irrenden Ritter.

Die irrenden Ritter, Sancho, verstehen alles und müssen alles verstehen, antwortete Don Quixote, denn ein irrender Ritter aus den verflossenen Jahrhunderten mußte, wenn es die Gelegenheit gab, eine Rede oder Predigt mitten auf freiem Felde halten können, so gut, als wenn er auf der Universität Paris den Gradus empfangen hätte: woher es sich auch schreibt, daß die Lanze nicht die Feder schmäht, die Feder nicht die Lanze.

Es gehe so, wie Euer Gnaden sagt, antwortete Sancho, wir wollen weiter und für die Nacht ein Unterkommen suchen, und Gott möge uns nur an einen Ort führen, wo es keine Bettücher und Preller gibt, keine Gespenster oder verzauberte Mohren, denn wenn das wiederkommt, so mag der Teufel vollends Sack und Pack holen.

Bitte du Gott, mein Sohn, sagte Don Quixote, und nimm du selbst den Weg, welchen du willst, denn dieses Mal soll es auf deiner Wahl in Ansehung des Unterkommens beruhen. Gib mir aber die Hand und fühle mit dem Finger, wie viele Vorder- und Backenzähne mir rechts in der oberen Kinnlade fehlen, denn dorten fühle ich den Schmerz.

Sancho steckte die Finger hinein, fühlte aufmerksam und fragte: Wie viele Backenzähne hatten Eure Gnaden denn sonst auf dieser Seite?

Vom Augenzahne vier, antwortete Don Quixote, alle vollständig und gesund.

Bedenkt wohl, was Ihr sagt, antwortete Sancho.

Viere, sag' ich, oder gar fünf, erwiderte Don Quixote, denn weder Vorder- noch Backenzahn habe ich mir jemals in meinem Leben ausziehen lassen, auch ist mir keiner durch Krankheit ausgefallen.

Hier auf der unteren Kinnlade, sagte Sancho, habt Ihr zwei Backenzähne und einen halben, auf der oberen aber keinen halben und keinen ganzen, denn alles ist so platt wie meine flache Hand.

O ich Elender! rief Don Quixote aus, als ihm sein Knappe diese traurige Neuigkeit hinterbrachte, ich hätte lieber einen Arm hingegeben, nur nicht den, der das Schwert regiert, denn du mußt wissen, Sancho, ein Mund ohne Backenzähne ist wie eine Bäckerei ohne Backofen, und ein Zahn ist viel höher als ein Diamant zu achten. Aber allem dem sind wir unterworfen, die wir uns zum strengen Orden der Ritterschaft bekennen, also steige auf, mein Freund, und führe an, denn ich will dem Wege folgen, den du aussuchst.

Neunzehntes Kapitel

Das Abenteuer mit dem Leichnam und andere preiswürdige Begebenheiten.

Unter mannigfachen Gesprächen überfiel sie auf dem Wege die Nacht, ohne daß sie einen Ort entdecken konnten, wo sie die Nacht zubringen möchten; das Schlimmste aber war, daß sie fast Hungers starben, denn mit ihrem Schnappsacke war ihnen auch aller Vorrat an Lebensmitteln verschwunden, und um ihr Unglück vollständig zu machen, ereignete sich ein Abenteuer, das in der Tat und ohne künstliche Nachhilfe eins war, die Nacht brach nämlich mit zunehmender Finsternis herein. Sie setzten aber dennoch ihren Weg fort, denn Sancho glaubte in zwei oder drei Stunden gewiß auf eine Schenke zu treffen, da sie sich auf der Landstraße befanden.

Während sie so fortzogen, die Nacht finster, der Knappe hungrig und der Herr nach Speise lüstern war, sahen sie, daß ihnen auf ihrer Straße eine Menge von Lichtern entgegenkamen, die Sterne schienen, die sich bewegten. Sancho erschrak, als er es bemerkte, und dem Don Quixote war nicht ganz geheuer; jener zog den Strick seines Esels, dieser den Zaum seines Pferdes an, und so standen sie beide und schauten aufmerksam hin, was sich daraus ergeben würde; sie sahen, wie ihnen die Lichter entgegenzogen und wie sie immer größer wurden, je näher sie kamen. Bei dieser Wahrnehmung fing Sancho an wie Espenlaub zu zittern, und dem Don Quixote richteten sich die Haare auf dem Haupte in die Höhe; er ermannte sich aber ein wenig und sagte: Ohne Zweifel, Sancho, ist dies das allergrößte und furchtbarste Abenteuer, in welchem es nötig sein wird, alle meine Gewalt und Kraft aufzubieten.

Ach, ich Unglückskind! antwortete Sancho, wenn das Abenteuer aus Gespenstern besteht — und es läßt sich ganz danach an —, wo einen Buckel hernehmen, um alles auszuhalten?

Seien es immerhin Gespenster, sagte Don Quixote, so werde ich dennoch nicht zugeben, daß sie dir nur ein einziges Haar krümmen, trieben sie jüngst ihren Scherz mit dir, so durften sie's, weil ich nicht auf die Mauer des Hofes konnte, aber jetzt befinden wir uns auf offenem Felde, wo ich, soviel ich nur mag, Schwerthiebe austeilen kann.

Wenn sie nun das Schwert bezaubern und kraftlos machen, wie sie schon einmal getan haben, sagte Sancho, was hilft's da, das Feld mag frei sein oder nicht?

Sei es, wie es will, versetzte Don Quixote, so bitte ich dich, Sancho, guten Mut zu fassen, denn die Erfahrung wird dir zeigen, wie ich dieses Abenteuer anfassen will.

Sie stellten sich auf die Seite des Weges, um von neuem aufmerksam hinzusehen, was das doch mit den wandernden Lichtern sein möchte, und so entdeckten sie nach und nach viele Gestalten in weißen Gewändern, bei deren fürchterlichem Anblick Sancho Pansa vollends den letzten Mut verlor und so mit den Zähnen klapperte, als ob ihn ein Fieber ergriffe, wobei sein Zittern und Zähneklappern sich in dem Maße vermehrte, in welchem sie die Gegenstände genauer erkennen konnten. Denn sie sahen nun wohl zwanzig in weißen Hemden, alle beritten, mit brennenden Fackeln in den Händen, hinter denen eine Bahre folgte, schwarz behängt, der sechs andere Gestalten beritten nachzogen, in schwarzen Schleiern bis auf die Füße ihrer Maultiere hinunter verhüllt (denn daß es keine Pferde waren, sah man an dem langsamen Gang); die in den weißen Hemden murmelten etwas mit dumpfer und kläglicher Stimme.

Diese wunderbare Erscheinung, zu dieser Stunde und an diesem einsamen Orte, war gewiß geeignet, das Herz Sanchos mit Furcht zu erfüllen, auch selbst das seines Gebieters, und Don Quixote gab auch der Furcht ein wenig Raum, als Sancho schon von den letzten Funken seines Mutes verlassen war: der Gebieter aber ermunterte sich bald, indem er sich stracks lebhaft in seiner Phantasie vorstellte, wie dies eins von den Abenteuern aus seinen Büchern sei. Er machte nämlich in seinen Gedanken die Bahre zu einer Totenbahre, auf welcher sich ein schwerverwundeter oder toter Ritter befände, den zu rächen ihm allein vorbehalten sei: er legte also ohne weiteres Bedenken die Lanze ein, setzte sich im Sattel fest und stellte sich dann mit edlem Anstande in die Mitte des Weges, wo die weißen Gestalten durchaus vorbeimußten, die er mit lauter Stimme, als er sie nahe genug befand, also anredete: Haltet an, Ritter, wer ihr auch sein mögt, Rechenschaft zu geben, wer ihr seid, woher ihr kommt, wohin ihr geht, wer derjenige ist, den ihr auf der Bahre mit euch führt, denn nach dem äußeren Anschein habt ihr Unrecht verübt oder erlitten, und es geziemt sich und ist nötig, daß ich davon wisse, um euch für das Unheil, welches ihr gestiftet, zu züchtigen oder euch für die Ungebühr zu rächen, die man an euch verübt.

Wir haben Eile, antwortete einer von den Weißen, und die Schenke ist noch weit, so daß wir uns nicht aufhalten können, die Rechenschaft zu geben, die Ihr verlangt. Hiermit trieb er sein Maultier an und wollte weiter. Diese Antwort wurde von Don Quixote höchst übel aufgenommen, er faßte also den Zügel und sagte: Haltet an und seid höflicher, gebt mir die Rechenschaft, die ich verlange, oder ich muß euch alle bekämpfen. Das Maultier war scheu und erschrak so sehr, als es den Zügel gehalten fühlte, daß es sich bäumte und rücklings seinen Reiter auf den Boden warf. Ein Bursche zu Fuß, der den im Hemde niederstürzen sah, schimpfte hierauf auf Don Quixote, der seinerseits, schon zornentbrannt, nichts Besseres wünschte, die Lanze faßte, einen von den Schwarzgekleideten angriff und ihn verwundet zu Boden legte; nun machte er sich an die übrigen, und es war eine Freude zu sehen, wie gewandt und schnell er alle angriff und auf sie einhieb, so daß es schien, als ob in diesem Augenblicke Rosinante Flügel gewachsen wären, von solcher Flüchtigkeit und Majestät war er. Die in den Hemden waren furchtsame und unbewaffnete Leute, sie gaben alle sogleich ohne Widerstand den Kampf auf und flüchteten mit den brennenden Fackeln über das Feld weg, so daß es nicht anders aussah, als ob sie eine Maskerade in einer lustigen, schwärmerischen Nacht aufführen wollten. So konnten sich auch die Leidtragenden, von ihren Schleppen und Unterkleidern gehemmt, nicht zur Wehr setzen, so daß auch auf alle diese Don Quixote nach Herzenslust einprügelte und sie ihm erschreckt gern das Feld ließen, denn sie alle hielten ihn nicht für einen Menschen, sondern für den Teufel aus der Hölle, der gekommen sei, um den Leichnam abzuholen, den sie auf der Bahre mit sich führten. Sancho schaute mit Verwunderung der großen Keckheit seines Gebieters zu und sagte bei sich selber: Gewiß ist doch mein Herr so tapfer und gewaltig, wie er immer sagt. Eine brennende Fackel lag auf der Erde neben dem, den Don Quixote zuerst vom Maultiere geworfen, bei ihrem Scheine erblickte ihn dieser, ging zu ihm, setzte ihm die Spitze der Lanze ins Gesicht und verlangte, daß er sich unterwerfen möge, falls er ihn nicht umbringen solle; worauf der Liegende antwortete: Ich bin nur zu sehr unterworfen, denn ich kann mich nicht rühren und habe ein Bein gebrochen; ich bitte Euch, gnädiger

Herr, wofern Ihr ein christlicher Ritter seid, mich nicht umzubringen, Ihr würdet damit eine Sünde gegen die Kirche begehen, denn ich bin ein Lizentiat.

Welcher Teufel führt Euch denn hierher, sagte Don Quixote, da Ihr ein Mann der Kirche seid?

Kein Teufel, gnädiger Herr, versetzte der Gefallene, sondern mein Unstern.

Noch ein größerer ist über Euch verhängt, sagte Don Quixote, wenn Ihr mir nicht gleich auf meine anfängliche Frage antwortet.

Ich will Euer Gnaden mit wenigen Worten antworten, antwortete der Lizentiat. Ihr mögt also wissen, daß, ob ich gleich sagte, ich sei Lizentiat, ich doch nur Baccalaureus bin und Alonzo Lopez heiße; ich bin aus Alcovendas und komme jetzt mit elf andern Priestern von Baeza, wir wollen nach der Stadt Segovia und geleiten einen Leichnam, der auf jener Bahre liegt, einen Ritter, der in Baeza starb, wo er beigesetzt ward, und dessen Gebeine wir jetzt, wie gesagt, in sein Familienbegräbnis nach Segovia führen, wo er geboren ist.

Und wer hat ihn umgebracht? fragte Don Quixote.

Gott selbst, und zwar durch ein tödliches Fieber, welches er ihm schickte, antwortete der Baccalaureus.

So hat mich also, sagte Don Quixote, der Herr des Himmels der Mühe überhoben, seinen Tod zu rächen, wenn ihn ein anderer verursacht hätte; da er es aber getan hat, so kann ich nichts tun, als schweigen und mit den Achseln zucken, wie ich auch tun müßte, wenn er mich selber erschlüge. Ihr, ehrwürdiger Herr, müßt also nur noch erfahren, daß ich ein Ritter aus la Mancha bin, Don Quixote genannt, dessen Amt und Beruf es ist, durch die Welt zu ziehen, um Ungeradheiten gerade zu machen und allen Beschwerden abzuhelfen.

Ich begreife nicht, wie das Ungeradheiten gerade machen heißt, sagte der Baccalaureus, denn was mir gerade war, habt Ihr krumm gemacht, weil ich ein Bein gebrochen habe, welches vielleicht zeit meines Lebens nicht wieder gerade wird, und die Beschwerde, der Ihr bei mir abgeholfen habt, besteht darin, daß Ihr mir eine Beschwerde verursacht habt, die mir wohl auf immer beschwerlich fallen wird, und daß Ihr auf Abenteuer zieht, hat mir ein Unglück zugezogen, das mich teuer genug zu stehen kommen wird.

Nicht alle Dinge, antwortete Don Quixote, geschehen auf gleiche Weise. Das Unglück, Herr Baccalaureus Alonzo Lopez, wollte, daß ihr, wie ihr so durch die Nacht zogt, mit euren Mänteln und den brennenden Fackeln, brummelnd und Trauergewänder schleppend, mir ganz eigentlich als böse Geister aus der Unterwelt erschient; darum konnte ich nicht meine Pflicht vernachlässigen, euch anzugreifen, und ich hätte euch angegriffen, wenn ich auch unumstößlich überzeugt gewesen wäre, daß ihr leibhaftige Teufel aus der Hölle seid.

Da mir also dies mein Unglück zugezogen hat, sagte der Baccalaureus, so bitte ich nur Euer Gnaden, den Herrn fahrenden Ritter, der mich in so großes Unglück versetzt hat, mir doch unter dem Maultier hervorzuhelfen, denn das eine Bein steckt mir zwischen Steigbügel und Sattel.

Wir reden schon seit geraumer Zeit miteinander, antwortete Don Quixote, warum wartet Ihr so lange, mir Eure Bedrängnis zu sagen? Zugleich rief er Sancho Pansa zu, daß er herbeikommen möchte; dieser aber hatte es nicht eilig, denn er war dabei, einen Küchenesel abzupacken, den die wackern Herrn trefflich mit Eßwaren versorgt mit sich führten. Sancho machte einen Sack aus seinem Mantel und stopfte, soviel er nur mochte und konnte, in diesen Beutel hinein, lud ihn auf sein Tier, worauf er sich zu seinem Herrn begab und dem Herrn Baccalaureus unter dem Maultiere hervorhalf, ihn hinaufsetzte und ihm seine Fackel reichte. Don Quixote sagte ihm hierauf, daß er sich wieder zu seinen Gefährten begeben möchte, die er seinerseits der Drangsal halber um Verzeihung bäte, da es nicht in seiner Gewalt gestanden, sie ihnen zu ersparen. Sancho sagte hierauf: Wenn diese Herren vielleicht wissen wollen, wer der tapfere Mann gewesen, der ihnen so zugesetzt, so sagen Euer Ehrwürden dreist, er sei der berühmte Don Quixote de la Mancha, der sich mit einem andern Namen der Ritter von der traurigen Gestalt nennt.

Hiermit entfernte sich der Baccalaureus, und Don Quixote fragte Sancho, was ihn bewogen, ihn den Ritter von der traurigen Gestalt zu nennen. Ich will es Euch sagen, antwortete Sancho: ich habe Euch eine Weile bei dem Scheine der Fackel betrachtet, die dem armen Manne gehörte, und da spielte Euer Gnaden wahrhaftig die jämmerlichste Gestalt, die ich noch in meinem Leben gesehen habe, ob es nun davon kam, daß Ihr Euch im Streit so angriffet, oder weil Euch die Vorder- und Backenzähne fehlen, weiß ich nicht zu sagen.

Don Quixote wollte nun nachsehen, ob der Leichnam auf der Bahre nur aus Gebeinen bestände oder nicht, aber Sancho gab es nicht zu, sondern sagte: Gnädiger Herr, Ihr habt dieses gefährliche Abenteuer von allen, die ich mit angesehen habe, am allerschönsten beendigt. Diese Leute, wenn sie auch jetzt überwunden und geschlagen sind, könnten darauf kommen, daß sie doch nur von einem einzigen Manne überwunden wären, darüber aufgebracht und beschämt könnten sie umkehren und uns suchen, um uns noch das Nötige beizubringen. Der Esel ist wohlbeladen, das Gebirge nahe, der Hunger groß, das Beste wäre also, wir zögen uns nun ganz sanft und leutselig zurück, und so gehe denn, wie man sagt, der Tote nach dem Grabmale, der Lebendige nach dem Brotschranke. Mit diesen Worten trieb er seinen Esel voran und bat seinen Herrn, ihm zu folgen; auch diesem schien, daß Sancho nicht unrecht habe, und er ritt ihm ohne Widerspruch nach. Sie waren noch nicht lange zwischen zwei Bergen fortgezogen, als sie sich in einem geräumigen und abgelegenen Tale befanden, wo sie stille hielten und Sancho seinen Esel ablud. Auf dem grünen Boden lagernd genossen sie nun mit der Würze des Hungers zugleich ihr Frühstück, Mittagsmahl, Vesperbrot und Abendessen, indem sie ihren Magen mit den verschiedenen Gerichten sättigten, welche die Herren Geistlichen des Verstorbenen (die selten ohne Versorgung sind) auf ihrem Küchenesel bei sich gehabt hatten. Es erfolgte aber eine neue Widerwärtigkeit, die Sancho für die schlimmste von allen hielt, daß sie nämlich keinen Wein zu trinken hatten, ja nicht einmal Wasser, um den Mund naß zu machen; so vom Durst gepeinigt, sagte Sancho, da er die Wiese, auf welcher sie waren, mit kurzem frischen Grase bedeckt sah, was man im folgenden Kapitel erfahren wird.

Zwanzigstes Kapitel

Von dem unerhörten und nie gesehenen Abenteuer, welches kein weltberühmter Ritter mit weniger Gefahr vollbrachte, als es vom tapfern Don Quixote von la Mancha vollbracht wurde.

Es ist nicht anders möglich, gnädiger Herr, denn diese Kräuter geben ein aufrichtiges Zeugnis davon, als daß hier herum eine Quelle oder ein Strom sich befinden muß, der diese Kräuter naß macht, drum wäre es wohl dienlich, wenn wir etwas weiter gingen, damit wir irgend was antreffen, womit wir diesen schrecklichen Durst löschen könnten, der uns quält und der wahrhaftig noch mehr als der Hunger peinigt.

Dieser Rat schien dem Don Quixote gut, er nahm also den Rosinante beim Zügel, Sancho nahm seinen Esel, auf welchen die Überbleibsel ihres Nachtessens geladen wurden, beim Stricke, und so zogen sie tappend über die Wiese, denn die Finsternis der Nacht war so groß, daß sie nicht vor sich sehn konnten. Sie hatten noch keine zweihundert Schritte gemacht, als sie das gewaltige Gebrause eines Wassers hörten, wie wenn es sich von hohen und steilen Felsen herunterstürzte. Dieses Brausen war ihnen sehr erfreulich, und sie hielten still, um zu unterscheiden, von welcher Seite das Geräusch komme; indem aber hörten sie ein anderes Rauschen, das ihnen die Freude über das Wasser verwässerte, dem Sancho besonders, der von Natur furchtsam und kleinmütig war: sie hörten nämlich, wie taktmäßig gewisse Schläge ertönten, zugleich mit einem Gerassel von Eisen und Ketten. Dies, mit dem fürchterlichen Rauschen des Wassers verbunden, hätte jedes andre Gemüt als das des Don Quixote mit Furcht erfüllt. Die Nacht war, wie gesagt, dunkel, und sie standen jetzt unter einigen hohen Bäumen, deren Blätter, vom sanften Winde erregt, still und schauerlich rauschten, so daß die Einsamkeit, der Ort, die Dunkelheit, das Geräusch des Wassers und das Flüstern der Blätter Furcht und Grausen erwecken durften, da sie überdies sahen, wie die Schläge nicht aufhörten, der Wind nicht ruhig wurde, noch der Morgen anbrach, wobei ihnen noch die Gegend völlig unbekannt war, in der sie sich befanden. Doch Don Quixote, angefrischt von seinem furchtlosen Herzen, bestieg den Rosinante, nahm den Schild, faßte die Lanze und sprach: Freund Sancho, wissen mußt du, daß ich geboren bin, um vom Himmel herab in dieser unsrer ehernen Zeit das Alter zu rufen, welches man nur das von Gold oder das goldene zu nennen pflegt. Ich bin es, dem Gefahren, große Tathandlungen, mächtiges Unterfangen aufbewahrt sind: ich bin, sage ich noch einmal, derjenige, der die Tafelrunde, die zwölf französischen Pairs, die neun Helden erwecken muß, ja ich muß die Platirs, die Tablantes, Olivantes und Tirantes, die des Phöbus und die Belianis in Vergessenheit bringen, samt der ganzen Schar berühmter irrender Ritter in vormaligen Jahrhunderten, indem ich in unserm gegenwärtigen Jahrhunderte dergleichen Großtaten ausüben werde, so wunderseltsame Waffenkämpfe, daß sie die glorreichsten verdunkeln müssen, die jene jemals vollbrachten. Du merkst, getreuer und redlicher Edelknabe, wohl die Finsternisse dieser Nacht, die wundersame Einsamkeit, dieses leise verwirrende Flispern der Bäume, das fürchterliche Rauschen jenes Wassers, welches wir aufsuchten und das herniederzustürzen und zu brausen scheint von mondhohen steilen Gebirgen, samt dem unaufhörlichen Schlagen, das unsere Ohren trifft und sie verwundet, welche Dinge zusammen, ja jedes für sich hinreichen, Furcht, Schrecken und Grausen selbst der Brust des Mars einzuflößen, wie viel mehr dem Herzen desjenigen, der nicht gewöhnt ist an dergleichen Begegnisse und Abenteuer. Alles aber, was ich dir geschildert, sind ebenso viele Erwecker und Entzünder meines Mutes, so daß mir das Herz im Busen vor Begierde springt, mich in dieses Abenteuer einzulassen, stelle es sich gleich mit den furchtbarsten Schwierigkeiten entgegen. Drum also ziehe dem Rosinante den Sattelgurt ein wenig zusammen und lebe wohl, erwarte mich hier drei Tage und nicht länger; wenn ich in so vieler Zeit nicht zurückkehre, magst du nach unsrer Heimat zurückkehren und von dort, um etwas Edles und Verdienstliches zu tun, dich nach Toboso wenden und der unvergleichlichen Herrin, meiner Dulcinea, verkündigen, daß ihr gefangener Ritter umgekommen sei, indem er sich Taten unterfangen, die ihn würdig gemacht hätten, sich den Ihrigen zu nennen.

Als Sancho diese Reden seines Herrn hörte, fing er an, überaus kläglich zu weinen, und sagte: Gnädiger Herr, ich weiß gar nicht, warum Ihr Euch doch mit solchem gräßlichen Abenteuer einlassen wollt; es ist jetzt Nacht, kein Mensch sieht uns hier, wir können ja schnell umlenken und der Gefahr aus dem Wege gehn, wenn wir auch in drei Tagen nichts trinken sollten; da uns auch kein Mensch hier sieht, so kann uns ja auch keiner für feige Leute ausgeben; da ich noch überdies den Pfarrer in unserm Dorfe, den Ihr wohl auch kennen werdet, habe predigen hören, daß, wer sich mutwillig in Gefahr begibt, darin umkomme; also ist es nicht gut, Gott so in Versuchung zu führen und so ein gräßliches Wesen anzugreifen, wo man nicht anders als durch ein Wunderwerk entrinnen kann; da der Himmel überdies so viel für Euch schon getan hat, indem er Euch von der Prelle lossprach, die mich betroffen, indem Ihr als Sieger gesund und frei aus dem Treffen mit der großen Schar kamt, die den Verstorbenen begleiten; rührt und bewegt aber alles dieses noch nicht Euer hartes Herz, so glaubt nur zuverlässig, und der Gedanke muß Euch bewegen, daß, sowie Ihr von mir geht, ich aus Furcht dem meine Seele gebe, der sie nur mitnehmen mag. Ich habe Vaterland, Weib und Kinder verlassen, um in Eure Dienste zu kommen, weil ich mich zu verbessern, aber nicht zu verschlimmern dachte; aber freilich, allzuviel zerreißt den Sack, und so sind auch meine Hoffnungen in die Brüche gefallen, denn anstatt daß ich nun die verfluchte Unglücksinsel bald bekommen sollte, die Ihr mir so oft versprochen habt, werde ich dafür lieber gar an einem wüsten Orte allein gelassen, den kein menschlicher Fuß betritt. Oh, um tausend Gottes willen, gnädiger Herr, fügt mir nicht ein so erschreckliches Unglück zu, oder wenn Ihr denn ja durchaus darauf bestehn wollt, Euch dieser Tat zu unterfangen, so wartet doch wenigstens bis zum Morgen, denn soviel ich mit meiner Kunst begreife, die ich als Schäfer gelernt habe, muß binnen drei Stunden Tagesanbruch sein, der Kopf des Kleinen Bären steht ganz gerade über uns, und Mitternacht ist, wenn er sich unter der Linie linker Hand befindet.

Wie kannst du, Sancho, antwortete Don Quixote, diese Linie oder das Gesicht oder den Kopf gewahr werden, wovon du sprichst, da die Nacht so finster ist, daß kein einziger Stern am Himmel scheint?

Freilich ist kein Stern da, sagte Sancho, aber die Furcht hat so viele Augen, daß sie die Dinge unter der Erde sehn kann, geschweige denn am Himmel, und es läßt sich auch schon aus dem puren Verstande begreifen, daß es nicht mehr weit vom Tage sein kann.

Dem sei, wie ihm wolle, antwortete Don Quixote, man soll weder jetzt noch jemals von mir sagen können, daß Tränen und Bitten mich abgehalten, das zu tun, was ich meiner Ritterpflicht schuldig bin; also bitte ich dich, Sancho, ruhig zu sein, denn der Gott, der es mir ins Herz gepflanzt, mich in dieses nie gesehene und entsetzliche Abenteuer einzulassen, wird auch für meine Wohlfahrt sorgen und dich in deiner Traurigkeit trösten: was dir jetzt obliegt, ist, dem Rosinante den Sattelgurt festzumachen und dann hier zu warten, denn ich kehre bald, lebendig oder tot, zurück.

Da Sancho sah, wie unerschütterlich der Entschluß seines Herrn sei, wie wenig über ihn seine Tränen, Ratschläge und Bitten vermochten, wollte er die Probe machen, was er durch List ausrichten könne, daß er wohl den Tag erwarten müsse; indem er also dem Pferde den Sattelgurt festzog, band er zugleich sacht und unbemerkt mit dem Stricke seines Esels dem Rosinante beide Beine zusammen, so daß Don Quixote, als er nun fortreiten wollte, es nicht konnte, weil sich das Pferd nicht anders als in Sprüngen bewegte. Als Sancho den guten Erfolg seiner Hinterlist bemerkte, sagte er: Seht, gnädiger Herr, wie, von meinen Tränen und Bitten bewegt, es der Himmel so verordnet, daß sich Rosinante nicht bewegen kann; wollt Ihr nun doch auf Eurem Sinn beharren und ihn spornen und anreizen, so werdet Ihr dadurch das Glück nur böse machen und, wie man sich auszudrücken pflegt, gegen den Stachel löcken.

Don Quixote wollte hierüber verzweifeln, denn je mehr er dem Pferde die Sporen gab, je weniger wollte es sich fortbewegen, und ohne auf den Verband zu verfallen, faßte er den Entschluß, ruhig zu bleiben und zu warten, ob es entweder Morgen werden oder Rosinante rühriger werden möchte, weil er gewiß die Schuld jeder andern Ursache, nur nicht Sanchos Erfindungsgabe beimaß. Er sagte also: Da dem so ist, Sancho, daß Rosinante sich nicht bewegen kann, so muß ich damit zufrieden sein zu warten, bis mir die Morgenröte lacht, ob ich gleich darüber weine, daß sie ihre Ankunft verzögern wird.

Ihr braucht nicht zu weinen, antwortete Sancho, denn ich will Euch Zeitvertreib genug verschaffen und bis zum Tage Geschichten erzählen, wenn Ihr nicht etwa absteigen und auf dem frischen Grase nach irrender Ritter Weise schlafen wollt, damit Euch der Tag noch munterer findet und Ihr um so besser das entsetzliche Abenteuer, worauf Ihr wartet, anfassen könnt.

Was nennst du absteigen oder schlafen? sagte Don Quixote, gehöre ich denn etwa zu jenen Rittern, die Ruhe in den Gefahren suchen? Schlaf du, der du zum Schlafen geboren bist, oder tue, was du willst, ich werde meinerseits das tun, was meiner Würde am besten zusteht.

Seid nicht böse, mein lieber gnädiger Herr, antwortete Sancho, ich hab's nicht darum gesagt; zugleich drängte er sich dicht an ihn, stemmte die eine Hand auf den vordern Sattelknopf, die andre auf das Hinterteil des Sattels, so daß er den linken Schenkel seines Herrn umarmt hielt, ohne es zu wagen, sich einen Fingerbreit zu entfernen: solche Furcht flößten ihm die Schläge ein, die unaufhörlich abwechselnd erklangen.

Don Quixote sagte, er möchte nun zur Unterhaltung eine Geschichte erzählen, wie er es versprochen habe, worauf Sancho erwiderte, daß er es tun wolle, wenn ihn die Furcht vor dem Spektakel dazu kommen ließe: Aber ich will mich dennoch anstrengen, eine Historie vorzutragen, die, wenn mir die Erzählung gelingt und ich schwarz und weiß noch unterscheiden kann, gewiß vor allen andern die schönste Historie ist. Nun aber gebt acht, denn ich fange an.

Es war das, was war: das Gute, das uns kommt, sei mit allen, das Schlimme sei mit dem, der es aufsucht; merkt nämlich, gnädiger Herr, wie die Alten ihre Märlein nicht auf die Weise anfingen wie wir heutzutage, sondern mit einer Sentenz des weisen Coriander aus Griechenland*), welcher sagte: Das Schlimme sei mit dem, der es aufsucht, welches hier paßt wie der Schuh auf den Fuß, damit Euer Gnaden sich ruhig halte und nirgend hingehe, um das Schlimme zu suchen, sondern daß wir lieber einen andern Weg einschlagen, denn kein Mensch zwingt uns ja, diesen zu verfolgen, auf dem so vielerlei Schrecken auf uns lauern.

Verfolge du, Sancho, deine Erzählung, sagte Don Quixote, aber für den Weg, den wir zu verfolgen haben, überlaß mir die Sorge.

Ich sage also, fuhr Sancho fort, daß in einem Dorfe von Estremadura ein Ziegenhirt von Schäfer wohnte, ich will nämlich sagen, der Ziegen hütete; dieser Schäfer oder Ziegenhirt also, wie ihn meine Geschichte nennt, hieß Lope Ruiz, und dieser Lope Ruiz war in eine Schäferin verliebt, die Torralva hieß; diese Schäferin, die Torralva hieß, war die Tochter von einem reichen Hirten, und dieser reiche Hirte — —

Wenn du so deine Erzählung erzählst, Sancho, sagte Don Quixote, und immer zweimal das eben Gesagte wiederholst, so wirst du in zwei Tagen nicht fertig; sprich ordentlich und erzähle wie ein vernünftiger Mensch, wo nicht, so laß es ganz bleiben.

Gerade so, wie ich erzähle, antwortete Sancho, werden bei mir zu Hause alle Märlein erzählt, ich kann sie auch nicht anders erzählen, und es ist unrecht, von mir zu verlangen, daß ich neue Sitten aufbringen soll.

Sprich, wie du willst, antwortete Don Quixote, da es das Schicksal einmal will, daß ich dir zuhören muß, so fahre nur fort.

Also denn, mein allerliebster Herr, fuhr Sancho fort, wie ich schon gesagt habe, war dieser Schäfer in die Schäferin Torralva verliebt, die ein rundes unbändiges Mädchen war und so etwas Kerlhaftiges an sich hatte, denn sie hatte selbst ein Stückchen Schnurrbart, daß ich sie noch immer vor mir zu sehen glaube.

So hast du sie also gekannt? fragte Don Quixote.

Ich habe sie nicht gekannt, antwortete Sancho, aber der mir diese Geschichte vorerzählte, sagte mir, sie wäre so gewiß und zuverlässig, daß, wenn ich sie einem andern erzählte, ich darauf fluchen und schwören könnte, wie ich selber alles mit meinen Augen gesehen. Also denn, wie nun so Tage gingen und Tage kamen, richtete es der Teufel, der niemals schläft und alles durcheinanderrührt, so ein, daß die Liebe, die der Schäfer gegen seine Schäferin hatte, sich in Haß und Widerwillen verkehrte; und die Ursache davon war, wie die bösen Zungen aussagen wollten, daß sie ihm eine gewisse Anzahl von Ursächelchen zur Eifersucht gegeben hatte, die wirklich über die Schnur und ins Unzüchtige gingen, worauf der Schäfer sie denn so zu hassen anfing, daß er, um sie nicht mehr zu sehen, sich von seiner Heimat scheiden wollte, um hinzugehen, wo seine Augen

*) Sancho meint den römischen Zensor Cato.

sie nimmermehr wiederfänden. Als nun Torralva merkte, daß sie vom Lope verachtet würde, liebte sie ihn augenblicks stärker, als er sie jemals geliebt hatte.

So ist der natürliche Charakter der Weiber, sagte Don Quixote, diejenigen zu verachten, die sie lieben, und diejenigen zu lieben, von denen sie gehaßt werden. Aber fahre fort.

So kam es denn, sagte Sancho, daß der Schäfer seinen Vorsatz auch ins Werk richtete, er trieb seine Ziegen zusammen und machte sich auf den Weg nach den Feldern von Estremadura, um von da nach dem Königreich Portugal zu gehen. Torralva, die dieses wußte, setzte ihm nach und folgte ihm zu Fuß und ohne Schuh von weitem, einen Reisestab in der Hand und einen Beutel um den Hals, in dem sie, wie man sagt, ein Stückchen Spiegel hatte, ein Stück von einem Kamm und noch eine kleine Flasche mit Schminke fürs Gesicht. Aber mag sie auch in Gottes Namen, was sie will, bei sich gehabt haben, darum will ich mich jetzt nicht grämen, sondern nur das sagen, was man mir gesagt hat, wie der Schäfer nun mit seiner Herde über den Fluß Guadiana setzen wollte, und dieser war gerade sehr gestiegen und hoch angeschwollen, und auf dem diesseitigen Ufer war kein Schiff oder Kahn, so daß sowenig er wie seine Herde nach dem jenseitigen übergefahren werden konnte, worüber er sich sehr ärgerte, denn er sah schon die Torralva dicht hinter sich herkommen, die ihm großen Verdruß mit ihren Tränen und Bitten machen würde. Er schaute sich aber so lange um, bis er endlich einen Schiffer sah, der nicht weit davon in einem ganz kleinen Kahn saß, so daß in dem Kahn nicht mehr als ein Mensch und eine Ziege stehen konnten, er traf aber darum doch mit diesem die Abrede, daß er ihn und die dreihundert Ziegen, die er bei sich hatte, übersetzen sollte. Der Fischer stieg in seinen Kahn und setzte eine Ziege über, er kam zurück und setzte eine andere über, er kam noch mal zurück und setzte noch mal eine andere Ziege über. Zählt nun ja, gnädiger Herr, die Ziegen genau, die der Fischer übersetzt, denn wenn Ihr nur eine aus dem Gedächtnis verliert, so ist die Geschichte zu Ende, und es ist nachher nicht möglich, noch ein einziges Wort davon zu erzählen. Ich fahre also nun fort, daß der Landungsplatz auf der andern Seite voller Schmutz und Kot war, wodurch der Fischer viel Zeit mit Anlanden und Abstoßen verlieren mußte; aber doch kam er nun nach einer andern Ziege wieder, und noch mal fuhr er eine über, und noch mal.

Erzähle die Geschichte nun so, sagte Don Quixote, daß sie schon alle übergesetzt sind, nicht aber so, wie er ankommt und wieder abfährt, denn sonst wirst du sie kaum in einem Jahre übergesetzt haben.

Wie viele sind nun jetzt schon übergesetzt? fragte Sancho.

Das mag der Teufel wissen, antwortete Don Quixote.

Aber ich habe doch gesagt, daß Ihr sie genau zusammenzählen möchtet, denn bei Gott, die Geschichte ist nun so völlig aus, daß ich nichts weiter erzählen kann.

Wie kann dieses sein? antwortete Don Quixote. Ist es denn in dieser Geschichte so wesentlich, ganz genau zu wissen, wie viele Ziegen übergesetzt sind, daß, wenn man nur um eine fehlt, du in der Erzählung nicht fortfahren kannst?

Durchaus nicht fortfahren, gnädiger Herr, antwortete Sancho, denn sowie ich Euch fragte, wie viele Ziegen nun übergesetzt wären, und Ihr mir die Antwort gabt, daß Ihr's nicht wüßtet, so entfiel mir in demselben Augenblick alles, was noch übrig war, und wahrhaftig, das war von nicht geringer Anmut und Herrlichkeit.

Auf die Weise, sagte Don Quixote, ist nun die Geschichte aus?

Aus wie die Kirche, sagte Sancho.

Wahrlich, antwortete Don Quixote, du hast da das allerneuste Märlein, Erzählung oder Historie vorgetragen, was kein anderer Mensch auf der Welt hätte ersinnen können, auch diese Art, es vorzutragen und abzubrechen, ist ganz unerhört und wird mir auch zeit meines Lebens unerhört bleiben, wenn ich gleich nichts Besseres von deinem feinen Verstande erwartete. Ich darf mich aber hierüber nicht wundern, denn diese unaufhörlichen Schläge haben dir wahrscheinlich das Gehirn verrückt.

Das mag alles sein, antwortete Sancho, das weiß ich aber, daß es in meiner Geschichte nichts mehr zu erzählen gibt, weil sie gleich zu Ende ist, wenn einer nur mit der Summe der übergesetzten Ziegen einen Fehler macht.

Mag sie in Gottes Namen zu Ende sein, wo sie nur Lust hat, sagte Don Quixote, sehen wir lieber zu, ob sich Rosinante bewegen kann. Er gab ihm also wiederum die Sporen, und wiederum machte jener Sprünge und blieb auf demselben Fleck, so meisterhaft war er festgebunden.

Indem geschah es, vielleicht von der Kühle des Morgens, der schon anbrach, vielleicht auch, daß Sancho einige treibende Speisen gegessen hatte, oder ob es bloß eine Veranlassung der Natur sein mochte (und dieses scheint am glaubwürdigsten), genug, es kam ihm der Wunsch und das Begehren an, das zu tun, was kein anderer für ihn tun konnte; aber die Furcht, die in sein Herz Eingang gefunden, war so groß, daß er sich nicht einen Fingerbreit von seinem Herrn zu entfernen getraute: der Gedanke aber, seinen Antrieb nicht auszurichten, war ebenso unzulänglich; was ihm also zum Besten seines Heiles zu versuchen übrigblieb, war, daß er seine rechte Hand von dem Hinterteil des Sattels herunternahm und mit dieser gewandt und ohne Geräusch die nie verschürzte Schleife löste, die ganz allein und ohne irgend andern Beistand seine Hosen in die Höhe hielt, so daß sie mit der aufgemachten Schleife plötzlich niederfielen und ihm nur noch wie Fußschellen blieben, worauf er denn das Hemd bestmöglichst erhob und in die Luft hinein beide Sitzteile reckte, die nicht unansehnlich waren. Dieses vollbracht (womit er glaubte, das meiste vollstreckt zu haben, um aus seiner großen Angst und Not zu kommen), zeigte sich eine andere, größere Not, denn er fürchtete, seine Tat nicht ohne Geräusch und Lärmen verrichten zu können, somit also biß er die Zähne zusammen, zog Kopf und Schultern in eins und hielt den Atem, so sehr er nur konnte, an sich; aber allen diesen Vorkehrungen zum Trotz widerfuhr es ihm, daß er unversehens ein kleines Geräusch verursachte, sehr verschieden von jenem, welches ihn in so große Furcht versetzt. Don Quixote vernahm es und sagte: Welch ein Geräusch ist dieses, Sancho? Ich weiß nicht, gnädiger Herr, antwortete dieser, es mag leicht wieder was Neues sein, denn Glücksfälle wie Unglücksfälle kommen selten einzeln. Und zugleich machte er zum zweiten Male Anstalt, sein Glück zu versuchen, welches ihm so gut ausschlug, daß ohne größeres Geräusch und Aufsehen als das vergangene er sich von der Last befreit sah, die ihm so große Qual verursacht; da aber der Sinn des Geruchs bei Don Quixote nicht weniger reizbar als der des Gehörs war, Sancho ihm auch so nahe und zur Seite stand, daß fast in gerader Linie die Dünste zu ihm hinaufstiegen, so war es nicht anders möglich, als daß einige davon seine Nasenlöcher erreichten, und kaum hatten sie diese verspürt, als er ihnen auch schon zu Hilfe eilte und sie zwischen die Finger klemmte, worauf er mit einem etwas näselnden Tone sagte: Es scheint, Sancho, du habest große Furcht.

Wohl hab' ich sie, antwortete Sancho; aber woraus merkt das Euer Gnaden jetzt mehr als sonst?

Weil du jetzt stärker als sonst riechst und nicht nach Ambra, antwortete Don Quixote.

Das mag wohl sein, sagte Sancho, aber ich bin nicht schuld, sondern Euer Gnaden, der mich zur jetzigen Stunde und zu mir so ungewohnten Taten herumzieht.

Entferne dich drei oder vier Schritte von hier, sagte Don Quixote (indem er immer noch die Nase zwischen den Fingern hielt), und künftighin magst du besser berechnen, wer du seist und was du mir schuldig bist, denn meine große Herablassung gegen dich hat diese deine Geringschätzung erzeugt.

Ich wette, versetzte Sancho, Euer Gnaden denkt, ich habe mich verrechnet und ein Ding getan, das nicht sein sollte.

Noch übler ist es, Freund Sancho, antwortete Don Quixote.

Mit diesen und ähnlichen Gesprächen verbrachten Herr und Diener die Nacht; da aber Sancho merkte, daß der Morgen mehr heraufrückte, machte er mit vieler Behendigkeit den Rosinante los und sich die Hosen fest. Sowie Rosinante sich befreit sah, sowenig er sonst ungestümer Natur war, schien er wie neu belebt zu werden, denn er hob die Vorderbeine bis zum Maul, weil er (mit seiner Erlaubnis sei's gesagt) keine andere Kurbetten zu machen verstand. Da Don Quixote sah, wie sich Rosinante freiwillig bewegte, nahm er dies für ein gutes Zeichen und hielt sich nun für geschickt, das furchtbare Abenteuer zu bestehen. Indem zeigte sich auch das helle Morgenrot, wobei man die Gegenstände genau unterscheiden konnte, und Don Quixote sah, daß er sich unter einigen hohen Bäumen befand, die Kastanien waren, welche den dichtesten Schatten machen; er hörte aber zugleich, wie das Stampfen fortging, doch sah er nichts, was es verursachen könne, deshalb ließ er ohne längeren Verzug den

Rosinante die Sporen fühlen, nahm wieder von Sancho Abschied und befahl ihm, drei Tage und nicht länger sein zu warten, wie er schon einmal getan hatte, und daß, wenn er in dieser Zeit nicht wiederkehre, er versichert sein möge, daß Gott einen Gefallen daran gefunden, seine Tage in diesem gefährlichen Abenteuer zu beendigen. Er wiederholte hierauf ebenfalls den Auftrag und die Gesandtschaft, welche er seinerseits bei der Dame Dulcinea auszurichten habe, daß er sich auch, was den Lohn für seine Dienste anbeträfe, keine Sorgen machen dürfe, denn er habe sein Testament gemacht, ehe er seine Heimat verlassen habe, in dem er ihm so viel vermacht, daß es eine hinlängliche Besoldung für die Zeit seines Dienstes vorstellen könne; führte ihn aber Gott lebendig, gesund und ohne Gefährdung aus dieser Gefahr zurück, so könnte er gewisser als jemals die versprochene Insel erwarten. Sancho fing wieder an zu weinen, da er von neuem diese traurigen Reden seines trefflichen Herrn vernahm, und entschloß sich, ihn nicht bis zur letzten Vollendung dieses Handels zu verlassen. Diese Tränen und dieser ehrenvolle Entschluß des Sancho Pansa bestätigen den Verfasser dieser Geschichte darin, ihn für den Sohn guter Eltern oder wenigstens für einen alten Christen zu halten; auch war sein Herr durch diese Gesinnung gerührt; aber nicht so sehr, daß er irgendeine Schwäche gezeigt hätte, sondern er verstellte sich, so gut er konnte, und richtete sich nun nach der Gegend, aus der das Geräusch des Wassers sowie das Stampfen ertönte. Sancho folgte ihm zu Fuß, am Stricke, wie er immer tat, seinen Esel führend, den treuen Gefährten seiner glücklichen und widerwärtigen Schicksale. Nachdem sie so eine ziemliche Strecke zwischen den Kastanien und finstern Bäumen zurückgelegt hatten, gelangten sie auf eine kleine Wiese, die von hohen Felsen begrenzt wurde, von denen sich ein reißender Wasserstrom herunterstürzte: am Fuße der Felsen standen einige schlechtgebaute Hütten, mehr Trümmern von Gebäuden als Hütten ähnlich, aus denen, wie sie bemerkten, das Geräusch und Lärmen der ununterbrochenen Schläge ertönte. Rosinante wurde vor dem Gelärme des Wassers und der Schläge scheu, aber Don Quixote beruhigte ihn und ritt allgemach auf die Hütten zu, indem er sich von ganzem Herzen seiner Dame empfahl, sie anflehte, daß sie ihn in dieser greulichen Tathandlung und Unterfängnis begünstigen möge, auf dem Wege empfahl er sich Gott desgleichen, daß er ihn nicht vergessen möchte. Sancho blieb nicht zurück, machte den Hals so lang, wie er nur konnte, und schaute dem Rosinante zwischen den Beinen hindurch, um zu sehen, was ihm so große Furcht und Angst verursacht hatte. Als sie noch hundert Schritte weiter gegangen waren und um die Ecke eines Felsen lenkten, erschien und entdeckte sich offenbar die wahre Ursache (so daß kein Zweifel übrigblieb) von jenem entsetzlichen und furchtbaren Geräusch, welches ihnen so große Furcht und Angst die ganze Nacht hindurch verursacht hatte, und es waren (wenn du es, mein Leser, nicht schon aus Verdruß und Ärger erraten hast) sechs Walkstampfen, die mit ihren abwechselnden Schlägen jenes Lärmen hervorbrachten.

Als Don Quixote sah, was es war, wurde er still und erschrak vom Kopf bis zu den Füßen. Sancho sah ihn an und bemerkte, wie sein Haupt auf die Brust gesunken war, zum Zeichen seiner Beschämung. Auch Don Quixote sah den Sancho an und bemerkte, wie dieser die Backen zusammenkniff und ihm die Lippen vor Lust zu lachen zitterten, mit deutlichen Zeichen, daß er vor Lachen platzen möchte, bei welchem Anblicke seine Melancholie nicht so anhaltend war, um ein Lächeln über Sanchos Miene zurückhalten zu können. Als nun Sancho sah, daß sein Herr den Anfang gemacht habe, löste er seinen Zwang so gewaltsam auf, daß er sich mit den Fäusten die Seiten halten mußte, um nicht vor Lachen zu bersten. Viermal gab er sich zur Ruhe, und viermal kehrte er zu seinem Gelächter mit gleichem Ungestüm zurück, worüber sich Don Quixote dem Teufel hätte ergeben mögen, da er noch überdies spöttisch diese Worte sagte: Freund Sancho, wissen mußt du, daß ich geboren bin, um vom Himmel herab in dieser unserer ehernen Zeit das goldene Alter oder das von Gold zu rufen. Ich bin es, dem Gefahren, große Tathandlungen, mächtiges Unterfangen aufbewahrt sind; und so hielt er nun wieder den größten Teil der Rede, die Don Quixote gesagt hatte, als sie zuerst das furchtbare Stampfen vernommen. Da Don Quixote sah, daß Sancho Spaß über ihn machte, erzürnte und erboste er sich dergestalt, daß er die Lanze aufhob und ihm zwei Schläge zuteilte, so gewaltige, daß, wenn er sie auf dem Kopfe statt auf den Schultern bekommen hätte, er nicht nötig gehabt hätte, den Lohn auszuzahlen, wenn er ihn nicht seinen Erben hätte gönnen wollen. Da Sancho merkte, wie übel seine Possen ausschlugen, sagte er mit äußerster Demut, in Furcht, sein Herr möchte etwa noch weiter gehen: Beruhigt Euch, gnädiger Herr, denn bei Gott, ich spaße nur.

Weil du spaßest, so spaße ich nicht, antwortete Don Quixote. Glaubt Ihr denn nicht, mein lustiger Herr, daß, wenn es nicht Walkhämmer, sondern andere gefährliche Abenteuer gewesen wären, ich nicht hinlänglichen Mut gezeigt hätte, um es zu unternehmen und zu vollenden? Bin ich denn, ein Ritter, verpflichtet, alle Töne zu kennen und zu unterscheiden, um zu wissen, welche von Walkstampfen herrühren und welche nicht? Da es überdies sein kann, wie es auch die Wahrheit ist, daß ich zeit meines Lebens nicht dergleichen gesehen habe, wie Ihr sie doch müßt gesehen haben, als ein gemeiner Bauer, der unter derlei Dingen geboren und aufgewachsen. Sonst macht, daß diese sechs Stampfen sich in sechs Riesen verwandeln, und einen nach dem andern will ich am Bart zupfen, oder allen zugleich, und wenn ich sie nicht alle mit aufgereckten Fersen niederstrecke, dann macht, soviel Ihr wollt, Euren Spaß mit mir.

Ich will's nicht wieder tun, mein gnädiger Herr, versetzte Sancho, ich bekenne ja auch, daß ich mit meinem Lachen ins Ungebührliche geraten bin; aber sagt mir doch, da wir wieder in Frieden leben, ob Gott Euch wohl aus irgendeinem Abenteuer, das Euch begegnet ist, so gesund und heil wie aus diesem errettet hat! Ist es denn nicht ein Ding zum Lachen und zum Erzählen, wie wir eine so erstaunliche Furcht ausgestanden haben? Wenigstens habe ich sie ausgestanden, denn von meinem gnädigen Herrn weiß ich wohl, daß er nicht weiß und einsieht, was Furcht und Bangigkeit ist.

Ich leugne nicht, antwortete Don Quixote, daß das, was uns zugestoßen, nicht ein Ding zum Lachen sei; aber nicht ebenso würdig ist es zu erzählen, denn nicht alle Leute sind verständig genug, um den rechten Fleck einer Sache zu treffen.

Wenigstens, antwortete Sancho, wußte mein gnädiger Herr mit seiner Lanze den rechten Fleck zu treffen, er wollte meinem Kopfe was anflicken und gab's den Schultern: gelobt sei Gott und meine Geschicklichkeit dafür, daß ich mich auf die Seite wandte, aber es mag nun so hingehen, denn man hat mir immer gesagt: Wer dich liebt, der züchtigt dich, besonders da große Herrn, wenn sie einem Bedienten ein hartes Wort gesagt haben, ihm wohl ein Paar Hosen zu schenken pflegen, ob ich freilich wohl nicht weiß, was sie schenken, wenn sie gar

Schläge austeilen, und ob die irrenden Ritter nicht nach Schlägen etwa Inseln oder Königreiche auf dem festen Lande verschenken.

Also könnte es sich leichtlich fügen, sagte Don Quixote, daß alles, was du da sagst, zur Wahrheit würde: vergib also das Geschehene, künftig wirst du verständiger sein, wisse auch, daß die ersten Bewegungen nicht in der Gewalt des Menschen stehen, und sei von nun an für die Zukunft in einem Dinge unterrichtet, damit du dich in Schranken haltest und nicht so ohne Not Reden gegen mich führst, denn so viele Ritterbücher ich auch gelesen habe, deren unzählige sind, so habe ich doch niemals gefunden, daß irgendein Stallmeister mit seinem Herrn so viel gesprochen habe, wie du mit dem deinigen sprichst, und wahrlich, ich halte dieses für einen großen Fehler, sowohl von deiner als von meiner Seite: von deiner, daß du so wenig Achtung gegen mich hast: von meiner, daß ich mich nicht in größere Achtung setze.

Alles ist ganz gut, wie Euer Gnaden spricht, sagte Sancho, aber ich möchte doch gern wissen (wenn vielleicht die Zeit der Geschenke nicht eintritt und ich also zum Gehalte meine Zuflucht nehmen muß), wieviel der Stallmeister eines irrenden Ritters in jenen Zeiten verdiente und ob sie sich monatlich oder tageweise, wie die Handlanger bei den Maurergesellen, verdingten.

Ich glaube nicht, antwortete Don Quixote, daß dergleichen Stallmeister jemals für Gehalt gedient haben, gewiß immer nur für Gnade; habe ich dir aber in meinem zurückgelassenen Testamente etwas Bestimmtes ausgemacht, so ist es nur darum geschehen, weil ich nicht weiß, wie es in unsern so unglückseligen Zeiten mit der Ritterschaft ergehen wird, und weil ich nicht will, daß so geringfügiger Dinge wegen meine Seele in jener Welt Kummer leide; denn du mußt wissen, Sancho, es gibt keinen gefahrvollern Stand als den eines Abenteurers.

Das ist wahr, sagte Sancho, denn schon allein das Lärmen von Walkhämmern kann das Herz eines so männlichen irrenden Abenteurers, wie Euer Gnaden ist, erschrecken und beunruhigen; aber Ihr mögt sicher sein, daß ich künftig nicht meine Lippen auftun will, um was Lustiges über Eure Sachen zu sagen, sondern bloß um Euch als meinem Herrn und Gebieter Ehre zu erweisen.

So, versetzte Don Quixote, wirst du leben auf dem Angesichte der Erden, denn in Ermangelung der Eltern sollen die Herren so wie die Eltern geehrt werden.

Einundzwanzigstes Kapitel

Erzählt das hohe Abenteuer der Eroberung von Mambrins Helm nebst andern Dingen, die dem unüberwindlichen Ritter zustießen.

Am nächsten Morgen setzten sie ihren Weg fort, und gar bald gerieten sie auf eine andere Straße als jene, auf welcher sie erst gereist waren. Es währte nicht lange, so erblickte Don Quixote einen Menschen, der beritten war und auf dem Kopfe ein Ding trug, das wie Gold glänzte. Kaum hatte er ihn bemerkt, als er sich auch schon gegen Sancho kehrte und sagte: Falls ich nicht irre, kommt uns dort einer entgegen, der auf seinem Kopfe den Helm Mambrins trägt.

Mit dem Helme, dem Pferde und dem Ritter aber, welche Don Quixote sah, verhielt es sich also: In jener Gegend waren zwei Dörfer, von denen das eine so klein war, daß es keinen Barbier hatte, das andere aber war mit einem versorgt, und daher bediente der Barbier des größeren Dorfes zugleich das kleinere, in welchem ein Kranker gerade einen Aderlaß nötig hatte und ein anderer sich wollte den Bart scheren lassen, weshalb der Barbier eben kam und ein Bartbecken von Messing mit sich führte. Da es nun das Schicksal um die Zeit gerade regnen ließ und er seinen Hut, der wohl neu sein mochte, nicht gern verderben lassen wollte, setzte er das Becken auf den Kopf, welches wohl, da es geschliffen war, eine halbe Meile weit schimmerte. Er ritt in der Tat, wie Sancho gesagt hatte, auf einem grauen Esel, und dieser erschien dem Don Quixote als ein Apfelschimmel, denn es war ihm ein leichtes, alle Dinge, die er sah, nach seiner verrückten Ritterschaft und seinen irrenden Gedanken zu richten. Als er nun bemerkte, daß der arme Ritter ihm nahe genug war, legte er, ohne sich in weitere Reden einzulassen, die Lanze im vollsten Trabe des Rosinante ein, in der Absicht, jenen durch und durch zu rennen; als er ihm nahe genug gekommen war, schrie er ihm zu, ohne seinen wütenden Lauf anzuhalten: Verteidige dich, Unwürdiger, oder überliefere freiwillig, was mir nach allem Rechte zukommt.

Der Barbier, der, ohne zu wissen weshalb, dieses Gespenst auf sich zurennen sah, fand kein besseres Mittel, dem Lanzenstoß zu entgehen, als sich vom Esel herabfallen zu lassen. Er hatte aber kaum die Erde berührt, als er sich leichter wie eine Gemse wieder erhob und mit so großer Behendigkeit über das Feld rannte, daß ihn der Wind selbst nicht eingeholt hätte. Das Bartbecken ließ er auf der Erde liegen; Don Quixote war dessen zufrieden und sagte, daß der Ungläubige verständig genug gewesen und daß er den Biber trefflich nachgeahmt habe, der sich auch, wenn ihn die Jäger verfolgen, das mit den Zähnen abbeiße, weshalb sie Jagd auf ihn machen, nämlich die Geilsäcke, wie ihn der Instinkt seiner Natur lehre. Er befahl dem Sancho, den Helm aufzuheben, der ihn in die Hände nahm und sagte: Mein' Seel'! Ein köstliches Bartbecken, unter Brüdern ist es seinen Taler wert. Sogleich gab er es seinem Herrn, der es sich stracks auf den Kopf setzte und es rundherum drehte, um das Visier zu finden; als er es aber nicht antraf, sagte er: Jener Ungläubige, der nach seinem Maße diesen berühmten Helm zuerst schmieden ließ, muß in der Tat ein gewaltiges Haupt gehabt haben; aber was noch schlimmer ist, es fehlt die eine Hälfte.

Als Sancho das Bartbecken einen Helm nennen hörte, konnte er das Lachen nicht unterdrücken, aber er brach in der Mitte ab. Worüber lachst du, Sancho? fragte Don Quixote.

Ich lache nur, gab er zur Antwort, wenn ich mir den gewaltigen Kopf denke, den der Ungläubige gehabt haben muß, dem die Sturmhaube gehörte, die für mich einem Barbierbecken so ähnlich sieht wie ein Ei dem andern.

Weißt du, was ich glaube, Sancho? Dieses weltberühmte Rüststück, dieser verzauberte Helm muß durch einen ganz außerordentlichen Zufall in die Hände eines solchen geraten sein, der seine Herrlichkeit nicht zu schätzen verstand und so in seiner Unwissenheit, als er sah, daß er aus feinstem Golde sei, die eine Hälfte abbrach, um sich damit zu bereichern, und somit die andre Hälfte zu einem Dinge machte, das, wie du bemerkest, einem Barbierbecken gleich sieht. Scheine dieser Helm aber, was er wolle, für mich, der ich ihn kenne, ist diese Verwandlung ohne Bedeutung, überdies will ich ihn im erstbesten Orte, wo sich ein Schmied findet, fertigmachen, und zwar so, daß ihn jener Helm nicht übertrifft, ja ihm nicht einmal gleichkommt, den der Gott der Schmiede für den Gott der Schlachten arbeitete. Inzwischen aber will ich ihn tragen, so gut ich kann, denn etwas ist besser als nichts, und wenigstens wird er doch ausreichen, mich gegen einen Steinregen zu beschützen.

Vielleicht, sagte Sancho, wenn die Steine nicht etwa aus Schleudern geworfen werden, so wie man sie im Kampfe der beiden Armeen warf, als sie Euch die Backenzähne ausschlugen und die Balsamflasche zerbrachen, in der sich der gebenedeite Balsam befand, der mich fast die Eingeweide ausbrechen ließ.

Es kümmert mich nicht sonderlich, diesen verloren zu haben, denn du weißt doch, Sancho, sagte Don Quixote, daß ich das Rezept davon im Gedächtnisse habe.

Auch ich hab's im Gedächtnisse, antwortete Sancho, aber wenn ich ihn in meinem Leben mache oder gar koste, so sei die Stunde meine letzte; ich denke auch gar nicht in die Lage zu kommen, wo ich ihn nötig hätte, denn ich will mich schon mit allen meinen fünf Sinnen in acht nehmen, niemals verwundet zu werden und auch keinen anderen zu verwunden. Ob ich noch einmal geprellt werden möchte, davon will ich nichts sagen, denn solchen Unglücksfällen läßt sich nicht gut vorbeugen, und wenn sie eintreffen, so kann man nichts weiter tun, als die Schultern einziehen, den Atem anhalten, die Augen zudrücken und sich dann in Gottes Namen gehen lassen, wohin es das Schicksal und das Bettuch meint.

Du bist ein schlechter Christ, Sancho, sagte Don Quixote bei diesen Worten, denn du vergissest niemals eine Beleidigung, die dir einmal widerfahren ist: edlen und großmütigen Seelen aber steht es wohl an, auf dergleichen Nichtswürdigkeiten keineswegs Rücksicht zu nehmen. Auf welchem Beine bist du lahm? Welche Rippe hast du zerbrochen? Wo den Kopf zerschlagen? Denn bei Lichte besehen war der Vorfall nur Spaß und Zeitvertreib, und hätte ich ihn anders genommen, so wär' ich schon längst umgekehrt und hätte, um dich zu rächen, mehr Unheil angerichtet, als die Griechen wegen der geraubten Helena stifteten, die, hätte sie zu dieser Zeit oder Dulcinea zu jener Frist gelebt, überzeugt sein dürfte, nicht den großen Ruf der Schönheit erlangt zu haben, den sie nun davongetragen hat.

Bei diesen Worten schickte er einen Seufzer empor, und Sancho antwortete: So mag's denn für Spaß gelten, da aus der Rache kein Ernst werden wollte; ich weiß aber doch auch, was Ernst und was Spaß ist, und ich weiß auch, daß der Spaß mir niemals aus dem Gedächtnisse kommen wird, wie er sich auch auf ewig meinen Schultern eingeprägt hat. Wir wollen aber von etwas anderem reden, und so sagt mir doch, gnädiger Herr, was machen wir mit dem Apfelschimmel, der wie ein grauer Esel aussieht, den der arme Kerl uns hier überlassen hat? Denn nach der Art, wie er sich auf die Beine machte und in Gottes Welt hineinlief, läßt sich wohl schließen, daß er nicht Lust hat, jemals umzukehren, und bei meinem Barte, der Graue ist wacker.

Es war niemals meine Gewohnheit, sagte Don Quixote, die zu berauben, die ich überwinde, auch ist es keine Rittersitte, die Pferde den Überwundenen zu nehmen und sie unberitten zu lassen, wenn es sich nicht etwa fügt, daß der Sieger im Kampfe sein eigenes Roß verlor; dann ist es ihm allerdings vergönnt, das des Besiegten zu nehmen als einen Preis, der ihm nach dem Kriegsrechte zusteht. Also, Sancho, laß dieses Roß oder diesen Esel oder wofür du es halten magst, denn sowie uns sein Herr entfernt sehen wird, kehrt er ohne Zweifel zu ihm zurück.

Gott weiß, wie gern ich ihn mitnehmen möchte, sagte Sancho, oder wenigstens gegen meinen austauschen, der mir nicht so wacker scheint! Wie sind doch die Gesetze der Ritterschaft so genau, daß man nicht einmal einen Esel gegen den andern austauschen darf; ich möchte aber doch wissen, ob ich nicht zum allerwenigsten das Sattelzeug austauschen dürfte.

Hierin bin ich nicht sonderlich sicher, sagte Don Quixote, im Zweifelsfalle aber, bis ich besser unterrichtet sein werde, entscheide ich so, daß du es austauschen magst, wenn du dessen nämlich sehr bedarfst.

Ich bedarf dessen so sehr, antwortete Sancho, daß ich's für meine eigene Person nicht nötiger hätte. Mit dieser Erlaubnis tauschte er das Sattelzeug sogleich um und zierte seinen Esel so köstlich, daß er ihm wohl zehnmal besser schien als vorher. Nachdem dies geschehen war, frühstückten sie aus den Vorräten, die ihnen noch von der Beute von dem Küchenesel übriggeblieben waren, und tranken von dem Wasser des Stromes. Dann stiegen sie wieder auf, und ohne einen bestimmten Weg einzuschlagen (weil es fahrenden Rittern gut ansteht, sich keinen festen Weg vorzusetzen), zogen sie die Straße, die Rosinante erwählte; dieser Wahl folgte sein Herr und auch der Esel, der immer nachging, wohin ihn sein guter Freund und trefflicher Gesellschafter führte. Sie gerieten dessenungeachtet auf die große Straße und zogen ihr auf gut Glück nach.

Während sie derart dahinritten, sagte Sancho zu seinem Herrn: Gnädiger Herr, wollt Ihr mir nicht vielleicht die Erlaubnis geben, ein wenig mit Euch zu schwatzen? Denn ich habe etwas auf der Zungenspitze, was ich nicht gern möchte umkommen lassen.

So sprich es aus, sagte Don Quixote, und befleißige dich der Kürze, denn das Weitläufige macht nie Vergnügen.

Ich sage also, gnädiger Herr, sprach Sancho, daß ich seit etlichen Tagen meine Betrachtungen darüber angestellt habe, daß Ihr ohne Nutzen und Erquickung Abenteuer sucht, hier in den Wüsten und dort auf den Kreuzwegen; wenn Ihr auch die allergefährlichsten übersteht, so sieht und weiß das kein Mensch, und alles bleibt im ewigen Stillschweigen vergraben, zum Nachteil Eurer Absicht und Eurer Verdienste. Es scheint mir also (mit Eurer Erlaubnis) besser, daß wir irgendeinem Kaiser oder einem andern großen Herrn dienen sollten, der gerade Krieg führt, in seinem Dienste könnt Ihr dann Eure tapfre Gesinnung, Eure gewaltige Macht und Euren trefflichen Verstand an den Tag legen. Sieht nun der Herr, dem wir dienen, dies alles, so muß er uns ja eine Belohnung geben, jedem nach seinem Werte, dann würden auch gewiß Eure großen Taten zum ewigen Angedenken aufgeschrieben; meiner Taten will ich nicht Erwähnung tun, denn die bleiben natürlich in den Schranken des Knappentums, aber das kann ich wohl behaupten, daß, wäre es bei der Ritterschaft Gebrauch, die Taten der Knappen aufzuzeichnen, meine Verrichtungen gewiß auch schwarz auf weiß erscheinen würden.

Du sprichst nicht übel, Sancho, antwortete Don Quixote; bevor ich aber zu jenem Ziele gelange, muß ich durch die Welt ziehen, gleichsam zur Beglaubigung, um Abenteuer aufzusuchen, damit, wenn ich irgendwelche beendige, mich der Ruhm bekränze. Wenn sich nun ein solcher Ritter an den Hof eines großen Monarchen verfügt, so ist er durch seine Taten schon bekannt, so daß ihm die Knaben, wenn sie ihn nur durch die Tore der Stadt einziehen sehen, alle folgen, ihn mit Geschrei umgeben und ausrufen: Dieses ist der Ritter von der Sonne oder von der Schlange oder von irgendeinem andern Sinnbilde, unter welchem er denkwürdige Taten vollbracht hat. Dieser ist es, werden sie sagen, der im

Zweikampfe den Riesen Brocabruno überwand, er löste den mächtigen Zauber, in welchem der große Mameluck von Persien seit fast neun Jahrhunderten schmachtete. Also werden von Mund zu Mund seine Taten gepriesen, und über dem Geschrei der Knaben und des übrigen Volkes tritt der König des Reichs an die Fenster seines herrlichen Palastes: sowie er den Ritter gewahrt, erkennt er ihn an der Rüstung oder an dem Sinnbilde des Schildes und ruft erfreut: Auf! Alle meine Ritter, so viele sich deren nur am Hofe befinden, ihr sollt die Blume der Ritterschaft, die sich dort naht, in Empfang nehmen. Alle stürzen diesem Gebote zufolge hinaus, er selbst begibt sich bis auf die Mitte der Treppe, umarmt ihn inbrünstig und heißt ihn willkommen, küßt ihn auf den Mund und führt ihn an der Hand in das Gemach Ihrer Majestät der Königin; hier findet der Ritter die Infantin, des Königs Tochter, eine Jungfrau, so schön und von solcher Trefflichkeit, wie man sie gewiß nicht so bald finden wird. Es begibt sich sogleich im ersten Augenblick, daß sie die Augen auf den Ritter wirft, er wirft die Augen auf sie, und jeder erscheint dem andern mehr eine Gottheit als ein menschliches Wesen, und ohne zu wissen, was oder wie es geschieht, fühlen sich beide in dem hinterlistigen Liebesnetze gefangen und verstrickt, worüber ihre Herzen in große Sorgen geraten, weil sie nicht wissen, was sie reden oder wie sie ihre Gefühle und ihre Pein entdecken sollen. Von dort führen sie ihn wohl in ein anderes Quartier des Palastes, das reich geschmückt ist, wo er die Rüstung abtut und sie ihn mit einem kostbaren Scharlachmantel bedecken; schien er in der Rüstung trefflich, so erscheint er im Hauskleide noch trefflicher. Der Abend kommt, und er speist mit dem Könige, der Königin und der Infantin, wobei er niemals die Augen von ihr wendet und sie verstohlen beschaut, ohne daß es die Umstehenden merken, sie tut dasselbe mit der gleichen Vorsicht, denn wie ich schon einmal gesagt, sie ist eine sehr verständige Jungfrau. Sobald die Tafel aufgehoben ist, kommt durch die Tür des Saales ein häßlicher und kleiner Zwerg mit einer schönen Dame, die sich zwischen zwei Riesen befindet. Dies ist ein Abenteuer, welches ein uralter Magier so eingerichtet hat, daß der, der es vollführt, für den allertrefflichsten Ritter von der Welt gehalten werden muß. Sogleich gibt der König Befehl, daß sich alle, die zugegen sind, an dem Abenteuer versuchen sollen, keiner aber bezwingt und beendigt es, nur der fremde Ritter, der dadurch seinen Ruhm um ein beträchtliches vermehrt zum großen Vergnügen der Infantin, die sich glücklich und selig preist, ihr Herz einem so glorreichen Manne zugewandt zu haben. Das Hauptsächlichste aber ist, daß dieser König oder Fürst, oder was er nun sein mag, in einen gefährlichen Krieg mit einem andern ebenso mächtigen verwickelt ist, der fremde Ritter bittet ihn hierauf (nachdem er sich zuvor einige Tage am Hofe aufgehalten) um die Erlaubnis, ihm in diesem Kriege Dienste zu leisten; mit Freuden gibt sie der König, und der Ritter küßt ihm für die erteilte Gnade mit vieler Artigkeit die Hand. In derselben Nacht nimmt er von seiner Gebieterin, der Infantin, Abschied, die er im Garten hinter einem Gitterfenster spricht, denn ihr Schlafzimmer stößt an den Garten; hier hat er sie auch schon oftmals gesprochen, denn eine Jungfrau, die das völlige Vertrauen der Infantin besitzt, ist Vermittlerin und Mitwisserin. Er seufzt, sie sinkt ohnmächtig nieder, das Mägdlein bringt Wasser und ist sehr besorgt, daß der Tag anbrechen möchte, der zum Nachteil ihrer Gebieterin alles entdecken würde; endlich kommt die Infantin wieder zu sich, durch das Gitter reicht sie ihre schneeweißen Hände dem Ritter, der sie tausend und tausendmal küßt und sie in seinen Tränen badet. Von beiden wird endlich die Weise beschlossen, wie sie einander ihr Glück oder Unglück

mitteilen wollen, die Prinzessin fleht, daß er so schnell wie möglich zurückkommen möge; er verspricht es mit vielen Schwüren; wieder küßt er ihr hierauf die Hände und nimmt mit solchen Gefühlen Abschied, daß sie ihm fast das Leben rauben. Er begibt sich hierauf in sein Gemach und wirft sich auf sein Lager, aber der Schmerz der Abreise läßt ihn nicht schlafen. Früh mit der Morgenröte geht er, um sich vom Könige, der Königin und der Infantin zu beurlauben, er erfährt, nachdem er sich von den beiden beurlaubt, daß die gnädige Infantin sich übel befinde und keinen Besuch annehmen könne; der Ritter merkt, daß dies Schmerz über seine Abreise ist, das Herz schlägt ihm, und es fehlt wenig, so läßt er seine Empfindungen laut werden. Die Jungfrau, die die Vermittlerin ist, bemerkt alles, sie geht, um es ihrer Gebieterin zu sagen, die sie mit Tränen empfängt und ihr klagt, daß es ihre allergrößte Sorge sei, zu erfahren, wer der

Ritter sei und ob er von königlichem Geschlecht abstamme oder nicht. Die Jungfrau tröstet sie, daß er unmöglich so viel Artigkeit, Anstand und Tapferkeit besitzen könne, wenn er nicht von königlichem Geschlechte sei; mit diesem Troste beruhigt sie sich, sie gibt sich zufrieden, um bei ihren Eltern keinen Argwohn zu erregen, und nach Verlauf von zwei Tagen zeigt sie sich öffentlich. Schon ist der Ritter abgereist, er streitet im Kriege, er überwindet den Feind des Königs, er erobert viele Städte, er triumphiert in vielen Schlachten. Er kehrt an den Hof zurück, am gewöhnlichen Platze sieht er seine Dame, sie fassen den Schluß, daß er sie von ihrem Vater zum Lohne seiner Dienste zum Weibe begehren soll. Der König verweigert sie ihm, weil er nicht weiß, wer er ist. Aber dennoch, sei's nun, daß er sie entführt, oder auf welche Weise es sonst geschehen mag, genug, die Infantin wird seine Gemahlin, und der Vater selbst preist sich deshalb glücklich, denn es findet sich, daß der Ritter der Sohn eines mächtigen Königs, ich weiß nicht von welchem Königreiche, ist, denn es mag wohl auf der Landkarte gar nicht verzeichnet sein. Der Vater stirbt, die Infantin erbt den Thron, und im Handumdrehen ist der Ritter König. Nun steht es in seiner Gewalt, seinen Schildknappen und alle diejenigen zu belohnen, die ihm darin beigestanden haben, sich emporzuschwingen. Er verheiratet seinen Knappen mit einer Dame der Infantin, wahrscheinlich mit derselben, die die Mitwisserin seiner Liebe war, und siehe da, sie ist die Tochter eines sehr vornehmen Herzogs.

So wünsch ich's, und das ist der rechte Weg, sagte Sancho, und buchstäblich wird es Euer Gnaden so begegnen, dem Ritter von der traurigen Gestalt.

Du darfst nicht zweifeln, Sancho, versetzte Don Quixote, denn auf dieselbe Weise und auf die nämliche Art, wie ich dir eben erzählt habe, haben sich alle fahrenden Ritter so hoch emporgeschwungen, Könige und Kaiser zu werden; jetzt muß ich nur darauf mein Augenmerk richten, wo ich einen christlichen oder ungläubigen König antreffe, der Krieg führt und eine schöne Tochter hat; aber es wird uns noch Zeit übrigbleiben, daran zu denken, denn wie gesagt, vorher muß ich einen herrlichen Ruhm erlangen, der bis an den Hof erschalle. Mir fehlt aber auch noch ein anderes Ding, denn gesetzt, ich finde einen König mit Krieg und einer schönen Tochter und besitze unglaublichen Ruhm im ganzen Weltall, so weiß ich nicht, wie es sich ausweisen soll, daß ich vom königlichen Geschlechte abstamme, oder wie ich wenigstens ein Nebenverwandter eines Kaisers sein kann. Denn der König wird mir seine Tochter niemals zur Gemahlin geben wollen, wenn nicht nebenher auch dies berichtigt ist, mögen gleich meine glorreichen Taten noch größeren Ruhm verdienen; so werde ich dieses Mangels halber den Lohn meines tapferen Arms verlieren. Ich bin freilich wohl ein Edelmann aus einem bekannten Geschlechte, ich besitze ein Eigentum, und mein Rang ist so hoch, daß ich fünfhundert Taler Bußgeld beanspruchen darf, wenn ich beleidigt werde; es mag auch wohl sein, daß der Gelehrte, der meine Geschichte niederschreibt, meine Verwandtschaft und Abkunft dermaßen auseinandersetzt, daß ich wirklich fünfter oder sechster Urenkel eines Königs bin; denn du mußt wissen, Sancho, daß es zwei Arten von Geschlechtern in der Welt gibt, eine Art, die ihre Herkunft von Fürsten und Monarchen ableitet, die aber die Zeit nach und nach erniedrigt hat; andere entspringen aus niedrigem Geschlechte und steigen und steigen nach und nach, bis sie vornehme Leute werden; der Unterschied zwischen beiden liegt also darin, daß jene waren, was sie nicht mehr sind, und diese sind, was sie nicht waren, und zu diesen mag ich gehören, weil es sich enthüllen wird, daß mein Ursprung groß und berühmt ist, womit sich dann auch der König, mein Schwiegervater, zufriedenstellen muß. Will er aber durchaus nicht, so wird mich die Infantin auf solche Weise lieben, daß sie ihrem Vater zum Trotze, wenn sie auch bestimmt wüßte, ich sei der Sohn eines Taglöhners, mich zum Herrn und Gemahl annehmen wird; wo nicht, so raube ich sie dann und entführe sie, wohin es mir gefällt, bis die Zeit oder der Tod endlich den Zorn ihrer Eltern kühlt.

Es paßt hier schön, sagte Sancho, was manche Schelme sagen: Erbitte das nicht im Guten, was du dir mit Gewalt nehmen kannst; man könnte auch noch besser sagen: Die Räuberei eines Spitzbuben ist besser als das Gebet eines braven Mannes; wenn der Herr König, Euer Schwiegervater, Euch die gnädige Infantin nicht übergeben will, so tut Ihr freilich am besten, sie zu rauben und wegzunehmen. Das Unglück ist nur, daß der arme Knappe, bis wieder Friede gemacht ist und Ihr im Königreiche ruhig sitzet, mit leeren Backen auf den Lohn passen muß; wenn nicht etwa die Jungfrau, die Vermittlerin, die seine Gemahlin werden soll, mit der Infantin wegläuft und er sein Unglück mit ihr teilt, bis es der Himmel anders beschert; denn ich glaube, sein Herr ist doch imstande, sie ihm gleich zur rechtmäßigen Frau zu geben.

Niemand kann ihm das verweigern, sagte Don Quixote.

Damit es aber so komme, antwortete Sancho, müssen wir brav zu Gott beten und das Glück dann gehen lassen, wohin es uns führen will.

Gott wird es fügen, antwortete Don Quixote, wie ich es wünsche und du, Sancho, es brauchst, und gemein bleibe der, der sich für gemein hält.

Meiner Seel', sagte Sancho, ich war nur einmal Hochzeitbitter, aber es stand mir so gut, daß alle sagten, ich könnte wohl gar einen Küster vorstellen. Wie wird's aber vollends werden, wenn sie mir den Herzogsmantel um die Schultern hängen oder ich ganz voll Gold und Perlen sitze wie ein fremder Graf! Gewiß kommen sie hundert Meilen her, um mich nur zu sehen.

Du wirst gut aussehen, sagte Don Quixote, doch wirst du dir den Bart müssen dünner scheren lassen, denn so dick, häßlich und unordentlich dein Bart ist, mußt du ihn wenigstens einen Tag um den andern unter das Messer bringen, sonst weiß doch jeder schon auf einen Steinwurf weit, wer du bist.

Was gilt's, sagte Sancho, ich nehme mir lieber einen Barbier und lasse ihn bei mir im Hause wohnen, und wenn's nötig tut, muß er mir allerwege nachfolgen, wie der Bereiter eines Großen!

Woher weißt du, fragte Don Quixote, daß die Großen ihren Bereiter hinter sich führen?

Ich will es sagen, antwortete Sancho; ich war vor etlichen Jahren einmal vier Wochen lang in Madrid, da sah ich einen sehr kleinen Herrn vorbeireiten, von dem die Leute sagten, er wäre sehr groß, ein Mann folgte ihm auf allen seinen Schritten und Tritten zu Pferde nach, so daß er mir wie sein Schwanz vorkam; ich fragte die Leute, warum der Mann nicht neben dem andern ritte, sondern nur immer hinter ihm her zöge, da antworteten sie, daß er sein Bereiter wäre und daß es die Großen in der Art hätten, die Bereiter so hinter sich zu führen; das weiß ich seitdem so gut, daß ich es niemals wieder vergessen habe.

In der Tat hast du recht, sagte Don Quixote, und auf die Weise kannst du deinen Barbier mit dir führen; die Gebräuche entstehen nicht auf einmal und werden nicht alle zu einer Zeit erfunden, und so kannst du vielleicht der erste Graf sein, der seinen Barbier hinter sich führt; und überdies ist den Bart in Ordnung halten ein wichtigeres Geschäft als ein Pferd satteln.

Das mit dem Barbier laßt nur meine Sorge sein, sagte Sancho, Ihr braucht nur daran zu denken, wie Ihr König werdet und mich zum Grafen macht.

So sei es, antwortete Don Quixote.

Zweiundzwanzigstes Kapitel

Hier schenkt Don Quixote vielen Unglücklichen die Freiheit, die man wider Willen dorthin führte, wohin sie ungern gingen.

Inmitten solcher und ähnlicher Gespräche trug es sich zu, daß der scharfsinnige Ritter seine Augen erhob. Er sah, daß ihm auf der Straße, die er zog, wohl zwölf Menschen zu Fuß entgegenkamen, die wie die Perlen eines Rosenkranzes mit den Hälsen auf eine große eiserne Kette gereiht waren und an den Händen Handschellen trugen. Mit ihnen kamen zwei Leute zu Pferde und zwei zu Fuß. Die Berittenen waren mit geladenen Flinten bewaffnet, die anderen mit Spieß und Schwert; sobald Sancho sie erblickte, sagte er: Das ist eine Kette mit Ruderknechten, die der König zwingt, ihm auf den Galeeren zu dienen.

Wieso zwingt? fragte Don Quixote; wie kommt der König dazu, irgend jemand zu zwingen?

Das sage ich nicht, antwortete Sancho, sondern das sind Leute, die man wegen ihrer Verbrechen verurteilt hat und zwingt, auf den Galeeren zu dienen.

Alles in allem, versetzte Don Quixote, wenn ich dich recht verstehe, gehen jene Leute, die man da führt, gezwungen und nicht nach eigenem freiem Willen.

Wahrhaftig nicht, sagte Sancho.

Da dem so ist, erwiderte sein Herr, so ruft mich in diesem Falle mein Gewerbe zu meiner Pflicht, Zwang aufzuheben und den Unglücklichen zu helfen und beizustehen.

Bedenkt Euch wohl, gnädiger Herr, sagte Sancho, denn die Gerechtigkeit, die der König vorstellt, begeht weder Zwang noch Unrecht an diesen Leuten, sondern sie werden nur wegen ihrer Verbrechen gestraft.

Indessen kam die Kette mit den Ruderknechten heran, und Don Quixote bat die Leute, die als Wache mitgingen, mit artigen Worten, ihm den Grund oder die Gründe gefälligst mitzuteilen, warum man diese Leute auf solche Weise fortführe. Einer von den Wachen zu Pferde antwortete, daß es Ruderknechte

wären, Sklaven Seiner Majestät des Königs, die auf die Galeeren gebracht würden, mehr könne er nicht sagen und mehr sei ihm auch nicht bekannt. Dessenungeachtet, erwiderte Don Quixote, wünsche ich von jedem einzelnen die Ursache seines Unglücks zu erfahren. Er fügte noch so viele und so höfliche Bitten hinzu, um seinen Wunsch durchzusetzen, daß der andere von der Wache zu Pferde sagte: Wir haben zwar das ganze Register und alle Urteilssprüche von jenen Nichtswürdigen bei uns, aber wir haben jetzt keine Zeit, sie auszupacken und zu lesen, der Herr darf sie nur selbst befragen, sie werden ihm auf alles Antwort geben, denn diese Menschen tun und sprechen gern Nichtswürdigkeiten.

Mit dieser Erlaubnis, die sich Don Quixote genommen hätte, wenn man sie ihm nicht gegeben hätte, ging er nach der Kette und fragte den vordersten, um welcher Sünden willen er in so schlechtem Aufzuge einherginge? Dieser antwortete, daß er so einhergehe, weil er verliebt sei.

Und für nichts anderes? entgegnete Don Quixote. Bringt man die Verliebten nach den Galeeren, so hätte ich schon seit langem dort rudern müssen.

Meine Liebe ist nicht von der Art, wie der Herr meint, versetzte der Ruderknecht, meine Leidenschaft war, daß ich einen Korb Wäsche so zärtlich liebte und ihn so kräftiglich umfaßte, daß ich ihn noch nicht freiwillig aus den Armen lassen würde, wenn ihn mir die Justiz nicht mit Gewalt entrissen hätte. Ich war auf der Tat ertappt, eine lange Untersuchung war unnötig, die Sache machte sich bald, ich bekam zweihundert Streiche auf den Buckel, ward zur Zugabe drei Sommer den Wasserenten gewidmet, und damit hat das Ding ein Ende.

Was sind Wasserenten? fragte Don Quixote.

Wasserenten sind die Galeeren, antwortete der Ruderknecht, ein Bursche von ungefähr vierundzwanzig Jahren und seiner Landsmannschaft nach aus Piedrahita.

Don Quixote richtete die gleiche Frage auch an den zweiten, der aber keine Antwort gab, sondern still und schwermütig war; der erste aber antwortete für ihn und sagte: Dieser, gnädiger Herr, geht mit uns, weil er ein Singvogel ist, ich meine ein Musikus und Sänger.

Wie das? fragte Don Quixote, Musiker und Sänger werden auf die Galeeren geschickt?

Nichts anderes, antwortete der Ruderknecht, kein böseres Ding gibt es auf der Welt, als in der Not singen.

Ich habe vielmehr sagen hören, sprach Don Quixote, daß, wer singt, sein Unglück bezwingt.

Wer einmal singt, sagte der Ruderknecht, muß zeitlebens ächzen.

Das ist mir unverständlich, sagte Don Quixote; einer von der Wache aber antwortete: Herr Ritter, in der Not singen bedeutet unter diesen rechtlichen Leuten auf der Tortur bekennen; dieser Sünder bekam die Tortur und bekannte, er ist ein Viehdieb und nach seinem Geständnisse auf sechs Jahre auf die Galeeren verurteilt, überdies hat er schon zweihundert Hiebe auf den Rücken bekommen; er ist immer nachdenklich und traurig, weil ihn die übrigen Schelme, die mit ihm gehen, schlecht behandeln, ihn verachten und verspotten, weil er bekannt und nicht das Herz gehabt hat, nein zu sagen; denn sie sagen, ein Nein habe nur zwei Buchstaben mehr als ein Ja, und ein Delinquent könne kein besseres Glück wünschen, als daß auf seiner Zungenspitze sein Leben oder sein Tod schwebe, wenn keine anderen Zeugen und Beweise gegen ihn sind: und so ganz unrecht haben sie meiner Meinung nach nicht.

So scheint es mir ebenfalls, sagte Don Quixote und wandte sich zum dritten, den er wie die vorigen befragte und der auch behende und mit großer Bereitwilligkeit antwortete: Ich gehe auf fünf Jahre zu den allerliebsten Wasserenten, weil mir zehn Dukaten mangelten.

Zwanzig wollte ich herzlich gern geben, sagte Don Quixote, um Euch aus Euerm Unglück zu erlösen.

Das kommt mir vor, antwortete der Ruderknecht, als ob einer mitten auf der See Geld hätte und doch Hungers sterben müßte, weil er nirgends einkaufen kann, was er braucht; hätte ich diese zwanzig Dukaten zur rechten Zeit gehabt, die Ihr mir jetzt anbietet, so hätte ich damit die Feder des Schreibers geschmiert und den Kopf meines Sachwalters so aufgeklärt, daß ich mich heute mitten auf dem Platze von Zocodover in Toledo befinden könnte und nicht hier wie ein

Hund angekoppelt zu gehen brauchte; aber Gott ist mächtig, und man muß Geduld haben.

Don Quixote kam zum vierten, einem Manne mit einem ehrwürdigen Gesichte, dem ein silberweißer Bart bis auf die Brust herabhing; als er diesen nach der Ursache fragte, um derentwillen er fortgeführt würde, fing er an zu weinen und antwortete nichts. Aber der fünfte Gefangene diente zu seinem Dolmetscher und sagte: Dieser ehrwürdige Mann kommt auf vier Jahre auf die Galeeren, nachdem er vorher seinen Umzug zu Pferde und in großer Pracht gehalten hat.

Also wird er wohl, sagte Sancho Pansa, öffentlich am Pranger gestanden haben.

Freilich, versetzte der Ruderknecht, und sie haben es ihm darum getan, weil er ein Mittler der Liebe gewesen ist, dieser Ritter ist nämlich ein Kuppler und hat nebenher auch einige Streiche als Zauberer verübt.

Hättet Ihr nicht diese Streiche erwähnt, sprach Don Quixote, so würde ich nicht einsehen, wie er als bloßer Liebesmittler sich die Strafe zugezogen hätte, auf den Galeeren zu rudern, sondern man hätte ihn vielmehr zum General derselben ernennen sollen, denn also müssen die Dienste eines Liebesmittlers belohnt werden; dieses Amt erfordert verständige Leute und ist in einem gut eingerichteten Staate von äußerster Notwendigkeit, so wie es immer Leute von gutem Herkommen ausüben müßten. Man sollte auch Aufseher und Examinatoren über sie einsetzen, wie es bei den übrigen Ämtern geschehen ist, mit Unterbedienten, wie die Makler auf der Börse sind. Auf diese Weise würde vielen Übeln vorgebeugt werden, die daher entstehen, daß sich unwissende und einfältige Menschen mit diesem Amte befassen, wie es mehr oder weniger alle die alten Weiber, schlechten Pagen und Lustigmacher sind, die wenig Erfahrung besitzen und in vielen wichtigen Fällen, wenn es nötig ist, einen gescheiten Anschlag zu machen, dastehen, als ob ihnen der Verstand stillstünde, und kaum wissen, welche ihre rechte oder linke Hand ist. Ich könnte hierüber noch weitläufiger sein und Gründe anführen, warum es gut sei, diejenigen auszuwählen, die im Lande diesem Amte vorstehen müßten, es ist aber hier nicht dazu der schickliche Ort, ich werde es aber einmal denen vortragen, die Einfluß haben und die Sache verbessern können. Ich will nur noch hinzufügen, daß das Mitleid, welches diese silberweißen Haare, dieses ehrwürdige Gesicht und die schwere Strafe, die nur für Liebesvermittlung verhängt wurde, bei mir erregten, sehr durch den Zusatz der Zauberei vermindert ist; obgleich ich einsehe, daß keine Zauberei in der Welt vermag, den Willen zu verändern und zu bezwingen, wie einige Einfältige glauben, denn unser Geist ist frei, und weder Kräuter noch Gesänge können ihn überwältigen. Was alte einfältige Weiber und nichtswürdige Schelme wohl zu tun pflegen, ist, daß sie Gifte mischen, die den Menschen töricht machen; sie meinen, so gewaltig zu sein, Liebe zu erregen, während es doch, wie gesagt, unmöglich ist, den freien Willen zu erzwingen.

So ist es auch, sagte der wackere Greis, und wahrhaftig, gnädiger Herr, obgleich ich der Zauberei unschuldig war, so konnte ich doch das Liebesmitteln nicht leugnen, ich glaubte aber damit nichts Böses zu tun, denn meine lautere Absicht war, daß alle Leute fröhlich sein möchten, in Ruhe und Frieden leben und ohne Hader und Zwietracht; aber dieser gute Wille hat mir nichts geholfen, ich muß dahin, von wo ich gewiß nicht wiederkomme, denn ich bin schon alt und habe außerdem noch ein Übel in der Blase, das mir keinen Augenblick Ruhe läßt.

Er fing hierauf von neuem an zu weinen, wodurch Sancho so gerührt war, daß er vier Realen aus dem Busen zog und sie ihm als Almosen reichte. Don Quixote ging weiter und fragte den folgenden nach seinen Vergehen, der viel fröhlicher als der vorige antwortete: Ich gehe dorthin, weil ich zu übermäßig mit zwei Muhmen scherzte, und noch dazu mit zwei andern Muhmen, die mir nicht verwandt waren, kurz, weil ich den Scherz so ins Mannigfaltige trieb, daß durch all dies Scherzen eine sehr verworrene Verwandtschaft entstand, die kein Genealogist wieder ins reine zu bringen vermag. Alles kam heraus, Freunde fehlten, Geld mangelte, so geschah's, daß ich den Handel verlor und auf sechs Jahre zu den Galeeren verdammt wurde. Mir ist es recht, es ist meine Strafe, ich bin jung, das Leben geht fort, und nur mit dem Tode ist alles aus. Wollt Ihr, Herr Ritter, diesen armen Schelmen eine Gabe mitteilen, so wird es Euch Gott im Himmel belohnen, und wir auf Erden wollen sorgfältig in unseren Gebeten Gott bitten, daß er Euch Leben und Wohlsein in so vollem Maße schenke, wie es Euer edler und trefflicher Charakter verdient.

Dieser war wie ein Student gekleidet, und einer von der Wache sagte, daß er ein großer Redner und geschickter Lateiner sei. Diesen allen folgte ein Mann von guter Gestalt, wohl dreißig Jahre alt, der mit dem einen Auge nach dem andern schielte: die Weise, wie er angefesselt war, war von der der übrigen ein wenig unterschieden, denn am Fuße hatte er eine so große Kette, daß sie sich ihm um den ganzen Leib wickelte, am Halse trug er zwei Ringe, von denen der eine zur Kette gehörte, am andern aber ein sogenannter aufmerksamer Freund befestigt war; zwei Eisenstäbe zogen sich von oben bis zum Gürtel herunter, wo sie wieder in zwei Ringen endigten, an welchen seine beiden Hände mit zwei großen Schlössern angeschlossen waren, so daß er weder die Hände zum Munde erheben, noch auch den Kopf zu den Händen herunterbeugen konnte. Don Quixote fragte, warum dieser Mann soviel mehr Eisen als die übrigen an sich habe. Weil er, sagte die Wache, allein mehr Verbrechen als alle übrigen zusammen begangen habe, er sei so verwegen und listig, daß sie ihn immer noch nicht sicher glaubten, wenn sie ihn auch so umständlich gefesselt hätten, sondern stets seine Flucht befürchteten.

Welche Verbrechen, sagte Don Quixote, kann er begangen haben, wenn er keine größere Strafe als die Galeeren verdient?

Er ist auf zehn Jahre verurteilt, versetzte die Wache, und das ist so gut wie der Tod; man braucht nicht mehr zu wissen, als daß dieser redliche Mann der berühmte Gines ist, sonst auch Gines Diebsfinger genannt.

Herr Kommissarius, rief sogleich der Ruderknecht, laßt uns gehen und geht nicht darauf aus, Namen und Beinamen herzuzählen. Gines ist mein Name und nicht Diebsfinger, wie Ihr mich nennt, und jeder sorge nur für sich, und er wird genug zu tun finden.

Nicht so hochmütig! versetzte der Kommissarius, du mein Herr Spitzbube von der ersten Sorte, wenn ich dich nicht zum Schweigen bringen soll, wie es dir gewiß nicht lieb ist.

Nun gut, versetzte der Ruderknecht, man muß sich in Gottes Schicksale fügen, aber es kommt gewiß der Tag, wo man erfahren soll, ob ich Gines Diebsfinger heiße oder nicht.

Nennen sie dich denn nicht so, Straßenräuber? fragte der Wächter.

Ja, antwortete Gines, aber ich will's schon dahin bringen, daß sie mich nicht so nennen. Wenn Ihr uns, Herr Ritter, was geben wollt, so gebt her und geht mit Gott, Ihr seid so neugierig, das Leben von anderen Leuten zu wissen, wollt Ihr aber das meine erfahren, so wißt, daß ich Gines bin und meinen Lebenslauf mit diesen Fingern niedergeschrieben habe.

Er sagt die Wahrheit, versetzte der Kommissarius, er hat selbst seine Geschichte niedergeschrieben, so gut man es nur verlangen kann, er hat das Buch im Gefängnisse für zweihundert Realen als Pfand zurückgelassen.

Und ich will es einlösen, sagte Gines, und wenn ich zweihundert Dukaten darauf bekommen hätte.

So gut ist das Buch? fragte Don Quixote.

Ich kann Euch soviel davon sagen, daß es lauter Wahrheiten enthält, und diese Wahrheiten sind so anmutig und lustig, daß keine Erfindungen possierlicher sein können.

Und wie ist der Titel dieses Buchs? fragte Don Quixote.

Das Leben des Gines, antwortete jener.

Und ist es fertig? fragte Don Quixote.

Wie kann es fertig sein, antwortete Gines, da mein Leben noch nicht fertig ist? Was ich geschrieben habe, beginnt mit meiner Geburt und schließt da, wie ich jüngst auf die Galeeren gesandt wurde.

Also seid Ihr schon sonst dort gewesen? fragte Don Quixote.

Gott und meinem Könige zu dienen, bin ich schon einmal vier Jahre darauf gewesen, ich weiß, wie der Zwieback und die Karbatsche schmeckt, antwortete Gines, aber ich gräme mich nicht sonderlich, wieder hinzukommen, denn ich werde dort Zeit haben, mein Buch fertigzuschreiben, für das mir noch viel Stoff übriggeblieben ist, und auf den spanischen Galeeren ist immer mehr Ruhe, als ich dazu brauche; ich brauche freilich auch zum Niederschreiben nicht viel Zeit, denn ich weiß es schon auswendig.

Du bist geschickt, sagte Don Quixote.

Und unglücklich, antwortete Gines, denn das Unglück verfolgt immer die Genies.

Die Spitzbuben verfolgt es, sagte der Kommissarius.

Ich habe schon gesagt, Herr Kommissarius, antwortete Gines, laßt uns gehen, die Herren haben Euch Euern Stab nicht dazu anvertraut, die armen Schelme zu mißhandeln, die Euch unterstehen, sondern daß Ihr sie führt und dahin bringt, wohin der Befehl Ihrer Majestät lautet; tut Ihr anders, bei meiner Seele — —

Der Kommissarius erhob seinen Stab, um Gines auf seine Drohungen zu antworten, aber Don Quixote legte sich dazwischen und bat, ihn nicht zu schlagen, denn es sei dem, dem die Hände so fest gebunden wären, wohl zu gönnen, die Zunge frei zu brauchen; worauf er sich gegen alle die Gefesselten wandte und sprach: Aus alledem, was ihr mir gesagt habt, vielgeliebte Brüder, habe ich soviel verstanden, daß ihr, wenn ihr gleich für Vergehungen gestraft werdet, euch doch mit Widerwillen eurer Züchtigung unterwerft und sehr ungern und gegen euren Willen derselben entgegengeht. Auch ist es wohl möglich, daß der geringe Mut, den dieser auf der Tortur bewies, der Geldmangel bei jenem, bei diesem der Mangel an Freunden und überhaupt das schlechte Urteil des Richters Ursache eures Unglücks ist, daß ihr nicht die Gerechtigkeit gefunden habt, die euch eigentlich zukam: welches alles sich jetzt so meinen Gedanken vorstellt, daß ich gereizt, ja gezwungen bin, euch den Zweck deutlich zu machen, zu welchem der Himmel mich auf die Erde versetzte und den Orden der Ritterschaft, den ich bekleide, erwählen hieß. Mein Gelübde erheischt, ein Freund der Hilfsbedürftigen zu sein wie aller, die unter dem Drucke der Gewalt seufzen. Es ist mir aber bekannt, daß es eine Regel der Klugheit ist, das nicht im bösen zu tun, was sich im guten ausrichten läßt, daher ergeht meine Bitte an diese Herren der Wache und den Herrn Kommissarius, euch gefälligst loszufesseln und in Frieden gehen zu lassen, denn es wird nicht an Leuten mangeln, die dem Könige besser dienen. Mir scheint es hart, diejenigen zu Sklaven zu machen, die Gott und die Natur als freie Leute geboren werden ließ. Überdies, meine Herren Wächter, fuhr Don Quixote fort, haben ja diese Unglückseligen euch nichts getan; im Jenseits aber wird jeder für seine Vergehungen büßen, denn Gott im Himmel lebt, das Böse zu bestrafen und das Gute zu belohnen, und es ziemt sich nicht, daß ehrliche Männer die Henker andrer Männer sind, die ihnen nichts zuleide taten. Ich bitte euch deshalb in aller Ruhe und Freundlichkeit, damit ich euch danken könne, wenn ihr mein Begehren erfüllt, falls ihr es aber anders wollet, so steht diese Lanze, dieses Schwert meinem tapferen Arm zu Gebote, um euch mit Gewalt zu zwingen, es also zu vollstrecken.

Nun, das ist hinlänglich toll, sagte der Kommissarius, ein herrlicher Unsinn nach all dem Geschwätz! Wir sollen die Sklaven des Königs freilassen! Als ob wir die Macht hätten, das zu tun, oder er da, es uns zu befehlen. O geht, mein Herr, mit Gott, und setzt Euch auf dem Kopfe Euer Bartbecken zurecht und bekümmert Euch nicht um ungelegte Eier.

Ihr seid selbst ungelegt und ungefegt und ein Ungeheuer von einem Spitzbuben! antwortete Don Quixote. Und in demselben Augenblicke rannte er so wütig auf jenen ein, daß er sich nicht zur Wehr setzen konnte, sondern von der Lanze schwer verwundet zu Boden stürzte. Die übrigen erstaunten und erschraken über diesen unerwarteten Angriff, da sie sich aber wieder sammelten, zogen die zu Pferde den Degen, die zu Fuß ergriffen ihre Spieße, und alle machten sich über Don Quixote her, der sie gefaßt erwartete. Ohne Zweifel wäre es ihm übel ergangen, wenn nicht die Ruderknechte, da sie diese günstige Gelegenheit sahen, sich frei zu machen, sie in der Tat benutzt hätten, indem sie die Kette, an der sie aufgereiht waren, zerbrachen. Es entstand eine solche Verwirrung, daß die Wachen, bald zu den Ruderknechten laufend, die sich losmachten, bald Don Quixote angreifend, der sie wieder angriff, durchaus nichts ausrichten konnten. Sancho seinerseits half dem Gines aus seinen Eisen heraus, der zuerst frei und ohne alle Fesseln im Felde herumlief, sich über den niedergestürzten Kommissarius machte und ihm Degen und Flinte abnahm; hierauf legte er die Flinte bald auf diesen an, bald zielte er nach jenem, ohne loszuschießen, so daß bald keiner von der Wache mehr das Feld behauptete, denn alle entflohen, teils vor der Flinte Gines', teils vor dem Steinregen, den die frei gewordenen Ruderknechte über sie ausgossen. Sancho wurde über diese Begebenheit sehr betrübt, denn er glaubte, daß die Entfliehenden sogleich der heiligen Brüderschaft den ganzen Vorfall anzeigen würden und diese die Sturmglocken läuten würde, um die Verbrecher einzufangen; diese Besorgnis trug er auch seinem Herrn vor und bat ihn, sich eiligst zu entfernen, damit sie sich in dem nahe gelegenen Gebirge verstecken könnten.

Es mag drum sein, sagte Don Quixote, aber ich weiß, was mir vorerst zu tun obliegt. Er rief alle die Ruderknechte zusammen, die sich schon zerstreut und den Kommissar bis aufs Hemd ausgezogen hatten; sie stellten sich um ihn her, um zu sehen, was er haben wollte, er aber sagte: Braven Leuten steht es wohl an, für empfangene Wohltaten dankbar zu sein, und Undankbarkeit ist eine derjenigen Sünden, durch welche man Gott am meisten erzürnt; dies sage ich, weil ihr, meine edlen Herren, gesehen und deutlich genug erfahren habt, wie Großes ihr von mir empfangen; zum Lohn dafür wünsche und begehre ich, daß ihr diese Kette, die von eurem Halse abfiel, wieder auf euch nehmt, euch gleich auf den Weg macht und euch nach der Stadt Toboso begebt, um euch dort der Dame Dulcinea del Toboso zu präsentieren und ihr zu sagen, daß ihr Ritter, der von der traurigen Gestalt, euch sende und schicke, worauf ihr denn Punkt für Punkt alles erzählen sollt, was sich in diesem ruhmwürdigen Abenteuer bis zu eurer wirklichen Befreiung zugetragen hat; ist dies vollbracht, so könnt ihr in Gottes Namen gehen, wohin es euch gefällt.

Im Namen der übrigen antwortete Gines: Was Ihr uns da, gnädiger Herr und unser Erretter, auftragt, ist zur Gänze unausführbar, denn wir können nicht in Gesellschaft auf den Straßen ziehen, sondern nur einzeln und getrennt und jeder für sich besorgt, ja es wäre gut, wenn wir uns in die Eingeweide der Erde verkriechen könnten, damit uns nur die heilige Brüderschaft nicht findet, die gewiß sehr bald Jagd auf uns machen wird. Was Ihr tun mögt und mit Billigkeit tun könnt, ist, diese Dienstleistung und Wanderschaft nach der Dame Dulcinea del Toboso in eine Anzahl Ave Marias und Credos zu verwandeln, die wir zu Eurem Besten abbeten wollen, denn das läßt sich bei Tag und Nacht, auf der Flucht und in Ruhe, in Krieg und Frieden tun: aber zu glauben, daß wir wieder zu den Fleischtöpfen Ägyptens zurückkehren werden, ich meine, daß wir unsere Kette wieder aufnehmen und uns damit auf den Weg nach Toboso machen sollen, ist, als wollte man glauben, es sei jetzt Nacht, da es doch zehn Uhr morgens ist. Wer das von uns verlangt, mag lieber von der Ulme verlangen, daß sie Birnen als Früchte trägt.

Aber ich schwöre, sagte Don Quixote sehr ergrimmt, Ihr Don Hurensohn oder Gines Diebsfinger oder wie Ihr sonst heißen mögt, daß Ihr allein gehen sollt, alle Eure Eisen zwischen den Beinen und die ganze Kette über den Buckel gehängt!

Gines, der nicht von geduldiger Gemütsart war (auch schon begriffen hatte, daß Don Quixote nicht bei Verstand sei, daß er das tolle Unternehmen angefangen, sie zu befreien), gab, da er sich so behandelt sah, seinen Kameraden einen Wink, die sich alsbald von allen Seiten davonmachten und einen solchen Hagel von Steinen nach Don Quixote schleuderten, daß er nicht Hände genug hatte, um sich mit seinem Schilde zu schirmen, wobei der arme Rosinante sich aus allem Spornen nichts mehr machte, als ob er aus Erz gegossen wäre. Sancho

kroch hinter seinen Esel und verbarg sich dort vor dem Sturmwetter von Steinen, das auf sie beide herabstürzte. Don Quixote konnte sich nicht so ganz decken, daß ihn nicht einige Steine so gewaltig auf den Leib getroffen hätten, daß sie ihn auf die Erde warfen. Er war kaum niedergefallen, als sich der Student über ihn machte, ihm das Bartbecken vom Kopfe nahm, ihm damit drei oder vier Schläge auf den Rücken gab und es so kräftig gegen die Erde schmiß, daß es in Stücke brach: er nahm ihm überdies eine Schärpe ab, die er über der Rüstung trug, und hätte ihm ohne Zweifel selbst die Hosen ausgezogen, wenn ihn daran nicht der Beinharnisch gehindert hätte. Dem Sancho nahmen sie seinen Mantel und entkleideten ihn, worauf sie untereinander die in der Schlacht gewonnene Beute verteilten und jeder sich nach einer andern Gegend davonmachte, eifriger besorgt, der furchtbaren Brüderschaft zu entwischen, als sich mit der Kette zu beladen und sich vor der Dame Dulcinea del Toboso zu präsentieren.

Der Esel und Rosinante, Sancho und Don Quixote blieben zurück, der Esel kopfhängend und nachdenklich, wobei er zuweilen die Ohren schüttelte, wohl in der Meinung, daß der Steinregen, der seine Ohren getroffen, noch nicht aufgehört habe; Rosinante neben seinem Herrn hingestreckt, ebenfalls durch einen

Wurf niedergestürzt; Sancho ohne Mantel und in Furcht vor der heiligen Brüderschaft; Don Quixote ungemein verdrießlich, sich so schlecht von denen behandelt zu sehen, denen er so ein großes Gut verschafft hatte.

Dreiundzwanzigstes Kapitel

Was dem berühmten Don Quixote in der Sierra Morena begegnete, eines der wundersamsten Abenteuer, die in dieser wahrhaften Geschichte vorgetragen werden.

Als sich nun Don Quixote so übel behandelt sah, sagte er zu seinem Knappen: Immer, Sancho, habe ich sagen hören, den Nichtswürdigen Gutes erzeigen, heiße Wasser ins Meer tragen: hätte ich deinen Worten geglaubt, so hätte ich freilich diesen Verdruß nicht erfahren, aber da es nun geschehen ist, so sei die Geduld mein Trost und daß ich künftighin vorsichtiger sein werde.

Ihr werdet gerade so vorsichtig sein, antwortete Sancho, wie ich ein Türke bin, da Ihr aber doch sagt, daß Euch dieses Unglück nicht widerfahren wäre, wenn Ihr mir geglaubt hättet, so glaubt mir nur jetzt, damit Ihr nicht ein anderes noch größeres Unglück erlebt, denn Ihr müßt wissen, daß sich die heilige Brüderschaft nicht um die Ritterschaft schert, denn sie gibt für alle fahrenden Ritter zusammen noch keine zwei Dreier, und mir ist immer schon, als ob uns ihre Spieße um die Ohren brummten.

Du bist eine geborene Memme, Sancho, sagte Don Quichote, damit du aber nicht sagen könnest, ich sei halsstarrig und befolge niemals deinen Rat, will ich dieses Mal tun, was du mir rätst, und dem Unheil, das du fürchtest, aus dem Wege gehen; doch nur unter der einen Bedingung, daß du niemals, weder im Leben noch im Sterben, jemandem sagen dürfest, ich zöge mich aus Furcht vor der Gefahr zurück, denn ich tue es nur deinen Bitten zu Gefallen; denn sagst du es anders, so lügst du, und ich werde dich Lügen strafen, und du wirst lügen, so oft du es denken oder sagen magst, und erwidre nichts weiter, denn wenn du denkst, daß ich irgendeiner Gefahr aus dem Wege gehe, vorzüglich dieser, die in der Tat einen kleinen Anschein von begründeter Furcht hat, so bin ich entschlossen, hierzubleiben und ganz allein alles zu erwarten, nicht allein diese heilige Brüderschaft, die dich besorgt macht, sondern zugleich alle Brüder der zwölf israelitischen Stämme.

Gnädiger Herr, antwortete Sancho, sich zurückziehen ist ja nicht fliehen, zu warten ist töricht, wenn die Gefahr größer ist, als man sie nur erwarten kann, kluge Leute schonen sich heute für morgen und setzen ihr ganzes Glück nicht an einem Tage, und wenn ich gleich nur ein gemeiner Mann und Bauer bin, so habe ich doch jederzeit meine Ehre darin gesucht, mich verständig aufzuführen: drum laßt's Euch nicht gereuen, meinen guten Rat anzunehmen, sondern steigt auf den Rosinante, wenn Ihr könnt, wo nicht, so will ich Euch helfen, und folgt mir nach, denn mir scheint, daß wir die Beine nötiger als die Hände brauchen werden.

Don Quixote stieg auf, ohne irgend etwas zu antworten, Sancho auf seinem Esel führte an, und so gelangten sie in einen Teil der Sierra Morena, dem sie sich nahe befanden; Sancho hatte die Absicht, ihn ganz zu durchziehen und sich nach Viso oder Almodovar del Campo zu begeben und sich etliche Tage in diesen Berggegenden zu verstecken, damit sie von der heiligen Brüderschaft nicht gefunden würden. Er faßte neuen Mut, als er entdeckte, daß sein Mundvorrat, der sich auf dem Esel befunden hatte, aus der Schlacht mit den Ruderknechten gerettet war, was er für ein Wunder hielt, da die Ruderknechte auf dergleichen so heftige Jagd gemacht hatten.

Noch in dieser Nacht kamen sie bis in die Mitte der Sierra Morena, und Sancho schlug vor, die Nacht und noch etliche nachfolgende Tage dort zuzubringen, wenigstens so lange, als ihre Speisekammer sie versorgte, und also lagerten sie in einer Gegend zwischen zwei Felsen, in der sich viele Korkbäume befanden. Aber das Schicksal, welches nach der Meinung derer, die nicht vom Lichte der wahren Lehre erleuchtet sind, alles lenkt und nach seinem Kreise regiert, führte den Gines, diesen berühmten Schelm und Räuber, der durch die Tapferkeit und die Tollheit des Don Quixote von der Kette erlöst war und der ebenfalls aus Besorgnis vor der heiligen Brüderschaft, die er mit großem Rechte fürchtete, auf den Einfall kam, sich in das Gebirge zu verstecken, diesen brachte sein Schicksal und seine Furcht an die nämliche Stelle, die sich Don Quixote und Sancho Pansa erwählt hatten, er erkannte sie und traf sie, da sie eben einschlafen wollten. Wie nun Bösewichter immer undankbar sind, die Not auch oft das Äußerste versucht, die gegenwärtige Hilfe auch der zukünftigen vorgezogen wird, so fiel Gines, der weder dankbar noch von edler Gesinnung war, darauf, dem Sancho Pansa seinen Esel zu stehlen; denn auf den Rosinante nahm er keine Rücksicht, da er ihn für vollkommen wertlos und ungeeignet befand, verkauft oder verpfändet zu werden. Sancho Pansa schlief, Gines stahl ihm sein Tierlein, und ehe es noch tagte, war er schon so weit entfernt, daß er nicht wiedergefunden werden konnte.

Die Morgenröte ging auf, die Erde zu erfreuen und Sancho Pansa zu betrüben, denn er traf seinen Grauen nicht mehr an; als er sich ohne ihn sah, begann er so heftig und laut aufs kläglichste zu jammern, daß Don Quixote von seinem Geschrei erwachte und folgende Reden vernahm: O du mein eingeborner Sohn! Du Kleinod meiner Kinder, Trost meines Weibes, Neid meiner Nachbarn, Stütze meiner Arbeiten! O du Ernährer meiner halben Person, denn du verdientest mir täglich sechsundzwanzig Maravedis, und das war mein halbes Auskommen.

Da ihn Don Quixote so jammern hörte und die Ursache davon begriff, suchte er Sancho mit den besten Trostgründen zu beruhigen, er bat ihn, sich in Geduld zu fassen, und versprach ihm zugleich eine Verschreibung, auf welche er drei von den fünf Eseln erhalten solle, die Don Quixote zu Hause habe. Hiermit gab sich Sancho zufrieden und trocknete seine Tränen, er faßte neuen Mut und sagte Don Quixote für seine Wohltätigkeit herzlichen Dank, dem sich, wie er nur das Gebirge betreten hatte, das Herz erhob, denn diese Orte schienen ihm besonders für Abenteuer schicklich, wie er sie suchte. Ihm fielen alle die wunderbaren Begebenheiten ein, die in dergleichen Einsamkeiten und wilden Gebirgen den fahrenden Rittern begegnet waren. Hingerissen und begeistert von diesen Vorstellungen zog er fort, ohne an etwas anderes zu denken, auch Sancho hatte keinen anderen Gedanken (seitdem er glaubte, auf einer sicheren Straße zu reisen), als seinem Magen mit den Eßwaren gütlich zu tun, die ihm noch von der Beute der Geistlichen geblieben waren; so folgte er seinem Herrn, langte nach Bedarf in den Beutel, stopfte seinen Wanst voll und hätte wohl für ein neues Abenteuer, solange er so angenehm reiste, keinen Pfennig gegeben.

Indem er so fürbaß schritt, hob er die Augen auf und bemerkte, daß sein Herr anhielt, bemüht, mit der Spitze seiner Lanze ein Bündel aufzuheben, das auf der Erde lag, er schickte sich an, ihm zu helfen, wenn es nötig wäre, und als er näher kam, hob jener mit der Lanzenspitze ein Reitkissen und einen Mantelsack auf, beide halb oder vielmehr ganz vermodert und zerrissen; sie waren aber von so großem Gewicht, daß Sancho sehr viel Mühe hatte, sie aufzuheben, worauf ihm sein Herr befahl, nachzusehen, was sich im Mantelsack befinde. Sancho folgte diesem Gebot gar behende, und obgleich der Mantelsack mit Kette und Schloß versperrt war, so konnte er doch durch die Löcher alles sehen, was er enthielt, nämlich vier Hemden von der feinsten Leinwand und noch andres linnenes Zeug, sehr nett und sauber. In einem Tuche fand er eine ziemliche Summe goldener Taler, und sowie er diese erblickte, rief er aus: Gelobt sei Gott, der uns endlich ein Abenteuer schenkt, das etwas trägt! Und sowie er weiter suchte, fand er ein kleines Taschentuch mit reichen Verzierungen: dieses ließ sich Don Quixote reichen und befahl ihm, das Geld zu bewahren und für sich zu behalten. Sancho küßte ihm für diese Güte die Hand und nahm alle Wäsche aus dem Mantelsacke und stopfte alles in den Beutel, der seine Vorratskammer war. Alles sah Don Quixote mit an und sagte: Es scheint, Sancho (und anders ist es gar nicht möglich), daß ein verirrter Reisender, der durch dieses Gebirge gezogen ist, von Räubern angefallen wurde, die ihn umgebracht und an irgendeiner verborgenen Stelle begraben haben.

Das kann nicht sein, antwortete Sancho, denn wären es Räuber gewesen, so hätten sie das Geld wohl nicht liegenlassen.

Du hast recht, sagte Don Quixote, und so kann ich nicht raten noch begreifen, was es wohl sein mag; doch Geduld, wir wollen sehen, ob sich in dieser Schreibtafel nicht irgend etwas aufgezeichnet findet, wodurch wir auf die Spur geraten und das entdecken, was wir gern wissen möchten.

Er schlug das Buch auf und begann laut vorzulesen:

Dein falsches Versprechen und mein gewisses Unglück treiben mich weit hinweg, so daß Du wohl die Nachricht von meinem Tode, nie aber meine Klagen vernehmen wirst. Du hast mich verworfen, Undankbare, für einen, der reicher, nicht aber besser ist als ich; denn wäre Tugend ein Reichtum, den man achtete, so würde ich nicht fremdes Glück beneiden oder eigenes Unglück beweinen. Wie hoch Deine Schönheit Dich erhob, so tief erniedrigen Dich Deine Handlungen; nach jener schienst Du ein Engel, diese beweisen mir, daß Du ein Weib bist. Lebe in Frieden, Du, die mir Unfrieden gebracht hat, und gebe der Himmel, daß der Betrug Deines Gatten nie entdeckt werde, damit Du das nicht bereust, was Du getan hast, und ich nicht so gerächt werde, wie ich es nicht wünsche.

Als Don Quixote diesen Brief geendigt hatte, sagte er: Hieraus läßt sich nichts weiter ermessen, als daß der Verfasser ein unglücklich Liebender sei. Er blätterte hierauf die ganze Schreibtafel durch und fand noch andere Briefe, von denen er einige lesen konnte, andere nicht; aber der Inhalt von allen waren Klagen, Trauer, Mißtrauen, Lust und Unlust, Gunst und Verschmähung, jene gepriesen, diese beweint. Indes Don Quixote das Buch durchlas, durchsuchte Sancho den Mantelsack, ohne in ihm sowie in dem Reitkissen eine Naht unbeachtet zu lassen, er untersuchte und erforschte jede Falte, er pflückte jedes Häufchen Wolle auseinander, denn er wollte nichts aus Eilfertigkeit oder Achtlosigkeit übergehen, eine solche Gier hatten in ihm die gefundenen Goldstücke erweckt, die sich auf über hundert beliefen, und obgleich er nicht mehr als die schon gefundenen fand, so glaubte er sich doch für die Prelle, für das Brechmittel, die Knüttelhiebe, die Faustschläge des Eseltreibers, für den Verlust des Schnappsackes und des Mantels und für allen Hunger, Durst und alle Mühseligkeit, die er nur immer im Dienste seines trefflichen Herrn ausgestanden hatte, durch die Güte, daß ihm dieser Fund überlassen wurde, hinlänglich belohnt. Der Ritter von der traurigen Gestalt trug in sich den heftigen Wunsch, zu wissen, wer der Herr des Mantelsackes sei, aus dem Briefe, aus den goldenen Münzen, aus der feinen Wäsche zog er den Schluß, daß es nur ein Verliebter von Rang und Stand sein könne, den Verschmähung und Unfreundlichkeit seiner Dame zu irgendeinem verzweifelten Entschlusse geführt habe; da aber in dieser unwohnlichen wilden Gegend niemand zu sehen war, den er hätte fragen können, so richtete er nunmehr seine Sorgfalt darauf, seinen Weg fortzusetzen, immer in der Einbildung, daß ihm in diesen Wüsteneien notwendig ein seltsames Abenteuer begegnen müsse.

Während er noch in diesen Gedanken fortzog, sah er, wie auf dem Rücken des Berges, der vor ihm lag, ein Mensch sich mit bewundernswürdiger Schnelligkeit von Stein zu Stein und von Busch zu Busch in Sprüngen fortbewegte: er war halb nackt, sein Bart schwarz und dick, das dichte Haar war verwirrt, die Füße ohne Schuhe und die Beine ganz unbedeckt; um die Schenkel trug er Beinkleider, dem Anschein nach von bräunlichem Samt, aber sie waren so zerrissen, daß man an vielen Stellen das Fleisch erblicken konnte; sein Kopf war entblößt, und obgleich er schnell vorüberlief, sah und erkannte der Ritter von der traurigen Gestalt dennoch alle diese Merkmale. So viele Mühe er sich aber auch gab, es war ihm doch unmöglich, ihm zu folgen, denn Rosinante war zu schwach, in der Wegwirrnis scharf zu laufen, wie denn überhaupt sein Gemüt saumselig und phlegmatisch war.

Plötzlich fiel es dem Don Quixote ein, daß eben dieser der Herr des Reitkissens und des Mantelsacks sein müsse, und sogleich faßte er den Vorsatz, ihn aufzusuchen, und wenn er auch ein Jahr im Gebirge herumziehen müßte, um ihn zu finden: somit befahl er dem Sancho, von der einen Seite die Runde um den Berg zu machen, während er von der anderen Seite herumgehen wollte, weil sie dermaßen vielleicht den Menschen anträfen, der mit so großer Eile an ihnen vorübergelaufen wäre.

Das kann nicht geschehen, antwortete Sancho, denn sowie ich mich von meinem werten Herrn entferne, befällt mich die Furcht, die mir tausenderlei Schrecken und Einbildungen erregt. Was ich jetzt sage, mag zugleich dazu dienen, festzustellen, daß ich mich in Zukunft nicht um einen Fingerbreit von Euer Edlen entfernen werde.

Es sei also, sprach der Ritter von der traurigen Gestalt, und es freut mich sehr, daß du meinem Geiste so fest vertraust, der dich auch niemals verlassen soll, selbst wenn dein Geist deinen Körper verließe: gehe mir also langsam nach, gebrauche deine Augen als Lichter, während wir durch diese Klüfte schweifen, vielleicht treffen wir den Menschen, den wir erblickten und der ohne allen Zweifel der Eigentümer unseres Fundes ist.

Worauf Sancho die Antwort gab: Es wäre doch besser, ihn nicht zu suchen, denn wenn wir ihn finden und er vielleicht der Herr des Geldes ist, so folgt daraus klärlich, daß ich es ihm wiedergeben muß, drum ist es besser, wir lassen diese unnütze Mühe, damit ich's mit gutem Gewissen einstecken kann, bis wir auf eine andere nicht so vorwitzige und mühselige Weise den wirklichen Herrn entdecken, vielleicht zu einer Zeit, wenn es schon verzehrt ist und somit der Kaiser sein Recht verloren hat.

Du bist im Irrtume, Sancho, antwortete Don Quixote, denn indem wir nur vermuten, daß er der Eigentümer sein möge, sind wir auch schon verpflichtet, ihn zu suchen und ihm sein Geld zurückzugeben: suchen wir ihn aber nicht, so ist die Vermutung, daß er der Eigentümer sein möchte, für uns so gut ein Verbrechen, als ob wir es gewiß wüßten; also, Freund Sancho, möge dich das Suchen nicht verdrießen, denn es ist unsere Pflicht, ihn zu finden. Mit diesen Worten spornte er den Rosinante an, und Sancho folgte nach. Nachdem sie um einen Teil des Berges geritten waren, sahen sie in einem Bache ein totes, von Hunden und Raben halb verzehrtes, gesatteltes und aufgezäumtes Maultier liegen, welches sie in der Vermutung bestärkte, daß der Flüchtling der Eigentümer des Tieres und des Mantelsackes sei. Während sie es noch beschauten, hörten sie einen Pfiff, wie von einem Hirten, der eine Herde führt, und sie sahen auch links eine große Anzahl Ziegen und hinter diesen oben auf dem Bergrücken einen Hirten, der sie hütete, einen alten Mann. Don Quixote rief und bat, daß er zu ihnen herunterkommen möchte. Jener antwortete, indem er sie fragte, wie sie in diese Gegend gekommen wären, die wenig oder gar nicht betreten würde außer von den Füßen der Ziegen oder der Wölfe oder anderer Bestien, die sich dort herumtrieben. Sancho antwortete, er möchte herunterkommen, und sie wollten ihm dann alles erzählen.

Der Ziegenhirt stieg herunter, und als er an die Stelle kam, wo Don Quixote stand, sagte er: Ihr beschaut gewiß den Mietesel, der hier tot in dem Bache liegt, er liegt nun wahrhaftig schon seit sechs Monaten da; aber sagt, habt ihr nirgends seinen Herrn getroffen?

Wir haben nichts getroffen, antwortete Don Quixote, als ein Reitkissen und einen Mantelsack, die wir nicht weit von hier fanden.

Auch ich hab's gefunden, antwortete der Ziegenhirt, aber ich hab's niemals aufnehmen, ja ihm nicht einmal nahe kommen wollen, weil ich vor Schaden bange war und daß sie's mir als Diebstahl auslegen könnten; der Teufel ist pfiffig und legt uns oft etwas vor die Füße, worüber man stolpert und fällt, man weiß nicht, wie's kommt.

Gerade wie ich gesagt habe, antwortete Sancho, denn auch ich hab's gefunden, aber ich mochte ihm nicht auf einen Steinwurf nahe kommen; ich habe es gelassen, und da mag es bleiben, wie es war.

Sagt mir doch, guter Freund, sprach Don Quixote, wißt Ihr nicht etwas Näheres von dem Herrn der Sachen?

Was ich Euch sagen kann, antwortete der Ziegenhirt, ist, daß es nun gerade sechs Monate sein mögen, einige Tage mehr oder weniger, als ein junger Herr zu einer Schäferhütung kam, etwa drei Meilen von hier; er sah vornehm und stattlich aus und ritt auf eben dem Maulesel, der nun hier tot liegt, er hatte auch das nämliche Felleisen, das Ihr, wie Ihr sagt, gefunden und nicht angerührt habt. Er fragte uns, welcher Teil des Gebirges am wildesten und einsamsten wäre, worauf wir ihm die Gegend nannten, in der wir uns jetzt befinden, denn wenn Ihr Euch nur noch eine halbe Meile tiefer hineinbegebt, so findet Ihr vielleicht keinen Rückweg, und es ist schon ein Wunder, wie Ihr nur bis hierher gekommen seid, kein Weg noch Fußsteig führt nach dieser Stelle. Seitdem sahen wir ihn nicht mehr, bis er nach etlichen Tagen einem von unsern Hirten begegnete, ohne ein Wort zu sprechen, sich an ihn machte und ihm viele Schläge und Stöße gab, sich seiner Schäfertasche bemächtigte und Brot und Käse herausnahm, hierauf aber mit erstaunlicher Schnelligkeit in das Gebirge zurückrannte. Da etliche von uns Ziegenhirten dies erfuhren, gingen wir wohl zwei Tage in den wüstesten Gegenden des Gebirges herum, um ihn zu suchen, worauf wir ihn denn auch in der Höhlung eines großen, dicken Korkbaumes fanden. Er kam sehr ruhig auf uns zu, seine Kleidung war schon zerrissen, sein Angesicht entstellt und von der Sonne verbrannt, so daß wir ihn kaum wiedererkannten, doch zeigten uns seine Kleider, ob sie schon zerrissen waren, genug, daß er der nämliche sei, den wir suchten. Er grüßte uns sehr höflich und sagte uns in wenigen und verständigen Worten, daß wir uns nicht über sein Benehmen verwundern möchten, denn so müsse er leben, um eine gewisse Buße zu vollbringen, die ihm wegen seiner mannigfaltigen Sünden auferlegt sei. Wir baten ihn hierauf, daß er uns doch sagen möchte, wer er sei, aber dazu konnten wir ihn nicht bringen, wir baten ihn auch, daß er uns sagen sollte, wenn er zu seinem Unterhalte etwas bedürfte, wo wir ihn antreffen könnten, denn wir wollten es ihm in aller Liebe und Freundschaft bringen; wäre aber auch dies nicht nach seinem Wohlgefallen, so möchte er uns wenigstens darum ansprechen, es aber den Hirten nicht mit Gewalt wegnehmen. Er dankte uns für unsere Freundschaft sehr und bat uns wegen der Gewalttätigkeit um Verzeihung, versprach auch, uns in Zukunft um Gottes willen darum anzusprechen, ohne jemand Leids zu tun. Was aber seine Wohnung betreffe, fuhr er fort, so habe er keine andre als das, was er gerade fände, wenn ihn die Nacht überraschte. Er endigte seine Rede mit solcher herzdurchdringenden Wehklage, daß wir alle von Stein hätten sein müssen, wenn wir nicht auch geweint hätten; wir erinnerten uns, in welcher Gestalt wir ihn das erstemal gesehen hatten und wie wir ihn nun vor uns sahn, denn wie gesagt, er war ein sehr schöner und ansehnlicher junger Herr, und seine höflichen und wohlgesetzten Reden bewiesen auch, daß er von vornehmer Familie sein mußte. Während er noch in seiner Rede fortfuhr, hielt er plötzlich inne und verstummte, lange Zeit verschloß er die Augen, indessen wir alle verwundert dastanden und warteten, was aus dieser Verzückung werden sollte. Es war ein trauriger Anblick, denn sowie er die Augen wieder aufmachte, sah er lange Zeit ganz starr den Boden an, ohne die Augenwimpern zu bewegen, dann drückte er sie wieder zu, rührte die Lippen und zog die Augenbrauen zusammen, woraus wir schlossen, daß ihn wieder ein Anfall von Wahnsinn heimsuche. Er gab uns auch zu erkennen, wie richtig unsere Vermutung gewesen sei, denn wild sprang er plötzlich von der Erde auf und warf sich auf den, der ihm am nächsten stand, und zwar mit großer Gewalt und Wut, und rief: Ha! nichtswürdiger Fernando! Jetzt sollst du deine Beleidigungen bezahlen, diese Hände sollen dir das Herz ausreißen, in welchem alle Bosheiten wohnen, aller Betrug und alle Hinterlist. Er fügte noch manches hinzu, und all das bezog sich auf jenen Fernando, den er als Verräter und Nichtswürdigen behandelte. Wir verließen ihn sehr betrübt, er entfernte sich von uns, ohne ein Wort zu sagen, und rannte so schnell in das Buschwerk und die Steinklippen hinein, daß wir ihm nicht folgen konnten. Daraus schlossen wir aber, daß die Raserei ihn nur zuzeiten überfiele und daß ein gewisser Fernando ihm ein überaus großes Unrecht zugefügt haben müsse und daß er dadurch so weit heruntergekommen sei. Diese Vermutungen haben sich auch bestätigt, denn er hat sich seitdem oftmals sehen lassen, manchmal um die Schäfer zu bitten, daß sie ihm etwas von ihrem Essen abgeben möchten, manchmal nimmt er es ihnen aber auch wieder mit Gewalt weg, denn sobald er in seiner Raserei ist, achtet er nicht darauf, wenn ihm die Hirten auch alles in Güte anbieten; wenn er wieder bei Sinnen ist, erbittet er es um Gottes willen und mit vieler Höflichkeit und Artigkeit, auch dankt er mit vieler Rührung unter Tränen. Seitdem, meine Herren, fuhr der Ziegenhirt fort, haben ich und vier andre Schäfer, zwei Knechte nämlich und zwei von meinen Freunden, uns vorgenommen, ihn so lange zu suchen, bis wir ihn finden, und wenn wir ihn gefunden haben, wollen wir ihn mit Güte oder Gewalt nach Almodovar führen, das nur acht Meilen von hier liegt, und ihn da kurieren lassen, wenn seine Krankheit eine Kur verträgt, oder doch, wenn er bei Sinnen ist, von ihm erfahren, wer er sein mag, damit man der Familie Nachricht von seinem Unglücke geben kann. Dies, meine Herren, ist alles, was ich euch auf eure Fragen antworten kann; der, dem die Sachen gehören, die ihr gefunden habt, ist der nämliche, den ihr so behende und halbnackt vorüberrennen saht (denn Don Quixote hatte ihm schon erzählt, daß er einen Menschen im Gebirge habe klettern sehen.)

Dieser war durch alles, was ihm der Ziegenhirt erzählt hatte, in Erstaunen gesetzt, und seine Begierde, zu erfahren, wer der arme Wahnsinnige sei, war dadurch um vieles erhöht; er nahm sich also nochmals vor, ihn im ganzen Gebirge zu suchen und keine Kluft und keine Höhle unbeachtet zu lassen, bis er ihn endlich gefunden hätte. Das Schicksal lenkte ihn aber besser, als er es erwartete oder hoffte, denn in demselben Augenblicke zeigte sich in einem Hohlweg zwischen den Bergen der junge Mensch, den er suchte. Seine Tracht war, wie sie oben beschrieben ist, nur bemerkte Don Quixote in der Nähe, daß das zerrissene Koller, das er trug, vom feinsten korduanischen Leder sei, wodurch er völlig überzeugt wurde, daß ein Mensch, der solche Kleider führe, von keinem gemeinen Stande sein könne.

Als der Jüngling näher kam, grüßte er sie mit rauher und heiserer Stimme, aber gar höflich. Don Quixote erwiderte den Gruß ebenso artig, stieg von Rosinante ab und umarmte ihn mit edlem Anstande und großer Leutseligkeit, indem er ihn eine geraume Zeit fest in seinen Armen geschlossen hielt, als ob er ihn seit vielen Jahren kennte. Der andre, den man den Zerlumpten von der kläglichen Gestalt nennen könnte, wie Don Quixote der von der traurigen heißt, legte seine Hände auf die Schultern Don Quixotes, er beschaute ihn dann, als wollte er sich besinnen, ob er ihn kennte, vielleicht ebenso erstaunt, die Gestalt, Bildung und Waffenrüstung Don Quixotes vor sich zu sehen, wie Don Quixote erstaunt war, ihn zu erblicken. Der erste, der endlich nach der Umarmung redete, war der Zerlumpte.

Vierundzwanzigstes Kapitel

Enthält die Fortsetzung des Abenteuers in der Sierra Morena.

Wahrlich, mein Herr, wer Ihr auch sein mögt, so danke ich Euch dennoch für diese Beweise von Freundschaft, die Ihr mir soeben gegeben habt, und ich wünschte imstande zu sein, daß ich etwas mehr als meinen guten Willen, Euch zu dienen, zur Vergeltung anbieten könnte; aber das Schicksal hat mir nichts weiter übriggelassen, womit ich dergleichen edle Teilnahme erwidern kann, als meine guten Wünsche.

Meine Wünsche, antwortete Don Quixote, bestehen nur darin, Euch zu dienen, und ich war entschlossen, diese Berge nicht eher zu verlassen, bis ich Euch gefunden und von Euch erfahren hätte, ob für Euer übermäßiges Leiden, das Eure kümmerliche Lebensweise genug andeutet, nicht irgendeine Linderung zu finden sei, wäre aber Euer Unglück von der Art, daß für Euch die Türen aller möglichen Hilfe verschlossen wären, so wollte ich zum mindesten mit Euch klagen und weinen, so gut ich es könnte, denn es ist im Unglücke immer ein Trost, einen zu finden, der mit uns trauert, und wenn also meine gute Absicht irgendeine höfliche Erwiderung verdient, so bitte ich Euch, edler Herr, ja ich beschwöre Euch bei dem, was Ihr im Leben am meisten geliebt habt oder noch liebt, mir zu sagen, wer Ihr seid, mir den Grund zu entdecken, der Euch vermochte, in diesen Einöden wie ein wildes Tier zu leben und zu sterben, denn hier sterben werdet Ihr, Euch selbst so entfremdet, wie Eure Tracht und Euer Anstand bezeugen. Und ich schwöre, fuhr Don Quixote fort, bei dem Orden der Ritterschaft, den ich empfangen habe, ein so unwürdiger Sünder ich auch bin, und bei dem Stande eines fahrenden Ritters schwöre ich, daß ich mein Versprechen erfüllen werde, wie ich verpflichtet bin, da ich der bin, der ich bin, und wider Euer Unglück zu streiten, wenn dawider ein Streit möglich ist, oder mindestens mit Euch zu weinen, wie ich es Euch versprochen habe.

Als nun der Ritter von der Einöde diese Rede des Ritters von der traurigen Gestalt vernahm, tat er nichts weiter, als daß er ihn beschaute und wieder vom Kopf bis zu den Füßen beschaute, und nachdem er ihn genug betrachtet hatte, sagte er: Wenn Ihr etwas zu essen bei Euch habt, so gebt es mir um Gottes willen, denn sobald ich gegessen habe, will ich nach Eurem Befehle alles tun als Dank für so freundschaftliche Gesinnungen, wie Ihr sie mir bewiesen habt.

Sogleich holten Sancho aus seinem Beutel und der Ziegenhirt aus seiner Tasche etwas hervor, womit der Zerlumpte seinen Hunger stillen konnte, der wie ein Blödsinniger alles mit solcher Hast verschlang, daß er schnell einen Bissen nach dem andern ohne zu kauen hinunterschluckte. Während des Essens wurde weder von ihm noch von denen, die ihm zusahen, ein Wort gesprochen. Als er gegessen hatte, machte er Zeichen, daß sie ihm folgen möchten, was sie auch taten; er führte sie auf einen grünen Wiesenplatz, den sie in der Nähe, an der Biegung eines Felsens antrafen. Als sie dort waren, setzte er sich im Grase nieder, die übrigen taten desgleichen, und keiner sprach ein Wort, bis der Zerlumpte, nachdem er sich ganz nach seiner Bequemlichkeit gesetzt hatte, sagte: Wenn ihr es wünscht, meine Herren, daß ich euch kurz die Unermeßlichkeit meiner Leiden erzähle, so müßt ihr mir versprechen, weder durch eine Frage noch auf andre Weise den Faden meiner traurigen Geschichte zu zerreißen, denn sowie das geschieht, werde ich die Erzählung nicht vollenden können. Ich verlange dies nur, damit ich um so schneller die Geschichte meines Unglücks vollenden könne, denn sie meinem Gedächtnisse wiederholen dient nur dazu, neue Leiden zu den alten hinzuzufügen, und je weniger ihr mich also unterbrecht, je schneller werde ich meine Erzählung beenden, ohne deshalb etwas Wichtiges auszulassen, um ganz eurem Verlangen Genüge zu leisten. Don Quixote versprach alles im Namen der übrigen, und jener fing also an:

Mein Name ist Cardenio, mein Geburtsort eine der vornehmsten Städte in Andalusien, meine Familie ist edel, meine Eltern sind reich, und mein Unglück ist so groß, daß meine Eltern es beweinen werden, meine Familie darüber trauern wird, ohne daß sie mir mit ihren Reichtümern helfen können; denn um die Verhängnisse des Himmels abzuwenden, sind die irdischen Güter wenig von Nutzen. In dieser nämlichen Stadt lebte das Wunder, das die Liebe mit aller ihrer Herrlichkeit geschmückt hatte, um meine Sehnsucht zu erregen: so groß war die Schönheit Lucindens, eines Mädchens, nicht minder edel und reich als ich, aber von besserem Glück und geringerer Standhaftigkeit, als sie meiner edlen Liebe schuldig war. Diese Lucinde ward von mir seit meinen frühesten Jahren geliebt und angebetet, und sie liebte mich mit jener Kindlichkeit und Einfalt, die ihrer Jugend natürlich waren. Unsere Eltern kannten unsere Absicht und waren nicht unwillig darüber, denn sie sahen wohl ein, daß die Zeit unsere Vermählung herbeiführen würde, die gut mit der Gleichheit unsers Adels und Vermögens übereinstimmte. Wir wurden älter, und mit unserem Alter wuchs unsere beiderseitige Liebe, so daß es Lucindens Vater für gut hielt, mir aus unverwerflichen Rücksichten den Zutritt in seinem Hause zu verweigern. Tränen vergoß ich auf Tränen, Wünsche beflügelten Wünsche, denn war auch unseren Zungen Stillschweigen auferlegt, so konnten sie doch unsere Federn nicht verstummen machen, die gewöhnlich dreister als die Zungen die Empfindungen des Herzens zu erkennen geben, denn die Gegenwart

des geliebten Gegenstandes macht nur zu oft den kühnsten Vorsatz und die verwegenste Zunge zaghaft und unberedt. O Himmel! Wie viele Briefe schrieb ich ihr! Wie viele Antworten erhielt ich von ihr! Wie viele Gesänge, wie viele verliebte Lieder wurden von mir gedichtet, in denen das Herz alle seine Empfindungen darstellte, seine brünstigen Wünsche malte, ihr Andenken feierte und sich ihrem Dienste widmete! Als ich nun sah, daß diese Liebe mich verzehrte, daß mein Geist über den Wunsch, sie zu sehen, verschmachtete, faßte ich den Vorsatz, das Beste und Einzige zu tun, um das erwünschte und verdiente Gut zu besitzen, und dies war, sie von ihrem Vater als rechtmäßige Gattin zu verlangen. Es geschah, und er antwortete, daß er meinen Vorschlag annehmbar und ehrenvoll fände und wünsche, mir ebenso zu erwidern, da aber mein Vater noch lebe, sei es dessen Sache, diese Anfrage zu tun, andernfalls aber sei Lucinde kein Mädchen, um sie verstohlen zu versprechen oder anzunehmen. Ich dankte ihm für seine edle und verständige Antwort und versprach, daß mein Vater selbst sogleich meinen Antrag wiederholen werde, worauf ich mich auch sogleich zu meinem Vater begab, um ihm meine Wünsche mitzuteilen, und sowie ich in sein Zimmer trete, finde ich ihn mit einem offenen Briefe in der Hand, und ehe ich ihn noch anreden kann, sagte er zu mir: Lies, Cardenio, diesen Brief und sieh, welche Gnade dir der Herzog Ricardo erzeigt. Dieser Herzog Ricardo ist ein Grande, der seine Besitzungen im schönsten Teile von Andalusien hat. Ich nahm und las den Brief, der mir so schmeichelhaft schien, daß es mir selber unverständig vorkam, wenn mein Vater sich nicht dem Willen des Herzogs gefügt hätte, der mich sogleich zu ihm befahl, um der Gesellschafter seines ältesten Sohnes zu sein, wofür er versprach, mich so zu befördern, wie es der Achtung angemessen sei, die er für mich habe. Ich las den Brief und verstummte noch mehr, als mein Vater sagte: In zwei Tagen, Cardenio, wirst du abreisen, um den Willen des Herzogs zu erfüllen, und danke dem Himmel, daß sich dir so ein Weg eröffnet, auf dem deine Verdienste ihren schönsten Lohn erhalten können; diesen Worten fügte mein Vater noch andere väterliche Ermahnungen hinzu. Die Zeit meiner Abreise näherte sich, in einer Nacht sprach ich Lucinden, erzählte ihr, was vorgefallen sei, ging dann zu ihrem Vater und bat, einige Zeit zu warten und an keine Partie für sie zu denken, bis ich gesehen hätte, was Ricardo mit mir vorhabe: er versprach es, und sie bestätigte es mir mit tausend Schwüren und heißen Tränen.

Ich kam beim Herzoge Ricardo an, er empfing mich so gnädig und freundschaftlich, daß dies sogleich den Neid seiner älteren Diener in Bewegung setzte, weil sie meinten, die Gunstbezeigungen, die der Herzog mir bewies, könnten ihnen zum Nachteile gereichen; wer mir aber vor allen mit Freundschaft entgegenkam, war der zweite Sohn des Herzogs, Fernando, ein schöner, feuriger Jüngling, großmütig und verliebt, der mich in kurzer Zeit so sehr zu seinem Freunde machte, daß sich alle darüber verwunderten, und obgleich mir der ältere Sohn auch sehr gewogen war, so war seine Gunst doch nicht mit dem Enthusiasmus zu vergleichen, mit dem mich Don Fernando liebte. Wie es nun unter wahren Freunden kein Geheimnis gibt, das sie sich nicht mitteilten, so wurde ich auch so sehr Don Fernandos Vertrauter, daß ich alle seine Gedanken erfuhr, vorzüglich eine Liebschaft, die ihn nicht wenig beunruhigte. Er liebte nämlich ein Landmädchen, eine Vasallin seines Vaters, die so schön, verständig und tugendhaft war, daß man schwer bestimmen konnte, welche von diesen Eigenschaften in ihr die vorzüglichsten wären. Diese Vorzüge des schönen Landmädmädchens trieben die Leidenschaften Don Fernandos so weit, daß er, um ihre ganze Gunst und Liebe völlig zu besitzen, ihr versprach, ihr Gemahl zu werden, weil sie sich ihm auf keine andere Weise ergeben wollte. Ich versuchte es als Freund, ihn mit den dringendsten Gründen und überzeugendsten Wahrheiten von diesem Vorsatze abzubringen; da ich aber sah, wie unnütz meine Bemühungen waren, nahm ich mir vor, die Sache seinem Vater, dem Herzoge Ricardo, zu entdecken. Don Fernando aber, der schlau und klug war, argwöhnte und fürchtete dies, weil er wohl einsehen konnte, daß ich in meiner Lage als ein redlicher Diener gezwungen sei, eine Sache zu entdecken, die dem herzoglichen Hause so nachteilig werden konnte; um mich zu hintergehen, sagte er mir, daß er kein besseres Mittel wüßte, aus seinem Gedächtnisse das Bild jener Schönheit, die sich seiner so gänzlich bemächtigt hatte, zu entfernen, als auf einige Monate zu verreisen, und zwar meinen Vater zu besuchen und zugleich in Angelegenheiten des Herzogs einige schöne Pferde in meiner Vaterstadt auszusuchen und zu kaufen, die in der Tat die trefflichsten Pferde hervorbringt. Ich hatte kaum diesen Vorschlag vernommen, als ich auch, von meiner Leidenschaft angetrieben, ihn als den glücklichsten und heilsamsten Gedanken billigte, obgleich die wahre Ursache dieses Entschlusses nicht die beste war, denn sogleich fiel er mir als die glücklichste Gelegenheit auf, meine teure Lucinde wiederzusehen. Ich billigte und lobte also seinen Vorsatz und bestärkte ihn darin, ihn so bald als möglich auszuführen, denn die Abwesenheit vermöge viel, selbst über die heftigste Leidenschaft; als er mir aber diesen Vorschlag machte, hatte er schon, wie ich nachher erfuhr, unter dem Titel eines Gemahls die Gunst des Landmädchens genossen und wartete nur auf eine schickliche Gelegenheit, sich ohne Schaden dem Herzoge entdecken zu können, weil er sich vor den Maßregeln seines Vaters fürchtete, wenn dieser seine Unbesonnenheit erführe. Wie aber die Liebe bei den Jünglingen fast immer nur Begierde ist, die sich das Vergnügen zu ihrem letzten Ziele setzt, im Genusse dann aber alle Wünsche schwinden und sich dann das vermindert, was Liebe schien, also verstummten, sowie Don Fernando die Gunst seines Landmädchens genossen hatte, seine Wünsche, sein Feuer erlosch, und wie er erst vorgab, er wolle reisen, um seine Leidenschaft zu heilen, so reiste er jetzt wirklich, um das nicht zu erfüllen, was er in der Leidenschaft versprochen hatte.

Der Herzog gab die Erlaubnis und befahl mir, ihn zu begleiten; wir kamen in meiner Heimat an, mein Vater empfing ihn standesgemäß, und ich besuchte sogleich Lucinden, wodurch meine Liebe (die weder gestorben noch eingeschläfert war) von neuem belebt wurde. Zu meinem Unglücke erzählte ich Don Fernando von ihr, weil ich meinte, ich dürfte ihm als meinem vertrautesten Freunde nichts verhehlen; ich lobte ihm die Schönheit, Liebenswürdigkeit und den Verstand Lucindens so sehr, daß meine Lobpreisungen in ihm den Wunsch erregten, ein Mädchen zu sehen, das mit allen Vollkommenheiten so ausgestattet sei. Zu meinem Verderben erfüllte ich seinen Wunsch, ich zeigte sie ihm beim Scheine einer Nacht an einem Fenster, wo wir uns gewöhnlich zu sprechen pflegten; er fand sie so schön, daß er über diesen Anblick alle Schönheit, die er nur je gesehen hatte, durchaus vergaß. Er wurde still, verlor seine Munterkeit, ward verschlossen und mit einem Worte so verliebt, wie ihr es in der fortgesetzten Erzählung meines Unglücks erfahren werdet. Damit seine Leidenschaft noch mehr entflammt werde (die er mir verbarg und nur in der Einsamkeit dem Himmel vertraute), mußte er durch einen Zufall an einem Tage einen Brief von ihr finden, in welchem sie mich bat, sie von ihrem Vater zur Gemahlin zu verlangen, der so geistreich, edel und in solchen Ausdrücken der Liebe geschrieben war, daß er mir schwur, in Lucinden vereinigten sich alle Schönheiten des Körpers und der Seele, die unter den übrigen Weibern einzeln verteilt wären. Ich muß gestehen, daß mir mißfiel, diese Lobreden — so gerecht sie mir auch erschienen — aus seinem Munde zu hören, ich fing an, ihn zu fürchten und ihm weniger zu trauen, denn es verging kein Augenblick, in welchem er nicht über Lucinden gesprochen hätte, ja er lenkte das Gespräch auf sie, wenn es gleich noch so gewaltsam geschehen mußte, wodurch in meiner Brust eine gewisse Eifersucht erweckt wurde, nicht, weil ich an Lucindens Tugend und Treue gezweifelt hätte, sondern weil ich das Unglück ahnte, was mich nachher wirklich betroffen hat. Don Fernando ließ sich immer die Briefe zeigen, die ich an Lucinden schrieb und die sie mir zur Antwort schickte, wobei er den Vorwand gebrauchte, daß ihm der geistreiche Ton in beiden so wohl gefalle. So geschah es auch, daß Lucinde mich einst um ein Ritterbuch gebeten hatte, welches sie lesen wollte und dessen Lektüre sie ungemein liebte, sie forderte nämlich den Amadis von Gallien.

Don Quixote hatte kaum die Ritterbücher nennen hören, als er sagte: Hättet Ihr mir, mein Herr, gleich im Anfange Eurer Erzählung gesagt, daß das Fräulein Lucinde die Ritterbücher geliebt habe, so wäre keine weitere Lobpreisung nötig gewesen, um mir ihren hohen Verstand kundzugeben, auch würde sie mir nicht so trefflich erschienen sein, wie Ihr sie uns, Señor, gezeichnet habt, wenn ihr der Geschmack an dieser lieblichen Lektüre gefehlt hätte; meinethalben ist es auch nicht vonnöten, noch mehr Worte zur Beschreibung ihrer Schönheit zu verschwenden sowie über ihren hohen Wert und Verstand, denn aus diesem ihrem Geschmacke ersehe ich, daß sie die schönste und verständigste Frau von der Welt gewesen, doch, Señor, würde es mir zur Freude gereichen, wenn Ihr ihr mit dem Amadis von Gallia zugleich den herrlichen Don Rugel von Graecia übersandt hättet, denn ich weiß, Doña Lucinde hätte sich sehr über Darayda und Garaya gefreut, nicht minder über die Wohlberedtheit des Schäfers Darinel sowie über die bewundernswürdigen Verse in seinen Eklogen. Doch läßt sich diese Fahrlässigkeit mit der Zeit vielleicht verbessern, und um sie zu verbessern, dürfte mein werter Herr nur mit mir nach meiner Heimat kommen, wo ich ihm mit mehr als dreihundert Büchern aufwarten könnte, die die Freude meiner Seele und die Unterhaltung meines Lebens ausmachen. Doch mein Herr vergebe mir, daß ich meinem Versprechen zuwidergehandelt, seine Erzählung nicht zu unterbrechen, denn da ich von Ritterschaft und fahrenden Rittern hörte, war es mir ebenso unmöglich, nicht etwas darüber zu sagen, wie es den Sonnenstrahlen unmöglich ist, nicht zu wärmen, oder dem Schimmer des Mondes, nicht feucht zu sein. Ich bitte also um Verzeihung sowie um die Fortsetzung, denn dies ist, was ich mir zur Stunde am meisten wünsche.

Während Don Quixote dies sprach, ließ Cardenio seinen Kopf auf die Brust heruntersinken und schien in tiefen Gedanken vergraben, und obgleich ihn Don Quixote zweimal bat, in seiner Geschichte fortzufahren, hob er doch weder den Kopf auf, noch sprach er ein Wort; nach langer Zeit aber richtete er den Kopf hoch und sagte: Ich kann es mir nicht aus den Gedanken schlagen, und kein Mensch auf Erden wird mich eines andern belehren, und der soll ein Lümmel sein, der sich selbst vom Gegenteil überredet oder etwas anderes glaubt, als daß der Schuft von Meister Elisabath wirklich bei der Königin Madasima geschlafen habe.

Und ich sage nein und beschwöre das, antwortete Don Quixote heftig, indem er sich wie gewöhnlich erzürnte, und dies ist eine schreckliche Bosheit oder, richtiger zu reden, Hundsfötterei! Die Königin Madasima war eine hocherhabene Dame, und es läßt sich unmöglich glauben, daß eine so glorreiche Prinzessin bei einem solchen Lausekerl geschlafen habe, und wer das Gegenteil meint, lügt wie ein Hundsfott; und dieses will ich ihm zu Fuß oder zu Pferde, bewaffnet oder unbewaffnet, bei Tage oder in der Nacht oder wie es ihm gut dünkt, beweisen.

Cardenio schaute ihm sehr ernsthaft ins Gesicht, er hatte schon seinen Anfall von Wahnsinn und war wenig aufgelegt, seine Geschichte fortzusetzen, Don Quixote war aber ebensowenig zum Hören aufgelegt, so sehr war er durch das erbittert, was er von der Madasima hatte hören müssen. Als sich aber Cardenio, der schon verrückt war, einen Lügner und Hundsfott schelten hörte, nahm er den Spaß übel, ergriff einen Stein und warf ihn mit solcher Gewalt dem Don Quixote auf die Brust, daß dieser rücklings stürzte. Als Sancho Pansa seinen Gebieter dermaßen behandelt sah, machte er sich mit geballter Faust über den Verrückten, der Zerlumpte aber empfing ihn so, daß er ihn mit einem Faustschlage niederstreckte, worauf er auf ihn sprang und ihm nach Herzenslust die Rippen eintrampelte. Der Ziegenhirt, der jenem beistehen wollte, unterwarf sich der nämlichen Gefahr, und nachdem der Rasende sie alle besiegt und zerprügelt hatte, stand er von ihnen ab und entfernte sich in edler Ruhe, um sich in den Bergen zu verlieren. Sancho richtete sich auf, und wütend, sich so ohne Verschulden zerklopft zu sehn, fiel er darauf, am Ziegenhirten seine Rache zu nehmen, weil er ihm die ganze Schuld zuschrieb, daß er sie nicht gewarnt hätte, daß jenen Menschen zuzeiten eine Tollheit befiele, damit sie sich nach dieser gegebenen Warnung vor ihm hätten hüten können. Der Ziegenhirt antwortete, daß er es wohl gesagt habe, wenn Sancho es aber nicht gehört habe, so sei das nicht seine Schuld. Sancho Pansa erwiderte, und ebenfalls erwiderte der Ziegenhirt, und aus allen diesen Erwiderungen ergab sich's, daß sie sich in die Haare gerieten und solche Faustschläge zuteilten, daß, hätte Don Quixote nicht Frieden gestiftet, sie in Stücke gegangen wären. Sancho rief: Laßt mich nur, gnädiger Herr Ritter von der traurigen Gestalt, denn dieser da ist ein Bauer wie ich und kein geschlagener Ritter, ich kann also selbst für die verübte Missetat Genugtuung nehmen und mich Faust gegen Faust wie ein ehrlicher Kerl prügeln.

So ist es, sagte Don Quixote, aber ich sehe ein, daß er an dem, was uns zustieß, unschuldig ist. Er machte sie also friedfertig und fragte den Ziegenhirten von neuem, ob es nicht möglich sein sollte, den Cardenio aufzufinden, denn er hege den herzlichsten Wunsch, den Beschluß seiner Historie zu erfahren. Der Ziegenhirt wiederholte, was er schon einmal gesagt hatte, daß man seinen Aufenthalt nicht mit Gewißheit angeben könne, wolle er aber fleißig in diesen Gegenden herumwandern, so würde er ihn gewiß, gescheit oder verrückt, antreffen.

Fünfundzwanzigstes Kapitel

Handelt von den wunderbaren Dingen, die dem tapfern Ritter de la Mancha in der Sierra Morena begegneten.

Der Ziegenhirt trennte sich von Don Quixote, und dieser bestieg wiederum den Rosinante und befahl dem Sancho, ihm zu folgen. Sie reisten langsam weiter und gelangten in die rauhesten Gegenden des Gebirges; Sancho starb beinahe vor Lust, mit seinem Herrn zu disputieren, und wünschte nur, daß jener das Gespräch anfangen möchte; da er aber das lange Stillschweigen nicht aushalten konnte, sagte er endlich: Herr Don Quixote, gebt mir Euren Segen und die Erlaubnis, nach meinem Hause zurückzukehren, daß ich meine Frau und Kinder wiedersehe, denn mit ihnen kann ich doch alles sprechen und schwatzen, was ich Lust habe.

Ich verstehe dich, Sancho, antwortete Don Quixote, sprich was du willst, doch unter der Bedingung, daß diese Freiheit nur gilt, solange wir in diesen Bergen herumziehen.

In allerlei Gesprächen zogen sie also ihres Wegs und gelangten schließlich zu einem hohen Felsen, der unter vielen anderen wie eine einzelne abgeschnittene Klippe dastand: an seinem Saume floß ein sanfter Bach vorüber und bewässerte in Krümmungen eine grüne und angenehme Wiese, die dem Auge einen sehr erfreulichen Anblick darbot; viele wilde Bäume standen umher, allerlei Pflanzen und Blumen machten die Gegend sehr anmutig. Diesen Platz erwählte sich der Ritter von der traurigen Gestalt, und sowie er angelangt war, rief er mit lauter Stimme, als ob er unsinnig wäre: Dies, o ihr Himmel, ist der Ort, den ich mir erwähle, um hier das Unglück zu beweinen, welches ihr selbst über mich verhängt habt! Dieses hier ist der Platz, wo die Tränen meiner Augen die Wellen dieses kleinen Bächleins anschwellen lassen sollen, hier sollen meine immerwährenden tiefen Seufzer das Laub dieser Bergbäume bewegen als Zeugen und Beweise der Qual, die mein tief zerschnittenes Herz erleidet. O ihr, wo ihr auch sein möget, ländliche Gottheiten, die ihr in dieser unbewohnbaren Gegend euren Aufenthalt habt, o hört die Klagen des unglücklich Liebenden, den schwere Trennung und Argwohn hierhergeführt haben, in dieser Wildnis zu jammern und über die Härte jener schönen Undankbaren zu klagen, jener Krone aller menschlichen Schönheit. O Dulcinea del Toboso, du Tag meiner Nacht, Glanz meiner Trübsal, Kompaß meines Weges, Stern meines Glücks, erwäge den Ort und den Zustand, zu dem mich die Trennung von dir geführt hat, o erwidere mir mit Güte, wie es meine Treue wohl verdient hat. O ihr einsamen Bäume, ihr zukünftigen Gesellschafter meiner Abgeschiedenheit, gebt mir mit dem sanften Rauschen eurer Zweige ein Zeichen, daß euch meine Gegenwart nicht lästig fällt. O du, mein Schildknappe, liebwerter Gefährte im Glück und Unglück, fasse nunmehr wohl in dein Gedächtnis auf, was du mich wirst verrichten sehen, damit du es jener wiedersagen und erzählen kannst, die die Ursache von allem

ist. Denn du sollst zu ihr gehen, um ihr meine Kämpfe, meine Leiden und Bußen zu berichten. — Und sowie er dieses sagte, stieg er vom Rosinante herunter, nahm ihm augenblicklich Zaum und Sattel ab, gab ihm mit der flachen Hand einen Schlag auf den Rücken und sagte: Die Freiheit gibt dir der, der ohne Freiheit ist, o du Roß, so wunderbar in deinen Taten wie unglücklich in deinem Schicksal.

Als Sancho dies sah, sagte er: Es ist gut, daß uns einer der Mühe überhoben hat, dem Grauen den Sattel abzunehmen, sonst sollte es ihm wahrlich weder an Schlägen mit der flachen Hand noch an Lobreden fehlen, wäre er aber auch zugegen, so litte ich es doch nicht, daß man ihm den Sattel herunternähme, denn ihn geht das nichts an, er ist auf keine Weise in die Liebhaberei verwickelt. Aber wahrhaftig, Herr Ritter von der traurigen Gestalt, wenn es mit meinem Abmarsch und Euren Unsinnigkeiten ein Ernst werden soll, so wäre es wohl besser, da der Graue weg ist, den Rosinante dafür wieder aufzuzäumen, denn sonst möchte die Zeit meiner Reise und Wiederkehr lange währen, denn wenn ich den Weg zu Fuß mache, so weiß ich nicht, wann ich da sein oder wiederkommen möchte, denn ich bin, um es kurz zu machen, ein schlechter Wandersmann.

Ich sage dir, Sancho, antwortete Don Quixote, richte es so ein, wie es dir gut deucht. Du sollst drei Tage lang beobachten, was ich hier tue, damit du darüber berichten kannst, dann aber sollst du abreisen.

Was soll ich noch weiter sehen, fragte Sancho, als was ich schon gesehen habe?

Du hast dich verrechnet, antwortete Don Quixote, ich habe noch gar nicht meine Kleider zerrissen, die Waffenstücke umhergestreut, ich bin noch nicht gegen diese Felsen mit Kopfstößen angerannt, so wie ich noch viele andre Dinge gleicher Art unterlassen habe, über die du dich wundern wirst.

Um Gottes Barmherzigkeit willen, sagte Sancho, sehen Euer Gnaden doch ja recht zu, wie Ihr es mit diesen Kopfstößen treibt, denn gegen einen solchen Felsen anzurennen, könnte so ablaufen, daß mit dem allerersten Kopfstoß die ganze schön ausgedachte Buße aus wäre. Ich wäre der Meinung, wenn Ihr diese Kopfstöße für nötig achtet und das Werk ohne sie nicht vollführt werden könnte, daß Ihr Euch damit begnügtet, denn alles ist ja doch nur erdichtet und ein nachgemachtes Ding zum Spaße, Euch diese Stöße im Wasser zu geben oder doch gegen ein Ding, das so weich wie Baumwolle ist, und dann laßt es nur meine Sorge sein, wie ich der gnädigen Gebieterin sagen will, daß Ihr Euch die Stöße gegen eine Felsenkante gebt, die härter als ein Diamant ist.

Ich danke dir für deinen guten Willen, Freund Sancho, antwortete Don Quixote, aber du mußt wissen, daß alle diese Dinge, die ich vornehme, kein Spaß sind, sondern bittrer Ernst, denn anders hieße es die Gesetze der Ritterschaft verletzen, die uns gebieten, niemals zu lügen: darum also müssen meine Kopfstöße wahrhaftig, herzhaft und tüchtig sein und nicht sophistische oder erdichtete; es wird deshalb auch nötig sein, daß du mir etwas Scharpie zum Verbinden zurücklassest, denn durch einen Zufall fehlt uns der Balsam, den wir verloren haben.

Schlimmer war's, den Esel zu verlieren, antwortete Sancho, denn mit dem ist Scharpie und alles verloren; ich wollte Euch auch wohl gebeten haben, daß Ihr mich nicht mehr an das vermaledeite Gesüff erinnert, denn wenn ich es nur nennen höre, kehrt sich mir Seele und Magen um. Noch mehr aber bitte ich Euch, daß Ihr Euch vorstellt, die drei Tage wären nun schon vorbei, in denen ich die Unsinnigkeiten, die Ihr begeht, ansehen sollte, denn ich nehme sie mit allem Danke für gesehen und genossen an und will der Gnädigen Wunderdinge davon erzählen: schreibt mir nur einen Brief und gebt mir geschwind meinen Abschied, denn ich habe ein gar zu großes Verlangen, Euch recht bald aus dem Fegefeuer zu erlösen, worin Ihr hier bleibt.

Du nennst es Fegefeuer, Sancho? sagte Don Quixote, richtiger würdest du es eine Hölle nennen oder noch etwas Schlimmeres, wenn es etwas Schlimmeres gibt.

Ich will mich, antwortete Sancho, stracks nach Toboso begeben und gleich zur gnädigen Dulcinea eilen, und dann will ich ihr so viel von den Narrheiten und Unsinnigkeiten (das ist doch etwas) erzählen, die Ihr vornehmt und noch vornehmen wollt, daß sie geschmeidiger als ein Handschuh werden soll, wäre sie auch härter als ein Eichbaum; mit ihrer zärtlichen honigsüßen Antwort komme ich dann durch die Luft wie ein Hexenmeister zurück und nehme Euch aus dem Fegefeuer, das Euch wie eine Hölle vorkommt, es aber nicht ist, denn Ihr habt die Hoffnung, ihr zu entfliehen, die aber jene niemals haben dürfen, die sich in der Hölle aufhalten, und darin werdet Ihr mir gewiß recht geben.

Du sprichst die Wahrheit, sagte der Ritter von der traurigen Gestalt, aber wie werden wir es anfangen, um den Brief zu schreiben?

Und auch die Eselsverschreibung, die Ihr mir versprochen habt, fügte Sancho hinzu.

Wir müssen alles, sagte Don Quixote, und der Gedanke ist passend, da wir kein Papier haben, auf die Blätter der Bäume schreiben, wie es die Alten taten, ferner auf einige Wachstafeln, obgleich diese wohl jetzt ebenso schwer zu erhalten sein dürften wie Papier. Ich denke aber eben daran, wie ich es am schicklichsten schreiben kann, nämlich in dem Taschenbuche, das dem Cardenio gehörte; du wirst alsdann Sorge tragen, es auf Papier abschreiben zu lassen, und zwar deutlich, im ersten Dorfe, in dem du einen Knabenschulmeister oder wenigstens einen Küster antriffst, der es abschreiben kann; gib es aber ja nicht zum Kopieren einem Schreiber hin, der sich mit Prozeßsachen abgibt, sonst würde es der Satan selber nicht verstehen.

Wie wird's aber mit der Unterschrift werden? fragte Sancho.

Niemals hat Amadis seine Briefe unterschrieben, antwortete Don Quixote.

Ganz gut, antwortete Sancho, aber die Verschreibung muß unbedingt eine Unterschrift haben, und wenn ich die nun abschreiben lasse, so werden sie sagen, die Unterschrift wäre falsch, und mir die jungen Esel nicht ausliefern.

Die Verschreibung will ich hier im Taschenbuche selbst unterzeichnen, und wenn meine Nichte dies sieht, wird sie mit der Auslieferung keine Schwierigkeiten machen; was aber den Liebesbrief betrifft, so darfst du nur so viel zur Unterschrift setzen: Der Eurige bis in den Tod, der Ritter von der traurigen Gestalt. Es wird auch wenig zur Sache tun, daß dieses von einer fremden Hand sei, denn soviel ich weiß, kann Dulcinea weder lesen noch schreiben, hat auch zeit ihres Lebens keinen Brief oder Buchstaben von mir gesehen, denn meine und ihre Liebe blieb immer platonisch, ohne sich weiter als auf einen Blick zu erstrecken, und auch das nur je zuweilen, denn ich könnte schwören, daß ich sie in den zwölf Jahren, seit ich sie mehr als das Licht dieser Augen liebe, nicht viermal gesehen habe, und es kann überdies wohl sein, daß sie es in diesen vier Malen kein einziges Mal bemerkt hat, wie ich sie beschaute, so genau und eingezogen haben sie ihre Eltern Lorenzo Corchuelo und Aldonza Nogales erzogen.

Sieh da! Sieh da! sagte Sancho, die Tochter des Alonzo Corchuelo ist also die Gebieterin Dulcinea del Toboso, mit ihrem anderen Namen Aldonza Lorenzo getauft?

Sie ist es, sagte Don Quixote, sie ist dieselbe, die es verdient, Gebieterin des Universums zu sein.

Ich kenne sie recht gut, sagte Sancho, und wahrhaftig, sie hebt euch einen Sack auf wie der stärkste Großknecht im ganzen Dorfe: so wahr Gott lebt, das ist ein Weibstück, so wie es nur sein muß, Haare auf den Zähnen, die zieht euch den besten fahrenden Ritter aus dem Drecke, daß einem das Herz im Leibe lacht. O du Hurenkind! Was sie für ein Maul hat und was für eine Stimme! Sie war einmal oben im Dorfe auf dem Kirchturm und rief von da etlichen Knechten ihres Vaters im Brachfelde, wohl eine halbe Meile davon, und die hörten's, als hätten sie unten am Turm gestanden: und was das Beste an ihr ist,

sie heuchelt nicht, nein, sie ist sehr beredt, sie ist lustig mit allen, und über alles hat sie ihren Spaß und ihr Gelächter. Nun sag' ich auch, Herr Ritter von der traurigen Gestalt, daß Ihr für diese nicht nur Eure Unsinnigkeiten vornehmen könnt, sondern Ihr mögt auch wohl mit vollem Rechte desperat, ja besessen werden, und jeder, der es erfährt, wird gewiß meinen, daß Ihr nicht zuviel leidet, wenn Euch auch der Teufel gar holen sollte. Ich wünschte nur, daß ich schon auf dem Wege wäre, bloß um sie zu sehen, denn ich habe sie sehr lange nicht gesehen, und sie muß sich wohl sehr verändert haben, denn die Weiber verderben ihr Gesicht bald, wenn sie immer im Felde, in der Sonne und in der Luft herumlaufen müssen. Aber ich gestehe meinem gnädigen Herrn Don Quixote, daß ich bisher in einem tüchtigen Irrtume gelebt habe, denn ich meinte nicht anders, als die Dame Dulcinea sei irgendeine Prinzessin, in die Ihr verliebt wäret, oder so eine Person, die die reichen Präsente verdiente, die Ihr ihr zugeschickt habt, wie den Biscayer und die Ruderknechte nebst noch vielen anderen, denn Ihr müßt doch wohl schon viele Siege in jener Zeit gewonnen und davongetragen haben, als ich noch nicht Euer Schildknappe war; aber im Ernst gesprochen, was sollen sie wohl bei der gnädigen Aldonza Lorenzo, ich will sagen, gnädigen Dulcinea del Toboso, die Überwundenen, die Euer Gnaden schickt und noch schicken wird, daß sie sich vor ihr auf die Knie hinschmeißen sollen? Denn es kann sich fügen, wenn die Gefangenen ankommen, daß sie gerade Flachs hechelt oder auf der Tenne drischt, so werden sich die ärgern, und sie wird wohl gar darüber spotten und sich lustig machen.

Ich habe es dir schon oftmals gesagt, Sancho, sagte Don Quixote, daß du ein Schwätzer bist und dich zu oft mit Spitzfindigkeiten befassen willst; damit du aber einsiehst, wie närrisch du bist und wie verständig ich bin, so höre nur eine kurze Erzählung an. Eine schöne, junge, unabhängige und reiche Witwe, die überdies noch sehr lebhaft war, verliebte sich nämlich in einen jungen Burschen, der rundlich und von ansprechender Statur war. Dies erfuhr ihr Oheim und sagte eines Tages in Form eines freundschaftlichen Vorwurfs zu ihr: Ich bin sehr darüber verwundert, gnädige Frau, und nicht ohne Ursache, daß eine so vornehme, schöne und reiche Dame sich in einen so albernen, geringen, einfältigen und bäurischen Menschen verlieben kann, da doch in diesem Hause so viele Doktoren, Magister und gelehrte Theologen sind, unter denen Ihr nur wie unter gutem Obste auswählen dürftet und sagen: Diesen mag ich, jenen mag ich nicht. Aber mit Lächeln und freimütig antwortete ihm die Witwe: Mein gnädiger Herr, Ihr seid im Irrtume und schlecht beraten, wenn Ihr meint, ich hätte mit diesem Einfältigen eine schlechte Wahl getroffen, wenn er auch noch so sehr Dummkopf ist, denn dazu, wozu ich ihn will, weiß er soviel und mehr Philosophie als Aristoteles. — Freund Sancho, wozu ich die Dulcinea del Toboso will, gilt sie mir soviel wie die höchste Prinzessin auf Erden. Ebenso machen es die Poeten, wenn sie eine Dame unter irgendeinem Namen vergöttern, den sie nach ihrer Willkür erdichten. Meinst du, daß jene Amarillis, Phillis, die Sylven, Dianen, Galatheen, Alinen und so viele andere, von denen die Bücher, Romanzen, Barbierstuben und Schauspiele angefüllt sind, wirkliche Damen von Fleisch und Blut waren und die wirklichen Geliebten von denen, die sie besungen? Nein, wahrhaftig nicht, sondern die meisten erfinden sie nur, um einen Gegenstand für ihre Gedichte zu haben und damit man sie für verliebt halte und für Leute, die imstande wären, es zu sein; und darum ist es mir auch genug, wenn ich denke und glaube, daß die ehrliche Aldonza Lorenzo schön und tugendhaft sei, die Abkunft tut wenig, denn sie wird niemals danach gefragt werden, ob sie ein Stiftsfräulein abgeben kann, und so bilde ich mir meinerseits ein, daß sie die höchste Prinzessin auf Erden ist. Denn du mußt wissen, Sancho, wenn du es nicht schon weißt, daß zwei Dinge vor allem am meisten zur Liebe reizen, nämlich große Schönheit und guter Ruf, und diese beiden Dinge finden sich allervollkommenst bei Dulcinea, denn an Schönheit kommt ihr niemand gleich, und im guten Rufe kommen ihr nur wenige nahe; und um alles kurz zu beschließen, ich bilde mir ein, daß alles so ist, wie ich es sage, ohne daß weder links noch rechts etwas mangelt, in meiner Einbildung male ich sie mir so aus, wie ich sie wünsche, sowohl was Schönheit als hohe Tugend betrifft, und so kommt ihr Helena nicht nahe und Lucrezia erreicht sie nicht, noch irgendeine andere berühmte Frau der verflossenen Zeitalter, sei sie griechisch, barbarisch oder lateinisch: jeder mag hierauf antworten, was er Lust hat, denn wenn mich auch deshalb die Einfältigen tadeln sollten, so werden mich doch die Strengen gewiß nicht darum schelten.

Ich sehe, gnädiger Herr, Ihr habt vollkommen recht, antwortete Sancho, und ich bin ein Esel. Doch wie kommt mir nur dies Wort aus dem Munde? In dem Hause des Gehängten soll man nicht vom Stricke reden; aber schreibt nur den Brief, und ich will mein Maul halten.

Don Quixote nahm die Schreibtafel, ging beiseite und schrieb andächtig den Brief nieder: als er fertig war, rief er den Sancho herbei und sagte, daß er ihm den Brief vorlesen wolle, damit er ihn im Gedächtnisse behalte, wenn die Schreibtafel etwa auf der Reise verlorenginge, weil er von seinem Unglücke alles zu fürchten habe.

Hierauf antwortete Sancho: Schreibt es nur drei- oder viermal im Buche nieder und gebt es mir, denn ich will es wohl gut aufheben; aber zu glauben, daß ich's im Gedächtnisse behalten könnte, ist nur Narrheit, denn mein Gedächtnis ist so schlecht, daß ich oft meinen eigenen Namen vergesse. Aber leset es mir doch vor, gnädiger Herr, und ich werde mich sehr darüber freuen, denn der Brief ist gewiß wie gegossen.

So höre denn zu, sagte Don Quixote.

Monarchin! Erhabene Herrscherin!

Der von der Trennung tief Verwundete sendet Dir, o süßeste Dulcinea del Toboso, das Wohl sei Dir! welches ihm mangelt. Wenn Deine Schönheit mich geringschätzt, wenn Dein Adelsinn mir entgegen, wenn Deine Verschmähung zu meiner bittern Qual gereicht, obgleichen ich schon im Leiden geübt, so vermag ich doch nicht, in dieser Pein länger zu verharren. Mein wackerer Knappe Sancho wird Dir, o schöne Undankbare, geliebte Feindin, getreu erzählen, auf welche Weise ich Dir zuliebe hier zurückbleibe: gefällt es Dir, mir beizustehen, so bin ich der Deine, wenn nicht, so tue, was zu Deinem Gefallen gereicht, denn mein Leben beschließend, habe ich alsdann so Deiner Grausamkeit genug getan wie meinem Wunsche.

Der Deinige bis in den Tod.
Der Ritter von der traurigen Gestalt.

Bei meines Vaters armer Seele, rief Sancho aus, als er diesen Brief gehört hatte, das ist das erhabenste Ding, das mir nur jemals vorgekommen ist! Wahrhaftig, wie steht da alles beisammen, wie man's nur wünschen kann, und wie herrlich gipfelt es endlich in der Unterschrift: Der Ritter von der traurigen Gestalt. Mein Seel, ich sage doch immer, Ihr seid der leibhaftige Teufel, es gibt gar nichts, was Ihr nicht könntet.

Alles, antwortete Don Quixote, ist in dem Amte, welches ich bekleide, vonnöten.

Nun aber, sagte Sancho, schreibt mir auch auf einem andern Blatte den Zettel wegen der drei Eselsfüllen und macht die Unterschrift klar und deutlich, damit sie jeder gleich kennt.

Gern, sagte Don Quixote, und nachdem er geschrieben hatte, las er ihm folgendes vor:

Bitte Ew. Wohlgeboren meine liebe Nichte, auf diesen Schein dem Sancho Pansa, meinem Knappen, drei von den fünf Eselsfüllen, die im Hause geblieben, zu überliefern. Solche drei Füllen bitte ihm als Bezahlung für gleichmäßige Valuta zu reichen, die ich bar empfangen. Dies und seine Quittung hierüber werden alles berichtigen. Gegeben im Innern der Sierra Morena, am zweiundzwanzigsten Augustus des laufenden Jahres.

Es ist gut, sagte Sancho, nun unterschreibet nur.

Das Unterschreiben ist nicht nötig, sagte Don Quixote, sondern ich will nur meinen Namenszug hinzufügen, der gilt so gut als Unterschrift für die drei Esel und selbst für dreihundert.

Ich verlasse mich auf Euer Gnaden, antwortete Sancho; nun gut, so wollen wir denn den Rosinante satteln, und Ihr erteilt mir Euren Segen; denn ich will nun gleich abreisen, ohne die Narrheiten weiter zu sehen, die Ihr aufführen wollt, und ich will sagen, daß ich so viele gesehen habe, als nur mein Herz wünschen konnte.

Ich wünsche wenigstens, Sancho, daß du mich nackt sehen mögest und nur ein oder zwei Dutzend Unsinnigkeiten vollführen, denn ich will sie in weniger als einer halben Stunde fertig haben; hast du diese selbst mit Augen gesehen, so magst du auf alle übrigen schwören, die du noch hinzufügen willst, wobei ich versichere, daß du nicht soviel sollst erzählen können, als ich zu vollbringen mir vorgenommen habe.

Um Gottes willen, liebster gnädiger Herr, laßt mich Euch nicht nackend sehen, denn das würde mich so betrübt machen, daß ich weinen müßte, und der Kopf ist mir schon vom Weinen schwer. Gefällt es Euch aber, daß ich ihrer etliche von Euren Unsinnigkeiten sehe, so begeht sie doch in den Kleidern, und zwar den erstbesten, die Euch in den Wurf kommen, denn für mich ist dergleichen eigentlich gar nicht nötig, es verspätet nur meine Rückkehr, bei der ich Euch solche Nachrichten bringen werde, wie Ihr sie wünscht und verdient; geschieht's nicht, so nehme sich die Dame Dulcinea nur in acht, denn wenn sie nicht antwortet, wie sich's gehört, so schwör' ich hoch und teuer, ich will ihr die schickliche Antwort mit Tritten und Maulschellen aus dem Magen herausholen, denn warum soll man's denn leiden, daß ein so berühmter fahrender Ritter, wie Ihr einer seid, um nichts und wieder nichts unsinnig wird, für eine — — —. Die gute Dame soll mich nur nicht ausreden lassen, denn wahrhaftig, wenn ich erst ins Sprechen komme, so ist es um sie getan, ich bin dazu der rechte Kerl, sie kennt mich nicht, aber meiner Seel, wenn sie mich kennt, so mag sie mich zum Frühstück nehmen.

Wahrlich, Sancho, sagte Don Quixote, dem Anscheine nach bist du nicht gescheiter als ich.

So unsinnig bin ich nicht, antwortete Sancho, aber hitzköpfiger; doch um von etwas anderem zu sprechen, was werdet Ihr denn unterdessen essen, bis ich wiederkomme? Wollt Ihr wie Cardenio auf der Straße lauern und die Hirten plündern?

Sei deshalb unbesorgt, antwortete Don Quixote, denn hätte ich gleich andere Speise, so würde ich doch nichts als die Kräuter der Wiese und die Früchte essen, die mir diese Bäume reichen, denn das ist eben die Blume meines Wandels, nicht zu essen und andere Kasteiungen auszuhalten.

Hierauf sagte Sancho: Wißt Ihr, gnädiger Herr, was ich fürchte? Daß ich den Platz nicht wiederfinde, an dem ich Euch jetzt verlasse, denn er ist gar zu abgelegen.

Präge dir gut die Merkmale ein, denn ich will mich gewiß nicht aus dieser Gegend entfernen, sagte Don Quixote, auch werde ich daran denken und oft den Gipfel der allerhöchsten Felsen besteigen, um mich droben umzusehen, ob du nicht wiederkommst; das Beste und Sicherste aber wird sein, damit du nicht

zweifelst und dich verirrst, daß du von dem hier häufigen Ginster etwas nimmst und es von Zeit zu Zeit ausstreust, bis du das offene Land gewinnst, dies wird dir ebenso zum Wegweiser und Merkmal dienen, mich wiederzufinden, wie der Faden dem Theseus aus dem Labyrinthe half.

Das soll geschehen, antwortete Sancho Pansa; er nahm Ginster, bat seinen

Herrn um seinen Segen, und mit vielen Tränen nahm er Abschied von ihm. Er bestieg den Rosinante, den ihm Don Quixote fleißig empfahl, daß er für ihn sorgen möchte, als ob er es selbst wäre, worauf sich Sancho auf den Weg nach dem flachen Lande machte, indem er von Zeit zu Zeit Ginster ausstreute, wie es ihm sein Herr geraten hatte: so entfernte er sich, ob ihn gleich Don Quixote noch immer quälte, daß er bleiben möchte, um ihn etliche Torheiten begehen zu sehen. Er hatte sich aber noch nicht hundert Schritte entfernt, als er wieder umkehrte und sagte: Ihr habt doch recht gehabt, gnädiger Herr, daß ich Euch Unsinnigkeiten anstellen sehen muß, damit ich mit gutem Gewissen schwören kann, und drum will ich um etliche bitten, obwohl es freilich die tollste ist, daß ich Euch hier allein lasse.

Habe ich es dir nicht gesagt? sagte Don Quixote, warte, mein Sancho, unter einem Vaterunser ist es geschehen. Mit großer Eile zog er hierauf die Beinkleider ab und blieb im Hemde, und mir nichts dir nichts schlug er zweimal Rad und warf sich zweimal über, den Kopf unten und die Beine in die Höhe, indem er Dinge zeigte, die, um sie nicht noch einmal zu sehen, den Sancho bewogen, den Rosinante umzuwenden, völlig zufrieden und hinlänglich gesichert, um schwören zu können, sein Herr sei unsinnig.

Sechsundzwanzigstes Kapitel

welches berichtet, wie Sancho eine Reise tat.

Als Sancho auf die große Straße gelangt war, machte er sich auf den Weg nach Toboso und langte am folgenden Tage bei der Schenke an, in der ihn das Mißglück mit der Prelle betroffen hatte; er hatte die Schenke kaum erblickt, als es ihm auch schon so war, als ob er wieder in die Lüfte flöge, weshalb er auch nicht einkehren wollte, ob es gleich eine Stunde war, zu der er es wohl gekonnt und gesollt hätte. Der große Appetit trieb ihn auch bis dicht an die Schenke heran, aber doch blieb es noch ungewiß, ob er einkehren sollte oder nicht. Während er noch derart im Zweifel war, kamen zwei Leute aus der Schenke, die ihn sogleich erkannten und von denen der eine zum andern sagte: Herr Lizentiat, ist der auf dem Pferde da nicht Sancho Pansa, von dem die Haushälterin unseres Abenteurers sagte, daß er mit seinem Herrn als Knappe fortgezogen sei?

Er ist es, sagte der Lizentiat, und eben das Pferd gehört auch unserm Don Quixote.

Diese Leute kannten ihn so gut, weil sie der Pfarrer und der Barbier desselben Ortes waren, die nämlichen, die das Gericht über die Bücher gehalten hatten. Als diese nun den Sancho Pansa und den Rosinante erkannt hatten, liefen sie gleich zu ihm, begierig, von Don Quixote Neuigkeiten zu hören, und der Pfarrer rief ihn bei seinem Namen und sagte: Freund Sancho Pansa, wo bleibt denn Euer Herr?

Sancho Pansa erkannte sie auch gleich und nahm sich vor, nicht zu verraten, wo und wie sein Herr zurückgeblieben war; er antwortete also, sein Herr sei in voller Arbeit an einer gewissen Stelle und in einer gewissen Sache zurückgeblieben, die er aber nicht verraten dürfe, so lieb ihm die Augen im Kopfe wären.

Nein, nein, sagte der Barbier, wenn Ihr uns, Sancho Pansa, nicht sagt, wo er geblieben ist, so werden wir glauben, wie wir es schon glauben, daß Ihr ihn umgebracht und geplündert habt, denn Ihr reitet auf seinem Pferde; wahrhaftig, Ihr müßt uns den Herrn des Gaules herbeischaffen, oder es ergeht Euch übel.

Ihr braucht mir nicht so zu drohen, denn ich bin ein Mann, der keinen plündert und keinen umbringt, jeden bringt sein Schicksal um oder vielmehr Gott selbst. Mein Herr ist hier mitten im Gebirge zurückgeblieben, wo er nach Herzenslust Buße tut. — Und alsbald erzählte er ihnen in einem ununterbrochenen Strom, wie Don Quixote zurückgeblieben sei, samt allen bestandenen Abenteuern, und daß er einen Brief an die Dame Dulcinea del Toboso bei sich habe, die Tochter des Lorenzo Corchuelo, in die sein Herr bis über die Ohren verliebt sei.

Die beiden waren sehr erstaunt über das, was Sancho Pansa ihnen erzählte, denn obgleich sie Don Quixotes Narrheit kannten, so waren sie doch immer von neuem verwundert, so oft sie davon hörten. Sie baten Sancho Pansa, ihnen den Brief zu zeigen, den er an die Dame Dulcinea del Toboso mit sich führe. Er sagte, daß er in ein Taschenbuch geschrieben sei und daß ihm sein Herr befohlen habe, ihn im ersten Orte auf Papier abschreiben zu lassen, worauf der Pfarrer sagte, daß er ihn nur zeigen möchte, denn er wolle ihn selber sehr schön abschreiben. Sancho Pansa fuhr hierauf mit der Hand in den Busen und suchte die Schreibtafel; aber er fand sie nicht und hätte sie nicht gefunden, wenn er auch ewig gesucht hätte, denn Don Quixote hatte sie behalten und ihm nicht gegeben, so wie Sancho auch vergessen hatte, sie von ihm zu fordern. Als Sancho das bemerkte, wurde er blaß im Gesichte, er fühlte sich noch einmal hastig am ganzen Körper herum und sah und begriff zum zweiten Male, daß er ihn nicht fand, worauf er sich ohne weiteres mit beiden Fäusten in den Bart griff, ihn halb zerzauste und sich dann ein halbes Dutzend Faustschläge ins Gesicht und gegen die Nase gab, daß das Blut herabfloß. Da dies der Pfarrer und Barbier sahen, fragten sie, was ihm denn zugestoßen sei, daß er sich so übel behandle. Was wird mir zugestoßen sein, antwortete Sancho, als daß ich im Handumdrehen drei junge Esel verloren habe, wovon mir jeder so wert war wie ein Palast.

Wie das? fragte der Barbier.

Das Taschenbuch habe ich verloren, antwortete Sancho, in dem der Brief an die Dulcinea war und auch eine Wechselverschreibung meines Herrn, auf die mir die Nichte drei junge Esel von den vieren oder fünfen ausliefern sollte, die er im Hause hat; und er erzählte ihnen auch den Verlust seines Grauen.

Der Pfarrer tröstete ihn und sagte, daß er, wenn er seinen Herrn anträfe, ihn die Verschreibung erneuern lassen möge, und zwar so, daß er sie auf Papier aufzeichnete, wie es gebräuchlich und gewöhnlich sei, denn Verschreibungen in Taschenbüchern würden nicht für gültig erkannt.

Damit tröstete sich Sancho und sagte, daß er sich demnach nicht sonderlich gräme, den Brief an Dulcinea verloren zu haben, denn er wüßte ihn auswendig, so daß er niedergeschrieben werden könnte, wo und wann sie es wollten.

Sagt ihn gleich her, Sancho, sprach der Barbier, wir wollen ihn gleich niederschreiben.

Sancho Pansa stand still und kratzte sich den Kopf, um den Brief ins Gedächtnis zu locken; bald trat er auf den einen Fuß und bald auf den andern, jetzt schaute er die Erde an und jetzt wieder den Himmel, und nachdem er sich die halbe Spitze vom Finger heruntergebissen hatte, sagte er endlich: Meiner Seel', Herr Lizentiat, der Teufel soll gleich das Wort holen, das ich noch aus dem ganzen Briefe weiß, außer daß im Anfange gesagt wurde: Erhabene Herrscherin! Mein Närrchen!

Es wird nicht, sagte der Barbier, mein Närrchen heißen, sondern vielleicht meine Königin oder Monarchin.

So ist es auch, sagte Sancho, und gleich darauf, wenn ich mich recht erinnere, kam — — — — wenn ich mich recht erinnere — — — — der Geplagte und Schlaflose und Verwundete küßt Eure gnädigen Hände, undankbare und vorzügliche unbekannte Schöne; und dann kam ich weiß nicht was von Gesundheit und Krankheit, die er schickte, und dann ging's so weiter, bis es am Ende hieß: Der Eurige bis in den Tod, der Ritter von der traurigen Gestalt.

Das gute Gedächtnis des Sancho Pansa machte den beiden kein geringes Vergnügen, sie lobten ihn sehr und baten ihn, den Brief noch einmal und dann noch einmal wieder herzusagen, und jedesmal sagte er wieder tausend neue Tollheiten. Hierauf erzählte er selbst alle Geschichten seines Herrn, aber er sagte kein einziges Wort von der Prelle, die ihm in der Schenke widerfahren war, in die er nicht einkehren wollte; er beschloß damit, daß sein Herr, wenn er von der Dame Dulcinea del Toboso gute Botschaft brächte, willens sei, sich auf den Weg zu machen und Kaiser zu werden oder wenigstens Despot, denn so wäre es unter ihnen beiden ausgemacht, nach der Tapferkeit seiner Person und der Gewalt seines Armes müsse es ihm auch ziemlich leicht werden; wenn das geschehe, so wolle er Sancho verheiraten, der seinerseits wohl schon Witwer sein werde und wohl auch sein müsse; dann sollte er das Fräulein der Kaiserin zur Gemahlin kriegen, die eine reiche und große Herrschaft auf dem festen Lande erbte, denn aus Inseln oder Eiländern mache er sich nichts.

Dies alles sagte Sancho mit solcher Ruhe, indem er sich von Zeit zu Zeit die Nase wischte, und so ohne Verstand, daß die beiden sich von neuem verwunderten, wie gewaltig Don Quixotes Tollheit sein müsse, daß sie auch den Verstand dieses armen Kerls mit sich genommen habe. Sie wollten sich die Mühe nicht geben, ihm seinen Irrtum zu benehmen, denn sie meinten, daß dadurch seinem Gewissen kein Schaden widerführe, sie sagten ihm also, er möchte nur für die Wohlfahrt seines Herrn zu Gott beten, denn es sei ein überaus mögliches und wahrscheinliches Ding, daß er im Verlaufe der Zeit wohl Kaiser würde oder wenigstens Erzbischof oder eine andere ähnliche Würde bekäme.

Darauf antwortete Sancho: Meine Herren, wenn das Schicksal nun die Sache so einrichten sollte, daß es meinem Herrn einfiele, nicht Kaiser, sondern Erzbischof zu werden, so möchte ich wohl wissen, was denn die fahrenden Erzbischöfe ihren Schildknappen zu geben pflegen.

Sie geben ihnen wohl, antwortete der Pfarrer, irgendeine Kirchenstelle oder einen Küsterdienst, der was Tüchtiges einträgt.

Da wird's wohl nötig sein, versetzte Sancho, daß der Knappe nicht verheiratet ist und daß er wenigstens bei der Messe helfen kann, aber ach! ich armes Kind! ich bin verheiratet und weiß nicht die ersten Buchstaben vom Abc. Was soll aus mir werden, wenn sich's mein Herr in den Kopf setzt, Erzbischof und nicht Kaiser zu werden, wie es doch sonst bei den fahrenden Rittern Gebrauch und Herkommen ist.

Seid ohne Sorgen, Freund Sancho, sagte der Barbier, denn wir wollen Euern Herrn bitten und ihm raten und es ihm zur Gewissenssache machen, Kaiser und nicht Erzbischof zu werden, für ihn wird dies auch viel leichter sein, denn er ist mehr ein Held als ein Gelehrter.

Das glaub' ich auch, sagte Sancho, doch muß ich sagen, daß er zu allen Dingen Fähigkeiten hat; was ich von meiner Seite tun will, ist, den lieben Herrgott zu bitten, daß er ihm das gebe, was ihm am meisten diene und wobei er mir das meiste geben kann.

Das ist eine verständige Gesinnung, sagte der Pfarrer, und darin handelt Ihr wie ein guter Christ; woran wir aber jetzt denken müssen, ist die Art, wie wir Euern Herrn aus der unnützen Buße erlösen, die er jetzt übt, wie Ihr sagt; damit wir aber besser darauf sinnen und zugleich essen können, denn es ist Mittag, wollen wir in diese Schenke hineingehen.

Sancho sagte, daß sie nur hineingehen möchten, er aber wolle draußen warten und ihnen nachher die Ursache entdecken, warum er nicht hineingehe und es ihm widerwärtig sei hineinzugehen; daß er sie aber bäte, ihm etwas zu essen, und zwar etwas Warmes, zu bringen, auch Hafer für den Rosinante. Sie gingen hinein, er blieb draußen, und nach einiger Zeit brachte ihm der Barbier etwas zu essen.

Hierauf beratschlagten die beiden gründlich, wie sie ihren Vorsatz ausführen wollten, und der Pfarrer kam endlich auf einen Gedanken, der ganz in Don Quixotes Sinn und auch so beschaffen war, wie er zu ihrem Zwecke taugte; er sagte nämlich dem Barbier, sein Plan gehe dahin, sich als fahrende Jungfrau zu verkleiden, und daß er sich, so gut es anginge, als Knappe zurechtmachen möchte, so wollten sie sich zu Don Quixote begeben, er wolle dann eine betrübte und bedrängte Jungfrau vorstellen, die eine Gabe von ihm flehte, welche er ihr als wackrer fahrender Ritter nicht abschlagen könne; die Gabe aber, um die er flehen wolle, sei, daß er mit ihr ziehen möge, wohin sie ihn führte, um ein Geheimnis zu entwirren, in das sie ein schlechter Ritter verwickelt habe, und er werde den Don Quixote auch darum bitten, daß er nicht befehlen möchte, sie solle den Schleier aufheben, auch nichts weiteres von ihr zu erfahren trachten, bis er die Greuel jenes schlechten Ritters gerade gerächt hätte. Er glaube, Don Quixote würde in dieser Form alles bewilligen, worum er nur bäte, und so wollten sie ihn aus dem Gebirge locken und nach seiner Heimat bringen, um ihn dort, wenn es möglich wäre, von seiner außerordentlichen Tollheit zu heilen.

Siebenundzwanzigstes Kapitel

Was aus dem Plane des Pfarrers und Barbiers wurde, nebst andern Dingen, die würdig sind, in dieser großen Geschichte vorgetragen zu werden.

Dem Barbier mißfiel die Erfindung des Pfarrers nicht, sondern sie schien ihm so gut, daß sie sogleich zur Ausführung schritten. Sie ließen sich von der Wirtin ein Kleid und etliche Röcke geben, wofür der Pfarrer ein ganz neues Priesterkleid zum Pfande einsetzte. Der Barbier machte sich einen gelblichen Bart von einem Ochsenschwanze, an dem der Wirt seine Kämme aufzuhängen pflegte. Die Wirtin fragte sie, was sie mit diesen Dingen anstellen wollten. Der Pfarrer erzählte ihr kurz Don Quixotes Narrheit und daß diese Verkleidung dazu dienen solle, ihn aus dem Gebirge herauszulocken, in dem er sich jetzt aufhielte. Der Wirt und die Wirtin verfielen sogleich darauf, daß dieser Narr gewiß ihr Gast mit dem Balsam und der Herr des geprellten Knappen sein müsse; sie erzählten dem Pfarrer hierauf alles, was sich mit diesen beiden zugetragen hatte, ohne das zu verschweigen, was Sancho so vorsorglich verschwieg. Die Wirtin kleidete endlich den Pfarrer so an, daß er sich als Dame wohl sehen lassen konnte: sie legte ihm nämlich ein Kleid aus Tuch an, das voll schwarzer Samtbänder hing, die eine Spanne breit waren, hierauf ein Leibchen von grünem Samt mit ganz weißen Bandschleifen. Der Pfarrer litt nicht, daß man ihn coiffiere,

sondern setzte ein baumwollenes Mützchen auf den Kopf, das er nachts zum Schlafen zu tragen pflegte, und um die Stirn band er ein Strumpfband von schwarzem Taffet; dann drückte er sich einen Hut in die Stirne, der so groß war, daß er ihm wohl als Sonnenschirm dienen konnte, worauf er noch einen langen Mantel überwarf und sich quer auf sein Maultier setzte. Der Barbier bestieg seinen Esel, mit seinem Barte, der ihm bis auf den Gürtel reichte und ins Weiße und Gelbliche spielte und der, wie schon gesagt, aus dem Schwanze eines tüchtigen Ochsen gemacht war. Sie nahmen von allen Abschied, auch von der braven Maritorne, die, so sündhaft sie auch selber sei, einen Rosenkranz zu beten versprach, damit Gott seinen Segen verleihe, daß sie die schwierige und so christliche Aufgabe, der sie sich unterzogen hatten, glücklich beendigen möchten.

Sie hatten kaum die Schenke verlassen, als dem Pfarrer der Gedanke kam, daß es von ihm nicht gut gehandelt sei, sich so auszustaffieren, sondern im Gegenteil unschicklich für einen Priester, wenn der Zweck, weshalb es geschähe, auch noch so gut sei; er sagte dies dem Barbier und bat ihn, den Anzug umzutauschen, weil es anständiger sei, daß dieser die bedrängte Jungfrau vorstelle, er wolle der Knappe sein. Indessen kam Sancho hinzu, der über den Aufzug lachen mußte, in welchem er die beiden sah. Der Barbier ging auf alles ein, wie es der Pfarrer wollte, sie tauschten ihre Masken um, der Pfarrer unterrichtete ihn, wie er sich zu gebärden und welche Redensarten er gegen Don Quixote zu führen habe, um ihn zu bewegen und zu zwingen, mit ihm zu gehen und den Ort zu verlassen, den er zu seiner unnützen Buße ausgewählt hatte. Der Barbier antwortete, daß er selbst seine Lektion wüßte und sie gewiß aufs pünktlichste hersagen wolle. Er wollte sich aber noch nicht ankleiden, bis sie sich an der Stelle befänden, wo Don Quixote sei; er legte also den Anzug zusammen, der Pfarrer machte seinen Bart fest, und so sezten sie ihren Weg fort, von Sancho Pansa angeführt, der ihnen erzählte, was ihnen mit dem Verrückten begegnet sei, den sie im Gebirge gefunden hätten, wobei er aber sorgfältig den Fund des Mantelsacks und das, was er in diesem angetroffen hatte, verschwieg, denn so dumm er auch war, so war er doch gut auf sein Bestes bedacht.

Am andern Tage kamen sie an die Stelle, wo Sancho die Zweige ausgestreut hatte, um den Platz wiederzufinden, wo er seinen Herrn gelassen hatte, und sowie er sie erkannte, sagte er, daß dies der Zugang sei und daß sie sich nun umziehen könnten, wenn dies nötig sei, um seinen Herrn frei zu machen; denn sie hatten es ihm vorher gesagt, daß diese Reise und diese Verkleidung bloß angestellt sei, um seinen Herrn von dem unglückseligen Leben zu befreien, welches er sich auserwählt habe, und es sei durchaus notwendig, daß er seinem Herrn verschweige, wer sie wären oder daß er sie kenne, und wenn er fragte, ob er den Brief an Dulcinea abgegeben habe, sollte er ja sagen, und weil sie nicht schreiben könne, habe sie ihm die Antwort mündlich gegeben und ihm bei Strafe ihrer Ungnade befohlen, augenblicklich zu ihr zu kommen, weil ihr dies vorzüglich am Herzen liege; dadurch und durch das, was sie ihm sagen wollten, wären sie versichert, ihn zu einem bessern Leben zurückzubringen und ihn so zu stärken, daß er sich gleich auf den Weg mache, um Kaiser oder Despot zu werden, denn was den Erzbischof betreffe, davon wollten sie ihm abraten.

Sancho hörte alles an und prägte es sich gut ins Gedächtnis, dankte ihnen auch für die gute Absicht, daß sie seinem Herrn zureden wollten, er möchte Kaiser und nicht Erzbischof werden, denn er seinerseits halte dafür, daß ein Kaiser mehr für seinen Knappen tun könne als ein fahrender Erzbischof. Er sagte auch, daß es besser wäre, wenn er voranginge, ihn zu suchen und ihm die Antwort von seiner Dame zu sagen, denn vielleicht sei das schon hinreichend, ihn von der Stelle zu bringen, ohne daß sie sich so viele Mühe zu geben brauchten. Den beiden schien das gut, was Sancho sagte, sie beschlossen also, dort zu warten, bis er mit der Nachricht, daß er seinen Herrn gefunden habe, zurückgekehrt sei.

Sancho ritt also ins Gebirge hinein und ließ die beiden allein zurück; sie verweilten nicht lange rastend auf einem Platze im Schatten einiger Bäume, als sie eine Stimme hörten, welche sich unweit von ihnen in Seufzern und Klagen erging; sofort machten sie sich auf, den zu suchen, der solcherweise an einer schweren Unbill zu leiden schien; sie waren nicht weit gegangen, als sie, um einen Felsen biegend, eines Menschen von eben der Gestalt gewahr wurden, die Sancho beschrieben hatte, als er vom Cardenio erzählte. Als der Mensch sie erblickte, blieb er unverändert in seiner traurigen Stellung, den Kopf auf die Brust herabgesunken und wie in tiefen Gedanken verloren, ohne die Augen aufzuschlagen oder sie noch einmal anzusehen.

Der Pfarrer, der ein beredter Mann war und schon von seinem Unglücke wußte, da er ihn an den Merkmalen erkannt hatte, ging auf ihn zu und bat und beschwor ihn in wenigen, aber vernünftigen Worten, dieses unglückselige Leben zu verlassen, damit er nicht darin umkäme. Cardenio war gerade bei vollem Verstande und ohne einen Anfall jener Raserei, die ihn oft gänzlich sich selbst entfremdete; da er also die beiden sah, anders gekleidet, als ihm sonst die Menschen dieser Wüsteneien erschienen, verwunderte er sich nicht wenig, noch mehr, da er von seinem Leiden wie von einer Sache reden hörte, die man schon kannte; auf das aber, was ihm der Pfarrer gesagt hatte, antwortete er mit diesen Worten: Ich sehe wohl, wer ihr auch sein mögt, meine Herren, daß der Himmel, der für die guten Menschen Sorge trägt und ihnen hilft, wie er es auch oft den Bösen tut, mir gegen mein Verdienst in diese Einöden Männer sendet, die mir mit Eindringlichkeit und Verstand vor Augen stellen, daß ich mich von hier losreißen und ein besseres Los suchen solle. Ihr wißt aber nicht, wer ich bin und wie es wohl möglich ist, daß ich, wenn ich dieser Lage entrinne, wohl in ein noch schlimmeres Unglück stürzen kann, ihr müßt mich also für einen Menschen von schwachem Verstande halten oder, was noch schlimmer ist, für ganz vernunftlos erklären; freilich wäre es kein Wunder, wenn ihr das tätet, denn ich weiß es wohl, wie mich das ewig gegenwärtige Bild meines Elends so überwältigt hat und so zu meinem Verderben wirkt, daß ich mich selber nicht mehr besitze, sondern oft besinnungslos wie ein Stein bin und jeder menschlichen Empfindung entbehre; drum muß ich auch alles glauben, was mir manche erzählen und was sie mir beweisen, wie ich gehandelt habe, wenn jener schreckliche Anfall alle meine Kräfte beherrscht. Ich kann nun nichts weiter tun, als vergeblich klagen und ohne Zweck mein Schicksal verwünschen und zur Entschuldigung meines Wahnsinns jedem, der mich anhören will, mein Unglück erzählen, damit, wenn die Klugen die Ursache erfahren, sie sich nicht über die Folgen desselben wundern, und wenn sie mir nicht helfen können, mich doch wenigstens nicht anklagen, weil ihr Zorn über meinen Frevel in Mitleid über mein Unglück umschlägt. Wenn ihr also, meine Herren, in der nämlichen Absicht hierhergekommen seid, so bitte ich euch, ehe ihr noch in euren gütigen Überredungen fortfahrt, die Geschichte meines Unglücks anzuhören, weil ihr vielleicht nachher selber eure Mühe unnütz findet, mir in meinem Elend Trost zu geben, das durchaus keinen Trost zuläßt.

Es war gerade der Wunsch der beiden, aus seinem eigenen Munde die Ursache seiner Schwermut zu erfahren, sie baten ihn daher, seine Geschichte vorzutragen, wobei sie versprachen, ihm keine andere Hilfe und keinen andern Trost anzubieten, als er selber wünschen würde. Der traurige Ritter fing also seine betrübte Geschichte an und trug sie fast mit den nämlichen Worten und

Wendungen vor, wie er sie dem Don Quixote und dem Ziegenhirt vor wenigen Tagen erzählt hatte, als wegen des Elisabath und durch die Gewissenhaftigheit Don Quixotes, den Gesetzen der Ritterschaft Folge zu leisten, die Erzählung abgebrochen wurde, wie es die Historie oben berichtet. Jetzt aber fügte es das gute Glück, daß sie von keinem Anfall von Wahnsinn gestört wurden, sondern er führte seine Geschichte bis zu Ende. Als er an die Stelle kam, wo Don Fernando im Amadis von Gallia den Brief fand, sagte Cardenio, daß er ihn auswendig wisse, und deshalb sagte er ihn mit diesen Worten her:

Lucinde an Cardenio.

Jeden Tag entdecke ich neue Vorzüge an Euch, die mich zwingen und verpflichten, Euch von neuem hoch zu schätzen; wenn Ihr mich also von meinen Schulden befreien wollt, ohne Euch mit meiner Ehre bezahlt zu machen, so könnt Ihr es leicht tun. Ich habe einen Vater, der Euch kennt und mich liebt und der, ohne mich zu zwingen, Euch das bewilligen wird, was er für Recht erkennt, wenn Ihr mich so hochschätzt, wie Ihr es sagt und wie ich es glaube.

Durch dieses Blatt wurde ich, wie schon gesagt, bewogen, um Lucinden als meine Gemahlin anzuhalten, und durch dieses Blatt wurde Fernando in seiner Meinung bestärkt, Lucinden für das verständigste und klügste Mädchen seiner Zeit zu halten, und dies erregte in ihm zuerst den Wunsch, mich lieber zu vernichten, als daß mein Wunsch in Erfüllung ginge. Ich erzählte Don Fernando, was mir Lucindens Vater erwidert hatte, daß es meinem Vater zustehe, um sie anzuhalten, daß ich es aber nicht wage, es ihm zu sagen, und zwar aus Furcht, daß er nicht einstimmen möchte, nicht deshalb, weil ihm der Wert und die

Schönheit der Lucinde unbekannt seien, denn ihre Eigenschaften wären hinreichend, ihre Verbindung mit jeder spanischen Familie ehrenvoll zu machen; sondern ich begriffe wohl, daß mein Vater nicht wünsche, mich so schnell zu verheiraten, bis er erst sähe, was der Herzog Ricardo für mich tun würde. Kurz, ich sagte ihm, daß ich nicht Mut genug habe, mit meinem Vater darüber zu sprechen, denn nicht nur dies Hindernis, sondern noch manches andere mache mich mutlos, ohne daß ich recht sagen könne, was es sei; es wäre mir aber, als ob meine Wünsche niemals in Erfüllung gehen würden.

Don Fernando antwortete mir, daß er es auf sich nehme, mit meinem Vater zu sprechen und ihn dahin zu bringen, daß er mit Lucindens Vater redete. — O du ehrsüchtiger Marius! Grausamer Catilina! Schändlicher Sulla! O habsüchtiger Judas! Du Verräter, Grausamer, Rachsüchtiger, Hinterlistiger! Was hatte dir der Unglückliche getan, der dir so offen die geheimsten Wünsche seines Herzens entdeckte? Wie habe ich dich beleidigt? Welchen Rat hab' ich dir je gegeben, welches Wort jemals gesprochen, das nicht hätte dazu dienen sollen, deine Ehre wie dein Glück zu fördern? Aber worüber klag' ich, Elender! Es ist ja gewiß, daß keine irdische Kraft oder menschliche Vorsicht ein Unglück abwenden kann, das in den Gestirnen vorgezeichnet ist und mit der Gewalt und Wut des Schicksals auf uns herniederstürzt. Wer hätte glauben können, daß Don Fernando, ein edler, ehrenvoller Ritter, den meine Dienste verpflichtet hatten, der so angesehen war, daß er nur wählen durfte, um seine Liebe erwidert zu sehen, daß dieser nicht ruhte, bis er mir mein einziges Gut geraubt hatte, das ich selbst noch nicht besaß! Aber ich will diese unnützen, unersprießlichen Betrachtungen lassen und den abgerissenen Faden meiner unglücklichen Geschichte wieder anknüpfen.

Da dem Don Fernando meine Gegenwart hinderlich war, um seine schändliche Falschheit auszuüben, beschloß er, mich zu seinem älteren Bruder zu schicken, und zwar unter dem Vorwande, Geld von diesem für sechs Pferde zu verlangen, die er bloß deshalb gekauft hatte, um mich zu entfernen und seine verruchte Absicht desto besser auszuführen; er kaufte sie am nämlichen Tag, an dem er sich erbot, mit meinem Vater zu sprechen, und er verlangte, daß ich des Geldes wegen sogleich abreisen sollte. Konnte ich dieser Verräterei vorbeugen? Konnte ich sie nur ahnen? Weit davon entfernt, bot ich mich vielmehr mit der größten Bereitwilligkeit an, sogleich abzureisen, weil ich den Kauf für sehr vorteilhaft hielt. In derselben Nacht sprach ich mit Lucinden und erzählte ihr, was ich mit Don Fernando verabredet habe und daß sie die feste Hoffnung fassen könne, daß nun unsere tugendhaften Wünsche in Erfüllung gehen würden. Sie bat mich, vor Don Fernandos Verräterei ebenso sicher wie ich, ich möchte bald wiederkommen, denn sie sei überzeugt, es hänge nur davon ab, daß mein Vater mit dem ihrigen spreche, um alles zur Erfüllung zu bringen. Ich weiß nicht, wie es geschah, aber indem sie dies gesagt hatte, wurden ihre Augen von Tränen naß, das Wort stockte in der Kehle, so daß sie nichts mehr hervorbringen konnte, ob es mir gleich schien, sie habe mir noch vieles zu sagen. Ich erstaunte darüber, denn sooft uns das Glück und meine Findigkeit eine Unterredung verschafft hatten, war unser Gespräch jedesmal munter und fröhlich, ohne in unsere Unterhaltung Tränen, Seufzer, Argwohn und Furcht zu mischen. Ich pries jederzeit mein Glück, daß der Himmel mir sie zur Geliebten vergönnt habe, ich erhob ihre Schönheit und bewunderte ihren Witz und Verstand, und sie zur Vergeltung lobte mit ihrer Liebe das an mir, was ihr Lob zu verdienen schien. Nebenher erzählten wir uns tausend lustige Vorfälle von unsern Nachbarn und Bekannten, und das Höchste, was meine Kühnheit dann wagte, war, eine ihrer schönen weißen Hände gewaltsam zu ergreifen, um sie durch die engen Stäbe des niedrigen Gitters, das uns trennte, zu meinem Munde zu führen. Aber in dieser Nacht vor dem traurigen Tage meiner Abreise weinte und seufzte sie und setzte mich durch ihre ungewohnte Taurigkeit in Verwirrung und Schrecken. Um aber meine Hoffnungen nicht sinken zu lassen, maß ich alles der Stärke ihrer Liebe bei und dem Schmerze, den die Trennung bei denen verursacht, die sich innig lieben. Traurig und nachdenklich schied ich endlich von ihr, meine Seele war voll Gedanken und Argwohn, ohne daß ich wußte oder erdenken konnte, was ich argwöhnte; Zeichen, die mir den traurigen Ausgang und das Unglück, das meiner wartete, deutlich genug zu erkennen gaben.

Ich langte an, wohin ich geschickt wurde; ich überreichte meine Briefe dem Bruder Don Fernandos. Man empfing mich freundlich, fertigte mich aber nicht so freundlich ab, sondern ich erhielt zu meinem größten Mißvergnügen den Befehl, acht Tage zu warten und mich zu hüten, daß mich der Herzog, sein Vater, nicht sähe, denn sein Bruder schriebe ihm, daß er ihm ohne dessen Vorwissen Geld schicken möchte. Alles dies war aber nur eine Erfindung des falschen Fernando, denn es fehlte seinem Bruder nicht an Geld, um mich sogleich abzufertigen. Dieser Befehl brachte mich beinahe dahin, nicht zu gehorchen, denn es schien mir unmöglich, so viele Tage von Lucinden entfernt zu leben, besonders da ich sie so schwermütig verlassen hatte; dennoch aber gehorchte ich als redlicher Diener, obgleich ich einsah, daß es auf Kosten meiner Wohlfahrt geschah. Als aber vier Tage verflossen waren, kam ein Mann, der mich aufsuchte und mir einen Brief brachte, dessen Aufschrift ich sofort erkannte, denn sie war von Lucindens Hand. Ich öffnete ihn erschrocken, denn nur eine sehr wichtige Ursache konnte sie bewogen haben, mir, dem Abwesenden, zu schreiben, denn sie tat es, auch wenn ich gegenwärtig war, nur selten. Ehe ich noch las, fragte ich den Mann, wer ihm den Brief gegeben und wieviel Zeit er auf dem Wege zugebracht habe. Er erzählte mir, daß er durch eine Gasse der Stadt gegangen sei, um die Mittagsstunde, als ihn aus einem Fenster eine Dame angerufen, die Augen von Tränen naß, und zu ihm in aller Eile gesagt habe: Wenn Ihr ein Christ seid, mein Freund, wie ich glaube, so bitte ich Euch im Namen Gottes, diesen Brief gleich nach dem Orte und zu der Person zu bringen, an die er gerichtet ist, es ist ein gutes Werk, womit Ihr dem Herrn des Himmels einen Dienst erweiset, damit Ihr es aber bequem tun könnt, so nehmt das, was in dem Tuche ist. Mit diesen Worten warf sie mir aus dem Fenster ein Schnupftuch herab, in dem hundert Realen eingebunden waren und dieser goldene Ring, den ich am Finger habe, und dieser Brief. Ohne meine Antwort abzuwarten, ging sie schnell vom Fenster zurück, doch sah sie vorher zu, ob ich den Brief und das Tuch nahm, worauf ich ihr durch Zeichen sagte, daß ich ihren Befehl ausführen würde. Da ich mich nun für die Mühe des Überbringens so reichlich bezahlt sah und aus der Überschrift erkannte, daß der Brief an Euch, mein Herr, gerichtet war, den ich sehr gut kenne, mich auch die Tränen der schönen Dame gerührt hatten, so nahm ich mir vor, das Geschäft keinem andern zu vertrauen und den Brief selbst zu überliefern; seitdem sind sechzehn Stunden verflossen, in welchen ich den Weg zurückgelegt habe, der, wie Ihr wißt, achtzehn Meilen beträgt.

Indem der gute Mann dies erzählte, stand ich, von seinen Reden verwirrt, mit bebenden Knien, daß ich mich kaum aufrecht erhalten konnte. Ich erbrach den Brief und fand folgenden Inhalt:

Das Versprechen, welches Don Fernando Euch gab, Euren Vater zu überreden, mit dem meinen zu sprechen, hat er zu seinem Besten, nicht aber zu Eurem Vorteile erfüllt. Wißt, daß er mich zur Gemahlin begehrt hat, und mein Vater, von Don Fernandos vermeintlichen Vorzügen verleitet, nimmt die Sache so ernst, daß innerhalb von zwei Tagen die Vermählung gefeiert werden soll, und zwar so verborgen und geheim, daß nur der Himmel und einige Leute aus dem Hause Zeuge sein werden. Was ich leide, könnt Ihr fühlen; wenn Ihr kommen wollt, so eilt; und ob ich Euch liebe oder nicht, soll der Erfolg zu erkennen geben. Gebe Gott, daß dies in Eure Hände fällt, ehe ich mich gezwungen sehe, mich mit dem zu verbinden, der so schlecht die versprochene Treue zu halten weiß.

Dies war der Inhalt des Briefes, der mich sogleich auf den Weg trieb, ohne Antwort oder Geld zu erwarten, denn ich sah nun wohl ein, daß nicht der Kauf der Pferde, sondern seine Arglist Don Fernando bewogen hatte, mich zu seinem Bruder zu schicken. Die Wut gegen Don Fernando sowie die Furcht, den Lohn zu verlieren, den ich mir durch so viele Jahre des Dienstes und der Liebe erworben hatte, gaben mir Flügel, denn ohne daß ich wußte wie, war ich schon am andern Tage um die Stunde an dem Orte, da ich Lucinden zu sprechen pflegte. Heimlich ging ich hin und ließ mein Maultier in dem Hause des braven Mannes, der mir den Brief gebracht hatte; es fügte sich so glücklich, daß ich Lucinden gerade am Gitterfenster, dem Zeugen unserer Liebe, traf. Lucinde sah mich gleich, und ich sah sie, aber nicht so, wie wir uns hätten wiedersehen müssen. Wer aber in der Welt kann sich rühmen, das verwirrte Gemüt und den veränderlichen Sinn eines Weibes zu kennen und ergründet zu haben? Wahrlich keiner. Als mich Lucinde erblickte, sagte sie: Cardenio, ich bin zur Hochzeit gekleidet, im Saale warten schon der Verräter Don Fernando und mein geiziger Vater und andere Zeugen, die wohl Zeugen meines Todes, aber niemals meiner Vermählung sein sollen. Sei nicht in Sorge, mein lieber Freund, und suche bei diesem Opfer gegenwärtig zu sein, denn wenn meine Sinne Kraft behalten, so soll dieser Dolch, den ich hier verborgen habe, alle Gewalt entkräften, indem er mein Leben abschließt und du anfängst, meine Liebe zu dir völlig zu erkennen.

Ich antwortete in verwirrter Hast, weil ich fürchtete, gestört zu werden: Laß, Geliebte, deine Taten deine Worte wahr machen, führst du einen Dolch, um dich zu schützen, so führe ich ein Schwert, um dich zu verteidigen oder mich umzubringen, wenn uns das Glück entgegen ist. Ich glaube nicht, daß sie alles hören konnte, denn man rief sie schnell fort, weil der Bräutigam wartete. Zugleich brach die Nacht meiner Traurigkeit herein, die Sonne meiner Freude ging unter, blind und ohne Bewußtsein blieb ich zurück. Ich vergaß in das Haus zu gehen, ich hatte jede Bewegung verlernt; doch fiel mir ein, wie nötig meine Gegenwart bei irgendeinem Vorfalle sein könne, ich ermunterte mich daher, so gut ich konnte, ich ging in das Haus hinein, und weil ich alle Aus- und Eingänge kannte, noch mehr mich aber der Tumult begünstigte, gelang es mir, von niemand gesehen zu werden. Unerkannt begab ich mich in die Nische eines Fensters, wo ich von herabhängenden Teppichen so verdeckt wurde, daß ich ungesehen alles beobachten konnte. Wie soll ich die Empfindungen schildern, die in diesen Augenblicken mein Herz bestürmten! die Gedanken, mit denen ich kämpfte, die Überlegungen, die ich anstellte! So viele und solche drängten sich mir auf, daß ich sie weder aussprechen kann noch mag. Der Bräutigam trat endlich ohne weiteren Schmuck in den Saal, denn er trug seine gewöhnlichen Kleider. Als Zeuge kam ein Verwandter Lucindens mit ihm, und weiter war niemand im Saale zugegen als Diener des Hauses. Bald darauf erschien Lucinde aus einem Nebenzimmer, von ihrer Mutter und zwei Mädchen begleitet, ihre Kleidung war so reich, wie es

ihr Stand und ihre Schönheit verdienten, und so schön, wie sich der Putz mit edler Pracht gepaart erweisen kann. Meine Angst und Verwirrung ließen es nicht zu, ihren Anzug genauer zu betrachten, ich merkte nur die Farben Rot und Weiß und den Glanz der Edelsteine, die auf dem Kopfe schimmerten wie auf ihrem ganzen Kleide, wodurch die seltene Schönheit ihrer glänzenden goldenen Haare noch erhöht wurde, so daß sie mit den funkelnden Steinen und dem Schimmer von vier großen Lichtern, die im Saale waren, wetteiferten und ihr Schimmer den Augen noch heller dünkte. O du Gedächtnis, Todfeind meiner Ruhe! Wozu nützt es, mir noch jetzt die unvergleichliche Schönheit meiner angebeteten Feindin vorzustellen? Wäre es, grausames Gedächtnis, nicht besser, daß du mir vorstelltest, was ich damals tat, damit ich, von so unendlicher Beleidigung empört, mir Rache schaffe oder mindestens dies Leben verliere? — Laßt es euch, meine Herren, nicht verdrießen, diese Abschweifungen mit anzuhören, denn meine Leiden scheinen mir so groß, daß ich sie nur kurz und in wenigen Worten erzählen kann, denn jeder Umstand erfordert in meinen Augen eine lange Rede.

Der Pfarrer antwortete, daß es sie gar nicht verdrieße, ihn anzuhören, daß diese genaueren Umstände ihnen vielmehr sehr angenehm wären, denn sie schienen auch ihnen so wichtig, daß man sie nicht mit Stillschweigen übergehen, sondern ihnen ebensoviel Aufmerksamkeit wie den Hauptbegebenheiten schenken müsse.

Während ich also im Saale wartete, fuhr Cardenio fort, trat der Pfarrer des Kirchspiels herein, faßte die beiden bei der Hand, um die nötige Zeremonie vorzunehmen, indem er sagte: Wollt Ihr, Fräulein Lucinde, diesen hier gegenwärtigen Don Fernando zu Eurem rechtmäßigen Gemahl, wie es die heilige Mutter Kirche befiehlt? Ich horchte mit der gespanntesten Aufmerksamkeit und mit verwirrter Seele, um Lucindens Antwort zu vernehmen, das Urteil meines Todes oder die Bestätigung meines Lebens! O wäre ich doch damals hervorgetreten und hätte laut gerufen: Lucinde! Lucinde! Bedenke, was du tust, erwäge, was du mir schuldig bist, bedenke, daß du die Meine bist und daß du keinem andern angehören darfst! Glaube mir, daß dein Ja und das Ende meines Lebens nur ein und dasselbe ist. Ha! Verräter Don Fernando! Du Räuber meines Glücks, du Tod meines Lebens! Was willst du? Was verlangst du? Erwäge, daß du als Christ nicht das Ziel deiner Wünsche erlangen kannst, denn Lucinde ist meine Gattin und ich bin ihr Gemahl!

O ich Tor! Jetzt, abwesend und fern von der Gefahr, jetzt erzähle ich, was ich damals hätte tun sollen und nicht tat! Jetzt, nachdem mir mein köstlichstes Gut geraubt worden ist, verwünsche ich den Räuber, an dem ich mich rächen konnte, hätte ich ein Herz im Busen gefühlt, wie ich es jetzt fühle, Klagen auszustoßen: nun gut, ich war damals feig und nichtswürdig, so ist es auch nicht zuviel, wenn ich jetzt als Landstreicher sterbe in Reue und Wahnsinn. — Der Priester erwartete Lucindens Antwort, die lange zögerte, und als ich nun glaubte, daß sie den Dolch ziehen würde, sich zu verteidigen, oder daß sie reden würde, um die Wahrheit zu bekennen und sie alle zu meinem Besten zu enttäuschen, da hörte ich, daß sie mit schwacher und ohnmächtiger Stimme sagte: Ja. Das nämliche sagte Don Fernando, die Ringe wurden gewechselt, das unauflösliche Band war geknüpft. Der Bräutigam wollte seine Braut umarmen, aber sie fuhr mit der Hand nach dem Herzen und sank ohnmächtig in die Arme ihrer Mutter.

Als ich das Ja von ihren Lippen vernommen hatte und nun meine Hoffnungen getäuscht sah, die Worte und Versprechungen Lucindens falsch fand und die Unmöglichkeit fühlte, jemals das Gut wiederzugewinnen, das ich in diesem Augenblicke verloren hatte, da verließ mich jeder Gedanke, mir war's, als würde der Himmel mir abtrünnig, als trüge die Erde mich nur als ihren Feind, als verweigerte die Luft meinen Seufzern Nahrung und das Wasser meinen Tränen Unterhalt: nur das Feuer blieb mir zurück, so daß ich vor Wut und Eifersucht mich in allen Adern brennen fühlte.

Alle waren durch Lucindens Ohnmacht verwirrt: die Mutter öffnete ihren Busen, um ihr Luft zu schaffen, und fand ein zusammengelegtes Papier, welches Don Fernando sogleich ergriff und es bei dem Scheine eines Lichtes las; sowie er geendigt hatte, sank er in einen Stuhl und stützte den Kopf in die Hand, in Gedanken versunken, ohne den übrigen zu helfen, seine Braut ins Leben zurückzurufen. Da ich so alle Leute des Hauses im Tumulte sah, beschloß ich fortzugehen, unbekümmert, ob man mich sehen möchte oder nicht, mit dem Vorsatze, falls man mich erblickte, ein Unheil anzurichten, daß die ganze Welt den gerechten Zorn meiner Brust aus der Bestrafung des falschen Fernando erführe und den Wankelmut der ohnmächtigen Verräterin. Aber mein Schicksal, welches mich für größere Übel aufbewahrt hat, wenn es größere gibt, wollte es so, daß ich in diesem Augenblicke meine Vernunft verlor, die mich seitdem so oft verlassen hat. Ohne also an meinen ärgsten Feinden Rache zu nehmen, wie ich leicht gekonnt hätte, wäre ich nicht von allen Gedanken verlassen worden, beschloß ich, die Strafe, die sie verdienten, an mir selber zu vollziehen. Ich war also grausamer gegen mich, als ich gegen sie gewesen wäre, wenn ich sie auch ermordet hätte, denn dessen Qual ist bald vorüber, der schnell stirbt, wer aber in Martern hinschmachtet, ermordet sich unaufhörlich, ohne sein Leben zu beschließen.

Ich ging dahin, wo mein Maultier stand, ich ließ es satteln, stieg, ohne Abschied zu nehmen, auf und ritt aus der Stadt, ohne es, wie ein zweiter Lot, zu wagen, die Augen rückwärts zu wenden. Als ich mich auf dem einsamen Felde sah, die Dunkelheit der Nacht mich verdeckte und ihre Stille zum Klagen einlud, da erhob ich laut ein Geschrei, unbekümmert, ob mich einer hörte oder erkannte; mit tausend Flüchen begleitete ich die Namen Lucindens und Don Fernandos, als ob sie dadurch das Unrecht büßten, das sie an mir verübt hatten. Ich nannte Lucinden grausam, undankbar, falsch und nichtswürdig, vorzüglich aber habsüchtig, weil sie von den Reichtümern meines Feindes geblendet mich verlassen und sich dem ergeben hatte, den das Glück mit größerer Freigebigkeit beschenkt hatte. In dem Tumult dieser Flüche und Schmähungen entschuldigte ich sie dann wieder, sie sei ein Kind, streng im Hause der Eltern erzogen, gewöhnt diesen zu gehorchen, sie konnte nicht widersprechen, da ihr diese einen reichen, schönen und vornehmen Mann gaben, ohne den Argwohn zu erregen, daß sie unbesonnen handle oder ihr Wille schon gebunden sei, was ihrem guten Namen und ihrer Ehre nachteilig gewesen wäre. Dann sagte ich wieder, daß sie nur hätte bekennen dürfen, daß ich ihr Gemahl sei, so hätten sie gesehen, daß ihre Wahl nicht unanständig gewesen, denn vor Don Fernandos Bewerbung konnten sie selbst keinen besseren Gatten für ihre Tochter wünschen; ehe sie aber der äußersten Gewalt nachgegeben hätte und ihm die Hand gereicht, hätte sie sagen können, sie habe sie mir schon gegeben, daß ich kommen und alles das bestätigen werde, was sie für gut gefunden hätte zu erdichten. Ich ward endlich überzeugt, daß geringe Liebe, geringe Vernunft und viel Ehrgeiz und Streben nach Größe sie dahin gebracht hätten, das Versprechen zu vergessen, mit dem sie mich getäuscht und in meiner festen Hoffnung und meinen tugendhaften Wünschen hingehalten hatte. So schreiend und verwirrt reiste ich die ganze Nacht hindurch, mit Anbruch des Tages fand ich mich am Eingange dieses Gebirges, in dem ich wieder drei Tage ohne Weg und Steg herumirrte, bis ich endlich auf Wiesen kam, die auf irgendeiner Seite dieser Berge liegen, und etliche Schäfer nach der wildesten Gegend des Gebirges fragte. Sie wiesen mir diese Gegend, und sogleich begab ich mich mit dem Entschlusse hierher, hier mein Leben zu endigen. Als ich in die Gegend dieser Wildnis kam, fiel mein Maultier vor Ermüdung und Hunger tot nieder, um eine so unnütze Last, wie ich war, abzuwerfen. Ich war zu Fuß, von der Natur überwältigt, vom Hunger gemartert, ohne mir die Mühe zu geben, die Befriedigung meiner Bedürfnisse zu suchen. So lag ich, ich weiß nicht wie lange, auf der Erde, worauf ich, ohne Hunger zu fühlen, mich erhob und mich zu einigen Ziegenhirten fand, die mir wohl mußten beigestanden haben, denn sie erzählten mir, wie sie mich angetroffen hätten und daß ich so vielen Unsinn und mancherlei Tollheiten gesagt und daß sie wohl eingesehen hätten, ich sei allen Verstandes bar. Ich habe es auch seitdem selbst empfunden, daß er nicht immer hinreichend stark ist, sondern oft so schwach und dünn, daß ich tausend Torheiten begehe, mir die Kleider zerreiße, durch die Einsamkeit schreie, mein Schicksal verfluche und vergeblich den geliebten Namen meiner Feindin wiederhole; meine Absicht ist dann, mir mit diesem Geschrei das Leben zu nehmen, und wenn ich dann wieder zur Besinnung komme, fühle ich mich so matt und erschöpft, daß ich mich kaum regen kann. Mein gewöhnlicher Aufenthalt ist die Höhlung eines breiten Korkbaumes, in der ich diesen elenden Körper verberge. Die Ochsentreiber und Ziegenhirten, die in diesen Bergen streifen, legen mir aus Mitleid auf den Felsen Nahrung hin, wo sie meinen, daß ich vorübergehe und sie finden werde, und ob ich gleich dann nicht Besinnung habe, so treibt mich doch der Instinkt der Natur, meine Nahrung zu suchen, und erweckt in mir die Begierde, sie zu nehmen und zu verzehren. Oft, sagen sie, wenn sie mir im Wahnsinn begegnen, falle ich sie auf den Wegen an und nehme ihnen mit Gewalt, so gern sie sie mir auch aus gutem Willen geben, ihre Zehrung. So lebe ich dies elende, unglückselige Leben, bis es dem Himmel gefallen wird, es zu beschließen oder mein Gedächtnis so zu ändern, daß ich nicht mehr der Schönheit und des Verrats Lucindens sowie der Schändlichkeit Don Fernandos gedenke; geschieht dies vor meinem Tode, so will ich meine Gedanken anders richten; wo nicht, so bitte ich Gott nur darum, daß er meiner Seele gnädig sein möge, denn in mir selber fühle ich nicht Kraft und Stärke genug, meinen Körper aus diesem Elende zu reißen, in das ich mich freiwillig gestürzt habe. Dies, meine Herrn, ist die traurige Geschichte meiner Leiden; sagt mir nun, ob ich weniger empfinden kann, als ihr an mir getan habt? Gebt euch darum keine Mühe, mir mit vernünftigem Rate beizustehen, er kann mir sowenig nützen wie die Arznei eines geschickten Arztes dem Kranken, der sie nicht einnehmen will. Ich will keine Wohlfahrt ohne Lucinden, und da sie einen andern erwählt hat, obwohl sie die meine war oder sein sollte, wähle ich mir nun das Unglück, da ich sonst hätte glücklich sein können. Sie bewirkte durch ihren Wankelmut mein Verderben, ich will mich selbst verderben und dadurch ihren Willen erfüllen; ich bin für die Zukunft ein Beispiel, daß mir allein das fehlt, was sonst allen Elenden bleibt, die sich immer damit trösten, daß ihre Leiden nicht ewig dauern, und darum leide ich um so größere Martern, weil ich glaube, daß sie sich nicht mit dem Tode enden werden.

Achtundzwanzigstes Kapitel

Handelt von dem Abenteuer, welches dem Pfarrer und Barbier in der Sierra Morena begegnete.

Höchst beglückt und freudenreich waren die Zeiten, in welchen der kühne Ritter Don Quixote de la Mancha der Welt erschien, denn daß er dazumal den ehrenvollen Entschluß faßte, den erloschenen und gleichsam erstorbenen Orden der fahrenden Ritterschaft zu erwecken und der Welt zurückzugeben, dafür erfreuen wir uns in unseren Tagen, die einer erheiternden Unterhaltung so sehr bedürfen, nicht nur der Süßigkeiten seiner wahrhaftigen Geschichte, sondern zugleich der Erzählungen und Episoden, die zum Teil ebenso anmutig, kunstvoll und wahrhaftig sind wie die Geschichte selbst, welche ihren sauber geflochtenen Faden aufnimmt und erzählt, daß der Pfarrer, als er sich eben vorbereitete, dem Cardenio Trost zuzusprechen, von einer Stimme unterbrochen wurde, welche in klagenden Tönen folgendes sagte:

O Himmel, sollte ich schon den Ort gefunden haben, der der Last dieses meines Körpers, die ich so sehr wider meinen Willen trage, zum verborgenen Grabe dienen kann? Ja, so wird es sein, wenn diese Gebirge so einsam sind, wie sie mir erscheinen. Ach, ich Unglückselige! Wieviel liebere Gesellschaft werden diese Felsen und Abgründe für mein Vorhaben sein (denn sie vergönnen es mir, mein Unglück dem Himmel zu klagen) als die Gegenwart irgendeiner menschlichen Gestalt; denn von keinem auf Erden kann ich Rat in meinen Zweifeln hoffen, Trost in meinen Schmerzen, Hilfe in meinen Leiden.

Alle diese Worte hörten und verstanden der Pfarrer und die mit ihm waren, und da sie glaubten, wie es auch in der Tat war, daß der Klagende sich in der Nähe befinden müsse, so standen sie auf, ihn zu suchen, und sie waren kaum zwanzig Schritte gegangen, als sie hinter einem Felsen am Fuße eines Eschenbaumes einen Jüngling in der Kleidung eines Bauern wahrnahmen, der das Gesicht gegen den Boden neigte, weil er in dem vorüberfließenden Bache seine Füße wusch, weswegen sie ihn nicht sogleich betrachten konnten; sie waren auch so leise herangeschlichen, daß er sie nicht vernahm, auch weiter auf nichts achtete, als seine Füße zu waschen, die nicht anders wie zwei Stücke weißen Kristalls aussahen, die dort zwischen anderm Gestein im Bache gewachsen wären. Der Glanz der schönen weißen Füße setzte sie in Erstaunen; denn sie schienen nicht gemacht, auf Kiesel zu treten oder hinter dem Pfluge und den Rindern herzuschreiten, wie man doch nach der Bekleidung hätte schließen sollen. Als sie also sahen, daß sie nicht bemerkt wurden, gab der Pfarrer, welcher der vorderste war, den übrigen ein Zeichen, daß sie sich ruhig verhalten oder hinter einigen Felsenstücken dort verbergen möchten; dies taten sie alle, indem sie aufmerksam beobachteten, was der Jüngling tun würde. Dieser trug ein graues Wams, das um die Hüften mit einem weißen Tuche festgegürtet war; seine Beinkleider und Strümpfe waren ebenfalls von grauem Tuche, der Kopf war mit einer grauen Mütze bedeckt; die Strümpfe hatte er bis zur Hälfte der Beine hinaufgezogen, welche vollkommen dem weißesten Alabaster glichen; jetzt war er mit dem Waschen der schönen Füße fertig, worauf er sie mit einem Tuche, das er unter der Mütze hervornahm, trocknete; dann erhob er sein Gesicht, und diejenigen, die ihn betrachteten, sahen eine so unvergleichliche Schönheit, daß Cardenio zum Pfarrer leise sagte: Ist dieses nicht Lucinde, so ist es kein menschliches, sondern ein göttliches Gebild. Der Jüngling nahm nun die Mütze herunter, und sowie er den Kopf von einer zur andern Seite schüttelte, flossen ringsum so strahlende Haarlocken hinunter, daß die Sonne ihren Glanz beneiden durfte. Hieraus ersahen sie, daß derjenige, der ihnen ein Bauernknabe schien, ein Mädchen sei, und zwar das zarteste und schönste, das ihre Augen bis dahin jemals gesehen hatten, selbst den Cardenio nicht ausgenommen, wäre ihm nicht die holdselige Lucinde bekannt gewesen, denn er gestand selbst nachher, daß nur Lucindens Schönheit sich mit dieser messen dürfe. Die langen, goldenen Haare bedeckten nicht nur die Schultern, sondern senkten sich so tief rund auf allen Seiten hinab, daß man vom Körper nichts als die Füße sehen konnte, von solcher Fülle und Länge waren ihre Locken. Hierauf brauchte sie statt eines Kammes ihre Hände, die, wenn die Füße im Wasser Kristalle schienen, in den Haaren sich nicht anders wie Figuren geformten Schnees ausnahmen; alles das erregte um so mehr die Bewunderung der drei, welche sie beobachteten; deshalb beschlossen sie, sich zu zeigen, und auf die Bewegung, die sie im Annähern machten, erhob das schöne Mädchen das Angesicht, strich mit beiden Händen die Haare von den Augen hinweg und sah nun die, die das Geräusch machten; aber kaum hatte sie sie bemerkt, als sie aufsprang und, ohne die Schuhe anzulegen oder die Haare aufzusammeln, in größter Eile ein Bündel ergriff, das neben ihr lag, und sich voll Furcht und Schrecken zur Flucht wandte; sie war aber nicht sechs Schritte gelaufen, als ihre zarten Füße die Härte der

Steine nicht länger aushalten konnten und sie auf die Erde niederfiel; als die drei dies sahen, eilten sie herzu, und der Pfarrer sagte zuerst: Bleibt, Señora, wer Ihr auch sein mögt, denn wir alle, die Ihr hier seht, haben nur die Absicht, Euch zu dienen: ohne Ursache ergebt Ihr Euch also dieser ungeziemenden Flucht; denn Eure Füße können sie sowenig aushalten, als wir darein willigen können.

Darauf sagte sie kein Wort, so war sie erschrocken und in Verwirrung. Hierauf traten sie hinzu, der Pfarrer nahm ihre Hand und fuhr so fort: Was Eure Kleidung, Señora, uns verbergen sollte, haben uns Eure Locken entdeckt, deutliche Zeichen, daß keine geringen Ursachen Euch veranlaßt haben, Eure Schönheit durch so unwürdige Tracht zu entstellen und sie so einsamer Wildnis zu verraten, in der Ihr uns zum Glücke gefunden habt, um Euch wenigstens zu raten, wenn wir Euch nicht helfen können; denn kein Übel ist so drückend oder so gar verzweifelt, solange das Leben noch währt, daß es nicht mindestens Rat zulassen sollte, wenn er dem, der seiner bedarf, aus guter Absicht gegeben wird: also, Señora oder Señor oder was Ihr sonst sein wollt, erholt Euch von dem Schrecken, den unser Anblick Euch verursacht, und erzählt uns Euer Unglück; denn Ihr werdet finden, daß jeder von uns Mitgefühl für Eure Leiden hat.

Während der Pfarrer diese Worte sagte, stand das verkleidete Mädchen wie versteinert; sie betrachtete alle, ohne nur die Lippen zu regen oder eine Silbe zu sprechen, ebenso wie ein unerfahrener Bauer, dem plötzlich seltene und nie gesehene Dinge vor die Augen treten: da aber der Pfarrer wiederum zu dem nämlichen Endzwecke andere Worte fand, tat sie einen tiefen Seufzer, brach ihr Schweigen und sagte: Da es der Einsamkeit dieser Gebirge unmöglich gewesen ist, mich zu verstecken, und meine aufgelösten Haare auch meiner Zunge nicht erlauben, Lügen zu sagen, so wäre es jetzt wohl vergeblich, von neuem mich hinter einer Dichtung zu verbergen, der ihr vielleicht mehr aus Höflichkeit als aus einem andern Grunde Glauben beimessen würdet; dies vorausgesetzt, sage ich euch, meine Herren, daß ich euch für euer freundliches Anerbieten danke, das mir die Pflicht auflegt, alle eure Bitten zu erfüllen; nur besorge ich, die Erzählung meines Unglücks wird bei euch ebensoviel Mitleid wie Unwillen erregen, weil ihr keine Hilfe, mir zu helfen, keinen Rat, mir beizustehen, finden werdet; dennoch aber, damit nicht meine Ehre eurem gütigen Willen zweideutig erscheine, da ihr schon erkannt habt, daß ich ein Weib bin, will ich euch das sagen, was ich gern verschwiege, wenn es mir möglich wäre.

Alles dies sagte sie mit so leichter Zunge und so süßer Stimme, daß jene über ihren Verstand nicht weniger als über ihre Schönheit erstaunten, und da sie ihr von neuem ihre Dienste anboten und sie von neuem baten, ihr Versprechen zu erfüllen, so setzte sie sich, ohne sich länger bitten zu lassen, und begann mit sanfter und melodischer Stimme die Geschichte ihres Lebens auf folgende Weise:

Hier in Andalusien liegt ein Ort, von dem ein Herzog seinen Titel nimmt, welcher ihn zu einem von denen macht, die man die Granden von Spanien nennt. Dieser hat zwei Söhne, der ältere, Erbe seiner Güter und, wie es scheint, seiner Tugenden; der jüngere aber mag wohl nur Erbe der Verrätereien des Vellido und der Tücke des Galalon sein. Dieses Herrn Vasallen sind meine Eltern, von geringer Abkunft, doch so reich, daß sie, wenn die Natur ihnen ebenso günstig gewesen wäre wie das Glück, weder etwas zu wünschen hätten, noch ich in mein gegenwärtiges Elend verwickelt wäre; denn wohl mag mein schlimmes Geschick nur dadurch veranlaßt sein, daß sie von keinem edlen Geschlechte abstammen; doch sind sie nicht so niedrig, daß sie sich ihres Standes zu schämen hätten; doch ebensowenig vornehm genug, um mir den Gedanken nehmen zu können, daß nur aus ihrer Niedrigkeit mein Unglück erwachsen sei: kurz, sie sind einfache Landleute, nie vermischt mit einem verrufenen Stamme, sondern alte, unbefleckte Christen, und so unbefleckt, daß ihr Reichtum und Aufwand ihnen nach und nach den Namen der Hidalgos, ja der Ritter erwerben könnte, doch halten sie das für ihren größten Reichtum und besten Adel, mich zur Tochter zu haben; und da sie keinen andern Erben und keine andere Erbin hatten, wurde ich so von ihnen geliebt, wie nur je eine Tochter geliebt wurde; ich war der

Spiegel, in dem sie sich betrachteten, die Stütze ihres Alters, das Ziel aller ihrer Wünsche, mit denen die meinen durchaus übereinstimmten, da sie immer die besten waren; nicht weniger, wie ich die Beherrscherin ihrer Liebe war, war ich es über alle ihre Güter; ich nahm Diener auf und gab ihnen den Abschied, die Rechnungen über Aussaat und Ernte gingen durch meine Hände; über die Ölmühlen, die Weinkeltern, über die Herden des großen und kleinen Viehs, über die Bienenzucht, kurz, über alles, was zum Besitztume eines reichen Landmannes gehört, führte ich die Rechnung; ich war die Haushälterin und Herrscherin, und meine Sorgfalt erwarb mir meines Vaters Wohlgefallen in solchem Maße, daß ich es unmöglich ausdrücken kann: die Stunden, die mir vom Tage übrigblieben, nachdem ich die Geschäfte der Haushaltung und Wirtschaft besorgt hatte, wendete ich zu jenen Übungen an, die den Jungfrauen ebenso nützlich als nötig sind, wie die Arbeiten mit der Nadel oder am Stickrahmen, oft auch am Spinnrad: und ließ ich diese Arbeiten, um meinen Sinn zu ermuntern, so las ich zu meinem Vergnügen irgendein geistliches Buch oder ich spielte auf meiner Harfe: denn die Erfahrung zeigte mir, daß die Musik unruhige Gemüter beruhigt und die Leiden der Seele erleichtert. Ein solches Leben führte ich in meiner Eltern Hause, welches ich euch nicht aus Prahlerei so umständlich beschrieben habe oder um zu zeigen, daß ich reich sei, sondern damit ihr sehen möget, daß ich ohne meine Schuld aus jener glücklichen Lage in das Elend geraten bin, in welchem ich mich jetzt befinde.

Wenngleich ich also mein Leben so eingezogen führte, daß man es mit dem Aufenthalte in einem Kloster vergleichen durfte, ohne, wie ich glaubte, von jemand anders als von den Dienern im Hause gesehen zu werden — denn wenn ich zur Messe ging, geschah es früh am Tage, überdies von meiner Mutter und meinen Mägden begleitet, auch so verhüllt und verschleiert, daß meine Blicke kaum mehr Boden sahen als den, wo ich den Fuß hinsetzte —, so vermochten es dennoch die Augen der Liebe oder vielmehr des Müßiggangs, die schärfer sind als die Augen des Luchses, daß Don Fernando mich bemerkte; denn so heißt der jüngere Sohn des Herzogs, von dem ich erst gesprochen habe.

Kaum hatte die Erzählerin den Namen des Don Fernando genannt, als Cardenio die Farbe wechselte, so daß der Pfarrer wie der Barbier, die auf ihn achtgaben, schon befürchteten, daß er den Anfall von Wahnsinn bekommen möchte, der ihn, wie sie gehört hatten, von Zeit zu Zeit heimsuchte; aber Cardenio tat in seiner Erschütterung nichts anderes, als daß er erstaunt dastand und das Mädchen von oben bis unten betrachtete und zu erkennen schien; sie aber, ohne Cardenios Bewegung zu bemerken, fuhr also in ihrer Erzählung fort:

Er hatte mich kaum gesehen, als er auch, wie er mir nachher sagte, sich so von Liebe zu mir ergriffen fühlte, wie ich es wohl an seinem Benehmen wahrnehmen konnte. Um aber bald die Geschichte meiner Leiden zu beenden, übergehe ich alle Bemühungen des Don Fernando, die mir seine Absicht kundtun sollten; er bestach alle Leute in meinem Hause; meine Angehörigen erhielten

Geschenke und Begünstigungen von ihm; jeder Tag war ein Fest und führte eine Ergötzlichkeit in meine Straße; in den Nächten konnte vor Spiel und Gesang niemand schlafen; der Briefchen, die mir, ohne daß jemand wußte wie, in die Hände kamen, waren unzählige, voll von glühender Liebe und Ergebenheit, mehr Beteuerungen und Schwüre als Buchstaben; alles dieses aber erweichte mich so wenig, ja es verhärtete mich im Gegenteil so gegen ihn, daß er mir wie ein Todfeind erschien und alles, was er tat, um mich seinen Wünschen geneigt zu machen, durchaus die entgegengesetzte Wirkung hervorbrachte; nicht als ob mir die edle Gestalt Don Fernandos mißfallen hätte oder als ob ich auf seine Bemühungen einen Unwillen geworfen; denn ich empfand im Gegenteil ein gewisses Vergnügen, mich von einem so vorzüglichen Ritter geschätzt und geliebt zu sehen; auch verdroß es mich nicht, mein Lob in seinen Briefen zu lesen: denn wenn wir Weiber auch noch so häßlich sind, so schmeichelt es uns doch immer, wie ich glaube, uns schön genannt zu hören; sondern meine Tugend und der gute Rat meiner Eltern widersetzten sich ihm, die schon um die Absicht Don Fernandos wußten, weil er sich nicht darum kümmerte, ob die ganze Welt sie erführe; denn meine Eltern sagten mir, daß sie meiner Tugend allein ihre Ehre und ihren guten Ruf anvertrauten, daß ich die Ungleichheit des Standes bedenken möchte, die mich und Don Fernando voneinander trennte, und daraus schließen, daß seine Absichten, wenn er auch andere Reden führe, nur dahin zielten, seinem Vergnügen, nicht aber meiner Wohlfahrt zu dienen; wenn ich also gesonnen sei, seinen unrechtmäßigen Bewerbungen ein Hindernis in den Weg zu stellen, so wollten sie mich schnell verheiraten, mit wem ich es am liebsten möchte, entweder mit einem der Vornehmsten unseres Ortes oder aus der Nachbarschaft; denn unser großes Vermögen wie mein guter Ruf berechtige zu der schönsten Hoffnung: durch diese gewissen Aussichten und die Wahrheit ihrer Vorstellungen stärkte ich mich in meinem Vorsatze und gab dem Don Fernando auch nicht eine einzige Silbe zur Antwort, die ihm selbst nur aus der Ferne die Hoffnung hätte einflößen können, seine Wünsche erfüllt zu sehen; diese Zurückgezogenheit aber, die er für Verschmähung halten sollte, mußte vielleicht nur noch heftiger seine Begier entzünden; kurz, Don Fernando erfuhr, daß meine Eltern damit umgingen, mich zu versorgen, um ihm jede Hoffnung meines Besitzes zu entreißen oder mir wenigstens mehr Wächter zu meinem Schutze zu geben, und diese Nachricht bewog ihn, das zu tun, was ihr jetzt vernehmen sollt.

Als ich mich nämlich in einer Nacht in meinem Zimmer allein befand, nur in der Gesellschaft eines Mädchens, das mich bediente, die Türen wohlverschlossen, damit mir aus Nachlässigkeit nichts begegnen möchte, was meine Ehre in Gefahr bringen könnte, fand ich plötzlich, ohne zu wissen oder zu begreifen wie, in meiner stillen Einsamkeit und trotz meiner Vorsicht ihn vor mir, dessen Anblick mich so erschütterte, daß meine Augen ihre Kraft verloren und meine Zunge verstummte; darum stand es nicht in meiner Gewalt, um Hilfe zu rufen, auch glaube ich nicht, daß er es geduldet hätte; denn schnell eilte er auf mich zu, faßte mich in seine Arme (weil ich, wie gesagt, keine Kräfte hatte, um mich zu verteidigen, so erschüttert wie ich war) und überhäufte mich mit so vielen Worten, daß es mir unbegreiflich ist, wie die Lüge sich so geschickt verstellen kann, daß sie wie Wahrheit erscheint; der Verräter brachte es dahin, daß seine Tränen seine Worte, seine Seufzer seine Versprechen bekräftigten. Ich armes Kind, einsam unter den Meinen aufgewachsen, wenig geübt in dergleichen Dingen, fing an, ich weiß nicht wie, alle diese Falschheit für Wahrheit zu halten, doch nicht so, daß ich zu einem anderen als erlaubten Mitleid durch seine Seufzer und Tränen wäre bewogen worden; darauf, als das erste Erschrecken vorüber war, sammelte ich wieder meine zerstreuten Geister, und mit mehr Festigkeit, als er vielleicht erwartet hatte, sagte ich zu ihm: Wenn ich so, Señor, wie ich mich in deinen Armen finde, in die Klauen eines wilden Löwen gefallen wäre und mich dadurch erretten könnte, daß ich etwas täte oder sagte, was meiner Tugend entgegen wäre, so wäre es mir ebenso unmöglich, das zu tun oder zu sagen, wie es mir unmöglich ist, nicht mehr das zu bleiben, was ich bis jetzt war: darum, wenn du meinen Leib mit deinen Armen umgürtet hältst, so ist meine Seele mit Tugenden umschlossen, die von den deinigen so verschieden sind, wie du es wahrnehmen sollst, wenn du Gewalt brauchen und sie auf diese Weise noch weiter führen solltest: ich bin deine Vasallin, aber nicht Sklavin; der Adel deines Blutes hat kein Recht, das meinige zu entehren oder es als ein niedriges zu verachten; als Landmädchen, als Bäuerin halte ich mich so gut, wie du dich als Herr und Ritter hältst; deine Stärke soll nichts über mich vermögen; deine Schätze sollen mich nicht blenden; deine Worte haben keine Kraft, mich zu täuschen; deine Seufzer werden mich nie bewegen; sehe ich aber alles dieses an einem Manne, den meine Eltern mir zum Gatten bestimmt haben, dann will ich seinem Willen den meinen unterwerfen, ja mein Wille wird mit dem seinen ein und derselbe sein, so daß mich, wenn ich meine Ehre behielte, auch keine Reue quälen und ich dir dann, Señor, das freiwillig geben würde, was du mir jetzt mit Gewalt zu entreißen suchst; alles dieses sage ich, damit du nicht glauben mögest, daß irgend jemand etwas von mir erlange, der nicht mein rechtmäßiger Gemahl ist.

Wenn dir nur dies Bedenken macht, schönste Dorothea, sagte der unedle Ritter, so reiche ich dir hiermit die Hand, der Deine zu sein, und der Himmel, dem nichts verborgen bleibt, und dies Bild der Mutter Gottes mögen die Aufrichtigkeit meiner Worte bezeugen.

Als Cardenio vernahm, daß sie Dorothea heiße, ward er von neuem verwirrt und war nun von der Richtigkeit seiner ersten Vermutung überzeugt; er wollte aber die Erzählung nicht unterbrechen, um den Ausgang zu erfahren, den er fast schon wußte, er sagte nur: Wie, Señora, dein Name ist Dorothea? Ich habe schon sonst diesen Namen von einer erfahren, die ein gleiches Elend erduldete; doch fahre fort, dann will ich dir Dinge sagen, die dich nicht weniger erstaunen als betrüben werden.

Dorothea erstaunte über diese Rede des Cardenio sowie über seinen sonderbaren und kläglichen Aufzug und bat ihn, wenn er etwas von ihrem Schicksal wisse, es ihr sogleich zu sagen; denn wenn das Glück ihr etwas Gutes gelassen, so sei es der Mut, den sie fühle, jeder Kläglichkeit, die ihr begegnen möge, zu trotzen, da sie gewiß sei, daß keine sie erreichen werde, die diejenige, welche sie schon bedrücke, im mindesten vermehren könne.

Ich werde, antwortete Cardenio, das nicht vergessen, Señora, was ich dir sagen wollte, wenn meine Einbildung nämlich Wahrheit ist; es ist aber jetzt noch nicht Zeit und nutzt dir noch nicht, es zu erfahren.

Es sei, was es wolle, antwortete Dorothea, um in meiner Erzählung fortzufahren, so nahm Don Fernando ein Bildnis, welches sich im Zimmer befand, und rief es zum Zeugen unserer Vermählung an, mit herzerschütternden Worten und unter furchtbaren Schwüren gab er mir das Versprechen, mein Gemahl zu sein; ehe er aber seine Rede vollendete, bat ich ihn noch einmal, wohl zu überlegen, was er tue, zu bedenken, wie sein Vater zürnen werde, wenn er ihn mit seiner Vasallin verbunden sähe; meine Schönheit würde diesen nicht verblenden, denn sie sei nicht groß genug, seinen Fehler zu entschuldigen; wünsche er aber aus Liebe zu mir mein Bestes, so müßte er mein Geschick so eben fortlaufen lassen, wie es mein Stand mit sich bringe; denn solche ungleichen Heiraten brächten nie Freude, auch dauere die Lust nie lange, mit der sie begonnen würden. Dieses alles stellte ich ihm vor und fügte noch manches andere hinzu, dessen ich mich jetzt nicht erinnere; aber nichts war stark genug, ihn von seinem Vorsatze abzubringen: denn der, der nicht zu bezahlen denkt, sondern nur als Betrüger den Handel schließt, wird von keinen Schwierigkeiten irregemacht. Ich sprach zugleich einige Worte mit mir selber und sagte zu mir: Ich bin wohl nicht die erste, die durch Heirat aus einem niedrigen Stande vornehm geworden, auch wird Don Fernando nicht der erste sein, den Schönheit oder vielmehr verblendete Leidenschaft dahin brachte, sich eine Gefährtin, seiner Hoheit ungleich, zu erwählen; da es nun kein neuer und unerhörter Gebrauch ist, so tue ich nicht unrecht, die Ehre anzunehmen, die mir das Geschick anbietet, und wenn auch sein Vorsatz nur so lange währt, wie er seine Leidenschaft befriedigt, so bin ich doch vor Gott seine rechtmäßige Gemahlin; will ich ihn aber mit Verachtung von mir treiben, so tut er vielleicht, was er nicht sollte, und bedient sich der Gewalt, dann bin ich entehrt, und ich habe keine Entschuldigung meiner Schuld gegen die, die nicht wissen, wie ich in diese Lage gekommen bin: denn mit welchen Worten möchte ich wohl meine Eltern und andere Leute überzeugen können, daß dieser Ritter ohne meine Einwilligung in mein Zimmer gekommen sei? Alle diese Fragen und Antworten gingen in einem Augenblicke durch meine Gedanken; aber vorzüglich überwältigten mich, ohne daß ich es merkte, Don Fernandos Schwüre, die Zeugen, die er anrief, die Tränen, die er vergoß, ja seine schöne und liebenswürdige Bildung, alles erhöht durch so viele Beweise wahrhafter Liebe, daß jedes andere Herz, das ebenso frei und mißtrauisch wie das meine war, bezwungen worden wäre: ich rief meine Magd, damit zu den himmlischen Zeugen noch andere auf Erden hinzugefügt würden; Don Fernando erneuerte und bestätigte hierauf seine Schwüre, rief noch mehr Heilige als Zeugen unseres Bundes an, verdammte sich selbst mit tausend Verwünschungen, wenn er seine Versprechungen nicht erfüllen würde, von häufigen Tränen wurden seine Augen naß, seine Seufzer vermehrten sich, er drückte mich inniger in seine Arme, aus denen er mich noch nicht losgelassen hatte, und nun, als sich das Mädchen aus dem Zimmer entfernte, hörte ich auf, ein Mädchen zu sein, und er wurde ein vollkommener Verräter und Nichtswürdiger.

Der Tag, der auf diese Nacht meines Unglücks folgte, kam, obgleich, wie ich glaubte, nicht mit der Schnelligkeit, mit der Don Fernando ihn wünschte; denn sobald die Begierde gestillt ist, ist der heftigste Wunsch, sich von da zu entfernen, wohin die Begierde erst getrieben hat: dies glaube ich, weil Don Fernando eilte, sich von mir zu entfernen, und mit Hilfe des Mädchens, derselben, die ihn erst hereingelassen hatte, befand er sich vor Tagesanbruch auf der Straße; als er Abschied nahm, wiederholte er mir, doch nicht mit eben dem Eifer und der Heftigkeit, wie er es bei seiner Ankunft tat, daß ich mich auf seine Treue verlassen könne, daß seine Eidschwüre wahrhaftig und unverbrüchlich wären, wobei er zu größerer Bestätigung seines Wortes einen kostbaren Ring vom Finger zog und ihn an den meinen steckte: kurz, er entfernte sich nun, und ich blieb zurück, ich weiß nicht, ob traurig oder vergnügt; nur dies weiß ich zu sagen, daß ich verwirrt und nachdenklich war und gleichsam von mir selbst durch diese neue Begebenheit entfremdet, so daß ich es auch nicht über mich vermochte oder es vielmehr ganz vergaß, mit meinem Mädchen wegen ihrer Verräterei zu schelten, daß sie Don Fernando in mein Zimmer verschlossen habe, denn ich war noch ungewiß, ob ich das, was mir begegnet war, für gut oder für schlimm halten sollte; beim Abschiede sagte ich dem Don Fernando, daß er mich auf eben dem Wege die künftigen Nächte sehen könne, weil ich die Seinige sei, bis er es für gut fände, die Sache bekanntzumachen; aber er kam, die folgende Nacht ausgenommen, nicht wieder, auch sah ich ihn auf der Straße nicht, ebensowenig in der Kirche, denn vergebens bemühte ich mich, ihn zu sprechen, weil ich wußte, daß er in der Stadt war und fast täglich auf die Jagd ging, ein Vergnügen, welches er ungemein liebte: ich weiß, wie bitter und unglückselig mir diese Tage und Stunden waren, ich weiß auch, wie sich in ihnen nun meine Zweifel entsponnen, ja wie ich auch dem Versprechen des Don Fernando nicht mehr traute: ebenso weiß ich, daß mein Mädchen nun die Worte anhören mußte und die Vorwürfe, die sie erst über ihr kühnes Unterfangen nicht gehört hatte; ich weiß, daß ich gezwungen war, über meine Tränen sowie über die Farbe meines Gesichts zu wachen, um nicht die Fragen meiner Eltern zu erregen, was mir fehle, und damit ich nicht gezwungen sei, Lügen zu erfinden; doch hörte dies alles mit einem Schlage auf, denn ein solcher traf mich, der alle Rücksichten niederwarf und alle anständigen Reden beendete, der meine geheimsten Gedanken offenbar machte, und dies war, daß man nach einigen Tagen im Orte davon redete, Don Fernando habe sich in einer nahe gelegenen Stadt mit einer Jungfrau von äußerster Schönheit vermählt, die von vornehmen Eltern stamme, doch keine so reiche Mitgift besitze, daß sie eine so große Vermählung hätte erwarten dürfen; man nannte sie Lucinde und erzählte noch mehr Dinge, die sich auf ihrer Hochzeit zugetragen hatten, die merkwürdig waren.

Cardenio hörte den Namen Lucinde, doch tat er nichts weiter, als daß er die Schultern zusammenzog, sich auf die Lippen biß, die Augenbrauen faltete und augenblicks darauf zwei Tränenströme seinen Augen entrollen ließ. Dorothea fuhr in ihrer Erzählung fort: Als ich diese betrübende Zeitung vernahm, entzündete mein Herz sich so in Zorn und Wut, daß wenig fehlte, ich hätte laut in den Gassen geschrien und die schändliche Treulosigkeit und Bosheit verkündigt; doch mäßigte ich noch für jetzt meine Wut, weil ich gedachte, diese Tracht anzulegen, die ich von einem Hirten erhielt, einem Knechte meines Vaters, dem ich mein ganzes Unglück entdeckte, und ihn bat, mich bis nach der Stadt zu begleiten, in der mein Feind seinen Aufenthalt genommen hatte; nachdem er mir erst meinen Vorsatz verwiesen und mir mein Unternehmen hatte verleiden wollen, mich aber entschlossen sah, versprach er, mir Gefolgschaft zu leisten und mich, wie er sagte, bis an der Welt Ende zu begleiten: sogleich packte ich in einen leinenen Beutel einen weiblichen Anzug nebst einigen Kleinodien und Geld für alle Fälle, und ohne meinem verräterischen Mädchen ein Wort zu sagen, verließ ich das Haus in stiller Nacht, in Begleitung des Dieners und mannigfaltiger Vorstellungen und machte mich zu Fuße auf den Weg nach der Stadt, von dem Vorsatze beflügelt, ihn zu finden und wenn auch nicht zu hindern, was ich schon getan glaubte, doch wenigstens den Don Fernando zu fragen, wie er es habe tun können.

In zwei und einem halben Tage gelangte ich dahin, und sowie ich die Stadt betreten hatte, fragte ich nach dem Hause, in dem die Eltern Lucindes wohnten, und der erste, dem ich diese Frage tat, antwortete mir mehr, als ich zu hören wünschte; er gab mir Nachricht vom Hause und von allem, was sich auf der Hochzeit der Tochter zugetragen hatte: eine Sache, die in der Stadt so bekannt war, daß man an allen Orten laut davon redete; er erzählte mir, daß Lucinde an dem Abende, da sie mit Don Fernando vermählt wurde, als sie das Ja ausgesprochen, seine Gattin zu sein, von einer plötzlichen Ohnmacht befallen worden wäre; als ihr Gemahl nun zu ihr gegangen, ihr die Brust frei zu machen, damit sie Luft schöpfen könne, habe er ein Blatt von Lucindens Hand gefunden, in welchem sie bestimmt erklärte, daß sie unmöglich die Gemahlin Don Fernandos sein könne, weil sie schon die Cardenios sei, der, nach dem Berichte dieses Mannes, ein vornehmer Ritter aus derselben Stadt war; daß sie Don Fernando ihr Jawort gegeben, habe sie nur getan, um ihren Eltern gehorsam zu sein; kurz, das Blatt enthielt nach seiner Erzählung solche Ausdrücke, daß man aus diesen begriff, sie habe den Vorsatz gehabt, sich selber umzubringen, sowie die Zeremonie beendigt gewesen; zugleich hatte sie die Ursachen angezeigt, aus denen sie sich das Leben nehmen wollte; alles dieses soll auch ein Dolch bestätigt haben, den man in ihren Kleidern fand; als dem Don Fernando dies alles kundwurde und er meinte, von Lucinden hintergangen, verschmäht und verachtet zu sein, stürzte er auf sie zu, noch ehe sie aus ihrer Ohnmacht zurückgekommen war, und faßte den gefundenen Dolch, um sie zu erstechen, was er auch getan hätte, wenn ihn die Eltern und die übrigen, die zugegen waren, nicht daran gehindert hätten; man sagte auch, daß sich Don Fernando schnell entfernt, Lucinde sich aber erst am folgenden Tage von ihrer Betäubung erholt und dann ihren Eltern erzählt habe, daß sie die wahrhaftige Gemahlin des Cardenio sei; man wußte auch, daß dieser Cardenio bei der Vermählung selbst gegenwärtig gewesen sei; als er sie vermählt gesehen, was er nie hatte glauben können, sei er verzweifelnd aus der Stadt entflohen, habe aber ein geschriebenes Blatt zurückgelassen, in dem er sich über Lucindens Treulosigkeit beklagte und sagte, daß er dort hinginge, wo ihn niemals das Auge eines Menschen wiederfinden solle. Dies alles war in der ganzen Stadt allgemein bekannt, alle sprachen davon; noch mehr aber sprachen sie darüber, als man erfuhr, daß Lucinde aus dem Hause ihrer Eltern und aus der Stadt entflohen sei; denn man fand sie nicht in der Stadt, worüber ihre Eltern fast wahnsinnig wurden und nicht wußten, welche Mittel sie ergreifen sollten, um sie wiederzufinden. Als ich dies erfuhr, erwachten meine Hoffnungen von neuem, es schien mir jetzt besser, daß ich Don Fernando nicht gefunden hatte; denn da ich ihn nicht verheiratet fand, schien mir noch nicht ganz das Tor meines Trostes verschlossen; ich glaubte, der Himmel habe vielleicht seiner zweiten Heirat dies Hindernis geschickt, um seine Pflicht für die erste in ihm wieder zu erwecken, ihn zu erinnern, daß er ein Christ sei und daß er seine Seligkeit höher als alle irdischen Rücksichten achten müsse; alles dies stellte sich meiner Einbildung dar, und ich tröstete mich ohne einen Grund des Trostes; ich ersann ferne, kaum schimmernde Hoffnungen, um ein Leben zu fristen, das ich jetzt hasse. Während ich noch in der Stadt war, ohne zu wissen, was ich tun sollte, weil ich Don Fernando nicht fand, hörte ich einen öffentlichen Aufruf, welcher demjenigen eine große Belohnung verhieß, der mich auffände, wobei er mein Alter und die Kleidung, die ich trug, als Zeichen beschrieb; ich hörte ihn sagen, der Bursche, der mit mir ging, habe mich aus dem Hause meiner Eltern entführt, was mir durch die Seele ging, weil ich sah, wie tief ich in meinem Ansehen gesunken war, daß man nicht nur meine Entfernung, sondern auch meinen Begleiter bekannt machte, einen Gegenstand, der so niedrig und meiner Neigung durchaus unwürdig war. Sowie ich den Aufruf gehört hatte, verließ ich mit meinem Diener die Stadt, der schon anfing, mir Proben zu geben, daß er in der mir versprochenen Treue wankend werde. In derselben Nacht begaben wir uns aus Furcht, gefunden zu werden, in die verborgenen Klüfte dieses Gebirges; wie richtig man aber zu sagen pflegt, daß ein Unglück das andere herbeirufe und daß das Ende eines Leidens gewöhnlich nur der Anfang eines andern, noch größern sei, bewies sich an mir; denn mein guter Diener, bis dahin treu und zuverlässig, sah mich kaum in dieser Einsamkeit, als er, mehr durch seinen gemeinen Sinn als durch meine Schönheit gereizt, sich die Gelegenheit zunutze machen wollte, die ihm diese Wildnisse anzubieten schienen, und Ehrbarkeit, Furcht Gottes und Achtung gegen mich vergaß und mir seine Liebe antrug; und da er sah, wie ich auf seine unehrbaren Anträge mit frommen und geziemenden Worten erwiderte, ließ er die Bitten, deren er sich erst bediente, und fing an, Gewalt zu brauchen; aber der gerechte Himmel, der selten oder niemals ermangelt, den tugendhaften Willen zu erkennen und zu beschützen, beschützte auch den meinen so sehr, daß ich ihn mit meinen geringen Kräften und mit geringer Anstrengung von einem Abhange herunterschleuderte, wo ich ihn, ich weiß nicht ob lebend oder tot, liegen ließ, und gleich mit aller Schnelligkeit, die mir Schreck und Mattigkeit ließen, in diese Berge hinaufeilte, ohne andere Absicht und Gedanken, als mich hier zu verbergen und meinem Vater und andern zu entfliehen, die sich aufmachen würden, mich zu suchen. In diesem Vorsatze hatte ich schon einige Monate hier gelebt; denn ich traf einen Bauern, der mich als Knecht nach einem Dorfe in das innerste Gebirge mit sich nahm, wo ich diese Zeit über als sein Hirt gedient habe, indem ich mich immer auf dem Felde aufzuhalten suchte, um diese Haare zu verstecken, die mich heute, ohne daß ich es dachte, verraten haben; aber meine Mühe und Vorsicht war auch damals ohne Nutzen; denn mein Herr merkte, daß ich kein Mann sei, und derselbe schlechte Vorsatz wie in meinem Diener entstand in ihm. Also hielt ich es für zuträglicher, von ihm zu gehen und mich von neuem in diesen Wildnissen zu verbergen, als meine Kräfte oder meine Rechtfertigung gegen ihn zu versuchen. Also verbarg ich mich, um einen Ort zu finden, an dem ich ungestört den Himmel um Mitleid anflehen kann und daß er mir ein Mittel zeige, aus meinem Elende zu kommen oder hier in dieser Wüstenei zu sterben, damit kein Andenken der Unglückseligen übrig bleibe, die ohne ihre Schuld der Gegenstand der Gespräche und des Spottes geworden ist.

Neunundzwanzigstes Kapitel

welches von dem artigen Kunstgriffe und der Weise handelt, die man wählte, unsern verliebten Ritter aus seiner höchst grausamen Buße zu befreien, der er sich unterzogen hatte.

Dieses, meine Herren, ist die wahrhafte Geschichte meiner Leiden, urteilt jetzt selber, ob die Seufzer, die ihr vernommen, die Worte, die ihr gehört, die Tränen, die meinen Augen entflossen, nicht hinreichende Ursache haben, um im größten Übermaße auszubrechen. Erwägt ihr dabei die Art meines Unglücks, so werdet ihr finden, daß jeder Trost vergeblich, weil keine Hilfe dagegen zu finden ist. Nur darum bitte ich euch (was ihr mit Leichtigkeit tun könnt und sollt), mir Rat zu geben, wo ich mein Leben beschließe, ohne der Furcht und Angst preisgegeben zu sein, daß ich von denen angetroffen werde, die mich suchen; denn wenn ich auch weiß, daß die große Liebe, die meine Eltern zu mir empfinden, sie bewegen würde, mich gut aufzunehmen, so ist doch meine Scham schon bei dem Gedanken, vor ihnen anders, als sie es denken, zu erscheinen, so groß, daß es mich besser dünkt, mich hier auf ewig ihrem Anblicke zu entziehen, als ihr Angesicht zu sehen, wenn sie glauben, daß sie mich der Tugend, die sie mir zugetraut hatten, entfremdet wiederfinden.

Hiermit schwieg sie, und eine Röte überzog ihr Angesicht, woraus man deutlich die Empfindungen ihres Gemüts und ihre Beschämung erkannte. Das Gemüt der Zuhörer war ebensosehr von Mitleid wie Bewunderung durchdrungen, und obgleich der Pfarrer sogleich ihr Rat und Trost zu geben wünschte, so ergriff doch Cardenio früher ihre Hand und sagte: So bist du also, Señora, die schöne Dorothea, die einzige Tochter des reichen Elenardo?

Dorothea war erstaunt, als sie den Namen ihres Vaters nennen hörte, und zwar von einem, der ein so schlechtes Aussehen hatte (denn die elende Kleidung, in der Cardenio ging, ist schon oben beschrieben); sie sagte also: Und wer seid Ihr, Freund, daß Ihr den Namen meines Vaters wißt? Denn, wenn ich mich recht erinnere, habe ich ihn bisher im ganzen Verlaufe meiner traurigen Geschichte nicht ein einziges Mal genannt.

Ich bin, antwortete Cardenio, jener Unglückliche, von dem, nach Eurem Berichte, Señora, Lucinde ausgesagt hat, daß er ihr Gemahl sei; der verlorene

Cardenio bin ich, den die Bosheit jenes Mannes, der auch Euch in diesen Zustand brachte, dahin geführt hat, wo Ihr mich jetzt vor Euch seht, zerlumpt, nackt, von aller menschlichen Gesellschaft verlassen und, was das Schrecklichste ist, entblößt von der menschlichen Vernunft; denn nur dann ist sie mir gegenwärtig, wenn es dem Himmel gefällt, sie mir auf kurze Zeit zu gönnen; ich, Dorothea, bin derselbe, der bei der Unredlichkeit Don Fernandos zugegen war, der auf das Ja horchte, womit sich Lucinde jenem als Gattin übergab; derselbe bin ich, der es nicht über sich vermochte, so lange zu zögern, um zu sehen, was sich aus Lucindens Ohnmacht ergeben oder sich aus dem Blatte, das man in ihrem Busen fand, erklären würde; denn es ging über die Kraft meiner Seele hinaus, so mannigfaltiges Elend in einem vor mir zu sehen, darum verließ ich das Haus, wie mich die Geduld verließ, überlieferte einem Bekannten ein Blatt, den ich bat, es Lucinden zu übergeben, und so kam ich in diese Wüste mit dem festen Willen, hier mein Leben zu beschließen, das mir seitdem so verhaßt ist wie mein tödlichster Feind. Aber das Verhängnis hat mir dieses Leben gelassen, damit zufrieden, mir die Vernunft zu entreißen, um mich vielleicht für den Glücksfall aufzubehalten, daß ich Euch antreffen sollte, denn wenn alles Wahrheit ist, was Ihr uns erzählt habt, wie ich es glaube, so sendet uns beiden vielleicht der Himmel ein schöneres Glück in unseren Bedrängnissen zu, als wir es glauben können; denn wenn sich Lucinde dem Don Fernando nicht vermählen kann, weil sie die meinige ist, Don Fernando nicht mit ihr, da er der Eurige ist, und da sie dies so unverhohlen erklärt hat, so dürfen wir hoffen, daß der Himmel uns das wiedergibt, was unser ist; denn noch ist es ja vorhanden und weder vergeben noch vernichtet; und da uns dieser Trost nun bleibt, der nicht aus einer ungewissen Hoffnung entspringt oder sich auf einer törichten Einbildung gründet, so bitte ich Euch, Señora, mit Euren edlen Gedanken einen anderen Entschluß zu fassen, so wie ich es tun will, und beide wollen wir uns darein finden, ein besseres Glück zu erwarten; denn bei meiner Treue, als Ritter und Christ schwöre ich, Euch nicht zu verlassen, bis ich Euch im Besitze Don Fernandos sehe, und wenn ich ihn mit Worten nicht dahin bringen kann, daß er seine Pflicht einsieht, so will ich mich dann des Rechts bedienen, welches mir mein Stand als Ritter gibt: rechtmäßig will ich ihn bekämpfen und Antwort fordern für das Unverantwortliche, das er an Euch verübt, ohne meiner Kränkungen zu gedenken, deren Rache ich dem Himmel überlasse, um die Eurigen hier auf Erden zu ahnden.

Während Cardenio sprach, hörte Dorotheas Verwunderung auf, und da sie nicht wußte, wie sie ihm für seine große Freundschaft danken sollte, wollte sie niederfallen und ihm die Füße küssen; aber Cardenio gab es nicht zu, und der Lizentiat antwortete für beide; er billigte die edlen Worte Cardenios und bat sie inständig, sie möchten mit ihm nach seiner Heimat gehen, wo sie sich mit allem, was ihnen mangelte, versorgen könnten; daß man dort Anstalt treffen möge, Don Fernando aufzusuchen oder Dorothea ihren Eltern zurückzugeben oder über-

haupt das zu tun, was man am zuträglichsten fände. Cardenio und Dorothea dankten ihm und nahmen sein Erbieten an. Der Barbier, der bis dahin als ruhiger Zuhörer geschwiegen hatte, sprach auch und zeigte sich ebenso bereitwillig wie der Pfarrer, ihnen auf alle mögliche Art zu dienen; er erzählte auch in Kürze, warum sie sich dort befänden, wobei er die seltsame Narrheit des Don Quixote beschrieb, und daß sie jetzt auf seinen Knappen warteten, der fortgegangen sei, ihn aufzusuchen. Wie eines Traumes erinnerte sich Cardenio, daß er mit Don Quixote Händel gehabt; er erzählte es den übrigen, konnte aber die Ursache ihres Zwistes nicht angeben.

Indem hörten sie ein Geschrei und merkten, daß es von Sancho Pansa herrühre, der sie mit lauter Stimme rief, weil er sie nicht an dem Platze, wo er sie erst gelassen, wiedergefunden hatte; sie gingen ihm entgegen und fragten ihn nach Don Quixote; er erzählte, wie er ihn halb nackt im Hemde gefunden habe, dürr, gelb, fast vor Hunger gestorben, immer um seine Dame Dulcinea seufzend; daß er ihm gesagt, daß sie ihm den Befehl sende, den Ort zu verlassen, und daß er sich nach Toboso begeben möchte, wo sie ihn erwartete; er aber habe geantwortet, daß er entschlossen sei, nicht eher vor ihrer Schönheit zu erscheinen, bis er Taten vollbracht hätte, die ihn ihrer Gnade würdig machten; und wenn es nun noch so fort ginge, so laufe er Gefahr, kein Kaiser zu werden, wie es doch seine Pflicht sei, ja nicht einmal Erzbischof, was doch das wenigste sei, was er werden könnte; sie möchten darum selbst zusehen, was sie ausrichten könnten, um ihn von dort wegzubringen.

Der Lizentiat antwortete, daß er sich keine Sorge machen möge, sie würden ihn schon von der Qual erlösen, von der er jetzt bedrängt wäre; er erzählte zugleich dem Cardenio und der Dorothea, welches Mittel sie erdacht, um Don Quixote zu helfen oder wenigstens nach seinem Hause zu bringen. Worauf Dorothea sagte, daß sie die hilfsbedürftige Jungfrau besser als der Barbier vorstellen werde, besonders da sie Kleider bei sich habe, mit denen sie es recht natürlich machen könne, und daß man es nur ihr überlassen solle, alles das zu tun, was erforderlich sei, um den Vorsatz auszuführen; denn sie habe viele Ritterbücher gelesen und kenne den Stil recht gut, den die bedrängten Jungfrauen führten, wenn sie eine Gabe von den fahrenden Rittern begehrten.

So ist nichts weiter notwendig, sagte der Pfarrer, als daß man es sogleich ins Werk setze; denn wahrlich, das Glück ist mir günstig, weil es Euch plötzlich eine Tür zu Eurem Troste öffnet und uns so unvermutet die Ausführung unseres Vorhabens erleichtert.

Sogleich nahm Dorothea aus ihrem Beutel ein Kleid von dem reichsten Stoffe, einen prächtigen grünen Mantel und aus einer Schachtel einen Halsschmuck nebst anderen Kleinodien, womit sie sich im Augenblicke so putzte, daß sie eine vornehme und große Dame schien; dies und noch andere Sachen hatte sie, wie sie sagte, aus ihrem Hause mitgenommen, um sie zu brauchen, wenn es die Gelegenheit gäbe; aber bisher hatte sie noch keine gefunden, sich umzukleiden. Alle waren über ihren edlen Anstand, Reiz und ihre Schönheit entzückt und tadelten Don Fernando wegen seines geringen Herzens, daß er so viel Anmut habe verstoßen können; wer sich aber am meisten verwunderte, war Sancho Pansa, denn er glaubte (wie es auch in der Tat war), zeit seines ganzen Lebens nicht eine so herrliche Gestalt gesehen zu haben; er fragte also den Pfarrer mit großem Eifer, ihm doch zu sagen, wer die schöne Dame sei und was sie denn hier in der Wüstenei zu suchen habe.

Diese schöne Dame, Freund Sancho, antwortete der Pfarrer, ist etwas, was man nicht alle Tage sieht, sie ist von männlicher Seite her die rechtmäßige Erbin des großen Mikomikonischen Reichs, welche jetzt herkommt, Euren Herrn aufzusuchen, um eine Gabe von ihm zu begehren, nämlich: eine große Kränkung zu ahnden, die sie von einem bösen Riesen hat erleiden müssen, und auf den Ruhm eines gewaltigen Ritters, den Euer Herr auf dem ganzen Erdkreise hat, ist diese Prinzessin von Guinea gekommen, ihn aufzusuchen.

Das Suchen und das Finden trifft sich ja herrlich, rief nun Sancho Pansa aus, besonders wenn mein Herr so glücklich ist, die Kränkung zu ahnden, wenn er nämlich das Hurenkind von Riesen, von dem Ihr sprecht, umbringt, und umbringen wird er ihn gewiß, wo er ihn trifft, wenn er nur kein Gespenst ist; denn gegen die Gespenster hat mein gnädiger Herr durchaus keine Gewalt. Aber um ein Ding will ich doch unter anderem den Herrn Lizentiaten bitten, nämlich: Damit mein Herr nicht Lust kriegt, Erzbischof zu werden, wie ich immer noch fürchte, so ratet ihm doch, daß er sich gleich mit dieser Prinzessin verheiraten möge; denn dann ist es ihm unmöglich, die erzbischöfliche Weihe zu empfangen, und er wird somit leicht zu seinem Kaisertume und ich zum Ende aller meiner Wünsche gelangen; denn ich hab's mir wohl überlegt und hab's herausgefunden, daß es mir durchaus nicht zuträglich ist, daß mein Herr ein Erzbischof werde; denn für die Kirche tauge ich nicht, ich bin verheiratet; da noch lange Dispensation zu suchen, um Einkünfte von der Kirche zu genießen, da ich Frau und Kinder habe, heißt die Sache auf die lange Bank schieben; also, lieber Herr, ist das der Hauptpunkt, daß mein Herr sich gleich mit der Dame verheiraten muß, deren Herrlichkeit ich noch nicht weiß und die ich also nicht bei ihrem gehörigen Namen nenne.

Sie heißt, antwortete der Pfarrer, die Prinzessin Mikomikona; denn da ihr Reich Mikomikonien genannt wird, so folgt daraus klar, daß sie so heißen müsse.

Das ist keine Frage, antwortete Sancho; denn ich hab's oft gesehen, wie die Leute ihren Titel und ihre Würde von dem Orte hernehmen, wo sie geboren sind, daß sie sich Pedro von Alcala, Juan von Ubeda und Diego von Valladolid nennen, und dieselbe Mode wird wohl auch in Guinea gelten, daß die Königinnen den Namen nach ihren Königreichen führen.

Freilich ist es so, sagte der Pfarrer, und was das Vermählen Eures Herrn betrifft, so will ich dabei tun, was ich nur kann. Hierüber war Sancho ungemein vergnügt, nicht minder der Pfarrer über seine Einfalt verwundert, daß er in den nämlichen Tollheiten ebenso fest wie sein Herr verstrickt sei; denn er hatte gar keinen Zweifel daran, daß dieser Kaiser werden würde.

Indessen hatte sich Dorothea schon auf das Maultier des Pfarrers gesetzt; der Barbier hatte sein Antlitz mit dem Ochsenschwanze geziert, und sie verlangten nun von Sancho, dorthin geführt zu werden, wo sich Don Quixote befinde, wobei sie ihn erinnerten, sich nicht merken zu lassen, daß er den Lizentiaten oder Barbier kenne; denn darauf, daß sie unbekannt blieben, beruhte es völlig, daß sein Herr Kaiser würde; der Pfarrer und Cardenio wollten überdies nicht mit ihnen gehen, damit sich Don Quixote nicht des Zwistes erinnern möchte, den er mit Cardenio gehabt, und der Pfarrer, weil vorerst seine Gegenwart noch nicht nötig sei; sie ließen also jene voranziehen und folgten ihnen zu Fuße mit gemächlichen Schritten. Der Pfarrer stellte Dorothea noch einmal vor, was sie zu tun habe, worauf sie sagte, sie möchten unbesorgt sein; denn alles solle ganz richtig vor sich gehen, wie es in den Ritterbüchern vorgeschrieben sei.

Als sie drei Viertelmeilen fortgezogen waren, entdeckten sie Don Quixote, schon bekleidet, aber noch nicht gewappnet, und sowie ihn Dorothea erblickte und von Sancho erfuhr, daß jener Don Quixote sei, trieb sie ihren Zelter mit der Gerte an, und ihr folgte der wohlbebartete Barbier; und als sie nun nahe genug gekommen, sprang der Stallmeister von seinem Maultiere ab und empfing Dorothea in seinen Armen, die mit vieler Zierlichkeit abstieg, zu den Füßen Don

Quixotes sich kniend niederwarf und, so sehr er sich bemühte, sie aufzuheben, ohne sich emporzurichten ihn auf folgende Weise anredete: Nicht werde ich mich von allhier erheben, o tapferer und mutiger Ritter, bis Eure Güte und feine Sitte mir eine Gabe gewährt hat, die so zur Ehre und Ruhm Eurer Person wie zum Wohlsein der trostlosesten und unglücklichsten Jungfrau gereichen wird, die je die Sonne beschienen; und wenn die Tugend Eures starken Armes der Stimme Eures unsterblichen Ruhmes gleichkommt, so seid Ihr verpflichtet, der Unglückseligen beizustehen, die aus jenseitigem Lande der Ruf Eures rühmlichsten Namens herbeizieht, um Euch als den Retter in ihrem Elende aufzusuchen.

Keine Silbe werde ich Euch antworten, schöne Dame, antwortete Don Quixote, noch irgendwas von Euren Mären weiter anhören, wenn Ihr Euch nicht vom Boden erhebt.

Nicht werde ich mich erheben, Señor, antwortete die betrübte Jungfrau, wenn mir nicht zuvörderst Eure Herrlichkeit die Gabe bewilligt hat, um die ich flehe.

So bewillige ich sie und sage sie dir zu, antwortete Don Quixote, wenn mit der Erfüllung nicht meinem Könige Nachteil oder Schaden geschieht, noch meinem Vaterlande, noch der Dame, die die Schlüssel zu meinem Herzen und meiner Freiheit bewahrt.

Es wird denjenigen, die Ihr namhaft macht, nicht zum Schaden oder Nachteil gereichen, antwortete die betrübte Jungfrau. Zugleich näherte sich Sancho Pansa dem Ohre seines Herrn und sagte ganz leise: Ihr könnt, mein gnädiger Herr, nur frisch weg die Gabe gewähren, um die gefleht wird; es ist nämlich nichts weiter, als eine Riesenbestie umzubringen, und die es erfleht, ist die erhabenste Prinzessin Mikomikona, Königin des mächtigen Mikomikonischen Reiches in Äthiopien.

Sei's wer es sei, antwortete Don Quixote, so werde ich tun, was mir meine Pflicht gebeut und mein Gewissen befiehlt, dem Stande gemäß, zu welchem ich mich bekenne. Er wandte sich zugleich zur Jungfrau und sagte: Euer Liebden erheben sich nunmehr; denn gewährt ist die Gabe, um welche Dieselben flehen werden.

Was ich also flehe, sagte die Jungfrau, ist: Daß Eure großmütige Person sogleich mit mir ziehe, wohin ich Dieselbe zu führen gedenke, und mir verspreche, sich keines anderen Abenteuers zu unterfangen, keines Zwistes zu gedenken, bis ich an einem Verräter gerächt bin, der mir gegen göttliche und menschliche Satzungen mein Königreich entrissen hat.

Ich sage, daß ich es gewähre, antwortete Don Quixote, und also mögt Ihr, Gebieterin, von Stund an der Melancholie entsagen, die Euch beugt, und Eurer ohnmächtigen Hoffnung neue Kraft und neuen Atem einflößen; denn mit der Hilfe Gottes und meines Armes sollt Ihr Euch alsbald in Eurem Königreiche wieder eingesetzt sehen und wieder den Thron Eures alten und mächtigen Reiches in Besitz nehmen; Trotz und Hohn sei allen Schurken geboten, die dem widersprechen wollen; flugs also, Hand ans Werk; denn im Zögern, sagt man, liegt die Gefahr.

Die bedrängte Jungfrau ereiferte sich mit größter Mühe, ihm die Hände zu küssen; aber Don Quixote, der durchaus ein höflicher und artiger Ritter war, gab dies keineswegs zu, sondern er hob sie auf und umarmte sie mit äußerster Höflichkeit und artigem Bezeigen, worauf er dem Sancho befahl, des Rosinante Sattelgurt festzuschnallen und ihm unverzüglich die vollständige Waffenrüstung anzulegen.

Sancho sammelte die Waffen, die gleich einer Trophäe an einem Baume aufgehängt waren, schnallte den Sattelgurt fest und bewaffnete seinen Herrn, welcher, da er sich bewaffnet sah, sprach: So gehen wir denn im Namen Gottes, uns dieser großen Dame gefällig zu erweisen!

Der Barbier lag noch auf den Knien und gab sich alle Mühe, sein Lachen zu verbergen und den Bart nicht fallen zu lassen, mit dessen Fall vielleicht die gute Absicht aller zuschanden gekommen wäre, und da er nun sah, daß die Gabe schon gewährt sei und daß Don Quixote sich in größter Eile fertigmache, die Bitte zu erfüllen, erhob er sich, faßte seine Dame bei der anderen Hand, und beide halfen ihr auf den Maulesel; sogleich bestieg Don Quixote den Rosinante, der Barbier setzte sich auf seinem Tier zurecht, und Sancho, dem sich der Schmerz über den Verlust und die Entbehrung des Grauen erneuerte, blieb zu Fuße; aber dennoch trug er alles mit Freude, denn er meinte nun, sein Herr sei auf dem gerade Wege und dicht am Ziele, Kaiser zu werden; er zweifelte gar nicht, daß er die Prinzessin heiraten und so zum wenigsten König von Mikomikonien werden möchte, nur dieses machte ihn nachdenklich, daß das Königreich im Lande der Neger liege und daß also alle die Menschen, die ihm als Vasallen untergeordnet würden, auch Neger sein müßten; wogegen er aber sogleich ein gutes Mittel ersann und so zu sich selber redete: Was geht's mich denn an, ob meine Vasallen Neger sind? Ich kann sie ja nur zusammenpacken und nach Spanien bringen und gegen bares Geld verkaufen; für das Geld kann ich mir dann eine Herrschaft oder sonst ein Amt anschaffen, worin ich ohne Sorgen die übrige Zeit meines Lebens ausdauern kann; wenn ich Kopf und Verstand habe, so ist es ein leichtes, die Sachen einzurichten, und wenn ich dreißig- bis vierzigtausend Vasallen verkaufe, so wird es mir gut schmecken. Wahrhaftig, verkaufen will ich sie groß und klein, wie sie der Hirt zum Tore hinaustreibt, und wenn sie auch kohlschwarz sind, so sollen sie sich unter meinen Händen in Blanke und Gelbe verwandeln! Alle fünf Finger will ich mir danach lecken.

Mit diesen Gedanken beschäftigt, ging er so zufrieden einher, daß er den Verdruß vergaß, zu Fuß reisen zu müssen. Gardenio und der Pfarrer sahen zwischen einigen Klüften hindurch alles und wußten nicht, wie sie es anfangen sollten, um sich mit ihnen zu vereinigen; der Pfarrer aber, der leicht Anschläge ersinnen konnte, hatte bald etwas herausgefunden, um ihren Vorsatz zu vollbringen, er schnitt nämlich mit einer Schere, die er in einem Futteral mit sich führte, dem Cardenio eiligst den Bart ab und zog ihm einen grauen Rock an, den er trug, und hing ihm einen schwarzen Mantel um, er selbst aber blieb in Hemd und Beinkleidern; Cardenio aber war dadurch mit einem Male so verwandelt, daß er sich selbst nicht gekannt haben würde, wenn er sich in einem Spiegel betrachtet hätte. Als dies geschehen war, obgleich die anderen während der Verkleidung ihren Weg fortgesetzt hatten, konnten sie sich doch leicht noch früher als diese auf den großen Weg machen, denn die Abgründe und Umwege dieser rauhen Gegenden erlaubten denen, die zu Pferde reisten, nicht, so schnell fortzukommen, wie es die konnten, die zu Fuße waren. Sie stellten sich hierauf in der Ebene am Eingange des Gebirges auf, und als Don Quixote mit seinem Geleite herauszog, betrachtete ihn der Pfarrer eine lange Weile, machte dann Zeichen, als ob er ihn erkenne, und nachdem er lange genug gezaudert hatte, ging er mit ausgebreiteten Armen auf ihn zu und rief mit lauter Stimme: Vielmals gegrüßt sei mir der Spiegel der Ritterschaft, mein wackerer Landsmann Don Quixote de la Mancha, die Blume und der Ausbund des Edelmuts, die Hilfe und Stütze aller Hilfsbedürftigen, die Quintessenz der fahrenden Ritter! Mit diesen Worten umfaßte er den linken Schenkel des Don Quixote am Knie. Dieser, erstaunt über das, was er von diesem Manne sah und hörte, fing an, ihn mit großer Aufmerksamkeit zu betrachten, und endlich erkannte er ihn, blieb aber wie erstaunt, ihn zu sehen, und gab sich die größte Mühe, vom Pferde zu steigen; doch der Pfarrer gab es nicht zu, worauf Don Quixote sprach: Laßt mich, wertgeschätzter Herr Lizentiat; denn unbillig ist es, daß ich zu Pferde sei und eine so ehrwürdige Person wie Ihr zu Fuße gehen müsse.

Auf keine Weise werde ich dies zugeben, sagte der Pfarrer, bleibe mein durchlauchtiger Herr zu Pferde; denn zu Pferde ist es, wo Dieselben die größten Taten und Abenteuer unternehmen, die in unserem Jahrhunderte gesehen worden; was mich unwürdigen Priester betrifft, so genügt es mir, mich hinten auf das Maultier eines von diesen Herren zu begeben, die mit Euch reisen, wenn diese es nicht übel deuten, und dann werde ich es mir für eine solche Ehre anrechnen, als ritte ich selber auf dem Pegasus, dem Zebra oder dem mächtigen Streitrosse, auf welchem der Mohr Muzaraque geritten ist, der noch heutzutage auf dem großen Hügel Zulema, nicht weit vom großen Compluto verzaubert liegt.

Daran dachte ich nicht, Herr Lizentiat, antwortete Don Quixote, ich weiß, daß es die erhabene Prinzessin um meinetwillen vergönnen wird und ihrem Knappen andeuten, daß er Euch den Sitz auf dem Maultiere einräumen möge, damit er sich hinten auf das Tier begebe, wenn anders es solches verträgt.

Es wird es vertragen, wie ich glaube, antwortete die Prinzessin, auch weiß ich, daß es nicht nötig ist, meinem würdigen Knappen solches anzudeuten; denn er ist zu höfisch und zu sehr Hofmann, als daß er zugeben sollte, daß ein Geistlicher zu Fuß gehe, wenn er zu reiten Gelegenheit findet.

So verhält es sich, antwortete der Barbier, und zugleich stieg er ab und half dem Pfarrer, der sich nicht lange dazu nötigen ließ, in den Sattel; es fügte sich aber unglücklicherweise, daß, da der Barbier sich auf das Hinterteil des Maulesels setzen wollte, dieser, der ein Mietesel und demnach erbärmlich war, die Hinterbeine ein wenig erhob und zweimal hoch in die Luft ausschlug, so daß der Barbier, wenn er auf Kopf oder Brust getroffen worden wäre, wohl die Suche nach Don Quixote zum Teufel gewünscht hätte; bei alledem wurde er doch so mitgenommen, daß er zur Erde fiel und dabei auf seinen Bart so wenig achten konnte, daß er diesen verlor; als er sich in diesem Zustande sah, wußte er sich nicht anders zu helfen, als daß er sich mit beiden Händen das Gesicht bedeckte und laut jammerte, daß ihm die Kinnbacken zerschmettert wären.

Als Don Quixote diese große Masse von Bart gewahr war, die ohne Kinnbacken und Blut weit ab vom Gesichte des niedergestürzten Stallmeisters lag, rief er aus: Bei Gott, das ist ein großes Wunder! Der Bart ist ihm vom Gesichte so rein herunter, als ob man ihn ihm mit Fleiß abgenommen hätte!

Als der Pfarrer sah, welche Gefahr sein Anschlag lief, entdeckt zu werden, sprang er schnell nach dem Barte und ging mit ihm nach dem Meister Nicolas, der noch immer lag und klagte, mit einem Wurfe drückte er sich den Kopf des Barbiers gegen die Brust, setzte ihm den Bart an, murmelte einige Worte darüber, wovon er sagte, daß es ein trefflicher Spruch sei, Bärte festzumachen, wie man gleich sehen würde; und als er den Bart festgemacht, ging er wieder fort, und der Stallmeister war so bärtig und so gesund, wie er nur zuvor gewesen, worüber sich Don Quixote über die Maßen verwunderte und den Pfarrer bat, daß er ihm bei Gelegenheit diesen Spruch lehren möge, weil er meine, daß sich seine Kraft wohl noch weiter erstrecken müsse, als Bärte festzumachen; denn es wäre ja deutlich, wenn der Bart abgerissen, müsse auch die Haut mitgegangen und verletzt sein, und da alles wieder glücklich geheilt, müsse dies auch auf mehr als nur auf Bärte Einfluß haben. So verhält es sich, sagte der Pfarrer und versprach, ihn diesen Spruch bei erster Gelegenheit zu lehren.

Es wurde ausgemacht, daß jetzt der Pfarrer aufsitzen sollte, nachher sich aber die drei nach gewissen Zwischenräumen ablösen möchten, bis sie die Schenke erreichten, die nur zwei Meilen entfernt war.

Da nun die drei zu Pferde, nämlich Don Quixote, die Prinzessin und der Pfarrer, und drei zu Fuße, Cardenio, der Barbier und Sancho Pansa ihren Weg angetreten hatten, sprach Don Quixote zur Jungfrau: Führe Eure durchlauchtige Hoheit mich nunmehr hin, wohin es Ihr am besten gefällt. Und noch ehe sie antwortete, sagte der Lizentiat: Nach welchem Reiche will Eure Hoheit? Vielleicht nach dem Mikomikonischen? Ja, so muß es sein, oder ich verstehe wenig von Königreichen.

Sie, die sich in alles zu schicken wußte, merkte wohl, daß sie es bejahen müsse, und antwortete daher: Ja, mein Herr, nach diesem Königreiche ist mein Weg gerichtet.

Wenn dem also ist, sagte der Pfarrer, so müssen wir gerade durch unseren Wohnort reisen; von dort könnt Ihr den Weg nach Carthagena nehmen, Euch dort bei günstiger Gelegenheit einschiffen, und wenn Ihr dann guten Wind und ruhige Fahrt habt, in ungefähr neun Jahren am Eingange des Kaspischen Meers sein, der nicht mehr über hundert Tagereisen von dem Reiche Eurer Hoheit entfernt liegt.

Ihr irrt hierin, mein werter Herr, sagte sie; denn es sind noch nicht zwei Jahre, seitdem ich abreiste, und ich habe in Wahrheit nicht immer gutes Wetter gehabt, und dennoch bin ich schon in der Gesellschaft dessen, den ich so sehr zu sehen wünschte, nämlich des zu verehrenden Don Quixote de la Mancha.

Nicht weiter, man unterlasse dergleichen Lobpreisungen, unterbrach hier Don Quixote; denn ich bin ein Feind jeglicher Schmeichelei, und obgleich dieses keine ist, so werden dennoch durch dergleichen Reden meine keuschen Ohren verletzt. Nur das, meine Gebieterin, versichere ich: Mag ich Tapferkeit besitzen oder nicht, so soll diejenige, die ich nur habe, immer in Eurem Dienste stehen. Wir wollen dies aber seiner Zeit überlassen, und ich bitte vielmehr den Herrn Lizentiaten, mir zu erzählen, was ihn in diese einsamen Gegenden geführt habe, so ohne Diener und so leicht gekleidet, daß ich mich billig darüber verwundern muß.

Ich will mit wenigem darauf antworten, sagte der Pfarrer. Ihr müßt also wissen, mein gnädiger Herr Don Quixote, daß ich und Meister Nicolas, unser Freund und Barbier, nach Sevilla gingen, um eine Summe Geldes abzuholen, die mir ein Verwandter, der seit vielen Jahren in Indien lebt, geschickt hatte. Es war keine Kleinigkeit, denn es belief sich auf einige tausend Taler. Wie wir nun gestern durch diese Gegend gingen, überfielen uns vier Straßendiebe, die uns so rein bis auf die Bärte ausplünderten; ja, dem Barbier ist es so übel bekommen, daß er sich jetzt wirklich genötigt sieht, einen falschen Bart zu tragen. Und auch diesen jungen Menschen da (indem er auf Cardenio zeigte) haben sie ganz artig zugerichtet. Was aber das Sonderbarste ist, so geht in diesen Gegenden ein Gerücht, daß diejenigen, die uns so geplündert haben, Ruderknechte sind, die ungefähr an demselben Orte ein Mann freigemacht haben soll, dessen Tapferkeit so groß gewesen, daß er, trotz des Kommissarius und der Wächter, sie allen abgewonnen. Dieser Mann muß ohne allen Zweifel von der Vernunft entblößt oder ein ebenso großer Schurke sein wie sie selber oder ein Mensch ohne Gefühl und Gewissen, weil er auf diese Weise den Wolf unter die Schafe sendet, den Fuchs unter die Hühner, die Fliege zum Honig. Er stört die Gerechtigkeit, widersetzt sich seinem Könige und Gebieter; denn er streitet gegen dessen gerechteste Gesetze, indem er dessen Galeeren ihre Füße entzieht, die heilige Brüderschaft in Aufruhr bringt, die seit manchem Jahre ruhen konnte, indem er endlich eine Tat begeht, wodurch er seiner Seele schadet, ohne seinem irdischen Körper zu nutzen.

Sancho hatte dem Pfarrer und Barbier das Abenteuer mit den Ruderknechten erzählt, welche sein Herr mit seiner höchsten Glorie zustande gebracht hatte; deshalb ergriff der Lizentiat diese Gelegenheit, dem Don Quixote den Text

zu lesen, um zu sehen, was er tun oder sagen würde. Dieser aber wurde bei jedem Worte blasser und hatte nicht das Herz, es zu sagen, daß er der Befreier jener braven Leute gewesen sei.

Diese also, schloß der Pfarrer, waren es, die uns beraubten, und Gott möge nach seiner Barmherzigkeit demjenigen verzeihen, der es verhinderte, daß sie ihrer verdienten Strafe zugeführt werden konnten.

Dreißigstes Kapitel

welches von der Verständigkeit der schönen Dorothea handelt.

Der Pfarrer hatte kaum ausgeredet, als Sancho sagte: Bei meiner Seele, Herr Lizentiat, der diese Tat begangen hat, war kein anderer als mein Herr; ich mochte ihm sagen, was ich wollte, und ihn noch so viel warnen, daß er bedenken möchte, was er täte und wie es Sünde sei, die Kerle frei zu machen, die wegen erschrecklicher Spitzbüberei so fortgebracht würden.

Flegel! rief hier Don Quixote aus, fahrende Ritter kümmert es nie, und es ist ihnen nicht fragenswert, weshalb die Betrübten, Gefesselten und Unterdrückten, die ihnen auf ihren Reisen begegnen, also einherziehen, ob dieses ihrer Verbrechen oder ihrer Verdienste wegen geschieht; ihnen liegt es einzig ob, Hilfsbedürftigen zu helfen, sich ihr Unglück, nicht ihre Schuld vor die Augen zu halten; ich traf auf einen Rosenkranz höchst betrübter und unglückseliger Menschen und tat mit ihnen das, was meine Religion mir befiehlt; alles übrige mag dahingestellt bleiben; und wem dies etwas Übles dünkt, die heilige Würde des Herrn Lizentiaten und seine ehrwürdige Person ausgenommen, dem sage ich, daß er wenig vom Ritterwesen versteht und daß er wie ein Hurensohn und wie ein schlechter Kerl lügt, und dies will ich ihm mit meinem Schwerte beweisen, wie und wo ich immer mag und kann! Mit diesen Worten setzte er sich in den Steigbügeln fest und drückte seine Blechhaube ins Gesicht; denn das Barbierbecken, das ihm als Helm Mambrins galt, führte er hinten am Sattelknopfe mit sich, um es erst von der üblen Behandlung, die ihm von den Ruderknechten widerfahren war, ausbessern zu lassen.

Dorothea, die, verständig und witzig, auch schon mit Don Quixotes verschrobenem Denken vertraut war und sah, daß alle, Sancho ausgenommen, ihren Spaß mit ihm trieben, wollte ihnen auch nichts nachgeben und sagte, da sie ihn so heftig erzürnt sah: Herr Ritter, Ihr wollt Euch der Gabe erinnern, die Eure Gnade mir versprochen, vermöge welcher Verheißung Ihr Euch in kein anderes Abenteuer einlassen dürft, wenn Ihr auch noch so dringend aufgefordert werdet; darum beruhigt Euer tapferes Herz; denn hätte der Herr Lizentiat gewußt, daß durch diesen unüberwindlichen Arm die Ruderknechte befreit worden wären, so hätte er sich wohl lieber dreimal auf den Mund geschlagen, ja dreimal in die Zunge gebissen, ehe er ein Wort gesprochen, das meines gnädigen Herrn Unwillen erweckt.

Das beschwöre ich, sagte der Pfarrer, ja, ich hätte mir eher den Bart ausgerauft.

Ich will mich beruhigen, meine Gebieterin, sprach Don Quixote, den gerechten Zorn unterdrücken, der sich in meinem Herzen erhob, und ruhig und friedlich dahinziehen, bis ich Euch die versprochene Gabe gewährt habe; doch zur Belohnung dieses guten Vorsatzes bitte ich Euch demütigst, mir zu sagen, welches Eure Bekümmernis sei, desgleichen wieviele, welche und welcher Gestalt diejenigen Personen, an denen ich die verschuldete, genügende und vollkommene Rache zu nehmen habe.

Dies will ich gern tun, antwortete Dorothea, wenn es Euch nicht verdrießlich ist, traurige Begebenheit und Unglück zu hören.

Niemals wird es mich verdrießen, meine Gebieterin, antwortete Don Quixote.

Worauf Dorothea antwortete: Wenn es sich so verhält, so wollt Ihr mir ein aufmerksames Gehör vergönnen.

Als sie dies sagte, begaben sich Cardenio und der Barbier ihr zur Seite, neugierig, zu sehen, wie die kluge Dorothea ihre Geschichte ersinnen würde; das nämliche tat Sancho, der so betört wie sein Herr mit ihr zog; sie aber, nachdem sie sich im Sattel zurecht gesetzt, zur Vorbereitung gehustet und andere Bewegungen gemacht hatte, fing sehr zierlich ihren Vortrag auf folgende Weise an: — — — Zuvörderst wünsche ich, daß ihr, meine Herren und trefflichen Gefährten, erfahren mögt, wie ich heiße. Hier hielt sie ein wenig inne; denn sie hatte den Namen, den der Pfarrer ihr beigelegt, vergessen; er aber kam ihr sogleich zu Hilfe, weil er die Ursache ihrer Pause erriet, und sagte: Es ist nicht zu verwundern, gnädige Dame, wenn Eure Hoheit bei der Erzählung Eures Unglücks in Verwirrung und Verlegenheit geratet; denn oft sind die Leiden so groß, daß auch das Gedächtnis derer, die ihnen unterliegen, darunter leidet, so daß die Betrübten sich oft selbst ihres Namens nicht erinnern können, wie es Eurer Durchlauchtigkeit widerfahren, die es in der Tat vergessen, daß sie die Prinzessin Mikomikona ist, rechtmäßige Thronerbin des großen Mikomikonischen Reichs; mit dieser kleinen Erinnerung kann Eure Hoheit nun leicht alles in ihr bekümmertes Gedächtnis zurückrufen, was Dieselbe nur hat vortragen wollen.

So ist es, antwortete die Jungfrau, und ich glaube, daß ich nun ohne weitere Erinnerung mit Leichtigkeit meine wahrhafte Geschichte fortführen kann: Mein Vater nämlich, der Tinacrio der Wissende hieß, war ungemein in der Kunst der Magie erfahren und erfuhr durch seine Wissenschaft, daß meine Mutter, die Königin Xamarilla, früher sterben würde als er; daß aber auch er bald darauf das Leben verlassen und mich als vater- und mutterlose Waise zurücklassen müsse; doch bekümmerte ihn dies nicht so sehr, wie er sagte, als er sich darüber ängstigte, daß er gewiß vorherwisse, ein ungefüger Riese, Beherrscher einer großen Insel, die dicht an unser Reich grenzte, der Pandalifando mit dem schiefen Blicke genannt wurde, daß also dieser Riese kaum erfahren würde, ich sei eine Waise, als er auch schon mit einer großen Macht mein Reich überziehen und es mir ganz entreißen würde, ohne mir zu meinem Aufenthalte auch nur einen kleinen Flecken übrigzulassen; daß ich aber diesem Unglücke entweichen könne, wenn ich mich bequemte, ihn zu heiraten; aber er wußte auch recht gut, daß mir eine solche ungleiche Vermählung niemals in den Sinn kommen würde, und darin hatte er recht; denn es ist mir niemals eingefallen, mich mit diesem oder einem anderen Riesen zu verheiraten, wenn er auch noch so groß und ungeheuer wäre. Mein Vater sagte mir aber auch zugleich, wenn er tot sei und Pandalifando Miene mache, mein Reich zu überziehen, solle ich mich nicht verteidigen — denn dieses würde nur zu meinem Untergange führen —, sondern daß ich ihm mein Königreich ohne Widerstand überlassen möchte,

wenn ich den Tod und das Verderben meiner braven und getreuen Untertanen vermeiden wolle; denn es sei mir unmöglich, mich gegen die Teufelskräfte des Riesen zu verteidigen; daß ich mich aber mit einigen Gefährten sogleich auf den Weg nach Hispania machen solle, denn dort sei meine Hilfe anzutreffen, ich würde nämlich hier einen fahrenden Ritter finden, dessen Ruhm sich um diese Zeit schon durch das ganze Land verbreitet hätte. Er sagte mir ferner, daß er groß von Körper sei, von dürrem Antlitze, und daß er auf der rechten Seite unter der linken Schulter oder dort herum ein braunes Mal habe mit einigen borstenähnlichen Haaren.

Als Don Quixote dies vernahm, sagte er zu seinem Knappen: Hierher, Sohn Sancho, hilf mich entkleiden, damit ich sehe, ob ich der Ritter sei, den der weise König prophezeit hat.

Warum will sich mein Herr entkleiden? fragte Dorothea.

Um zu sehen, ob ich das Mal besitze, von dem Euer Vater gesprochen, antwortete Don Quixote.

Es ist nicht nötig, Euch auszukleiden, sprach Sancho; denn ich weiß, daß Ihr mitten auf dem Rücken ein solches Mal habt, welches einen tapferen Menschen bezeichnet.

Dies ist hinreichend, sprach Dorothea, denn Freunde müssen nicht auf Kleinigkeiten achten; ob es nun auf der Schulter oder auf dem Rücken ist, das hat nichts zu sagen, genug, daß sich dort herum das Mal findet, denn alles ist doch ein Fleisch; und gewiß hat mein guter Vater alles richtig getroffen; ich aber ebenso richtig, indem ich mich dem Herrn Don Quixote empfohlen habe, der derselbe ist, von dem mein Vater gesprochen, denn die Anzeichen des Gesichts treffen mit dem großen Rufe vollkommen überein, den dieser Ritter nicht nur in Spanien, sondern auch in der ganzen la Mancha erlangt hat. Denn kaum war ich bei Ossuna ans Land gestiegen, als ich so viel von seinen Unternehmungen erzählen hörte, daß mir mein Geist augenblicklich sagte, er sei derselbe, den ich zu suchen gekommen.

Wie seid Ihr aber zu Ossuna ans Land gestiegen, meine Dame, fragte Don Quixote, da es doch kein Seehafen ist?

Ehe aber noch Dorothea antworten konnte, nahm der Pfarrer das Wort und sagte: Die durchlauchtige Prinzessin muß es wohl so meinen, daß, nachdem sie zu Malaga ans Land gestiegen, Ossuna der erste Ort gewesen, wo sie den Ruf von Euer Gnaden vernommen.

Das habe ich sagen wollen, sagte Dorothea.

Und somit fahre nun, sagte der Pfarrer, Eure Majestät fort, Dero Geschichte zu beendigen.

Es ist nichts weiter zu beendigen, antwortete Dorothea, als daß mein Schicksal mir endlich so günstig gewesen, daß ich den gnädigen Herrn Don Quixote gefunden und daß ich mich nun schon wieder als die Königin und Beherrscherin meines Reiches ansehe; denn seine Höflichkeit und sein hochadliger Sinn hat mir versprochen, mir dahin zu folgen, wohin ich ihn führen werde, welches nirgend anders sein soll als vor die Augen des Pandalifando mit dem schiefen Blicke, damit er ihn umbringe und mir das wiedergebe, was jener mir gegen alles Recht entrissen hat; auch wird dies alles von Wort zu Wort so in Erfüllung gehen, denn Tinacrio der Wissende, mein edler Vater, hat es so prophezeit, es auch zugleich Schwarz auf Weiß in chaldäischen oder griechischen Buchstaben hinterlassen, daß, falls jener prophezeite Ritter, nachdem er den Riesen enthauptet, sich mit mir vermählen will, ich mich ihm sogleich ohne die mindeste Einwendung zur rechtmäßigen Gemahlin übergeben muß und ich ihm mit meiner Person zugleich den Besitz meines Königreichs überliefere.

Wie dünkt es dir, Freund Sancho? sagte hierauf Don Quixote. Sagte ich dir dies nicht voraus? Nun schau doch, ob ein Königreich zur Herrschaft, eine Königin zur Vermählung fehlt.

Meiner Seel', rief Sancho aus, ein Hundsfott, wer sich nicht gleich vermählt, sowie dem Herrn Pantalafando das Gurgelchen abgeschnitten ist! Denn wenn die Königin häßlich ist, so wollte ich nur, daß sich alle Flöhe in meinem Bette in dergleichen verwandelten! Bei diesen Worten sprang er zweimal hoch in die Luft und zeigte sich in allergrößter Zufriedenheit; dann faßte er das Maultier der Dorothea beim Zügel, hielt es an, kniete vor ihr nieder und bat, ihm die Hand zum Kusse zu reichen als Beweis, daß er ihr als seiner Königin und Gebieterin huldigte. — Wer hätte wohl von den Anwesenden nicht gelacht, da sie diese Tollheit des Herrn und diese Dummheit des Dieners sahen? — Dorothea reichte ihm die Hand und versprach, ihn in ihrem Reiche zu einem großen Herrn zu machen, sobald ihr der Himmel so gnädig sei, daß sie es wieder in Ruhe besitze. Sancho dankte mit solchen Redensarten, daß alle von neuem lachen mußten.

Dies, meine Herren, fuhr Dorothea fort, ist meine Geschichte, es bleibt nur noch zu erzählen übrig, daß mir von allen den Leuten, die ich zur Begleitung aus meinem Königreiche mit ihr nahm, nur dieser großbärtige Knappe übriggeblieben ist; denn alle übrigen ertranken in einem heftigen Sturme, der uns im Angesichte des Hafens ergriff; er und ich aber kamen auf zwei Brettern wie durch ein Wunderwerk ans Land, wie denn mein ganzes Leben wunder- und geheimnisvoll ist, wie ihr auch werdet bemerkt haben. Bin ich nun irgendworin zu umständlich oder auch nicht ausführlich genug gewesen, so meßt nur dem die Schuld bei, wovon der Herr Lizentiat gleich im Anfange meiner Erzählung sprach, daß nämlich immerwährende und ungeheure Leiden dem leicht das Gedächtnis rauben, der ihnen unterliegt.

Mir soll es nicht geraubt werden, o erhabene und seelenstarke Dame! rief Don Quixote, so viele, so große und unerhörte Leiden ich auch in Eurem Dienste erdulden mag; und so bestätige ich also von neuem die Gabe, die Euch versprochen wurde, und schwöre Euch, bis an das Ende der Welt zu gehen, um Euren stolzen Feind zu erblicken, dem ich mit Hilfe Gottes und meines Armes das übermütige Haupt herunterschlagen will mit der Schneide dieses Schwertes; aber unmöglich ist es mir, auch nur mit einem einzigen Gedanken an eine Vermählung zu denken und wenn es selbst mit dem Vogel Phönix wäre.

Dem Sancho gefielen die letzten Worte seines Herrn, daß er sich nicht verheiraten wolle, so wenig, daß er im größten Zorn mit lauter Stimme rief: Nun, bei meiner Seele Seligkeit, Euer Gnaden, mein Herr Don Quixote hat nicht so viel Verstand wie ein Pferd! Hat man so was gesehen? Ist es möglich, daß Ihr Euch nur noch darüber besinnen könnt, Euch mit solcher erhabenen Prinzessin zu vermählen? Meint Ihr denn, das Schicksal wird Euch solches Glück hinter jedem Zaune finden lassen, wie Euch hier von selbst in die Hände läuft? Ist denn die Dame Dulcinea etwa schöner? Ja, hat sich was! Weit davon! Weit davon! Ja, wahrhaftig, sie verdient nicht einmal, der da die Schuhriemen aufzulösen! Da werd' ich wohl meine Grafschaft am Jüngsten Tage erhalten, wenn Ihr immer Bratwürste aus dem Wasser angeln wollt! Heiratet, heiratet sie doch in des Teufels Namen, nehmt das Königreich, das Euch so gebraten in den Mund fliegt, und wenn Ihr nun König seid, so macht mich zum Markgrafen oder Feldmarschall, und alles andere mag dann der Teufel holen!

Don Quixote, der dergleichen Lästerungen gegen seine Dame Dulcinea ausstoßen hörte, erhob den Lanzenstab, und ohne dem Sancho ein Wort zu sagen oder nur zu rufen: Vorgesehen!, gab er ihm zwei so starke Schläge, daß dieser zur Erde fiel, und er würde ihn auch ohne Zweifel umgebracht haben, wenn ihm nicht Dorothea gute Worte gegeben und zugerufen hätte, ihm nicht mehr Schläge zu geben. Denkst du, rief er endlich aus, du gemeiner Schlingel, daß dergleichen immerwährend statthaben soll und daß ich immer die Hände in den Schoß lege? Daß es immer deine Rolle sein soll, mich zu beleidigen, wie die meine, dir zu verzeihen? Sei ja von diesem Gedanken fern, verfluchter heidnischer Halunke — denn der bist du wahrhaftiglich, da du mit deiner Zunge die unvergleichliche Dulcinea verwundest —; weißt du denn nicht, Hundsfott, Schuft, Spitzbube, daß, wenn sie meinem Arme nicht Stärke liehe, seine Kraft niemals hinreichte, einen Floh zu erschlagen? Sprich, du natternzungiger Flegel, wer hat denn dieses Königreich gewonnen, diesem Riesen das Haupt abgeschlagen, dich zum Marques eingesetzt, wenn es nicht die Kraft der Dulcinea war, die meinen Arm zum Werkzeuge ihrer Taten macht? Sie kämpft in mir; sie siegt in mir; in ihr nur atme ich; mein Leben und Weben erfließt aus ihr! Und du, schurkischer Hurensohn, o wie bist du aller Dankbarkeit bar, daß du ihr mit Schmähungen lohnst, ihr, die dich aus dem Staube erhoben und dich zum Herrn und Gebieter gemacht?

Sancho war nicht so sehr betäubt, daß er nicht alle Worte seines Herrn hätte hören sollen; er erhob sich also mit einiger Behendigkeit und begab sich hinter Dorotheas Maultier, von wo er zu seinem Herrn sprach: Sagt doch, gnädiger Herr, ob's nicht wahr ist, daß es, wenn Ihr den Entschluß gefaßt habt, Euch nicht mit dieser großen Prinzessin zu verheiraten, dann einleuchtend ist, daß Euch das Königreich nicht anheimfällt? Und wenn das nicht ist, was könnt Ihr mir doch als Belohnung zukommen lassen? Das ist es ja nur, worüber ich mich beklage. Verheiratet Euch doch nur ein für allemal mit dieser Königin, die wir hier haben, wie vom Himmel geregnet, so könnt Ihr Euch auch nachher der Dulcinea wieder annehmen; denn Ihr seid wohl nicht der erste König in der Welt, der sich Kebsweiber gehalten hat. Die Schönheit geht mich nichts weiter an; denn wenn ich die Wahrheit sagen soll, so kommen sie mir beide hübsch vor; denn die Dame Dulcinea habe ich mein Lebtag nicht gesehen.

Wie, du hast sie nicht gesehen, Verräter, Gotteslästerer? rief Don Quixote aus; hast du mir denn nicht soeben einen Befehl von ihr überbracht?

Ich sage nur, daß ich sie nicht so nahe gesehen habe, sagte Sancho, um ihre Schönheiten genau und Stück für Stück schätzen zu können; aber so in Bausch und Bogen kam sie mir hübsch vor.

Nun will ich dir verzeihen, sprach Don Quixote, vergib du mir ebenfalls die Kränkung, die ich dir zugefügt; denn niemals hat der Mensch die ersten Bewegungen in seiner Gewalt.

Ja, das sehe ich, antwortete Sancho, und so ist bei mir die Lust zu reden immer eine erste Bewegung, und ich kann es nie lassen, das auszusprechen, was mir in den Mund läuft.

Demungeachtet, sprach Don Quixote, magst du, mein Sancho, zuschauen, was du sprichst; denn der Krug geht so lange zum Wasser — — — mehr will ich nicht sagen.

Gut, gut, antwortete Sancho, es lebt ein Gott im Himmel, der wird entscheiden, wer von uns beiden etwas Böseres tut, ich, wenn ich nicht geziemend spreche, oder Ihr, wenn Ihr ungeziemend handelt.

Nicht weiter! sagte Dorothea; geht, Sancho, und küßt Eurem Herrn die Hand, bittet ihn um Verzeihung, und seid von jetzt an im Loben wie im Tadeln etwas vorsichtiger, und sprecht niemals wieder von dieser Dame Toboso übel, die ich zwar nicht kenne, ihr aber zu dienen wünsche, und vertraut auf Gott, der Euch gewiß in eine Lage setzen wird, in der Ihr wie ein Prinz leben könnt.

Sancho schlich, mit niederhängendem Kopfe, und bat seinen Herrn um die Hand, der sie ihm mit feierlichem Anstande reichte. Nachdem Sancho sie geküßt hatte, gab jener ihm seinen Segen und sagte, daß sie sich etwas entfernen wollten, weil er ihm manches zu sagen und mit ihm Sachen von der äußersten Wichtigkeit abzuhandeln habe.

Sancho tat es, und die beiden gingen etwas weiter abseits. Don Quixote sprach zu ihm: Seit du zurückgekehrt bist, habe ich weder Zeit noch Raum gewonnen, um dich über einige besondere Umstände zu befragen, die die Gesandtschaft sowie die Antwort betreffen, die du mir überbracht hast; da uns nun aber jetzt das Glück so Raum wie Zeit vergönnt, so versage mir nicht länger die Freude, welche du mir mit deinen guten Zeitungen schenken kannst.

Fragt nur, Gnädiger, was Ihr wollt, antwortete Sancho, wie die Erkundigung sein wird, so soll auch der Bescheid lauten; aber darum bitte ich Euch, mein lieber gnädiger Herr, daß Ihr nicht künftig so rachsüchtig seid.

Warum sagst du dieses, Sancho? fragte Don Quixote.

Ich sage dieses nur, antwortete er, weil die Schläge von heute mehr wegen der Händel herrühren, die der Teufel neulich in der Nacht zwischen uns anzettelte, als wegen dessen, was ich gegen die Dame Dulcinea sagte, die ich liebe und verehre wie eine Reliquie, wenn es auch nicht ihretwegen geschähe, doch schon Euch zu Gefallen.

Verfalle beileibe nicht wieder auf diese Reden, Sancho, sagte Don Quixote; denn sie erregen mir Verdruß. Ich habe dir einmal vergeben; aber du kennst wohl selbst das Sprichwort, daß für neue Verbrechen auch neue Strafen gehören.

Indem dieses vorging, bemerkten sie auf ihrem Wege einen Menschen auf einem Esel, der ihnen entgegenkam, und als er näher geritten, schien er ein Zigeuner zu sein; Sancho aber, dem die Augen und die Seele aufgingen, wenn er nur einen Esel gewahr ward, hatte kaum diesen Menschen erblickt, als er ihn auch für den Gines Friedberg erkannte, und da er sich im Zigeuner so wenig verrechnet, so kam auch das Fazit seines Esels heraus, wie es auch zutraf; denn es war der Graue, auf welchem Friedberg ritt; der, um nur nicht erkannt zu werden und den Esel zu verkaufen, die Tracht eines Zigeuners angelegt hatte, mit deren Sprache und Sitten er auf das genaueste bekannt war.

Sancho aber erkannte ihn gleich, indem er ihn sah, und schrie auch gleich mit der lautesten Stimme: Ha! Du Spitzbube, Diebsfinger, gib mir mein Kleinod, mein Leben her! Du sollst mir meine Ruhe nicht entziehen; gib mir den Esel; her mit dem Püppchen; lauf, Halunke; fort mit dir, Spitzbube; gib raus, was nicht dein ist!

Es waren weder so viele Worte noch Schimpfreden vonnöten; denn gleich beim ersten sprang Gines ab und fing so an zu traben, daß man es wohl ein Rennen nennen konnte und er im Augenblicke den beiden völlig aus dem Gesichte verschwunden war. Sancho ging zu seinem Grauen, umarmte ihn und sagte: Wie ist es dir gegangen, mein Seelchen, mein herzliebster Grauer, mein Kamerad? Und mit diesen Worten küßte er ihn und liebkoste ihn, als wenn er ein Mensch gewesen wäre. Der Esel stand still und ließ sich von Sancho küssen und liebkosen, ohne ein einziges Wort zu erwidern. Alle kamen hinzu und wünschten ihm zu dem wiedergefundenen Grauen Glück, vorzüglich Don Quixote, der ihm sagte, daß deswegen doch die Verschreibung auf die drei jungen Esel ihre Gültigkeit behalten solle. Sancho bedankte sich dafür.

Indem die beiden in diesen Gesprächen begriffen waren, sagte der Pfarrer zu Dorothea, daß sie es sehr verständig angefangen, die Erzählung so zu erfinden und sie nicht lang zu machen, auch daß der Inhalt so große Ähnlichkeit mit den Ritterbüchern gehabt habe.

Sie antwortete, daß sie viel Zeit mit dem Lesen derselben zugebracht habe; daß sie aber die Lage der Provinzen und Seehäfen nicht wüßte und aus Unwissenheit erzählt habe, sie sei zu Ossuna ans Land gestiegen.

Ich bemerkte es, sagte der Pfarrer, und deshalb eilte ich mit meiner Erklärung zu Hilfe, die alles wieder gutmachte. Ist es aber nicht ein wunderliches Ding, daß dieser unglückliche Mann alle diese Erfindungen und Lügen so leicht glaubt, bloß weil sie denselben Stempel und Gepräge haben wie die Albernheiten seiner Bücher?

Freilich, sagte Cardenio, es ist so seltsam und unerhört, daß man es vielleicht mit großem Scharfsinne nicht so erfinden und erdichten könnte, wenn einer darauf ausginge.

Auch ist es wunderbar, sagte der Pfarrer, daß, außer den Narrheiten, die dieser gute Mann vorbringt, wenn es seine Verrücktheit betrifft, er überaus verständige Sachen redet und in allen Dingen einen hellen und gesunden Verstand beweist, so daß, wenn er nicht auf seine Ritterschaft gebracht wird, ihn jedermann für überaus verständig halten würde.

Indes sie dieses Gespräch fortsetzten, fuhr auch Don Quixote in dem seinigen fort und sagte zu Sancho: Wir wollen, Freund Sancho, alle diese Kleinigkeiten in Ansehung unserer Händel dem Winde und dem Meere übergeben.

Jetzt, fragte Don Quixote, sage mir nur, ohne innerlich Unwillen oder Groll gegen mich zu hegen, wo, wie und wann fandest du Dulcinea? Was machte sie? Was sagtest du ihr? Was antwortete sie? Welche Miene machte sie, als sie meinen Brief las? Wer hat ihn dir abgeschrieben? Dies sage nebst allem übrigen, was in dieser Sache wissenswürdig oder nötig ist, ohne daß du etwas zusetzest oder erdichtest, um mir Freude zu machen, noch weniger etwas unterdrückest, um sie mir nicht zu entreißen.

Gnädiger Herr, antwortete Sancho, die Wahrheit zu sagen, so hat mir kein Mensch den Brief abgeschrieben; denn ich hatte gar keinen Brief bei mir.

Es ist, wie du sagst, sprach Don Quixote; denn das Taschenbuch, wohinein ich ihn schrieb, fand ich zwei Tage nach deiner Abreise bei mir, worüber ich sehr bekümmert war, weil ich mir nicht vorstellen konnte, was du anfangen würdest, und immer glaubte, du würdest an eben der Stelle umkehren, an welcher du den Brief vermißtest.

So wär's gekommen, antwortete Sancho, wenn ich den Brief nicht im Kopfe behalten hätte, wie Ihr ihn mir vorlaset, so daß ich ihn einem Küster hersagte, der ihn aus meinem Gedächtnisse Wort für Wort niederschrieb und mir sagte, daß er zeit seines ganzen Lebens, so viele Bannbriefe er auch gelesen hätte, doch niemals einen so rührenden Brief wie den da gesehen oder gelesen habe.

Und du hast ihn noch ganz im Gedächtnisse, Sancho? fragte Don Quixote.

Nein, gnädiger Herr, antwortete Sancho; denn da ich ihn hergebetet hatte und nun sah, daß ich ihn nicht mehr brauchte, übergab ich ihn der Vergessenheit; worauf ich mich noch besinnen kann, ist das Mein Närrchen, ich will sagen, Monarchin, und zuletzt: Der Eurige bis in den Tod, der Ritter von der traurigen Gestalt, und zwischen den beiden Sachen steckten wohl etliche hundert Seelen, Leben und Herzen.

Einunddreißigstes Kapitel

Von dem lieblichen Gespräch, welches Don Quixote mit seinem Knappen Sancho Pansa führte.

Alles dieses gereicht mir keineswegs zum Mißvergnügen, so fahre denn fort, sprach Don Quixote. Womit beschäftigte sich die Königin der Schönheit, als du ankamst? Gewiß fandest du sie, indem sie Perlen aufreihte oder indem sie mit goldener Folie eine Devise für ihren gefangenen Ritter stickte.

Ich fand sie, antwortete Sancho, indem sie zwei Scheffel Getreide auf dem Hofe ihres Hauses fegte.

Aber du hast gemerkt, sprach Don Quixote, daß die Körner des Getreides Perlenkörner waren, und wenn du darauf geachtet, mein Freund, war das Getreide nicht der feinste Weizen?

Es war Roggen, antwortete Sancho.

Aber ich versichere dich, sprach Don Quixote, daß ganz ohne Zweifel das feinste Weizenbrot daraus gebacken wird. Doch fahre fort; als du ihr nun meinen Brief gabst, küßte sie denselben? drückte sie ihn an den Busen? machte sie irgendeine Gebärde, die ein solcher Brief verdient? Oder was tat sie?

Als ich ihn ihr übergeben wollte, antwortete Sancho, war sie gerade im eifrigsten Schütteln mit einem tüchtigen Maß Getreide, das sie im Siebe hatte, und sagte zu mir: Mein Freund, legt den Brief nur auf den Sack da, denn ich kann ihn nicht eher lesen, bis ich alles das durchgesiebt habe.

O du verständige Dame, sprach Don Quixote, dieses tat sie darum, weil sie ihn absonderlich für sich in aller Ergötzung lesen wollte. Weiter, Sancho! Während sie nun also beschäftigt war, welche Gespräche führte sie mit dir? Welche

Fragen tat sie? Und welche Antworten gabst du? Fort, erzähle alles, verschweige mir auch nicht den geringsten Umstand.

Sie fragte mich gar nichts, sprach Sancho, aber ich erzählte ihr, auf welche Weise Ihr Buße tätet zu ihrem Dienste, wie Ihr bis auf den Gürtel nackt wäret, wie ein wildes Tier in der Wüstenei herumliefet, auf dem Boden schliefet, von keinem Tischtuche äßet, Euch den Bart nicht kämmtet und Euer Schicksal beweintet und verwünschtet.

Daß du gesprochen, ich verwünschte mein Schicksal, darin hast du sehr unerwünscht gesprochen, sprach Don Quixote, denn vielmehr ist es mir erwünscht und wird mir erwünscht bleiben, Zeit meines Lebens, weil es mich würdig gemacht, eine so hohe Dame lieben zu dürfen, wie Dulcinea del Toboso eine ist.

Sie ist so hoch, antwortete Sancho, daß sie mein' Seel' wohl eine Spanne größer ist als ich.

Aber wie, Sancho, sprach Don Quixote, hast du dich denn mit ihr gemessen?

Ich maß mich auf folgende Art mit ihr, antwortete Sancho; als ich zu ihr trat und ihr einen Kornsack auf einen Esel laden half, da kamen wir uns so nahe, daß ich sehen konnte, wie sie wohl über eine gute Handbreit höher war als ich.

Diese Größe, erwiderte Don Quixote, schmückt sie mit tausend Millionen Annehmlichkeiten der Seele; du wirst mir aber, Sancho, eine Sache nicht leugnen können: als du neben ihr standest, empfandest du da nicht einen lieblichen Duft, einen Strom von Wohlgeruch, eine gewisse Trefflichkeit, der ich keinen rechten Namen zu geben weiß, nämlich gleichsam ein Wohlatmen, ein Sanfttun, etwa als ob du in einem Handschuhladen wärst, der sehr geschmückt ist?

Was ich darauf zu sagen weiß, sagte Sancho, ist, daß ich so ein etwas menschliches Gerüchlein empfand, und das mochte wohl daher rühren, daß sie von der starken Bewegung schwitzte und dabei sehr gebückt stand.

Das wird es nicht sein, antwortete Don Quixote, sondern du bist entweder verschnupft gewesen, oder du hast dich selbst gerochen; denn ich kenne wohl den Geruch dieser Rose unter den Dornen, dieser Lilie des Feldes, dieses aufgelösten Ambra.

Es kann wohl sein, antwortete Sancho, denn oft geht der Geruch von mir aus, von dem ich glaubte, daß er damals von der Dame Dulcinea käme, das ist aber nicht zu verwundern, denn ein Teufel ist eben dem andern ähnlich.

Nun gut, fuhr Don Quixote fort, also dann, als sie nun das Getreide gereinigt und zur Mühle geschickt hatte, was tat sie da, als sie meinen Brief las?

Den Brief, sagte Sancho, las sie nicht; denn sie sagte, sie könnte nicht lesen und schreiben; sondern sie riß ihn in ganz kleine Stückchen und sagte dabei, daß ihn auch kein andrer lesen sollte, damit sie im Dorfe nicht ihre Geheimnisse erführen, und daß ihr das hinreichend sei, was ich ihr mündlich von Eurer Liebe erzählt habe und von der ausnehmenden Buße, der Ihr Euch ihretwegen unterzogen; am Ende sagte sie mir denn, ich sollte Euer Gnaden sagen, daß sie Euch die Hände küsse und daß sie lieber wünschte, Euch zu sehen, als an Euch zu schreiben, und daß sie Euch demütig bitte und befehle, daß Ihr Euch unverzüglich aus der Einsamkeit fortbegeben und keine Unsinnigkeiten mehr unternehmen möchtet, sondern Euch sogleich auf den Weg nach Toboso machen, wenn Euch nichts Wichtigeres dazwischen käme, denn sie trüge das allergrößte Verlangen, Eure Gnaden zu sehen; sie lachte erschrecklich, als ich ihr sagte, daß Ihr Euch der Ritter von der traurigen Gestalt nenntet; ich fragte auch, ob der Biscayer von letztlich dagewesen, und sie sagte ja und daß er ein ganz anständiger Kerl sei, und ich fragte auch nach den Ruderknechten, aber sie sagte, daß sie bis jetzt noch keinen mit Augen gesehen hätte.

Alles geht bis hierher gut, sprach Don Quixote, aber sage mir, welch ein Kleinod verehrte sie dir für die guten Nachrichten, die du von mir brachtest, beim Abschied? Denn es ist ein herkömmlicher und alter Gebrauch unter den fahrenden Rittern und Damen, den Schildknappen, Jungfrauen oder Zwergen, die Botschaften von den Damen zu jenen oder zu diesen von ihren Rittern bringen, daß sie ihnen irgendein kostbares Kleinod als Lohn und Dank für ihre Mühewaltung verehren.

Das mag wohl sein, und ich halte es auch für eine schöne Gewohnheit, aber das muß wohl in früheren Zeiten gewesen sein: denn jetzt ist der Gebrauch, ein Stück Brot und Käse zu verehren, welches mir die Dame Dulcinea über die Hofmauer reichte, als sie Abschied genommen, und noch zum größeren Wahrzeichen war es Schafkäse.

Sie ist fürstlich freigebig, sprach Don Quixote, und wenn sie dir nicht ein goldenes Kleinod gab, so rührte dies ohne Zweifel daher, weil sie gerade keines bei der Hand hatte, es dir zu geben. Weißt du aber, Sancho, worüber ich mich verwundern muß? Daß es mir scheint, als müßtest du durch die Luft hin und zurück gekommen sein, denn du hast nicht mehr als drei Tage gebraucht, um nach Toboso hin und zurück zu gehen, da es doch von hier bis dahin über dreißig Meilen sind; wodurch ich überzeugt werde, daß irgendein weiser Negromant, der sich meiner annimmt und mein Freund ist (denn allenfalls habe ich einen solchen und muß ihn durchaus haben, weil ich sonst kein wahrer fahrender Ritter sein würde), ich sage, daß ein solcher deine Reise muß gefördert haben, ohne daß du es gemerkt hast: denn mancher von diesen Weisen nimmt einen fahrenden Ritter wohl schlafend aus seinem Bette auf, so daß dieser, ohne zu wissen wie oder auf welche Art, tausend Meilen von dem Orte erwacht, an welchem er sich niederlegte, und wenn dieses nicht geschähe, so könnte auch nicht ein fahrender Ritter dem andern zu Hilfe kommen, wenn sie sich in Fährlichkeiten befinden, wie es doch alle Augenblicke geschieht.

So wird's auch sein, sagte Sancho, denn wahrlich, Rosinante lief wie ein Zigeuneresel mit Quecksilber in den Ohren.

Und allerdings hat er Quecksilber in sich gehabt, sprach Don Quixote, ja noch dazu eine Legion von Dämonen, denn diese Wesen reisen und lassen andere nach ihrem Gefallen reisen, ohne jemals müde zu werden, wenn es ihnen so gefällig ist. Aber lassen wir dieses jetzt. Was dünkt dir, daß ich nunmehr in Ansehung dessen zu tun habe, daß meine Gebieterin mir befiehlt, vor ihren Augen zu erscheinen? Denn ob ich gleich weiß, daß ich verpflichtet bin, ihren Befehl auszurichten, so weiß ich doch auch, daß es jetzt unmöglich ist, da ich der Prinzessin, die mit uns zieht, die Gabe gewährt, denn die Gesetze der Ritterschaft zwingen mich, mein gegebenes Wort höher als mein Vergnügen zu achten. Einerseits reizt und lockt mich die Begier, meine Gebieterin zu sehen, auf der andern ruft und reißt mich mein Versprechen hinweg, sowie der Ruhm, den ich in dieser Unternehmung davontragen werde; was aber zu tun ich gedenke, ist, mich eiligst auf den Weg zu machen und mich hinzubegeben, wo sich dieser Riese befindet, wenn ich dort bin, ihm das Haupt herunterzuschlagen und die Prinzessin in den ruhigen Besitz ihres Reiches einzusetzen und augenblicklich dann nach dem Lichte zurückzukehren, welches meine Sinnen erleuchtet; wo ich mich dann so entschuldigen will, daß sie selbst mein Verzögern billigen soll, weil sie versteht, daß alles zur Vermehrung ihres Ruhms und Namens geschieht, denn wie vielen Waffenruhm ich in der Zeit meines Lebens erlangt habe, erlange und erlangen werde, so fließt alles nur aus ihrer Gunst.

Ach! sagte Sancho, wie seid Ihr doch immer auf diese Dinge versessen! Sagt mir doch, gnädiger Herr, denkt Ihr denn diese lange Reise vergebens zu machen und dann eine so reiche und herrliche Heirat, wie diese ist, mit Füßen von Euch zu stoßen, wo Ihr ein Königreich zur Mitgift kriegen würdet, das, wie ich mir als gewisse Wahrheit habe sagen lassen, mehr als zwanzigtausend Meilen in seinem Umfange hat und einen Überfluß an allen Dingen, die man zur Erhaltung des menschlichen Lebens braucht, und das schöner sein soll als Portugal und Kastilien zusammengenommen? O schweigt doch um Gottes willen still, und nehmt Euch das zu Herzen, was ich gesagt habe, nehmt Vernunft an unbeschwert, und verheiratet Euch gleich im ersten Dorfe, wo Ihr einen Priester findet, oder nehmt hier unsern Lizentiaten, der es ausrichten wird, daß es nur so sein muß; und bedenkt, daß ich jetzt alt genug bin, um guten Rat zu geben, und daß der, den ich jetzt gebe, wie gegossen ist, daß ein Sperling in der Hand besser ist als eine Taube auf dem Dache und daß ein Haben mehr wert ist als zehntausend Hätt' ich; und daß man dem Glücke nicht mutwillig seine Tür versperren muß.

Sieh, Sancho, antwortete Don Quixote, wie du deinen Rat, mich zu vermählen, nur deshalb gibst, damit ich gleich König werde, wenn ich den Riesen umgebracht und es somit in meiner Gewalt steht, dich zu belohnen und dir das Versprochene zu geben, so mußt du aber wissen, daß ich deinen Wunsch ohne Vermählung leichtlich erfüllen kann, denn ich werde mir das als Vorausbedingung setzen, bevor ich die Schlacht beginne, daß, wenn ich Sieger bin, sie mir, falls ich mich nicht verheirate, einen Teil des Königreichs übergeben sollen, damit ich denselben geben mag, wem ich nur will; wenn sie ihn mir geben, wem, denkst du, sollt' ich ihn wohl anders geben als dir?

Das läßt sich hören, antwortete Sancho; aber seht doch ja zu, daß der Teil dann am Meere liegt, damit, wenn mir die Lebensart nicht gefällt, ich meine schwarzen Untertanen einschiffen und das mit ihnen tun kann, was ich schon gesagt habe, und Euer Gnaden mag nur nicht weiter darauf denken, nach der Dame Dulcinea zu gehen, sondern geht hin und schlagt den Riesen tot, macht das Geschäft ab, denn es wird Euch bei Gott viel Ehre und Nutzen daraus erwachsen.

Ich sage dir, Sancho, sprach Don Quixote, daß du dich darauf verlassen kannst und daß ich deinen Rat befolgen will, erst mit der Prinzessin zu ziehen, bevor ich Dulcinea sehe; hüte dich aber, niemand etwas zu sagen, auch denen nicht, die mit uns sind, von allem dem, was wir hier miteinander abgehandelt haben, denn da Dulcinea so vorsichtig ist, daß sie nicht will, daß irgendwer ihre Gedanken erfahre, so wäre es ziemlich unschicklich, wenn sie durch mich oder einen andern verraten würden.

Wenn dem so ist, sagte Sancho, warum tut Ihr denn das, daß Ihr alle, die von Eurem Arme überwunden werden, hinschickt, daß sie sich der gnädigen Dulcinea präsentieren müssen, da doch dies ein öffentliches Bekenntnis ist, daß Ihr sie liebt? Da auch jene vor ihr niederknien müssen und sagen, daß sie von Euch gesandt werden, als ein Zeichen Eurer Unterwerfung, wie können denn da Eure Gesinnungen verheimlicht bleiben?

O, wie dumm und einfältig du bist! sagte Don Quixote; siehst du denn nicht, Sancho, daß dieses nur zu ihrer größeren Verherrlichung dient? Denn du mußt wissen, daß es bei uns Rittern eine große Ehre ist, wenn eine Dame viele irrende Ritter hat, die ihr dienen, ohne daß diese ihre Gedanken weiter ausdehnen, als daß sie ihr bloß deshalb dienen, weil sie es ist, ohne daß sie einen andern Lohn für ihre häufigen und großen Dienstleistungen erwarten, als daß sie sie gern zu ihren Rittern zählt.

Diese Art Liebe, sagte Sancho, so habe ich oft in der Kirche predigen gehört, müsse man allein zu unserm Herrgott tragen, und keine Hoffnung der Belohnung, keine Furcht vor Strafe müsse uns dazu antreiben, ob ich ihn freilich wohl lieben und ihm dienen will, wie es nur gehn will.

Beim Teufel! rief Don Quixote, wie sprichst du manchmal für einen Bauern zu gescheit! Manchmal ist es, als hättest du studiert.

Und doch kann ich, bei meiner Seele, nicht lesen, antwortete Sancho.

Indem rief Meister Niklas, daß sie ein wenig anhalten möchten, weil alle aus einem kleinen Bache trinken wollten, den sie dort gefunden. Don Quixote tat es, zu Sanchos nicht geringer Freude, der schon müde war, so viel zu lügen, und immer befürchtete, sein Herr möchte ihn ertappen, denn wenn er auch wußte, daß Dulcinea eine Bäuerin in Toboso sei, so hatte er sie doch in seinem Leben nicht gesehen. Cardenio hatte sich unterdessen die Kleider angezogen, die Dorothea anfangs getragen hatte, und ob sie gleich nicht die besten waren, so standen sie ihm doch besser als seine abgelegte Tracht. Sie lagerten sich bei der Quelle und stillten mit dem Wenigen, was der Pfarrer aus der Schenke mitgenommen hatte, den großen Hunger, den alle fühlten. Indem dieses geschah, ging ein Bursche des Weges vorbei, stand still und beschaute alle sehr aufmerksam, die sich um die Quelle gelagert hatten; dann lief er auf Don Quixote zu, umfaßte seine Knie und fing von Herzen an zu weinen, indem er sagte: Ach! gnädiger Herr! kennt Ihr mich nicht mehr? Seht mich nur recht an, denn ich bin der kleine Andres, den Ihr von der Eiche losmachtet, wo ich festgebunden war.

Don Quixote erkannte ihn, nahm ihn bei der Hand, kehrte sich zu den übrigen und sprach: Damit ihr allerseits, ihr teuren Gefährten, sehen möget, wie nötig es sei, daß es irrende Ritter in der Welt gebe, die das Unrecht und die Ungebührnisse aufheben mögen, die von den schlechten und boshaften Menschen verübt werden, die in ihr leben, so erfahrt, daß, als ich in vergangenen Tagen bei einem Gebüsche vorüberzog, ich ein Geschrei und eine höchst klagende Stimme vernahm, wie von einer sehr betrübten und hilfsbedürftigen Person; ich eilte hinzu, von meiner Pflicht nach der Gegend getrieben, von wo mir die klagenden Töne zu kommen schienen, und fand an eine Eiche diesen Jüngling gebunden, welcher nun hier gegenwärtig ist, worüber ich mich in der Seele erfreue, weil er nun Zeuge sein kann, daß ich in keinem Worte eine Lüge sage. Er war also an eine Eiche gebunden, bis auf den Gürtel entkleidet, und erduldete von einem Bauer die häufigen Streiche eines Pferdezaums; dieser Bauer war, wie ich nachher erfuhr, sein Herr, und sowie ich ihn sah, fragte ich ihn um die Ursache dieses schändlichen Verfahrens; der Lümmel antwortete, daß er ihn geißele, weil er sein Knecht sei und sich Unachtsamkeiten habe zuschulden kommen lassen, die mehr aus Bosheit als Dummheit herrührten; worauf dieses Kindlein aber sprach: Gnädiger Herr, er schlägt mich nur, weil ich meinen Lohn gefordert habe; worauf sich der Herr wieder mit einiger Entschuldigung hören ließ, die ich zwar vernahm, aber keineswegs zuließ; kurz, ich ließ ihn losbinden und nahm von dem Bauer einen Eidschwur, daß er ihn mit sich nehmen und bezahlen wolle, Real auf Real, und noch dazu lauter blanke und geschliffene. Ist dieses nicht wahr, mein Sohn Andres? Merktest du nicht, wie gewaltig ich es befahl und wie demütig er versprach, alles auszurichten, was ich ihm auferlegte und von ihm erheischte? Antworte, sei nicht zaghaft, fürchte dich nicht, sage diesen Herren alles, wie es sich zutrug, damit sie merken und einsehen, wie es nötig und nützlich, daß irrende Ritter auf den Wegen streifen.

Alles, was der gnädige Herr da erzählt hat, ist völlig wahr, antwortete der Bursche, aber der Ausgang der Geschichte war durchaus anders, wie Euer Gnaden gedacht hatte.

Wie durchaus anders? versetzte Don Quixote, bezahlte dir der Bauer also nicht augenblicklich?

Er zahlte mir nicht nur nicht, antwortete der Bursche, sondern sowie Ihr den Busch verlassen hattet und wir allein waren, band er mich wieder an die nämliche Eiche und gab mir so viele Hiebe, daß er einen ordentlichen geschundenen Sankt Bartholomäus aus mir machte; und bei jedem Streiche, den er mir gab, machte er einen Witz und Spaß, womit er Euch zum besten hatte, so daß ich über seine Reden hätte lachen müssen, wenn es mir nicht so sehr weh getan hätte; kurz, er richtete mich so zu, daß ich bis jetzt in einem Spital gewesen bin, mich von dem Übel zu kurieren, das mir der Bauer zugefügt. Von alledem habt Ihr also nun die Schuld, denn wäret Ihr ruhig Eurer Straße gezogen und nicht hingekommen, wo Euch keiner rief, Euch nicht in fremde Händel gemischt, so hätte sich mein Herr damit begnügt, mir ein oder zwei Dutzend Schläge zu geben, dann hätte er mich losgemacht und mir bezahlt, was er schuldig war; aber da Ihr ihm ohne Not so großen Schimpf antatet und so viele harte Dinge sagtet, da wurde er böse, und da er seine Rache nicht an Euch auslassen konnte, so brach das Wetter über mich los, als er wieder allein war, und zwar so, daß ich es gewiß in meinem ganzen Leben nicht verwinden werde.

Der Fehler liegt darin, sagte Don Quixote, daß ich fortging; ich hätte nicht eher gehen sollen, bis er dich bezahlt hatte, denn ich mußte durch lange Erfahrung wissen, daß ein gemeiner Mensch nie sein Wort hält, wenn er nicht sieht, daß es ihm Vorteil bringt, es zu halten; aber du wirst dich auch erinnern, Andres, wie ich schwur, falls er dir nicht bezahle, ihn aufzusuchen und aufzufinden, und wenn er sich in den Bauch des Walfisches verbergen wollte.

Das ist wahr, sagte Andres, aber das hilft nichts.

Jetzt sollst du sehen, ob's hilft, sprach Don Quixote, und alsbald stand er auf und befahl dem Sancho, den Rosinante aufzuzäumen, der auch weidete, indes die andern aßen. Dorothea fragte ihn, was er vorhabe. Er antwortete, daß er den Bauer aufsuchen wolle, um ihn für sein schlechtes Beginnen zu züchtigen und dem Andres bis auf den letzten Heller auszahlen zu lassen, zum Trotz aller Bauern in der ganzen Welt. Worauf sie antwortete, daß er der Gabe gemäß, die er ihr bewilligt, sich in keine neue Unternehmung einlassen dürfe, bis er die ihrige beendigt, und da er dies besser als ein anderer wisse, so möge er sein Herz bis zu seiner Rückkunft aus ihrem Reiche zur Ruhe stellen.

Dies ist die Wahrheit, antwortete Don Quixote, und Andres muß sich, wie Ihr, meine Dame, bemerkt habe, bis zu meiner Rückkunft gedulden, denn ich schwöre noch einmal und verspreche ihm dies von neuem, nicht eher zu rasten, bis ich seine Rache und Bezahlung vollstreckt.

An diese Schwüre glaube ich nicht, sagte Andres, mir wäre jetzt eine kleine Gabe, um nach Sevilla zu kommen, lieber als alle Rache in der ganzen Welt; wenn Ihr wollt, so gebt mir etwas zu essen und sonst ein Geschenk, und dann mögt Ihr und alle irrenden Ritter mit Gott gehen, und ihr Irren mag ihnen so bekommen, wie es mir zugeschlagen hat.

Sancho nahm etwas Brot und ein Stück Käse aus seinem Beutel, gab dies dem Jungen und sagte: Nimm, Bruder Andres, denn uns alle betrifft dein Unglück zum Teil.

Wie trifft es dich denn zum Teil? fragte Andres.

Durch diesen Teil hier von Käse und Brot, antwortete Sancho, denn Gott weiß, ob ich ihn nicht noch missen werde, denn du mußt wissen, mein Freund, daß die Stallmeister der irrenden Ritter vielem Hunger und andern Unannehmlichkeiten ausgesetzt sind; hundert Dingen, die sich besser empfinden als beschreiben lassen.

Andres nahm das Stück Brot und Käse, und da er sah, daß er nichts weiter erhielt, hing er den Kopf und nahm, wie man sagt, den Weg zur Hand, doch sagte er, freilich noch ehe er fortging, zu Don Quixote: Ich bitte Euch um Gottes willen, Herr irrender Ritter, wenn Ihr mich einmal wiederfindet und auch sähet, daß man mich in Stücke haut, so kommt mir doch ja nicht zu Hilfe oder leistet mir Beistand, sondern überlaßt mich meinen Leiden, denn so groß werden sie nie sein, daß ich mich nicht besser dabei befinden sollte, als wenn der Gnädige mir Hilfe leistet, den Gott verwünsche, sowie alle irrenden Ritter, die nur je auf der Welt gewesen sind.

Don Quixote wollte aufstehen, ihn zu züchtigen, aber jener lief so schnell über den Rasen fort, daß ihn keiner hätte einholen mögen. Halb rasend war Don Quixote über das Benehmen des Andres, und die übrigen mußten sich sehr in acht nehmen, nicht zu lachen, um ihn nicht völlig rasend zu machen.

Zweiunddreißigstes Kapitel

Erzählt, was dem ganzen Gefolge des Don Quixote in der Schenke begegnete.

Ohne daß ihnen etwas der Erzählung Würdiges zustieß, erreichten sie am folgenden Tage die Schenke, die den Sancho Pansa in Furcht und Schrecken setzte, in welche er aber dennoch einkehren mußte, so ungern er es auch tat. Der Wirt, die Wirtin, ihre Tochter und Maritorne, die Don Quixote und Sancho ankommen sahen, gingen ihnen entgegen und begrüßten sie mit vieler Lustigkeit; der Ritter nahm den Gruß mit Ernst und Strenge an und bat, ihm eine andere, bessere Ruhestatt als jüngst zuzubereiten. Worauf die Wirtin antwortete, daß sie ihn, wenn er besser als jüngst bezahle, wie einen Fürsten betten wollten. Don Quixote sagte, er würde es tun, und sie machten ihm nun in derselben Scheune von neulich ein ganz erträgliches Bett zurecht, in welches er sich sogleich niederlegte.

Er hatte sich kaum fortbegeben, als sich die Wirtin sogleich an den Barbier machte, ihn beim Bart faßte und ausrief: Bei meiner Seele, nun sollt Ihr auch meinen Schwanz nicht länger als Bart brauchen; ich will ihn wiederhaben; er gehört meinem Manne und soll sich nicht länger im Lande herumtreiben, daß es eine Schande ist; denn mein Mann pflegte die Kämme darin aufzuhängen. Der Barbier wollte ihn nicht hergeben, so sehr sie auch zog, bis ihm der Lizentiat sagte, er möchte ihn ausliefern, denn diese Verkleidung sei nun überflüssig; vielmehr solle er sich nur jetzt in seiner natürlichen Gestalt zeigen und zu Don Quixote sagen, daß, nachdem sie von den Ruderknechten geplündert wären, er nach dieser Schenke geflohen sei; wenn er aber nach dem Stallmeister der Prinzessin fragen sollte, so wollten sie ihm sagen, daß man ihn vorausgeschickt habe, um den Untertanen die Nachricht zu bringen, daß sie komme und ihrer aller Befreier mit sich bringe. Hierauf gab der Barbier mit gutem Willen der Wirtin den Schwanz, so wie er auch alles übrige ablieferte, was sie der Erlösung des Don Quixote wegen geborgt hatten.

Alle in der Schenke verwunderten sich über die Schönheit der Dorothea sowie über die edle Gestalt des Hirten Cardenio. Der Pfarrer sorgte dafür, daß sie eine Mahlzeit erhielten, so gut es die Schenke vermochte, und der Wirt, der auf eine bessere Bezahlung hoffte, richtete ihnen mit großem Eifer ein gutes Mittagsmahl zu. Während dieser ganzen Zeit schlief Don Quixote, und sie wollten ihn nicht aufwecken, weil ihm der Schlaf nötiger als Essen war. Bei Tische sprachen sie in Gegenwart des Wirtes, der Wirtin, der Tochter, Maritorne und aller Reisenden von Don Quixotes seltsamer Narrheit und wie sie ihn angetroffen; die Wirtin erzählte, was sich mit dem Eseltreiber zugetragen, wobei sie sich umsah, ob Sancho nicht zugegen sei, und da sie seiner nicht gewahr ward, erzählte sie auch alle Umstände von der Prelle, was den übrigen viel Vergnügen machte; als nun der Pfarrer darauf sagte, daß die Ritterbücher, die Don Quixote gelesen, ihm den Verstand verdreht hätten, erwiderte der Wirt:

Wie das möglich ist, begreife ich nicht, denn ich weiß mir nach meinem Geschmack keine schönere Lektüre auf der Welt, und ich selbst habe zwei oder drei solcher Bücher, die mir immer das Herz erfrischen, und nicht nur mir, sondern auch vielen anderen Leuten. Zur Erntezeit kommen viele Schnitter in den Festtagen hierher, da ist denn immer einer darunter, der lesen kann und der dies oder jenes von diesen Büchern zur Hand nimmt. Über dreißig setzen wir uns um ihn her und hören mit solchem Vergnügen zu, daß wir Essen und Trinken vergessen; wenigstens muß ich für meine Person gestehen, daß, sooft ich von den schrecklichen und entsetzlichen Hieben höre, welche die Ritter austeilen, ich die größte Lust kriege, es auch zu versuchen, und ich Tag und Nacht den Dingen zuhören möchte.

Gerade so geht es mir auch, sagte die Wirtin; denn ich habe niemals gute Zeit im Hause, außer wenn du dem Lesen zuhörst; um die Zeit bist du so außer dir, daß du an kein Zanken denkst.

So unterhielt sich die Gesellschaft mit dem Wirt und der Wirtin, als aus dem Verschlage, in welchem Don Quixote schlief, Sancho Pansa mit großem Geschrei herausstürzte und laut schrie: Kommt, meine Herrn, schnell, schnell, meinem gnädigen Herrn zu Hilfe, der da in der fürchterlichsten und greulichsten Schlacht verfangen ist, die meine Augen nur jemals gesehen haben! Er hat da meiner Seel' dem Riesen einen Hieb gegeben, dem Feinde von unserer gnädigen mikomikonischen Prinzessin, daß er ihm den Kopf mir nichts, dir nichts wie eine Rübe heruntergesäbelt hat.

Wie sprichst du doch, Freund? sagte der Pfarrer, bist du denn bei Verstand, Sancho? Wie beim Teufel ist das möglich, da sich der Riese zweitausend Meilen von hier befindet?

Zugleich hörten sie in dem Gemache ein großes Lärmen, und Don Quixote rief mit lauter Stimme: Wehre dich, Mörder, Spitzbube, Schelm, denn jetzt hab' ich dich und werde deinen Säbel nicht achten; zugleich klang es, als wenn er mit aller Gewalt gegen die Wände hiebe. Sancho sagte: Das ist nichts, dazustehen und zuzuhören, wir müssen hineingehen und den Kampf auseinanderbringen oder meinem Herrn beistehen, obgleich es freilich wohl nicht mehr nötig sein wird, denn der Riese ist gewiß schon tot und gibt Gott von seinem schlechten Wandel Rechenschaft, denn ich habe das Blut über die Erde laufen sehen, und der Kopf lag herunten auf der einen Seite und war so erschrecklich wie ein großer Weinschlauch.

Hol mich der Teufel! rief augenblicklich der Wirt aus, wenn Don Quixote oder Don Beelzebub nicht gegen die großen Weinschläuche haut, die ihm zu Köpfen stehen, und der heruntergelaufene Wein ist gewiß das, was dieser edle Tölpel für Blut gehalten hat. Er drang hierauf sogleich in das Gemach ein, und die übrigen folgten ihm, wo sie Don Quixote in dem allerwunderlichsten Aufzuge fanden. Er stand im Hemde da, welches nicht so vollständig war, daß es ihm vorne die Lenden ganz bedeckt hätte, hinten aber war es noch um eine

Handbreit kürzer; seine Beine waren lang und dürr, rauh mit Haaren bewachsen und nicht ganz rein; auf dem Kopf trug er eine Nachtmütze, über und über voll Schmutz, die dem Wirte zugehörte; den linken Arm hatte er in jenes Bettuch verwickelt, auf welches Sancho noch immer und aus guten Gründen schlecht zu

sprechen war, in der Rechten hielt er den entblößten Degen, mit dem er nach allen Seiten um sich hieb und dergleichen Worte sprach, als ob er einen wahrhaftigen Kampf mit irgendeinem Riesen hätte. Das Seltsamste aber war, daß er die Augen fest verschlossen hielt, denn er schlief noch und träumte, daß er eine Schlacht mit dem Riesen ausfechte: Seine Einbildung war nämlich so mit dem Abenteuer angefüllt, welches er zu vollbringen hätte, daß ihm vorkam, er sei bereits in das mikomikonische Königreich gelangt, schon im Kampfe mit seinem Feinde begriffen, wobei er unzählige Hiebe auf die Schläuche getan, die nach seiner Meinung der Riese erhielt, so daß das ganze Gemach mit Wein überschwemmt war. Als der Wirt dessen gewahr wurde, ergrimmte er so, daß er Don Quixote dermaßen mit derben Fausthieben zusetzte, daß, hätten Cardenio und der Pfarrer ihn nicht zurückgerissen, er wahrscheinlich diesen Riesenkrieg beendigt hätte. Aber von allem diesem erwachte der arme Ritter doch noch nicht, bis der Barbier einen großen Kübel mit frischem Wasser aus dem Brunnen holte und ihm diesen mit einem Guß über den ganzen Körper schüttete, worauf Don Quixote sich ermunterte, doch aber noch nicht so ganz bei sich war, daß er bemerkt hätte, in welchem Zustande er sich befand. Dorothea, die seine kurze und dünne Bekleidung wahrnahm, wollte nicht hereinkommen, um den Kampf ihres Beschützers mit ihrem Feinde anzusehen.

Sancho lief herum und suchte allenthalben auf dem Boden den Kopf des Riesen, und da er ihn nicht fand, sagte er: Ja, ich weiß schon, daß hier im Hause alles verzaubert ist, denn an dem nämlichen Orte hier, wo ich jetzt stehe, gab man mir neulich eine Menge Püffe und Maulschellen, ohne daß ich wissen konnte, wer sie mir reichte, auch niemand sah, und jetzt ist wieder der Kopf nirgend zu finden, den ich doch mit meinen eigenen Augen heruntergeschlagen gesehen habe, und ich sah auch, daß das Blut aus dem Körper wie aus einem Springbrunnen herauslief.

Was für Blut und was für ein Springbrunnen, du Verfolger Gottes und aller seiner Heiligen! rief der Wirt aus. Siehst du Spitzbube denn nicht, daß Blut und Springbrunnen nichts anderes sind als diese Schläuche, die durchstochen sind, und der rote Wein, der in der Stube schwimmt?

Ich begreif's nicht, antwortete Sancho, nur das begreif' ich wohl, daß ich ein rechtes Unglückskind bin, denn wenn wir den Kopf nicht finden, so ist mir auch meine ganze Grafschaft zergangen wie Salz im Wasser.

So war Sancho im Wachen noch vernarrter als sein Herr im Schlafe: So sehr hatten ihn die Versprechungen seines Herrn verstrickt.

Der Wirt wollte toll werden, als er die Kaltblütigkeit des Schildknappen und die Übeltaten seines Gebieters sah, und er schwur, daß es nicht so wie neulich kommen sollte, da sie ohne Bezahlung abgereist wären, jetzt aber sollten die Privilegien der Ritterschaft keinen von beiden vor der Bezahlung schützen, so daß sie selbst die Flicken zu vergüten hätten, die man auf die zerstochenen Schläuche setzen müsse.

Der Pfarrer hielt Don Quixote bei den Händen, der nun glaubte, daß er das Abenteuer beendigt habe und sich vor der mikomikonischen Prinzessin befinde, er kniete daher vor dem Pfarrer nieder und sprach: Nunmehr mag Eure Hoheit, erhabene und höchst ruhmvolle Dame, in Sicherheit leben, denn keine Schmach vermag Derselben die schlechtdenkende Kreatur hinfür noch zuzufügen; auch bin ich von Stund an meines gegebenen Wortes quitt, denn mit Hilfe des großen Gottes und durch Gunst derjenigen, in der ich lebe und bin, hab' ich es nunmehr vollendet.

Hab' ich's nicht gesagt? rief nun Sancho aus, ich war doch nicht besoffen, mein Herr hat den Riesen richtig gepfeffert, die Trompeter blasen vom Turme, meine Grafschaft kommt angesegelt!

Wer hätte nicht über die Tollheiten der beiden, des Herrn wie des Dieners, lachen müssen? Alle lachten auch, außer dem Wirte, der sich dem Teufel ergeben wollte; doch brachten es endlich der Barbier, der Pfarrer und Cardenio dahin, daß man mit großer Anstrengung Don Quixote wieder zu Bette brachte, wo er auch äußerst erschöpft von neuem einschlief. Sie ließen ihn schlafen und gingen nach dem Tor der Schenke, um Sancho zu trösten, daß er den Kopf des Riesen nicht gefunden hatte, aber sie hatten weit mehr zu tun, den Wirt zu besänftigen, der über die plötzliche Ermordung seiner Schläuche in Verzweiflung war, und die Wirtin heulte mit lauter Stimme: O du verfluchte Unglücksstunde, in der dieser fahrende Ritter in unser Haus gekommen ist, o hätten ihn doch meine Augen niemals gesehen, da er mir so teuer zu stehen kommt! Jüngst reiste er ab, ohne für Abendessen, Heu und Haber für ihn und seinen Schildknappen, eine Mähre und einen Esel zu bezahlen, und spricht, er sei ein abenteuernder Ritter (o wollte Gott doch alle Abenteurer, die auf Erden leben, ihre Abende teuer bezahlen lassen) und daß er deswegen nichts zu bezahlen brauche und daß das in den Taxen der fahrenden Ritterschaft buchstäblich so vorgeschrieben stehe; dann kommt seinetwegen der andere Herr daher und nimmt mir meinen Schwanz weg, den er mir nun nicht ein Viertel so gut wiedergebracht hat, denn er ist ganz zerpflückt und taugt jetzt nicht mehr dazu, wozu ihn mein Mann brauchen will; endlich und zum Beschluß werden meine Schläuche zerstochen und mein Wein wird verschüttet. Aber bei den Gebeinen meines Vaters und dem Leichnam meiner Mutter, daß er es nur nicht wieder so zu machen denkt, sondern er soll mir alles bis auf den letzten Pfennig bezahlen, oder ich will nicht so heißen, wie ich heiße, und meinen ehrlichen Namen verlieren.

Diese und andre Redensarten stieß die Wirtin im höchsten Grimme aus, und ihre wackere Magd Maritorne stand ihr redlich bei; die Tochter schwieg und lachte von Zeit zu Zeit heimlich für sich selber. Der Pfarrer beruhigte alle und versprach, soviel er imstande sei, allen Verlust zu ersetzen, sowohl den der Weinschläuche als auch besonders den des verdorbenen Schwanzes, von dem so viel gesprochen werde. Dorothea tröstete auch Sancho Pansa und sagte ihm, daß, wenn es gewiß sei, daß sein Herr dem Riesen den Kopf heruntergehauen habe, sie ihm verspräche, sobald ihr Reich nur beruhigt sei, ihm die schönste Grafschaft zu geben, die sich darin befinde.

Hiermit war Sancho getröstet und versicherte der Prinzessin, daß er es ganz gewiß wisse, daß er den Kopf des Riesen gesehen habe, und zum größeren Wahrzeichen habe er einen Bart, der bis auf den Gürtel reiche, und wenn er jetzt nicht zu finden wäre, so komme das daher, weil alles, was sich in diesem Hause zutrage, durch Zauberei geschehe, wie er schon neulich erfahren, da er hier gewohnt. Dorothea sagte, daß sie das auch glaube und daß er nur ohne Sorgen sein möchte, denn alles würde gut gehen und so kommen, wie man es nur wünschen könne.

Dreiunddreißigstes Kapitel

Erzählt andere sehr wunderbare Begebenheiten, die sich in der Schenke zutrugen.

In diesem Augenblick rief der Wirt, der in der Tür der Schenke stand: Da kommt ein schöner Trupp von Gästen gezogen, wenn die hier einkehren wollen, so können wir Gaudeamus rufen!

Was sind das für Leute? fragte Cardenio.

Vier Männer, antwortete der Wirt, reiten zu Pferde und mit kurzen Bügeln, sie führen Lanz' und Schild, mit ihnen kommt ein Frauenzimmer, weiß gekleidet, das auf einem Damensattel sitzt, auch ihr Gesicht ist verhüllt, und dann folgen noch zwei Burschen zu Fuß.

Sind sie schon nahe? fragte der Pfarrer.

So nahe, antwortete der Wirt, daß sie schon da sind.

Als Dorothea das hörte, bedeckte sie ihr Gesicht, und Cardenio ging in Don Quixotes Gemach; sie hatten dies kaum getan, als alle die in die Schenke hereintraten, die der Wirt erst beschrieben hatte: Die vier Ritter, die ein sehr feines Ansehen hatten, stiegen ab und hoben dann die Dame vom Sattel herunter: einer von ihnen empfing sie in den Armen und führte sie zu einem Sessel, der vor dem Gemache stand, in das sich Cardenio zurückgezogen hatte. In dieser ganzen Zeit nahm keiner von ihnen allen die Reisemaske ab und keiner sprach ein Wort: nur die Dame, die sich in den Sessel gesetzt hatte, stieß einen tiefen Seufzer aus und ließ die Arme niedersinken wie jemand, der sich krank und ohnmächtig fühlt. Die Burschen, die zu Fuß folgten, brachten indessen die Pferde in den Stall.

Der Pfarrer, der gern wissen wollte, wer die Leute wären, die in diesem Aufzuge und so stillschweigend reisten, ging den Burschen nach und befragte den einen um das, was er gern erfahren hätte, der ihm folgende Antwort gab: Meiner Seel', Herr, ich kann Euch nicht sagen, wer die Leute sind, nur das weiß ich wohl, daß sie vornehm sind, besonders der eine, der die Dame, wie Ihr gesehen habt, in die Arme nahm: ich glaube es deshalb, weil ihm die andern große Achtung erweisen und auch alles nach seinen Befehlen geschieht.

Und wer ist denn die Dame? fragte der Pfarrer.

Das kann ich ebensowenig sagen, antwortete der Bursche, denn ich habe noch auf der ganzen Welt ihr Gesicht nicht gesehen: nur höre ich sie oft seufzen und so ächzen, als ob sie mit jedem Seufzer den Geist aufgeben wollte; es ist auch kein Wunder, daß wir so gar nichts von ihnen wissen, denn mein Kamerad und ich sind nur erst seit zwei Tagen in ihrer Gesellschaft, wir sind ihnen unterwegs begegnet, und sie haben uns zugeredet, mit ihnen bis nach Andalusien zu gehen, wofür sie uns gut bezahlen wollen.

Und habt Ihr den Namen keines unter ihnen gehört? fragte der Pfarrer.

Durchaus nicht, antwortete der Bursche, denn sie reisen alle in solcher Stille, daß es zum Erstaunen ist, man hört keinen anderen Laut als das Seufzen und Schluchzen der armen Dame, das uns zu Mitleid bewegt; ich glaube auch, daß sie nur mit Zwang dahin geht, wohin sie soll, und soviel ich aus ihrem Anzuge schließen kann, ist sie eine Nonne oder soll es werden, was mir wahrscheinlicher vorkommt: Und vielleicht kommt ihre Traurigkeit eben daher, daß ihr das Nonnewerden nicht sonderlich ansteht.

Das ist alles wohl möglich, sagte der Pfarrer und verließ sie, indem er sich wieder zu Dorothea zurückbegab. Diese, die auch das Seufzen der Verschleierten gehört hatte, von natürlichem Mitleid angetrieben, ging zu ihr und fragte sie: Was ist Euch, Señora, fehlt Euch etwas, worin Euch die Erfahrung eines Weibes behilflich sein kann, so biete ich hiermit meinen besten Willen zu Euren Diensten an.

Die betrübte Dame antwortete hierauf nicht, und obgleich Dorothea noch größere Höflichkeiten hinzufügte, so brach sie doch nicht ihr Schweigen, bis sich jener maskierte Ritter nahte, von dem der Bursche erzählt hatte, daß ihm die übrigen gehorchten, und zu Dorothea sagte: Bemüht Euch nicht damit, meine Dame, diesem Frauenzimmer irgendwelche Artigkeiten zu erweisen, denn es ist ihre Gewohnheit, Freundschaft mit Unerkenntlichkeit zu vergelten, bewegt sie auch nicht zu antworten, wenn Ihr nicht eine Lüge aus ihrem Munde hören wollt.

Nie hab' ich eine gesprochen, rief sogleich die, die bisher geschwiegen hatte, sondern vielmehr befinde ich mich in diesem Unglück, weil ich zu aufrichtig und ohne lügenhafte List lebe, und das müßt Ihr selbst bezeugen, denn meine reine Wahrhaftigkeit hat Euch falsch und zum Lügner gemacht.

Cardenio hörte diese Worte deutlich und vernehmlich, weil er sich der Sprechenden ganz nahe befand, denn nur durch die Tür von Don Quixotes Gemach war er von ihr getrennt, und sowie er sie hörte, rief er mit überlauter Stimme: Heiliger Gott! Was hör' ich? Welche Stimme dringt zu meinen Ohren?

Auf dieses Geschrei drehte sich die Dame mit Entsetzen um, und da sie niemanden sah, stand sie auf, um in das Gemach hineinzugehen; kaum aber hatte der Ritter dies bemerkt, als er sie zurückhielt, daß sie sich nicht von der Stelle bewegen konnte. Sie, verwirrt und erschrocken, wie sie war, ließ den seidenen Schleier fallen, der ihr Gesicht bedeckte, und entdeckte dadurch eine unvergleichliche Schönheit und ein wunderwürdiges Antlitz, obgleich blaß und mit verzückten Mienen, wodurch Dorothea sowie die übrigen, die zugegen waren, innig gerührt wurden. Mit aller Kraft hielt sie der Ritter bei den Schultern zurück, und da er so beschäftigt war, konnte er seine Maske nicht halten, die herabzufallen drohte und die nun auch wirklich auf die Erde fiel: Und indem Dorothea, die die Dame umfaßt hielt, die Augen aufschlug, sah sie, daß der Ritter, der sie ebenfalls umfaßte, ihr Gemahl Don Fernando war, und kaum hatte sie ihn erkannt, so stieß sie aus ihrer innersten Brust ein langes und herzdurchdringendes Ach! aus und fiel ohnmächtig nieder, so daß sie auf den Boden gestürzt wäre, wenn der Barbier, der daneben stand, sie nicht in seinen Armen aufgefangen hätte.

Der Pfarrer lief sogleich hinzu und nahm ihr die Maske ab, um ihr Wasser in das Gesicht zu spritzen, und in demselben Augenblicke erkannte sie auch Don Fernando, der die andere Dame in seinen Armen hielt, und er wäre fast gestorben, als er sie sah, doch ließ er deswegen Lucinden nicht los, die sich aus seinen Armen zu winden strebte, denn sie hatte Cardenio, wie er sie, an der Stimme erkannt. Zugleich vernahm Cardenio den Ausruf, den Dorothea ausstieß, als sie ohnmächtig niedersank, und glaubte, daß es Lucinde sei, er brach also mit Entsetzen aus dem Gemach, und das erste, was er erblickte, war Don Fernando, der Lucinden in den Armen hielt. Auch Don Fernando erkannte sogleich Cardenio, und alle drei, Lucinde, Cardenio und Dorothea, standen stumm und erstaunt, wie wenn sie sich nicht besinnen könnten, was ihnen begegnet sei. Alle schwiegen, und alle schauten sich an, Dorothea Don Fernando, Don Fernando Cardenio, Cardenio Lucinden und Lucinde Cardenio; wer aber zuerst

das Schweigen brach, war Lucinde, die so zu Don Fernando redete: Laßt mich los, Don Fernando, um dessentwillen, was Ihr Euch selber schuldig seid, wenn Ihr es auch aus keiner anderen Rücksicht tun wollt, daß ich mich um die Mauer schlinge, deren Efeu ich bin und von der mich sowenig Eure Bewerbung wie Drohungen, Versprechungen und Geschenke losreißen konnten; seht, wie mich der Himmel auf wunderbaren und unerforschlichen Wegen zu meinem wahren Gemahl geführt hat; und Ihr wißt ja durch tausend teure Erfahrungen, daß nur der Tod allein imstande ist, ihn aus meinem Gedächtnisse zu tilgen; dies wiederhole ich jetzt noch einmal, damit Ihr (wenn Ihr nicht anders könnt) Eure Liebe in Wut, Eure Zuneigung in Haß verwandelt und mir so das Leben nehmt, das ich doch nicht für verloren achte, wenn ich es hier vor meinem teuren Gemahl aufopfere; dann überzeugt ihn wohl mein Tod von der Treue, die ich ihm bis zum letzten Atemzuge meines Lebens bewahrt habe.

Dorothea war indessen zu sich gekommen und hatte alles gehört, was Lucinde sagte; daraus erfuhr sie, wer sie sei, und da sie sah, daß Don Fernando sie immer noch nicht aus seinen Armen ließ, ihr auch nicht antwortete, nahm sie alle ihre Kraft zusammen, stand auf, kniete vor seinen Füßen nieder, und mit vielen schönen und rührenden Tränen fing sie also an zu reden: Wenn nicht, mein Gebieter, die Strahlen der Sonne, die du verdunkelt in deinen Armen hältst, deinen Augen alles Licht geraubt haben, so hast du schon gesehen, daß diejenige, die jetzt zu deinen Füßen kniet, die unglückliche Dorothea ist, die elend bleiben wird, solange du es beschließt. Ich bin jenes demütige Landmädchen, die du durch deine Güte oder Liebe so hoch emporheben wolltest, daß sie sich die Deinige nennen dürfte; ich bin die, welche, von den Grenzen der Sittsamkeit beschränkt, ein zufriedenes Leben lebte, bis sie auf deine ungestümen Bitten und auf deine ernsthaft scheinende Liebe die Tore ihrer Einsamkeit öffnete und dir die Schlüssel ihrer Freiheit übergab; ein Geschenk, das du schlecht erkanntest, wie man deutlich sehen kann, da ich gezwungen bin, mich hier finden zu lassen, wo du mich fandest, und daß ich dich so wiedersehe, wie ich dich wiedersehe. Aber darum muß der Gedanke nicht in deiner Seele aufkommen, daß mich meine Unehre hierhergeführt, nein, nur der Schmerz, mich von dir vergessen zu sehen, hat mich so weit gebracht. Du wolltest, ich sollte die Deinige sein, und du wolltest es so, daß, wenn du es nun auch nicht mehr willst, du dennoch immer der Meine bleiben mußt; erwäge, mein Geliebter, daß für die Schönheit und den Adel, um derentwillen du mich verlässest, meine innigste Liebe dir ein Ersatz ist; du kannst der schönen Lucinde nicht angehören, denn du bist mein, sie kann nicht dein werden, denn sie gehört Cardenio; wieviel leichter ist es also, deine Zuneigung zu der zurückzuführen, die dir mit Liebe entgegenkommt, als diejenige, die dich haßt, so umzuwandeln, daß sie dich lieben könnte. Ich lebte eingezogen und du warbest um mich, du flehtest mich an, die ich tugendhaft war, dir war nicht unbekannt, wer ich sei, du weißt wohl, wie ich mich gänzlich deinem Willen ergab, so daß dir keine Ausrede irgendeines Irrtumes übrigbleibt; wenn dem nun so ist, wie du nicht leugnen kannst, und du ebenso Christ wie Ritter bist, warum zögerst du nun auf so weiten Umwegen, mich am Schluß so glücklich zu machen, was ich bin, nämlich zu deiner wahrhaftigen und rechtmäßigen Gemahlin, so nimm mich wenigstens zu deiner Sklavin an, wenn ich dir nur angehöre, bin ich zufrieden und beglückt; nicht dulde es, daß ich so verlassen und einsam sei, daß entehrender Spott und Hohn über mich ausgeschüttet werde; du darfst meinen Eltern kein so unglückseliges Alter bereiten, denn das verdient die Treue nicht, die sie dir immer als wackere Untertanen erzeigt haben; meinst du aber, daß du dein Blut durch die Verbindung mit mir entehrst, so bedenke, daß es vielleicht keinen Adel in der Welt gibt, der unvermischt geblieben, auch daß die Frauen keiner adligen Familie Unehre bringen können; um so mehr, da der wahre Adel in der Tugend besteht, und wenn diese dir fehlt, indem du mir das versagst, was mir nach allem Rechte gebührt, so fühle ich mich edler, als du es jemals werden kannst. Alles, was ich dir, Señor, sagen kann, ist, daß ich deine Gemahlin bin, du magst es wollen oder nicht, dies bezeugt dein Wort, das nicht falsch sein kann und darf, wenn du nämlich jene Hoheit an dir schätzest, deren Mangel du an mir geringschätzest; der Schwur bezeugt es, den du mir gabst, der Himmel, den du zum Zeugen deiner Versprechungen anriefst; am meisten aber dein eigenes Bewußtsein, welches dir jederzeit die Wahrheiten wiederholen wird, die ich gesagt habe.

Don Fernando hörte sie an, ohne ein Wort zu sagen, bis sie endlich schluchzend und mit herzlichen Seufzern ihre Rede beschloß, daß es ein ehernes Herz hätte sein müssen, das nicht von diesen heftigen Äußerungen des Schmerzes erschüttert worden wäre. Lucinde stand und betrachtete sie, von ihrem Unglück gerührt und über ihre Schönheit wie über ihren Verstand entzückt; sie wollte endlich zu ihr gehen, um ihr einige tröstende Worte zu sagen, aber Don Fernando ließ sie nicht, sondern hielt sie immer noch in seinen Armen eingeschlossen. Er, voller Verwirrung und Erstaunen, nachdem er lange Dorothea mit großer Aufmerksamkeit beschaut hatte, öffnete die Arme, ließ Lucinden los und rief: Du hast gesiegt, schöne Dorothea, du hast gesiegt, denn kein Herz kann sich dir verschließen.

Die erschöpfte Lucinde war im Begriff, zu Boden zu gleiten, aber Cardenio nahm Lucinden in seine Arme und sprach: Will dich der heilige Himmel von deinem Unglück erlösen, du meine rechtmäßige Gattin, du meine getreue und schöne Gebieterin, so sollst du nirgend so sicher ruhen wie in diesen Armen, die dich jetzt aufnehmen, wie sie dich dann aufnehmen werden, wenn es das Glück mir vergönnt, dich völlig die Meine zu nennen.

Bei diesen Worten warf Lucinde ihre Augen auf Cardenio, und ohne alle weitere Rücksicht schlang sie nun die Arme um ihn und küßte ihn auf den Mund und rief: Ja, Ihr seid mein Gebieter, der rechtmäßige Herr Eurer Dienerin, wenn sich das Schicksal auch noch härter widersetzen und diesem Leben, das an dem Eurigen hängt, noch grimmiger drohen sollte!

Dies war ein überraschendes Schauspiel für Don Fernando sowie für alle Anwesenden. Dorothea bemerkte, daß Don Fernando die Farbe verlor und Miene machte, Cardenio anzugreifen, denn er griff mit der Hand nach dem Degen, sofort aber warf sie sich schon in der größten Schnelligkeit nieder und umfaßte seine Knie, die sie drückte und küßte, so daß er sich nicht regen konnte, und sagte unter tausend Tränen: Was willst du, o du mein einziges Glück, unternehmen? Zu deinen Füßen liegt deine Gattin, und diejenige, die du erwählen willst, ist in den Armen ihres Gemahls. Du kannst es nicht wollen, ja es ist dir unmöglich, das zu trennen, was der Himmel verbunden hat; wie kannst du diejenige zur Deinen machen wollen, die, jedes Übel verschmähend, die Wahrheit ihrer Aussage bekräftigt und vor deinen Augen dasteht, Augen und Wangen naß von den Freudentränen ihres wahren Gemahls? Um Gottes willen, um deinetwillen flehe ich dich an, laß dies nicht deinen Zorn in dir entflammen, sondern dulde vielmehr friedlich, daß diese beiden Liebenden sich so lange besitzen, als es ihnen der Himmel gönnt, und zeige hierin die Großmut deines Herzens, damit die Welt gewahr werde, daß die Vernunft über dich mehr als die Leidenschaft vermöge.

Während Dorothea dies sprach, ließ Cardenio, ob er gleich Lucinden umarmt hielt, Don Fernando nicht aus den Augen, entschlossen, sobald er nur eine verdächtige Bewegung merkte, sich nach allen seinen Kräften zu verteidigen, falls ihm auch alle entgegen wären und wenn er selbst das Leben darüber verlöre. Aber die Freunde des Don Fernando kamen herbei nebst dem Pfarrer und Barbier, die immer zugegen gewesen waren, selbst Sancho Pansa, und alle umgaben Don Fernando und baten ihn, auf Dorotheas Tränen zu achten und sie nicht in ihren gerechten Hoffnungen zu täuschen, wenn anders das wahr sei, was sie gesprochen habe, wie sie doch nicht zweifeln könnten; er möchte erwägen, daß es gewiß nicht Zufall, sondern eine besondere Schickung des Himmels sei, daß sie sich alle an einem Orte getroffen hätten, wo sie es am wenigsten vermuten konnten. Der Pfarrer fügte hinzu, daß er glauben möchte, Cardenio und Lucinde könnten nur durch den Tod geschieden werden, ja wenn sie selbst die Schneide des Schwertes trennte, so würden sie ihren Tod doch glücklich preisen; in Dingen, die sich nicht ändern ließen, sei es die größte Weisheit, sich selbst zu besiegen und ein edles Gemüt zu zeigen, daher solle er durch seinen freien Willen das Glück der beiden bestätigen, welches ihnen der Himmel schon gegönnt habe; zugleich möchte er die Augen auf die Schönheit der Dorothea wenden, mit der sich wohl keine vergleichen dürfte, viel weniger sie überträfe, mit ihrer Schönheit solle er ihre Demut und die zärtliche Liebe zu ihm erwägen; vorzüglich aber, daß er sich rühme, Ritter und Christ zu sein, und daß er deshalb sein gegebenes Wort erfüllen müsse, und wenn er es erfülle, habe er seine Pflicht gegen Gott erfüllt wie den Beifall aller edlen Menschen gewonnen, die es wohl einsehen, daß Schönheit auch im niedrigen Stande, wenn sie die Tugend zur Gefährtin hat, sich allerdings erheben dürfe und sich der Hoheit gleichstellen, ohne daß derjenige darunter litte, der sie erhebe und sich selber gleichmache; und darüber, daß einer den heftigen Forderungen der Leidenschaft gehorche, wenn es keine Sünde sei, dürfe niemand getadelt werden.

Zu diesen Gründen fügten die übrigen noch andere hinzu, daß die starke Brust des Don Fernando endlich erweicht ward und sich von der Wahrheit besiegen ließ, die er nicht leugnen konnte, wenn er auch gewollt hätte. Zum Zeichen, daß er nachgebe, umarmte er Dorothea und sagte: Steht auf, meine Gebieterin, denn es ziemt sich nicht, daß die zu meinen Füßen knie, die ich in meiner Seele trage, wenn ich mich aber bis jetzt anders gezeigt habe, so geschah es vielleicht nach dem Willen des Himmels, damit ich sehen sollte, mit welcher Treue Ihr mich liebt, und damit ich Euch so schätzen mußte, wie Ihr es verdient; jetzt bitte ich Euch, mir mein bisheriges übles Betragen nicht zum Vorwurf zu machen, denn dieselbe Gewalt, die mich jetzt zwingt, Euch als die

Meine zu erkennen, hat mich bis hierher zurückgehalten, der Eure zu sein, und daß dieser Ausspruch Wahrheit sei, mögt Ihr leicht erkennen; betrachtet nur die Augen der glücklichen Lucinde, und Ihr werdet in ihnen die Entschuldigungen aller meiner Fehler finden; da sie nun gefunden hat, was sie von Herzen wünschte, sowie ich Euch, mein höchstes Glück, gefunden habe, so mag sie auch sicher und vergnügt viele Jahre mit ihrem Cardenio leben, so lange, wie ich den Himmel auf meinen Knien bitten will, daß er mich an der Seite meiner Dorothea leben lasse. Nach diesen Worten umarmte er sie von neuem und küßte sie mit so inniger Zärtlichkeit, daß er mit Gewalt die Tränen zurückhalten mußte, die beinahe aus seinen Augen stürzten, um seine Liebe und Reue unbezweifelbar zu bezeugen. Cardenio und Lucinde aber taten sich diese Gewalt nicht an, ebensowenig die übrigen, die zugegen waren, sondern alle fingen an zu weinen, jene über ihr Glück, diese vor Freuden darüber, daß es nicht anders schien, als ein großes Leid habe sie alle plötzlich betroffen; selbst Sancho Pansa weinte, ob er gleich nachher gestand, daß er es nur darum getan habe, weil Dorothea nicht, wie er geglaubt, Königin des Mikomikonischen Reiches sei, von der er so große Belohnungen erwartet hatte.

Das Weinen und die Verwunderung währte bei allen einige Zeit, dann warfen sich Cardenio und Lucinde zu den Füßen Don Fernandos nieder und dankten ihm in so edlen Ausdrücken für seine Güte, daß Don Fernando nicht antworten konnte, sondern sie aufhob und mit der größten Liebe und Artigkeit umarmte. Dann fragte er sogleich Dorotheen, wie sie an diesen Ort gekommen, der von ihrer Heimat so entfernt sei. Sie erzählte ihm in verständiger Kürze alles, was sie erst dem Cardenio erzählt hatte, wodurch Don Fernando und alle, die mit ihm gekommen waren, so bezaubert wurden, daß sie wünschten, die Erzählung hätte länger gedauert, mit so großer Anmut wußte Dorothea ihre Schicksale vorzutragen. Als sie geendet hatte, trug Don Fernando das vor, was sich in der Stadt zugetragen hatte, nachdem er in Lucindens Busen jenes Blatt gefunden, wodurch sie erklärte, daß sie Cardenios Gemahlin sei und die Seinige nicht werden könne; er habe sie umbringen wollen, erzählte er, und hätte es auch getan, wenn ihn ihre Eltern nicht zurückgehalten hätten, so habe er erzürnt und wütend das Haus verlassen mit dem festen Vorsatze, sich zu rächen; am folgenden Tage habe er erfahren, daß Lucinde in dem Hause ihrer Eltern vermißt werde, ohne daß einer zu sagen gewußt, wohin sie gekommen sei; nach dem Verlauf von einigen Monaten aber habe er die Nachricht erhalten, daß sie sich in einem Kloster befinde, entschlossen, dort zeitlebens zu bleiben, wenn sie nicht mit Cardenio leben könne; sowie er dies erfahren, habe er sich mit jenen drei Rittern aufgemacht und sich nach ihrem Aufenthalte begeben, er habe sie aber nicht zu sprechen gesucht, um nicht größere Achtsamkeit im Kloster zu erregen, wenn man erführe, daß er sich dort befinde; er habe hierauf einen Tag wahrgenommen, als das Tor offengestanden, zwei hätten die Tür bewachen müssen, und er habe dann mit dem dritten Gehilfen Lucinden im Kloster gesucht, sie im Kreuzgange im Gespräch mit einer

Nonne gefunden und sie augenblicklich fortgeführt, bis sie an einen Ort gekommen, wo sie Anstalten hätten machen können, sie auf eine bessere Art fortzubringen; dies alles hätten sie mit völliger Sicherheit ausführen können, denn das Kloster sei mitten im Felde und fern vom Dorfe gelegen. Sowie sich Lucinde in seiner Gewalt sah, verlor sie ihr Bewußtsein, und als sie wieder zu sich kam, tat sie nichts als weinen und schluchzen, ohne ein einziges Wort zu sprechen; so schweigend und weinend hatten sie sie bis zu dieser Schenke gebracht, in der sie den Himmel erreicht zu haben meinte, weil hier alles Unglück der Erde sein Ende gefunden.

Vierunddreißigstes Kapitel

Enthält die Fortsetzung der Geschichte der berühmten Mikomikonischen Infantin.

Alles dieses hatte Sancho mit dem tiefsten Schmerze seiner Seele angehört, denn er sah, daß die Hoffnungen auf seine Herrschaft schwanden und daß die treffliche Mikomikonische Prinzessin sich in Dorothea und der Riese in Don Fernando verwandelten, indessen sein Herr, um diesen Hergang unbekümmert, in tiefen Träumen lag. Dorothea konnte sich immer noch nicht versichern, ob ihr Glück nicht etwa nur ein Traum sei, ebenso dachte Cardenio, und Lucinde war in derselben Stimmung. Don Fernando dankte dem Himmel für die Gnade, die er ihm hatte widerfahren lassen, daß er ihn aus jenem verwickelten Labyrinthe erlöst, in welchem er so leicht seine Ehre und seine Seele auf das Spiel setzen konnte, und kurz, alle, die in der Schenke waren, waren sehr zufrieden und über den glücklichen Ausgang vergnügt, welchen alle Leiden und Widerwärtigkeiten gewonnen hatten. Der Pfarrer brachte alles in sein völliges Gleichgewicht, er wünschte jedem besonders Glück, sein Heil gefunden zu haben; am meisten aber frohlockte die Wirtin, weil ihr der Pfarrer und Cardenio das Versprechen gegeben hatten, allen Schaden, den sie um Don Quixote willen erlitten, mit Zinsen zu ersetzen.

Nur Sancho war, wie gesagt, betrübt, mutlos und niedergeschlagen, und er trat zu seinem Herrn hinein, der eben aufgewacht war, und sagte: Ihr könnt nun, gnädiger Herr Traurige Gestalt, so lange schlafen, als Ihr nur Lust habt, ohne Euch darum zu kümmern, einen Riesen totzuschlagen oder die Prinzessin in ihr Reich einzusetzen, denn alles ist schon getan und vollbracht.

Das scheint mir wohl glaubhaft, antwortete Don Quixote, denn ich habe mit dem Riesen die schrecklichste und entsetzlichste Schlacht ausgefochten, die ich nur in der ganzen Zeit meines Lebens auszufechten gedenke; mit einem Hiebe schmiß ich ihm den Kopf auf die Erde, und das hervorströmende Blut war so stark, daß es nur über den Boden wie Wasser weglief.

Daß es wie roter Wein weglief, solltet Ihr richtiger sagen, anwortete Sancho; denn Ihr müßt wissen, wenn es Euch nicht schon bekannt ist, daß der umgebrachte Riese ein zerstochener Schlauch ist, das Blut waren einhundert Kannen roter Wein, die er im Leibe hatte, und der abgehauene Kopf ist die Hure, die mich geboren hat, und alles zusammen mag nun der Satan holen!

Was spricht denn der Narr? erwiderte Don Quixote; bist du bei Sinnen?

Steht nur auf, sagte Sancho, so werdet Ihr wohl die schöne Bescherung sehen, die Ihr angerichtet habt, und was wir alles zu bezahlen haben und daß sich die Königin in eine gemeine Dame Dorothea verwandelt hat nebst anderen Begebenheiten, die, wenn Ihr ihrer nur gewahr werdet, Euch in Erstaunen setzen sollen.

Über nichts werde ich mich verwundern, erwiderte Don Quixote, denn wenn du dich anders erinnerst, so sagte ich dir, als wir uns jüngst hier befanden, daß alles, was uns hier zustieß, nur Dinge der Bezauberung seien, und es wäre nichts Sonderliches, wenn es sich jetzt wieder also fände.

Das würde ich alles glauben, antwortete Sancho, wenn meine Prellerei auch ein Ding der Art gewesen wäre, aber das war sie nicht, sondern sehr wirklich und äußerst wahrhaftig; ich sah selbst, wie der Wirt, der sich noch gegenwärtig hier befindet, den einen Zipfel des Bettuches hielt und mich mit großer Freude und Fröhlichkeit in den Himmel schmiß, wobei ich sein Lachen ebenso hörte, wie ich seine große Stärke spürte; und wenn man so die Personen kennt, so denke ich bei mir, ob ich gleich nur ein einfältiger Mensch und armer Sünder bin, daß da nichts von Zauberei darunter steckt, sondern alles nur Prellerei und Mißgeschick ist.

Nun wohlauf, Gott wird uns beistehen, sagte Don Quixote, gib mir meine Kleider, und ich will alsbald hinaustreten und alle Begebenheiten und Verwandlungen ansehen, von welchen du sprichst.

Sancho half ihm, sich anzukleiden, und während dieser Zeit erzählte der Pfarrer dem Don Fernando und den übrigen von den Torheiten des Don Quixote und welche List sie gebraucht hätten, um ihn von dem Felsen Armut herunterzulocken, wohin er sich in der Einbildung begeben, er sei von seiner Dame verschmäht. Er erzählte ihnen zugleich die Abenteuer, die er von Sancho erfahren hatte, worüber sie sich nicht wenig verwunderten und sehr lachten, denn allen schien dies die ausschweifendste Art von Wahnsinn, die nur jemals ein zerrüttetes Hirn einnehmen könne. Der Pfarrer fuhr fort, man müsse jetzt etwas Neues ersinnen, um ihn nach seiner Heimat zurückzubringen. Cardenio schlug vor, im ersten Anschlage fortzufahren und daß Lucinde nunmehr die Rolle der Dorothea darstellen könne.

Nein, sagte Don Fernando, das ist unnötig, ich will, daß Dorothea ihre Erfindung fortsetze, denn da wir von hier nach dem Wohnorte des guten Ritters nicht weit haben, so wird es mir ein Vergnügen sein, zu seiner Herstellung etwas beizutragen. Seine Heimat ist nur zwei Tagereisen von hier. Aber wenn sie auch weiter entfernt läge, würde ich doch mit Freuden den Weg machen, um dies gute Werk zu vollbringen.

Indessen trat Don Quixote herein, mit allen seinen Harnischstücken gewappnet, mit dem zerschlagenen Helm des Mambrin auf dem Haupte, am Arm den Schild und auf seine Stange oder Lanze gestützt. Don Fernando sowie die übrigen erstaunten über das höchst seltsame Aussehen des Don Quixote, über sein Antlitz, das schier eine halbe Meile lang schien und dürr und bleich war, über seine lächerliche Rüstung und sein gemessenes Betragen; sie schwiegen, um zu sehen, was er sagen würde. Er aber, die Augen auf die schöne Dorothea geheftet, sagte mit dem feierlichsten Anstande: Ich habe, schöne Dame, von meinem Knappen erfahren, daß Eure Hoheit sich vernichtet und gänzlich sich selber verstoßen habe, indem Ihr Euch aus einer bisherigen Königin und mächtigen Herrscherin in eine gemeine Jungfrau verwandelt habt; ist solches auf Befehl des königlichen Negromanten, Eures Vaters geschehen, weil er fürchtet, daß Ihr von mir nicht die geziemende und notdürftige Hilfe erhalten könntet, so sage ich ihm, daß er wenig weiß, wovon die Rede ist, sowie er nur ein kleines in den Historien der Ritterschaft bewandert sein muß, denn hätte er sie so aufmerksam gelesen und studiert, wie ich sie seit langer Zeit studiert und gelesen habe, so würde er auf jeder Seite darauf gestoßen sein, wie andere Ritter von geringerem Ruhme als der meine weit gefährlichere Dinge vollbracht haben, da es nichts Sonderliches ist, ein Rieslein totzumachen, sei es auch noch so trotzig, denn es ist noch nicht gar lange, daß ich diesen vor mir sah, und — — — aber ich will schweigen, damit man mich nicht Lügen strafe; doch die Zeit, die Entdeckerin aller Dinge, wird es enthüllen, wenn man es am mindesten denkt.

Zwei Schläuche saht Ihr vor Euch und keinen Riesen! rief der Wirt hier aus, aber Don Fernando gebot ihm Stillschweigen, daß er keineswegs die Rede Don Quixotes unterbrechen möge. Und Don Quixote fuhr also fort: Ich sage also, erhabene und erblose Herrscherin, daß, falls aus jener oben angeführten Ursache Euer Vater mit Eurer Person diese Metamorphose vorgenommen, Ihr ihm durchaus keinen Glauben beimessen sollt, denn es gibt keine Gefahr auf Erden, durch die sich mein Schwert nicht einen Weg zu bahnen wüßte; mit diesem will ich das Haupt Eures Feindes auf das Land legen, dessen Diadem ich in wenigen Tagen um Eure Schläfe legen werde.

Hier endete Don Quixote und erwartete die Antwort der Prinzessin. Diese, die schon den Willen Don Fernandos wußte, daß sie die Täuschung fortführen solle, bis man Don Quixote nach seiner Heimat gebracht, antwortete daher mit vieler Zierlichkeit und großem Ernst: Wer es immer sei, der Euch gesagt, tapferer Ritter von der traurigen Gestalt, daß ich mich meines vorigen Zustandes entkleidet, hat Euch nicht die Wahrheit berichtet, denn dieselbe, die ich gestern war, bin ich noch heute; es hat sich freilich eine gewisse Veränderung mit mir zugetragen, wodurch ich etwas Besseres erlangt habe, als ich mir nur wünschen konnte; deswegen aber habe ich das nicht zu sein aufgegeben, was ich vormals war, sowie ich noch die nämlichen Gedanken nähre, mich der Gewalt Eures gewaltigen und unüberwindlichen Armes zu bedienen, wie ich immer getan habe; also, mein gnädiger Herr, erweist dem Vater, der mich gezeugt, die ihm gebührende

Ehre, und haltet ihn wie vormals für einen klugen und vorsichtigen Mann, da er durch seine Wissenschaft einen so leichten und zuverlässigen Weg ermittelt hat, mich aus meinen Leiden zu erlösen, denn ich bin des Glaubens, daß, geschähe es nicht durch Euch, ich niemals wieder zu meinem Glück gelangt wäre, und hierin sage ich so sehr die Wahrheit, daß es die meisten dieser hier gegenwärtigen Herren bezeugen können: Was uns zu tun obliegt, ist, uns morgen auf den Weg zu machen, weil wir heute nicht mehr weit reisen könnten, und was dann übrigens mein Glück betrifft, so will ich dieses Gott und der Tapferkeit Eures Herzens empfehlen.

Dieses sagte die verständige Dorothea, und nachdem es Don Quixote vernommen hatte, wandte er sich zu Sancho und sagte zu ihm mit den Gebärden des größten Zornes: Jetzt sag' ich, o Sancho-Bestie, daß du der größte Kapitalhalunke seist, der nur in Spanien lebt! Sprich, du Erzspitzbube von Landstreicher, hast du mir nicht eben gesagt, daß diese Prinzessin sich in eine Jungfrau verwandelt habe und Dorothea heiße? Und daß der Kopf, den ich nach meinem Verstande einem Riesen abgehauen, die Hure sei, die dich geboren, nebst andern Tollheiten, die mich in die größte Verwirrung gebracht, in der ich mich nur zeit meines Lebens befunden habe? Aber ich schwöre — — — (er blickte zum Himmel und biß die Zähne zusammen), daß ich an dir ein Exempel statuieren will, um das Verständnis aller lügenhaften Schildknappen zu wecken, die den fahrenden Rittern von jetzt an bis in Ewigkeit dienen!

Beruhigt Euch nur, mein gnädiger Herr, antwortete Sancho, denn es kann wohl sein, daß mir über die Veränderung der gnädigen Mikomikonischen Prinzessin ein Irrtum zugestoßen ist; was aber den Kopf des Riesen oder wenigstens die zerstochenen Schläuche betrifft und daß das Blut nur roter Wein war, darin bin ich, beim lebendigen Gott, in keinem Irrtum, denn die Schläuche stehen noch zerstochen zu Häupten Eures Bettes, und eine große See von rotem Wein schwimmt in der Stube; und glaubt Ihr's nicht, so werdet Ihr es schon beizeiten erfahren, wenn nämlich Seine Gnaden der Herr Wirt von hier Euch von allem Schaden die Rechnung vorlegen wird; was aber das betrifft, daß die gnädige Königin wieder ist, was sie war, so freue ich mich von ganzem Herzen darüber, denn ich kriege auch meinen Teil davon, wie jedes andere Menschenkind.

Sie wurden durch einen Reisenden unterbrochen, der jetzt in die Schenke trat und dessen Tracht zeigte, daß er ein Christ sei, der kürzlich aus dem Gebiete der Mohren zurückgekehrt, denn er trug ein kurzes Oberkleid von blauem Zeuge mit kleinen Ärmeln und ohne Halskragen, seine Beinkleider waren von der nämlichen Farbe, und auf dem Kopfe hatte er einen blauen Bund; er trug braune Halbstiefel und ein mohrisches Schwert an einem Bandelier, das ihm über die Brust hing. Gleich nach ihm kam auf einem Maultier eine Frau in mohrischer Kleidung, die das Gesicht mit einem Tuche verhüllt hatte; sie hatte einen brokatenen Kopfschmuck, und ein weiter Schleier floß ihr von dem Haupte bis zu den Füßen hinab. Der Mann war von starkem und angenehmem Äußern, er schien ungefähr vierzig Jahr alt, von bräunlichem Gesicht, den Bart zierlich gekräuselt, so daß man ihn nach seinem Ansehen, wenn er besser gekleidet gewesen wäre, für einen Mann von Stande gehalten hätte. Er verlangte ein Zimmer, und da man ihm sagte, daß in der Schenke keins zu haben sei, schien er verdrießlich zu werden; er ging hierauf zu der, die ihrer Kleidung nach eine Mohrin schien, und hob sie vom Pferde.

Lucinde, Dorothea, die Wirtin, ihre Tochter und Maritorne, die von der ihnen ganz neuen Kleidung angezogen wurden, traten zu der Mohrin, und Dorothea, die immer artig, verständig und liebenswürdig war, da sie sah, daß beide über das mangelnde Zimmer verdrießlich waren, sagte: Seid nicht, Señora, unzufrie-

den damit, daß es hier an aller Bequemlichkeit mangelt, denn es pflegt in den Schenken an allem zu fehlen; wenn es Euch aber gefällt, mit uns zu sein, so werdet Ihr doch vielleicht hier einige Annehmlichkeiten antreffen, die Ihr auf dem übrigen Wege nicht gefunden habt.

Die Verschleierte antwortete nicht, sondern stand auf, wo sie sich niedergesetzt hatte, legte die Hände kreuzweis über die Brust und neigte den Kopf und den Körper zum Zeichen ihres Dankes. Aus ihrem Stillschweigen schlossen sie, daß sie eine Mohrin sein müsse und die christliche Sprache nicht reden könne. Indessen trat der Fremde hinzu, der anders beschäftigt gewesen war; als er sah, daß sie alle die Fremde umgaben und diese auf ihr Anreden nichts erwiderte, sagte er: Dies Mädchen, meine Damen, versteht unsere Sprache kaum, denn sie ist nur mit ihrer Landessprache vertraut, und deshalb kann sie auf nichts antworten, was sie gefragt wird.

Wir fragen sie nichts, antwortete Lucinde, wir bieten ihr nur für diese Nacht unsere Gesellschaft und einen Teil unseres Gemachs an, wo wir mit ihr alle hier mögliche Bequemlichkeit teilen wollen, sowie wir ihr gern alle Dienste leisten, die Fremde, besonders Frauen, erwarten dürfen.

Für sie und für mich, antwortete der Fremde, küsse ich Euch, Señora, die Hände, ich erkenne diese Güte so wie ich soll, denn ich sehe, daß ich vornehmen und edlen Damen verbunden bin.

Sagt mir, Señor, fragte Dorothea, ist diese Señora Christin oder Mohrin? Denn aus ihrer Kleidung und ihrem Stillschweigen schließen wir, daß sie das ist, was wir lieber nicht von ihr wünschten.

Sie ist Mohrin in ihrer Tracht und im Körper, aber in der Seele ist sie eine herzliche Christin, denn ihr größter Wunsch ist es, Christin zu werden.

So ist sie nicht getauft? fragte Lucinde.

Noch hat die Gelegenheit dazu gefehlt, antwortete der Fremde, seit wir Algier, ihr Vaterland, verlassen haben, und sie ist noch in keiner so dringenden Lebensgefahr gewesen, daß man sie hätte taufen müssen, ohne daß sie alle die Zeremonien kannte, die unsere Mutter, die heilige Kirche, befiehlt; aber mit Gottes Hilfe wird sie mit allen jenen Feierlichkeiten getauft werden, die ihr Stand erfordert, denn sie ist vornehmer, als sie nach ihrer oder meiner Kleidung erscheint.

Nach diesen Worten wurden alle Umstehenden neugierig, zu erfahren, wer die Mohrin und der Fremde sei; aber keiner wollte ihn fragen, weil es ihm nötiger schien zu ruhen, als seinen Lebenslauf zu erzählen. Dorothea nahm sie bei der Hand und ließ sie neben sich niedersitzen, worauf sie sie bat, daß sie den Schleier abnehmen möchte. Sie sah den Gefangenen an, als ob sie ihn fragte, was jene sage und was sie tun solle. Er sagte ihr auf arabisch, daß sie gebeten würde, den Schleier abzunehmen, und daß sie es tun möchte; sie nahm hierauf den Schleier ab und entdeckte ein so schönes Angesicht, daß Dorothea sie schöner als Lucinde und Lucinde sie schöner als Dorothea fand, und alle Umstehenden fällten das Urteil, daß, wenn sich jemand mit den beiden vergleichen dürfe, es die Mohrin sei, ja einige gaben ihr noch in manchen Dingen den Vorzug. Da die Schönheit nun immer die Gewalt hat, die Gemüter zu fesseln, so ereiferten sich alle sogleich, der schönen Mohrin zu dienen und sich ihr gefällig zu machen.

Don Fernando fragte den Gefangenen, wie die Mohrin heiße. Er antwortete: Lela Zorayda; als sie dies hörte und merkte, was der Christ gefragt hatte, rief sie eilig und mit sehr zierlichem Eifer: Nein, nein, Zorayda, Maria, Maria! wodurch sie zu verstehen geben wollte, daß sie Maria und nicht Zorayda heiße.

Indessen war es Abend geworden, und auf Veranstaltung derjenigen, die mit Don Fernando gekommen waren, hatte der Wirt mit aller Sorgfalt eine Abendmahlzeit zubereitet, so gut er sie nur schaffen konnte. Als es nun Zeit zum Essen geworden, setzten sich alle um einen breiten Wandtisch, denn ein runder oder viereckiger Tisch war nicht in der Schenke; die Haupt- und vornehmste Stelle wurde dem Don Quixote gegeben, so sehr er sich auch weigerte, der die Mikomi-

konische Fürstin zu seiner Seite haben wollte, weil er ihr Beschützer sei. Darauf setzten sich Lucinde und Zorayda und gegenüber Don Fernando und Cardenio, dann der Fremde und die übrigen Ritter, an der Seite der Damen der Pfarrer und der Barbier. So aßen sie sehr vergnügt und ergötzten sich noch mehr, als Don Quixote zu essen aufhörte und also zu sprechen anfing: In Wahrheit, Señores, wenn man es recht erwägt, so erfahren diejenigen große und unerhörte Dinge, die sich zum Orden der fahrenden Ritterschaft bekennen; denn wer unter den Lebenden, der jetzt in die Tür dieses Kastells hereinträte und uns sähe, wie wir hier sitzen, würde glauben, daß wir das sind, was wir sind? Wer würde darauf verfallen, daß diese Dame, die zu meiner Seite sitzt, die große Königin sei, als welche wir sie alle kennen, und daß ich jener Ritter von der traurigen Gestalt bin, den das Gerücht im Munde führt? Nun ist es außer allem Zweifel, daß diese Kunst und dieses Geschäft alle übrigen übertrifft, die nur jemals von den Menschen sind erfunden worden, und man muß es um so höher achten, je mehr es Gefahren unterworfen ist. Diejenigen mögen nur schweigen, die die Wissenschaften über die Waffen stellen wollen, denn wer sie auch sein mögen, so sage ich ihnen, daß sie nicht wissen, was sie sagen. Denn der Grund, den diese anzugeben pflegen und auf welchen sie sich am meisten stützen, ist der, daß die Arbeiten des Geistes höher als die des Körpers stehen und daß die Waffen nur vom Körper geübt werden; als ob ihre Ausübung nichts weiter als die Tätigkeit eines Sänftenträgers wäre, der nichts als nur tüchtige Kräfte nötig hat; oder als ob in dem, was wir das Handwerk der Waffen nennen, nicht alle Tugenden der Tapferkeit befangen lägen, die, recht ausgeübt, einen großen Verstand erfordern; oder als ob der Krieger, dem eine Armee oder die Verteidigung eines festen Platzes anvertraut ist, nicht ebenso mit dem ganzen Geiste wie mit dem Körper arbeiten müßte. Man erwäge doch nur, ob er mit seinen körperlichen Kräften die Absicht des Feindes wissen und erraten kann, seine Pläne, Kriegslisten, Überfälle, wie er jedem möglichen Unglück zuvorkommen muß, daß alle diese Dinge Verrichtungen des Verstandes sind, an welchen der Körper keinen Teil nehmen kann. Wenn dem nun so ist, daß die Waffen ebensoviel Geist wie die Wissenschaften erfordern, so wollen wir nun untersuchen, welcher Geist, ob der des Gelehrten oder der des Kriegers, mehr arbeitet; und dieses wird sich aus dem Ziele und Zwecke erkennen lassen, den sich jeder von beiden vorsetzt, denn die Absicht wird um so höher zu schätzen sein, je mehr ihr Endzweck groß und edel ist. Der Zweck und das Ziel der Wissenschaften ist, die Gerechtigkeit gleich zu verteilen und jedem das zu geben, was ihm zukommt, und über Erhaltung der guten Gesetze zu wachen; gewiß ein edler, großer und preiswürdiger Endzweck! Aber dennoch ist er jenem nicht zu vergleichen, den sich die Waffen vorgesetzt haben, deren letztes Ziel der Friede ist, das höchste Gut, welches sich die Menschen in diesem Leben wünschen können. Waren doch die frohesten Nachrichten, die so Welt wie Menschen empfingen, jene, die die Engel in der Nacht, die unser Tag war, verkündigten, als sie in den Lüften sangen: Ehre sei Gott in der Höhe und Friede auf Erden allen Gläubigen; und der Gruß, den der oberste Herr der Erde und des Himmels seine Schüler und Freunde lehrte, war der, daß sie, wenn sie ein Haus beträten, sagen sollten: Friede sei mit diesem Hause, und er selber sagte oftmals: Meinen Frieden gebe ich euch, meinen Frieden lasse ich euch, mein Friede sei mit euch! So war dies, von dieser Hand gegeben, das höchste Kleinod, ohne welches auf Erden wie im Himmel kein anderes Glück zu finden ist; dieser Friede ist der wahrhafte Endzweck des Krieges, denn Waffen und Krieg sind gleichbedeutende Namen. Diese Wahrheit vorausgesetzt, daß der Zweck des Krieges der Friede sei und daß er hierin den Zweck der Wissenschaften übertreffe, wollen wir nun die körperlichen Leiden des Gelehrten untersuchen und sie mit denen des Kriegers vergleichen, um zu sehen, welche größer sind.

Auf diese Art und in so guten Ausdrücken fuhr Don Quixote in seiner Rede fort, so daß ihn keiner von seinen Zuhörern für einen Toren halten konnte; zumal die meisten Ritter waren, die sich zum Waffenhandwerke bekannten, hörten sie ihm vielmehr mit großem Vergnügen zu, und er fuhr auf folgende Weise fort: Ich sage demnach, daß die Leiden des Studierenden folgende sind: vornehmlich

Armut, nicht als ob sie alle arm wären, sondern ich setze diesen Fall nur als das möglichst größte Unglück voraus, und indem ich gesagt habe, daß er an der Armut leidet, brauche ich nach meiner Meinung kein weiteres Übelbefinden hinzuzufügen, denn wer arm ist, der hat kein anderes Gut, das ihm zu Gebote steht. Diese seine Armut fühlt er bald im Hungern, bald in der Kälte, bald in der Entblößung, bald in allem zugleich; aber doch ist sie nicht so groß, daß er nicht essen sollte, wenn er es auch etwas später als die übrigen tut, wenn es auch von den Überbleibseln der Reichen geschieht, denn das ist das größte Elend der Studierenden, daß sie nach fremden Brosamen suchen müssen, auch finden sie einen fremden Ofen oder Kamin, an dem sie, wenn auch nicht sich erwärmen, doch auftauen können, und endlich schlafen sie doch in der Nacht unter einem Dache. Des übrigen Mangels will ich gar nicht erwähnen, als da ist der Mangel der Hemden und die Entbehrung der Schuhe, die Seltenheit und Abgetragenheit der Kleider, noch daß sie sich vor übermäßiger Lust den Magen verderben, wenn sie das Glück irgend einmal zu einem Schmause führt. Auf diesem beschriebenen, steilen und beschwerlichen Wege, indem sie hier straucheln, dort fallen, da wieder aufstehen und hier von neuem wieder stürzen, ersteigen sie den Gipfel, den sie wünschen, und so haben wir viele hinaufgelangen sehen, die auch durch diese Syrten, Szyllen und Charybden gewandert sind, von günstigem Glücke unterstützt; so haben wir sie nachher Befehle geben und von einem Stuhle die Welt beherrschen sehen, indem sie den Mangel in Überfluß, den Frost in Wohlleben, die Blöße in Schmuck, das Schlafen auf einer schilfenen Matte in Ruhen auf köstlichen und teuren Betten verwandelt haben; eine Belohnung, die sie mit Recht durch ihre Tugend verdienten. Vergleichen wir aber diese Leiden mit denen des Kriegers und stellen sie ihnen entgegen, so erscheinen sie bei weitem als die geringeren, wie man sogleich sehen wird.

Fünfunddreißigstes Kapitel

Enthält die seltsame Rede, die Don Quixote über die Waffen und Wissenschaften hielt.

Don Quixote sprach folgendermaßen weiter: Da wir beim Studierenden seine Armut und ihre Folgen betrachtet haben, so wollen wir nun untersuchen, ob der Soldat reicher sei, und hier finden wir, daß die Armut selbst durchaus nicht ärmer sein könne; denn er ist an seinen elenden Sold gebunden, der spät, oft niemals ausgezahlt wird, oder er sucht auf seine Hand Beute zu machen, wodurch er sein Leben und sein Gewissen in augenscheinliche Gefahr bringt. Oft ist er so ohne Kleider, daß ein abgetragenes Koller ihm zum Hemde und Mantel zugleich dient, und so muß er mitten im Winter die Unfreundlichkeiten des Himmels erfahren, indem er auf freiem Felde dasteht, mit nichts als dem Atem in seinem Munde. Aber nun kann er doch wenigstens auf die Ankunft der Nacht hoffen, um sich von allen diesen Unbequemlichkeiten in seinem Bette, das seiner wartet, zu erquicken, jenem Bette, das gewiß, wenn es nicht durch seine Schuld geschehen, nicht zu enge aufgeschlagen ist; denn er darf wohl auf der Erde, soweit er nur mag, die Beine ausstrecken und sich dreist hin und her wälzen, ohne zu befürchten, die Bettücher zu verderben. Nun kommt der Tag und die Stunde, die vornehmste Würde seines Handwerks zu erlangen, der Tag der Schlacht ist da, sie stopfen ihm Leinwand und Scharpie in den Kopf, um ihn zu verbinden, weil eine Musketenkugel ihm durch die Schläfen geschlagen hat, oder sie nehmen ihm einen Arm oder ein Bein ab; wenn dies aber nicht geschieht und ihn der gütige Himmel gesund und lebendig erhält, so ist es möglich, daß er in derselben Armut bleibt, in welcher er sich erst befand, und so muß er noch ein zweites Treffen, ein anderes und wieder ein anderes aushalten, und aus allen muß er als Sieger zurückkehren, um zu irgend etwas zu kommen; dieses Wunder aber ereignet sich nur in seltenen Fällen. Denn, Señores, habt ihr es wohl schon überlegt, wie klein die Anzahl derer ist, die der Krieg belohnt, gegen die gerechnet, die darin untergehen? Ihr werdet gewiß antworten, daß dies keinen Vergleich zulasse, daß die Toten unzählbar, diejenigen aber, die belohnt und lebendig geblieben, leicht zu überblicken sind. Alles dies ist aber bei den Gelehrten ganz anders, denn zur Notdurft haben sie das, was sie brauchen; so daß, wie die Beschwer des Soldaten bei weitem größer, seine Belohnung ungleich geringer ist. Hierauf aber kann man antworten, daß es viel leichter sei, zweitausend Gelehrte zu belohnen, als dreißigtausend Soldaten, denn jenen werden Ämter gegeben, die für sie eingerichtet sind und die nur Gelehrte verwalten können, diese aber können nicht anders, als durch das eigene Vermögen des Herrn belohnt werden, dem sie dienen, und diese Unmöglichkeit bestätigt meine obige Behauptung. Wir wollen dies aber übergehen, denn es ist ein Labyrinth, aus dem man nur schwer einen Ausgang findet, sondern uns nun wieder zu den Vorzügen wenden, die die Waffen vor den Wissenschaften haben; ein Gegenstand, den wir jetzt nach den Gründen untersuchen müssen, die beide für sich anführen können. Hierauf sagen nun die Wissenschaften, daß ohne sie die Waffen sich nicht erhalten könnten, denn auch der Krieg habe seine Gesetze und sei ihnen unterworfen, die Gesetze aber rühren von den Gelehrten her. Hierauf antworten die Waffen, daß die Gesetze sich ohne sie nicht erhalten können, denn mit den Waffen werden die Staaten verteidigt, die Reiche aufrechterhalten, die Städte bewacht, die Wege gesichert, das Meer von den Räubern gereinigt; kurz, wenn sie nicht wären, so wären Staaten, Reiche, Monarchien, Städte, die Wege zu Lande wie zu Wasser dem Sturme und aller Verwirrung unterworfen, die der Krieg mit sich bringt, wenn er regiert und mit aller Kraft und voller Freiheit herrscht. Es ist auch eine ausgemachte Wahrheit, daß das, was am meisten kostet, auch am höchsten geschätzt werden müsse. Um in den Wissenschaften groß zu sein, kostet es Zeit, Nachtwachen, Hunger, Blöße, Anstrengung des Kopfes, Verdorbenheit des Magens nebst anderen Dingen, die damit zusammenhängen und die ich zum Teil schon berührt habe; aber um ein guter Soldat zu werden, kostet es alles das, was beim Studierenden in Betracht kommt, und in einem so viel höheren Grade, daß man es gar nicht vergleichen darf, denn in jedem Augenblicke kommt es darauf an, daß es ihn sein Leben kostet. Und welche Bedrängnis der Armut und Dürftigkeit, die dem Studierenden zusetzen, ist doch mit dem

zu vergleichen, was ein Soldat zu fürchten hat, der sich in einer Feste eingeschlossen befindet, auf seinem Posten steht oder eine Schanze bewacht und nun fühlt, daß die Feinde die Gegend bis zu ihm unterminieren und er sich doch durchaus nicht entfernen, noch der Gefahr entfliehen darf, die ihn so nahe bedroht? Alles, was er tun kann, ist, daß er seinem Hauptmann von dem, was geschieht, Nachricht gibt, damit eine Gegenmine angelegt werde, indessen er in der Erwartung und Furcht dastehen muß, daß er plötzlich ohne Flügel in die Wolken hinauffliegt und zum Abgrunde ohne seinen Willen hinunterstürzt. Und wenn dies nur eine kleine Gefahr zu sein scheint, so betrachte man, ob diejenige ihr gleichkommt oder sie vielleicht übertrifft, wenn zwei Galeeren mit den Vorderteilen inmitten des unendlichen Meeres aufeinanderstoßen; nun sind sie geentert und aneinandergeklammert, und der Soldat ist dennoch, unerschrockenen Herzens, von der Ehre beseelt und angetrieben, sich zum Ziel der mannigfaltigen Geschütze zu machen, im Vorsatze, in das feindliche Schiff zu dringen; und was am meisten zu bewundern ist, kaum ist einer da niedergestürzt, von wo er nicht bis zum Ende der Welt aufstehen kann, als ein anderer schon die nämliche Stelle einnimmt, und wenn dieser nun auch in das Meer fällt, das ihn wie ein Feind erwartet, so folgt ihm ein anderer und wieder ein anderer, ohne der Zeit ihres Todes Zeit zu lassen; der höchste Mut und die größte Verwegenheit, die nur in allen Wechselfällen des Krieges zu finden ist. Gesegnet seien die glücklichen Zeitalter, die noch die furchtbare Wut jener verruchten Maschinen der Artillerie nicht kannten, deren Erfinder gewiß in der Hölle die Belohnung für seine teuflische Erfindung erhält, durch die er Ursache gewesen, daß ein nichtswürdiger und feiger Arm einem tapferen Ritter das Leben rauben kann, daß von irgendwo eine Kugel daherfliegt, von einem abgeschossen, der vielleicht floh und sich beim Abschießen des verfluchten Instrumentes vor dem Feuerblitze entsetzte und so in einem Augenblicke Gedanken und Leben desjenigen beendigt, der verdient hätte, hohes Lebensalter zu genießen. Wenn ich dies erwäge, so muß ich bekennen, daß es mich in der innersten Seele schmerzt, in diesem gegenwärtigen, höchst verwünschten Zeitalter das Handwerk eines fahrenden Ritters auszuüben, denn ob mir gleich keine Gefahr eine Furcht einjagt, so erregt mir der Gedanke doch immer Verdruß, daß Pulver und Blei mir die Gelegenheit nehmen können, mich durch die Gewalt meines Armes und die Schneide meines Schwertes auf der ganzen entdeckten Erde bekannt und berühmt zu machen. Doch mag alles geschehen, wie es dem Himmel gefällt, denn ich werde um so mehr geehrt sein, wenn ich meinen Vorsatz durchführe, wenngleich mir noch größere Gefahren entgegenstehen, als die fahrenden Ritter in den verlaufenen Zeitaltern zu bestehen hatten.

Diese ganze lange Rede hielt Don Quixote, während die übrigen zu Abend aßen, indes er ganz vergaß, etwas in den Mund zu stecken, ob ihn gleich Sancho Pansa etlichemal daran erinnert hatte, daß er essen möchte, weil er nachher noch Zeit genug habe, alles, was er nur wolle, zu sagen. Seine Zuhörer bedauerten es von neuem, daß ein Mann, der in allen übrigen Dingen so gescheit und verständig scheine, alle Vernunft gänzlich verliere, wenn er auf seine traurige und unglückselige Ritterschaft zu sprechen komme. Der Pfarrer sagte, daß er sehr recht in allem habe, was er zugunsten der Waffen behauptet, und daß er selber, obgleich Gelehrter und Graduierter, derselben Meinung sei.

Man hatte gegessen, und während die Wirtin, ihre Tochter und Maritorne die Scheune für Don Quixote einrichteten, bat Don Fernando den Fremden, den Verlauf seines Lebens zu erzählen, weil dieses nicht anders als seltsam und unterhaltend sein könnte, wie man schon daraus schließen müsse, daß er in der Gesellschaft der Zorayda gekommen sei. Der Fremde antwortete, daß er gern diesem Befehle gehorchen wolle, nur fürchte er, seine Erzählung möchte nicht von der Beschaffenheit sein, daß sie das gewünschte Vergnügen davon haben könnten; dessenungeachtet aber wolle er dem Befehle nicht ungehorsam sein, sondern sie vortragen.

Der Pfarrer und die übrigen dankten ihm deswegen und baten ihn von neuem, und da er so viele Bittende sah, sagte er zu, und sogleich fing er mit seiner angenehmen und sanften Stimme auf folgende Weise an.

Sechsunddreißigstes Kapitel

in welchem der Gefangene sein Leben erzählt.

In einem Orte der Leonischen Gebirge hat meine Familie ihren Ursprung, gegen welche die Natur sich gütiger gezeigt hatte als das Glück, obgleich in der Dürftigkeit jener Dörfer mein Vater immer noch für reich galt und es auch gewesen wäre, wenn er sich dieselbe Mühe gegeben hätte, sein Vermögen zu erhalten, die er sich gab, es zu verlieren. Seine allzu große Freigebigkeit rührte daher, daß er in seinen jüngeren Jahren Soldat gewesen war; denn der Soldatenstand ist eine Schule, in der der Knicker großmütig und der Großmütige Verschwender wird, und wenn es auch einige geizige Soldaten gibt, so sind sie wie Mißgeburten, die nur selten angetroffen werden.

Mein Vater überschritt aber die Grenzen der Freigebigkeit und wurde zum Verschwender, was niemals für einen verheirateten Mann gut ist, der Kinder hat, die seinen Namen und sein Ansehen fortpflanzen sollen. Mein Vater hatte drei Kinder, alle drei Jünglinge und alle schon in dem Alter, sich ihren Stand zu erwählen. Da nun mein Vater sah, daß es ihm unmöglich war, wie er sagte, seine Neigung zu bezähmen, so wollte er sich der Mittel berauben, die ihn großmütig und gastfrei machten, das heißt, seines Vermögens, ohne welches selbst ein Alexander sparsam werden muß; daher rief er uns eines Tages alle drei in sein Gemach und hielt uns ungefähr folgende Rede: Kinder, um euch zu sagen, daß ich euch wohlwill, ist genug zu sagen, daß ihr meine Kinder seid, und um zu verstehen, daß ich euch übelwill, ist es genug zu wissen, daß ich nicht verstehe, euer Vermögen gut zu verwalten; damit ihr aber jetzt und in Zukunft einsehet, daß ich euch wie ein Vater liebe und nicht wie ein Stiefvater euch schaden möchte, will ich etwas mit euch unternehmen, das ich mir schon seit langem ersonnen und reiflich erwogen habe. Ihr seid schon in dem Alter, eine Bestimmung zu haben oder euch wenigstens ein Gewerbe zu erwählen, das euch, wenn ihr älter seid, Ehre und Vorteil bringt; und was ich mir also ausgesonnen habe, ist, mein Vermögen in vier Teile zu teilen, drei davon will ich euch geben, jedem genau soviel wie dem anderen, und mit dem vierten Teile will ich leben und meine Tage damit fortbringen, die mir der Himmel noch gönnt; ich wünsche aber, daß jeder mit seinem Teil des Vermögens auch einen von den Wegen betreten möchte, die ich ihm vorschlagen will. Es gibt ein kluges Sprichwort: Wähle die Kirche oder den König oder das Meer, womit man gleichsam hat ausdrücken wollen: Wer Ansehen oder Reichtum gewinnen will, der folge entweder der Kirche oder gehe als Kaufmann zu Schiffe oder suche im Palast des Königs Dienst; denn man pflegt zu sagen: die Brosamen, die der König gibt, sind mehr als das Brot eines anderen. Ich sage dies, weil es mein Wunsch und Wille ist, daß einer von euch sich den Wissenschaften widme, ein zweiter dem Handel und der dritte dem Könige im Kriege diene; denn es ist schwierig, zu Diensten des Palastes zugelassen zu werden, und der Krieg gibt zwar keine großen Schätze, verleiht aber Tapferkeit und Ruhm. In acht Tagen will ich einem jeden von euch seinen Anteil in barem Gelde geben, ohne ihm einen Pfennig vorzuenthalten. Jetzt sagt, ob ihr gesonnen seid, den Vorschlag, den ich euch gemacht habe, anzunehmen. Er verlangte von mir als dem ältesten, daß ich ihm zuerst antworten sollte, ich bat ihn hierauf, sich seines Vermögens nicht zu entäußern, sondern daß er ausgeben solle, soviel ihn nur gelüste, wir wären junge Leute und könnten uns selber forthelfen, doch bestand er darauf, nach seinem Gefallen zu handeln, worauf ich erklärte, den Waffen zu folgen, um Gott und meinem Könige zu dienen. Der zweite nahm sich vor, nach Indien zu gehen und soviel er habe dorthin mitzunehmen. Der jüngste und, wie ich glaube, auch der klügste sagte, daß er der Kirche folgen wolle oder seine angefangenen Studien zu Salamanca vollenden. Als wir darüber einig waren und sich jeder seinen künftigen Stand erwählt hatte, umarmte uns mein Vater alle drei und vollbrachte alles auch wirklich in derselben kurzen Zeit, wie er gesagt hatte; er gab jedem seinen Teil (und soviel ich mich erinnern kann, fielen auf jeden dreitausend Dukaten in barem Gelde, denn ein Oheim kaufte unser Eigentum an und zahlte alles aus, damit es nicht aus der Familie komme). Wir nahmen hierauf alle drei an demselben Tage von unserem braven Vater Abschied; doch schien es mir unmenschlich, daß er in seinem Alter mit so einem geringen Vermögen leben sollte, deshalb bewog ich ihn, daß er von meinen dreitausenden zweitausend Dukaten annahm, weil mir der Rest hinreichend war, mich mit allem auszurüsten, was ich als Soldat brauchte; meine beiden Brüder, durch mein Beispiel bewogen, gaben ihm jeder tausend Dukaten, so daß meinem Vater viertausend Dukaten in barem Gelde blieben und außerdem noch dreitausend, denn so viel schien das Gut wert zu sein, welches auf seinen Anteil fiel und welches er nicht verkaufen, sondern bewirtschaften wollte.

Wir nahmen hierauf, wie gesagt, auch von unserem Oheim Abschied, waren sehr gerührt und vergossen viele Tränen, sie trugen uns auf, ihnen bei jeder Gelegenheit von unserem Glücke oder Unglücke Nachrichten zukommen zu lassen. Wir versprachen es, sie gaben uns ihren Segen, und der eine nahm den Weg nach Salamanca, der andere nach Sevilla und ich den nach Alicante, wo ich erfuhr, daß ein genuesisches Schiff dort liege, welches Wolle nach Genua geladen habe.

Dies geschah vor zweiundzwanzig Jahren, und in der ganzen Zeit, ob ich gleich einigemal geschrieben habe, habe ich weder von ihm noch von meinen Brüdern Nachricht erhalten, und was mir im Verlauf dieser Zeit begegnet ist, will ich nun in Kürze erzählen.

Ich schiffte mich in Alicante ein und hatte eine glückliche Reise nach Genua; von dort ging ich nach Mailand, wo ich mich mit Waffen und allem, was einem Soldaten nötig ist, versah; von dort hatte ich mir vorgenommen, in Piemont eine Stelle für mich zu suchen, als ich auf dem Wege nach Alexandria de la Palla erfuhr, daß der große Herzog von Alba nach Flandern gehe. Ich änderte meinen Vorsatz, begab mich zu ihm und diente ihm in seinen Feldzügen; ich war bei dem Tode der Grafen Egmont und Horn zugegen. Ich wurde Fähnrich bei einem berühmten Kapitän von Guadalaxara, der Diego de Urbina hieß, und nachdem ich eine geraume Zeit in Flandern gewesen war, erfuhr ich von dem Bündnisse, welches der Heilige Vater Pius der Fünfte mit Venedig und Spanien gegen den gemeinsamen Feind, den Türken, geschlossen hatte, der um die Zeit mit seiner Flotte die berühmte Insel Cypern erobert hatte, die unter der Herrschaft der Venezianer stand. Ein bedauernswürdiger und unglücklicher Verlust! Ich hörte für gewiß, daß der General dieses Bündnisses der durchlauchtige Don Juan d'Austria sei, der natürliche Bruder unseres edlen Königs Don Philipp; man erzählte sich von den ungeheuren Kriegsrüstungen, und alles erweckte in mir die Begierde und den herzlichen Wunsch, an diesem Feldzuge teilzunehmen, ob ich gleich schon die Anwartschaft und zuverlässige Verheißungen hatte, bei erster Gelegenheit zum Kapitän befördert zu werden; ich ließ das alles gern fahren und begab mich nach Italien. Es traf sich zum Glück, daß Don Juan d'Austria gerade um dieselbe Zeit in Genua ankam, von wo er nach Neapel ging, um sich mit der venezianischen Flotte zu vereinigen.

Ich machte hierauf jenen herrlichen Feldzug als Kapitän der Infanterie mit, welche Stelle mir mehr das gute Glück als meine Verdienste erworben hatten; und an jenem Tage, welcher für die Christen so glorreich war, indem er den Irrtum zerstörte, in welchem sich die Welt und alle Nationen befanden, daß nämlich die Türken auf dem Meere unüberwindlich wären; an diesem Tage, an welchem der ottomanische Stolz und Trotz niedergeschleudert ward, war ich unter tausend Glücklichen, die es gab (denn die Christen, die dort umkamen, waren beglückter als diejenigen, die leben und als Sieger davonkamen), der einzige Unglückliche, denn ich sah mich in der Nacht, die dem ruhmreichen Tage folgte, mit Ketten an Händen und Füßen gefesselt. Dies hatte sich auf folgende Weise zugetragen. Aluch Ali, der König von Algier, ein kecker und glücklicher Korsar, hatte die Hauptgaleere von Malta angegriffen und bezwungen, und die Galeere des Giovanni Andrea Doria, auf der sich meine Kompanie befand, eilte ihr zu Hilfe. Ich tat, was meine Schuldigkeit war, sprang in die feindliche Galeere, die sich nun von der, die sie angegriffen hatte, losmachte und dadurch meine Soldaten hinderte, mir zu folgen, so daß ich mich allein unter meinen Feinden befand und einer so großen Menge keinen Widerstand leisten konnte. Von Wunden bedeckt, sank ich nieder, und wie Ihr wißt, kam Aluch Ali mit seinem ganzen Geschwader glücklich davon, und ich war nun ein Gefangener in seiner Gewalt, unter so vielen Fröhlichen der einzige Traurige, unter so vielen Freien der einzige Gefangene; denn an diesem Tage wurde fünfzehntausend Christen die erwünschte Freiheit zuteil, die sich auf den Ruderbänken der türkischen Flotte befunden hatten.

Man führte mich nach Konstantinopel, wo der Großsultan Selim meinem Herrn die Würde eines Admirals verlieh, weil er in der Schlacht seine Schuldigkeit getan und zum Beweise seiner Tapferkeit die heilige Standarte von Malta mit sich gebracht hatte. Im folgenden Jahre, im zweiundsiebenzigsten, befand ich mich zu Navarino als Ruderknecht auf der Galeere Zu den drei Laternen. Dort sah ich, wie die Gelegenheit versäumt wurde, im Hafen die ganze türkische Flotte zu vernichten, denn alle Soldaten und Janitscharen, die sich auf ihr befanden, waren überzeugt, daß man sie in diesem Hafen angreifen würde, sie hielten ihre Röcke und Schuhe bereit, um sogleich an das Land zu flüchten, ohne den Kampf abzuwarten; eine so große Furcht hatten sie vor unserer Flotte. Der Himmel aber verhängte es anders, so daß es nicht die Schuld oder Fahrlässigkeit des christlichen Generals war, sondern es geschah wegen der Sünden der Christenheit, daß es Gott erlaubte und zuließ, daß es immer eine Geißel gibt, die uns züchtigen könne. Aluch Ali begab sich darauf nach Modon, einer Insel nahe bei Navarino, er setzte die Truppen ans Land, befestigte den Eingang des Hafens und blieb dort, bis Don Juan weitersegelte. Auf dieser Fahrt wurde die Galeere genommen, welche die Prise hieß und deren Befehlshaber ein Sohn des berühmten Korsaren Barbarossa war. Die Wölfin, eine neapolitanische Galeere, eroberte sie. Hierbei muß ich erzählen, was sich zutrug, als diese Prise zur Prise gemacht wurde. Der Sohn des Barbarossa war so grausam und ging mit seinen Gefangenen so schlecht um, daß die Ruderer, als sie die Wölfin auf ihr Schiff zukommen sahen, alle in einem Augenblicke die Ruder fahren ließen und ihren Kapitän ergriffen, der auf dem Bug stand und ihnen zuschrie, daß sie rudern möchten; sie warfen ihn von einer Bank zur andern, wobei sie ihn so durch Bisse zerfleischten, daß er schon in der Mitte des Schiffes niedersank und seine Seele der Hölle übergab; so groß war, wie gesagt, die Grausamkeit, mit der er sie behandelte, und der Haß, den sie wider ihn nährten.

Wir kamen nach Konstantinopel zurück, und im folgenden Jahre erfuhr man dort, daß Don Juan Tunis erobert, den Türken entrissen und den Muley Hamet dort eingesetzt habe, wodurch dem Muley Hamida, seinem Bruder, dem grausamsten und tapfersten Mohren, den die Welt jemals gesehen, alle Hoffnung genommen wurde, dort als König zu regieren. Dem Großsultan ging dieser Verlust sehr nahe, er folgte jetzt der gewöhnlichen Politik der Pforte, daß er mit den Venezianern einen Frieden schloß, die ihn noch mehr als er selber wünschten; hierauf griff er im folgenden vierundsiebenzigsten Jahre Goleta und das Fort an, welches Don Juan in der Nähe von Tunis angelegt hatte. Während aller dieser Begebenheiten war ich Ruderknecht und hatte keine Aussicht auf meine Freiheit: wenigstens wollte ich sie nicht durch Lösegeld erhalten, denn ich hatte mir fest vorgenommen, meinem Vater keine Nachricht von meinem Mißgeschick zu geben.

Endlich ging Goleta verloren, das Fort ging verloren, denn man hatte zu dieser Unternehmung fünfundsiebenzigtausend türkische Soldaten geworben und mehr als vierhunderttausend Mohren aus allen afrikanischen Gebieten, wobei diese große Menschenmenge mit so vieler Munition und Kriegsmaterial und einer so großen Anzahl von Schanzgräbern versehen waren, daß sie mit ihren Händen und mit geworfenen Erdhaufen Goleta und das Fort hätten zudecken können. Goleta ging zuerst verloren, das man bis dahin für unüberwindlich gehalten hatte; doch ging es nicht durch die Schuld seiner Verteidiger verloren, die zur Verteidigung alles taten, was sie nur konnten und sollten, sondern weil es sich erwies, daß sich in der wüsten Sandebene so leicht Schützengräben machen ließen, denn zwei Schuhe tief fand sich Wasser, die Türken aber fanden es kaum zwei Ruten tief, und so erhoben sie mit vielen Sandsäcken die Gräben so hoch, daß sie die Mauern der Festung überstiegen und sie daher mit ihrem Geschütze die Schanzen so bestreichen konnten, daß keine Verteidigung weiter möglich war. Es war damals eine gewöhnliche Meinung, daß sich die Unsrigen nicht in Goleta hätten einschließen sollen, sondern die Feinde im freien Felde am Landungsplatze erwarten; die aber dergleichen sagen, urteilen aus der Ferne und in Unkenntnis der Dinge, denn da sich in Goleta und dem Fort zusammen kaum siebentausend Soldaten befanden, wie hätte doch eine so kleine Anzahl sich ins Freie wagen sollen, dabei noch die festen Plätze besetzt halten und einer so großen Anzahl Feinde widerstehen? Wie kann sich überhaupt eine Festung erhalten, wenn keine Hilfe zum Entsatze herbeikommt, vorzüglich wenn sie die Feinde in großer Anzahl und mit Ausdauer belagert halten und in ihrem eigenen Lande? Viele aber waren der Meinung, und so scheint es auch mir, daß es eine besondere Gnade und Gunst war, die der Himmel Spanien erwies, daß jene Herberge der Schändlichkeit verlorenging, dieser Schlund, der die unzähligen Geldsummen verschlang, die hier ohne allen Vorteil verschwanden, denn diese Steinhaufen dienten nur dem Andenken des unüberwindlichen Helden Karls des Fünften, als ob sein ewig unvergänglicher Name es bedürfte, von Steinen aufbewahrt zu werden.

Das Fort ging auch verloren, aber die Türken mußten jeden Fußbreit Landes erobern, denn die Soldaten, die es besetzt hielten, kämpften mit solchem Mut und so großer Ausdauer, daß sie mehr als fünfundzwanzigtausend Feinde in zweiundzwanzig Gefechten töteten. Von den dreihundert, die übrigblieben, war kein einziger unverwundet, der unumstößliche Beweis, wie gut sie sich gehalten und wie trefflich sie die ihnen anvertrauten Plätze verteidigt hatten. Es ergab sich außerdem noch ein kleines Fort, ein Turm, der mitten im See lag und unter dem Befehl des Don Juan Zanoguera stand, eines Ritters und berühmten Soldaten aus Valencia. Don Pedro Puertocarrero, der Kommandant von Goleta, wurde gefangengenommen, er, der sein möglichstes tat, um seine Festung zu verteidigen, und den ihr Verlust so tief schmerzte, daß er auf dem Wege nach Konstantinopel, wohin sie ihn gefangen führten, aus Kummer starb. Unter den Christen, die im Fort gefangen wurden, befand sich ein Don Pedro de Aguilar, ich weiß nicht mehr, aus welchem Orte in Andalusien gebürtig, ein sehr vorzüglicher und kluger Soldat, der auch besonders in der Poesie geschickt war.

Als der Gefangene Don Pedro de Aguilar nannte, sah Don Fernando seine Gefährtin an, alle drei lächelten, und einer von ihnen sagte: Ehe ihr fortfahrt, mein Herr, so sagt mir doch, was aus diesem Don Pedro de Aguilar wurde.

Was ich von ihm weiß, antwortete der Gefangene, ist, daß er nach zwei Jahren, als er sich in Konstantinopel befand, in der Tracht eines Albanesen mit einem griechischen Spahi entfloh, ich weiß aber nicht, ob er seine Freiheit erlangt hat, doch glaube ich es wohl, denn ein Jahr darauf sah ich den Griechen wieder in Konstantinopel, ich konnte ihn aber nicht fragen, wie jene Reise abgelaufen sei.

Dieser Don Pedro ist mein Bruder, antwortete der Ritter, und lebt jetzt bei uns vergnügt und glücklich; er ist verheiratet und hat drei Kinder.

Gott sei dafür gedankt, sagte der Gefangene, denn nach meinem Gefühl gibt es auf Erden kein größeres Glück, als die verlorene Freiheit wiederzuerlangen.

Siebenunddreißigstes Kapitel

in welchem die Geschichte des Gefangenen fortgesetzt wird.

Hierauf fuhr der Gefangene in seiner Erzählung fort: Als Goleta und das Fort übergegangen waren, gaben die Türken Befehl, Goleta zu schleifen (denn das Fort war so beschaffen, daß sich nichts weiter niederzureißen vorfand), und um dies desto leichter und schneller zu bewerkstelligen, unterminierten sie es an drei Stellen; aber die Stellen, die am schwächsten geschienen hatten, wollten durchaus nicht auffliegen, nämlich die alten Mauern; was aber von der neuen Befestigung stehengeblieben war, wurde mit großer Leichtigkeit der Erde gleichgemacht.

Triumphierend kehrte nun die siegreiche Flotte nach Konstantinopel zurück, wo nach einigen Monaten mein Herr Aluch Ali starb, den sie Fartax nannten, welches in türkischer Sprache soviel bedeutet wie grindiger Renegat, denn es ist unter den Türken Sitte, von irgendeinem Fehler oder einem Vorzuge einen Beinamen abzuleiten. Dies geschieht deshalb, weil sie nur vier Familiennamen haben, die aus dem ottomanischen Hause herstammen, sonst aber nehmen sie übrigens, wie schon gesagt, einen Beinamen von irgendeinem körperlichen Fehler oder Vorzug des Geistes an. Dieser Grindige war Sklave des Großsultans und diente diesem über vierzehn Jahre als Ruderknecht; in einem Alter von vierunddreißig Jahren fiel er aus Verdruß über einen Türken ab, der ihm am Ruder eine Ohrfeige gegeben hatte, und um sich rächen zu können, verließ er seinen Glauben: seine Tapferkeit war so groß, daß er, ohne sich der schändlichen Mittel und Wege zu bedienen, die selbst die vertrauten Freunde des Großsultans gehen müssen, König von Algier wurde und nachher General zur See, welches die dritthöchste Würde im Reiche ist. Er war aus Kalabrien gebürtig und übrigens ein Mensch von guten Eigenschaften, denn er behandelte seine Sklaven, deren er über dreitausend hatte, mit vieler Menschlichkeit; diese teilte er in seinem Testamente zwischen dem Großherrn (der rechtmäßig alle beerbt, die sterben, und mit den Kindern des Verstorbenen zu gleichen Teilen geht) und zwischen seinen Renegaten. Ich wurde einem venezianischen Renegaten zuteil, der Bootsknecht gewesen war und den Aluch so sehr liebte, daß er ihn fast allen seinen jungen Leuten vorzog; dieser wurde der grausamste Renegat, den ich nur jemals gesehen habe. Er hieß Hassan Aga, wurde sehr reich und nachher König von Algier, wohin ich mit ihm von Konstantinopel reiste, sehr darüber erfreut, mich Spanien näher zu befinden; nicht als hätte ich den Vorsatz gehabt, meines Unglücks wegen zu schreiben, sondern um zu sehen, ob mir das Glück in Algier günstiger als in Konstantinopel sein würde, wo ich tausend Arten zu entfliehen versucht hatte, es mir aber niemals hatte gelingen wollen: ich dachte jetzt daran, endlich meine Wünsche in Erfüllung zu bringen, denn niemals gab ich die Hoffnung auf, die Freiheit wiederzuerhalten, und wenn das, was ich ersonnen und ausgeführt hatte, meinem Plane nicht entsprach, so suchte ich, statt die Hoffnung aufzugeben, vielmehr eine andere, wenn sie gleich noch so schwach und unzuverlässig war.

So brachte ich mein Leben zu, in einem Gefängnisse oder einem Hause eingeschlossen, welches die Türken ein Bad nennen, wo diejenigen Christensklaven eingesperrt werden, die dem Könige wie auch einigen Privatleuten gehören, oder auch die Sklaven des Rats, die der Stadt in öffentlichen Arbeiten und auf andere Weise dienen; diese letzteren Gefangenen erhalten nur schwierig ihre Freiheit wieder, denn da sie vielen und nicht einem besonderen Herrn zugehören, wissen sie nicht, mit wem sie wegen ihrer Auslösung einen Handel schließen sollen. In diese Bäder geben manche Privatleute ihre Sklaven hin, vorzüglich wenn sie sich auslösen sollen, denn dort haben sie sie so lange sicher und eingeschlossen, bis ihr Lösegeld angekommen ist; die Sklaven des Königs gehen nicht mit dem übrigen Haufen zur Arbeit, außer wenn sich ihre Auslösung etwas verzögert, alsdann läßt man sie arbeiten, damit sie sie eifriger betreiben, vorzüglich läßt man sie mit den übrigen Brennholz holen, welches keine leichte Arbeit ist. Ich also war einer von denen, die sich auslösen sollten, denn da man wußte, ich sei Kapitän, so half es mir wenig, mein Unvermögen vorzuschützen, sie setzten mich unter die Ritter: man legte mir eine Kette an, mehr zum Zeichen, daß ich mich auslösen solle, als um mich damit festzuhalten, und so brachte ich mein Leben im Bade zu, in der Gesellschaft vieler anderer Ritter und ausgezeichneter Männer, die alle dazu ausgewählt waren, sich auszulösen. Der Hunger und Mangel an Kleidern quälte uns oft, ja ich kann sagen, beständig, doch peinigte uns nichts so sehr, als täglich die nie gesehenen und unerhörten Grausamkeiten zu erfahren, die mein Herr gegen die Christen verübte. An jedem Tage hing er einen Mann, spießte den anderen und schnitt einem dritten die Ohren ab, und zwar um so geringer Ursachen willen, ja so ohne allen Grund, daß die Türken selbst einsahen, er tue dieses nur, um es zu tun und weil er der blutdürstigste Mensch sei, den die Erde jemals getragen habe. Nur ein spanischer Soldat stand sich gut mit ihm, ein de Saavadra, der solche Dinge unternommen hatte, daß sie noch viele Jahre im Gedächtnisse der Menschen dort leben werden, um sich die Freiheit zu verschaffen, aber doch schlug Hassan Ali ihn nie oder befahl ihn zu schlagen oder sagte ihm auch nur ein einziges böses Wort: und wir alle glaubten, daß er für das Geringste von dem, was er tat, gespießt werden möchte, wie er es auch selber mehr als einmal befürchtete; wenn die Zeit nicht zu kurz wäre, würde ich noch manches von dem erzählen, was dieser Soldat unternahm, denn es würde euch besser unterhalten und mehr in Verwunderung setzen als die Erzählung meiner Geschichte.

Auf den Hof unseres Gefängnisses stießen die Fenster eines Hauses, das einem reichen und vornehmen Mohren gehörte; diese waren, wie es bei den Mohren gewöhnlich ist, mehr Löcher als Fenster und überdies noch mit dichten Jalousien verhüllt. Es trug sich zu, daß ich mich einst auf der Terrasse unseres Gefängnisses mit drei von meinen Gefährten befand und wir uns übten, um die Zeit zu vertreiben, mit den Ketten zu springen; wir waren allein (denn die übrigen Christen waren ausgegangen, um zu arbeiten), ich sah, wie aus den verschlossenen Fenstergittern ein Rohr hervorkam, an dessen Ende ein Tuch gebunden war; das Rohr bewegte und rührte sich so, als wenn es uns ein Zeichen geben wollte, herbeizukommen und es zu nehmen. Wir betrachteten diese Erscheinung, und einer von denen, die mit uns waren, stellte sich unter das Rohr, um zu sehen, ob es herunterfallen oder was es tun würde; sowie er aber hinzukam, hob sich das Rohr in die Höhe und bewegte sich von einer Seite zur andern, als wenn man mit dem Kopfe nein ausdrückt. Der Christ ging zurück, und das Rohr kam wieder und machte dieselben Bewegungen wie vorher. Ein anderer von meinen Gefährten ging hinzu, und ihm begegnete das nämliche, was dem ersten begegnet war. Endlich tat es der dritte, und es geschah mit ihm nicht anders wie mit dem ersten und zweiten. Da ich dies sah, bekam ich auch Lust, mein Glück damit zu versuchen, und sowie ich mich unter das Rohr stellte, ließ man es herabfallen, so daß es zu meinen Füßen innerhalb des Bades niederfiel. Sogleich band ich das Tuch ab, in dem ein Knoten geschlungen war, und in diesem fand ich zehn goldene Münzstücke, von denen jedes zehn spanische Realen wert war. Ich brauche wohl nicht zu sagen, daß ich mich über diesen Fund freute, denn mein Vergnügen hierüber war ebenso groß wie meine Verwunderung, weil ich nicht begreifen konnte, woher uns, besonders mir diese Güte komme; denn daß man für mich allein das Rohr hatte niederfallen lassen, bewies deutlich, daß man mir diese Gunst erzeige. Ich nahm mein gutes Geld, zerbrach das Rohr und ging nach der Terrasse zurück, von wo ich nach dem Fenster schaute und sah, wie eine sehr weiße Hand es aufmachte und dann schnell wieder verschloß. Daraus nahmen wir an oder stellten uns vor, daß eine Frau, die in jenem Hause lebe, uns diese Wohltat erwiesen habe, wir machten hierauf auf arabische Art unsere Danksagungen, neigten den Kopf und Leib und legten die Hände kreuzweise über die Brust. Bald darauf sahen wir aus dem nämlichen Fenster ein kleines Kreuz, aus Rohr gemacht, erscheinen, das auch gleich wieder hineinging. Dies Zeichen bestätigte uns in der Meinung, daß eine Christensklavin in jenem Hause wohnen müsse und daß sie uns diese Wohltat erweise; doch nahm uns der weiße Arm sowie die Armspangen, die wir darauf sahen, wieder diesen Gedanken, wir glaubten eher, daß sie eine abgefallene Christin sein müsse, die sehr oft von ihren eigenen Herren zu rechtmäßigen Frauen genommen werden. Und die Mohren schätzen sich dabei noch glücklich, weil sie die Christinnen höher als die Weiber ihrer Nation achten.

Alle unsere Vermutungen waren sehr weit von der Wahrheit entfernt, von jetzt an aber war es unsere beständige Unterhaltung, nach dem Fenster hinaufzuschauen wie nach unserm Pol, von wo uns der Stern des Rohres erschienen war; es vergingen aber wohl vierzehn Tage, ohne daß wir einen Stab oder die Hand oder ein anderes Zeichen ersahen; und ob wir gleich in dieser Zeit Erkundigungen anstellten, um zu erfahren, wer in jenem Hause lebe und ob sich eine abgefallene Christin dort befinde, so konnte man uns doch nichts anderes sagen, als daß dort ein vornehmer und reicher Mohr lebe, der Hadji Murad heiße und Kommandant von La Plata gewesen war, welches bei ihnen eine sehr angesehene Stelle ist. Als wir aber gerade am wenigsten daran dachten, daß es wieder neue Goldstücke regnen könne, sahen wir abermals das Rohr mit einem Tuche erscheinen und in diesem einen noch größeren Knoten: Dies geschah zu einer Zeit, in der keine anderen Menschen als das vorige Mal im Bade zugegen waren. Wir machten wieder den nämlichen Versuch, indem die andern früher als ich hingingen, denn dieselben drei Gefährten waren wieder zugegen; aber keinem schien das Rohr bestimmt außer mir, denn als ich hintrat, ließ man es herunterfallen. Ich machte den Knoten auf und fand vierzig goldene spanische Taler und ein Blatt, mit arabischen Lettern beschrieben, unter denen ein großes Kreuz gemacht war. Ich küßte das Kreuz, steckte das Geld ein, ging zur Terrasse zurück, wir machten alle unsere Danksagungen, die Hand erschien wieder, sie machte Zeichen, daß ich das Blatt lesen möchte, das Fenster verschloß sich.

Wir waren über diese Begebenheit erstaunt und erfreut, da aber keiner von uns Arabisch verstand, so trugen wir ein großes Verlangen, zu erfahren, was das Papier enthalte, aber noch größer war die Schwierigkeit, jemand zu finden, der es lesen könnte. Endlich entschloß ich mich, mich einem Renegaten anzuvertrauen, der aus Murcia gebürtig war und sich immer für meinen Freund ausgegeben hatte, auch hatte ich ein Pfand von ihm, daß er mein Geheimnis nicht offenbaren würde, denn manche Renegaten, wenn sie gern wieder zum Christentume zurückkehren wollen, pflegen Scheine von einigen angesehenen Gefangenen mit sich zu führen, in denen versichert wird, daß dieser Abgefallene ein wackerer

Mann sei, den Christen immer Gutes erwiesen habe und daß er willens sei, mit der ersten günstigen Gelegenheit zu entfliehen. Manche lassen sich dergleichen Bescheinigungen aus redlichen Absichten geben, andere aber bedienen sich ihrer aus List und für alle Zufälle, denn wenn sie ausziehen, um in christlichen Gegenden zu plündern, und sie sich etwa verlieren oder gefangen werden, so bringen sie ihre Scheine vor und sagen, daß man aus diesen Papieren sehen könne, weshalb sie gekommen wären, daß sie nämlich in der Christenheit bleiben wollten und deshalb mit den übrigen Türken diesen Streifzug unternommen hätten; so vermeiden sie ihre Strafe und versöhnen sich mit der Kirche, ohne daß ihnen etwas geschehen darf; wenn sie dann eine Gelegenheit ersehen, so kehren sie wieder in die Barbarei zurück, um das zu sein, was sie vormals waren. Andere aber, die dergleichen Papiere besitzen, verschaffen sie sich mit guten Absichten, um wirklich Christen zu bleiben. Von diesen Renegaten also war dieser mein Freund, welcher Bescheinigungen von allen unsern Kameraden hatte, worin wir ihn so sehr als möglich empfahlen, und hätten die Mohren diese Papiere gefunden, so hätten sie ihn lebendig verbrannt.

Ich wußte, daß dieser sehr gut Arabisch verstehe und es nicht nur sprechen, sondern auch schreiben könne; ehe ich ihm aber alles erklärte, sagte ich ihm, daß er mir dieses Blatt lesen möchte, welches ich zufällig in einem Winkel meiner Kammer gefunden hätte. Er schlug es auf, beschaute es einige Zeit und las es aufmerksam, wobei er zwischen den Zähnen murmelte. Ich fragte, ob er es verstehe. Er sagte, daß er es gut verstehe und daß er es mir Wort für Wort übersetzen wolle, wenn ich ihm Tinte und Feder gäbe. Ich gab ihm, was er verlangte, er übersetzte mir alles und sagte dann: Hier steht nun alles auf spanisch, ohne daß eine Silbe von dem fehlt, was dieses Blatt auf mohrisch enthält, nur müßt ihr wissen, daß Lela Marien so viel wie Heilige Jungfrau Maria bedeutet. Hierauf lasen wir das Papier, welches folgendes enthielt:

Als ich ein Kind war, hatte mein Vater eine Sklavin, die mich in meiner Sprache das christliche Gebet lehrte und mir viel von Lela Marien erzählte. Die Christin starb, und ich weiß, daß sie nicht im Feuer, sondern bei Allah ist, denn ich habe sie seitdem zweimal gesehen, und sie hat mir gesagt, daß ich Christin werden möchte, um Lela Marien zu sehen, die mich überaus liebte. Ich weiß nicht, wie ich fortkommen soll; viele Christen habe ich schon aus diesem Fenster gesehen, und keiner scheint mir ein Ritter zu sein wie du. Ich bin sehr schön und jung und habe viel Geld, das ich mit mir nehmen kann; überlege, ob du es einrichten kannst, wie wir von hier fliehen, dann sollst du mein Mann sein, wenn du willst, und wenn du nicht willst, ist es mir auch gleich, denn Lela Marien wird mir schon einen geben, mit dem ich mich verheirate. Ich schreibe das, nimm dich in acht, wem du es zu lesen gibst, vertraue dich keinem Mohren, denn sie sind alle Spitzbuben. Das macht mir viele Sorgen, daß du dich ja keinem entdecken möchtest, denn wenn es mein Vater erfährt, wirft er mich gleich in einen Brunnen und deckt mich mit Steinen zu. An das Rohr werde ich einen Faden heften, daran binde die Antwort, und wenn du keinen hast, der es dir auf arabisch schreiben kann, so sage es mir nur durch Zeichen, denn Lela Marien wird wohl machen, daß ich dich verstehe. Sie und Allah bewahren dich und dieses Kreuz, das ich oftmals küsse, denn so hat es mir die Sklavin befohlen.

Erwägt selbst, ob wir nicht Ursache hatten, über dieses Blatt zu erstaunen und uns darüber zu freuen; wir alle äußerten uns auch so darüber, daß der Renegat merkte, daß wir nicht zufällig dies Papier gefunden hätten, sondern daß es an einen von uns geschrieben sein müsse; er bat uns also, wenn seine Vermutung Wahrheit sei, daß wir uns ihm anvertrauen und es sagen möchten, denn er wolle sein Leben für unsere Freiheit wagen. Bei diesen Worten nahm er ein metallenes Kruzifix aus dem Busen und schwur mit vielen Tränen bei dem Gotte, den dieses Bildnis darstelle, an den er, obgleich ein böser, sündiger Mensch, fest glaube, redlich gegen uns zu sein und alles geheim zu halten, was wir ihm vertrauen würden, denn es scheine ihm möglich und ahne ihm schon, daß durch Vermittlung derjenigen, die dieses Blatt geschrieben habe, er und wir alle die Freiheit erlangen könnten und daß ihm dann sein heißer Wunsch erfüllt werde, wieder in den Schoß der heiligen Kirche, seiner Mutter, zurückzukehren, von der er wie ein verdorbenes Glied abgelöst und durch seine Unwissenheit und Sünde abgefallen sei. Dies sagte der Renegat mit so vielen Tränen und mit solchen Zeichen einer innigen Reue, daß wir alle zu gleicher Zeit dahin übereinkamen, ihm den wahren Zusammenhang der Sache zu erklären, und so erzählten wir ihm alles, ohne irgend etwas zu verschweigen. Wir zeigten ihm das Fenster, aus welchem das Rohr erschienen sei, er merkte sich das Haus und nahm sich vor, genaue Nachricht einzuziehen, wer dort wohne. Wir waren auch darin einig, daß es gut sei, der Mohrin auf ihren Brief zu antworten, und da wir jemand hatten, der es tun konnte, so schrieb der Renegat sogleich das auf, was ich ihm vorsagte. Ich antwortete der Mohrin auf folgende Weise:

Der wahrhaftige Allah beschütze dich, meine Gebieterin, und die gebenedeite Maria, die die wahrhaftige Mutter Gottes ist, die es dir auch in dein Herz gegeben, Christin zu werden, weil sie dich liebt. Bete zu ihr, damit sie es dir eingebe, wie wir deinen Befehl befolgen mögen, denn sie ist so gütig, daß sie es gewiß tun wird. Was mich und alle diese Christen betrifft, die mit mir sind, so versprechen wir, alles für dich zu tun, was wir können, selbst zu sterben. Schreibe mir und benachrichtige mich, was du zu tun gedenkst, ich werde dir immer antworten, denn der große Allah hat uns einen christlichen Gefangenen verliehen, der deine Sprache gut sprechen und schreiben kann, wie du auch an diesem Blatte erkennen magst. Du kannst uns also ohne Furcht von allem Nachricht geben. Da du sagst, daß du meine Frau werden willst, wenn du Christin bist, so verspreche ich dir dies als guter Christ, und du weißt, daß die Christen ihre Versprechungen besser als die Mohren erfüllen. Allah und seine Mutter Maria mögen dich, meine Gebieterin, beschützen.

Da dieses Blatt geschrieben und versiegelt war, wartete ich zwei Tage, bis das Bad wieder wie gewöhnlich leer war, und sogleich begab ich mich auf meinen gewöhnlichen Platz auf der Terrasse, um zu sehen, ob das Rohr sich zeige, welches auch nicht lange ausblieb. Sowie ich seiner gewahr ward, ob ich gleich nicht sehen konnte, wer es herausreichte, zeigte ich das Papier, um zu verstehen zu geben, daß man den Faden anheften möchte; aber er war schon am Rohre befestigt, ich band hierauf das Papier an, und bald darauf erschien unser Stern von neuem, mit der weißen Friedensfahne des angeknüpften Tuchs. Es fiel herab, ich nahm es auf und fand mannigfaltige goldene und silberne Münzen, über fünfzig Taler, wodurch unsere Freude fünfzigmal größer wurde, weil sich die Hoffnung unserer Freiheit dadurch bestätigte.

An demselben Abend kam unser Renegat zurück und sagte uns, daß in dem Hause der Mohr lebe, von dem wir schon gesprochen hätten, der Hadji Murad hieß, außerordentlich reich sei und eine einzige Tochter zur Erbin seines Vermögens habe, diese sei, nach dem Urteil der ganzen Stadt, das schönste Mädchen in der Barbarei, um die schon viele Vizekönige angehalten hätten, daß sie sich aber niemals habe verheiraten wollen; zugleich habe er in Erfahrung gebracht, daß sie eine christliche Sklavin gehabt, die nun aber gestorben sei. Alles dies stimmte mit dem Inhalte des Briefes überein.

Wir beratschlagten sogleich mit dem Renegaten, welche Mittel man ergreifen müsse, um die Mohrin zu entführen und mit ihr in christliche Länder zu entkommen, und er gab uns den Rat, daß wir noch auf einen zweiten Brief der Zorayda warten möchten (denn so hieß die, die jetzt Maria genannt sein will), denn wir sahen wohl ein, daß sie allein nur uns die Mittel angeben könne, alle Schwierigkeiten zu überwinden. Der Renegat wiederholte hierauf noch einmal die Versicherung, daß wir seinetwegen nicht sorgen möchten, denn er würde sein Leben daransetzen, uns die Freiheit zu verschaffen.

Vier Tage hintereinander war das Bad mit Leuten angefüllt, wodurch das Rohr vier Tage verhindert wurde, sich zu zeigen, dann aber, in der gewöhnlichen Einsamkeit des Bades, erschien es mit einem so wohlgefüllten Tuche, daß wir uns eine höchst glückliche Ernte versprechen durften. Das Rohr mit dem Tuche ließ sich zu mir nieder, und ich fand ein anderes Papier nebst hundert goldenen Talern. Der Renegat war da, in meiner Kammer gab ich ihm den Brief zu lesen, welcher folgendes enthielt:

Ich weiß nicht, mein Herr, wie ich es anfangen soll, daß wir nach Spanien kommen, auch hat mir Lela Marien nichts gesagt, so sehr ich sie auch darum gebeten habe. Was geschehen kann, ist, daß ich Euch durch dieses Fenster sehr viele Goldmünzen gebe, damit Ihr Euch und Eure Freunde loskauft und sich einer von ihnen nach christlichen Landen begibt, dort eine Barke kaufe und zurückkomme, um die übrigen abzuholen: Mich wird er dann im Garten meines Vaters finden, der vor dem Tore Bab Azun dicht am Meere liegt, dort bin ich den ganzen Sommer hindurch mit meinem Vater und meinen Dienern. Von dort könnt Ihr mich in der Nacht ohne Gefahr abholen und in der Barke fortführen. Daß du aber ja mein Mann wirst, denn wenn du das nicht tust, so werde ich Maria bitten, daß sie dich straft. Traust du keinem andern, daß er die Barke hole, so kaufe dich selber los und geh, ich weiß, du kommst zuverlässiger als ein anderer wieder, denn du bist Ritter und Christ. Erkundige dich des Gartens wegen, und wenn du abreisest, so sorge, daß du im Bade allein seist, dann will ich dir viel Geld geben. Allah beschütze dich, meinen Gebieter.

Dies war der Inhalt des zweiten Briefes, der kaum gelesen war, als sich auch jeder anbot, sich loszukaufen, mit dem Versprechen, gewissenhaft zurückzukommen, ich selber bot mich ebenfalls an. Der Renegat aber widersprach uns allen, indem er sagte, daß er durchaus nicht darein willigen würde, keiner solle eher befreit fortgehen, bis wir es gemeinschaftlich tun könnten, denn die Erfahrung habe gelehrt, wie schlecht die Befreiten das Wort halten, das sie in der Gefangenschaft gegeben haben, schon oft haben sich vornehme Gefangene dieses Mittels bedient, einen loszukaufen, der mit Geld nach Valencia oder Mallorca gehen sollte, um dort eine Barke zu kaufen und sie für diejenigen auszurüsten, die ihn frei gemacht hätten, nie aber sei einer zurückgekommen, denn die neue Freiheit und die Furcht, sie wieder zu verlieren, lösche in der Seele die Erinnerung der größten Verbindlichkeiten aus. Zur Bestätigung dieser Wahrheit erzählte er uns einen Vorfall, der sich fast um die nämliche Zeit mit einigen christlichen Rittern zugetragen hatte, die seltsamste Begebenheit, die sich dort ereignete, wo doch täglich die wunderlichsten und seltsamsten Dinge geschahen. Er war der Meinung, daß man nichts anderes tun müsse und könne, als daß man das Geld, wofür man den Christen freikaufen solle, ihm gebe, um dafür dort in Algier eine Barke einzukaufen, wobei er zum Vorwand nehmen wolle, daß er gesonnen sei, nach Tetuan und an der Küste Handel zu treiben, und wenn er diese Barke besitze, sei es ihm ein leichtes, sie aus dem Bade zu holen und alle einzuschiffen, um so mehr, da die Mohrin, wie sie selber sage, Geld genug habe, alle loszukaufen; wenn sie aber frei wären, sei es die leichteste Sache von der Welt, sie am hellen Tage einzuschiffen; die viel größere Schwierigkeit bestehe darin, daß die Mohren es nicht einem Renegaten erlaubten, eine Barke zu kaufen, zumal wenn er ein Spanier ist, weil sie glaubten, daß er sie nur dazu brauchen will, nach Spanien zurückzukehren; daß er aber diese Schwierigkeit dadurch überwinden wolle, mit einem Mohren aus Arragon wegen des Schiffs, des Handels und Gewinns in Gesellschaft zu treten, unter diesem Scheine wolle er sich schon eine Barke verschaffen, womit dann das Hauptsächlichste geschehen sei. Wenn es mir und meinen Kameraden auch besser geschienen hätte, einen einer Barke wegen nach Mallorca zu schicken, wie es die Mohrin vorgeschlagen, so wagten wir es doch nicht, ihm zu widersprechen, weil wir fürchteten, daß er uns verraten und in Lebensgefahr bringen könnte, auch daß er Zorayda verriete, für deren Leben wir mehr als für unser eigenes besorgt waren. Wir beschlossen also, uns Gott und dem Renegaten anzuvertrauen. Wir antworteten zugleich der Zorayda, daß wir alles so einrichten wollten, wie sie es riete, denn sie habe es so gut ersonnen, als ob es ihr Lela Marien eingegeben habe, und daß es nur auf ihr selber beruhe, das Werk aufzuschieben oder zu beschleunigen. Ich versprach ihr wieder, ihr Gemahl zu werden, und am folgenden Tage, als das Bad zufälligerweise wieder einsam war, gab sie mir zu verschiedenen Malen mit dem Rohre und Tuche zweitausend goldene Taler nebst einem Blatte, worin sie mir die Nachricht mitteilte, daß sie sich am nächsten Djuma (so nennen die Mohren den Freitag, welcher ihnen so heilig ist wie den Christen der Sonntag) nach dem Garten ihres Vaters begäbe, daß sie uns aber vorher mehr Geld geben wolle, und wenn dieses noch nicht hinreiche, sollten wir es melden, denn sie wollte uns geben, soviel wir verlangten, weil ihr Vater so viel besitze, daß er es nicht vermisse, sie auch überdies alle Schlüssel in Verwahrung habe.

Wir gaben dem Renegaten fünfhundert Taler, um eine Barke zu kaufen; mit achthundert Talern kaufte ich mich los und gab das Geld einem Kaufmann aus

Valencia, der sich damals in Algier befand und der sein Wort darauf gab, daß er das Geld sogleich auszahlen wolle, sobald nur ein Schiff von Valencia ankomme, denn wenn er das Geld gleich gegeben hätte, hätte der König den Verdacht geschöpft, daß mein Lösegeld schon seit langem in Algier sei und daß der Kaufmann es zu seinem Gewinste benutzt hätte. Denn mein Herr war so schlau, daß ich es auf keine Weise wagte, ihm das Geld gleich auszahlen zu lassen.

Donnerstag vor dem Freitage, ehe die schöne Zorayda nach dem Garten ziehen wollte, gab sie uns noch tausend Taler und benachrichtigte uns von ihrer Abreise, wobei sie mich bat, daß ich mich schnell nach dem Garten ihres Vaters erkundigen und irgendeine Gelegenheit suchen solle, dorthin zu kommen, um sie zu sehen. Ich antwortete ihr in aller Kürze, ich würde es tun, sie aber möchte zu Lela Marien ihre Zuflucht nehmen und alle die Gebete sagen, die ihr die Sklavin vorgesprochen hätte.

Als dies geschehen war, mußten sich auch die andern drei Gefährten loskaufen, um das Bad desto bequemer verlassen zu können und damit sie nicht auf böse Gedanken verfielen und sich vom Teufel überreden ließen, etwas zum Nachteil der Zorayda zu unternehmen. Da ich sie kannte, war zwar diese Furcht unnötig, aber doch wollte ich das Unternehmen auf kein ungewisses Spiel setzen, deshalb ließ ich sie ebenso loskaufen, wie ich mich freigemacht hatte, indem ich dem Kaufmann die ganze Summe übergab, damit er mit Sicherheit die Bürgschaft leisten könne. Ihm entdeckten wir aber unser Geheimnis nicht, um uns keiner Gefahr auszusetzen.

Achtunddreißigstes Kapitel

in welchem die Geschichte des Gefangenen fortgesetzt wird.

Es waren noch keine vierzehn Tage verflossen, als unser Renegat schon eine gute Barke gekauft hatte, die wohl dreißig Personen fassen konnte; um nun die Sache glaubwürdig zu machen, machte er wirklich eine Reise nach einem Orte, der Sargel heißt und der dreißig Meilen von Algier nach der Gegend von Oran zu liegt, wo ein großer Handel mit Feigen getrieben wird. Er machte diese Reise zwei- oder dreimal in der Gesellschaft des Tagariners. Tagariner heißen in der Barbarei die Mohren aus Arragon, die aus Granada aber Mudexares; im Königreiche Fez heißen die Mudexares Elches, und der König braucht sie hauptsächlich als Soldaten im Kriege.

Jedesmal, sooft er mit seiner Barke ausfuhr, landete er an einer Stelle, die kaum zwei Musketenschüsse von dem Garten entfernt lag, in dem sich Zorayda aufhielt, dort ließ der Renegat seine Mohren rudern, die Schiffsbegrüßung machen und das aus Scherz tun, was er nachher im Ernst vorzunehmen gedachte, darum begab er sich auch nach dem Garten der Zorayda und bat um Früchte, die der Vater ihm gab, ohne ihn zu kennen: er wollte auch die Zorayda sprechen, wie er mir nachher erzählte, um ihr zu sagen, daß er derjenige sei, der sie auf meinen Befehl nach Spanien führen solle, und daß sie vergnügt sein möchte und sich auf ihn verlassen; aber es war ihm unmöglich, denn die Mohrinnen lassen sich vor keinem Mohren oder Türken sehen, wenn nicht ihr Gemahl oder ihr Vater es ihnen befiehlt; mit den Christensklaven aber gehen sie um und oft mehr, als es die Klugheit erlaubt; ich würde auch in Sorge gewesen sein, wenn er sie wirklich gesprochen hätte, denn vielleicht wäre sie erschrocken, wenn sie die Unternehmung in den Händen eines Renegaten gesehen hätte: doch Gott fügte es anders, denn der Renegat fand keine Gelegenheit, seinen Vorsatz auszuführen, er sah nun, daß er sicher nach Sargel schiffen und zurückkommen konnte, daß er Anker werfen könne, wo er nur wolle, und daß der Tagariner, sein Gefährte, keinen anderen Willen habe als er selber, daß ich schon losgekauft war und daß jetzt nur noch einige Christen zum Rudern fehlten; er sagte mir daher, daß ich noch welche suchen möchte, die mit uns gingen, die ich auf den nächsten Freitag bestellen solle, an welchem wir unsere Abreise beschlossen hatten. Als es so weit gediehen war, nahm ich mit zwölf Spaniern Abrede, alle starke, zum Rudern tüchtige Leute, die noch am freiesten aus der Stadt gehen konnten. Es war ein großes Glück, daß ich so viele traf, denn es waren zwanzig Schiffe auf Beute ausgelaufen und hatten alle Ruderer mitgenommen, ich hätte auch diese nicht gefunden, wenn ihr Herr in diesem Sommer nicht zu Hause geblieben wäre, ohne auf Beute auszugehen, um eine Galeere fertigzumachen, die auf der Werft lag. Diesen sagte ich weiter nichts, als daß sie sich am künftigen Freitag nach der Dämmerung einer nach dem anderen herausschleichen sollten, sich auf dem Wege nach dem Garten des Hadji Murad versammeln und dort so lange warten, bis ich kommen würde. Jedem sagte ich einzeln, daß er, falls er andere Christen dort träfe, nur sagen möchte, ich hätte ihm befohlen, dort zu warten.

Da dies getan war, blieb mir noch etwas, und zwar das Wichtigste, zu tun übrig, nämlich, Zorayda zu benachrichtigen, wie es mit unserer Unternehmung stünde, damit sie nicht übereilt würde und erschräke, wenn sie uns plötzlich viel früher sähe, als sie glauben konnte, daß schon eine Barke aus einem christlichen Lande angekommen sei. Ich beschloß, in den Garten zu gehen und die Gelegenheit zu suchen, sie zu sprechen; unter dem Vorwande also, einige Kräuter zu pflücken, begab ich mich am Tage vor unserer Abreise dorthin, und der erste, der mir begegnete, war ihr Vater, der mich in der Sprache anredete, die in der ganzen Barbarei und auch in Konstantinopel zwischen den Sklaven und Mohren gesprochen wird und die weder Mohrisch noch Spanisch noch irgendeine andere Sprache ist, sondern ein Gemisch aus allen Sprachen, mittels dessen man sich gegenseitig versteht. In dieser Sprache also fragte er mich, was ich in seinem Garten suche und wem ich gehöre. Ich antwortete, daß ich ein Sklave des Arnaute Mami sei, denn ich wußte, daß dieser sein Freund war, und ich suche Kräuter, um einen Salat zu bereiten. Er fragte mich weiter, ob ich mich auslösen wolle oder nicht und wieviel mein Herr für mich verlange.

Indem wir so miteinander sprachen, kam die schöne Zorayda aus dem Gartenhause, die mich schon längst bemerkt hatte, und da die Mohrinnen kein Bedenken tragen, sich den Christen zu zeigen, und ihnen niemals ausweichen, so kam sie auch gerade auf die Gegend zu, wo ich mit ihrem Vater stand; da dieser sie aus der Ferne bemerkte, rief er sie auch herbei, daß sie zu uns kommen möchte. Ich kann unmöglich jetzt die große Schönheit, den Anstand und den reichen und kostbaren Schmuck beschreiben, womit sich meine geliebte Zorayda meinen Augen zeigte; es hingen mehr Perlen an ihrem schönen Halse, in den Ohren und Haaren, als sie Haare auf dem Haupte hatte. Um die Knöchel der Füße, die sie nach dortiger Weise entblößt trug, hatte sie zwei Spangen vom feinsten Golde mit so vielen Diamanten besetzt, daß ihr Vater, wie sie mir nachher erzählt hat, diese allein auf zehntausend Dublonen schätzte; um die Gelenke der Hand trug sie ähnliche Kleinodien von gleichem Werte. Die Perlen waren ungemein schön und zahllos, denn der größte Putz bei den Mohren besteht darin, sich mit kostbaren, großen und kleinen Perlen zu schmücken, darum gibt es auch bei den Mohren mehr Perlen als bei allen übrigen Nationen; und der Vater der Zorayda war dafür bekannt, die meisten und schönsten in Algier zu besitzen, außerdem schätzte man sein Vermögen auf mehr denn zweimalhunderttausend spanische Taler; von allem diesen war diejenige Gebieterin, die jetzt die meine ist. Ob sie mit so vielem Schmucke, in vollem Glücke, schön erscheinen konnte, mögt ihr aus dem schließen, was sie noch nach so vielen überstandenen Leiden ist, denn es ist bekannt, daß die Schönheit der Frauen nach Tagen und Zeiten wechselt und durch Zufälle vermindert oder vermehrt werden kann; auch ist es natürlich, daß die Leidenschaften der Seele sie erhöhen oder erniedrigen, oft selbst vernichten. Damals kam sie in aller ihrer Lieblichkeit auf uns zu, in ihrer schönsten Herrlichkeit, oder wenigstens schien sie mir das Höchste, was ich bis dahin gesehen hatte; bei ihrem Anblicke fiel es mir zugleich ein, wieviel ich ihr zu danken habe, so daß sie mir wie eine Gottheit des Himmels vorkam, die zu meiner Freude und Errettung auf die Erde herniedergestiegen sei. Als sie uns näher kam, sagte ihr ihr Vater in ihrer Sprache, daß ich ein Sklave des Arnaute Mami sei und daß ich gekommen sei, Salat zu pflücken. Sie nahm das Wort und fragte mich hierauf in jener vermischten Sprache, ob ich ein Ritter sei und warum ich mich nicht loskaufe. Ich antwortete ihr, daß ich schon ausgelöst sei und daß sie aus der Höhe des Lösegeldes sehen könne, wie hoch mich mein Herr schätzte, denn ich hätte ihm tausend und fünfhundert Sultaninen geben müssen. Worauf sie antwortete: Wahrlich, hättest du meinem Vater gehört, so würde ich es nicht zugegeben haben, daß er dich für die doppelte Summe freigegeben hätte, denn ihr Christen lügt immer und macht euch nur arm, um die Mohren zu betrügen.

Das mag wohl sein, Herrin, antwortete ich, ich aber habe meinen Herrn aufrichtig behandelt, so wie ich es immer getan habe und stets mit allen Menschen aufrichtig handeln werde.

Und wann reisest du? fragte Zorayda.

Ich glaube morgen, sagte ich, denn es ist ein französisches Schiff hier, das morgen unter Segel geht, und ich bin willens, mit diesem zu reisen.

Ist es nicht besser, versetzte Zorayda, ein spanisches Schiff zu erwarten und mit diesem zu fahren als mit einem französischen, da die Franzosen nicht eure Freunde sind?

Nein, antwortete ich, wüßte ich gewiß, daß ein spanisches Schiff ankommen würde, so würde ich es erwarten, aber sicherer ist es, morgen zu reisen, denn der Wunsch, mein Vaterland und geliebte Menschen wiederzusehen, ist so heftig in mir, daß ich auf keine andere spätere Gelegenheit warten kann, wenn sie auch noch so gut wäre.

Du bist gewiß in deinem Vaterlande verheiratet, fragte Zorayda, und darum wünschest du die Abreise so sehr, um deine Gattin wiederzusehen?

Ich bin nicht verheiratet, antwortete ich, aber ich habe mein Wort gegeben, mich zu vermählen, sobald ich in meinem Lande angelangt bin.

Und ist denn die Dame schön, mit der du dich versprochen hast? fragte Zorayda.

Sie ist so schön, antwortete ich, daß ich sagen muß, um sie dir recht wahrhaft zu schildern, daß sie dir ähnlich sieht.

Hierüber lachte der Vater von Herzen und sagte: Beim Allah, Christ, so muß sie sehr schön sein, wenn sie meiner Tochter ähnlich sieht, denn diese ist die Schönste im Königreich; betrachte sie nur genau, und du wirst sehen, daß ich recht habe.

Bei diesem Gespräche diente uns der Vater der Zorayda zum Dolmetscher, denn ob sie gleich so ziemlich die Bastardsprache, die dort gebräuchlich ist, reden konnte, so gab sie ihre Meinung doch mehr durch Zeichen als mit Worten zu verstehen.

Indem wir dies und anderes sprachen, kam ein Mohr in vollem Rennen daher und schrie mit lauter Stimme, daß vier Türken über die Gartenmauer gesprungen wären, welche die noch unreifen Früchte abrissen. Der Alte erschrak, nicht weniger Zorayda, denn alle Mohren fürchten sich sehr vor den Türken, vor-

züglich vor den Soldaten, die so unverschämt sind und sich eine solche Herrschaft über die Mohren anmaßen, daß sie sie härter als ihre Sklaven behandeln. Der Vater sagte hierauf zu Zorayda: Mein Kind, geh in das Haus zurück und verschließ dich dort, während ich mit diesen Bestien rede; du Christ, suche deine Kräuter, reise glücklich, und Allah führe dich in dein Vaterland zurück.

Ich verneigte mich, und er ging fort, um die Türken aufzusuchen, indem er mich mit Zorayda allein ließ, die sich stellte, als ob sie ginge, wohin der Vater ihr befohlen hatte; dieser aber hatte sich kaum in den Baumgängen verloren, als sie sich zu mir wandte und mit Tränen in den Augen sagte: Du gehst fort, Christ, du gehst?

Ich antwortete: Ja, Herrin, aber nicht ohne dich; erwarte mich am ersten Freitag und erschrick nicht, wenn du uns siehst, denn wir wollen dich gewiß nach Spanien führen.

Ich sagte ihr dies so, daß sie mich sehr gut verstand, und indem sie einen Arm um meinen Hals schlang, begab sie sich auf den Weg nach dem Hause, und der Zufall fügte es (der sehr übel hätte ausschlagen können, daß sich alles in Unglück hätte wenden können, wenn es der Himmel nicht anders gelenkt hätte), daß, während wir beide in dieser Stellung fortgingen, sie ihren Arm um meinen Hals geschlungen, uns der Vater, der schon von den Türken wieder zurückkam, in dieser Stellung sah, und wir bemerkten auch, daß er uns gesehen habe.

Zorayda aber nahm vorsichtig nicht ihren Arm von meinem Halse herunter, sondern sie lehnte sich noch mehr an mich und ließ ihren Kopf auf meine Brust sinken, indem sie die Knie etwas beugte, so daß es schien, sie sei ohnmächtig geworden; und ich stellte mich ebenfalls, als ob ich sie gegen meinen Willen hielte. Ihr Vater kam schnell zu uns gelaufen, und da er seine Tochter in diesem Zustande sah, fragte er, was ihr sei; da sie aber keine Antwort gab, sagte der Vater: Gewiß hat sie der Einbruch dieser Bestien erschreckt, daß sie ohnmächtig geworden ist. Er nahm sie aus meinen Armen und drückte sie an seine Brust, sie aber seufzte, und mit Augen, die noch von Tränen naß waren, sagte sie noch einmal zu mir: Geh', Christ, geh'.

Worauf ihr Vater antwortete: Der Christ braucht nicht zu gehen, mein Kind, denn er hat dir kein Leid zugefügt, und die Türken sind schon weggegangen; sei ohne Sorgen, du hast nun nichts mehr zu fürchten, denn wie gesagt, die Türken haben sich auf meine Bitte schon wieder entfernt.

Diese haben sie in Schrecken gesetzt, Herr, wie du gesagt hast, sagte ich zu ihrem Vater, da sie aber will, daß ich fortgehen soll, will ich ihr keinen Verdruß machen, und wenn du es vergönnst, komme ich vielleicht wieder in den Garten, wenn noch Kräuter nötig sein sollten, denn mein Herr sagte, daß nirgend so guter Salat wächst wie hier.

Du kannst wiederkommen, sooft du willst, sagte Hadji Murad, denn meine Tochter hat das nicht gesagt, weil sie dich oder die Christen nicht leiden möchte, sondern sie wollte nur sagen, daß die Türken fortgehen sollten, und darum sagte sie zu dir, du möchtest gehen, oder sie hat dich auch erinnern wollen, deinen Salat zu suchen.

Hierauf nahm ich von beiden Abschied, und sie ging mit tiefbewegter Seele mit ihrem Vater fort; unter dem Vorwand, Kräuter zu suchen, durchstrich ich nun den ganzen Garten, ich beobachtete die Ein- und Ausgänge, die Festigkeit des Hauses und welche Gelegenheiten unsere Unternehmung erleichtern könnten.

Da dies getan war, gab ich dem Renegaten und meinen Gefährten von allem Nachricht, ich konnte die Stunde nicht erwarten, in der ich mit Sicherheit die schöne Zorayda, die das Schicksal mir gönnte, die Meine nennen konnte.

Endlich erschien der Tag und die uns allen so sehr erwünschte Stunde, wir folgten ganz dem klugen Plane, den wir seit langem entworfen hatten, und er schlug nach unserem Wunsche aus, denn am Freitage, der auf den Tag folgte, an welchem ich Zorayda im Garten gesprochen hatte, legte mit der Dämmerung mein Renegat die Barke dem Aufenthalt der schönen Zorayda gegenüber vor Anker. Schon waren die Christen, die rudern sollten, aus der Stadt entwichen und an verschiedenen Stellen dort versammelt. Alle waren voll ungewisser Hoffnung, während sie mich erwarteten, sie hatten Lust, das Schiff, das vor ihren Augen dalag, anzugreifen, denn sie wußten nicht, daß ich mit dem Renegaten einverstanden war, sondern sie meinten, sie müßten durch die Stärke ihres Armes die Freiheit erobern und die Mohren umbringen, die sich in der Barke befänden.

Sowie ich mich nun mit meinem Gefährten zeigte, versammelten sich alle um uns. Die Stadt war um die Zeit schon verschlossen, und kein Mensch ließ sich auf dem Felde sehen.

Als wir beisammen waren, stritten wir, ob es besser sei, erst zu Zorayda zu gehen oder vorher die Mohren zu überwältigen, die in der Barke ruderten; indem wir noch ungewiß waren, kam der Renegat und sagte, daß wir nicht länger warten möchten, denn es sei nun Zeit, alle seine Mohren wären in völliger Sicherheit und die meisten schliefen. Ich sagte ihm, weswegen wir noch warteten, und er antwortete, das Wichtigste sei, sich zuerst des Fahrzeuges zu bemächtigen, und daß man dies mit Sicherheit und ohne alle Gefahr tun könnte, dann aber sollten wir sogleich zu Zorayda gehen. Wir alle waren seiner Meinung, und ohne uns länger aufzuhalten, zogen wir unter seiner Führung nach dem Schiffe, er sprang zuerst hinein, den Säbel in der Hand, und rief auf mohrisch: Keiner rühre sich, wenn es ihm nicht das Leben kosten soll! Zugleich waren auch alle Christen eingedrungen. Die Mohren, die wenig Mut hatten und ihren Anführer so reden hörten, waren erschrocken, und ehe einer zu den Waffen griff, deren sie überhaupt nur wenige bei sich hatten, ließen sie sich, ohne ein Wort zu sprechen, von den Christen binden, welches diese in großer Schnelligkeit taten, wobei sie die Mohren bedrohten, daß, falls sie auf irgendeine Art Lärm machten, sie augenblicks über die Klinge springen müßten.

Da dies getan war, blieb die Hälfte der Unseren zur Bewachung zurück, wir übrigen begaben uns wieder unter Anführung des Renegaten nach dem Garten des Hadji Murad, und das Glück wollte uns so wohl, daß sich die Tür mit so großer Leichtigkeit öffnen ließ, als ob sie gar nicht verschlossen gewesen wäre, und so, ohne irgendein Geräusch zu machen, kamen wir nach dem Hause. Die schöne Zorayda wartete unser schon an einem Fenster, und sowie sie Leute hörte, fragte sie mit leiser Stimme, ob wir Nazarener wären, womit sie meinte, ob wir Christen wären. Ich antwortete mit ja und daß sie herunterkommen möchte. Als sie mich erkannte, zögerte sie nicht länger, sondern kam, ohne ein Wort zu sprechen, in einem Augenblicke herab, öffnete die Tür und zeigte sich uns so schön und in so kostbarer Kleidung, wie es keine Beschreibung darstellen kann. Sowie ich sie sah, nahm ich ihre Hand und küßte sie, der Renegat und meine beiden Gefährten taten das nämliche, und die übrigen, die den Zusammenhang nicht wußten, taten das, was sie uns tun sahen, so daß es war, als wenn wir alle ihr Dank sagten und sie als Spenderin unserer Freiheit erkannten. Der Renegat fragte sie in mohrischer Sprache, ob ihr Vater im Garten sei. Sie antwortete ja, daß er aber schliefe. So müssen wir ihn aufwecken, versetzte der Renegat, und ihn mit uns nehmen nebst allem, was sich in diesem schönen Garten an Kostbarkeiten findet.

Nein, sagte sie, an meinem Vater dürft ihr euch durchaus nicht vergreifen, auch findet sich in diesem Hause nichts, was ich nicht mit mir nehme, und dies reicht hin, euch alle reich und zufrieden zu machen, wartet ein wenig, und ihr sollt es sehen. Mit diesen Worten ging sie wieder hinein und sagte uns, daß sie gleich zurückkommen würde, wir sollten stehenbleiben und kein Geräusch machen. Ich fragte den Renegaten, was er mit ihr gesprochen habe, worauf er es mir erzählte. Ich sagte hierauf, daß er durchaus nichts anderes tun solle, als wie es Zorayda befehle. Diese kam indessen schon mit einem Kästchen voll goldener Taler zurück, so daß sie es kaum tragen konnte.

Das Unglück fügte es so, daß ihr Vater in diesem Augenblick erwachte und ein Geräusch im Garten vernahm; er erschien am Fenster, und sowie er sah, daß diejenigen im Garten Christen waren, rief er mit lauter und entsetzlicher Stimme auf arabisch: Christen! Christen! Räuber! Räuber! Durch dieses Geschrei sahen wir uns plötzlich in die größte Gefahr versetzt. Da der Renegat begriff, wieviel darauf ankam fortzukommen, ehe Lärm entstand, lief er rasch zu Hadji Murad hinauf und mit ihm einige der Unseren, denn ich durfte Zorayda nicht verlassen, die halb ohnmächtig in meinen Armen lag. Die hinaufgelaufen waren, machten so schnelles Spiel, daß sie sofort mit Hadji Murad herunterkamen, dem die Hände gebunden waren und der Mund mit einem Tuche verstopft, so daß er kein Wort hervorbringen konnte, wobei man ihm drohte, wenn er ein Wort sagte, würde es ihn das Leben kosten. Als die Tochter ihn sah, bedeckte sie die Augen, um ihn nicht zu sehen, und der Vater war voll Verwunderung, weil er nicht wußte, daß sie sich mit ihrem Willen in unseren Händen befand; jetzt waren uns aber die Füße am nötigsten, wir liefen daher mit der größten Schnelligkeit zur Barke, wo uns jene, die dortgeblieben waren, schon erwarteten und in Furcht waren, daß uns ein Unglück zugestoßen sei.

Es waren noch keine zwei Stunden der Nacht verflossen, als wir auch schon alle in der Barke waren, wo man dem Vater der Zorayda die Hände frei machte und ihm das Tuch aus dem Munde nahm; der Renegat drohte ihm aber von neuem, daß wir ihm das Leben nehmen würden, wenn er ein Wort sagte. Als er seiner Tochter ansichtig ward, fing er an auf das kläglichste zu weinen, vorzüglich als er sah, daß ich sie fest in meinen Armen eingeschlossen hielt und daß sie, ohne sich zu sträuben, zu klagen oder nur auszuweichen, ruhig blieb; aber dennoch schwieg er still, damit die Drohungen des Renegaten nicht in Erfüllung gehen möchten. Als sich nun Zorayda in der Barke sah und ihren Vater und die festgebundenen Mohren wahrnahm, sagte sie dem Renegaten, daß er mich bitten möchte, die Mohren loszubinden und ihren Vater frei zu machen, denn sie würde sich eher ins Meer stürzen, als vor ihren Augen und ihretwegen einen Vater gefangen sehen, der sie immer so sehr geliebt habe. Der Renegat sagte mir dies, und ich antwortete, daß ich es zufrieden sei, er aber erwiderte, daß man dies nicht könne, denn wenn man sie dort ließe, würden sie sogleich das Land und die Stadt in Aufruhr bringen und verursachen, daß man uns mit einigen leichten Fregatten nachsetzte; man könne ihnen aber wohl die Freiheit geben, sobald wir in ein christliches Land gekommen seien.

In diese Meinung stimmten wir alle ein, und Zorayda (der dies und die Ursachen gesagt wurden, weshalb wir nicht sogleich ihren Wunsch erfüllten) war auch damit zufrieden, und zugleich griffen alle stillschweigend und mit freudigem Mute zu den Rudern; wir empfahlen uns Gott von ganzem Herzen und schifften nach der Gegend der Insel Mallorca, die das nächste christliche Land ist. Ein starker Wind aber fing an, uns entgegenzuwehen, und das Meer wurde so stürmisch, daß es nicht möglich war, die Fahrt nach Mallorca fortzusetzen; wir waren also gezwungen, dicht am Lande nach der Gegend von Oran fortzurudern, indem wir immer besorgen mußten, von Sargel aus entdeckt zu werden, welches auf dieser Küste sechzig Meilen von Algier entfernt liegt, sowie wir auch befürchten mußten, auf diesem Wege einer von den Galeeren zu begegnen, die mit Kaufmannsgütern von Tetuan kommen. Zorayda hielt indessen immer ihren Kopf in meinen Händen, um ihren Vater nicht zu sehen, und ich hörte, wie sie Lela Marien um Beistand anrief.

Wir mochten wohl dreißig Meilen gefahren sein, als der Morgen anbrach und wir uns nur drei Musketenschüsse vom Lande entfernt sahen, die ganze Gegend aber war einsam und kein Mensch zu sehen, der uns hätte verraten können; aber dennoch ruderten wir mit aller Gewalt weiter in das hohe Meer hinein, das nun schon beruhigter war, und nachdem wir zwei Meilen gefahren waren, sagte ich, daß wir abwechselnd rudern wollten, um essen zu können, denn wir hatten unsere Barke gut versehen; diejenigen aber, die am Ruder saßen, sagten, daß noch keine Zeit wäre, um auszuruhen, die übrigen, die nicht ruderten, möchten nur essen, sie wollten die Arbeit durchaus nicht fahrenlassen. So geschah es, und zu gleicher Zeit fing ein starker Wind an zu wehen, so daß wir die Segel aufspannen und das Rudern unterlassen mußten, worauf wir uns nach Oran wandten, weil jede andere Richtung unmöglich war. Dies alles geschah sehr schnell, und so segelten wir in einer Stunde wohl acht Meilen, wobei wir nichts weiter fürchteten, als daß uns ein Korsar begegnen möchte. Den Mohren gaben wir Speise, und der Renegat tröstete sie, daß sie keine Gefangenen wären, sondern daß sie bei der ersten Gelegenheit ihre Freiheit haben sollten. Dasselbe sagte er dem Vater der Zorayda, welcher antwortete: Ich kann, ihr Christen, von eurer Freigebigkeit und eurem guten Willen jedwedes andere Geschenk erwarten, haltet mich aber nicht für so einfältig, daß ich glauben sollte, ihr würdet mir die Freiheit geben, denn wie hättet ihr mich mit so großer Gefahr fortgeführt, wenn ihr mich loslassen wolltet? Da ihr außerdem wißt, wer ich bin und wie teuer ich meine Freiheit erkaufen kann, nennt mir den Preis, und ich will euch alles für mich und für diese meine unglückselige Tochter bewilligen oder auch für sie allein, denn sie ist die größere und bessere Hälfte meiner Seele.

Bei diesen Worten fing er an so bitterlich zu weinen, daß wir alle von Mitleid bewegt wurden und Zorayda gezwungen ward, ihn anzusehen; da sie nun seine Tränen sah, wurde sie so sehr gerührt, daß sie von mir ging und ihren Vater umarmte, sie drückte ihr Gesicht an das seine, und beide fingen ein so herzliches Wehklagen an, daß viele von denen, die zugegen waren, ebenfalls weinen mußten.

Als ihr Vater sie aber so festlich geschmückt und mit so vielen Juwelen bedeckt sah, sagte er in ihrer Sprache zu ihr: Was ist dies, meine Tochter? Gestern, ehe uns dies fürchterliche Unglück betroffen hatte, sah ich dich in deinen gewöhnlichen häuslichen Kleidern, und jetzt, ohne daß du Zeit hattest, dich anzukleiden, und ohne daß ein Glücksfall dir Veranlassung gab, dich zu putzen und zu schmücken, seh' ich dich in deinem herrlichsten Schmuck, den ich dir nur jemals schenken konnte, als das Glück uns am günstigsten war? Das setzt mich noch viel mehr in Verwunderung als das Unglück, in welchem ich mich befinde.

Alles, was der Mohr zu seiner Tochter sprach, erklärte uns der Renegat, und sie antwortete mit keinem Laut. Als er aber in einem Winkel der Barke das Kästchen sah, in welchem sie ihre Juwelen aufzuheben pflegte und wovon er wußte, daß es in Algier zurückgeblieben und nicht mit nach dem Garten genommen sei, geriet er in noch größere Verwirrung und fragte, wie das Kästchen in unsere Hände geraten wäre und was sich darin befinde? Worauf der Renegat, ohne Zorayda antworten zu lassen, so antwortete: Sei ruhig, Herr, und frage deine Tochter Zorayda dergleichen Sachen nicht, denn ich will dir mit einem Male alles beantworten; wisse also, daß sie eine Christin ist, die Retterin, die uns von unseren Ketten löste, die Befreiung unserer Gefangenschaft; mit ihrem Willen geht sie mit uns und ist über ihren gegenwärtigen Zustand glücklich, denn sie kommt aus Finsternis in Licht, aus dem Tode in Leben, aus Trübsal in Herrlichkeit.

Ist das Wahrheit, was jener sagt, meine Tochter? fragte der Mohr.

So ist es, antwortete Zorayda.

Du wärst also, erwiderte der Alte, in der Tat Christin und hättest deinen Vater in die Gewalt seiner Feinde gegeben?

Zorayda antwortete: Wahr ist es, daß ich Christin bin, doch habe ich dich nicht in diesen Zustand versetzt, denn niemals habe ich den Wunsch gehabt, dich zu verlassen, noch dir etwas Übles zu tun.

Und welches Gute tust du dir, mein Kind?

Dies, antwortete sie, mußt du Lela Marien fragen, sie wird dir das besser als ich sagen können.

Kaum hatte der Mohr dies gehört, als er sich mit unglaublicher Schnelligkeit kopfüber ins Meer stürzte, wo er gewiß ertrunken wäre, wenn seine großen und weiten Gewänder ihn nicht einige Zeit über dem Wasser gehalten hätten. Zorayda rief, daß wir ihm helfen möchten, und wir alle liefen sogleich hinzu; er wurde bei seinem Oberkleide ergriffen und bewußtlos in das Schiff gezogen, worüber Zorayda, als ob er schon gestorben wäre, ein heftiges und klägliches Jammergeschrei begann. Wir stellten ihn auf den Kopf, und er gab viel Wasser von sich, worauf er nach zwei Stunden wieder zu sich kam, während welcher Zeit sich der Wind wieder gedreht hatte und uns nach dem Lande zutrieb.

Hier wurden nun auf Zoraydas Bitten ihr Vater und die übrigen gebundenen Mohren an das Land gesetzt; denn sie konnte es mit ihrem weichen Herzen nicht länger ertragen, ihren Vater gebunden und die übrigen aus ihrem Lande entführt zu sehen. Wir hatten es auch bei unserer Abreise versprochen und liefen dabei keine Gefahr, sie an einem einsamen Orte zurückzulassen.

Unsere Gebete waren nicht vergeblich, sondern der Himmel erhörte sie, denn es fing ein günstiger Wind zu wehen an, das Meer wurde ruhig, worauf wir den Vorsatz faßten, mit frischem Mute unsere Reise fortzusetzen. Wir banden also

die Mohren los und setzten sie einen nach dem anderen an das Land, worüber sie sich sehr verwunderten; als wir aber den Vater der Zorayda, der wieder zu sich gekommen war, ans Land führen wollten, sagte er: Warum meint ihr, Christen, daß dieses böse Mädchen will, daß ihr mir die Freiheit gebt? Meint ihr, es sei aus Liebe, die sie zu mir trägt? Nein, wahrlich nicht, sondern sie will sich nur von meiner Gegenwart nicht stören lassen, wenn sie ihr böses Vorhaben ausführt; glaubt auch nicht, daß sie ihre Religion deswegen verändert, weil sie einsieht, daß die eure besser als die unsere sei, sie tut es nur, weil sie weiß, daß in eurem Lande die Schändlichkeit öffentlicher als in dem unseren getrieben wird. Er kehrte sich hierauf zu Zorayda, während er von mir und einem anderen Christen an beiden Armen gehalten wurde, damit er kein Unheil anrichten möchte, und sagte: O du nichtswürdiges Kind! Unverständige Törin! Wohin willst du, Verblendete, in der Gesellschaft dieser Hunde gehen, unserer geborenen Feinde? Verflucht sei die Stunde, in der ich dich zeugte! Verflucht sei jede Freude und jede Liebkosung, mit der ich dich erzogen habe!

Da ich aber sah, daß er noch lange fortfahren würde, ließ ich ihn schnell ans Land setzen, von wo er uns laut schreiend mit seinen Verwünschungen und Wehklagen verfolgte, indem er Mohammed und Allah anrief, uns zu vernichten und gänzlich zu zerstören. Als wir schon weiter fortgesegelt waren und seine Worte nicht mehr hören konnten, sahen wir doch noch seine Gebärden, denn er riß seinen Bart aus, raufte sich die Haare und wälzte sich auf dem Boden; nur einmal erhob er die Stimme so laut, daß wir seine Worte vernehmen konnten: Komm zurück, geliebtes Kind, komm zurück, denn ich vergebe dir alles, überlaß diesen Leuten alles Geld und komm zurück, um deinen elenden Vater zu trösten, der auf diesem wüsten Sande sein Leben lassen wird, wenn du ihn verläßt!

Alle diese Worte hörte Zorayda, sie weinte unaufhörlich und antwortete ihm: Bitte Allah, mein Vater, daß Lela Marien dich tröste, die mich dazu bewogen hat, Christin zu werden. Allah weiß, daß ich nichts anderes tun konnte, als was ich getan habe, und daß diese Christen mich nicht dazu überredet haben, denn wenn ich auch nicht mit ihnen gereist wäre, so hätte ich doch nicht in meinem Hause bleiben können, weil meine Seele mich trieb, das ins Werk zu setzen, was mir so gut scheint, wie du es, geliebter Vater, für böse hältst.

So sprach sie noch, indem ihr Vater sie nicht mehr hörte und wir ihn nicht mehr sahen. Ich tröstete Zorayda, und wir setzten unsere Reise fort, die der günstige Wind beschleunigte, so daß wir gewiß glaubten, uns am folgenden Morgen am spanischen Ufer zu befinden.

Wie aber das Glück selten oder nie ganz rein und ungetrübt erscheint, ohne daß ein Unglück es begleite oder zerstöre, so wollte es das Schicksal haben, daß wir plötzlich im hellen Mondschein ein rundes Schiff sahen, das mit vollen Segeln und so dicht vor uns vorbeistrich, daß wir die Segel einziehen mußten, um nicht anzustoßen, und die Fremden richteten sich ebenfalls ein, damit wir vorbeifahren könnten. Sie hatten sich auf den Rand des Schiffes begeben, um zu fragen, wer wir wären, wohin wir führen und woher wir kämen. Da sie dies aber in französischer Sprache fragten, sagte der Renegat: Antworte keiner, denn sie sind gewiß französische Korsaren, die alles um Beute machen.

Wir gaben nach diesem Rat keine Antwort, und da wir schon etwas weiter gefahren waren und wieder Wind gewonnen hatten, wurden plötzlich zwei Stücke abgeschossen, wie es schien mit Kettenkugeln geladen, denn der eine Schuß schlug unseren Mast in der Mitte durch und warf ihn mit dem Segel ins Meer, indessen wurde auch das zweite Stück abgefeuert, das mitten durch unsere Barke schlug und sie ganz durchlöcherte, ohne uns selbst zu beschädigen. Als wir sahen, daß wir versinken sollten, fingen wir alle laut an um Hilfe zu rufen, daß die aus dem Schiffe uns beistehen möchten, weil wir zugrunde gingen. Sie hielten an und setzten ein Boot aus, in das sich zwölf bewaffnete Franzosen begaben mit ihren Musketen und brennenden Lunten, und so kamen sie zu uns; da sie sahen, daß wir so wenige wären und daß das Schiff schon zu sinken anfing, nahmen sie uns auf und sagten, daß wir uns diesen Unfall selber wegen der Unhöflichkeit, nicht geantwortet zu haben, zuzuschreiben hätten. Unser Renegat nahm das Kästchen mit den Schätzen der Zorayda und warf sie in das Meer, ohne daß dies einer bemerkte. Wir begaben uns nun alle zu den Franzosen, die, nachdem sie erfahren hatten, wer wir wären, uns als unsere Feinde alles nahmen, was sie nur fanden, so daß sie der Zorayda sogar die Spangen raubten, die sie um die Füße trug. Doch war ich deshalb nicht so bekümmert wie Zorayda, und ich befürchtete, daß sie ihr außer dem kostbaren Schmuck auch jenen Schmuck rauben würden, den sie und ich höher als alles schätzte; aber die Begierden jener Menschen gehen nur auf Geld aus, und noch niemals habe ich eine so große Habsucht gesehen, denn sie hätten uns sogar die Sklavenkleider ausgezogen, wenn sie ihnen hätten nützen können. Sie schienen endlich darauf zu verfallen, uns in ein Segel gewickelt in die See zu werfen, weil sie die Absicht hatten, in einigen spanischen Häfen Handel zu treiben und sich dabei für Engländer auszugeben. Wenn sie uns nun lebendig mitnahmen, konnten sie gestraft und ihr Betrug entdeckt werden. Der Kapitän aber, der meine geliebte Zorayda geplündert hatte, sagte, daß er mit der gemachten Beute zufrieden sei und nicht begehre, nach einem spanischen Hafen zu fahren, sondern gleich nach Rochelle segeln wolle, von wo er ausgelaufen sei; deshalb gaben sie uns das Boot aus ihrem Schiffe nebst allem, was wir für unseren übrigen kurzen Weg brauchten. Dies taten sie am folgenden Tage, als wir Spanien schon vor uns sahen, mit welchem Anblicke alle unsere Sorgen und Armut im Augenblick vergessen wurden, als ob wir nichts erlitten hätten. So groß ist die Freude, die verlorene Freiheit wiederzuerlangen.

Es mochte ungefähr um Mittag sein, als wir das Boot bestiegen, in welches sie uns zwei Fässer Wasser und etwas Zwieback legten, und der Kapitän, von einem gewissen Mitleid bewogen, gab der schönen Zorayda beim Einschiffen vierzig goldene Taler und litt es nicht, daß ihr die Soldaten die Kleider auszogen, die sie noch jetzt trägt. Wir stiegen in das Fahrzeug und dankten für die Güte, die sie uns erzeigten, da wir mehr erfreut als betrübt waren. Sie setzten ihren Lauf fort, indem sie sich nach der Straße wandten, wir aber richteten uns nach keinem anderen Kompaß als nach dem Lande, welches vor uns lag; wir ruderten so eifrig, daß wir mit dem Untergange der Sonne schon so nahe waren, daß wir glaubten, noch vor dem Einbruche der Nacht einlaufen zu können; aber es war in dieser Nacht kein Mondschein und der Himmel war finster; da wir die Gegend nicht kannten, in welcher wir uns befanden, hielten wir es für gefährlich, an Land zu stoßen; einige von uns aber wollten, daß wir landen möchten, wenn wir selbst auf Felsen und fern von einem bewohnten Orte anlaufen sollten, denn so brauchten wir wenigstens nicht zu fürchten, daß wir auf tetuanische Korsaren gerieten, die in der Nacht von der Barbarei ausfahren und am Morgen an der spanischen Küste kreuzen, wo sie Beute machen und dann nach ihrer Heimat zurückkehren; andere aber meinten, daß wir uns langsam dem Lande nähern müßten, wie es auch die Stille des Meeres erlaubte, und dann aussteigen, wenn wir einen Landungsplatz anträfen. Dies geschah, und noch vor Mitternacht kamen wir an ein wüstes hohes Gebirge, das aber nicht ganz dicht am Meere stand, sondern Raum genug übrigließ, daß wir hier anlaufen konnten. Auf dem Sande standen wir still, dann stiegen wir alle aus, küßten die Erde und sagten mit den süßesten Freudentränen Gott, unserm Schöpfer, Dank für die große Güte, die er uns auf der Reise erwiesen hatte. Wir nahmen aus der Barke die Nahrungsmittel, zogen sie auf das Land und gingen hierauf eine große Strecke in das Gebirge hinein, denn ob wir uns gleich am Lande befanden, konnten wir unsere Brust immer noch nicht beruhigen und mit Zuverlässigkeit glauben, daß wir wirklich auf christlichem Boden ständen. Der Tag schien länger auszubleiben, als wir wünschten, wir stiegen nun alle das Gebirge völlig hinauf, um zu sehen, ob wir ein Dorf oder einige Schäferhütten entdecken könnten: aber so sehr wir uns auch umsahen, erblickten wir doch kein Dorf, keinen Menschen, keine Hütte und keinen Weg. Wir faßten aber alle den Entschluß, uns tiefer in das Land hinein zu begeben, weil wir doch bald irgend jemand finden müßten, der uns zurechtweisen könne. Was mich am meisten betrübte, war, daß Zorayda in dieser wilden Gegend zu Fuße gehen mußte, denn wenn ich sie auch manchmal auf dem Rücken trug, so ermüdete sie meine Ermüdung nur mehr, als sie in der Ruhe ruhte, und daher wollte sie durchaus nicht, daß ich diese Mühe auf mich nähme: Mit Geduld und fröhlichen Gebärden ließ sie sich von mir an der Hand führen, und so mochten wir ungefähr eine Viertelmeile fortgewandert sein, als unser Ohr den Ton eines Glöckchens vernahm, woraus wir deutlich merkten, daß sich in der Nähe eine Herde befinden müsse; wir sahen uns von allen Seiten um und bemerkten an dem Stamme eines Korkbaumes einen jungen Schäfer sitzen, der ruhig mit einem Messer an einem Stocke schnitzelte. Wir riefen ihn an, und sowie er den Kopf hob, lief er auch behende davon, weil, wie wir nachher erfuhren, er zuerst den Renegaten und Zorayda in ihren Mohrenkleidern erblickt und gemeint hatte, die ganze Barbarei sei nun hinter ihm drein, so daß er mit der größten Schnelligkeit durch die Gebüsche fortlief und mit dem lautesten Geschrei rief: Mohren, Mohren im Lande! Mohren! Mohren! Zu den Waffen! Zu den Waffen!

Wir waren in großer Verwirrung und wußten nicht, was wir anfangen sollten; da wir aber bedachten, daß das Geschrei des Schäfers gewiß das Land in Aufruhr bringen und daß die Reiterei von der Küste alsbald kommen würde, um zu sehen, was es gäbe, wurden wir einig, daß der Renegat seine türkischen Kleider ablegen und das Kamisol eines Sklaven anziehen mußte, der hierauf im Hemde blieb, und so empfahlen wir uns Gott und gingen auf dem Wege weiter, auf welchem der Schäfer fortgelaufen war, indem wir immer hofften, daß wir auf die Reiter der Küste stoßen würden. Wir wurden auch in unserer Hoffnung nicht getäuscht, denn es waren noch nicht zwei Stunden vergangen, als wir aus der rauhen Gegend in die Ebene kamen und wohl fünfzig Reiter gewahr wurden, die in vollem Laufe mit verhängtem Zügel auf uns zuritten; sowie sie uns näher kamen, hielten sie voll Verwunderung an, denn statt der Mohren, die sie suchten, fanden sie eine Anzahl armseliger Christen, und einer fragte uns, ob wir vielleicht diejenigen wären, die den Schäfer veranlaßt hätten, zu den Waffen zu rufen.

So ist es, sagte ich, und wollte eben anfangen, von unseren Erlebnissen zu erzählen, woher wir gekommen und wer wir wären, als einer von den Christen, die mit uns kamen, den Reiter erkannte, der die Frage getan hatte, und, ohne mich weiter ausreden zu lassen, ausrief: Gelobt sei Gott, der uns so glücklich geleitet hat, denn wenn ich mich nicht irre, so ist die Gegend, in der wir jetzt sind, die von Velez Malaga, und wenn die Jahre meiner Gefangenschaft mir nicht mein Gedächtnis geraubt haben, so erinnere ich mich auch Euer, Herr, der Ihr uns fragtet, wer wir wären, und Ihr seid Pedro de Bustamante, mein Oheim.

Der Christensklave hatte dies kaum gesagt, als der Reiter vom Pferde stieg, den Jüngling umarmte und sagte: O du mein bester, liebster Neffe, jetzt kenne ich dich, wie oft haben wir deinen Tod beweint, ich und meine Schwester, deine Mutter und alle deine Angehörigen, die noch am Leben sind, und Gott hat uns gnädig erhalten, um uns die Freude zu gönnen, dich wiederzusehen: wir wußten, daß du in Algier warest, und aus deinen Kleidern wie aus denen der übrigen Gesellschaft kann ich erkennen, daß ihr auf eine wunderbare Art eure Freiheit erhalten habt.

So ist es, antwortete der junge Mensch, und wir werden schon Zeit haben, Euch alles zu erzählen.

Sowie die Reiter hörten, daß wir alle Christensklaven wären, stiegen sie von ihren Pferden ab, und jeder bot sich an, uns nach der Stadt Velez Malaga zu führen, die noch anderthalb Meilen entfernt war. Einige davon entfernten sich, um die Barke nach der Stadt zu bringen, da wir ihnen beschrieben, wo wir sie gelassen hatten; die übrigen nahmen uns hinter sich aufs Pferd, und Zorayda saß hinter jenem, der der Oheim des Christen war. Die ganze Stadt kam uns zum Empfange entgegen, weil einige vorangeritten waren und unsere Ankunft erzählt hatten. Sie verwunderten sich nicht darüber, freie Sklaven oder gefangene Mohren zu sehen, denn die Einwohner der dortigen Küste sind daran gewöhnt, aber sie erstaunten über die Schönheit der Zorayda, die in diesem Augenblicke, teils vom Wege erhitzt, teils aus Freude, sich in einem christlichen Lande und in Sicherheit zu befinden, ihr Gesicht mit so schönen Farben geschmückt hatte, daß ich noch nie ein schöneres Geschöpf gesehen habe.

Wir gingen geradeswegs nach der Kirche, um Gott für seine Gnade zu danken; Zorayda ging mit und sagte, daß Bildnisse dort wären, die der Lela Marien glichen. Wir antworteten, daß es Bildnisse von ihr wären, und der Renegat machte ihr, so gut er konnte, deutlich, was sie bedeuteten, daß sie so zu ihnen beten möchte, als ob wirklich eins von ihnen die wahrhaftige Lela Marien wäre, die zu ihr gesprochen hätte. Sie, die einen guten Verstand hat und leicht begreift, erfaßte sogleich, was ihr betreffs der Bildnisse gesagt wurde.

Als wir aus der Kirche gingen, verteilten wir uns in verschiedene Häuser des Ortes; den Renegaten, Zorayda und mich führte der Christ, der mit uns gekommen war, in das Haus seiner Eltern, die in mittelmäßigen Verhältnissen lebten und uns mit gleicher Liebe wie ihren Sohn behandelten. Sechs Tage hielten wir uns in Velez auf, worauf der Renegat, nachdem er sich erst unterrichtet, was er zu tun habe, sich nach Granada begab, um sich durch Vermittlung der heiligen Inquisition in den Schoß der allerheiligsten Kirche wieder aufnehmen zu lassen; die übrigen freigewordenen Christen gingen hierauf fort, ein jeder, wohin es ihm am besten dünkte; ich und Zorayda blieben allein, und wir besaßen nichts als jenes Geld, welches der Franzose aus Höflichkeit der Zorayda gegeben hatte, wovon ich das Tier kaufte, auf dem sie reitet, so daß ich ihr bis jetzt als Vater und Reitknecht, nicht als Gemahl gedient habe. So reisen wir jetzt in der Absicht fort, zu sehen, ob mein Vater noch lebt oder ob einer von meinen Brüdern mehr Glück gehabt hat als ich, ob ich gleich fühle, daß ich im Besitz der Zorayda, den mir der Himmel gegönnt hat, so reich bin, daß mir kein anderes Schicksal günstiger vorkommen könnte. Die Geduld, mit welcher Zorayda die Unbequemlichkeiten der Armut trägt, und der Eifer, mit dem sie wünscht, Christin zu sein, ist so groß, daß ich sie bewundern muß und mich bewogen fühle, ihr zeit meines Lebens zu dienen; nur das stört mich in dem Vergnügen, mich als den Ihren und sie als die Meine anzusehen, daß ich nicht weiß, ob ich in meinem Vaterlande einen Winkel finden werde, in welchem ich mich ansiedeln kann, und ob Zeit und Tod nicht mit dem Vermögen und dem Leben meines Vaters und meiner Brüder eine Veränderung vorgenommen haben, und daß ich keinen weiß, der mich kennt, wenn sie mir fehlen.

Mehr kann ich euch, ihr Herren, von meiner Geschichte nicht erzählen, wenn sie euch angenehm und seltsam dünkt, so danke ich euch für eure Nachsicht; ich hätte sie wohl kürzer erzählen sollen, und die Furcht, euch zu ermüden, hat mich abgehalten, wohl drei oder vier Umstände weitläufiger vorzutragen, die ich kaum berührt habe.

Neununddreißigstes Kapitel

Handelt von dem, was sich weiter in der Schenke zutrug.

So endigte der Gefangene seine Erzählung, und Don Fernando sagte: Wahrlich, Herr Kapitän, die Art, wie Ihr Eure Begebenheit erzählt habt, ist so, daß sie den Wundern der Geschichte selber gleichkommt: alles ist höchst seltsam und voller Zufälle, die den Zuhörer in Erstaunen setzen, und das Vergnügen, welches wir im Anhören empfunden haben, ist so groß, daß wir uns doch freuen würden, wenn sie von neuem anfinge. Don Antonio und die übrigen sagten das nämliche und boten sich mit so freundschaftlichen und aufrichtigen Versicherungen zu allen Diensten an, daß der Kapitän über ihr Wohlwollen große Freude empfand. Am meisten freundschaftlich war Don Fernando, der ihn einlud, ihm zu folgen, weil er vermitteln wolle, daß sein Bruder, der Marques, bei der Taufe der Zorayda Pate wäre und daß er ihn so unterstützen wolle, daß er in seine Heimat mit allem Ansehen zurückkehren könne, wie es einem Manne von seinem Stande zukomme. Der Gefangene dankte höflich für alle diese Anerbietungen, doch lehnte er es zugleich ab, irgend etwas davon anzunehmen.

Indessen war es Nacht geworden, und während es ganz finster wurde, kam eine Kutsche mit einigen Leuten zu Pferde an. Diese verlangten ein Nachtlager, worauf die Wirtin antwortete, daß in der ganzen Schenke kein Fußbreit Platz mehr sei.

Wenn das auch ist, sagte der eine von den Reitern, der eingetreten war, so wird doch wohl noch etwas für den Herrn Auditor übrig sein.

Bei diesem Namen erschrak die Wirtin und sagte: Señor, die Wahrheit zu sagen, wir haben keine Betten; wenn Ihre Gnaden, der Herr Auditor, aber welche mit sich bringt (wie ich glaube), so sei er so gnädig, einzutreten, denn ich und mein Mann wollen unsere Stube räumen, um es dem gnädigen Herrn bequem zu machen.

So kann es geschehen, sagte der Stallmeister. Indessen war aus der Kutsche schon ein Mann gestiegen, aus dessen Kleidung man sogleich sein Amt ersehen konnte, denn sein langes Kleid mit den weiten Ärmeln gab zu erkennen, daß er der Auditor sei, von dem der Diener erst gesprochen hatte. Er führte an der Hand ein Mädchen, das ungefähr sechzehn Jahre alt schien, in Reisekleidern, so edel, schön und liebenswürdig, daß alle über diesen Anblick erstaunten: so daß, wer nicht Dorothea, Lucinde und Zorayda gesehen hatte, die in der Schenke waren, glauben mußte, daß schwerlich eine solche Schönheit wie dieses Mädchen zu finden sei. Don Quixote war beim Eintritt des Auditors und des Mädchens zugegen, und als er sie sah, sprach er: Der ehrwürdige Herr können sicher hereintreten und in diesem Kastell der Ruhe pflegen, denn ob es gleich hier eng und schlecht eingerichtet ist, so ist doch nichts in der Welt so eng und unbequem, daß nicht die Waffen und Wissenschaften noch Platz finden sollten, vorzüglich, wenn sie als Führer und Herold die Schönheit mit sich bringen, wie sie die Wissenschaft Eurer Gnaden in dieser schönen Jungfrau mit sich bringt, der sich nicht nur Kastelle auftun und öffnen, sondern selbst Felsen spalten und die hohen Gebirge sich niedersenken, um ihr eine Aufnahme zu bereiten. Tretet herein in dieses Paradies, denn hier werdet Ihr Sterne und Sonnen finden, des Himmels wohl würdig, den Ihr mit Euch führt; hier werdet Ihr die Waffen in ihrem Glanz und die Schönheit in ihrer Glorie erblicken.

Der Auditor stand verwundert über diese Anrede des Don Quixote, den er hierauf in der Nähe genauer betrachtete, worauf er sich über sein Äußeres ebenso wie über seine Worte verwunderte, und er staunte noch mehr, als er Lucinde, Dorothea und Zorayda vor sich erblickte, die auf die Neuigkeit von den neuen Gästen herbeigekommen waren, um sie zu sehen und zu bewillkommnen; und Don Fernando, Cardenio und der Pfarrer begrüßten ihn auf eine einfachere, aber sehr höfliche Art. Der Herr Auditor trat herein, gleich erstaunt über das, was er sah, wie über das, was er hörte, und die Schönheiten der Schenke begrüßten die schöne Jungfrau. Der Auditor merkte nun wohl, daß die Anwesenden angesehene Leute waren; aber der Anzug, das Gesicht und der Anstand des Don Quixote brachten ihn immer noch in Verwirrung: nachdem er alle höflichen

Anerbietungen beantwortet und die Schenke betrachtet hatte, wurde es so eingerichtet, wie man es schon vorher eingerichtet hatte, daß alle Frauen sich in dem oben beschriebenen Gemache aufhalten und daß die Männer draußen zu ihrer Bewachung bleiben sollten; damit waren der Auditor und seine Tochter zu-

frieden, denn das war das junge Mädchen, und sie ging mit den Damen sehr gern und freudig fort. Mit einem Teil des kleinen Bettes, welches dem Wirt gehörte, und mit der andern Hälfte, die der Auditor mit sich brachte, wurde, so gut als es möglich war, für die Nacht eine Einrichtung getroffen.

Der Gefangene fühlte vom ersten Augenblicke, da er den Auditor sah, eine Ahnung, daß dieser sein Bruder sei; er fragte einen von den Dienern, die mitgekommen waren, wie er heiße und ob er nicht wisse, aus welcher Gegend er wäre. Der Diener antwortete, daß er der Lizentiat Juan Perez de Viedma genannt werde und aus einem Orte in den leonischen Gebirgen gebürtig sei.

Durch diese Nachricht wurde seine Meinung bestätigt, daß dieser sein Bruder sei, der nach dem Rat seines Vaters den Wissenschaften gefolgt war. Er war hierüber erschüttert und froh und rief Don Fernando, Cardenio und den Pfarrer beiseite, denen er erzählte, was sich zugetragen hatte, und daß er gewiß wisse, der Auditor sei sein Bruder. Er hatte zugleich von dem Diener erfahren, daß er als Auditor nach Indien zur mexikanischen Regierung gehe; auch wußte er, daß das Mädchen seine Tochter sei, bei deren Geburt die Mutter gestorben war, und daß er durch die Mitgift sehr reich geworden, die mit der Tochter im Hause geblieben war. Er fragte sie um Rat, auf welche Weise er sich zu erkennen geben solle und daß er erst erproben möchte, ob sein Bruder, wenn er sich ihm zu erkennen gebe, ihn verstieße, da er so arm sei, oder ob er ihn mit Liebe aufnehmen würde.

Überlaßt es mir, diese Probe zu machen, sagte der Pfarrer, vorzüglich, da ich überzeugt bin, Herr Kapitän, daß Ihr sehr gut aufgenommen werdet, denn der Verstand und das edle Wesen, das an Eurem Bruder sichtbar ist, läßt keineswegs mutmaßen, daß er stolz oder unbrüderlich handeln könne oder daß er die Zufälle des Glücks nicht auf die wahre Art zu beurteilen wüßte.

Dennoch, sagte der Kapitän, möchte ich mich nicht so plötzlich, sondern auf einem Umweg zu erkennen geben.

Ich versichere Euch, antwortete der Pfarrer, daß ich es so unternehmen will, daß alle zufrieden sein sollen.

Man hatte indes das Abendessen bereitet, und alle setzten sich um den Tisch mit Ausnahme des Gefangenen und der Damen, die für sich in ihrem Gemach die Mahlzeit einnahmen. Während der Mahlzeit sagte der Pfarrer: Ich hatte, Herr Auditor, einen Kameraden Eures Namens in Konstantinopel, wo ich zwei Jahre als Gefangener war; dieser Kamerad war einer der tapfersten Soldaten und Hauptleute in der spanischen Infanterie, aber so brav und tapfer er war, ebenso unglücklich war er auch.

Und wie hieß dieser Kapitän, mein Herr? fragte der Auditor.

Er heißt, antwortete der Pfarrer, Rodrigo Perez de Viedma und war aus einem Orte in den leonischen Gebirgen gebürtig; er erzählte mir etwas, was sich mit seinem Vater und seinen beiden Brüdern zugetragen, etwas so Ungewöhnliches, wenn es mir nicht ein so wahrhaftiger Mann erzählt, daß ich es für eines von jenen Märchen gehalten hätte, welches sich die alten Frauen beim winterlichen Feuer erzählen; er sagte mir, daß sein Vater unter seine drei Söhne sein Vermögen geteilt und ihnen Ratschläge mitgegeben habe, die eines Cato würdig waren. Er wählte sich das Kriegshandwerk, und es gelang ihm so gut, daß er in wenigen Jahren durch seinen Mut und seine Tapferkeit, ohne eine andere Hilfe als seine Bravheit, Kapitän der Infanterie wurde und sich auf dem geraden Wege sah, bald Oberst zu werden. Aber das Glück war ihm entgegen, denn obwohl er alles Gute erwarten konnte, verlor er die Freiheit in jener glorreichen Schlacht, die Tausenden die Freiheit verschaffte, in jenem Treffen bei Lepanto. Ich wurde in Goleta gefangen, und nach mancherlei Begebenheiten trafen wir uns als Kameraden in Konstantinopel. Von dort kam er nach Algier, wo sich mit ihm eine der seltsamsten Begebenheiten zutrug, die man nur in der Welt erleben kann.

So fuhr der Pfarrer fort und erzählte in Kürze alles, was seinem Bruder mit der Zorayda begegnet war. Der Auditor war sehr aufmerksam, so daß er noch nie so sehr wie in dieser Stunde ein Hörer gewesen war. Der Pfarrer führte die Erzählung bis zu jenem Punkte, da die Franzosen die Christen plünderten, die in der Barke waren, und in welcher Armut und Dürftigkeit sein Kamerad und die schöne Mohrin geblieben wären: was sich seitdem mit ihnen zugetragen, wisse er nicht, ob sie nach Spanien gekommen oder ob sie die Franzosen mit nach Frankreich geführt hätten.

Alles, was der Pfarrer sagte, hörte der Kapitän heimlich mit an, sowie er auch alle Bewegungen seines Bruders beobachtete. Als der Pfarrer seine Erzählung beendigt hatte, tat dieser einen tiefen Seufzer und sagte mit Augen voll Tränen: Señor, wenn Ihr wüßtet, wie diese Neuigkeiten, die Ihr mir mitgeteilt habt, mich so innig angehen, daß ich gezwungen bin, in Tränen auszubrechen, die ganz gegen meinen Willen und gegen alle Schicklichkeit aus meinen Augen fließen! Dieser Kapitän, von dem Ihr erzählt, ist mein älterer Bruder, der mit großmütigerem Herzen als ich oder mein jüngerer Bruder sich das ehrenvolle und edle Handwerk des Krieges erwählte, welches einer von den drei Wegen war, die unser Vater uns vorschlug, geradeso, wie es Euch Euer Kamerad erzählt hat und Euch wie ein Märchen vorgekommen ist. Ich folgte den Wissenschaften, in denen mich Gott und mein Fleiß zu der Würde erhoben haben, in welcher Ihr mich gegenwärtig seht. Mein jüngerer Bruder ist in Peru, und zwar so reich, daß er meinem Vater und mir mehr geschickt hat, als sein Anteil betrug; er hat meinen Vater so sehr unterstützt, daß dieser nunmehr seinem Hange zur Freigebigkeit folgen kann; auch ich habe durch seine Hilfe meine Studien anständiger und bequemer vollenden können, bis mir mein jetziges Amt zuteil wurde. Mein Vater lebt noch in hohem Alter und wünscht nur von seinem erstgebornen Sohne etwas zu hören, er bittet Gott in immerwährendem Gebet, daß der Tod nicht seine Augen verschließen möchte, bis er die Augen seines Sohnes wiedergesehen.

Über diesen wunderte ich mich nur, da er so unverständig ist, daß er in allen Leiden und Trübsalen wie auch in Glücksfällen sich niemals bemüht hat, seinem Vater Nachricht von sich zu geben, denn wenn er oder einer von uns um seine Lage gewußt hätte, hätte er nicht nötig gehabt, seiner Auslösung wegen auf das wundervolle Rohr zu warten. Die Ungewißheit ängstigt mich jetzt nur, ob ihm die Franzosen die Freiheit geschenkt oder ob sie ihn umgebracht haben, um ihren Betrug zu verdecken. Dies macht, daß ich meine Reise nicht mit dem Vergnügen fortsetzen kann, mit welchem ich sie angetreten habe, sondern in Melancholie und Traurigkeit. O du mein edler Bruder! Wüßte ich, wo du jetzt bist, so wollte ich dich aufsuchen und aus deinen Leiden erlösen, und wenn ich selbst dafür leiden sollte! Oh, wer wird unserm alten Vater die Zeitung bringen, daß du noch lebst, wenn du auch im tiefsten Gefängnisse der Barbarei lägst, daß du mit seinem, meines Bruders und meinem Vermögen erlöst würdest! O schöne und großmütige Zorayda! Wer kann dir das vergelten, was du an meinem Bruder getan hast! Wenn wir doch bei der Wiedergeburt deiner Seele und bei deiner Hochzeit zugegen wären, die uns so große Freude gemacht hätte!

Dies und noch mehr sagte der Auditor, wobei er inniglich gerührt war, so daß alle, die ihn anhörten, von den Zeichen seiner Traurigkeit ebenfalls bewegt wurden. Da der Pfarrer sah, daß seine Absicht und der Wunsch des Kapitäns so gut in Erfüllung gegangen waren, wollte er ihn nicht länger in seiner Traurigkeit verharren lassen, er stand also vom Tisch auf und ging in das Gemach, in dem sich Zorayda befand, er nahm diese bei der Hand, und ihr folgten Lucinde, Dorothea und die Tochter des Auditors. Der Kapitän wartete, was der Pfarrer tun würde, der ihn auch an der anderen Hand führte und so mit beiden dahin ging, wo sich der Auditor nebst den übrigen Rittern befand, worauf er sagte: Trocknet, Herr Auditor, Eure Tränen, denn das, was Ihr so sehr wünschtet, ist in Erfüllung gegangen, dieser ist Euer edler Bruder und diese Eure edle Schwägerin: den Ihr hier vor Euch seht, ist der Kapitän Viedma, und diese ist die schöne Mohrin, die ihm so viel Gutes erzeigt hat: die Franzosen, von denen ich Euch erzählte, haben sie in diese Dürftigkeit versetzt, damit Ihr die Großmut Eurer edlen Seele beweisen könnt.

Der Kapitän wollte seinen Bruder umarmen, dieser legte ihm beide Hände auf die Brust, um ihn aus der Ferne genauer zu betrachten; als er ihn aber erkannt hatte, umarmte er ihn so inbrünstig und vergoß in seinem Entzücken so viele Freudentränen, daß die meisten von denen, die zugegen waren, seinem Beispiel folgten. Was sie hierauf miteinander sprachen, die Empfindungen, die sie äußerten, lassen sich kaum vorstellen, viel weniger beschreiben. Bald erzählten sie sich ihre Erlebnisse, bald zeigten sie beide ihre brüderliche Gesinnung, bald umarmte der Auditor Zorayda, bald bot er ihr sein Vermögen an, bald mußte sie seine Tochter umarmen, bald erneuerten die schöne Christin und die schönste Mohrin die Tränen in aller Augen. Don Quixote hatte alle diese seltsamen Begebenheiten aufmerksam beobachtet, ohne ein Wort zu sagen, da er alles den Schimären der Ritterbücher zuschrieb. Es wurde beschlossen, daß der Kapitän und Zorayda mit seinem Bruder nach Sevilla gehen sollten und dem Vater von dem wiedergefundenen Befreiten Nachricht geben, damit er bei der Hochzeit und Taufe der Zorayda zugegen sein könne, weil es dem Auditor nicht möglich war, seine Reise aufzuschieben, denn er hatte Nachricht bekommen, daß innerhalb eines Monats eine Flotte von Sevilla nach Neuspanien segeln würde, und es wäre ihm sehr nachteilig gewesen, diese Gelegenheit zu versäumen. Kurz, alle waren über das Glück des Gefangenen froh, und da die Nacht schon über die Hälfte verflossen war, beschloß man, beieinander zu bleiben und den übrigen Teil der Nacht zu ruhen.

Don Quixote erbot sich, die Bewachung des Kastells auf sich zu nehmen, damit kein Riese oder anderer schlecht denkender Schurke einen Angriff darauf tue, gierig nach dem großen Schatz der Schönheit, der im Kastelle verschlossen sei. Die ihn kannten, sagten ihm Dank und gaben dem Auditor von dem seltsamen Geist des Don Quixote Nachricht, worüber er sich nicht wenig belustigte.

Vierzigstes Kapitel

welches die anmutige Geschichte eines Maultiertreibers berichtet.

Als alle bereits in Schlaf versunken waren, wurde Dorothea durch den Gesang eines Fremden geweckt, dessen herrliche Stimme sie in Entzücken versetzte. Sie verwunderte sich aber über diesen nächtlichen Gesang nicht minder als über die Seufzer der Doña Clara de Viedma, der Tochter des Auditors. Sie drang in sie, ihr den Grund ihres Kummers zu berichten, und Doña Clara berichtete ihr das folgende:

Der dort singt, liebe Señora, ist der Sohn eines Ritters und aus dem Königreiche Arragon gebürtig, der Herr von zwei Herrschaften, der dem Hause meines Vaters in Madrid gerade gegenüber wohnt; zwar hielt mein Vater die Fenster seines Hauses im Winter mit Vorhängen und im Sommer mit Jalousien verdeckt, auch weiß ich nicht, wann oder auf welche Art dieser Ritter, der den Studien nachging, mich gesehen hat, ob in der Kirche oder anderswo, aber kurz, er verliebte sich in mich und gab mir dies aus den Fenstern seines Hauses zu verstehen, und zwar mit so vielen Zeichen und Tränen, daß ich gezwungen wurde, ihm zu glauben, ja ihn zu lieben, ehe ich noch wußte, daß er mich liebte. Unter anderen Zeichen, die er mir gab, fügte er auch oft seine eine Hand mit der andern zusammen, wodurch er mir zu verstehen gab, daß er sich mit mir verheiraten wolle; hierüber war ich sehr froh, da ich aber einsam und ohne Mutter lebe, so hatte ich niemand, dem ich die Sache mitteilen konnte, ich erzeigte ihm also keine andere Gunst, als daß ich, wenn mein Vater und der seinige ausgegangen waren, den Vorhang oder die Jalousie ein wenig aufhob und mich ihm zeigte, worüber er sich so sehr freute, daß er sich nicht anders als ein Wahnsinniger gebärdete. Es kam nun die Zeit heran, in der mein Vater abreiste, und er erfuhr es, aber nicht von mir, denn ich konnte es ihm niemals sagen. Er wurde, wie ich nachher hörte, vor Betrübnis krank, und also konnte ich an dem Tage, als wir abreisten, nicht wenigstens mit den Augen Abschied von ihm nehmen. Nachdem wir aber zwei Tagereisen gemacht hatten und eben in unserm Nachtlager einkehren wollten, sah ich ihn in einem Dorfe, das eine Tagereise von hier liegt, unter der Tür des Hauses in der Tracht eines Maultiertreibers, und zwar so natürlich, daß ich ihn, wenn sein Bildnis nicht immer in meiner Seele lebte, gewiß nicht erkannt hätte. Ich erkannte ihn, verwunderte und freute mich: Er sah mich an, ohne daß es mein Vater bemerkte, vor dem er sich immer verbirgt, wenn er auf dem Wege und in den Herbergen an meiner Seite ist; und da ich nun weiß, wer er ist, und bedenke, daß er aus Liebe zu mir zu Fuß und so mühselig reist, bin ich so geängstigt, daß ich vor Bekümmernis sterben möchte. Ich weiß nun nicht, was er will und wie er seinem Vater hat entlaufen können, der ihn außerordentlich liebt, weil er keinen anderen Erben hat und weil er es in der Tat verdient, wie Ihr auch finden werdet, wenn Ihr ihn seht. So nimmt er auch alles, was er singt, aus seiner Phantasie, denn ich habe von ihm sagen hören, daß er sehr gelehrt und ein guter Poet ist; so oft ich ihn nur sehe oder singen höre, zittere ich und bin in der größten Angst, daß mein Vater ihn erkennen möchte. Ich habe noch im Leben kein Wort mit ihm gesprochen, aber doch liebe ich ihn so sehr, daß ich ohne ihn nicht leben kann. Das ist, liebste Señora, alles, was ich Euch von diesem Sänger sagen kann, dessen Stimme Euch so sehr gefallen hat, und Ihr werdet nun wohl sehen, daß es kein Maultierbursche ist, sondern ein Herrscher über Seelen und Herrschaften, wie ich Euch erst gesagt habe.

Beruhigt Euch, Doña Clara, sagte hierauf Dorothea, indem sie sie immer wieder küßte; ich sage, beruhigt Euch und erwartet in Geduld den Tag, denn ich hoffe mit Gottes Hilfe Eure Sache so zu führen, daß sie ein so glückliches Ende erreicht, als ein so guter Anfang verdient.

Ach, Señora, sagte Doña Clara, welch ein Ende kann ich erwarten, wenn sein Vater so vornehm und reich ist, daß ich es kaum verdiene, die Magd seines Sohnes, viel weniger seine Gemahlin zu sein? Mich aber ohne Wissen meines Vaters verheiraten könnte ich um alles in der Welt nicht; ich wünschte nur, daß der junge Mann umkehrte und mich verließe, denn vielleicht, wenn ich ihn nicht sehe und viele Meilen zwischen uns liegen, wird dieser Schmerz gelindert, den ich jetzt empfinde, ob ich freilich doch glaube, daß mir dieses Mittel nicht viel helfen wird. Ich weiß nicht, welcher Teufel es gemacht hat oder wo alle die Liebe in mir hergekommen ist, da ich so jung bin und er so jung ist, denn ich glaube, daß wir in einem Alter sind, und ich bin noch keine sechzehn Jahre alt, sondern werde es erst am künftigen Michaelistag.

Dorothea mußte lachen und sagte: Wir wollen noch, Señora, die wenige Zeit über schlafen, die von der Nacht übrig ist, es wird Tag werden, und wir wollen ein Mittel finden, oder ich müßte sehr ungeschickt sein.

Hierauf schliefen sie ein, und in der ganzen Schenke herrschte das größte Stillschweigen. Nur die Tochter der Wirtin und die Magd Maritorne schliefen nicht; diese, die das Übel kannten, an welchem Don Quixote krankte, und wußten, daß er draußen vor der Schenke zu Pferde und bewaffnet hielt, um zu wachen, nahmen sich vor, einen Spaß mit ihm zu treiben oder wenigstens die Zeit damit zu verkürzen, seinen Torheiten zuzuhören.

In der ganzen Schenke war kein Fenster, das auf das Feld hinausgegangen wäre, als die Luke, zu welcher man das Stroh herauswarf. An diese Luke stellten sich die beiden Halbjungfrauen und sahen, wie Don Quixote zu Pferde saß, auf seine Stange gestützt, von Zeit zu Zeit schmerzliche und tiefe Seufzer ausstoßend, als wenn ihm mit jedem die Seele entweichen wollte; zugleich hörten sie, wie er mit sanfter, feierlicher und verliebter Stimme klagte: O du meine Gebieterin Dulcinea, Ausbund aller Schönheit, Blüte jedes Verstandes, Archiv allen Witzes, Niederlage jeder Tugend, Ideal aller Vollkommenheiten und alles Schönen und Edlen, das nur in der Welt ist! Was beginnt jetzt Deine Hoheit? Wendest du vielleicht die Gedanken auf deinen gefangenen Ritter, der sich so großer Gefahren, bloß um dir zu dienen, aus freier Willkür unterzogen hat?

So weit war Don Quixote in seiner Trauerklage gekommen, als die Tochter der Wirtin ihn durch ein St! St! herbeirief und sagte: Gnädiger Herr, wenn es Euch gefällig ist, so kommt doch hierher.

Auf diese Anrede wandte Don Quixote das Haupt und sah beim Scheine des Mondes, der in voller Klarheit glänzte, wie man ihn aus der Luke rufe, die ihm ein Fenster schien mit vergoldetem Gitter, so wie es einem reichen Kastelle zukommt, wofür er die Schenke ansah, und sogleich stellte er sich in seiner törichten Einbildung vor, daß gerade wie das vorige Mal die schöne Jungfrau, die Tochter der Gebieterin im Kastell, von Liebe zu ihm besiegt, ihm Anträge mache, und in diesen Gedanken, um nicht für unhöflich und undankbar zu gelten, wandte er den Rosinante herum und näherte sich der Luke; und sowie er der beiden Mädchen gewahr wurde, sprach er: Ich beklage Euch, schöne Dame, daß Ihr Eure verliebten Gedanken dahin wendet, wo Ihr niemals eine Erwiderung finden könnt, wie sie Euer hoher Wert und Eure Lieblichkeit verdienen, weshalb Ihr aber nicht diesen elenden fahrenden Ritter beschuldigen müßt, dem es die Liebe unmöglich macht, seinen Willen auf eine andere zu richten als auf diejenige, die, sowie seine Augen sie erblickten, die unumschränkte Herrscherin seiner Seele wurde. Verzeiht mir, edle Dame, und begebt Euch in Euer Gemach zurück, wollet mir auch nicht öfter Eure Wünsche zu erkennen geben, damit ich mich nicht öfter undankbar zu zeigen nötig habe; doch wenn die Liebe, die Ihr zu mir tragt, Euch irgend etwas anderes nennt, worin ich Euch Genüge leisten mag, wenn es nicht eben diese Liebe ist, so möget Ihr es fordern, und ich schwöre Euch bei meiner abwesenden süßesten Feindin, Euch dies sofort zu bewilligen, und wenn Ihr sogar eine Locke aus den Haaren der Medusa verlangtet, die lauter Schlangen waren, oder selbst die Strahlen der Sonne, in einer Flasche einzufangen.

Davon hat meine Dame nichts nötig, sagte Maritorne hierauf.

Aber was hat Eure Dame denn nötig, verständige Dueña? fragte Don Quixote.

Nur eine von Euren schönen Händen, sagte Maritorne, um an ihr die Liebe zu sättigen, die sie zu dieser Luke auf Gefahr ihrer Ehre geführt hat; denn wenn es ihr Herr Vater merkte, so würde er ihr mindestens die Ohren abreißen.

Er möchte sich dessen ja enthalten, rief Don Quixote, wenn er nicht das allerschrecklichste Ende nehmen wollte, welches ein Vater noch auf der Welt genommen hat, der die Hand an die zarten Glieder seiner verliebten Tochter gelegt hat.

Maritorne glaubte, daß Don Quixote gewiß die verlangte Hand reichen würde, und da sie sich schon in Gedanken vorgenommen hatte, was sie tun wollte, stieg sie vom Boden nach dem Stall hinunter, wo sie den Strick vom Esel des Sancho Pansa nahm und schnell zur Luke zurückeilte, als sich Don Quixote eben mit den Füßen auf den Sattel des Rosinante gestellt hatte, um das Gitterfenster zu erreichen, wo er meinte, daß sich die Jungfrau befand, und indem er die Hand hinreichte, sagte er: Nehmt, Señora, diese Hand oder, richtiger zu sprechen, diese Geißel aller Bösewichter, nehmt diese Hand, sage ich, die noch kein Weib gefaßt hat, selbst jene nicht, der mein ganzer Körper gehört; ich reiche sie Euch nicht, damit Ihr sie küßt, sondern daß Ihr das Gewebe ihrer Sehnen betrachten mögt, die Festigkeit der Muskeln, die Kräftigkeit und Stärke ihrer Adern, woraus Ihr alsdann erkennen mögt, wie groß die Stärke des Armes sein müsse, dem diese Hand gehört.

Das wollen wir gleich sehen, sagte Maritorne, worauf sie in den Strick eine Schleife band, sie um die Knöchel der Hand warf und im Herabgehen von der Luke den Strick fest an dem Riegel der Tür befestigte. Don Quixote, der die Rauheit des Strickes an seiner Hand fühlte, sagte: Es scheint, meine Gnädige, daß Ihr die Hand mehr striegelt als streichelt, behandelt sie nicht so übel, denn sie kann nichts für das, was mein Wille gegen Euch verbricht, auch ist es nicht gut, daß Ihr an einem so kleinen Teil Euren ganzen Zorn auslaßt; bedenkt, daß, wer edel liebt, sich nicht unedel rächt.

Diese Rede des Don Quixote wurde aber von keinem mehr gehört, denn sowie ihn Maritorne festgebunden hatte, wollten sich diese und die andere halb totlachen und ließen ihn auf solche Weise zurück, daß er sich unmöglich losmachen konnte. Er stand, wie gesagt, mit den Füßen auf Rosinante, den Arm nach der Luke hinaufgestreckt und die Hand an dem Riegel der Tür festgebunden, in der größten Furcht und Sorge, daß sich Rosinante nach der einen oder der anderen Seite ein wenig rühren möchte, so daß er dann gar am Arme aufgehängt wäre; er wagte es also nicht, irgendeine Bewegung zu machen, denn von der Geduld und Friedfertigkeit des Rosinante konnte er erwarten, daß er ein Jahrhundert stillstände, ohne sich zu rühren. Als nun Don Quixote sah, daß er festgebunden war und sich die Damen entfernt hatten, verfiel er auf den Gedanken, daß alles dieses sich wieder, wie das vorige Mal, durch Bezauberung zutrage, als ihn in diesem nämlichen Kastell jener verzauberte Mohr zerprügelte; er verwünschte bei sich seinen Unverstand, daß es ihm jenes Mal in diesem Kastell so übel ergangen sei und er es dennoch zum zweiten Male unternommen habe, hineinzugehen, da es doch eine Regel bei den fahrenden Rittern sei, daß, haben sie einmal ein Abenteuer versucht und es nicht bestanden, dies ein Zeichen ist, daß es nicht für sie, sondern für andere aufgehoben wird, deshalb sie es gar nicht nötig haben, es zum zweiten Male zu versuchen. Er zog indessen immer an seinem Arme, um zu sehen, ob er ihn losmachen könnte, aber er war so gut befestigt, daß alle seine Versuche vergeblich waren. Er arbeitete aber mit der größten Behutsamkeit, um den Rosinante in keine Bewegung zu bringen, und so viele Mühe er sich auch gab, sich wieder in den Sattel zu setzen, war er doch gezwungen, auf den Füßen stehenzubleiben oder sich die Hand abzureißen. Jetzt war es Zeit, sich das Schwert des Amadis zu wünschen, gegen welches keine Zauberei Gewalt hatte; jetzt war es Zeit, sein Schicksal zu verfluchen; jetzt war es Zeit, zu wehklagen über den Verlust, welchen die Welt erleiden müsse, während er dort festgezaubert sei, denn er zweifelte nicht, daß dies der Fall war; jetzt war es Zeit, sich von neuem seiner geliebten Dulcinea zu erinnern; jetzt war es Zeit, seinen getreuen Knappen Sancho Pansa zu rufen, der im tiefsten Schlafe auf dem Sattel seines Esels ausgestreckt lag und in dieser Stunde sich um die Mutter nicht kümmerte, die ihn zur Welt gebracht. Der Morgen kam jetzt herauf, während er so in Verzweiflung und Verwirrung war, daß er wie ein Stier brüllte, weil er nicht glaubte, daß sein Unheil mit dem Tage enden werde. Er glaubte, er würde so, ohne zu essen, ohne zu trinken und zu schlafen, mit seinem Pferde stehenbleiben müssen, bis dieser böse Einfluß der Gestirne wieder vorüber sei oder bis ein anderer noch größerer Zauberer ihn entzauberte. Hierin hatte er aber geirrt, denn kaum war es Tag geworden, als vier Menschen zu Pferde auf die Schenke zuritten, die sehr gut gekleidet waren und Musketen mit sich führten. Sie pochten an die Tür der Schenke, die noch verschlossen war, mit großer Gewalt; als Don Quixote dies gewahr wurde, der es noch nicht aufgegeben hatte, Schildwache zu sein, rief er mit lauter und trotziger Stimme: Ritter oder Knappen oder wer ihr sonst sein mögt, enthaltet euch, so an die Tür des Kastells zu schlagen, denn es ist ganz offensichtlich, daß zu dieser Stunde die Bewohner drinnen schlafen oder nicht gewohnt sind, die Festung eher zu öffnen, als bis die Sonne über den ganzen Erdboden verbreitet ist; darum entfernt euch und wartet, bis der Tag vollends anbricht, und dann wird man sehen, ob es dienlich sei oder nicht, euch aufzumachen.

Was, in Teufels Namen, für Festung oder Kastell ist denn das, sagte der eine, daß wir solche Zeremonien beobachten sollten? Wenn Ihr der Wirt seid, so laßt uns aufmachen, wir sind Reisende, die den Pferden nur etwas Hafer geben und dann weiterreiten werden, denn wir haben Eile.

Habe ich denn etwa, ihr Ritter, das Aussehen eines Wirtes? antwortete Don Quixote.

Ich weiß nicht, wovon Ihr das Aussehen habt, antwortete jener, aber das weiß ich, daß Ihr närrisch sprecht, wenn Ihr die Schenke ein Kastell nennt.

Es ist ein Kastell, versetzte Don Quixote, und eins der vorzüglichsten in dieser Provinz; es befinden sich Leute drinnen, die schon ein Zepter in der Hand und eine Krone auf dem Kopfe gehabt haben.

Besser wär's, versetzte der Reisende, sie hätten das Zepter im Kopfe und die Krone in der Hand gehabt; und wenn wir es genau betrachten, so wird eine Gesellschaft von Komödianten drinnen sein, die wohl, wie Ihr sagt, mit Zepter und Krone umzugehen pflegen; denn in solcher kleinen Schenke, in welcher es noch dazu so still wie in dieser zugeht, glaube ich nimmermehr, daß Leute wohnen, die des Zepters und der Krone würdig sind.

Ihr wißt wenig von der Welt, erwiderte Don Quixote, denn Ihr wißt nichts um Dinge, die sich in der fahrenden Ritterschaft zuzutragen pflegen.

Die anderen, die den Fragenden begleiteten, waren Don Quixotes Gespräch überdrüssig, deshalb pochten sie von neuem mit der größten Heftigkeit an, wodurch der Wirt erwachte sowie alle übrigen, die in der Schenke waren; dieser stand daher auf, um zu sehen, wer da sei.

Es begab sich aber, daß eine von den Stuten, die mit den vier Anklopfenden gekommen war, zum Rosinante trat, um diesen zu beriechen, der noch immer melancholisch, tiefsinnig und mit niederhängenden Ohren dastand, ohne sich unter seinem aufgerichteten Herrn zu bewegen; und da dieser doch im Grunde Fleisch war, ob er gleich von Holz schien, so konnte er die Erwiderung nicht unterlassen, sondern er wandte sich um, um auch das zu beriechen, was ihn so höflich begrüßte, und sowie er sich bewegte, fielen beide Füße des Don Quixote herunter, und indem dieser vom Sattel herunterrutschte, wäre er auf den Boden gefallen, wenn er nicht am Arme gehangen hätte; dies verursachte ihm so großen Schmerz, daß er meinte, die Hand sei ihm entweder abgebrochen oder der Arm ausgerissen; denn er kam dem Boden so nahe, daß er mit der äußersten Spitze der Füße die Erde berührte, was ihm eben zum Schaden gereichte, denn da er fühlte, wie wenig ihm abginge, um die Beine auf die Erde zu stellen, so quälte er sich und reckte sich, soviel er vermochte, um den Boden zu erreichen; so daß es ihm wie denen ging, die sich auf der Folter befinden; sie stehen und stehen auch nicht, so daß sie selbst ihre Schmerzen vermehren, indem sie sich bemühen, sich noch mehr zu recken, weil sie von der Hoffnung getäuscht werden, daß sie vielleicht mit ein wenig mehr Ausdehnung auf den Boden kommen möchten.

Einundvierzigstes Kapitel

Enthält die Fortsetzung der unerhörten Begebenheiten in der Schenke.

Don Quixote schrie in der Tat so gewaltig, daß der Wirt schnell die Türe der Schenke aufmachte und erschrocken heraustrat, um zu sehen, wer so gräßlich brülle, und die übrigen, die draußen waren, taten das nämliche. Maritorne, die auch schon von dem Geschrei aufgewacht war und wohl denken konnte, was es sei, lief zum Boden hinauf und band, ohne daß sie einer bemerkte, den Strick los, an dem Don Quixote hing, und alsbald fiel dieser vor den Augen des Wirts und der Reisenden auf die Erde nieder, die herbeiliefen und ihn fragten, was ihn zu so lautem Schreien bewogen habe. Er aber, ohne ein Wort zu sagen, streifte den Strick von seiner Hand, stellte sich auf seine Beine, bestieg den Rosinante, ergriff den Schild und legte die Lanze ein, worauf er ein Stück ins Feld hineinritt, im halben Galopp wiederkam und ausrief: Wer da sagt, daß ich mit Recht bezaubert gewesen, den will ich der Lüge zeihen und ihn hiermit zum Zweikampf herausfordern!

Die angekommenen Reisenden standen über diese Rede Don Quixotes verwundert da, der Wirt beruhigte sie aber bald, indem er ihnen sagte, wer Don Quixote sei und daß man auf ihn nicht achten müsse, weil ihm der Verstand fehle. Jene fragten hierauf den Wirt, ob nicht etwa ein junger Mensch von ungefähr fünfzehn Jahren in der Schenke sei, in der Kleidung eines Eseltreibers, mit diesen und jenen Merkmalen, wobei sie ganz den Liebhaber der Doña Clara beschrieben. Der Wirt antwortete, daß in der Schenke so viele Menschen wären, daß er nicht habe achtgeben können, ob jener mit darunter sei; indem aber sah der eine die Kutsche, in der der Auditor angekommen war, und sagte: Er muß ohne Zweifel hier sein, denn dies ist die Kutsche, der er gefolgt sein soll; einer von uns bleibe an der Tür, die übrigen aber sollen hineingehen, um ihn zu suchen; auch wäre es wohl gut, daß einer von uns um die ganze Schenke herumginge, damit er nicht über die Hofmauer springen kann.

Das soll geschehen, sagte ein anderer; sie gingen hinein, der eine blieb vor der Tür, und ein anderer ging um die Schenke herum. Alles dies sah der Wirt mit an und begriff nicht recht, weshalb sie diese Vorkehrungen träfen; doch war er damit zufrieden, daß sie wohl den jungen Menschen suchen würden, den sie ihm erst beschrieben hatten. Es war indessen Tag geworden, und deshalb, sowie durch das Geschrei des Don Quixote erweckt, standen alle auf, zuerst Doña Clara und Dorothea, denn jene hatte Angst, weil ihr Geliebter so nahe sei, und die Neugier, ihn zu sehen, hatte sie diese Nacht sehr wenig schlafen lassen. Als Don Quixote sah, daß keiner von den vier Fremden auf ihn achtete oder seine Frage beantwortete, wollte er vor Verdruß und Ärger rasend werden, und wenn es ihm die Gesetze der Ritterschaft erlaubt hätten, daß ein fahrender Ritter eine zweite Unternehmung anfangen dürfe, wenn er sein Wort gegeben, sich in keine einzulassen, bis er die erste beendigt, so hätte er sie alle angegriffen und sie wider Willen zu einer Antwort gezwungen; da er aber glaubte, daß es ungeziemlich und ihm nicht vergönnt sei, ein neues Abenteuer anzufangen, bevor er die mikomikonische Prinzessin in ihr Reich eingesetzt, so gab er sich zufrieden und wartete ab, was bei den Nachforschungen der Reisenden herauskommen würde. Einer von ihnen fand den jungen Menschen, der an der Seite eines Eseltreibers schlief und nicht daran dachte, daß man ihn suchen, geschweige denn finden würde. Dieser zog ihn beim Arme hoch und sagte: Wahrlich, Don Luis, diese Tracht ziemt sich sehr gut für Euren Stand und das Bett, in dem ich Euch finde, für die Erziehung, die Euch Eure Mutter gegeben hat.

Der junge Mensch rieb die schlaftrunkenen Augen und betrachtete dann den, der vor ihm stand; da er sah, daß dieser ein Diener seines Vaters sei, erschrak er so, daß er lange Zeit kein Wort hervorbringen konnte. Der Diener fuhr indessen so fort: Hier ist nun weiter nichts zu tun, Don Luis, als geduldig mit uns zurückzugehen, wenn Ihr nicht wollt, daß Euer Vater, unser Gebieter, in die andere Welt hinübergehe; denn so weit wird es der Gram bringen, den er über Eure Entfernung empfindet.

Aber wie wußte denn mein Vater, fragte Don Luis, daß ich diesen Weg genommen und in dieser Kleidung?

Ein Student, antwortete jener, dem Ihr Euren Vorsatz mitgeteilt habt, hat es entdeckt, denn der Jammer Eures Vaters, als Ihr vermißt wurdet, bewog ihn dazu, und so hat dieser gleich vier Diener ausgesandt, Euch zu suchen, wir alle sind nun zu Euren Diensten hier und froh über die glückliche Botschaft, die wir zurückbringen können, daß wir Euch dem wiederbringen, der Euch so unaussprechlich liebt.

Das wird gehen, wie es mir gefällt oder wie der Himmel will, antwortete Don Luis.

Was kann es Euch anders gefallen oder der Himmel anders wollen, als daß Ihr mit uns umkehrt? Etwas anderes wird nicht möglich sein.

Alles, was die beiden sprachen, hörte der Maultierbursche, der bei Don Luis war; er stand also auf und erzählte dem Don Fernando, Cardenio und den übrigen, die sich schon angezogen hatten, was vorgefallen sei und daß der Bediente den jungen Menschen Don nenne und was sie miteinander sprächen, wie er ihn nach dem Hause seines Vaters zurückbringen wolle und wie der junge Mensch sich dagegen wehre. Alle wünschten sehr, genauer zu erfahren, wer er sei, ihm auch beizustehen, wenn ihm etwa Gewalt geschehen sollte; sie begaben sich also dahin, wo er mit seinem Diener immer noch im Streite begriffen war. Auch Dorothea kam aus ihrem Gemache, und die geängstigte Doña Clara folgte ihr; Dorothea rief den Cardenio beiseite und erzählte ihm ganz kurz die Geschichte des Sängers und der Doña Clara, der er wiederum sagte, was sich mit dem jungen Menschen und mit den Dienern seines Vaters, die ihn aufsuchten, zugetragen hatte, und dies konnte er nicht so leise erzählen, daß es Doña Clara nicht hätte hören sollen, die darüber so außer sich geriet, daß, wäre Dorothea nicht herbeigeeilt, sie zur Erde gestürzt wäre. Cardenio riet der Dorothea, daß sie in ihr Gemach zurückkehren möchten, denn er wolle alles vermitteln; sie folgten seinem Rate.

Alle vier, die den Don Luis aufgesucht hatten, standen jetzt in der Schenke um ihn her und redeten ihm zu, daß er sogleich zurückkehren sollte, um seinen Vater zu beruhigen. Er sagte, daß er dies durchaus nicht eher tun könne, bis er etwas beendet, wovon sein Leben, seine Ehre und seine Seele abhinge. Hierauf legten die Diener Hand an ihn, indem sie sagten, daß sie durchaus nicht ohne ihn zurückkehren würden. Das sollt ihr nicht tun, versetzte Don Luis, wenn ihr nicht meinen Leichnam fortschleppen wollt, doch mögt ihr mich fortbringen, wie ihr wollt, so werde ich immer ohne Leben sein.

Nun waren zu diesem Streite schon die meisten, die in der Schenke waren, hinzugekommen, vorzüglich Cardenio, Don Fernando, dessen Begleiter, der Auditor, der Pfarrer, der Barbier und Don Quixote, welcher glaubte, daß das Kastell seiner Bewachung jetzt nicht mehr bedürfe. Cardenio, der schon die Geschichte des jungen Menschen kannte, fragte diejenigen, die ihn fortführen wollten, was sie bewege, den Jüngling wider seinen Willen fortzuführen. Das bewegt uns, sagte einer von den vieren, daß wir seinem Vater das Leben wiedergeben wollen, da er wegen der Flucht dieses Ritters in Todesgefahr ist.

Hierauf sagte Don Luis: Niemand braucht sich um mich zu kümmern, ich bin frei und werde wiederkommen, wenn es mir gutdünkt, wo nicht, so darf mich keiner mit Gewalt zwingen.

So laßt Euch durch Eure Vernunft zwingen, antwortete der Mann, und wenn diese nicht stark genug ist, so sind wir mächtig genug, das zu tun, um dessentwillen wir gekommen sind und was unsere Schuldigkeit ist.

So laßt uns die Sache von Grund auf erfahren, sagte der Auditor hierauf. Der Mann aber, der ihn als den Nachbar des Hauses kannte, antwortete: Kennt Euer Gnaden nicht den Sohn Eures Nachbars, der aus dem Hause seines Vaters entflohen ist in einer Verkleidung, die sich für seinen Stand wenig schickt, wie Ihr selbst sehen könnt?

Der Auditor betrachtete ihn hierauf aufmerksamer und erkannte ihn, er umarmte ihn und sagte: Welche Kindereien sind es, Señor Don Luis, oder welche wichtigen Ursachen, die Euch haben bewegen können, so und in dieser Tracht zu kommen, die Eurem Stande so wenig entspricht?

Dem Jünglinge stürzten die Tränen in die Augen, und er konnte dem Auditor nichts antworten, der den vieren sagte, daß sie ruhig sein möchten, denn alles würde gut gehen; hierauf faßte er Don Luis bei der Hand und ging mit ihm beiseite, um ihn zu fragen, warum er sich so auf den Weg gemacht habe.

Der Jüngling ergriff auf diese Anrede mit Heftigkeit seine Hände, als ob ihm ein großer Schmerz auf dem Herzen läge, und sagte unter Tränen: Mein Herr, ich kann Euch nichts weiter sagen, als daß seit dem Augenblick, daß mir der Himmel es vergönnte und unsere Nachbarschaft die Gelegenheit gab, daß ich die

Señora Doña Clara, Eure Tochter und meine Gebieterin, erblickte, ich sie von der nämlichen Stunde zu meiner Beherrscherin erwählte; und wenn es Euch nun, meinem wahrhaftigen Herrn und Vater, nicht entgangen ist, so will ich sie heute noch zu meiner Gemahlin machen. Wegen Eurer Tochter verließ ich das Haus meines Vaters, ihretwegen legte ich diese Kleidung an, ihr zu folgen, wohin sie nur ginge, wie der Pfeil dem Ziele zufliegt und wie sich der Schiffer nach dem Angelstern wendet. Sie kennt meine Liebe nicht, wenn sie sie nicht aus meinen Tränen erraten hat, die sie mich einigemal hat vergießen sehen. Ihr, Señor, kennt den Reichtum und den Adel meines Vaters und wißt, daß ich sein einziger Erbe bin. Scheint Euch das hinreichend, daß Ihr mich ganz glücklich machen wollt, so nehmt mich sogleich zum Sohne an, denn wenn mein Vater andere Absichten haben und dieses mein Glück nicht hinlänglich schätzen sollte, so hat die Zeit mehr Gewalt, die Dinge im Leben zu verändern, als der Wille des Menschen.

Mit diesen Worten endete der verliebte Jüngling, und der Auditor war in Verwirrung und erstaunt, teils über die verständige Art, mit welcher Don Luis seine Absichten erklärt hatte, teils weil er sich dadurch in einer Lage befand, in der er nicht wußte, wie er einen schnellen Entschluß fassen sollte; er antwortete also nichts weiter, als daß er sich beruhigen und seine Diener dahin bringen möchte, daß sie ihn diesen Tag noch nicht zurückführten, denn so würde man Zeit gewinnen, um zu überlegen, wie sich alles zum Besten einrichten ließe. Don Luis küßte ihm die Hände und badete sie in seinen Tränen, wodurch wohl ein steinernes Herz erweicht worden wäre, wie vielmehr das des Auditors, der als ein verständiger Mann schon eingesehen hatte, wie vorteilhaft für seine Tochter diese Heirat sein würde, wenn es nämlich möglich wäre, sie mit der Einwilligung des Vaters des Don Luis zustande zu bringen, der, wie er wußte, für seinen Sohn eine vornehme Verbindung suchte.

In diesem Augenblicke richtete es der Satan, der nie schläft, so ein, daß der Barbier in die Schenke einkehrte, dem Don Quixote den Helm Mambrins und Sancho den Sattel seines Esels genommen und mit dem seinigen ausgetauscht hatte; dieser Barbier zog seinen Esel in den Stall und sah dort den Sancho Pansa, der etwas an seinem Reitkissen ausbesserte, und sowie er ihn sah und erkannte, unterfing er sich, ihn gleich mit folgenden Worten anzugreifen: Ha! ha! Don Spitzbube! finde ich dich hier wieder? Her mit meinem Bartbecken und dem Reitkissen und mit dem übrigen Sattelzeuge, das du mir gestohlen hast!

Sancho, der sich so unversehens angegriffen sah und zugleich diese Schimpfworte vernahm, faßte mit der einen Hand sein Reitkissen und gab mit der anderen dem Barbier eine solche Maulschelle, daß diesem das Blut aus dem Munde quoll; dennoch wollte der Barbier die Beute des Reitkissens nicht fahrenlassen, sondern fing so an zu schreien, daß alle auf dies Geschrei und auf diesen Zwist herbeikamen, er rief: Herbei im Namen des Königs und der Gerechtigkeit! Weil ich wiederhaben will, was mir gehört, will mich der Mörder, der Straßenräuber umbringen!

Du lügst, antwortete Sancho, ich bin kein Straßenräuber, sondern mein Herr Don Quixote hat diese Stücke in einem rechtmäßigen Kriege gewonnen.

Don Quixote war schon zugegen und sah mit großem Vergnügen zu, wie gut sein Knappe sich in Verteidigung und Angriff hielt; seit dieser Zeit hielt er ihn immer für einen Mann von Bedeutung und nahm sich in seinem Herzen vor, ihn bei erster Gelegenheit zum Ritter zu schlagen; denn er glaubte, daß bei ihm der Orden der Ritterschaft gut angewendet sei. Der Barbier aber rief: Meine Herren, das Reitkissen gehört mir so zuverlässig, wie ich Gott meinen Tod schuldig bin, und ich kenne es so gut, als ob ich es zur Welt gebracht hätte; da steht mein Esel im Stall, der mich nicht Lügen strafen wird, probiert es ihm nur auf, und wenn es ihm nicht wie angegossen sitzt, so will ich ein Hundsfott sein! Ja noch mehr, an demselben Tage, da sie mir dies nahmen, nahmen sie mir auch ein neues Bartbecken weg, das ich noch nicht gebraucht hatte und für das ich einen baren blanken Taler hatte bezahlen müssen.

Nun konnte sich Don Quixote nicht länger zurückhalten, er stellte sich zwischen die beiden und trennte sie, dann legte er das Reitkissen auf die Erde, damit es öffentlich zur Schau stände, bis die Wahrheit an den Tag gekommen, und sagte: Damit ihr, meine Herren, klar und deutlich den Irrtum einsehet, in welchem sich dieser einfältige Mensch befindet, indem er das ein Bartbecken nennt, was der Helm Mambrins war, ist und sein wird, den ich ihm im redlichen Kriege abgewonnen und zu meinem rechtmäßigen Eigentum gemacht habe (was das Reitkissen betrifft, so will ich mich darein nicht mengen, ich kann aber so viel sagen, daß mein Knappe Sancho mich um die Erlaubnis bat, das Sattelzeug von dem Pferde des überwundenen Feiglings zu nehmen, um damit das seinige zu schmücken, welches ich ihm auch erlaubte; daß sich aber der Sattel in ein Kissen verwandelt hat, dafür weiß ich freilich keinen anderen Grund anzugeben als den gewöhnlichen, daß dergleichen Verwandlungen in den Taten der Ritterschaft vorzukommen pflegen), so lauf, zur Bestätigung dessen, mein Sohn Sancho, und hole jenen Helm, den dieser einfältige Mensch für ein Bartbecken ausgeben will.

Wahrhaftig, sagte Sancho, wenn wir keinen anderen Beweis haben als den da, so ist der Helm Mambrins ebensogut ein Bartbecken, wie der Sattel dieses einfältigen Menschen ein Reitkissen ist.

Tue, was ich dir gebiete, versetzte Don Quixote, denn es wird sich nicht alles in diesem Kastell mit Zauberei zutragen.

Sancho ging und brachte das Bartbecken herbei; sowie es Don Quixote sah, nahm er es in die Hand und sagte: Sehen meine Herren doch nun, mit welcher Stirn dieser Mensch behaupten kann, dieses sei ein Bartbecken und nicht ein Helm, wie ich behaupte; beim Orden der Ritterschaft aber, zu welchem ich mich bekenne, schwöre ich, daß dieser Helm der nämliche ist, den ich ihm nahm, ohne daß ich ihm irgendwas hinzu oder hinweg getan hätte.

Das ist gewiß, sagte Sancho hierauf, denn seit ihn mein Herr erobert, hat er ihn bisher nur in einer einzigen Schlacht getragen, als er die verfluchten Kettenträger frei machte, und wenn damals dieser Barthelm nicht gewesen wäre, so möchte es ihm wohl schlimm ergangen sein, denn bei diesem Abenteuer fielen die Steine im Überfluß.

Zweiundvierzigstes Kapitel

in welchem der Zweifel über Mambrins Helm und das Reitkissen aufgeklärt wird.

Was sagt ihr nun dazu, meine Herren, sagte der Barbier, daß diese vortrefflichen Leute immer noch behaupten und dabei bleiben, daß dies kein Bartbecken, sondern ein Helm sei?

Und wer das Gegenteil behauptet, sagte Don Quixote, dem will ich zeigen, daß er lügt, wenn er ein Ritter ist, ist er aber ein Knappe, so lügt er tausend und aber tausend Mal.

Unser Barbier, der immer zugegen war und die seltsame Gemütsart Don Quixotes sehr gut kannte, wollte ihn noch toller machen und den Spaß so weit treiben, daß alle lachen mußten, er wandte sich also zu dem fremden Barbier und sagte: Herr Barbier, wißt, daß ich auch ein Meister Eurer Kunst bin und schon seit länger als zwanzig Jahren meine Meisterprüfung bestanden habe, auch bin ich ein Kenner aller Instrumente der Barbierkunst ohne Ausnahme, und ebenso war ich auch eine Zeit in meiner Jugend Soldat und weiß daher recht gut, was ein Helm und eine Pickelhaube ist, und ich behaupte daher, wobei ich aber mein Urteil immer bessern Einsichten unterwerfe, daß das, was dieser edle Herr jetzt in seinen Händen hält, nicht nur kein Bartbecken sei, sondern davon so weit entfernt ist wie das Weiße vom Schwarzen oder die Wahrheit von der Lüge: doch behaupte ich auch, ob es gleich ein Helm ist, so ist es doch kein vollkommener Helm.

Nein, wahrlich nicht, sagte Don Quixote, denn es fehlt ihm die vordere Hälfte, nämlich das Visier.

So ist es, sagte der Pfarrer, der die Absicht seines Freundes, des Barbiers, wohl eingesehen hatte, und dasselbe bestätigten Cardenio, Don Fernando und dessen Begleiter; ja, der Auditor würde seinerseits auch zu dem Spaße mit beigetragen haben, wenn ihn nicht der Antrag des Don Luis zu tiefsinnig gemacht hätte, der Ernst aber, der jetzt seine Gedanken beschäftigte, war Ursache, daß er sich wenig oder gar nicht um den Scherz bekümmerte.

Großer Gott! rief hierauf der betrogene Barbier, wie ist es doch möglich, daß so viele angesehene Leute behaupten, daß dieses kein Bartbecken, sondern ein Helm sei? Das könnte doch wahrlich eine ganze Universität in Erstaunen setzen, wenn sie auch noch so verständig wäre. Nun gut! Wenn dieses Bartbecken ein Helm ist, so ist dieses Reitkissen wohl auch ein Pferdesattel, wie dieser Herr erst behauptet hat?

Mir erscheint es ein Reitkissen, sagte Don Quixote, aber ich habe schon gesagt, daß ich mich nicht dareinmenge.

Ob es ein Reitkissen oder ein Sattel sei, sagte der Pfarrer, das zu entscheiden steht nur dem Herrn Don Quixote zu, denn in allen Rittersachen halten ihn diese Herren, wie auch ich es tue, für einsichtsvoller als andere.

Beim Himmel, werte Herrn, sagte Don Quixote, so manche und so seltsame Dinge sind mir in diesem Kastelle beidemal, daß ich hier herbergte, zugestoßen, daß ich mich nicht unterstehe, irgend etwas mit Sicherheit zu beantworten, was dieses Schloß betrifft, denn ich halte dafür, daß hier alles verzaubert ist. Das erstemal quälte mich ein verzauberter Mohr, der sich hier aufhält, und dem Sancho fiel er mit seinen Gehilfen nicht minder lästig. Darum wäre es ein Unternehmen von ziemlicher Verwegenheit, in einer Sache, die so sehr verworren ist, mein Urteil zu sagen. Was das betrifft, daß dieses ein Bartbecken und kein Helm sein soll, darüber habe ich schon geurteilt, aber ob dieses ein Kissen oder ein Sattel sei, darüber unterstehe ich mich nicht, eine Erklärung abzugeben, sondern überlasse dies ganz eurer Entscheidung, vielleicht, weil ihr nicht geschlagene Ritter seid wie ich, mögen sich die Bezauberungen dieses Ortes nicht auf eure Augen erstrecken, so daß ihr die Sinne freibehalten und über die Sachen in diesem Kastell ein Urteil fällen mögt, wie sie wahrhaft sind und nicht, wie sie mir erscheinen.

Wahrlich, sagte Don Fernando, Herr Don Quixote hat es trefflich erwiesen, daß uns die Entscheidung zukomme, damit sie aber gerecht sei, will ich im geheimen die Stimmen dieser Herrn sammeln und nachher bekanntmachen, was sich daraus ergibt.

Für diejenigen, die mit Don Quixotes Laune bekannt waren, war alles sehr lächerlich, denen aber, die nichts davon wußten, schien es die größte Tollheit von der Welt zu sein, vorzüglich den vier Dienern des Don Luis, dem Don Luis selber und drei andern Fremden, die in die Schenke gekommen waren und das Ansehen von Häschern hatten, welches Amt sie auch in der Tat bekleideten; wer aber am meisten darüber toll werden wollte, war der Barbier, dessen Bartbecken sich unter seinen Augen in den Helm Mambrins verwandelt hatte und der gar nicht bezweifelte, daß aus seinem Kissen auch ein herrlicher Pferdesattel werden würde. Alle lachten, als Don Fernando herumging, die Stimmen zu sammeln, und sein Ohr hinhielt, um in aller Heimlichkeit zu erfahren, ob jenes Kleinod, um welches sich so viel Streit entsponnen, ein Kissen oder ein Sattel sei. Nachdem er alle Stimmen von denen gesammelt hatte, die mit Don Quixote bekannt waren, sagte er laut: Mein guter Mann, ich bin es müde, so viele Urteile einzuholen, denn ich sehe, wen immer ich nur um seine Meinung frage, der antwortet, daß es toll sei, dies für ein Eselskissen zu halten, da es doch ein Pferdesattel sei, und zwar von einem Pferde von echter Rasse, deshalb müßt Ihr Euch in Geduld fassen, denn trotz Eures Esels ist dies ein Sattel und kein Kissen, und somit habt Ihr Eure Sache verloren.

Nein, im Himmel nicht, rief der arme Barbier aus, ihr irrt euch, meine Herren, denn so gewiß ich auf meine Seligkeit hoffe, so gewiß ist es ein Kissen und kein Sattel; aber Macht geht vor Recht ... mehr will ich nicht sagen, aber ich bin doch wahrhaftig nicht besoffen, denn ich bin noch nüchtern, bei meiner Seele! Ja!

Alle mußten über die närrischen Reden des Barbiers ebenso wie über die Tollheiten des Don Quixote lachen, der nunmehr sagte: Nun ist also weiter nichts zu tun, als daß jeder das Seine nehme; und was Gott ihm gegeben, mag Sankt Peter ihm segnen.

Einer von den vieren sagte: Wenn das nicht ein verabredeter Spaß ist, so kann ich unmöglich glauben, daß Leute, die so verständig sind wie die hier gegenwärtigen, oder die mir wenigstens klug scheinen, sich unterstehen sollten, mit Hartnäckigkeit zu leugnen, daß dies ein Bartbecken, jenes ein Reitkissen sei; da ich aber sehe, daß alle es leugnen, so muß gewiß etwas dahinterstecken.

Als nun einer von den Häschern das hörte, der den Streit mit angesehen hatte, rief er: Es ist so gewiß ein Eselskissen wie mein Vater mein Vater, und wer etwas anders sagt, der ist besoffen!

Das lügst du wie ein nichtswürdiger Halunke, antwortete Don Quixote und hob seine lange Stange auf, die er niemals aus der Hand ließ, worauf er mit einem so gewaltigen Hieb nach dessen Kopfe ausholte, daß er ihn, wenn der Häscher nicht ausgewichen wäre, niedergeschlagen hätte; die Stange sprang hierauf auf dem Boden in Stücke, und da die übrigen Häscher sahen, wie übel man ihrem Gefährten begegne, fingen sie laut an, nach Hilfe für die heilige Brüderschaft zu schreien. Der Wirt, der ein Mitglied derselben war, kam sogleich mit seinem Stabe und Degen herbei und stellte sich seinen Gefährten zur Seite;

die Diener des Don Luis stellten sich um Don Luis, damit er ihnen nicht in dem Getümmel verlorengehe; der Barbier, der den Tumult sah, griff wieder nach seinem Kissen, und ein gleiches tat Sancho; Don Quixote nahm das Schwert zur Hand und griff die Häscher an, Don Luis schrie den Dienern zu, daß sie ihn lassen und dem Don Quixote, Cardenio und Don Fernando beistehen sollten, die sich alle des Don Quixote annahmen; der Pfarrer rief dazwischen, die Wirtin heulte, die Tochter weinte, Maritorne klagte, Dorothea war in Verwirrung, Lucinde erstaunt und Doña Clara in Ohnmacht. Der Barbier prügelte auf Sancho, Sancho drosch den Barbier, Don Luis (den ein Diener am Arm hielt, daß er nicht entwische) gab diesem einen Faustschlag, daß ihm das Gesicht mit Blut bedeckt wurde; der Auditor nahm sich seiner an; Don Fernando stand mit

beiden Füßen auf einem Häscher, auf dem er nach Herzenslust herumtanzte; der Wirt fing wieder mit lauter Stimme an, um Hilfe für die heilige Brüderschaft zu schreien, so daß die ganze Schenke voll von Klagen, Rufen, Schreien, Verwirrung, Entsetzen, Furcht, Unheil, Prügeln, Maulschellen, Schlägen, Tritten und Blutvergießen war. Mitten in diesem Chaos und unseligen Labyrinth von Verworrenheit fiel dem Don Quixote plötzlich ein, daß dies das Getümmel und der Wirrwarr im Lager des Agramant sei, und deshalb schrie er so laut, daß seine Stimme durch die ganze Schenke dröhnte: Haltet inne, stehet still, seid ruhig, hört mich an, wenn ihr das Leben behalten wollt!

Auf diese furchtbare Stimme wurden alle ruhig, und er fuhr fort: Sagte ich euch nicht, meine Herren, daß dieses Kastell bezaubert sei und daß es der Wohnsitz von tausend bösen Geistern sein müsse? Zur Bestätigung dessen habt ihr es mit euren eigenen Augen gesehen, wie sich unter uns die Unordnung und

Zwietracht des Agramantischen Lagers eingeschlichen hat. Seht, wie man hier um ein Schwert, dort um ein Pferd streitet, hier um einen Adler, dort um einen Helm, und wir alle kämpfen und wissen nicht, was wir wollen. Kommt hierher, mein Herr Auditor, und Ihr, Herr Pfarrer, damit der eine den König Agramant und der andere den König Sobrino vorstelle und so der Friede eingerichtet werde, denn beim allmächtigen Gott, es ist eine große Hundsfötterei, daß sich so viele treffliche Männer, wie hier zugegen sind, um solcher Lumpereien willen ermorden.

Die Häscher, die des Don Quixote Reden nicht verstanden und sich von Don Fernando, Cardenio und seinen Gefährten so schlecht behandelt sahen, wollten nicht Frieden halten; der Barbier war dazu willig, denn im Kampfe waren sein Bart und das Kissen zerrissen worden; Sancho gehorchte beim ersten Wink seines Herrn als redlicher Diener; die vier Diener des Don Luis gaben sich auch zur Ruhe, da sie sahen, daß ihnen die Unruhe nicht bekam, nur der Wirt bestand darauf, daß man die Rasereien des tollen Menschen bestrafen müsse, der alle Augenblicke die Schenke in Aufruhr bringe; endlich aber beruhigte sich das Lärmen, das Kissen blieb ein Sattel bis zum Tage des Gerichts, das Bartbecken ein Helm und die Schenke in Don Quixotes Einbildung ein Kastell.

Da nun alles friedfertig war und alle auf des Auditors und Pfarrers Zureden Freunde geworden, bestanden die Bedienten des Don Luis von neuem darauf, daß er sogleich mit ihnen umkehren solle, und während dies geschah, fragte der Auditor den Don Fernando, Cardenio und den Pfarrer um Rat, was er tun solle, wobei er ihnen alles wiederholte, was ihm Don Luis gesagt hatte. Man wurde einig, daß sich Don Fernando den Dienern des Don Luis zu erkennen gab und ihnen sagte, daß es seine Absicht sei, daß Don Luis mit ihm nach Andalusien gehe, wo ihn der Marques, sein Bruder, so aufnehmen würde, wie Don Louis es verdiene, und daß dieser nicht willens sei, jetzt zu seinem Vater zurückzugehen, und wenn man ihn in Stücke risse. Da die viere die Würde des Don Fernando und die Absicht des Don Luis erfuhren, so beschlossen sie unter sich, daß drei zurückkehren sollten, um dem Vater zu erzählen, was sich zugetragen habe, der vierte aber sollte zu den Diensten des Don Luis bleiben und ihn nicht eher verlassen, bis jene zurückkämen oder er erführe, was der Vater seinetwegen beschlossen habe.

So wurden durch das Ansehen des Agramant und die Klugheit des Königs Sobrino diese verworrenen Händel entwirrt; da sich aber der Feind der Eintracht und der Widersacher des Friedens so verspottet und verachtet sah, beschloß er, noch einmal Hand anzulegen und von neuem Zwist und Unfrieden zu erwecken.

Es geschah also, daß die Häscher ruhig wurden, als sie hörten, daß sie mit vornehmen Leuten gestritten hatten; sie zogen sich aus dem Streit zurück, weil sie dachten, es mochte sich entscheiden, wie es wollte, sie würden in dieser Schlacht immer den kürzeren ziehen; der eine aber, der von Don Fernando geprügelt worden war, erinnerte sich, daß unter anderen Verhaftsbefehlen, die er gegen einige Delinquenten bei sich habe, er auch einen gegen Don Quixote mit sich führe, den die heilige Brüderschaft deshalb ausgestellt, weil er die Galeerensklaven befreit hatte. Da ihm dieser Gedanke einfiel, wollte er sich überzeugen, ob die angegebenen Kennzeichen mit Don Quixote übereinstimmten, er nahm deshalb ein Pergament aus dem Busen und fand das, was er suchte; nun fing er an, langsam zu lesen, denn das Lesen wurde ihm schwer, und bei jedem Worte, das er las, warf er die Augen auf Don Quixote und verglich die Kennzeichen des Befehls mit dem Gesichte, worauf er überzeugt wurde, daß er der nämliche sei, den er hier beschrieben fand; und kaum wußte er dieses gewiß, als er sein Pergament wieder einsteckte, in der Linken den Befehl hielt und mit der Rechten den Don Quixote so kräftig beim Kragen ergriff, daß dieser kaum Atem holen konnte, wobei er mit lauter Stimme rief: Im Namen der heiligen Brüderschaft! und damit Ihr seht, daß ich recht habe, leset diesen Befehl, worin mir geboten wird, diesen Straßenräuber zu fangen.

Der Pfarrer nahm den Befehl und sah, daß der Häscher die Wahrheit sagte, da alle angegebenen Kennzeichen auf Don Quixote paßten. Dieser aber, da er sich von einem so gemeinen Bösewicht so schlecht behandelt sah, geriet in die äußerste Wut, er strengte alle seine Kräfte an, packte mit beiden Händen den Häscher bei der Gurgel, und wenn ihm seine Gefährten nicht zu Hilfe gekommen wären, hätte dieser eher den Geist aufgegeben, als Don Quixote seine Beute losgelassen. Der Wirt, der ihnen vermöge seines Amts beistehen mußte, lief sogleich herbei, um ihnen Hilfe zu leisten; die Wirtin, die ihren Mann von neuem in Händel verwickelt sah, erhob ihre Stimme, in deren Klang auch Maritorne und die Tochter einstimmten, indem sie den Himmel sowie die Umstehenden um Hilfe riefen. Da Sancho sah, was vorging, rief er aus: So wahr Gott lebt, es ist doch wahr, was mein Herr von den Zaubereien dieses Kastells sagt, denn man kann nicht eine Stunde ruhig darin leben!

Don Fernando trennte den Häscher und Don Quixote und machte ihnen beiden zu ihrer Freude die Hände los, die dieser im Koller und jener in der Gurgel des andern verwickelt hatte; deshalb wollten aber die Häscher ihre Beute nicht fahren lassen; sie riefen, man solle ihnen den Menschen binden helfen, dies sei man dem Könige und der heiligen Brüderschaft schuldig, in deren Namen sie wiederum um Beistand baten, um diesen Spitzbuben, Straßenräuber und Buschklepper gefangenzunehmen.

Don Quixote lachte, als er diese Reden hörte, und sagte mit großer Leutseligkeit: Hört doch, ihr törichten und schlecht erzogenen Menschen; nennt ihr das die Straßen berauben, wenn man Gefesselte befreit, Gefangene erlöst, den Elenden Hilfe leistet, die Gefallenen aufrichtet, die Hilfsbedürftigen tröstet? Hört doch, ihr Straßenräuber mit Erlaubnis der heiligen Brüderschaft! Wer war denn so töricht, nicht zu wissen, daß die fahrenden Ritter von jedem Gerichte ausgenommen sind, daß ihr Schwert ihr Gesetz, ihre Stärke ihr Gericht, ihr Wille ihre Vorschrift ist? Welcher fahrende Ritter zahlt Tribut, Zoll oder Fährgeld?

Welcher Schneider legt ihm über seine Kleidung eine Rechnung vor? Welcher Kastellan nimmt ihn wohl in sein Kastell auf und läßt sich die Zehrung bezahlen? Welcher König zieht ihn nicht zur Tafel? Welche Jungfrau vertraut ihm nicht und übergibt sich gänzlich seiner Willkür? Und endlich, welcher fahrende Ritter war, ist und wird wohl in der Welt sein, der nicht die Gewalt hätte, für sich ganz allein vierhundert Häschern Prügel zu geben, wenn sie ihm in den Weg treten?

Dreiundvierzigstes Kapitel

Merkwürdiges Abenteuer mit den Häschern und furchtbare Wut unseres edlen Ritters Don Quixote.

Während Don Quixote also sprach, suchte der Pfarrer den Häschern deutlich zu machen, daß es Don Quixote am Verstande fehle, wie sie aus seinen Taten und Worten hinlänglich erkennen könnten, darum, wenn sie ihn auch gefangen fortführten, so würden sie ihn doch sogleich als einen Unsinnigen wieder loslassen müssen. Worauf der mit dem Verhaftbefehle antwortete, daß es nicht sein Amt sei, über Don Quixotes Unvernunft zu urteilen, sondern das zu befolgen, was ihm von seinen Oberen anbefohlen sei, und daß, wenn Don Quixote einmal gefangen, man ihn nachher dreihundertmal loslassen könne.

Dennoch, sagte der Pfarrer, werdet ihr ihn dieses Mal nicht fortführen, auch wird er sich nicht fortführen lassen, soviel ich davon verstehe.

Kurz, der Pfarrer wußte so viel Gründe vorzubringen, und Don Quixote wußte so viel Narrheiten anzustellen, daß die Häscher noch närrischer als er selber gewesen wären, wenn sie nicht seinen Unverstand eingesehen hätten, sie befanden also für gut, sich zufrieden zu geben, ja obendrein den Frieden zwischen dem Barbier und Sancho Pansa zu vermitteln, die noch immer mit großem Eifer in ihren Zwist verwickelt waren; so brachten sie endlich als Mitglieder der Gerechtigkeit alles ins gleiche und zeigten sich als Schiedsrichter, so daß beide Parteien, wenn auch nicht zufrieden, doch so ziemlich beruhigt wurden, denn sie tauschten zwar die Kissen, aber nicht Gurt und Halfter ein; und was den Helm Mambrins betraf, so bezahlte der Pfarrer heimlich und ohne daß es Don Quixote merkte für das Bartbecken acht Realen, worüber ihm der Barbier eine Quittung ausstellte, daß er sich aller Rechte darauf für jetzt und alle künftigen Zeiten entäußere.

Der Wirt, der der Meinung war, der Barbier habe vom Pfarrer eine übermäßig große Belohnung erhalten, verlangte die Zeche des Don Quixote sowie seinen Schaden wegen der Schläuche und des verschütteten Weins, wobei er schwur, daß weder Rosinante noch Sanchos Esel aus der Schenke kommen sollten, wenn nicht alles bis auf den letzten Heller bezahlt wäre. Der Pfarrer beruhigte ihn, Don Fernando bezahlte alles, und der Auditor bot sich auch freiwillig zur Bezahlung an. So war nun alles zu Ruhe und Friedseligkeit zurückgebracht, so daß die Schenke nun nicht mehr die Zwietracht im Agramantischen Lager, wie Don Quixote gesagt hatte, sondern den Frieden und die Stille des Oktavianischen Zeitalters darstellte. Alle waren der Meinung, daß man dies dem guten Willen und der großen Beredsamkeit des Herrn Pfarrers und der seltenen Freigebigkeit des Don Fernando zu danken habe.

Als nun Don Quixote sah, daß er aus allen seinen Händeln und sein Knappe aus den seinigen frei und losgewickelt war, schien es ihm gut, die angefangene Reise fortzusetzen und jenes große Abenteuer zu beenden, zu dem er berufen und auserwählt war; mit edler Entschlossenheit kniete er also zu den Füßen der Dorothea nieder, die es aber nicht zugab, daß er ein Wort rede, bevor er nicht wieder aufgestanden sei; auf ihren Wunsch erhob er sich und sagte: Es ist ein bekanntes Sprichwort, schöne Dame, daß der Fleiß des Glückes Vater sei, und in vielen und wichtigen Dingen hat die Erfahrung bewiesen, daß der, der unermüdlich ist, selbst einen zweifelhaften Plan ausführen mag; nirgend aber zeigt sich diese Wahrheit einleuchtender als im Kriege, wo Schnelligkeit den Absichten des Feindes zuvorkommt und den Sieg erringt, ehe der Gegner noch zur Verteidigung Anstalt trifft. Dies sage ich darum, erhabene und glorreiche Dame, weil mir scheint, daß dies Verweilen in diesem Kastelle nicht zu unserm Nutzen gereicht und uns selber manchen Schaden bringen kann, wie wir in der Zukunft merken werden; denn wer kann sagen, ob Euer Feind, der Riese, nicht durch verborgene und fleißige Spione erfahren hat, daß ich komme, um ihn zu vernichten, und er nun Raum und Zeit gewinnt, sich in einem unüberwindlichen Kastelle oder in einer Festung so zu verschanzen, daß all mein Eifer und die Stärke meines unüberwindlichen Armes nur wenig gegen ihn vermögen? Wir müssen also, meine Beherrscherin, durch unsern Fleiß seinen Absichten zuvorkommen und alsbald in Gottes Namen abreisen, denn es ziemt sich nicht, daß Eure Hoheit länger verweile und ich mich noch länger zurückhalte, Eurem Widersacher unter die Augen zu treten.

Hier schwieg Don Quixote, indem er in ruhiger Stellung die Antwort der schönen Infantin erwartete. Diese erwiderte ihm mit würdiger Gebärde und in seiner Manier auf folgende Weise: Sehr danke ich Euch, Herr Ritter, für das Verlangen, welches Ihr bezeigt, mir in meiner großen Bedrängnis beizustehen, wie es einem Ritter geziemt, dem es auferlegt ist, Waisen und Notleidenden ein Helfer zu sein; gebe nur der Himmel, daß meine und Eure Wünsche erfüllt werden, damit Ihr seht, daß es dankbare Frauen in der Welt gibt. Was meine Abreise betrifft, so mag sie sogleich vor sich gehen, denn mein Verlangen dazu ist so heftig wie das Eure; Ihr habt über meinen Willen unumschränkt zu gebieten, denn da ich Euch den Schutz meiner Person anvertraute und in Eure Hände die Wiedererlangung meiner Würde legte, darf ich dem niemals widersprechen, was Eure Weisheit anzuordnen für gut befindet.

In Gottes Namen, sagte Don Quixote, da meine Gebieterin sich so erniedrigt, will ich die Gelegenheit nicht versäumen, sie zu erhöhen und auf ihren rechtmäßigen Thron zu setzen. Sogleich wollen wir abreisen, denn der Boden brennt hier unter meinen Füßen, im Zögern liegt die Gefahr; und da der Himmel nichts erschaffen, die Hölle nichts hervorgebracht, was mich in Furcht und Schrecken setzen könnte, so sattle du, Sancho, flugs den Rosinante, bereite deinen Esel sowie den Zelter der Königin, und wir wollen vom Kastellan und diesen Herren Abschied nehmen, um uns gleich diesen Augenblick auf den Weg zu machen.

Sancho, der zugegen war, sagte, indem er den Kopf schüttelte: Ach, lieber, bester, gnädiger Herr, mit Erlaubnis sei's gesagt, ich weiß gewiß, daß diese Dame, die sich für die Königin des großen mikomikonischen Königreichs ausgibt, das so wenig ist wie meine Mutter; denn wenn sie das wäre, würde sie sich nicht immer mit dem da küssen, sobald man nur den Kopf dreht und den Rücken wendet.

Bei diesen Worten des Sancho überzog eine hohe Röte Dorotheas Gesicht, denn ihr Gemahl Don Fernando hatte wirklich einige Male heimlich seine Lippen einen Teil der Belohnung nehmen lassen, die seine Liebe verdiente, dies hatte Sancho gesehen, und er glaubte daher, daß sie mehr eine Buhlerin als eine Königin eines großen Reiches sei; sie aber konnte und wollte Sancho nichts antworten, sondern ließ ihn fortsprechen, und er sagte weiter: Darum hat es gar nicht so große Eile, den Rosinante zu satteln und den Esel und den Zelter zu bereiten, denn es ist besser, wir bleiben ruhig hier und essen unser Brot in Frieden und lassen den Teufel die Huren holen.

Schrecklich war die Wut, die sich des Don Quixote bemeisterte, als er diese ungeziemlichen Worte seines Knappen vernahm! Sie war so furchtbar, daß er mit gebrochener und stammelnder Zunge, Feuerflammen aus den Augen schießend, ausrief: O du nichtswürdiger Schurke, du schlechtdenkender, ungezogener verräterischer, unwissender, dummer, verleumderischer, tollkühner Schwätzer und

Lügner! Solche Reden wagst du in meiner und dieser durchlauchtigen Damen Gegenwart zu führen? Dergleichen Schändlichkeiten bist du rasend genug, in deine verrückten Gedanken aufzunehmen? Aus meinen Augen, du Mißgeburt der Abscheulichkeit, du Magazin der Lügen, Sammelbecken der Verleumdungen und aller Niederträchtigkeit, Erfinder der Bosheit, Schwätzer der Tollheiten, du Feind alles Anstandes, den man königlichen Häuptern schuldig ist! Aus meinen Augen, und laß dich nicht ferner schauen, wenn du nicht meines Zornes gewärtig sein willst! Dies sprach er, indem er die Augenbrauen zusammenzog, die Backen aufblies, nach allen Seiten umschaute und mit dem rechten Fuße heftig auf die Erde stampfte, alles Zeichen des Grimms, der in seinen Eingeweiden wütete. Bei diesen Worten und rasenden Gebärden wurde Sancho auch so furchtsam und mutlos, daß er wünschte, die Erde möchte sich unter seinen Füßen auftun und ihn verschlingen; er wußte keinen anderen Rat, als daß er sich plötzlich umwandte und sich aus der Nähe seines erbosten Gebieters entfernte.

Die verständige Dorothea aber, die schon hinlänglich mit der Weise Don Quixotes bekannt war, sagte, um seinen Zorn zu mildern: Erzürnt Euch nicht, Herr Ritter von der traurigen Gestalt, daß Euer Knappe solche Torheiten vorgebracht, denn vielleicht hat er es nicht ohne Ursache getan, auch läßt sich nicht von seiner Redlichkeit oder seinem christlichen Gewissen argwöhnen, daß er ein falsches Zeugnis ablege; man muß daher glauben, ohne in ihn ein Mißtrauen zu setzen, daß, so wie nach Eurer Meinung, Herr Ritter, alle Dinge in diesem Kastelle bezaubert sind, es auch wohl sein kann, daß Sancho durch diese teuflische Vermittlung das wirklich gesehen hat, was er jetzt zum Nachteil meiner Ehre gesehen zu haben behauptet.

Beim höchsten, allmächtigen Gott! rief Don Quixote aus, Eure Hoheit hat die Wahrheit getroffen, irgendeine böse Erscheinung muß dem armen Sünder Sancho vor die Augen getreten sein, die ihm das gezeigt hat, was er ohne Bezauberung unmöglich sehen konnte, denn ich kenne die Redlichkeit und Unschuld des armen Einfaltspinsels zu gut, als daß er gegen irgend jemand ein falsches Zeugnis ablegen könnte.

So ist es, sagte Don Fernando, deshalb müßt Ihr ihm auch, gnädiger Herr Don Quixote, vergeben und ihn in den Schoß Eurer Liebe zurückführen.

Don Quixote antwortete, daß er ihm verzeihe, und der Pfarrer ging fort, um Sancho zu suchen, der demütig hereinkam, niederkniete und seinen Herrn um seine Hand bat; dieser gab sie ihm, Sancho küßte sie, und jener gab ihm seinen Segen und sprach: Nun wirst du gewiß einsehen, Sancho, mein Sohn, was ich dir oftmals gesagt, daß alle Dinge in diesem Kastelle nicht anders als durch Bezauberung vor sich gehen.

Das glaub' ich auch, sagte Sancho, ausgenommen die Prelle, die auf dem natürlichen Wege vor sich ging.

Auch dies glaube nicht, antwortete Don Quixote, denn wenn es so geschehen wäre, würde ich dich schon damals oder auch jetzt gerächt haben, aber weder damals noch jetzt konnte ich es oder sah jemand, an dem ich dein erlittenes Unrecht hätte rächen können.

Es waren nun schon zwei Tage verflossen, seit diese ganze erlauchte Gesellschaft sich in der Schenke aufgehalten; es schien ihnen allen Zeit zur Abreise, und man machte Anstalt dazu, ohne daß Dorothea und Don Fernando sich die Mühe zu geben brauchten, den Don Quixote bis nach seinem Dorfe zu begleiten, um die List mit der Befreiung der mikomikonischen Prinzessin durchzuführen; wie es der Pfarrer und Barbier wünschten, wurde es eingerichtet, daß sie ihn mitnehmen konnten, um ihn in seiner Heimat aus seinem Unsinn wieder zu Sinnen zu bringen. Sie kamen nämlich dahin überein, daß sie mit einem Manne mit einem Ochsenkarren einen Handel schlossen, der zufällig dort durchkam, daß dieser ihn auf dem Karren auf folgende Weise mitnehmen sollte: sie machten etwas wie einen Käfig aus hölzernen Stangen, der geräumig genug war, daß Don Quixote bequem darin liegen konnte; und Don Fernando und seine Gefährten nebst den Dienern des Don Luis und den Häschern wie auch dem Wirte, sie alle maskierten sich auf Anordnung des Pfarrers die Gesichter und entstellten sie, einer auf diese, der andere auf jene Weise, so daß Don Quixote sie für ganz andere Menschen halten mußte als diejenigen, welche er in diesem Kastell gesehen hatte. Hierauf gingen sie in der größten Stille dahin, wo Don Quixote, von seinen Streitigkeiten ermüdet, schlief; sie gingen zu ihm und banden ihm die Hände und Füße so, daß er, als er mit Schrecken erwachte, sich nicht bewegen, auch nichts weiter tun konnte, als sich verwundern und über die seltsamen Gesichter erstaunen, die er vor sich sah; er verfiel sogleich auf das, was ihm seine verwirrte Einbildung immer eingab, und glaubte, daß alle diese Gestalten Gespenster wären, die im bezauberten Kastell umgingen, und daß er ebenfalls bezaubert sei, weil er sich nicht bewegen oder verteidigen konnte; alles dies geschah so, wie der

Pfarrer geglaubt hatte, daß es kommen würde. Sancho hatte allein seinen Verstand und seine eigentümliche Gestalt behalten; es fehlte ihm zwar nur wenig, um ebenso unpaß wie sein Herr zu sein, er kannte aber doch alle diese verstellten Personen, er wagte es indes nicht, den Mund aufzutun, sondern wollte abwarten, was aus dem Überfalle und der Gefangennahme seines Herrn werden würde, der auch keinen Laut von sich gab, sondern das Ende seines Schicksals bedachte, welches darin bestand, daß man den Käfig herbeibrachte und ihn hineinsteckte, worauf man die Bretter so fest vernagelte, daß er sich nur mit großer Mühe aufbrechen ließ. Hierauf nahmen sie ihn auf die Schultern, und sowie sie aus dem Gemache gingen, hörten sie eine furchtbare Stimme (so erschrecklich sie nur immer der Barbier hervorbringen konnte, nicht der mit dem Reitkissen, sondern der andere), welche sagte: O Ritter von der traurigen Gestalt, nicht möge dir dieses Gefängnis Bekümmernis geben, denn also muß es geschehen, um desto schneller das Abenteuer zu vollbringen, welches du mit deiner großen Gewalt unternommen: solches wird vollbracht sein, wenn der wütende manchanische Leu mit der weißen tobosinischen Taube in eins verbunden den erhabenen Nacken in das sanfte eheliche Joch geschmiegt hat, aus welcher unerhörten Vermählung die tapfere Brut geboren wird, welche die kühnen Griffe ihres edlen Vaters nachahmen soll. Du aber, edelster und gehorsamster Knappe, der jemals ein Schwert im Gürtel, einen Bart im Gesichte und Geruch in der Nase hatte, sei nicht erschrocken; betrübe dich nicht, so vor deinen Augen die Blume der fahrenden Ritterschaft wegführen zu sehen, denn bald, wenn es dem Bildner der Welt also gefällt, wirst du dich so hoch und glorreich befinden, daß du dich selber nicht erkennst, und es werden dir die Versprechungen nicht verlorengehen, die dir dein großer Gebieter getan. Folge nun den Fußstapfen des starken, bezauberten Ritters, denn ihr sollt beide zusammenbleiben. Da mir nicht mehr zu sagen vergönnt ist, so geleite euch Gott, denn ich gehe an den Ort, den ich wohl kenne. Gegen das Ende der Prophezeiung erhob er die Stimme sehr laut und ließ sie dann nach und nach in so leisen Tönen verhallen, daß selbst diejenigen, die um den Spaß wußten, in Versuchung kamen, das für Wahrheit zu halten, was sie hörten.

Don Quixote war durch die Prophezeiung, die er gehört hatte, getröstet, denn er sah im Augenblicke die ganze Bedeutung derselben ein, daß ihm nämlich versprochen werde, in einer heiligen und rechtmäßigen Ehe mit seiner geliebten Dulcinea del Toboso verbunden zu sein, aus deren glücklichem Schoße die Brut entsprießen solle, nämlich seine Söhne, die der ewige Ruhm der la Mancha sein würden. Da er dies fest und zuverlässig glaubte, erhob er die Stimme, tat einen tiefen Seufzer und sprach: O du, wer du auch sein magst, der mir diese glückliche Weissagung gegeben, ich flehe dich an, meinerseits den weisen Zauberer zu bitten, der mich bewacht und beschirmt, daß er mich nicht in diesem Gefängnisse verderben lassen wolle, in welchem ich jetzt fortgeführt werde, bis jene frohe und herrliche Versprechung an mir in Erfüllung geht, die ich soeben vernommen habe; wenn dies geschieht, will ich für Ruhm die Pein dieses Gefängnisses achten, für Freude die Ketten, die mich umgeben. Was den Trost Sancho Pansas, meines Knappen, betrifft, so vertraue ich seinem Edelmute so viel, daß er mich sowenig in meinem guten wie in meinem schlimmen Schicksal verlassen wird, denn wenn es mir durch seine Schuld oder mein böses Verhängnis auch unmöglich würde, ihm die Insel oder ein anderes Ding von gleichem Werte zu geben, wie ich ihm versprochen habe, wird er doch wenigstens sein Gehalt nicht verlieren können, weil ich in meinem Testamente, das schon gemacht ist, bestimmt habe, was er bekommen soll, nicht seinen vielen und trefflichen Diensten gemäß, sondern nur soviel in meiner Möglichkeit steht.

Sancho verneigte sich sehr höflich und küßte ihm beide Hände, denn eine konnte er nicht fassen, indem beide zusammengebunden waren. Zugleich nahmen die Gespenster den Käfig auf ihre Schultern und setzten ihn auf den Ochsenkarren.

Vierundvierzigstes Kapitel

Erzählt die höchst seltsame Weise, auf welche Don Quixote de la Mancha bezaubert war.

Als Don Quixote sich nun im Bauer und auf dem Karren sah, sprach er: Viele und denkwürdige Geschichten von fahrenden Rittern hab' ich gelesen, aber niemals habe ich gelesen noch gesehen oder gehört, daß man bezauberte Ritter auf solche Weise fortführte und in so langsamer Bewegung, als man von diesen faulen und zögernden Tieren erwarten darf; denn sie pflegen sonst immer mit unbegreiflicher Schnelligkeit durch die Lüfte geholt zu werden, entweder in einer dunkeln und finsteren Wolke oder auf einem feurigen Wagen oder einem anderen ähnlichen Gefährt; daß man mich aber jetzt auf einem Ochsenkarren abholt, bei Gott, das erregt meine Verwunderung!

Der Pfarrer war indes mit den Häschern schon einig geworden, daß sie ihn bis nach seinem Dorfe begleiten sollten, wofür er ihnen jeden Tag einen bestimmten Lohn gab. An den Sattelknopf des Rosinante hing Cardenio auf der einen Seite den Schild und auf der anderen das Bartbecken, hierauf befahl er dem Sancho durch Zeichen, auf seinen Esel zu steigen und die Zügel des Rosinante zu fassen, zu den beiden Seiten des Karrens ließ er die beiden Häscher sich mit ihren Flinten aufstellen. Ehe der Karren aber wegfuhr, kamen die Wirtin, ihre Tochter und Maritorne herbei, um von Don Quixote Abschied zu nehmen; sie stellten sich, als ob sie seinen Unfall sehr bejammerten. Don Quixote sprach zu ihnen: Weinet nicht, meine edlen Damen, denn allen solchen Unglücksfällen sind diejenigen unterworfen, welche das Handwerk treiben, zu dem ich mich bekenne, und wenn mir dergleichen Trübsal nicht zustieße, so würde ich mich für keinen berühmten fahrenden Ritter halten, denn solche Ritter, die wenig Namen und Ruhm genießen, sind dergleichen Sachen niemals ausgesetzt, weil keiner in der

Welt sich sonderlich um sie kümmert. Mit den Tapferen aber ist es anders, denn es gibt viele Fürsten und andere Ritter, die ihnen ihre Tugend und Tapferkeit neiden und diese Edlen auf unziemlichen Wegen zu vernichten suchen. Dennoch aber ist die Tugend immer so gewaltig, daß sie durch sich selbst, aller Zauberei zum Trotze, die nur je ihr erster Erfinder Zoroaster hervorbringen konnte, als Siegerin aus jeglichem Drangsal hervorgeht und ihr Licht über die Welt verbreitet, wie die Sonne durch den Himmel strahlt. Vergebt mir, schöne Damen, wenn ich euch durch meine Unachtsamkeit eine Mühe verursacht habe, denn vorsätzlich und mit meinem Wissen verursache ich niemand eine, und bittet Gott, daß er mich aus dieser Gefangenschaft erlöse, in die mich irgendein übelgesinnter Zauberer versetzt hat; denn wenn ich mich daraus befreit sehe, so wird die Güte, die ihr mir in diesem Kastell erzeigt, niemals meinem Gedächtnisse entschwinden, so daß ich suchen werde, sie zu erkennen, mich ihrer zu erinnern und sie zu vergelten, wie sie es wert ist.

Indessen dies zwischen den Damen des Kastells und Don Quixote gesprochen wurde, nahmen der Pfarrer und der Barbier von Don Fernando und seinen Gefährten Abschied, vom Kapitän und seinem Bruder und von den Damen, vorzüglich von Dorothea und Lucinde. Alle umarmten einander und versprachen, einander von ihren Erlebnissen Nachricht zu geben; Don Fernando sagte dem Pfarrer, wohin er schreiben könne, um ihm mitzuteilen, was aus Don Quixote würde, wobei er versicherte, daß ihm nichts soviel Vergnügen machen werde, als dies zu erfahren; er wolle ihm dagegen von allem Nachricht erteilen, was ihm einiges Vergnügen gewähren könne, von seiner Verheiratung, von der Taufe der Zorayda und dem Erfolge des Don Luis und der Rückkehr der Lucinde in ihre Heimat. Der Pfarrer sagte, daß er alle Befehle mit der größten Pünktlichkeit befolgen würde. Sie umarmten sich hierauf von neuem, und von neuem wurden die freundlichen Anerbietungen wiederholt.

Der Pfarrer stieg zu Pferde, und dies tat auch sein Freund, der Barbier, indem sie beide ihre Masken vornahmen, damit sie von Don Quixote nicht sogleich erkannt würden, und so fingen sie an, hinter dem Karren her zu reiten; die Ordnung des Zuges war folgende: voran fuhr der Karren, von seinem Herrn geführt, zu beiden Seiten die Häscher, wie oben beschrieben, mit ihren Flinten bewaffnet, dann folgte Sancho Pansa, der auf seinem Esel saß und den Rosinante hinter sich führte, hinter diesem kamen der Pfarrer und der Barbier auf ihren starken Maultieren, mit maskierten Gesichtern und ernstem und feierlichem Anstande; Don Quixote saß in seinem Käfig, die Hände gebunden, die Beine ausgestreckt, an die Stangen gelehnt, so still und so geduldig, daß er mehr ein Bild aus Stein als ein Mensch von Fleisch zu sein schien. In diesem langsamen, feierlichen Zuge reisten sie wohl zwei Meilen, als sie in ein Tal kamen, wo es dem Ochsentreiber gut dünkte, auszuruhen und die Ochsen weiden zu lassen; als er dies dem Pfarrer sagte, schlug der Barbier vor, daß man noch etwas weiter ziehen solle, denn er wisse, daß hinter einem Abhange, den sie nahe vor sich sahen, ein Tal liege, in

welchem das Gras noch schöner sei als in dem, in welchem sie haltmachen wollten. Der Vorschlag des Barbiers wurde angenommen, und sie setzten also ihre Reise weiter fort.

Indem wandte der Pfarrer das Gesicht und sah, daß sechs oder sieben wohlberittene und gutgekleidete Leute hinter ihnen kamen, von denen sie bald eingeholt waren, weil sie nicht mit der Langsamkeit und Trägheit der Ochsen reisten, sondern wie Leute, die Maultiere unter sich haben und gern noch um Mittag die Schenke erreichen wollen, die noch eine ganze Meile von dort entfernt war.

Die Fleißigen holten die Trägen bald ein, man begrüßte einander höflich, und einer von den Angekommenen, ein Kanonikus aus Toledo und der Herr der übrigen, wurde neugierig genug, zu fragen, warum man diesen Mann auf solche Weise fortführe, denn er glaubte, da er die Häscher an ihren Zeichen kannte, daß er irgendein großer Straßenräuber oder anderer Delinquent sei, den die heilige Brüderschaft ergriffen habe, um ihn zu strafen. Einer von den Häschern, an den die Frage gerichtet war, antwortete: Warum dieser Ritter so fortgeführt wird, mag er selber sagen, denn wir wissen es nicht.

Als Don Quixote das Gespräch vernahm, fragte er: Seid ihr vielleicht, meine Herren Ritter, in dem erfahren und bewandert, was man die fahrende Ritterschaft nennt? Seid ihr es nicht, so mag ich mir auch nicht die Mühe geben, es euch auseinanderzusetzen.

Der Kanonikus antwortete hierauf: Wahrlich, Bruder, mir sind die Ritterbücher bekannter als die Kompendien der Logik, so daß, wenn uns weiter nichts im Wege steht, Ihr mir alles sagen könnt, was Ihr nur immer wollt.

In Gottes Namen dann, versetzte Don Quixote; Ihr müßt also erfahren, Herr Ritter, daß ich in diesem Käfig verzaubert bin, und zwar durch den Neid und die Bosheit der bösen Zauberer, denn die Tugend wird von den Bösen immer mehr verfolgt, als sie von den Guten geliebt wird. Ich bin ein fahrender Ritter, und zwar nicht einer von jenen, deren der Ruhm niemals gedenkt und ihr Andenken nicht der Unsterblichkeit übergibt, sondern von denen, die dem Neide zum Trotz und trotz aller Magier in Persien, der Brahmanen in Indien und Gymnosophisten in Äthiopien ihren Namen im Tempel der Unsterblichkeit aufstellen werden, damit er den künftigen Zeitaltern zum Beispiel und Musterbilde diene und die fahrenden Ritter dann die Fußtapfen vor sich haben, denen sie folgen müssen, wenn sie den höchsten ehrenvollsten Gipfel des Waffenhandwerks erklimmen wollen.

Der Herr Don Quixote de la Mancha spricht die Wahrheit, sagte der Pfarrer, denn er liegt nicht wegen seiner Schuld und seiner Sünden auf diesem Karren verzaubert, sondern durch die Bosheit derjenigen, welche die Tapferkeit hassen und denen die Tugend ein Greuel ist. Dieses, mein edler Herr, ist der Ritter von der traurigen Gestalt, wenn Ihr diesen Namen vielleicht schon habt nennen hören, dessen tapfere Taten und gewaltige Unternehmungen auf hartem Erze und unvergänglichem Marmor werden geschrieben werden, wenn sich der Neid auch noch so sehr bemüht, sie zu verdunkeln, oder die Bosheit, sie zu verhüllen.

Als der Kanonikus hörte, wie der Gefangene mit dem Freien eine gleiche Sprache führte, schlug er ein Kreuz vor Verwunderung und konnte durchaus nicht begreifen, was es zu bedeuten habe; so ging es auch denen, die ihn begleiteten. Sancho Pansa, der herbeigekommen war, um das Gespräch mit anzuhören und alles ins gleiche zu bringen, sagte hierauf: Ihr mögt nun, mein Herr, das, was ich sprechen will, gut oder übel nehmen, so ist es doch wahr, mein Herr Don Quixote ist so wenig verzaubert wie meine Mutter; er hat seinen vollkommenen Verstand, er ißt und trinkt und verrichtet seine Notdurft wie die übrigen Menschen und wie er es gestern tat, ehe er in dem Vogelbauer saß. Wenn das nun ist, wie wollt Ihr mir denn weismachen, er wäre verzaubert? Denn ich habe mir von allen Leuten sagen lassen, daß die Verzauberten weder essen noch schlafen, noch sprechen, und mein Herr wird gleich mehr als dreißig Advokaten reden. Er wandte sich hierauf um, sah den Pfarrer an und fuhr so fort: Ei, Herr Pfarrer, Herr Pfarrer! Denkt Ihr denn, daß ich Euch nicht kenne? Denkt Ihr denn, daß ich das nicht einsehe und begreife, wo hinaus Ihr mit diesen Euren Verzauberungen wollt? Ja, ja, ich kenne Euch, wenn Ihr das Gesicht auch noch so sehr verdeckt, und ich weiß, was Ihr wollt, wenn Ihr das Ding auch noch so fein anfangt. Denn mit einem Worte, wo der Neid herrscht, da kann die Tugend nicht leben, und wo ein Geizhals Herr ist, da ist keine Freigebigkeit zu finden. Der Teufel hat sich eingemischt, denn wenn Euer Ehrwürden nicht gewesen wären, so wäre schon jetzt mein Herr mit der mikomikonischen Infantin verheiratet, und ich wäre zum wenigsten Graf, denn was Geringeres konnte ich nicht von meinem gütigen Herrn Traurige Gestalt und von der Größe meiner geleisteten Dienste erwarten; aber jetzt sehe ich, daß das wahr ist, was man wohl zu sagen pflegt, daß das Glücksrad schneller läuft als ein Mühlenrad und daß das, was gestern oben in den Lüften war, heute unten auf der Erde ist. Es ärgert mich nur wegen meiner Kinder und meiner Frau, denn wenn sie nun mit vollem Rechte erwarten können, daß ihr Vater durch die Tür als Statthalter hereintritt oder als Vizekönig einer Insel, so kommt er dafür als Pferdeknecht wieder. Was ich gesagt habe, Herr Pfarrer, soll nur dazu dienen, Euer Ehrwürden das Gewissen ein bißchen zu schärfen, weil Ihr meinem Herren so schlecht begegnet und Euch Gott auch einmal in jenem Leben wegen der Gefangennahme meines Herrn zur Rechenschaft ziehen kann, da Ihr jetzt alle edlen Taten und Hilfeleistungen vereitelt, die mein Herr Don Quixote in der Zeit seiner Gefangenschaft vollbringen könnte.

Hier gäbe es noch eine Nase zu putzen, sagte der Barbier, so seid Ihr denn auch, Sancho, von der Brüderschaft Eures Herrn? Beim Himmel, es täte not, daß Ihr ihm im Käfige Gesellschaft leistet und bezaubert würdet wie er, weil Euch seine Ritterschaft ebenfalls angesteckt hat. Ihr geht zu Eurem Unglück mit seinen Versprechungen schwanger, und zu Eurem Unglück ist Euch die Insel in den Kopf gestiegen, nach der Ihr so gierig seid.

Ich bin von niemand schwanger, antwortete Sancho, und bin nicht der Mann danach, daß ich mich von jemand schwängern ließe, und wenn es der König wäre; und wenn ich auch arm bin, so bin ich doch ein alter Christ und keinem was schuldig, und wenn ich Inseln haben will, so wollen andere Leute wohl noch was Schlimmeres haben, jeder hat seine Taten zu verantworten, und wenn ich nur ein Mensch bin, so kann ich wohl Papst werden, wieviel mehr Statthalter einer Insel, vollends wenn mein Herr so viele gewinnt, daß er nicht weiß, wo er damit hin soll. Überlegt Eure Reden künftig, Herr Barbier, denn das ist noch nicht alle Kunst in der Welt, den Bart zu putzen, Ihr habt noch manches zu lernen, denn es ist noch nicht aller Tage Abend. Ich sage das nur, weil wir uns alle kennen und weil ich mich auf kein falsches Spiel einlasse, und dabei wollen wir's bewenden lassen, denn es stinkt noch mehr, wenn wir's umrühren.

Der Barbier mochte Sancho nichts antworten, damit er mit seinen närrischen Reden nicht das herausbrächte, was der Pfarrer und der Barbier gern verborgen halten wollten; und aus eben dieser Furcht hatte der Pfarrer dem Kanonikus auch vorgeschlagen, etwas vorauszureiten, weil er ihm das Geheimnis mit dem Eingekerkerten nebst anderen Dingen, die ihn vergnügen würden, mitteilen wollte. Der Kanonikus tat so und ritt mit ihm und seinen Dienern voran. Er hörte alles aufmerksam an, was ihm jener von dem Stande, dem Leben, der Narrheit und den Sitten des Don Quixote sagte, indem jener ihm in Kürze den Ursprung und die Veranlassung seiner Ausschweifung erzählte, bis er endlich in diesen Käfig gesperrt sei, und wie man nunmehr die Absicht habe, ihn nach seiner Heimat zu bringen, um ein Mittel ausfindig zu machen, ihn von seinem Wahnsinn wiederherzustellen.

Die Diener und der Kanonikus verwunderten sich über die seltsame Geschichte des Don Quixote, und als er sie bis zu Ende gehört hatte, sagte er:

Wahrlich, Herr Pfarrer, ich bin der Meinung, daß diese sogenannten Ritterbücher dem Staate durchaus schädlich sind, und ob ich gleich aus Müßiggang und falschem Geschmack den Anfang fast von allen gelesen habe, die nur im Druck erschienen sind, so habe ich mich doch nie überwinden können, irgendeins vom Anfange bis zum Ende durchzulesen, denn es schien mir, daß alle mehr oder weniger dieselbe Sache enthalten und daß in dem einen nichts steht, was nicht auch im anderen zu finden ist. Nach meinem Urteile steht diese Art von Büchern und Erfindungen noch unter jenen sogenannten Milesischen Märchen, welche unzusammenhängende Erzählungen sind, die bloß die Absicht haben zu vergnügen, ohne zu belehren, im Gegensatz zu den moralischen Fabeln, die zugleich vergnügen und auch belehren. Wenn es aber auch die vorzüglichste Absicht dieser Bücher ist zu vergnügen, so finde ich doch nicht, daß sie diesen Zweck erreichen, da sie voll von unzusammenhängenden Tollheiten sind; denn das Vergnügen, welches die Seele empfängt, entspringt aus der Schönheit und Harmonie. Was soll man zu der Leichtigkeit sagen, mit der sich eine Königin oder die Erbin eines Kaiserthrones in die Arme eines unbekannten Ritters wirft? Welcher Sinn, wenn er nicht durchaus barbarisch und ungebildet ist, kann sich doch daran ergötzen, wenn er liest, wie ein großer Turm voller Ritter über das Meer hinwegschwimmt gleich einem Schiffe mit günstigem Winde, wie sie heute abend in der Lombardei und morgen früh mit Tagesanbruch in den Ländern des Priesters Johannes von Indien ankommen oder in anderen, die Ptolemäus nie entdeckt und Marco Polo nie gesehen hat? Will man hierauf antworten, daß diejenigen, die dergleichen Bücher schreiben, sie für nichts als leere Erdichtungen ausgeben, so daß sie nicht gezwungen sind, auf Kleinigkeiten oder auf die Wahrheit achtzugeben, so antworte ich ihnen darauf, daß die Erdichtung um so besser ist, je näher sie der Wahrheit kommt, und um so angenehmer, je inniger sie das Zweifelhafte mit dem Möglichen verbindet. Man muß die Phantasie mit dem Verstande der Leser zu vermählen suchen und so schreiben, daß das Unmögliche näher gerückt, das Hohe vertrauter gemacht ist, so daß die Gemüter in Spannung bleiben, wodurch denn zu gleicher Zeit Bewunderung, Spannung, Erschütterung und Unterhaltung so entsteht, daß Erstaunen und Ergötzen immer vereint sind; alles dieses vermag aber derjenige gar nicht auszurichten, der sich von der Wahrscheinlichkeit entfernt, in der allein die Vollkommenheit der Darstellung besteht. Ich habe noch kein Ritterbuch gesehen, dessen Fabel ein zusammenhängender Körper mit allen seinen Gliedern wäre, so daß die Mitte zum Anfange und das Ende zum Anfange und der Mitte stimmte, sondern diejenigen, die sich mit so vielen Gliedern zusammensetzen, scheinen mehr die Absicht zu haben, eine Schimäre oder ein Ungeheuer hervorzubringen, als eine harmonische Gestalt zu bilden; außerdem sind sie im Stile hart, in der Liebe unzüchtig, in den Artigkeiten ungezogen, in den Schlachten weitläufig, in den Reden töricht, in den Reisen unsinnig und deshalb würdig, als heilloses Gesindel aus einem christlichen Staate verbannt zu werden.

Der Pfarrer hörte ihm mit großer Aufmerksamkeit zu und sah, daß er ein Mann von feinem Verstande war, auch daß er in dem, was er behauptete, recht habe; er sagte ihm also, daß er derselben Meinung sei, und da er ebenfalls die Ritterbücher hasse, habe er alle die des Don Quixote verbrannt, deren nicht wenige gewesen seien. Er erzählte ihm hierauf das Gericht, welches er über sie gehalten.

Als der Kanonikus und der Pfarrer auf diesen Punkt ihres Gespräches gekommen waren, kam der Barbier zu ihnen und sagte zum Pfarrer: Dies, mein Herr Lizentiat, ist die Stelle, die ich Euch vorhin gelobt habe, um hier unsere Mittagsruhe zu halten, hier finden auch die Ochsen frische und reichliche Weide.

So scheint es mir auch, antwortete der Pfarrer, worauf er dem Kanonikus sagte, was er zu tun gedenke; dieser bekam Lust, bei ihnen zu bleiben, von der Annehmlichkeit des schönen Tals, in dem sie sich befanden, eingeladen, um sowohl die frische Luft als auch die Gespräche des Pfarrers zu genießen, zu dem er schon viele Freundschaft empfand, und um genauere Umstände von Don Quixotes Begebenheiten zu erfahren; er befahl also seinen Dienern, sich nach der Schenke zu begeben, die nicht mehr weit war, und dort für alle Speise herzuholen, denn er sei entschlossen, an diesem Ort ziemlich lange Ruhe zu halten. Worauf einer von den Dienern antwortete, daß der Küchenesel, der schon in der Schenke sein müsse, hinlänglich versorgt sei, so daß sie in der Schenke nichts als Hafer zu kaufen brauchten.

Wenn es so ist, sagte der Kanonikus, so führt alle unsere Tiere dorthin und bringt den Esel hierher.

Als dieses vorging, sah Sancho, daß er mit seinem Herrn reden konnte, ohne daß ihn der Pfarrer und Barbier beobachteten, denen er gar nicht traute; er ging also zum Käfig, in welchem sein Herr saß, und sagte: Gnädiger Herr, es liegt mir schwer auf meinem Gewissen, daß ich Euch etwas sagen muß, wie es um Eure Verzauberung steht; die nämlich, die mit den verdeckten Gesichtern mit uns gehn, sind der Pfarrer und der Barbier aus unserm Dorfe, und ich glaube, daß sie Euch den Streich spielen; Euch so wegzubringen, geschieht nur aus Neid, weil Ihr größere Taten verrichtet als sie. Wenn dies nun wahr ist, so seid Ihr nicht verzaubert, sondern übertölpelt und zum Narren gemacht. Zum Beweise davon will ich Euch nur um ein Ding fragen, und wenn Ihr mir so antwortet,

wie ich glaube, daß Ihr antworten müßt, so werdet Ihr es mit Händen greifen, daß Ihr nicht bezaubert, sondern im Kopfe übergeschnappt seid.

Frage, soviel du willst, Sohn Sancho, antwortete Don Quixote, ich will dir Antwort geben, soviel du nur immer haben willst. Wenn du aber sagst, daß diejenigen, die mit uns gehn und stehn, der Pfarrer und der Barbier, unsre Landsleute und gute Bekannte sind, so mag es wohl sein, daß sie dir also erscheinen, daß sie es aber wirklich und in der Tat sein sollten, wirst du mich auf keine Weise glauben machen; was du aber glauben und meinen sollst, ist, daß, wenn sie dir so erscheinen, es also zusammenhängt, daß diejenigen, die mich bezaubert, diese Ähnlichkeit an sich genommen haben, denn es ist den Zauberern etwas Leichtes, jede Gestalt anzuziehen, die sie nur immer wollen, und sie haben die unsrer Freunde angenommen, um zu machen, daß du das denkest, was du jetzt denkst, und dich in ein Labyrinth von Einbildungen zu verwickeln, aus dem du dich nicht herausfinden magst, und wenn du den Faden des Theseus hättest; sie tun es aber auch darum, daß ich in meiner Überzeugung schwankend werden soll und nicht einsehen, von wem dieses mein Unglück herrührt; denn wenn du sagst, daß der Pfarrer und der Barbier aus unserm Orte mich begleiten, und ich mich denn doch in diesem Käfig finde und weiß, daß keine menschliche Kraft, sondern nur übernatürliche mich hier hereinbringen konnte, was willst du denn, daß ich anders spreche und denke, als daß die Art meiner Bezauberung alles übertrifft, was ich jemals in den Geschichten gelesen, in denen irrende Ritter vorkommen, die bezaubert gewesen? Deshalb magst du dich wohl zur Ruhe geben, denn das, was du glaubst, sind sie ebensowenig, als ich ein Türke bin. Was aber dasjenige betrifft, daß du mich etwas fragen willst, so sprich nur, denn ich will dir antworten, und wenn du mich auch bis morgen fragtest.

Heilige Mutter Gottes! schrie Sancho mit lauter Stimme, ist es denn möglich, daß Ihr so hartköpfig und so ganz ohne Gehirn sein könnt, daß Ihr es nicht einseht, wie ich die reine Wahrheit spreche, und daß Ihr in dies Gefängnis und Unglück mehr durch Bosheit als Bezauberung geraten seid? Da es aber so steht, will ich es Euch doch unumstößlich beweisen, daß Ihr nicht bezaubert seid, antwortet mir also, so gewiß Euch Gott aus dieser Qual helfen soll und Ihr Euch gern in den Armen der gnädigen Dulcinea befändet, wenn Ihr es am wenigsten denkt.

Höre auf mit deinen Beschwörungen, sagte Don Quixote, frage, was du willst, denn ich versichere dich noch einmal, daß ich dir mit der größten Gewissenhaftigkeit antworten will.

Darum bitte ich eben, versetzte Sancho, und nun möchte ich gern von Euch wissen, ohne daß Ihr etwas hinzufügen noch ableugnen sollt, sondern daß Ihr die Wahrheit so sagen mögt, wie ich hoffe, daß sie alle diejenigen sagen müssen und auch sagen, die sich zum Handwerk der Waffen bekennen, zu welchem Ihr Euch, gnädiger Herr, unter dem Namen eines irrenden Ritters zählt.

Ich sage dir, daß ich niemals lügen werde, antwortete Don Quixote, tue endlich deine Frage, denn in Wahrheit, diese Versicherungen und Vorbereitungen fallen mir zur Last, Sancho.

Ich kann mich freilich wohl auf die Redlichkeit und Wahrhaftigkeit meines Herrn verlassen, und also, weil dies zu unserm Gespräche gehört, frage ich, aber mit aller Ehrfurcht sei es gesagt, ob, seit Ihr eingebauert oder nach Eurer Meinun verzaubert in diesem Vogelbauer reiset, ob Euch niemals die Lust angekommen ist, die großen oder die kleinen Geschäfte zu machen, wie man zu sagen pflegt?

Ich verstehe dieses Geschäftemachen nicht, Sancho, erkläre dich deutlicher, wenn ich dir geradezu antworten soll.

Ist es möglich, daß Ihr nicht einmal wißt, was das heißt, große und kleine Geschäfte machen? Das lernen ja die Kinder in der Schule, wenn sie entwöhnt sind; so wißt denn, daß ich soviel sagen will, ob Euch noch nicht die Lust angekommen ist, das zu tun, was Ihr nicht lassen könnt?

Nun endlich, endlich verstehe ich dich, Sancho, und oftmals habe ich diese Lust gehabt, und jetzt wieder, erlöse mich aus dieser Gefahr, denn sonst muß ich fürchten, nicht rein zu bleiben.

Fünfundvierzigstes Kapitel

Enthält das verständige Gespräch, welches Sancho Pansa mit seinem Herrn Don Quixote führte.

Ha, ha! rief Sancho, gefangen! gefangen! das ist es nun, was ich so gern wissen wollte wie Seele und Seligkeit. Nun überlegt noch einmal, mein gnädiger Herr: könnt Ihr es leugnen, daß man von jemand zu sagen pflegt, der krank und elend ist, der nicht ißt, nicht trinkt, nicht schläft, auf nichts antwortet, was man ihn fragt, daß ein solcher Mensch bezaubert sei? Woraus man ersehen kann, daß diejenigen, die nicht essen, nicht trinken, nicht schlafen und nicht die natürlichen Werke verrichten, daß diese bezaubert sind; nicht aber diejenigen, die Lust haben, das zu tun, was Ihr vornehmen wollt, die trinken, wenn man ihnen etwas gibt, die essen, wenn sie was haben, und auf alles antworten, was man sie fragt.

Du sprichst wahr, Sancho, antwortete Don Quixote, aber ich habe dir schon gesagt, daß es unterschiedliche Arten der Bezauberung gibt, und es mag wohl sein, daß sie sich mit der Zeit aus einer Weise in eine andere verwandelt haben und daß jetzt die Bezauberten vielleicht alles dasjenige tun, was ich verrichte, wenn sie es auch ehemals nicht taten; so daß man also gegen die Sitte der Zeiten nichts sagen und noch weniger daraus Beweise ziehen darf. Ich weiß es und bin davon überzeugt, daß ich bezaubert bin, und dieses ist mir genug, um mein Gewissen zu beruhigen, welches mich sehr ängstigen würde, wenn ich nicht glaubte, daß ich verzaubert sei, und mich so träge und feige in diesem Käfig fortführen ließe, wodurch ich meinen Beistand vielen Hilfsbedürftigen und Notleidenden entziehe, die meiner Unterstützung und Hilfe vielleicht zur Stund dieser Stunde auf das höchste und äußerste nötig haben.

Dennoch aber, versetzte Sancho, ist es zum Überfluß und zu mehr Überzeugung besser, daß Ihr den Versuch macht, aus Eurem Gefängnis zu kommen, und ich verspreche, alle meine Kraft daranzusetzen, Euch zu helfen und herauszubringen, dann mögt Ihr Euch wieder auf den edlen Rosinante setzen, den ich auch für bezaubert halte, so melancholisch geht er einher; und wenn dies getan ist, so wollen wir wieder unser Heil mit Abenteuern versuchen, und wenn sie uns nicht geraten, so ist es nachher noch immer Zeit genug, wieder in den Käfig hineinzukriechen, und ich verspreche Euch, als ein redlicher und getreuer Stallmeister, mich mit Euch da hineinzusetzen, wenn es Euch je unglücklich ginge oder ich so einfältig wäre, daß es nicht so sein sollte, wie ich gesagt habe.

Ich bin zufrieden, das zu tun, was du mir sagst, Freund Sancho, antwortete Don Quixote, und wenn du von der Gelegenheit absiehst, meine Freiheit zu bewerkstelligen, so will ich dir in allen Punkten gehorchen; du wirst aber, Sancho, einsehn, in welchem Irrtum du dich in Ansehung meines Unglücks befindest.

Unter diesen Gesprächen waren der irrende Ritter und der verwirrende Stallmeister dahin gekommen, wo der Pfarrer, der Kanonikus und der Barbier schon abgestiegen waren, um sie zu erwarten. Sogleich spannte der Treiber die Ochsen aus dem Karren und ließ sie in dem anmutigen Tale weiden, dessen Frische diejenigen zum Genusse einlud, die nicht so verzaubert wie Don Quixote waren, sondern so verständig und aufgeklärt wie sein Stallmeister, welcher den Pfarrer um die Erlaubnis bat, daß man seinen Herrn durch eine Öffnung des Käfigs herauslassen dürfe, denn wenn man es nicht tue, so würde das Gefängnis schwerlich so reinlich bleiben, wie es sich für den Anstand eines solchen Ritters gezieme.

Der Pfarrer verstand seine Meinung und sagte, daß er seine Bitte gern erfüllen wolle, wenn er nicht befürchten müßte, daß, sowie sich sein Herr in Freiheit sähe, er seine Streiche machen könnte und dahin gehn, wo ihn niemals ein Mensch wiederfände.

Ich stehe dafür, daß er bleibt, antwortete Sancho.

Und ich gleicherweise, sagte der Kanonikus, besonders wenn er mir sein Wort als Ritter gibt, sich nicht von uns zu entfernen, bis wir es ihm erlauben.

Ich gebe es, antwortete Don Quixote, der alles mit angehört hatte, um so mehr, da derjenige, der, so wie ich, bezaubert ist, doch nicht die Freiheit hat, zu tun, was ihm gut dünkt, denn derjenige, der ihn bezaubert hat, kann machen, daß er sich in drei Jahrhunderten nicht vom Flecke rühren darf; und wenn ein Bezauberter auch entwiche, so kann ihn jener dennoch im Fluge zurückbringen; deshalb, da es sich so befindet, mögt Ihr ihn wohl losmachen, vorzüglich da es zu Eurem eignen Besten gereicht, denn wenn Ihr ihn nicht herauslaßt, so ist keineswegs dafür zu stehn, daß Euer Geruchssinn nicht etwas Unangenehmes empfinde, wenn Ihr Euch nicht etwa entfernen wollt.

Der Kanonikus ließ sich eine von seinen Händen darauf geben, ob sie gleich noch immer zusammengebunden waren, hierauf nahmen sie ihn auf seine ritterliche Verheißung aus dem Käfig, worüber er sich unendlich freute, als er sich wieder in Freiheit sah; das erste, was er tat, war, seinen ganzen Körper auszustrecken, dann begab er sich zu Rosinante, schlug ihn mit der Hand auf den Rücken und sagte: Nun, ich hoffe zu Gott und seiner gebenedeiten Mutter, du Blume und Spiegel der Rosse, daß wir uns bald wieder so sehn sollen, wie wir es beide wünschen, du unter deinem Gebieter und ich auf deinem Rücken, in der Übung begriffen, zu welcher mich Gott auf die Welt gesandt hat. Als Don Quixote dies gesagt hatte, ging er mit Sancho beiseite und kam erleichtert zurück, mit dem lebhaften Wunsche, das ins Werk zu richten, was ihm sein Stallmeister geraten hatte. Der Kanonikus betrachtete ihn und verwunderte sich über seine höchst seltsame Narrheit und wie er in dem, was er im übrigen spreche, einen guten Verstand zeigte und nur die Bügel verlor, wie schon oft gesagt ist, wenn er auf die Ritterschaft zu reden kam. Nachdem sie sich im grünen Grase gelagert, um den Vorrat des Kanonikus zu erwarten, fing dieser, von Mitleid bewogen, also an: Wie ist es möglich, mein edler Herr, daß Euch die schlechte und unnütze Lesung der Ritterbücher so überaus hat einnehmen können und Euch den Verstand dermaßen verdrehen, daß Ihr glauben könnt, Ihr wärt bezaubert, nebst andern ähnlichen Dingen, die so entfernt sind, wahr zu sein, als es die Lüge selber von der Wahrheit ist? Wie ist es möglich, daß irgendeine menschliche Einbildung sich einbilden kann, es habe jemals in der Welt diese unzähligen Amadis gegeben und jene Schwadronen so vieler berühmter Ritter, alle die Kaiser von Trapezunt, alle die Felix Marte von Hircania, alle die Zelter, alle die irrenden Jungfrauen, alle die Schlangen, alle die Drachen, alle die Riesen, alle die unerhörten Abenteuer, so mannigfaltige Bezauberungen, alle die vielen Schlachten, alle die ungeheuren Zweikämpfe, alle die Kleiderpracht, die vielen verliebten Prinzessinnen, die vielen stallmeisterlichen Grafen, die vielen anmutigen Zwerge, alle die Briefe, alle die Artigkeiten, alle die tapfern Weiber, und mit einem Worte, diese vielen und unsinnigen Dinge, mit denen alle Ritterbücher angefüllt sind? Ich bekenne, daß, wenn ich sie lese und mir der Gedanke nicht beifällt, daß alles Lüge und Torheit ist, sie mir einige Unterhaltung gewähren, wenn es mir aber einfällt, was sie eigentlich sind, so werfe ich das beste gegen die Wand, ja ich würde es ins Feuer schmeißen, wenn ich gerade welches in der Nähe hätte, weil sie eine solche Strafe mit Recht verdienen, denn sie sind falsch und betrügerisch und von allem entfernt, was natürlich zu nennen ist, sie sind als die Stifter neuer Sekten und Lebensweisen anzusehn, die Gelegenheit geben, daß der unwissende Haufe alle ihre Narrheiten glaubt und für ebenso viele Wahrheiten hält, ja sie gehn so weit, daß sie sich unterstehn, die Köpfe verständiger und unterrichteter Männer zu verrücken, wie man wohl merken kann, daß sie mit Euch, mein edler Herr, getan haben; denn sie haben Euch so weit gebracht, daß man Euch hat in einen Käfig sperren müssen und Euch auf einem Ochsenkarren führen, wie man es mit einem Löwen oder Tiger macht, die von Dorf zu Dorf gefahren werden, um sie für Geld sehn zu lassen. Habt deswegen doch, Herr Don Quixote, Mitleid mit Euch selber und kehrt in die Arme der Vernunft zurück, gebraucht den guten Verstand, den Euch der Himmel gnädig verliehen hat, wendet das glückliche Talent Eures Geistes auf andre Lektüre, die zum Heil Eures Gewissens und zur Vermehrung Eures Ruhmes dient; führt Euch aber die natürliche Neigung dahin, Bücher zu lesen, die von großen Taten und von Ritterschaft handeln, so lest in der Heiligen Schrift das Buch der Richter, so findet Ihr dort wahrhaftige Größe und Taten, die ebenso tapfer als wahr sind.

Don Quixote hörte den Reden des Kanonikus mit der größten Aufmerksamkeit zu; als er nun sah, daß jener geendet hatte, beschaute er ihn erst eine geraume Zeit, dann sagte er: Soviel ich einsehn kann, mein Herr, wollt Ihr mir deutlich machen, daß es keine irrenden Ritter in der Welt gegeben und daß alle Ritterbücher falsch, lügenhaft, schädlich und für den Staat unnützlich sind und daß ich übel getan, sie zu lesen, noch übler, sie zu glauben, am übelsten aber, sie nachzuahmen, indem ich mir das beschwerlichste Handwerk der irrenden Ritterschaft erwählt, welches sie lehren, da Ihr leugnet, daß es je in der Welt Amadisse gegeben, sowenig aus Gallia als aus Graecia, sowenig wie die übrigen Ritter, von denen diese Bücher angefüllt sind.

Buchstäblich ist das meine Meinung, wie Ihr jetzt gesagt habt, antwortete der Kanonikus.

Worauf Don Quixote sagte: Auch fügtet Ihr hinzu, daß mir diese Bücher großen Schaden getan, indem sie mir den Kopf verrückt und mich in einen Käfig gesperrt, und daß es mir dienlicher wäre, eine andre und beßre Lektüre zu erwählen, nämlich wahrhaftige Sachen, die mich zugleich ergötzen und belehren könnten.

So ist es, sagte der Kanonikus.

Ich aber, versetzte Don Quixote, finde nach meiner Rechnung, daß derjenige, der ohne Verstand und verzaubert ist, Euer Edlen selber sind, der Ihr Euch unterfangt, Lästerungen gegen eine Sache auszustoßen, die in der ganzen Welt als bekannt und wahrhaft angenommen ist, so daß, wer sie leugnet, wie Ihr es tut, diejenige Strafe verdient, die Ihr den Büchern zufügt, wenn Ihr sie lest und sie Euch verdrießlich fallen; denn zu behaupten, daß Amadis nie in der Welt gewesen oder die andern abenteuernden Ritter, von denen die Historien angefüllt sind, heißt nichts anders als behaupten, die Sonne gebe kein Licht, das Eis sei nicht kalt, die Erde trage uns nicht.

Während sie noch sprachen, hörten sie den Ton eines Glöckchens, das aus der Dunkelheit einiger grüner Gebüsche erklang, und gleich darauf sahen sie aus dem Schatten eine schöne Ziege hervorspringen, deren Fell mit schwarzen, weißen und grauen Flecken bedeckt war; hinter ihr kam ein Schäfer, der sie mit den gebräuchlichen Tönen und Worten zurückrief, daß sie stillstehen oder nach dem Stalle kommen sollte. Die Ziege, die erschreckt und in Angst war, lief zu den Leuten, als ob sie um ihren Schutz bitten wollte, und blieb bei ihnen. Der Ziegenhirt kam auch herbei, faßte sie bei den Hörnern und sagte, als ob sie ihn verstehen könnte: Du Läuferin, Läuferin, Schecke, Schecke, ei, ei! wie bist du denn heut wieder auf so schlechten Wegen? Jagen dir etwa Wölfe Furcht ein, mein Kind? Wie kommt denn das, mein schönes Tier? Aber du bist freilich ein Weibchen, und da kannst du nicht ruhig bleiben; zum Henker mit deiner Laune und allen, denen du es nachmachst! Komm zurück, komm zurück, mein Tierchen, denn wenn es dir auch nicht ganz wohl da ist, so bist du doch in deiner Hürde sicherer; du sollst ihnen ein Beispiel geben und sie anführen und läufst selber so ohne Weg und Steg herum, was sollen sie daraus für Lehren ziehen?

Die Worte des Hirten machten allen Zuhörern viel Vergnügen, vorzüglich dem Kanonikus, welcher sagte: Tut mir den Gefallen, mein Freund, und beruhigt Euch, bringt auch die Ziege nicht so geschwinde nach dem Stall zurück, denn sie ist ja ein Weibchen, wie Ihr sagt, und muß ihrer natürlichen Neigung folgen, wenn Ihr sie auch noch so sehr bewacht.

Der Ziegenhirt sagte hierauf: Glaubt nicht deswegen, meine Herren, weil ich mit diesem Viehe so gesprochen habe, daß ich ein Narr bin, denn die Worte, die ich gesagt habe, haben was zu bedeuten. Ich bin ein Bauer, aber doch nicht so dumm, daß ich nicht wissen sollte, daß man anders mit Menschen und anders mit Tieren umgehen muß.

Das will ich gern glauben, sagte der Pfarrer, denn die Erfahrung hat ja gezeigt, daß die Gebirge Gelehrte hervorbringen und oft in den Schäferhütten Philosophen wohnen.

Zum mindesten, versetzte der Ziegenhirt, oftmals ganz verständige Menschen, und damit ihr einseht, daß dies Wahrheit ist, und ihr es mit Händen faßt, will ich euch, wenn ich auch nicht darum gebeten bin, im Fall es euch nämlich nicht verdrießlich fällt, bitten, mir ein wenig zuzuhören, um euch eine wahrhafte Begebenheit zu erzählen, die das bestätigt, was der Herr da gesagt hat.

Hierauf antwortete Don Quixote, der inzwischen herangekommen war: Weil ich sehe, daß dieser Vorfall eine Art von Ähnlichkeit mit den Ritterabenteuern hat, so will ich für mein Teil Euch gern zuhören, und dies werden auch diese Herren tun, weil sie verständig sind und gern seltsame Neuigkeiten vernehmen, die das Gemüt zugleich ergötzen und unterhalten, wie ich gewiß glaube, daß Eure Erzählung tun wird. Fangt nur an, guter Freund, denn wir alle wollen Euch zuhören.

Ich ausgenommen, antwortete Sancho, denn ich will mich mit dieser Pastete bescheiden, an der ich mich auf drei Tage satt essen will; denn ich habe meinen Herrn Don Quixote oft sagen hören, daß der Knappe eines fahrenden Ritters essen muß, wenn er die Gelegenheit findet, denn es trifft sich wohl, daß er sich in einen dichten Wald verirrt, aus dem er nicht herausfinden kann; wenn aber der Mensch nicht satt ist oder einen vollen Schnappsack bei sich hat, so kann er so dürr wie ein Stock werden, wie es sich oft zuträgt.

Du hast recht, Sancho, sagte Don Quixote, geh, wohin du magst, und iß, soviel du vermagst, denn ich will nur noch meiner Seele eine kleine Erquickung gönnen, indem ich der Erzählung dieses guten Menschen zuhöre.

Das wollen wir ebenfalls tun, sagte der Kanonikus; hierauf bat er den Hirten, daß er sogleich seinen Vortrag anfangen möchte. Der Hirt gab der Ziege mit der Hand zwei Schläge auf den Rücken, indem er sie bei den Hörnern hielt, und sagte: Lege dich hier nieder, Schecke, denn wir haben nachher Zeit genug, nach Hause zu gehen.

Die Ziege schien ihn zu verstehen, denn sie legte sich sogleich neben ihm nieder und blieb sehr ruhig, sah ihm ins Gesicht und tat, als ob sie genau auf die Erzählung merkte, die er vortragen wollte; er fing hierauf seine Geschichte mit folgenden Worten an.

Sechsundvierzigstes Kapitel

Die Erzählung des Ziegenhirten.

Drei Meilen von hier liegt ein Dorf, das zwar nur klein, aber eins von den reichsten in unserer Gegend ist; in diesem wohnte ein Bauer, der in hohem Ansehen stand, und ob dies gleich immer mit dem Reichtum in gleichem Verhältnisse steht, so war er doch mehr seiner Rechtschaffenheit wegen als wegen seines Reichtums geachtet; was ihn aber, wie er selber sagte, am glücklichsten machte, war eine Tochter, die so schön, verständig und tugendhaft war, daß alle, die sie kannten oder sahen, in Verwunderung gerieten, wie der Himmel und die Natur sie mit so vielen Gaben ausgestattet hatten. Schon als Kind war sie sehr schön, und ihre Liebenswürdigkeit nahm so zu, daß sie in ihrem sechzehnten Jahre das allerschönste Geschöpf war. Der Ruf von ihrer Trefflichkeit verbreitete sich auch durch alle umliegenden Dörfer, ja nicht nur die umliegenden, sondern selbst in entfernten Städten, ja im königlichen Palast war ihr Name bekannt, in allen Ständen wußte man von ihr zu sagen, und wie zu einer Seltenheit oder einem wundertätigen Bilde kamen von allen Seiten Leute herzu, sie zu sehen.

Ihr Vater bewachte sie, und sie bewachte sich selbst, denn keine Türen, Wachen und Schlösser bewahren Mädchen so gut wie ihre eigene Sittsamkeit. Das Vermögen des Vaters wie die Schönheit der Tochter bewogen viele, Einheimische sowohl wie Fremde, sie zur Frau zu begehren; der Vater aber, der dieses kostbare Kleinod zu verschenken hatte, war ungewiß und konnte unter den vielen, die ihm zusetzten, keine Wahl treffen; unter diesen befand ich mich auch und nährte vor den meisten anderen besondere Hoffnungen, da der Vater mich genau kannte, denn ich bin in demselben Orte geboren, meine Familie ist ohne Tadel, ich war jung, hatte Vermögen, und mein Kopf war keiner von den einfältigsten. Einer, der die nämlichen Ansprüche hatte und auch aus demselben Dorfe war, warb ebenfalls um sie, und dies war die Ursache, daß der Vater zu keinem Entschlusse kommen konnte, weil er einsah, daß bei einem jeden von uns beiden seine Tochter gut versorgt sei; um sich also aus dieser Verwirrung zu helfen, sagte er endlich der Leandra (denn dies ist der Name der Reichen, die mich seitdem zum Armen gemacht hat), daß es ganz auf seine geliebte Tochter ankomme, nach ihrem eigenen Geschmacke eine Wahl zu treffen; was auch alle Eltern nachahmen sollten, die im Begriffe stehen, ihre Kinder zu verheiraten; ich will damit nicht soviel sagen, daß sie ihnen in schlechten und schändlichen Dingen eine Wahl zugestehen sollen, sondern daß sie ihnen etwas Gutes vorschlagen und sie dann daraus nach ihrem eigenen freien Willen wählen lassen. Ich weiß nicht, was sich Leandra vornahm, aber ihr Vater hielt uns beide immer hin, indem er die große Jugend seiner Tochter vorschützte und uns bloß allgemeine Versicherungen gab, die ihn nicht banden, uns aber auch nicht die Hoffnung nahmen. Mein Nebenbuhler heißt Anselmo, und ich heiße Eugenio, damit ihr doch auch die Namen der Personen kennenlernt, die in dieser Tragödie vorkommen, die zwar noch nicht beendigt ist, von der man aber doch schon wissen kann, daß ihr Ausgang traurig sein wird.

Um die Zeit kam in unserem Dorfe ein Vincente de la Roca an, der Sohn eines Bauern aus demselben Orte; dieser Vincente kam aus Italien und aus anderen Gegenden her, wo er als Soldat gedient hatte. Als er ein Bursche von zwölf Jahren war, hatte ihn ein Kapitän auf seinem Marsche durch unser Dorf mitgenommen, und nachdem nun zwölf Jahre vergangen waren, kam dieser Bursche wieder, soldatisch angezogen, bunt in hunderterlei Farben, behängt mit Stückchen Kristall und unechten metallenen Ketten; heute hatte er diesen Putz, morgen wieder einen anderen an sich, aber alles war unecht, bunt, von geringem Gewicht und noch geringerem Wert. Die Bauersleute, die leicht boshaft sind und, wenn sie Zeit genug übrighaben, die Bosheit selber werden, gaben auf ihn acht und zählten Stück für Stück seinen Schmuck und seine Kleinodien, wodurch sie denn herausbrachten, daß er nur drei Anzüge von verschiedenen Farben hätte, mit ihren Bändern und Zubehör; er hatte aber so viel Geschick und Erfindung, daß man, wenn man nicht genau darauf achtgab, darauf geschworen hätte, daß er wohl zehn verschiedene ganze Anzüge und über zwanzig Federbüsche in seinem Vermögen habe. Das, was ich euch hier von seinen Kleidungen erzähle, ist nicht zu umständlich oder gar überflüssig, denn sie nehmen in dieser Geschichte eine vorzügliche Stelle ein. Er setzte sich wohl auf eine Bank, die auf dem freien Platze unter einer großen Pappel steht, wo wir ihm mit Erstaunen und offenem Munde zuhörten, wenn er uns seine Taten erzählte. Da war kein Land auf der ganzen Welt zu finden, das er nicht gesehen hatte, keine Schlacht, in der er nicht gewesen war; er hatte mehr Mohren umgebracht, als in Marokko und Tunis wohnen, und nach seiner Erzählung mehr Zweikämpfe bestanden als tausend andere, deren Namen er im Munde führte, und in allen war er Sieger gewesen, ohne nur einen Tropfen von seinem Blute zu vergießen. Ein andermal zeigte er uns wieder seine Narben, die zwar nicht sehr in die Augen fielen, von denen er aber behauptete, daß sie von Flintenkugeln herrührten, die ihn in verschiedenen Treffen und Scharmützeln getroffen hätten. Er ging so weit, daß er mit unbeschreiblicher Grobheit Leute du nannte, die soviel wie er waren, ja die sein ganzes Herkommen kannten, wobei er immer sagte, sein Arm sei sein Vater, seine Taten seien seine Familie, und als Soldat sei er ebensoviel wie der König. Zu diesen Unverschämtheiten kam noch hinzu, daß er eine Art von Musiker war, denn er nahm oft eine Gitarre und klimperte darauf, so daß etliche von ihm sagten, das Instrument spräche unter seinen Händen; das waren aber noch nicht alle seine Annehmlichkeiten, denn er gab sich auch für einen Poeten aus und schrieb über jede Kinderei, die im Dorfe vorfiel, meilenlange Romanzen.

Diesen Soldaten also, den ich jetzt geschildert habe, diesen Vincente Roca, diesen Bravo, diesen Galanten, diesen Musiker und diesen Poeten, sah Leandra oftmals aus einem Fenster ihres Hauses, das auf den großen Platz hinausging. Sie wurde in den Goldschaum auf seinen herrlichen Kleidern verliebt, von seinen Romanzen bezaubert, die er immer in zwanzig Abschriften herumgab, sie hörte von seinen großen Taten, die alle nur aus seiner eigenen Erzählung kannten, und kurz, der Teufel fügte es so, daß sie in ihn verliebt wurde, ehe er nur auf den Gedanken gekommen war, ihr seine Aufwartung zu machen. Keine verliebten Abenteuer gehen aber so schnell vonstatten wie die, bei welchen die Dame zuerst den Anfang macht, und daher wurden auch Leandra und Vincente bald miteinander einig; ehe noch einer von ihren Werbern auf ihre Absicht verfiel, hatte sie sie schon durchgesetzt, denn sie hatte auf einmal das Haus ihres zärtlichen Vaters verlassen, eine Mutter hatte sie nicht mehr, und war mit dem Soldaten aus dem Dorfe geflohen, der aus diesem Abenteuer größeren Ruhm davontrug als aus allen übrigen, mit denen er prahlte.

Alle im Dorfe verwunderten sich über diese Begebenheit, und jeder Fremde, der etwas davon hörte; ich war erstaunt, Anselmo außer sich, der Vater traurig, die Verwandten aufgebracht, die Gerechtigkeit in Bewegung, die Häscher waren ausgeschickt: sie streiften auf den Wegen, forschten genau in Wäldern und Büschen nach, und nach dreien Tagen fanden sie die schwärmerische Leandra in der Höhle eines Berges, bis auf das Hemd ausgezogen und ihres vielen Geldes und ihrer kostbaren Kleinodien beraubt, die sie aus ihrem Hause mit sich genommen hatte. Sie wurde zu ihrem betrübten Vater zurückgebracht, und diesem gestand sie auf seine Fragen ohne Weigerung, daß Vincente de la Roca sie betrogen habe; er habe versprochen, sie zu heiraten, und sie dadurch aus dem Hause ihres Vaters gelockt und versprochen, sie nach der prächtigsten und lasterhaftesten Stadt auf der ganzen Welt, nämlich nach Neapel, zu bringen, sie, getäuscht und unvorsichtig, habe ihm geglaubt, sei ihrem Vater entflohen und habe sich ihm in jener Nacht vertraut, seit der man sie vermißte, hierauf sei sie von ihm in das wilde Gebirge geführt und von ihm in jener Höhle verschlossen worden, in welcher man sie wiedergefunden. Sie erzählte auch, wie der Soldat ihr alles genommen, ohne ihr doch die Ehre zu rauben, sie in jener Höhle gelassen und sich darauf entfernt habe: ein Umstand, der uns von neuem in Verwunderung setzte. Sehr schwer, meine Herren, ließ sich an diese Enthaltsamkeit des jungen Menschen glauben; sie beteuerte dies aber so oft, daß ihr Vater dadurch einigermaßen getröstet wurde, der nun die verlorenen Juwelen nicht mehr achtete, da seine Tochter jenes Kleinod behalten hatte, welches niemals wiederzubekommen ist, wenn es einmal verlorengeht.

Noch an demselben Tage, an welchem Leandra entdeckt worden war, suchte sie der Vater auch schon vor unseren Augen zu verdecken, indem er sie in ein Kloster nach der benachbarten Stadt brachte, weil er hoffte, daß die Zeit nach und nach die üble Nachrede vermindern würde, in die sich seine Tochter gebracht hatte. Die große Jugend der Leandra mag vielleicht zur Entschuldigung ihrer Schuld dienen, wenigstens bei denen, die es weiter nichts angeht, ob sie gut oder böse ist; die aber ihre Klugheit und ihren großen Verstand kennen, glauben nicht, daß ihr Vergehen aus Einfalt, sondern daß es aus Leichtfertigkeit herrührt und aus dem allgemeinen Charakter der Weiber, der sie immer zu Unheil und Unordnung führt.

Leandra wurde also eingesperrt: Anselmos Augen wurden blind, wenigstens konnten sie keinen Gegenstand finden, der ihnen erfreulich geschienen hätte, die meinigen waren in Finsternis und ohne Licht, denn nichts machte mir nach der Entfernung der Leandra Vergnügen: unsere Traurigkeit nahm zu, unsere Geduld ab, wir verwünschten den Putz des Soldaten und erbosten uns über die geringe Vorsicht des Vaters der Leandra. Anselmo und ich verließen endlich das Dorf und zogen in dieses Tal, wo er eine zahlreiche Schafherde hütet, ich sorge hier für meine Ziegen, und so führen wir unser Leben unter diesen Bäumen und lassen unserer Traurigkeit ihren Lauf, bald besingen wir zusammen das Lob, bald die Schande der schönen Leandra, bald seufzt jeder einsam für sich, bald teilt er dem Himmel seine Klagen mit. Manche anderen haben uns nachgeahmt, und viele von den Freiern der Leandra sind in dieses wilde Gebirge gezogen, um dieselbe Beschäftigung wie wir zu treiben, und ihrer sind so viele, daß es ist, als ob sich diese Gegend in das Schäferland Arkadien verwandelt hätte, denn alles ist hier voller Schäfer und Herden; und an allen Orten hört man den Namen der schönen Leandra nennen. Dieser verwünscht sie und nennt sie Schwärmerin, Leichtfertige, Ehrvergessene, jener schilt sie leichtsinnig, ein anderer findet sie der Verzeihung würdig, jener rechtfertigt und lästert sie zugleich; ein anderer preist ihre Schönheit, wieder einer schilt ihre Gesinnung, kurz, alle entehren und verehren sie zugleich, ja bei einigen steigt die Torheit so hoch, daß sie sich über Verachtung beklagen, ohne sie jemals gesprochen zu haben; andere besingen den rasenden Zorn einer flammenden Eifersucht, wozu sie doch niemand Ursache gegeben, denn wie ich erzählt habe, wußte man ihr Vergehen früher als ihren Vorsatz. In jeder Höhle eines Felsens, an dem Rand der Quellen, im Schatten der Bäume, allenthalben ist ein Schäfer, der sein Unglück den Winden klagt; das Echo wiederholt an allen Orten den Namen Leandra; Leandra tönen die Berge wider, Leandra murmeln die Quellen, und Leandra hält alle unsere Sinne gefangen und bezaubert, während wir ohne Hoffnung hoffen und fürchten, ohne zu wissen, was wir fürchten.

Wer von allen diesen Unglückseligen am wenigsten Besinnung zeigt und hat, ist mein Nebenbuhler Anselmo, der zwar viele andere Ursachen hätte zu klagen, sich aber immer nur über ihre Abwesenheit beklagt und zum Klange einer Fiedel, auf der er überaus schön spielt, seine Trauergedichte absingt, die ein schönes Talent beweisen. Ich folge einem anderen, leichteren Wege, der mir zugleich der rechte scheint, indem ich schlecht vom Leichtsinne der Weiber spreche, von ihrer Unbeständigkeit, Hinterlist, ihren unerfüllten Versprechungen, ihrer Treulosigkeit und davon, daß sie so wenig ihre ausschweifenden Wünsche im Zaume zu halten wissen. Dies, meine Herren, ist auch die Ursache, weshalb ich mit meiner Ziege solche Reden führte, als ich sie hier traf, denn weil sie ein Weibchen ist, schätze ich sie nur gering, ob sie gleich die schönste in meiner ganzen Herde ist.

Dies ist die Geschichte, die ich zu erzählen versprach; ist sie euch langweilig geworden, so ist das gegen meine Absicht geschehen. Hier nahebei ist meine Hütte, und dort habe ich frische Milch und sehr schmackhaften Käse.

Siebenundvierzigstes Kapitel

welches den Streit des Don Quixote mit dem Ziegenhirten und das herrliche Abenteuer mit dem Büßenden berichtet.

Die Erzählung des Ziegenhirten gefiel allen, die sie gehört hatten, vorzüglich aber dem Kanonikus, der sich über die Art, wie jener sie vorgetragen hatte, sehr verwunderte, denn es war nicht die Weise, wie ein Ziegenhirt zu erzählen pflegt, sondern sie grenzte fast an die Manier eines gebildeten Mannes; er sagte daher, der Pfarrer habe sehr recht gehabt, zu behaupten, daß es auch in den Bergen gelehrte Leute gebe. Alle erzeigten sich gegen Eugenio freundlich, am großmütigsten aber vor allen anderen Don Quixote, welcher sprach: Wahrlich, Freund Ziegenhirt, wäre es mir zur Stunde möglich, irgendein neues Abenteuer anzufangen, so würde ich mich augenblicklich und stracks auf den Weg machen, um mich Euch gefällig zu erzeigen; denn aus dem Kloster (in welchem sie sich ohne Zweifel gegen ihren Willen befindet) würde ich Leandra befreien, trotz der Äbtissin und aller, die mich daran hindern wollten, und sie Euch übergeben, um mit ihr nach Eurem Wohlgefallen zu schalten, falls Ihr nur den Gesetzen der Ritterschaft Gehorsam leistet, welche gebieten, daß keiner Jungfrau irgend Gewalt und Mißhandlung widerfahre. Doch hoffe ich zu Gott dem Herrn, daß ein boshafter Zauberer nicht gar so gewaltig sein wird, daß nicht ein anderer gut denkender Zauberer noch mehr Macht besitzen sollte, und für diesen Fall verspreche ich Euch meine Gunst und meinen Beistand, wozu mich überdies mein Handwerk verpflichtet, welches in nichts anderem besteht als darin, Unglücklichen und Bedrohten Hilfe zu leisten.

Der Ziegenhirt schaute ihn an, und da er Don Quixote von so schlechtem Aussehen und Gewichte befand, verwunderte er sich und fragte den Barbier, der neben ihm saß: Mein Herr, wer ist denn der Mann, der solch Aussehen hat und dergleichen Sprache führt?

Wer wird es anders sein, versetzte der Barbier, als der berühmte Don Quixote de la Mancha, der Vernichter jeglicher Ungebühr, der Gerademacher aller Ungeradheit, der Beschützer der Jungfrauen, der Vertilger der Riesen und Sieger in allen Schlachten.

Das klingt ja, antwortete der Ziegenhirt, wie das, was man in Büchern von den fahrenden Rittern liest, die alles das getan haben, was Ihr von diesem Manne sagt; ich halte aber dafür, daß Ihr entweder spaßt oder daß dieser feine Mann kein Gehirn in seinem Kopfe haben muß.

Ihr seid der lumpigste Halunke, rief Don Quixote plötzlich aus, Ihr habt kein Gehirn und keinen Kopf, ich aber habe mehr davon, als jemals die Hure hatte, die Euch zur Welt gebracht hat! Und mit diesen Worten nahm er ein Brot, welches neben ihm lag, und warf es dem Ziegenhirten mit solcher Wut ins Angesicht, daß ihm das Blut aus der Nase stürzte. Der Ziegenhirt aber, der keinen Spaß verstand und gewahr wurde, mit welchem Ernste man ihn miß-

handelte, nahm nun keine Rücksicht, zertrümmerte den Käfig, riß Don Quixote heraus und griff ihm mit beiden Händen nach der Kehle, so daß er ihn gewiß erdrosselt hätte, wenn Sancho Pansa nicht alsbald herbeigekommen, jenen bei den Schultern gepackt und ihn zu Boden geworfen hätte. Als sich Don Quixote frei sah, warf er sich wieder über den Ziegenhirten, der, das Gesicht voll Blut und von Sancho mit Fußtritten gepeinigt, nach seinem Messer griff, um eine blutige Rache zu nehmen; aber der Kanonikus und der Pfarrer verhinderten ihn daran, doch richtete es der Barbier so ein, daß der Ziegenhirt den Don Quixote unter sich bekam, worauf er diesem so mit Maulschellen zusetzte, daß aus dem Gesichte des armen Ritters nicht weniger Blut als aus dem seinen strömte.

Der Kanonikus und der Pfarrer wollten fast vor Lachen bersten, die Häscher sprangen vor Freuden umher und hetzten bald diesen, bald jenen an, wie man es wohl mit Hunden zu machen pflegt, wenn sie in Balgerei verwickelt sind; nur Sancho Pansa war wütend, weil er sich nicht von dem einen Diener des Kanonikus losmachen konnte, der ihn festhielt, so daß er seinem Herrn nicht Hilfe zu leisten vermochte. Kurz, alle waren noch voller Freude und Lustigkeit, mit Ausnahme der beiden Kämpfenden, die aufeinander droschen, als alle einen kläglichen Ton einer Trompete vernahmen, daß sie die Gesichter umwandten, um zu sehen, woher dieser Klang komme; wer sich aber über dieses Geräusch am meisten entsetzte, war Don Quixote, der, noch unter dem Ziegenhirten gegen seinen Willen liegend und mehr als billig zerprügelt, sprach: Freund Teufel, denn dieses mußt du sein, da du mich mit solcher Gewalt unterworfen hast, ich bitte dich, laß uns einen Waffenstillstand schließen, wenn es auch nur auf eine Stunde sein sollte, denn dieser klägliche Ton einer Trompete, der jetzt in unsere Ohren dringt, scheint mich zu einem neuen Abenteuer aufzurufen.

Der Ziegenhirt, der schon müde war, zu prügeln und geprügelt zu werden, ließ ihn im Augenblicke los; Don Quixote stellte sich sogleich auf seine Füße und wandte das Gesicht dahin, von wo der Schall gekommen war, worauf er sah, daß von dem Abhange eines Berges eine große Anzahl Menschen in Weiß gekleidet nach Art der Büßenden herunterkam.

Die Sache war nämlich diese, daß in jenem Jahre die Wolken ihren Regen der Erde versagt hatten, deshalb stellten die umliegenden Dörfer Prozessionen an, um Gott zu bewegen, daß er seine barmherzigen Hände öffnen und Regen herunterschicken möchte; in dieser Absicht zogen auch die Leute eines benachbarten Dorfes nach einem frommen Einsiedler, der in einer Kluft des Tales wohnte. Don Quixote, der die wunderliche Tracht der Büßenden sah, erinnerte sich gar nicht mehr, daß er sie schon oftmals gesehen hatte, sondern bildete sich ein, daß dies ein Abenteuer sei, zu welchem er aufgemuntert werde, und ihm, als dem einzigen daseienden fahrenden Ritter komme es deshalb zu, es zu bestehen. In dieser Einbildung wurde er dadurch noch mehr bestärkt, daß sie ein Bild trugen, welches mit Trauergewändern behangen war; sogleich glaubte er, daß dies eine vornehme Dame sei, die von diesen Schelmen und nichtswürdigen Bösewichtern mit Gewalt entführt werde. Sowie er dies mit seinen Sinnen begriffen hatte, sprang er mit großer Behendigkeit zu Rosinante hin, nahm den Zaum und den Schild vom Sattel herunter, zäumte ihn augenblicklich auf, forderte vom Sancho sein Schwert, bestieg den Rosinante, faßte den Schild und sprach mit lauter Stimme zu allen Gegenwärtigen: Nun, edle Gesellschaft, sollt ihr gewahr werden, wie notwendig es sei, daß es Ritter in der Welt gebe, die sich zum Orden der fahrenden Ritterschaft bekennen; nun, sage ich, sollt ihr gewahr werden, wie ich jener edlen Dame die Freiheit erstreiten will, die dort gefangen geführt wird, und ob man also die fahrenden Ritter hochschätzen müsse. Mit diesen Worten stampfte er mit den Beinen in Rosinante, weil er keine Sporen hatte, und in vollem Galopp (denn in dieser wahrhaften Geschichte findet man niemals, daß sich Rosinante in gestreckter Karriere versucht habe) ritt er auf die Büßenden zu; der Pfarrer, der Kanonikus und der Barbier wollten ihn zwar zurückhalten, aber es war nicht möglich, ebensowenig vermochte es Sancho, welcher ihm nachschrie: Wo wollt Ihr denn hin, mein Herr Don Quixote, welcher Teufel reitet Euch denn, so in unsern katholischen Glauben hineinzustürmen? Hört doch, das ist bei meiner Seele eine Prozession von Büßenden, und das Frauenbild ist ja das Bild der gesegneten, unbefleckten Mutter Gottes! Schaut doch, was Ihr tut, denn diesmal kann man doch wohl sagen, daß Ihr nicht wißt, was Ihr treibt!

Sancho bemühte sich vergebens, denn sein Herr ritt mit so großem Eifer auf die Verschleierten los, um die trauernde Dame frei zu machen, daß er kein Wort hörte, ja auch nicht hingehört hätte, wenn es ihm der König selber befohlen hätte. Als er zur Prozession gekommen, hielt er den Rosinante an, der schon gern ein wenig geruht hätte, und rief mit rauher und heiserer Stimme: Ihr da, die ihr euch gewiß um nichts Guten willen die Gesichter verhängt habt, seid aufmerksam und hört, was ich euch sagen will!

Die vordersten waren gerade diejenigen, die das Bild trugen, und einer von den vier Geistlichen, welche die Litanei sangen, der die seltsame Gestalt des Don Quixote, die Dürrheit des Rosinante und die anderen lächerlichen Dinge bemerkte, sagte hierauf: Lieber Mann, wenn Ihr uns etwas zu sagen habt, so sagt es schnell, denn diese Leute zergeißeln sich die Haut, und darum ist es nicht vernünftig, uns lange aufzuhalten, um ein Gespräch anzuhören, wenn sich etwa das, was Ihr zu sagen habt, nicht in zwei Worte fassen läßt.

Eins wird hinlänglich sein, versetzte Don Quixote, daß ihr nämlich sogleich die schöne Dame in Freiheit setzen sollt, deren Tränen und trauriger Anstand genugsam bezeugen, daß ihr sie gegen ihren Willen entführt und irgendeine schwere Übeltat verbrochen haben müßt; ich aber bin in die Welt gekommen, um aller dergleichen Ungebühr zu steuern, und werde es nicht dulden, daß ihr einen Schritt weiter geht, ohne ihr vorher, wie sie verdient, die erwünschte Freiheit zu geben.

Alle, die diese Reden hörten, kamen nun darauf, daß Don Quixote verrückt sein müsse, worauf sie mit größter Heftigkeit zu lachen anfingen, welches Lachen Öl auf das Zornfeuer desselben schüttete; denn ohne ein Wort weiter zu sagen, nahm er das Schwert und hieb auf die Trage ein. Einer von den Trägern überließ seinen Gefährten die Last und stellte sich Don Quixote entgegen, indem er seine Gabel oder Stütze aufhob, während die andern die Bahre trugen; diesem

gab Don Quixote einen solchen Hieb, daß die Gabel entzweisprang, mit dem Überreste aber, den jener in der Hand behielt, gab er dem Don Quixote einen so gewaltigen Schlag auf die Schulter, auf der Seite, wo er das Schwert führte (denn unmöglich konnte er sich gegen die gemeine Kraft mit dem Schilde schirmen), daß der arme Don Quixote übel zugerichtet zu Boden stürzte. Sancho Pansa war keuchend hinter ihm her gelaufen, und da er ihn nun niedergestürzt sah, schrie er dem Prügelnden zu, er möchte ihn nicht weiter schlagen, denn er sei ein armer verzauberter Ritter, der noch zeit seines Lebens keinem Menschen etwas zuleide getan habe; was aber den Bauern am meisten zurückhielt, war nicht die Stimme Sanchos, sondern daß er sah, wie Don Quixote weder Hand noch Fuß mehr rühre, er glaubte also, er habe ihn umgebracht, hob eilig sein Gewand auf und floh über das Feld wie eine Gemse.

Jetzt kam auch Don Quixotes Gesellschaft hinzu; da aber die von der Prozession jene herbeilaufen sahen und mit ihnen die Häscher mit ihren Büchsen, so fürchteten sie eine üble Begegnung; sie stellten sich daher alle in einem Kreise um das Bild her, erhoben ihre Kapuzen, nahmen ihre Geißeln und die Priester ihre Leuchter, indem sie den Überfall mit dem festen Entschlusse erwarteten, sich tapfer zu verteidigen, ja selbst, wenn es möglich sei, ihre Feinde anzugreifen; das Glück fügte es aber besser, als sie dachten; denn Sancho tat nichts weiter, als daß er sich auf den Körper seines Herrn warf und über ihn in den kläglichsten und lächerlichsten Jammer ausbrach, weil er ihn für tot hielt. Der Pfarrer wurde von dem andern Pfarrer, der mit der Prozession ging, erkannt, wodurch denn der übrige Haufe völlig beruhigt wurde. Der erste Pfarrer erzählte dem andern, wer Don Quixote sei, und er sowie die ganze Schar gingen nun hinzu, um zu sehen, ob der arme Ritter wirklich tot wäre; sie hörten hierauf den Sancho Pansa mit Tränen in den Augen folgendes sagen: O du Blume der Ritterschaft, der du mit einem einzigen Knüttelschlage die Laufbahn deiner glorreichen Tage geendigt hast! O du Preis deines Geschlechtes, Ehre und Ruhm von la Mancha, ja der ganzen Welt, denn wenn du darin fehlen wirst, wird sie von Bösewichtern erfüllt, die nun keine Strafe mehr für ihre Bubenstücke fürchten! O du, so freigebig wie Alexander, denn für acht Monate Dienstbarkeit hast du mir die schönste Insel geschenkt, um die nur das Meer mit seinen Wellen fließt! O du Demütiger unter den Stolzen, du Hochmütiger unter den Demütigen, du Verächter der Gefahren, du Erdulder des Unglücks, Verliebter ohne Ursache, Nachahmer der Guten, Geißel der Bösen, Feind der Gemeinheit, kurz, du fahrender Ritter, denn das heißt alles sagen, was man nur sagen kann!

Über das Geschrei und die Seufzer Sanchos kam Don Quixote wieder ins Leben, und das erste, was er sprach, war: Derjenige, der von dir entfernt lebt, o süßeste Dulcinea, ist noch größeren Unglücksfällen unterworfen. Hilf mir, lieber Sancho, auf den verzauberten Karren, ich bin jetzt nicht dazu gemacht, mich auf Rosinantes Sattel zu halten, denn ich glaube, die Schulter ist mir in Stücke geschlagen.

Das will ich gar gern tun, gnädiger Herr, antwortete Sancho, wir wollen nach unserm Dorf in der Gesellschaft dieser Herren zurück, die Euer Bestes wünschen, und von da wollen wir auf einen neuen Auszug denken, der uns mehr Nutzen und Ruhm eintragen soll.

Du sprichst gut, Sancho, antwortete Don Quixote, denn es wird sehr klug getan sein, den bösen Einfluß der Gestirne vorüberzulassen, die jetzt regieren.

Der Kanonikus, der Pfarrer und Barbier sagten ihm, daß er daran sehr wohl tun würde, und nachdem sie sich noch an den Dummheiten Sancho Pansas ergötzt hatten, legten sie Don Quixote auf den Karren, auf welchem er erst gekommen war; die Prozession wurde hierauf wieder in Ordnung gebracht und setzte ihren Weg fort; der Ziegenhirt nahm von allen Abschied, die Häscher wollten nicht weiter mitgehen, und der Pfarrer bezahlte, was er ihnen schuldig war; der Kanonikus bat den Pfarrer, daß er ihm von den Erlebnissen Don Quixotes Nachricht erteilen möchte, ob er von seiner Tollheit genese oder noch weiter darin verkäme, und hiermit bat er um die Erlaubnis, seine Reise fortsetzen zu dürfen.

Kurz, alle trennten sich und begaben sich auf den Weg, nur der Pfarrer und der Barbier blieben zurück, Don Quixote und Sancho nebst dem wackern Rosinante, der bei allem, was vorgefallen war, sich so geduldig wie sein Herr betrug.

Der Ochsentreiber spannte seine Ochsen wieder vor, legte Don Quixote auf ein Bündel Heu und setzte hierauf den Weg mit seinem gewöhnlichen Phlegma fort, und nach sechs Tagen kamen sie in Don Quixotes Heimat an, wo sie in der Mittagsstunde, an einem Sonntage, eintrafen; alle Leute befanden sich gerade auf dem großen Platze, über welchen der Karren des Don Quixote zog. Alle liefen herbei, um zu sehen, wer sich auf dem Karren befinde, und als sie ihren Landsmann erkannten, standen sie voll Verwunderung da, und ein Bursche lief sogleich fort, um der Haushälterin und der Nichte die Nachricht zu überbringen, daß ihr Oheim und Herr blaß und ausgedörrt angekommen sei, auf einem Bündel Heu und einem Ochsenkarren sitzend. Es war etwas Erbärmliches, das Geheul anzuhören, welches diese beiden guten Frauenzimmer nunmehr erhoben, die Flüche, die sie von neuem über die verfluchten Ritterbücher ausstießen, welches alles von vorne wieder anfing, als Don Quixote hereingebracht wurde.

Auf die Zeitung von Don Quixotes Ankunft lief auch Sancho Pansas Frau herbei, die es wußte, daß er mitgegangen war, um als Knappe zu dienen, und als sie Sanchos gewahr wurde, war die erste Frage, die sie tat, ob der Esel glücklich wieder mitkomme. Glücklicher als sein Herr, antwortete Sancho.

Nun, so sei Gott gelobt, versetzte sie, der mir die Wohltat erzeigt hat, aber so sage mir doch, Mann, was hat dir denn dein Dienst eingetragen? Was bringst du mir für ein Schleppkleid mit? Was für Schuhe für deine Kinder?

Nichts davon, liebes Weib, bringe ich mit, sagte Sancho, sondern andere Dinge, die etwas mehr zu bedeuten haben und ansehnlicher sind.

Das ist mir sehr erwünscht, antwortete die Frau, nun, lieber Mann, so zeige mir doch gleich die Sachen, die mehr zu bedeuten haben und ansehnlicher sind, denn ich möchte sie gar zu gerne sehen, damit ich doch wieder was habe, worüber sich mein Herz erfreuen kann, welches in den ewigen Zeiten deiner Abwesenheit ganz traurig und unzufrieden gewesen ist.

Zu Hause, Frau, will ich dir alles zeigen, sagte Sancho Pansa, sei nur jetzt damit zufrieden, daß wir mit Gottes Hilfe bald einen zweiten Auszug versuchen werden, um Abenteuer zu finden, worauf du mich denn bald als Graf wiedersehen wirst oder als Statthalter einer Insel, und zwar keiner schlechten, sondern der schönsten, die man nur finden kann.

Das gebe doch der liebe Gott, mein liebster Mann, denn wir haben es höchst nötig. Aber sage mir doch, was sind das für Dinger, Inseln? Das versteh' ich nicht.

Die Perlen gehören auch nicht für die Säue, antwortete Sancho, zu seiner Zeit wirst du es schon gewahr werden und dich ziemlich wundern, wenn dich alle deine Untertanen gnädige Frau nennen.

Was sprichst du denn da, Sancho, von gnädiger Frau, Inseln und Untertanen? antwortete Juanita Pansa, denn dies war der Name von Sanchos Frau, und sie hieß nicht deswegen so, weil sie ihm verwandt war, sondern weil es in la Mancha gebräuchlich ist, daß die Weiber den Namen ihrer Männer annehmen.

Du brauchst dich nicht so zu übereilen, Juanita, um alles zu erfahren, genug, daß ich die Wahrheit rede, und damit halt dein Maul! Nur das muß ich dir noch nebenher sagen, daß es nichts Herrlicheres auf der Welt gibt, als der Schildknappe eines fahrenden Ritters zu sein, der ein Abenteuersucher ist. Es ist wohl wahr, daß die meisten, die man findet, nicht zum Vergnügen ausschlagen, wie sie sich der Mensch wohl wünschen könnte, denn von hundert, auf die man trifft, geraten neunundneunzig höchst erbärmlich und windschief. Das weiß ich aus Erfahrung, denn in etlichen wurde ich geprellt, wieder in andern geprügelt; aber doch bleibt es immer ein treffliches Ding, sein Heil zu versuchen, über Berge zu klettern, durch dichte Wälder zu ziehen, auf Felsen zu stehen, Kastelle zu besuchen, in Schenken um Gottes willen zu herbergen, wo den Pfennig, den man bezahlt, gleich der Teufel holen soll.

Dieses Gespräch wurde zwischen Sancho und Juanita geführt, während Don Quixotes Haushälterin und Nichte ihn empfingen, auskleideten und ihn dann in sein altes Bett legten. Er sah sie mit starren Augen an und konnte sich immer noch nicht besinnen, wo er sei. Der Pfarrer sagte der Nichte, daß sie ja für ihren Oheim die größte Sorge tragen und ein sehr wachsames Auge auf ihn haben möchte, damit er nicht zum zweiten Male davonginge, sowie es nur etwas besser mit ihm stände, wie es auch nachher in der Tat eintraf.

Achtundvierzigstes Kapitel

Wie es dem Pfarrer und Barbier mit Don Quixote erging.

Der Pfarrer und der Barbier ließen beinahe einen Monat vorübergehen, ohne Don Quixote zu sehen, um ihm nicht vergangene Dinge in sein Gedächtnis zurückzurufen; dessenungeachtet aber besuchten sie Nichte und Haushälterin oftmals und ermahnten sie, für seine Pflege Sorge zu tragen, ihm auch stärkende Sachen zu essen zu geben, die Herz und Gehirn erfrischen, aus welchem im Grunde genommen sein ganzes Mißgeschick entstanden sei. Diese antworteten, daß sie dies nicht unterließen, es auch mit Freuden täten und alle Sorgfalt auf ihn wendeten, auch würden sie gewahr, daß ihr Herr in einzelnen Augenblicken Beweise gäbe, daß er sich bei vollkommenem Verstande befinde. Die beiden waren über diese Nachricht sehr erfreut, weil sie meinten, sie hätten es damit durchgesetzt, daß sie ihn verzaubert auf dem Ochsenkarren fortgeführt hatten. Sie nahmen sich also vor, ihn zu besuchen und eine Probe über seine Besserung anzustellen; sie beredeten sich aber, nichts zu berühren, was die fahrende Ritterschaft beträfe, um nicht aus Unvorsichtigkeit die Wunden aufzureißen, die noch kaum geheilt waren.

Sie besuchten ihn also und fanden ihn auf dem Bette sitzend, mit einem Kamisol von grünem Tuche bekleidet und mit einer roten Mütze auf dem Kopfe; er war so mager und abgefallen, daß er aus nichts als Haut und Knochen zu bestehen schien. Sie wurden sehr freundlich von ihm aufgenommen, und da sie sich nach seinem Befinden erkundigten, gab er darüber und über sich mit vielem Verstande und in den zierlichsten Ausdrücken befriedigende Nachricht. Im Verlaufe des Gesprächs kamen sie dann auf die Staatsverfassungen und auf Regierungsarten, bemängelten mancherlei Mißbrauch, verurteilten manche Sitte oder verdammten sie vollends, so daß ein jeder von den dreien sich zu einem neuen Gesetzgeber aufwarf und einen neuen Lykurgus oder modernen Solon vorstellte. Don Quixote sprach hierbei mit so vielem Verstande, daß die beiden Untersuchenden fest überzeugt waren, er sei völlig hergestellt und habe seine Vernunft gänzlich wiedererlangt. Bei dieser Unterhaltung waren die Nichte und die Haushälterin zugegen, und sie wurden nicht müde, Gott dafür zu preisen, daß sie ihren Herrn so einsichtig fanden. Der Pfarrer aber änderte seinen ersten Vorsatz, nämlich nichts zu berühren, was die Ritterschaft betreffe, weil er die Probe vollständig machen wollte, ob die Herstellung des Don Quixote scheinbar oder wahrhaft sei; er erzählte daher einige Neuigkeiten, die vom Hofe gekommen waren, und sagte unter anderm, daß man erfahren habe, daß der Türke mit einer mächtigen Flotte ausgelaufen sei und daß man seine Absichten nicht kenne noch wisse, auf welches Land dies Ungewitter niederfallen werde; diese Furcht, die uns fast in jedem Jahre alarmiere, habe die Aufmerksamkeit der ganzen Christenheit erregt, und Seine Majestät habe den Befehl gegeben, die Küsten von Neapel und Sizilien sowie die Insel Malta zu bewachen.

Hierauf antwortete Don Quixote: Seine Majestät handelt hierin wie ein vorsichtiger Kriegsmann, indem er beizeiten für seine Staaten sorgt, damit sie nicht unvermutet vom Feinde angegriffen werden; wollte er aber meinem Rate folgen, so wollte ich ihm raten, sich einer Maßregel zu bedienen, die vielleicht zur Stunde sehr weit von den Gedanken Seiner Majestät entfernt liegt.

Kaum hörte dies der Pfarrer, als er bei sich selber sagte: Behüte dich Gott, du armer Don Quixote, denn nun stürzest du gewiß von dem höchsten Gipfel deiner Klugheit in den tiefsten Abgrund deiner Einfalt hinunter! Der Barbier aber, der auch auf den Gedanken des Pfarrers gekommen war, fragte Don Quixote, was denn das für eine Maßregel sei, von welcher er behaupte, daß sie so trefflich wirken müsse; sie sei vielleicht von der Art, daß man sie auf die Liste der unbesonnenen Ratschläge schreiben müsse, die den Fürsten so häufig gegeben werden.

Der meinige, Herr Bartscherer, sprach Don Quixote, wird nicht unbesonnen, sondern äußerst besonnen sein.

Ich sage es nur, versetzte der Barbier, weil die Erfahrung gezeigt hat, daß alle oder doch die meisten Pläne, die man Seiner Majestät überreicht, entweder unmöglich sind oder unklug oder zum Nachteil des Königs oder des Reichs wirken.

Der meine, antwortete Don Quixote, ist weder unmöglich noch unklug, sondern der leichteste, beste, passendste und kürzeste, auf den nur immer ein Ratgeber verfallen könnte.

Ihr zögert noch immer, Herr Don Quixote, ihn uns mitzuteilen, sagte der Pfarrer.

Es wäre mir unlieb, sagte Don Quixote, wenn ich ihn jetzt preisgäbe und er morgen schon zu den Ohren der Herren Räte gelangte und so ein anderer den Dank und Lohn meines Witzes davontrüge.

Für meine Person, sagte der Barbier, gebe ich hier und vor Gott mein Wort, daß ich das, was der gnädige Herr sagen wird, weder dem Könige noch sonst irgendeinem sterblichen Menschen wiedererzählen werde.

Nun, beim Himmel! rief jetzt Don Quixote aus, was kann Seine Majestät anderes tun, als durch einen öffentlichen Herold ausrufen lassen, daß sich an einem bestimmten Tage alle fahrenden Ritter, die in Spanien streifen, am Hofe versammeln sollen? Wenn dann auch nicht mehr als ein halbes Dutzend erscheinen, so möchte doch wohl ein solcher unter ihnen sein, der für sich allein hinreichte, die gesamte türkische Macht zu vernichten. Hört mir jetzt aufmerksam zu, meine Herren, damit ihr mir folgen könnt. Ist es denn vielleicht etwas Unerhörtes, daß ein einzelner fahrender Ritter eine Armee von zweimalhunderttausend Mann niederschlägt, als ob sie alle nur einen Hals hätten oder aus Marzipan gebacken wären? Sagt nur selbst, wie viele Geschichten sind nicht voll von dergleichen Wunderwerken? Ich wünschte wahrhaftig nur das einzige, daß der berühmte Don Belianis heutzutage lebte oder einer von der unzähligen

Nachkommenschaft des Amadis von Gallien; denn wenn einer von diesen heutzutage lebte und sich dem Türken gegenüberstellte, so möchte ich in dessen Haut nicht stecken. Jedoch, Gott wird für sein Volk Sorge tragen und einen erwecken, der, wenn auch nicht so tapfer wie die vormaligen fahrenden Ritter, in seinen Gesinnungen wenigstens nicht geringer ist. Gott versteht mich, mehr will ich nicht sagen.

Ach! rief hierauf die Nichte aus, ich will das Leben verlieren, wenn der Oheim nicht wieder darauf verfällt, fahrender Ritter zu werden.

Worauf Don Quixote sagte: Als fahrender Ritter werde ich sterben, und der Türke mag auslaufen oder einlaufen, so oft er will!

Hierauf sagte der Barbier: Ich bitte, meine Herren, um die Erlaubnis, eine kurze Geschichte zu erzählen, die sich in Sevilla zugetragen hat und die ich gern erzählen möchte, weil sie hierher paßt.

Don Quixote und der Pfarrer gaben die Erlaubnis, auch die übrigen waren aufmerksam, und er fing nun auf folgende Weise an:

In dem Narrenhause zu Sevilla befand sich ein Mensch, den seine Verwandten dorthin gebracht hatten, weil ihm der Verstand fehlte; er hatte zu Ossuna den Doktorhut erhalten, aber wenn er ihn auch in Salamanca erhalten hätte, so wäre er doch nach der Meinung der meisten ein Narr geblieben. Nachdem dieser Graduierte sich einige Jahre dort aufgehalten hatte, setzte er sich in den Kopf, er sei gescheit und im Besitz aller seiner Sinne, und in dieser Einbildung schrieb er an den Erzbischof und bat flehentlich, daß er den Befehl geben möchte, ihn aus dem Elende zu erlösen; durch die Barmherzigkeit Gottes habe er seinen Verstand wiedererhalten; seine Verwandten aber, sagte er, ließen ihn dort, um sein Vermögen zu genießen; und der Wahrheit entgegen wollten sie, daß er bis zu seinem Tode ein Narr bleiben solle. Der Erzbischof, durch die vielen verständigen und gut abgefaßten Briefe überredet, befahl einem seiner Kapläne, sich beim Inspektor der Anstalt zu erkundigen, ob das, was der Lizentiat geschrieben habe, die Wahrheit sei, daß er auch selbst mit dem Narren sprechen solle; falls es ihm schiene, jener sei bei Verstande, möge er ihn fortnehmen und in Freiheit setzen. Der Kaplan tat es, und der Inspektor sagte ihm, daß jener Mensch noch immer närrisch sei; denn wenn er auch zuweilen als ein Mann von großem Verstande spreche, so endige er doch immer mit solchen Abgeschmacktheiten, daß sie völlig seinen ersten klugen Reden das Gleichgewicht hielten, wie er auch selbst die Erfahrung machen könne, wenn er mit ihm sprechen wolle. Dies wünschte der Kaplan, er ging zu dem Narren und sprach wohl länger als eine Stunde mit ihm; und in dieser ganzen Zeit sagte der Narr kein einziges unkluges oder unzusammenhängendes Wort; er sprach vielmehr mit solcher Bestimmtheit, daß der Kaplan gezwungen wurde, zu glauben, der Narr sei völlig bei Verstande. Unter anderem sagte ihm auch der Narr, daß ihn der Inspektor verfolge, um nur die Geschenke nicht einzubüßen, die er von seinen Verwandten erhielte, deshalb behaupte er, er sei noch immer närrisch, wenn er auch lichte Augenblicke habe; der größte Feind in seinem Unglück sei sein ansehnliches Vermögen, denn um dieses zu genießen, verleugneten seine Gegner die Wahrheit und zögen die Gnade in Zweifel, die ihm der Herr erwiesen habe, ihn aus einem Vieh wieder zum Menschen zu machen. Kurz, er redete auf solche Weise, daß er den Inspektor verdächtig, seine Verwandten geizig und gewissenlos, sich aber so verständig machte, daß der Kaplan sich entschloß, ihn mit sich zu nehmen, damit ihn der Erzbischof sähe und selbst von der Lage der Sache überzeugt würde. Mit diesem wackeren Vorsatze verlangte der redliche Kaplan vom Inspektor, daß er befehle, dem Lizentiaten die Kleider zurückzugeben, die er bei seinem Eintritte getragen hätte; der Inspektor wiederholte ihm, daß er bedenken möchte, was er tue, denn der Lizentiat sei ohne allen Zweifel närrisch. Die Vorstellungen und Ermahnungen des Inspektors halfen aber nichts, sondern der Kaplan bestand darauf, ihn mit sich zu nehmen; der Inspektor gehorchte, da er sah, daß es der Befehl des Erzbischofs sei. Man zog dem Lizentiaten seine Kleider an, die neu und anständig waren, und sobald er die Narrentracht abgelegt sah, bat er den Kaplan, ihm die gütige Erlaubnis zu geben, von seinen Gefährten, den übrigen Narren, Abschied zu nehmen. Der Kaplan sagte, daß er ihn begleiten und die Narren sehen wolle, die noch im Hause wären. Sie gingen wirklich dahin, und einige von den Anwesenden begleiteten sie. Der Lizentiat ging zu einem Käfig, in welchem sich ein Rasender befand, der aber jetzt gerade ruhig war, und sagte zu ihm: Mein Freund, besinne dich, ob du mir etwas aufzutragen hast, denn ich gehe nach Hause. Weil Gott aus seiner unendlichen Güte und Barmherzigkeit mir ohne mein Verdienst den Verstand wiedergeschenkt hat, so bin ich gesund und gescheit geworden, denn bei Gott ist kein Ding unmöglich. Alles, was der Lizentiat sagte, hörte ein anderer Narr mit an, der sich in einem Käfig dem Rasenden gegenüber befand; er erhob sich von einer alten Matte, auf der er ganz nackt lag, und fragte mit lauter Stimme, wer er sei, der da gesund und gescheit fortgehe? Der Lizentiat antwortete: Das bin ich, mein Freund, denn ich habe nicht mehr nötig, hierzubleiben, wofür ich dem Himmel tausendfältigen Dank sage, der mir diese große Gnade erwiesen hat. Bedenke, Lizentiat, was du sprichst, und laß dich nicht vom Teufel blenden, antwortete der Narr, verhalte dich ruhig und bleib in deinem Hause, so brauchst du nicht wieder umzukehren. Ich weiß, daß ich gesund bin, versetzte der Lizentiat, und daß ich es also nicht nötig habe, das alte Lied von neuem zu singen. Du gesund? rief der Narr aus, schon gut, es wird sich zeigen, viel Glück auf den Weg! Aber ich schwöre beim Jupiter, dessen Majestät ich auf Erden vorstelle, daß für diese Sünde, welche Sevilla heute begeht, dich aus diesem Hause zu nehmen und für gescheit zu halten, ich es so strafen will, daß das Andenken davon von Jahrhundert zu Jahrhundert leben soll, Amen! Bin ich denn nicht der Jupiter Tonans, der in seiner Hand die verzehrenden Blitzstrahlen hält, vor denen die Welt erzittert und mit denen ich sie zertrümmern kann? Doch will ich nur mit einem Dinge diese einfältige Stadt züchtigen; es soll nämlich hier und in der umliegenden Gegend in einem Zeitraume von drei Jahren nicht regnen, und zwar von dem nämlichen Augenblicke an gerechnet, in welchem ich diese Drohung ausgesprochen habe. Du frei, du gesund, du gescheit, und ich ein Narr, ich krank und festgebunden? Wahrlich, ich will mich ebenso gern aufhängen, als ich es will regnen lassen. Alle Umstehenden waren auf das Geschrei und diese Reden des Narren aufmerksam; unser Lizentiat aber wandte sich zu unserem Kaplan, nahm ihn bei der Hand und sagte zu ihm: Seid ohne alle Sorgen, mein werter Herr, und achtet nicht auf das, was der Narr gesagt hat; denn wenn er Jupiter ist und er es nicht regnen lassen will, so will ich dafür, der ich Neptunus, der Vater und Gott der Gewässer bin, es so oft regnen lassen, als es mir gefällt und es nötig sein wird. Worauf der Kaplan zur Antwort gab: Dessenungeachtet, Herr Neptunus, möchte es nicht gut sein, den Herrn Jupiter zu erzürnen; bleibt also fürs erste noch in Eurem Gemache, wir wollen ein andermal zu meinem werten Herrn wiederkommen, wenn die Umstände sich dazu schicklicher anlassen. Der Inspektor und die Umstehenden lachten, welches Gelächter der Kaplan etwas übel empfand; man zog den Lizentiaten wieder aus, er blieb in dem Hause, und hiermit ist die Geschichte zu Ende.

Dies ist also die Geschichte, Herr Barbier, sagte Don Quixote, die hierher paßt und die also notwendig erzählt werden mußte? Ei, Herr Bartkratzer, wie blind müßte doch der sein, der nicht durch ein Sieb sehen könnte! Wie ist es möglich, daß Ihr das noch nicht einmal wißt, daß alle Vergleichungen eines Geistes mit einem Geiste, der Tapferkeit mit der Tapferkeit, Schönheit mit Schönheit und Familie mit Familie immer verhaßt sind und schlimm aufgenommen werden? Ich, Herr Barbier, bin nicht Neptunus, der Gott der Gewässer, auch verlange ich nicht, daß man mich für verständig halte, wenn ich es nicht bin; ich bestrebe mich nur, der Welt den Irrtum klarzumachen, in welchem sie sich befindet, indem sie nicht jene glückseligste Zeit wiederauferweckt, in welcher der Orden der fahrenden Ritterschaft sich hervortat; aber unser entartetes Zeitalter ist nicht würdig, ein solches Gut zu genießen, wie es jene Zeitalter genossen, als die fahrenden Ritter die schwere Pflicht auf ihre Schultern nahmen, Königreiche zu verteidigen, Jungfrauen beizustehen, Waisen und Unmündigen zu helfen, die Übermütigen zu züchtigen und Demütige zu belohnen. Die meisten Ritter, die man heutzutage sieht, knistern von Seide, Brokat und reichen Gewändern, mit welchen sie sich bekleiden, statt daß das Panzerhemd rasseln sollte. Jetzt gibt es keinen Ritter, der auf den Feldern schläft, ganz dem Ungestüm des Himmels unterworfen, mit allen seinen Waffenstücken vom Kopfe bis zu den Füßen bewaffnet; jetzt gibt es keinen, der, ohne den Fuß aus dem Steigbügel zu heben, auf seine Lanze gestützt, sich nur einen leisen Schlummer vergönnt, wie es einst die fahrenden Ritter taten. Jetzt gibt es keinen, der hier aus dem Walde kommt, sich dort ins Gebirge begibt und von da zur unfruchtbaren und wüsten Meeresfläche gelangt, die stürmisch und aufgewühlt tobt, wo er an der Küste einen kleinen Nachen findet, ohne Ruder, Segel, Mast noch andere Hilfsmittel, mit unverzagtem Herzen hineinspringt und sich den unerbittlichen Fluten des tiefen Meeres überläßt, die ihn bald zum Himmel schleudern, bald hinab zum Abgrunde stürzen, er aber, die Brust dem unbekämpfbaren Sturme entgegengestellt, findet sich, als er es am wenigsten vermutet, mehr als dreitausend Meilen von dem Orte entfernt, wo er sich einschiffte; indem er nun ein fernes, unbekanntes Land betritt, begegnen ihm Dinge, die wert sind, nicht auf Pergament, sondern in Erz geschrieben zu werden. Aber jetzt triumphiert die Trägheit über den Fleiß, der Müßiggang über die Arbeit, das Laster über die Tugend, die Prahlerei über die Tapferkeit, die Theorie über die Ausübung des Waffenhandwerkes, die nur in jenen goldenen Zeitaltern und nur durch die fahrenden Ritter lebten und glänzten. Wenn dem nicht so ist, so sagt mir doch, wer tapferer war als jener Amadis von Gallien? Wer ist verständiger als Palmerin von England? Wer umgänglicher und behender als Tirante der Weiße? Wer artiger als Lisuarte von Graecia? Wer mehr vom Schwerte getroffen und mit dem Schwerte treffend als Don Belianis? Wer unerschrockener als Perion von Gallien? Wer mehr ein Verächter der Gefahr als Felix Marte von Hircanien? Wer aufrichtiger als Esplandian? Wer verwegener als Don Cirongilio von Thracien? Wer mutiger als Rodomont? Wer vorsichtiger als der König Sobrino? Wer kecker als Reinald? Wer unüberwindlicher als Roland? Und wer prächtiger und höflicher als Ruggero, von dem die jetzigen Herzoge von Ferrara abstammen? Alle diese und viele andere, die ich noch nennen könnte, Herr Pfarrer, waren fahrende Ritter, das Licht und die Glorie der Ritterschaft. Diesen ähnlich müßten die Ritter sein, die für meinen Plan taugten, und wäre dem so, so würde sich Seine Majestät trefflich bedient finden und viele Unkosten sparen, und der Türke dürfte sich nur den Bart ausraufen; und hiermit will ich denn in meinem Gemache bleiben, da der Kaplan mich nicht mit sich nimmt, und wenn Jupiter, wie der Barbier gesagt hat, nicht regnen will, so bin ich noch da, der es wird regnen lassen, sooft es ihm gefällt. Dies sage ich nur, damit Herr Bartbecken merke, daß ich ihn verstehe.

Wahrlich, Herr Don Quixote, sagte der Barbier, ich sagte es nicht deshalb, und meine Absicht war, so mir Gott helfe, gut, so daß Ihr es nicht übelnehmen könnt.

Ob ich es übelnehmen kann oder nicht, antwortete Don Quixote, ist mir recht wohl bekannt.

Hierauf sagte der Pfarrer: Zum Glück habe ich bisher noch fast kein Wort gesprochen und möchte doch gern eines Skrupels loswerden, der mir im Gewissen nagt und beißt und der aus dem, was Don Quixote gesagt hat, entstanden ist.

Nebst vielen anderen Dingen, antwortete Don Quixote, ist dem Herrn Pfarrer auch dieses zu sagen erlaubt; er nenne also seinen Skrupel, denn es ist nichts Angenehmes, einen Skrupel im Gewissen zu behalten.

Mit dieser gütigen Erlaubnis, antwortete der Pfarrer, sag ich also, daß mein Skrupel darin besteht, daß ich mich auf keine Weise überreden kann, jene fahrenden Ritter, die Ihr, mein gnädiger Don Quixote, namhaft gemacht, seien wirklich gewesen, als ordentliche Personen aus Fleisch und Gebein geformt; ich stelle mir vor, daß alles Erfindungen, Fabeln, Lügen und Träume sind, von aufgeweckten, oder richtiger zu reden, halb eingeschlafenen Leuten erzählt.

Dies ist ein anderer Irrtum, antwortete Don Quixote, auf den viele verfallen sind, daß sie nämlich nicht glauben wollen, es habe dergleichen Ritter in der Welt gegeben, auch habe ich schon oftmals bei verschiedenen Leuten und bei mancherlei Gelegenheit diesen fast allgemeinen Irrtum durch das Licht der Wahrheit verdrängen wollen; einigemal ist mir meine Absicht nicht gelungen, zuweilen doch, da ich mich auf die Schultern der Wahrheit stützte. Diese Wahrheit ist so ausgemacht, daß ich sagen möchte, ich habe mit meinen Augen den Amadis von Gallien gesehen; er war ein Mann von hoher Statur, von weißem Angesicht, schön gewachsenem Barte, der aber schwarz war, sein Blick war halb sanft und halb strenge, im Sprechen war er kurz, zögernd im Zorn und schnell bereit, den Eifer zu besänftigen; und so wie ich jetzt den Amadis beschrieben habe, könnte ich, wie ich glaube, alle fahrenden Ritter aller Historien in der ganzen Welt darstellen und ausmalen; denn ich bin der Meinung, wenn man sie so ansieht, wie die Historie sie beschreibt, wenn man die Taten, die sie verrichteten, erwägt, daß man daraus durch richtige Schlüsse ihre Mienen, ihre Gesichtsfarbe und Statur erraten kann.

Wie groß glaubt Ihr denn, mein Herr Don Quixote, fragte der Barbier, daß der Riese Morgante gewesen sein müsse?

Was die Riesen betrifft, antwortete Don Quixote, sind die Meinungen geteilt, ob es ihrer in der Welt welche gegeben habe oder ob nicht; die Heilige Schrift aber, die sich nicht um ein Atom von der Wahrheit entfernen kann, zeigt uns, daß es ihrer allerdings welche gab, indem sie uns die Geschichte jenes Philisters Goliath erzählt, der sieben und eine halbe Elle hoch war, wie Ihr zugeben müßt, eine recht beträchtliche Größe! Auch hat man auf der Insel Sizilien so große Bein- und Schulterknochen gefunden, daß ihre Größe beweist, sie müssen von Riesen stammen, die so groß wie Türme gewesen sind. Dessenungeachtet kann ich nicht mit Zuverlässigkeit sagen, wie groß der Morgante gewesen sei, ob ich mir gleich vorstelle, daß er nicht gar so hoch gewachsen war; ich schließe es daraus, daß man in der Historie, die seine Taten ausdrücklich erwähnt, geschrieben findet, daß er oftmals unter einem Dache geschlafen. Da er also Häuser fand, in die er hineingehen konnte, so folgt daraus klar, daß seine Größe nicht gar so ungeheuer gewesen sei.

In diesem Augenblick hörten sie die Haushälterin und Nichte, die die Gesellschaft schon verlassen hatten, laut im Hofe schreien, woraufhin sie alle hinausliefen.

Neunundvierzigstes Kapitel

welches von dem merkwürdigen Streit handelt, den Sancho Pansa mit Don Quixotes Nichte und Haushälterin hatte.

Die Geschichte meldet, daß das Schreien, welches Don Quixote, der Pfarrer und Barbier vernahmen, von der Nichte und Haushälterin herrührte, die mit Sancho Pansa zankten, der sich ereiferte hineinzugehen, um Don Quixote zu besuchen, die ihn aber mit den Worten vor der Tür zurückhielten: Was will der Landstreicher hier im Hause? Seht nach dem Eurigen, Freund, denn Ihr seid es und kein anderer, der unseren Herrn verführt und herumgeschleppt und ihn auf allen Wegen und Stegen herumtreibt.

Worauf Sancho antwortete: Verteufelte Haushälterin, wer verführt und weggeschleppt wird und auf Wegen und Stegen herumgetrieben, das bin ich und nicht dein Herr; er schleppt mich durch die Länder, und Ihr seid ganz unrecht unterrichtet; er hat mir was weisgemacht und mich so aus meinem Hause gelockt, denn er hat mir eine Insel versprochen, auf die ich noch bis zur Stunde warte.

Daß du doch an den verfluchten Inseln ersticken möchtest, verwünschter Sancho! antwortete die Nichte. Inseln! und was sind denn Inseln? Ist es was zu fressen, du Schlinghals, du Freßhans, du?

Es ist nichts zu fressen, versetzte Sancho, sondern etwas zu regieren und gubernieren, mit mehr als vier Städten, worin mehr als vier Staatsräte zu tun haben.

Doch, sagte die Haushälterin, sollst du hier nicht hereinkommen, du Unglückskerl, der mit lauter Bosheit vollgestopft ist! Regiere dein Haus und pflüge deine halbe Hufe und schweige endlich von deinen Inseln, du Einfaltspinsel!

Der Pfarrer und Barbier ergötzten sich sehr, das Gespräch der drei anzuhören; Don Quixote aber, welcher befürchtete, Sancho möchte in seiner boshaften Einfalt Dinge hervorsprudeln und von sich geben und Punkte berühren, die nicht zu seiner Ehre ausschlagen dürften, rief ihn und machte, daß die beiden schwiegen und ihn zur Tür hineinließen. Sancho kam herein, und der Pfarrer und der Barbier nahmen von Don Quixote Abschied, an dessen Wiederherstellung sie nun völlig verzweifelten, da sie sahen, wie fest er bei seinen unvernünftigen Gedanken beharrte und wie versunken er in die Torheit seiner unglückseligen Ritterschaft sei. Daher sagte der Pfarrer zum Barbier: Ihr werdet sehen, Gevatter, wenn wir am wenigsten daran denken, wird sich unser Edler von neuem aufmachen, um vom Stapel zu laufen.

Ich zweifle gar nicht daran, antwortete der Barbier; ich verwundere mich aber nicht so sehr über die Narrheit des Ritters wie über die Dummheit des Knappen, der das mit der Insel so fest glaubt, daß nichts in der Welt ihm diesen Glauben aus dem Kopfe bringen könnte.

Gott helfe beiden, sagte der Pfarrer, ich würde mich sehr freuen, zu wissen, was die beiden jetzt beraten; ich hoffe, daß die Nichte oder die Haushälterin es uns erzählen werden; denn es wäre gegen ihre Natur, wenn sie nicht horchen sollten.

Indessen hatte sich Don Quixote mit Sancho in seinem Zimmer verschlossen, und als sie sich allein befanden, sagte er: Sehr verdrießt es mich, Sancho, daß du früher gesagt hast und jetzt wieder sagst, ich sei es gewesen, der dir deine Hütte zu eng machte, da du weißt, daß mir mein Haus auch nicht groß genug blieb. Mitsammen gingen wir, mitsammen verweilten wir, mitsammen reisten wir; dasselbe Glück und dasselbe Schicksal hat uns beide betroffen; haben sie dich einmal geprellt, so hat man mich hundertmal geprügelt, und siehe, dies ist der Vorzug, den ich vor dir habe.

Und das geschah mit allem Recht, antwortete Sancho, denn wie Ihr selbst sagt, gehören Unfälle mehr zu fahrenden Rittern als zu ihren Knappen.

Fünfzigstes Kapitel

Was dem Don Quixote mit seinem Stallmeister begegnete, nebst andern höchst denkwürdigen Begebenheiten.

Kaum sah die Haushälterin, daß sich Sancho Pansa mit ihrem Herrn eingeschlossen habe, als sie gleich auf die wahre Absicht verfiel und sich vorstellte, daß die Beratschlagung auf den Entschluß eines dritten Auszuges hinauslaufen würde. Sie nahm daher ihren Schleier und machte sich voller Angst und Ärger auf den Weg, den Baccalaureus Simson Carrasco aufzusuchen; denn sie meinte, daß er als ein guter Redner und als ein ganz neuer Freund ihres Herrn ihn am ersten überreden könnte, seinen unglückseligen Vorsatz aufzugeben. Sie fand ihn im Hofe seines Hauses auf und ab gehend, und sowie sie ihn sah, fiel sie keuchend und ohne Atem vor seine Füße nieder. Als Carrasco sie mit diesen Zeichen des Schmerzes und Entsetzens sah, fragte er: Was ist Euch, Frau Haushälterin? Was ist denn vorgefallen, das Euch die Seele aus dem Leibe zu ängstigen scheint?

Es ist nichts, mein Herr Simson, als daß mein Herr hinausläuft, daß er ganz gewiß ausläuft.

Und wo läuft er denn aus? fragte Simson; hat er sich denn einen Teil seines Körpers zerbrochen?

Er läuft nirgends anders aus, antwortete sie, als durch das Tor seiner Unvernunft; ich meine, mein allerliebster Herr Baccalaureus, daß er noch einmal ausziehen will, und dies wird nun sein dritter Auszug sein, um das zu suchen, was er Teuerlichkeiten nennt, wovon ich aber nicht begreife, wie er ihnen diesen Namen gibt. Das erstemal brachten sie ihn uns wieder, quer über einen Esel gepackt und von Prügeln zerschlagen; das zweitemal auf einem Ochsenkarren, gesperrt und eingebauert in einen Käfig, wo er der Meinung war, daß er verzaubert sei, und er kam so elend an, daß ihn die Mutter nicht wiedergekannt hätte, die ihn geboren hat, so dürr war er, so bleich, die Augen in den allertiefsten Winkeln des Kopfes zurückgesunken, so daß es mir, um ihn nur etwas wieder zurechtzubringen, über sechshundert Eier gekostet hat, wie es Gott im Himmel und die ganze Welt und meine Hühner bezeugen können, die mich nicht werden Lügen strafen.

Ich glaub' es sehr gern, antwortete der Baccalaureus; denn sie sind so gut, so fett und so wohlaufgezogen, daß sie nicht ein Ding statt eines andern sagen würden, und wenn sie bersten sollten. Aber, Frau Haushälterin, ist es nichts weiter, und ist sonst kein Unglück geschehn, als daß Ihr das befürchtet, was der Herr Don Quixote jetzt im Sinne hat?

Nein, mein Herr, antwortete sie.

Nun, so macht Euch keine Sorge, antwortete der Baccalaureus, sondern geht in Gottes Namen wieder nach Hause, macht etwas Warmes zum Frühstück zurecht, und betet unterwegs das Gebet der heiligen Apollonia, wenn Ihr es wißt; denn ich will Euch sogleich folgen, und dann werdet Ihr Wunder sehn.

Lieber Gott, versetzte die Haushälterin, Ihr meint, ich soll das Gebet der heiligen Apollonia hersagen? Das wäre ganz nützlich, wenn es meinem Herrn in den Zähnen säße; aber so hat er ja den Schaden im Gehirn.

Ich weiß, was ich sage, Frau Haushälterin; geht nur immer zu, ich bin Baccalaureus und habe zu Salamanca disputiert, drum laßt Euch in kein weiteres Disputieren ein, antwortete Carrasco. Hiermit ging die Haushälterin fort, und der Baccalaureus machte sich sogleich auf den Weg, den Pfarrer aufzusuchen, um das mit ihm zu bereden, was man zu seiner Zeit erfahren wird.

Als sich Don Quixote und Sancho eingeschlossen hatten, fiel unter ihnen folgendes Gespräch vor, welches die Historie umständlich und genau wiedererzählt.

Sancho sagte zu seinem Herrn: Gnädiger Herr, ich habe meine Frau schon dahin gestümpft, daß sie mich gern mit Euch ziehen läßt, wohin Ihr nur wollt.

Gestimmt, mußt du sagen, Sancho, und nicht gestümpft, sprach Don Quixote.

Ein- oder zweimal, antwortete Sancho, wenn ich mich recht besinne, habe ich Euch schon gebeten, mir nicht immer die Vokabeln auszubessern, wenn Ihr versteht, was ich sagen will; und wenn Ihr mich nicht versteht, so sagt nur: Sancho, oder Teufelskerl, ich verstehe dich nicht! Und wenn ich mich dann noch nicht deutlich mache, dann könnt Ihr mich verbessern; denn ich bin leicht zu insurgieren.

Ich verstehe dich nicht, sagte Don Quixote sogleich; denn ich weiß nicht, was das heißen soll: ich bin leicht zu insurgieren.

Leicht zu insurgieren, antwortete Sancho, heißt soviel: ich bin erstaunlich so.

Jetzt verstehe ich dich noch weniger, versetzte Don Quixote.

Wenn Ihr mich nicht verstehen könnt, antwortete Sancho, so weiß ich nicht, wie ich reden soll, ich weiß nichts weiter, und Gott befohlen.

Aha! jetzt geht mir ein Licht auf, antwortete Don Quixote; du wolltest sagen: du bist leicht zu instruieren, bist sanft und fügsam, so daß du gern das annehmen wirst, was ich dir sagen, und begreifen, was ich dich lehren werde.

Nun will ich wetten, sagte Sancho, daß Ihr mich gleich vom ersten Monument verstanden und begriffen habt; Ihr wollt mich aber nur immer gern konfuse machen, um von mir wieder etliche hundert Rüpeleien zu hören.

Möglich, versetzte Don Quixote; nun, und was sagt denn nun Juanita?

Juanita sagt, sprach Sancho, ich soll mit Euer Gnaden ein richtiges Fundament suchen. Weiß und Schwarz kann reden, wenn die Mäuler schweigen, der Kontrakt richtig macht den Prozeß nichtig, weil ein Haben mehr wert ist als zwei Kriegen; und ich sage: Weiberrat Narrenrat, und doch, wißt Ihr, sprechen Kinder und Narren die Wahrheit.

Das ist auch meine Meinung, antwortete Don Quixote. Fahre fort zu sprechen, Freund Sancho, denn du redest heute lauter Juwelen.

Der Fall ist nun der, versetzte Sancho, wie Ihr es selber auch noch besser wissen werdet, daß wir alle dem Tode unterworfen sind, heute rot, morgen tot. Das Lamm ist vor dem Tode nicht sicherer als der Hammel, und kein Mensch darf sich in dieser Welt eine längere Lebenszeit versprechen, als Gott ihm geben will; denn der Tod ist taub, und wenn er einmal an die Tür unseres Lebens klopft, so ist er immer in Eile, da läßt er sich weder durch Bitten noch durch Gewalt abhalten, weder durch Zepter noch Bischofsmützen; so sagt es uns wenigstens das allgemeine Gerücht, und so hören wir es auch von den Kanzeln.

Dies alles ist wahr, sagte Don Quixote, ich sehe aber noch nicht, wo du damit hinauswillst.

Ich will da hinaus, sagte Sancho, daß Ihr mit mir ein bares und klares Gehalt ausmachen sollt, für jeden Monat, den ich Euch diene; und zwar muß mir dieses Gehalt bar ausgezahlt werden, weil ich mich nicht auf die Gnade verlassen will, die wohl spät oder schlecht oder gar nicht eintritt. Das Meinige segne mir Gott. Kurz, ich will wissen, was ich verdiene, es sei nun viel oder wenig, denn aus dem Ei wird die Henne, und viele Wenig machen ein Vieles; und wenn man nur etwas verdient, so geht einem nichts verloren. Wenn es sich nun freilich trifft, (was ich aber weder hoffe noch glaube), daß Ihr mir die Insel schenkt, die Ihr mir versprochen habt, so bin ich nicht so undankbar, will die Sache auch nicht so aufs Äußerste treiben, daß ich was dagegen hätte, wenn man mir das Einkommen einer solchen Insel berechnete und mir davon mein Gehalt ganz abzöge.

Freund Sancho, antwortete Don Quixote, es trifft sich oft, daß eine Gans soviel wert ist wie eine Ente.

Ich verstehe, sagte Sancho; ich wette aber, Ihr wolltet sagen, eine Ente soviel wie eine Gans. Doch, das tut nichts, wenn Ihr mich nur verstanden habt.

Und zwar habe ich dich so verstanden, antwortete Don Quixote, daß ich das Innerste deiner Gedanken ergründet habe und das Ziel erkenne, nach welchem du mit den unzähligen Pfeilen deiner Sprichwörter geschossen hast. Gern, Sancho, wollte ich dir ein Gehalt auszahlen, wenn ich in irgendeiner Historie von irrenden Rittern ein Beispiel gefunden hätte, welches mir nur eine schwache oder dämmernde Spur angäbe, wieviel Gehalt für einen Monat oder ein Jahr ausgezahlt wurde. Ich habe aber alle oder doch die meisten dieser Historien gelesen; doch erinnere ich mich nicht, jemals gefunden zu haben, daß ein irrender Ritter seinem Stallmeister ein bestimmtes Gehalt ausgemacht. Ich weiß nur, daß sie alle auf Gnade dienten und, wenn sie es am wenigsten dachten und ihre Herren ein günstiges Schicksal geführt hatte, sich plötzlich mit einer Insel belohnt sahen oder mit einem andern Dinge vom gleichen Werte, oder doch wenigstens irgendeine ansehnliche Herrschaft erhielten. Willst du nun auf diese Hoffnungen und Aussichten wieder in meine Dienste treten, Sancho, so bist du mir willkommen; denn zu denken, daß ich einen uralten Gebrauch der irrenden Ritterschaft verdrehe und aus seinen Angeln heben werde, heißt, etwas Unsinniges denken: also, mein Sancho, gehe nochmals nach Hause und erkläre deiner Juanita meine Absicht, und wenn es ihr und dir recht ist, wieder auf Gnade mit mir zu sein, bene quidem*), wo nicht, so bleiben wir so gute Freunde wie zuvor; denn wenn der Taubenschlag nur Futter hat, so wird es ihm auch nicht an Tauben fehlen. Und merke dies, mein Sohn: eine gute Hoffnung ist besser als ein geringer Besitz; ein guter Prozeß ist besser als ein schlechtes Gewinnen. Ich spreche auf diese Weise, Sancho, um dir zu zeigen, daß ich auch Sprichwörter wie einen Platzregen herunterfallen lassen kann. Kurz, ich will dir nur so viel sagen, daß, wenn du nicht auf Gnade mit mir ziehen willst und dasselbe Glück versuchen, welches ich versuche, so sei Gott mit dir und lasse es dir wohl gehen; denn mir wird es nicht an Stallmeistern fehlen, die gehorsamer, fleißiger, weniger gefräßig und nicht solche Schwätzer sind wie du.

Als Sancho diesen festen Entschluß seines Herrn vernahm, wurde es ihm dunkel vor den Augen, und sein Herz entfiel ihm; denn er hatte geglaubt, daß sein Herr um alle Schätze der Welt nicht ohne ihn ziehen würde.

Indem er noch erschreckt und nachdenkend war, trat Simson Carrasco herein, nebst der Haushälterin und Nichte, die es gern anhören wollten, auf welche Weise er ihren Herrn überreden würde, nicht auf neue Abenteuer auszuziehen. Simson, dieser ausgemachte Schalk, trat hinzu, umarmte ihn wie das erstemal und rief mit lauter Stimme: O du Blume der irrenden Ritterschaft! O du glanzverbreitendes Licht der Waffen! O du Ehre und Spiegel der spanischen Nation! Ich bitte den allgewaltigen Gott, daß die Person oder die Personen, welche ein Hindernis in deinen Weg legen und deinen dritten Auszug stören wollen, kein Mittel dazu in dem Labyrinthe ihrer Absichten finden mögen und daß sich ihnen niemals erfülle, was sie so böse wünschen. Er kehrte sich zur Haushälterin und sagte: Die Frau Haushälterin mag nur aufhören, das Gebet der heiligen Apollonia zu rezitieren; denn ich weiß, daß es im Gebiete der Sphären unwiderruflich beschlossen ist, daß der Herr Don Quixote sich wieder zur Ausübung seiner erhabenen und neuen Vorsätze wende, und ich würde sehr mein Gewissen beschweren, wenn ich diesen Ritter nicht beredete und anreizte, nicht länger die Kraft seines tapfern Armes und den Edelmut seiner hohen Gesinnung zu hemmen und anzuhalten; denn durch seine Zögerung vorenthält er die Geradheit der Krummen, den Beistand der Waisen, die Ehre der Jungfrauen, die Begünstigung der Witwen und die Stütze der Ehefrauen, nebst anderen Dingen dieser Art, die zugehören, anhängen und eingefugt und einverleibt sind dem Orden der irrenden Ritterschaft. Auf denn, mein Herr Don Quixote, der Schöne, der Gewaltige, lieber heute als morgen mache sich Euer Gnaden und Dero Hoheit auf den Weg, und wenn Euch noch etwas gebrechen sollte, um Euer Vorhaben auszuführen, so bin ich hier, um Euch mit meiner Person und allem, was ich habe, auszuhelfen; und wenn es nötig wäre, Deiner Durchlauchtigkeit als Stallmeister zu dienen, so würde ich solches für mein allerhöchstes Glück erachten.

Hierauf sagte Don Quixote, indem er sich zu Sancho wandte: Habe ich es dir nicht gesagt, Sancho, daß ich Stallmeister im Überflusse haben würde? Sieh

*) Dann gut.

nur, wer sich eben dazu anbietet, kein anderer als der unerhörte Baccalaureus Simson Carrasco, der immerwährende Freudenspender und Hauptergötzer in den Höfen der salamantinischen Schulen, gesund von Person, behende von Gliedern, schweigsam, ein Erdulder sowohl der Hitze wie der Kälte, sowohl des Hungers wie des Durstes, nebst allen jenen Eigenschaften, die zum Stallmeister eines irrenden Ritters gehören: aber der Himmel erlaubt es nicht, daß, um nur meinem Vergnügen zu folgen, der Säule der Wissenschaften die Sehne zerschnitten und dieses Gefäß der Kenntnisse zertrümmert werde, daß man verstümmele diese hochragende Palme der schönen und freien Künste. Er bleibe, der neue Simson, in seinem Vaterlande, und indem er es schmückt, schmücke er zugleich die grauen Haare seiner ehrwürdigen Eltern; denn ich will mich mit jedwedem andern Stallmeister zufrieden stellen, wenn Sancho sich auch nicht die Ehre geben will, mit mir zu ziehn.

Ich will mir ja die Ehre geben, antwortete Sancho gerührt und die Augen voller Tränen, indem er so fortfuhr: Nein, gnädiger Herr, es soll nicht von mir gesagt werden: Erst ißt er mit, und dann schleicht er sich aus der Gesellschaft. Nein, ich komme aus keiner undankbaren Familie; denn die ganze Welt und vorzüglich dies Dorf hier weiß, was die Pansas für Leute gewesen sind, von denen ich abstamme, und da ich außerdem es weiß und einsehe, durch viele gute Werke und noch bessere Worte, daß Euer Gnaden die Absicht hat, mir Gnade zu erzeigen, und wenn ich mich also in Rechnungen und Fordern und Bieten meines Gehaltes wegen eingelassen habe, so ist es nur geschehn, um meiner Frau zu Willen zu sein, die, wenn sie sich einmal dranmacht, zu einer Sache zu überreden, mehr andrückt, daß das geschieht, was sie will, als nur irgendein Böttcher die Bänder um ein Faß andrücken kann: aber der Mann muß doch am Ende immer Mann sein, und das Weib Weib, und da ich mich als Mann zeige, wenn es mir gefällt, was sie nicht leugnen kann, so will ich es auch in meinem Hause sein, verdrieß' es auch, wen es verdrießen mag. Es ist also nun nichts weiter zu tun, als daß Ihr, gnädiger Herr, nun Euer Testament mit dem Kodizille macht, und zwar so, daß es nicht krummgestoßen werden kann; und so wollen wir uns stracks auf den Weg machen, damit die Seele des Herrn Simson zur Ruhe komme, der gesagt hat, daß sein Gewissen es heischet, Euch zu bereden, zum dritten Male durch die Welt zu ziehen; und ich biete mich von neuem an, Euch treu und ehrlich zu dienen, so gut und noch besser, als es alle Stallmeister getan haben, die nur jemals in den vorigen und jetzigen Zeiten den irrenden Rittern gedient haben.

Der Baccalaureus stand erstaunt, die Art und Weise zu hören, wie Sancho sprach. Er hatte zwar von den ersten Abenteuern des Don Quixote gelesen, er hatte aber niemals geglaubt, daß Sancho so lustig sei, wie er dort geschildert ist; da er ihn aber jetzt von Testament und Kodizill reden hörte, welches nicht krummgestoßen werden könne, statt eines Testamentes und Kodizills, welches nicht könne umgestoßen werden, so glaubte er alles, was er von ihm gelesen hatte, und überzeugte sich, daß er einer von den ehrwürdigsten Dummköpfen unseres Jahrhunderts sei; er sagte zu sich selbst, daß man zwei solcher Toren, wie den Herrn und Diener, noch niemals in der Welt gesehen habe. Kurz, Don Quixote und Sancho umarmten sich und blieben Freunde, und auf die Meinung und das Gutachten des großen Carrasco, der für jetzt sein Orakel war, wurde es so ausgemacht, daß er seine Abreise für die nächsten drei Tage bestimmte, in welcher Zeit er noch das Nötige zur Reise herbeischaffen und einen vollständigen Visierhelm beschaffen könne, welchen Don Quixote, wie er behauptete, durchaus haben müsse.

Simson bot ihm einen an, weil er wisse, daß ihm diesen einer seiner Freunde nicht abschlagen würde, der ihn besitze, der aber von Staub und Rost mehr schwarz als von poliertem Stahle hell und blank erschiene. Die Flüche, welche die beiden, Nichte und Haushälterin, über den Baccalaureus aussprachen, lassen sich nicht erzählen. Sie rissen sich die Haare aus, zerkratzten sich die Gesichter, und ganz nach der Weise der Klageweiber weinten sie über seine Abreise so, als wenn sie der Tod ihres Herren gewesen wäre.

Die Absicht, die Simson dabei hatte, ihn zu einem neuen Auszuge zu bereden, bestand darin, das ins Werk zu richten, was die Historie weiter unten erzählt, alles mit Bewilligung des Pfarrers und Barbiers, mit denen er es vorher gemeinschaftlich überlegt hatte.

Einundfünfzigstes Kapitel

Verständige und lustige Unterhaltung, die zwischen Sancho Pansa und seiner Frau Juanita Pansa vorfiel.

Sancho kam nach seiner Unterredung mit Don Quixote, die wohl an zwei Stunden gedauert hatte, so freudig und lustig nach Hause, daß seine Frau seine Lustigkeit schon einen Büchsenschuß weit bemerken und es nicht lassen konnte, ihn zu fragen: Was ist dir, lieber Sancho, daß du gar so lustig bist?

Sancho antwortete: Liebe Frau, ich würde mich, wenn es Gott gefiele, sehr freuen, nicht so vergnügt zu sein, wie ich jetzt bin.

Ich verstehe dich nicht, Mann, versetzte sie, und weiß nicht, was du damit sagen willst; du würdest dich, wenn es Gott gefiele, sehr freuen, nicht so vergnügt zu sein; denn so dumm ich auch bin, so kann es doch, glaube ich, keinen Menschen geben, der sich darüber freute, es nicht zu sein.

Schau, Juanita, antwortete Sancho, ich bin lustig, weil ich mich entschlossen habe, wieder in die Dienste meines Herrn Don Quixote zu gehen, der seinen dritten Auszug machen will, um Abenteuer zu suchen. Ich will nun auch wieder mit ihm ausziehen, denn so erfordert es meine Not, wobei mich zugleich die Hoffnung vergnügt macht, wieder vielleicht andere hundert Goldstücke, wie die, welche nun schon ausgegeben sind, zu finden, dabei aber macht es mich traurig, daß ich dich und meine Kinder verlassen muß. Gäbe mir nur Gott mein ausreichendes, stilles Brot in meinem Hause, ohne mich auf diesen Stolperbahnen und Kreuzwegen herumzuschleppen, was er doch mit geringen Unkosten und bloß durch seinen Willen tun könnte, so ist es klar, daß meine Lustigkeit beständiger und dauerhafter sein würde; denn meine jetzige ist mit der Traurigkeit vermischt, dich zu verlassen. So habe ich also ganz recht gesagt, daß ich mich, wenn es Gott gefiele, sehr freuen würde, nicht so vergnügt zu sein.

Wahrlich, Sancho, versetzte Juanita, seit du dich zu einem Mitgliede der fahrenden Ritterschaft gemacht hast, sprichst du auf solche krumme Art, daß dich kein Mensch mehr versteht.

Wenn mich nur Gott versteht, Frau, antwortete Sancho; denn der versteht alle Dinge, und damit gut. Aber höre, mein Kind, du mußt in diesen drei Tagen für den Grauen recht sorgen, damit er tüchtig ist, den Harnisch zu tragen, verdopple sein Futter, sieh nach dem Reitkissen und dem übrigen Zeug; denn wir ziehen nicht etwa auf Hochzeiten aus, sondern um die ganze Welt zu durchstreifen, und da gibt es ein Wer da und ein Her da mit Riesen, mit Drachen und Gespenstern, da hört man Zischen, Toben, Schreien und Brüllen, und doch wären alle diese Dinge Butterblumen, wenn wir nur nicht mit verzauberten Mohren zu tun hätten.

Ich glaube wohl, Mann, versetzte Juanita, daß die fahrenden Schildknappen ihr Brot nicht umsonst essen, und darum will ich unseren Herrgott bitten, daß er dich bald aus deinem Elende erlöse.

Ich sage dir, antwortete Sancho, wenn ich nicht dächte, mich in kurzer Zeit als Statthalter einer Insel zu sehen, würde ich jetzt hier tot vor dir niederfallen.

Nicht doch, lieber Mann, sagte Juanita; mag die Henne leben bleiben, wenn sie auch den Pips hat. Ohne Statthalterei bist du aus dem Leibe deiner Mutter gekommen, ohne Statthalterei hast du bisher gelebt, und ohne Statthalterei wirst du zu Grabe getragen werden, wenn es Gott gefällig ist. Wie viele gibt es nicht in der Welt, die ohne Statthalterei leben? Und doch leben sie und werden zu den Menschen gerechnet. Das beste Gewürz von der Welt ist der Hunger; und da dieser den Armen nicht fehlt, so macht ihnen das Essen immer Vergnügen. Aber bedenke, Sancho, daß du, wenn du dich plötzlich in einer Statthalterei sähest, mich und deine Kinder nicht vergessen mußt; überlege, daß Sanchico schon volle fünfzehn Jahre alt ist und daß es hohe Zeit ist, daß er in die Schule geht, wenn ihn sein Oheim, der Abt, noch für die Kirche brauchen soll. Bedenke auch, daß Marie Sancha, deine Tochter, sich nicht zu Tode grämen wird, wenn wir sie verheiraten; denn ich ahne, daß sie ebensogern einen Mann hätte wie du eine Statthalterei. Und, lieber Gott, besser, die Tochter schlecht verheiratet, als daß sie gut zu Falle kommt.

Wahrlich, antwortete Sancho, wenn Gott mir so gnädig ist, daß er mir irgendeine Statthalterei gönnt, so will ich dir, liebe Frau, Marie Sancha so vornehm verheiraten, daß man sie nicht anders als Exzellenz nennen soll.

Nein, Sancho, antwortete Juanita, verheirate sie mit ihresgleichen, denn das ist das beste. Wenn sie aus Holzschuhen auf hohe Absätze und aus grauem Fries in Reifröcke und seidene Kleider käme, aus Marietta und Du in Doña soundso und Exzellenz, so würde sich das Kind darein nicht finden können; bei jedem Schritte würde sie in tausend Fehler fallen, woraus sich denn der Faden ihres geringen und groben Gewebes zeigte.

Schweig, Närrin, sagte Sancho, denn alles kommt auf die Übung von zwei oder drei Jahren an, dann wird ihr die Damenschaft und Ehrbarkeit wie angegossen sitzen; und geschieht es nicht, was schadt's. Sie bleibt Exzellenz, und es mag gehen, wie es will.

Bleibe doch, Sancho, in deinem Stande, antwortete Juanita, und suche nicht höher zu steigen; denke nur an das Sprichwort: Putz dem Sohne deines Nachbars die Nase und nimm ihn in dein Haus. Das wäre doch wahrhaftig ein herrliches Ding, wenn wir unsere Maria mit so einem Grafenburschen oder Ritterbengel verheirateten und er ihr dann, sooft es ihm einfiele, den Stuhl vor die Tür setzte, sie Bauernmensch hieße und Fräulein Spinnrocken oder Heugabel; nein, meiner Seel', Mann, dazu habe ich mein Kind nicht großgezogen! Bringe du nur Geld, Sancho, und für das Verheiraten laß mich sorgen. Da ist hier der Lope Tocho, der Sohn des Juan Tocho, ein frischer und gesunder Bursche, den wir kennen und der ein Auge auf das Mädchen hat; mit ihm, da er unseresgleichen ist, wird sie gut verheiratet sein, wir behalten sie immer unter Augen und machen zusammen eine Familie, Eltern und Kinder, Enkel und Schwiegerkinder, und der Friede und Segen Gottes wird bei uns wohnen. Aber das ist nichts, sie nach den Residenzen hin verheiraten, in die großen Paläste hinein, wo andere sie nicht verstehen und sie sich selbst nicht versteht.

Hör doch, Bestie und Weib des Barrabas, versetzte Sancho, was fällt dir denn ein, daß du mich so um nichts und wieder nichts hindern willst, meine Tochter mit jemand zu verheiraten, der mir Enkel schafft, die Exzellenz genannt werden? Sieh, Juanita, immer habe ich sagen hören, wer das Glück nicht zu brauchen versteht, wenn es kommt, soll sich auch nicht beklagen, wenn es ihm vorübergeht. Darum wäre es unklug, jetzt, da es an unsere Türe klopft, sie ihm zu verschließen; nein, wir wollen uns von diesem günstigen Winde mitnehmen lassen, der in unsere Segel bläst.

Bedenke, Juanita, was ich dir jetzt sagen will; denn du hast das gewiß zeit deines Lebens noch nicht gehört. Ich spreche auch jetzt nicht von mir selber; denn alles, was ich zu sagen denke, sind Sentenzen des Paters, der vergangene Fasten hier predigte und der, wenn ich mich nicht irre, sagte, daß alle gegenwärtigen Dinge, die unsere Augen betrachten, sich dem Gedächtnisse viel bleibender und heftiger eindrücken als Dinge, die vergangen sind. Wenn wir eine Person gewahr werden, die zierlich geschmückt und mit kostbaren Kleidern angetan ist und von Dienern begleitet wird, werden wir gleichsam mit Gewalt dazu gezwungen, ihr unsere Ehrfurcht zu bezeigen, wenn uns auch unser Gedächtnis in demselben Augenblick eine Niedrigkeit vorstellt, die wir ehemals an dieser Person wahrgenommen hatten; diese nachteilige Vorstellung, sei es nun Armut oder schlechte Herkunft, haftet als etwas Vergangenes durchaus nicht, sondern bloß das, was wir gegenwärtig vor uns sehen. Wenn der also, den das Glück aus schlechtgeschriebenem Konzept auf die Höhe des Wohlstandes gestellt hat, nun wohlgezogen, freimütig und höflich gegen alle ist, ohne sich denen gleichzustellen, die durch das Altertum edel sind, so sei überzeugt, Juanita, daß sich kein einziger dessen erinnern wird, was er war, sondern alle das verehren werden, was er ist, mit Ausnahme der Neidischen, vor denen kein noch so günstiges Glück sicher ist.

Ich verstehe dich nicht, Mann, versetzte Juanita, tu, was du willst, und zerbrich mir nicht den Kopf mit deinen oratorischen Erzeugnissen.

Und darüber sind wir einig, sagte Sancho, daß unsere Tochter eine Gräfin werden soll?

Den Tag, da ich sie als Gräfin sehe, antwortete Juanita, rechne ich darauf, sie zu begraben. Ich sage dir aber noch einmal, daß du tun magst, wozu du Lust hast; denn mit der Bürde kommen die Weiber auf die Welt, daß sie ihren Männern gehorchen müssen, und wenn es auch wahre Lümmel sind. Sie fing so heftig an zu weinen, als ob sie Sanchica schon tot und begraben gesehen hätte.

Sancho tröstete sie mit der Versicherung, daß er, wenn er sie auch zur Gräfin machen müsse, es doch so spät als nur irgend möglich tun wolle. Hiermit endigte er das Gespräch und ging fort, um Don Quixote zu besuchen und dessen Befehle wegen der Abreise entgegenzunehmen.

Zweiundfünfzigstes Kapitel

Was dem Don Quixote mit seiner Nichte und seiner Haushälterin begegnete.

Während Sancho Pansa und seine Frau Juanita dieses Gespräch führten, waren die Nichte und die Haushälterin Don Quixotes auch nicht müßig, die aus tausend Zeichen erkannten, daß ihr Oheim und Herr sich zum dritten Male auf und davon machen wolle, um seine, wie es ihnen schien, verfluchte Ritterschaft wieder aufzunehmen. Sie versuchten auf alle mögliche Weise, ihn von diesem üblen Gedanken abzubringen; aber das hieß in die Wüste predigen und kaltes Eisen hämmern. Unter vielen andern Reden sagte die Haushälterin: Wahrhaftig, mein Herr, wenn Ihr Euch durchaus nicht auf einen vernünftigen Fuß setzen und in Eurem Hause bleiben wollt und wieder über die Berge und durch die Täler ziehen müßt wie eine büßende Seele, um das aufzusuchen, was Ihr Abenteuer nennt, was ich aber Jammerleben nenne, so will ich mich mit Heulen und Schreien an Gott und den König wenden, daß sie dem Dinge einen Riegel vorschieben.

Worauf Don Quixote zur Antwort gab: Haushälterin, was Gott auf deine Klagen antworten würde, weiß ich nicht, ebensowenig was Seine Majestät sagen könnte; ich weiß nur das: Wenn ich König wäre, so würde ich es müßig finden, auf die unzählige Menge der unsinnigen Bittschriften eine Antwort zu geben, die täglich einlaufen. Denn eines der größten Leiden der Könige ist unter vielen anderen wohl das, daß sie gezwungen sind, alle anzuhören und allen Antwort zu geben. Drum wäre es mir sehr unlieb, wenn unser König meinetwegen auch noch Verdruß haben sollte.

Worauf die Haushälterin sagte: Sagt mir nur, gnädiger Herr, ob es denn am Hofe bei Seiner Majestät nicht auch Ritter gibt.

Freilich, antwortete Don Quixote, und viele; auch ist es gut, daß sie sich dort aufhalten als ein Schmuck der Fürsten und eine Erhöhung des königlichen Glanzes.

Könntet Ihr denn nun nicht, versetzte sie, einer von denen sein, die ihrem Könige und Herrn in aller Ruhe dienen, indem sie sich am Hofe aufhalten?

Sieh, mein Kind, versetzte Don Quixote, nicht alle Ritter können Hofleute sein, sowenig wie alle Hofleute fahrende Ritter sein können und sollen. Es muß von allen Arten in der Welt etwas geben; und ob wir schon alle Ritter sind, so herrscht doch die größte Verschiedenheit unter uns, denn die Hofleute streifen, ohne aus ihren Zimmern zu gehen oder den Bezirk des Palastes zu verlassen, durch die ganze Welt, indem sie eine Karte vor sich legen, und zwar ohne daß es sie einen Groschen kostet oder daß sie Kälte und Hitze, Hunger und Durst erdulden; wir aber, die wir die echten fahrenden Ritter sind, sind der Sonne und Kälte, der Luft und allen Unfreundlichkeiten des Himmels ausgesetzt, und so ziehen wir bei Nacht und bei Tage, zu Fuß und zu Pferde selbst durch die Länder. Wir sehen nicht bloß gemalte Feinde, sondern die wahrhaft wirklichen und bekämpfen sie auf alle Weise und bei jeglicher Gelegenheit, ohne uns bei Kindereien oder den Gesetzen des Duelles aufzuhalten. Ferner mußt du wissen, daß der rechte fahrende Ritter, wenn er auch zehn Riesen ansichtig wird, die mit den Köpfen nicht nur die Wolken erreichen, sondern darüber hinausragen, von denen jeder statt der Beine zwei gewaltige Türme hat und deren Arme den Mastbäumen der größten Kriegsschiffe gleichen und deren jedes Auge so groß ist wie ein Mühlenrad und glühender als ein Glasofen, er doch auf keine Weise erschrickt; sondern mit edlem Anstande und unerschrockenem Herzen wird er sie angreifen und bekämpfen und, wenn es möglich ist, sie überwinden und in einem kleinen Augenblicke zu Boden strecken, wenn sie auch mit den Schuppen eines gewissen Fisches gepanzert wären, von denen man behauptet, daß sie härter als selbst der Demant sind, und wenn sie statt der Schwerter schneidende Klingen von Damaszener Stahl führten oder eiserne Keulen mit stählernen Spitzen, wie ich dergleichen mehr als einmal gesehen habe. Alles dieses, liebe Haushälterin, ist dazu gesagt, damit du den Unterschied einsehen mögest, der zwischen Rittern und Rittern ist. Auch wäre es sehr gut, wenn alle Fürsten diese zweite, oder richtiger zu reden, erste Art der fahrenden Ritter gehörig schätzten; denn wie wir in ihren Historien lesen, hat es welche darunter gegeben, die das Glück nicht nur eines Königreichs, sondern vieler begründet haben.

Ach, Herr Oheim! rief die Nichte aus, seht doch nur ein, daß alles, was Ihr da von den fahrenden Rittern sagt, Fabeln und Lügen sind; und wenn man ihre Historien nicht verbrennt, so sollte man wenigstens ein Kreuz oder sonst ein Zeichen darauf machen, damit man sie gleich für unehrlich und für Verderber aller guten Sitten erkennte.

Bei dem Gotte, der mich erschaffen hat, sprach Don Quixote, wärst du nicht meine leibliche Nichte, die Tochter meiner eigenen Schwester, so wollte ich dich so für die Lästerung, die du ausgesprochen hast, züchtigen, daß der Ruf davon die Welt durchdränge. Wie, bei allem was heilig ist, ist es möglich, daß ein Naseweis, der kaum seine zwölf Spitzenklöppel in Ordnung halten kann, sich untersteht, mit seiner Zunge über die Historien der fahrenden Ritter zu fahren und sie zu kritisieren? Was würde Herr Amadis sagen, wenn er dergleichen hören sollte? Doch wahrlich, er würde es dir verzeihen; denn er war der demütigste und höflichste Ritter seiner Zeit und außerdem ein eifriger Beschützer der Jungfrauen. Es hätte aber dies ein solcher hören können, der es dir übel bezahlt hätte; denn nicht alle sind höflich und wohlgezogen, es gibt auch Schälke und Unartige unter ihnen. Auch sind nicht alle, die sich Ritter nennen, es durch und durch; denn einige sind von Gold, andere nur legiert, und doch scheinen alle Ritter, aber nicht alle bestehen auf dem Prüfsteine der Wahrheit. Es gibt gemeine Menschen, die vagabundieren, um als Ritter zu erscheinen, und wieder vornehme Ritter, die recht eigen ihr Leben daranzusetzen scheinen, um sich nur als gemeine Menschen darzustellen. Jene erheben sich, entweder durch Ehrgeiz oder durch ihre Tugend; diese erniedrigen sich, entweder durch die Feigheit oder durch das Laster, und es ist daher eine verständige Prüfung notwendig, um diese beiden Arten von Rittern zu unterscheiden, die in dem Namen so gleich und in ihren Handlungen so durchaus verschieden sind.

Beim Himmel! sagte die Nichte, was wißt Ihr doch alles für Dinge, Herr Oheim; wenn es einmal die Not erforderte, so könntet Ihr wohl gar auf die Kanzel steigen und eine Predigt halten, und bei alledem lebt Ihr doch in einer so großen Verblendung und in einer so sichtlichen Einfalt; denn Ihr bildet Euch ein, Ihr seid kräftig, und seid doch alt; Ihr denkt, Ihr habt Gewalt, und seid schwach; Ihr wollt Ungeradheiten gerade machen und geht vor Alter selber krumm; und vor allen Dingen, Ihr meint Ritter zu sein, da Ihr es doch nicht seid; denn obwohl alle Edlen es sein könnten, so ist es doch den Armen unmöglich.

Du hast in dem, was du sagst, Nichte, nicht so ganz unrecht, antwortete Don Quixote, und ich könnte dir über deine Herkunft Dinge sagen, die dich verwundern würden; aber ich schweige lieber, um nicht das Göttliche mit dem Menschlichen zu vermischen. Seht, Kinder, auf viererlei Arten der Abkunft lassen sich alle Familien in der Welt zurückführen, und zwar auf folgende: Einige haben einen niedrigen Ursprung, sie erheben sich und breiten sich immer weiter aus, bis sie die größte Höhe erreicht haben; andere, die einen vornehmen Ursprung genommen und ihn erhalten haben und ihn noch so erhalten und durchführen, wie sie ihn anfangs übernommen; andere, die zwar vornehm entsprungen sind, sich aber in einem Punkt verlieren, wie die Pyramide, die auch nach und nach abnimmt und in einem Nichts endigt, wie es die Spitze der Pyramide ist, die in Rücksicht auf ihre Basis oder Grundlage für ein Nichts zu rechnen ist; andere gibt es noch, und zwar die meisten, die weder einen edlen Ursprung genommen, noch sich jemals erhoben haben und so auch ohne allen Namen bleiben, wie es mit allen gemeinen und gewöhnlichen Menschen geschieht. Von den ersten, die einen niedrigen Ursprung hatten und sich zur Größe emporschwangen, in der sie noch glänzen, gibt uns das Ottomanische Haus ein Beispiel, das von einem gemeinen und niedrigen Hirten, der ihm seinen Ursprung gab, auf den Gipfel gelangt ist, auf dem wir es jetzt sehen. Von der zweiten Klasse, die hohen Ursprungs ist und sich so erhalten hat, ohne sich weiter auszubreiten, sind viele Fürsten ein Beispiel, die es durch die Geschlechtsfolge sind und sich so erhalten, ohne sich auszubreiten oder abzunehmen, indem sie sich friedlich in den Schranken ihrer Größe erhalten. Von denen, die groß anfingen und sich in einem Punkte verloren, gibt es tausend Beispiele; denn alle Pharaonen und Ptolemäer in Ägypten, die Cäsaren in Rom, die unzähligen Fürsten, Monarchen, Herren, Meder, Assyrier, Perser, Griechen und Barbaren, alle diese Familien und Herrschaften haben sich in einen Punkt und in ein Nichts verloren, sie sowohl als diejenigen, die ihnen den Ursprung gaben; denn es wäre jetzt wohl nicht möglich, einen von ihren Nachkömmlingen aufzufinden, oder wenn wir es könnten, so würden wir ihn in einem gemeinen und niedrigen Stande antreffen.

Vom Volke brauche ich nicht weiter zu sprechen, denn es dient nur, die Zahl der Lebendigen zu vermehren, ohne einen Ruhm oder ein Lob wegen seiner Herrlichkeit zu verdienen. Aus dem bisher Gesagten sollt ihr Maulaffen erkennen, daß unter den Familien und ihrer Abkunft große Verwirrung herrscht und daß nur diejenigen als groß und herrlich erscheinen, die es durch ihre Tugend, ihren Reichtum und ihre Freigebigkeit beweisen. Ich sage: durch ihre Tugenden, Reichtümer und Freigebigkeit; denn der Große, der lasterhaft ist, ist nur ein großer Lasterhafter, und der Reiche, der nicht freigebig ist, ist ein geiziger Bettler; denn den Besitzer der Reichtümer macht das nicht glücklich, daß er sie hat, sondern daß er sie ausgibt, und zwar nicht, daß er sie nach seinem Gefallen ausgibt, sondern daß er sie gut auszugeben versteht. Dem armen Ritter bleibt kein anderer Weg, sich als Ritter zu bewähren, als der der Tugend übrig, indem er dienstfertig, wohlgezogen, höflich, artig und gefällig ist; daß er nicht prahlt, nicht großtut, nicht verleumdet, besonders sich mitleidig zeigt; denn mit zwei Maravedis, die er dem Armen mit frohem Mute reicht, kann er sich so freigebig beweisen wie derjenige, der die Glocken läuten läßt, um Almosen auszuteilen, und niemand, der ihn mit den obengenannten Tugenden geschmückt sieht, wenn er ihn auch nicht kennen sollte, wird es unterlassen, ihn für einen Mann von edler Abkunft zu erklären. Geschähe dies nicht, so wäre es ein Wunder; denn immer war das Lob die Belohnung der Tugend, und den Tugendhaften kann es nicht fehlen, gelobt zu werden. Zwei Wege gibt es, meine Kinder, auf denen die Menschen zu Reichtum und Ehre gelangen können; der eine ist der Weg der Wissenschaften, der zweite der der Waffen. Ich bin den Waffen mehr als den Wissenschaften zugetan und wurde, gemäß meiner Neigung zu den Waffen, unter dem Einfluß des Planeten Mars geboren, so daß ich gleichsam gezwungen bin, diesem Wege zu folgen; auch denke ich auf ihm aller Welt zu Trotze fortzuwandeln, deshalb wird es auch vergebens sein, euch in Überredungen zu erschöpfen, daß ich das nicht wollen möge, was der Himmel will, was das Schicksal mir vorschreibt, die Vernunft fordert und wozu mich vor allen Dingen mein Verlangen treibt. Ich kenne die unzähligen Beschwerden recht gut, die mit der fahrenden Ritterschaft verbunden sind; aber ich kenne auch das unschätzbare Gut, welches durch sie erlangt wird. Ich weiß, daß der Pfad der Tugend eng ist und der Weg des Lasters breit. Auch weiß ich, daß das Ziel und Ende von beiden sehr verschieden ist; denn der große und geräumige Weg des Lasters endigt im Tode, der schmale und beschwerliche Pfad der Tugend aber endigt im Leben, und zwar nicht in einem Leben, das endigt, sondern in einem solchen, welches niemals beschlossen wird.

Indessen rief einer an der Tür, und als man fragte, wer da sei, antwortete Sancho Pansa, daß er es wäre. Die Nichte machte ihm auf, und sein Herr Don Quixote ging ihm entgegen, um ihn mit offenen Armen zu empfangen.

In den nächstfolgenden Tagen versahen sich Don Quixote und Sancho mit allem, was sie nötig zu haben glaubten; und nachdem Sancho seine Frau und

Don Quixote seine Nichte und seine Haushälterin besänftigt hatten, machten sie sich am Abend, ohne daß einer sie sah, ausgenommen der Baccalaureus, der sie eine halbe Meile weit begleiten wollte, auf den Weg nach Toboso; Don Quixote auf seinem wackeren Rosinante und Sancho auf seinem alten Grauen, den Schnappsack mit Eßsachen gehörig versehen und den Beutel mit Geld, welches ihm Don Quixote für unvorhergesehene Fälle gegeben hatte. Simson umarmte ihn mit der Bitte, ihm von seinem guten oder schlimmen Geschick Nachricht zu geben, damit er sich, wie solches die Gesetze der Freundschaft forderten, über jenes erfreuen, über dieses aber betrüben könne. Don Quixote versprach es ihm; Simson kehrte nach seinem Dorfe zurück, und die beiden beschlossen, den Weg nach der ansehnlichen Stadt Toboso zu nehmen.

Dreiundfünfzigstes Kapitel

Erzählt, was Don Quixote begegnete, als er auf dem Wege war, seine Dame Dulcinea von Toboso zu besuchen.

Don Quixote und Sancho waren noch nicht allzuweit geritten, als Rosinante anfing zu wiehern und der Graue zu seufzen, welches von beiden, vom Ritter und vom Knappen, für ein gutes Zeichen und eine glückliche Vorbedeutung gehalten wurde, obgleich, die Wahrheit zu sagen, das Seufzen und Gebrüll des Grauen länger währte als das Wiehern des Rosinante, woraus Sancho den Schluß zog, daß sein Glück dasjenige seines Herrn übersteigen und bei weitem übertreffen würde, wiewohl man nicht weiß, ob er sich auf die astrologica judiciaria stützte, die er studiert haben mochte, wenn es gleich die Historie nicht ausdrücklich erwähnt. Man hörte ihn nur behaupten, daß er sich gefreut haben würde, nicht aus dem Hause gegangen zu sein, wenn er stolperte oder fiel; denn aus diesem Stolpern und Fallen ergäbe sich nichts anderes als zerrissene Schuhe oder zerschlagene Rippen. Und ob er gleich ein Tor war, so verfehlte er hierin doch nicht völlig den rechten Weg.

Don Quixote sprach zu ihm: Freund Sancho, die Nacht nimmt immer mehr und mehr zu, und die Finsternis wird dichter, als wir sie nötig hätten, um Toboso zu erblicken, wohin ich zu gehen entschlossen bin, ehe ich mich in ein anderes Abenteuer einlasse. Dort will ich den Segen und den freundlichen Urlaub der unvergleichlichen Dulcinea mit mir nehmen, mit welchem Urlaub ich überzeugt bin, jedes noch so gefährliche Abenteuer glücklich beendigen zu können; denn nichts in dieser Welt macht die fahrenden Ritter so tapfer wie dies eine, daß sie sich von ihren Damen begünstigt sehen.

Das ist auch mein Glaube, antwortete Sancho; ich halte es aber für schwer, daß Ihr mit ihr sprechen oder sie sehen könnt, wenigstens an einem solchen Orte, wo Ihr ihren Segen empfangen könnt, wenn sie ihn nicht von der Hofmauer herunter geben will, wo ich sie damals sah, als ich ihr den Brief brachte, der von Euren Narrheiten und Unsinnigkeiten Meldung tat, die Ihr im Herzen des schwarzen Gebirges ihretwegen unternahmt.

Hofmauern spiegelten sich dir vor, Sancho, sagte Don Quixote, wo du die in Ewigkeit nicht hinlänglich gepriesenen Reize und Schönheit erblicktest? Galerien, Altane und Balkone mußten es sein oder wie man dergleichen sonst bei herrlichen und königlichen Palästen benennen mag.

Das konnte alles sein, antwortete Sancho; mir schien es eine Wand, wenn mich mein Gedächtnis nicht ganz verläßt.

Dennoch wollen wir hinziehen, Sancho, versetzte Don Quixote; denn wenn ich sie nur sehe und sie mir den Segen erteilt, sei es nun über eine Wand oder am Fenster oder durch die Jalousien oder durch das Gitter eines Gartens, so wird jeder Strahl, der von der Sonne ihrer Schönheit meine Augen trifft, meinen

Verstand so erleuchten und mein Herz dergestalt ermutigen, daß ich einzig und unvergleichlich sowohl in der Verständigkeit wie in der Tapferkeit sein werde.

Aber wahrhaftig, gnädiger Herr, als ich dieser Sonne, der Dame Dulcinea del Toboso, ansichtig wurde, war sie nicht ganz im Klaren, so daß sie hätte Strahlen von sich werfen können, was wohl daher rühren mochte, weil die Gnädige eben, wie schon gesagt, Getreide fegte, so daß der Staub, den sie erregte, sich wie eine Wolke vor ihr Angesicht lagerte und es dadurch verdunkelte.

Wie kommst du doch immer wieder darauf, Sancho, sagte Don Quixote, zu denken und zu behaupten, zu glauben und darauf zu bestehen, daß meine Dame Dulcinea Getreide gefegt habe, da dieses eine Arbeit und Tätigkeit ist, die weit ab von dem liegt, womit sich vornehme Personen beschäftigen und beschäftigen sollen, die zu solcher Tätigkeit und Unterhaltung erzogen sind, daß man schon auf einen Büchsenschuß ihren vornehmen Stand erkennt? — Du erinnerst dich wenig jener Verse, Sancho, in denen ein Poet die Arbeit beschreibt, die in ihren kristallenen Gemächern jene vier Nymphen vornahmen, welche aus dem geliebten Tajo ihre Häupter erhoben und sich auf die grüne Wiese niederließen, um jene kostbaren Gewebe zu wirken, die uns der sinnreiche Poet beschreibt und die ganz aus Gold, Seide und Perlen zusammengefügt waren. Von solcher Art mußte auch die Beschäftigung meiner Dame sein, als du sie erblicktest, wenn nicht der Neid, den irgendein böser Zauberer zu mir trägt, alle meine kostbarsten Güter in unwürdige Gestalten und in ihr Gegenteil entstellt und verwandelt. So fürchte ich auch, daß in der Historie, die von meinen Taten handeln soll, wenn vielleicht ihr Autor ein Weiser und mein Feind gewesen, ein Ding statt eines andern gestellt sein wird, eine Wahrheit mit tausend Lügen vermischt, indem er sich daran ergötzt, andere Vorfälle zu erzählen, die weit von denen entfernt sind, welche zur Fortsetzung einer wahrhaftigen Historie gehören. O Neid! Du Wurzel unzähliger Übel, du nagender Wurm der Tugenden! Alle Laster, Sancho, führen eine gewisse Art des Vergnügens mit sich; dem Neide aber folgen nur Verdruß, Zorn und Wut.

Das hab' ich auch immer gesagt, antwortete Sancho, und ich glaube wohl, daß in der Historie meine Ehre wohl auch rücklings auf dem Pferde sitzen mag oder gar hinkend und stinkend einherziehen, wie man zu sagen pflegt; doch habe ich, meiner Seel', niemals von einem Zauberer übel gesprochen, auch besitze ich nicht so viele Herrlichkeiten, daß mich einer beneiden könnte. Ich habe zwar ein bißchen ein loses Maul, und der Schalk sitzt mir zuweilen im Nacken; aber alles wird von dem großen Mantel meiner immer natürlichen und niemals erkünstelten Einfalt bedeckt. Und wenn es auch keine andere Ursache gäbe, als daß ich beständig und wahrhaftig an Gott glaube und an alles, was unsere heilige römisch-katholische Kirche zu glauben befiehlt, und daß ich ein Todfeind aller Juden bin, so sollten die Historienmacher schon deswegen Mitleid mit mir haben und mich in ihren Schriften gut behandeln; sie mögen aber sagen, was sie wollen, nackt bin ich zur Welt gekommen, nackt bin ich noch, ich verliere und gewinne nichts dabei, und wenn ich mich nur in Büchern gedruckt finde und so durch die Welt von einer Hand in die andere spaziere, so schert es mich den Teufel etwas, sie mögen von mir sagen, was sie nur immer wollen.

Dies erinnert mich, Sancho, sagte Don Quixote, an etwas, das einem berühmten Poeten unserer Zeit begegnete. Dieser hatte eine boshafte Satire gegen alle Damen von freier Lebensart geschrieben; er führte aber darin eine gewisse Dame nicht an, von der man zweifeln konnte, ob sie zu jenen gehörte oder nicht; da diese nun sah, daß sie sich nicht in der Liste der übrigen befand, machte sie dem Poeten Vorwürfe und fragte, was er denn an ihr gesehen habe, um sie nicht unter die Zahl der andern zu stellen. Er möchte seine Satire nur erweitern und sie in dieser Vermehrung aufführen; sonst möge er sehen, was daraus entstehe. Der Poet tat es, verunglimpfte sie so sehr, daß es eine Dueña nicht ärger hätte machen können, und sie war zufrieden, sich genannt, wenn auch beschimpft zu sehen. Auch gehört das hierher, was man von jenem Hirten erzählt, der den berühmten Tempel der Diana anzündete und verbrannte, welcher zu den sieben Wunderwerken der Welt gerechnet wurde, um seinen Namen in den zukünftigen Jahrhunderten lebendig zu erhalten; und ob man gleich den Befehl gab, daß keiner ihn nennen sollte, noch seiner weder mündlich noch schriftlich Erwähnung tun, damit er seine Absicht nicht erreiche, so weiß doch jedermann, daß er Herostratus geheißen. Auch das paßt gut hierher, was dem großen Kaiser Karl dem Fünften in Rom mit einem Ritter begegnete. Der Kaiser wollte nämlich jenen berühmten Tempel, das Pantheon, in Augenschein nehmen, der im Altertume der Tempel aller Götter hieß, jetzt aber mit einem schönern Namen der aller Heiligen genannt wird. Dieses Gebäude ist dasjenige, welches auf uns am wenigsten verstümmelt aus den Zeiten des römischen Heidentums gekommen ist und welches zugleich am meisten den Ruhm der Größe und Pracht seiner Erbauer erhält. Es ist wie eine halbe Orange gestaltet, äußerst groß und sehr gut erleuchtet, ob es gleich kein anderes Licht erhält, als durch ein einziges Fenster fällt, oder richtiger zu reden, durch eine runde Öffnung, die sich oben in seiner Kuppel befindet, von wo der Kaiser eben das Gebäude beschaute; ihm zur Seite befand sich ein römischer Ritter, der ihm die Schönheit und Trefflichkeit dieses großen Baues und der herrlichen Architektur erklärte. Als sie nun von der Öffnung heruntergestiegen waren, sagte dieser zum Kaiser: Tausendmal, geheiligte Majestät, ist es mir in den Sinn gekommen, mich mit Eurer Majestät oben von der Öffnung herabzustürzen, um mir in der Welt einen unsterblichen Namen zu machen. Ich danke Euch, antwortete der Kaiser, daß Ihr diesen bösen Gedanken nicht in Ausübung gebracht habt, von nun an will ich Euch keine Gelegenheit weiter geben, Eure Treue von neuem auf die Probe zu stellen; ich befehle Euch also, niemals mit mir zu sprechen noch Euch da aufzuhalten, wo ich sein werde. Nachdem er dies gesprochen, machte er ihm eine tiefe Verbeugung. Damit will ich nur so viel sagen, Sancho, daß der Wunsch, sich berühmt zu machen, auf eine gewaltsame Weise wirkt. Was, meinst du, bewog jenen Horatius, sich mit allen seinen Waffen geharnischt von der Brücke herunter in den tiefen Strom des Tiber zu stürzen? Was verbrannte den Arm und die Hand dem Mucius Scaevola? Was trieb den Curtius, in den flammenden Abgrund hineinzuspringen, der sich mitten in Rom auftat? Was bewog, allen Vorbedeutungen zum Trotz, die sich feindlich erwiesen, den Cäsar, über den Rubicon zu schreiten? Und um neuere Beispiele zu geben, was versenkte die Schiffe und stellte jene hochherzigen Spanier einsam und abgeschnitten hin, die der unvergleichliche Cortez in die Neue Welt geführt hatte? Alle diese großen und sehr verschiedenen Taten sind, waren und werden ein Werk des Ruhmes sein, welchen die Sterblichen als Belohnung und als einen Teil der Unsterblichkeit wünschen, die ihre großen Taten verdienen, obgleich die christlich-katholischen fahrenden Ritter mehr nach der Glorie jener zukünftigen Zeit zu trachten haben, die in den ätherischen und himmlischen Wohnungen ewiglich währt, als nach jener Eitelkeit des Ruhms, der in dieser gegenwärtigen endlichen Zeit zu erlangen steht, welcher Ruhm, wenn er auch noch so lange dauert, doch endlich mit dieser Welt vergehen muß, welche ihr bestimmtes Ende erreicht. Also, Sancho, müssen unsere Taten niemals die Grenze überschreiten, die uns die christliche Religion gezeichnet hat, zu welcher wir uns bekennen. In den Riesen müssen wir den Übermut niederkämpfen, den Neid in der Großmut einer edlen Brust, den Zorn durch sanftes Betragen und Seelenruhe, Gier und Schläfrigkeit durch Enthaltsamkeit und eifriges Fasten und Wachen, Ausgelassenheit und Wollust durch die Treue, die wir denjenigen bewahren, die wir zu Damen unserer Gedanken erwählt haben, die Trägheit dadurch, daß wir durch alle Teile der Welt reisen, um die Gelegenheit aufzusuchen, die uns außer zu christlichen auch zu berühmten Rittern machen kann. Diese, Sancho, sind die Mittel, um die höchste Lobpreisung zu erlangen, die ein guter Name nur immer mit sich führen kann.

Alles, was Ihr bisher gesagt habt, sprach Sancho, habe ich sehr gut verstanden; nun möcht' ich aber wohl, daß Ihr mir noch einen Zweifel aufklären möget; alle diese Julier oder Auguster, nebst allen den tatenreichen Rittern, die Ihr genannt habt und die schon tot sind, wo befinden sie sich jetzt?

Die Heiden, antwortete Don Quixote, sind ohne Zweifel in der Hölle, die Christen aber, wenn sie gute Christen waren, sind entweder im Fegefeuer oder im Himmel.

Nun gut, sagte Sancho, nun wollen wir nur das untersuchen: Haben die Begräbnisse, in welchen die Leichen dieser Allerweltsmenschen liegen, brennende Lampen von Silber, oder sind die Wände ihrer Kapellen mit Zähnen ausgeschmückt, mit Totengewändern, mit Haarlocken, mit Beinen und Augen von Wachs? Und wenn das nicht ist, womit sind sie denn ausgeschmückt?

Worauf Don Quixote antwortete: Die Begräbnisse der Heiden waren größtenteils prachtvolle Tempel. Die Asche des Julius Cäsar wurde unter einer Pyramide begraben, die aus einem ungeheuren Steine bestand und die man heutigentags in Rom den Spillo del San Pietro, Sankt Peters Nadel, nennt. Dem Kaiser

Hadrian diente ein Kastell zum Begräbnisse, so groß wie eine Stadt, welches sie Moles Hadriani hießen und welches jetzund das Castello Sant'Angelo in Rom ist. Die Königin Artemisia begrub ihren Gemahl Mausolus in einem Grabmale, welches zu den sieben Wunderwerken der Welt gehörte; aber keines von diesen Grabmälern ist mit Totengewändern noch mit andern Geschenken geschmückt worden, woraus man zu erkennen pflegt, daß Heilige an dergleichen Orten begraben liegen.

Da wollt' ich eben hinaus, versetzte Sancho; nun sagt mir noch: Was ist mehr, einen Toten auferwecken oder einen Riesen umbringen?

Die Antwort gibt sich von selbst, antwortete Don Quixote, es ist mehr, einen Toten auferwecken.

Gefangen! sagte Sancho; der Ruhm dessen, der Tote auferweckt, Blinde sehend macht, Krüppel gerade und Kranke gesund macht und vor dessen Begräbnisse Lampen brennen, ist besser als der, den alle möglichen heidnischen Kaiser zurückgelassen haben und zurücklassen werden, nebst allen fahrenden Rittern, die auf Erden gelebt haben.

Ich gebe zu, daß dies Wahrheit sei, antwortete Don Quixote.

Diesen Ruhm, diese Gnade, diese Vorzüge oder wie man es nennen will, antwortete Sancho, haben die Körper und Reliquien der Heiligen, die mit Bewilligung und Erlaubnis unserer heiligen Mutter Kirche Lampen haben, Kerzen, Totengewänder, Zähne, Gemälde, Haarlocken, Augen, Beine, womit die Frömmigkeit sowohl wie ihr christlicher Ruhm vermehrt wird. Die Körper der Heiligen oder ihre Reliquien tragen die Könige auf den Schultern; sie küssen Stückchen von ihren Gebeinen; sie schmücken und zieren mit ihnen ihre Kapellen und ihre herrlichsten Altäre.

Was soll aus dem allen, was du gesagt hast, folgen? fragte Don Quixote.

Ich will so viel sagen, sprach Sancho, daß wir uns lieber bemühen wollen, Heilige zu werden, so werden wir am kürzesten den guten Ruhm erlangen, den wir haben wollen. Merkt nur, gnädiger Herr, gestern oder vorgestern (es ist gar nicht lange her, und darum mag ich wohl so sprechen) sprachen sie zwei Brüder Barfüßer heilig oder selig, deren eiserne Ketten, womit sie sich umgürteten und ihren Körper marterten, zu küssen und anzurühren jetzt für das allerhöchste Glück gehalten wird; diese werden mehr verehrt als das Schwert des Roland, welches in dem Zeughause unseres allergnädigsten Königs steht, den Gott beschützen wolle. Also, gnädiger Herr, ist es besser, ein demütiger Mönch zu sein, von welchem Orden es auch sein mag, als ein tapferer und fahrender Ritter; Gott gefallen zwei Dutzend Geißelhiebe mehr als zweitausend Lanzenstöße, mögen sie nun gegen Riesen oder Drachen oder Gespenster gerichtet sein.

Das ist alles wahr, antwortete Don Quixote, wir können aber nicht alle Ordensbrüder sein, und der Wege sind mancherlei, auf welchen Gott die Seinigen zum Himmel führt. Ritterschaft ist auch ein Orden, und auch heilige Ritter sind dort in der Herrlichkeit.

Ja, antwortete Sancho, aber ich habe doch sagen hören, daß es mehr Mönche als fahrende Ritter im Himmel gibt.

Das ist so, antwortete Don Quixote, weil die Anzahl der Frommen größer ist als die der Ritter.

Doch gibt es viele, sagte Sancho.

Viele, antwortete Don Quixote, aber wenige, die den Namen der Ritter verdienen.

Unter diesen und andern ähnlichen Gesprächen verstrich diese Nacht und auch der folgende Tag, ohne daß ihnen ein Ding begegnete, das sich erzählen ließe, worüber Don Quixote sehr verdrießlich ward. Endlich am anderen Tage gegen Abend entdeckten sie die große Stadt Toboso, bei deren Anblick sich Don Quixotes Lebensgeister ermunterten, die des Sancho aber in Betrübnis fielen, weil er das Haus der Dulcinea nicht wußte, sie auch in seinem Leben nicht gesehen hatte, wie sie auch sein Herr niemals gesehen hatte, so daß der eine, um sie zu sehen, der andere, weil er sie nie gesehen, in großer Verwirrung war und Sancho durchaus nichts anzufangen wußte, wenn ihn sein Herr nun nach Toboso hineinschicken sollte. Endlich beschloß Don Quixote, sich nur mit Anbruch der Nacht in die Stadt zu begeben. Während der Zeit hielten sie unter einigen Eichen still, die sich bei Toboso befanden; als aber die rechte Zeit heraufgekommen, zogen sie in die Stadt, in der ihnen Dinge begegneten, die wohl große Dinge zu nennen sind.

Vierundfünfzigstes Kapitel

welches erzählt, was man darin finden wird.

Mitternacht war's nun, als Don Quixote und Sancho den Hügel verließen und in Toboso einzogen. Das Dorf war in Schweigen und Stille begraben; denn alle seine Einwohner schliefen und ruhten mit ausgestreckten Beinen, wie man zu sagen pflegt. Die Nacht war dämmernd, obgleich Sancho wünschte, daß sie ganz dunkel sein möchte, um in der Dunkelheit eine Entschuldigung seiner Unwissenheit zu finden. Man hörte im ganzen Orte nichts als das Bellen der Hunde, die Don Quixotes Ohren betäubten und dem Sancho das Herz erbeben ließen. Von Zeit zu Zeit brüllte ein Esel, grunzten Schweine, miauten Katzen, deren verschiedenartige Stimmen in der Einsamkeit der Nacht doppelt laut erklangen. Alles dieses hielt der verliebte Ritter für eine üble Vorbedeutung; aber dennoch sagte er zu Sancho: Sohn Sancho, führe uns zum Palaste der Dulcinea, vielleicht finden wir sie noch wach.

Nach welchem Palast, du himmlischer Vater, soll ich denn führen, antwortete Sancho, da das, worin ich Ihre Hoheit gesehen habe, nur ein ganz kleines Häuschen gewesen ist?

Sie muß sich also damals, antwortete Don Quixote, in irgendeine kleine Abteilung ihrer Burg zurückgezogen haben, um sich in der Einsamkeit mit ihren

Jungfrauen zu ergötzen, wie es Sitte und Gebrauch bei erhabenen Damen und Prinzessinnen ist.

Gnädiger Herr, sagte Sancho, wenn Ihr denn durchaus, mir zum Possen, haben wollt, daß das Haus der Dame Dulcinea eine Burg sei, ist es denn jetzt wohl eine Zeit, das Tor offen zu finden? Und ist es wohl gut zu pochen und zu lärmen, damit sie uns hören und aufmachen und wir so das ganze Schloß in Verwirrung und Aufruhr bringen? Sind wir denn etwa unterwegs, um an das Haus unserer Kebsweiber anzuklopfen, wie es die liederlichen Burschen machen, die kommen und klopfen und hineingehen zu jeder Zeit und Stunde, wenn es auch noch so spät ist?

Wir wollen nur erst die Burg finden, versetzte Don Quixote, und dann sollst du, Sancho, erfahren, was zu tun möglich sei. Aber höre, Sancho, entweder kann ich gar nicht sehen, oder jene große und finstere Masse, welche ich hier sehe, muß von dem Palaste der Dulcinea herrühren.

Nun, so führt nur an, antwortete Sancho, es kann wohl so sein; aber wenn ich es auch mit Augen sehe und mit Händen greife, so werde ich es doch immer ebensowenig glauben, als ich glaube, daß es jetzt Tag ist.

Don Quixote ritt voran, und als er zweihundert Schritte zurückgelegt hatte, stieß er auf das, was ihm in der Dunkelheit als Palast der Dulcinea erschienen war. Er sah nämlich einen großen Turm vor sich, und sogleich merkte er, daß dieses Gebäude keine Burg, sondern die Hauptkirche des Ortes sei, und sprach: Wir sind auf die Kirche gestoßen, Sancho.

Das sehe ich, antwortete Sancho, und gebe Gott, daß wir hier nur nicht in unser Grab geraten; denn es ist kein gutes Ding, sich zu solcher Zeit auf Kirchhöfen herumzutreiben, zumal ich überdies, wenn ich mich recht erinnere, Euer Gnaden gesagt habe, daß das Haus dieser Dame in einem kleinen Sackgäßchen steht.

Du von Gott verfluchter Dummkopf! rief Don Quixote; wo hast du dergleichen angetroffen, daß Burgen und königliche Paläste in Sackgäßchen aufgebaut werden?

Gnädiger Herr, antwortete Sancho, ländlich, sittlich; vielleicht ist es in Toboso gebräuchlich, die Paläste und großen Gebäude in Gäßchen aufzubauen. Darum bitte ich Euch, laßt mich nur in diesen Gassen und Gäßchen, auf die ich stoßen mag, herumsuchen, so kann es wohl kommen, daß ich in irgendeinem Winkel diese Burg finde, von der ich wünsche, daß sie die Hunde fressen möchten, weil wir so nach ihr herumlaufen und die Kreuz und die Quere spüren müssen.

Sprich mit Achtung, Sancho, von den Dingen meiner Gebieterin, sagte Don Quixote; wir wollen die Festtage in Ruhe feiern und nicht Malz und Hopfen verderben.

Ich will gebührlich sein, antwortete Sancho; aber soll mir denn da nicht die Geduld reißen, wenn Ihr verlangt, daß ich von einem einzigen Male, da ich das Haus unserer Herrin gesehen habe, es zu jeder Zeit und in der Mitternacht wiederfinden soll, da Ihr es doch nicht finden könnt, der Ihr sie doch viele tausendmal gesehen haben müßt.

Du wirst mich zur Verzweiflung bringen, Sancho, sagte Don Quixote. Höre zu, du Ketzer, habe ich dir denn nicht zu tausendmal gesagt, daß ich in meinem Leben nicht die unvergleichliche Dulcinea gesehen und niemals die Schwelle ihres Palastes betreten habe, sondern daß ich mich bloß nach dem Hörensagen verliebte und durch den großen Ruhm ihrer Schönheit und ihres Verstandes?

Jetzt höre ich es, antwortete Sancho, und ich sage nun, daß, da Ihr sie niemals gesehen habt, mir es ebensowenig begegnet ist.

Dies ist nicht möglich, versetzte Don Quixote; denn du hast mir ja gesagt, du habest sie Getreide fegen sehen, als du mir die Antwort auf den Brief brachtest, den ich durch dich übersandte.

Haltet Euch daran nicht, gnädiger Herr, antwortete Sancho; denn Ihr müßt wissen, daß das Sehen und die Antwort, die ich brachte, auch nur vom Hörensagen war; denn ich weiß nicht besser, wer die Dame Dulcinea ist, als ich hier in den Himmel klettern könnte.

Sancho, Sancho, antwortete Don Quixote, es hat seine Zeit zu spaßen, es hat aber auch seine Zeit, wenn ein Spaß übel aufgenommen wird. Weil ich sage, ich habe die Gebieterin meiner Seele niemals gesehen und gesprochen, bist du noch nicht berechtigt, ebenfalls zu sagen, du habest sie nie gesprochen und gesehen, da es doch so durchaus anders ist, wie du selber weißt.

Während sie noch in diesem Gespräch begriffen waren, sahen sie, daß ein

Mensch mit zwei Maultieren vorbeikam; aus dem Geräusch, welches der Pflug machte, der auf dem Boden nachschleifte, schlossen sie, daß es ein Bauer sein müsse, der sehr früh vor Tage an seine Arbeit gehe, und so war es auch in der Tat.

Ich will sterben, Sancho, sagte Don Quixote, als er dies hörte, wenn es uns diese Nacht glücklich geht. Hörst du nicht, was der Landmann dort singt?

Ich höre es, antwortete Sancho; aber was hat die Jagd von Roncesvalles mit unserem Vorhaben zu tun? Er könnte ebensogut eine andere Romanze singen, und es wäre dasselbe für uns.

Sancho, der seinen Herrn verwirrt und ziemlich unzufrieden sah, fuhr fort: Gnädiger Herr, der Tag wird nun bald anbrechen, und es wäre nicht ratsam, wenn uns die Sonne noch hier auf der Gasse fände. Es wäre besser, wenn wir uns aus der Stadt entfernten und Ihr Euch in eine nahe gelegene Wildnis verberget; dann wollte ich am Tage zurückgehen und Schritt für Schritt im ganzen Orte nachfragen, bis ich das Haus, die Burg oder den Palast meiner Gebieterin gefunden hätte. Es müßte ja ein erstaunliches Unglück sein, wenn ich ihn nicht finden sollte! Darauf will ich dann mit der Gnädigen sprechen und ihr sagen, wo und wie Ihr auf ihre Befehle wartet, um Anstalt zu treffen, daß Ihr sie ohne Nachteil ihrer Ehre und ihres Namens sehen mögt.

Da hast du, Sancho, sagte Don Quixote, in wenigen Worten tausend vortreffliche Sachen gesprochen. Den Rat, den du mir jetzt gegeben hast, empfange und nehme ich mit der größten Bereitwilligkeit an. Komm, mein Sohn, damit wir einen Ort aufsuchen, wo ich mich verbergen möge; du sollst dann, wie du vorgeschlagen hast, zurückgehen, um meine Dame zu suchen, sie zu sehen und mit ihr zu sprechen, von deren Verstande und Höflichkeit ich mehr als wundervolle Gunstbezeugungen erwarte.

Sancho war wie besessen, seinen Herrn aus dem Dorfe zu bringen, damit nicht seine Lüge wegen der Antwort herauskomme, die er ihm von seiten der Dulcinea in das schwarze Gebirge gebracht hatte. Deswegen beschleunigte er den Auszug, der alsbald vor sich ging. Zwei Meilen vom Orte fanden sie eine Wildnis oder ein Gebüsch, in dem Don Quixote sich die Zeit über verbarg, während Sancho nach dem Dorf zurückging, um mit der Dulcinea zu sprechen, auf welcher Gesandtschaft sich Dinge zutrugen, die neue Aufmerksamkeit und neuen Glauben verdienen.

Fünfundfünfzigstes Kapitel

welches von der Erfindung berichtet, welche Sancho erdachte, um die Dame Dulcinea zu bezaubern.

Sancho nahm es auf sich, alles so auszurichten, wie Don Quixote es befahl, und ihm eine ebenso gute Antwort zurückzubringen, wie er ihm das erstemal gebracht habe. Gehe, mein Sohn, versetzte Don Quixote, und sei nicht erschrocken, wenn du dich vor dem Glanze der Schönheitssonne siehst, die du aufzusuchen gehst. O du glücklichster aller Schildknappen der Welt! Behalte es in deinem Gedächtnisse und laß es dir ja nicht entfallen, wie sie dich aufnimmt; ob sie die Farbe verändert, indem du ihr meine Gesandtschaft überbringst. Ob sie beunruhigt und verwirrt wird, wenn sie meinen Namen hört. Ob sie sich auf die Kissen lehnt, wenn du sie etwa auf ihrem reichen und köstlichen Ruhebette findest. Und wenn sie auf ihren Füßen steht, so gib wohl Achtung, ob sie sich bald auf den linken, bald auf den rechten stellt. Ob sie die Antwort, die sie dir gibt, zwei- oder dreimal wiederholt. Ob sie sie aus einer sanften in eine harte, aus einer spröden wieder in eine zärtliche umändert. Ob sie die Hand erhebt, um das Haar in Ordnung zu bringen. Kurz, mein Sohn, beobachte alle ihre Handlungen und Bewegungen, denn wenn du mir nachher alles erzählst, wie es sich zugetragen hat, so kann ich dadurch das ergründen, was sie in den geheimsten Tiefen ihres Herzens verbirgt. Denn du mußt wissen, Sancho, wenn du es noch nicht weißt, daß bei den Liebenden die äußeren Handlungen und Bewegungen, die sie vornehmen, wenn von ihrer Liebe die Rede ist, die gewissesten Boten sind, die die Nachrichten von dem überbringen, was im Innern der Seele vorgeht. Nun gehe, mein Freund, und es werde dir ein besseres Glück als mir; es begegne dir ein günstigeres Geschick, als ich hier in der bitteren Einsamkeit, in welcher du mich zurücklässest, fürchte und erwarte.

Ich gehe und will bald zurückkommen, sagte Sancho. Macht nur, gnädiger Herr, Euer kleines Herzchen weiter, welches jetzt nicht größer als eine Haselnuß sein kann. Bedenkt, daß man zu sagen pflegt: An einem braven Herzen prallt das Unglück ab, und wo kein Stall ist, da sind auch keine Krippen; auch pflegt man zu sagen: Wo man's nicht denkt, da springt der Hase auf. Ich meine nur, wenn wir in der Nacht nicht die Paläste oder Burgen unserer Dame finden konnten, so werde ich sie jetzt wohl am Tage finden, wo ich's am wenigsten denke; und habe ich sie einmal gefunden, so laßt mich nur machen.

Wahrlich, Sancho, sagte Don Quixote, du ziehst deine Sprichwörter bei den Haaren herbei; nun möge nur Gott meine Wünsche besser erfüllen, als sie zur Sache passen.

Nachdem dies gesprochen war, wandte sich Sancho um und trieb den Grauen an, und Don Quixote blieb zu Pferde zurück, in den Steigbügeln ruhend und auf seine Lanze gestützt, voll trauriger und sehr verworrener Vorstellungen; womit wir ihn denn lassen wollen, um dem Sancho Pansa zu folgen, der sich ebenso verwirrt und gedankenvoll von seinem Herrn entfernte, als jener zurückblieb, und zwar in solchem Grade, daß er, sobald er kaum den Wald verlassen hatte und beim Umschauen bemerkte, daß Don Quixote nicht mehr zu sehen sei, von seinem Esel abstieg, sich am Fuße eines Baumes niedersetzte und auf folgende Weise anfing, mit sich selber zu sprechen: Nun, mein Freund Sancho, wohin geht's denn mit Euer Gnaden? Gehst du etwa aus, einen Esel zu suchen, der dir verlorengegangen ist? Nein, wahrhaftig nicht. Nun, was willst du denn suchen? Ich will, wie man mir aufgetragen hat, eine Prinzessin suchen und in ihr zugleich die

Sonne der Schönheit, nebst dem ganzen Himmel zusammengenommen. Und wo denkt Ihr denn dieses Ding zu finden, Sancho? Wo? In der großen Stadt Toboso. Nun gut; und auf wessen Befehl zieht Ihr aus, sie zu suchen? Auf Befehl des berühmten Ritters Don Quixote de la Mancha, der die Krummen vollends zerbricht und denen zu essen gibt, die durstig sind, und denen zu trinken, die Hunger haben. Nun, soweit geht alles noch recht gut. Wißt Ihr denn aber das Haus, Sancho? Mein Herr sagt, es wären etliche königliche Paläste oder etliche sehr prachtvolle Burgen. Und habt Ihr sie denn schon sonst einmal gesehen? Weder ich noch mein Herr haben sie jemals mit Augen gesehen. Und meint Ihr denn, daß das ein gutes Ende nähme, wenn die aus Toboso wüßten, daß Ihr Euch gegenwärtig mit der Absicht hier befindet, ihnen ihre Prinzessinnen fortzuschleppen und ihre Damen aufrührerisch zu machen? Wenn sie nun kämen und Euch die Rippen mit dürren Hölzern so zerklopften, daß Ihr kein gesundes Gebein behieltet? Wahrhaftig, sie würden sehr recht darin handeln, wenn sie nicht etwa darauf Rücksicht nehmen möchten, daß ich nur ein Abgesandter bin.

Verlaß dich nicht darauf, Sancho; denn die Leute in Toboso sind ebenso hitzig als ehrbewußt und lassen sich von niemand auf der Nase spielen. Bei Gott, wenn sie dich merken, so ist dir das Bad gesegnet! Heiß! Heiß! Au weh! Weit davon ist gut für den Schuß! Jawohl, du aber willst für einen anderen den Schwalben Salz auf den Schwanz streuen. Denkst du denn, hier in Toboso eine Dulcinea zu suchen, ist so leicht, wie Krebse im Wasser zu finden? Der Teufel, der Teufel hat mich in diesen Verdruß gebracht und niemand sonst.

Frischauf! Für alle Dinge gibt es ein Mittel außer für den Tod, unter dessen Joch wir alle durchgehen müssen, so schwer es uns auch ankommt am Ende unseres Lebens. Dieser mein Herr hat durch tausend Proben bewiesen, daß er toll ist, und ich lasse mich auch darin nicht lumpen; denn ich bin noch dümmer als er, weil ich ihm folge und ihm diene, wenn das Sprichwort nämlich recht hat: Sage mir, mit wem du umgehst, so will ich dir sagen, wer du bist; und noch ein anderes: Nicht mit wem du geboren, sondern mit wem du geschoren. Da er nun toll ist, wie er es ist, und in der Tollheit oft ein Ding für das andere nimmt, weiß für schwarz hält und schwarz für weiß, wie es sich damals erwies, als er sagte, die Windmühlen wären Riesen und die Maultiere der Mönche Dromedare und die Herde von Hammeln eine Armee von Feinden, so wird es auch nicht schwerhalten, ihn glauben zu machen, eine Bauerndirne, die erstbeste, die ich finde, sei die Dame Dulcinea. Und wenn er's nicht glaubt, so schwöre ich; schwört er, schwöre ich von neuem; besteht er auf seinem Nein, so bleibe ich noch mehr bei meinem Ja; und so will ich meinen Satz dreist durchfechten, es mag daraus werden, was will. Vielleicht setze ich es mit meiner Standhaftigkeit durch, daß er mich nicht wieder auf solche Gesandtschaften schickt, da er sieht, wie wenig Freude er davon hat; oder vielleicht wird er sich auch, wie ich es mir denke, vorstellen, daß ein böser Zauberer, einer von denen, die ihm immer übelwollen, wie er sich einbildet, die Gestalt verwandelt habe, um ihm Schaden zuzufügen.

Mit dieser Erfindung hatte Sancho Pansa seine Seele beruhigt, denn er hielt nun seine Sache für gewonnen. Er blieb nur noch bis zum Nachmittage sitzen, damit Don Quixote denken konnte, er habe diese Zeit gebraucht, um nach Toboso zu gehen und zurückzukommen. Auch gelang es ihm so gut, daß, als er wieder aufstand, seinen Grauen zu besteigen, von Toboso drei Bäuerinnen auf ihn zukamen, die auf drei jungen Eseln oder Eselinnen ritten.

Kurz: sowie Sancho die Bäuerinnen sah, ritt er im Trabe zu seinem Herrn Don Quixote zurück, den er in Seufzern fand, wie er tausend verliebte Klagen ausstieß. Als Don Quixote ihn sah, rief er: Nun, Freund Sancho, soll ich diesen Tag mit einem weißen oder mit einem schwarzen Kreuze bezeichnen?

Lieber noch, antwortete Sancho, mögt Ihr ihn mit roter Farbe bezeichnen, wie man die Büchertitel druckt, damit man sie schon von weitem sehen kann.

Auf diese Weise, versetzte Don Quixote, bringst du gute Zeitung?

So gute, antwortete Sancho, daß Ihr weiter nichts zu tun habt, als dem Rosinante die Sporen zu geben und ins Freie zu reiten, um die Dame Dulcinea del Toboso zu sehen, die mit zwei von ihren Jungfrauen kommt, um Euer Gnaden zu besuchen.

Heiliger Gott! Was sagst du da, Freund Sancho? rief Don Quixote aus. Suche mich ja nicht zu täuschen oder meine wahrhafte Traurigkeit durch eine falsche Freude zu erfreuen.

Was hülfe es mir, Euer Gnaden zu täuschen, antwortete Sancho, besonders da Ihr so leichthin die Wahrheit entdecken könnt? Vorwärts, gnädiger Herr, und

Ihr werdet unsere gebietende Prinzessin sehen, so gekleidet und geschmückt, daß man sich nichts Schöneres wünschen kann. Ihre Jungfrauen und sie sind alle ein einziger Brand von Gold, lauter eingeschnittene Perlen, sie sind lauter Diamanten, lauter Rubinen, lauter Brokat von mehr als zehnfachem Gewirk. Ihre Haare hängen über den Schultern und sind ebenso viele Sonnenstrahlen, mit denen die Winde spielen. Und außerdem kommen sie zu Pferde, auf drei gefleckten Zeltern, daß man nichts Schöneres sehen kann.

So gehen wir denn, Sohn Sancho, antwortete Don Quixote, und wegen dieser unverhofften herrlichen Zeitung verspreche ich dir zur Belohnung die beste Beute, welche ich im ersten Abenteuer gewinnen werde, auf das ich stoße; und wenn dich dies nicht zufriedenstellt, so verspreche ich dir die Jungen, die in diesem Jahre meine drei Stuten werfen werden, von denen du weißt, daß ich sie auf die Gemeindeweide unseres Ortes schicke, damit sie trächtig werden.

Ich halte mich an die Jungen, antwortete Sancho; denn daß die Beute des ersten Abenteuers annehmlich sein wird, ist noch nicht ausgemacht.

Indessen kamen sie aus dem Walde und sahen schon nahe bei sich die drei Bauernmädchen. Don Quixote dehnte seine Augen auf den ganzen Weg nach Toboso aus, und da er nichts weiter als die drei Bäuerinnen sah, ward er verwirrt und fragte Sancho, ob er sie außerhalb der Stadt verlassen habe.

Wie denn außerhalb der Stadt? antwortete jener; habt Ihr denn etwa die Augen hinten auf dem Kopfe, daß Ihr die nicht seht, die daherkommen, ganz in vollem Strahlen, wie die Sonne am Mittage?

Ich sehe nichts, Sancho, sagte Don Quixote, als drei Bäuerinnen auf Eseln.

Nun, so mag mich Gott vom Teufel erlösen, antwortete Sancho; aber ist es denn möglich, daß Ihr die drei Zelter, die so weiß sind wie der frisch gefallene Schnee, für Esel halten könnt? Meiner Seel', den Bart würde ich mir ausreißen, wenn das die Wahrheit wäre!

Ich sage dir aber, Freund Sancho, sagte Don Quixote, daß dieses so gewiß Esel oder Eselinnen sind, als ich Don Quixote bin oder du Sancho Pansa bist; zum mindesten erscheinen sie mir so.

Schweigt doch, gnädiger Herr, sagte Sancho, und sprecht nicht dergleichen Worte, sondern reibt Euch die Augen und kommt, um der Dame Eurer Gedanken die Reverenz zu bezeigen; denn sie ist schon ganz nahe. Und mit diesen Worten entfernte er sich, um den Bäuerinnen entgegenzugehen; er stieg vom Grauen ab, faßte den Esel des einen Mädchens beim Zaum, ließ sich mit beiden Knien zur Erde nieder und sprach: Königin und Prinzessin und Herzogin der Schönheit, Eure Hochmütigkeit und Größe sei von der Gnade, zu ihrem Dienste und Wohlgefallen jenen Euren gefangenen Ritter aufzunehmen, der dort wie ein Marmorstein steht, so verwirrt und ohne Leben, sich in Eurer kostbaren Gegenwart zu befinden. Ich bin Sancho Pansa, sein Schildknappe; er aber ist der vielgereiste Ritter Don Quixote de la Mancha, mit einem anderen Namen genannt der Ritter von der traurigen Gestalt.

Jetzt hatte sich Don Quixote auch kniend neben Sancho niedergeworfen und schaute mit hervorstarrenden Augen und verwirrtem Blicke diejenige an, die Sancho Königin und Gebieterin nannte; und da er nichts als ein Bauernmädchen gewahr wurde, und zwar eines von nicht anmutigem Ansehen, denn sie hatte ein rundes Gesicht mit einer plattgedrückten Nase, so blieb er voll Erstaunen und Verwunderung, ohne es zu wagen, die Lippen zu öffnen. Die Bauernmädchen waren ebenfalls nicht wenig betroffen, da sie diese beiden so verschiedenen Leute sahen, die vor ihnen niederknieten und ihre Gefährtin nicht fortlassen wollten. Die Angehaltene brach zuerst das Stillschweigen und sagte sehr unwillig und verdrießlich: Marsch da! aus dem Wege, zum Henker! Laßt uns gehen, denn wir haben keine Zeit übrig!

Worauf Sancho antwortete: O Prinzessin und Universaldame von Toboso, wird denn Euer großmütiges Herz nicht gerührt, wenn es vor Eurer sublimierten Gegenwart die Säule und Stütze der fahrenden Ritterschaft knien sieht?

Als dies eine von den anderen beiden hörte, sagte sie: Sieh doch, das fehlte mir noch. Da kommen die Kerlchen her, um sich mit Bauernmädchen einen Spaß zu machen, als ob wir hier nicht auch die Kunst könnten, einem was abzugeben. Schert euch eurer Wege und laßt uns auf unserem gehen, das wird euch gesund sein.

Stehe auf, Sancho, sagte hierauf Don Quixote; denn ich sehe, daß mein Schicksal noch nicht gesättigt ist von meinen Leiden und alle Wege versperrt, auf denen einige Lust zu dieser entmuteten Seele kommen könnte, die in meinem Fleische wohnt. Und du, o Ausbund aller Trefflichkeit, die man nur wünschen kann, du Gipfel der menschlichen Vollendung, du einziges Labsal dieses gekränkten Herzens, welches dich verehrt, wenn auch jener boshafte Zauberer mich verfolgt und mir mit Wolken und Nebel die Augen verhüllt hat, so daß er einzig für sie und nicht für andere deine unvergleichliche Schönheit und dein Antlitz in die Gestalt einer armseligen Bäuerin entstellt und verwandelt hat; hat er meine Gestalt nicht auch vielleicht gegen die eines Gespenstes vertauscht, um mich in deinen Augen abscheulich zu machen, so blicke zärtlich und liebevoll auf mich herab; betrachte in dieser kniegebeugten Unterwerfung, die ich deiner entstellten Schönheit erweise, die Demütigkeit, mit welcher meine Seele dich vergöttert!

Das hat mir noch gefehlt! antwortete das Bauernmädchen; als wenn's mir gefällig wäre, mit mir kurassieren zu lassen; marsch weg da, daß wir fortkönnen, und Gottes Lohn dafür!

Sancho ließ sie los, sehr zufrieden, daß er so gut aus seiner Verwicklung losgekommen sei. Kaum sah sich die Bäuerin, welche die Dulcinea vorgestellt hatte, frei, als sie ihren Zelter mit einem Stachel spornte, den sie vorn an einem Stocke hatte, und schnell fort über die Wiese rannte; da aber der Esel die Spitze des Stachels mehr als gewöhnlich fühlte, so fing er an dergleichen Sprünge zu machen, daß er die Dame Dulcinea bald auf die Erde warf. Als dies Don

Quixote sah, lief er hinzu, sie aufzuheben, Sancho aber, ihr das Reitkissen wieder zurechtzuschnallen, welches unter den Bauch des Füllens gerutscht war. Als das Reitkissen zurechtgemacht war und Don Quixote seiner bezauberten Dame in seinen Armen auf den Esel helfen wollte, stand die Dame vom Boden auf und überhob ihn dieser Mühe; denn sie trat ein weniges zurück, setzte sich in einen Galopp, stemmte beide Hände auf die Hüften des Füllens und schwang sich leichter als ein Falke mit dem Körper in den Sattel, wo sie wie ein Mann mit geteilten Beinen sitzen blieb. Sancho rief hierauf aus: Hol' mich der Satan, unsere Beherrscherin und Dame ist so leicht wie ein Vogel, die kann dem geschicktesten Corduaner oder Mexikaner im Voltigieren Unterricht geben! Mit einem einzigen Sprunge ist sie im Sattel und läßt nun ohne Sporen den Zelter wie einen Hirsch laufen, und ihre Jungfrauen geben ihr auch nichts nach, denn da fliegen sie alle wie der Wind hin. Und dies war in der Tat der Fall; denn da sich Dulcinea wieder beritten sah, eilten sie ihr alle nach und so im schnellsten Laufe davon, ohne in einer halben Meile den Kopf wieder umzuwenden.

Don Quixote folgte ihnen mit den Augen, und als sie endlich verschwunden waren, wandte er sich zu Sancho und sagte: Sancho, was meinst du nun? Wie sehr bin ich doch von Zauberern gehaßt! Ha, sieh, wie weit sich ihre Bosheit und ihre Wut gegen mich erstreckt, da sie mich des Vergnügens zu berauben gesucht haben, welches ich empfunden hätte, meine Gebieterin in ihrer wahren Gestalt zu erblicken. Wahrlich, ich bin geboren, das Ziel und die Scheibe vorzustellen, wohin sie alle Pfeile des Elendes abschießen. Zugleich mußt du auch dieses bemerken, Sancho, daß die Verräter sich nicht damit begnügt haben, meine Dulcinea zu verwandeln und zu entstellen, sondern sie mußten sie in eine so gemeine und häßliche Gestalt verwandeln und verkehren, und zugleich nahmen sie ihr auch das, was immer die Eigenschaft der vornehmen Damen ist, nämlich den schönen Geruch, weil sie immer von Ambra und Blumen duften; du mußt aber wissen, Sancho, daß, als ich hinzulief, der Dulcinea auf ihren Zelter zu helfen, mir von ihr ein solcher Gestank von rohem Knoblauch entgegenkam, daß sich mir die Seele im Leibe umwandte.

O Lumpengesindel! fing Sancho an zu heulen, o ihr niederträchtigen und schlechtdenkenden Zauberer, ei, wenn man euch doch alle einmal an den Kiefern, wie Sardellen auf die Schnur gezogen, hängen sähe! Ihr wißt viel, ihr könnt viel, und noch viel mehr vollbringt ihr! Es wäre ja wohl genug gewesen, ihr Spitzbuben, daß ihr die Perlenaugen meiner Dame in Galläpfel verwandelt habt, ihre Haare vom reinsten Golde in die Borsten eines nichtswürdigen Kuhschwanzes, und kurz, alle ihre trefflichen Eigenschaften in schlechte; ohne sie gerade am Geruch anzutasten, so daß wir aus ihm wenigstens erkannt hätten, was unter der häßlichen Rinde verborgen liege; obgleich ich, die Wahrheit zu gestehen, nichts von ihrer Häßlichkeit, sondern nur ihre Schönheit gesehen habe, woran das Allerschönste und Zarteste ein Mal war, das sie unter der rechten Wange hatte, nach Art eines Schnauzbartes, mit sieben oder acht rötlichen Haaren, wie Strahlen von Gold, und so lang wie meine Hand.

Nach diesem Male zu schließen, sagte Don Quixote, da eine Beziehung zwischen dem Gesichte und dem übrigen Körper besteht, muß Dulcinea ein gleiches Mal am fleischigsten Teil des Schenkels haben, welches auf derselben Seite liegt, auf welchem es in ihrem Gesichte steht; aber für ein Mal sind die Haare von ungemeiner Länge, so wie du sie beschrieben hast.

Doch muß ich Euch sagen, antwortete Sancho, sie machen sich so schön, als ob es nicht anders sein könnte.

Ich glaube dir, mein Freund, versetzte Don Quixote, denn Dulcinea erhielt von der Natur nichts, das nicht vollkommen und durchaus vollendet wäre; hätte sie also auch hundert dergleichen Male, so wären es keine Male, sondern gleichsam Göttermale mit Ambrosia und Nektar. Aber sage mir doch, Sancho, das, was mir ein Reitkissen schien und was du wieder zurechtschnalltest, war es ein flacher oder ein ausgepolsterter Sattel?

Keines von beiden, antwortete Sancho, sondern ein Sattel mit kurzen Bügeln und einer Schabracke darüber, die wohl die Hälfte eines Königreichs wert ist, so kostbar war sie.

Und wie habe ich nichts von allem gesehen, Sancho! rief Don Quixote; ich sag' es wieder und will es tausendmal wiederholen, daß ich der Unglückseligste von allen Menschen bin.

Es wurde dem Schelm Sancho sauer, sein Lachen zu verbergen, da er diese Narrheiten seines Herrn hörte, den er auf eine so feine Art betrogen hatte. Endlich, nach vielen andern Gesprächen, die zwischen den beiden vorfielen, stiegen sie wieder auf ihre Tiere und verfolgten den Weg nach Zaragoza, wo sie zu der Zeit einzutreffen gedachten, da in dieser vornehmen Stadt prächtige Feste gefeiert würden, die dort jährlich veranstaltet werden; ehe sie aber dort hinkamen, begegneten ihnen Dinge, die, weil sie so mannigfach, wichtig und neu sind, verdienen, beschrieben und gelesen zu werden, wie man im Verfolge sehen wird.

Sechsundfünfzigstes Kapitel

Von dem höchst seltsamen Abenteuer, welches dem tapfern Don Quixote mit dem Wagen von der Hofhaltung des Todes begegnete.

Übermäßig gedankenvoll setzte Don Quixote seinen Weg fort, indem er noch den schlechten Streich überlegte, den ihm die Zauberer gespielt hatten, seine Dame Dulcinea in die häßlichste Gestalt einer Bäuerin zu bannen, und daß er kein Mittel erdenken könne, um sie zu ihrem eigentümlichen Wesen wieder zurückzubringen. Diese Gedanken brachten ihn so sehr außer sich, daß er, ohne es zu merken, den Zaum des Rosinante fallen ließ, der, da er die Freiheit merkte, die man ihm vergönnte, bei jedem Schritt stillestand, um das Gras abzufressen, welches dortherum in Massen wuchs. Aus dieser Betäubung erweckte ihn Sancho Pansa, indem er sagte: Gnädiger Herr, die Traurigkeit ist nicht für die Tiere gemacht, sondern für die Menschen; wenn ihr aber die Menschen gar zu sehr nachhängen, so werden sie zu Tieren. Ermuntert Euch also, besinnt Euch und faßt den Zügel des Rosinante auf; seid munter und wacker und zeigt die Bravour, die den fahrenden Rittern zukommt. Was Teufel ist denn das? Was ist das für ein Betragen? Sind wir hier oder in Frankreich? Mag doch der Teufel alle Dulcineen holen, die es nur auf der Welt gibt; denn die Wohlfahrt eines einzigen fahrenden Ritters ist mehr wert als alle Bezauberungen und Verwandlungen auf Erden.

Schweig, Sancho, antwortete Don Quixote mit empörter Stimme; schweig, sage ich, und sprich keine Lästerungen gegen jene bezauberte Dame aus, an deren Unglück und Elend ich einzig die Schuld trage; aus dem Neide nämlich, den die Bösen zu mir tragen, ist ihre Bedrängnis entstanden.

Das sag' ich auch, antwortete Sancho; wer sie gesehen hat, und er sieht sie jetzt, wessen Herz wird da wohl nicht brechen?

Das magst du wohl sagen, Sancho, versetzte Don Quixote; denn du hast sie in der höchsten Vollendung ihrer Schönheit gesehen, und die Bezauberung ist nicht so weit gegangen, dein Gesicht zu verwirren und dir ihre Schönheit zu verbergen. Nur gegen mich und gegen meine Augen ist die Kraft des Giftes gerichtet; dessenungeachtet aber, Sancho, ist mir doch eingefallen, daß du mir nämlich ihre Schönheit nicht gut geschildert hast. Denn wenn ich mich recht erinnere, so sagtest du, sie habe Perlenaugen; die Augen aber, die den Perlen ähnlich sind, schicken sich eher für einen Fisch als für eine Dame, und wie ich glaube, sind die Augen der Dulcinea grüne Smaragden, groß, mit zwei himmlischen

Bogen, die ihr als Augenbrauen dienen. Nimm ihr diese Perlen aus den Augen und gib sie den Zähnen; denn ohne Zweifel, Sancho, hast du dich vergriffen und die Augen für die Zähne genommen.

Das ist alles möglich, antwortete Sancho; denn mich erschreckte ihre Schönheit ebensosehr wie Euch ihre Häßlichkeit. Aber wir wollen alles Gott empfehlen; denn er weiß um alle Dinge, die sich in diesem Tale des Jammers zutragen sollen, in dieser bösen Welt, die wir bewohnen, wo sich fast nichts befindet, was nicht mit Bosheit, Schelmenstück und Spitzbüberei vermengt sei. Ein Ding, gnädiger Herr, verdrießt mich nur mehr als alles übrige: was nämlich daraus werden wird, wenn Ihr einen Riesen oder einen andern Ritter überwindet und ihm den Befehl gebt, daß er hingehe, um sich vor der Schönheit der Dame Dulcinea zu präsentieren. Wo soll sie der arme Riese oder der arme, elende überwundene Ritter finden? Ich sehe sie ordentlich schon durch Toboso wie die Maulaffen herumstreichen und die Dame Dulcinea suchen, und wenn sie ihr auch mitten auf der Straße begegnen, so werden sie sie ebensowenig erkennen wie meinen Vater.

Mag sein, Sancho, antwortete Don Quixote, daß sich die Bezauberung nicht so weit erstreckt, daß die Erkennung der Dulcinea den überwundenen und präsentierten Rittern und Riesen benommen sei, und mit einem oder zweien von den ersten, die ich überwinden und ihr zuschicken werde, will ich den Versuch machen, ob sie sie sehen können oder nicht, indem ich ihnen befehle, daß sie zu mir zurückkommen und mir von dem Nachricht erteilen, was sich mit ihnen zugetragen hat.

Ich sage, gnädiger Herr, antwortete Sancho, daß mir das sehr gut scheint, was Ihr da eben gesprochen habt; durch diesen Kunstgriff werden wir das erfahren können, was wir gern wissen wollen, und wenn sie denn nur bloß vor Euer Gnaden verborgen ist, so trifft das Unglück nicht sowohl sie als Euch selber. Wie aber der Dame Dulcinea Heil und Zufriedenheit zuteil werden mag, so wollen wir auch unser Teil so gut durchführen, als wir nur immer können, und unsere Abenteuer suchen und es der Zeit überlassen, auch das Ihrige zu tun, denn sie ist der beste Arzt für diese und für noch größere Krankheiten.

Don Quixote wollte dem Sancho Pansa antworten, aber er wurde von einem Wagen unterbrochen, der quer über den Weg zog, voll der mannigfaltigsten und seltsamsten Personen und Figuren, die man sich nur vorstellen mag. Der die Maultiere antrieb und zugleich als Fuhrmann diente, war ein scheußlicher Teufel, der Wagen selbst war ganz offen und ohne alle Bedeckung; die erste Figur, die sich den Augen des Don Quixote zeigte, war der Tod selbst, mit einem menschlichen Angesichte, neben ihm war ein Engel mit großen und bunten Flügeln; auf der einen Seite saß ein Kaiser mit einer Krone auf dem Kopfe, die von Gold schien, neben dem Tode saß der Gott, welcher Cupido genannt wird, ohne Binde um die Augen, aber mit seinem Bogen, Köcher und den Pfeilen. Auch ein Ritter war zugegen, vollständig gerüstet, außer daß er keinen

Helm trug, sondern einen Hut voll Federn mit unterschiedlichen Farben. Mit diesen kamen zugleich andere Personen in mancherlei Tracht und Gestalt. Alles dies bestürzte gewissermaßen Don Quixote und schüttete Furcht in das Herz des Sancho; aber Don Quixote ermunterte sich schnell, da er glaubte, daß ihm hiermit ein neues und furchtbares Abenteuer entgegenkomme. Und in diesem Gedanken und willens, geschickt jedwede Gefahr anzufassen, stellte er sich vor den Wagen und sprach mit lauter und dräuender Stimme: Fuhrmann, Kutscher oder Teufel oder was du sein magst, säume nicht, mir zu sagen, wer du bist, wohin du gehst und wer die Leute sind, die du auf deinem Fuhrwerke mit dir führst, welches mehr der Barke des Charon als einem gewöhnlichen Fuhrwerke ähnlich sieht.

Worauf der Teufel, indem er den Wagen anhielt, ganz ruhig antwortete: Mein Herr, wir sind Schauspieler von der Gesellschaft Angulos. Wir haben dort im Dorfe, das hinter jenem Hügel liegt, am heutigen Tage, also an der Oktave vor dem Fronleichnamsfest, gespielt, und zwar das Spiel von der Hofhaltung des Todes; nun wollen wir es heut abend wieder in jenem Dorfe dort aufführen, und weil dieses so nahe ist und wir uns nicht die Mühe machen wollten, uns auszuziehen und dann wieder anzukleiden, fahren wir in den nämlichen Kleidern hin, die wir bei der Vorstellung brauchen. Der junge Mensch da ist der Tod; der da der Engel; jene Frau, die Frau des Direktors, ist die Königin; der andere der Soldat; jener dort der Kaiser und ich der Teufel; und ich bin eine der Hauptfiguren in dem Spiel, denn ich spiele in dieser Gesellschaft die vorzüglichsten Rollen. Wenn Ihr noch etwas anderes von uns wissen wollt, so fragt nur, denn ich will auf alles mit der größten Genauigkeit antworten; denn da ich der Teufel bin, so weißt ich auch alles.

Bei der Ehre eines fahrenden Ritters, antwortete Don Quixote, als ich diesen Karren erblickte, stellte ich mir vor, daß mir irgendein wichtiges Abenteuer entgegenkäme, und nun muß ich gestehen, daß es oft nötig ist, den Anschein mit der Hand zu fassen, um keiner Täuschung Raum zu geben. Geht mit Gott, ihr guten Leute, und feiert euer Fest; und wenn ihr mir etwas aufzutragen habt, wodurch ich euch nützlich sein kann, so sagt es nur, denn ich will es gern und mit Vergnügen ausrichten. Denn von Kindheit auf war ich dem Theater ergeben, und als Bursche hing ich schon an den Masken.

Während dieses Gesprächs wollte es das Schicksal, daß noch einer von der Gesellschaft hinzukam, der als Spaßmacher gekleidet war, viele Schellen an sich hatte und an der Spitze eines Stabes drei mit Luft gefüllte Ochsenblasen führte. Als dieser Hanswurst dem Don Quixote nahe gekommen war, fing er an, seinen Stab zu schwenken und mit den Blasen auf die Erde zu schlagen, wobei er sich in Sprüngen bewegte, daß die Schellen ertönten, so daß sich Rosinante dermaßen entsetzte, daß er, ohne daß Don Quixote Gewalt genug hatte, ihn zurückzuhalten, den Zügel zwischen die Zähne nahm und über das Feld mit einer Leichtigkeit hinwegfloh, die man niemals den Gebeinen seines Gerippes zugetraut hätte. Sancho, der die Gefahr erwog, in welcher sein Herr schwebte, herabgeworfen zu werden, sprang von dem Grauen und lief mit der größten Hast, ihm zu helfen; als er ihn aber einholte, lag jener schon auf der Erde und Rosinante neben ihm, der mit seinem Herrn gestürzt war.

Kaum aber hatte Sancho seinen Esel verlassen, um dem Don Quixote zu helfen, als jener tanzende Teufel mit den Blasen auf den Grauen sprang und mit diesen auf ihn losschlug, so daß dieser mehr aus Furcht vor dem Lärm als aus Schmerz von den Schlägen eiligst nach dem Dorfe rannte, wo die Gesellschaft das Fest begehen wollte. Sancho sah den Lauf seines Grauen und den Fall seines Herrn und wußte nicht, welchem von diesen beiden Drangsalen er zuerst beispringen sollte; aber als wackerer Schildknappe und wackerer Diener folgte er der Liebe zu seinem Herrn mehr als der Zärtlichkeit zu seinem Esel, obgleich jedesmal, wenn er die Blasen in die Luft steigen und auf die Lenden seines Grauen niederfallen sah, er einen Stich im Herzen empfand und jedesmal wünschte, daß man ihm lieber diese Schläge ins Gesicht gegeben, als daß man seinem Esel nur das kleinste Haar in seinem Schwanze gekrümmt hätte.

In dieser verwirrten Stimmung kam er dahin, wo Don Quixote lag, der einen härtern Fall getan hatte, als ihm dienlich gewesen; er half ihm wieder auf den Rosinante und sagte: Gnädiger Herr, der Teufel hat den Grauen geholt.

Welcher Teufel? fragte Don Quixote.

Der mit den Blasen, antwortete Sancho.

Ich will ihn wiedererobern, versetzte Don Quixote, und wenn er sich mit ihm in den tiefsten Abgründen und in den finstersten Schlünden der Hölle verborgen hätte. Folge mir, Sancho, denn der Wagen fährt nur langsam, und mit den Maultieren desselben soll dir der Verlust des Grauen vergütet werden.

Das ist nicht nötig, gnädiger Herr, antwortete Sancho, besänftigt nur Euren Zorn, denn soviel ich sehen kann, ist der Teufel von meinem Grauen wieder abgestiegen, und der wird nun schon nach Hause kommen. So war es auch in der Tat; denn der Teufel war mit dem Grauen ebenfalls gestürzt, um Don Quixote und Rosinante nachzuahmen, worauf er sich zu Fuß in das Dorf begab und der Esel zu seinem Herrn zurückkehrte.

Siebenundfünfzigstes Kapitel

Von dem seltsamen Abenteuer, welches dem tapfern Don Quixote mit dem mutigen Ritter von den Spiegeln begegnete.

Die Nacht, welche dem Tage folgte, an welchem sie dem Tode begegnet waren, brachten Don Quixote und sein Schildknappe unter einigen hohen und dichten Bäumen zu, wo Sancho Don Quixote überredete, von dem zu essen, was er dem Grauen aufgepackt hatte.

Endlich schlief Sancho ein zu Füßen eines Korkbaumes, und Don Quixote schlummerte unter einer starken Eiche.

Aber es war nur eine kurze Zeit verflossen, als er von einem Geräusch erweckt wurde, welches er hinter sich vernahm. Er stand erschreckt auf, um zu hören und zu sehen, woher dieses Geräusch komme, worauf er gewahr ward, daß es von zwei Männern zu Pferde herrührte, deren einer sich aus dem Sattel hob und zu dem andern sagte: Steige ab, mein Freund, und nimm den Pferden die Zügel ab; denn wie es scheint, ist an diesem Orte Gras für sie im Überflusse, wie für mich Einsamkeit und Stille, welcher meine verliebten Gedanken bedürfen. Dies sagen und sich auf die Erde werfen, geschah in einem Augenblick, und indem er sich niederwarf, rasselten seine Waffen, woraus Don Quixote den sichern Schluß zog, daß dieser ein fahrender Ritter sein müsse. Er ging zu Sancho, welcher schlief, zog ihn beim Arm und brachte ihn nicht ohne viele Mühe zur Besinnung; dann sagte er zu ihm mit leiser Stimme: Freund Sancho, wir haben ein Abenteuer.

Gott gebe, daß es gut sei! antwortete Sancho; aber wo, gnädiger Herr, steckt denn Ihro Wohlgeboren, der Herr Abenteuer?

Wo, Sancho? versetzte Don Quixote. Wende nur die Augen herum und sieh, so wirst du dort einen fahrenden Ritter liegen sehen, der, wie es mir scheinen will, nicht über die Maßen fröhlich ist; denn ich sah ihn vom Pferde steigen und sich mit Zeichen der Betrübnis auf den Boden werfen, und beim Niederfallen klirrten seine Waffen.

Als aber der Fremde sprechen hörte, fragte er laut und mit höflicher Stimme: Wer da? Was für Leute? Sind sie von den Vergnügten oder von den Betrübten?

Von den Betrübten, antwortete Don Quixote.

So kommt zu mir, antwortete jener, und seid versichert, daß ihr euch zur Traurigkeit und zur Betrübnis selbst begebt.

Don Quixote, der ihn so rührend und höflich antworten hörte, begab sich zu ihm, und Sancho tat desgleichen. Der trauernde Ritter faßte Don Quixote beim Arm und sagte: Setzt Euch hierher, Herr Ritter; denn daß Ihr dieses seid und Euch zur fahrenden Ritterschaft bekennt, erkenne ich daran, daß ich Euch an diesem Orte finde, wo die Einsamkeit und der freie Himmel Euch Gesellschaft leisten, die natürlichen Betten und eigentümlichen Zimmer der fahrenden Ritter.

Worauf Don Quixote antwortete: Ich bin ein Ritter, und zwar von dem Orden, welchen Ihr nennt; und obgleich Traurigkeit, Unfälle und Unglück in meiner Seele ihren Wohnsitz aufgeschlagen haben, so haben sie doch das Mitleid nicht daraus vertrieben, welches ich mit fremden Leiden habe. Aus dem, was Ihr soeben gesprochen habt, schließe ich, daß die Euren Liebesleiden sind.

Während dieses Gespräches saßen sie auf der harten Erde nebeneinander, in gutem Frieden und schöner Geselligkeit, als ob sie sich nichts weniger als mit dem anbrechenden Tage die Hälse brechen würden.

So seid Ihr, Herr Ritter, fragte der Fremde Don Quixote, glücklicherweise auch verliebt?

Unglücklicherweise bin ich es, antwortete Don Quixote, obgleich die Nachteile, die aus diesen edlen Qualen entstehen, eher für Freuden als für Leiden zu rechnen sind.

Das ist wahr, versetzte der Fremde, wenn uns die Verschmähungen nicht Verstand und Vernunft zerrütteten, die nur zu oft Höllenqualen scheinen.

Niemals erlitt ich von meiner Dame eine Verschmähung, antwortete Don Quixote.

Nein, wahrhaftig nicht, sagte Sancho, der sich in der Nähe befand; unsere Dame ist wie ein frommes Lämmchen, die ist geschmeidiger wie Butter.

Ist dies Euer Schildknappe? fragte der Fremde.

Ja, antwortete Don Quixote.

Ich habe niemals einen Schildknappen gesehen, versetzte der Fremde, der sich unterstanden hätte zu sprechen, wenn sein Herr spricht. Wenigstens ist hier der meine, der so erwachsen ist wie sein Vater, aber es wird nicht dargetan werden können, daß er je die Lippen da öffnet, wenn ich gesprochen habe.

Der Knappe des Fremden nahm den Sancho beim Arm und sagte: Wir wollen wohin gehen, wo wir auf Knappenart reden dürfen, was wir nur wollen. Lassen wir unsere Herren hier, daß es lanzenhoch bei ihnen hergehe und sie sich die Geschichte ihrer Liebe erzählen, wobei sie gewiß der Tag überraschen wird, ohne daß sie damit zu Ende gekommen sind.

In Gottes Namen! sagte Sancho. Ich will Euch, mein Herr, erzählen, wer ich bin, damit Ihr sehen mögt, ob ich mich ungehörigerweise unter die gesprächigen Schildknappen eindränge.

Somit entfernten sich die beiden Knappen, zwischen denen ein ebenso lustiges Gespräch vorfiel, als die Unterredung ihrer Herren ernsthaft war.

Achtundfünfzigstes Kapitel

Setzt das Abenteuer des Ritters von den Spiegeln fort und enthält das verständige und anmutige Gespräch, welches zwischen den beiden Stallmeistern vorfiel.

Es ist ein mühseliges Leben, mein Herr, sagte der Knappe des Fremden, das wir treiben und führen, die wir Knappen der fahrenden Ritter sind; wir essen wahrlich unser Brot im Schweiße unseres Angesichts, wie ein Fluch sagt, den Gott unsern ersten Eltern gab.

Man könnte auch sagen, fügte Sancho hinzu, daß wir es im Froste unserer Leiber essen; denn wer muß wohl mehr Hitze und Kälte ausstehen als die armen Knappen der fahrenden Ritterschaft? Und das Unglück ginge noch an, wenn wir nur äßen, denn beim Brot ist jede Not geringer; aber es trifft sich öfter, daß wir einen Tag, ja wohl zwei ohne Frühstück zubringen, den Wind ausgenommen, der in uns hineinbläst.

Das alles läßt sich noch ertragen, sagte der Fremde, da wir die Hoffnung einer guten Belohnung haben; denn wenn ein fahrender Ritter, dem ein Knappe dient, nicht über alle Maßen unglücklich ist, so wird der Knappe doch wenigstens nach einiger Angst eine schöne Statthalterei einer Insel zum Lohne erhalten oder eine ganz ansehnliche Grafschaft.

Ich, versetzte Sancho, habe es meinem Herrn schon erklärt, daß ich mit der Statthalterei einer Insel zufrieden bin, und er ist auch so edelmütig und freigebig, daß er sie mir verschiedentlich und oftmals versprochen hat.

Ich, sagte der Fremde, bin für meine Dienste mit einer Pfründe als Kanonikus zufriedengestellt, und mein Herr hat es mir auch schon zugesagt.

Ei, ei! So muß also, sagte Sancho, Euer hochedler Herr ein Ritter auf geistliche Art sein, da er seinem wackern Knappen dergleichen Pfründen erteilen kann; der meine ist aber nur ein Laie, ob ich mich gleich besinne, daß ihm verständige Leute einmal den Rat gaben, dem aber nach meiner Meinung eine schlechte Absicht zugrunde lag, daß er sich zum Erzbischofe machen möchte; er will aber gar nichts anderes als Kaiser werden. Ich war damals herzlich bange, er möchte zur Kirche Lust kriegen, weil ich mich nicht imstande befinde, Pfründe von ihr zu bekommen; denn Ihr müßt wissen, mein Herr, wenn ich auch wie ein Mensch aussehe, bin ich doch, um zur Kirche zu gehören, nur eine Bestie.

Darin sind aber mein edler Herr in einem Irrtume, sagte der Fremde; denn nicht alle Insel-Statthaltereien sind anmutige Gaben. Einige sind unfruchtbar, andere arm, andere melancholisch; und selbst die beste und vollkommenste führt doch eine so schwere Last von Nachdenken und anderen Unbequemlichkeiten mit sich, daß es der Unglückselige, den ein solches Schicksal trifft, wohl auf seinen Schultern empfindet. Wir täten besser, die wir uns in dieser verwünschten Dienstbarkeit eingespannt befinden, daß wir uns zur Heimat zurückwendeten und uns dort auf eine angenehmere Weise, zum Beispiel mit der Jagd oder Fischerei, die Zeit vertrieben; denn welcher Knappe auf der Welt ist doch wohl so arm, daß er nicht wenigstens einen Klepper, ein paar Jagdhunde und eine Angelrute besäße, um sich damit in seiner Heimat die Zeit zu vertreiben?

Mir fehlt von diesen Dingen nichts, antwortete Sancho; einen Klepper habe ich wohl freilich nicht, aber dafür habe ich einen Esel, der zweimal soviel wert ist wie das Pferd meines Herrn. Ich will kein Osterfest mehr gesund feiern, wenn ich ihn dagegen austauschen möchte, selbst wenn man mir auch noch vier Scheffel Hafer obendrein gäbe. Mein Herr glaubt vielleicht, daß ich diese Trefflichkeit meines Grauen übertreibe; denn grau ist die Farbe meines Esels. Jagdhunde sollten mir auch nicht fehlen; denn es gibt deren in unserem Dorfe im Überflusse, und die Jagd selbst ist dann am angenehmsten, wenn sie auf anderer Unkosten angestellt wird.

Aufrichtig und wahrhaft gesprochen, antwortete der Fremde, Herr Schildknappe, so bin ich fest entschlossen, diese Narrenpossen von Ritterschaft fahrenzulassen, mich nach Hause zu begeben und meine Kinder zu erziehen, deren ich drei wie die orientalischen Perlen besitze.

Ich habe zwei, sagte Sancho, die man dem Papste in eigener Person präsentieren könnte, vorzüglich ein Mädchen, die ich mit Gottes Hilfe zur Gräfin auferziehe, ihre Mutter mag auch noch so sehr dagegen sein.

Und wie alt ist diese Dame, die zur Gräfin auferzogen wird? fragte der Fremde.

Fünfzehn Jahre, zwei Wochen mehr oder weniger, antwortete Sancho; aber sie ist so hoch geschossen wie eine Lanze und so frisch wie ein Aprilmorgen, und dabei hat sie eine Stärke wie ein Karrenschieber.

Das sind Gaben, antwortete der andere, die sie nicht nur zur Gräfin, sondern selbst zur Nymphe und Göttin machen können. Ei du Hurenkind! Ei, wie hübsch muß das Tierchen sein!

Worauf Sancho ärgerlich antwortete: Sie ist keine Hure, sowenig wie ihre Mutter, und keine von beiden wird es mit Gottes Hilfe werden, solange ich am Leben bin. Sprecht also mit mehr Anstand; denn da Ihr unter fahrenden Rittern auferzogen seid, welche die Höflichkeit selber sind, scheinen mir diese Reden nicht überlegt genug.

O wie wenig versteht sich doch mein Herr Schildknappe, versetzte der Fremde, auf die rechten Lobeserhebungen! Wie, Ihr wißt nicht, daß die Menschen, wenn auf dem Plane der Ritter dem Stiere einen tüchtigen Stoß beibringt oder wenn jemand irgendein Ding vortrefflich ausrichtet, zu rufen pflegen: O du Hurensohn! Wie trefflich hat er das ausgeführt! Was also in anderen Fällen eine Beschimpfung vorstellt, ist hier ein ausgezeichnetes Lob, und solcher Söhne oder Töchter, mein Herr, dürft Ihr Euch nur lieber entsagen, die nicht solche Dinge verrichten, daß man ihren Eltern dergleichen Lob erteilen könnte.

So tu' ich, antwortete Sancho, und dermaßen könntet Ihr mich und meine Kinder und mein Weib nur ein einziges vollständiges Hurenhaus heißen; denn alles, was bei uns gesagt und getan wird, sind Dinge, die im höchsten Grade dergleichen Lob verdienen. Und daß ich sie nur bald wiedersehen möge, bete ich zu Gott, daß er mich aus dieser Todsünde erlöse; denn nichts Geringeres ist es, wenn er mich von diesem gefährlichen Amte eines Schildknappen errettet, in das ich nun zum zweiten Male geraten bin, von einer Börse mit hundert Dukaten dazu verführt, die ich einmal mitten in der Sierra Morena fand. Seitdem hält mir nun der Teufel immer einen Beutel mit Dublonen vor die Augen, so daß es mir bei jedem Schritte ist, als fasse ich ihn mit der Hand, als drücke ich ihn in die Arme, als bringe ich ihn nach Hause und lege das Geld auf Zinsen und lebe wie ein Fürst. Und solange ich daran denke, sind mir alle Leiden leicht und erträglich, die ich mit diesem Dummkopfe, meinem Herrn, ausstehe, von dem ich recht gut weiß, daß er mehr von einem Narren als von einem Ritter an sich hat.

Deshalb, antwortete der Fremde, pflegt man zu sagen, daß allzuviel den Sack zerreißt; und wenn wir auf das andere kommen wollen, so gibt es gewiß keinen größeren Narren als meinen Herrn, denn er gehört zu denen, auf welche das Sprichwort paßt: Er läßt von Fremden seinen Esel zu Tode reiten; denn um einem andern Ritter den Verstand, den jener verloren, wiederzuschaffen, macht er sich selbst zum Narren und zieht umher, um Gott weiß was zu suchen.

Und ist er vielleicht verliebt?

Ja, sagte der Fremde, in eine gewisse Casildea von Vandalien, die roheste und hartgesottenste von allen Damen, die es nur auf Erden geben kann. Doch ist die Roheit nicht eben die Krankheit, woran er leidet; denn andere größere Bosheiten knurren ihm im Leibe, wie es sich wohl bald zeigen wird.

Es gibt keinen so ebenen Weg, versetzte Sancho, auf dem man nicht stolpern oder anstoßen könnte. In andern Häusern werden die Bohnen in Töpfen, bei mir in Waschkesseln gekocht. Mehr Gesellschaft und Begleitung muß wohl die Narrheit haben als der Verstand; wenn aber das wahr ist, was man gemeiniglich zu sagen pflegt, daß es zum Trost im Leiden dient, einen Gesellschafter zu finden, so könnte ich mich mit Euer Edlen trösten, denn Ihr dient einem Herrn, der ebenso dumm ist wie der meine.

Dumm, aber tapfer, antwortete der vom Walde, und mehr Schelm, als er dumm oder tapfer ist.

Das ist der meine nicht, antwortete Sancho, der hat gar nichts vom Schelm an sich; nein, der hat vielmehr eine Seele wie ein Schaf, er tut keinem Menschen was Böses; allen erzeigt er Gutes, und Tücke ist ihm ganz unbekannt. Ein Kind könnte ihm weismachen, daß es am hellen Tage dunkle Nacht sei; und wegen dieser Unschuld liebe ich ihn auch wie das Blut in meinem Herzen, und ich kann es deswegen nicht über mich gewinnen, von ihm zu gehen, wenn er auch noch so viele Narrenstreiche anstellt.

Trotz alledem, mein Freund und Herr, sagte der Fremde, wenn der Blinde den Blinden führt, so laufen beide Gefahr, in den Graben zu fallen. Es ist besser, wir machen uns mit gesunden Gliedmaßen davon und gehen nach Hause; denn wer Abenteuer sucht, findet eben nicht immer anmutige.

Sancho spuckte häufig aus und schien überhaupt an einer großen Dürre und Trockenheit zu leiden. Da dies der mitleidige Schildknappe sah und bemerkte, sprach er: Es scheint, daß uns von unserm Gespräche die Zunge fast am Gaumen klebt; ich habe aber etwas am Sattelknopfe meines Pferdes hängen, was sie wieder lösen kann. Hiermit stand er auf und kam bald darauf mit einem großen Schlauche Wein und einem Stück gebackenen Fleisch zurück, das wohl eine halbe Elle lang war. Sancho rief daher beim Anblicke aus: Ei, und das führt Ihr so mit Euch, mein Herr?

Was denkt Ihr denn, antwortete der andere, bin ich ein Schildknappe für Wasser und Brot? Ich habe mehr Vorrat hinten auf meinem Pferde bei mir als ein General, der sich auf den Weg macht.

Sancho speiste, ohne sich bitten zu lassen, und stopfte große Brocken im Finstern hinein, indem er sagte: Euer Edlen sind ein treuer und wahrer Schildknappe, wie sich's gehört und wie er sein muß, prächtig und edel, wie es dieses Bankett beweiset, das wie durch die Kunst der Zauberei hergekommen zu sein scheint. Das ist etwas anderes als mit mir Elenden und Armseligen, der ich in meinem Schnappsacke immer nur ein bißchen Käse führe, der so hart ist, daß man damit einem Riesen ein Loch in den Kopf schmeißen könnte; zur Gesellschaft noch vier Dutzend Zwiebeln und ebenso viele Eicheln und Nüsse. Das kommt von der Gewissenhaftigkeit meines Herrn und von seinem Glauben und seinem Gesetze, welchem er folgt, daß die fahrenden Ritter nämlich sich nur von trockenen Früchten und von den Kräutern des Feldes ernähren und erhalten dürfen.

Bei meiner Seele, Freund, versetzte der Fremde, mein Magen ist auf Radieschen und Gebirgswurzeln nicht eingerichtet; mögen doch in des Himmels Namen unsere Herren nach ihren Glaubensartikeln und Rittergesetzen leben und essen, was diese ihnen vorschreiben. Ich habe immer Fleischvorrat bei mir und diesen Schlauch an meinem Sattelknopfe, den ich so liebe und verehre, daß ich es nur selten unterlasse, ihm tausend Küsse und Umarmungen zu schenken. Und mit diesen Worten gab er ihn in die Hände Sanchos, der ihn gleich an den Mund setzte, geraume Zeit die Sterne anschaute, und als er getrunken hatte, den Kopf auf eine Seite fallen ließ und mit einem tiefen Seufzer sagte: O du Hurensohn! O du Spitzbube! Wie bist du so katholisch! Aber sagt mir doch, mein Herr, um Gottes Barmherzigkeit willen, ist der Wein nicht von Ciudad Real?

Ihr seid ein Weinkenner, rief der Fremde, ja, er ist nirgends anders her und dabei schon manches Jahr alt.

Die beiden wackern Schildknappen sprachen so viel und tranken so viel, daß der Schlaf endlich ihre Zungen binden und ihren Durst lindern mußte; denn ihn ganz zu löschen, war unmöglich. So schliefen sie, beide den schon leeren Schlauch umfassend, den Bissen halb gekaut im Munde, ein.

Neunundfünfzigstes Kapitel

in welchem das Abenteuer des Ritters von den Spiegeln fortgesetzt wird.

Kurz, Herr Ritter, sagte der fremde Ritter zu Don Quixote, Ihr müßt wissen, daß mein Verhängnis, oder richtiger zu reden, meine Wahl mich dahin brachte, mich in die unvergleichliche Casildea von Vandalien zu verlieben. Ich nenne sie unvergleichlich; denn es gibt nicht ihresgleichen, sowohl was die Größe des Körpers als ihren hohen Stand, ihre Schönheit betrifft. Diese Casildea, die ich geschildert habe, vergilt mir aber meine Verehrung und meine untadelhaften Wünsche damit, daß sie mich, wie seine Stiefmutter den Herkules, in Arbeiten verwickelt, in viele und mancherlei Gefahren; sobald ich eine dieser Aufgaben löse, verspricht sie mir, daß die Beendigung der folgenden die Erfüllung meiner Hoffnung herbeiführen werde; aber auf solche Weise sind meine Arbeiten aneinandergekettet worden, daß sie unzählig sind und daß ich nicht mehr weiß, welche die letzte sein möchte, welche den Anfang zur Erfüllung meiner untadeligen Wünsche machen wird. Einmal befahl sie mir, jene berühmte Riesin von Sevilla herauszufordern, welche Giralda *) heißt und so tapfer und stark ist, als ob sie aus Erz gegossen wäre, und die, ohne sich von der Stelle zu rühren, das beweglichste und unbeständigste Weib auf der ganzen Erde ist. Ich kam, sah sie und überwand sie und machte, daß sie ruhig und fest stand; denn länger als eine Woche wehte kein anderer als der Nordwind. Ein andermal gebot sie mir wieder, mich in den Abgrund Cabra herabzustürzen (eine unerhörte und furchtbare Gefahr!) und daß ich ihr nachher eine genaue Nachricht von allem bringen sollte, was sich in jenem finstern Schlunde befindet. Ich hielt die Beweglichkeit der Giralda an, ich stürzte mich in den Schlund hinab und brachte die Verborgenheiten jenes Abgrundes an das Licht, und meine toten Hoffnungen blieben toter denn je, und ihre Aufträge und Verschmähungen waren lebendiger als je. Endlich gab sie mir auf, durch alle Provinzen von Spanien zu ziehen und alle fahrenden Ritter, die im Lande streifen, zu dem Bekenntnisse zu zwingen, daß sie allein die vollkommenste Schönheit von allen sei, die jetzo leben, und ich der tapferste und verliebteste Ritter auf dem Erdkreise. Diesem Befehle zufolge habe ich den größten Teil von Spanien durchzogen und habe viele Ritter überwunden, die kühn genug waren, mir zu widersprechen; wessen ich mich aber am meisten rühme und freue, ist, daß ich im Zweikampfe jenen berühmten Ritter Don Quixote de la Mancha überwunden und ihn zu dem Geständnisse gezwungen habe, daß meine Casildea schöner sei als seine Dulcinea. In diesem einzigen Siege glaube ich alle Ritter der Welt besiegt zu haben; denn dieser Don Quixote, von dem ich spreche, hat sie alle besiegt, so ist sein Preis, sein Ruhm und seine Ehre auf meine Person übergegangen, der Überwinder ist um so geehrter, in je größerer Achtung der Überwundene steht, so daß auf diese Weise die unzähligen Taten dieses Don Quixote nunmehr für die meinigen gerechnet werden.

---

*) Giralda heißt die Drehfigur auf der Spitze der Kathedrale von Sevilla.

Don Quixote war erstaunt, den Ritter vom Walde so reden zu hören; tausendmal war er im Begriff, ihm zu sagen, daß er löge, ja er hatte schon das Wort auf der Zungenspitze; aber dennoch nahm er sich zusammen, so gut er konnte, um jenen mit seinem eigenen Munde die Lüge bekennen zu machen. Er sagte daher mit großer Ruhe: Darüber, mein Herr Ritter, daß Ihr die meisten fahrenden Ritter von Spanien, ja von der ganzen Welt überwunden habt, sage ich nichts; daß Ihr aber den Don Quixote de la Mancha solltet überwunden haben, ziehe ich in Zweifel. Mag sein, daß es ein anderer gewesen ist, der ihm gleicht, ob es gleich wenige gibt, die ihm gleichen.

Beim Himmel, rief der Ritter vom Walde, ich habe mit ihm gestritten, ihn überwunden und unter mich gebracht. Er ist ein Mann von langer Statur, dürr im Gesicht, von brauner Farbe, mit vermischten grauen und braunen Haaren, einer Adlernase, die etwas gekrümmt ist, und einem großen schwarzen herabhängenden Zwickelbart. Er streift unter dem Namen des Ritters von der traurigen Gestalt und hat als Knappen einen Bauer, namens Sancho Pansa. Er belastet den Rücken und regiert den Zaum eines berühmten Rosses, Rosinante genannt; und endlich hat er zur Gebieterin seines Willens eine gewisse Dulcinea del Toboso, sonst Aldonza Lorenzo genannt, wie ich die meinige, da sie Casildea heißt und aus Andalusien ist, Casildea von Vandalien nenne. Sind alle diese Beweise noch nicht hinreichend, um die Wahrheit meiner Aussagen zu bestätigen, so ist hier mein Schwert, welches ihm bei der Ungläubigkeit selbst Glauben verschaffen soll.

Seid ruhig, Herr Ritter, sagte Don Quixote, und hört das an, was ich Euch zu sagen willens bin. Ihr müßt wissen, daß dieser Don Quixote, von dem Ihr sprecht, mein bester Freund ist, den ich auf dieser Welt habe, und zwar so sehr, daß ich wohl behaupten könnte, er diene mir statt meiner eigenen Person. Nach der genauen und pünktlichen Beschreibung, die Ihr mir von ihm gegeben habt, muß ich glauben, daß er derselbe sei, welchen Ihr überwunden habt; von der anderen Seite aber sehe ich es mit den Augen und greife es mit den Händen, daß er unmöglich der nämliche sein kann, wenn es nicht so zusammenhängt, daß, da er viele Zauberer zu Feinden hat, vorzüglich einen, der ihn unaufhörlich verfolgt, einer von diesen vielleicht seine Gestalt angenommen hat, um sich überwinden zu lassen, damit er den Ruhm einbüßen möge, den ihm seine hohen Rittertaten auf der ganzen entdeckten Erde erworben und errungen haben. Zur Bestätigung dessen müßt Ihr gleichfalls wissen, daß diese Zauberer, seine Widersacher, vor nicht länger als zwei Tagen die Gestalt und Person der schönen Dulcinea del Toboso in eine schmutzige und gemeine Bäuerin verwandelt haben, und auf gleiche Weise werden sie auch den Don Quixote verwandelt haben. Wenn aber alles dies noch nicht hinreicht, Euch von dieser Wahrheit zu überzeugen, so steht hier dieser nämliche Don Quixote, um sie mit seinen Waffen, zu Fuß oder zu Pferde oder auf welche Weise es Euch sonst beliebig ist, zu behaupten. Und mit diesen Worten erhob er sich und legte die Hand an den Degen, in Erwartung, welchen Entschluß der Ritter vom Walde fassen würde, der ihm mit ebenso ruhiger Stimme folgendes antwortete: Der gute Bezahler läßt sich das Pfand nicht gereuen; derjenige, der Euch, Herr Don Quixote, einmal verwandelt überwinden konnte, darf auch die Hoffnung hegen, Euch in Eurer eigentümlichen Gestalt zu besiegen. Da es aber nicht ziemlich ist, daß Ritter ihre Waffentaten wie Straßenräuber und Buschklepper im Finstern verrichten, so wollen wir den Tag erwarten, damit die Sonne unser Werk sehe, wobei es die Bedingung unseres Kampfes sein soll, daß der Besiegte dem Willen des Siegers gehorchen muß, so daß dieser nach seinem Gefallen mit ihm verfahren möge, vorausgesetzt, daß das, was er befiehlt, für einen Ritter nicht unanständig sei.

Mit dieser Bedingung und Übereinkunft bin ich trefflich zufrieden, antwortete Don Quixote. Und mit diesen Worten begaben sie sich zu ihren Knappen, die sie noch in der nämlichen Lage schnarchend fanden, in der sie waren, als sie der Schlaf überfiel. Sie weckten sie und befahlen ihnen, nach den Pferden zu sehen, denn mit dem Aufgange der Sonne wollten sie einen blutigen und fürchterlichen Zweikampf ausfechten, bei welcher Neuigkeit Sancho erschrak und sich entsetzte, denn er war für das Leben seines Herrn besorgt, da er seinen Kameraden die Tapferkeit seines Herrn so überaus hatte rühmen hören. Aber ohne ein Wort zu sprechen, gingen die Knappen fort, ihre Herde aufzusuchen; denn alle drei Pferde und der Graue hatten sich schon berochen und standen dicht nebeneinander.

Unterwegs sagte der Fremde zu Sancho: Du mußt wissen, Bruder, daß die Kämpfer in Andalusien die Sitte haben, wenn sie Sekundanten eines Zweikampfes sind, nicht müßig dabeizustehen, Hand in Hand gelegt, indessen sich die Parteien herumschlagen. Ich sage dies, damit du dich fertigmachst, daß, während sich unsere Herren schlagen, wir auch miteinander kämpfen und die Klingen ziehen können.

Diese Gewohnheit, Herr Schildknappe, antwortete Sancho, mag wohl dort zwischen Schlägern und Raufern gebräuchlich sein, aber unter den Knappen der fahrenden Ritter ist daran gar nicht zu denken; wenigstens habe ich meinen Herrn noch nicht von einem dergleichen Gebrauch sprechen hören, der doch aus dem Kopfe alle Gesetze der fahrenden Ritterschaft weiß. Ja, wenn es auch eine ausdrückliche Regel wäre, daß die Knappen sich schlagen müssen, während ihre Ritter kämpfen, so würde ich es doch nicht befolgen, sondern lieber die Strafe bezahlen, die in solchem Falle auf die friedliebenden Knappen gelegt ist; denn ich glaube doch wohl, daß die nicht mehr als etwa zwei Groschen betragen wird, also doch weniger als die Lappen und Leinwand, die ich brauchte, mir den Kopf zu verbinden, den ich schon in zwei Stücke geschlagen und geteilt vor mir sehe. Was mir aber das Kämpfen unmöglich macht, ist, daß ich keinen Degen habe.

Dafür weiß ich ein gutes Mittel, sagte der andere Knappe, ich habe hier zwei leinene Säcke von gleicher Größe, Ihr nehmt den einen und ich den anderen, und so können wir mit gleichen Waffen aufeinander losschlagen.

Auf diese Weise in Gottes Namen, antwortete Sancho, denn ein solcher Kampf wird uns eher den Staub ausklopfen, als eine Wunde beibringen.

Das ist nicht so gemeint, versetzte der andere; denn in die Säcke müssen wir, damit der Wind sie nicht fortführt, ein halbes Dutzend vollständige und vollwichtige Steine legen, so daß der eine Sack so schwer wie der andere wird, und so können wir uns sackschlagen, ohne uns Schaden oder Unheil zuzufügen.

Seht doch, bei meiner armen Seele! rief Sancho aus, welche Zwiebelhäutchen, welche zarte ausgekämmte Baumwolle will der Mensch in die Säcke tun, womit wir uns durchaus nicht die Köpfe zerschmettern und alle Knochen entzweibrechen können; wenn Ihr aber auch Seide hineintun wolltet, so wißt, mein Herr, daß ich durchaus nicht kämpfen werde. Unsere Herren mögen es tun und zusehen, wie es ihnen bekommt, wir aber wollen trinken und leben und leben lassen; denn die Zeit sorgt schon dafür, uns unser Leben zu nehmen, ohne daß wir vorher auf eine Leckerei ausgehen, damit es aus sei, ehe seine Zeit und Stunde gekommen ist und es als reif selbst abfallen mag.

Auf jeden Fall, versetzte der andere, müssen wir wenigstens eine halbe Stunde miteinander kämpfen.

Nimmermehr, antwortete Sancho, werde ich so unhöflich und undankbar sein, daß ich mit einem Händel anfinge, mit dem ich gegessen und getrunken habe, um so mehr, da ich gar nicht zornig und ärgerlich bin; wer wird sich denn aus freier Faust herumprügeln?

Dafür, sagte der andere, weiß ich ein probates Mittel. Ehe wir nämlich den Kampf anfangen, will ich ganz sanftmütig zu Euch kommen und Euch drei oder vier tüchtige Maulschellen geben, so daß Ihr zu meinen Füßen niederfallt, wodurch denn wohl Euer Zorn aufwachen wird, wenn er auch so fest wie ein Murmeltier schliefe.

Gegen diesen Pfiff weiß ich einen anderen, antwortete Sancho, der wenigstens ebensoviel wert ist. Ich könnte nämlich einen Knüppel nehmen, und ehe Ihr noch meinen Zorn auferweckt, den Euren mit Knüppelschlägen so zum Schlafen bringen, daß er nicht eher als in der anderen Welt erwacht, wo er dann schon erfahren wird, daß ich nicht ein Mann bin, der sich auf der Nase spielen läßt, und daß jeder nur vor seiner eigenen Tür fegen mag. Das beste aber wäre, daß jeder von uns seinen Zorn in Ruhe schlafen ließe; denn was ich nicht weiß, das macht mich nicht heiß; es geht mancher nach Wolle und kommt geschoren nach Hause; Gott segnet den Frieden und verflucht die Zwietracht, denn wenn sich eine bedrängte, eingesperrte und geängstigte Katze in einen Löwen verwandeln kann, so weiß Gott, worin ich mich verwandeln könnte, der ich ein Mensch bin. Und daher beschwöre ich Euch, Herr Knappe, daß Ihr alles Unglück und Elend auf Eure Rechnung schreiben mögt, was nur aus unserem Zwiste entstehen kann.

Nun gut, versetzte der andere, es wird Tag werden, und alles wird sich finden.

Indessen fingen schon auf den Bäumen tausend Arten von bunten Vögeln ihr Zwitschern an; mit ihren mannigfaltigen und frohen Gesängen schienen sie der frischen Morgenröte Gruß und Willkommen zu sagen, die aus den Toren und Fenstern des Orients ihr schönes Angesicht zeigte, indem sie aus ihren Haaren unzählige flüssige Perlen schüttelte, in welchem lieblichen Tau das Gras badete, so daß es schien, als ob aus den Kräutern ebenfalls glänzende Perlen sproßten und niederregneten. Von den Weiden troff duftendes Manna, die Quellen lachten, die Ströme rauschten, die Wälder freuten sich, und die Wiesen wurden golden vom Schein des Morgens gefärbt. Aber kaum war der Tag hell genug, um die Dinge zu sehen und zu unterscheiden, so war das erste, was sich den Augen Sancho Pansas darbot, die Nase des fremden Knappen, die von einer solchen Größe war, daß sie beinahe seinen ganzen Körper beschattete. Es wird in der Tat erzählt, daß sie von ungeheurer Größe gewesen, in der Mitte gebogen und voller Buckeln, von bläulicher Farbe, wie manche Wasserrüben. Sie hing ihm zwei Finger breit über den Mund hinunter, und diese Größe, die Farbe, die Buckeln und die Gebogenheit machten sein Gesicht so scheußlich, daß Sancho an Händen und Füßen zitterte, wie ein Kind, das die fallende Sucht hat, wobei er in seinem Herzen beschloß, sich eher zweihundert Maulschellen geben zu lassen, als mit diesem Gespenste zu kämpfen.

Don Quixote beschaute seinen Gegner und sah, daß er schon sein Visier heruntergelassen hatte, so daß er sein Angesicht nicht betrachten konnte; er bemerkte aber, daß er von starken Gliedern, jedoch nicht von großer Statur sei. Über der Rüstung trug er ein Oberkleid oder Wams, welches vom feinsten Goldstoffe schien, worauf viele kleine Monde von glänzendem Spiegel genäht waren, die seinen Anblick sehr herrlich und prächtig machten. Auf seinem Helme schwankte eine Menge grüner, gelber und weißer Federn. Die Lanze, die an einem Baume lehnte, war sehr groß und gewichtig, mit einer eisernen Spitze, die mehr als eine Hand breit war. Alles dies sah und bemerkte Don Quixote, und aus dem Anblicke schloß er, daß dieser Ritter von gewaltiger Stärke sein müsse; mit edlem Anstande sagte er zu dem Ritter von den Spiegeln: Wenn die große Streitlust, Herr Ritter, nicht Eurer Artigkeit hinderlich ist, so bitte ich Euch, das Visier ein wenig zu erheben, damit ich sehen möge, ob die Tapferkeit Eures Antlitzes der Eures übrigen Wesens entspreche.

Ihr mögt als Besiegter oder Sieger aus diesem Kampfe gehen, Herr Ritter, antwortete der von den Spiegeln, so wird Euch Zeit und Muße im Überflusse teilhaft werden, mich zu sehen; wenn ich jetzt nicht Eurem Wunsche Genüge leiste, so geschieht es deshalb, weil ich der Schönheit der Casildea von Vandalien dadurch einen großen Schimpf zufügen würde, die Zeit damit zu verlängern, das Visier zu erheben, ohne Euch vorher zu dem bewußten Bekenntnisse zu zwingen.

Indes wir aber zu Pferde steigen, sagte Don Quixote, könnt Ihr mir doch wohl sagen, ob ich jener Don Quixote sei, den Ihr überwunden habt.

Hierauf antworten wir Euch, sagte der von den Spiegeln, daß Ihr dem Ritter, den ich überwunden habe, so gleichet wie ein Ei dem anderen; da Ihr aber sagt, daß Zauberer Euch verfolgen, so wage ich nicht, zu entscheiden, ob Ihr derselbe seid oder nicht.

Dies ist mir genug, antwortete Don Quixote, um Euch für getäuscht zu halten; um Euch aber völlig zu enttäuschen, mögen unsere Rosse kommen, und in weniger Zeit, als Ihr gebraucht hättet, das Visier zu erheben, will ich, wenn Gott, meine Gebieterin, mein Arm mir beistehen, Euer Angesicht sehen, und Ihr sollt sehen, daß ich nicht, wie Ihr meint, jener überwundene Don Quixote bin.

Hiermit stiegen sie zu Pferde. Don Quixote wandte den Rosinante herum, ein Stück Feldes zu gewinnen, von wo er auf seinen Gegner treffen könne, und das nämliche tat der von den Spiegeln. Don Quixote aber hatte sich noch keine zwanzig Schritt entfernt, als er den von den Spiegeln rufen hörte; und als er zu jenem zurückgeritten war, sagte der von den Spiegeln zu ihm: Vergeßt nicht, Herr Ritter, daß die Bedingung unserer Schlacht so ist, daß der Überwundene, wie wir schon ausgemacht haben, der Willkür des Überwinders anheim fällt.

Ich weiß es, antwortete Don Quixote, nämlich so: daß dem Überwundenen nichts auferlegt oder geboten wird, was die Grenzen der Ritterschaft überschritte.

Das versteht sich von selbst, antwortete der von den Spiegeln.

Indessen bemerkte Don Quixote die ungeheure Nase des Knappen, über die er sich nicht weniger als Sancho verwunderte, so daß er ihn für ein Ungeheuer hielt. Als Sancho sah, daß sein Herr sich wieder zum Kampfe aufmachte, wollte er bei dem Langnasigen nicht allein bleiben, weil er fürchtete, daß ein einziger Wischer von jener Nase auf der seinigen allen ihren Zwist auf einmal beendigen könnte und daß er vom Schlage oder aus Furcht tot zur Erde fallen würde. Er lief also seinem Herrn nach und hielt sich am Steigbügel des Rosinante; und als er glaubte, daß es Zeit zum Umlenken sei, sagte er: Ich bitte Euch, gnädiger Herr, bevor Ihr aufeinandertrefft, mögt Ihr mir auf diesen Korkbaum helfen, von wo ich mehr nach Herzenslust zusehen kann, als wenn ich auf der Erde stehe, wie tapfer Ihr mit diesem Ritter zusammentreffen werdet.

Ich glaube vielmehr, Sancho, sagte Don Quixote, daß du dich auf ein sicheres Gerüst begeben willst, um ohne Gefahr dem Stiergefechte zuzusehen.

Die Wahrheit zu sagen, antwortete Sancho, so macht mir die schreckliche Nase jenes Knappen solche Furcht und solches Entsetzen, daß ich nicht bei ihm stehen mag.

Sie ist von der Art, sagte Don Quixote, daß, wäre ich nicht derjenige, der ich bin, sie mich auch erschrecken würde; komm' also nur, ich will dir behilflich sein, hinaufzusteigen.

Während sich Don Quixote damit aufhielt, dem Sancho auf einen Korkbaum zu helfen, gewann der von den Spiegeln soviel Feld, als ihm nötig schien; und da er glaubte, daß Don Quixote das nämliche getan habe, wandte er, ohne den Klang der Trompete oder ein anderes Zeichen abzuwarten, plötzlich sein Pferd herum, welches weder behender noch von besserem Aussehen als Rosinante war, und flog im vollsten Laufe, einem mäßigen Trott, seinem Feinde entgegen. Da er ihn aber mit Sanchos Aufsteigen beschäftigt sah, hielt er die Zügel an und stand so mitten auf der Bahn still, worüber sein Pferd ihm ungemein dankbar war, weil es sich schon nicht mehr rühren konnte. Don Quixote, welcher glaubte, seinen Feind herbeifliegen zu sehen, stieß tapfer mit den Sporen in Rosinantes durchweichte Weichen und brachte ihn dadurch in ein solches Rennen, daß er dieses einzige Mal eine Art von Galopp versuchte, denn alle seine sonstigen Anstrengungen liefen immer auf ein unverkennbares Traben hinaus; und mit dieser nie gesehenen Furie rannte er auf den Ritter von den Spiegeln los, der seinem Pferde die ganzen Sporen in den Leib stieß, ohne es auch nur einen Fingerbreit von der Stelle zu bringen, an welcher es in seinem Laufe haltgemacht hatte. In dieser günstigen Verfassung stieß Don Quixote auf seinen Gegner, der mit seinem Pferde und mit seiner Lanze in Arbeit war, die er durchaus nicht einzulegen wußte. Don Quixote, der auf diese Ungleichheit nicht achthatte, stieß nun auf den von den Spiegeln so unbeschwert und mit solcher Stärke, daß er ihn vom Pferde und derart zu Boden warf, so daß er völlig wie ein Toter dalag.

Kaum sah ihn Sancho niedergestürzt, als er auch gleich von seinem Korkbaume herunterrutschte und eilig zu seinem Herrn rannte, der von Rosinante stieg, sich über den von den Spiegeln hermachte und ihm die Schnüre des Helmes löste, um zu sehen, ob er tot sei, und um ihm Luft zu schaffen, wenn er noch leben sollte. Er sah nun — oh, wer kann sagen, was er sah, ohne Erstaunen, Verwunderung und Entsetzen bei allen zu erregen, die es hören? — er sah, so erzählt die Historie, genau das Gesicht, genau die Gestalt, genau die Physiognomie, genau das Bildnis, genau die Perspektive des Baccalaureus Simson Carrasco aus la Mancha; und sowie er dieses sah, rief er mit lauter Stimme: Komm, Sancho, und betrachte, was es hier zu sehen gibt und was du nicht glauben wirst! Eile herbei, mein Sohn, und erfahre nun, was die Magie vermag, was Hexenmeister und Zauberer vermögen!

Sancho kam, und als er das Gesicht des Baccalaureus Carrasco sah, machte er tausend Kreuze und segnete sich ebensooft. Während dieser Zeit gab der niedergestürzte Ritter kein Lebenszeichen von sich, und Sancho sagte zu Don Quixote: Ich bin der Meinung, gnädiger Herr, daß Ihr auf jeden Fall Euer Schwert nehmt und es diesem in den Hals stoßt, der wie der Baccalaureus Simson Carrasco aussieht; vielleicht bringt Ihr in ihm einen von Euren Feinden, den Zauberern, um.

Du sprichst nicht übel, sagte Don Quixote, denn je weniger Feinde, je besser. Er nahm hierauf seinen Degen, um den guten Rat Sanchos zu befolgen, als der Knappe des Ritters von den Spiegeln herbeilief, und zwar ohne die Nase, die ihn so entstellt hatte, und mit lauter Stimme schrie: Seht doch, was Ihr tut, Herr Don Quixote; denn der da zu Euren Füßen liegt, ist der Baccalaureus Simson Carrasco, Euer Freund, und ich bin sein Knappe. Als ihn Sancho ohne jenes Scheusal sah, fragte er: Aber die Nase?

Worauf jener antwortete: Ich habe sie hier in der Tasche. Er zog hierauf

mit der rechten Hand eine Nase von Pappe und Lack hervor, wie man sie zu Maskeraden verfertigt, und indem ihn Sancho mehr und mehr betrachtete, rief er erstaunt und mit schreiender Stimme: Heilige Mutter Gottes, sei uns gnädig! Ist denn das nicht Thomas Cecial, mein Nachbar und Gevatter?

Nun freilich bin ich der, antwortete der entnaste Knappe; ich bin Thomas Cecial, mein Gevatter und Freund Sancho Pansa, und ich will Euch gleich alle die Umwege, Schelmereien und Listen sagen, wodurch ich mich hier befinde. Bittet aber vorher doch Euren Herrn, daß er nicht den Ritter von den Spiegeln mißhandeln oder umbringen möge, der zu seinen Füßen liegt; denn der Vorwitzige und Schlechtberatene ist ohne allen Zweifel der Baccalaureus Simson Carrasco, unser Landsmann.

Indem kam der von den Spiegeln wieder zu sich. Als Don Quixote dies bemerkte, setzte er ihm die Spitze seines Degens ins Gesicht und sagte: Ihr seid ein toter Mann, Ritter, wenn Ihr nicht bekennt, daß die unvergleichliche Dulcinea del Toboso an Schönheit Eure Casildea von Vandalien übertrifft. Außerdem müßt Ihr mir noch versprechen, wenn Ihr aus diesem Kampfe und Sturze das Leben davontragt, nach der Stadt Toboso zu gehen und sich ihr meinerseits zu präsentieren, damit sie mit Euch nach ihrem Wohlgefallen schalte. Gibt sie Euch frei, so sollt Ihr zurückkommen, die Spur meiner Taten wird Euch zum Wegweiser dienen, um mir dann zu erzählen, was sich zwischen ihr und Euch zugetragen hat; Bedingungen, die dem völlig gemäß sind, was wir vor der

Schlacht festsetzten, und die nicht die Grenzen der fahrenden Ritterschaft überschreiten.

Ich bekenne, sagte der gestürzte Ritter, daß ein alter dreckiger Schuh von der Dame Dulcinea del Toboso mehr wert ist als der Bart der Casildea; auch verspreche ich, zu ihr zu gehen und von ihr zu Euch zurückzukommen, um Euch, wie Ihr nur verlangt, genauen und umständlichen Bericht zu geben.

Außerdem müßt Ihr bekennen und glauben, fügte Don Quixote hinzu, daß jener Ritter, den Ihr überwunden, weder Don Quixote de la Mancha war, noch sein konnte, sondern ein anderer, der ihm glich, so wie ich bekenne und glaube, daß Ihr, so sehr Ihr auch dem Baccalaureus Simson Carrasco gleicht, es doch nicht seid, sondern ein anderer, der ihm ähnlich ist, und daß mir meine Feinde seine Gestalt vor die Augen gebracht haben, damit ich den Ungestüm meines Zornes anhalte und mäßige und leutselig den Ruhm dieses Sieges gebrauche.

Ich bekenne alles, meine alles so, wie Ihr es glaubt und meint, sagte der verrenkte Ritter. Laßt mich aufstehen, darum bitte ich Euch, wenn es mein schwerer Fall zuläßt, der mich übel zugerichtet hat.

Don Quixote und der Knappe Thomas Cecial halfen ihm auf, von dem Sancho kein Auge wandte und den er allerhand fragte, worauf es dann die Antworten unumstößlich bewiesen, daß jener der Thomas Cecial wirklich sei; aber das Vorurteil, welches Sancho von seinem Herrn bekommen hatte, daß die Zauberer nämlich die Gestalt des Ritters von den Spiegeln in die des Baccalaureus Carrasco verwandelt hätten, ließ ihn nicht an die Wahrheit dessen glauben, was er vor seinen Augen sah. Kurz: Herr und Diener blieben bei ihrer Einbildung, und der Ritter von den Spiegeln und sein Knappe, verdrießlich und übel zugerichtet, verließen Don Quixote und Sancho, um einen Ort zu suchen, wo man die Rippen bepflastern und einfugen könne. Don Quixote und Sancho setzten hierauf ihren Weg nach Zaragoza fort, wo sie die Historie läßt, um zu erzählen, wer der Ritter von den Spiegeln und sein großgenaster Knappe gewesen.

Sechzigstes Kapitel

Erzählt und gibt Nachricht, wer der Ritter von den Spiegeln und sein Knappe gewesen.

Aufs äußerste zufrieden, ruhmredig und eitel war Don Quixote, über einen so tapferen Ritter den Sieg davongetragen zu haben, wofür er den von den Spiegeln hielt, von dessen Ritterwort er zugleich zu erfahren hoffte, ob die Bezauberung seiner Dame noch fortdauere; denn jener war als überwundener Ritter bei Verlust der Ritterschaft verpflichtet, wiederzukommen und Nachricht zu bringen, was sich mit ihm und ihr zugetragen hatte.

Die Historie erzählt, daß der Baccalaureus Simson Carrasco dem Don Quixote seine verlassene Ritterschaft wieder vorzunehmen geraten hatte, als Don

Quixote in la Mancha geweilt hatte, nachdem er vorher mit dem Pfarrer und Barbier einen geheimen Rat gehalten hatte, wie man es angreifen müsse, um Don Quixote dahin zu bringen, daß er still und ruhig in seinem Hause bliebe. In diesem Rate wurde einstimmig und auf den besonderen Antrag des Carrasco beschlossen, daß man Don Quixote solle ziehen lassen, weil es doch unmöglich sei, ihn zu halten, und daß Simson ihn als fahrender Ritter auf dem Wege treffen solle, eine Schlacht mit ihm über die ersten besten Ursachen halten, ihn überwinden (was, wie sie meinten, ein leichtes sein würde), wobei der Vertrag geschlossen und die Übereinkunft getroffen werden müsse, daß der Besiegte gänzlich der Willkür des Siegers überlassen sei. Sei nun Don Quixote überwunden, so solle ihm der Ritter Baccalaureus befehlen, sich nach seinem Dorfe und in sein Haus zu begeben und es binnen zwei Jahren nicht zu verlassen. Es sei klar, daß der überwundene Don Quixote dies zweifellos erfüllen würde, um nicht gegen die Gesetze der Ritterschaft zu verstoßen; es sei möglich, daß er in der Zeit seines Bannes seine Possen vergäße, oder es würde sich wohl indessen eine Gelegenheit finden lassen, seine Narrheit mit einem anderen dienlichen Mittel zu heilen. Carrasco nahm es auf sich; als Schildknappe bot sich ihm Thomas Cecial an, der Gevatter und Nachbar des Sancho Pansa, ein lustiger, aufgeweckter Mann. Simson rüstete sich, und Thomas Cecial befestigte über seine natürliche die falsche Maskennase, damit er nicht von seinem Gevatter, wenn sie zusammenkämen, erkannt würde. So verfolgten sie den nämlichen Weg, den Don Quixote genommen hatte, und hätten ihn beinahe beim Abenteuer mit dem Fuhrwerke des Todes eingeholt. Endlich trafen sie einander im Walde, worauf sich das zutrug, was der verständige Leser gelesen hat. Und hätten nicht seine außergewöhnlichen Vorstellungen Don Quixote bewogen, zu glauben, der Baccalaureus sei nicht der Baccalaureus, so hätte er es gewiß für immer dem Herrn Baccalaureus unmöglich gemacht, die Würde eines Lizentiaten zu empfangen, weil er da kein Nest gefunden hätte, wo er die Vögel zu fangen gedachte.

Thomas Cecial, der sah, wie übel die Absicht gelungen war und welchen schlechten Ausgang die Reise genommen hatte, sagte zu dem Baccalaureus: Wahrlich, Herr Simson Carrasco, wir haben was für uns gelernt; leicht entwirft und unternimmt man eine Tat, aber meistenteils ist es schwer, sie durchzuführen. Don Quixote närrisch, wir gescheit; aber er macht sich gesund und lachend davon, Ihr seid zerschlagen und traurig. Sagt mir doch nun, wer ist der größte Narr? Der es ist, weil er es sein muß, oder der, der sich freiwillig dazu macht?

Worauf Simson antwortete: Der Unterschied unter diesen beiden Narren ist der: daß derjenige, der es gezwungen ist, es immer bleibt, der es aber mit Vorsatz ist, aufhört es zu sein, sobald er will.

Da dem so ist, sagte Thomas Cecial, so war ich ein Narr aus freiem Willen, als ich mich zu Eurem Knappen machte; eben so vorsätzlich will ich nun aufhören, es zu sein, und nach Hause gehen.

Wie es Euch beliebt, antwortete Simson, aber wenn man glaubt, daß ich nach

Hause gehen werde, ohne den Don Quixote vorher tüchtig durchgeprügelt zu haben, so ist man im Irrtume. Ich werde mich nicht wieder mit dem Vorhaben aufmachen, ihm seinen Verstand wiederzuschaffen, sondern mich zu rächen; denn der heftige Schmerz meiner Rippen erlaubt keine frommen Absichten.

Dieses Gespräch führten die beiden, bis sie in ein Dorf kamen, wo sie glücklicherweise einen Chirurgus fanden, dem sich der verunglückte Simson in die Kur gab. Thomas Cecial ging fort und ließ ihn allein, und Carrasco blieb allein und sann auf Rache.

Einundsechzigstes Kapitel

Was dem Don Quixote mit einem verständigen Ritter aus la Mancha begegnete.

Mit der Fröhlichkeit, Zufriedenheit und dem Selbstbewußtsein, welches oben geschildert wurde, setzte Don Quixote seine Reise fort, durch den errungenen Sieg überzeugt, er sei der tapferste fahrende Ritter, den die Welt in diesem Zeitalter besitze. Er hielt schon alle Abenteuer, die ihm nur immer in Zukunft begegnen könnten, für bestanden und glücklich beendigt; er verachtete die Bezauberungen und die Zauberer, erinnerte sich nicht der unzähligen Schläge, die er im Verlaufe seiner Ritterschaft empfangen hatte, nicht des Steinwurfs, der ihn der Hälfte seiner Zähne beraubt, nicht der Undankbarkeit der Ruderknechte. Kurz, er war mit sich einig, daß er, wenn er nur die Kunst, Art oder Weise wüßte, seine Dame Dulcinea zu entzaubern, keinen fahrenden Ritter aus den verflossenen Zeiten beneiden wolle, wenn dieser auch das allerhöchste Glück erreicht haben sollte.

Er war noch in diesen Vorstellungen versunken, als Sancho zu ihm sagte: Ist es nicht sonderbar, gnädiger Herr, daß ich noch immer die ungeheure, verteufelte Nase meines Gevatters Thomas Cecial vor Augen habe?

Und glaubst du denn etwa, Sancho, daß der Ritter von den Spiegeln der Baccalaureus Simson Carrasco und sein Knappe dein Gevatter Thomas Cecial gewesen?

Ich weiß nicht, was ich dazu sagen soll, antwortete Sancho; aber das weiß ich, daß das, was er mir von meinem Hause, Frau und Kindern erzählt hat, kein anderer wissen konnte als er selber, und das Gesicht, als er die Nase abgenommen hatte, war das vom Thomas Cecial, wie ich ihn tausendmal im Dorfe, ja in meinen eigenen vier Wänden gesehen habe; auch der Ton der Stimme war ganz derselbe.

Wir wollen vernünftig sprechen, Sancho, versetzte Don Quixote, komm her. Was hätte doch den Baccalaureus Simson Carrasco bewegen können, als fahrender Ritter dazu zu kommen, mit Waffen zum Angreifen und zur Verteidigung gerüstet, um mit mir zu streiten? Bin ich denn etwa sein Feind? Habe ich ihm jemals Ursache gegeben, auf mich einen Groll zu werfen? Bin ich sein Nebenbuhler, oder bekennt er sich zum Waffenhandwerk, um mir den Ruhm zu neiden, den ich durch meine Waffentaten erworben habe? Alles ist Kunstgriff und List der boshaften Magier, die mich verfolgen. Da sie vorher sahen, daß ich im Streite Sieger sein würde, richteten sie es so ein, daß der überwundene Ritter mir das Angesicht meines Freundes, des Baccalaureus, zeigen mußte, damit die Freundschaft, die ich zu ihm trage, sich zwischen die Schneide meines Schwertes und die Kraft meines Armes stellte und so den gerechten Zorn meines Herzens mäßige und auf diese Art sein Leben erhielte, welches er mir durch Hinterlist und Falschheit hatte rauben wollen. Übrigens weißt du ja selbst, Sancho, aus eigener Erfahrung, die dich nicht täuschen oder belügen kann, wie leicht es den Zauberern ist, ein Angesicht in ein anderes zu verwandeln, das Schöne häßlich und das Häßliche schön zu machen; denn es sind noch nicht zwei Tage, als du mit deinen eigenen Augen die Schönheit und Herrlichkeit der unvergleichlichen Dulcinea in ihrer eigentümlichen Gestalt und unverändert wahrnahmst, ich aber sah nur die Häßlichkeit und Gemeinheit einer schmutzigen Bäuerin mit triefenden Augen und einem üblen Geruche aus dem Munde. Dem schändlichen Zauberer, der sich unterfing, eine so schreckliche Verwandlung vorzunehmen, ist es nicht schwer, uns die Gesichtszüge des Simson Carrasco und deines Gevatters vorzutäuschen, um mir den Ruhm des Sieges aus den Händen zu reißen; dennoch aber bin ich getröstet, denn welche Gestalt er auch angenommen, so bin ich doch immer Besieger meines Feindes geblieben.

Während sie noch so sprachen, wurden sie von einem Manne eingeholt, der hinter ihnen des nämlichen Weges auf einer Stute, einem sehr schönen Apfelschimmel, geritten kam. Er trug einen Mantel von feinem grünen Tuche, mit bräunlichem Samt besetzt, und eine Mütze von demselben Zeuge. Die Decke der Stute hing tief herab, und der Sattel mit kurzen Bügeln war gleichfalls grün und braungelb. Er trug einen mohrischen Säbel, der an einem breiten Bandelier von Grün und Gold hing, und die Halbstiefel waren ebenso wie das Bandelier gearbeitet. Die Sporen waren nicht vergoldet, sondern von einem grünen Firnis angelaufen, aber so blank und poliert, daß sie kostbarer erschienen, da sie zur ganzen Kleidung paßten, als wenn sie von reinem Golde gewesen wären. Als der Reisende zu ihnen gekommen war, grüßte er höflich, spornte dann die Stute und ritt vorbei; aber Don Quixote sagte zu ihm: Edler Herr, wenn Euer Weg der nämliche ist wie der unsere und es Euch nicht darauf ankommt zu eilen, so würde ich es als eine Gnade ansehen, wenn wir miteinander ritten.

Gewiß, antwortete der auf der Stute, ich würde nicht so vorbeieilen, wenn ich nicht fürchtete, daß durch die Gegenwart meiner Stute Euer Pferd wild werden möchte.

Ihr könnt, gnädiger Herr, antwortete hierauf Sancho, nur immer Eure Stute anhalten; denn unser Pferd ist das sittlichste und wohlerzogenste auf der ganzen Welt. Niemals hat es bei ähnlichen Gelegenheiten was Unschickliches begangen; ein einzigmal wollte es die Probe machen, und da mußten mein Herr und ich die Zeche bezahlen. Ich sage noch einmal, daß Ihr nur anhalten dürft, wenn Ihr wollt; denn wenn man ihm Eure Stute auch auf einem Teller präsentierte, so würde der Gaul sie doch nicht berühren.

Der Reiter hielt den Zügel an und verwunderte sich über die Gestalt und das Gesicht des Don Quixote, das nicht mit dem Helme bedeckt war; denn Sancho führte diesen wie einen Mantelsack an dem vorderen Sattelbogen seines Grauen mit sich. Beschaute aber der Grüne Don Quixote sehr aufmerksam, so

beschaute hinwiederum Don Quixote den Grünen noch viel aufmerksamer, den er für einen Mann von Stande hielt. Sein Alter mochte ungefähr fünfzig Jahre betragen; er hatte nur wenige graue Haare und eine Adlernase; seine Miene war nicht fröhlich und nicht ernsthaft; kurz, seine Tracht und seine Gestalt bewiesen, daß er ein wohlhabender Mann sein müsse. Was der Grüne über Don Quixote de la Mancha urteilte, war, daß er dergleichen Aufzug und diese Art eines Mannes niemals gesehen hatte. Er bewunderte die Länge des Pferdes, die Größe seines Körpers, die Dürre und Bleichheit seines Gesichts, seine Waffen, seine Stellung und sein Betragen; eine Gestalt und ein Bildnis, das seit ewigen Zeiten nicht in jenen Gegenden war gesehen worden.

Don Quixote bemerkte die Aufmerksamkeit recht gut, mit welcher ihn der Reiter beschaute; und da er darin seinen Wunsch las und so höflich war, daß er gern jedermann Vergnügen machte, so kam er jenem, ehe er noch gefragt hatte, zuvor und sagte: Diese Gestalt, die mein Herr an mir sieht, ist so neu und so entfernt von denen, die man gewöhnlich sieht, daß ich nicht erstaunen würde, wenn sie Euch in Verwunderung gesetzt hätte. Ihr werdet es aber nicht mehr sein, wenn ich Euch sage, daß ich einer von jenen Rittern bin, von denen die Leute zu sagen pflegen, daß sie auf Abenteuer ziehen. Ich habe mein Vaterland verlassen, mein Vermögen verpfändet, mein Wohlleben aufgegeben und mich in die Arme des Glücks geworfen, daß es mich hinführe, wohin es nur mag. Ich will nämlich die schon verstorbene fahrende Ritterschaft wieder erwecken; und seit langem schon, indem ich hier stolpere, dort falle, hier herunterstürze und mich an jener Stelle wieder erhebe, habe ich einen großen Teil meines Vorhabens durchgesetzt; Witwen bin ich beigestanden, Jungfrauen habe ich geholfen, Eheweibern genützt, nicht minder den Verwaisten und Unmündigen: die natürlichen und eigentümlichen Geschäfte der fahrenden Ritter; und so habe ich es durch meine tapferen und christlichen Taten verdient, mich schon im Druck bei allen oder doch den meisten Nationen der Welt zu befinden. Dreißigtausend Bände sind von meiner Historie gedruckt, und es besteht die Aussicht, daß diese Dreißigtausend noch zu tausendmalen werden gedruckt werden, wenn es der Himmel nicht hindert. Kurz, um alles in wenige oder in ein einziges Wort einzuschließen, so vernehmt, daß ich Don Quixote de la Mancha bin, mit einem anderen Namen genannt der Ritter von der traurigen Gestalt; und obgleich Eigenlob herabwürdigt, so bin ich doch zuweilen gezwungen, es auszusprechen, in dem Falle nämlich, daß kein anderer zugegen ist, der es sagen könnte. Also, mein edler Herr, muß Euch weder dieses Pferd noch diese Lanze, noch dieser Schild, noch der Schildknappe, noch diese ganze Rüstung, noch mein bleiches Gesicht, noch mein eingefallener Körper ferner in Verwunderung setzen, da Ihr nun wißt, wer ich bin und zu welchem Handwerk ich mich bekenne.

Hiermit schwieg Don Quixote. Der andere aber schien ungewiß, was er antworten solle; nach geraumer Zeit aber sagte er: Ihr habt, Herr Ritter, aus meinem Erstaunen meinen Wunsch ganz richtig erraten; aber Ihr habt das nicht erreicht, mir meine Verwunderung zu nehmen, die Euer Anblick bei mir erregte. Denn ob Ihr gleich, mein Herr, gesagt habt, daß im Augenblicke, wenn ich erführe, wer Ihr seid, alles Erstaunen aufhören würde, so ist doch dem nicht also gewesen, sondern nachdem ich es weiß, bin ich noch weit mehr verwundert und erstaunt. Wie, ist es denn irgend möglich, daß es heutzutage fahrende Ritter in der Welt gibt und daß es gedruckte Historien von wahrhaftigen Rittertaten geben soll? Ich kann mir nicht vorstellen, daß es heutzutage einen auf Erden geben könnte, der Witwen begünstigte, Jungfrauen hülfe, Eheweiber ehrte und Waisen beistände; und ich würde es niemals geglaubt haben, wenn ich es nicht in Euer Gnaden mit meinen eigenen Augen gesehen hätte. Nun, gesegnet sei der Himmel, daß die Historie, die, wie Ihr sagt, von Euren erhabenen und wahrhaftigen Rittertaten im Druck erschienen ist, jene unzähligen von erdichteten fahrenden Rittern in Vergessenheit bringen wird, mit denen die Welt angefüllt ist, sowohl zum Nachteil der guten Sitten als zur Schande und Beschimpfung der wirklichen Historien.

Darüber wäre viel zu sagen, antwortete Don Quixote, ob die Historien der fahrenden Ritter erdichtet sind oder nicht.

Und wer zweifelt daran, antwortete der Grüne, daß diese Historien falsch sind?

Ich zweifle daran, antwortete Don Quixote, und fürs erste bleibe es dabei; denn wenn unsere Reise länger dauert, so hoffe ich zu Gott, Euch zu überzeugen, wie übel Ihr tut, mit dem Strome zu schwimmen mit allen denjenigen, welche es für ausgemacht halten, daß diese Historien nicht wahrhaftig sind.

Wegen dieser letzten Worte Don Quixotes schöpfte der Reiter den Argwohn, daß Don Quixote wohl ein Dummkopf sein möchte; deshalb gab er acht, ob andere Merkmale dies bestätigen würden. Ehe sie aber in ein anderes Gespräch gerieten, bat ihn Don Quixote, ihm zu sagen, wer er sei.

Worauf der vom grünen Mantel antwortete: Ich, Herr Ritter von der traurigen Gestalt, bin ein Edelmann, in dem Orte geboren, wo wir heute, wenn Gott will, essen werden. Ich bin reicher als der Durchschnitt meiner Standesgenossen, und mein Name ist Don Diego de Miranda. Ich lebe mit Frau und Kind und meinen Freunden. Meine Beschäftigung sind die Jagd und der Fischfang: ich halte aber weder einen Falken noch Jagdhunde, sondern ein zahmes Rebhuhn und ein Frettchen. Ich habe ungefähr sechs Dutzend Bücher, wovon einige spanisch, einige lateinisch sind, einige von Historien handeln, andere für die Andacht bestimmt sind. Bücher von der Ritterschaft sind noch niemals über meine Türschwelle gekommen. Ich lese mehr in den weltlichen als in den geistlichen, wenn sie auf eine anständige Art unterhalten, daß nämlich die Schreibart ergötzt und die Erfindung unsere Neugier und Verwunderung erregt, wovon wir aber nur wenige in Spanien haben. Manchmal esse ich bei meinen Nachbarn und Freunden; öfter lade ich sie zu mir ein; meine Mahlzeiten sind rein und schmackhaft und auf keine Weise dürftig. Ich mag nicht verleumden und leide auch nicht, daß andere in meiner Gegenwart verleumden. Ich lästere nicht die Lebensart anderer, auch bin ich kein Spion ihrer Handlungen. Jeden Tag höre ich die Messe. Ich teile mein Gut mit den Armen, ohne ein großes Aufheben von meiner Wohltätigkeit zu machen, um nicht der Heuchelei und der Eitelkeit den Zugang zu meinem Herzen zu verschaffen, bösen Geistern, die sich des frömmsten Gemüts unbemerkt bemeistern können. Ich suche diejenigen zum Frieden zu bringen, die sich entzweit haben. Ich verehre unsere Heilige Jungfrau und vertraue beständig auf die unendliche Barmherzigkeit des Herrn, unseres Gottes.

Sancho hatte dem Berichte von der Lebensweise und den Ergötzungen des Edelmannes sehr aufmerksam zugehört; und da ihm dies alles schön und heilig vorkam und er glaubte, daß derjenige, der so lebe, auch Wunder tun müsse, so sprang er von seinem Grauen, faßte sehr eilig den rechten Steigbügel und küßte jenem mit andächtigem Herzen und fast weinend die Füße zu vielen Malen. Als der Edelmann dies sah, fragte er ihn: Was macht Ihr da, guter Freund? Was soll dies Küssen vorstellen?

Laßt mich nur küssen, antwortete Sancho; denn Euer Gnaden ist der erste Heilige, den ich in kurzen Bügeln zeit meines ganzen Lebens gesehen habe.

Ich bin kein Heiliger, antwortete der Edelmann, sondern vielmehr ein großer Sünder; Ihr seid es eher, denn Ihr müßt sehr gut sein, mein Freund, wie Eure Einfalt hinlänglich beweist.

Sancho stieg hierauf wieder auf seinen Sattel, nachdem er ein Gelächter aus der tiefen Melancholie seines Herrn hervorgelockt und des Don Diego neue Verwunderung erregt hatte. Don Quixote fragte ihn, wie viele Kinder er habe, und sagte, daß eins von den Dingen, in welches die alten Philosophen, welche die wahre Erkenntnis Gottes entbehrten, das höchste Gut gesetzt hätten, in den Gaben der Natur oder des Glücks bestanden hätte, viele Freunde oder viele und gute Kinder zu besitzen.

Ich, Don Quixote, antwortete der Edelmann, habe nur einen einzigen Sohn; und ich würde mich vielleicht glücklicher schätzen, wenn ich ihn nicht hätte, nicht deswegen, weil er schlimm ist, sondern weil er nicht so gut ist, wie ich ihn gern haben möchte. Er ist ungefähr achtzehn Jahre alt und hat sechs Jahre in Salamanca zugebracht, um die lateinische und griechische Sprache zu erlernen; und da ich nun will, daß er zum Studium anderer Wissenschaften übergehen soll, finde ich ihn so auf die der Poesie versessen (wenn man diese eine Wissenschaft nennen kann), daß es unmöglich ist, ihn zu der Rechtsgelehrsamkeit zu bringen, die er nach meiner Absicht studieren sollte, oder zur Königin von allen Wissenschaften, der Theologie. Ich wünschte, daß er die Krone seiner Familie würde; denn wir leben in einer Zeit, wo unsere Könige die tugendhaften und nützlichen Wissenschaften reichlich belohnen; denn Wissenschaften ohne Tugend sind Perlen auf einem Misthaufen. Den ganzen Tag bringt er damit zu, zu untersuchen, ob Homer sich in dem und dem Verse der Iliade gut ausgedrückt habe oder nicht. Ob Martial in einem gewissen Epigramme unkeusch sei oder nicht. Ob die und die Verse im Virgilius so oder so zu verstehen sind. Kurz, alle seine Gedanken sind auf die Werke dieser Poeten gerichtet und auf die des Horatius, Persius, Juvenal und Tibull; denn aus unseren neueren Dichtern macht er sich nicht viel. Doch hat er jetzt, trotz seines Widerwillens gegen unsere Poesie, den Kopf voll davon, eine Glosse auf vier Verse zu machen, die man ihm von Salamanca geschickt und welche, wie es scheint, eine literarische Preisaufgabe ist.

Hierauf antwortete Don Quixote also: Die Kinder, mein Herr, sind Stücke aus den Eingeweiden ihrer Eltern; deshalb müssen diese sie lieben, sie mögen nun schlimm oder gut sein, wie wir die Seelen lieben, die uns das Leben geben. Es ist die Pflicht der Eltern, die Kinder von klein an auf den Weg der Tugend, der Wohlgezogenheit und der guten und christlichen Gesinnungen zu leiten; daß sie sie aber zum Studium dieser oder jener Wissenschaft zwingen sollen, halte ich nicht für gut getan, ob es gleich nicht zu tadeln ist, wenn sie die Überredung versuchen. Hat einer nun nicht nötig, um des Brotes willen zu studieren, weil er so glücklich ist, daß ihm der Himmel wohlhabende Eltern geschenkt hat, so bin ich der Meinung, daß man einen solchen diejenige Wissenschaft ergreifen lasse, zu welcher er den meisten Trieb in sich spürt; und obgleich die der Poesie mehr angenehm als nützlich ist, so entehrt sie doch diejenigen nicht, die sich zu ihr bekennen. Die Poesie, mein edler Herr, kommt mir wie eine zarte und blühende Jungfrau vor, die mit der größten Schönheit geschmückt ist; viele andere Jungfrauen sind sorgsam bemüht, sie kostbar und zierlich herauszuputzen, und diese sind alle übrigen Wissenschaften; sie läßt sich von allen bedienen, und alle übrigen stehen gern unter ihrem Befehle. Diese Jungfrau aber will nicht öffentlich durch die Gasse geschleppt sein, nicht in den Ecken der öffentlichen Plätze oder in den Winkeln der Paläste ausgestellt werden. Sie ist aus einem Metalle von solcher Tugend, daß derjenige, der mit ihr umzugehen weiß, sie in das reinste Gold von unschätzbarem Werte verwandelt. Derjenige, der sie besitzt, darf sie aber nicht zu schändlichen Satiren oder zu unverschämten Sonetten mißbrauchen. Sie darf auf keine Weise verkäuflich sein. Nicht von Spaßmachern darf sie ausgeübt werden, ebensowenig vom unwissenden Pöbel, der die Schätze nicht erkennen und begreifen kann, die in ihr verschlossen liegen. Und glaubt nicht, mein Herr, daß ich Pöbel hier nur das niedrige und gemeine Volk nenne, sondern jeder Unwissende, er sei Graf und Fürst, muß zum Pöbel gerechnet werden. Derjenige also, der so, wie ich beschrieben habe, die Poesie ausübt, wird berühmt, und sein Name wird von allen gebildeten Nationen der Erde hochgeachtet werden. Da Ihr mir gesagt habt, mein Herr, daß Euer Sohn die neuere Poesie nicht sonderlich achtet, so schließe ich daraus, daß er nicht genug mit ihr bekannt ist; mein Grund ist nämlich der: Der große Homer schrieb nicht Latein, denn er war ein Grieche, und Virgilius schrieb nicht Griechisch, denn er war ein Lateiner. Kurz, alle alten Poeten haben in der Sprache geschrieben, die sie mit der Muttermilch einsogen; sie haben keine fremde gesucht, um in ihr ihre hohen Empfindungen auszudrücken. Da dies nun so ist, so wäre es wohl gut, wenn sich dieser Gebrauch über alle Nationen erstreckte und man den spanischen Poeten nicht deshalb verachtete, weil er in seiner Sprache geschrieben, noch den kastilischen, noch selbst den Biscayer, wenn er in der seinigen dichtet. Wie ich mir aber vorstelle, mein Herr, mag Euer Sohn vielleicht nicht so sehr gegen die neuere Poesie sein als gegen die Poeten, die nur ihre eigene Sprache und keine andere sowie keine anderen Wissenschaften kennen, die ihr natürliches Talent schmücken, erwecken und unterstützen. Und doch kann man sich auch hierin wieder irren; denn es ist eine ausgemachte Sache, daß der Poet geboren wird, das heißt, daß der wahre Poet schon aus dem Mutterleibe als Poet kommt und daß er mit dieser Neigung, die ihm der Himmel einpflanzte, ohne weiteres Studium und ohne Kunst Dinge hervorbringt. Ebenfalls behaupte ich, daß der natürliche Poet, wenn er von der Kunst unterstützt wird, bei weitem jenen Poeten übertreffen wird, der sich durch die bloße Kunst bestrebt, einer zu sein. Der Grund ist der, daß die Kunst nicht höher steht als die Natur, sondern diese nur vollendet, so daß, wenn Natur mit Kunst und Kunst mit Natur in eins verbunden sind, der vollkommene Poet entsteht. Der Beschluß meiner Rede sei nun, mein edler Herr, daß Ihr Euern Sohn den Weg verfolgen laßt, auf den ihn seine Gestirne rufen; denn da er ein so guter Kopf ist, wie er sein muß, und er glücklich die erste Leiter der Wissenschaften, nämlich die Sprachen, erstiegen hat, so mag er sich durch diese zum Gipfel der humanen Künste erheben, die einem reichen und vornehmen Ritter gut anstehen und ihn so zieren, ehren und schmücken wie die Mitra den Bischof oder die Robe den erfahrenen Rechtsgelehrten. Dann aber scheltet Euern Sohn, wenn er Satiren schreibt, in denen er die Ehre anderer kränkt, straft ihn deshalb, ja zerreißt sie; schreibt er aber Sermone nach Art des Horatius, in denen er die Laster im allgemeinen tadelt, wie es jener auf elegante Weise getan hat, so lobt ihn, denn es ist dem Poeten erlaubt, gegen den Neid zu schreiben und in seinen Versen schlecht von den Neidischen zu sprechen ebenso wie von den andern Lastern, wenn er nicht Leute persönlich aufführt; aber es gibt Poeten, die, um nur eine Bosheit niederzuschreiben, sich der Gefahr aussetzen, nach den Inseln des Pontus verbannt zu werden. Ist der Poet in seinen Gesinnungen keusch, so wird er es auch in seinen Versen sein; die Feder ist die Zunge der Seele. Und wenn Könige und Fürsten die wunderbare Wissenschaft der Poesie an verständigen, tugendhaften und ehrbaren Untertanen wahrnehmen, so schenken sie ihnen Hochachtung und Reichtum, ja krönen sie mit den Blättern jenes Baumes, den kein Blitzstrahl verletzt, gleichsam um anzudeuten, daß diejenigen, deren Schläfen mit dergleichen Kränzen geehrt und geschmückt sind, von niemandem verletzt werden dürfen.

Der Ritter vom grünen Mantel war durch diese Rede Don Quixotes in Verwunderung gesetzt, und zwar so sehr, daß er die Meinung, jener sei unklug, gänzlich aufgab. Sancho hatte sich in der Mitte dieses Gesprächs, das nicht sonderlich nach seinem Geschmacke war, vom Wege entfernt, um sich von einigen Hirten etwas Milch geben zu lassen, die dort in der Nähe ihre Schafe molken. Der Edelmann fing indessen ein neues Gespräch mit Don Quixote an, dessen Verstand und Art, sich auszudrücken, ihm überaus gefiel, als Don Quixote den Kopf erhob und gewahr ward, daß ihnen auf dem Wege ein Karren entgegenkam, der mit vielen königlichen Fahnen besteckt war; und da er glaubte, daß dieses ein neues Abenteuer sein müsse, rief er dem Sancho mit lauter Stimme, daß er kommen und ihm den Helm geben solle. Als Sancho sich so rufen hörte, verließ er die Schäfer, spornte in aller Hast den Grauen und kam zu seinem Herrn, dem hierauf ein furchtbares und unsinniges Abenteuer begegnete.

Zweiundsechzigstes Kapitel

welches darlegt, bis zu welch höchstem Grad von Tapferkeit sich Don Quixote aufraffte, und das glückliche Abenteuer mit dem Löwen berichtet.

Die Historie erzählt, daß Sancho, als Don Quixote ihn rief, ihm den Helm zu geben, eben einige weiche Käse einkaufte, die ihm die Hirten abließen; und da ihn die große Eile seines Herrn ängstigte und er nicht wußte, was er mit ihnen machen oder wo er sie lassen sollte, besann er sich endlich darauf, sie in den Helm seines Herrn zu tun, und so ritt er zu ihm, um zu fragen, was er haben wolle. Worauf jener sogleich sagte: Gib mir, Freund, den Helm; denn ich verstehe wenig von Abenteuern, wenn dies da, welches sich da eben ankündigt, nicht eines ist, welches mich nötigen wird, die Rüstung anzulegen.

Der Ritter vom grünen Mantel, der dies hörte, sah sich nach allen Seiten um und konnte nichts anderes entdecken als einen Karren, der ihnen entgegenkam, mit zwei oder drei kleinen Fahnen, welche anzeigten, daß auf diesem Karren Geld für den König sei. Dies sagte er auch Don Quixote, der ihm aber keinen Glauben schenkte, sondern immer glaubte und dachte, daß alles, was ihm begegnete, Abenteuer und wieder Abenteuer sein müßten; deshalb antwortete er dem Edelmann: Vorbedacht ist besser als nachbeklagt. Ich werde dadurch nichts verlieren, wenn ich mich vorsehe; denn ich weiß es aus Erfahrung, daß ich sichtbare und unsichtbare Feinde habe, von denen ich nicht weiß, wann, noch wo, noch zu welcher Zeit, noch in welcher Gestalt sie mich angreifen werden. Er wandte sich hierauf zu Sancho und verlangte den Helm, und da dieser nicht Zeit hatte, seine Käse wieder herauszunehmen, so war er gezwungen, ihn hinzugeben, so wie er war. Don Quixote nahm ihn und stülpte ihn, ohne sich darum zu kümmern, was darin enthalten sei, mit der größten Eile auf den Kopf; und da die Käse nun gedrückt und gequetscht wurden, so lief dem Don Quixote die Milch über Gesicht und Bart, worüber er sich so entsetzte, daß er zu Sancho sprach: Was ist das, Sancho? Scheint es doch gar, daß mein Gehirn schmilzt oder die Sinne sich mir auflösen! Ich sage dies aber nicht aus Furcht; ich glaube ohne Zweifel, daß das Abenteuer, welches mir jetzt bevorsteht, erschrecklich sein muß. Gib mir, wenn du dergleichen hast, etwas, womit ich mich abtrocknen kann; denn dieser Schweiß blendet mir die Augen.

Sancho schwieg und gab ihm ein Tuch, indem er zugleich Gott dankte, daß sein Herr nicht auf den wahren Zusammenhang gekommen war. Don Quixote trocknete sich und nahm den Helm ab, um das Ding zu sehen, was ihm, wie ihm dünkte, den Kopf kühlte; und da er im Helme die weißen Klöße wahrnahm, hielt er sie an die Nase und rief aus, indem er sie beroch: Bei dem Leben meiner Dame Dulcinea del Toboso, weiche Käse sind es, die du hier hineingelegt, verräterischer, unverschämter und gemeindenkender Sancho!

Worauf Sancho kaltblütig antwortete: Wenn es Käse sind, so gebt sie mir nur her, daß ich sie essen kann; aber der Teufel mag sie essen, denn es ist doch gewiß, daß der sie dort hineingelegt hat. Ich sollte mich dergleichen unterstehen, den Helm von Euer Gnaden unsauber zu machen? Ei, eine solche Dreistigkeit möcht' ich wohl einmal sehen! Wahrhaftig, gnädiger Herr, soviel ich mit Gottes Hilfe davon begreifen kann, so muß ich auch meine Zauberer haben, die mich verfolgen als einen Teil und Zubehör von Euer Gnaden; und diese werden die Unreinlichkeit hineingebracht haben, um Eure Geduld in Zorn zu verwandeln und zu machen, daß Ihr mir, wie gewöhnlich, die Rippen drescht. Aber wahrhaftig, diesmal haben sie sich verrechnet; denn ich habe das Zutrauen zu der Einsicht meines gnädigen Herrn, daß er sich überzeugen muß, wie ich weder Käse noch Milch, noch sonst dergleichen habe, und wenn ich derlei hätte, daß ich es lieber in meinen Magen als in seinen Helm tun würde.

Alles dies mag sein, sagte Don Quixote; und der Edelmann verwunderte sich über alles, vorzüglich aber darüber, daß Don Quixote den Helm oder das Bartbecken, nachdem er die Käse herausgenommen und sich Gesicht, Bart und Hals abgetrocknet hatte, aufsetzte, sich in den Steigbügeln fest stellte, das Schwert versuchte, die Lanze nahm und sagte: Nun komme, was da will; denn hier bin ich bereit, es mit dem Satanas in eigener Person aufzunehmen.

Indessen war der Karren mit den Fahnen herbeigekommen, bei dem sich niemand weiter befand als der Fuhrmann auf seinen Mauleseln und ein Mann, der vorne saß. Don Quixote stellte sich davor und fragte: Wohin geht's, Freunde? Welch' ein Karren ist dies? Was führt ihr darauf und was sind das für Fahnen?

Worauf der Fuhrmann antwortete: Der Karren ist mein; was darauf ist, sind zwei tüchtige Löwen in Käfigen, die der General von Oran Seiner Majestät als Präsent an den Hof schickt; die Fahnen sind die unseres Herrn, des Königs, zum Zeichen, daß es etwas ist, was ihm zugehört.

Und sind die Löwen groß? fragte Don Quixote.

Sie sind groß, antwortete der Mann, der vorne auf dem Wagen saß, daß größere oder nur so große niemals vorher aus Afrika nach Spanien gekommen sind. Ich bin der Löwenwärter und habe wohl schon andere gebracht, aber noch nie dergleichen. Es ist ein Weibchen und ein Männchen; das Männchen ist in diesem vorderen Käfige, das Weibchen aber in jenem hinteren. Jetzt sind sie hungrig, weil sie heute noch nicht gefressen haben; ich bitte daher Euer Gnaden, uns fortzulassen, denn es ist nötig, daß wir bald wo hinkommen, wo wir sie füttern können.

Worauf Don Quixote mit einem kleinen Lächeln sagte: Mir Löwchen? Löwchen mir? und zu solcher Stunde? Nun, bei Gott, diese Herren, die sie mir schicken, sollen gewahr werden, ob ich ein Mann bin, der sich vor Löwen fürchtet! Steigt nur ab, mein guter Mann, und da Ihr der Löwenwärter seid, so macht diese Käfige auf und laßt diese Bestien heraus; denn mitten hier auf dem Felde will ich zeigen, wer Don Quixote de la Mancha ist, zum Trotz und Verdruß jener Zauberer, die sie mir senden.

Ach, sagte hierauf der Edelmann bei sich, nun hat es sich unser guter Ritter merken lassen, wo es ihm fehlt; die weichen Käse haben ihm gewiß das Gehirn erweicht und den Verstand überreif gemacht.

Sancho wandte sich an ihn und sagte zu ihm: Gnädiger Herr, hindert es doch um Gottes willen, daß mein Herr Don Quixote sich mit diesen Löwen einläßt; denn wenn er es tut, so reißen sie uns hier alle in Stücke.

Ist denn Euer Herr ein so großer Narr, antwortete der Edelmann, daß Ihr fürchten und glauben könnt, er werde sich mit diesen wilden Tieren einlassen?

Er ist kein Narr, antwortete Sancho, aber sehr verwegen.

Ich will machen, daß er es nicht sei, versetzte der Edelmann. Er näherte sich hierauf Don Quixote, der den Löwenwärter heftig antrieb, die Käfige zu öffnen, und sagte zu ihm: Herr Ritter, die fahrenden Ritter haben sich immer nur in Abenteuer eingelassen, bei denen sie die Aussicht hatten, sie glücklich beendigen zu können, nicht aber in solche, die den guten Ausgang durchaus unmöglich machen; denn die Tapferkeit, die auf das Gebiet der Tollkühnheit abschweift, ist mehr Narrheit als Mut zu nennen, vorzüglich, da diese Löwen nicht gegen Euch geschickt werden, ja sich davon nichts träumen lassen, sondern ein Präsent für Seine Majestät sind; es ist daher nicht gut getan, ihre Reise länger zu verhindern und aufzuhalten.

Ihr, mein gnädiger Herr, antwortete Don Quixote, mögt nur gehen und das zahme Rebhuhn und das Frettchen handhaben; aber laßt jedermann tun, was seines Amtes ist. Dies ist das meine, und ich weiß genau, ob diese Herren Löwen meinetwegen kommen oder nicht. Er wandte sich hierauf wieder zum Löwenwärter und sagte: Ich schwöre dir, Spitzbube, wenn du nicht alsbald diese Käfige aufmachst, will ich dich mit dieser Lanze an den Karren nageln.

Da der Fuhrmann den festen Entschluß des bewaffneten Gespenstes sah, sagte er: Mein gnädiger Herr, erlaubt mir um Gottes willen, die Maultiere vorher auszuspannen und mich und sie in Sicherheit zu bringen, ehe die Löwen herauskommen; denn wenn sie mir die töten, so bin ich auch für meine ganze Lebenszeit so gut wie tot, denn ich habe kein anderes Vermögen als diese Maultiere und diesen Karren.

O du Mann ohne Glauben, antwortete Don Quixote, steige ab, spann sie aus, tu, was du willst; aber bald sollst du sehen, daß du dich vergebens bemüht hast und dir diese Arbeit hättest ersparen können.

Der Fuhrmann stieg ab und spannte eilig aus, und der Löwenwärter sagte mit lauter Stimme: Alle seien Zeugen, so viele ihrer hier sind, daß ich gegen meinen Willen und aus Zwang die Käfige aufmache und die Löwen herauslasse und daß ich es diesem Herrn sage, daß alles Unglück und aller Schaden, den diese Bestien anrichten können, auf seine Rechnung kommen wird. Meine Herren mögen sich vorher entfernen, ehe ich aufmache; denn ich bin sicher, daß mir nichts geschehen wird.

Der Edelmann redete Don Quixote noch einmal zu, daß er keine solche Torheiten begehen und nicht Gott auf eine so unsinnige Art versuchen möchte.

Je nun, mein Herr, antwortete Don Quixote, wenn Ihr keinen Zuschauer von dem abgeben wollt, was nach Eurer Meinung eine Tragödie sein wird, so dürft Ihr ja nur Eurem Apfelschimmel die Sporen geben und Euch in Sicherheit bringen.

Als Sancho dies hörte, bat er ihn mit Tränen in den Augen, doch von dieser Unternehmung abzustehen, mit welcher verglichen die mit den Windmühlen und kurz alle Taten, die er nur jemals im Laufe seines Lebens verrichtet habe, für Torten und Zuckerwerk zu rechnen wären. Seht doch nur, gnädiger Herr, sagte Sancho, daß hier keine Bezauberung oder dergleichen Ding ist; denn ich habe zwischen den Ritzen und Gittern des Käfigs die Klaue von einem wahrhaftigen Löwen gesehen, und ich schließe daraus, daß ein solcher Löwe, dem eine solche Klaue zugehört, größer als ein Berg sein müsse.

Die Furcht, antwortete Don Quixote, wird bewirken, daß er dir größer als die halbe Welt vorkommt. Entferne dich, Sancho, und wenn ich sterbe, so weißt du unsern alten Vertrag; du gehst zu Dulcinea, mehr will ich nicht sagen.

Der Ritter gab seiner Stute die Sporen. Sancho folgte auf dem Grauen und der Fuhrmann mit seinen Mauleseln, alle in Eile, sich so weit als möglich von dem Karren zu entfernen, ehe noch die Löwen herausgekommen wären. Sancho beweinte den Tod seines Herrn, von dem er überzeugt war, daß er sich schon in den Klauen der Löwen befinde; er verwünschte sein Schicksal, er verfluchte die Stunde, in der er auf den Gedanken gekommen, wieder in seine Dienste zu treten; aber trotz Weinen und Klagen versäumte er nicht, den Grauen zu prügeln, damit er dem Karren aus dem Gesichte käme.

Inzwischen überlegte Don Quixote, ob es nicht besser sein würde, die Schlacht zu Fuß als zu Pferde zu halten, da er fürchtete, daß Rosinante sich vor dem Anblicke der beiden Löwen entsetzen könne. Er stieg deshalb vom Pferde, warf die Lanze weg, nahm den Schild und zog sein Schwert; und so stellte er sich gelassen mit bewunderungswürdiger Keckheit und tapferem Herzen vor den Karren, sich Gott von ganzer Seele und alsbald auch seiner Dame Dulcinea empfehlend.

Als der Löwenwärter sah, daß Don Quixote sich schon in Positur gesetzt hatte und daß er nicht umhin könne, den männlichen Löwen herauszulassen, ohne bei dem erbosten Ritter in Ungnade zu fallen, so öffnete er nach und nach den ersten Käfig, in welchem sich, wie gesagt, der Löwe befand, der von außerordentlicher Größe und von furchtbarer und gräßlicher Gestalt war. Das erste, was er tat, war, sich in seinem Käfige umzuwenden, die Klaue zu recken und sich dann zu strecken. Er machte hierauf das Maul auf und gähnte sehr umständlich; eine Zunge, die zwei Handbreit lang war, streckte er dann heraus, wischte sich damit die Augen und sein Gesicht. Nachdem er dieses getan, steckte er den Kopf aus dem Käfige heraus und sah sich nach allen Seiten mit glühenden Augen um; ein Anblick, der wohl der Kühnheit selbst Furcht hätte einjagen können. Nur Don Quixote betrachtete ihn mit kalter Aufmerksamkeit und wünschte, daß er schon vom Karren herunterkäme, damit er mit ihm handgemein werden und ihn, wie er sich vorgenommen, in Stücke hauen könnte.

Aber der edle Löwe, mehr artig als hoffärtig, Kinderstreichen und Raufereien abgeneigt, wandte sich um, zeigte Don Quixote sein Hinterteil und legte sich mit großer Kaltblütigkeit und Ruhe in seinem Käfige nieder. Da dies Don Quixote sah, befahl er dem Löwenwärter, ihn zu schlagen und ihn so mit Gewalt herauszutreiben.

Das werde ich nicht tun, antwortete der Löwenwärter; denn wenn ich ihn reize, bin ich der erste, den er in Stücke reißt. Begnügt Euch, Herr Ritter, mit dem Getanen, was alles mögliche ist, was man nur irgend von der Tapferkeit fordern kann, und versucht Euer Glück nicht zum zweiten Male. Der Löwe sieht seine Tür offen; es steht bei ihm, herauszukommen oder nicht herauszukommen; da er aber jetzt nicht herausgekommen ist, so wird er es auch den ganzen Tag nicht tun. Die Größe Eures Herzens hat sich nun schon hinlänglich gezeigt. Kein braver Kämpfer, soviel ich davon verstehe, ist zu mehr verpflichtet, als seinen Gegner herauszufordern und ihn im freien Felde zu erwarten; und wenn der Feind nicht erscheint, so fällt auf diesen der Schimpf; der ihn erwartet, hat aber den Kranz des Siegers gewonnen.

Dies ist wahr, antwortete Don Quixote; schließe die Tür, mein Freund, und gib mir, so gut du kannst, in bester Form ein Zeugnis von dem, was du mich hier hast tun sehen: daß du nämlich dem Löwen aufgemacht hast, ich ihn erwartet habe, er nicht gekommen ist, sondern sich niedergelegt hat. Mehr ist nicht meine Pflicht; und fort mit euch, Bezauberungen! Und Gott möge der Vernunft, der Wahrheit und der wahrhaften Ritterschaft beistehen! Darum schließe, wie gesagt, zu, indessen ich den Entflohenen ein Zeichen gebe, damit sie diese Tat aus deinem Munde erfahren mögen.

Der Löwenwärter tat es, und Don Quixote steckte auf die Spitze der Lanze das Tuch, womit er sich das Gesicht von dem Käse gereinigt hatte, worauf er denen nachrief, die noch immer flüchteten, aber bei jedem Schritte den Kopf umwandten, alle in einem Haufen, der Edelmann voran; als aber Sancho das Zeichen des weißen Tuches wahrnahm, sagte er: Ich will sterben, wenn mein Herr nicht die wilden Bestien überwunden hat, denn er ruft uns.

Alle hielten an und erkannten, daß Don Quixote die Zeichen machte; und da sie dadurch etwas von ihrer Furcht verloren, kamen sie nach und nach etwas näher, bis sie ganz deutlich die Stimme des Don Quixote unterschieden, der ihnen zurief. Don Quixote aber sagte zum Fuhrmann: Spannt nur, Freund, Eure Maultiere wieder vor und setzt Eure Reise fort; du aber, Sancho, gib sowohl ihm als dem Löwenwärter je einen Dukaten als Vergütung, daß sie sich meinetwegen aufgehalten.

Von Herzen gern will ich das tun, antwortete Sancho; aber was ist denn aus den Löwen geworden? Sind sie tot, oder sind sie lebendig?

Nun fing der Löwenwärter umständlich an, den Ausgang des Streites zu erzählen, wobei er, soviel er nur wußte und konnte, die Tapferkeit Don Quixotes übertrieb, bei dessen Anblick der furchtsame Löwe nicht aus dem Käfig herauszugehen gewagt, ob er gleich die Tür eine geraume Zeit offengelassen habe; weil er nun dem Ritter vorgestellt, daß es Gott versuchen heiße, wenn man den Löwen reizte, daß er mit Gewalt herauskäme, so habe er denn endlich ungern und mit Widerwillen erlaubt, daß die Tür wieder zugeschlossen würde.

Nun, was sagst du dazu, Sancho, sprach Don Quixote, gibt es wohl Bezauberungen, die gegen die wahre Tapferkeit standhalten? Die Zauberer können mir wohl das Glück, aber unmöglich Kraft und Mut entführen.

Sancho gab die Dukaten, der Fuhrmann spannte wieder vor, der Löwenwärter küßte dem Don Quixote für die empfangene Gnade die Hand und versprach, dieses tapfere Unternehmen, sobald er an den Hof komme, dem Könige selbst zu erzählen.

Wenn nun Seine Majestät etwa fragen sollte, wer dieses getan, so sagt ihm nur, der Ritter von den Löwen; denn von nun an will ich diesen Namen eintauschen gegen jenen, den ich bisher geführt, den des Ritters von der traurigen Gestalt. Hierin folge ich einem alten Gebrauche der fahrenden Ritter, die ihre Namen verwandelten, wann es ihnen beliebte oder wann es ihnen geziemend dünkte.

Der Karren setzte seinen Weg fort, so wie Don Quixote, Sancho und der vom grünen Mantel den ihrigen fortsetzten.

Während dieser ganzen Zeit hatte Don Diego de Miranda kein Wort gesprochen, weil er aufmerkte, um alle Handlungen und Worte Don Quixotes zu sehen und zu behalten, der ihm ein gescheiter Narr schien, ein Narr, dessen Narrheit an Gescheitheit grenzt. Er sagte zu sich selbst: Kann es einen größeren Unsinn geben, als einen Helm voller Käse auf den Kopf zu setzen und zu glauben, daß ihm die Zauberer das Gehirn zerschmelzen? Gibt es etwas Tollkühneres und Unsinnigeres, als um jeden Preis mit Löwen kämpfen wollen?

In diesen Betrachtungen und in diesem Selbstgespräche störte ihn Don Quixote, welcher zu ihm sagte: Ohne allen Zweifel, mein Herr Don Diego de Miranda, haltet Ihr mich in Euren Gedanken für einen unsinnigen und törichten Mann, und es wäre nichts Besonderes, wenn Ihr so dächtet, denn meine Handlungen geben mir kein anderes Zeugnis; aber dessenungeachtet müßt Ihr wissen, mein Herr, daß ich nicht so töricht oder so albern bin, wie es scheinen dürfte. Trefflich zeigt sich ein mutiger Ritter vor den Augen seines Königs mitten auf dem großen Platze, wenn er dem großen Stier mit glücklichem Erfolge einen Lanzenstich gibt; trefflich zeigt sich ein gewaffneter Ritter in glänzender Rüstung in den Schranken und in fröhlichen Turnieren vor den Damen; trefflich zeigen sich alle Ritter, die in kriegerischer Übung oder einem ähnlichen Spiel Unterhaltung und Ergötzung bringen und, wenn man sich des Ausdruckes bedienen will, den Hof ihres Fürsten schmücken; aber vor diesen zeigt sich am trefflichsten der fahrende Ritter, der durch Wüsten, durch Einöden, auf Kreuzwegen, durch Wälder und Gebirge gefahrvolle Abenteuer sucht, um einen glänzenden und ewigwährenden Ruhm zu erwerben; trefflicher zeigt sich, so behaupte ich, ein fahrender Ritter, der in der Wüste einer Witwe Hilfe leistet, als ein Hofritter, der in den Städten einer Jungfrau Artigkeiten sagt. Alle Ritter haben ihre besonderen Geschäfte. Der Höfling diene den Damen, er schmücke den Hof seines Königs mit prächtigen Kleidern, er unterhalte die armen Ritter an seinem reichen Tische, er veranstalte Turniere, er ordne Wettrennen an und zeige sich groß, freigebig und prächtig, vor allem aber als ein guter Christ, so wird er seine Pflichten auf die wahre Art erfüllen; aber der fahrende Ritter streife durch alle Winkel der Welt, er betrete die verworrensten Labyrinthe, bei jedem Schritte unternehme er das Unmögliche, er widerstehe in wüsten Einöden den brennenden Sonnenstrahlen mitten im Sommer, im Winter dem rauhen Ungestüme der Winde und des Frostes, ihn erschrecken nicht Löwen, keine Gespenster machen ihn bange, keine Drachen jagen ihm Furcht ein; denn jene aufsuchen, diese angreifen, alle überwinden, dies sind seine vorzüglichsten und wahren Beschäftigungen. Ich also darf es nicht unterlassen, alles anzugreifen, was mir unter die Gerichtsbarkeit meines Amtes zu fallen scheint. Daher war es mir eine unerläßliche Pflicht, die Löwen anzugreifen, die ich heute angegriffen habe, ob ich gleich wußte, daß es eine ungeheure Tollkühnheit sei; denn es ist mir wohlbekannt, daß die Tapferkeit eine Tugend ist, die zwischen zwei beträchtlichen Sünden liegt, nämlich zwischen der Feigheit und der Tollkühnheit. Es ist aber weniger zu tadeln, wenn der Tapfere zu weit geht und in das Gebiet der Tollkühnheit hinüberschreitet, als wenn er zur Feigheit herabsteigt; denn wie es dem Verschwender leichter als dem Geizigen wird, freigebig zu werden, ebenso ist es dem Tollkühnen leichter, wirklich tapfer zu werden, als dem Feigen, sich zur wahrhaften Tapferkeit zu erheben.

Ich sage, Herr Don Quixote, antwortete Don Diego, daß alles, was Ihr sagt und tut, genau von dem Waagezünglein der Vernunft selbst abgemessen wird, und ich glaube, wenn die Ordnungen und Gesetze der fahrenden Ritterschaft verlorengingen, sie fänden sich in Eurer Brust als ihrer Niederlage und ihrem Archive wieder. Aber wir wollen eilen, denn es ist schon spät, damit wir meine Heimat und meine Wohnung erreichen, wo Ihr Euch von Eurer überstandenen Mühe ausruhen mögt; denn wenn auch nicht Euer Körper, so hat doch Euer Geist gearbeitet, und das pflegt oft die Ermattung des Körpers nach sich zu ziehen.

Ich nehme Euer Anerbieten mit dem größten Danke an, Herr Don Diego, antwortete Don Quixote; sie spornten ihre Pferde mehr als vorher an, und etwa um zwei Uhr nachmittags kamen sie in den Ort und die Wohnung des Don Diego, welchen Don Quixote nannte: den Ritter vom grünen Mantel.

Dreiundsechzigstes Kapitel

Was dem Don Quixote in dem Kastell oder Hause des Ritters vom grünen Mantel begegnete.

Don Quixote fand, daß das Haus des Don Diego de Miranda von der Geräumigkeit eines Landhauses war; in Stein sah man über der Tür zur Landstraße das Wappen auf eine grobe Art ausgehauen; im Hofe befand sich das Speisegewölbe, der Keller unter dem Eingange, und rund umher standen viele irdene Krüge, die aus Toboso waren und ihm daher das Andenken seiner verzauberten und verwandelten Dulcinea erneuerten; seufzend und ohne zu bedenken, was er sagte, noch wer zugegen sei, rief er aus: O ihr Krüge aus Toboso, die ihr in mein Gedächtnis das süße Pfand meiner herbsten Bitterkeit zurückruft! — —

Diese Worte hörte der Student und Poet, der Sohn des Don Diego, der ihnen mit seiner Mutter entgegengegangen war, und Mutter und Sohn standen verwundert, die seltsame Figur des Don Quixote vor sich zu sehen, der vom Rosinante stieg, mit vieler Zärtlichkeit die Hand der Dame ergriff und sie küßte, während Don Diego sagte: Empfanget, werte Frau, mit all Eurer Artigkeit den Herrn Don Quixote de la Mancha, denn der ist es, den Ihr vor Euch seht; ein fahrender Ritter, und zwar der tapferste und verständigste, den die Welt nur besitzt.

Die Dame, welche Doña Christina hieß, empfing Don Quixote sehr freundlich und höflich, und Don Quixote zeigte sich reich an verständigen und artigen Redensarten. Fast die nämlichen Höflichkeiten tauschte er hierauf mit dem Studenten aus, den er für verständig und geistreich erklärte, nachdem er ihn hatte sprechen hören.

Man führte Don Quixote in einen Saal, Sancho entwaffnete ihn, und er blieb in Beinkleidern und Wams von Gemsleder, beide vielfach von dem Kolorit der Rüstung beschmutzt; sein Kragen war von wallonischer Art, wie ihn die Studenten tragen, ungesteift und ohne Spitzen; die Halbstiefel braun und die Schuhe gewichst. Er gürtete sein gutes Schwert um, welches in einem Bandelier von Seehundsfell hing; denn man meint, daß er schon seit vielen Jahren an den Nieren litt. Außerdem bedeckte er sich mit einem Mantel von gutem grauem Tuche; vor allen Dingen aber brauchte er fünf oder sechs Kannen Wasser, worin er sich den Kopf und das Angesicht wusch und alles dieses Wasser wie Molken färbte. In diesem Schmucke und mit schönem und freiem Anstande begab sich Don Quixote nach einem anderen Saale, wo der Student ihn schon erwartete, um sich mit ihm in der Zwischenzeit zu unterhalten, bis der Tisch gedeckt sei; denn weil ein so edler Gast angekommen war, wollte auch Doña Christina zeigen, daß sie diejenigen gut zu bewirten wisse, die ihr Haus besuchten. Indessen Don Quixote mit dem Entwaffnen beschäftigt war, hatte Don Lorenzo (so hieß der Sohn des Don Diego) Gelegenheit, seinen Vater zu fragen: Wer ist doch dieser Ritter, Herr Vater, den Ihr mit Euch nach Hause gebracht habt? Denn sein Name, seine Figur und daß er ein fahrender Ritter sein soll, bringen mich und die Mutter in Verwunderung.

Ich weiß dir hierauf nichts zu antworten, mein Sohn, erwiderte Don Diego, als nur, daß ich ihn habe Dinge tun sehen, deren nur der größte Narr auf Erden fähig ist, und dann wieder hat er so verständige Sachen gesprochen, daß sie seine Taten verdunkelt und ausgelöscht haben. Sprich du mit ihm und suche ihn selbst zu erforschen; und da du verständig bist, magst du nachher selbst urteilen, ob sein Verstand oder seine Albernheit den größeren Teil in ihm ausmachen, obgleich ich, die Wahrheit zu sagen, ihn mehr für närrisch als für gescheit halte.

Hierauf begab sich Don Lorenzo, wie schon gesagt, hin, um Don Quixote zu unterhalten, und unter anderem sagte Don Quixote zu Don Lorenzo: Der Herr Don Diego de Miranda, Euer werter Vater, hat mir von dem schönen Talente und dem großen Genie Nachricht gegeben, welches mein edler Herr besitzt; vorzüglich aber hat er mir gesagt, daß Ihr ein großer Poet seid.

Ein Poet mag ich vielleicht sein, antwortete Don Lorenzo, doch bin ich unendlich weit davon entfernt, ein großer zu sein. Die Wahrheit ist, daß ich der Poesie sehr ergeben bin und daß es mich ergötzt, die guten Poeten zu lesen; doch folgt daraus noch nicht im mindesten, daß ich den Namen eines großen Poeten verdiene, den mir mein Vater erteilt hat.

Diese Bescheidenheit ist schön, antwortete Don Quixote; denn man findet sonst keinen Poeten, der nicht stolz und überzeugt wäre, daß er der größte Poet der ganzen Welt sei.

Es gibt keine Regel ohne Ausnahme, antwortete Don Lorenzo; vielleicht kann es einen geben, der es ist und nicht so denkt.

Der Fall ist selten, antwortete Don Quixote; aber beliebt mir doch zu sagen, was sind es für Verse, an denen Ihr jetzt arbeitet, denn Euer Herr Vater hat mir gesagt, daß sie Euch etwas nachdenklich und unruhig machen. Ist es eine Glosse, so möchte ich sie wohl sehen, denn ich verstehe auch etwas von Glossen; und wenn es eine Preisaufgabe ist, so sucht nur den zweiten Preis zu erlangen, denn der erste wird entweder nach Gunst oder dem vornehmen Stande des Mitbewerbers erteilt, den zweiten aber teilt das Recht selber aus.

Bis jetzt, sagte Don Lorenzo zu sich selber, kann ich ihn noch für keinen Narren halten; aber wir wollen weiter sehen. Er sagte also: Es scheint, daß mein edler Herr die Schulen besucht habe; welche Wissenschaft habt Ihr studiert?

Die der fahrenden Ritterschaft, antwortete Don Quixote, die so gut ist wie die der Poesie, ja noch um einige Zollbreit besser.

Ich weiß nicht, was das für eine Wissenschaft ist, versetzte Don Lorenzo, habe auch bisher noch nichts davon vernommen.

Dies ist eine Wissenschaft, versetzte Don Quixote, die alle oder doch die meisten Wissenschaften der Welt in sich umfaßt; denn derjenige, der sich ihr widmet, muß ein Rechtsgelehrter sein, um jedermann zu geben, was das Seine ist und was ihm zukommt. Er muß ein Theologe sein, um über die christliche Religion deutlich und bestimmt Rede und Antwort zu stehen. Er muß ein Arzt sein, vorzüglich aber ein Botaniker, um mitten in Einöden und Wüsten die Kräuter zu erkennen, die dienlich sind, seine Wunden zu heilen; denn der fahrende Ritter kann nicht bei jedwedem Sträußchen einen aufsuchen, der sie ihm verbindet. Er muß ein Astronom sein, um an den Gestirnen zu erkennen, wie viele Stunden von der Nacht verflossen sind, in welchem Weltteile er sich befindet. Er muß die Mathematik verstehen, denn auf jedem Schritte findet er Gelegenheit, sich ihrer zu bedienen; und ganz davon zu schweigen, daß er mit allen geistlichen und Kardinaltugenden geschmückt sein muß, zu anderen unbedeutenden Nebensachen hinabsteigend, behaupte ich, daß er so schwimmen können muß wie jener Taucher Nikolas; er muß sein Pferd zu beschlagen und Sattel und Zaum anzulegen wissen; und um auf das Höhere zurückzukommen, so muß er seine Treue Gott und seiner Dame bewahren; er muß keusch sein in seinen Gedanken, wohlanständig in Worten, freigebig in Werken, tapfer in Taten, geduldig in Leiden, mitleidig gegen Hilfsbedürftige; und endlich noch muß er die Wahrheit aufrechterhalten, und wenn ihn ihre Verteidigung auch das Leben kosten sollte.

Wenn dem so ist, versetzte Don Lorenzo, so sage ich, daß diese Wissenschaft alle anderen übertrifft.

Wie? Wenn dem so ist? fragte Don Quixote.

Ich will damit sagen, antwortete Don Lorenzo, daß ich es bezweifle, es habe sowohl jetzt wie sonst dergleichen fahrende Ritter gegeben, die mit allen diesen Vorzügen geschmückt waren.

Schon oftmals habe ich gesagt, was ich jetzt wieder sagen muß, antwortete Don Quixote, daß die meisten Menschen in der Welt der Meinung sind, es habe niemals fahrende Ritter gegeben; ich will den Himmel bitten, Euch aus diesem Irrtum zu erlösen und Euch die Einsicht zu verleihen, wie nützlich und notwendig die fahrenden Ritter den vergangenen Zeitaltern waren und wie nützlich sie dem gegenwärtigen sein würden, wenn sie gebräuchlich wären. Aber der menschlichen Sünden wegen triumphieren jetzt Trägheit, Müßiggang, Schlemmerei und Wohlleben.

So beendeten sie ihr Gespräch, denn sie wurden zu Tische gerufen. Don Diego fragte seinen Sohn, was er über den Geist seines Gastes erfahren habe. Worauf jener antwortete: Aus dem verworrenen Konzepte seiner Narrheit könnten ihn nicht alle Ärzte der Welt bringen; er ist ein gemischter Narr, der viele helle Augenblicke hat.

Sie setzten sich zu Tisch, und die Mahlzeit war reichlich und schmackhaft; worüber sich aber Don Quixote am meisten freute, war die wunderbare Stille, die im ganzen Hause herrschte, so daß es dadurch einem Kartäuserkloster ähnlich war.

Vier Tage blieb Don Quixote, trefflich bewirtet, im Hause des Don Diego, dann bat er um die Erlaubnis, weiterzureisen, indem er für die Freundschaft und die gastfreie Aufnahme in diesem Hause seinen Dank abstattete; aber es sei den fahrenden Rittern unziemlich, viele Stunden dem Müßiggange und dem Wohlleben zu widmen, er wolle nun gehen, um sein Amt zu erfüllen, Abenteuer zu suchen, deren, wie er wisse, das Land voll sei und mit welchen er die Zeit bis zu jenem Tage auszufüllen gedenke, an welchem die Turniere zu Zaragoza gehalten würden, denn dahin gehe sein gerader Weg; vorher aber wolle er noch die Höhle des Montesinos besteigen, von der so viele und so wunderbare Dinge in jenen Gegenden erzählt würden; zugleich wolle er selbst den Ursprung und die eigentliche Entstehung der sieben Seen untersuchen, die man gemeinhin die Seen der Ruidera nennt.

Endlich kam der Tag seiner Abreise, so erfreulich für Don Quixote wie betrübend und bitter für Sancho Pansa, der sich bei dem Überflusse in Don Diegos Hause trefflich befand und ungern zum gewöhnlichen Hunger in den Wüsten und Einöden sowie zu der Armseligkeit seines schlecht versorgten Schnappsackes zurückkehrte. Er stopfte ihn aber bis oben an mit allen Dingen voll, die ihm am nötigsten schienen, die höflichen Erbietungen und Artigkeiten wurden erneuert, und mit der gütigen Erlaubnis der Dame des Kastells reisten Don Quixote und Sancho auf dem Rosinante und dem Grauen ab.

Vierundsechzigstes Kapitel

Erzählt das Abenteuer von dem verliebten Schäfer

Don Quixote hatte sich noch nicht weit vom Wohnsitze des Don Diego entfernt, als er zwei Leuten begegnete, die wie Geistliche oder Studenten aussahen, und zwei Bauern, welche auf vier Eseltieren beritten waren. Einer von den Studenten hatte aus grünem Barchent eine Art von Mantelsack gemacht, worin er dem Anscheine nach einige Prachtwäsche und zwei Paar linnene Strümpfe hatte; der andere hatte nichts als zwei Rapiere mit neuen Klingen und ledernen Knöpfen. Die Bauern hatten andere Sachen bei sich, so daß man wohl sah, daß sie aus einer großen Stadt kamen, wo sie eingekauft hatten, und sich nun damit nach ihrer Heimat zurückbegaben; und sowohl die Studenten als die Bauern verfielen in das Erstaunen, dem keiner entging, welcher den Don Quixote zum ersten Male sah, so daß sie vor Begierde brannten, zu erfahren, wer der Mann sei, der in seinem Aussehen so sehr von den gewöhnlichen Menschen abwich. Don Quixote grüßte sie, und da erfuhr er, welchen Weg sie nahmen, und da es der nämliche war, den er zu machen gesonnen sei, bot er ihnen seine Gesellschaft an und bat sie, den raschen Schritt ihrer Esel etwas anzuhalten, weil sein Pferd langsamer laufe, und zugleich, um sich verbindlich zu erzeigen, sagte er ihnen kurz seinen Namen und Stand, daß er fahrender Ritter sei und ausziehe, um Abenteuer in allen Teilen der Welt zu suchen. Er erzählte, daß er mit seinem eigentlichen Namen Don Quixote de la Mancha heiße, mit dem Beinamen aber der Ritter von den Löwen.

Dies alles war für die Bauern so gut wie Griechisch oder Rotwelsch; für die Studenten aber nicht, die leicht innewurden, wie schwach es um das Gehirn des Don Quixote bestellt sei. Aber dennoch betrachteten sie ihn mit Bewunderung und Ehrfurcht, und einer von ihnen sagte: Wenn Ihr, Herr Ritter, keinen bestimmten Weg habt, wie es bei denen nicht der Fall zu sein pflegt, welche Abenteuer suchen, so geht mit uns, und Ihr werdet eine der schönsten und prächtigsten

Hochzeiten sehen, die nur bisher in la Mancha oder sonstwo gefeiert worden ist.

Don Quixote fragte, ob es die Hochzeit eines Fürsten sei, da er so bedeutsam von ihr spreche. Mitnichten, antwortete der Student, es ist die Hochzeit eines Bauern und einer Bäuerin; er ist der reichste im Lande und sie die schönste, die ein Mensch nur sehen kann. Die Zurüstungen zu den Festlichkeiten sind außerordentlich und ganz neu, denn sie sollen auf einer Wiese vor sich gehen, die an das Dorf der Braut grenzt, welche vorzugsweise die schöne Quiteria genannt wird; der Bräutigam heißt der reiche Camacho. Sie ist achtzehn und er zweiundzwanzig Jahre alt; beide sind einander gleich, obwohl einige Genaunehmer, die alle Verwandtschaften von der Welt im Gedächtnisse haben, behaupten, daß die Familie der schönen Quiteria älter sei als die des Camacho; aber darauf kommt es nicht sonderlich an, denn das Vermögen ist imstande, viele Ungleichheiten auszugleichen. Dieser Camacho ist in der Tat sehr freigebig, und er hat den Einfall gehabt, die ganze Wiese mit Zweigen und Laubwerk bedecken zu lassen, so daß die Sonne Mühe haben wird, wenn sie das grüne Gras unten besuchen will, womit der Boden bewachsen ist. Er hat auch Banden von Tänzern bestellt, sowohl welche mit Schwertern als auch solche mit Schellen, denn in seinem Dorfe gibt es einige, die sie auf die trefflichste Weise zu schütteln und damit zu springen verstehen; von den Sohlenklatschern sage ich nichts, denn es ist weltbekannt, daß dort die herrlichsten nicht fehlen; aber nichts von allen diesen Dingen, noch von anderen, derer ich nicht Erwähnung tat, ist auf dieser Hochzeit das Merkwürdigste, sondern, wie ich glaube, das, was der unglückliche Basilio bei dieser Feierlichkeit vornehmen wird. Dieser Basilio ist ein junger Bursche und wohnt ebenfalls im Dorfe der Quiteria; er war der Nachbar der Eltern der Quiteria, was Amor benutzte, um der Welt die schon vergessene Liebe des Piramus und der Thisbe zu erneuern; denn Basilio verliebte sich schon in seinem frühesten und zartesten Alter in die Quiteria, und sie kam seinen Wünschen mit tausend untadelhaften Gunstbezeugungen entgegen, so daß man sich zur Unterhaltung im Dorfe die Liebe der beiden Kinder Basilio und Quiteria erzählte. Sie wuchsen heran, und nun fiel es dem Vater der Quiteria ein, dem Basilio die gewöhnlichen Besuche in seinem Hause zu untersagen, und um sich alles ferneren Argwohns und aller Verdrießlichkeiten zu entledigen, befahl er seiner Tochter, den reichen Camacho zu heiraten; denn es gefiel ihm nicht, sie dem Basilio zu geben, den das Glück weniger als die Natur mit Gaben versehen hat. Denn wenn man die Wahrheit ohne Neid gestehen soll, so ist er der geschickteste junge Mensch, den wir noch gesehen haben; er ist ein trefflicher Schleuderer, ein außerordentlicher Ringer und trefflicher Ballspieler; er läuft wie eine Gemse, springt besser als eine Ziege und versteht das Kugelspiel, daß man es für ein Zauberwerk halten möchte; er singt wie eine Lerche und spielt die Gitarre, daß er ihr fast eine Zunge gibt; vorzüglich aber weiß er mit dem Degen seine Gänge zu machen wie der Erste in der Kunst.

Bloß dieser schönen Gaben wegen, sagte hierauf Don Quixote, verdiente dieser junge Mensch nicht nur die schöne Quiteria zu heiraten, sondern selbst die Königin Ginevra, wenn sie heutzutage noch lebte, dem Lanzarote und allen zum Trotz, die sich dem widersetzen wollten.

Worauf der Student, Baccalaureus oder Lizentiat, wie ihn Don Quixote nannte, antwortete: Weiter ist nichts zu erzählen übrig, als daß von demselben Augenblicke an, da Basilio erfuhr, daß die schöne Quiteria sich mit dem reichen Camacho verheirate, man ihn nie mehr lachen sah, noch ein vernünftiges Wort sprechen hörte; er geht immer nachdenklich und traurig umher, spricht mit sich selber und gibt damit deutliche und gewisse Beweise, daß er den Verstand verloren hat. Er ißt wenig und schläft wenig, und wenn er ißt, so sind es Früchte, und wenn er schläft, so geschieht es im freien Felde auf harter Erde. Manchmal schaut er zum Himmel auf; dann wieder heftet er die Augen so stier auf den Boden, daß er wie eine bekleidete Bildsäule aussieht, deren Gewand die Luft bewegt. Kurz, er gibt so viele Beweise, wie sein Herz zerrissen ist, daß wir alle, die ihn kennen, fürchten, daß das Ja, welches die schöne Quiteria morgen ausspricht, zugleich sein Todesurteil sein wird.

Das wird Gott verhüten, sagte Sancho; denn wenn Gott Krankheit gibt, so gibt er auch Arznei. Kein Mensch weiß, was kommen wird! Zwischen hier und morgen sind noch viele Stunden, und in einer, ja in einem Augenblicke kann ein Haus einfallen. Ich habe wohl schon Regen und Sonnenschein zu gleicher Zeit gesehen. Mancher legt sich frisch und gesund zu Bette und steht am anderen Morgen nicht wieder auf. Und sagt mir doch, kann sich wohl ein Mensch rühmen, daß er einen Nagel in das Rad des Glücks geschlagen habe? Wahrhaftig nicht! Und zwischen das Ja und das Nein eines Weibes getraue ich mich nicht eine Nadel hineinzustecken. Ei, genug, daß Quiteria den Basilio von ganzem Herzen und mit voller Seele liebt, damit hat er so gut wie einen Sack voll Glück.

Wohin willst du, Sancho? Daß du doch verflucht seist! rief Don Quixote; denn wenn du einmal anfängst, Sprichwörter und Narrenpossen aufzureihen, so kann keiner bei dir ausdauern als Judas, der dich holen soll!

Wenn man mich nicht versteht, antwortete Sancho, so ist es kein Wunder, daß man meine Sentenzen für Narrenpossen hält.

Es war Nacht geworden; ehe sie aber das Dorf erreicht hatten, kam es allen vor, als ob vor demselben ein Himmel voll unzähliger und glänzender Sterne wäre. Zugleich hörten sie angenehme Töne von verschiedenen Instrumenten, von Flöten, Handtrommeln, Harfen, Oboen, Tamburins und Triangeln, und als sie näher kamen, sahen sie, daß an den Bäumen der Lauben, die man vor dem Dorfe aufgepflanzt hatte, viele brennende Lampen hingen, die der Wind nicht auslöschte; denn er wehte so gelinde, daß er nicht Kraft hatte, die Blätter an den Bäumen zu rühren. Die Musikanten, die zur Hochzeit bestellt waren, schwärmten in einzelnen Haufen umher, einige tanzend, andere singend, andere auf ihren Instrumenten spielend. Es war nicht anders, als ob auf der ganzen Wiese die Fröhlichkeit hüpfte und das Vergnügen tanzte.

Don Quixote wollte nicht in das Dorf hineingehen, ob ihn gleich der Bauer sowohl wie der Baccalaureus darum baten; seine mehr als hinreichende Entschuldigung war, daß es Sitte der fahrenden Ritter sei, lieber auf dem Felde und in Wäldern als in Häusern zu schlafen. Hiermit entfernte er sich vom Wege ein wenig, zum großen Verdrusse des Sancho, dem die treffliche Herberge wieder in die Gedanken kam, die er in dem Kastell des Don Diego gefunden hatte.

Fünfundsechzigstes Kapitel

Enthält die Schilderung der Hochzeit Camachos des Reichen und die Geschichte Basilios des Armen.

Kaum hatte Phöbus mit der Glut seiner brennenden Strahlen die goldenen Haare Aurorens getrocknet, als Don Quixote, alle Trägheit von seinen Gliedern schüttelnd, sich aufrichtete und Sancho rief, der noch immer schnarchte. Als Don Quixote dies sah, sprach er, bevor er ihn weckte: Du Glücklichster von allen, die nur auf dem Angesichte der Erde leben; denn ohne zu beneiden oder beneidet zu werden, schläfst du mit ruhiger Seele! Dich verfolgen sowenig Zauberer, als dich Bezauberungen ängstigen. Schlafe, sage ich noch einmal und werde es noch hundertmal sagen; denn dich halten keine eifersüchtigen Gedanken auf deine Dame im beständigen Wachen; dich weckt kein Kummer auf, wie du Schulden bezahlen sollst, noch wie du auf den andern Tag für dich und deine kleine, gequälte Familie Brot schaffen willst. Dich beunruhigt kein Ehrgeiz, kein eitler Pomp der Welt setzt dich in Erregung; denn die Grenzen deines Verlangens erstrecken sich nicht weiter als auf die Fütterung deines Esels, und die Sorge für dich ist auf meine Schultern gelegt: eine Last und Bürde, die Natur und Sitte auf die Herren gewälzt haben. Der Diener schläft, und der Herr wacht, um daran zu denken, wie er jenen unterhalten soll, seinen Zustand verbessern und ihm seine Dienste belohnen.

Auf all das erwiderte Sancho nichts, weil er schlief, und er wäre auch wohl noch nicht so bald aufgewacht, wenn ihn nicht Don Quixote mit dem Schaft der Lanze zu sich gebracht hätte. Er wachte noch halb träumend und sich dehnend auf, und indem er den Kopf nach allen Seiten wandte, sagte er: Von der Seite der Lauben da, wenn ich mich nicht irre, kommt ein Geruch und Duft mehr von Schweinebraten als von Feldblumen und Thymian. Eine Hochzeit, die sich mit solchen Gerüchen ankündigt, muß bei meiner Seele recht vornehm sein.

Auf, du Fresser! sagte Don Quixote. Komm, wir wollen diese Vermählung mit ansehen und zugleich beobachten, was der verschmähte Basilio anfängt.

Mag er doch anfangen, was er will, antwortete Sancho; wenn er nur nicht arm wäre und sich mit der Quiteria verheiraten wollte. Ei, er hat keinen Groschen und will nun so in Gottes Namen in den Tag hinein heiraten? Wahrhaftig, gnädiger Herr, ich bin der Meinung, daß der Arme mit dem zufrieden sein muß, was er findet, und auf keine gebratenen Tauben aus der Luft warten soll. Ich will einen Arm verwetten, daß Camacho den Basilio wohl mit Talern zudecken kann; und somit wäre die Quiteria eine rechte Närrin, wenn sie den Putz und die Juwelen, die ihr Camacho gewiß schon gegeben hat und noch geben kann, gegen das Schleuderwerfen und Rapierfechten des Basilio vertauschen wollte. Auf ein gutes Schleuderwerfen oder einen geschickten Stoß mit dem Degen kriegt man im Wirtshause nicht ein Glas Wein. Geschicklichkeiten und Künste, die kein Geld einbringen, die mag der Teufel nur gleich holen: aber wenn einer diese Künste kann, der außerdem auch Geld hat, ja wahrhaftig, dann nehmen sie sich schön aus. Auf einem guten Grunde läßt sich ein gutes Gebäude aufführen, und der beste Grund und Boden von der Welt ist das Geld.

Sancho legte den Sattel auf Rosinante und das Reitkissen auf den Esel, beide stiegen auf und begaben sich zu den Lauben. Das erste, was sich Sanchos Blicken darbot, war, angesteckt an dem Bratspieß einer ganzen Ulme, ein ganzes Rind; im Feuer, an welchem es braten sollte, brannte ein großer Scheiterhaufen von Holz, und sechs Töpfe, die in der Runde umherstanden, schienen nicht in einer gewöhnlichen Töpferei gemacht zu sein, denn sie waren wie sechs große Fässer, und ein jeder faßte eine ganze Schlachtbank voll Fleisch. Es steckten auch in ihnen große Hammel verborgen, ohne daß sie mehr hervorgeguckt hätten, als wenn es Täubchen gewesen wären. Die abgezogenen Hasen und gepflückten Hennen, die an den Bäumen hingen, um dann in den Töpfen begraben zu werden, waren nicht zu zählen. Vögel und Wildbret von verschiedener Art waren in unendlicher Menge da; alles hing an den Bäumen, um an der Luft frisch zu bleiben. Sancho zählte mehr als sechzig Schläuche von bedeutender Größe, die alle, wie sich später ergab, mit den edelsten Weinen angefüllt waren. So lagen auch Haufen des schönsten Weizenbrotes da, wie man das Getreide in den Scheunen aufzuhäufen pflegt. Die Käse waren wie Backsteine aufeinander-

gestellt, so daß sie eine Mauer bildeten; und zwei Kessel mit Öl dienten dazu, das Backwerk fett zu machen, welches man dann mit zwei gewaltigen Kochlöffeln herausholte und in einen andern Kessel mit zerlassenem Honig tauchte, der danebenstand. Der Köche und Köchinnen waren mehr als fünfzig, alle reinlich, alle fleißig und alle vergnügt. In dem leeren Bauche des Rindes steckten zwölf zarte und kleine Ferkelchen, die, von innen gekocht, dem Braten einen lieblichen Geschmack geben sollten. Kurz, die Zurüstungen zur Hochzeit waren ländlich, aber alles war in solchem Überflusse, daß eine ganze Armee hätte bewirtet werden können.

Alles dies sah Sancho, alles betrachtete er genau, und von allem wurde er hingerissen. Zuerst nahmen die Töpfe seine Begier gefangen, denn er hätte gar zu gern eine tüchtige Pfanne voll herausgelangt; dann entzündeten die Schläuche sein Verlangen, zuletzt aber die in der Pfanne gebackenen Kuchen, wenn man sie Pfannen nennen kann, obwohl sie so groß wie Kessel waren; und ohne seine Wünsche länger zu verhehlen, wandte er sich an einen von den geschäftigen Köchen und bat ihn mit höflichen und hungrigen Redensarten, ihn ein Stückchen Brot in einen von den Töpfen eintunken zu lassen, worauf der Koch antwortete: Freund, der heutige Tag gehört nicht unter die Gerichtsbarkeit des Hungers;

Dank sei dem reichen Camacho! Steigt ab und seht zu, ob ein Löffel da ist, nehmt Euch eine oder zwei Hennen, und Gott lasse sie Euch gedeihen.

Ich sehe keinen, antwortete Sancho.

Wartet, sagte der Koch; Ihr seid doch, bei meiner Seele, ziemlich umständlich und wißt Euch nicht zu helfen! Und mit diesen Worten ergriff er eine Pfanne und fuhr damit in einen von den Töpfen hinein, faßte drei Hennen und zwei Gänse und sagte zu Sancho: Eßt, Freund, zum Frühstücke dies, bis die Stunde zum Mittagessen herankommt.

Ich habe nichts, um es hineinzulegen, antwortete Sancho.

So nehmt, sagte der Koch, Pfanne und alles; denn der Reichtum und das Vergnügen Camachos bezahlt gern alles.

Während sich dies mit Sancho zutrug, sah Don Quixote, daß von einer Seite der Lauben zwölf Bauern auf zwölf sehr schönen Stuten hereinritten, mit sehr schönen und reichen Schabracken und vielen Schellen vor der Brust der Pferde. Alle waren festlich und munter gekleidet und riefen: Es leben Camacho und Quiteria, er so reich wie sie schön, und sie die Schönste von der Welt!

Als Don Quixote dies hörte, sagte er zu sich selbst: Es scheint wohl, daß diese nie meine Dulcinea del Toboso gesehen haben; denn wenn sie diese gesehen hätten, so würden sie in den Lobpreisungen ihrer Quiteria etwas bescheidener sein.

Bald darauf kamen zu den verschiedenen Seiten der Lauben viele und verschiedene tanzende Gruppen herbei; unter diesen auch Schwerttänzer, vierundzwanzig Burschen von schönem und edlem Anstande, alle mit dem weißesten Leinen bekleidet und mit feinseidenen Tüchern von bunten Farben in den Haaren; und der sie anführte, ein leichtfüßiger Jüngling, wurde von einem der Reiter angeredet, ob einer von den Tänzern verwundet sei.

Bis jetzt ist, gottlob, noch keiner verwundet, wir sind alle gesund; und zugleich fing er mit seinen übrigen Gefährten zu tanzen an, mit so vielen Wendungen und einer solchen Geschicklichkeit, daß Don Quixote, obgleich er schon oft dergleichen Tänze gesehen, doch noch keiner so sehr wie dieser gefallen hatte.

Aber auch ein anderer gefiel ihm sehr; zwölf schöne Mädchen kamen herbei, die so jung waren, daß keine unter vierzehn zu sein schien, wie noch keine achtzehn Jahre erreicht hatte. Alle waren grün gekleidet, alle so goldblond, daß sie mit den Strahlen der Sonne wetteifern konnten. Sie trugen auf den Köpfen Kränze von Jasmin, Rosen, Amarant und Geißblatt. Sie wurden von einem ehrwürdigen Alten und einer Matrone angeführt, die aber leichter und lebendiger waren, als man von ihren Jahren erwarten konnte. Eine Sackpfeife ertönte, und sie zeigten sich als die besten Tänzerinnen von der Welt.

Sechsundsechzigstes Kapitel

Enthält die Fortsetzung der Hochzeit des Camacho.

Als Don Quixote und Sancho noch in den Anblick der Tänzer und Tänzerinnen versunken waren, hörten sie ein lautes Geschrei und Lärmen, welches die Reiter erregten, die mit Rennen und Getümmel dem Brautpaare entgegenritten, das, von Musikanten und Maskierten umringt, herbeikam, von dem Pfarrer des Dorfes wie von der beiderseitigen Verwandtschaft begleitet und von angesehenen Leuten aus den umliegenden Ortschaften, die alle festlich geputzt waren. Als Sancho die Braut sah, sagt er: Nun wahrlich, die ist nicht wie ein Bauernmädchen angezogen, sondern ganz wie eine Putzpuppe vom Hofe; meiner Seel', so wie ich sehe, sind die Ziermünzen, die sie umhaben sollte, lauter echte Korallen, das grüne Tuchkleid ist ein dreißigmal geschorener Samt, und sieh doch! das Busentuch, statt von feinem Linnen, ist, so wahr ich lebe, von Atlas! Aber die Hände, je nun, die werden wohl mit Ringen von Achat besteckt sein, ja sieh nur zu, es sind lauter goldene Reifen und mit Perlen besetzt, so weiß wie Milch, wovon jede wohl ein Auge im Kopfe wert ist. O du Hurenkind! Ei, was das für Haare sind! Wenn sie nicht falsch sind, so habe ich sie zeit meines Lebens nicht so lang und so schön gelb gesehen. Aber so sucht mir doch einmal ein Fehlerchen in ihrem Wuchs und ganzen Wesen! Einer Palme sieht sie gleich, die sich bewegt und von der Datteltrauben herunterhängen; denn so sind die Kleinodien, die ihr in den Haaren und am Halse baumeln. Ich lege einen Eid darauf ab, daß es eine ausbündige Dirne ist und daß sie durchkommt, wo man sonst keinen ungefragt passieren läßt.

Don Quixote lachte über die bäuerischen Lobeserhebungen des Sancho Pansa; er glaubte aber selber, seine Dame Dulcinea del Toboso ausgenommen, noch niemals ein so schönes Mädchen gesehen zu haben. Die schöne Quiteria war etwas blaß, was wohl daher rühren mochte, daß sie, wie alle Bräute zu tun pflegen, eine üble Nacht damit zugebracht hatte, sich für den kommenden Hochzeitstag zu schmücken.

Sie gingen zu einer Bühne hin, welche auf der einen Seite der Wiese, mit Teppichen und Laubwerk geschmückt, errichtet war, wo die Trauung vor sich gehen sollte und von wo aus man nachher den Tänzen und Spielen zusehen konnte. Als sie diesen Ort fast erreicht hatten, hörten sie hinter sich ein lautes Geschrei, und eine Stimme rief: Haltet ein wenig ein, ihr unbedachten Menschen, die ihr so eilt!

Bei dem Geschrei und bei diesen Worten sahen sich alle um, worauf sie gewahr wurden, daß ein Mensch sie ausrief, der ganz in Schwarz gekleidet war, den Rock mit flammendrotem Karmesin besetzt. Er war (wie man bald sah) mit einem Kranz vom traurigen Zypressus bekränzt, und in den Händen trug er einen großen Stock. Als er näher gekommen, erkannten alle in ihm den liebenswürdigen Basilio, und alle waren verwundert, was sein Geschrei und seine Worte zu bedeuten hätten. Ermattet und atemlos kam er endlich herbei und stellte sich vor das Brautpaar, indem er seinen Stab in die Erde stieß, der unten mit einem eisernen Stachel gewaffnet war, worauf er, bleich und die Augen auf Quiteria geheftet, mit zitternder und heiserer Stimme diese Worte sprach: Du weißt wohl, undankbare Quiteria, daß, der heiligen Religion gemäß, zu welcher wir uns bekennen, du keinen Gatten nehmen darfst, solange ich lebe; auch ist dir nicht unbekannt, daß ich, in der Hoffnung, daß die Zeit und mein Fleiß meine Glücksgüter verbessern sollten, niemals den Anstand aus den Augen gesetzt habe, der deiner Ehre gebührte. Du aber hast allen deinen Pflichten gegen mich den Rücken gewandt und willst einen andern zum Besitzer meines Eigentums machen, dessen Reichtümer dazu dienen, ihm nicht nur Glück, sondern auch die schönste Liebe zu gewähren. Und damit er diese ganz genieße (nicht so, wie er sie verdient, sondern wie sie ihm der Himmel hat schenken wollen), will ich mit meinen eigenen Händen die Unmöglichkeit oder das Hindernis aus dem Wege räumen,

welches ihn stören könnte, indem ich mich selber fortschaffe. Es lebe, es lebe der reiche Camacho mit der undankbaren Quiteria viele und glückliche Jahre, und es sterbe der arme Basilio, dessen Armut die Flügel seines Glücks lähmte! Und mit diesen Worten zog er aus dem Stabe, den er in die Erde geheftet hatte, wie aus einer Scheide eine ziemlich lange Klinge, die darin verborgen gewesen war; den Griff stemmte er gegen den Boden und stürzte sich leicht und entschlossen in die Spitze. Sogleich sah man, mit Blut bedeckt, die Hälfte der Klinge wieder aus dem Rücken dringen; der Unglückliche selbst lag auf dem Boden ausgestreckt, in Blut gebadet und von seiner eigenen Waffe durchbohrt.

Alle seine Freunde liefen sogleich hinzu, ihm beizustehen, von seinem Elende und dieser beklagenswerten Entwicklung der Dinge erschüttert. Don Quixote stieg sogleich vom Rosinante und kam herzu, ihm zu helfen; er nahm ihn in seine Arme und fand, daß er noch Atem schöpfe. Man wollte den Degen herausziehen, aber der Pfarrer, welcher gegenwärtig war, riet, ihn nicht eher herauszuziehen, bis er gebeichtet habe; denn ihn herausnehmen und Basilios Verscheiden sei ein und dasselbe. Basilio kam indessen wieder ein wenig zu sich und sagte mit matter und ohnmächtiger Stimme: Wolltest du mir, grausame Quiteria, in diesen letzten Augenblicken deine Hand als Gattin geben, so würde ich denken, daß mein freches Unterfangen Entschuldigung verdiene, weil es mir das Glück verschaffte, der Deinige zu sein.

Als der Pfarrer dieses hörte, sagte er, daß er auf das Heil seiner Seele bedacht sein möchte, nicht mehr aber auf irdisches Vergnügen denken, er möchte mit ernsthafter Reue Gott um die Vergebung seiner Sünden und seines verzweifelten Entschlusses bitten. Worauf Basilio versetzte, daß er durchaus nicht beichten würde, wenn ihm nicht vorher Quiteria ihre Hand als seine Gattin gereicht hätte; denn diese Freude würde seinen Willen antreiben und ihm Kräfte geben, um zu beichten. Als Don Quixote die Bitte des Verwundeten hörte, sagte er mit lauter Stimme, daß die Bitte des Basilio durchaus gerecht, vernünftig und überdies leicht auszuführen sei und daß der Herr Camacho ebenso geehrt bliebe, die Dame Quiteria als die Witwe des braven Basilio zu erhalten, wie wenn er sie von ihrem Vater empfangen hätte. Hier sei nur ein Jawort erforderlich, welches keine anderen Folgen habe, als daß es ausgesprochen würde; denn das Hochzeitsbette dieser Vermählung sei das Grab.

Alles dieses hörte Camacho, und alles machte ihn verwirrt und unentschlossen, so daß er nicht wußte, was er tun oder was er sagen sollte. Aber der Stimmen der Freunde des Basilio waren so viele, die ihn alle baten, er möchte erlauben, daß Quiteria ihm ihre Hand als Gattin reichte, damit die Seele nicht verlorengehe, wenn sie in Verzweiflung dies Leben verließe, daß sie ihn bewogen, ja zwangen, zu erklären, wenn Quiteria ihm die Hand reichen wolle, sei er wohl damit einverstanden, da die Erfüllung seiner Wünsche dadurch nur um einen Augenblick aufgeschoben würde. Sogleich begaben sich alle zur Quiteria, und einige überredeten sie mit Bitten, andere mit Tränen, andere mit dringenden Gründen, die Hand dem armen Basilio zu reichen, indessen sie härter als ein Marmor und unbeweglicher als eine Bildsäule dastand und zeigte, daß sie weder ein Wort zu sprechen wisse noch könne, noch wolle, es auch niemals getan hätte, wenn ihr der Pfarrer nicht gesagt, daß sie schnell einen Entschluß fassen müsse, denn dem Basilio schwebe die Seele schon auf den Lippen, so daß man keine Zeit habe, ein unentschlossenes Zaudern abzuwarten. Nun ging die schöne Quiteria, ohne ein Wort zu sprechen, beunruhigt, traurig und geängstigt nach der Stelle, wo Basilio lag, der schon die Augen verkehrte, nur noch mit Mühe Atem schöpfte und zwischen den Zähnen den Namen Quiteria murmelte, wobei er deutliche Zeichen gab, daß er als Heide und nicht als Christ sterben würde. Quiteria kam endlich zu ihm, ließ sich auf die Knie nieder und forderte mit Gebärden, aber nicht mit Worten, seine Hand. Basilio schlug die Augen wieder auf, betrachtete sie aufmerksam und sagte: O Quiteria, wie bist du endlich zu einer Zeit barmherzig geworden, da deine Barmherzigkeit mir zum Dolche dient, der mir vollends das Leben raubt; denn ich habe keine Kräfte mehr, um die Wonne zu ertragen, die du mir gönnst, indem du mich für den Deinigen erkennst, oder den Schmerz aufzuhalten, der mit dem furchtbaren Schatten des Todes meine Augen bedeckt. Worum ich dich nur noch bitte, o du mein unglückliches Gestirn, ist, daß du mir jetzt die Hand nicht aus bloßer Gefälligkeit reichen mögest oder um mich von neuem zu täuschen, sondern daß du es bekennst und sagst, daß du sie mir ungezwungen als deinem rechtmäßigen Gemahl gibst; denn es wäre nicht gut, wenn du mich in dieser Lage täuschen wolltest oder den mit Erdichtung hintergehen, der sich immer so wahr gegen dich gezeigt hat.

Zwischen diesen Worten wurde er so oft ohnmächtig, daß alle Anwesenden dachten, jede dieser Ohnmachten würde seine Seele mit sich nehmen. Quiteria nahm errötend und mit edlem Anstande die Hand des Basilio in ihre Rechte und sagte: Keine Gewalt vermag meinen Willen zu beugen; freiwillig gebe ich dir als rechtmäßige Gattin meine Hand und fasse die deine, wenn du sie mir aus freiem Entschlusse reichst und dich das Unglück, in welches du dich so schnell gestürzt, nicht deines Bewußtseins beraubt.

Mit vollem Bewußtsein reich' ich sie dir, antwortete Basilio, mit allem Verstande, den mir der Himmel verliehen hat, und so geb' ich mich dir als dein Gemahl.

Und ich mich dir als deine Gemahlin, antwortete Quiteria, du magst nun noch viele Jahre leben, oder sie mögen dich aus meinen Armen in dein Grab tragen.

Dafür, daß dieser junge Mensch so schwer verwundet ist, sagte jetzt Sancho Pansa, spricht er sehr viel; sie sollten nur machen, daß er diese verliebten Reden fahrenließe und auf seine Seele bedacht wäre, die ihm, nach meiner Meinung, mehr auf der Zunge als auf den Lippen schwebt.

Als sich nun Basilio und Quiteria bei den Händen gefaßt hatten, gab ihnen der Pfarrer gerührt und weinend den Segen, indem er den Himmel bat, der Seele des Neuvermählten die Ruhe zu schenken. Dieser aber hatte kaum den Segen empfangen, als er sich mit großer Leichtigkeit aufrichtete und mit unerhörter Keckheit den Degen herauszog, dem sein Körper zur Scheide diente. Alle Umstehenden waren erstaunt, und einige, die mehr einfältig als forschbegierig waren, riefen mit lauter Stimme: Wunder! Wunder! Aber Basilio versetzte: Kein Wunder, kein Wunder, sondern Geschicklichkeit, Geschicklichkeit! Der Pfarrer, erschreckt und entsetzt, lief hinzu, um mit beiden Händen die Wunde zu berühren, und er fand, daß der Degen nicht durch das Fleisch und die Rippen des Basilio gedrungen war, sondern durch eine blecherne Röhre, die, mit Blut angefüllt, in der Gegend geschickt angebracht war; das Blut war aber vorher so zubereitet, wie man nachher erfuhr, daß es nicht hatte gerinnen können. Kurz, der Pfarrer, Camacho und die meisten Umstehenden sahen ein, daß man sie getäuscht und betrogen hatte. Die Braut schien über diesen Betrug nicht erzürnt, sondern da sie hörte, daß diese Heirat, durch Täuschung zustande gebracht, nicht gelten solle, sagte sie, daß sie dieselbe von neuem bestätige, woraus alle schlossen, daß dieser Plan mit Einwilligung und Mitwissen der beiden ausgeführt worden sei, worüber Camacho und seine Begleiter so wütend wurden, daß sie Rache suchten, ihre Degen entblößten und so auf Basilio eindrangen, zu dessen Verteidigung sich aber fast ebenso viele Waffen zeigten, ihnen voran zu Pferde Don Quixote, welcher, mit der Lanze auf dem Arme, gut von seinem Schilde bedeckt, sich durch alle vordrängte. Sancho, dem niemals dergleichen Dinge erfreulich oder ergötzlich waren, flüchtete sich zu den großen Töpfen, von denen er seine trefflichen Hühner geholt hatte, weil ihm dieser Ort wie ein Heiligtum vorkam, vor welchem jedermann Achtung haben müsse.

Don Quixote rief mit lauter Stimme: Haltet ein, meine Herren, haltet ein; denn es ist gegen die Vernunft, sich der Not wegen rächen zu wollen, welche die Liebe uns zufügt! Bedenkt, daß Liebe und Krieg ein und das nämliche Ding sind; und wie es im Kriege erlaubt und gewöhnlich ist, sich der Listen und heimlicher Anschläge zu bedienen, um den Feind zu besiegen, so sind auch Kriegslisten und versteckte Pläne in den verliebten Zwisten und Kämpfen zulässig, um den gewünschten Endzweck zu erhalten, wenn sie nicht zu Schaden und Unehre des geliebten Gegenstandes gereichen. Quiteria gehörte dem Basilio und Basilio der Quiteria durch eine gerechte und gütige Vorsehung des Himmels. Camacho ist reich und kann nach seinem Gefallen wählen, was er will. Basilio hat nichts weiter als dieses Schäfchen, und keiner soll es ihm entreißen, so gewaltig er auch sei; denn was Gott zusammenfügt, soll der Mensch nicht scheiden; und wer sich's unterfinge, soll zuvor die Spitze dieser Lanze fühlen. Und hiermit schwang er sie so tapfer und geschickt, daß er allen Furcht einjagte, die ihn nicht kannten; auch war Camacho dadurch, daß Quiteria ihn verschmäht hatte, so beleidigt, daß er sie in einem Augenblicke aus seinem Gedächtnisse löschte. Daher fanden die Zureden des Pfarrers bei ihm Eingang, der ein verständiger und gutgesinnter Mann war. Zum Zeichen dessen steckten sie die Degen wieder ein, indem sie mehr auf den Leichtsinn der Quiteria als die Geschicklichkeit des Basilio schalten, auch Camacho bei sich überlegte, daß Quiteria, wenn sie als Mädchen Basilio geliebt hatte, ihn auch wohl als Frau geliebt haben würde.

Als Camacho und sein Anhang getröstet und beruhigt waren, gaben sich auch die von Basilios Partei zufrieden; und der reiche Camacho, um zu zeigen, daß er nicht empfindlich sei oder Groll hege, wollte, daß die Festlichkeiten fortgehen sollten, als ob er sich wirklich verheiratete. Aber Basilio wollte nicht zugegen bleiben, sowenig wie seine Gattin oder sein Gefolge, und darum begaben sie sich nach Basilios Wohnort; denn die tugendhaften und verständigen Armen haben auch welche, die ihnen folgen, sie ehren und unterstützen, so wie die Reichen welche haben, die ihnen schmeicheln und sie begleiten. Sie nahmen auch den Don Quixote mit sich, den sie für einen gescheiten Mann hielten, der Haare auf den Zähnen habe. Nur Sanchos Seele wurde trübe, als er sah, daß es ihm unmöglich sei, der herrlichen Tafel und dem Schmause des Camacho beizuwohnen, der bis in die tiefe Nacht dauerte; darum folgte er schwermütig und traurig seinem Herrn, der mit der Truppe des Basilio ging. Er mußte die Fleischtöpfe Ägyptens hinter sich lassen, obgleich seine Seele bei ihnen zurückblieb, und der fast aufgezehrte und verspeiste Braten, den er in der Pfanne mit sich nahm, stellte ihm die Herrlichkeit und den Überfluß der Güter vor, deren er verlustig ging. Verdrießlich also und melancholisch, wenn auch ohne Hunger, folgte er, ohne von dem Grauen abzusteigen, den Fußtapfen des Rosinante.

Siebenundsechzigstes Kapitel

Erzählt das große Abenteuer von der Höhle des Montesinos, welches der tapfere Don Quixote glücklich vollbrachte.

Groß und vielfach waren die Ehrenbezeigungen, die die Neuvermählten dem Don Quixote erwiesen; denn sie meinten, daß er ein Cid in den Waffen und ein Cicero in der Beredsamkeit sei. Der wackere Sancho pflegte sich drei Tage hindurch auf Kosten der jungen Eheleute, von denen man jetzt erfuhr, daß die verstellte Verwundung kein verabredeter Plan mit der schönen Quiteria gewesen sei, sondern eine Erfindung des Basilio, der sich den glücklichen Erfolg davon versprochen hatte, der auch eingetroffen war. Er gestand aber auch ein, daß er einigen von seinen Freunden seinen Vorsatz mitgeteilt habe, damit sie zur rechten Zeit seine Absicht fördern und seinen Betrug unterstützen möchten.

Man kann und soll das nicht Betrug nennen, sagte Don Quixote, was einen tugendhaften Endzweck hat; und ein durchaus löblicher Endzweck ist der: wenn sich zwei Liebende vermählen wollen. Doch muß man bedenken, daß der größte Feind, den die Liebe hat, Hunger und fortwährender Mangel ist; denn die Liebe besteht aus Freude, Ergötzen und Zufriedenheit, besonders wenn der Liebende im Besitze des geliebten Gegenstandes ist, wogegen sich Mangel und Armut als offenbare Feinde erklären, was ich in der Absicht sage, damit es der Herr Basilio nunmehr unterlasse, die Talente noch weiter auszubilden, die er schon besitzt; denn wenn sie auch Ruhm geben, so geben sie doch kein Geld, er aber muß sich nunmehr bemühen, durch erlaubte Mittel und Wege Vermögen zu erwerben, denn diese fehlen verständigen und geschickten Leuten niemals. Der ehrenvolle Arme (wenn der Arme nämlich ehrenvoll sein kann) besitzt ein Kleinod an einer schönen Frau, und wenn ihm dieses entrissen wird, wird ihm auch seine Ehre entrissen und ermordet. Die schöne und tugendhafte Frau, deren Gatte arm ist, verdient mit Lorbeeren und Kränzen des Sieges und Triumphes gekrönt zu werden. Die Schönheit lockt durch sich selbst die Aufmerksamkeit aller herbei, die sie sehen und erkennen, und wie auf eine schöne Lockspeise stürzen die königlichen Adler und die hochfliegenden Vögel herunter; ist aber diese Schönheit mit Armut und Dürftigkeit verbunden, so machen sich auch Raben, Geier und anderes Raubgeflügel herbei, und diejenige, die allen diesen Angriffen widersteht, verdient wohl, die Krone ihres Mannes genannt zu werden,

Drei Tage blieben sie bei den Neuvermählten, wo man sie bediente und ihnen so aufwartete, als ob sie Fürsten gewesen wären.

Don Quixote bat einen der Freunde Basilios, einen Lizentiaten, ihm einen Wegweiser zu verschaffen, der ihn nach der Höhle des Montesinos brächte; denn er hegte die größte Begierde, hineinzudringen und mit eigenen Augen zu sehen, ob alle die Wunderdinge wahr wären, die man sich in jenen Gegenden erzählte. Der Lizentiat sagte, daß er ihm seinen Vetter mitgeben wolle, einen gelehrten Studenten und großen Liebhaber der Ritterbücher, der ihn sehr gern zum Eingange der Höhle führen und ihm auch die Seen der Ruidera zeigen würde, die in ganz la Mancha und selbst in ganz Spanien berühmt sind. Er sagte ihm zugleich, daß er an ihm eine sehr angenehme Unterhaltung finden würde; denn dieser junge Mensch wisse schon gut damit umzugehen, Bücher für den Druck zu schreiben und sie Fürsten zu dedizieren.

Der Vetter kam auch wirklich auf einer schwangeren Eselin an, über deren Reitkissen ein Stück gewirkten Teppichs gebreitet war. Sancho sattelte den Rosinante und machte seinen Grauen zurecht, versah seinen Schnappsack, zu dem auch der gut versorgte des Vetters gefügt wurde; dann empfahlen sie sich Gott, nahmen von allen Abschied und machten sich auf den Weg nach der berühmten Höhle des Montesinos.

Unterwegs fragte Don Quixote den Vetter, welcher Art seine Übungen, sein Stand und seine Studien wären. Jener antwortete, seinem Stande nach sei er ein Gelehrter, seine Übungen und Studien beständen darin, Bücher für den Druck zu verfassen, die alle ebensosehr zum Nutzen als zur Unterhaltung des Publikums gereichten. Eines dieser Bücher führe den Titel: Metamorphosen oder der spanische Ovidius. Die Erfindung davon ist neu und anmutig; denn indem ich den Ovidius auf eine komische Weise nachahme, schildere ich, wer die Giralda von Sevilla gewesen und der Engel der Magdalenenkirche, wer der Kanal des Venciguerra zu Cordova oder die Stiere von Guisando und die Sierra Morena; alle diese Sachen sind Allegorien, Metaphern und Verwandlungen, so daß sie zu gleicher Zeit belustigen, unterhalten und belehren. Ein anderes Buch von mir führt den Titel: Supplement zum Virgilius Polidorus, welches von der Erfindung der Dinge handelt und viel Gelehrsamkeit und Studium enthält, denn alle Sachen, die Polidorus ausgelassen hat und die sehr wichtig sind, werden von mir ergänzt und in einem artigen Stile beschrieben. So hat Virgilius zu sagen vergessen, wer der erste in der Welt gewesen, der einen Katarrh gehabt, sowie wer zuerst die Einreibungen gebraucht, um sich von der französischen Seuche zu heilen. Dies wird von mir nun deutlich auseinandergesetzt und aus mehr denn fünfundzwanzig Autoren belegt, woraus Ihr, mein Herr, urteilen könnt, ob ein solches Buch nicht viele Arbeit kostet und der ganzen Welt von großem Nutzen sein muß.

Sancho, welcher der Rede des Vetters sehr aufmerksam zugehört hatte, sagte zu ihm: Sagt mir doch, mein Herr, da Ihr alles wißt, wer der erste gewesen, der sich den Kopf gekratzt! Denn ich bin der Meinung, daß es unser erster Vater Adam gewesen sein müsse.

So wird es auch sein, antwortete der Vetter; denn es leidet keinen Zweifel, daß Adam einen Kopf und Haare hatte, und wenn dem so ist, so wird er sich doch wohl einmal, da er der erste Mensch auf der Welt war, gekratzt haben.

Das glaub' ich auch, antwortete Sancho; aber sagt mir doch nun, wer war der erste in der Welt, der einen Purzelbaum schlug?

Wahrhaftig, Freund, antwortete der Vetter, das kann ich Euch nicht so aus dem Kopfe und ohne Studium sagen. Ich will aber nachlesen, wenn ich zu meinen Büchern zurückkomme, und Euch Antwort geben, wenn wir uns einmal wiedersehen; denn es wird doch wohl nicht das letztemal sein, daß wir uns sehen.

Nun seht, mein Herr, versetzte Sancho, Ihr braucht Euch deshalb keine Mühe zu geben; denn mir ist gleich selber die Antwort eingefallen. Denn der erste, der in der Welt einen Purzelbaum schlug, war Luzifer, als sie ihn aus dem Himmel schmissen oder schleuderten; denn damals purzelte er bis in den Abgrund hinunter.

Du hast recht, Freund, sagte der Vetter. Don Quixote sagte: Diese Frage und Antwort hast du nicht erfunden, Sancho; du hast sie von einem andern gehört.

Seid still, gnädiger Herr, versetzte Sancho; denn wenn ich mich auf Fragen und Antworten lege, so will ich es von jetzt bis morgen früh aushalten. O nein, um Narrenpossen zu fragen und albernes Zeug zu antworten, brauche ich nicht erst meinen Nachbarn um Hilfe zu bitten.

Du hast verständiger gesprochen, Sancho, als du wolltest, sagte Don Quixote; denn es gibt Leute, die sich bemühen, Dinge zu erfahren, die, wenn sie nachher bekannt und ausgemacht sind, weder für den Verstand noch für das Gedächtnis einen Heller wert sind.

Unter diesen und andern lustigen Gesprächen verging der Tag; in der Nacht herbergten sie in einem kleinen Orte, von dem, wie der Vetter zu Don Quixote sagte, die Höhle des Montesinos nur noch zwei Meilen entfernt war. Wenn er noch bei seinem Entschluß verharre, hineinzusteigen, so sei es notwendig, sich mit Seilen zu versehen, um sich daran festzubinden und so in die Tiefe hinunterzulassen.

Am folgenden Tage kamen sie zwei Stunden nach Mittag bei der Höhle an, deren Eingang groß und geräumig war, aber dicht mit Dornensträuchern und Disteln, wilden Gebüschen und Hecken verwachsen, so daß die Höhle gänzlich verfinstert und bedeckt schien. Als sie ihrer ansichtig wurden, stiegen der Vetter, Sancho und Don Quixote ab, worauf ihm die beiden sogleich die Seile befestigten; und indessen Don Quixote eingeschnürt wurde, sagte Sancho zu ihm: Bedenkt doch, mein gnädiger Herr, was Ihr tun wollt; begrabt Euch doch nicht lebendig; laßt Euch doch nicht so wie eine Flasche herunter, die man im Brunnen kühl erhalten will! Die Sache geht Euch ja nichts an, es ist ja nicht Euer Amt, das Loch da zu erforschen, welches schlimmer als ein unterirdischer Kerker sein muß.

Binde du und schweig, antwortete Don Quixote; denn ein Unternehmen wie dieses, Freund Sancho, ist für mich wie geschaffen.

Der Führer sagte hierauf: Ich bitte Euch, gnädiger Herr Don Quixote, daß Ihr wohl zusehen mögt, was sich dort unten befindet, denn vielleicht finden sich Dinge, die ich in meinem Buche von den Verwandlungen brauchen kann.

Die Zither ist in der Hand, die sie wohl zu stimmen weiß, antwortete Don Quixote.

Nachdem dies gesprochen und Don Quixote hinlänglich befestigt war (er hatte die Seile aber nicht über der Rüstung, sondern über seinem Waffenrock), sagte Don Quixote: Wir haben nicht vorsichtig gehandelt, daß wir uns nicht mit einem kleinen Glöckchen versehen haben, welches man neben mir an diesem Seile festmachen konnte, durch dessen Ton man vernommen hätte, daß ich ganz unten und am Leben sei; da es aber jetzt nicht mehr möglich ist, so übergebe ich mich der Hand Gottes, die mich führen soll. Zugleich kniete er nieder und betete mit leiser Stimme zum Himmel, indem er Gott um seinen Beistand bat und um einen glücklichen Ausgang dieses dem Anscheine nach unerhörten und gefährlichen Abenteuers. Hierauf sprach er mit lauter Stimme: O du Gebieterin meiner Handlungen und Gedanken, leuchtende und unvergleichliche Dulcinea del Toboso! Ist es möglich, daß die flehentlichen Bitten dieses deines unglücklichen Liebhabers dein Gehör erreichen, so flehe ich bei deiner nie erreichten Schönheit, daß du ihn hören magst; denn ich flehe dich nur an, daß du mir deine Hilfe und deinen Beistand nicht entziehen mögest, die ich jetzt nötig brauche. Ich gehe in diesen Abgrund, den ich hier vor mir sehe, damit die Welt erfahre, daß es, wenn du mich begünstigst, keine Unmöglichkeit gebe, die ich nicht versuche und beendige. Als er dies gesagt hatte, näherte er sich dem Eingange, und da er sah, daß es keine Möglichkeit sei, sich anders als mit der Kraft des Armes und mit dem Degen der Öffnung zu nähern, ergriff er sein Schwert und hieb und schnitt damit in die Gebüsche, die vor dem Schlunde der Höhle standen; bei diesem Geräusch und Lärmen flog ein unzähliger Schwarm der größten Raben

und Dohlen so gedrängt und so pfeilschnell heraus, daß er von ihnen zu Boden geworfen wurde. Und wäre er ebensosehr ein abergläubischer wie ein katholischer Christ gewesen, so hätte er dies für eine üble Vorbedeutung genommen und es unterlassen, sich in einen solchen Ort zu verschließen.

Er stand endlich wieder auf, und da er sah, daß keine Raben oder andere Nachtvögel mehr herausflogen noch Fledermäuse, die sich auch unter den Raben befunden hatten, so gab er dem Vetter und Sancho das Seil, und diese ließen ihn auf den Grund der furchtbaren Höhle hinunter. Als er hineinstieg, gab ihm Sancho seinen Segen, machte tausend Kreuze über ihn und sagte: Gott geleite dich, die Jungfrau Maria und die ganze Dreieinigkeit, du Blume, Ausbund und Blüte aller fahrenden Ritter! Da gehst du nun hin, du Starrsinn der Welt, du stählernes Herz, du eherner Arm! Gott führe dich zurück und bringe dich wieder frei, gesund und ohne Schaden an das Licht dieses Lebens, welches du verlässest, um dich in der Finsternis zu begraben, die du aufsuchst!

Fast die nämlichen Wünsche und Gebete gab ihm der Vetter mit. Don Quixote rief immer, sie sollten mehr und mehr Seil herunterlassen, und sie ließen es nach und nach herunter; und als das Rufen, welches aus dem Schlunde der Höhle heraufgedrungen war, aufgehört hatte, hatten sie auch schon alle hundert Klafter von dem Seile hinuntergelassen. Sie waren der Meinung, daß sie Don Quixote wieder heraufziehen wollten, weil sie ihn nicht tiefer versenken konnten; doch warteten sie wohl eine halbe Stunde, nach welchem Zeitraume sie anfingen, das Seil mit der größten Leichtigkeit heraufzuziehen, weil sie gar kein Gewicht daran spürten, woraus sie schließen mußten, daß Don Quixote drinnen geblieben sei; und da Sancho dies glaubte, weinte er bitterlich und zog in der größten Hast, um die Wahrheit zu erfahren. Da sie aber etwas mehr als achtzig Klafter heraufgezogen hatten, fühlten sie wieder eine Last, worüber sie sehr froh wurden. Endlich, nachdem noch zehn Klafter übrig waren, konnten sie Don Quixote bestimmt unterscheiden, worüber Sancho aufschrie und sagte: Seid mir wieder willkommen, mein gnädiger Herr, denn wir dachten, man hätte Euch unten behalten, um die Art fortzupflanzen. Don Quixote antwortete nichts, und als sie ihn ganz herauszogen, sahen sie, daß er die Augen geschlossen habe und fest eingeschlafen sei. Sie legten ihn auf die Erde und banden ihn los, aber er wachte von alledem nicht auf. Sie wandten ihn aber so lange hin und her, schüttelten und rupften ihn, daß er endlich nach geraumer Zeit wieder zu sich kam, sich dehnte, als ob er aus einem schweren und tiefen Traume erwachte, sich wie erschreckt nach allen Seiten umschaute und sagte: Gott möge es euch, meine Freunde, verzeihen, daß ihr mir das anmutigste und schönste Leben und Gesicht entzieht, welches ein Mensch nur jemals geführt oder gesehen hat. Wahrlich, jetzt sehe ich ein, daß alle Vergnügungen dieser Welt wie Schatten und Traum verfliegen oder wie die Blumen des Feldes verwelken! O unglücklicher Montesinos! O schwerverwundeter Durandarte! O unselige Belerma! O weinender Guadiana und ihr übrigen trostlosen Töchter der Ruidera, die ihr mit euren Gewässern zeigt, wie reichliche Tränen eure schönen Augen vergossen haben! — — —

Mit der größten Aufmerksamkeit hörten der Vetter und Sancho auf diese Worte Don Quixotes, die er wie von einem schrecklichen Schmerze gepeinigt aus der tiefsten Brust aussprach. Sie baten ihn, seine Gedanken deutlich zu machen und ihnen zu sagen, was er in jener Hölle gesehen habe.

Hölle nennt ihr es? sagte Don Quixote; nennt es nicht also, denn es verdient den Namen nicht, wie ihr sogleich sehen werdet.

Er verlangte etwas zu essen, weil er einen ganz außerordentlichen Hunger habe. Sie deckten den Teppich des Vetters auf das grüne Gras und holten den Inhalt ihrer Schnappsäcke hervor, worauf sich alle drei sehr friedlich und gesellig niedersetzten und zu gleicher Zeit ihr Vesper- und Abendbrot verzehrten. Als der Teppich abgehoben war, sprach Don Quixote de la Mancha: Bleibt sitzen, und nun, meine Kinder, hört mir alle aufmerksam zu.

Achtundsechzigstes Kapitel

Von den wunderwürdigen Sachen, welche der erlesene Don Quixote erzählte, die er in der tiefen Höhle des Montesinos gesehen hatte, die aber so unmöglich und erstaunlich sind, daß man dieses Abenteuer lieber für unecht halten kann.

Es war die vierte Stunde nach Mittag; die Sonne war mit Wolken bedeckt und warf ein gedämpftes Licht und keine heißen Strahlen auf Don Quixote, so daß er ohne Hitze und Mühe seinen beiden erlauchten Zuhörern das erzählen konnte, was er in der Höhle des Montesinos gesehen hatte, indem er auf folgende Weise anfing:

Ungefähr nach fünfzehn oder siebzehn Klaftern in der Tiefe dieses unterirdischen Gewölbes ist zur rechten Hand ein Höhlung, so geräumig, daß ein großer Wagen mit zwei Maultieren Platz darin haben könnte. Ein schimmerndes Licht fällt durch einige Spalten oder Löcher hinein, die von der Oberfläche der Erde aus der Ferne diese Höhle erleuchten müssen. Diesen ausgehöhlten Raum sah ich, als ich mich müde und verdrießlich fand, mich so am Seile hängen zu sehen und so in jene tiefe Finsternis hinabzufahren, ohne einen gewissen und bestimmten Weg vor mir zu haben; daher entschloß ich mich, in diese Höhlung hineinzugehen und dort ein wenig auszuruhen. Ich rief, daß ihr nicht mehr vom Seile herunterlassen möchtet, bis ich es euch sagen würde, aber ihr müßt mich nicht gehört haben. Ich sammelte das Seil, welches ihr immer noch herunterließet, legte es in einen Ring oder Hügel zusammen und setzte mich gedankenvoll darauf, indem ich erwog, wie ich es anfangen sollte, mich in den tiefen Abgrund hinunterzulassen, da keiner zugegen war, der mich festhielte. Während ich noch so nachdachte und mit mir zu Rate ging, überfiel mich plötzlich, und ohne daß ich es hindern konnte, ein sehr tiefer Schlaf; ebenso schnell erwachte ich wieder, ohne daß ich wußte, wie mir geschah, und befand mich plötzlich mitten auf der schönsten, lieblichsten und anmutigsten Wiese, welche die Natur nur immer hervorbringen oder die begeisterte Phantasie sich vorstellen kann. Ich putzte und rieb mir die Augen und sah nun, daß ich nicht schliefe, sondern wirklich und in der Tat wach sei. Dennoch befühlte ich meinen Kopf und meine Brust, um mich völlig zu überzeugen, ob ich es denn auch selber sei, der sich dort befand, oder nur ein nichtiges, nachgeäfftes Gespenst; aber Gefühl, Berührung und die Überlegungen, die ich bei mir selber anstellte, überzeugten mich bald völlig, daß ich derselbe sei, der ich zur gegenwärtigen Stunde bin. Plötzlich zeigte sich meinen Blicken ein königlicher und prächtiger Palast, dessen Mauern und Wände durchsichtig und von glänzendem und hellem Kristall waren. Es taten sich zwei große Türen auf, aus denen ein ehrwürdiger Greis trat und auf mich zuging; er war mit einem langen, violettfarbenen Mantel bekleidet, der ihm auf dem Boden nachschleppte. Um die Schultern und Brust trug er einen kürzeren Doktormantel von grünem Atlas. Auf dem Kopfe hatte er ein schwarzes mailändisches Barett, und ein schneeweißer Bart hing ihm bis auf den Gürtel. Er hatte keine Waffen bei sich, sondern in der Hand einen Rosenkranz, an welchem die Aves größer als Nüsse und die Paternoster wie Straußeneier waren. Der Anstand, der Gang und der Ernst, dies alles zusammen und jedes für sich erregten mein Erstaunen und meine Verwunderung. Er kam auf mich zu, und das erste, was er tat, war, mich in seine Arme zu schließen und zu sagen: Schon seit sehr langer Zeit, tapferer Ritter Don Quixote de la Mancha, warten wir in dieser bezauberten Einsamkeit darauf, dich zu erblicken, damit du der Welt Nachricht gebest, was in dieser tiefen Höhle verschlossen und verborgen liegt, in welche du eingedrungen bist und die man die Höhle des Montesinos nennt; eine Tat, welche aufbewahrt war, von deinem unüberwindlichen Herzen und deinem großdenkenden Geiste unternommen zu werden. Komm mit mir, durchlauchtiger Mann, denn ich will dir die Wunder zeigen, welche diese durchsichtige Burg enthält, in welcher ich beständiger Kommandant und Gouverneur bin. Denn ich bin jener nämliche Montesinos, von welchem die Höhle ihren Namen führt.

Kaum sagte er mir, daß er Montesinos sei, als ich ihn fragte, ob alles wahr sei, was man sich in der Oberwelt von ihm erzähle, daß er nämlich seinem großen Freunde Durandarte mit einem kleinen Dolche das Herz aus der Brust genommen und es der Dame Belerma gebracht, wie jener ihm im Sterben anbefohlen habe.

Er antwortete mir, daß alles Wahrheit sei, ausgenommen das mit dem Dolche, denn es sei weder ein großer noch kleiner Dolch gewesen, sondern ein geschärftes Stilett, spitzer als ein Pfriem.

Es geschah, daß mich der ehrwürdige Montesinos in den kristallenen Palast führte, wo ich mich in einen Saal begab, der äußerst kühl und ganz von Alabaster war. Hier befand sich ein marmornes Grabmal, mit der größten Kunst gearbeitet, auf welchem ein Ritter in seiner ganzen Länge ausgestreckt lag, und zwar nicht aus Erz, Marmor oder Jaspis gebildet, wie sie wohl auf andern Grabmälern zu sein pflegen, sondern er bestand aus wirklichem Fleische und wirklichen Knochen. Seine rechte Hand (die, wie es mir scheint, etwas haarig und sehnig ist, ein Zeichen von großer Stärke) hatte er auf die Seite des Herzens gelegt, und bevor ich den Montesinos noch etwas gefragt hatte, sagte er zu mir: Dieser ist mein Freund Durandarte, die Blume und der Spiegel der verliebten und tapfern Ritter seines Zeitalters. Er befindet sich verzaubert hier, so wie ich selbst und viele andere Männer und Frauen, durch Merlin, jenen französischen Zauberer, von dem man sagt, daß er ein Sohn des Teufels sei; was ich aber glaube, ist nicht, daß er ein Sohn des Teufels ist, sondern daß er noch etwas mehr weiß als der Teufel. Wie oder warum er uns bezaubert hat, weiß keiner zu sagen; er wird es aber sagen, wenn es an der Zeit ist, und ich glaube, das ist nicht mehr fern. Worüber ich mich aber verwundern muß, ist, daß Durandarte sein Leben mit meinen Armen beschloß und daß ich ihm, als er tot war, sein Herz mit meinen eigenen Händen ausnahm, welches zwei ganze Pfund wog; und nach den Naturkündigern ist dem mehr Mut verliehen, der ein großes Herz, als der ein kleines besitzt. Da nun dies alles wahr und dieser Ritter wirklich in meinen Armen gestorben ist, wie kann er sich doch jetzt beklagen und von Zeit zu Zeit seufzen, als ob er noch lebte?

Bei diesen Worten ließ er sich vor dem klagenden Ritter auf die Knie nieder und sagte mit Tränen in den Augen: Ich habe, Herr Durandarte, mein allerliebster Vetter, das getan, was Ihr mir an jenem bitteren Tage unseres Unglücks befohlen habt. Ich nahm Euch das Herz, so gut ich konnte, heraus, ohne auch nur das kleinste Teil davon in der Brust zu lassen. Ich trocknete es mit einem gestickten Tuche und reiste in der größten Eile damit nach Frankreich, nachdem ich Euch zuvor in den Schoß der Erde gelegt hatte. Zum größeren Wahrzeichen noch, mein allerliebster Vetter, streute ich, als ich von Roncesvalles kam, im ersten Dorfe etwas Salz auf Euer Herz, damit es nicht übelriechend würde und vor die Dame Belerma gelangte, welche nebst Euch und mir, Eurem Knappen Guadiana und der Dueña Ruidera nebst ihren sieben Töchtern und zwei Nichten der Zauberer Merlin seit langer Zeit, nämlich seit mehr als fünfhundert Jahren, hier verzaubert hält. In dieser ganzen Zeit ist keiner von uns gestorben; nur fehlt hier Ruidera mit ihren Töchtern und Nichten, welche immer weinten und die der Zauberer Merlin vielleicht aus Mitleid in ebenso viele Seen verwandelte, die man jetzt in der Welt der Lebendigen und in der Provinz la Mancha die Seen der Ruidera nennt. Die sieben gehören den Königen von Spanien zu; die zwei Nichten aber den Rittern eines heiligen Ordens, welcher der Orden des heiligen Johannes heißt. Guadiana, Euer Knappe, der auch über Euer Unglück jammerte, wurde in einen Fluß verwandelt, der ebenfalls seinen Namen führt; als er aber zur Oberfläche der Erde gelangte und die Sonne der Oberwelt erblickte, wurde er so betrübt, weil er merkte, daß er sich von Euch entfernte, daß er sich wieder in die Eingeweide der Erde hinab versenkte. Da es ihm aber nicht möglich ist, den natürlichen Lauf seines Stromes zu verlassen, so kommt er von Zeit zu Zeit wieder hervor und zeigt sich der Sonne und den Menschen, die ihn erblicken. Im Fortlaufe nimmt er die obengenannten Seen in seinen Gewässern auf, mit welchen er prächtig und groß Portugal betritt. Dennoch aber zeigt er allenthalben seine Traurigkeit und Melancholie und gibt sich nicht die Mühe, in seinen Wassern wohlschmeckende und geschätzte Fische hervorzubringen, sondern kleine und hartfleischige, sehr verschieden von denen des goldführenden Tajo. Und was ich Euch jetzo sage, o werter Vetter, habe ich Euch schon oftmals gesagt; da Ihr mir aber keine Antwort gebt, muß ich mir einbilden, daß Ihr mir keinen Glauben beimeßt und mich nicht hört, worüber ich einen solchen Kummer empfinde, daß es Gott geklagt sei. Eine Neuigkeit will ich Euch noch hinterbringen, die, wenn sie Euren Schmerz auch nicht lindert, ihn doch auch auf keine Weise vermehren wird. Wißt demnach, daß sich hier in Eurer Gegenwart (und macht die Augen auf, so werdet Ihr es sehen) jener große Ritter befindet, von welchem der weise Merlin so mancherlei prophezeit hat, jener Don Quixote de la Mancha nämlich, der von neuem und mit besserem Nutzen als in den verflossenen Zeitaltern in der Gegenwart die vergessene fahrende Ritterschaft wieder erweckt hat, durch dessen Hilfe und Beistand wir auch wohl alle entzaubert werden mögen; denn für große Männer sind große Taten aufbewahrt.

Und wenn es auch nicht so ist, antwortete der betrübte Durandarte mit einer schwachen und kranken Stimme, und wenn es auch nicht so ist, lieber Vetter, je nun, so passen wir und lassen die Karten von neuem mischen. Hiermit kehrte er sich auf die Seite, ohne ein Wort weiter zu sprechen.

Indessen ließ sich ein lautes Heulen und Klagen vernehmen, von tiefen Seufzern und einem herzbrechenden Schluchzen begleitet. Ich schaute mich um und sah durch die kristallenen Wände, daß durch einen anderen Saal eine Prozession von zwei Reihen der schönsten Jungfrauen zog, alle in Schwarz gekleidet, mit weißen Turbanen auf dem Kopfe nach türkischer Art. Hinter der Prozession ging eine vornehme Dame, als die man sie an ihrem ernsten Gange erkannte, auch in Schwarz gekleidet, mit so langen und großen weißen Schleiern, daß sie die Erde küßten; ihr Turban war zweimal so groß, als der größte unter den übrigen. Sie hatte zusammengewachsene Augenbrauen; ihre Nase war plattgedrückt, der Mund groß, aber die Lippen rot, die Zähne, die sie zuweilen sehen ließ, standen einzeln und waren schlecht gewachsen, aber so weiß wie die geschälten Mandeln. In der Hand hatte sie ein Tuch und in diesem, soviel man sehen konnte, ein dürres und eingeschrumpftes Herz. Montesinos sagte mir, daß alle aus dieser Prozession Diener des Durandarte und der Belerma wären, die sich mit ihren beiden Gebietern verzaubert hier befänden; die letzte aber, die in ihren Händen das Tuch mit dem Herzen habe, sei die Dame Belerma, die wöchentlich viermal mit ihren Jungfrauen diese Prozession anstellte, wobei sie sängen oder, richtiger zu reden, die Totengesänge über den Leichnam und das unglückliche Herz seines Vetters ächzten. Und wenn sie mir etwas häßlich vorkomme oder nicht so schön, wie der Ruf sie beschreibe, so komme das von den schlimmen Nächten und noch schlimmeren Tagen, die sie in dieser Verzauberung zubringt, wie ich an ihren aufgelaufenen Augenlidern und ihrer verdorbenen Farbe sehen könne. Diese bleiche Farbe und roten Augen rührten durchaus nicht von dem monatlichen Übel her, welches bei den Weibern gewöhnlich ist, denn dieses sei schon seit Monaten und Jahren ausgeblieben; sondern von der Qual, die sie empfindet über das Herz, welches sie immerdar in den Händen hat; dies erneuert in ihrem Gedächtnisse unaufhörlich den Verlust ihres unglückseligen Geliebten. Denn wenn dies nicht wäre, so würde ihr in Schönheit, Anmut und Reiz kaum die große Dulcinea del Toboso gleichkommen, die in diesen Gegenden, ja in der ganzen Welt, so berühmt ist.

Gemach, gemach, sagte ich hierauf, mein Herr Don Montesinos. Erzählt Eure Historie, wie sich's gehört; denn Ihr wißt, jede Vergleichung ist verhaßt, und darum muß man nicht die eine Person mit der anderen vergleichen. Die unvergleichliche Dulcinea del Toboso ist, wer sie ist, und die Dame Doña Belerma ist auch, wer sie ist oder gewesen ist, und dabei habe es sein Bewenden.

Worauf er mir antwortete: Herr Don Quixote, Ihr mögt mir verzeihen; denn ich gestehe, daß ich gefehlt und nicht richtig gesprochen habe, indem ich sagte, daß die Dame Dulcinea kaum der Dame Belerma gleichkommen würde. Denn es hätte mir genug sein müssen, ich weiß nicht, aus welchen Ahnungen, zu erraten, daß Ihr ihr Ritter seid, um mir lieber die Zunge abzubeißen, als sie mit etwas anderem als dem Himmel selbst zu vergleichen.

Mit dieser Genugtuung, die mir der große Montesinos gab, beruhigte sich mein empörtes Herz, welches es hatte anhören müssen, daß man meine Dame mit der Belerma verglich.

Und doch verwundere ich mich, sagte Sancho, daß Ihr Euch nicht über den alten Kerl hergemacht habt und ihm alle Knochen im Leibe entzweigetreten und alle Haare aus dem Barte gerissen habt, ohne ein einziges darin zu lassen.

Nein, Freund Sancho, antwortete Don Quixote, es wäre nicht wohlanständig gewesen, dies zu tun; denn wir sind alle verpflichtet, Greise in Ehren zu halten, wenn sie auch keine Ritter sind, dann aber vorzüglich, wenn sie es sind und sich obendrein in Verzauberung befinden. Auch geschah es, daß keine Beleidigung weiter zwischen uns in unseren vielfältigen Fragen und Antworten fielen.

Der Vetter sagte hierauf: Ich weiß nicht, Herr Don Quixote, wie Ihr in der kurzen Zeit, die Ihr unten gewesen, so viele Dinge habt sehen und so vieles sprechen und antworten können.

Wie lange ist es denn, daß ich unten gewesen bin? fragte Don Quixote.

Etwas über eine Stunde, antwortete Sancho.

Das kann nicht sein, versetzte Don Quixote; denn es wurde Nacht und wieder Morgen, worauf es wieder Nacht und wieder Morgen wurde und so dreimal, so daß ich nach meiner Rechnung drei Tage in diesen entfernten und unserem Blicke verborgenen Gegenden zugebracht habe.

Mein Herr muß wohl die Wahrheit sprechen, sagte Sancho; denn da alle Dinge, die ihm begegnet sind, durch Verzauberung zugehen, so muß wohl das, was hier eine Stunde ist, dort wie drei Tage und drei Nächte sein.

So wird es sein, antwortete Don Quixote.

Und habt Ihr in dieser Zeit gegessen, gnädiger Herr? fragte der Vetter.

Nicht einen Bissen habe ich zu mir genommen, antwortete Don Quixote, auch habe ich keinen Hunger empfunden, ja keinen Gedanken daran gehabt.

Und essen die Verzauberten? fragte der Vetter.

Sie essen nicht, antwortete Don Quixote, auch entleeren sie nichts, ob man gleich der Meinung ist, daß ihnen Nägel, Bart und Haare wachsen.

Schlafen denn aber vielleicht die Verzauberten, gnädiger Herr? fragte Sancho.

Wahrlich nicht, antwortete Don Quixote, wenigstens in den drei Tagen, die ich unter ihnen zugebracht habe, hat keiner ein Auge zugetan, ich ebensowenig.

Hier paßt das Sprichwort gut, sagte Sancho: Sage mir, mit wem du umgehst, und ich will dir sagen, wer du bist. Geht nur mit nüchternen und wachen Verzauberten um, so müßt Ihr es natürlich auch mitmachen, nicht zu essen und zu schlafen, solange Ihr unter ihnen seid. Aber vergebt mir, gnädiger Herr, wenn ich Euch sage, daß, falls ich von allem, was Ihr jetzt erzählt habt, ein Wort glaube, mich Gott (bald hätte ich gesagt der Teufel) holen soll.

Warum denn nicht? sagte der Vetter; sollte denn der Herr Don Quixote lügen? Und wenn er das auch wollte, wo hat er die Zeit gehabt, einen solchen Haufen von Lügen zu ersinnen und zusammenzusetzen?

Ich glaube nicht, daß mein Herr lügt, antwortete Sancho.

Wenn nicht, was glaubst du denn? fragte Don Quixote.

Ich glaube, antwortete Sancho, daß Euch Merlin das Zeug in die Gedanken gebracht hat, was Ihr uns erzählt habt oder noch erzählen werdet.

Das könnte alles sein, Sancho, versetzte Don Quixote; aber dem ist nicht so, denn das, was ich erzählt, habe ich mit meinen eigenen Augen gesehen und mit meinen eigenen Händen gefühlt. Was wirst du aber erst sagen, wenn ich dir jetzt erzählen werde, wie mir unter unzähligen anderen Dingen und Wundern, die mir Montesinos zeigte, er mir auch drei Bäuerinnen vorwies, die auf den angenehmen Gefilden hüpften und sprangen wie die Ziegen; und kaum hatte ich sie erblickt, als ich erkannte, daß die eine die unvergleichliche Dulcinea del Toboso sei, die anderen beiden aber waren jene Bäuerinnen, die sie begleiteten und mit denen wir von Toboso sprachen. Ich fragte den Montesinos, ob er sie kenne. Er antwortete: Nein; er bilde sich aber ein, daß es einige vornehme bezauberte Damen sein müßten, die sich erst seit wenigen Tagen auf diesen Wiesen gezeigt hätten, und daß ich mich darüber nicht wundern möchte; denn es befänden sich viele andere bezauberte Damen sowohl aus der vergangenen als der gegenwärtigen Zeit in verschiedenen und seltsamen Gestalten dort, unter denen er die Königin Ginevra und ihre Dueña Quintañona kenne, die dem Lanzarote den Wein eingeschenkt, als er aus der Bretagne kam.

Als Sancho Pansa seinen Herrn so reden hörte, glaubte er den Verstand zu verlieren oder vor Lachen zu sterben; denn da er die Wahrheit von der erdichteten Bezauberung der Dulcinea wußte, deren Zauberer er gewesen war, so sah er nun ein, daß sein Herr ohne Verstand und durch und durch ein Narr sei. Daher sagte er: In einer unglücklichen Zeit und in einer betrübten Stunde und an einem elenden Tage seid Ihr da hinuntergestiegen, o mein teurer Patron, und zu Eurem Schaden seid Ihr auf den Herrn Montesinos gestoßen, der uns Euch so verwirrt wiedergeschickt hat. Ihr befandet Euch hier oben gut, waret bei vollem Verstande, so wie ihn Gott Euch gegeben hatte, Ihr spracht Sentenzen und gabt auf jedem Schritte trefflichen Rat, und jetzt erzählt Ihr uns die allergrößten Unsinnigkeiten, die man sich nur ausdenken kann.

Da ich dich kenne, Sancho, antwortete Don Quixote, so gebe ich nicht viel auf deine Reden.

Ich ebensowenig auf die Euren, versetzte Sancho, ja, wenn Ihr mich schlagt, wenn Ihr mich umbringt für das, was ich gesagt habe oder was ich noch zu sagen denke, wenn Ihr nicht Eure Reden ändert oder verbessert. Aber sagt mir nur jetzt, da wir noch im Frieden sind, wie oder woran erkanntet Ihr denn die Dame, unsere Gebieterin? Und wenn Ihr sie gesprochen habt, was sagte sie oder was antwortete sie?

Ich erkannte sie, antwortete Don Quixote, daran, daß sie dieselben Kleider anhatte, die sie damals trug, als du sie mir zeigtest. Ich redete sie an, aber sie gab keine Antwort, sondern sie wandte sich um und entfloh mit solcher Hast, daß kein Pfeil sie eingeholt hätte. Ich wollte ihr folgen und hätte es getan, wenn mir Montesinos nicht geraten hätte, mich nicht damit zu ermüden, denn es sei vergeblich, da überdies die Stunde herannahe, in welcher ich aus dem Abgrunde wieder heraufsteigen müsse. Er sagte mir auch, daß er mir im Verlaufe der Zeit Nachricht geben wolle, wie Belerma und Durandarte nebst allen übrigen, die sich dort befänden, entzaubert werden könnten; was mich aber am meisten von allem, was ich dort sah und bemerkte, verdroß, war, daß plötzlich eine von den Gefährtinnen der unglücklichen Dulcinea neben mir stand und, die Augen voll Tränen, mit verwirrter und leiser Stimme zu mir sagte: Meine Gebieterin Dulcinea del Toboso küßt Euer Gnaden die Hand und bittet demütig, daß Ihr ihr die Gnade erzeigt, ihr zu sagen, wie es Euch ergeht; und da sie sich in großer Not befindet, so bittet sie zugleich Euer Gnaden so untertänig, so dringend sie nur kann, daß Ihr von der Güte sein mögt, ihr doch auf diesen neuen baumwollenen Unterrock sechs Realen zu leihen oder soviel Euer Gnaden sonst vermag; denn sie gibt ihr Wort, das Geld in kurzem wieder zu bezahlen.

Ich war über dieses Ansuchen sehr erstaunt, so daß ich mich zum Herrn Montesinos wandte und ihn fragte: Ist es möglich, Herr Montesinos, daß die vornehmen Verzauberten Not leiden?

Worauf er mir antwortete: Glaubt mir nur, mein Herr Don Quixote de la Mancha, daß das, was man Geldnot nennt, jetzt allenthalben herrscht und alle Stände erreicht, so daß sogar die Verzauberten nicht verschont werden; und da die Dame Dulcinea del Toboso herschickt und Euch um diese sechs Realen bitten läßt, das Pfand, wie es scheint, auch gut ist, so könnt Ihr sie wohl geben, denn sie muß ihrer gewiß sehr bedürfen.

Pfand werde ich nicht annehmen, antwortete ich ihm, ebensowenig werde ich ihr aber geben, was sie verlangt, denn ich habe nur vier Realen bei mir. Diese gab ich ihr (es sind die nämlichen, Sancho, die du mir neulich gabst, um davon Almosen unter die Armen auszuteilen, die uns etwa begegnen würden), und sagte zu ihr: Sagt, liebe Freundin, Eurer Gebieterin, daß mich ihre Leiden in der innersten Seele schmerzen und daß ich ein Fugger sein möchte, um ihr zu helfen, und daß ich ihr zu wissen gebe, daß meine Wohlfahrt nichtig ist, solange ich ihres angenehmen Anblicks und ihres holdseligen Gesprächs entbehren muß, und daß ich sie auf das untertänigste bitten lasse, daß sich Ihro Gnaden ihrem gefangenen Knechte und verirrten Ritter zeigen und mitteilen mögen. Sagt ihr auch, daß ich einen Eid und ein Gelübde getan habe, nach Art dessen, welches der Markgraf von Mantua tat, seinen Vetter Balduin zu rächen, als er ihn sterbend in der Mitte des Gebirges fand, nämlich nicht auf einem Tischtuche zu essen, bis er ihn gerächt habe. So will ich es auch machen und nicht ruhen, sondern alle sieben Teile der Welt durchziehen, bis sie entzaubert ist.

Dies und noch mehr ist Euer Gnaden meiner Gebieterin schuldig, antwortete mir das Mädchen; und indem sie die vier Realen nahm, tat sie, statt nur eine Verbeugung zu machen, einen Sprung zwei Ellen hoch in die Luft.

O heiliger Gott! rief hierauf Sancho mit lauter Stimme aus, ist es möglich, daß es dergleichen in der Welt gibt und daß Zauberer und Verzauberungen solche Kraft haben, daß sie den herrlichen Verstand meines Herrn in solche unbarmherzige Narrheit verwandeln können? O gnädiger Herr, gnädiger Herr, um Gottes willen, bedenkt doch Euer Heil, glaubt doch diese Albernheiten nicht, die Euch ganz das Gehirn verwirrt haben!

Weil du mich liebst, Sancho, sprichst du so, sagte Don Quixote; und da du wenig in den Dingen dieser Welt erfahren bist, so hältst du alle Dinge, die etwas schwierig sind, gleich für unmöglich. Aber die Zeit wird sich finden, wie ich schon einmal gesagt habe, und ich will dir Sachen mitteilen, die ich unten gesehen habe, die dich das wohl werden glauben machen, was ich eben erzählt habe und dessen Wahrhaftigkeit keinen Widerstreit oder keine Einwendung zuläßt.

Neunundsechzigstes Kapitel

Enthält tausend Unbedeutendheiten, die ebensosehr abseits vom Wege dieser großen Geschichte liegen, als sie zum wahrhaften Verständnisse derselben notwendig sind.

Der Vetter wunderte sich sowohl über die Verwegenheit Sancho Pansas als auch über die Geduld seines Herrn. Zu diesem sagte er: Ich, Herr Don Quixote de la Mancha, halte dieses Werk für das bestangewandte, das ich in Eurer Gesellschaft vollbracht habe; denn ich habe an demselben vier Dinge gelernt. Erstlich, daß ich Euch, mein Herr, kennengelernt habe, was ich mir als ein hohes Glück anrechne. Zweitens, daß ich erfahren habe, was sich in dieser Höhle des Montesinos befindet, die Verwandlungen des Guadiana und der Seen der Ruidera, welches mir beim spanischen Ovidius sehr dienlich ist, an welchem ich arbeite. Drittens, daß ich das Alter des Kartenspiels erfahren habe, welches wenigstens schon zu den Zeiten des Kaisers Carolus Magnus üblich war, wie man aus den Worten schließen kann, welche Durandarte gesprochen hat, als er nach der langen Rede, die ihm Montesinos gehalten, sich ermuntert und gesagt hat: Wir wollen passen und die Karten von neuem mischen. Diese Redensart hat er aber nicht während seiner Verzauberung lernen können, sondern er muß sie schon vorher in Frankreich und also zu den Zeiten des besagten Kaisers Carolus Magnus gekannt haben. Diese Berichtigung kommt mir bei einem anderen Buche zustatten, welches ich schreibe, nämlich bei dem Supplement zu des Virgilius Polidorus Traktat von den Erfindungen des Altertums. Ich glaube nicht, daß er daran gedacht hat, die Erfindung des Kartenspiels aufzuführen, wie ich sie nun aufführen werde, was sehr wichtig ist und wobei ich mich auf einen so ehrwürdigen und verläßlichen Autor berufen kann, als der Herr Durandarte einer ist. Viertens, daß ich mit Gewißheit den Ursprung des Flusses Guadiana erfahren habe, der bisher allen Menschen unbekannt war.

Ihr habt sehr recht, sagte Don Quixote; ich möchte aber wissen, wenn Euch Gott so gnädig ist, daß Ihr die Erlaubnis erhaltet, Eure Bücher zu drucken, wem Ihr sie zu dedizieren denkt.

Es gibt ja genug Herren und Granden in Spanien, denen man sie dedizieren kann, antwortete der Vetter.

Nicht viele, antwortete Don Quixote, nicht darum, weil sie es nicht verdienten, sondern weil sie es ungern erlauben, um sich nicht zu einer Belohnung zu verpflichten, die sie der Mühe und Höflichkeit ihrer Autoren schuldig zu sein glauben; jetzt wollen wir aber einen Ort suchen, wo wir die Nacht zubringen können.

Nicht weit von hier, antwortete der Vetter, ist eine Einsiedelei, in welcher ein Eremit wohnt, von dem man sagt, daß er Soldat gewesen ist, und den man außerdem für einen guten Christen und verständigen und mitleidigen Mann hält. Neben der Einsiedelei steht ein kleines Haus, welches er auf seine Kosten erbaut hat; es ist zwar nur sehr klein, kann aber doch Gäste beherbergen.

Hat denn der Eremit Hühner? fragte Sancho.

Wenige Eremiten leben ohne Hühner, antwortete Don Quixote; denn die, welche jetzt leben, gleichen nicht jenen in den ägyptischen Wüsten, die sich mit Palmenblättern kleideten und wilde Wurzeln aßen. Ich meine dies nicht so, daß ich, weil ich von diesen gut spreche, jene für schlimm halte, sondern ich will nur so viel sagen, daß die Bußübungen von heutzutage nicht jenen von damals an Strenge und Härte gleichkommen. Dessenungeachtet aber sind sie alle gut, wenigstens halte ich sie für gut; und wenn das Schlimme zum Ärgsten kommt, so tut der Heuchler, der sich gut stellt, weniger übel als der offenbare Sünder.

Während sie so sprachen, sahen sie, daß ein Mann zu Fuß auf sie loskam, der eilig einherging und auf ein Maultier losprügelte, welches mit Lanzen und Hellebarden beladen war. Als er zu ihnen gekommen, grüßte er sie und eilte vorüber. Don Quixote sagte zu ihm: Guter Mann, nicht so hastig; denn es scheint, daß Ihr mehr Eile habt, als der Maulesel vertragen kann.

Ich kann mich nicht aufhalten, mein Herr, antwortete der Mann; denn die Waffen, die ich hier habe, sollen morgen gebraucht werden, und darum muß ich wohl eilen; Gott befohlen! Ich denke in der Schenke, die jenseits der Einsiedelei liegt, diese Nacht zu herbergen, und wenn Ihr den nämlichen Weg habt, so findet Ihr mich dort, und ich will Euch Wunderdinge erzählen; noch einmal Gott befohlen! Und so trieb er sein Maultier weiter, ohne daß Don Quixote fragen konnte, was es für Wunderdinge wären, die er ihm erzählen wollte; und da er sehr neugierig und immer darauf gespannt war, außerordentliche Dinge zu erfahren, so drang er darauf, daß man sogleich abreisen und die Nacht in jener Schenke zubringen solle, ohne in die Einsiedelei zu kommen, wo der Vetter vorgeschlagen, daß sie sich aufhalten sollten.

Und so geschah es; sie stiegen zu Pferde, und alle drei verfolgten den geradesten Weg nach der Schenke, der sie sich kurz vor Abend näherten. Der Vetter sagte zu Don Quixote, daß sie sich nach der Einsiedelei begeben möchten, um einen Schluck zu trinken. Kaum hörte das Sancho Pansa, als er sogleich den Grauen darauf zulenkte, und das gleiche taten Don Quixote und der Vetter; das böse Schicksal Sanchos aber schien es so gefügt zu haben, daß der Eremit nicht zu Hause war, denn dies sagte ihnen ein niederer Bruder, den sie in der Einsiedelei fanden. Sie forderten vom Besten, er antwortete aber, daß sein Herr dergleichen nicht habe; wenn sie aber frisches Wasser möchten, das wolle er ihnen von Herzen gern geben.

Wenn mein Herz Wasser verlangt, antwortete Sancho, so gibt es Brunnen unterwegs, wo ich mir den Durst hätte löschen können. Ach du Hochzeit des Camacho! O du Überfluß im Hause des Don Diego! Wie oft werde ich euch noch vermissen!

Hiermit verließen sie die Einsiedelei und ritten auf die Schenke zu; sie waren noch nicht weit gekommen, als sie vor sich einen Burschen gehen sahen, der nicht eilte und den sie also bald einholten. Er trug auf der Schulter den Degen und daran ein Bündel oder Päckchen, wahrscheinlich mit seinen Kleidern, die wohl aus den Beinkleidern und Mantel und etlichen Hemden bestehen mochten; denn er hatte einen kurzen Rock von Samt an, der mit Atlas aufgeschlagen war, unter dem das Hemde zum Vorschein kam. Die Strümpfe waren von Seide und die Schuhe abgerundet, wie man sie bei Hofe zu tragen pflegt. Er mochte wohl achtzehn oder neunzehn Jahre alt sein. Er hatte ein munteres Gesicht, und sein Körper war dem Anscheine nach gelenkig.

Der erste, welcher ihn anredete, war Don Quixote, der zu ihm sagte: Mein junger Herr reiset da in sehr luftiger Kleidung; wo geht's denn hin? Das sagt uns, wenn es Euch beliebt.

Der junge Mensch antwortete: Daß ich so luftig reise, geschieht der Hitze und Armut wegen; was aber mein Ziel betrifft, so ziehe ich in den Krieg.

Wieso der Armut wegen? fragte Don Quixote.

Mein Herr, versetzte der junge Mensch, ich habe in diesem Bündel ein Paar samtne Hosen, die zu dem kurzen Rocke gehören; wenn ich sie nun auf der Reise verderbe, so kann ich mich in der Stadt nicht damit putzen, und Geld habe ich nicht, mir andere anzuschaffen. Deshalb also und auch um mich abzukühlen, gehe ich so, bis ich zu etlichen Kompanien Infanterie komme, die zwölf Meilen von hier liegen, wo ich meinen Platz finde und wo mir auch nicht die Gelegenheit fehlen wird, von da bis zum Orte der Einschiffung zu fahren, nämlich bis nach Cartagena; und ich will lieber den König zum Herrn und Gebieter haben und ihm im Kriege dienen als irgendeinem Knicker am Hofe.

Habt Ihr denn vielleicht auch eine Pension bekommen? fragte der Vetter.

Wenn ich einem Granden gedient hätte oder irgendeinem vornehmen Manne, antwortete der junge Mensch, so hätte ich sie gewiß bekommen; denn das ist der Vorteil, wenn man diesen dient, daß man aus dem Vorzimmer zum Fähnrich oder Hauptmann befördert wird oder sonst einen guten Unterhalt genießt. Ich Elender aber bin immer im Dienste bei Topfguckern gewesen, bei so filzigem Volke, die mir so elenden Lohn aussetzten, daß die Hälfte davon draufging, um meinen Kragen steifen zu lassen, und es wäre ein Wunder gewesen, wenn bei diesen ein angenommener Page auch nur das geringste Glück gemacht hätte.

Sagt mir doch um Gottes willen, mein Freund, fragte Don Quixote, ist es denn möglich, daß Ihr in Euren Dienstjahren nicht einmal eine Livree erworben habt?

Sie haben mir zwei gegeben, antwortete der Page; wie man aber dem, der aus einem Mönchsorden tritt, den Habit auszieht und ihm seine Kleider wiedergibt, so gaben mir auch meine Herren die meinigen wieder, als ihre Geschäfte beendigt waren. Sie gingen nach Hause und nahmen die Livreen wieder mit, die sie nur aus Prahlerei gegeben hatten.

Merkwürdige Knauserei, sagte Don Quixote; ich halte es aber dennoch für ein Glück, daß Ihr den Hof mit einem so trefflichen Vorsatze verlassen habt, denn es gibt auf der ganzen Welt nichts Ehrenvolleres und Nützlicheres, als erstlich Gott zu dienen und zunächst seinem Könige und Landesherrn, vorzüglich im Waffenhandwerk, durch welches man, wenn nicht Reichtum, so doch mehr Ehre als durch die Wissenschaften erwirbt, wie ich schon oftmals gesagt habe; denn wenn auch die Wissenschaften öfters Wohlhabenheit geschaffen haben als die Waffen, so haben doch die Waffen etwas, das sich nicht sagen läßt, vor den Wissenschaften voraus, eine gewisse Art von Glanz, der sie erleuchtet und sie über alles andere erhebt. Und was ich Euch jetzt sagen will, behaltet wohl im Gedächtnisse; denn es wird Euch von großem Nutzen sein; daß Ihr die Vorstellungen der Unglücksfälle unterdrückt, die Euch begegnen könnten, denn der schlimmste von allen ist der Tod, und wenn dieser nur ehrenvoll ist, so ist es das beste, zu sterben. Man fragte den Julius Cäsar, jenen tapferen römischen Imperator, welcher Tod der beste sei. Er antwortete: Der unerwartete, der plötzlich und unvorhergesehen kommt. Und ob er wohl als Heide antwortete und als einer, der von der Erkenntnis des wahrhaftigen Gottes entfernt war, so tat er dessenungeachtet gut, daß er sich über die menschliche Furcht hinwegsetzte; denn gesetzt auch, daß Ihr in dem ersten Treffen oder Scharmützel umkommt oder daß Euch eine Kanonenkugel erschlägt oder eine Mine in die Luft sprengt, was tut es denn weiter? Einmal muß man sterben und das Werk vollenden, und nach dem Terentius erscheint der auf dem Schlachtfelde gebliebene Soldat besser als der, welcher lebt und sich durch die Flucht gerettet hat; und so viel Ruhm erwirbt der wackere Soldat, als er seinen Hauptleuten oder denen, die ihm zu befehlen haben, Gehorsam leistet. Bedenkt auch, mein Sohn, daß es dem Soldaten besser steht, nach Pulver als nach Parfüms zu riechen, und daß, wenn Euch nun das Alter in diesem ehrenvollen Stande trifft, wenn Ihr auch voll Wunden, lahm und verstümmelt seid, es Euch wenigstens nicht ohne Ehre treffen kann, welche Euch auch die Armut selber nicht verringert, da man jetzt überdies Einrichtungen trifft, die alten und verstümmelten Soldaten zu versorgen, denn es ist nicht gut, daß man so mit ihnen verfahre, wie wohl viele tun, die ihre Negersklaven verabschieden und in Freiheit setzen. Wenn sie alt und nicht mehr dienstfähig sind, so jagen sie sie unter dem Titel der Freien aus dem Hause und machen sie zu Sklaven des Hungers, dem sie dann bis an ihr Lebensende ausgeliefert sind. Für jetzt will ich Euch nun nichts weiter sagen; setzt Euch nur hinten auf mein Pferd, kommt mit uns bis zur Schenke, da sollt Ihr mit mir zu Abend essen, und morgen mögt Ihr Euren Weg fortsetzen, und Gott geleite Euch so glücklich, wie es Eure Absichten verdienen.

Der Page nahm die Einladung, hinten zu sitzen, nicht an, wohl aber die auf das Abendessen in der Schenke. Und Sancho sagte indessen zu sich selber: Gott im Himmel! Ist es möglich, daß ein Mann, der solche Dinge sagen kann, so viele und so treffliche Sachen, wie er jetzt gesprochen hat, daß derselbe behaupten kann, er habe die ganz unmöglichen Dummheiten gesehen, die er von der Höhle des Montesinos erzählt? Nun, in Gottes Namen! Sie waren jetzt bei der Schenke angekommen, als es schon Abend wurde, und Sancho freute sich sehr, als er sah, daß sein Herr sie für eine ordentliche Schenke und nicht, wie gewöhnlich, für ein Kastell ansah. Sie waren kaum eingetreten, als Don Quixote sogleich den Wirt nach dem Manne mit den Lanzen und Hellebarden fragte, welcher ihm antwortete, daß er im Stalle sei und seinen Maulesel einstelle. Das nämliche taten mit ihren Eseln der Vetter und Sancho, indem sie dem Rosinante die beste Krippe und den bequemsten Ort des Stalles überließen.

Siebzigstes Kapitel

Erklärt das Abenteuer vom Eselsgeschrei und vom Puppenspieler, ferner die merkwürdigen Wahrsagungen des weisen Affen.

Der Boden brannte Don Quixote unter den Füßen, wie man zu sagen pflegt, bis er die Wunderdinge gehört hatte, die ihm von dem Manne, der die Waffen führte, versprochen worden waren. Er suchte ihn da auf, wo der Wirt ihm gesagt hatte, daß er sich befinde; er traf ihn auch an und sagte zu ihm, er möchte ihm sogleich über alles Bescheid erteilen, was er ihn unterwegs gefragt habe. Der Mann antwortete: Dazu müssen wir mehr Zeit haben; so stehenden Fußes kann ich Euch meine Wunderdinge nicht erzählen. Laßt mich nur, mein lieber guter Mann, mein Tier vollends abfüttern, so will ich Euch Dinge erzählen, die Euch in Erstaunen setzen werden.

Er setzte sich also auf eine steinerne Bank und Don Quixote neben ihn, als Zuhörer und Senat umher der Vetter, der Page, Sancho Pansa und der Wirt, worauf der Mann auf folgende Weise anfing:

Wißt also, meine Herren, daß in einem Orte, welcher vier und eine halbe Meile von hier entfernt liegt, es sich zutrug, daß einem dortigen Richter durch die Bosheit und Schelmerei einer jungen Magd ein Esel verlorenging; und obgleich dieser Richter allen Fleiß anwandte, ihn wiederzufinden, so war es doch unmöglich. Vierzehn Tage waren schon, wie das allgemeine Gerücht sagt, verflossen, seitdem der Esel fehlte, als der Richter, der den Verlust erlitten, auf dem Platze stand und ein anderer Richter des nämlichen Ortes zu ihm sagte: Was gebt Ihr mir, Gevatter? Ich habe Euren Esel gesehen. Ich will Euch ein ansehnliches Geschenk geben, antwortete der andere; aber sagt mir doch, wo hat er sich gezeigt? Auf dem Berge, antwortete der Finder, habe ich ihn diesen Morgen gesehen, ohne Sattel und Zeug und so abgemagert, daß es ein Jammer war, ihn anzusehen. Ich wollte ihn vor mir her treiben und ihn so zu Euch bringen, aber er ist schon so wild und unbändig, daß er sich, sobald ich ihm nahe kam, davonmachte und in den abgelegensten Teil des Berges hineinlief. Wenn es Euch aber gefällt, daß wir beide gehen, um ihn zu suchen, so will ich nur diese Eselin erst in mein Haus stellen und gleich wiederkommen. Ihr erzeigt mir eine große Gefälligkeit, sagte der erste, und ich werde mich bemühen, Euch mit gleicher Münze wieder zu bezahlen. Kurz, die beiden Richter begaben sich zu Fuß und Hand in Hand nach dem Berge; und als sie an Ort und Stelle gekommen, wo sie den Esel zu finden glaubten, fanden sie ihn nicht, auch ließ er sich in der ganzen Gegend nicht sehen, so sehr sie ihn auch suchten. Da sie also fanden, daß er nicht zum Vorschein kam, sagte der Richter, der ihn gesehen hatte, zum andern: Schaut, Gevatter, mir ist ein Kniff eingefallen, wodurch wir das Vieh ausfindig machen, und wenn es in den Eingeweiden der Erde steckte, geschweige denn im Berge. Ich kann nämlich herrlich wie ein Esel brällen, und wenn Ihr es auch etwas versteht, so ist die Sache abgemacht. Etwas, meint Ihr,

Gevatter? sagte der andere; bei Gott, ich gebe keinem darin nach, selbst nicht den Eseln! Wir wollen sehen, antwortete der zweite Richter; denn mein Plan ist, daß Ihr um die eine Seite des Berges geht, ich um die andere, und von Zeit zu Zeit sollt Ihr brällen und ich will brällen, und so muß uns der Esel durchaus hören und antworten, wenn er noch auf dem Berge ist. Worauf der Herr des Tieres antwortete: Nun wahrhaftig, Gevatter, der Kniff ist kostbar und Eures geistreichen Kopfes würdig. Sie trennten sich hierauf verabredungsgemäß, und es geschah, daß sie beide zu gleicher Zeit brällten und jeder, vom Gebräll des andern getäuscht, herbeilief, weil jeder glaubte, der Esel sei zum Vorschein gekommen, und als sie sich erblickten, sagte der, welcher ihn verloren: Ist es möglich, Gevatter, daß es nicht mein Esel war, der gebrällt hat? Nein, ich war's, antwortete der andere. Nun, so muß ich sagen, versetzte jener, daß zwischen Euch und einem Esel, Gevatter, gar kein Unterschied ist, wenigstens was das Brällen anbetrifft; denn in meinem Leben habe ich nicht so etwas Ähnliches gesehen oder gehört. Diese Lobeserhebungen und Schmeicheleien, antwortete der, welcher die Erfindung gemacht, kommen mehr Euch zu, Gevatter, als mir;

denn bei Gott, Ihr könnt dem allergrößten und kundigsten Bräller der ganzen Welt noch zwei Schreie vorgeben; denn die Art, wie Ihr in die hohen Töne hineinsteigt, die gehaltene und volle Stimme und die vielen und vollen Kadenzen sind von der Art, daß ich mich für überwunden bekennen muß und Euch die Palme und den Lorbeer dieser seltenen Geschicklichkeit nicht mehr streitig mache. Von nun an, antwortete der Herr des Esels, werde ich mich für etwas besser als bisher halten; ich werde einigermaßen gut von mir denken, da ich doch eine Gabe besitze; denn wenn ich auch der Meinung war, daß ich gut brällte, so habe ich mir doch nie eingebildet, daß ich so der Sache Meister sei, wie Ihr mir sagt. Ich sage aber gleichfalls, antwortete der andere, daß viele herrliche Talente in der Welt verlorengehen und daß sie bei denen übel angewandt sind, die sie nicht zu benutzen verstehen. Als sie dies gesprochen hatten, trennten sie sich von neuem und fingen von neuem ihr Brällen an, und bei jedem Schritte wurden sie betrogen und stießen aufeinander, bis sie sich ein Merkzeichen machten, daß, um zu wissen, sie wären es und nicht der Esel, sie zweimal hintereinander brällen wollten. Somit verdoppelten sie bei jedem Schritte das Brällen und gingen um den ganzen Berg herum, ohne daß ihnen der verlorene Esel geantwortet hätte. Wie konnte aber auch der arme Unglückselige antworten, da sie ihn im dichtesten Gebüsche fanden, von Wölfen aufgefressen? Als sein Herr ihn so erblickte, sagte er: Ich habe mich darum gewundert, daß er nicht antwortete; denn er mußte tot sein, um nicht zu brällen, wenn er uns gehört hätte, oder er wäre kein Esel gewesen; aber da ich Euch dafür so anmutig habe brällen hören, Gevatter, so halte ich doch die Mühe, ihn aufzusuchen, für gut angewandt, ob ich ihn gleich tot gefunden habe. Ihr seid in der Vorhand, antwortete der andere; denn wenn der Abt gut singt, so stimmt der Meßner gut ein. Hiermit kehrten sie trostlos und heiser in ihr Dorf zurück, wo sie ihren Freunden, Nachbarn und Bekannten erzählten, was ihnen begegnet sei, als sie den Esel hätten suchen wollen, wobei einer das Talent des andern im Brällen sehr herausstrich. Diese Geschichte verbreitete sich auch in den benachbarten Orten, und der Teufel, der nie schläft, sondern gern allenthalben Zank und Zwietracht säet und ausstreut, richtete es so ein, daß die Leute aus andern Dörfern, wenn sie einen aus unserem Dorfe sahen, brällten, um sich über das Gebräll unserer Richter lustig zu machen. Dies verbreitete sich auch auf die Jungen, und nun war es nicht anders, als ob alle Teufel aus der Hölle gleichzeitig losgelassen wären; denn das Brällen lief wie ein Lauffeuer von einem Dorfe zum andern, daß die Einwohner unseres Dorfes so bekannt sind, wie man die Schwarzen von den Weißen kennt und unterscheidet. Und dieser angenehme Spaß ist schon so weit gegangen, daß die Verspotteten gegen die Spötter oft mit gewaffneter Hand und in Heerscharen ausgerückt sind, um ihnen ein Treffen zu liefern, ohne daß da Gesetz und Befehl oder Obrigkeit etwas gilt. Ich glaube, daß morgen oder übermorgen die ganze Mannschaft aus meinem Dorfe aufbrechen wird gegen ein anderes Dorf, dessen Einwohner es sind, die uns am meisten verfolgen; und um desto besser im Felde zu erscheinen, habe ich die Lanzen und Hellebarden gekauft, welche Ihr gesehen habt. Dies sind nun die Wunderdinge, die ich Euch zu erzählen versprochen habe; sind sie Euch nicht so vorgekommen, so weiß ich keine anderen. Hiermit beschloß der gute Mann seine Rede.

Indem trat in die Tür der Schenke ein Mann, der ganz, Strümpfe, Hosen und

Wams, in Gemsleder gekleidet war, und rief mit lauter Stimme: Herr Wirt! Habt Ihr Quartier? Denn es kommt der wahrsagende Affe und das Spiel von der Befreiung der Melisendra.

Daß dich der Teufel! rief der Wirt aus, da ist ja Meister Peter! Nun werden wir einen lustigen Abend haben.

Dieser Meister Peter hatte das linke Auge und fast die halbe Wange mit einem grünen Pflaster bedeckt, woraus man sah, daß er auf dieser Seite einen Schaden haben mußte. Der Wirt fuhr so fort: Ei, seid mir vielmals willkommen, wertester Meister Peter! Wo ist denn der Affe und das Spiel? Ich sehe sie ja nicht.

Sie sind ganz nahe, antwortete der in Gemsleder; ich bin nur vorausgegangen, um zu sehen, ob wir Quartier fänden.

Dem Herzoge von Alba selbst würde ich es nehmen, um es dem werten Meister Peter zu geben, antwortete der Wirt. Laßt nur den Affen und das Spiel kommen; denn es sind heute abend Leute in der Schenke, die sowohl das Schauspiel wie die Geschicklichkeit des Affen bezahlen werden.

Nun, in Gottes Namen, antwortete der mit dem Pflaster; ich will den Preis billig machen und mich mit meiner Zehrung schon für gut bezahlt halten. Jetzt geh' ich, um den Karren herzubringen, auf dem sich das Spiel und der Affe befindet. Zugleich verließ Meister Peter die Schenke.

Don Quixote fragte den Wirt, wer der Meister Peter sei und was er für ein Spiel und für einen Affen bei sich habe. Der Wirt antwortete: Der Mann ist ein großer Puppenspieler, der schon seit langem im Lande herumzieht und ein Spiel aufführt, wie Melisendra von dem berühmten Don Gayfenos befreit wird; eine von den schönsten theatralischen Historien, die man seit vielen Jahren in diesem Teile des Königreichs gesehen hat. So hat er auch einen Affen bei sich, der die seltenste Gabe besitzt, die man nur bei Affen antreffen kann, ja noch dazu wohl unter Menschen; denn wenn man ihn etwas fragt, so hört er sehr aufmerksam zu, dann springt er seinem Herrn auf die Schultern, macht sich an sein Ohr und sagt ihm die Antwort auf das, was man ihn gefragt hat, worauf sie der Meister Peter laut ausspricht; er sagt aber mehr von vergangenen als von zukünftigen Dingen. Und wenn auch nicht allemal alles zutrifft, so hat er doch in den meisten Sachen recht, so daß wir auch alle glauben, der Teufel müsse ihm im Leibe stecken. Zwei Realen nimmt er für jede Frage, wenn der Affe antworten soll, ich meine, wenn sein Herr für ihn antwortet, nachdem er es ihm in die Ohren geflüstert hat. Man glaubt daher auch, daß dieser Meister Peter sehr reich ist; er ist auch ein galantuomo und ein buon compagno, wie man in Italien zu sagen pflegt, und führt das beste Leben von der Welt. Er spricht für sechs und trinkt für zwölf, alles auf Unkosten seiner Zunge, seines Affen und seines Spieles.

Indessen kam Meister Peter zurück, und auf einem Karren kam auch das Spiel und der Affe an, der groß war, keinen Schwanz und einen runzligen Hintern hatte; doch war sein Gesicht nicht unangenehm. Don Quixote sah ihn kaum, als er ihn fragte: Sagt mir doch gefälligst, mein Herr Wahrsager, was werden wir heute essen und wie wird es uns sonst gehen? Zugleich sind hier meine zwei Realen. Er befahl auch dem Sancho, sie dem Meister Peter zu geben, welcher im Namen des Affen antwortete: Mein Herr, das Tier beantwortet nichts und zeigt nichts an, was die Zukunft betrifft; vom Vergangenen weiß er etwas und auch vom Gegenwärtigen ein weniges.

Daß dich! sagte Sancho, ich gebe nicht einen Heller darum, um das zu erfahren, was mir schon begegnet ist; denn wer kann das besser wissen als ich selber? Und daß ich dafür etwas bezahlen sollte, daß man mir sagt, was ich weiß, wäre eine große Narrheit; da er aber auch das Gegenwärtige weiß, so sind hier meine zwei Realen, und nun, mein Herr von Affe, sagt mir doch, was macht jetzt meine Frau Juanita Pansa und womit beschäftigt sie sich?

Meister Peter wollte das Geld nicht nehmen, sondern sagte: Ich will meinen Lohn nicht voraus haben, sondern der Dienst muß vorhergehen. Er schlug hierauf mit der rechten Hand zweimal auf die linke Schulter, und mit einem Satze war der Affe hinaufgesprungen, worauf er sein Maul dicht an das Ohr legte und die Zähne sehr hastig voneinander und wieder zusammen tat; und nachdem er diese Gebärde so lange, als ein Vaterunser währt, gespielt hatte, war er mit einem zweiten Satze wieder auf der Erde, und sogleich stürzte sich Meister Peter zu Don Quixotes Füßen nieder, umfaßte dessen Beine und sagte: Ich umarme diese Schenkel, als ob es die beiden Säulen des Herkules wären, o du glänzender Erwecker der schon in Vergessenheit versunkenen fahrenden Ritterschaft! O du niemals genug gepriesener Ritter Don Quixote de la Mancha, du Seele der Ohnmächtigen, Stütze der Fallenden, Arm der Gefallenen, Stab und Trost aller Unglückseligen!

Don Quixote stand erstaunt, Sancho in Verwunderung, der Vetter verwirrt, der Page überrascht, der vom Eselschrei mit offenem Maul, der Wirt erschrocken und alle von den Worten des Puppenspielers entsetzt, der also fortfuhr: Und du, o wackerer Sancho Pansa, edelster Knappe des edelsten Ritters von der Welt, sei fröhlich, denn deine brave Frau Juanita ist noch wacker und hechelt zu gegenwärtiger Stunde ein Pfund Flachs, und zum Wahrzeichen steht an ihrer linken Seite ein oben zerbrochener Krug, der ein wackeres Maß Wein enthält, womit sie sich bei ihrer Arbeit stärkt.

Das glaub' ich gern, antwortete Sancho, denn sie ist ein herrliches Weib, und wäre sie nicht so eifersüchtig, so würde ich sie nicht gegen die Riesin Andandona vertauschen, die, nach meinem Herrn, eine sehr vorzügliche und schätzbare Frau war, und meine Juanita gehört zu denen, die sich nichts abgehen lassen, und wenn es auch auf Kosten ihrer Erben geschehen sollte.

Nun möchte ich betonen, sagte hierauf Don Quixote, daß derjenige, der viel liest und viel reist, viel sieht und viel erfährt. Ich sage das, denn welche Überredung wäre doch wohl stark genug, mich zu überreden, daß es Affen in der Welt gibt, welche wahrsagen, wie ich es doch nun mit meinen eigenen Augen gesehen habe? Denn ich bin dieser nämliche Don Quixote de la Mancha, von welchem dieses gute Tier gesprochen hat, außer daß es in meinem Lobe etwas zu weit gegangen ist; aber wer ich auch immer sein mag, so danke ich dem Himmel dafür, daß er mir ein zartes und mitleidiges Gemüt geschenkt hat, welches immer wünscht, allen Gutes und keinem Menschen Übles zuzufügen.

Wenn ich Geld hätte, sagte der Page, so wollte ich den Herrn Affen fragen, was mir auf der Wanderschaft begegnen wird, die ich vorhabe.

Meister Peter, der indessen von Don Quixotes Füßen wieder aufgestanden war, antwortete: Ich habe schon gesagt, daß dieses Tierchen nichts vom Zukünftigen beantworten kann, denn wenn es antworten könnte, so würde der Mangel des Geldes kein Hindernis sein; denn um dem gnädigen Herrn Don Quixote, welcher gegenwärtig ist, gefällig zu sein, würde ich allen Eigennutz aufopfern. Auch jetzt halte ich es für meine Schuldigkeit, ihm ein Vergnügen zu machen, und darum will ich mein Spiel aufschlagen und allen, die in der Schenke sind, ein Vergnügen bereiten, ohne die geringste Bezahlung zu verlangen.

Als dies der Wirt hörte, war er außerordentlich fröhlich; er bezeichnete sogleich einen Ort, wo das Spiel aufgeschlagen werden konnte, was auch sofort geschah. Don Quixote war mit den Wahrsagungen des Affen nicht sonderlich zufrieden; denn es schien ihm ungeziemlich, daß ein Affe wahrsagte, es mochte nun vergangene oder zukünftige Dinge betreffen. Während also Meister Peter sein Spiel einrichtete, zog sich Don Quixote mit Sancho in einen Winkel des Stalles zurück, wo er, ohne daß ihn jemand hören konnte, zu jenem sagte: Siehe, Sancho, ich habe die ungewöhnliche Geschicklichkeit dieses Affen wohl in

Erwägung gezogen, und ich finde nach meiner Rechnung, daß dieser Meister Peter, sein Herr, ohne Zweifel mit dem Satan einen Pakt geschlossen haben muß, ich meine, daß er mit dem Satan einen Vertrag geschlossen haben muß, so daß dieser die Geschicklichkeit dem Affen verlieh, wodurch er sich sein Brot verdient; und wenn jener ihn reich gemacht hat, so muß er dafür seine Seele geben, denn das ist es, was der böse Feind sucht. Was mich darauf gebracht hat, ist: daß der Affe nur von vergangenen oder gegenwärtigen Dingen Antwort zu geben weiß; weiter erstreckt sich aber auch die Wissenschaft des Teufels nicht, denn das Zukünftige weiß er nur durch Vermutungen, denn nur Gott ist es vorbehalten, den ganzen Umfang der Zeit zu erkennen, für ihn gibt es keine Vergangenheit und keine Zukunft, sondern alles ist Gegenwart. Wenn dem nun so ist, wie es denn ist, so erhellt deutlich, daß dieser Affe aus Gewalt des Teufels spricht, und es nimmt mich sehr wunder, daß ihn die heilige Inquisition nicht ergriffen und examiniert hat, um von ihm herauszubringen, aus welcher Kraft er wahrsagt; denn es ist doch ein ausgemachtes Ding, daß dieser Affe kein Astrologus ist, denn weder er noch sein Herr wissen jene Figuren zu zeichnen, mittels welcher man die Zukunft errechnet und die in Spanien jetzt so gebräuchlich sind, daß es kein altes Weib, keinen Pagen, keinen verdorbenen Schuhflicker gibt, die sich nicht unterfingen, eine solche Figur zu zeichnen, wodurch sie mit ihren Lügen und ihrer Unwissenheit die glorreiche Wahrhaftigkeit dieser Wissenschaft verdunkeln. Von einer Dame weiß ich, daß sie einen von diesen Zeichendeutern fragte: ob eine kleine Hündin, die sie hatte, trächtig werden und werfen würde, und wieviel und von welcher Farbe die Jungen sein würden. Worauf der Herr Zeichendeuter, nachdem er seine Figur gemacht, zur Antwort gab: daß die Hündin trächtig werden und drei Junge werfen würde, ein grünes, ein rotes und ein geflecktes; doch unter der Bedingung, daß diese Hündin zwischen elf und zwölf, bei Tage oder in der Nacht, belegt würde, und zwar an einem Montage oder Sonnabend. Es ergab sich aber, daß die Hündin nach zwei Tagen verreckte, weil sie etwas Unordentliches gefressen hatte; aber der Herr Prophet blieb doch als der geschickteste Mann in dem nämlichen Ansehen, wie es mit allen oder den meisten dieser Propheten zu geschehen pflegt.

Ich wünschte dennoch, sagte Sancho, daß Ihr dem Meister Peter sagtet, daß er seinen Affen fragen möchte, ob das wahr ist, was Euch in der Höhle des Montesinos begegnet ist; denn ich für meine Person halte, mit Eurer gnädigen Erlaubnis, dafür, daß alles nur Lug und Trug oder wenigstens Traum und Schaum war.

Alles wäre möglich, antwortete Don Quixote; ich will aber tun, was du mir rätst, ob mir gleich eine Art von Gewissen dawider spricht.

Indessen kam Meister Peter, um Don Quixote zu suchen und ihm zu sagen, daß sein Spiel in Ordnung sei und daß er kommen möchte, es anzusehen, weil es sich der Mühe verlohne. Don Quixote teilte ihm seine Gedanken mit und bat ihn, sich sogleich von seinem Affen sagen zu lassen, ob gewisse Dinge, die ihm in der Höhle des Montesinos begegnet seien, Traum oder Wahrheit wären, denn nach seiner Meinung könnten sie beides sein.

Worauf Meister Peter, ohne ein Wort zu sagen, den Affen herbeiholte, ihn vor Don Quixote und Sancho stellte und sagte: Seht, Herr Affe, dieser Ritter will wissen, ob gewisse Dinge, die ihm in der Höhle begegnet sind, welche die Höhle des Montesinos heißt, wahr oder falsch sind. Er machte hierauf das gewöhnliche Zeichen, der Affe sprang ihm auf die linke Schulter, schien ihm ins Ohr zu flüstern, und Meister Peter sagte hierauf: Der Affe sagt, daß ein Teil von den Dingen, die Euer Gnaden gesehen oder die Euch in der gedachten Höhle begegneten, falsch sind, ein Teil aber wahrscheinlich, und daß er dieses und nichts weiteres zu sagen weiß, was diese Frage betrifft. Wenn Ihr aber mehr erfahren wollt, so will er am künftigen Freitage auf alle nur möglichen Fragen Antwort geben; denn für heute ist seine Kunst aus und wird nicht, wie er gesagt hat, vor dem Freitage wiederkommen.

Sagt' ich's nicht, rief Sancho, daß ich mich nicht überzeugen könnte, daß alles, was Ihr, gnädiger Herr, von den Begebenheiten der Höhle erzählt habt, die Wahrheit sei, ja daß ich nicht die Hälfte glauben könnte?

Der Erfolg wird es lehren, Sancho, antwortete Don Quixote, denn die Zeit entdeckt alle Dinge, und es gibt nichts, was sie nicht an das Licht der Sonne hervorziehen sollte, und wenn es im Schoße der Erde verborgen läge. Doch für jetzt genug davon, wir wollen gehen und das Spiel des wackeren Meister Peter sehen, das, wie ich glaube, ein Vergnügen bieten wird.

Nur eines? antwortete Meister Peter, zum wenigsten sechzigtausend. Ich sage Euch, mein gnädiger Herr Don Quixote, es ist eins von den Dingen in der heutigen Welt, die am meisten verdienen gesehen zu werden. Doch operibus credite et non verbis, Hand ans Werk, denn es ist schon spät, und wir haben viel zu tun, zu sprechen und zu zeigen.

Don Quixote und Sancho folgten ihm und sahen, daß das Schauspiel schon aufgestellt und zurechtgemacht war, von allen Seiten mit brennenden Wachslichterchen umgeben, die es hell und glänzend machten. Meister Peter begab sich nun dahinter, weil er die Figuren des Kunstwerks regieren mußte, vorn aber stellte sich ein Junge auf, der dem Meister Peter diente, um den Geheimnissen des Schauspiels als Dolmetscher und Erklärer zu dienen. Er hatte ein Stäbchen in der Hand, womit er die Figuren bezeichnete, welche heraustraten. Als nun alle in der Schenke versammelt waren, manche vorne stehenden Fußes, Don Quixote, Sancho, der Page und der Vetter auf den besten Plätzen sitzend, fing der Dolmetscher an, das zu sagen, was der hören und sehen wird, der folgendes Kapitel zu hören oder zu sehen bekommt.

Einundsiebzigstes Kapitel

Enthält die Fortsetzung des lustigen Abenteuers mit dem Puppenspieler.

Es schwiegen alle und hingen aufmerksam am Munde des Erklärers dieser Wunderwerke, als sie hinter dem Spiele eine Anzahl von Oboen und Trompeten vernahmen und den Donner vieler Kanonen, welcher aber nicht lange dauerte, und sogleich erhob der Junge seine Stimme und sprach: Diese wahrhaftige Historie, die jetzt meine edlen Herren dargestellt sehen werden, ist buchstäblich aus französischen Chroniken und spanischen Romanzen genommen, welche jedermann kennt und welche die Jungen auf der Gasse singen. Sie beschreibt, wie Don Gayferos seine Gemahlin Melisendra befreite, die sich gefangen in Spanien in der Gewalt der Mohren befand und zu Sansueña lebte, denn so hieß damals die Stadt, die heutzutage Zaragoza genannt wird. Seht hier, meine Herren, den Don Gayferos beim Brettspiele, so wie man singt:

Brettspielend sitzt Don Gayferos,
Hat Melisendren schon vergessen.

Jene Person, welche auftritt mit der Krone auf dem Haupte und dem Zepter in der Hand, ist der Kaiser Carolus Magnus, der vermeintliche Vater dieser Melisendra, der verdrießlich ist, da er den Müßiggang und die Sorglosigkeit seines Eidams sieht; er kommt jetzt heraus, um ihn auszuschelten. Seht nur, wie heftig und eifrig er mit ihm schilt; sieht es doch nicht anders aus, als ob er ihm mit dem Zepter ein halb Dutzend Kopfnüsse gäbe, und es gibt auch Autoren, welche behaupten, daß er sie ihm gegeben, und zwar tüchtig. Und nachdem er ihm viele Vorstellungen gemacht, welche Gefahr seine Ehre liefe, wenn er seiner Gemahlin nicht die Freiheit verschaffte, sagte er zuletzt noch:

Nun, ich hab's gesagt.
Erwägt's zum Besten.

Sehen meine Herren nun, wie der Kaiser sich wieder umwendet und wie Don Gayferos im höchsten Verdrusse zurückbleibt; sehen Sie nur, wie er, ungeduldig vor Zorn, Brettspiel und Steine weit von sich wegschmeißt und hastig seine Waffen begehrt; wie er seinen Vetter Don Roldan bittet, ihm sein Schwert Durindana zu leihen, und wie Don Roldan es ihm nicht leihen will, sich ihm aber bei dem schwierigen Unternehmen, das er unternimmt, als Begleiter anbietet. Aber der tapfere Erzürnte will sie nicht annehmen; er sagt vielmehr, daß er allein hinreiche, seine Gemahlin zu erlösen, selbst wenn sie mitten in den Abgründen der Erde verborgen wäre. Hiermit geht er fort, um sich zu rüsten und sich alsbald auf den Weg zu machen.

Wenden nunmehr meine Herren die Augen nach jenem Turme, der sich dort zeigt. Er stellt einen von den Türmen des Schlosses Zaragoza dar, welches jetzt Aljaferia genannt wird; und jene Dame, die auf dem Altan in mohrischer

Kleidung erscheint, ist die unvergleichliche Melisendra, die oftmals von dort aus auf den Weg nach Frankreich schaut und sich mit dem Traumbild Paris' und ihres Gatten in ihrer Gefangenschaft tröstet. Seht ihr wohl den Mohren dort, der sacht und mit kleinen Schritten hinter dem Rücken der Melisendra herbeischleicht, den Finger auf den Mund gelegt? Seht doch, wie er sie mitten auf die Lippen küßt und wie sie sich sputet, auszuspucken und mit dem weißen Ärmel ihres Hemdes den Kuß wegzuwischen, und wie sie nun klagt und sich die schönen Haare ausreißt, als ob diese die Schuld der Bosheit hätten. Seht doch auch den ernsthaften Mohren dort, der auf jener Galerie steht; es ist der König Marsilio von Sansueña. Er hat die Unverschämtheit des Mohren gesehen; und ob er gleich sein Verwandter und guter Freund ist, so gibt er doch stracks den Befehl, ihn zu nehmen und ihm zweihundert Streiche zu geben, wobei er durch die Hauptstraßen der Stadt geführt wird mit Ausrufern vor sich und Häschern hinter sich. Seht nur, wie sie das Urteil sogleich vollstrecken, obgleich das Verbrechen kaum eben noch verübt ist; denn bei den Mohren findet keine Untersuchung statt, kein Verhör der Parteien und Aufschub wie bei uns.

Diese Figur, die hier zu Pferde erscheint, mit einem gascognischen Mantel bedeckt, ist der nämliche Don Gayferos, den seine Gemahlin erwartet, die sich nun auf die Galerie des Turms begeben hat und mit ihrem Gemahl spricht, von dem sie glaubt, er sei ein Reisender, wie in der Romanze steht:

Ritter, gehet Ihr nach Frankreich?
Fraget nach Gayferos dort.

Ich will diese Romanze jetzt nicht wiederholen; denn aus der Weitschweifigkeit pflegt die Langeweile zu entstehen. Genug, daß sich Don Gayferos entdeckt und daß wir aus den fröhlichen Gebärden, welche die Melisendra macht, annehmen können, daß sie ihn erkannt hat. Jetzt sehen wir nun, wie sie sich vom Altan herunterläßt, um sich hinten auf das Roß ihres trefflichen Gemahls zu begeben. Aber, Unglückliche! Da faßt ein Eisen des Altans den Rand ihres Unterrocks, und so hängt sie in der Luft, ohne auf die Erde kommen zu können. Aber seht, wie der gütige Himmel in der größten Not Hilfe sendet; denn Don Gayferos tritt hinzu, und ohne darauf zu achten, ob der kostbare Unterrock reißen möchte oder nicht, faßt er sie und zieht sie gewaltsam auf die Erde herunter. Sogleich mit einem Wurf setzt er sie wie einen Mann hinter sich auf das Pferd und befiehlt ihr, sich festzuhalten und die Arme um seinen Leib zu schlagen, so daß sie sich auf der Brust kreuzen, damit sie nicht herunterfalle, weil die Dame Melisendra nicht an dergleichen Reiterei gewöhnt ist. Seht auch, wie das Gewieher des Pferdes ein Zeichen ist, daß es sich freut, zugleich die tapfere und schöne Last seines Herrn und seiner Gebieterin zu tragen. Seht nur, wie sie umwenden und aus der Stadt reiten und froh und fröhlich den Weg nach Paris einschlagen. Ziehe in Frieden, o du Paar wahrhafter Liebender; kommt sicher in euer erwünschtes Vaterland, ohne daß Fortuna eurer glücklichen Reise etwas in den Weg legen möge! Die Augen eurer Freunde und Verwandten mögen euch in ruhigem Frieden die Tage genießen sehen, die euch vom Leben übrigbleiben!

Es fehlte nicht an einigen müßigen Augen, die alles zu sehen pflegen, welche nicht auch sollten die Flucht der Melisendra gesehen haben, wovon sie sogleich dem Könige Marsilio Nachricht gaben, welcher alsbald befahl, Lärm zu schlagen; nun seht nur, wie schnell; schon will die Stadt von dem Klange der Glocken zugrunde gehen, die auf allen Türmen der Moscheen geläutet werden.

Nein, sagte hierauf Don Quixote, was die Glocken betrifft, fällt Meister Peter hierin aus dem Dekorum; denn die Mohren bedienen sich keiner Glocken, sondern der Trompeten und einer Art von Blasinstrumenten, die unseren Oboen gleichkommen. Aber in Sansueña die Glocken läuten zu lassen, das ist ohne Zweifel eine große Albernheit.

Als Meister Peter das hörte, hielt er mit Läuten inne und sagte: Ihr müßt Euch nicht, gnädiger Herr Don Quixote, an Kleinigkeiten stoßen, auch nicht die Dinge in ihrer höchsten Vollendung begehren; denn so findet man sie niemals. Führt man nicht heutzutage wohl an tausend Komödien auf, die tausend Verstöße und Albernheiten enthalten, und machen sie nicht trotzdem viel Vergnügen und werden gesehen, nicht nur mit Beifall, sondern mit Bewunderung, die über alles geht? Weiter, Junge, und mag man auch sprechen; denn wenn ich nur meinen Beutel fülle, so mag das Stück meinetwegen so viele Verstöße enthalten, wie die Sonne Sonnenstäubchen hat.

Das ist wahr, versetzte Don Quixote, und der Junge sagte: Seht nur, wie viele und wie glänzende Reiterei aus der Stadt zieht, um die beiden christlichen Liebenden einzuholen, wie viele Trompeten schmettern, wie die Oboen erklingen und wie die Pauken und Trommeln lärmen! Ich fürchte, man wird sie einholen und an den Schweif des nämlichen Pferdes gebunden zurückführen, was ein gräßliches Schauspiel sein würde.

Als Don Quixote so viele mohrische Scharen sah und einen solchen Lärm hörte, schien es ihm gut, den Flüchtlingen zu Hilfe zu kommen; er stand daher auf und rief mit lauter Stimme: Nie werde ich es zugeben, daß bei meinen Lebzeiten und in meiner Gegenwart Gewalt an einem so berühmten Ritter und kühnen Verliebten wie Don Gayferos verübt werde. Haltet ein, ihr nichtswürdiges Gesindel! Folgt ihm keinen Schritt weiter, oder seid des Kampfes mit mir gewärtig! Und indem er noch sprach, zog er den Degen, war mit einem Sprunge dicht vor dem Schauplatze, und mit einer nie gesehenen Furie fing er an, Hiebe auf die Puppen-Mohrenheit auszuteilen, indem er einige spaltete, andere köpfte, diesen verstümmelte, einen andern in Stücke hieb und unter vielen tapfern Hieben einen so weit ausholte, daß, hätte Meister Peter sich nicht gebückt, eingekrümmt und schnell zusammengeknäult, er ihm den Kopf mit ebenso großer Leichtigkeit zerschmettert haben würde, als wäre er auch nur aus Teig gebacken gewesen. Meister Peter schrie und sagte: Haltet ein, mein Herr Don Quixote; seht doch nur, daß das, was Ihr entzweischlagt, vernichtet und ermordet, keine wahrhaftigen Mohren sind, sondern nur Püppchen aus Teig! Seht doch nur, bei meiner armen Seele, daß Ihr mir mein ganzes Vermögen zerschlagt und in Trümmer schmeißt.

Aber dessenungeachtet unterließ Don Quixote nicht, seine Hiebe rechts und links auszuteilen, seine Angriffe, Ausfälle und Stöße, so dicht wie ein Platzregen. Kurz, in weniger als zwei Vaterunsern lag das ganze Schauspiel auf der Erde, alle Figuren und Verzierungen in kleine Stückchen zerschlagen, der König Marsilio schwer verwundet und dem Kaiser Carolus Magnus Krone und Kopf entzweigespalten. Die Versammlung der Zuschauer war erschreckt, der Affe

flüchtete auf das Dach der Schenke; der Vetter fürchtete sich, dem Pagen war angst, und selbst Sancho Pansa war in die größte Bangigkeit versetzt; denn er schwor, nachdem das Ungewitter vorüber war, daß er seinen Herrn noch nie in einer so fürchterlichen Wut gesehen habe.

Als nun das Schauspiel völlig vernichtet war, beruhigte sich Don Quixote ein wenig und sagte: In diesem Augenblicke möchte ich nun alle diejenigen gegenwärtig haben, welche nicht daran glauben noch daran glauben wollen, daß die fahrenden Ritter der Welt vom äußersten Nutzen sind. Man sehe nur, was, wenn ich mich nicht zugegen befunden, aus dem tapfern Don Gayferos und der schönen Melisendra geworden wäre; wahrlich, diese Hunde hätten sie ergriffen und ihnen irgendeine Schmach angetan. Mit einem Worte, es lebe die fahrende Ritterschaft vor allen andern Dingen, die nur immer auf der Welt heutzutage leben mögen.

Sie lebe in Gottes Namen, sagte hierauf Meister Peter mit kränklicher Stimme, und möge ich sterben, denn ich bin nun so unglücklich, daß ich wohl mit dem Könige Don Rodrigo sagen kann:

Gestern war ich Herr von Spanien,
Heute hab' ich keine Hütte,
Die ich meine nennen könnte.

Es kann nicht mehr als ein halber Augenblick sein, daß ich ein Herr über Könige und Kaiser war, meine Ställe, Kisten und Säcke waren mit unzähligen Pferden und tausendfältigem Schmucke angefüllt; jetzt aber bin ich trostlos und niedergeschlagen, arm und mittellos, und überdies noch ohne Affen, denn wahrhaftig, ehe ich ihn wieder in meine Gewalt bekomme, werd' ich Blut schwitzen müssen. Und alles dies ist aus der unüberlegten Wut dieses Herrn Ritters entstanden, von dem man sagt, daß er Waisen beisteht, das Ungerade gerade macht und andere Werke der Barmherzigkeit ausübt; gegen mich allein hat sich seine großmütige Gesinnung verkehrt, das sei dem Himmel und dem allmächtigen Gott geklagt! Mit einem Worte, der Ritter von der traurigen Gestalt war dazu bestellt, mir auch meine Gestalten zu entstellen.

Sancho Pansa wurde durch die Reden des Meister Peter erweicht und sagte zu ihm: Weine nicht, Meister Peter, beklage dich nicht; denn du brichst mir damit das Herz. Du mußt wissen, daß mein Herr Don Quixote ein so katholischer und gewissenhafter Christ ist, daß er, wenn er einsieht, dir Schaden zugefügt zu haben, dir auch zugleich alles bezahlen und mehr ersetzen wird, als du verloren hast.

Wenn mir nur der Herr Don Quixote einen Teil von dem bezahlt, was er verwüstet hat, so wäre ich zufrieden, und seine Gnade würde auch sein Gewissen beruhigen; denn der kann nicht selig werden, der das Eigentum eines andern gegen dessen Willen behält, ohne es ihm zurückzuerstatten.

So ist es, sagte Don Quixote; ich wüßte aber nicht, wie ich von Eurem Eigentume etwas hätte, Meister Peter.

Also nicht? antwortete Meister Peter, und diese Reliquien, die hier auf der harten, unfreundlichen Erde liegen? Wer vernichtete und zerstörte sie als die unüberwindliche Kraft dieses gewaltigen Armes? Wem gehörten diese Figuren, wenn nicht mir? Und womit finde ich meinen Unterhalt als eben durch sie?

Nun glaube ich fest, sagte hierauf Don Quixote, was ich sonst schon oftmals geglaubt habe, daß diese Zauberer, die mich verfolgen, nichts tun, als mir erst die Gestalten so vor die Augen zu stellen, wie sie sind, sie aber alsbald verwandeln und in andere nach ihrem Belieben umwechseln. Ohne Trug und mit Aufrichtigkeit sage ich euch, meine Herren, die ihr mir zuhört, daß es mir war, als ob alles, was hier vorging, auch wirklich und in der Tat vorging, daß Melisendra Melisendra sei, Don Gayferos Don Gayferos, Marsilio Marsilio und Carolus Magnus Carolus Magnus. Deshalb entbrannte mein Zorn, und um meine Pflicht als fahrender Ritter zu erfüllen, wollte ich den Flüchtigen Hilfe und Beistand schenken, und in dieser Absicht tat ich das, was ihr mich habt tun sehen. Ist es aber verkehrt ausgefallen, so ist dieses nicht meine Schuld, sondern die jener Bösewichter, welche mich verfolgen; dieses meines Irrtums halber, ob er gleich nicht aus Bosheit entstanden ist, will ich mich aber selbst schuldig erachten. Meister Peter überlege, was er für seine verdorbenen Figuren fordern will; denn ich erbiete mich, ihm alles in guter und gültiger kastilianischer Münze zu bezahlen.

Meister Peter verneigte sich und sagte: Ich erwartete nicht weniger von der beispiellosen christlichen Gesinnung des tapfern Don Quixote de la Mancha, dem wahrhaftigen Helfer und Beistand aller notleidenden und bedrängten Vagabunden. Der Herr Wirt hier und der große Sancho mögen als Vermittler und Preisbestimmer zwischen mir und Euer Gnaden festsetzen, was meine verdorbenen Figuren wert sind oder wert sein könnten.

Der Wirt und Sancho sagten, daß sie es tun wollten, und sogleich nahm Meister Peter den König Marsilio von Zaragoza ohne Kopf von der Erde auf und sagte: Man sieht, wie unmöglich es ist, diesen König in sein altes Wohlsein zurückzubringen; ich meine daher, mit Anerkennung alles bessern Urteils, daß man mir für seinen Tod und sein Versterben vier Realen und einen halben gebe.

Weiter, sagte Don Quixote.

Für die Spalte aber, die von oben bis unten geht, fuhr Meister Peter fort, indem er den zerteilten Kaiser Carolus Magnus in die Hände nahm, wird es wohl nicht zuviel gefordert sein, wenn ich fünfundeinviertel Real verlange.

Das ist nicht wenig, sagte Sancho.

Nicht viel, versetzte der Wirt; wir wollen etwas ablassen und ihn auf fünf Realen schätzen.

Gebt ihm die fünfe und den Rest auch, sagte Don Quixote, denn ein Viertel mehr oder weniger bedeutet bei diesem außerordentlichen Unfalle nichts, und Meister Peter mache nur schnell, es ist Zeit, zu Abend zu essen, und ich spüre eine Art von Hunger.

Für diese Figur, sagte Meister Peter, ohne Nase und nur mit einem Auge, welches die schöne Melisendra war, verlange ich, und ich denke, das ist billig, zwei Realen und zwölf Maravedis.

Nun, das müßte ja wohl mit dem Teufel zugehen, sagte Don Quixote, wenn Melisendra mit ihrem Gemahl sich nicht schon wenigstens auf französischem Gebiete befinden sollte; denn das Pferd, auf welchem sie sich davonmachten, schien mir eher zu fliegen als zu laufen, und deshalb muß man mir nicht die Katze für einen Hasen verkaufen wollen und mir hier eine nasenlose Melisendra bringen, während die andere, wenn wir's bei Lichte besehen, schon in Frankreich mit ausgestreckten Beinen liegt und mit ihrem Gemahl glücklich ist. Helfe Gott einem jeden zum Seinen und laßt uns alle daran denken, daß wir auf dem geraden Weg bleiben und in aller Rechtschaffenheit handeln und wandeln.

Als Meister Peter sah, daß Don Quixote wieder linksum machte, um zu seiner ersten Tollheit zurückzukommen, wollte er ihn nicht gern entwischen lassen und sagte daher: Das muß wohl nicht die Melisendra sein, sondern eine von ihren dienenden Jungfrauen; darum will ich mit sechzig Maravedis zufrieden sein und mich für gut bezahlt halten.

So wurde noch wegen vieler anderen verstümmelten Figuren ein Preis bestimmt, welchen die beiden Schiedsmänner zur Zufriedenheit der Parteien milderten, so daß sich die Rechnung auf vierzig und dreiviertel Realen belief; und da diese Sancho schnell bezahlte, verlangte Meister Peter noch zwei Realen für die Mühe, den Affen wieder zu fangen.

Gib sie ihm, Sancho, sagte Don Quixote, nicht um den Affen zu fangen, sondern damit wir nicht länger geäfft werden, und zweihundert wollte ich jetzt dem zur Belohnung geben, der mir mit Gewißheit sagen könnte, daß die Dame Doña Melisendra und der Herr Don Gayferos sich schon in Frankreich und unter den Ihrigen befinden.

Keiner könnte das besser sagen als mein Affe, sagte Meister Peter, aber kein Teufel wird ihn jetzt fangen können; ich denke aber, daß seine Liebe zu mir und der Hunger ihn wohl bei Nacht zwingen werden, mich zu suchen.

Kurz, das Ungewitter wegen des Schauspiels war gänzlich vorüber; alle aßen in Frieden und fröhlicher Gesellschaft auf Kosten des Don Quixote, dessen Freigebigkeit ganz außerordentlich war. Noch vor Tagesanbruch ging der fort, der die Lanzen und Hellebarden führte, und als es Tag geworden, kamen der Vetter und der Page, um von Don Quixote Abschied zu nehmen, der erste im Begriff, nach Hause zu gehen, und der zweite, seine Reise fortzusetzen, zu deren Erleichterung ihm Don Quixote ein Dutzend Realen gab. Meister Peter packte vor Sonnenaufgang die Reliquie seines Spiels und seinen Affen zusammen und entfernte sich ebenfalls, um seine Abenteuer aufzusuchen. Der Wirt, welcher Don Quixote nicht kannte, war über seine Narrheit ebensosehr wie über seine Freigebigkeit verwundert. Endlich bezahlte Sancho ihn auch sehr reichlich auf Befehl seines Herrn, und etwa um acht Uhr des Morgens nahmen sie Abschied, verließen die Schenke und machten sich auf den Weg, auf welchem wir sie auch ziehen lassen; denn so schickt es sich, daß wir Zeit gewinnen, um andere Dinge zu erzählen, die zum Verständnisse dieser großen Historie nötig sind.

Zweiundsiebzigstes Kapitel

Erzählt, wer Meister Peter und sein Affe gewesen, ferner das Abenteuer vom Eselsgeschrei.

Wer die Abenteuer dieser wahrhaftigen Historie gelesen hat, wird sich wohl jenes Gines erinnern, welchem Don Quixote in der Sierra Morena die Freiheit verschaffte und der dem Sancho seinen Grauen stahl. Dieser Gines, in Furcht, der Obrigkeit in die Hände zu fallen, welche ihn suchte, um ihn für seine unzähligen Schelmereien und Verbrechen zu züchtigen, faßte damals den Entschluß, sich nach dem Königreich Aragon zu begeben und sich das linke Auge zu bepflastern. Er übernahm hierauf das Gewerbe eines Puppenspielers; denn dieses und die Künste eines Taschenspielers verstand er vollkommen. Es fügte sich, daß er von einigen befreiten Christen, die eben aus der Barbarei kamen, den Affen kaufte, den er lehrte, wie er ihm bei einem gewissen Zeichen auf die Schulter springen und in die Ohren flüstern mußte oder tun, daß es so aussah. Ehe er nun mit seinem Spiele und seinem Affen sich in einen Ort hineinbegab, erkundigte er sich im nächsten Dorfe genau, welche Vorfälle sich in jenem Dorfe zugetragen hatten. Dies behielt er alles gut im Gedächtnisse, und das erste, was er hierauf tat, war, sein Spiel zu zeigen, welches bald diese, bald eine andere Historie vorstellte, die aber alle lustig, angenehm und schon bekannt waren. War das Schauspiel zu Ende, so kam er auf die Künste seines Affen, wovon er den Leuten sagte, daß er das Vergangene und Gegenwärtige sagen könne, daß er sich aber auf das Zukünftige nicht einlasse. Für jede Frage forderte er zwei Realen, war aber auch gegen manche billiger, je nachdem, welcherlei Leute er vor sich hatte. Dadurch verschaffte er sich ein außerordentliches Ansehen, und alles lief ihm nach. Da er Verstand hatte, antwortete er immer so, daß die Antworten gut auf die Fragen paßten; und da es keiner genau nahm oder ihn drängte, zu erklären, auf welche Weise sein Affe wahrsage, so äffte er alle und füllte seinen Beutel. Sowie er in die Schenke trat, erkannte er Don Quixote und Sancho, wodurch es also leicht wurde, Don Quixote, Sancho Pansa und alle Gegenwärtigen in Erstaunen zu versetzen. Es wäre ihm aber teuer zu stehen gekommen, wenn Don Quixote den Hieb etwas niedriger geführt hätte, der dem Könige Marsilio den Kopf herunterschlug und seine ganze Reiterei zerstörte, wie es im vorigen Kapitel erzählt worden ist. Die Historie wendet sich nun wieder zu Don Quixote de la Mancha und erzählt, daß er den Entschluß faßte, die Ufer des Ebro nebst den umliegenden Gegenden zu besuchen, ehe er sich nach der Stadt Zaragoza begäbe, denn ihm bliebe noch Zeit genug bis zu den Tagen der Turniere übrig. In dieser Absicht verfolgte er seinen Weg, auf welchem er zwei Tage reiste, ohne daß ihm etwas begegnet wäre, welches verdiente, niedergeschrieben zu werden; am dritten Tage aber, als er einen Hügel hinaufritt, vernahm er einen großen Lärm von Trommeln, Trompeten und losgeschossenen Flinten. Er glaubte anfangs, daß ein Regiment Soldaten dort vorbeimarschiere, und um sie zu sehen, spornte er den Rosinante und ritt den Hügel hinauf. Als er auf der Spitze war, sah er unten am Fuße desselben mehr als zweihundert Menschen, mit verschiedenen Waffen gerüstet, mit Prügeln, Armbrüsten, Partisanen, Hellebarden und Spießen, einige auch mit Musketen und viele mit Schildern. Er ritt den Hügel herunter und näherte sich der Schar, so daß er genau ihre Paniere und Fahnen sehen konnte, wobei er auf die Wappen achtete, die sie führten, vorzüglich auf eine Fahne oder Standarte von weißem Atlasse, auf welcher ganz nach dem Leben ein kleiner Esel gemalt war, der den Kopf erhob, das Maul aufsperrte und die Zunge herausstreckte, als ob er eben im Schreien begriffen sei.

Aus diesem Zeichen nahm Don Quixote an, daß es die Leute aus dem Dorfe vom Eselgeschrei sein müßten; dies teilte er auch Sancho mit.

Sie erkannten hieraus, daß die aufgebrachte Dorfschaft ausgezogen sei, gegen jene andere zu streiten, die am meisten die Billigkeit und die Pflichten der guten Nachbarschaft überschritten hatte. Don Quixote ritt auf sie zu, zu großem Verdrusse des Sancho, den es niemals freute, sich in dergleichen Dinge einzumengen. Die von der Schwadron nahmen ihn in ihrer Mitte auf, weil sie dachten, es sei einer, der zu ihrer Partei gehörte. Don Quixote erhob das Visier und ritt mit edlem und großmütigem Anstande bis nach der Eselstandarte; dort versammelten sich die Vornehmsten des Heeres um ihn her, ihn zu sehen, indem sie alle in jenes Erstaunen gerieten, welches gewöhnlich alle diejenigen befiel, die seiner zum ersten Male ansichtig wurden. Don Quixote, welcher sah, wie aufmerksam sie ihn beschauten, wollte, bevor einer sprach oder ihn etwas fragte, sich dieses Schweigen zunutze machen, brach daher das seinige, erhob die Stimme und sagte:

Wackere Herren! Ich bitte euch, so sehr ich euch nur bitten kann, eine Rede nicht zu unterbrechen, die ich euch zu halten gedenke, bis ihr seht, daß sie euch unangenehm und verdrießlich fällt, denn wenn dieses geschieht, so will ich beim kleinsten Zeichen, welches ihr mir gebt, meinen Mund versiegeln und ein Schloß an meine Zunge legen!

Alle sagten ihm, er möchte reden, soviel es ihm beliebte, denn sie würden ihm mit Vergnügen zuhören.

Don Quixote fuhr daraufhin folgendermaßen fort: Ich, meine Herren, bin ein fahrender Ritter, dessen Handwerk der Kampf und dessen Pflicht es ist, allen Bedrängten beizustehen und allen Notleidenden Hilfe zu leisten. Schon vor einigen Tagen habe ich euren Unstern erfahren und welche Ursache euch bewegt, alle Augenblicke die Waffen zu ergreifen, um euch an euren Feinden zu rächen. Mehr als einmal habe ich mir in meinem Verstande euren Handel überlegt und nach den Gesetzen des Duelles herausgefunden, daß ihr irrt, wenn ihr euch für beschimpft haltet; denn keine einzelne Person kann einen ganzen Ort beschimpfen, es müßte denn sein, daß er sie alle insgesamt der Verräterei zeiht, weil er nicht insbesondere weiß, wer die Verräterei begangen hat, damit er diesen beschuldigen könne.

Don Quixote schöpfte ein wenig Atem, und da er sah, daß alle stillschweigend blieben, wollte er in seiner Rede fortfahren und hätte es auch getan, wenn ihm der Scharfsinn des Sancho nicht in den Weg getreten wäre; denn als dieser merkte, daß sein Herr innehielt, trat er an seine Stelle und sagte: Mein Herr Don Quixote de la Mancha, der sonst der Ritter von der traurigen Gestalt hieß, sich aber jetzt der Ritter von den Löwen nennt, ist ein verständiger Edelmann, der Latein und Spanisch wie ein Baccalaureus versteht, und in allem seinem Handeln und Ratgeben zeigt er sich als ein sehr braver Soldat; auch hat er alle Gesetze und

Verordnungen des sogenannten Duells im Kopf, und darum kann man nichts anderes tun, als daß man das befolgt, was er sagt, und ich stehe euch dafür, daß ihr dann nicht unrecht handelt, um so mehr, da es eine Narrheit ist, sich darüber zu ärgern, wenn man jemand brällen hört; denn ich erinnere mich, daß ich als Junge brällte, wann und so oft es mir einfiel, ohne daß es mir darum was geschadet hätte, und ich tat es mit solcher Anmut und Natürlichkeit, daß, wenn ich brällte, alle Esel im Dorfe brällten; aber darum blieb ich doch immer der Sohn meiner Eltern, die zu den angesehensten gehörten, ja ich wurde noch von vier

der feinsten Leute im Orte wegen meiner Geschicklichkeit beneidet; und damit ihr seht, daß ich die Wahrheit spreche, so wartet ein bißchen und hört mir zu, denn mit dieser Wissenschaft ist es wie mit dem Schwimmen, wenn man es einmal kann, verlernt man es nie wieder. Und zugleich hielt er sich mit den Händen die Nase zu und fing an so gewaltig zu brällen, daß alle umliegenden Täler davon widerschallten; einer aber, der neben ihm stand, glaubte, er tue dies, um sie zu verspotten, erhob einen tüchtigen Knittel, den er in der Hand hatte, und schlug ihn dermaßen damit, daß der Hieb genügte, Sancho Pansa auf die Erde zu strecken. Don Quixote, der den Sancho so schlecht behandelt sah, stürzte mit eingelegter Lanze auf den, der ihm den Schlag gegeben hatte; aber es warfen sich so viele dazwischen, daß er ihn nicht rächen konnte, vielmehr, da er sah, daß es Steine regnete und daß ihm tausend gespannte Armbrüste und ebenso viele Musketen drohten, wandte er den Rosinante herum und ritt so schnell, als es nur immer dessen Galopp vermochte, aus ihrer Mitte heraus, indem er sich Gott von ganzem Herzen empfahl, daß er ihn aus dieser Gefahr befreien möchte; weil er bei jedem Schritte befürchtete, eine Kugel möchte ihm in den Rücken dringen und durch die Brust wieder herausfahren, holte er alle Augenblicke Atem, um zu sehen, ob er es noch könne; die aber von der Schwadron waren zufrieden, ihn fliehen zu sehen, ohne nach ihm zu schießen. Den Sancho, der kaum wieder zu sich gekommen war, setzten sie auf seinen Esel und ließen ihn seinem Herrn nachziehen, obgleich er noch nicht die Besinnung hatte, ihn zu regieren, sondern der Graue folgte von selbst den Fußtapfen des Rosinante, ohne welchen er niemals sein konnte.

Als sich nun Don Quixote ein gutes Stück entfernt hatte, wandte er den Kopf und sah, daß ihm Sancho nachkam, weswegen er anhielt, da ihn sonst niemand weiter zu verfolgen suchte. Die von der Schwadron blieben bis zur Nacht dort; und da ihre Gegner nicht zur Schlacht herausgerückt waren, kehrten sie froh und lustig in ihr Dorf zurück; ja, hätten sie die alte Gewohnheit der Griechen gekannt, so hätten sie gewiß an dieser Stelle eine Trophäe aufgerichtet.

Dreiundsiebzigstes Kapitel.

Das große Abenteuer mit der bezauberten Barke.

Nachdem sie ihren Weg fortgesetzt hatten (um die Erzählung fortzusetzen), erreichten Don Quixote und Sancho den Fluß Ebro, dessen Anblick dem Don Quixote große Freude machte; denn er sah nun die Lieblichkeit seiner Ufer, die Klarheit seines Wassers, seinen ruhigen Lauf und die Fülle seiner flüssigen Kristalle, welcher angenehme Anblick tausend verliebte Gedanken in seinem Gedächtnisse erneuerte, vorzüglich wieder das, was er in der Höhle des Montesinos gesehen hatte; denn wenn ihm auch Meister Peters Affe gesagt hatte, daß ein Teil jener Dinge Wahrheit und ein Teil Lügen seien, so hielt er sich mehr an das Wahre als an das Erlogene, ganz im Gegensatz zu Sancho, der alles für eine einzige Lüge ausgab. Während er noch in dieser Stimmung war, zeigte sich seinen Augen eine kleine Barke, ohne Ruder oder anderes Zubehör, die am Stamme eines Baumes festgemacht war, der am Ufer stand. Don Quixote sah sich nach allen Seiten um, und da er keinen Menschen erblickte, stieg er plötzlich ohne weiteres vom Rosinante ab und befahl dem Sancho, sich ebenfalls vom Esel zu begeben, und daß er beide Tiere zusammen gut am Stamme einer Ulme oder Weide befestigen möge. Sancho fragte nach der Ursache des schnellen Absteigens und Festbindens. Don Quixote antwortete: Du mußt wissen, Sancho, daß diese Barke, die sich hier befindet, mich geradezu und ohne daß es irgend etwas anderes bedeuten könnte, abruft und mich zu sich einladet, damit ich in sie einsteigen und auf ihr irgendeinem Ritter oder einer anderen bedrängten und vornehmen Person Hilfe bringen soll, die sich in einer großen Not befinden muß; denn so ist es Herkommens in Büchern von ritterschaftlichen Historien und von Zauberern, die darin auftreten und handeln, daß, sobald ein Ritter sich in irgendeiner Gefahr befindet und er nicht anders als durch den Arm eines andern Ritters erlöst werden kann, der wohl zwei-, dreitausend Meilen, ja noch mehr von ihm entfernt ist, sie jenen in einer Wolke entführen oder ihm eine Barke schicken, in welche er steigt, und in kürzerer Zeit, als man die Augen auf- und zumacht, ist er durch die Luft oder übers Meer dahin gelangt, wo sie ihn haben wollen und wo seine Hilfe vonnöten ist. Also, o Sancho, ist diese Barke aus der nämlichen

Ursache hierher geschickt, und das ist ebenso wahr, als es jetzt Tag ist; und ehe die Zeit verstreicht, binde schnell den Grauen und Rosinante zusammen, und dann wollen wir uns der Führung Gottes überlassen; denn ich muß mich hier einschiffen, und wenn alle Brüder Barfüßer dagegen predigten.

Wenn dem so ist, antwortete Sancho, und Ihr bei jedem Schritte in das hineingeraten müßt, was ich nicht gern Tollheit nennen mag, so muß ich wohl gehorchen und den Kopf hängen lassen nach dem Sprichworte: Tu, was dein Herr dir gebeut, und setz dich mit ihm zur Mahlzeit. Dennoch aber, um die Last von meinem Gewissen zu schaffen, muß ich Euch sagen, daß diese Barke mir durchaus keine bezauberte scheint, sondern daß sie etwa Fischern hier herum gehört; denn man fängt in diesem Flusse die schönsten Fische von der Welt.

Dies sagte Sancho, indem er die Tiere schon anband, die er dem Schutze und Beistande der Zauberer mit tiefen Schmerzen seines Gemütes übergab. Don Quixote sagte ihm, daß er keine Sorge für den Unterhalt dieser Tiere tragen dürfe; denn derjenige, der ihrer auf so weiten Reisen gedächte, würde ihnen auch Unterhalt geben.

Nun wollen wir, sagte Don Quixote, ein Kreuz machen und die Anker lichten, ich meine, uns einschiffen und das Seil durchschneiden, an welchem die Barke befestigt ist. Zugleich sprang er hinein, Sancho folgte ihm, er schnitt den Strick durch, und die Barke entfernte sich langsam vom Ufer; und sowie Sancho sich nur zwei Schritte weit im Flusse erblickte, fing er an zu zittern und für sein Leben zu fürchten. Aber nichts kränkte ihn so sehr, als daß er seinen Grauen brällen hörte und sehen mußte, wie sich Rosinante Mühe gab, sich loszumachen; er sagte deswegen zu seinem Herrn: Der Graue schreit aus Betrübnis über unsere Entfernung, und Rosinante will sich in Freiheit setzen, um sich uns nachzustürzen. O ihr liebsten Freunde, bleibt nur ruhig, die Narrheit, die uns jetzt voneinander scheidet, wird sich aufklären und uns wieder zu euch bringen. Bei diesen Worten fing er bitterlich an zu weinen, und Don Quixote sagte verdrießlich und zornig zu ihm: Wovor fürchtest du dich, feige Kreatur? Worüber weinst du, Herz aus Butterkuchen? Wer verfolgt dich, wer bedräut dich, Gemüt einer furchtsamen Maus? Oder was fehlt dir dann, der du mitten im Schoße des Überflusses bedürftig bist? Gehst du denn vielleicht zu Fuß und ohne Schuhe über die Riphäischen Gebirge, oder sitzest du nicht wie ein Erzherzog in einem Nachen, vom sanften Zuge dieses angenehmen Flusses fortgetragen, der uns in kurzer Zeit in das hohe Meer hinausführen wird? Aber wir sind gewiß schon darauf und haben wenigstens sieben, wo nicht achthundert Meilen zurückgelegt, und wenn ich ein Astrolabium hier hätte, um die Polhöhe zu messen, so wollte ich dir sagen, wie weit wir gereist sind; aber das ist gewiß, oder ich verstehe wenig davon, daß wir schon die Äquinoctial-Linea passiert haben oder doch gleich passieren werden, welche die beiden entgegengesetzten Pole teilt und sie in gleicher Entfernung trennt.

Und wenn wir nun dahin kommen, wovon Ihr sprecht, fragte Sancho, wieviel Weg haben wir dann gemacht?

Sehr viel, versetzte Don Quixote; denn von den dreihundertundsechzig Graden, die der Globus des Wassers und der Erde enthält nach dem Kalkül des Ptolemäus, welcher der beste Kosmograph und Kopist des Weltgebäudes ist, haben wir bei der Linea, von der ich sprach, die Hälfte zurückgelegt. Wisse, Sancho, daß die Spanier, wie diejenigen, die sich in Cadix einschiffen, um nach Ostindien zu gehen, ein Zeichen haben, woraus sie merken können, daß sie die oftgenannte Äquinoctial-Linie passiert haben, nämlich, daß allen, die sich im Schiffe befinden, die Läuse absterben, so daß keine übrigbleibt und im ganzen Schiff keine einzige angetroffen wird, und wenn man sie mit Gold aufwiegen wollte. Du darfst also, Sancho, nur mit einer Hand an den Schenkel fahren, und wenn du was Lebendiges findest, so sind wir aus dem Zweifel, wo nicht, so haben wir die Linie passiert.

Ich glaube nichts davon, antwortete Sancho; ich will aber doch tun, was Ihr mir befehlt, ob ich gleich nicht weiß, wozu es nutzt, dies Experiment anzustellen. Denn ich seh' es ja mit meinen eigenen Augen, daß wir noch nicht fünf Schritte vom Ufer entfernt sind, wir sind auch noch nicht zwei Schritte von unserm lieben Vieh weg, und da stehen Rosinante und der Graue auf derselben Stelle, wo wir sie gelassen haben, und wenn ich das so vor mir habe, wie es vor mir steht, so soll mich doch der Teufel holen, wenn wir schneller als mit dem Schritt einer Ameise von der Stelle kommen.

Mache, Sancho, die Probe, wie ich dir gesagt habe, und kümmere dich nicht um andere Dinge; denn du weißt viel, was Coluren sind oder Linien-Parallelen, Zodiaken, Ekliptiken, Pole, Solstitien, Äquinoctien, Planeten, Sternbilder, Punkte; Messungen, aus welchen die himmlische wie die irdische Sphäre zusammengesetzt sind; denn wenn du alle diese Dinge wüßtest oder nur einen Teil derselben, so würdest du deutlich einsehen, wie viele Parallelen wir schon durchschnitten haben, wie viele Zeichen gesehen, wie viele Bilder wir hinter uns gelassen und wie viele wir noch zurücklassen müssen. Ich sage dir also noch einmal, fühle dich an und suche nach; denn ich bin der Meinung, daß du reiner bist als ein Blatt weißes Papier.

Sancho fühlte nach; er fuhr mit der Hand hinein, krümmte sich nach der linken Seite, worauf er den Kopf erhob, seinen Herrn ansah und sagte: Entweder die Probe ist falsch, oder wir sind noch nicht da, wo Ihr sagt, und noch auf viele Meilen nicht.

Wieso? fragte Don Quixote, hast du eine gefunden?

Und sogar einige, antwortete Sancho, indem er die Finger schleuderte und die ganze Hand im Flusse wusch, auf welchem die Barke mit sanfter Bewegung in die Mitte des Stromes trieb, ohne daß sie eine geheime Kraft oder ein verborgener Zauberer führte als der Lauf des Wassers, welcher bis dahin still und ruhig war.

Indem entdeckten sie einige große Schiffsmühlen, die sich in der Mitte des Flusses befanden, und kaum hatte sie Don Quixote gesehen, als er mit lauter Stimme zu Sancho sagte: Siehe, dorten, o mein Freund, zeigt sich die Stadt, das Kastell oder die Festung, wo sich ein unterdrückter Ritter befinden muß oder eine schlecht behandelte Königin, Infantin oder Prinzessin, zu deren Errettung ich gesandt werde.

Was Teufel für eine Stadt, Festung oder Kastell meint Ihr denn, gnädiger Herr? fragte Sancho; seht Ihr denn nicht, daß das Schiffsmühlen sind, die im Flusse liegen und in denen das Korn gemahlen wird?

Schweig, Sancho, sagte Don Quixote; denn wenn es auch Schiffsmühlen scheinen, so sind es doch keine, und ich habe dir schon gesagt, daß durch Verzauberung alle Dinge verändert und verwandelt werden. Ich meine damit nicht, daß sie wirklich aus einem Zustande in einen andern übergehen, sondern daß es so scheint, wie die Erfahrung in der Verwandlung der Dulcinea bewiesen hat, der einzigen Zuflucht meiner Hoffnungen.

Indes war die Barke in die Mitte des Stromes gekommen und bewegte sich nicht mehr mit der Langsamkeit fort wie bis dahin. Die Müller in den Schiffsmühlen, welche die Barke den Fluß herunterkommen sahen und beobachteten, daß sie im Begriffe stehe, in den Fall zu geraten, der die Räder trieb, kamen eiligst mit langen Stangen herbei, den Kahn zurückzuhalten, und da sie bemehlt waren, Gesicht und Kleider mit Mehlstaub bedeckt, so machten sie einen üblen Anblick. Sie schrien mit lauter Stimme: Teufelskerle! Wohin wollt ihr denn? Seid ihr besessen? Wollt ihr mit Gewalt ersaufen und euch von den Rädern zerreißen lassen?

Sagte ich es dir nicht, Sancho, sprach hierauf Don Quixote, daß wir den Ort erreicht haben, wo es sich nun zeigen muß, wie weit die Tapferkeit meines Armes reicht? Schau nur, wie viele Schelme und Bösewichter mir entgegentreten; schau, wie viele Gespenster sich mir widersetzen, sieh nur, wie viele häßliche Scheusale uns Grimassen machen! Aber jetzt sollt ihr es gewahr werden, ihr Schurken! Und hiermit stellte er sich in der Barke aufrecht und fing an, den Müllern mit lauter Stimme zu drohen, indem er rief: Schlechtdenkendes und übelberatenes Gesindel! Gebt sogleich in Freiheit die Person, die ihr in dieser eurer Festung oder in dem Gefängnisse unterdrückt haltet, sie sei hoch oder niedrig, wes Standes oder von welchen Würden sie auch sei; denn ich bin Don Quixote de la Mancha, genannt der Ritter von den Löwen, dem es auf Befehl des hohen Himmels vorbehalten ist, dieses Abenteuer glücklich zu bestehen. Mit diesen Worten zog er sein Schwert und fing an, gegen die Müller in der Luft zu fechten, die diese Reden zwar hörten, aber nicht verstanden und sich mit ihren Stangen bereit hielten, den Kahn zurückzuhalten, der schon in den Strudel und Strom der Räder geriet. Sancho legte sich auf die Knie nieder und betete andächtig zum Himmel, ihn aus dieser Gefahr zu erlösen, wie es auch durch den Eifer und die Schnelligkeit der Müller geschah, die sich mit ihren Stangen gegen

den Kahn stemmten und ihn so zurückhielten. Sie taten es, doch aber nicht so, daß sie den Kahn nicht umgeworfen und Don Quixote und Sancho köpflings ins Wasser gestürzt hätten; es kam aber dem Don Quixote gut zustatten, daß er wie eine Gans schwimmen konnte, ob ihn gleich das Gewicht der Rüstung zweimal auf den Grund hinunterzog, und wären die Müller nicht gewesen, die in das Wasser sprangen und beide schnell herausholten, so wäre hier für beide Troja gewesen.

Als sie beide, mehr durchweicht als verdurstet, an das Land getragen waren, warf sich Sancho auf die Knie, legte die Hände ineinander, schlug die Augen gen Himmel und bat Gott in einem langen und andächtigen Gebete, ihn in Zukunft von den verwegenen Unternehmungen und Taten seines Herrn zu befreien. Die Fischer kamen indem hinzu, denen der Kahn gehörte, den die Räder der Schiffsmühlen zertrümmert hatten; und da sie ihn zerbrochen sahen, unternahmen sie es, von Don Quixote die Bezahlung zu fordern. Dieser sagte mit großer Ruhe, als ob gar nichts vorgefallen wäre, daß er die Barke mit Vergnügen bezahlen wolle, doch unter der Bedingung: daß man die Person oder die Personen alsbald freigäbe, die in dem Kastell gefangen lägen.

Welche Personen oder was für ein Kastell meint Ihr denn, antwortete einer von den Müllern, Ihr dummer Mensch? Wollt Ihr uns denn die vielleicht wegnehmen, die ihr Korn auf den Schiffsmühlen mahlen lassen?

Genug, sagte Don Quixote zu sich selber, es hieße in der Wüste predigen, wenn man dieses Gesindel dahin bringen wollte, daß es auf Bitten eine gute Tat ausübte. In diesem Abenteuer müssen überhaupt zwei mächtige Zauberer aufeinandergestoßen sein, so daß der eine das Vorhaben des andern stört; der eine schickt mir die Barke, und der andere wirft sie mit mir um. Gott mag helfen; denn diese ganze Welt ist ein Gewebe von gegeneinander streitenden Kräften. Ich kann nicht mehr tun. Er erhob zugleich die Stimme und sagte, indem er nach den Schiffsmühlen sah: Meine Freunde, wer ihr auch sein mögt, die ihr in diesem Gefängnis verschlossen bleibt, verzeiht mir; denn durch mein Unglück und zu dem eurigen kann ich euch nicht aus eurer Bedrängnis erlösen. Für einen andern Ritter muß dies Abenteuer aufbehalten und bewahrt sein.

Nachdem er dies gesagt, ward er mit den Fischern einig und bezahlte für den Kahn fünfzig Realen, die Sancho mit größter Betrübnis hergab, indem er sagte: Noch eine solche Schiffahrt wie diese, so gehen wir mit allen Habseligkeiten zugrunde.

Die Fischer und Müller standen verwundert, indem sie diese beiden Gestalten sahen, die, wie es schien, von allen übrigen gewöhnlichen Menschen so auffallend abwichen. Auch verstanden sie es durchaus nicht, worauf die Reden und die Fragen des Don Quixote hinzielen sollten; doch endlich hielten sie sie für Narren und gingen fort, diese in ihre Schiffsmühlen, die Fischer zu ihren Gesellen. So kehrten auch Don Quixote und Sancho zu ihren Tieren zurück, und dieses Ende nahm das Abenteuer der bezauberten Barke.

Vierundsiebzigstes Kapitel

Was Don Quixote mit einer schönen Jägerin begegnete.

Ziemlich melancholisch und übel gelaunt gingen Ritter und Knappe zu ihren Tieren, vorzüglich Sancho, den es in der Seele schmerzte, so tief in den Beutel zu greifen. Endlich, ohne ein Wort zu sprechen, stiegen sie auf und entfernten sie sich von dem berühmten Flusse, Don Quixote in Gedanken seiner Liebe versenkt und Sancho über seine Zukunft sinnend, die ihm jetzt noch ziemlich weit entfernt schien; denn ob er gleich albern war, so sah er doch wohl ein, daß alle oder doch die meisten Handlungen seines Herrn unsinnig waren. Er erwartete daher eine Gelegenheit, sich von ihm zu trennen und nach Hause zu gehen, ohne sich mit ihm in Berechnungen und Abschiednehmen einzulassen; aber das Glück fügte die Dinge ganz anders, als er es fürchtete.

Es geschah nämlich am andern Tage, als die Sonne unterging und sie aus einem Walde herauskamen, daß Don Quixote, indem er seinen Blick über eine grüne Wiese warf, am andern Ende derselben Leute wahrnahm und als Jäger einer Falkenjagd erkannte. Er ritt näher hinzu und erblickte unter ihnen eine prächtige Dame auf einem glänzend weißen Zelter, der mit grünen Verzierungen geschmückt war und einen Saumsattel trug, mit Silber ausgelegt. Die Dame war ebenfalls grün gekleidet, und ihr Kleid war so prächtig und reich, daß sie in sich die Pracht selber darstellte. Auf der linken Hand trug sie einen Falken, woraus Don Quixote erkannte, daß sie eine vornehme Dame sei, der alle jene Jäger zugehören müßten, wie es sich auch in der Tat verhielt. Er sagte daher zu Sancho: Eile dich, Sohn Sancho, und sage jener Dame mit dem Zelter und dem Falken, daß ich, der Ritter von den Löwen, ihrer hohen Schönheit die Hand küsse und ihr alle meine Dienste widmen will, soviel meine Kräfte vermögen und Ihro Durchlaucht mir gebieten wollen. Und denke darauf, Sancho, wie du sprichst; nimm dich in acht, nicht eins von deinen Sprichwörtern in diese Gesandtschaft einzumengen.

Bin ich denn wohl ein solcher Dreinmenger? antwortete Sancho. Für wen seht Ihr mich denn an? Das ist ja nicht das erstemal in meinem Leben, daß ich hohen und ungewöhnlichen Damen Botschaften überbracht habe.

Außer derjenigen, welche du der Dame Dulcinea überbrachtest, versetzte Don Quixote, wüßte ich keine andere, die du ausgerichtet hättest, wenigstens nicht in meinen Diensten.

Das ist wahr, antwortete Sancho, aber der gute Bezahler läßt sich das Pfand nicht gereuen, und im versorgten Hause bereitet man sich bald zum Schmause. Ich meine, daß man mir nur ein einziges Wort zu sagen braucht; denn von allem hab' ich etwas und verstehe von allem ein wenig.

Ich glaube dir, Sancho, sagte Don Quixote, sei glücklich, und Gott geleite dich.

Sancho entfernte sich im schnellsten Trabe, indem er den Grauen aus seinem gewöhnlichen Schritte trieb, und gelangte zu der schönen Jägerin, wo er abstieg, sich vor ihr auf die Knie warf und sagte: Schöne Dame, jener Ritter, den Ihr dort seht, ist der Ritter von den Löwen und mein Herr; und ich bin sein Knappe, den man in seinem Hause Sancho Pansa nennt. Dieser Ritter von den Löwen (der noch vor kurzem der von der traurigen Gestalt hieß) schickt mich, um Eurer Hoheit zu sagen, daß Ihr erlauben mögt, Eurer hochfliegenden Hoheit und Schönheit zu dienen, und wenn Ihr ihm die Erlaubnis gebt, werdet Ihr Euch selbst zum Besten handeln, und er wird die allerfröhlichste Gunst und Freude darüber empfinden.

Wahrlich, wackerer Knappe, antwortete die Dame, Ihr habt Eure Gesandtschaft mit allen denjenigen Umständlichkeiten abgelegt, die dergleichen Gesandtschaften erfordern. Erhebt Euch vom Boden; denn der Knappe eines so berühmten Ritters, wie der von der traurigen Gestalt ist, von dem wir schon viele Kenntnis hier haben, darf nicht auf den Knien liegen. Steht auf, mein Freund, und sagt Eurem Gebieter, daß er es sich gefallen lassen möge, meine und des Herzogs, meines Gemahls, Dienste anzunehmen in einem Landhause, welches wir hier in der Nähe besitzen.

Sancho stand auf, verwundert sowohl über die Schönheit der edlen Dame wie über ihre Herablassung und Höflichkeit, noch mehr aber darüber, daß sie von seinem Herrn, dem Ritter von der traurigen Gestalt, schon wußte; daß sie ihn nicht den von den Löwen genannt hatte, müsse, wie er meinte, daher rühren, daß er diesen Namen erst kürzlich angenommen. Die Herzogin fragte ihn: Sagt mir doch, lieber Knappe, ist Euer Herr nicht derselbe, von welchem es eine gedruckte Historie gibt, die den Titel führt: Der scharfsinnige Ritter Don Quixote de la Mancha, der zur Gebieterin seines Herzens eine Dulcinea del Toboso hat?

Er ist derselbe, gnädige Dame, antwortete Sancho, und sein Knappe, der sich auch in der Historie befindet oder befinden sollte und der Sancho Pansa heißt, der bin ich, wenn sie mich nicht in der Wiege, ich meine in der Druckerei, umgetauscht haben.

Alles dies ist mir unendlich lieb, sagte die Herzogin. Geht, Freund Pansa, und sagt Eurem Herrn, daß er mir in meinem Gebiete sehr erwünscht und willkommen ist und daß mir nichts hätte begegnen können, was mir mehr Freude verursacht hätte.

Mit dieser angenehmen Antwort kehrte Sancho äußerst vergnügt zu seinem Herrn zurück, welchem er alles erzählte, was die vornehme Dame gesprochen hatte, indem er mit seinen bäuerischen Ausdrücken ihre große Schönheit, Artigkeit und Höflichkeit bis zum Himmel erhob. Don Quixote rüstete sich im Sattel, setzte sich in den Steigbügeln fest, zog das Visier auf und trieb den Rosinante an. So kam er mit würdigem Anstande herbei, der Herzogin die Hand zu küssen, die indessen ihren Gemahl, den Herzog, hatte rufen lassen, dem sie, während Don Quixote näher kam, seine Mission erzählte; und da beide den ersten Teil dieser Historie gelesen hatten und daraus die wunderliche Sinnesart des Don Quixote kannten, erwarteten sie ihn mit dem größten Vergnügen und der heftigsten Neugier, indem sie sich vornahmen, seiner Laune zu folgen und ihm in allem, was er sagen würde, recht zu geben, ihn, solange er bei ihnen bliebe, ganz wie einen fahrenden Ritter zu behandeln, mit allen jenen Zeremonien, die in den Ritterbüchern gebräuchlich sind, welche sie gelesen hatten.

Don Quixote kam jetzt mit erhobenem Visier herbei, und da er Miene machte, abzusteigen, eilte Sancho hinzu, ihm den Steigbügel zu halten; er war aber so unglücklich, daß, indem er von dem Grauen stieg, er sich mit dem Fuße in einem Seile des Sattels so verwickelte, daß es ihm nicht möglich war, herunterzukommen, sondern er blieb aufgehängt, mit Mund und Brust die Erde berührend. Don Quixote, der es gewohnt war, nicht anders abzusteigen, als indem man ihm den Steigbügel hielt, glaubte, daß Sancho schon dastände, ihn zu halten; er schwang sich also seitwärts und riß den Sattel des Rosinante mit sich, der vermutlich nicht festgeschnallt war, und der Sattel und er fielen zu Boden, worüber er sich sehr schämte und heimlich viele Verwünschungen gegen den armen Sancho ausstieß, der indessen auch noch mit dem Fuße in seiner Schleife hing. Der Herzog befahl seinen Jägern, dem Ritter und Knappen zu Hilfe zu kommen, die Don Quixote aufhoben, der vom Falle übel zugerichtet war und sich hinkend, und so gut er konnte, herbeimachte, um vor den beiden Herrschaften die Knie zu beugen. Der Herzog erlaubte dies aber auf keine Weise, sondern er stieg vielmehr von seinem Pferde ab und umarmte Don Quixote, indem er sagte: Es tut mir leid, Herr Ritter von der traurigen Gestalt, daß die erste Visite, die Euer Gnaden auf meinem Gebiete gemacht haben, eine so üble hat sein müssen, wie wir gesehen haben; aber die Nachlässigkeit der Knappen pflegt noch wohl andere, schlimmere Zufälle herbeizuführen.

Derjenige, der mich betroffen, Euch zu sehen, o erlauchtester Fürst, antwortete

Don Quixote, ist nicht arg, und wenn sich mein Fall selbst bis in den Abgrund der Hölle erstreckt hätte, denn auch von dort hätte mich die Glorie erhoben und gerettet, Euch gesehen zu haben. Mein Knappe, welchen Gott verwünschen möge, weiß besser, seine Zunge zu lösen, um Bosheiten zu sagen, als einen Sattel festzumachen und auf die rechte Art zu schnallen; aber wie ich mich auch immer befinden möge, gefallen oder aufgestanden, zu Fuß oder zu Pferde werde ich immerdar zu Euren Diensten sein, wie zu denen meiner gnädigen Herzogin, Eurer würdigen Gefährtin und der würdigen Herrin der Schönheit und erhabensten Fürstin aller Artigkeit.

Gemach, mein Herr Don Quixote de la Mancha, sagte der Herzog; denn solange meine gnädige Doña Dulcinea del Toboso lebt, ist es nicht am Platze, andere Schönheiten zu erheben.

Sancho Pansa war indessen aus seiner Schleife losgemacht und hatte sich auch herbeigefunden; er sagte, ehe noch sein Herr antworten konnte: Es ist nicht zu leugnen, sondern man muß es zugeben, daß meine gnädige Dulcinea del Toboso schön ist; aber wo man's am wenigsten denkt, springt der Hase auf. Denn ich habe sagen hören, daß das, was man die Natur nennt, ebenso ist wie ein Töpfer, der Gefäße aus Ton macht; wer ein schönes Gefäß macht, kann auch zwei machen und drei und hundert. Dies sag' ich nur, weil meine gnädige Herzogin wahrhaftig nicht meiner Gebieterin, der Dame Dulcinea del Toboso, in der Schönheit was schuldig bleibt.

Don Quixote wandte sich zur Herzogin und sagte: Eure Hoheit glaube mir, kein fahrender Ritter auf der Welt hat noch einen geschwätzigeren Knappen gehabt, noch einen, der spaßhafter als der meine wäre, und er wird mich nicht Lügen strafen, wenn Eure durchlauchtige Magnifizenz geruhen wollten, sich auf einige Tage meine Dienste gefallen zu lassen.

Worauf die Herzogin antwortete: Wenn der wackere Sancho spaßhaft ist, so schätze ich ihn um so mehr, denn so ist es ein Zeichen, daß er verständig ist; denn Lustigkeit und Scherze, Herr Don Quixote, wie Ihr selber wissen werdet, stehen groben Sinnen nicht zu Gebot. Wenn also der wackere Sancho lustig und spaßhaft ist, so schließe ich daraus, daß er auch verständig sei.

Und ein Schwätzer, fügte Don Quixote hinzu.

Je mehr, desto besser, sagte der Herzog; denn viele Scherze lassen sich nicht in wenigen Worten vortragen. Und damit uns über Reden nicht die Zeit vergehe, so komme der große Ritter von der traurigen Gestalt — —

Von den Löwen, muß Eure Hoheit sprechen, sagte Sancho; denn mit der traurigen Gestalt ist es vorbei.

Der Herzog fuhr fort: Es komme also der Ritter von den Löwen zu einem meiner Kastelle, welches sich in der Nähe befindet, wo er eine solche Aufnahme finden wird, wie eine so erhabene Person sie verdient und wie ich und die Herzogin alle fahrenden Ritter aufzunehmen pflegen, die zu uns kommen.

Sancho hatte indessen den Sattel des Rosinante aufgelegt und festgeschnallt;

Don Quixote stieg auf, so wie der Herzog ein sehr schönes Pferd bestieg, worauf sie die Herzogin zwischen sich nahmen und so nach dem Kastelle ritten. Die Herzogin befahl dem Sancho, neben ihr zu sein, weil sie an seinen verständigen Reden ein unendliches Vergnügen fände. Sancho ließ sich nicht lange bitten; er begab sich zwischen die drei und gab in der Unterhaltung den vierten Mann ab, woran sich die Herzogin und der Herzog sehr ergötzten, die es für ein großes Glück hielten, in ihrem Kastell einen solchen fahrenden Ritter und verfahrenen Knappen zu beherbergen.

Fünfundsiebzigstes Kapitel

welches von vielen und großen Dingen handelt.

Sancho war äußerst vergnügt, da es ihm schien, daß ihm die Herzogin so gnädig sei; denn er stellte sich vor, daß er in ihrem Kastell das wiederfinden würde, was er in dem Hause des Don Diego und des Basilio gehabt hatte, er blieb immer ein Freund des Wohllebens, und darum faßte er die Gelegenheit beim Schopf, wo und wann sie sich ihm nur darbieten mochte.

Die Historie erzählt weiter, daß der Herzog, ehe sie noch zu dem Lustschlosse oder Kastelle gekommen waren, vorausritt und allen seinen Dienern Anweisung gab, wie sie Don Quixote behandeln sollten. Als dieser nun mit der Herzogin durch die Tore des Kastells einzog, kamen sogleich zwei Lakaien herbei, in lange, feinatlassene, karmesinrote Röcke gekleidet, die in ihren Armen den Don Quixote absteigen ließen und ihm unbemerkt zuflüsterten: Nun gehe Eure Hoheit, um die gnädige Herzogin absteigen zu lassen. Don Quixote tat es, und zwischen beiden entspann sich hierüber ein Wettstreit von Höflichkeit; doch trug endlich die Weigerung der Herzogin den Sieg davon, die nicht anders als in den Armen des Herzogs von ihrem Zelter absteigen wollte, indem sie sagte, daß sie nicht würdig sei, einem so großen Ritter eine unnütze Beschwerde zu machen. Der Herzog kam endlich, ihr herabzuhelfen, und indem sie in einen großen Hof hineintraten, kamen ihnen zwei schöne Mädchen entgegen und warfen um Don Quixotes Schultern einen großen Mantel von feinstem Scharlach; augenblicklich wurden alle Galerien des Hofes mit Dienern und Dienerinnen angefüllt, welche mit lauter Stimme riefen: Willkommen sei die Blume und der Ausbund aller fahrenden Ritter! Sie sprengten wohlriechende Wasser auf Don Quixote und die Herzogin, und Don Quixote war über alle diese Anstalten sehr verwundert, und dieses war der erste Tag, an welchem er felsenfest glaubte, daß er ein wahrhafter und kein eingebildeter fahrender Ritter sei, da er sich ganz so behandelt sah, wie er gelesen hatte, daß man in vergangenen Zeiten die fahrenden Ritter behandelt habe. Sancho machte sich vom Grauen und drängte sich an die Herzogin, mit welcher er in das Kastell hineinzog, darauf aber marterte ihn sein Gewissen, daß er seinen Esel allein gelassen hatte; deshalb ging er zu einer ehrwürdigen Dueña, die mit den übrigen gekommen war, um die Herzogin zu empfangen, und sagte zu ihr mit leiser Sitmme: Frau Gonzalez! oder wie Euer Gnaden sonst heißen mag —

Doña Rodriguez de Griljalba ist mein Name, antwortete die Dueña. Was ist Euch gefällig, mein Freund?

Worauf Sancho antwortete: Ich wollte gern, daß Euer Gnaden mir die Gnade erzeigte, vor die Tür des Kastells hinauszugehen, wo Ihr einen grauen Esel finden werdet, der mein ist. Seid doch von der Güte, ihn in den Stall zu ziehen oder ziehen zu lassen; denn das arme Ding ist etwas furchtsam und wird sich gar nicht darein finden können, so ganz allein und einsam zu bleiben.

Wenn der Herr so verständig ist wie der Diener, antwortete die Dueña, so gnade Gott! Daß Ihr das Unglück kriegtet samt demjenigen, der Euch hierhergebracht hat! Sorgt selber für Euren Esel; denn die Dueñas in diesem Hause sind nicht an dergleichen Verrichtungen gewöhnt.

Nun wahrhaftig, antwortete Sancho, ich habe doch von meinem Herrn gehört, der die Historien durch und durch kennt, daß, als Lanzarote von Bretagne kam,

Zarte Damen pflegten sein,
Prinzessinnen sein Rösselein;

und was meinen Esel betrifft, so würde ich ihn nicht mit dem Rosse des Herrn Lanzarote austauschen.

Freund, wenn Ihr ein Harlekin seid, versetzte die Dueña, so spart Eure Späße für diejenigen, denen sie gefallen und die sie Euch bezahlen; denn von mir bekommt Ihr nichts dafür als eine Feige.

Und noch dazu, antwortete Sancho, wird die sehr reif sein.

Hurensohn, sagte die Dueña, im heftigsten Zorne entbrannt, ob ich alt bin oder nicht, darum hat sich Gott zu bekümmern, nicht aber Ihr, Ihr Spitzbube, grober Klotz! Dies sagte sie mit so lauter Stimme, daß die Herzogin sie hörte; diese wandte sich um und sah die Dueña mit erhitzten Augen, worauf sie fragte, was sie habe.

Ich habe es hier, antwortete die Dueña, mit diesem lieben Menschen, der mich dringend bittet, seinen Esel in den Stall zu ziehen, der vor der Tür des Kastells stände; wobei er mir zum Beispiel anführt, daß es mit einem Lanzarote ebenso geschah, den Damen bedienten, und außerdem hat er mich noch zum Überflusse alt genannt.

Das würde ich, antwortete die Herzogin, für den größten Schimpf halten, den man mir antun könnte. Sie wandte sich zu Sancho und sagte: Wißt, Freund Sancho, daß Doña Rodriguez noch sehr jung ist; sie trägt diesen Schleier mehr ihres Amtes und des Gebrauches halber als ihrer Jahre wegen.

Die soll der Teufel holen, die ich noch zu leben habe, antwortete Sancho, wenn ich es deswegen gesagt habe; ich sagte es nur, weil ich meinem Esel so sehr gut bin, so dachte ich, ich könnte ihn keiner mitleidigeren Person als der Doña Rodriguez empfehlen.

Don Quixote, der alles anhörte, sagte: Sind dies Reden, Sancho, die sich für diesen Ort geziemen?

Gnädiger Herr, antwortete Sancho, jedermann muß von seiner Notdurft reden, wo er auch immer sein mag. Hier fiel mir mein Grauer ein, und hier habe ich von ihm geredet; wäre er mir im Stalle eingefallen, so hätte ich da von ihm geredet.

Worauf der Herzog sagte: Sancho hat sehr recht, und keiner kann ihn deswegen schelten. Für den Grauen soll, wie sein Herz es wünscht, gesorgt werden, und Sancho gebe sich zufrieden; denn es soll dem Esel wie seiner eigenen Person begegnet werden.

Unter diesen Gesprächen, an denen sich alle außer Don Quixote ergötzten, stiegen sie hinauf und führten Don Quixote in einen Saal, der mit kostbaren Teppichen von Gold und Brokat ausgeschmückt war. Sechs Jungfrauen entwaffneten ihn und dienten ihm als Pagen, alle vom Herzoge und der Herzogin in dem unterrichtet, was sie zu tun hätten und wie sie dem Don Quixote begegnen sollten, damit er glauben und sehen möchte, daß man ihm wie einem fahrenden Ritter begegnete. Don Quixote war nun entwaffnet und befand sich in seinen engen Beinkleidern und dem gemsledernen Wams, dürr, groß, ausgedehnt, mit so hageren Wangen, daß inwendig eine die andere küßte, eine Gestalt, daß die Mädchen, die ihm aufwarteten, wenn sie nicht vorher unterrichtet gewesen, daß sie nicht lachen dürften (welches einer von den strengsten Befehlen war, die sie von ihren Herrschaften erhalten hatten), vor Lachen fast umgekommen wären. Sie baten ihn, daß er sich ganz möchte auskleiden lassen, um ein Hemd anzulegen; das gab er aber durchaus nicht zu, sondern sagte: Ehrbarkeit zieme nicht minder den fahrenden Rittern als Tapferkeit. Doch bat er, sie möchten das Hemd dem Sancho übergeben, mit welchem er sich in einem Zimmer verschloß, in dem ein kostbares Bett stand. Hier entkleidete er sich und zog das Hemd an, und da er sich mit Sancho allein sah, sagte er zu ihm: Sage mir doch, du neugebackener Narr und alter Flegel, scheint es dir denn gut getan, eine so ehrbare und achtungswürdige Dueña zu erbittern und zu beschimpfen? War das wohl eine schickliche Zeit, an deinen Grauen zu denken? Ist dieses wohl eine Herrschaft, die unsere Tiere wird verhungern lassen, wenn sie ihre Herren so ausgezeichnet aufnimmt? Um Gottes willen, Sancho, betrage dich so, daß man nicht deinen groben Faden sieht, so daß sie darauf fallen, du seist nur grobes und gemeines Bauerntuch. Bedenke, du armer Sünder, daß der Herr um so höher geschätzt wird, um so mehr er achtbare und gut erzogene Diener hat, und daß einer der größten Vorzüge der Fürsten vor den übrigen Menschen der ist, daß sie Diener haben, die so gut sind wie sie selber. Siehst du denn nicht ein, du dich Entehrender und mich Beschimpfender, wenn sie merken, du seist nur ein plumper Bauer oder ein dummköpfiger Lustigmacher, daß sie auch denken werden, ich sei nur ein Lump oder ein falsch ausgemünzter Ritter? Nein, nein, Freund Sancho, lege ja diese Unanständigkeiten ab; denn wer als Schwätzer und Lustigmacher ins Stolpern gerät, fällt beim ersten Anstoß und bleibt als beschimpfter Hanswurst liegen. Zähme deine Zunge, erwäge und käue die Worte wieder, ehe sie dir aus dem Munde quellen, und bedenke, daß wir nun dahin gelangt sind, wo wir mit der Hilfe Gottes und durch Tapferkeit meines Armes uns erheben können und an Ruhm wie an Gütern um vieles besser von dannen gehen.

Sancho versprach ihm mit vielen Beteuerungen, seinen Mund zu verschließen oder sich in die Zunge zu beißen, ehe er ein ungeziemliches oder nicht überlegtes Wort hervorbrächte, ganz nach seinem Willen, und daß er ohne Sorge sein möchte; denn durch ihn sollte es nie herauskommen, wer sie wären. Don Quixote kleidete sich an, hing sein Bandelier mit dem Schwerte um, wickelte sich in den Scharlachmantel, setzte ein Barett von grünem Atlasse auf, welches ihm die Jungfrauen gegeben hatten, und so geschmückt begab er sich in den großen Saal, wo er die Jungfrauen fand, die in zwei Reihen zu beiden Seiten standen, um ihm Waschwasser zu reichen, welches sie ihm mit großer Ehrerbietung und vielen Zeremonien präsentierten.

Alsbald kamen zwölf Pagen mit dem Haushofmeister, um ihn zu Tische zu führen, wo die Herrschaften schon warteten. Sie nahmen ihn in die Mitte und führten ihn mit Pomp und Majestät in einen anderen Saal, wo ein kostbarer Tisch bereitstand, nur mit vier Gedecken. Die Herzogin und der Herzog gingen ihm in der Tür entgegen, um ihn zu empfangen, und mit ihnen kam ein ernsthafter Geistlicher, einer von denen, welche die Häuser der Fürsten regieren; von denen, die, da sie nicht als Fürsten geboren werden, auch diejenigen, die es sind, nicht zu lehren wissen, wie sie es sein sollen; einer von denen, die sich bemühen, daß die Größe der Großen sich mit der Kleinheit ihrer Seelen verbinde, einer von denen, die, wenn sie jenen zeigen wollen, wie man sparsam sei, sie dahin bringen, geizig zu werden. Einer von diesen also war, wie gesagt, der ernsthafte Geistliche, der mit den Herzögen kam, Don Quixote zu empfangen. Man machte sich tausend verbindliche Komplimente, und endlich nahmen sie den Don Quixote in die Mitte und gingen sich zu Tische setzen. Der Herzog nötigte Don Quixote, den obersten Platz am Tische einzunehmen, und ob er sich gleich weigerte, so waren doch die Einladungen des Herzogs so dringend, daß er ihn einnehmen mußte. Der Geistliche setzte sich gegenüber und der Herzog und die Herzogin zu beiden Seiten.

Sancho war bei allem gegenwärtig und verwundert und höchlichst erstaunt über die Ehre, die seinem Herrn von diesem Fürsten widerfuhr; und da er die vielen Zeremonien und gegenseitigen Bitten sah, die zwischen dem Herzoge und Don Quixote vorfielen, wer am Tische obenan sitzen sollte, sagte er: Wenn mir es Euer Gnaden erlaubten, so wollte ich eine Geschichte erzählen, die sich in meinem Orte von wegen des Niedersitzens zugetragen hat.

Kaum hatte Sancho dies gesagt, als Don Quixote zitterte, weil er fest überzeugt war, jener würde eine Torheit vorbringen. Sancho sah ihn an, verstand ihn und sagte: Fürchtet nicht, gnädiger Herr, daß ich mich vergesse oder ein Ding sage, was nicht schicklich sei; denn ich habe das noch im Kopfe, was Ihr mir über das Viel- und Wenig-, Gut- und Schlechtsprechen gesagt habt.

Ich weiß von nichts, Sancho, antwortete Don Quixote; sage, was du willst, wenn du es nur schnell sagst.

Was ich also erzählen will, sagte Sancho, ist so wahr, daß mein Herr Don Quixote, der hier gegenwärtig ist, es selbst wird bestätigen müssen.

Meinethalben, versetzte Don Quixote, lüge, Sancho, soviel du willst, denn ich will dir nicht hinderlich sein; aber erwäge, was du sagst.

Ich habe es so viel hin und her erwogen, daß ich dreist ausspielen darf, weil ich in der Vorhand sitze, wie man aus der Sache selbst erkennen wird.

Es wäre gut, sagte Don Quixote, wenn Ihre Hoheiten den Narren hinausführen ließen; denn er wird tausend Aberwitzigkeiten sagen.

Beim Leben des Herzogs, sagte die Herzogin, Sancho soll sich nicht einen Augenblick entfernen! Ich liebe ihn sehr; denn ich weiß, er ist sehr verständig.

Herrliche Tage, sagte Sancho, mögen Eurer Heiligkeit beschieden sein, weil Ihr so gut von mir denkt, ob ich es gleich nicht verdiene. Die Erzählung, die ich vortragen wollte, ist folgende: Es lud ein Edelmann in meinem Orte, der sehr reich und vornehm ist, denn er stammt von den Alamos de Medina del Campo, er verheiratete sich mit der Doña Mencia de Quinoñes (die eine Tochter des Don

Alonso de Marañon war, eines Ritters vom Orden Sant Jago, der in der Herradura ertrank), seinetwegen gab es damals Händel in unserem Orte, in denen, wie ich glaube, mein Herr Don Quixote auch verwickelt war, wo noch der verdrehte Tomasillo verwundet wurde, der Sohn des Schmiedes Balvastro. Ist das nicht alles die Wahrheit, mein werter, gnädiger Herr? Sagt es doch um Gottes willen, damit diese Herrschaften mich für keinen lügenhaften Schwätzer halten.

Bis jetzt, sagte der Geistliche, halte ich Euch mehr für einen Schwätzer als für einen Lügner; aber ich weiß noch nicht, für was ich Euch weiterhin halten werde.

Du führst so viel Zeugen an, Sancho, und gibst so viele Merkmale, daß ich genötigt bin zu sagen, daß du wohl die Wahrheit sagen wirst. Fahre fort und mache die Erzählung kurz; denn du hast so angefangen, als ob du sie in zwei Tagen nicht beendigen würdest.

Er soll sie nicht abkürzen, sagte die Herzogin, wenn er sich nach meinem Gefallen richtet, sondern sie so erzählen, wie er sie weiß, wenn er auch in sechs Tagen nicht fertig würde; denn brauchte er auch so viele Tage, so würde ich diese für die angenehmsten halten, die ich nur jemals erlebt habe.

Ich sage also, gnädige Herrschaften, fuhr Sancho fort, daß dieser Edelmann, den ich wie mich selber kenne, denn sein Haus ist von dem meinigen nicht einen Steinwurf weit ab, einmal einen armen, aber achtbaren Bauer zu sich einlud.

Weiter, Freund, sagte hierauf der Geistliche, Ihr geht so vorwärts, daß Ihr mit Eurer Erzählung nicht eher als in der anderen Welt fertig sein werdet.

Auf dem halben Wege dahin werde ich fertig sein, wenn es Gott gefällt, antwortete Sancho. Ich sage also, daß, als dieser Bauer in das Haus des genannten Edelmannes kam, der ihn gebeten hatte — seine Seele ruhe in Frieden, denn jetzt ist er tot. Und zu größerem Wahrzeichen sage ich noch, daß er einen Tod wie ein Engel gestorben ist; ich war aber gerade nicht zugegen, denn ich war damals zum Mähen nach Templeque gegangen.

Um des Himmels willen, mein Sohn, kommt schnell von Templeque zurück und ohne den Edelmann zu begraben, wenn Ihr nicht mehr Leichenbegängnisse erleben wollt; bringt Eure Erzählung zu Ende.

Es kam also, versetzte Sancho, daß, als sich die beiden zu Tisch setzen wollten — es ist mir nicht anders, als ob ich sie noch jetzt vor mir sehe. — —

Den Herzögen behagte das Mißbehagen sehr, welches der gute Geistliche über die Pausen merken ließ, mit welchen Sancho seine Geschichte erzählte, und Don Quixote war vor Zorn und Wut außer sich.

Ich sage also, sagte Sancho, daß, als nun, wie gesagt, die beiden im Begriff waren, sich zu Tisch zu setzen, der Bauer mit dem Edelmanne stritt, daß er die oberste Stelle einnehmen möchte; der Edelmann aber bestand wieder darauf, daß der Bauer sie einnehmen sollte, denn in seinem Hause müßte alles so geschehen, wie er es wollte. Der Bauer aber, der sich auch artig und wohlgezogen zeigen wollte, gab es durchaus nicht zu, bis der Edelmann verdrießlich ihm beide Hände auf die Schultern stemmte und ihn mit Gewalt niedersetzte; wobei er sagte: Setzt Euch doch, verdrießlicher Mann; denn wo ich mich auch immer hinsetzen mag, da werde ich über Euch sitzen. Und dies ist meine Geschichte, und ich glaube in Wahrheit, daß ich sie nicht bei den Haaren herbeigezogen habe.

Don Quixote glühte in tausend Farben, die ihn marmorierten und durchschimmerten. Die Herrschaften verbargen ihr Lachen, damit Don Quixote nicht noch zorniger werden möchte, indem sie die Bosheit des Sancho wohl begriffen hatten. Um das Gespräch zu ändern und damit Sancho nicht fortführe, neue Albernheiten zu sagen, fragte die Herzogin Don Quixote, welche Nachrichten er von der Dame Dulcinea habe und ob er ihr kürzlich einige Präsente von Riesen oder Räubern übersandt, weil er notwendig viele besiegt haben müsse.

Worauf Don Quixote antwortete: Hohe Herrin, mein Unglück hat zwar einen Anfang genommen, wird aber niemals ein Ende finden. Ich habe Riesen besiegt und ihr Räuber und Missetäter zugeschickt; aber wo sollen sie sie finden, da sie verwandelt und in die häßlichste Bäuerin verkehrt ist, die man sich nur vorstellen kann?

Das weiß ich nicht, sagte Sancho Pansa; mir schien sie die schönste Kreatur von der Welt, wenigstens in der Leichtigkeit, und im Hopsen gibt sie keinem Luftspringer etwas nach. Wahrhaftig, gnädige Herzogin, sie springt Euch von der Erde auf einen Esel hinauf, wie wenn sie eine Katze wäre.

Der Geistliche, der von Riesen, Missetätern und Verzauberungen reden hörte, merkte nun, daß dieses wohl der Don Quixote de la Mancha sein müsse, dessen Historie der Herzog gewöhnlich las, weshalb er ihn schon oft getadelt und gesagt, daß es Torheit sei, dergleichen Torheiten zu lesen; und als er sich in dieser Meinung bestätigt sah, wandte er sich sehr zornig zum Herzoge und sagte: Euer Exzellenz, mein gnädiger Herr, mag bedenken, daß Ihr Gott von dem Rechenschaft zu geben habt, was Ihr mit diesem armen Menschen vornehmt. Dieser Don Quixote oder Don Hansnarr, oder wie er sonst heißen mag, ist nach meiner Meinung wohl noch nicht ganz der Dummkopf, wie Euer Exzellenz haben will, daß er versuchen sollte, da Ihr ihm Gelegenheiten an die Hand gebt, in seinen Narrheiten und einfältigen Streichen weiter zu gehen. Er wandte sich hierauf zu Don Quixote und sagte: Und Ihr, Mensch ohne Verstand, wer hat es Euch denn in den Kopf gesetzt, daß Ihr ein fahrender Ritter seid und daß Ihr Riesen überwindet und Räuber gefangennehmt? Geht in Gottes Namen nach Eurem Hause zurück und erzieht Eure Kinder, wenn Ihr welche habt, und verwaltet Eure Wirtschaft und schweift nicht so durch die Welt, indem Ihr Luftschlösser baut und allen, die Euch kennen und nicht kennen, etwas zu lachen gebt. In welcher unglückseligen Stunde seid Ihr denn darauf verfallen, daß es fahrende Ritter gibt oder gegeben hat? Wo gibt es denn Riesen in Spanien oder Räuber in Mancha oder bezauberte Dulcineen oder all die übrigen Dummheiten, die von Euch erzählt werden?

Don Quixote hörte den Worten dieses ehrwürdigen Mannes aufmerksam zu; und da er sah, daß er stillschwieg, erhob er sich, ohne den Respekt gegen die Herzöge beizubehalten, und sagte ergrimmt und mit erbostem Angesichte: — — Doch diese Antwort verdient ein eigenes Kapitel.

Sechsundsiebzigstes Kapitel

Die Antwort, welche Don Quixote seinem Tadler gab, nebst anderen ernsthaften und lustigen Vorfällen.

Don Quixote also erhob sich, zitterte vom Kopf bis zu den Füßen, als ob er Krämpfe hätte, und sagte mit hastiger und stotternder Sprache: Der Ort, an dem ich bin, und die Gesellschaft, in welcher ich mich befinde, sowie die Achtung, die ich immer vor dem Stande hatte und habe, zu welchem Ihr Euch bekennt, fesseln und binden mir die Hände meines gerechten Zornes. Deshalb also, und auch, weil ich das weiß, was alle wissen, daß die Waffen der Gelehrten dieselben sind, welche die Weiber gebrauchen, nämlich die Zunge, will ich die meinige zum gleichen Kampfe gegen Euch anwenden, von dem man eher freundlichen Rat als schändliche Schmähungen erwarten dürfte. Der erlaubte und gutgemeinte Tadel muß auf ganz andere Art und Weise gegeben werden; wenigstens habt Ihr dadurch, daß Ihr mich so öffentlich und hart tadelt, alle Grenzen des erlaubten Tadels überschritten; denn dieser bedient sich lieber der Freundlichkeit als der Härte, und es ist nicht gut, jemand, ohne das Vergehen zu kennen, welches man tadelt, ohne weiteres einen Sünder, Dummkopf und Narren zu schelten. Ist dieses nicht der Fall, so sagt mir doch, um welche Narrheiten, die Ihr an mir gesehen, verdammt und schmäht Ihr mich also und ratet mir, mich nach meinem Hause zu begeben und es zu bewahren sowie meine Frau und meine Kinder, ohne zu wissen, ob ich auch die eine oder die anderen habe? Ist es wohl genug, sich, ohne rechts und links zu sehen, in fremde Häuser zu begeben, um ihre Herren zu beherrschen und, nachdem man in den Schulen durch armselige Stipendien aufgezogen ist, ohne mehr von der Welt gesehen zu haben als zwanzig oder dreißig Meilen im Umkreise, sich unverschämterweise dareinzumengen, der Ritterschaft Gesetze vorzuschreiben und über die fahrenden Ritter ein Urteil zu sprechen? Ist es denn vielleicht ein eitles Unternehmen oder eine übel angewandte Zeit, wenn man sie darauf verwendet, durch die Welt zu ziehen, keine von ihren Wollüsten suchend, sondern alle jene Bedrängnisse, durch welche die Tugendhaften zur Unsterblichkeit gelangt sind? Hätten mich die Ritter für einen Narren gehalten, die Vornehmen, die Edelmütigen, die Hochgeborenen, so hätte ich es für einen unwiderruflichen Schimpf genommen; daß mich aber die Schriftgelehrten für albern halten, die niemals die Fußtapfen der Ritterschaft betreten haben, kümmert mich nicht im geringsten. Ritter bin ich, und als Ritter will ich sterben, wenn es dem Allerhöchsten so gefällt. Einige wandeln auf dem weiten Felde des stolzen Hochmuts, andere gehen durch knechtische und niedrige Schmeichelei, andere durch betrügerisches Heucheln, wenige auf dem Pfade der wahrhaftigen Religion; ich aber, von meinem Gestirne geleitet, wandle auf der engen Bahn der fahrenden Ritterschaft, in deren Ausübung ich zwar die Güter, aber keineswegs die Ehre verachte. Ich habe Beleidigungen gutgemacht, Unverschämtheiten bestraft, Riesen überwunden und Gespenster bekämpft. Ich bin verliebt, aber nicht mehr, als es die fahrenden Ritter durchaus sein müssen, und deswegen bin ich kein lasterhaft Liebender, sondern einer der strengen platonischen. Meine Absichten habe ich immer auf gute Zwecke gerichtet, nämlich allen gut und keinem Böses zu tun. Ob derjenige, der dieses will, ob derjenige, der so handelt, ob derjenige, der dieses ausübt, ein Narr genannt zu werden verdiene, das mögen Eure Hoheiten, mein durchlauchtiger Herzog und Herzogin, entscheiden.

Höchst vortrefflich, bei Gott! sagte Sancho, sagt nichts weiter, mein gnädigster Herr, zu Eurer Rechtfertigung; denn es ist weiter nichts zu sagen oder zu denken oder irgend in der Welt noch zu erinnern. Dieser Herr leugnet, daß es in der Welt fahrende Ritter gibt oder gegeben habe; aber warum tut er das, da er nichts von den Sachen versteht, wovon er spricht?

Vielleicht, sagte der Geistliche, seid Ihr, mein Freund, jener Sancho Pansa, dem sein Herr eine Insel versprochen haben soll?

Freilich bin ich der nämliche, antwortete Sancho, und ich verdiene sie wohl ebensogut als irgendein anderer. Ich bin einer, der sich zu den Guten hält und selber einer von ihnen werden wird; und ich bin einer von denen, von welchen man sagt: Nicht mit wem du geboren, sondern mit wem du geschoren, und von denen, von welchen man sagt: Wer an einen guten Baum sich stützt, wird auch durch guten Schatten geschützt. Ich habe mich auf meinen braven Herrn gestützt; und schon seit vielen Monaten bin ich in seiner Gesellschaft und werde ein zweiter Er werden, wenn es Gott gefällt. Und bleibt er nur leben und ich, so wird es ihm nicht an Königreichen fehlen, die er beherrscht, noch mir an Inseln, die ich regieren kann.

Wahrhaftig nicht, Freund Sancho, sagte hierauf der Herzog; denn ich übergebe Euch im Namen des Herrn Don Quixote die Statthalterschaft von einer, die ich unter etlichen anderen besitze und die nicht unbedeutend ist.

Knie nieder, Sancho, sagte Don Quixote, und küsse Seiner Exzellenz die Füße für die Gnade, die Sie dir erzeigt hat.

Sancho tat es; als aber der Geistliche dies sah, stand er im äußersten Zorne vom Tische auf und sagte: Vermöge des Kleides, welches ich trage, muß ich bekennen, daß Euer Exzellenz so albern sind wie diese Sünder. Es ist kein Wunder, daß sie närrisch sind, wenn die Klugen ihre Narrheiten autorisieren. Bleibe Euer Exzellenz in ihrer Gesellschaft; denn solange sie im Hause sind, werde ich mich in dem meinen aufhalten und mir die Mühe sparen, das zu tadeln, was ich nicht bessern kann. Ohne weiter etwas zu sagen oder noch zu essen, ging er fort, so daß die Bitten der Herzöge nicht vermochten, ihn zurückzuhalten, obgleich ihm der Herzog nicht viel sagte, woran ihn das Lachen verhinderte, welches sein übertriebener Ärger ihm erregt hatte.

Der Herzog hörte endlich auf zu lachen und sagte zu Don Quixote: Euer Gnaden, der Herr Ritter von den Löwen, hat für sich schon so erhaben geantwortet, daß er weiter keine Genugtuung braucht über das, was zwar einer Beleidigung gleichsieht, es aber auf keine Weise ist, denn so wie Weiber nicht beleidigen können, können es auch die Geistlichen nicht, wie Ihr besser wissen werdet als ich.

So ist es, antwortete Don Quixote; denn derjenige, der nicht beleidigt werden kann, kann auch keinen anderen beleidigen. Die Weiber, die Kinder und die Geistlichen, da sie sich nicht verteidigen können, wenn sie auch beleidigt werden, können nicht beschimpft werden; denn zwischen der Beleidigung und der Beschimpfung ist dieser Unterschied, wie Euer Exzellenz wissen wird. Die Beschimpfung kommt von einem, der sie geben kann, sie auch gibt und fortführt; die Beleidigung aber kann von jeglichem kommen, ohne daß sie beschimpft. Zum Beispiel geht einer sorglos auf der Gasse, zehn kommen mit bewehrter Hand und schlagen ihn; er zieht den Degen und tut seine Schuldigkeit, aber die Menge seiner Gegner ist ihm hinderlich, so daß er seine Absicht nicht durchführen kann, sich nämlich zu rächen. Ein solcher ist beleidigt, aber nicht beschimpft. Das nämliche wird ein anderes Beispiel bestätigen. Einer steht, und der andere kommt hinter seinen Rücken und schlägt ihn, entflieht aber, indem er dies tut; jener verfolgt ihn, kann ihn aber nicht einholen. Derjenige, der die Schläge empfangen, hat eine Beleidigung empfangen, aber keine Beschimpfung; denn die Beschimpfung muß fortgesetzt werden. Wenn derjenige, der die Schläge gab, sie auch hinterrücks gegeben hätte, aber den Degen gezogen und geblieben wäre, indem er seinem Feinde die Stirn geboten, so wäre der Geschlagene zugleich beleidigt und beschimpft gewesen; beleidigt, weil man ihn verräterisch angefallen; beschimpft, weil derjenige, der es getan, das fortsetzt, was er getan hat, sich nicht fortmacht, sondern vor ihm stehenbleibt, so daß ich mich also nach den Gesetzen des verwünschten Duells für beleidigt, aber nicht für beschimpft halten kann; denn Kinder haben keine Meinung und Weiber ebensowenig, sie dürfen weder fliehen noch erwarten, ebenso die zur heiligen Religion Gehörigen; denn diese drei Arten von Menschen haben weder Angriffs- noch Verteidigungswaffen, und ob sie gleich von der Natur verpflichtet sind, sich zu verteidigen, so können sie es doch niemals dazu sein, irgendwen anzugreifen. Und ob ich gleich soeben gesagt habe, ich könnte mich für beleidigt halten, so sage ich doch jetzt, daß ich auf keine Weise dazu verursacht bin; denn wer keine Beschimpfung erleiden kann, kann sie noch weniger geben, aus welchen Ursachen ich genötigt bin, das nicht im mindesten übel aufzunehmen, was jener gute Mann gesagt hat. Ich wollte nur, daß er noch etwas gezögert hätte, um zu hören, in welchem Irrtume er sich befindet, zu denken und zu sagen, daß es auf der Welt keine fahrenden Ritter gibt und gegeben habe; denn wenn dergleichen Amadis oder einer von seiner unzähligen Nachkommenschaft gehört hätte, so weiß ich gewiß, daß es dem ehrwürdigen Herrn sehr übel bekommen wäre.

Darauf wollte ich schwören, sagte Sancho, sie hätten ihm einen Hieb gegeben, daß er von oben bis unten wie eine Granate aufgespalten wäre oder wie eine überreife Melone. Ja, die waren dazu gemacht, dergleichen Hänseln zu vertragen! Bei meiner Seele, ich bin überzeugt, wenn Reynald von Montalban die Reden dieses Kerlchens angehört hätte, er hätte ihm eine solche Maulschelle gegeben, daß ihm das Sprechen für drei Jahre vergangen wäre. Solchen hätte er nur in die Hände geraten sollen, so hätte er gesehen, wie sie ihn zurichten würden.

Die Herzogin wollte vor Lachen sterben, als sie den Sancho so sprechen hörte; sie hielt ihn für viel lustiger und närrischer als seinen Herrn, und es waren damals viele, die ihr in dieser Meinung beipflichteten.

Don Quixote gab sich endlich zur Ruhe, und die Tafel wurde aufgehoben. Indem man abdeckte, traten vier Jungfrauen herein, die eine mit einem silbernen Becken, die andere mit einer Gießkanne von Silber; die dritte trug zwei sehr weiße und äußerst feine Handtücher auf der Schulter; und die vierte, welche die Arme bis zur Hälfte aufgestreift hatte, trug in ihren weißen Händen, die ohne Zweifel weiß waren, — eine Kugel von neapolitanischer Seife. Die mit dem Becken trat herzu und hielt es mit Zierlichkeit und freiem Anstande unter den Bart des Don Quixote, der, ohne ein Wort zu sprechen, über dergleichen Zeremonie verwundert und im Glauben, daß es wohl ein dort üblicher Gebrauch sein müsse, statt die Hände den Bart zu waschen, den seinigen, so weit er nur konnte, hervorstreckte. Zugleich goß die zweite aus der Gießkanne Wasser ein, und die Jungfrau mit der Seifenkugel seifte ihm den Bart hastig ein; und indem sie viele Schneeflocken erregte, denn von solcher Weiße schien die Seife, bestrich sie dem geduldigen Ritter nicht nur den Bart, sondern das ganze Gesicht, bis in die Augen hinein, so daß er sie mit Gewalt zudrücken mußte. Der Herzog und die Herzogin, die um diesen Vorfall nicht wußten, standen und warteten, was sich aus dieser außerordentlichen Wäscherei ergeben sollte. Die barbierende Jungfrau, als sie ihn so eine Handdick eingeseift hatte, tat, als habe sie alles Wasser verbraucht, und befahl der mit der Gießkanne, mehr zu holen, denn der Herr Don Quixote würde sich wohl solange gedulden. Es geschah so, und Don Quixote blieb in der seltsamsten und lächerlichsten Gestalt sitzen, die man sich nur vorstellen kann. Alle beschauten ihn, die zugegen waren, und deren waren viele; und indem sie ihn so sahen, mit einem Halse von einer halben Elle, der mehr als mäßig braun war, die Augen zugedrückt und den Bart voller Seife, so war es ein großes Wunder und viel Enthaltung notwendig, nicht in ein lautes Gelächter auszubrechen. Die Mädchen, die den Spaß ausgeführt, standen mit niedergeschlagenen Augen, ohne es zu wagen, ihren Herrschaften ins Gesicht zu sehen. Diese wechselten innerlich mit Verdruß und Lachen ab und wußten

nicht, wozu sie sich entschließen sollten, ob die Kühnheit der jungen Mädchen zu bestrafen sei oder ob sie für das Vergnügen eine Belohnung verdienten, welches sie empfanden, Don Quixote in dieser Verfassung zu erblicken. Endlich kam die Jungfrau mit der Gießkanne, worauf sie Don Quixote vollends wuschen, und sogleich trocknete ihn die mit den Handtüchern sehr säuberlich ab, worauf alle vier zugleich eine sehr tiefe und ehrerbietige Verbeugung machten und sich entfernen wollten. Der Herzog aber, damit Don Quixote den Spaß nicht merkte, rief das Mädchen mit dem Becken und sagte: Kommt und wascht mich auch und gebt acht, daß es nicht an Wasser fehle. Das kluge und behende Mädchen machte sich sogleich herbei und hielt so wie dem Don Quixote das Becken dem Herzoge unter, worauf sie ihn hastig wuschen und ziemlich einseiften; dann trockneten sie ihn ab, machten ihre Verbeugungen und entfernten sich. Nachher erfuhr man, daß der Herzog geschworen hatte, daß, wenn sie ihn nicht ebenso wie Don Quixote waschen würden, er die Keckheit strafen wollte, die sie aber dadurch geschickt verbessert hatten, daß sie ihn ebenfalls einseiften.

Sancho war bei den Zeremonien dieses Waschens sehr aufmerksam und sagte zu sich: Bei Gott, wäre es in diesem Lande vielleicht Sitte, auch den Bart der Knappen wie der Ritter zu waschen? Denn, meiner Seele, ich hätte es nötig; und wenn sie ihn auch scheren wollten, so würde ich es für eine Wohltat halten.

Was sprecht Ihr da für Euch, Sancho? fragte die Herzogin.

Ich sage, gnädige Frau, antwortete er, daß es an den Höfen anderer Fürsten, wie ich habe sagen hören, Sitte sei, daß, wenn man das Tischtuch abhebt, man Wasser für die Hände reicht, aber nicht Lauge für den Bart; und darum ist es gut, lange zu leben, um vieles zu sehen, ob man gleich auch sagt, daß, wer ein langes Leben hat, viel Unglück erfährt. Doch durch eine solche Wäsche zu gehen, ist mehr für ein Vergnügen als für ein Leiden zu achten.

Seid ohne Sorgen, Freund Sancho, sagte die Herzogin; ich will Befehl geben, daß Euch meine Jungfrauen auch waschen, ja noch dazu baden, wenn es nötig sein sollte.

Mit dem Barte bin ich schon zufrieden, antwortete Sancho, wenigstens für jetzt; mit der Zeit wird sich mit Gottes Hilfe auch das übrige finden.

Hört, Haushofmeister, sagte die Herzogin, was der wackere Sancho verlangt, und erfüllt sein Begehren.

Der Haushofmeister antwortete, daß dem Herrn Sancho alles zu Dienste stehen sollte, und hiermit entfernte er sich, um zu essen, und nahm den Sancho mit sich, indessen die Herzöge und Don Quixote am Tische sitzenblieben.

Die Herzogin bat Don Quixote, ihr, da er ein so gutes Gedächtnis zu haben scheine, die Schönheit und die Gestalt der Dulcinea del Toboso zu beschreiben und darzustellen; denn nach dem, was der Ruf von ihrer Trefflichkeit erzählte, müsse sie die holdseligste Kreatur auf dem Erdkreise, ja auch in der ganzen Mancha sein.

Don Quixote seufzte, als er den Befehl der Herzogin vernahm, und sagte: Könnte ich mein Herz herausnehmen und es hier vor den Augen Eurer Hoheit auf den Tisch in eine Schüssel legen, so würde meine Zunge der Mühe enthoben sein, das auszusprechen, was sich kaum denken läßt; denn Euer Exzellenz würde sie darin völlig abgebildet sehen. Aber wie soll ich es unternehmen, Zug für Zug und Teil für Teil die Schönheit der unvergleichlichen Dulcinea zu beschreiben und darzustellen, da dies eine Bürde ist wohl für andere Schultern als die meinigen; ein Vorwurf, mit welchem sich der Pinsel des Parrhasius, Timentes und Apelles beschäftigen sollte, der Meißel des Lysippus, um sie zu malen und in Kupfer zu stechen, in Marmor und in Erz zu arbeiten, und ciceronische und demosthenische Beredsamkeit, um sie zu preisen?

Was heißt demosthenische, Herr Don Quixote, fragte die Herzogin; denn ich habe dieses Wort zeit meines Lebens nicht gehört.

Demosthenische Beredsamkeit, antwortete Don Quixote, ist das nämliche wie die Beredsamkeit des Demosthenes, wie ciceronische die des Cicero, welches die beiden größten Redner in der Welt gewesen sind.

So ist es, sagte der Herzog zur Herzogin, und Ihr habt mit dieser Frage Eure geringe Gelehrsamkeit an den Tag gelegt. Dessenungeachtet aber würde uns Herr Don Quixote das größte Vergnügen machen, wenn er sie uns schildern wollte; denn ich bin überzeugt, daß, wenn er sie auch nur in einer leichten Skizze entwirft, sie doch so erscheinen wird, daß die Schönsten sie beneiden müssen.

Dieses würde ich gewiß tun, antwortete Don Quixote, wenn das Unglück, welches sie seit kurzem getroffen, mir sie nicht gänzlich aus meiner Idee verwischt hätte, welches so beschaffen ist, daß ich sie lieber beweinen als beschreiben möchte; denn Eure Hoheiten müssen wissen, als ich vor einigen Tagen ging, ihr die Hände zu küssen und ihren Segen zu empfangen, ihr Wohlwollen und ihre Erlaubnis zu diesem dritten Auszuge, fand ich eine andere als die ich suchte. Ich fand sie verzaubert und aus einer Prinzessin in eine Bäuerin verwandelt; aus einer Schönen in eine Häßliche; aus einem Engel in einen Teufel; aus einer Lieblichduftenden in eine Verpestete; aus einer Beredten in eine Grobe; aus einer Anständigen in eine Hopserin; aus Licht in Finsternis; und kurz, aus Dulcinea del Toboso in eine gemeine Bauerndirne.

Aber um Gottes willen, sagte hierauf der Herzog mit einem lauten Ausruf, wer ist derjenige, der der Welt ein so großes Übel zugefügt hat? Wer hat ihr die Schönheit entrissen, die sie erfreute, die Anmut, die sie zierte, und die Anständigkeit, die sie schmückte?

Wer? antwortete Don Quixote. Wer könnte es anders sein als ein boshafter Zauberer, einer von den vielen neidischen, die mich verfolgen? Diese verwünschte Rotte, die geboren ist, um die Taten der Rechtschaffenen zu verdunkeln und zu vernichten und um das zu erheben und ins Licht zu stellen, was die Bösen verüben. Zauberer haben mich verfolgt, Zauberer verfolgen mich, und Zauberer werden mich verfolgen, bis sie mich und meine erhabenen Rittertaten in den tiefen Abgrund der Vergessenheit begraben. Und nun treffen und verwunden sie mich auf einer Seite, wo sie wissen, daß ich es am meisten empfinde; denn einem fahrenden Ritter seine Dame nehmen, heißt ihm die Augen nehmen, mit denen er sieht, die Sonne, von der er erleuchtet wird, und die Nahrung, durch welche er sich erhält. Ich habe es schon oftmals gesagt und sage es jetzt noch einmal, daß der fahrende Ritter ohne Dame wie ein Baum ohne Blätter ist, wie ein Gebäude ohne Grundlage, wie ein Schatten ohne Körper.

Dagegen ist nichts zu sagen, sagte die Herzogin; wenn wir aber der Historie Glauben schenken sollen, die seit einiger Zeit vom Herrn Don Quixote verbreitet wird und allgemeinen Beifall erhält, so läßt sich aus dieser erkennen, wenn ich mich recht erinnere, daß Euer Gnaden niemals diese Dame Dulcinea gesehen hat und daß diese Dame sich nicht in der Welt befindet, sondern daß sie ganz phantastisch sei und daß Ihr sie in Eurem Verstande erzeugt und geboren habt und mit aller möglichen Anmut und Vollkommenheit ausgeschmückt.

Darüber ließe sich vieles sagen, antwortete Don Quixote; Gott weiß, ob es eine Dulcinea in der Welt gibt oder nicht. Ob sie phantastisch oder nicht phantastisch ist. Denn dieses sind Dinge, deren Entscheidung bis zum letzten Beschluß aufbewahrt bleiben muß. Weder gezeugt noch geboren habe ich meine Dame, ob sie mir gleich so vorschwebt, wie es einer solchen Dame geziemt, die alles besitzt, um sie in aller Welt berühmt zu machen, als durch folgende Gaben: Schönheit ohne Tadel, Ernst ohne Stolz, Liebe mit Ehrbarkeit, Anmut durch Artigkeit, Artigkeit durch Wohlgezogenheit, und endlich, erhaben durch ihre Abstammung; denn in einem edlen Blute glänzt und leuchtet die Schönheit heller als in Schönheiten, die niedrig geboren sind.

So weit waren in ihrem Gespräche der Herzog, die Herzogin und Don Quixote gekommen, als sie viele Stimmen und ein großes Lärmen der Leute im Palaste vernahmen, und plötzlich trat Sancho in den Saal, ganz bestürzt, mit einem Wischhader statt Barttuch um, und hinter ihm viele Jungen oder, richtiger zu

reden, Taugenichtse aus der Küche nebst anderem Gesindel, von denen einer ein Waschbecken hatte, in welchem sich Spülwasser befand, wie man an der Farbe und Unreinlichkeit sehen konnte. Der mit dem Waschgefäße lief hinter ihm drein und gab sich alle mögliche Mühe, es ihm anzubringen und unter den Bart zu schieben, und ein anderer Küchenjunge machte Anstalten, ihn zu waschen.

Was ist das, Leute? fragte die Herzogin. Was soll das bedeuten? Was habt ihr mit diesem wackeren Manne vor? Wie? Überlegt ihr denn nicht, daß er erwählter Statthalter ist?

Worauf der barbierende Küchenjunge antwortete: Der Herr hat sich nicht wollen waschen lassen, wie es gebräuchlich ist und wie sich der Herzog, mein gnädiger Herr, und sein Herr haben waschen lassen.

Wohl hab' ich's gewollt, antwortete Sancho in großem Zorne; aber es sollte mit reinen Tüchern geschehen, mit klarer Lauge und nicht mit schmierigen Händen. Denn so ein großer Unterschied ist nicht zwischen mir und meinem Herrn, daß man ihn mit Engelswasser und mich mit Teufelslauge waschen sollte. Die Gebräuche in den Ländern und fürstlichen Palästen sind nur insoweit gut, insofern sie uns nicht beschwerlich fallen; aber die Art zu waschen, die hier gebräuchlich ist, ist ja schlimmer als bei den Büßenden. Mein Bart ist rein, und solches Scheuern hat er gar nicht nötig; und derjenige, der sich unterstehen will, mich zu waschen, und mir nur ein Haar am Kopfe, ich meine am Barte, anrührt, mit aller Ehrerbietung sei's gesprochen, dem will ich eine solche Ohrfeige geben, daß die Faust in seinen Kinnbacken steckenbleiben soll; denn diese Einseifungen sehen mehr wie Spott aus, als daß man dadurch eine Ehre erzeigt.

Die Herzogin wollte vor Lachen sterben, als sie Sanchos Zorn sah und seine Reden hörte; Don Quixote empfand aber kein sonderliches Vergnügen, da er ihn so schlecht mit dem vielfarbigen Tuche geschmückt sah und von so vielen Küchengesellen umringt. Er machte also den beiden Herzögen eine tiefe Verbeugung, als ob er sich die Erlaubnis zu sprechen erbäte, und sagte hierauf zu dem Gesindel mit ruhiger Stimme: Fort da! Ihr Herren Ritter, beliebt den jungen Mann freizulassen und geht zurück, woher ihr gekommen seid oder wohin ihr wollt; denn mein Knappe ist so rein wie ein anderer, und dergleichen Waschbecken sind schimpflich für ihn. Folgt meinem Rat und laßt ihn; denn weder er noch ich verstehen dergleichen Spaß.

Sancho nahm ihm das Wort aus dem Munde und fuhr also fort: Daß ihr einen schlechten Spaß mit mir treibt, werde ich gewiß sowenig leiden, wie es jetzt nicht Nacht ist. Man bringe einen Kamm her oder was es sonst sein mag und untersuche den Bart, und wenn man etwas findet, das gegen die Reinlichkeit verstößt, so mag man ihn meinetwegen striegeln.

Hierauf sagte die Herzogin, ohne ihr Lachen zu unterbrechen: Sancho Pansa hat in allem recht, was er sagt, und wird es immer haben, was er auch sagen mag. Er ist rein und hat, wie er sagt, das Waschen nicht nötig; gefällt ihm also unser Gebrauch nicht, so habe er seinen Willen, um so mehr, da Ihr, Diener der Reinlichkeit, ungemein nachlässig und unbesorgt, ich will nicht sagen unverschämt gewesen seid, solcher Person und solchem Barte statt Gießkannen und Waschbecken von reinem Golde und den feinsten Tüchern hölzerne Tröge zu bringen und grobe Haderlumpen. Aber ihr seid boshaft und ungesittet, und als Schelme könnt ihr es nicht unterlassen, euren Haß zu zeigen, den ihr gegen die Knappen der fahrenden Ritter hegt.

Das Bedientengesindel sowie der Haushofmeister, der mit ihnen gekommen war, glaubten, daß die Herzogin im Ernste spräche; sie nahmen daher den Wischlappen von Sanchos Brust, und alle gingen hierauf verwirrt und erschrocken fort. Sowie Sancho sich aus dieser nach seiner Meinung größten Gefahr befreit sah, kniete er vor der Herzogin nieder und sagte: Von großen Damen kann man große Gnadenbezeigungen erwarten. Diejenige, die Euer Gnaden mir heute erwiesen hat, kann mit nichts Geringerem bezahlt werden als mit dem Wunsche, mich zum fahrenden Ritter geschlagen zu sehen, um alle Tage meines Lebens im Dienste einer so erhabenen Dame aufzuwenden. Ich bin ein Bauer, mein Name ist Sancho Pansa; ich bin verheiratet, habe Kinder und diene als Knappe. Wenn ich Eurer Hoheit mit einem von diesen Dingen dienen kann, so sprecht, und ich werde noch schneller gehorchen, als Eure Herrlichkeit befehlen kann.

Man sieht wohl, Sancho, antwortete die Herzogin, daß Ihr die Höflichkeit in der Schule der Höflichkeit selbst gelernt habt. Man sieht, sage ich, daß Ihr an dem Busen des Herrn Don Quixote auferzogen seid, welcher der Ausbund aller Artigkeiten ist und die Blume aller Zeremonien. Einem solchen Herrn und solchem Diener geht es wohl; dem einen als Polarstern der fahrenden Ritterschaft, dem andern als Gestirn der Knappentreue. Steht auf, mein Freund Sancho; denn ich will Eure Artigkeiten dadurch erwidern, daß ich den Herzog, meinen Gemahl, dränge, Euch so bald als möglich die versprochene Statthalterschaft zu geben.

Hier endigte das Gespräch, und Don Quixote entfernte sich, um Mittagsruhe zu halten; die Herzogin aber bat Sancho, daß er, wenn er nicht sehr große Lust zum Schlafen habe, den Nachmittag mit ihr und ihren Jungfrauen in einem kühlen Saale zubringen möchte. Sancho antwortete, daß, ob es gleich wahr sei, daß er im Sommer vier bis fünf Stunden Mittagsruhe halte, er ihr zu dienen alle seine Kräfte anstrengen wolle, den Tag nicht zu schlafen; er würde also kommen, um ihrem Befehle zu gehorchen; worauf er sich entfernte. Der Herzog traf neue Anordnungen, wie man dem Don Quixote als fahrendem Ritter begegnen sollte, ohne sich im mindesten von der Weise zu entfernen, wie man den Erzählungen nach die alten Ritter behandelte.

Siebenundsiebzigstes Kapitel

Das anmutige Gespräch, welches die Herzogin und ihre Jungfrauen mit Sancho Pansa hatten, würdig, daß man es lese und wohl merke.

Die Historie erzählt also, daß Sancho diesen Nachmittag nicht schlief, sondern, um sein gegebenes Wort zu erfüllen, sich zur Herzogin begab, die, da sie ihn so gern sprechen hörte, ihn neben sich auf einem niedrigen Stuhle sitzen ließ, obgleich Sancho aus großer Wohlgezogenheit sich nicht niederlassen wollte. Die Herzogin aber sagte ihm, daß er sich als Statthalter niedersetzen und als Knappe sprechen sollte; denn wegen dieser beiden Dinge verdiene er, wohl selber auf dem Sessel des großen Cid Rui Diaz zu sitzen. Sancho zog die Schultern ein, gehorchte und setzte sich, und alle Jungfrauen und Dueñas der Herzogin umgaben ihn aufmerksam und mit der größten Stille, um zu hören, was er sagen würde. Die Herzogin war aber die erste, welche sprach, indem sie sagte: Jetzt, da wir allein sind und uns niemand weiter zuhört, wünschte ich, daß der Herr Statthalter mir einige Zweifel auflöste, die aus der Lektüre der Historie entstanden sind, welche von dem großen Don Quixote im Druck erschienen ist. Einer von diesen Zweifeln ist: daß, da der wackere Sancho die Dulcinea nie gesehen, er ihr auch keinen Brief vom Herrn Don Quixote überbracht hat, denn der blieb im Taschenbuche in der Sierra Morena zurück; wie er sich hat unterstehen können, die Antwort zu erdichten? Wie auch das, daß er sie gefunden habe, Getreide fegend, da alles doch nur ein Spaß und eine Lüge ist und sehr zum Nachteil der guten Meinung von der unvergleichlichen Dulcinea gereicht und außerdem mit der Eigenschaft und Treue der wackeren Knappen gar nicht übereinstimmt?

Auf diese Rede sagte Sancho kein Wort; er stand vom Sessel auf und ging mit schleichenden Schritten, den Körper gebückt und den Finger auf den Lippen, durch den ganzen Saal, indem er alle Vorhänge aufhob, und als dies getan war, setzte er sich wieder nieder und sagte: Jetzt, gnädige Dame, da ich gesehen habe, daß keiner versteckt ist und uns zuhört außer denen, welche hier zugegen sind, will ich ohne Furcht und Angst auf das antworten, was Ihr mich gefragt habt und was Ihr noch fragen werdet. Zuerst also sage ich, daß ich meinen Herrn Don Quixote für einen ausgemachten Narren halte, wenn er auch mitunter Sachen spricht, die nach meiner Meinung und nach der Meinung aller, die ihm zuhören, so verständig sind und so in dem schönsten Geleise gehen, daß sie der Satan selbst nicht besser sagen könnte; aber dessenungeachtet bin ich wahrhaftig und ohne allen Zweifel davon überzeugt, daß er ein Dummkopf ist. Da ich das erkannt habe, so bin ich so dreist, ihm Dinge weiszumachen, die nicht Hand und nicht Fuß haben, wie damals die Antwort auf seinen Brief und jetzt wieder vor sechs oder acht Tagen, was in der Historie noch nicht steht, das mit der Verzauberung der Dame Doña Dulcinea, von der ich ihm weisgemacht habe, sie sei verzaubert, und die es doch ebensowenig ist wie die Sonne am Himmel.

Die Herzogin bat ihn, ihr diese Verzauberung oder diesen Spaß zu erzählen, und Sancho erzählte ihr alles, wie es sich zugetragen hatte, woran sich die Zuhörer nicht wenig ergötzten. Die Herzogin fuhr hierauf in ihrer Rede fort: Aus dem, was mir der wackere Sancho eben erzählt hat, ist mir ein Zweifel in der Seele aufgestiegen, und wie ein Summen klingt es mir in den Ohren und sagt: Wenn Don Quixote de la Mancha ein Narr ist, ein Tor und ein Dummkopf, und Sancho, sein Knappe, dies weiß, ihm aber dennoch dient und folgt, von den eitlen Versprechungen angelockt, so muß er ja ohne Zweifel noch dümmer und närrischer sein als sein Herr. Und wenn dem so ist, wie es denn ist, so wird es von dir, Frau Herzogin, übel getan sein, wenn du diesem Sancho Pansa eine Insel zu regieren gibst, denn einer, der sich nicht selber regieren kann, wie soll der andere regieren?

Bei Gott, gnädige Frau, sagte Sancho, dieser Skrupel ist so unbegründet nicht! Sagt ihm aber nur, daß er so laut sprechen mag, wie es ihm gefällt; denn ich weiß, daß er die Wahrheit sagt. Denn wenn ich klug wäre, so wäre ich schon längst von meinem Herrn gegangen; aber das ist nun einmal mein Schicksal und mein Verhängnis. Ich kann nicht anders, ich muß ihm folgen; wir sind aus einem Dorfe; ich habe sein Brot gegessen; ich bin ihm gut, er ist mir gut; er hat mir seine Füllen gegeben; und, was das Wichtigste ist, ich bin treu, und also ist es unmöglich, daß uns ein anderer scheiden sollte als der mit der Sense. Will Eure Hoheit nicht, daß ich die versprochene Statthalterschaft kriege, so hat mich doch wenigstens Gott geschaffen, und es kann sein, daß es für mein Gewissen besser ist, wenn ich sie nicht bekomme; denn wenn ich auch dumm bin, so kenne ich doch das Sprichwort wohl: Zu ihrem Unglück sind der Ameise Flügel gewachsen, und darum könnte es wohl sein, daß Sancho der Knappe leichter in den Himmel käme als Sancho der Statthalter. Sie backen hier so gutes Brot wie in Frankreich, und in der Nacht sind alle Katzen grau. Und die Person ist sehr unglücklich, die um zwei Uhr nachmittags nicht gefrühstückt hat. Mein Magen ist nicht eine Hand lang größer als ein anderer, und man kann ihn zur Not, wie man zu sagen pflegt, mit Heu und Stroh ausstopfen. Gott der Herr sorgt für die Vögel des Feldes und ernährt sie; und vier Ellen Tuch von Cuenca halten wärmer als vier Ellen feines Zeug von Segovia. Und wenn wir aus der Welt müssen und in die Erde kriechen, so geht der Fürst auf keinem breitern Wege als der Tagelöhner. Der Körper des Papstes braucht nicht mehr Fuß Erde als der des Küsters, obgleich der eine vornehmer ist als der andere; denn wenn man in die Grube muß, so bücken wir uns alle und legen uns zusammen, oder man bückt uns und legt uns zusammen, ohne uns zu fragen, und damit gute Nacht. Ich sage noch einmal, wenn Eure Hoheit mir die Insel nicht geben will, weil ich ein Narr bin, so werde ich klug genug sein, mir nichts daraus zu machen. Ich habe auch sagen hören, hinter dem Kreuze steckt der Teufel, und es ist nicht alles Gold, was glänzt. Hinter seinen Ochsen, Pflug und Wagen nahmen sie den Bamba weg, um König von Spanien zu sein, und von Brokat, Zeitvertreib und Reichtum nahmen sie den Rodrigo, um von Schlangen gefressen zu werden.

Diese Reden Sanchos machten die Herzogin von neuem lachen und erregten ihr ein neues Vergnügen; und indem sie ihn zur Ruhe schickte, erzählte sie dem Herzoge alles, was mit ihm vorgegangen war, worauf sie beide miteinander eine Posse verabredeten und einrichteten, die mit Don Quixote gespielt werden sollte, die ins Große ginge und dem Ritterwesen ganz gemäß sei, dergleichen sie auch mehrere erdachten, die so passend und witzig waren, daß sie die vorzüglichsten Abenteuer sind, welche diese große Geschichte enthält.

Achtundsiebzigstes Kapitel

Erzählt von einer Weisung, die man erhielt, auf welche Art die herrliche Dulcinea del Toboso entzaubert werden könne, welches eines der ausbündigsten Abenteuer in diesem Buche ist.

Sehr groß war das Ergötzen, welches der Herzog und die Herzogin aus der Unterhaltung des Don Quixote und des Sancho Pansa schöpften, und nachdem sie sich in dem Vorsatze bestärkt hatten, ihnen einige Possen zu spielen, die das Ansehen und den Schein von Abenteuern hätten, nahmen sie die Veranlassung von dem, was ihnen Don Quixote schon von der Höhle des Montesinos erzählt hatte, um einen Scherz mit ihm zu treiben, der ausgezeichnet sei. Nachdem also allen Dienern die Befehle erteilt waren, wie sie sich zu verhalten hätten, führten sie ihn nach sechs Tagen auf eine Schweinsjagd, mit einem solchen Zuge von Jägern und Förstern, wie ihn nur immer ein gekrönter König mit sich führen kann. Man gab dem Don Quixote ein Jagdkleid und ein anderes dem Sancho, vom feinsten grünen Tuche; Don Quixote aber wollte das seinige nicht anlegen, indem er sagte, er müsse doch nächstens zur beschwerlichen Waffenübung zurückkehren und könne auch weder Garderoben noch Magazine mit sich führen; Sancho aber nahm das, was sie ihm gaben, mit der Absicht, es bei der ersten guten Gelegenheit zu verkaufen.

Da nun der bestimmte Tag gekommen war, rüstete sich Don Quixote, Sancho kleidete sich an, und auf seinem Grauen, den er nicht verlassen wollte, ob man ihm gleich ein Pferd anbot, begab er sich unter den Trupp der Jäger. Die Herzogin war prächtig geschmückt, und Don Quixote nahm aus übergroßer Artigkeit den Zaum ihres Zelters, so wenig es auch der Herzog zugeben wollte. So kamen sie endlich in einen Wald, der zwischen zwei hohen Bergen lag, wo sie ihren Stand nahmen und jeder seinen Posten bezog, die Leute sich nach ihren verschiedenen Plätzen verteilten und nun die Jagd mit großem Toben, Schreien und Lärmen ihren Anfang nahm, so daß vor dem Bellen der Hunde wie vor dem Klange der Hifthörner keiner den andern hören konnte. Die Herzogin stieg ab und eilte mit einem scharfen Jagdspieß in der Hand nach einem Ort, wo sie wußte, daß gewöhnlich einige Eber herauszukommen pflegten. Gleichfalls stiegen der Herzog und Don Quixote ab und stellten sich ihr zur Seite; Sancho begab sich hinter alle, ohne vom Grauen zu steigen, den er nicht zu verlassen dachte, damit ihm kein Unglück zustoßen möchte. Kaum hatten sie Fuß gefaßt und sich mit einigen ihrer Diener in eine Reihe gestellt, als sie, von Hunden gehetzt und von Jägern verfolgt, einen ungeheuren Eber auf sich zukommen sahen, der mit den Zähnen und Hauern knirschte und Schaum aus dem Maule warf; sowie er ihn sah, faßte Don Quixote den Schild, ergriff das Schwert und sprang vor, um ihn zu empfangen, das nämliche tat der Herzog mit seinem Spieße, aber die Herzogin wäre allen zuvorgekommen, wenn der Herzog sie nicht zurückgehalten hätte. Nur Sancho, als er des gewaltigen Tieres ansichtig wurde, sprang vom Grauen und lief so schnell er nur konnte, indem er sich bemühte, eine hohe Eiche zu erklettern, was ihm aber nicht gelang; sondern da er sie halb erklettert hatte und sich, um zum Gipfel zu klimmen, an einem Zweige hielt, verließen ihn Heil und Glück so sehr, daß der Zweig abbrach und er im Herunterstürzen an einem Ast der Eiche in der Luft hängenblieb, ohne den Boden erreichen zu können; wie er sich so schweben sah, sein grünes Tuch zerrissen, und ihm schien, daß jenes wilde Tier, wenn es dorthin käme, ihn erreichen könne, fing er dermaßen an zu schreien und mit solcher Gewalt um Hilfe zu rufen, daß alle, die ihn hörten und nicht sahen, glaubten, er befinde sich schon zwischen den Zähnen eines wilden Tieres. Der hauende Eber erlag endlich den Stichen der vielen Jagdspieße, die auf ihn eingedrungen waren, und Don Quixote wandte nun das Haupt nach dem Geschrei des Sancho um, an dem er ihn schon erkannt hatte, und sah ihn die Eiche herabhängen, mit dem Kopfe unten und seinen Grauen dicht neben ihm, der ihn in seinem Unglücke nicht verließ.

Don Quixote ging hin und machte Sancho los, der, als er sich frei und wieder auf der Erde sah, den Riß in seinem Jagdkleide beschaute und sich innig betrübte, weil er in diesem Kleide ein Landgut zu besitzen glaubte. Indessen packten sie den großen Eber auf ein Lasttier, bedeckten ihn mit Rosmarin und Myrtenzweigen und brachten ihn so als Zeichen eines rühmlichen Sieges zu einigen großen Zelten, die mitten im Walde aufgeschlagen waren, wo sie die Tische geordnet und die Mahlzeit bereitet fanden, so groß und kostbar, daß man daraus wohl die Größe und Pracht dessen erkennen konnte, welcher sie gab. Sancho zeigte der Herzogin die Löcher in seinem zerrissenen Kleide und sagte: Wäre das eine Hasen- oder eine Vogeljagd gewesen, so hätte mein Kleid gewiß nicht dieses Leiden erfahren; ich weiß doch nicht, welche Lust dabei ist, einem Tiere aufzulauern, das, wenn es einen mit den Hauern trifft, den Menschen umbringen kann.

Ihr irrt hierin, Sancho, antwortete der Herzog, denn die Übung einer solchen Jagd ist für Fürsten und Könige schicklicher und notwendiger als die einer jeden anderen. Die Jagd ist ein Bild des Krieges, sie veranlaßt Listen, Feinheiten, Nachstellungen, um mit eigener Sicherheit den Feind zu überwinden; man lernt auf ihr den heftigsten Frost und unerträgliche Hitze erdulden, Müßiggang und Schlaf wird verringert, die Kräfte werden gestärkt, die Glieder geschmeidiger, das Beste aber ist, daß sie nicht für alle ist, so wie die übrigen Arten zu jagen, kurz, es ist eine Lust, die sich ohne jemandes Schaden und zum Vergnügen vieler ausüben läßt, ausgenommen die Reiherbeize, die auch nur Könige und vornehme Herren für sich haben. Darum müßt Ihr, Sancho, Eure Meinung ändern, und wenn Ihr Statthalter seid, Euch mit der Jagd beschäftigen, und Ihr werdet dann erfahren, daß Ihr Euer Schulgeld nicht umsonst ausgebt.

Nicht so, antwortete Sancho, der gute Statthalter bleibe daheim, züchtig und fein; das wäre schön, wenn sie mit Geschäften müde herbeigelaufen kämen, und er triebe sich unterdes im Walde herum; da würde es um die Statthalterei erbärmlich stehen. Wahrlich, gnädiger Herr, Jagd und Zeitvertreib sind mehr für Müßiggänger als für Statthalter; woran ich mich vergnügen will, ist ein Kartenspielchen auf Ostern und Sonntags und an den Festen das Kugelwerfen, denn diese Schweinshetze oder Beize ist nicht für mein Temperament und paßt nicht für mein Gewissen.

Gebe Gott, Sancho, daß es so sei, denn zum Tun vom Sprechen soll noch viel gebrechen.

Komme es, wie es komme, versetzte Sancho, denn den guten Zahler gereut kein Pfand, besser wer mit Gottes Hilfe geht, als wer noch so früh aufsteht, der Bauch trägt die Beine und nicht die Beine den Bauch, ich meine, daß, wenn Gott mir beisteht und ich meine Schuldigkeit mit gutem Willen tue, ich gewiß regieren werde wie ein Engel: steckt mir nur den Finger ins Maul und seht zu, ob ich beiße oder nicht.

Verflucht seist du von Gott und allen seinen Heiligen, verfluchter Sancho, sprach Don Quixote. Ha! Wann wird doch der Tag erscheinen, wie ich schon so vielmals gefragt habe, an welchem ich dich ohne Sprichwörter vernünftig und anständig sprechen höre? Lassen Eure Hoheiten diesen Narren, denn er wird Euch zermalmen, nicht zwischen zwei, sondern zwischen zweitausend Sprichwörtern, die so schicklich und passend zitiert sind, wie Gott ihm Wohlsein schenken möge oder mir, wenn ich sie anhören möchte.

Nach diesen und anderen unterhaltenden Gesprächen verließen sie das Zelt und gingen in den Wald, und indessen sie einige Anstände besuchten, verging ihnen der Tag, und die Nacht kam herbei, doch nicht so heiter und ruhig, wie man es von der Jahreszeit erwarten konnte, denn es war mitten im Sommer; sondern eine gewisse Halbdunkelheit, die sich verbreitete, kam der Absicht des Herzogs sehr zustatten. Wie es daher anfing Nacht zu werden, eine kurze Zeit vor der Dämmerung, schien es plötzlich, als ob der Wald an allen vier Enden brenne, und zugleich hörte man hier und dort, hüben und drüben unendlich viele Trompeten und andere Kriegsinstrumente, wie von vielen Reitergeschwadern, die durch den Wald zogen. Der Glanz des Feuers, der Klang der kriegerischen Instrumente verblendeten und betäubten beinah die Augen und Ohren der Umstehenden und selbst all derer, die sich im Walde befanden. Alsbald vernahm man tausendfaches Feldgeschrei nach Art der Mohren, wenn sie zur Schlacht ausrücken: Trompeten und Hörner ertönten, Trommeln lärmten, Pfeifen erklangen, alles fast zu gleicher Zeit und so plötzlich, daß der ohne Sinn gewesen wäre, der ihn nicht bei dem verworrenen Getöse so mannigfaltiger Instrumente verloren hätte. Der Herzog erschrak, die Herzogin erstaunte, Don Quixote war verwundert, Sancho Pansa zitterte, und alle, selbst diejenigen, die um die Ursache wußten, waren voll Entsetzens. Mit dem Schreck überraschte ein Stillschweigen alle und zugleich ein Postreiter, der in Teufelstracht dahersprengte und statt in die Trompete in ein ungeheures Horn stieß, welches einen rauhen und furchtbaren Ton von sich gab. Holla! Freund Kurier, sagte der Herzog, wer seid Ihr? Wohin geht Ihr? Und was ist das für Kriegsvolk, das in diesem Walde zu streifen scheint?

Worauf der Kurier mit grauenvoller und entsetzlicher Stimme antwortete: Ich bin der Teufel, ich suche den Don Quixote de la Mancha, das Volk, das von dorten kommt, besteht aus sechs Truppen von Zauberern, die auf einem Triumphwagen die unvergleichliche Dulcinea del Toboso führen: sie kommt verzaubert mit dem braven Franzosen Montesinos, um dem Don Quixote Befehle zu erteilen, wie die Dame entzaubert werden soll.

Wärt Ihr der Teufel, wie Ihr sagt und wie Eure Gestalt ausweist, so müßtet Ihr schon diesen Ritter Don Quixote de la Mancha erkannt haben, denn er steht vor Euch.

Bei Gott und meinem Gewissen, antwortete der Teufel, es war mir entfallen, denn ich habe so viele Dinge im Kopfe, daß ich die Hauptsache vergaß, weshalb ich gekommen bin.

Ohne Zweifel, sagte Sancho, muß dieser Teufel ein braver Mann und guter Christ sein, denn sonst würde er nicht bei Gott und seinem Gewissen schwören; jetzt halte ich dafür, daß es auch selbst in der Hölle noch brave Leute geben muß.

Der Teufel, ohne abzusteigen, wandte sich alsbald gegen Don Quixote und sagte: Zu dir, dem Ritter von dem Löwen (in dessen Klauen ich dich schon sehen möchte) sendet mich der unglückliche, aber tapfere Ritter Montesinos mit dem Auftrage, dir von ihm zu sagen, daß du ihn dort erwarten mögest, wo ich dich treffe, weil er die genannte Dulcinea del Toboso mit sich führt, in der Absicht, dir das anzugeben, was zu ihrer Entzauberung notwendig ist: mehr habe ich nicht auszurichten, mehr will ich nicht verziehen: die Teufel, wie ich, seien mit dir und die guten Engel mit jenen Herrschaften. Mit diesen Worten stieß er wieder in sein ungeheures Horn und lenkte um, ohne irgendeine Antwort abzuwarten.

Alle waren von neuem verwundert, vorzüglich aber Sancho und Don Quixote: Sancho, weil er sah, daß man der Wahrheit zum Trotze haben wolle, Dulcinea sei bezaubert, Don Quixote, weil er sich nicht versichern konnte, ob das Wahrheit sei oder nicht, was ihm in der Höhle des Montesinos begegnet war. Indem er noch mit diesen Gedanken kämpfte, fragte ihn der Herzog: Denkt Ihr zu warten, mein Herr Don Quixote?

Etwa nicht? antwortete jener, allhier will ich warten, unerschrocken und voll Muts, und käme auch die ganze Hölle, mich anzugreifen.

Wenn ich aber wieder solchen Teufel sehe und wieder ein Horn höre wie das vorige, so will ich allhier so warten, wie ich ein Türke bin, sagte Sancho.

Indessen wurde die Nacht finsterer, und viele Lichter fingen an, durch den Wald zu schweifen, ganz so wie die trockenen Dünste der Erde durch den Himmel zu schweifen pflegen, die unsern Augen als schießende Sterne erscheinen. Zugleich hörte man ein fürchterliches Geräusch, dem gleich, welches von den Rädern aus einem Stück verursacht wird, auf denen die Ochsenwagen laufen, vor deren kreischendem ununterbrochenen Gerassel Wölfe und Bären, wenn sich in der Gegend dergleichen befinden, entfliehen sollen. Zu diesem Ungetüm kam noch ein anderes hinzu, welches jenes Toben vermehrte: Es schien nämlich in der Tat, daß in allen vier Teilen des Waldes vier Scharmützel oder Schlachten zugleich ausgefochten wurden, denn dort tobte der laute Donner einer furchtbaren Artillerie, hier wurden unzählige Musketen abgefeuert, ganz nahe tönte das Geschrei der Streitenden, in der Ferne erhob sich wieder das barbarische Feldgeschrei. Kurz, die Trompeten, Hörner, Pfeifen, Klarinetten, Oboen, Trommeln, die Kanonen, Musketen, vorzüglich aber das entsetzliche Kreischen der Karren bildeten zusammen ein so verworrenes und fürchterliches Getöse, daß Don Quixote sich seines ganzen Herzens bemeistern mußte, um es auszuhalten, das des Sancho aber entfiel und warf ihn ohnmächtig auf die Schleppe der Herzogin, die ihn in derselben auffing und eiligst befahl, ihm Wasser in das Gesicht zu spritzen. Es geschah, und er kam wieder zu sich, als schon einer von den Wagen mit den knarrenden Rädern ihnen nahe gekommen war. Dieser wurde von vier langsamen Ochsen gezogen, die ganz in schwarze Decken verhüllt waren: Auf jedem Horne war ihnen eine große brennende Fackel von Wachs befestigt, auf dem Wagen selbst aber befand sich ein erhabener Sitz, welchen ein ehrwürdiger Greis einnahm, dessen Bart so weiß wie Schnee und so lang war, daß er ihm über den Gürtel reichte: seine Kleidung war ein weiter Rock von schwarzem Tuch, denn da der Wagen selbst mit unzähligen Lichtern besteckt war, so konnte man auf ihm alles sehen und gut unterscheiden. Ihn begleiteten zwei häßliche Teufel, mit dem nämlichen Tuch bekleidet, die so scheußliche Gesichter hatten, daß Sancho, da er sie einmal gesehen hatte, die Augen zudrückte, um sie nicht zum zweiten Male zu erblicken. Als ihnen der Wagen nun gegenüberstand, richtete sich von seinem erhabenen Sitze der ehrwürdige Greis auf und sagte aufrechtstehend mit lauter Stimme: Ich bin der weise Lirgandeo! Und so fuhr er weiter. Ihm folgte unmittelbar ein anderer Wagen; der aber auf dem Throne saß, war kein Greis wie die übrigen, sondern ein starker, widerwärtiger Kerl, der sich, als er herbeigekommen, aufrichtete wie die anderen und mit einer mehr rauhen und teufelmäßigen Stimme sagte: Ich bin Arcalaus der Zauberer, Todfeind des Amadis von Gallia und seiner ganzen Verwandtschaft! Und so fuhr er weiter. Nicht weit davon machten diese drei Wagen halt, wodurch das Knarren ihrer Räder aufhörte; nun vernahm man kein anderes Geräusch als den Klang einer süßen und zusammenstimmenden Musik, worüber sich Sancho freute und es für ein gutes Zeichen hielt und dieses auch der Herzogin sagte, von der er sich durchaus nicht einen Schritt weit entfernte: Gnädige Frau, wo Musik ist, da kann auch nichts Böses sein.

Ebensowenig als wo Licht und Helligkeit ist, antwortete die Herzogin.

Worauf Sancho versetzte: Das Feuer gibt Licht, und Brände verbreiten Helligkeit, wie wir es hier um uns an denen gewahr werden, die uns wohl noch verbrennen können; aber die Musik ist immer ein Zeichen von Jubel und Fröhlichkeit.

Es wird sich zeigen, sagte Don Quixote, der alles gehört hatte, und er sprach richtig, wie es das folgende Kapitel lehrt.

Neunundsiebzigstes Kapitel

Fährt in der Weisung fort, welche Don Quixote wegen der Entzauberung der Dulcinea erhielt.

Nach dem Takte der anmutigen Musik sahen sie einen sogenannten Triumphwagen näher kommen, von sechs grauen Maultieren gezogen, die mit weißen Leinendecken behängt waren, auf jedem Tier saß ein Büßender, ebenfalls in Weiß gekleidet, mit einer großen brennenden Wachsfackel in der Hand. Der Wagen war zwei-, ja dreimal größer als die vorigen, und auf den Seiten, wie oben, befanden sich noch zwölf Büßende, so weiß wie der Schnee, alle mit ihren brennenden Fackeln, ein Anblick, der zugleich verwunderte und erschreckte. Auf einem erhabenen Thron saß eine Nymphe, die in viele Schleier von Silberstoff gehüllt war, durch welche unendlich viele goldene Folioblättchen blinkten, wodurch ihre Kleidung wenn nicht kostbar, doch glänzend erschien; das Gesicht war mit einem feinen und durchsichtigen Zindel verhängt, so daß man das Gesicht einer sehr schönen Jungfrau wahrnehmen konnte, ja, die vielen Lichter machten es möglich, ihre Anmut sowie ihr Alter zu unterscheiden, welches dem Anschein nach die Zwanzig noch nicht erreicht, aber auch nicht unter siebzehn stand. Neben ihr befand sich eine Figur, in einen weiten Talar gewickelt, der ihr bis zu den Füßen reichte, den Kopf in einem schwarzen Schleier verhüllt. Als dieser Wagen der Herzogin und Don Quixote gegenüberstand, verstummte sogleich die Musik der Flöten, Harfen und Lauten, die auf dem Wagen gespielt wurden, die Gestalt mit dem Gewand erhob sich, schlug es von beiden Seiten zurück und nahm den Schleier vom Angesichte hinweg, worauf man deutlich sah, daß es die Gestalt des Todes selbst war, entfleischt und entsetzlich, worüber Don Quixote zusammenfuhr und Sancho erschrak, auch die Herzöge einen Ausdruck von Grauen zeigten. Als sich dieser lebende Tod aufrecht gestellt hatte, sprach er mit schläfriger Stimme und matter Zunge folgendes:

Ich bin Merlin, von welchem die Geschichten
  Erzählen, daß der Teufel mich erzeugte,
  Fürst und Beherrscher jeglicher Magie,
  Archiv der Wissenschaft des Zoroaster,
  Ein Kämpfer mit den Jahren und den Zeiten,
  Die sich bemühn, die Taten auszulöschen
  Von jenen fahrenden, hochherz'gen Rittern,
  Zu denen Freundschaft ich und Liebe trage.
Und obwohl sonst der andern Zauberer
  Gesinnung pflegt hart, rauh, wild zu sein,
  So ist die meine sanft und zart und lieblich
  Und wünscht nur Gutes aller Welt zu tun.
In Ditis schaurig dunklen Höhlen,
  Wo meine Seele Unterhaltung fand,
  Gewisse Kreis' und Linien zu entwerfen,
  Traf mich die Klagestimme jener schönen
  Und hohen Dulcinea del Toboso:
Ich sah ihr Unglück, die Bezauberung
  Und die Verwandlung aus feiner Dame
  Zur Bauerndirne: dieses ging mir nah,
  Und schließend meinen Geist ein in die Leere
  Von diesem furchtbar scheußlichen Gerippe,
  Nachdem ich aufschlug hunderttausend Bücher
  Von meiner niederträcht'gen Teufelskunst,
  Komm' ich zu künden, was erlösen kann
  Dies große Leiden, Unheil übergroß.
O Glorie, du Ruhm aller, die sich kleiden
  Mit stählernem und diamantenem Rock,
  Leuchtturm und Licht, Wegweiser, Stern und Führer
  Von allen, die, verlassend trägen Schlaf
  Und müß'ge Federn, auszuüben sich
  Bereiten jenes äußerst harte Handwerk
  Der blutbedeckten schweren Last der Waffen:
Dir sag' ich, Held, du nimmermehr genug
  Gepriesener nach Verdienst: dir, tapferer
  Und nicht minder verständ'ger Don Quixote,
  Du Glanz la Manchas, du Gestirn Hispaniens:
  Daß in den vor'gen Zustand zu versetzen
  Die hohe Dulcinea del Toboso
  Es nötig, daß dein Knappe Sancho
  Sich geb' dreitausend und dreihundert Streiche
  Auf seine beiden mächt'gen Hinterteile,
  Der Luft entblößt, und zwar auf solche Weise,
  Daß sie ihn schmerzen, kränken und verdrießen.
  Nur dadurch kann man sie des Leidens, stimmen
  Die Stifter alle überein, entled'gen.
  Und dies war meine Botschaft, meine Gnäd'gen.

So soll mich! rief jetzt Sancho, kein Gedanke an die dreitausend Hiebe, ja nicht drei will ich mir geben, sowenig wie drei Dolchstiche. Hol' doch der Teufel diese Art zu entzaubern! Ich weiß doch nicht, was mein Hinterer mit den Bezauberungen zu tun hat. So wahr Gott lebt, wenn der Herr Merlin keine andere Art herausgefunden hat, die Dame Dulcinea zu entzaubern, so kann sie sich nur verzaubert begraben lassen.

Ich will dich nehmen, rief Don Quixote, du Don Halunke, und dich an einen Baum binden, nackt, wie dich deine Mutter geboren hat, und, hörst du, dir nicht dreitausend und dreihundert, sondern sechstausend und sechshundert Hiebe geben und alle so vollwichtig, daß man dich dreitausend und dreihundert Büchsenschüsse weit soll schreien hören, und kein Wort erwidere, oder ich will dir die Seele aus dem Leibe reißen.

Als Merlin dieses hörte, sprach er: Dies darf nicht so geschehen, denn die Streiche, die der wackere Sancho bekommen soll, muß er freiwillig und nicht mit Gewalt erhalten, auch zu einer Zeit, wenn es ihm gefällig ist, denn es ist kein bestimmter Termin angesetzt; doch ist es vergönnt, daß er seine Geißelung auf die Hälfte herabsetzen darf, wenn er sich von einer fremden Hand streichen läßt, wenn sie auch etwas schwer niederfallen sollte.

Weder eine fremde noch eine eigene, weder schwer noch schwerlich, versetzte Sancho; gar keine Hand soll mich anrühren. Habe ich denn etwa die Dame Dulcinea del Toboso zur Welt gebracht, daß mein Hinterer das büßen soll, was ihre Augen gesündigt haben? Meinem Herrn, ei, dem steht es zu (denn sie ist ein Teil von ihm, und er nennt sie alle Augenblick sein Leben, seine Seele, seine Stütze und seinen Stab), der kann und muß sich für sie geißeln und allen nötigen Fleiß auf ihre Entzauberung wenden; aber daß ich mich geißeln sollte?

Kaum hatte Sancho diese Worte gesprochen, als sich die silberne Nymphe erhob, die neben dem Geiste des Merlin saß, den durchsichtigen Schleier aufhob und ein Gesicht zeigte, welches allen mehr als überflüssig reizend erschien, mit männlichem Anstande und einer nicht zu zarten Stimme sich gerade gegen Sancho Pansa wandte und sagte: O du nichtsnutziger Knappe, du gemeine Seele, du Felsenherz, du mit dem Gemüt von Kieseln, mit Eingeweiden von Feuerstein! Wenn man dir, Spitzbube, Henkersknecht, befähle, daß du dich von einem hohen Turm herunterstürzen solltest; wenn man von dir, du Abschaum der Menschen, verlangte, daß du ein Dutzend Kröten, zwei Dutzend Eidechsen und drei Dutzend Schlangen essen solltest; wenn man dich überredete, dein Weib und deine Kinder mit einem mörderischen scharfen Säbel zu schlachten, dann wäre es nicht zu verwundern, daß du Umstände machtest und Winkelzüge, aber dreitausend und dreihundert Streiche wichtig zu nehmen, die jedes Waisenkind, wenn es auch noch so schwächlich ist, jeden Monat davonträgt, dies erstaunt, erschüttert und entsetzt alle frommen Eingeweide derer, die es hören, ja aller derjenigen, die die Kunde davon in den zukünftigen Zeitläuften vernehmen werden. Wende, o du verächtliches und verhärtetes Vieh, wende, sage ich, deine feigen, nichtswürdigen Blicke auf den Glanz meiner Augen, die den funkelnden Gestirnen zu vergleichen sind, und du wirst sehen, wie sie Träne auf Träne, ja Strom auf Strom vergießen, und Furchen, Wege und Straßen auf den schönen Gefilden meiner Wangen verursachen. Laß dich das rühren, Schuft und niederträchtiges Untier, daß mein so blühendes Alter, das noch immer nur in den Zehnern steht (denn ich bin erst neunzehn Jahre alt und habe das zwanzigste noch nicht erreicht), verzehren und verdorren soll unter der Rinde einer Bauerndirne; und wenn ich heute nicht so erscheine, so ist es nur eine besondere Gunst des Herrn Merlin, der hier gegenwärtig ist, damit du durch meine Reize bewegt werden sollst; denn die Tränen einer betrübten Schönheit verwandeln die Steine in Seide und Tiger in Lämmer. Gib dich, gib dich in diese Geißelung, ungebändigtes Menschenvieh, stöbere deinen Mut auf, der dich bloß antreibt, mehr und mehr zu fressen, und erlöse die Zartheit meiner Haut, die Anmut meines Wesens und die Schönheit meines Angesichts; und willst du dich meinetwegen nicht erweichen oder zur Vernunft bringen lassen, so tue es jenes armen Ritters wegen, der dir zur Seite steht, ich meine deinen Herrn, der, wie ich gewahr werde, seine Seele schon quer in der Kehle sitzen hat, die nur zehn Finger breit von den Lippen entfernt ist, bloß deine grausame oder freundliche Antwort erwartend, um durch den Mund auszufahren oder in den Magen zurückzukehren.

Als Don Quixote dies hörte, faßte er sich an den Hals und sagte zum Herzoge gewandt: Bei Gott, gnädiger Herr, Dulcinea hat die Wahrheit gesprochen, denn die Seele sitzt mir hier quer im Halse wie ein Schuß in der Armbrust.

Was sagt Ihr nun hierzu, Sancho? fragte die Herzogin.

Ich sage, gnädige Frau, antwortete Sancho, was ich schon gesagt habe, was die Schläge betrifft, so weigere ich mich, sie zu empfangen. Das möchte ich doch aber wohl von meiner allergnädigsten Dame Doña Dulcinea del Toboso wissen, wo sie denn ihre Art zu bitten gelernt hat; da kommt sie her und verlangt, ich soll mir mein Fleisch entzweihauen, und nennt mich gemeine Seele und ungebändigtes Menschenvieh nebst einem Mischmasch von Ekelnamen, die der Teufel selbst nicht leiden möchte. Ist denn mein Fleisch etwa aus Eisen, oder habe ich was davon, wenn sie entzaubert wird? Was für Weißzeug bringt sie mir denn, was für Hemden, Mützen, Strümpfe, ob ich gleich keine trage, um sich bei mir beliebt zu machen? Nennt sie mich einen Schurken über den anderen, da sie doch wohl das Sprichwort weiß, daß ein Esel mit Gold beladen leicht über Gebirge geht und daß Geschenke Felsen erschüttern, und umsonst ist der Tod, und daß ein Sperling in der Hand besser ist als eine Taube auf dem Dache? Und dann, mein gnädiger Herr da, der mich auf den Händen tragen und Liebkind aus mir machen sollte, damit ich so weich wie Flachs und Baumwolle würde, sagt, daß er, wenn er mich kriegt, mich nackend an einen Baum binden und mir die Portion der Hiebe doppelt aufzählen will; und diese weichherzigen, verdrießlichen Herrschaften sollten doch bedenken, daß sie nicht bloß von einem Knappen verlangen, er solle sich geißeln, sondern auch von einem Statthalter, der doch, wie man zu sagen pflegt, keine Katze ist. Lernt doch, lernt doch nur um Gottes willen, wie man etwas bittet und ein Gesuch vorträgt und daß man sich manierlich benehmen muß, denn alle Zeiten sind nicht gleich, auch sind die Menschen nicht immer bei Laune. Ich bin soeben ganz wild vor Ärger, daß mir mein grünes Kleid zer-

rissen ist, und nun kommen sie daher und verlangen, daß ich mich freiwillig hauen soll.

Aber wahrlich, Freund Sancho, sagte der Herzog, wenn Ihr nicht geschmeidiger werdet als eine reife Feige, so sollt Ihr keine Hand an die Statthalterschaft legen. Das wäre schön, wenn ich meinen Insulanern einen grausamen Statthalter mit steinernen Eingeweiden überschickte, der sich weder den Tränen bekümmerter Jungfrauen erweicht noch den Bitten verständiger, hochfahrender und alter Zauberer und Weisen. Kurz, Sancho, Ihr müßt Euch entweder selber geißeln oder Euch geißeln lassen, oder Ihr werdet nicht Statthalter.

Gnädiger Herr, antwortete Sancho, sind mir nicht zwei Tage Bedenkzeit vergönnt, um zu überlegen, was zu meinem Heile dient?

Nein, auf keine Weise, sagte Merlin; jetzt in diesem Augenblick und hier auf dieser Stelle muß alles in Ordnung gebracht werden, was dieses Geschäft betrifft; entweder Dulcinea kehrt in die Höhle des Montesinos und zu ihrem vorigen Zustand als Bäuerin zurück, oder sie wird so, wie sie ist, nach den elysäischen Feldern geführt, wo sie dann wartet, bis die Anzahl der Streiche erfüllt ist.

Frisch denn, guter Sancho, sagte die Herzogin, faßt guten Mut und zeigt Euch dankbar für das Brot, das Euch Herr Don Quixote zu essen gegeben hat, dem wir alle wegen seines hohen Gemüts und seiner erhabenen Ritterschaft gefällig und dienstlich sein müssen. Gebt das Jawort, liebes Kind, zu dieser Geißelgeschichte, schlagt Euch alle ängstlichen Grillen aus dem Sinn, ein Mann ist ein Mann, und ein tapferes Herz, wie Ihr selber wißt, überwindet jedes Unglück.

Ohne hierauf Rücksicht zu nehmen, wandte sich Sancho zu Merlin und fragte querfeldein: Sagt mir doch, mein gnädiger Herr Merlin, als der Teufelskurier hier war, brachte er meinem Herrn eine Botschaft vom Herrn Montesinos und befahl ihm, seiner hier zu warten, weil er herkommen wolle, ihm die Mittel anzugeben, wie die Dame Doña Dulcinea del Toboso könne entzaubert werden, und bis jetzt haben wir noch keinen Montesinos gesehen noch gehört.

Worauf Merlin antwortete: Der Teufel, lieber Sancho, ist ein Dummkopf und erbärmlicher Wicht, ich habe ihn abgeschickt, Euren Herrn aufzusuchen; aber mit keinem Auftrage von Montesinos, sondern von mir, denn Montesinos ist in seiner Höhle, seiner Entzauberung gedenkend, oder, richtiger zu reden, sie erwartend, von der er auch das größte Stück schon hinter sich hat; ist er Euch etwas schuldig oder habt Ihr was mit ihm zu verhandeln, so will ich ihn Euch dahin schaffen und schicken, wohin Ihr ihn haben wollt; jetzt aber macht fort und gebt endlich Euer Jawort zu dieser Disziplin und glaubt mir nur, daß sie Euch sehr zuträglich sein wird, sowohl für die Seele als auch für den Körper; für die Seele, weil Ihr ein gutes Werk damit tut, für den Körper, weil ich weiß, daß Ihr vollblütig seid, und so kann es Euch gewiß nicht schaden, etwas Blut abzulassen.

Es gibt viele Ärzte in der Welt, auch sogar die Zauberer sind Ärzte, versetzte Sancho; da mir aber alle zureden, obgleich ich die Einsicht nicht bekomme, so sage ich, daß ich damit zufrieden bin, mir die dreitausend und dreihundert Streiche zu geben unter der Bedingung, daß ich sie mir geben kann, wann oder wieviel ich will, ohne daß mir die jedesmalige Portion oder die Zeit vorgeschrieben wird; und so will ich mich denn so bald als möglich aus meiner Schuld zu wickeln suchen, daß die Welt die Schönheit der gnädigen Doña Dulcinea del Toboso genieße, die, wie es scheint, sowenig ich es sonst auch glauben konnte, in der Tat schön ist. Doch muß das auch noch eine Bedingung sein, daß ich nicht verpflichtet bin, bei dem Peitschen mein Blut zu vergießen, und daß, wenn einige Streiche in die Luft fallen, diese auch mitgerechnet werden müssen. Item, wenn ich mich in der Zahl irren sollte, der Herr Merlin, der doch alles weiß, sie ja mit Sorgfalt zusammenzähle, um mir Nachricht zu geben, ob noch welche fehlen oder ob welche darüber sind.

Von welchen, die darüber sind, brauche ich keine Nachricht zu geben, antwortete Merlin, denn sobald die Summe vollzählig ist, wird plötzlich die Dame Dulcinea entzaubert erscheinen und Euch aufsuchen, um sich mit Dank, ja mit Belohnung dem trefflichen Sancho zu nähern. Darum darf kein Skrupel sowenig wegen der übrigen als wegen der fehlenden entstehen, auch erlaubt es der Himmel nicht, daß ich irgend jemand hintergehe, sei es auch nur um ein Haar seines Hauptes.

Nun, in Gottes Namen denn, sagte Sancho; ich willige in mein Unglück, ich nehme, sage ich, die Buße auf mich unter den festgesetzten Bedingungen.

Kaum hatte Sancho diese letzten Worte gesprochen, als sich die Musik von Flöten von neuem hören ließ, zugleich wurden auch von neuem unzählige Musketen losgefeuert, und Don Quixote fiel dem Sancho um den Hals und gab ihm tausend Küsse auf Stirn und Wangen. Die Herzogin, der Herzog und alle Gegenwärtigen gaben Zeichen der größten Zufriedenheit, der Wagen fing wieder an, sich zu bewegen, und im Vorbeifahren neigte die schöne Dulcinea das Haupt vor den Herzögen und machte Sancho eine tiefe Verbeugung. Indem brach auch schon die fröhliche und lachende Morgenröte herauf; die Blümlein des Gefildes taten sich auf und entfalteten sich, und die flüssigen Kristalle der Bächlein, über weiße und graue Kiesel murmelnd, gingen fort, den Strömen ihren Tribut zu zahlen, die auf sie warteten; die Erde fröhlich, der Himmel heiter, die Luft rein, das Licht hell, jedes für sich und alles zusammen gab die deutlichsten Zeichen, daß der Tag, der auf die Schleppe der Aurora trat, hell und heiter sein würde. Die Herzöge waren sowohl über die Jagd vergnügt als auch darüber, daß ihr Vorhaben so geschickt und glücklich ausgeführt war, und kehrten zu ihrem Schlosse mit dem Vorsatze zurück, in ihren Täuschungen fortzufahren, denn es gab für sie keine Wirklichkeit, die sie so hätte vergnügen können.

Achtzigstes Kapitel

in welchem das seltsame und fast undenkliche Abenteuer der Dueña Schmerzenreich, alias der Gräfin Dreischleppina, erzählt wird, nebst einem Briefe, welchen Sancho Pansa seiner Frau Juanita Pansa schrieb.

Der Herzog hatte einen Haushofmeister von sehr lustiger und aufgeweckter Gemütsart, der den Merlin dargestellt, alles zum vorhergehenden Abenteuer eingerichtet, die Verse ersonnen und einen Pagen abgerichtet hatte, die Dulcinea vorzustellen. Dieser erfand mit Beihilfe seiner Herrschaft ein anderes Abenteuer, so lustig und kunstreich, als man es sich nur vorstellen kann.

Die Herzogin fragte den Sancho am folgenden Tage, ob er schon sein Pensum von Buße angefangen habe, um die Dulcinea zu entzaubern. Er bejahte es, daß er sich in derselben Nacht fünf Streiche gegeben habe. Die Herzogin fragte, womit er sie sich gegeben habe. Er antwortete, mit der Hand. Dies, versetzte die Herzogin, ist mehr ein Streicheln als ein Geißeln; ich halte dafür, daß sich der weise Merlin mit dergleichen Liebkosung nicht zufrieden geben wird; es wird nötig tun, daß sich der gute Sancho eine Geißel aus Draht flechte, oder mit Knötchen, die sich fühlen lassen, denn ohne Blut läßt sich das Vaterland nicht erretten, die Freiheit einer so großen Dame, wie es Dulcinea ist, kann nicht auf so leichte und wohlfeile Art gewonnen werden.

Worauf Sancho antwortete: Gebe mir Eure Hoheit eine Geißel oder einen passenden Strick, so will ich mich damit schlagen, doch muß es nicht zu übermäßig schmerzen, denn Euer Gnaden muß wissen, daß, ob ich gleich nur ein Bauer bin, meine Haut doch mehr von der Seide als vom Holze an sich hat und daß es unverständig wäre, mich zum Besten eines andern zu martern.

So sei es, antwortete die Herzogin, ich will Euch morgen eine Geißel geben, die gerade für Euch passen wird und sich so für Eure zarte Haut schicken soll, als wenn beide leibliche Geschwister wären.

Worauf Sancho sagte: Wisse Eure Hoheit, meine allerliebste gnädige Frau, daß ich einen Brief an meine Frau Juanita Pansa geschrieben habe, worin ich ihr alles erzähle, was sich mit mir zugetragen hat, seit ich von ihr bin: ich habe ihn hier im Busen, es fehlt nichts weiter daran als die Aufschrift: ich wünschte, daß Eure Verständigkeit ihn läse, denn ich glaube, daß er ganz statthalterisch klingt, ich meine, wie ihn die Statthalter schreiben müssen.

Und wer hat ihn unterzeichnet? fragte die Herzogin.

Wer soll ihn unterzeichnet haben als ich armer Sünder, antwortete Sancho.

Und habt Ihr ihn geschrieben? fragte die Herzogin.

Nicht daran zu gedenken, antwortete Sancho, denn ich kann weder lesen noch schreiben, aber wohl unterzeichnen.

Laßt ihn sehn, sagte die Herzogin, denn ich bin versichert, daß Ihr darin die Eigentümlichkeit und Größe Eures Genies offenbaren werdet.

Sancho holte einen offenen Brief aus dem Busen, die Herzogin nahm ihn und sah, daß er folgendes enthielt:

Brief des Sancho Pansa an Juanita Pansa, seine Frau

Haben sie mir tüchtige Schläge gegeben, so geschah mir nur, was dem tüchtigen Ritter zukommt; habe ich eine Statthalterschaft, so kostet sie mich tüchtige Schläge. Das wirst Du nicht verstehn, liebe Juanita, für jetzt; ein andermal wirst Du es einsehn. Du mußt wissen, Juanita, daß ich entschlossen bin, Du sollst in Kutschen fahren, denn darauf kommt es jetzt an, denn beim Gehen fährt man übel, und es ist nur hundemäßig. Frau eines Statthalters wirst Du, nun gib acht, daß sie Dich nicht unter die Füße treten. Hier schicke ich Dir ein grünes Jagdkleid, das mir die gnädige Herzogin geschenkt hat; schneid es so zu, daß unsre Tochter Rock und Leibchen daraus kriegt. Don Quixote, mein Herr, wie ich mir hierzulande habe sagen lassen, ist ein gescheiter Narr und ein lustiger Dummkopf, und ich bleibe ihm auch darin nichts schuldig. Wir sind in der Höhle des Montesinos gewesen, und der weise Merlin hat auf mich sein Auge geworfen, wegen der Entzauberung der Dulcinea von Toboso, die haußen bei uns Aldonza Lorenzo heißt. Mit dreitausend und dreihundert Streichen, weniger fünf, die ich mir geben soll, wird sie so entzaubert wie die Mutter, die sie geboren hat. Sage kein Wort davon an niemand, denn fragt man sich nach um so was, so sagt der eine, es ist weiß, und der andere, es ist schwarz. Innerhalb etlichen Tagen werde ich zur Statthalterei abgehn, wohin ich mich mit dem sehnlichen Wunsch begebe, Geld zu machen, denn man hat mir gesagt, daß alle neuen Statthalter mit dem nämlichen Wunsche abgehn; ich werde die Gelegenheit besehn und Dir Nachricht geben, ob Du zu mir kommen sollst oder nicht. Der Graue ist gesund und empfiehlt sich Dir vielmals, ich lasse ihn nicht, und wenn sie mich auch zum Großtürken machten. Die Herzogin, meine Gebieterin, küßt Dir tausendmal die Hände, tu Du es zur Antwort zweitausendmal, denn es gibt kein Ding, das so wenig kostet oder so wohlfeil ist, wie mein Herr sagt, wie die höflichen Redensarten. Es hat Gott nicht gefallen, mir ein neues Felleisen mit neuen hundert Dukaten zu schenken, wie das von damals; aber sei nicht betrübt, liebe Juanita, denn wer das Kreuz hat, der segnet sich damit, und die Statthalterschaft muß den Kohl wieder fett machen; nur bekümmert mich das sehr, daß man mir sagt, hätte ich es einmal gekostet, so würde ich die Hände danach fressen, und wenn dem so wäre, so käme es mir teuer zu stehn, wenn auch die Verstümmelten und Krüppel in den Almosen, die sie betteln, ihre Pfründe finden; so daß auf dem einen oder dem andern Wege Du reich und glücklich werden mußt. Gott verleihe es Dir, wie er kann, und erhalte mich, um Dir zu dienen. Auf diesem Schlosse, am 20. Julius, im Jahr 1614.

Dein Mann, der Statthalter
Sancho Pansa.

Als die Herzogin den Brief zu Ende gelesen hatte, sagte sie zu Sancho: In zwei Dingen weicht der gute Statthalter etwas von der rechten Straße ab: zuerst, daß er sagt, oder doch zu verstehen gibt, er habe die Statthalterschaft für die Streiche bekommen, die er sich noch zu geben hat, da er doch weiß (was er gar nicht leugnen kann), daß damals, als der Herzog, mein Herr, sie ihm versprach, man es sich noch nicht träumen ließ, daß es Schläge in der Welt gäbe: und zweitens, daß er sich sehr geizig zeigt, es wäre aber nicht gut, wenn wir die Katze für den Hasen kauften, denn zuviel zerreißt den Sack, und ein geiziger Statthalter wird immer nur ein sehr unstatthaftes Recht handhaben.

Ich habe es nicht so gemeint, gnädige Frau, antwortete Sancho, und wenn Euer Gnaden meint, daß der Brief die Art nicht hat, die er haben soll, so darf ich ihn nur zerreißen und einen andern schreiben, wo es sich aber fügen kann, daß er noch schlimmer wird, wenn er bloß aus meinem Hirnkasten herauskommen soll.

Nein, nein, versetzte die Herzogin, er ist gut so, und ich will, daß ihn der Herzog sehn soll.

Sie begaben sich hierauf nach einem Garten, wo sie den Tag speisen wollten. Die Herzogin zeigte dem Herzoge Sanchos Brief, der sich sehr daran ergötzte.

Sie aßen, und nachdem die Tafel aufgehoben war und sie sich lange mit Sanchos vergnüglichem Gespräche unterhalten hatten, hörte man plötzlich die kläglichsten Töne einer Pfeife und einer dumpfen abgespannten Trommel. Alles wurde über dieses seltsame, kriegerische und traurige Getöse in Unruhe gebracht, vorzüglich Don Quixote, der sich vor Unruhe nicht auf seinem Sessel halten konnte: vom Sancho versteht es sich, daß ihn die Furcht nach seinem gewöhnlichen Zufluchtsort führte, an die Seite oder auf die Schleppe der Herzogin, denn der Ton, welchen man vernahm, war wirklich und in der Tat höchst kläglich und schwermütig. Indem sie noch alle in dieser Spannung waren, sahen sie zwei Menschen in den Garten treten, in Trauergewändern, die so weit und lang waren, daß sie ihnen auf der Erde nachschleppten: diese schlugen im Gehen auf zwei große Trommeln, die ebenfalls mit Schwarz überzogen waren. Ihnen zur Seite ging der Pfeifer, schwarz und dunkel wie sie selbst. Diesen dreien folgte eine riesengroße Figur, umhängt mehr als bekleidet mit dem schwärzesten Umwurf, der ihr ebenfalls in ungeheurer Schleppe nachzog; über dieses weite Gewand trug der Fremde querüber ein breites Bandelier, nicht weniger schwarz, an welchem ein unmäßiger Säbel hing, mit schwarzem Gehenke und in schwarzer Scheide. Sein Gesicht war mit einem durchsichtigen schwarzen Schleier verhüllt, durch welchen ein sehr langer Bart, so weiß wie der Schnee, hervorleuchtete. Er bewegte seine Schritte mit viel Würde und großem Anstande nach dem Takte der beiden Trommeln. Mit einem Wort, seine Größe, seine Feierlichkeit, seine Schwärze und Begleitung konnte und mußte alle diejenigen in Erstaunen setzen, welche ihn sahen, ohne ihn zu kennen. Mit dieser Ruhe und Erhabenheit näherte er sich also und kniete vor dem Herzoge nieder, der ihn sowie die übrigen stehend erwartete. Der Herzog gab es aber durchaus nicht zu, daß er reden dürfe, bevor er sich erhoben. Dieses tat nun das wundersame Gespenst, und als er aufrecht stand, hob er die Decke vom Antlitz hinweg und zeigte offenbar den fürchterlichsten, breitesten, weißesten und dicksten Bart, den menschliche Augen nur bis dahin je gesehen hatten, und zugleich erhob er wälzend aus der großen und tiefen Brust eine laute und tönende Stimme, wandte die Augen auf den Herzog und sagte: Hocherhabener und gewaltiger Gebieter, man nennt mich Dreischleppino mit dem weißen Barte: ich bin Stallmeister der Gräfin Dreischleppina, die mit einem andern Namen die Dueña Schmerzenreich genannt wird, von derentwegen ich zu Euer Hoheit eine Botschaft überbringe, welche darin besteht, daß Eure Durchlauchtigkeit ihr die gnädigste Erlaubnis erteilen möge, herzukommen und ihr Leid vorzutragen, welches das sonderbarste und verwunderungswürdigste Leid ist, das nur jemals der leidvollste Gedanke in der ganzen Welt hätte erdenken können. Zuvor wünsche ich aber zu erfahren, ob in diesem Eurem Kastell sich befindet der tapfre und niemals besiegte Ritter Don Quixote von la Mancha, den sie zu suchen gekommen ist, zu Fuß und ohne sich zu ernüchtern, vom Königreiche Candaya her bis zu diesem Eurem Gebiete, was man für ein Wunderwerk halten kann und muß, oder für eine Wirkung der Zauberei; sie befindet sich draußen vor dem Tore dieser Festung oder dieses Gartenhauses und erwartet nur, um einzutreten, Eure gnädige Erlaubnis. Dixi.

Er hustete hierauf, strich sich den Bart von oben herunter mit beiden Händen und erwartete mit voller Ruhe die Antwort des Herzogs, welcher also sprach: Schon seit vielen Tagen, trefflicher Stallmeister Dreischleppino mit dem weißen Barte, haben wir Nachricht von dem Mißgeschick der edlen Gräfin Drei-

schleppina, welcher die Zauberer den Namen der Dueña Schmerzenreich verursacht haben. Ihr mögt ihr, erstaunungswürdiger Stallmeister, sagen, daß sie hereintrete und daß sich der tapfre Ritter Don Quixote von la Mancha hier befindet, von dessen edler Gesinnung sie sich ohne Zweifel jegliche Hilfe und jeglichen Beistand versprechen darf: auch könnt Ihr derselben meinerseits sagen, daß, wenn ihr mein Beistand vonnöten wäre, sie dessen nicht entbehren sollte, denn auch ich bin verpflichtet, ihr denselben zu leisten, da ich ein Ritter bin, dem es Gesetz und Vorschrift ist, allen Arten von Frauen beizustehn, vorzüglich aber verwitweten, bedrängten und schmerzenreichen Dueñas, als zu welchen ihre Herrlichkeit gehören muß.

Als dieses Dreischleppino hörte, beugte er sein Knie bis auf die Erde und gab dem Pfeifer und den Trommelschlägern ein Zeichen, das Spiel zu rühren, worauf er mit dem nämlichen Gange, mit welchem er eingetreten war, den Garten wieder verließ und alle über seine Gestalt wie über sein Betragen erstaunt blieben. Und indem sich der Herzog gegen Don Quixote wandte, sagte er: So können denn doch nicht, berühmter Ritter, die Schatten der Bosheit und der Unwissenheit den Glanz der Tugend verhüllen und verfinstern. Ich sage dies, weil es kaum sechs Tage sind, daß Eure Trefflichkeit sich in diesem Kastelle befindet, und Ihr doch schon aus weiten und entlegenen Ländern gesucht werdet, und zwar nicht in Wagen oder auf Dromedaren, sondern zu Fuß und nüchtern, von den Traurigen und Bedrängten, die versichert sind, in diesem tapfern Arm die Hilfe für ihr Leid und Mühseligkeit zu finden: Dank sei es Euren großen Taten, die sich auf der ganzen entdeckten Erde eilig verbreiten.

Ich wünschte, mein gnädiger Herzog, antwortete Don Quixote, daß nun jener liebe Priester hier zugegen wäre, der neulich bei Tisch so großen Widerwillen und Zorn gegen die irrenden Ritter zeigte, damit er mit seinen eigenen Augen sähe, ob dergleichen Ritter der Welt nötig sind; er würde es wenigstens mit Händen greifen, daß die übermäßig Betrübten und Trostlosen in wichtigen Begebenheiten und ungeheuren Unglücksfällen ihre Hilfe nicht in den Häusern der Gelehrten suchen noch bei den Dorfküstern, noch bei einem Ritter, der nie die Grenzen seines Örtchens verlassen hat, noch bei dem trägen Höfling, der lieber Neuigkeiten sucht, um sie zu erzählen und umzutragen, als daß er Werke und Taten tun sollte, damit andere sie erzählen und beschreiben können. Die Hilfe der Leidenden, der Beistand der Bedrängten, die Stütze der Jungfrauen, der Trost der Witwen wird bei niemand anders so gewiß gefunden als bei den irrenden Rittern; und ich danke dem Himmel tausendmal, daß ich einer bin, und halte alle Arbeit und Beschwer für gut angewandt, die mir nur immer in diesem ehrenvolle Berufe zustoßen möchten. Diese Dueña komme also nur und bitte, was sie immer wolle, denn ich werde ihr ihre Erlösung in der Tapferkeit dieses meines Armes und in dem unerschrockenen Mute meiner hochstrebenden Seele zustellen.

Einundachtzigstes Kapitel

in welchem das große Abenteuer der Dueña Schmerzenreich fortgesetzt wird.

Ungemein freuten sich der Herzog und die Herzogin, als sie sahen, wie sehr Don Quixote ihrer Absicht entgegenkam, und Sancho sagte jetzt: Ich möchte nicht, daß die Frau Dueña mir einen Stein des Anstoßes in meine versprochene Statthalterschaft würfe, denn ich habe von einem Apotheker zu Toledo, der wie eine Amsel reden konnte, gehört, daß, wo nur Dueñas dazwischenkämen, man kein Glück oder Heil erwarten dürfte. Lieber Himmel, ei! ei! wie übel war dieser Apotheker auf sie zu sprechen! Woraus ich denn abnehme, daß alle Dueñas widerwärtig und unausstehlich sind, von welcher Beschaffenheit und von welchem Stande sie auch sein mögen; wie muß es nun vollends mit den schmerzenreichen sein, wie mit dieser Gräfin Dreischlepp oder Dreischwanz? denn bei mir zu Hause ist Schleppe und Schwanz und Schwanz und Schleppe ein und dasselbe.

Schweig, Freund Sancho, sagte Don Quixote, denn da diese gnädige Dueña aus so entlegenen Landen kommt, um mich zu suchen, so kann sie nicht zu denen gehören, die übel bei dem Apotheker angeschrieben standen; um so mehr, da diese eine Gräfin ist, und wenn Gräfinnen als Dueñas dienen, so sind sie nur bei Königinnen oder Kaiserinnen in Diensten, sind aber in ihrem Hause selber erlauchte Damen, die sich wieder von andern Dueñas bedienen lassen.

Hierauf antwortete Doña Rodriguez, die sich gegenwärtig befand: Meine gnädige Herzogin hat auch Dueñas in ihren Diensten, die gar wohl Gräfinnen sein könnten, wenn es das Schicksal so gewollt hätte; aber der Mensch denkt's und Gott lenkt's, und darum spreche nur keiner von den Dueñas übel, besonders wenn sie alt und Jungfern sind, denn ob ich es gleich nicht bin, so leuchtet mir doch der Vorzug deutlich ein, den eine ledige Dueña vor einer verwitweten Dueña hat, und wer uns scheren will, der wird sich selber mit der Schere schneiden.

Bei alledem, versetzte Sancho, gibt es an den Dueñas genug zu scheren, wenn ich mich auf meinen Apotheker verlassen kann, und es würden beim Dreschen Körner genug herausfallen.

Immer, antwortete Doña Rodriguez, sind die Stallmeister unsere Feinde, denn da sie in den Vorsälen spuken und uns beständig sehen, so bringen sie alle die Zeit, in der sie nicht beten (und es bleibt ihnen viele übrig), damit zu, auf uns zu lästern; sie möchten noch unsere Gebeine ausgraben und unsern guten Namen in die Grube werfen; sie selber gehören in das Gebäude von drei Pfeilern, und wir werden ihnen zum Trotz in der Welt und in den Palästen leben, wenn wir auch vor Hunger sterben, und mit einer schwarzen Kette unsere zarte oder unzarte Haut verhüllen, wie man bei Prozessionen einen Schmutzhaufen mit Teppichen zudeckt. Wahrlich, wenn es nötig wäre und es die Zeit verlangte, so wollte ich nicht nur allen Gegenwärtigen, sondern der ganzen Welt beweisen, daß es keine Tugend gibt, die sich nicht in einer Dueña befindet.

Ich glaube, sagte die Herzogin, daß meine gute Doña Rodriguez recht hat, und zwar das allergrößte; es ist aber besser, daß sie eine andere Zeit abwartet, für sich und die übrigen Dueñas zu streiten, um die schlechte Meinung jenes schlechten Apothekers zu widerlegen und die mit der Wurzel auszureißen, die der große Sancho Pansa in seinem Busen beherbergt.

Worauf Sancho antwortete: Seit mir der Statthalter zu Kopfe gestiegen ist, sind mir die Stallmeistergrillen alle vergangen, und ich gebe nun für alle Dueñas zusammen keine wilde Feige.

Sie wären wohl in dem Dueñengespräch noch weiter fortgefahren, wenn sie nicht von neuem den Pfeifer und die Trommeln gehört hätten, woraus sie abnahmen, daß die Dueña Schmerzenreich komme. Die Herzogin fragte den Herzog, ob es nicht schicklich sei, ihr zu ihrem Empfange entgegenzugehen, da sie doch Gräfin und eine vornehme Dame sei. Als Gräfin, antwortete Sancho, ehe noch der Herzog antworten konnte, schickte es sich wohl, daß Eure Hoheit ihr zum Empfange entgegengingen; aber für die Dueña bin ich der Meinung, daß dieselben keinen Fuß aus der Stelle setzen.

Und wer mengt dich hinein, Sancho? fragte Don Quixote.

Wer, gnädiger Herr? antwortete Sancho. Ich menge mich selbst hinein, weil ich mich hineinmengen kann, als ein Stallmeister, der alle Formeln der Höflichkeit in Euer Gnaden Schule gelernt hat, der Ihr der höflichste und artigste Ritter seid, den es nur in aller möglichen Höflichkeit geben kann, und in dergleichen Dingen, wie ich von Euer Gnaden habe sagen hören, verliert man ebensosehr durch eine Karte zuviel wie durch eine Karte zuwenig; und für den Verständigen sind wenige Worte hinreichend.

Sancho hat ganz recht, sagte der Herzog, wir wollen das Wesen der Gräfin in Augenschein nehmen und danach die Höflichkeit abmessen, die wir ihr schuldig sind.

Indem traten, so wie das erstemal, die Trommeln und der Pfeifer herein. Und hier, mit diesem kurzen Kapitel, schließt der Verfasser und fängt das andere an, dasselbe Abenteuer fortsetzend, welches in der Geschichte eins der merkwürdigsten ist.

Zweiundachtzigstes Kapitel

Enthält die Erzählung, welche Dueña Schmerzenreich von ihren heillosen Vorfällen gab.

Hinter den trübseligen Musikanten traten nun in den Garten mehr und mehr Dueñas, bis ihre Anzahl zwölf ausmachte, in zwei Reihen geteilt, alle mit weiten Kutten bekleidet, dem Anscheine nach von grobem Tuche, mit weißen Schleiern von feinem Musselin, die so lang waren, daß nur der Saum ihres Gewandes darunter hervorblickte. Hinter ihnen kam die Gräfin Dreischleppina, welche der Stallmeister Dreischleppino mit dem weißen Bart an der Hand führte. Der Schwanz ihres Kleides, oder die Schleppe, oder wie man es nennen will, war in drei Zipfel geteilt, welche drei Pagen, ebenfalls in Trauer, in ihren Händen hielten, wodurch mit den drei spitzen Winkeln, welche die drei Zipfel bildeten, eine seltsame mathematische Figur entstand. Die zwölf Dueñas und die Gräfin kamen langsam wie eine Prozession herbei, die Gesichter mit schwarzen Schleiern bedeckt, die aber nicht so durchsichtig waren wie der des Dreischleppino, sondern so dicht, daß gar nichts hindurchschimmern konnte. Sowie der lange Dueñenzug völlig eingetreten war, standen der Herzog, die Herzogin und Don Quixote auf sowie alle, die die weitläufige Prozession wahrnahmen. Die zwölf Dueñen hielten an und bildeten eine Gasse, durch welche die Schmerzenreich hinging, ohne die Hand des Dreischleppino fahrenzulassen. Als der Herzog, die Herzogin und Don Quixote dies sahen, gingen sie ihr zwölf Schritte entgegen, um sie zu empfangen. Sie, auf der Erde hingekniet, mit einer Stimme, die viel mehr dumpf und rauh als fein und zart lautete, sprach also: Eure Hoheiten verschonen doch gütigst mit so großer Höflichkeit diesen ihren Diener, wollte sagen Dienerin, denn da ich so schmerzenreich bin, kann ich dergleichen nicht wie ich sollte erwidern, weil mein höchst seltsames und unerhörtes Unglück mir den Verstand, ich weiß nicht wohin, entführt hat, doch muß ich es für sehr fern halten, denn so mehr ich ihn suche, so minder ich ihn finde.

Der hätte ihn verloren, Frau Gräfin, antwortete der Herzog, der in Eurem Wesen nicht Eure Tugenden gewahr würde, welche sich ohne weitere Erforschung als Gläubiger aller Blüten der Höflichkeit und des ganzen Blumenflors der ausgesuchtesten Zeremonien melden dürfen. Er hob sie zugleich mit der Hand auf und führte sie zu einem Sessel, der neben der Herzogin stand, welche sie ebenfalls mit vieler Güte empfing. Don Quixote schwieg, und Sancho starb vor Neugier, das Gesicht der Dreischleppina oder einer von den vielen Dueñen zu sehen; aber es war ihm nicht möglich, bis sie es freiwillig und aus eigenem Entschlusse zeigten.

Alle waren nun ruhig und beobachteten ein Schweigen, indem sie darauf warteten, daß einer es brechen sollte, welches auch die Dueña Schmerzenreich mit diesen Worten tat: Ich bin versichert, erhabenster Gebieter, schönste Gebieterin und verständigste Zuhörer, daß mein leidvollstes Leid in eurem Busen eine Teilnahme erwecken muß, die ebenso mitleidig als großmütig und schmerzenvoll sein wird, denn es ist von der Art, daß es imstande ist, Marmorsteine zu rühren, Diamanten zu erweichen und den Stahl der härtesten Herzen auf der ganzen Welt zu schmelzen; ehe dieses aber die Schwellen eures Gehörs, um nicht Ohren zu sagen, erreicht, so bitte ich, laßt mich wissen, ob sich in diesem Schlosse, diesem Kreise und dieser Gesellschaft der erhabenste und manchanischste Ritter Don Quixote und sein stallmeisterlichster Pansa befinden.

Der Pansa, sagte Sancho, ehe noch ein andrer antwortete, ist hier zugegen, und der Don Quixote gleicherweise, so daß Ihr dueñahafteste Schmerzenreichste sprechen könnt, was Ihr am meistesten wünscht, denn wir alle sind begierig und bereitest, uns als Eure gehorsamsten Knechteste zu zeigen.

Jetzt erhob sich Don Quixote, wandte seine Rede gegen die schmerzenreiche Dueña und sagte: Wenn Euer Leid, bedrängte Dame, sich irgendeine Hoffnung versprechen darf aus Vermittlung irgendeiner Tugend und Stärke irgendeines irrenden Ritters, so biete ich hier die meinige an, die, wie schwach auch und gering, doch gänzlich zu Euren Diensten aufgebraucht werden soll. Ich bin Don Quixote von la Mancha, dessen Pflicht ist, allen Notbedrängten beizustehen.

Als dies die schmerzenreiche Dueña hörte, wollte sie sich zu den Füßen des Don Quixote niederwerfen, warf sich auch nieder und bemühte sich, sie zu umfassen, indem sie sagte: Vor diesen Füßen und Beinen werfe ich mich hin, o niebesiegter Ritter, denn sie sind die Grundpfeiler und Säulen der irrenden Ritterschaft: küssen will ich sie, diese Füße, deren Schritte mir die Hilfe meines Elends bringen und erfüllen müssen, o du tapferer Irrender, dessen wahrhafte Handlungen alle fabelhaften jener Amadisse, Esplandians und Belinisse übertreffen und verdunkeln! Dann ließ sie Don Quixote fahren und wandte sich zu Sancho Pansa, faßte seine Hände und sagte: O du treuester Stallmeister, der jemals einem irrenden Ritter in den gegenwärtigen oder in den vergangenen Zeiten gedient hat, du länger an Güte, als es der Bart meines Begleiters Dreischleppino ist, der dort steht! Glücklich kannst du dich schätzen, daß indem du dem großen Don Quixote dienst, du im Auszuge allen den tausend Rittern dienst, die in der Welt jemals die Waffen übten. Ich beschwöre dich bei dem, was du deiner treuesten Güte schuldig bist, sei mein guter Vermittler bei deinem Herrn, damit er augenblicks dieser demütigsten und unglücklichsten Gräfin Beistand leiste.

Worauf Sancho antwortete: Daß meine Güte, gnädige Dame, so dick und so groß ist wie der Bart Eures Stallmeisters, tut bei mir nichts zur Sache; möge meine Seele nur tüchtig Haare auf den Zähnen haben, wenn sie von hinnen muß, denn darauf kommt es an, doch um die Bärte diesseits kümmere ich mich wenig oder gar nicht; aber auch ohne daß Ihr mir so um den Bart geht und so schöne Worte gebt, will ich meinen Herrn bitten (von dem ich weiß, daß er mich liebt, und jetzt besonders, da er mich zu einem gewissen Dinge nötig hat), daß er Euer Gnaden beistehe und helfe, soviel es ihm nur möglich ist; Euer Gnaden packe nun ihr Leiden aus und erzähle es uns und mache, daß wir alle wissen, woran wir sind.

Über alle diese Reden starben die Herzöge fast vor Lachen, da sie das Abenteuer angeordnet hatten und im stillen die Klugheit und Verstellung der Dreischleppina bewunderten.

Diese, nachdem sie sich wieder gesetzt hatte, sprach also: In dem berühmten Königreiche Candaya war die Königin Doña Maguncia Herrscherin, die Witwe des Königs Archipielo, ihres Herrn und Gemahls, mit dem sie in der Ehe die Infantin Antonomasia, die Erbin des Reichs, erzeugt hatte, welche ebengenannte Infantin Antonomasia unter meiner Aufsicht und Obwaltung erwuchs, da ich die älteste und vornehmste Dueña ihrer Mutter war. Es geschah nun, indem Tage gingen und Tage kamen, daß das Kind Antonomasia das Alter von vierzehn Jahren erreichte und eine so vollkommene Schönheit wurde, daß die Natur nichts Vollendeteres hervorbringen konnte. In diese Schönheit, welche meine unwürdige Zunge niemals genug erheben kann, verliebte sich eine unendliche Zahl von Prinzen, sowohl einheimische als fremde, unter welchen auch zum Himmel so hoher Schönheit seine Gedanken ein gewöhnlicher Ritter zu erheben wagte, der sich am Hofe aufhielt, im Vertrauen auf seine Jugend und Schönheit sowie auf seine vielen Geschicklichkeiten und Reize, wie nicht minder auf seine leichte und lichte Fassungskraft; denn Eure Hoheiten müssen wissen, wenn es ihnen nicht zuwider ist, daß er die Gitarre so spielte, daß er sie sprechen machte, außerdem war er ein Dichter und großer Tänzer. Zuerst bemühte sich der Spitzbube und nichtswürdige Vagabund, meinen Willen zu dem seinigen zu machen und mich für sich zu gewinnen, damit ich als ein schlechter Hauptmann ihm die Schlüssel der Festung überlieferte, welche ich bewahrte. Kurz, er schmeichelte meine Sinnen ein und bezwang meinen Willen durch, ich weiß nicht welche, Kostbarkeiten und Juwelen, die er mir gab; dasjenige aber, was mich am meisten überwältigte und zu Boden warf, waren einige Verse, die ich ihn in einer Nacht singen hörte, indem ich an einem Fenster stand, das auf ein Gäßchen stieß, in welchem er war. Nicht seine Verse, sondern meine Einfalt brachten mich zum Weichen: nicht seine Gesänge machten mich nachgiebig, sondern mein Leichtsinn: meine große Unklugheit und meine geringe Vorsicht öffneten den Weg und hoben dem Don Clavijo (denn das ist der Name jenes Ritters) allen Anstoß aus seiner Bahn: und da ich nun die Vermittlerin war, befand er sich einmal und öfter in dem Gemach der durch mich und nicht ihn hintergangenen Antonomasia, unter dem Titel eines wirklichen Gemahls, denn so sehr ich mich auch vergangen habe, hätte ich es doch nicht zugegeben, daß er, ohne ihr Mann zu sein, nur die Spitze von der Sohle ihrer Schuhe berührt hätte; nein, nein, ei bewahre! Ehestand muß in jedem Geschäft vorangehn, in welches ich mich einlassen soll. Nur ein Unglück war bei diesem Handel, nämlich die Ungleichheit des Standes, daß Don Clavijo nur ein gewöhnlicher Ritter war und die Infantin Antonomasia, wie schon gesagt, die Erbin des Reichs. Diese Intrige blieb einige Zeit durch meine schlaue Klugheit verborgen und geheimgehalten, bis es mir schien, sie würde durch eine gewisse Geschwulst am Bauche der Antonomasia bekannter werden, aus welcher Besorgnis wir drei eine Beratschlagung anstellten, woraus sich ergab, daß, bevor dieser Handel an das Licht kommen sollte, Don Clavijo von dem Vicarius die Antonomasia zu seiner Frau begehren sollte, kraft einer Schrift, welche die Infantin ausgestellt hatte, seine Gemahlin zu sein, und die vermöge meiner Klugheit so kräftig und bindend war, daß Simson sie selber nicht hätte zerreißen können. Dies geschah mit aller Sorgfalt, der Vicarius sah die Schrift, derselbe Vicarius ließ die Prinzessin beichten: sie beichtete alles, und er gebot ihr, die Schrift bei dem obersten Alguazil, einem sehr geehrten Manne, niederzulegen.

Dreiundachtzigstes Kapitel

in welchem die Dreischleppina ihre erstaunliche und denkwürdige Geschichte fortsetzt.

Die Schmerzenreich fuhr auf folgende Weise fort: Endlich nach vielen Fragen und Antworten, bei welchen die Infantin immer bei ihrer Rede blieb, ohne nur im mindesten von ihrer ersten Erklärung abzuweichen, sprach der Vicarius zugunsten des Don Clavijo und gab sie ihm als seine rechtmäßige Gemahlin, worüber Doña Maguncia, die Mutter der Infantin Antonomasia, so großen Verdruß hatte, daß wir sie nach drei Tagen begruben.

So ist sie gewiß gestorben, sagte Sancho.

Das ist klar, sagte Dreischleppino, denn in Candaya begräbt man nicht die lebendigen Leute, sondern die toten.

Ich habe schon, Herr Stallmeister, versetzte Sancho, einen Ohnmächtigen begraben sehn, den man für tot hielt, und mir scheint es, als wenn die Königin Maguncia eher verpflichtet gewesen wäre, in Ohnmacht zu fallen, als zu sterben, denn wenn man nur leben bleibt, lassen sich noch viele Dinge in Ordnung bringen, und die Infantin hatte ja auch keinen so großen Fehler begangen, daß sie es hätte so tragisch nehmen müssen. Wenn sich diese Prinzessin mit einem von ihren Pagen verheiratet hätte oder sonst mit einem Bedienten aus dem Hause, wie es viele andere gemacht haben, wie ich mir habe sagen lassen, dann wäre das Unglück ohne Hilfe gewesen; aber daß sie sich mit einem so edlen und so geschickten Ritter verheiratete, wie man ihn uns beschrieben hat, wahrlich, wahrlich, das war zwar eine Torheit, aber keine so große, als man denken sollte, denn nach den Belehrungen meines Herrn, der hier zugegen ist und mich nicht wird Lügen strafen, kann man, wie man aus den gelehrten Leuten Bischöfe macht, aus den Rittern, vollends wenn sie irrende sind, Könige und Kaiser machen.

Du hast recht, Sancho, sagte Don Quixote, denn ein irrender Ritter, wenn er nur um zwei Lot Glück hat, hat die nächste Anwartschaft, der größte Herr auf Erden zu werden. Aber die Dame Schmerzenreich fahre fort, denn mir leuchtet ein, daß ihr das Bittere dieser bisher süßen Geschichte noch zu erzählen übrigbleibt.

Ach! und welches Bittere bleibt mir noch übrig! antwortete die Gräfin, und zwar solches, daß Wermut dagegen wohlschmeckend und Koloquinten süß zu nennen sind. Da nun die Königin gestorben und nicht in Ohnmacht gefallen war, so begruben wir sie, und kaum hatten wir sie mit Erde zugedeckt, kaum hatten wir das letzte Lebewohl gesagt, als auf einem Pferde von Holz gerade über dem Grabmal der Königin der Riese Malambruno erschien, der nächste Vetter der Maguncia, der außerdem, daß er grausam, auch noch ein Zauberer war, der durch seine Künste, um den Tod seiner Blutsfreundin zu rächen und die Kühnheit des Don Clavijo zu strafen sowie aus Zorn über das Übermaß der Antonomasia, sie beide auf dem nämlichen Grabmale verzaubert ließ, sie in eine eherne Schlange verwandelte und ihn in ein schreckliches Krokodil von einem unbekannten Metall. Zwischen beiden steht ein Postament, ebenfalls aus Metall, und auf ihm eine Schrift in syrischer Sprache, die ins Candayische und jetzt ins Castilianische verdolmetscht folgenden Ausspruch enthält: *Nicht eher sollen ihre erste Gestalt diese beiden frechen Liebenden erhalten, bis der große Manchaner sich mit mir in einem einzelnen Zweikampfe gemessen hat, denn seiner hohen Tugend allein hat das Schicksal dieses unerhörte Abenteuer vorbehalten.* Nachdem er dies getan hatte, zog er aus der Scheide einen großen und ungeheuren Säbel, faßte mich bei den Haaren und machte Miene, mir den Hals abzuschneiden und den Kopf glatt herunterzusäbeln. Ich zitterte, die Stimme stockte mir in der Kehle, ich war vor Schrecken erstarrt; dennoch sammelte ich mich, soviel ich nur konnte, und sagte ihm mit bebender und klagender Stimme so viele und solche Dinge, daß er bewegt war, die Ausübung einer so grausamen Strafe zu unterlassen. Kurz, er ließ alle Dueñas des Palastes vor sich bringen, welche dieselben waren, die jetzt hier zugegen sind, und nachdem er uns unsere Schuld mit strengen Worten vorgehalten und auf alle Dueñas überhaupt gescholten, ihre bösen Streiche und abscheulichen Kabalen verwünscht, allen übrigen das Vergehen beimessend, das doch nur auf mir allein lag, sagte er, daß er uns nicht mit dem Tode bestrafen wolle, sondern auf eine andre, langsamere Art, die uns einen bürgerlichen und fortdauernden Tod zuzöge: und in demselben Augenblicke, als er dieses gesagt hatte, empfanden wir alle, wie sich die Poren unsers Gesichts ausdehnten und daß es uns allenthalben wie mit Nadeln stach; gleich fuhren wir mit der Hand nach dem

Gesicht und fanden uns in der Beschaffenheit, welche ihr jetzt sehen sollt. Und zugleich schlugen die Schmerzenreich sowie die übrigen Dueñas ihre Schleier zurück, mit denen sie verhüllt waren, und zeigten ihre Gesichter alle mit Bärten bedeckt, einige rot, einige schwarz, andre weiß und andre scheckig, über welchen Anblick der Herzog und die Herzogin ihre Verwunderung bezeigten, Don Quixote und Sancho erschraken und alle übrigen erstaunt waren; die Dreischleppina aber fuhr fort: Auf diese Weise bestrafte uns der lumpige, niederträchtige Mensch Malambruno, indem er die Zartheit und Frische unsrer Angesichter mit diesen rauhen Borsten bedeckte, o hätte doch der Himmel gewollt, daß er uns lieber mit seinem ungeheuern Säbel die Häupter heruntergeschlagen hätte und nur nicht das getan, daß er so den Glanz unsers Antlitzes verfinsterte mit diesem Gestrüpp, welches uns bedeckt: denn wenn wir auf den Punkt zu sprechen kommen, meine Gnädigen (und das, was ich jetzt sagen will, möchte ich wohl mit Tränenströmen aus meinen Augen begleiten, aber die Erwägung unseres Unglücks und die Meere, die diese Augen bisher schon geregnet haben, machen, daß sie ohne Wasser und trocken sind, und daher muß ich es ohne Tränen sagen), ich sage also, an wen soll sich wohl eine Dueña mit einem Barte wenden? Welcher Vater oder welche Mutter wird teil an ihr nehmen? Wer wird ihr Hilfe leisten? Denn wenn schon eine ebene Haut und ein Gesicht, mit tausend Latwergen und Schminken gemartert, kaum einen findet, der es ausstehn mag, was wird erst geschehn, wenn das Antlitz in eine Waldung verwandelt ist? O Dueñas, ihr meine Gefährten! in einer unglückseligen Stunde sind wir geboren, an einem schlimmen Tage haben uns unsre Eltern gezeugt! Und indem sie diese Worte sprach, fiel sie in Ohnmacht.

Vierundachtzigstes Kapitel

Dinge, welche dieses Abenteuer und diese merkwürdige Geschichte betreffen und ihr angehören.

Die Geschichte fährt fort, daß Sancho, sowie er die Schmerzenreich in Ohnmacht fallen sah, ausrief: Das beschwör' ich als ein ehrlicher Mann, und bei allen Pansas, die in den vorigen Zeitaltern gelebt haben, daß ich niemals gehört noch gesehn, noch mein Herr mir erzählt hat oder ihm nur ein Ding in die Gedanken gekommen ist, was diesem Abenteuer da ähnlich wäre. Ei du verteufelter Satansmensch (um dir nicht ärger zu fluchen) von Zauberer und Riese Malambruno! Also wußtest du gar keine andre Strafe für die armen Sünder da, als sie so zu zerbarten? Wie, wäre es denn nicht besser gewesen, und hätten sie nicht ihre Rechnung besser dabei gefunden, wenn du ihnen die Hälfte der Nase heruntergeschnitten hättest, und sie selber hätten schnüffeln müssen, als daß du ihnen Bärte angemacht hast? Ich will wetten, daß sie nicht einmal Geld haben, sich rasieren zu lassen.

So ist es auch, lieber Herr, antwortete eine von den zwölfen, wir haben kein Geld, uns reinigen zu lassen, und daher sind einige von uns auf ein gemeines Mittel gefallen, sich nämlich des Peches oder der Pechpflaster zu bedienen und diese auf das Gesicht zu legen, worauf sie sie plötzlich abreißen und so glatt und schier sind wie der Kolben einer steinernen Mörserkeule; denn wenn es auch in Candaya Weiber gibt, die von Haus zu Haus gehn, um Haare auszuziehn und Augenbrauen zu ordnen*) oder andre Schmierereien für die Weiber zu machen, so haben wir Dueñen unsrer Herrschaft doch diese niemals zu uns lassen wollen, weil die meisten einen kleinen Beigeschmack haben, als ständen sie halb auf dem Fuß der Kupplerinnen, nachdem sie früher auf eigene Hand gelebt haben; wenn uns also vom Herrn Don Quixote nicht geholfen wird, so muß man uns wohl mit Bärten in die Grube tragen.

Ich würde mir den meinigen ausreißen lassen, sagte Don Quixote, und zwar im Mohrenlande, wenn ich euch nicht von den eurigen erlöste.

In diesem Augenblicke kam die Dreischleppina aus ihrer Ohnmacht wieder zu sich und sagte: Der Klingklang dieser Versprechung, hoher Ritter, ist mitten in meiner Ohnmacht in mein Gehör gedrungen und hat verursacht, daß ich wieder zum Bewußtsein und zu allen meinen Sinnen gelangt bin, und also bitt' ich Euch von neuem, erlauchter Irrender und unbezähmbarer Gebieter, Eure anmutige Versprechung durch die Tat ins Werk zu setzen.

An mir soll es nicht fehlen, antwortete Don Quixote; sagt, meine Dame, was ich zu tun habe, denn meine ganze Seele ist willig, Euch zu dienen.

Die Sache ist, antwortete die Schmerzenreich, daß das Königreich Candaya von hier fünftausend Meilen entfernt liegt, wenn man zu Lande reist; ein paar Meilen auf oder ab; geht man aber durch die Luft und in gerader Linie, so sind es dreitausendzweihundertundsiebenundzwanzig Meilen. Ich muß zugleich erzählen, wie Malambruno mir gesagt hat, daß, wenn das Schicksal mir den Ritter, unsern Erlöser, zuführte, er ihm eine Reitgelegenheit zuschicken wolle, es soll nämlich jenes selbige hölzerne Pferd mit dem Namen Zapfenhölzern sein, auf welchem der edle Peter die zarte Magelone entführte, welches Pferd durch einen Zapfen, den es auf der Stirn hat, regiert wird, der ihm zum Zaume dient, und das mit solcher Leichtigkeit durch die Lüfte fliegt, daß es nicht anders ist, als wenn es die Teufel selbst fortführten. Dieses Pferd, wie eine alte Sage geht, ist von dem weisen Merlin verfertigt. Er lieh es dem Peter, der sein Freund war, und womit dieser große Reisen machte und, wie schon gesagt, die schöne Magelone entführte; er lieh es auch keinem andern als dem, den er liebte oder der es ihm tüchtig bezahlte, und seit dem großen Peter hat, soviel wir wissen, bis jetzt noch keiner darauf geritten. Seitdem hat es Malambruno durch seine Künste bekommen, und es wird sich, ehe eine halbe Stunde vom Abend verflossen ist, in unsrer Gegenwart befinden.

---

*) Man nannte diese Frauen „velleras".

Und wie viele können auf dem Pferde sitzen? fragte Sancho.

Die Schmerzenreich antwortete: Zwei Personen, die eine im Sattel und die andere hinter demselben, und diese beiden Personen sind gemeiniglich der Ritter und der Stallmeister, wenn es an einer entführten Jungfrau mangelt.

Ich möchte es wohl sehn, versetzte Sancho; aber wenn man glaubt, daß ich mich hinaufsetzen möchte, sei's nun in den Sattel oder hinter den Sattel, so heißt das Birnen vom Ulmbaum erwarten. Das wäre schön, da ich mich kaum auf meinem Grauen halten kann und auf meinem Reitsattel, der so weich ist wie Seide, wenn man nun verlangte, daß ich mich hinten auf einen Block setzen sollte, ohne Kissen und Unterlage: meiner Seele, ich will mich nicht zerquetschen, um jemand den Bart abzunehmen, jeder mag sich scheren, wenn es ihm gelegen ist, ich will meinen Herrn auf keiner so weiten Reise begleiten, um so mehr, da ich doch nichts zum Abkratzen dieser Bärte tun kann, wie ich bei der Entzauberung der gnädigen Dulcinea unentbehrlich bin.

Wohl seid Ihr es, mein Freund, antwortete die Dreischleppina, und zwar so sehr, daß wir ohne Eure Gegenwart nichts ausrichten können.

Will's da hinaus? sagte Sancho; was haben denn die Stallmeister mit den Abenteuern ihrer Herren zu tun? Müssen sie den Ruhm davon tragen, daß sie sie bestehn, und wir müssen nichts weiter als die Mühe davon haben? Bei meiner armen Seele! Wenn die Historienschreiber noch sagten: Der und der Ritter bestand das und das Abenteuer, aber mit Hilfe des und des Mannes, seines Stallmeisters, ohne welchen es ihm unmöglich war, es zu bestehn; aber nein, da schreiben sie nur hin: Don Paralipomenon von den drei Sternen bestand das Abenteuer mit den sechs Gespenstern, ohne den Stallmeister nur mit Namen zu nennen, der bei allem zugegen war, als wenn er gar nicht in der Welt gewesen wäre! Ich sage also noch einmal, meine gnädigen Herren, daß mein Herr allein reisen kann und daß ich ihm eine glückliche Reise wünsche, denn ich will hier in der Gesellschaft meiner allergnädigsten Herzogin zurückbleiben, und es könnte sich treffen, daß, wenn er wiederkommt, er die Sache der Dame Dulcinea um den dritten oder fünften Teil besser findet, denn in den müßigen und leeren Zwischenzeiten denke ich mir eine Portion von Hieben zu geben, daß kein Gras auf den Stellen wachsen soll.

Demohngeachtet müßt Ihr ihn begleiten, wenn es nötig wäre, guter Sancho, weil Euch gute Leute darum bitten werden, denn durch Eure Furcht müssen die Gesichter dieser Damen nicht behaart bleiben, welches, wahrlich, höchst unschicklich sein würde.

Will's da hinaus? sag' ich noch einmal, rief Sancho; wenn das Werk der Barmherzigkeit noch für einige eingesperrte Mädchen oder für etliche Waisenkinder geschähe, so könnte sich ein Mensch wohl noch etlicher Mühseligkeit unterziehn; aber daß man was ausstehn soll, um den Dueñas die Bärte abzuschaffen! Das ist das Elend! Ei, ich möchte sie lieber alle mit Bärten laufen sehn, von der kleinsten bis zur größten, von der geschniegelten bis zur gebügelten.

Ihr seid übel auf die Dueñas zu sprechen, Freund Sancho, sagte die Herzogin, Ihr stimmt sehr in die Meinung des toledonischen Apothekers ein, aber Ihr habt wahrlich unrecht, denn ich habe Dueñas in meinem Hause, die ein Muster der Dueñas sein können, denn hier steht meine Doña Rodriguez, die mich nicht wird etwas anders sagen lassen.

Sage Eure Exzellenz nur, was sie wolle, antwortete Rodriguez; denn Gott weiß das Wahre von allen Dingen, und wir Dueñas mögen nun gut sein oder böse, bärtig oder glatthäutig, so haben uns doch unsere Mütter ebenso zur Welt gebracht wie die übrigen Frauenzimmer, und da uns Gott in die Welt gesetzt, weiß er auch, warum er es getan hat, und an seine Barmherzigkeit halte ich mich und nicht an den Bart irgendeines Menschen.

Wohl, Señora Rodriguez, sagte Don Quixote, und Señora Dreischleppina und ihre Gesellschaft, ich hoffe vom Himmel (der mit gnädigen Augen auf euer Leid herunterblicken wird), daß Sancho das tut, was ich ihm befehle. O käme nur erst Zapfenhölzern! O sähe ich mich nur erst dem Malambruno gegenüber! Denn ich weiß, daß kein Schermesser mit mehr Leichtigkeit euch, meine Damen, scheren könnte, als mein Schwert den Kopf des Malambruno von seinen Schultern abscheren sollte; denn Gott duldet wohl die Bösen, aber nicht auf immer.

Ach! seufzte hierauf die Schmerzenreich, mögen mit gnädigen Augen auf Eure Hoheit, kühner Ritter, alle Sterne aus den himmlischen Regionen herunterblicken und Eurer Seele Glück und Macht einflößen, um der Schild und Beistand des geschmähten und niedergedrückten Geschlechtes der Dueñen zu sein, die von Apothekern verwünscht, von Stallmeistern gelästert und von Pagen verhöhnt werden, Unglück treffe die Nichtsnutzige, die in der Blüte ihrer Jahre nicht lieber eine Nonne als eine Dueña wird. O wir unglückseligen Dueñas, denn wenn wir auch in gerader und unbezweifelter Linie selbst vom trojanischen Hektor abstammten, so unterlassen es unsere Herrschaften doch nicht, uns zu duzen, als wenn sie dadurch Königinnen zu werden gedächten. O Riese Malambruno, ob du gleich ein Zauberer bist, so wirst du doch in deinen Versprechungen zuverlässig sein, schicke uns den unvergleichlichen Zapfenhölzern, damit unser Elend ein Ende nehme; denn wenn die Hitze eintritt und diese unsre Bärte bleiben, o wehe alsdann unserm Jammer!

Dieses sprach die Dreischleppina mit so vieler Empfindung, daß sie die Tränen in den Augen aller Umstehenden erregte und selbst die Augen des Sancho naß machte, der sich in seinem Herzen vornahm, seinen Herrn bis an das äußerste Ende der Welt zu begleiten, wenn dies ein Mittel wäre, diese ehrwürdigen Gesichter von ihrer Wolle zu erlösen.

Fünfundachtzigstes Kapitel

Von der Ankunft des Zapfenhölzern, nebst dem Beschlusse dieses weitläufigen Abenteuers.

Indem brach die Nacht an und mit ihr die festgesetzte Zeit, in welcher das berühmte Roß Zapfenhölzern ankommen sollte, über dessen Verzögerung Don Quixote schon sehr verdrießlich war, da es schien, daß Malambruno es ihm nicht senden wolle, entweder weil er der Ritter nicht sei, für welchen dieses Abenteuer aufbehalten, oder daß Malambruno es nicht wagte, ihn im einzelnen Zweikampf zu bestehn. Aber, siehe da, plötzlich traten vier Wilde in den Garten, über und über mit grünem Efeu bekleidet, die ein großes hölzernes Pferd auf ihren Schultern trugen. Sie stellten es auf die Erde, und einer von den Wilden sagte: Es besteige nun der Ritter diese Maschine, der Herz dazu hat.

Also denn, sagte Sancho, werde ich nicht hinaufsteigen, denn ich habe kein Herz dazu, auch bin ich kein Ritter. Der Wilde fuhr fort: Hintenauf sitzt der Stallmeister, wenn einer da ist, und man vertraue dem tapfern Malambruno, denn er wird sich bloß auf sein Schwert und keine Bosheit oder Hinterlist verlassen, man braucht nur diesen Zapfen zu drehen, den es über dem Halse hat, und es führt die Reitenden durch die Luft, wo Malambruno sie erwartet; damit aber die große Höhe keinen Schwindel verursache, müssen die Augen so lange verbunden werden, bis das Pferd wiehert, denn dies wird das Zeichen sein, daß die Reise geendigt ist.

Nach diesen Worten ließen sie den Zapfenhölzern stehn und gingen mit gutem Anstande wieder zurück, woher sie gekommen waren. Sowie die Schmerzenreich das Pferd sah, sagte sie mit tränenden Augen zu Don Quixote: Tapfrer Ritter, die Versprechungen des Malambruno sind zuverlässig gewesen, das Pferd ist im Hause, unsre Bärte wachsen, und jede von uns, ja jedes Haar von uns fleht dich an, daß du uns scheren und putzen mögest, wozu nichts weiter gehört, als daß du und dein Stallmeister aufsteigen und ihr eure seltsame Reise glücklich beginnt.

Dieses werde ich tun, Frau Gräfin Dreischleppina, mit dem besten Willen und dem größten Vergnügen, ohne auch nur ein Kissen unterzulegen oder die Sporen anzuschnallen; so groß ist mein Verlangen, Euch, Señora, sowie alle diese Dueñas geschoren und glatt zu erblicken.

Dieses werde ich nicht tun, sagte Sancho, weder mit dem schlimmsten noch mit dem besten Willen, sondern auf gar keine Weise, und wenn dieses Scheren nicht anders vor sich gehen kann, als daß ich da hinten aufsteige, so kann mein Herr sich einen andern Stallmeister suchen, der ihn begleitet, und diese Damen mögen ein andres Mittel erdenken, ihre Gesichter rein zu kriegen, denn ich bin keine Hexe, um Vergnügen daran zu finden, durch die Luft zu fahren. Ei! was würden meine Insulaner wohl sagen, wenn sie hörten, daß ihr Statthalter sich oben zwischen den Winden herumtriebe? Und was noch das Schlimmste ist, so sind es ja von hier bis Candaya dreitausend und mehr Meilen, wenn das Pferd nun müde wird oder der Riese einen Einfall kriegt, so können wir auf der Rückreise ein halbes Dutzend Jahre zubringen, und nachher ist keine Insel und kein Pinsel in der Welt mehr, die mich wiederkennen würden; und so wie es im Sprichwort heißt, im Verzögern liegt die Gefahr, und wenn sie dir schenken die Kuh, so lauf mit dem Stricke hinzu, so mögen es mir die Bärte dieser Damen nicht übelnehmen, aber dem Sankt Peter geht es in Rom gut; ich meine, daß es mir hier im Hause gut geht, wo mir so viele Gnade widerfährt und wo ich von seinem Herrn ein so großes Glück erwarte, nämlich Statthalter zu werden.

Worauf der Herzog sagte: Freund Sancho, die Insel, die ich Euch versprochen habe, ist nicht beweglich noch auf flüchtigen Flüssen, sie hat so tiefe Wurzeln, daß sie damit in dem Kern der Erde verwachsen ist, so daß man sie da nicht ausreißen kann, wo sie steht, und wenn man auch Pferde vorspannte; zugleich könnt Ihr Euch denken, daß es mir nicht unbekannt ist, daß es keine Art von Dienstleistung von einiger Wichtigkeit gibt, die nicht durch eine gewisse Art von Bestechung erkauft wird, sei sie nun ansehnlich oder gering; diejenige, die ich nun für die Statthalterschaft von Euch verlange, ist, daß Ihr mit Eurem Herrn Don Quixote geht, um diesem merkwürdigen Abenteuer Ziel und Ende zu setzen; und mögt Ihr nun in weniger Zeit, wie es seine Flüchtigkeit verspricht, auf dem Zapfenhölzern zurückkehren oder ein widriges Schicksal Euch zu Fuß und als Pilgrim wieder zu uns führen, von Haus zu Haus und von Schenke zu Schenke, so werdet Ihr immer, wenn Ihr zurückkommt, Eure Insel da wiederfinden, wo Ihr sie gelassen habt, und Eure Insulaner mit der nämlichen Sehnsucht, die sie immer gehabt haben, ihren Statthalter zu besitzen; sowie auch mein Wille immer der nämliche bleiben wird, wogegen Ihr Euch keinen Zweifel erlauben dürft, teurer Sancho, weil Ihr dadurch einen kränken würdet, der immer Euch zu dienen bereit ist.

Nicht weiter, gnädiger Herr, sagte Sancho, ich bin nur ein armer Stallmeister, und so große Höflichkeiten ist mein Rücken zu schwach zu tragen; mein Herr mag nur aufsteigen und mir die Augen verbinden und mich Gott empfehlen.

Seit dem merkwürdigen Abenteuer mit den Walkmühlen, sagte Don Quixote, habe ich den Sancho nie in solcher Furcht wie heute gesehn, und wenn ich wie manche andre auf Vorbedeutungen hielte, so könnte mir sein Kleinmut einige Bedenklichkeiten im Gemüte erregen. Aber komm hierher, Sancho, denn mit der Erlaubnis dieser Gnädigen will ich dir zwei Worte beiseite sagen. Worauf er sich mit Sancho unter einige Bäume des Gartens entfernte, seine beiden Hände faßte und sagte: Du siehst, liebster Sancho, welche weite Reise wir vor uns haben, und Gott weiß, wann wir zurückkommen oder ob uns unsre Geschäfte Gelegenheit und Muße vergönnen werden; ich wünschte also, daß du dich auf dein Zimmer zurückzögest, als wenn du etwas Nötiges zur Reise suchen wolltest, und dir dort eiligerweise auf Abschlag der dreitausend und dreihundert Streiche, die du dir geben mußt, ohngefähr fünfhundert zuteiltest, was dir gut bekommen würde, denn wenn man eine Sache nur anfängt, so ist sie schon halb vollendet.

Bei Gott, sagte Sancho, Euer Gnaden muß wohl gar unklug sein; das ist, wie man sagt: Du siehst mich in Eil' und verlangst eine Jungfernschaft von mir. Jetzt da ich auf nichts als einem Brette sitzen soll, verlangt Ihr, daß ich mir den Hintern entzweischlage? Wahrhaftig, wahrhaftig, Euer Gnaden hat keine Vernunft; gehn wir jetzt, um diese Dueñas zu scheren, wenn wir wiederkommen, versprech' ich Euch, so gewiß ich ein ehrlicher Mann bin, eilige Anstalt zu machen, mich aus meiner Schuld zu wickeln, daß Ihr befriedigt werdet, und damit gut.

Hierauf gingen sie zurück, um den Zapfenhölzern zu besteigen. Don Quixote nahm aus seiner Tasche ein Tuch und bat die Schmerzenreich, es ihm gut über die Augen zu binden, und sowie es zugebunden war, band er es wieder los und sagte: Wenn ich mich recht erinnere, so habe ich im Virgilius vom trojanischen Palladium gelesen, jenem hölzernen Pferde, welches die Griechen der Göttin Pallas gewidmet hatten, daß es mit bewaffneten Rittern angefüllt war, woraus nachher der gänzliche Untergang Trojas erfolgte; deshalb wird es gut getan sein, erst zu sehn, was der Zapfenhölzern in seinem Magen hat.

Es ist nicht nötig, sagte die Schmerzenreich, denn ich weiß, daß Malambruno weder boshaft noch verräterisch ist, steigt nur ohne alle Furcht auf, mein gnädiger Herr Don Quixote, alles Unglück, wenn eins erfolgen sollte, will ich verantworten.

Don Quixote meinte, daß alles, was er noch zum Besten seiner Sicherheit erwidern könne, seinen Mut in ein nachteiliges Licht stellen würde, und deshalb bestieg er den Zapfenhölzern, ohne weiter zu streiten, und versuchte den Zapfen, der sich sehr leicht drehte; da der keine Steigbügel hatte und ihm die Beine herunterhingen, sah er nicht anders aus als eine Figur auf einer flamländischen Tapete, welche eine Gestalt aus einem römischen Triumphe vorstellt. Unwillig und mit aller Langsamkeit stieg Sancho hinauf und setzte sich hinten zurecht, so gut er nur konnte, er fand aber den Sitz ziemlich hart und durchaus nicht weich, deswegen bat er den Herzog, wenn es möglich wäre, ihm ein Kissen oder ein Pfühl zu geben, wenn es auch von der Fußbank der gnädigen Herzogin oder aus dem Bette eines Pagen wäre, denn die Hüften des Pferdes schienen mehr von Marmor als von Holz. Hierauf sagte die Dreischleppina, daß Zapfenhölzern durchaus keine Art von Decke oder Schmuck auf sich leide; was er tun könne, sei, sich nach Frauenart aufzusetzen, wodurch er die Härte weniger empfinden würde.

Sancho tat es und nahm Abschied, worauf er sich die Augen verbinden ließ, und als das Tuch zugebunden war, nahm er es wieder ab, schaute alle im Garten zärtlich und mit Tränen an und sagte, daß sie ihm bei dieser Unternehmung mit einigen Paternosters und Ave Marias beistehn möchten, damit Gott einen schickte, der es für sie wieder tue, wenn sie sich in ähnlichen Unternehmungen befinden sollten.

Sie verbanden sich, und da Don Quixote merkte, daß nun alles war, wie es sein sollte, drehte er den Zapfen, und er hatte ihn kaum mit den Fingern berührt, als alle Dueñen und alle Gegenwärtigen ihre Stimmen erhoben und riefen: Gott geleite dich, tapfrer Ritter! Gott sei mit dir, unerschrockener Stallmeister! Schon, schon reißt ihr euch durch die Lüfte, schneller als nur ein Pfeil fliegen kann, ja, schon setzt ihr alle in Erstaunen und Bewunderung, die euch von der Erde nachschauen. Halte dich, tapfrer Sancho, denn du wackelst, sieh dich vor, daß du nicht fällst, denn dein Fall wäre schlimmer als der des verwegenen Jünglings, der den Sonnenwagen seines Vaters regieren wollte.

Sancho hörte die Stimmen, drückte sich fest an seinen Herrn, den er mit den Armen umklammerte, und sagte: Gnädiger Herr, wie sagen die doch, daß wir so hoch sind, da uns doch ihre Stimme erreicht und es nicht anders ist, als wenn sie dicht neben uns sprächen?

Nimm daran keinen Anstoß, Sancho, denn da diese Dinge und dieses Flugwerk so sehr von jedem gewöhnlichen Laufe entfernt sind, so magst du auch wohl auf tausend Meilen sehn und hören, was du nur willst; zerre mich übrigens nicht so, denn du reißest mich herunter. Und ich weiß doch wahrlich nicht, was dich ängstigt oder in Furcht setzt, denn ich möchte schwören, daß ich zeit meines Lebens kein Pferd geritten habe, das so sanft ginge: ist es doch nicht anders, als wenn wir uns nicht von der Stelle bewegten. Wirf, lieber Freund, die Furcht ab, denn die Sache geht so gut, wie sie nur immer gehen kann, und ein günstiger Wind bläst in unsre Segel.

Das ist wahr, sagte Sancho, denn von der Seite kommt ein so tüchtiger Wind her, als wenn sie mich mit tausend Blasebälgen anbliesen. Und so verhielt es sich auch, denn etliche große Blasebälge brachten den Wind hervor. So gut war das Abenteuer vom Herzoge, der Herzogin und dem Haushofmeister eingerichtet, daß auch nichts Nötiges fehle, um es vollkommen zu machen. Als Don Quixote das Wehen merkte, sagte er: Ohne allen Zweifel, Sancho, sind wir schon in die zweite Region der Luft hinaufgelangt, wo sich Hagel und Schnee erzeugen: der Donner, das Wetterleuchten und der Blitz erzeugen sich in der dritten Region; und wenn wir auf diese Art fortreisen, so werden wir bald in die Region des Feuers geraten, und ich weiß nicht, wie ich den Zapfen drehen soll, damit wir nicht zu jener Höhe steigen, wo wir verbrennen.

Indem wurde ihnen Werg, das sich leicht entzündet und schnell verlöscht, von weitem an Stangen entgegengehalten, um ihre Gesichter zu erhitzen. Sancho, der die Hitze fühlte, sagte: Ich will sterben, wenn wir nicht schon in der Gegend des Feuers sind, oder nahe dabei, denn ein großer Teil meines Bartes ist versengt.

Dieses ganze Gespräch der beiden Helden hörten der Herzog und die Herzogin und alle, die sich im Garten befanden, was ihnen ein außerordentliches Ergötzen verursachte: und da sie nun diesem seltsamen und gut durchgeführten Abenteuer ein Ende machen wollten, so hefteten sie an den Schweif des Zapfenhölzern einige brennende Lunten, und augenblicks, da das Pferd inwendig voller Schwärmer war, flog es mit Gekrache durch die Luft und warf den Don Quixote und Sancho Pansa, beide halb versengt, auf die Erde. Vorher hatte sich schon die ganze bebartete Heerschar der Dueñen, auch die Dreischleppina und alles aus dem Garten entfernt, aber die übrigen lagen wie ohnmächtig auf dem Boden ausgestreckt.

Don Quixote und Sancho erhoben sich übel zugerichtet, schauten sich nach allen Seiten um und waren verwundert, sich in dem nämlichen Garten wiederzufinden, aus welchem sie abgereist waren, auch so viele Leute auf der Erde liegen zu sehn; aber ihre Verwunderung stieg noch höher, als sie auf der einen Seite des Gartens eine Lanze in den Boden gepflanzt sahen, und an ihr mit zwei grünen Schnüren ein weißes und helles Pergament befestigt, auf welchem mit großen goldenen Buchstaben folgendes geschrieben war:

Der erlauchte Ritter Don Quixote von la Mancha hat das Abenteuer der Gräfin Dreischleppina, mit einem andern Namen genannt die Dueña Schmerzenreich, und ihrer Gesellschaft bestanden, bloß dadurch, daß er es unternommen.

Malambruno meint, seine völlige Befriedigung und Genugtuung erhalten zu haben, die Bärte der Dueñas sind schon hinweg und verschwunden und die Könige Don Clavijo und Antonomasia in ihrem ehemaligen Zustande. Und sobald die stallmeisterliche Geißelung erfüllt sein wird, soll die weiße Taube von den giftigen Geiern befreit sein, die sie verfolgen, und in den Armen ihres geliebten Täubers ruhen, denn so ist es verordnet vom weisen Merlin, Protozauberer aller Zauberer.

Als Don Quixote die Schrift des Pergaments gelesen hatte, sah er deutlich ein, daß von der Entzauberung der Dulcinea die Rede sei; er dankte dem Himmel vielmals, daß er mit so wenig Gefahr ein so großes Werk bestanden habe, die Gesichter der ehrwürdigen Dueñas in ihre alte Verfassung zu setzen, die nicht mehr zu sehn waren; er ging hierauf zum Herzog und zur Herzogin, die noch nicht zu sich gekommen schienen, und zog den Herzog bei der Hand und sagte zu ihm: Auf, edler Herr, seid gutes Muts, denn alles ist vorüber, das Abenteuer ist schon ohne Gefahr und Schaden bestanden, wie es die Schrift deutlich beweist, die sich an jenem Pfeiler befindet.

Der Herzog kam nach und nach zu sich, als wenn er aus einem schweren Traum erwachte, ebenso machten es die Herzogin und die übrigen, die im Garten ausgestreckt lagen, mit solchen Gebärden des Erstaunens und der Verwunderung, so daß sie beinahe selbst das Gefühl bekamen, als wäre ihnen das wirklich begegnet, was sie im Scherze so täuschend nachzuspielen wußten. Der Herzog las das Blatt mit halbgeschlossenen Augen, worauf er sogleich die Arme ausstreckte, um Don Quixote zu umarmen, indem er sagte, daß er der größte Ritter sei, den nur irgendein Jahrhundert hervorgebracht habe. Sancho ging umher und suchte die Schmerzenreich, um zu sehen, was sie für ein Gesicht ohne Bart habe und ob sie ohne diesen so schön sei, wie man nach ihrem edlen Anstande erwarten konnte; aber man sagte ihm, daß, sowie Zapfenhölzern brennend durch die Luft herniedergekommen und zu Boden gestürzt sei, alsbald die ganze Schar der Dueñas samt der Dreischleppina verschwunden, sie aber auch schon glatt bis auf die Wurzeln geschoren gewesen wären.

Dieses war nun endlich der Beschluß des Abenteuers mit der Dueña Schmerzenreich, welches den Herzögen zu lachen gab, nicht nur für diese Zeit, sondern für ihr ganzes Leben, und dem Sancho Jahrhunderte zu erzählen, wenn er so lange gelebt hätte. Don Quixote näherte sich dem Ohr des Sancho und sagte: Sancho, wenn Ihr wollt, daß man Euch das glauben soll, was Ihr im Himmel gesehn habt, so verlange ich auch, daß Ihr mir das glaubt, was ich in der Höhle des Montesinos gesehn habe, und mehr will ich nicht sagen.

Sechsundachtzigstes Kapitel.

Ratschläge, welche Don Quixote dem Sancho Pansa gab, ehe dieser zur Regierung der Insel abging.

Über den glücklichen und lustigen Erfolg des Abenteuers waren die Herzöge so vergnügt, daß sie sich entschlossen, den Spaß fortzusetzen, da sie sahen, welchen bequemen Gegenstand sie vor sich hatten, um ihn für Ernst ausgeben zu können; nachdem sie also die Befehle und Vorschriften erteilt hatten, wie sich ihre Diener und Untertanen gegen Sancho bei der Regierung der versprochenen

Insel betragen sollten, machte der Herzog am folgenden Morgen dem Sancho bekannt, daß er sich nun schmücken und vorbereiten möchte, um als Statthalter abzugehen, weil seine Insulaner ihn schon so sehnlich wie einen Mairegen erwarteten. Bedenkt, Freund Sancho, sagte der Herzog, ich kann niemandem ein Stück des Himmels schenken, und wenn es auch nicht größer als ein Nagel wäre, denn das ist eine Gnade und Belohnung, die allein Gott vorbehalten ist; was ich geben kann, gebe ich Euch, eine kleine, feine Insel, die dick und fest und wohlgebaut ist und fruchtbar über die Maßen, und wenn Ihr sie gut zu handhaben wißt, so könnt Ihr mit den Gütern der Erde die Himmelsgüter gewinnen.

In Gottes Namen, antwortete Sancho, mag diese Insel kommen, denn ich will mich ins Zeug werfen und ein solcher Statthalter sein, daß ich den Gottlosen zum Trotz in den Himmel komme; und es geschieht nicht aus Geiz, um etwa nur aus meiner lieben Not zu kommen oder mich zu etwas Vornehmerem zu machen, sondern bloß aus Neugier, um zu versuchen, wie es einem schmeckt, Statthalter zu sein.

Wenn Ihr es einmal versucht habt, Sancho, sagte der Herzog, werdet Ihr alle zehn Finger nach der Statthalterschaft lecken, denn es ist ein herrliches Ding, zu befehlen und sich gehorchen zu lassen; o wahrlich, wenn Euer Herr erst Kaiser ist, wie er es denn gewiß werden muß, so wie ihm die Dinge jetzt geraten, wird er sich das Ding nie wieder nehmen lassen, und alle die Zeit, in der er unterlassen hat, es zu sein, wird er in seinem innersten Herzen für verloren achten.

Gnädiger Herr, versetzte Sancho, ich bilde mir ein, daß es ein gutes Ding ums Befehlen ist, und wäre es auch nur über eine Herde Schafe.

Ich will sterben, Sancho, wenn Ihr nicht alles wißt, antwortete der Herzog; ich hoffe, daß Ihr ein solcher Statthalter sein werdet, wie es Euer Verstand verspricht, und dabei mag es sein Bewenden haben, wißt also, daß Ihr morgen am Tage zur Regierung der Insel abgehen sollt, heute abend wird man Euch den Anzug besorgen, den Ihr braucht, sowie alle Dinge, die zu Eurer Abreise nötig sind.

Sie mögen mich anziehen, sagte Sancho, wie sie immer wollen, denn wie ich auch gekleidet sein mag, so werde ich doch Sancho Pansa bleiben.

Das ist wahr, sagte der Herzog; aber die Kleidung muß sich doch zu dem Amte oder der Würde schicken, der man vorsteht; denn es wäre nicht gut, wenn sich ein Rechtsgelehrter wie ein Soldat trüge oder ein Soldat wie ein Priester. Ihr, Sancho, müßt zum Teil die Kleidung eines Gelehrten, zum Teil die eines Feldherrn tragen, denn auf der Insel, die ich Euch gebe, sind die Waffen so nötig wie die Wissenschaften und die Wissenschaften so unentbehrlich wie die Waffen.

Wissenschaften, antwortete Sancho, besitze ich wenige, denn ich weiß nicht einmal das Abc, aber es ist genug, Christum im Gedächtnisse zu haben, um ein guter Statthalter zu sein. Was die Waffen betrifft, so werde ich die führen, die man mir gibt, bis ich sie fallen lasse, und Gott wird weiter sorgen.

Mit einem solchen Vorsatz, sagte der Herzog, wird Sancho in keinem Dinge irren können.

Jetzt kam Don Quixote hinzu, und da er hörte, wovon die Rede sei und wie bald Sancho zu seiner Statthalterschaft abreisen solle, nahm er ihn mit Erlaubnis des Herzogs bei der Hand und führte ihn in der Absicht in sein Zimmer, ihm zu raten, wie er sich in seinem Amte zu betragen habe. Als sie in das Gemach gekommen waren, verschloß er hinter sich die Tür, setzte den Sancho fast mit Gewalt neben sich nieder und sagte mit langsamer Stimme:

Ich danke dem Himmel tausendmal, lieber Sancho, daß dir, bevor mir noch irgendein Glück begegnet ist, ein günstiges Schicksal schon entgegenweht, um dich zu empfangen. Ich sehe mich noch in den ersten Anfängen, um mein Glück zu verbessern, und du siehst vor der Zeit und gegen alle Gesetze eines natürlichen Laufes der Dinge deine Wünsche gekrönt. Andere bestechen, bestürmen, bitten, eifern, flehen, dringen und erreichen doch ihre Absicht nicht, und wieder ein anderer kommt, und ohne zu wissen wie und warum, findet er sich in dem Amte und der Bedienung, um die sich viele andere beworben haben; so daß hier der gewöhnliche Spruch paßt, daß Glück und Unglück unsere Bewerbungen regieren. Du, der du, gegen mich gerechnet ohne Zweifel ein gemeiner Mensch bist, bist plötzlich, ohne früh aufzustehen, ohne Nächte durchzuwachen, ohne dir irgend Mühe zu geben, bloß vom Atem der fahrenden Ritterschaft angerührt, ohne weiteres Statthalter einer Insel, als ob es nur so sein müßte. Ich sage dies alles, o Sancho, damit du diese Gunst nicht deinen Verdiensten beimessen mögest, sondern daß du dem Himmel dankst, der die Sachen so gelinde führt, und daß du nun die Glorie erkennen magst, die in dem Berufe der fahrenden Ritterschaft befangen liegt. Wenn nun dein Herz gestimmt ist, daß du das glaubst, was ich gesagt habe, so höre jetzt, mein Sohn, deinem Cato aufmerksam zu, der dir Rat erteilen und dein Stern und Führer sein will, um deinen Weg zu lenken und dich aus dem stürmischen Meere, auf welchem du dich jetzt einschiffst, in einen sicheren Hafen zu bringen; denn die Ämter und großen Würden sind nichts anderes als eine tiefe See von Verwirrungen.

Fürs erste, mein Sohn, mußt du Gott fürchten, denn in dieser Furcht besteht alles Wissen, und wenn du weise bist, kannst du in keinem Dinge irren.

Zweitens habe immer die Augen auf das, was du bist, suche dich selber zu kennen, welches die allerschwerste Bekanntschaft ist, die man nur ersinnen mag. Wenn du dich selber kennst, so wirst du auch nicht darauf verfallen, dich wie der Frosch aufzublasen, der dem Ochsen gleich sein wollte; tust du es aber, so wende den Blick auf dich und erwäge, daß du bei dir zu Hause die Schweine gehütet hast.

Das ist wahr, antwortete Sancho, aber damals war ich ein kleiner Bursche; nachher, als ich ein Junge wurde, waren es Gänse, die ich hütete, und nicht

Schweine; aber ich glaube, daß das nichts zur Sache tut, denn nicht alle, die regieren, können aus königlichem Geschlechte abstammen.

Das ist wahr, versetzte Don Quixote, deswegen müssen diejenigen, die nicht aus edlem Stamme sind, das Ansehen ihrer Würde durch eine gütige Freundlichkeit mildern, die, schicklich angebracht, sie vor den Lästerungen schützt, denen kein Stand entgehen kann.

Gedenke, Sancho, der Niedrigkeit deiner Abkunft, entblöde dich nicht, es zu sagen, daß du von Bauern herstammst, denn wenn man sieht, daß du dich dessen nicht schämst, wird dich keiner damit beschämen wollen, halte es für rühmlicher, ein demütiger Tugendhafter zu sein als ein stolzer Sünder. Unzählig sind diejenigen, die, aus einer niedrigen Familie entsprungen, zu den höchsten geistlichen und weltlichen Würden gelangt sind, und von dieser Wahrheit könnte ich dir so viele Beispiele geben, daß sie dich ermüden würden.

Bedenke, Sancho, daß du, wenn du dir die Tugend zu deinem Ziele setzest und dich bemühst, tugendhaft zu handeln, keinen zu beneiden brauchst, der Fürsten und Herren unter seinen Vorfahren zählt, denn das Blut erbt man, aber die Tugend wird erworben, und die Tugend gilt durch sich selbst, was das Blut nie gelten kann.

Wenn dem nun so ist, wie es in der Tat ist, und es kommt einer von deiner Freundschaft von ungefähr in deine Insel, dich zu besuchen, so verachte und verspotte ihn nicht, sondern begegne ihm vielmehr freundlich, liebkose ihn und mache viel aus ihm, denn dadurch erfüllst du das Begehren des Himmels, welcher verlangt, daß keines seiner Geschöpfe verachtet werde, und du erfüllst zugleich, was du den Gesetzen der Verwandtschaft schuldig bist.

Wenn du deine Frau mit dir nimmst (denn es ist nicht gut, daß diejenigen, die lange der Regierung vorstehen, ohne ihre eigenen Frauen sind), so belehre, unterrichte und säubere ihre natürliche Ungeschliffenheit, denn alles, was ein verständiger Statthalter aufzubauen pflegt, pflegt wohl eine bäuerische und einfältige Frau wieder zu verderben und einzureißen.

Wenn du Witwer werden solltest (ein Ding, das sich zutragen kann) und du mit deinem Amte auch deine Gattin erhöhtest, so nimm keine solche, die dir als Hamen und Angelrute dient und die dir hinter dem Rücken krumme Finger macht; denn wahrlich, ich sage dir, daß von allem, was die Frau des Richters bekommt, der Mann bei dem allgemeinen Verhör Rechenschaft ablegen muß, wo er alsdann im Tode alles vierfach bezahlen muß, was ihm in seinem Leben nicht zur Last gefallen ist.

Niemals laß dich verleiten, die Gesetze willkürlich auszudeuten, denn das pflegen die Unwissenden zu tun, die für scharfsinnig gehalten werden wollen.

Die Tränen des Armen dürfen mehr Mitleid, aber nicht mehr Gerechtigkeit bei dir finden als das Recht des Reichen.

Suche die Wahrheit unter den Geschenken und Versprechungen des Reichen zu entdecken wie unter den Klagen und Bitten des Armen.

Wenn die Billigkeit Eingang finden kann und darf, so laß den Verbrecher nicht ganz die Strenge des Gesetzes fühlen, denn nicht größer ist der Ruhm des strengen Richters als der des mitleidigen.

Beugst du einmal den Stab der Gerechtigkeit, so geschehe es nicht vom Gewicht der Geschenke, sondern von dem der Barmherzigkeit.

Sollst du den Prozeß von einem deiner Feinde entscheiden, so entferne alle Erinnerungen seiner Beleidigung und stelle sie zur Wahrheit der Sache.

Keine Eigenliebe blende dich bei einem fremden Handel; denn die Fehler, die du dann begehst, werden meist nicht zu vermitteln sein, und wenn es geschieht, geschieht es nur auf Kosten deines Kredits und selbst deines Vermögens.

Wenn eine schöne Frau kommt und Gerechtigkeit von dir verlangt, so verschließe deine Augen vor ihren Tränen und deine Ohren vor ihren Seufzern und erwäge aus der Ferne den Inhalt ihrer Bitte, wenn du nicht willst, daß dein Verstand sich in ihren Tränen und deine Tugend in ihren Seufzern verfangen soll.

Denjenigen, den du mit der Tat strafst, behandle nicht übel mit Worten, denn für den Unglücklichen reicht die wirkliche Züchtigung hin, ohne daß du noch böse Reden hinzufügst.

Den Angeklagten, der zu deinem Verhör kommt, betrachte als einen armen Menschen, der allen Schwachheiten unserer verdorbenen Natur unterworfen ist, und zeige dich von deiner Seite, ohne dem Gegenteile Unrecht zu tun, mitleidig und gütig, denn wenn die Eigenschaften Gottes auch alle gleich sind, so glänzt und schimmert in unseren Augen von seiner Barmherzigkeit doch mehr als von seiner Gerechtigkeit.

Wenn du diesen Vorschriften und Regeln folgst, Sancho, so werden deine Tage lange dauern, dein Ruhm wird ewig, deine Belohnung groß, dein Glück unaussprechlich sein; du wirst deine Kinder nach deinem Wunsche verheiraten, es wird ihnen sowie deinen Enkeln wohl gehen; du wirst in Frieden und zur Freude der Menschen leben, und an der Grenze deines Lebens wird dich der Tod in einem erfreulichen und reifen Alter treffen, und die zarten und liebenden Hände deiner Urenkelchen werden dir die Augen zudrücken.

Was ich dir bisher gesagt habe, waren Anleitungen, deine Seele auszuschmücken; höre jetzt, was du für den Schmuck deines Körpers zu tun hast.

Siebenundachtzigstes Kapitel

Die weiteren Ermahnungen, welche Don Quixote dem Sancho gab.

Wer sollte wohl diese Reden des Don Quixote gehört und ihn nicht für sehr gescheit und ebenso rechtschaffen gehalten haben? Aber, wie oftmals im Verlaufe dieser großen Historie erinnert worden ist, er kam nur von Sinnen, wenn er über Dinge der fahrenden Ritterschaft sprach, und zeigte sonst einen hellen und heiteren Verstand, so daß alle Augenblicke seine Handlungen seine Worte und seine Worte seine Handlungen Lügen straften; doch in diesen zweiten Anweisungen, die er dem Sancho gab, zeigte er sich von der ergötzlichen Seite, weil hier sein Verstand und seine Torheit auf derselben Linie standen. Sancho hörte ihm sehr aufmerksam zu und bemühte sich, diese Ermahnungen in seinem Gedächtnisse aufzubewahren, wie einer, der sie zu beobachten wünscht, um vermittelst ihrer in der Schwangerschaft seiner Statthalterei zur glücklichen Entbindung zu gelangen. Don Quixote aber fuhr fort und sagte:

Was nun anbetrifft, Sancho, wie du deine Person und dein Haus regieren mußt, so ist das erste, was ich dir zur Pflicht mache, daß du dich sauber hältst und dir die Nägel beschneidest und sie nicht so lang wachsen lässest, wie manche tun, die sich aus Unwissenheit einbilden, daß lange Nägel die Hände verschönern, als ob dieser Auswurf und Überfluß, den sie zu beschneiden unterlassen, noch Nägel wären und nicht vielmehr die Klauen eines Raubvogels; ein unsauberer und widersinniger Mißbrauch.

Trage dich nicht, Sancho, lose und nachlässig, denn eine liederliche Kleidung zeigt immer ein unordentliches Gemüt an; wenn diese Nachlässigkeit nicht sogar Schelmerei verbergen soll, wofür man die des Julius Cäsar halten wollte.

Fühle es mit Verstand heraus, wieviel die Einkünfte deines Amtes vermögen, und vertragen sie, daß du deinen Bedienten Livree geben kannst, so gib sie ihnen nicht sowohl glänzend und prächtig als bequem und anständig und teile sie zwischen den Bedienten und den Armen; ich meine, wenn du sechs Pagen kleiden kannst, so kleide nur drei und drei Arme, so wirst du Pagen im Himmel und auf Erden haben; und diese neue Weise, Livree zu geben, sucht keiner der eitlen Prahler nachzuahmen.

Iß weder Knoblauch noch Zwiebeln, damit man nicht aus dem Geruche dein gemeines Wesen erkenne. Gehe langsam. Sprich ruhig; doch nicht so, daß es scheint, du hörtest dir selber zu, denn alle Affektation ist widerwärtig.

Iß wenig zu Mittag und abends noch weniger; denn die Gesundheit des ganzen Körpers wird in der Werkstätte des Magens zubereitet.

Sei mäßig im Trinken und bedenke, daß reichlich genossener Wein weder Geheimnisse bewahrt noch sein Wort erfüllt.

Gib acht, Sancho, daß du nicht mit beiden Backen kaust, noch in der Gegenwart von irgend jemand eruktierst.

Dies Eruktieren verstehe ich nicht, sprach Sancho. Und Don Quixote sagte: Eruktieren, Sancho, heißt rülpsen, und dieses Wort ist eins der schändlichsten, die wir in unserer Sprache besitzen, so ausdrucksvoll es auch ist, daher haben feine Leute zum Latein ihre Zuflucht genommen und sagen statt rülpsen eruktieren und statt ein Rülps eine Eruktation; und wenn auch mancher dieses Wort nicht versteht, so schadet es wenig, denn der Gebrauch wird es mit der Zeit einführen, so daß es alsdann leicht verstanden wird, und dieses heißt die Sprache bereichern, auf welche die Menge sowie die Gewohnheit immer ihre Macht ausüben.

Wahrlich, gnädiger Herr, sagte Sancho, diese Ermahnung und diesen Rat denke ich gut im Gedächtnisse zu behalten, nämlich nicht zu rülpsen, denn ich pflege es häufig zu tun.

Eruktieren, Sancho, und nicht rülpsen, sagte Don Quixote.

Eruktieren will ich in Zukunft sagen, antwortete Sancho, und ich werde es wahrhaftig nicht vergessen.

Ebenfalls, Sancho, mußt du in deinen Reden nicht die Menge von Sprichwörtern einmischen, wie du zu tun gewohnt bist; die Sprichwörter sind zwar kurze Sentenzen, aber du ziehst sie oft bei den Haaren herbei, daß sie mehr Tollheiten als Sentenzen scheinen.

Da mag mir Gott helfen, antwortete Sancho, denn ich weiß mehr Sprichwörter als ein Buch, und es laufen mir immer so viele zugleich in den Mund, wenn ich spreche, daß sie sich eins vor dem anderen zuerst herausdrängen wollen; die Zunge greift nun das erste beste, das ihr in den Weg kommt, wenn es auch nicht gerade passend ist; aber ich will von nun an Sorge tragen, mehr so zu sprechen, wie es die Würde meines Amtes erfordert; denn im vollen Hause setzt man sich bald zum Schmause, wer hat, ist satt, und wer in der Vorhand sitzt, muß ausspielen, und Geben und Haben erfordert seine Gaben.

Nun ja denn, Sancho, rief Don Quixote, packe, fädle und nähe nur Sprichwörter zusammen, denn keiner hindert dich daran; dies Feuer löschen wollen, ist vergebliche Arbeit. Ich rate dir eben, daß du dir die Sprichwörter abgewöhnen sollst, und in demselben Augenblicke betest du eine ganze Litanei her, die sich ebenso hierher schicken wie die Faust aufs Auge. Besinne dich, Sancho, ich sage nicht, daß ein Sprichwort, gut angebracht, an sich übel sei, aber wer Sprichwörter, wie sie ihm in die Hand laufen, aufeinanderpackt und wälzt, der hat eine gemeine und niedrige Art, sich auszudrücken.

Wenn du zu Pferde sitzest, so werfe den Körper nicht hintenüber, halte auch nicht die Beine steif und ausgestreckt, daß sie weit vom Bauche des Pferdes abstehen, aber ebensowenig sitze baumelnd, als ob du auf dem Grauen rittest; denn der Sitz zu Pferde macht einige zu Rittern, andere zu Knechten.

Schlafe wenig, denn wer nicht mit der Sonne aufsteht, kann den Tag nicht genießen; und bedenke, Sancho, daß der Fleiß der Vater des Glückes ist, die Trägheit aber, seine Feindin, den Zweck nie erreicht, den sich ein Vernünftiger vorsetzt.

Die letzte Ermahnung, die ich dir jetzt geben will, dient zwar nicht, den Körper zu schmücken, doch wünsche ich, daß du sie gut im Gedächtnisse behalten mögest, denn sie wird dir nicht weniger nützlich sein als die übrigen, die ich dir gegeben habe, nämlich: daß du dich nie in Streit über Familien einlässest und sie untereinander vergleichst, denn von denen, die miteinander verglichen werden, muß notwendig die eine die bessere sein, von dem also, den du verwirfst, wirst du gehaßt werden, von dem aber, den du erhebst, keinen Lohn erhalten.

Deine Kleidung sei eine ordentliche Hose, ein weites Überkleid und ein noch weiterer Mantel, an weite Beinkleider aber denke nicht, denn sie ziemen sich weder für Ritter noch für Statthalter.

Dieses sind, Sancho, die Ermahnungen, die mir jetzt eingefallen sind; mit der Zeit und wie es die Gelegenheit erfordert, werde ich dir ferner meinen Rat mitteilen, wenn du nämlich Sorge trägst, mich immer zu benachrichtigen, in welcher Lage du dich befindest.

Gnädiger Herr, antwortete Sancho, ich sehe wohl ein, wie alles, was Ihr mir gesagt habt, treffliche, heilige und nützliche Dinge sind, aber was können sie mir nutzen, wenn ich sie alle vergesse? Das zwar, daß ich mir nicht soll die Nägel wachsen lassen und mich zum zweitenmal verheiraten, wenn es sich fügt, das soll mir nicht wieder aus dem Kopf kommen; aber den andern Mischmasch und die Sprüche und eingerührten Dinge habe ich so rein vergessen wie die Wolken vom vorigen Jahre; darum wird es nötig sein, daß Ihr sie mir schriftlich gebt, denn wenn ich auch nicht selber lesen und schreiben kann, so will ich sie doch meinem Beichtvater geben, daß er sie mir wiederholt, eintränkt und repetiert, so oft es nötig tut.

Ach du Unglückskind! antwortete Don Quixote, ha! wie schickt es sich doch für einen Statthalter, weder lesen noch schreiben zu können. Denn du mußt wissen, Sancho, daß, wenn ein Mensch nicht lesen kann oder linkisch ist, dieses immer eins von den beiden anzeigt, entweder daß er von äußerst gemeinen und niedrigen Eltern abstammt oder daß er so verkehrt und bösartig ist, daß weder Unterricht noch gute Sitten an ihm haften. Das ist also an dir ein großer Fehler, und ich wünschte sehr, daß du wenigstens unterzeichnen lerntest.

Ich kann wohl meinen Namen unterzeichnen, antwortete Sancho, denn als ich einmal in meinem Dorfe die Almosen einsammelte, lernte ich etliche Buchstaben machen, wie die Zeichen auf den Kisten, welche vorstellten, daß es meinen Namen vorstellte; noch besser aber ist es, ich tue, als ob mir die rechte Hand gelähmt wäre, und lasse einen andern für mich unterzeichnen, denn es gibt für alle Dinge ein Mittel, außer für den Tod, und wenn ich Stab und Gesetz führe, so kann ich auch tun, was ich will; denn es heißt: Wer einen Advokaten zum Vater hat — — — und wenn ich Statthalter bin, so bin ich noch mehr als ein Advokat, drum mögen sie nur kommen, so sollen sie es schon sehen, sie sollen einmal lachen und mich zum besten haben, sie sollen nach Wolle gehen und geschoren nach Hause kommen, wem Gott wohl will, dem verschafft er Ehre, und die Torheiten des Reichen gehen für Weisheit durch die Welt; und wenn ich Statthalter und freigebig zugleich bin, wie ich es sein werde, so wird kein Mensch einen Fehler an mir sehen; ja, wer sich zum Schaf macht, den fressen die Wölfe; du giltst so viel, als du Geld hast, sagte meine Großmutter, und bist du reich, bist du ein Weiser zugleich.

O daß dich Gott verwünsche, Sancho, rief Don Quixote aus, sechzigtausend Teufel mögen dich und deine Sprichwörter holen! Schon seit einer Stunde stopfst und knetest du sie ineinander, und mit jedem quälst du mich mit Folterschmerzen. Ich versichere dich, daß diese Sprichwörter dich noch einmal an den Galgen bringen werden, ihrethalben werden dir deine Untertanen das Regiment entreißen, oder du wirst damit Meuterei und Aufruhr erregen. Sage mir nur, Dummkopf, wo du sie hernimmst oder wie du sie anbringst, Esel! Denn, um nur eins zu finden und gut anzubringen, schwitze und arbeite ich wie ein Drescher.

Bei Gott, lieber gnädiger Herr, versetzte Sancho, Ihr beschwert Euch auch über rechte Kleinigkeiten. Wen Teufel geht es was an, wenn ich mein Vermögen brauche, denn ein anderes habe ich nicht, auch keinen anderen Grund und Boden als Sprichwörter und wieder Sprichwörter; und soeben fallen mir wieder viere ein, die hier wie gegossen passen, die wie Brot in einen Schnappsack hergehören; aber ich werde sie nicht sagen, denn wer zu schweigen weiß, den nennt man Sancho.

Dieser Sancho bist du nicht, sagte Don Quixote, denn du weißt so wenig zu schweigen, daß du vielmehr der umständlichste und zudringlichste Schwätzer bist: dessenungeachtet möchte ich wissen, welche vier Sprichwörter dir jetzt ins Gedächtnis gekommen sind, die hier schicklich wären, denn so sehr ich auch in dem meinen, welches doch ein sehr gutes ist, nachsuche, finde ich sonst kein einziges.

Wie könnten sie besser sein, sagte Sancho, als die: Stecke keinem den Finger zwischen seine Backenzähne, und jeder fege vor seiner Tür, mit großen Herren ißt man nicht gern Kirschen; und mag der Krug im Steine liegen, oder der Stein im Krug, steht's übel um den Krug, die hier alle wie gerufen kommen. Keiner soll sich mit seinem Statthalter messen oder mit einem, der ihm zu befehlen hat, denn es wird ihm sonst so übel gehen wie einem, der den Finger zwischen zwei Backenzähne steckt, und wenn es auch keine Backenzähne sind, es schadet drum nicht, wenn es nur Zähne sind; und was der Statthalter befiehlt, das muß geschehen, drum fege jeder vor seiner Tür und mit großen Herren; und endlich das mit dem Stein im Kruge kann ein Blinder einsehen. Drum ist es nötig, daß, wer den Splitter in eines andern Auge sehen will, erst den Balken in seinem eigenen sehe, sonst heißt es von ihm: Der Kessel sagt zum Topfe: du Schwarzmaul! Und Ihr wißt wohl, gnädiger Herr, daß der Tor in seinem eigenen Hause mehr weiß als der Kluge in einem fremden.

Das ist unrichtig, Sancho, antwortete Don Quixote, denn der Tor weiß weder in seinem noch in einem anderen Hause etwas, weil sich niemals auf dem Grunde der Torheit irgendein verständiges Gebäude aufführen läßt. Wir wollen dies aber beiseite lassen, Sancho, denn wenn du schlecht regierst, so wird dein die Schuld und mein die Schande sein; ich tröste mich aber damit, daß ich meine Pflicht getan und dich so ernsthaft und so verständig, als es mir möglich war, ermahnt habe: Hiermit habe ich mich meiner Schuldigkeit und meines Versprechens entledigt. Gott geleite dich, Sancho, und regiere dich in deinem Regimente, mich aber befreie er von der Furcht, daß du deine ganze Insel köpflings übereinanderkehren wirst, was ich leicht verhindern könnte, wenn ich dem Herzoge entdeckte, wer du bist, indem ich ihm sagte, daß dieser ganze Wanst und dieses ganze Kerlchen nichts sei als ein Ranzen voller Sprichwörter und Bosheit.

Gnädiger Herr, versetzte Sancho, wenn Ihr meint, daß ich zu keinem Statthalter was tauge, so will ich gern davon abstehen, denn ich halte ein Nägelabschnitzel von meiner Seele höher als meinen ganzen Körper, und so will ich ebenso gern Sancho schlechtweg bei Brot und Zwiebeln bleiben als Statthalter bei Rebhühnern und Kapaunen, um so mehr, da, wenn wir schlafen, wir uns alle gleich sind, die Großen wie die Kleinen, die Armen wie die Reichen; und wenn Ihr es recht überlegt, gnädiger Herr, so müßt Ihr einsehen, daß bloß Ihr mir das vom Statthalter in den Kopf gesetzt habt, denn ich wußte von Statthalterei der Inseln sowenig wie ein ungeborenes Kind, und wenn Ihr glaubt, daß mich als Statthalter der Teufel holen wird, so will ich lieber als Sancho in den Himmel denn als Statthalter in die Hölle kommen.

Bei Gott, Sancho, sagte Don Quixote, für diese letzten Worte allein, die du gesprochen hast, verdientest du nach meiner Meinung Statthalter über tausend Inseln zu sein, du hast gute natürliche Anlagen, ohne welche keine Wissenschaft Wert hat; empfiehl dich Gott und suche nur in deiner Hauptabsicht keinen Irrtum zu begehen: ich meine, daß du immer bei allem, was dir vorkommt, eine feste und bestimmte gute Absicht hast, denn diese begünstigt der Himmel immer; und jetzt wollen wir zu Tische gehen, denn ich glaube, daß uns die Herrschaften schon erwarten.

Achtundachtzigstes Kapitel

Von dem seltsamen Abenteuer, welches im Kastelle dem Don Quixote begegnete.

Laß nun, geliebter Leser, in Frieden und zu glücklicher Stunde den wackern Sancho ziehn und erwarte zwei Scheffel voll Gelächter, die es dir verursachen wird, zu erfahren, wie er sich in seinem Amte aufführte; indessen merke auf, um zu hören, was sich in dieser Nacht mit seinem Herrn zutrug, und wenn du auch über ihn nicht lachst, so wirst du doch ein heimliches Lächeln nicht unterdrücken können, denn alle Begebenheiten des Don Quixote müssen entweder durch Bewunderung oder durch Lachen gefeiert werden.

Man erzählt, daß, als Sancho kaum abgereist war, Don Quixote schon seine Einsamkeit fühlte und ihm gern Amt und Statthalterschaft wieder genommen hätte, wenn es möglich gewesen wäre. Die Herzogin sah seine Melancholie und fragte ihn, worüber er traure, daß, wenn es wegen Sanchos Abwesenheit geschehe, sie Stallmeister, Dueñas und Jungfrauen genug in ihrem Hause habe, welche ihn ganz nach seinen Wünschen bedienen würden.

Es ist wahr, gnädige Frau, antwortete Don Quixote, daß ich die Abwesenheit

Sanchos empfinde; aber dieses ist nicht die vorzüglichste Ursache, die mir diesen Anschein von Traurigkeit gibt. Von den vielen Anerbietungen Eurer Exzellenz nehme ich aber nur den gütigen Willen an, mit welchem sie geschehn, übrigens aber bitte ich Eure Exzellenz, mir zu erlauben und zu bewilligen, daß ich mich in meinem Gemache allein bedienen möge.

Wahrlich, sagte die Herzogin, Herr Don Quixote, das darf nicht geschehn; sondern es sollen Euch vier von meinen Jungfrauen bedienen, die so schön sind wie die Blumen.

Für mich, antwortete Don Quixote, würden sie nicht wie Blumen sein, sondern wie Dornen, die meine Seele stechen. Darum sollen sie sowenig wie irgend etwas anders, das ihnen ähnlich sieht, in mein Gemach kommen. Will Eure Hoheit noch weiter fortfahren, mir Gnade zu erzeigen, die ich nicht verdiene, so erlaubt, daß ich mir selbst genüge und mich der Türen meines Innern bediene, daß ich eine Mauer zwischen meine Begierden und meine Keuschheit setze; diese Gewohnheit will ich nicht für jene freie Bewilligung verlieren, die Eure Hoheit mir erzeigen will, und mit einem Worte, lieber will ich in den Gewändern schlafen, als zugeben, daß jemand mich entkleide.

Nicht weiter, nicht weiter, Herr Don Quixote, versetzte die Herzogin; für meine Person will ich die Anordnung treffen, daß auch nicht einmal eine Fliege in Euer Zimmer komme, viel weniger ein Mädchen; durch mich soll die Sittsamkeit des Herrn Don Quixote nicht gefährdet werden, denn wie es mir jetzt einleuchtet, so ist diese Tugend unter allen seinen Vorzügen diejenige, welche am meisten hervorglänzt. Entkleidet Euch, mein edler Herr, und zieht Euch an, allein und auf Eure Weise, wie und wann Ihr wollt, denn niemand wird Euch daran hindern, darum sollt Ihr in Eurem Gemache die nötigen Gefäße finden, welche der braucht, der allein bei verschlossenen Türen schläft, damit Euch kein natürliches Bedürfnis sie zu öffnen zwinge. Es lebe durch ewige Zeiten die große Dulcinea von Toboso, und ihr Name sei über die ganze Rundung der Erde ausgebreitet, weil sie es verdiente, von einem so tapfern und tugendhaften Ritter geliebt zu werden, und die gütigen Himmel mögen nur dem Sancho Pansa, unserm Statthalter, das Verlangen einflößen, bald seine Bußungen zu vollenden, damit die Welt wieder die Schönheit einer so großen Dame genießen könne.

Worauf Don Quixote sagte: Eure Hoheit hat gesprochen ganz wie Ihr selbst, denn aus dem Munde edler Frauen kann nichts Unedles kommen, und Dulcinea wird dadurch in der Welt glückseliger und berühmter sein, weil sie von Euer Hoheit gelobt ist, als durch alle jene Lobeserhebungen, die ihr die beredtesten Zungen der Erde erteilen könnten.

Nun denn, Herr Don Quixote, versetzte die Herzogin, die Stunde des Abendessens ist gekommen, und der Herzog wird uns erwarten: kommt, mein Herr, wir wollen speisen, damit Ihr Euch zeitig schlafen legen könnt, denn die Reise, die Ihr gestern nach Candaya machtet, war nicht so kurz, daß sie Euch nicht sollte einige Müdigkeit verursacht haben.

Ich empfinde gar keine, gnädige Frau, antwortete Don Quixote, denn ich darf Eurer Exzellenz schwören, daß ich zeit meines Lebens kein sanfteres Tier geritten habe, das einen bessern Paß gegangen wäre als dieser Zapfenhölzern, und ich begreife nicht, was den Malambruno bewegen konnte, sich einer so leichten und angenehmen Reitgelegenheit zu berauben und sie mir nichts dir nichts zu verbrennen.

Es läßt sich wohl denken, antwortete die Herzogin, daß er, voll Reue über alles Böse, was er der Dreischleppina, ihren Gefährten und andern Personen zugefügt hat, sowie über die Bosheiten, die er wohl als Hexenmeister und Zauberer muß ausgeübt haben, alle seine Kunst fortschaffen wollte, und als das vorzüglichste, welches ihm die meiste Unruhe machte, weil es ihn aus einem Lande in das andere trug, verbrannte er den Zapfenhölzern, damit durch dessen Asche und durch des Blattes Trophäe der Preis des großen Don Quixote von la Mancha ewig gefeiert bleibe.

Don Quixote sagte der Herzogin von neuem weitere Danksagungen, und nach dem Abendessen zog er sich allein in sein Zimmer zurück, ohne zu erlauben, daß ihn jemand begleitete, um ihn zu bedienen: so sehr fürchtete er, auf eine Gelegenheit zu treffen, die ihn bewegen oder zwingen könnte, die keusche Sittsamkeit zu verletzen, die er seiner Dame Dulcinea bewahrte, indem er sich immer die Trefflichkeit des Amadis vor Augen hielt, die Blume und den Spiegel aller irrenden Ritter. Er verschloß hinter sich die Tür und entkleidete sich bei dem Scheine zweier Wachskerzen, und beim Ausziehn — o Unglück, eines solchen Mannes unwürdig! — entschlüpften ihm nicht etwa Seufzer oder irgend etwas, das den Anstand seiner Sitte verletzt hätte, sondern an zwei Dutzend Maschen im Strumpfe, der dadurch in ein Gitterwerk verwandelt war. Der treffliche Mann wurde hierüber äußerst betrübt und hätte gern für ein Quentchen grüner Seide eine Unze Silber gegeben, nämlich grüner Seide, denn die Strümpfe waren grün.

Er tröstete sich aber, als er sah, Sancho habe ihm ein Paar Halbstiefel dagelassen, welche er am folgenden Tage anlegen wollte. Endlich legte er sich nieder, nachdenkend und schwermütig, sowohl über die Lücke, die ihm Sanchos Abwesenheit machte, als auch über den unersetzlichen Schaden seiner Strümpfe, deren Maschen er so gern aufgenommen hätte, zur Not mit Seide einer andern Farbe, welches eins der größten Merkmale von Elend ist, die ein Edelmann nur immer im Verlauf seiner mannigfaltigen Dürftigkeit geben kann. Er löschte die Kerzen aus, es war heiß, und er konnte nicht schlafen, er erhob sich vom Bette und öffnete ein Fenster ein wenig, das auf einen schönen Garten stieß, und beim Öffnen merkte und vernahm er, daß Leute im Garten gingen und redeten; er hörte aufmerksam zu; die unten erhoben die Stimme, so daß er folgende Worte verstehn konnte.

Laß dich nicht abhalten, liebe Altisidora, denn ohne Zweifel schlafen die Herzogin sowie alle, die im Hause sind, ausgenommen der Gebieter deines

Herzens und Erwecker deiner Seele, denn ich hörte soeben, wie er das Fenster seines Zimmers öffnete, und deswegen muß er ohne Zweifel wachen: singe, liebe Betrübte, in einem stillen und sanften Ton zu deiner Harfe, und wenn die Herzogin uns stören sollte, so wollen wir alle Schuld auf die Hitze schieben.

Daran liegt mir am wenigsten, liebe Emerentia, antwortete Altisidora, sondern ich möchte nicht, daß mein Gesang mein Herz entdeckte und daß die, die mit der gewaltigen Macht der Liebe unbekannt sind, mich für ein freches und leichtsinniges Mädchen hielten; aber komme, was kommen mag, besser die Scham auf dem Gesicht als die Wunde im Herzen; und hiermit fing sie an, auf eine liebliche Weise die Harfe zu spielen.

O du, der du liegst im Bette,
Zwischen Hollands Tüchern schlafend,
Ausgestreckt mit beiden Beinen
Diese Nacht durch bis zum Tage.

Tapferster von allen Rittern,
Den nur je erzeugt la Mancha,
Edler weit und mehr ausbündig
Als das feine Gold Arabiens:

Hör ein tiefbekümmert Mägdlein
Guter Zucht in schlimmer Lage,
Die im Lichte deiner Sonnen
Ihre Seele fühlt entflammen.

Wer in deinen Armen ruhte!
Mindstens deinem Bette nahe
Sänftlich dir den Kopf zu krauen,
Dir das Haar schön rein zu waschen.

Wieviel Mützchen sollt'st du kriegen,
Wieviel Strümpf' silberbeschlagen,
Wieviel schöne Damasthosen,
Wieviel Mäntel, Linnen Hollands!

Mägdlein bin ich, zart, Pucelle,
Funfzehn ist noch nicht mein Alter,
Vierzehn bin ich und drei Monat,
Schwör' ich dir bei Gott mit Wahrheit.

Bin nicht schief, noch wen'ger hinkend,
Kein Ding ist, das mir ermangelt,
Meine Haare sind wie Blumen,
Schleifen nach mir, wenn ich wandle.

Ist mein Mund auch etwas spitzig,
Und ein wenig platt die Nase,
Wie Topasen sind die Zähne,
Dadurch meine Schön' erhaben.

Diese noch und andre Reize
Sind für dich nur süße Gaben:
Hier im Hause bin ich Jungfrau,
Altisidora mein Name.

Hiermit endigte der Gesang der tiefverwundeten Altisidora, und die Schwermut des geliebten Don Quixote begann. Dieser, einen tiefen Seufzer ausstoßend, sagte zu sich selber: Warum muß ich ein so unglückseliger Irrender sein, daß keine Jungfrau mich sehen kann, ohne sich in mich zu verlieben! Warum muß denn so großer Jammer die unvergleichliche Dulcinea von Toboso treffen, daß man sie nicht ganz allein meine beispiellose Treue will genießen lassen! Altisidora mag klagen oder weinen, jene Herrin mag verzweifeln, um derentwillen man mich im Kastell des verzauberten Mohren prügelte, denn ich bin und bleibe der Dulcinea gekocht oder gebraten, rein, von guten Sitten und tugendhaft, allen Hexenkünsten auf der ganzen Erde zum Trotz. Und mit diesen Worten warf er das Fenster heftig zu, und verdrießlich und schwermütig, als wenn ihm eine große Widerwärtigkeit zugestoßen wäre, warf er sich auf sein Bett, wo wir ihn für jetzt lassen wollen, weil uns der große Sancho Pansa ruft, der seine berühmte Statthalterschaft eben beginnen will.

Neunundachtzigstes Kapitel

Wie Sancho Pansa in seine Statthalterschaft geführt wurde.

Die Geschichte fährt nun sogleich fort und erzählt, daß, als Don Quixote an dem Tage, an welchem er Sancho die Ermahnungen gab, gespeist hatte, er sie ihm abends geschrieben gab, damit er jemand aufsuchen möchte, der sie ihm vorlesen könnte; kaum aber hatte er sie ihm gegeben, als sie ihm entfielen und dem Herzoge in die Hände gerieten, der sie der Herzogin mitteilte und beide sich über die Torheit und den Scharfsinn des Don Quixote verwunderten. Um also in ihren Scherzen fortzufahren, schickten sie an demselben Abend Sancho mit vieler Begleitung nach dem Orte, der für ihn eine Insel sein sollte. Es traf sich nun, daß derjenige, der seine Bestallung übernommen hatte, ein Haushofmeister des Herzogs, von ebensovieler Feinheit als Lustigkeit war (denn ohne Geist gibt es keinen Scherz), und mit diesem und der Unterweisung seiner Herrschaft, auf welche Art er sich gegen Sancho zu betragen habe, gelang ihm seine Absicht auf bewundernswürdige Weise.

Sancho reiste nun wirklich, von vielen Leuten begleitet, ab, gekleidet als Gelehrter, angetan mit einem sehr weiten Mantel von bemohrtem Kamelott nebst einem Barett von demselben Zeuge; er saß in kurzen Bügeln auf einem Maultiere, und hinter ihm ging, auf Befehl des Herzogs, der Graue, mit Zaumzeug und Schmuck, Eseln geziemlich, von glänzender Seide. Sancho wandte von Zeit zu Zeit das Haupt, um seinen Esel zu sehen, in dessen Gesellschaft er so zufrieden fortzog, daß er nicht mit dem Kaiser von Deutschland getauscht hätte.

Als er sich den Herzögen empfahl, küßte er ihnen die Hände und empfing den Segen von seinem Herrn, der ihm denselben mit Tränen gab und den Sancho mit Heulen und Schluchzen empfing.

Sancho kam also mit seinem ganzen Gefolge in einen Ort, der ungefähr tausend Einwohner faßte und der einer der vornehmsten war, welche der Herzog besaß. Man machte ihn glauben, daß er die Insel Barataria hieße, vielleicht weil der Ort selbst den Namen Baratario führte. Als er sich den Toren der Stadt näherte, denn sie war mit einer Mauer umgeben, kam ihm der Magistrat entgegen, ihn zu empfangen; man läutete die Glocken, alle Einwohner bezeigten eine außerordentliche Fröhlichkeit und führten ihn in großem Pomp zur Hauptkirche, um Gott Dank zu sagen; worauf sie ihm mit einigen lächerlichen Zeremonien die Schlüssel der Stadt übergaben und ihn zum lebenslänglichen Statthalter der Insel Barataria annahmen. Die Tracht, der Bart, die Dicke und Kleinheit des neuen Statthalters setzten alle Leute in Verwunderung, die um das Ding nicht wußten, und selbst diejenigen, welche den Zusammenhang kannten, welches nicht wenige waren. Endlich, nachdem man ihn aus der Kirche getragen, führten sie ihn zum Richterstuhl und setzten ihn darauf, worauf der Haushofmeister des Herzogs zu ihm sagte: Es ist ein alter Brauch auf dieser Insel, Herr Statthalter, daß derjenige, der von dieser großen Insel Besitz nehmen will, verpflichtet ist, auf eine Frage zu antworten, die man ihm vorlegt und die etwas verwickelt und schwierig sein muß; aus der Antwort können die Einwohner den Geist ihres neuen Statthalters erkennen und haben Gelegenheit, sich seiner Ankunft zu erfreuen oder sich zu betrüben.

Indem der Haushofmeister dies dem Sancho sagte, betrachtete dieser eine Anzahl von großen Buchstaben, die seinem Stuhle gegenüber auf der Wand geschrieben standen, und da er nicht lesen konnte, fragte er, was die Malerei zu bedeuten habe, die sich dort auf der Mauer befinde. Jener antwortete: Gnädiger Herr, dort steht der Tag geschrieben und angemerkt, an welchem Euer Gnaden Besitz von dieser Insel genommen hat, und die Inschrift sagt: Am heutigen Tage, in dem und dem Monate und in dem und dem Jahre, nahm Don Sancho Pansa Besitz von dieser Insel, deren er sich viele Jahre erfreuen möge.

Und wen nennen sie Don Sancho Pansa? fragte Sancho.

Euer Gnaden, antwortete der Haushofmeister, denn auf diese Insel ist noch kein anderer Pansa gekommen als derjenige, der auf diesem Stuhle sitzt.

So merkt Euch das, Freund, sagte Sancho, daß ich kein Don bin, es auch noch keiner aus meiner Familie gewesen ist; Sancho Pansa heiße ich schlechtweg, und Sancho hieß mein Vater und Sancho mein Großvater, und alle waren Pansas, ohne sich mit Dons einzulassen, und ich glaube fast, daß es auf dieser Insel mehr Dons als Steine gibt; aber schon gut, Gott versteht mich, und es kann sich wohl fügen, daß, wenn diese Statthalterschaft nur vier Tage dauert, ich diese

Dons ausjäte, die ihrer Menge wegen so verdrießlich sein müssen wie die Fliegen. Der Herr Haushofmeister mag jetzt nur seine Frage vorbringen, denn ich will sie beantworten, so gut ich kann, die Leute mögen sich nun darüber betrüben oder nicht betrüben.

In demselben Augenblick traten zwei Menschen vor Gericht, der eine wie ein Bauer gekleidet und der andere wie ein Schneider, denn er hatte eine Schere in der Hand, und der Schneider sagte: Herr Statthalter, ich und dieser Bauersmann treten vor Euer Gnaden, weil dieser gute Mann gestern in meinen Laden kam, denn ich bin mit der gütigen Erlaubnis aller Anwesenden, Gott sei Lob und Dank, ein Schneidermeister; er gab mir ein Stück Tuch in die Hände und fragte mich: Mein Herr, ist dieses Tuch wohl hinreichend, mir eine Mütze daraus zu machen? Ich befühlte das Tuch und antwortete ja; er mußte wohl denken, wie ich vermute, daß ich ihm ohne Zweifel ein Stück von dem Tuche stehlen wolle, welcher Gedanke von seiner Bosheit und von der schlechten Meinung herrührt, die man von den Schneidern hat; er versetzte mir daher, ich möchte doch zusehen, ob es nicht für zwei genug wäre; ich erriet seine Gedanken und sagte ja, und er, auf seine verfluchte Einbildung versessen, fügte noch mehr Mützen hinzu, und ich fügte meine Jas hinzu, bis wir endlich bei fünf Mützen stehenblieben, und da er nun jetzt gekommen ist, um sie abzuholen, und ich sie ihm ausliefere, will er mir den Macherlohn nicht bezahlen, sondern fordert, daß ich ihm sein Tuch wiedergeben oder es bezahlen soll.

Ist dem allen so, Freund? fragte Sancho.

Ja, gnädiger Herr, antwortete der Mann; aber laßt Euch doch einmal die fünf Mützen von ihm zeigen, die er mir gemacht hat.

Sehr gern, antwortete der Schneider, und zugleich nahm er die Hand unter dem Mantel hervor und zeigte fünf Mützchen, die er auf seinen fünf Fingerspitzen sitzen hatte, und sagte: Hier sind die fünf Mützen, die dieser Mensch von mir gefordert hat, und bei Gott und meinem Gewissen, mir ist von dem Tuche nichts übriggeblieben, und ich bin erbötig, die Arbeit von den Gewerkmeistern besichtigen zu lassen.

Alle, die zugegen waren, lachten über die Menge der Mützen sowie über diesen neuen Prozeß. Sancho bedachte sich ein Weilchen und sagte dann: Es scheint mir, daß bei diesem Prozesse keine weitläufige Untersuchung nötig sei, sondern man kann ihn sogleich nach dem gesunden Menschenverstande zu Ende bringen, und daher spreche ich dieses Urteil, daß der Schneider seinen Macherlohn verliert und der Bauer sein Tuch, die Mützen aber sollen den Gefangenen im Kerker abgeliefert werden, und damit gut.

Worauf sich zwei alte Männer vor ihn stellten, der eine hatte ein Rohr statt eines Stockes, und der ohne Stock sagte: Gnädiger Herr, diesem ehrlichen Manne habe ich vor einiger Zeit zehn Dukaten in Gold geliehen, weil ich glaubte, ein gutes und christliches Werk damit zu tun, unter der Bedingung, daß er sie mir wiedergeben sollte, wenn ich sie fordern würde; es ist eine lange Zeit vergangen, ohne daß ich sie gefordert hätte, um ihn nicht in eine größere Verlegenheit zu bringen, wenn er sie mir wiedergeben müßte, als die gewesen war, als ich sie ihm lieh; da es mir aber endlich schien, daß er gar nicht ans Wiederbezahlen denke, habe ich sie einmal und dann mehrmals von ihm gefordert; und nicht allein gibt er sie mir nicht wieder, sondern er verweigert sie mir und sagt, daß ich ihm niemals diese zehn Dukaten geliehen hätte, und wenn ich sie ihm geliehen hätte, habe er sie mir schon zurückgegeben; ich habe nun keine Zeugen, daß er sie geliehen oder wiedergegeben, denn er hat sie mir noch nicht wiedergegeben; ich wollte nun Euer Gnaden bitten, ihm einen Schwur abzunehmen, und wenn er schwört, daß er sie zurückgegeben hat, so will ich sie ihm hier und jenseits geschenkt haben.

Was sagt Ihr dazu, alter Mann mit dem Stocke? fragte Sancho.

Worauf der Alte sagte: Ich, gnädiger Herr, bekenne, daß er sie mir geliehen hat, laßt nur Euren Stab nieder, da er doch auf dem Schwur besteht, denn ich will schwören, daß ich sie ihm wiedergegeben und ihn ehrlich und wahrhaftig bezahlt habe.

Der Statthalter ließ den Stab nieder, und indessen gab der Alte mit dem Stocke den Stock dem andern Alten, daß er ihn halten möchte, indes er schwöre, als ob er ihm hinderlich falle, und sogleich legte er die Hand auf das Kreuz des Stabes und sagte, es sei wahr, daß jener ihm die zehn Dukaten geliehen habe, die von ihm gefordert würden, daß er sie ihm aber aus seiner Hand in die seinige gegeben habe und daß er sie nur aus Unbedacht zuweilen noch einmal von ihm fordere.

Als dies der große Statthalter sah, fragte er den Gläubiger, was er hierauf seinem Gegner zu antworten habe; worauf dieser sagte, daß sein Schuldner ohne allen Zweifel die Wahrheit sprechen müsse, denn er halte ihn für einen ehrlichen Mann und guten Christen, daß er es wohl nur vergessen habe, wie und wann sie bezahlt wurden, und daß er ihn in Zukunft nicht mehr mahnen wolle. Sein Schuldner nahm hierauf seinen Stock wieder, verneigte sich und verließ den Gerichtssaal. Als dies Sancho sah, ließ er den Kopf auf die Brust niederfallen, legte den Zeigefinger der rechten Hand an Nase und Augenbrauen und blieb so ein Weilchen sitzen, worauf er den Kopf wieder erhob und sagte, daß man den Alten mit dem Stocke rufen solle, der schon weggegangen war. Sie brachten ihn, und sowie ihn Sancho sah, sagte er zu ihm: Gebt mir doch, lieber Mann, diesen Stock, denn ich will ihn brauchen.

Sehr gern, antwortete der Alte, hier ist er, gnädiger Herr; und er gab ihm denselben in die Hand; Sancho nahm ihn, gab ihn dem andern Alten und sagte: Nun geht in Gottes Namen, denn Ihr seid bezahlt.

Ich, gnädiger Herr? antwortete der Alte, wie wäre denn dieses Rohr wohl zehn Dukaten wert?

Ja, sagte der Statthalter, ist es das aber nicht, so bin ich der größte Klotz auf Erden, und nun soll man sehen, ob ich nicht Kopfs genug habe, um ein ganzes Königreich zu regieren; worauf er befahl, daß man vor aller Augen das Rohr in

Stücke brechen solle. Es geschah, und in der Höhlung desselben fand man die zehn goldenen Taler. Alle waren erstaunt und hielten ihren Statthalter für einen neuen Salomon. Man fragte ihn, woraus er denn geschlossen habe, daß sich in dem Rohre die zehn Dukaten befänden, und er antwortete, daß, als er gesehen habe, wie der Alte seinem Gegner während des Eides den Stock gab und hierauf schwor, daß er ihn wirklich und wahrhaftig bezahlt habe, und wie er nach dem Eide sich den Stock habe wiedergeben lassen, sei es ihm eingefallen, daß sich in diesem die verlangte Bezahlung befinden müsse; woraus man erkennen könne, daß diejenigen, die regieren, wenn sie auch dumm sind, oft von Gott in ihren Urteilen gelenkt werden; daß er aber außerdem einen ähnlichen Fall von dem Pfarrer in seinem Dorfe habe erzählen hören und daß er ein so gutes Gedächtnis besitze, daß es wohl kein solches Gedächtnis auf der ganzen Insel gäbe. Der eine Alte ging nun verschämt, der andere bezahlt fort, und die Umstehenden blieben voll Verwunderung zurück; der aber, der die Reden, Taten und Begebenheiten des Sancho aufschreiben mußte, konnte nicht mit sich einig werden, ob er ihn als Dummkopf oder als Verständigen darstellen sollte.

Sowie dieser Prozeß geschlichtet war, trat ein Weib in den Gerichtssaal, die einen Mann stark umfaßt hielt, der wie ein wohlhabender Hirt gekleidet war; sie schrie mit lauter Stimme: Gerechtigkeit, Herr Statthalter, Gerechtigkeit, und wenn ich sie nicht auf Erden finde, so will ich sie im Himmel suchen. Allerliebster Herr Statthalter, dieser ruchlose Kerl hat mich hier auf freiem Felde angepackt und meinen Leib untergekriegt, nicht anders, als wenn ich nur ein Wischtuch wäre, und — o weh mir armen Kinde! — hat mir nun das entrissen, was ich länger als dreiundzwanzig Jahre bewahrt habe gegen Mohren und Christen, gegen Einheimische und Fremde verteidigt, immer so hart wie eine Eiche, um mich so unbeschädigt zu erhalten wie der Salamander im Feuer oder wie die Wolle unter den Dornen, daß nun dieser Kerl mit seinen saubern Händen daherkommen muß, um mich anzugreifen.

Das muß noch ausgemacht werden, ob der Liebhaber saubere oder unsaubere Hände hat, sagte Sancho und wandte sich gegen den Menschen und fragte: Was sagt und antwortet Ihr auf die Klage dieses Weibes?

Dieser antwortete ganz verwirrt: Meine Herren, ich bin ein armer Hirt von einer Herde Borstenvieh; diesen Morgen ging ich aus, um (mit Respekt zu sagen) vier Schweine zu verkaufen, für die in der Akzise und an andern Steuern fast draufging, was sie wert waren; ich ging nach meinem Dorfe zurück und fand diese wackere Frau, und der Teufel, der alles ineinanderrührt und in Aufruhr bringt, machte, daß wir uns zusammen ergötzten; ich bezahlte das Nötige, sie aber, unzufrieden, packte mich an und hat mich nicht losgelassen, bis sie mich hierhergeschleppt; sie sagt, daß ich sie gezwungen habe, lügt es aber, so gewiß ich schwöre oder schwören will, und dies ist die ganze Wahrheit, an der auch nicht ein Pfennig fehlt.

Hierauf fragte ihn der Statthalter, ob er etwas Silbergeld bei sich habe; er sagte, daß er ungefähr zwanzig Dukaten im Busen in einem ledernen Beutel trage. Er befahl, ihn herauszunehmen und ihn ganz so, wie er sei, der Klägerin zu überliefern, welches der Hirt zitternd tat. Das Weib nahm ihn, machte allen tausend Verbeugungen und bat Gott für das Leben und die Gesundheit des Herrn Statthalters, der sich der Hilfsbedürftigen, Verwaisten und der Jungfrauen annehme, und hiermit verließ sie den Gerichtssaal, indem sie den Beutel in beiden Händen hielt, aber erst vorher zusah, ob es auch wirklich Silbergeld sei, was er enthalte. Kaum war sie fort, als Sancho dem Hirten sagte, dem die Augen schon überliefen und Herz und Seele nach seinem Beutel gezogen wurden: Guter Freund, lauf dem Weibe nach und nehmt ihr den Beutel weg, so sehr sie sich auch wehrt, und bringt ihn wieder hierher. Dies wurde keinem Tauben oder Einfältigen gesagt, denn der Hirt schoß wie ein Blitzstrahl fort, wohin es ihm geboten war. Alle Zuschauer waren gespannt, wie dieser Handel ausschlagen würde, als bald darauf der Mensch und das Weib wieder zurückkamen, noch inniger verwickelt und aneinandergeklammert als das erstemal: sie hatte den Rock aufgerafft und hielt den Beutel in dessen Falten fest, und der Mann strengte sich an, ihr denselben wegzunehmen, aber es war ihm nicht möglich, so kräftig verteidigte ihn das Weib, welches laut schrie: Gerechtigkeit vor Gott und der Welt! Seht, gnädiger Herr Statthalter, die Frechheit und Unverschämtheit des Bösewichts, der mir vor allen Leuten und auf offener Straße den Beutel wieder wegnehmen will, den Ihr mir doch zugesprochen habt.

Und hat er ihn dir genommen? fragte der Statthalter.

Genommen? antwortete das Weib, eher soll er mir das Leben nehmen, als er mir den Beutel nimmt; ei, da käme er mir gerade recht, das müßten sich wohl andere von der Nase wischen lassen als der schofle und armselige Kerl; nicht Hammer und Zange, nicht Schlingen und Brecheisen sollen ihn wieder aus meinen Fäusten kriegen, ja nicht die Klauen des Löwen, eher sollen sie mir die Seele mitten entzweireißen aus meinem Leibe.

Sie hat recht, erwiderte der Mann, ich gebe mich für überwunden und kraftlos, ich gestehe, daß ich nicht stark genug bin, ihr den Beutel zu nehmen, sie mag ihn behalten.

Hierauf sagte der Statthalter zu dem Weibe: Zeige doch, du tugendhafte Gewaltige, den Beutel her. Sie gab ihn ihm sogleich, und der Statthalter wandte sich wieder zu dem Manne und sagte zu der nicht Bezwungenen: Mein Kind, hättet Ihr dieselbe Kraft und Tapferkeit, die Ihr gezeigt habt, den Beutel zu verteidigen, ja nur die Hälfte davon angewandt, Euren Leib zu beschützen, so hätte Euch die Kraft des Herkules selber keine Gewalt tun können; geht mit Gott und laßt es Euch geraten sein, daß Euch keiner auf dieser ganzen Insel findet und auch sechs Meilen in der Runde, bei Strafe von zweihundert Hieben; macht Euch gleich fort, Ihr Spitzbübin, freches und lügenhaftes Mensch.

Das Weib erschrak und ging kopfhängend und verdrießlich weg, der Statthalter aber sagte zum Manne: Lieber Mann, geht in Gottes Namen mit Eurem Gelde nach Eurem Dorfe, und in Zukunft, wenn Ihr es nicht verlieren wollt, laßt es Euch nie wieder einfallen, Euch mit irgend jemand zu ergötzen.

Der Mann dankte, so gut oder schlecht er konnte, und entfernte sich; die Umstehenden aber waren von neuem über die Einsichten und Urteile ihres neuen Statthalters erstaunt. Alles dieses, vom Chronikenschreiber aufgezeichnet, wurde schnell dem Herzoge geschickt, der es mit großer Sehnsucht erwartete.

Neunzigstes Kapitel

Von dem furchtbaren schellenmäßigen und katzenhaften Entsetzen, welches Don Quixote durch die Liebe der verliebten Altisidora empfing.

Wir ließen den großen Don Quixote in Gedanken versunken, die ihm die Musik der verliebten Jungfrau Altisidora verursacht hatte. Er legte sich mit ihnen nieder, und sie ließen ihn, als wenn sie Flöhe wären, nicht schlafen oder nur die Augen zutun, womit sich die Gedanken an die fehlenden Augen seiner Strümpfe verbanden; da aber die Zeit flüchtig ist und es keine Schranke gibt, die sie zurückhielte, so galoppierte sie auf den Stunden hinweg, und der Morgen brach sehr schnell an. Als ihn Don Quixote wahrnahm, verließ er die sanften Federn, und niemals träge, bekleidete er sich mit seinem gemsledernen Kleide und zog die Halbstiefel an, um das Unglück seiner Strümpfe zu bedecken. Er warf seinen langen scharlachenen Mantel über und setzte auf das Haupt ein Barett von grünem Samt, mit silberner Posamentarbeit; um die Schultern hängte er das Bandelier mit seinem guten und scharfschneidenden Schwerte: nahm einen großen Rosenkranz, den er immer bei sich führte, und trat mit großem Pomp und hohem Anstande in den Vorsaal, wo sich der Herzog und die Herzogin schon angekleidet befanden, als ob sie ihn erwarteten: und indem er durch eine Galerie ging, traf er, seiner wartend, Altisidora und das andere Mädchen,

ihre Freundin; und sowie Altisidora des Don Quixote ansichtig wurde, stellte sie sich, als fiele sie in Ohnmacht, und ihre Freundin legte sie auf ihren Schoß und machte eilig Anstalt, ihr den Busen aufzuschnüren. Don Quixote, der es sah, ging zu ihnen und sagte: Ich weiß, woher diese Anfälle rühren.

Ich weiß nicht woher, antwortete die Freundin, denn Altisidora ist das gesundeste Mädchen im Hause, ich habe noch nie ein Ach von ihr gehört, seit ich sie kenne; mögen doch alle irrenden Ritter auf der ganzen Welt untergehn, wenn sie alle undankbar sind; geht fort, mein gnädiger Herr Don Quixote, denn das arme Kind kann nicht zu sich kommen, solange Euer Gnaden zugegen ist.

Worauf Don Quixote antwortete: Seid von der Güte, Señora, diesen Abend eine Laute auf mein Zimmer zu schaffen, damit ich so gut als möglich diese betrübte Jungfrau tröste, denn im Anfange der Liebe pflegen baldige Enttäuschungen von sehr glücklicher Wirkung zu sein. Mit diesen Worten entfernte er sich, damit er von niemand bemerkt würde, der ihn dort anträfe. Er hatte sich kaum entfernt, als die ohnmächtige Altisidora auch schon wieder zu sich kam und zu ihrer Gefährtin sagte: Es wird nötig sein, daß wir die Laute hinlegen, denn ohne Zweifel will uns Don Quixote eine Musik geben, die nicht übel sein kann, da sie von ihm herrührt. Sie gingen sogleich, um der Herzogin von dem, was vorgefallen war, Nachricht zu geben, und daß Don Quixote eine Laute begehre; diese war hierüber sehr vergnügt und redete mit dem Herzoge und ihren Mädchen einen Spaß ab.

Nachdem dies getan und es elf Uhr abends geworden war, fand Don Quixote in seinem Zimmer eine Gitarre; er stimmte sie, öffnete das Fenster, hörte auch, daß Leute im Garten waren, und nachdem er die Töne versucht und die Laute so gut eingerichtet hatte, wie er konnte, hustete er, räusperte sich und sang darauf mit rauher Stimme, übrigens aber richtig, folgende Romanze, die er selber an diesem Tage gedichtet hatte:

Oftmals mag die Kraft der Liebe
Ziehn die Seele aus den Angeln,
Wenn sie sich bedient als Werkzeug
Jenes trägen Müßigganges.

Oftmals mag das Stricken, Nähen
Und Beschäftigtsein am Tage
Als ein Gegengift sich zeigen
Gegen die verliebten Plagen.

Allen Jungfraun, welche sittsam,
Sehnsuchtsvoll nach dem Gemahle,
Ist die Keuschheit eine Mitgift
Und der Preis von ihrem Namen.

Alle Ritter, sein sie irrend,
Prunken sie im Königssaale,
Scherzen gerne mit den Leichten,
Nehmen Keusche nur zur Gattin.

Liebe findet schnell ihr Aufgehn,
Die mit Gästen wird verhandelt,
Sie kommt bald zum Untergehen,
Weil der Abschied sie vollbrachte.

Dulcinea von Toboso
Ist in meines Herzens Tafel
Also gründlich eingepräget,
Daß sie niemals weicht noch wanket.

So weit war Don Quixote in seinem Gesange gekommen, dem der Herzog, die Herzogin, Altisidora und fast alle Leute aus dem Schlosse zuhörten, als plötzlich von einer Galerie herunter, die senkrecht auf das Fenster des Don Quixote stieß, ein Seil herabgelassen wurde, an welchem mehr als hundert Schellen befestigt waren, und gleich darauf schüttete man einen großen Sack mit Katzen aus, die an ihren Schwänzen ebenfalls kleinere Schellen gebunden hatten. Das Getöse der Schellen und das Miauen der Katzen war so groß, daß die Herzöge, ob sie gleich die Erfinder des Spaßes waren, dennoch erschraken und Don Quixote sich entsetzte; das Schicksal fügte es überdies, daß zwei oder drei Katzen durch das Fenster in sein Zimmer sprangen und so von einer Seite zur andern herumfuhren, daß es nicht anders war, als wenn sich eine Legion Teufel darin befände. Sie löschten die Lichter aus, die im Zimmer brannten, und sprangen hierhin und dorthin, um einen Ausgang zu finden. Das Aufziehn und Niederlassen des Seiles mit den großen Schellen hörte immer noch nicht auf; der größte Teil der Leute im Schlosse, die um den Zusammenhang der Sache nicht wußten, war voll Verwunderung und Erstaunen. Don Quixote stellte sich aufrecht und griff nach seinem Degen, worauf er aus dem Fenster heraus zu fechten und laut zu rufen anfing: Hinweg, ihr boshaften Zauberer, hinweg, Hexengesindel, denn ich bin Don Quixote von la Mancha, gegen den eure boshaften Absichten nichts vermögen und kraftlos sind. Er wandte sich nun zu den Katzen, die im Zimmer waren, und schlug nach ihnen mit vielen Hieben; diese rannten nach dem Fenster und sprangen hinaus, obgleich eine, die sich so von den Hieben des Don Quixote verfolgt sah, ihm ins Gesicht sprang und sich mit Klauen und Zähnen in seine Nase klemmte, daß Don Quixote vor Schmerzen so laut zu schreien anfing, als er nur immer konnte. Dies hörten der Herzog und die Herzogin, und da sie die Ursache errieten, gingen sie eilig zu seinem Zimmer, welches sie mit einem Hauptschlüssel öffneten, und sahen den armen Ritter mit allen Kräften kämpfen,

die Katze vom Gesicht zu reißen. Sie kamen mit Lichtern herein und sahen diesen ungleichen Streit, der Herzog lief hinzu, ihn zu befreien, aber Don Quixote rief laut: Nehme mir ihn keiner ab, laßt mich handgemein bleiben mit diesem Teufel, mit diesem Hexenmeister, mit diesem Zauberer, denn ich will es ihm zeigen, was es mit dem Don Quixote von la Mancha auf sich habe. Die Katze kehrte sich aber an diese Drohungen nicht, knurrte und hielt sich fest. Endlich aber machte sie der Herzog los und warf sie aus dem Fenster; Don Quixote hatte das Gesicht zerrissen, und die Nase war ziemlich verletzt, demohngeachtet war er verdrießlich, daß man ihn nicht die Schlacht hatte ausfechten lassen, in welche er mit dem boshaften Zauberer verwickelt gewesen war. Man ließ Balsam herbeibringen, und Altisidora legte ihm selbst mit ihren weißesten Händen einen Verband auf die Wunde, und beim Auflegen sagte sie mit leiser Stimme zu ihm: Alle diese Unglücksfälle, steinerner Ritter, begegnen dir wegen deiner Härte und Halsstarrigkeit, und gebe Gott, daß es dein Stallmeister Sancho vergessen möge, sich zu geißeln, damit niemals deine so sehr geliebte Dulcinea aus ihrer Verzauberung komme und du sie nicht genießest noch ihr Hochzeitbett beschreitest, wenigstens solange ich lebe, die ich dich verehre.

Auf alles dieses antwortete Don Quixote mit nichts anderm als mit einem tiefen Seufzer, und zugleich streckte er sich auf sein Bett, nachdem er den Herzögen für ihre Güte gedankt hatte, nicht als habe er Furcht vor diesem katzischen, zauberischen und schellenden Gesindel, sondern weil er ihre gute Absicht erkenne, mit welcher sie ihm zu Hilfe geeilt wären. Die Herzöge wünschten ihm gute Nacht und entfernten sich, sehr verdrießlich über den schlimmen Ausgang des Spaßes, weil sie nicht geglaubt hatten, daß dieses Abenteuer so verdrießlich und nachteilig für den Don Quixote ausfallen würde, den es fünf Tage kostete, in welcher Zeit ihm indes ein anderes, angenehmeres Abenteuer als das vorige zustieß, welches aber sein Geschichtsschreiber jetzt nicht erzählen will, um sich zu Sancho Pansa zu wenden, der in seiner Statthalterschaft noch immer sehr geschäftig und unterhaltend ist.

Einundneunzigstes Kapitel

worin fortgesetzt wird, wie sich Sancho Pansa in seiner Statthalterschaft betrug.

Die Geschichte erzählt, daß Sancho Pansa aus dem Gerichtssaale in einen prächtigen Palast geführt wurde, wo in einem großen Saale eine herrliche und reiche Tafel zubereitet war, und indem Sancho hereintrat, ertönte eine Musik von Flöten, und vier Pagen traten herzu, um ihm Waschwasser zu reichen, welches Sancho mit vielem Anstande nahm. Die Musik hörte auf, Sancho setzte sich zu Tische obenan, denn es war nur für einen ein Sitz zubereitet und weiter kein Gedeck vorhanden. Ihm zur Seite stellte sich eine Figur, von der sich nachher zeigte, daß sie ein Arzt war, mit einem Stäbchen von Fischbein in der Hand. Man hob ein kostbares weißes Tuch ab, mit welchem die Früchte und sehr viele Schüsseln mit mannigfaltigen Gerichten zugedeckt waren. Einer, der wie ein Student aussah, sprach den Segen, und ein Page steckte dem Sancho eine Serviette, mit Spitzen besetzt, unter das Kinn; ein anderer, der das Amt eines Speisemeisters versah, setzte ihm eine Schüssel mit Früchten vor; aber kaum hatte er einen Mundvoll genommen, als der mit dem Stäbchen mit diesem die Schüssel berührte, die sogleich mit der größten Schnelligkeit weggenommen wurde; aber der Speisemeister setzte sogleich ein anderes Gericht hin. Sancho wollte dieses versuchen; aber ehe er es noch berührte oder kostete, hatte das Stäbchen es schon berührt, und ein Page nahm es mit derselben Eile weg, wie es mit den Früchten geschehen war. Als Sancho dies sah, war er verwundert, schaute alle an und fragte, ob man hier aus dem Essen eine Taschenspielerkunst mache. Worauf der mit dem Stabe antwortete: Es darf nicht anders gegessen werden, Herr Statthalter, als es auf andern Inseln Sitte und Gebrauch ist, auf welchen sich Statthalter befinden. Ich, gnädiger Herr, bin Arzt und werde auf dieser Insel besoldet, um dieses Amt bei den Statthaltern derselben zu erfüllen, für deren Wohl ich mehr als für mein eigenes sorge, indem ich Tag und Nacht die Konstitution des Statthalters studiere und erwäge, um imstande zu sein, ihn zu kurieren, wenn er in eine Krankheit fallen sollte; worauf ich aber vorzüglich sehe, ist, mich bei seinen Mittags- und Abendmahlzeiten gegenwärtig zu befinden, damit er dasjenige essen könne, was ich für ihn zuträglich halte, und damit dasjenige entfernt werde, wovon ich glaube, daß es ihm Schaden tut und seinem Magen nachteilig ist. Daher befahl ich, die Schüssel mit den Früchten wegzunehmen, weil sie gar zu feucht war, die Schüssel mit der anderen Speise ließ ich ebenfalls entfernen, weil sie gar zu hitzig war und viele Gewürze enthielt, die den Durst vermehren, und wer viel trinkt, tötet und verzehrt die radikale Feuchtigkeit, in welcher das Leben besteht.

Auf die Art wird mir die Schüssel gebratener Rebhühner dort, die, wie es scheint, gut zubereitet sind, keinen Schaden tun.

Worauf der Arzt antwortete: Diese soll der Herr Statthalter nicht essen, solange ich das Leben behalte.

Aber warum nicht? fragte Sancho.

Und der Arzt antwortete: Weil unser Meister Hippokrates, der Polarstern und das Licht der ganzen Arzneikunst, in einem von seinen Aphorismen sagt: Omnis saturatio mala, perdicis autem pessima. Das bedeutet: Alle Übersättigung ist schädlich, die aber von Rebhühnern die schädlichste.

Wenn dem so ist, sagte Sancho, so suche mir der Herr Doktor unter diesen Gerichten selber aus, was mir zuträglich und am wenigsten nachteilig ist, und lasse mich dies essen, ohne darauf zu klopfen: denn beim Leben des Statthalters und so gewiß das Gott erhalten soll, ich sterbe vor Hunger, und mir das Essen verweigern, der Herr Doktor mag auch sagen und behaupten, was er will, hieße mir eher das Leben nehmen, als es mir erhalten.

Der gnädige Herr Statthalter hat recht, antwortete der Arzt, und daher bin ich auch der Meinung, daß Ihr nicht von den gebratenen Kaninchen essen dürft, die dort stehen, denn es ist die Speise von einem langhaarigen Tier; von jenem Kalbfleische könntet Ihr wohl versuchen, wenn es nicht gebraten und gesäuert wäre, aber so auf keine Weise.

Und Sancho sagte: Jene große Schüssel, die dort unten dampft, scheint eine Fleischsuppe zu sein, und da diese Suppentöpfe aus sehr mannigfaltigen Dingen zusammengesetzt sind, so werde ich gewiß etwas darunter finden, das mir schmackhaft und zuträglich sei.

Absit! sagte der Arzt, entferne sich von uns dieser böse Gedanke; es gibt in der Welt nichts so Unverdauliches als einen Suppentopf; fort mit allen Suppentöpfen zu den Canonicis oder den Schulrektoren oder zu Bauernhochzeiten, aber die Tische der Statthalterei seien davon reingehalten, denn hier müssen sich nur die frischesten und allereinfachsten Dinge befinden; dies verordne ich, weil von jeher und zu allen Zeiten und von allen Leuten die einfachen Arzneimittel mehr geschätzt werden als die zusammengesetzten, denn bei den einfachen kann man nicht irren, wohl aber bei den zusammengesetzten, da die Quantität der Sachen, aus denen sie zusammengesetzt werden, leicht die Wirkung ändert; wovon ich aber gewiß weiß, daß es der Herr Statthalter jetzt essen darf und was ihm gesund sein und ihn stärken wird, sind ein paar von diesen Geduldsküchelchen und etliche ganz feine Schnittchen Quitte, denn dies bekommt dem Magen und hilft zur Verdauung.

Als Sancho dies hörte, lehnte er sich über den Rücken seines Stuhles, sah diesen Arzt von oben bis unten an und fragte ihn mit ernsthafter Stimme, wie er heiße und wo er studiert habe.

Worauf jener antwortete: Ich, Herr Statthalter, heiße Doktor Pedro Recio de Aguero und bin in einem Orte geboren, der Tirteafuera heißt, er liegt zwischen Caraquel und Almodobar del Campo zur rechten Hand, den Doktorhut aber habe ich auf der Universität Ossuna empfangen.

Worauf Sancho antwortete, ganz in Zorn entbrannt: Nun denn, Herr Doktor Recio Pedro von Ach und Weh, gebürtig aus Tirteafuera, einem Orte, der zur rechten Hand liegenbleibt, wenn man von Caraquel nach Almodobar del Campo geht, graduiert zu Ossuna, geht mir augenblicklich aus den Augen, oder ich schwör's Euch zu, ich nehme einen Strick und erdroßle, indem ich mit Euch den Anfang mache, alle Ärzte auf der ganzen Insel, wenigstens die, die ich für unwissend halte: denn den gelehrten, verständigen und klugen Ärzten bin ich mit ganzer Seele ergeben und verehre sie wie göttliche Personen. Und ich sage noch einmal, daß sich Pedro Recio hier fortmache, wenn ich nicht den Stuhl nehmen soll, auf dem ich sitze, und ihm damit den Kopf entzweischmeiße, und man mag mir darüber nur Rechenschaft abfordern, denn ich werde mich damit verantworten, daß es ein Gottesdienst ist, einen elenden Arzt totzuschlagen, der nur ein Henkersknecht der Menschen ist. Und gebt mir jetzt zu essen, oder nehmt die Statthalterschaft wieder hin, denn ein Amt, das seinem Herrn nicht zu essen gibt, ist keine Bohne wert.

Der Doktor erschrak, als er den Statthalter so zornig sah, er drehte sich, um schnell den Saal zu verlassen, wenn man nicht in demselben Augenblicke ein Posthorn auf der Straße gehört hätte; der Speisemeister lief ans Fenster und sagte hierauf: Es kommt ein Kurier vom durchlauchtigen Herzoge, er muß eine wichtige Depesche mit sich bringen. Der Kurier kam schwitzend und keuchend herein und zog einen Brief aus dem Busen, den er den Händen des Statthalters überlieferte, Sancho aber gab ihn dem Haushofmeister und befahl ihm, die Aufschrift zu lesen, welche so lautete: An Don Sancho Pansa, Statthalter der Insel Barataria, zu eigenen Händen oder denen seines Sekretärs.

Als Sancho dies hörte, fragte er: Wer ist denn hier mein Sekretär? Und einer von den Umstehenden antwortete: Ich, gnädiger Herr, denn ich kann lesen und schreiben und bin ein Biskayer.

Mit diesem Zusatz, sagte Sancho, könntet Ihr wohl der Sekretär des Kaisers werden; aber erbrecht das Siegel und seht, was das Schreiben enthält.

Dies tat der eben ernannte Sekretär, und nachdem er den Inhalt gelesen hatte, sagte er, es sei ein Geschäft, das man ohne Zeugen verhandeln müsse. Sancho befahl, den Saal zu räumen und daß niemand dableibe als der Haushofmeister und der Speisemeister, worauf sich die übrigen mit dem Arzte entfernten; sogleich las der Sekretär das Blatt, welches so lautete:

Ich habe erfahren, Don Sancho Pansa, daß meine und dieser Insel Feinde auf diese in irgendeiner Nacht einen wütenden Angriff versuchen werden; man muß daher wachen und aufmerksam bleiben, damit sie Euch nicht unvorbereitet finden. Auch weiß ich von zuverlässigen Spionen, daß vier verkleidete Männer in Eure Stadt gekommen sind, um Euch das Leben zu nehmen, weil sie Euren Geist fürchten; haltet die Augen auf und seht, mit wem Ihr sprecht, esset auch nichts von dem, was man Euch vorsetzt. Ich werde Sorge tragen, Euch zu Hilfe zu kommen, wenn Ihr Euch in Not befinden solltet, betragt Euch übrigens so, wie man es von Euren Einsichten erwarten darf. Von hier, am sechzehnten Augustus, um vier Uhr morgens. Euer Freund, der Herzog.

Sancho war erstaunt, und alle Gegenwärtigen stellten sich nicht minder verwundert, und indem er sich zum Haushofmeister wandte, sagte er: Was man hier, und zwar gleich in diesem Augenblicke, zu tun hat, ist, den Doktor Recio in ein unterirdisches Loch zu schmeißen, denn wenn mich einer umbringen will, so muß er es gewiß sein, und zwar hat er mir den schlimmsten und schmählichsten Tod zugedacht, mich nämlich verhungern zu lassen.

Dennoch, sagte der Speisemeister, scheint es mir gut getan, wenn Euer Gnaden nichts von alledem essen, was sich auf diesem Tisch befindet, denn es ist von Nonnen geschickt, und man sagt, hinter dem Kreuze verstecke sich der Teufel.

Das kann ich nicht leugnen, antwortete Sancho, so gebt mir aber jetzt nur ein Stück Brot und dazu vier Pfund Weintrauben, denn in die kann doch kein Gift hineinkommen, weil ich es durchaus nicht ohne zu essen aushalten kann. Wenn wir uns auch zu diesen Schlachten rüsten müssen, die uns bedrohen, so wird es nötig sein, sich tüchtig zu stärken, denn der Bauch trägt das Herz, nicht aber das Herz den Bauch, und Ihr, Sekretär, antwortet meinem gnädigen Herzoge und sagt ihm, daß geschehen soll, was er befiehlt, so wie er es befiehlt, ohne einen Punkt auszulassen. Nebenher könnt Ihr auch einen Handkuß an meinen Herrn Don Quixote de la Mancha schicken, damit er doch sieht, daß ich ein erkenntlicher Mann bin, wobei Ihr denn als guter Sekretär und guter Biskayer noch alles hinzufügen könnt, was Ihr nur wollt und was sich gut paßt. Übrigens, nehmt jetzt das Tischtuch ab und gebt mir etwas zu essen, und dann mögen Spione und Mörder und Zauberer, soviel nur wollen, über mich und meine Insel kommen.

Indem kam ein Page herein und sagte: Hier ist ein Bauer, der ein Geschäft hat; er wünscht wegen eines Geschäftes mit Euer Exzellenz zu sprechen, denn er sagt, es betreffe etwas Wichtiges.

Das ist doch wunderlich, sagte Sancho, mit diesen Geschäftsleuten; wie können sie nur so einfältig sein, nicht einzusehen, daß solche Stunden nicht dazu gemacht sind, Geschäfte zu treiben? Sind wir, die wir regieren, die wir Richter sind, denn nicht auch Menschen von Fleisch und Blut, müssen wir nicht auch Zeit haben auszuruhen, denken sie denn, wir sind aus Marmorstein geschaffen? Bei Gott und meinem Gewissen, wenn meine Statthalterschaft dauert (die nicht dauern wird, soviel ich einsehe), so will ich mehr als einen solchen Geschäftigen zur Ordnung verweisen. Jetzt sagt dem lieben Manne nur, daß er hereinkomme; aber seht auch zu, ob es nicht ein Spion oder einer von meinen Mördern ist.

Nein, gnädiger Herr, antwortete der Page, er scheint ein Einfaltspinsel zu sein, und ich müßte mich sehr irren, oder er ist so unschuldig wie ein Lamm.

Es ist nichts zu befürchten, sagte der Haushofmeister, denn wir sind hier alle zugegen.

Wäre es nicht möglich, sagte Sancho, Speisemeister, daß ich jetzt, da der Doktor Pedro Recio nicht zugegen ist, etwas Tüchtiges und Gewichtiges essen könnte, wenn es auch nur ein Stück Brot und eine Zwiebel wäre?

Heute abend soll die Mahlzeit die Mängel des Mittagessens ersetzen, und Eure Gnaden soll zufriedengestellt und vergnügt sein, sagte der Speisemeister.

Das gebe Gott, antwortete Sancho. Und zugleich trat der Bauer herein, der ein gutes Äußeres hatte und dem man es auf tausend Meilen ansehen konnte, daß er es gut meine und eine gute Haut sei. Das erste, was er sagte, war: Wer ist hier der Herr Statthalter?

Wer wird es sein, antwortete der Sekretär, als der dort auf dem Stuhle sitzt.

So demütige ich mich vor ihm, sagte der Bauer, wobei er sich auf die Knie niederließ und um die Hand bat, um sie zu küssen. Sancho verweigerte sie und befahl ihm aufzustehen und das zu sagen, was er zu sagen habe. Der Bauer tat es und sprach sogleich: Ich, gnädiger Herr, bin ein Bauer, aus Miguel Turra gebürtig, einem Orte, der zwei Meilen von Ciudad Real liegt.

Haben wir wieder ein neues Tirteafuera? sagte Sancho; sprecht, Freund, denn ich kann Euch sagen, daß ich sehr gut weiß, wo Miguel Turra liegt, denn es ist nicht sehr weit von meinem Dorfe.

Die Sache ist nun, gnädiger Herr, fuhr der Bauer fort, daß ich durch die Barmherzigkeit Gottes verheiratet bin durch den Segen der heiligen katholischen Kirche. Ich habe zwei studierte Söhne, der jüngere studiert auf den Baccalaureus und der ältere auf den Lizentiaten. Ich bin Witwer, denn meine Frau ist gestorben, oder richtiger, ein schlechter Doktor hat sie umgebracht, denn er ließ sie purgieren, als sie schwanger war, und wenn uns Gott so gnädig gewesen wäre, daß die Geburt das Licht der Welt erblickt hätte und ein Sohn gewesen wäre, so hätte ich ihn auf den Doktor studieren lassen, damit er seine Brüder, den Baccalaureus und den Lizentiaten, nicht beneidet hätte.

Also, sagte Sancho, wenn Eure Frau nicht gestorben wäre oder andere sie nicht hätten sterben lassen, so würdet Ihr jetzt kein Witwer sein.

Nein, gnädiger Herr, auf keine Weise, antwortete der Bauer.

So sind wir schon weiter, versetzte Sancho; nun fort, guter Freund, denn es ist eher Zeit zum Schlafen als zum Verhandeln.

Ich sage also, sagte der Bauer, daß dieser mein Sohn, der Baccalaureus werden soll, sich in unserem Dorfe in ein Mädchen verliebte, mit Namen Clara Perlerina, die Tochter des Andres Perlerino, eines sehr reichen Bauern. Und diesen Namen Perlerino führen sie nicht etwa von ihrer Familie, sondern weil sie alle paralytisch sind oder gichtisch, und um diesen Namen zu verbessern, heißen sie sich Perlerino, obgleich, die Wahrheit zu sagen, das Mädchen wie eine orientalische Perle ist, und von der rechten Seite angesehen, sieht sie aus wie eine Blume des Feldes, von der linken nicht ganz so, denn auf dieser fehlt ihr ein Auge, das sie in den Pocken verloren hat. Und ob sie gleich im Gesichte viele und große Narben trägt, so sagen doch die, die ihr gut sind, es wären keine Narben, sondern Gräber, in welchen die Seelen ihrer Liebhaber begraben liegen. Sie ist so reinlich, daß sie, um das Gesicht nicht zu beschmutzen, die Nase in die Höhe gekrempt trägt, so daß es aussieht, als ob sie vor dem Munde fliehe, doch sieht sie bei alledem sehr schön aus, denn sie hat einen großen Mund; und wenn ihr in diesem nicht zehn oder zwölf Zähne fehlten, so könnten diese es in der reizenden Bildung mit den vollkommensten aufnehmen. Von den Lippen ist nichts zu sagen, denn sie sind so fein und zart, daß, wenn es nur gebräuchlich wäre, Lippen zu flechten, man aus diesen einen schönen Zopf drehen könnte; da sie aber noch eine andere Farbe haben, als bei den Lippen meistens gebräuchlich ist, so sind sie gar wunderwürdig, denn sie sind himmelblau, grün und bräunlich marmoriert. Der Herr Statthalter mag es mir nicht übelnehmen, wenn ich so genau und Stück für Stück die ausmale, die über lang oder kurz meine Tochter wird, denn ich bin ihr gut, und sie scheint mir nicht übel.

Malt, was Ihr wollt, sagte Sancho, denn ich ergötze mich an dieser Malerei, und wenn ich gegessen hätte, so gäbe es für mich keinen besseren Nachtisch als Euer Porträt da.

Diesen will ich eben auftragen, antwortete der Bauer; aber die Zeit wird kommen, in der wir das sind, was wir jetzt vielleicht noch nicht sind, und ich sage nur, gnädiger Herr, wenn ich ihre Lieblichkeit und den Wuchs ihres Körpers malen könnte, wäre das etwas Erstaunliches; aber das kann nicht geschehen, weil sie eingekrümmt und zusammengerollt ist und die Knie am Munde hat. Aber dessenungeachtet kann man wohl sehen, daß sie, wenn sie sich nur aufrichten könnte, mit dem Kopf an die Decke stoßen würde, und sie hätte schon ihre Hand als Braut meinem braven Baccalaureus gegeben, wenn sie sie nur ausstrecken könnte, aber die ist zusammengeschrumpft, doch kann man an den breiten und gerieften Nägeln ihre Schönheit und treffliche Bildung erraten.

Nun genug, sagte Sancho, bedenkt, Freund, daß Ihr sie nun von dem Kopfe bis zu den Füßen gemalt habt, jetzt sagt, was wollt Ihr? Kommt endlich zur Sache, ohne Umwege und Winkelzüge, ohne Fetzen abzuschneiden noch anzunähen.

Ich wünschte, gnädiger Herr, antwortete der Bauer, daß Ihr von der Gnade wäret, mir ein Empfehlungsschreiben für meinen Schwager zu geben, worin er gebeten würde, daß er es sich gefallen ließe, die Heirat zu beschleunigen, denn wir sind uns einander nicht ungleich, sowohl was die Glücksgüter als die Naturgaben betrifft, denn um die Wahrheit zu sagen, Herr Statthalter, so ist mein Sohn besessen, und es gibt keinen Tag, an dem ihn nicht die bösen Geister drei- bis viermal peinigten. Und davon, daß er einmal ins Feuer gefallen ist, hat er ein Gesicht, so zusammengeschrumpft wie Pergament, und die Augen sind ihm wässerig und etwas triefend; aber er hat ein Wesen wie ein Engel, und wenn er nicht hinstürzte und sich selber mit den Fäusten schlüge, so wäre er ein Kind des Himmels.

Wollt Ihr noch was anderes, lieber Mann? versetzte Sancho.

Ich wollte wohl noch was anderes, sagte der Bauer, ich scheue mich nur, es zu sagen; aber frischauf, es soll mir doch nicht im Leibe verderben, mag es mir was helfen oder nichts helfen. Ich sage, gnädiger Herr, daß ich wünschte, Ihr wäret so gut, mir dreihundert oder sechshundert Dukaten als Zubuße zur Aus-

steuer meines Baccalaureus zu geben; ich meine als Zubuße, um seine Wirtschaft einzurichten, denn er muß doch nun für sich selber leben, daß die Eheleute nicht den Dummheiten der Schwiegereltern ausgesetzt sind.

Bedenkt Euch, ob Ihr noch was anderes wollt, sagte Sancho, und verschweigt es nicht aus Scham oder Furchtsamkeit.

Gewiß nichts weiter, antwortete der Bauer; und kaum hatte er dieses gesagt, als der Statthalter aufsprang, den Stuhl faßte, auf welchem er gesessen hatte, und rief: Ich schwöre dir, Herr Lümmel, Bauernflegel und unverschämter Kerl, daß, wenn Ihr mir nicht augenblicks aus den Augen geht, ich Euch mit diesem Stuhl den Kopf zerbrechen und zerschmettern will. Nichtswürdiger Hurensohn, du Maler des leibhaftigen Teufels, du unterstehst dich, zu dieser Stunde zu kommen und sechshundert Dukaten von mir zu verlangen? Wo soll ich sie denn hernehmen, Rindskopf? Und warum sollte ich sie dir denn geben, wenn ich sie auch hätte, du Schelm und Spitzbube? Was geht mich denn Miguel Turra an und die ganze Sippschaft der Perleriner? Mir aus den Augen, sage ich, sonst, beim Leben des Herzogs, meines Herrn, tue ich dir, wie ich gesagt habe! Gewiß bist du nicht aus Miguel Turra, sondern ein Spitzbube, den die Hölle hierhergeschickt hat, mich in Versuchung zu führen. Sage mir doch, du unverschämter Kerl, ich habe noch keine anderthalb Tage die Statthalterschaft, und du willst, daß ich schon sechshundert Dukaten haben soll?

Der Speisemeister gab dem Bauer ein Zeichen, daß er den Saal verlassen sollte, der es auch mit hängendem Kopfe tat und sich sehr zu fürchten schien, der Statthalter möchte seinen Zorn an ihm auslassen, denn der Schelm wußte seine Rolle sehr gut zu spielen.

Zweiundneunzigstes Kapitel

Was dem Sancho Pansa begegnete, als er die Ronde auf seiner Insel machte.

Jetzt sehe ich nun in Wahrheit ein, sagte Sancho, daß Richter und Statthalter eigentlich von Eisen sein müßten, um die Unverschämtheit der Kläger nicht zu empfinden, die zu allen Stunden und zu allen Zeiten kommen und gehört und abgefertigt sein wollen, die nur an ihre Klage denken, mag es gehen, wie es will; und wenn der arme Richter sie nicht hört und nicht abfertigt, weil er entweder nicht kann oder weil es die Zeit nicht ist, in welcher er Audienz gibt, so verlästern und schimpfen sie ihn und lassen kein gutes Haar an ihm und machen seine ganze Familie herunter. O du einfältiger Kläger, du dummer Kläger, übereile dich nicht, erwarte Zeit und Gelegenheit, deine Klage anzubringen; komm nicht in der Stunde des Essens oder des Schlafens, denn die Richter sind von Fleisch und Blut, sie müssen der Natur geben, was sie natürlicherweise von ihnen fordert, außer daß ich der meinigen nicht zu essen anbieten darf, dank dem Herrn Doktor Pedro Recio Tirteafuera, der hier gegenwärtig ist, denn er will, daß ich vor Hunger sterben soll, und behauptet, dieser Tod sei Leben; ein solches möge Gott ihm und allen seiner Art gewähren, ich rede nämlich von den schlechten Ärzten, denn die guten verdienen Palmen und Lorbeerkränze.

Alle, die den Sancho Pansa kannten, verwunderten sich, als sie ihn so ausgewählt sprechen hörten, sie wußten nicht, wem sie es anders zuschreiben sollten als den Geschäften und wichtigen Ämtern, die den Verstand erheben oder herunterbringen. Der Doktor Pedro Recio Aguero de Tirteafuera versprach ihm endlich, ihm ein Abendessen zu bewilligen, und wenn er auch gegen alle Aphorismen des Hippokrates verstoßen sollte. Damit gab sich der Statthalter zufrieden und erwartete sehr ängstlich die Nacht und die Stunde des Abendessens; und obgleich die Zeit nach seiner Meinung stehenblieb und sich nicht vom Flecke rührte, so kam doch endlich die von ihm so sehnlich gewünschte Stunde, in welcher man ihm zum Abendessen ein Haschee von Kuhfleisch mit Zwiebeln gab nebst den abgekochten Füßen eines Kalbes, das schon etwas bei Jahren war. Er genoß diese Dinge mit mehr Vergnügen, als ob man ihm mailändische Haselhühner gegeben hätte, Fasanen von Rom, Kalbfleisch von Sorrent, Rebhühner von Moron oder Gänse von Lavajos, und während des Essens wandte er sich zum Doktor und sagte: Denkt daran, Herr Doktor, daß Ihr mir in Zukunft nicht so feine Sachen oder ausgesuchte Gerichte geben laßt; denn das hieße meinen Magen nur aus seiner Gewohnheit bringen, der an Ziegen-, Kuh- und Schweinefleisch gewöhnt ist, an Pökelfleisch, Wurzelwerk und Zwiebeln, und wenn Ihr ihm andere, vornehme Gerichte gebt, so nimmt er sie nur ungern und manchmal wohl mit Ekel; was der Herr Speisemeister tun kann, ist, mir zuweilen Suppentöpfe machen zu lassen, in diese kann man hineintun, was man will, wenn es sich nur essen läßt, denn ich werde dankbar dafür sein und es auch dereinst vergelten; übrigens spaße keiner mit mir, denn wir sind entweder oder wir sind nicht; wir wollen alle leben und friedlich und freundlich miteinander essen, denn wenn der Tag anbricht, so bricht er für alle an; ich will diese Insel regieren, ohne rechts zu links oder links zu rechts zu machen, und jeder Mensch trage nur die Nase in die Höhe und sehe gerade aus den Augen, denn sonst soll man merken, daß der Teufel los ist, und wenn man mir Ursache dazu gibt, so soll man Wunder schauen: Ei ja! mach dich nur zum Honig, so fressen dich die Fliegen.

Wahrlich, Herr Statthalter, sagte der Speisemeister, Ihr habt in allem recht, was Ihr da gesagt habt; und ich verspreche im Namen aller Insulaner dieser Insel, daß sie Euch mit der größten Pünktlichkeit, Liebe und Ergebenheit dienen werden, denn die milde Regierungsweise, die Ihr ihnen zu Anfang gezeigt habt, läßt sie nicht anders handeln oder irgend etwas denken, das zum Nachteil von Euer Gnaden ausfallen könnte.

Ich glaube das, antwortete Sancho, und sie wären große Narren, wenn sie anders täten oder möchten, und ich sage noch einmal, daß man nur für meinen Unterhalt und für meinen Grauen Sorge trage, denn das ist das Wichtigste und die Hauptsache, und wenn es Zeit ist, wollen wir die Ronde machen, denn es ist meine Absicht, diese Insel von aller Unreinlichkeit, von allen Vagabunden, müßigem und liederlichem Volke zu säubern; denn Ihr müßt wissen, daß das müßige und faule Gesindel im Staate das nämliche ist, was die Drohnen in den Bienenstöcken sind, die den Honig verzehren, welchen die arbeitsamen Bienen machen. Ich denke die Bauern zu begünstigen, den Edelleuten ihre Vorrechte zu bewahren, die Tugendhaften zu belohnen und vor allen Dingen die Religion und das Ansehen der Geistlichen in Ehren zu erhalten. Was meint ihr dazu, meine Freunde? Ist es so recht, oder sitzt mir der Kopf nicht auf der rechten Stelle?

Der gnädige Herr Statthalter spricht so, sagte der Haushofmeister, daß man erstaunen muß, wie ein Mann so ganz ohne Wissenschaften, welche Ihr doch nicht besitzt, dergleichen Dinge sagen kann, voller Sentenzen und Ratschläge; man sieht aber in der Welt alle Tage etwas Neues: Aus Spaß wird Ernst, und die Spötter werden die Verspotteten.

Der Abend kam, und der Statthalter speiste mit der Erlaubnis des Herrn Doktors Recio. Sie richteten sich hierauf zur Ronde ein, er ging mit dem Haushofmeister, dem Sekretär, dem Speisemeister und dem Historiographen, der den Auftrag hatte, alle seine Handlungen niederzuschreiben, nebst so vielen Sbirren und Schreibern, daß sie fast eine halbe Kompagnie ausmachen konnten. Sancho ging mit seinem Stabe in der Mitte, so ehrwürdig man ihn nur wünschen konnte, und als sie einige Gassen des Ortes durchstreift hatten, hörten sie das Geräusch von Fechtenden; sie gingen hinzu und fanden, daß es zwei Menschen waren, die miteinander kämpften und welche, sobald sie die Justiz wahrnahmen, voneinander abließen, indem der eine rief: Herbei im Namen Gottes und des Königs! Wie ist es möglich, soll es gelitten werden, daß man hier in der Stadt öffentlich raubt und daß man mitten auf der Straße überfallen wird?

Seid ruhig, ehrlicher Mann, sagte Sancho, und erzählt mir die Ursache Eures Zwistes, denn ich bin der Statthalter.

Der andere Gegner sagte hierauf: Herr Statthalter, ich will die Sache in aller Kürze erzählen. Ihr müßt also wissen, daß dieser Edelmann in dem Spielhause, das uns hier gegenüber ist, mehr als tausend Realen gewonnen hat, und Gott weiß wie; ich war zugegen und entschied mehr als einen streitigen Fall zu seinem Vorteil, mein Gewissen mochte auch dagegen sagen, was es wollte; er ging mit dem Gewinste fort, und als ich dachte, daß er mir doch zum wenigsten einen Taler verehren sollte, wie es Gebrauch und Sitte ist, diesen solchen angesehenen Leuten zu geben, wie ich bin, die zugegen sind, um zweifelhafte Fälle zu entscheiden und zum besten zu sprechen, so strich er sein Geld ein und ging aus dem Hause; ich ging ihm eilig nach und bat ihn mit freundlichen und höflichen Worten, daß er mir wenigstens acht Realen geben möchte, denn er weiß, daß ich ein vornehmer Mann bin und kein Amt und kein Einkommen besitze, denn meine Eltern haben mich in nichts unterrichtet, mir auch nichts nachgelassen; aber der Schelm, ein Spitzbube wie Cacus und ein falscher Spieler wie Andradilla, will mir nicht mehr als vier Realen geben, woraus der Herr Statthalter seine Unverschämtheit und Gewissenlosigkeit erkennen kann; wären aber Euer Gnaden nur nicht herzugekommen, so hätte er seinen Gewinst wohl wieder ausspeien sollen, so daß er gelernt hätte, wie man sich in der Welt zu betragen hat.

Was sagt Ihr hierzu? fragte Sancho.

Der andere antwortete, daß es die Wahrheit sei, was sein Gegner erzählt habe, er hätte ihm aber nicht mehr als vier Realen geben wollen; zum Beweise aber, daß er ein ehrlicher Mann und kein Spitzbube sei, wie jener behauptet habe, sei eben das genug, daß er ihm nichts habe geben wollen, denn falsche Spieler sind den Zuschauern, die sie kennen, immer zinsbar.

Das ist wahr, sagte der Haushofmeister; jetzt entscheide nun der Herr Statthalter, was mit diesen beiden Männern zu tun ist.

Sancho antwortete: Ihr, der gewonnen habt, sei es nun mit Recht oder Unrecht, sollt sogleich diesem, der Euch angegriffen hat, hundert Realen geben, außerdem aber noch dreißig für die Armen im Gefängnisse erlegen; Ihr aber, der Ihr kein Amt und kein Einkommen habt und aufs Geratewohl auf der Insel umherstreift, nehmt diese hundert Realen und verlaßt morgen auf zehn Jahre diese Insel als verbannt, bei Strafe, wenn Ihr dieses Gebot übertretet, es mit dem Leben zu büßen, denn ich will Euch an den Galgen bringen, oder wenigstens soll es der Henker auf meinen Befehl tun; und keiner sage hiergegen ein Wort, oder er soll tüchtig bestraft werden.

Der eine gab das Geld, der andere nahm es, dieser verließ die Insel, jener begab sich nach Hause, und der Statthalter sagte: Ich bin willens, oder es müßte schwach mit mir stehen, alle diese Spielhäuser aufzuheben, denn ich glaube, daß sie sehr schädlich sind.

Dieses wenigstens, sagte ein Schreiber, wird Euer Gnaden nicht aufheben können, denn es gehört einem vornehmen Manne, der mehr im Jahre verliert, als ihm die Karten einbringen; gegen andere Buden von geringerem Ansehen könnt Ihr Eure Macht beweisen, denn diese tun mehr Schaden und veranlassen mehr unerlaubte Dinge, als in den Häusern der angesehenen Ritter und Herren vorgehen darf, weil es die falschen Spieler nicht wagen, hier ihre Künste auszuüben; und da das Laster des Spielens doch einmal allgemein geworden ist, so ist es besser, daß in vornehmen Häusern gespielt wird als in Kneipen, wo man einen Elenden um Mitternacht aufgreift und ihn lebendig schindet.

Nun, Schreiber, sagte Sancho, ich weiß, daß sich darüber noch mancherlei sagen ließe.

Indem kam ein Häscher herbei, der einen jungen Menschen mit sich schleppte und sagte: Herr Statthalter, dieser Bursche begegnete uns; sowie er die Justiz merkte, wandte er sich um und fing an, wie eine Gemse zu laufen, ein Zeichen, daß er ein Verbrecher ist. Ich lief ihm nach, und wenn er nicht gestolpert und hingefallen wäre, hätte ich ihn niemals eingeholt.

Warum liefst du fort, Mensch? fragte Sancho.

Worauf der junge Mensch antwortete: Gnädiger Herr, um den vielen Fragen aus dem Wege zu gehen, die die Justiz zu tun pflegt.

Was bist du?

Ein Weber.

Und was webst du?

Lanzenspitzen, mit Eurer gnädigen Erlaubnis.

Einen Spaßvogel haben wir also? Du willst den Lustigmacher spielen? Gut. Und wohin gingst du jetzt?

Frische Luft schöpfen, gnädiger Herr.

Und wo schöpft man frische Luft auf dieser Insel?

Wo sie weht.

Trefflich! Ihr antwortet recht schlagend, Ihr seid witzig, junger Mensch; aber denkt Euch einmal, daß ich die Luft bin, die in Eure Segel weht und Euch ins Gefängnis führt. Faßt ihn, ihr da, und führt ihn fort, denn ich will machen, daß er dort ohne Luft in dieser Nacht schlafen soll.

Meiner Seel', sagte der junge Mensch, Euer Gnaden kann mich so wenig im Gefängnis schlafen machen, als Ihr mich zum Könige machen könnt.

Wie? Ich könnte dich nicht im Gefängnisse schlafen machen? antwortete Sancho. Habe ich denn nicht die Gewalt, dich einzusperren und loszulassen, wann und wie ich nur will?

Wenn Ihr auch noch so viele Gewalt besitzt, sagte der junge Mensch, so ist sie doch nicht groß genug, mich im Gefängnisse schlafen zu machen.

Warum denn nicht? versetzte Sancho. Gleich führt ihn fort, daß er mit seinen eigenen Augen seinen Irrtum sehen kann, selbst wenn der Kerkermeister auch aus Eigennutz nachzugeben wünschte, denn ich will ihm zweitausend Dukaten Strafe zuerkennen, wenn er erlaubt, daß du nur mit einem Fuße aus dem Gefängnisse kommst.

Das ist alles nur zum Lachen, antwortete der junge Mensch; denn die Sache liegt so, daß mich alle, die auf Erden leben, nicht im Gefängnisse sollen schlafen machen.

Sage mir, Teufel, sprach Sancho, hast du denn einen Engel, der dich befreit und der dir die Eisen abnimmt, die ich dir will anlegen lassen?

Jetzt, Herr Statthalter, antwortete der Mensch mit vieler Lustigkeit, laßt uns zur Sache und auf den rechten Punkt gelangen. Ich setze den Fall, Ihr, gnädiger Herr, laßt mich ins Gefängnis führen, Ihr laßt mir Ketten und Bande anlegen und mich in ein tiefes Loch werfen, legt auch dem Kerkermeister schwere Strafen auf, wenn er mich herausließe, und daß alles geschieht, was Ihr nur immer befehlen mögt; dessenungeachtet, wenn ich nicht schlafen und die ganze Nacht kein Auge zutun will, könnt Ihr mich wohl mit Eurer ganzen Macht schlafen machen, wenn ich es nicht will?

Gewiß nicht, sagte der Sekretär, der Mensch hat mit seiner Behauptung recht behalten.

Also, sagte Sancho, wollet Ihr das Schlafen aus keinem anderen Grunde unterlassen, als Eurem Willen genugzutun, und nicht um dem meinigen entgegenzuhandeln?

Nein, gnädiger Herr, sagte der Bursche, auf keine Weise.

So geht mit Gott, sagte Sancho, und schlaft in Eurem Hause, und Gott gebe Euch angenehme Träume, denn ich will Euch deren nicht berauben; doch will ich Euch den Rat geben, daß Ihr in Zukunft nicht mit der Justiz spaßen mögt, denn Ihr könntet auf Leute treffen, die Euch den Spaß versalzen.

Der junge Mensch entfernte sich, und der Statthalter setzte seine Ronde fort; und bald darauf kamen zwei Häscher, die einen Menschen mit sich führten und sagten: Herr Statthalter, dieser, der wie ein Mann aussieht, ist keiner, sondern ein Mädchen, und kein häßliches, das Mannskleider angezogen hat.

Man leuchtete ihr mit zwei oder drei Laternen unter die Augen, bei deren Schimmer sie das Gesicht eines Mädchens erblickten, dem Anschein nach etwa von sechzehn Jahren, die Haare aufgeschlagen mit einem Netze aus Gold und grüner Seide, das Antlitz von der größten Schönheit. Sie betrachteten sie von oben bis unten und sahen, daß sie seidene fleischfarbene Strümpfe trug, mit Kniebändern von weißem Taffet, mit Gold und kleinen Perlen geschmückt; die kurzen Beinkleider waren grün von Goldstoff, ein kleiner Mantel oder Umwurf von demselben Zeuge, unter diesem hatte sie ein Wams, sehr fein aus Gold und Weiß gewebt, und an den Füßen weiße Männerschuhe; sie führte keinen Degen, sondern einen kostbaren Dolch, und an den Fingern trug sie viele glänzende Ringe. Das Mädchen gefiel allen, und keiner von denen, die zugegen waren, kannte sie; die im Orte Einheimischen sagten, sie wüßten nicht, wer sie sein könnte, und diejenigen, die den Spaß kannten, den man sich mit Sancho machte, waren am meisten verwundert, denn dieser Zufall und dies Zusammentreffen war von ihnen nicht angeordnet, und deshalb standen sie voll Erwartung, was sich aus dieser Sache ergeben würde. Sancho war von der Schönheit des Mädchens entzückt und fragte sie, wer sie sei, wohin sie gehe und was sie bewogen habe, sich in diese Kleidung zu stecken. Sie schlug die Augen zur Erde nieder und antwortete mit der anmutigsten Scham: Ich kann nicht, gnädiger Herr, so öffentlich etwas sagen, woran mir soviel liegt, daß es geheim bleibe; nur bitte ich, daß man mir ein Ding glaubt, daß ich nämlich keine Diebin noch sonst eine Verbrecherin bin, sondern ein unglückliches Mädchen, welches die Gewalt der Eifersucht gezwungen hat, den Anstand zu verletzen, den man der Sittsamkeit schuldig ist.

Als der Haushofmeister dies hörte, sagte er zu Sancho: Laßt diese Leute abtreten, Herr Statthalter, damit diese Dame mit weniger Scheu das sagen kann, was sie zu sagen hat.

Dies befahl der Statthalter, alle entfernten sich außer dem Haushofmeister, dem Speisemeister und dem Sekretär. Als sie allein waren, fuhr das Mädchen mit folgenden Worten fort: Ich, meine Herren, bin die Tochter des Pedro Perez Magorca, des Wollpächters dieser Stadt, der oft in das Haus meines Vaters zu kommen pflegt.

Das reimt sich nicht, Señora, sagte der Haushofmeister, denn ich kenne diesen Pedro Perez sehr gut und weiß, daß er keine Kinder hat, weder Knaben noch Mädchen; Ihr sagt auch, daß er Euer Vater sei, und dann setzt Ihr hinzu, daß er oft in das Haus Eures Vaters zu kommen pflege.

Es ist mir auch aufgefallen, sagte Sancho.

Ach, meine Herren, ich bin so in Verwirrung, daß ich nicht weiß, was ich rede, antwortete das Mädchen; die Wahrheit aber ist, daß ich die Tochter des Diego de la Llana bin, der euch allen bekannt sein muß.

Nun, das läßt sich reimen, antwortete der Haushofmeister, ich kenne den Diego de la Llana und weiß, daß er ein vornehmer und reicher Edelmann ist, der einen Sohn und eine Tochter hat; seit er Witwer ist, gibt es aber keinen in diesem ganzen Orte, der sagen könnte, daß er das Gesicht seiner Tochter gesehen habe, denn er hält sie so eingeschlossen, daß er selbst der Sonne nicht erlaubt, sie zu beschauen; dessenungeachtet sagt das Gerücht, daß sie von außerordentlicher Schönheit sein soll.

Dies ist wahr, antwortete das Mädchen, und ich bin diese Tochter, ob das Gerücht von meiner Schönheit lügt oder nicht, darüber seid ihr nun, meine Herren, außer Zweifel, denn ihr habt mich gesehen, — und bei diesen Worten fing sie an bitterlich zu weinen. Als der Sekretär dies sah, sagte er dem Speisemeister leise ins Ohr: Gewiß muß diesem armen Mädchen etwas von Wichtigkeit begegnet sein, da sie in dieser Kleidung und zur Nachtzeit, obwohl sie von vornehmer Familie ist, ihr Haus verlassen hat.

Das leidet keinen Zweifel, antwortete der Speisemeister, und um so weniger, da ihre Tränen diesen Argwohn bestätigen.

Sancho tröstete sie mit den besten Worten, die er finden konnte, und bat sie, ihm ohne Scheu alles zu sagen, was ihr begegnet sei, denn sie alle würden sich bemühen, ihr auf alle mögliche Weise Hilfe zu leisten.

Die Sache, meine Herren, ist diese, antwortete sie. Es sind nun zehn Jahre, daß mich mein Vater eng eingeschlossen hält, denn so lange ist meine Mutter in ihr Grab gelegt; im Hause wird in einem schönen Oratorium die Messe gelesen, und in dieser ganzen Zeit habe ich nichts gesehen als am Tage die Sonne des Himmels und in der Nacht den Mond und die Sterne, ich weiß aber nicht, was Gassen, Plätze, Kirchen oder selbst Menschen sind, meinen Vater und meinen Bruder ausgenommen und den Pächter Pedro Perez, der oft in unser Haus kommt, weshalb es mir einfiel, ihn zu meinem Vater zu machen, um den meinigen nicht zu nennen. Daß ich so eingeschlossen bin und nicht aus dem Hause darf, nicht einmal in die Kirche, hat mich schon seit vielen Tagen und Monaten ganz trostlos gemacht; ich wollte gern die Welt sehen oder wenigstens den Ort, wo ich geboren bin, denn das schien mir nicht gegen den Anstand zu streiten, den vornehme Mädchen sich selbst immer schuldig sind. Wenn ich erzählen hörte, daß man Stiergefechte und Turniere halte und Komödien aufführe, so ersuchte ich meinen Bruder, der ein Jahr jünger ist als ich, er möchte mir doch erklären, was das und noch vieles andere für Dinge wären, die ich niemals gesehen hatte; er sagte mir auch alles, so gut er es nur konnte; aber alles das entzündete nur noch mehr meinen Wunsch, es selbst zu sehen. Kurz, um die Erzählung meines Unglücks nicht zu verlängern, ich ersuchte und bat meinen

Bruder — o daß ich ihn niemals darum ersucht, niemals darum gebeten hätte! — Und so fing sie von neuem ihre Wehklage an.

Der Haushofmeister sagte: Fahrt fort, Señora, und erzählt uns endlich, was Euch begegnet ist, denn Eure Worte und Eure Tränen halten uns alle in der gespanntesten Erwartung.

Nur wenige Worte sind noch übrig, versetzte die Jungfrau, aber Tränen zu weinen desto mehr, denn die schlecht überlegten Wünsche können keine anderen Unfälle als dergleichen nach sich ziehen.

Auf das Herz des Speisemeisters hatte die Schönheit des Mädchens einen tiefen Eindruck gemacht, er leuchtete mit seiner Laterne noch einmal, um sie von neuem zu betrachten, und ihm war es, als ob sie nicht Tränen weinte, sondern Perlen oder den Tau der Wiesen, ja, sie erschienen ihm noch edler, denn er verglich sie mit den orientalischen Edelgesteinen und wünschte innig, ihr Unfall möchte nicht so groß sein, als man aus ihren Klagen und Seufzern allerdings schließen konnte. Der Statthalter war in Verzweiflung, daß das Mädchen mit so vielen Umständlichkeiten den Schluß ihrer Geschichte verzögerte; er sagte, sie möchte nun nicht länger ihrer aller Erwartung gespannt erhalten, denn es sei spät, und er müsse noch viele Gegenden der Stadt besuchen. Von Schluchzen und tiefen Seufzern häufig unterbrochen, fuhr sie fort: Etwas anderes ist nun nicht mein Unglück oder mein Mißgeschick, als daß ich meinen Bruder bat, er möchte mich eins von seinen Mannskleidern anziehen lassen und in einer Nacht mit mir aus dem Hause gehen, um die ganze Stadt zu sehen, indes unser Vater schliefe; er, von meinen Bitten bestürmt, willigte in mein Begehren, ich zog mir hierauf dieses Kleid an, und er nahm sich ein anderes von den meinigen (das ihm ganz natürlich steht, denn er hat noch keinen Bart und sieht aus wie das schönste Mädchen), in dieser Nacht also, es ist vielleicht erst eine Stunde her, etwas mehr oder weniger, gingen wir aus dem Hause, und von unserm unreifen und unklugen Verlangen geführt, haben wir den ganzen Ort durcheilt; als wir nach Hause zurückgehen wollten, sahen wir einen großen Trupp Menschen, worauf mein Bruder zu mir sagte: Schwester, das wird die Ronde sein, mach deine Beine leicht und flüchtig und laufe mir nach, daß sie uns nicht kennen, es würde uns sonst übel gehen; und mit diesen Worten wandte er sich um und fing an nicht zu laufen, sondern wirklich zu fliegen; ich fiel nach weniger als sechs Schritten nieder vor Schreck, und der Diener der Gerechtigkeit nahm mich gefangen, der mich vor Euer Gnaden führte, wo ich mich als eine schlechte und leichtsinnige Person beschämt vor so vielen Menschen sehen muß.

Und sonst, Señora, fragte Sancho, ist Euch kein Unfall begegnet, noch hat Euch Eifersucht aus Eurem Hause getrieben, wie Ihr im Anfange Eurer Erzählung sagtet?

Mir ist nichts weiter begegnet, auch hat mich keine Eifersucht herausgetrieben, sondern bloß der Wunsch, die Welt zu sehen, der sich nicht weiter erstreckte, als die Gassen dieser Stadt zu betrachten. Um das als Wahrheit zu bestätigen, was das Mädchen gesagt hatte, brachten die Häscher jetzt ihren Bruder herbei, den einer von ihnen ergriffen hatte, als er von seiner Schwester entflohen war. Er hatte nichts als einen kostbaren Rock an und einen Mantel von himmelblauer Seide mit goldener Stickerei, den Kopf ohne Hut und ohne allen anderen Schmuck als den seiner eigenen Haare, welche Ringe von Gold waren, so blond und gelockt, wie sie erschienen. Der Statthalter, der Haushofmeister und der Speisemeister entfernten sich mit ihm und fragten ihn, ohne daß es seine Schwester höre, wie er in diese Kleidung komme. Worauf er ebenso schamhaft und zögernd das nämliche erzählte, was seine Schwester erzählt hatte, worüber der verliebte Speisemeister großes Vergnügen empfand. Der Statthalter aber sagte zu ihnen: Wahrlich, meine Freunde, dies ist eine große Kinderei gewesen, und um diese Torheit und dieses Wagestück zu erzählen, bedurfte es nicht soviel Vorrederei, sowenig wie der vielen Tränen und Seufzer, ihr durftet nur sagen, wir sind der und die, wir sind aus dem väterlichen Hause spazierengegangen mit dieser Erfindung aus bloßer Neugier, ohne eine andere Absicht, und damit war die Geschichte zu Ende, aber nicht soviel Ach! Himmelchen! und lieber Gottchen! und immer auf demselben Flecke bleiben. Alle das Seufzerwesen und Tränenvergießen war überflüssig.

Das ist wahr, antwortete das Mädchen; aber Euer Gnaden muß wissen, daß die Verwirrung, in der ich mich befand, so groß gewesen ist, daß ich nicht wußte, wie ich mich benehmen sollte.

Es ist nichts dabei verloren, antwortete Sancho, wir wollen jetzt gehen und Euch in das Haus Eures Vaters zurückbringen, der Euch vielleicht noch nicht vermißt hat; künftig aber seid nicht so kindisch und nicht so begierig, die Welt zu sehen: denn das Mädchen tugendhaft immer was im Hause schafft; und ein

Weib und eine Henne verlaufen sich bald von ihrer Tenne: und die, die so gerne sieht, wünscht auch leicht gesehen zu werden; mehr will ich nicht sagen.

Der Jüngling dankte dem Statthalter, daß er so gütig sein wolle, sie in ihr Haus zurückzuführen, worauf sie sich auf den Weg machten, denn es war nicht weit von dort. Sie kamen an, und der Bruder warf mit einem Steinchen an ein Fenster, sogleich stieg eine Magd herunter, die sie erwartet hatte, und öffnete ihnen die Tür, sie gingen hinein, indem sie alle verwundert zurückließen, sowohl über ihre Artigkeit und Schönheit als über ihren Vorsatz, die Welt bei Nacht zu sehen und ohne die Stadt zu verlassen: welches aber von allen ihrer Jugend beigemessen wurde. Der Speisemeister war im Herzen getroffen und nahm sich vor, sie gleich am anderen Tage von ihrem Vater zur Gattin zu begehren, indem er überzeugt war, daß man sie ihm nicht abschlagen würde, da er ein Diener des Herzogs sei; auch Sancho machte Pläne und Entwürfe, den Jüngling mit seiner Tochter Sanchica zu verheiraten, und beschloß, es zu seiner Zeit ins Werk zu setzen, denn er glaubte, daß der Tochter eines Statthalters sich keiner zum Manne verweigern würde. Hiermit endete die Ronde dieser Nacht wie nach zwei Tagen die Statthalterschaft, womit alle Entwürfe vernichtet wurden, wie man weiter sehen wird.

Dreiundneunzigstes Kapitel

Fortgesetzte Regierung des Sancho Pansa und andere angenehme Begebenheiten.

Der Tag brach an, welcher auf die Nacht folgte, in der der Statthalter die Ronde gemacht hatte und welche der Speisemeister ohne Schlaf zubrachte, indem er seine Gedanken nur mit dem Angesichte, den Reizen und der Schönheit des verkleideten Mädchens beschäftigte, während der Haushofmeister bemüht war, seinen Gebietern dasjenige, was Sancho sagte und tat, niederzuschreiben, gleich sehr über seine Taten wie über seine Reden verwundert, denn seine Worte wie seine Handlungen waren mit Anzeichen von Verstand und Dummheit gleicherweise vermischt. Endlich stand der Herr Statthalter auf, und auf Befehl des Doktors Pedro Recio setzte man ihm ein Frühstück vor, das aus etwas Eingemachtem und einem Glase frischen Wassers bestand, welches Sancho gern gegen ein Stück Brot und eine Weintraube ausgetauscht hätte; da er aber sah, daß hier Zwang mehr als freier Wille galt, fügte er sich mit tiefen Schmerzen seiner Seele und großem Verdrusse seines Magens, indem ihn Pedro Recio glauben machte, daß weniges und feines Essen den Geist erwecke, was solchen Personen nötig sei, die ansehnliche Ämter und wichtige Stellen bekleideten, in denen sie nicht sowohl Kräfte des Körpers als des Verstandes nötig hätten. Mit dieser Philosophie litt Sancho Hunger, und zwar so sehr, daß er heimlich die Statthalterschaft und den, der sie ihm gegeben hatte, verfluchte; dennoch setzte er sich mit seinem Hunger und seinem Eingemachten hin, um für den Tag

Urteile zu sprechen, und das, was sich ihm zuerst darbot, war folgende Frage, die ihm von einem Fremden vorgelegt wurde, wobei der Haushofmeister und seine übrigen Pfleger zugegen waren: Gnädiger Herr, ein ansehnlicher Strom fließt durch die Mitte einer und derselben Herrschaft (ich bitte um einige Aufmerksamkeit, denn die Sache ist sehr wichtig und ziemlich schwierig), und über diesen Fluß ist eine Brücke geschlagen, an deren Ende ein Galgen steht und eine Art von Rathaus, in dem sich gewöhnlich vier Richter befinden, welche über das Gesetz wachen, das der Besitzer des Flusses, der Brücke und der Herrschaft gegeben hat und welches so lautet: Wenn jemand über diese Brücke von einem Ende zum andern geht, so soll er vorher schwören, wohin er geht und was sein Geschäft; ist sein Schwur wahr, so lasse man ihn ziehen, sagt er eine Lüge, so soll er an den Galgen gehenkt werden, der dort steht, ohne alle Barmherzigkeit. Dieses Gesetz und sein strenger Inhalt waren bekannt, viele gingen über die Brücke, man sah, daß das, was sie beschworen hatten, die Wahrheit sei, und die Richter ließen sie ungehindert ziehen. Es geschah darauf, daß man einem Manne den Eid abnahm, welcher sagte, daß bei dem Schwure, welchen er eben getan hätte, er hinginge, um an dem dort befindlichen Galgen zu sterben, und zu keiner anderen Absicht. Die Richter kamen über diesen Schwur in Verlegenheit und sagten: Lassen wir diesen Mann frei ziehen, so ist sein Schwur ein Meineid, und er muß nach den Gesetzen sterben, hängen wir ihn aber, so hat er geschworen, daß er hinginge, um an dem Galgen zu sterben, und da er die Wahrheit geschworen hat, so muß er nach eben diesen Gesetzen frei sein. Jetzt fragen wir Euch nun, gnädiger Herr Statthalter, was sollen die Richter mit diesem Manne anfangen, denn sie sind noch zweifelhaft und in Verlegenheit. Sie haben von Eurem scharfen und hohen Verstande Nachricht erhalten und schicken mich ab, um Eure Gnaden demütig zu bitten, ihnen Eure Meinung in diesem verwickelten und zweifelhaften Falle mitzuteilen.

Worauf Sancho antwortete: Wahrlich, diese Herren Richter, die Euch zu mir geschickt haben, hätten es wohl können bleiben lassen, denn ich bin nur ein Mann, der mehr Einfalt als Scharfsinn besitzt; dessenungeachet aber sagt mir den ganzen Handel noch einmal, damit ich ihn begreifen kann, vielleicht fügt es sich, daß ich in die Mitte treffe.

Der Gefragte erzählte hierauf den Fall noch einmal so, wie er ihn erst schon vorgetragen hatte. Sancho sagte: Nach meiner Meinung kann man diesen Handel in zwei Augenblicken fassen, es ist nämlich so: Dieser Mann schwört, daß er hingeht, um am Galgen zu sterben, stirbt er, so hat er die Wahrheit beschworen, und er soll nach dem gegebenen Gesetz frei sein und über die Brücke gehen dürfen; hängen sie ihn aber nicht auf, so hat er eine Lüge beschworen, und er verdient nach dem nämlichen Gesetze, daß er aufgehängt werde.

Es ist, wie der Herr Statthalter gesagt hat, sagte der Bote, und was das richtige Verständnis des Falles betrifft, so ist hier nichts weiteres hinzuzusetzen.

So sage ich denn, versetzte Sancho, daß von diesem Menschen die Seite, welche wahr geschworen hat, ungehindert ziehen soll, die aber, welche gelogen hat, soll man aufhängen, und auf die Art kann das Gesetz der Brücke buchstäblich erfüllt werden.

Aber Herr Statthalter, versetzte der Fragende, so wird es nötig sein, daß dieser Mensch in zwei Hälften, in eine lügende und in eine wahrhaftige geteilt werde, und wenn man ihn teilt, so muß er notwendig sterben: und deswegen geschieht dadurch nichts von dem, was das Gesetz verlangt, welches doch durchaus in Erfüllung gehen soll.

Nun, so hört denn, mein guter Freund, sagte Sancho, dieser Reisende, von dem Ihr sprecht, hat ebensoviel Recht zu sterben als zu leben und über die Brücke zu gehen, denn wenn die Wahrheit ihn freispricht, so verdammt ihn ebensogut die Lüge; da die Sache nun so steht, so ist meine Meinung, diesen Herren zu sagen, die Euch hergeschickt haben, daß, da die Gründe, ihn zu verdammen oder freizusprechen, sich einander die Waage halten, sie ihn freilassen sollen, denn es ist immer löblicher, Gutes zu tun als Böses, und diesen Satz wollte ich mit meinem Namen unterschreiben, wenn ich schreiben könnte; ich habe auch hierin nicht aus mir selbst gesprochen, sondern mir kam eine Vorschrift ins Gedächtnis, die mir nebst vielen anderen mein Herr Don Quixote den Abend vorher gab, ehe ich als Statthalter auf diese Insel kam, daß ich mich nämlich, wenn die Gerechtigkeit zweifelhaft sei, zum Mitleiden neigen sollte, und Gott hat es gefügt, daß ich mich jetzt darauf besonnen habe, weil es hier so unvergleichlich paßt.

Das ist wahr, antwortete der Haushofmeister, und ich glaube, daß Lykurgus selbst, der den Lacedämoniern ihre Gesetze gab, kein besseres Urteil hätte sprechen können, als der große Pansa jetzt gesprochen hat; und hiermit mag die Audienz für heute geschlossen sein, und ich will Anstalten machen, daß der Herr Statthalter ganz nach seinem Vergnügen speisen könne.

Das verlange ich und ehrliches Spiel, sagte Sancho, gebt mir zu essen, und dann mögen Prozesse und verwickelte Fälle auf mich herunterregnen, ich will sie alle in die Luft blasen.

Der Haushofmeister hielt sein Wort, da es ihm eine Gewissenssache schien, einen so verständigen Statthalter nicht Hungers sterben zu lassen, und weil er es auch mit ihm noch in dieser letzten Nacht zu Ende bringen wollte mittels des letzten Spaßes, welcher ihm aufgetragen worden.

Als er nun an diesem Tage gegen die Regeln und Aphorismen des Doktor Tirteafuera gegessen hatte, kam, indessen man den Tisch abdeckte, ein Kurier mit einem Briefe von Don Quixote für den Statthalter. Sancho befahl dem Sekretär, ihn für sich zu lesen, und wenn er nichts darin fände, was geheim bleiben müsse, möchte er ihn laut vortragen. Der Sekretär tat es und sagte, nachdem er ihn durchlaufen hatte: Allerdings kann man ihn laut vorlesen, denn was der Don Quixote Euer Gnaden hier schreibt, verdient gedruckt und in goldenen Buchstaben aufgezeichnet zu werden, es lautet nämlich folgendermaßen:

Brief des Don Quixote de la Mancha an Sancho Pansa, Statthalter der Insel Barataria.

Während ich Nachrichten von Deinen Unbedachtsamkeiten und albernen Taten zu hören fürchtete, Freund Sancho, höre ich von Deinen Verstandesäußerungen, wofür ich dem Himmel meinen aufrichtigen Dank sage, der die Armen aus dem Kote erheben und aus den Dummen Verständige machen kann. Man sagt mir, daß Du regierst, als ob Du ein Mensch wärst, und daß Du ein Mensch seist, als ob Du ein Tier wärst, nach der Demut zu schließen, mit welcher Du Dich beträgst. Du mußt wissen, Sancho, daß es sich oft geziemt, ja daß es die Würde eines Amtes oft notwendig macht, der Demütigkeit des Herzens zu widerstreben, denn der Schmuck einer Person, welche eine wichtige Stelle bekleidet, muß mit dem übereinstimmen, was sie vorstellt, nicht aber das anzeigen, wohin sie von ihren demütigen Neigungen gelenkt wird. Kleide dich gut, denn ein wohlgezierter Block sieht keinem Blocke mehr ähnlich: Ich meine nicht, daß Du Kleinodien und Juwelen tragen sollst, auch nicht, daß Du Dich wie ein Soldat anziehst, da Du ein Richter bist, sondern daß Du Dich mit einem Kleide schmückst, welches Dein Amt erfordert, welches reinlich und anständig sei. Um die Liebe des Volkes zu gewinnen, welches Du regierst, hast Du unter anderen zwei Sachen in acht zu nehmen: erstlich, gegen jedermann höflich zu sein, wie ich Dir schon sonst einmal gesagt habe, und zweitens, für den Überfluß der Lebensmittel zu sorgen, denn nichts empört die Herzen der Armen mehr als Hunger und Mangel.

Mache nicht viele Gesetze, und wenn Du welche machst, so sorge dafür, daß sie gut sind, vorzüglich aber, daß sie beachtet und gehalten werden; denn Gesetze, die nicht beobachtet werden, sind eigentlich nicht da; ja sie zeigen vielmehr, daß der Regent, welcher Verstand und Gewalt genug hatte, um sie zu geben, nicht Stärke genug besitzt, um sie beobachten zu machen. Sei ein Vater der Tugenden und ein Stiefvater der Laster. Sei nicht immer strenge, auch nicht immer nachgiebig, sondern wähle das Mittel zwischen diesen beiden Gegensätzen, denn darin besteht der eigentliche Verstand. Besuche die Gefängnisse, die Fleischbänke und die Märkte, denn die Gegenwart des Statthalters an diesen Orten ist von der äußersten Wichtigkeit; sie tröstet die Gefangenen, welche ihre baldige Loslassung erwarten, sie ist ein Schreckbild für die Fleischer, die alsdann richtiges Gewicht geben, und aus derselben Ursache ein Entsetzen der Marktverkäufer. Zeige Dich nicht, wenn Du es auch zum Unglück sein solltest (was ich aber nicht glaube), geizig, wollüstig oder gefräßig, denn wenn das Volk und diejenigen, welche Dich umgeben, eine bestimmte Leidenschaft an Dir kennen, so werden sie von dort aus auf Dich zielen, bis sie Dich in den Abgrund des Verderbens geschmettert haben. Die Vorschriften und Ermahnungen, die ich Dir schriftlich gab, ehe Du in Deine Statthalterschaft gingst, überdenke und erwäge stets von neuem, und Du wirst sehen, wie Du in ihnen, wenn Du ihnen

Folge leistest, eine Beisteuer hast, die Dir über viele Schwierigkeiten und Mühseligkeiten hinüberhilft, die den Statthaltern bei jedem Schritte in den Weg treten.

Schreibe an Deine Gebieter und zeige Dich ihnen dankbar; denn die Undankbarkeit ist eine Tochter des Stolzes und eine von den größten Sünden, der Mensch aber, der gegen diejenigen dankbar ist, die ihm Gutes getan haben, zeigt an, daß er es auch gegen Gott sein wird, der ihm so viel Gutes getan hat und immerwährend tut.

Gott befohlen, er schütze Dich, damit Du von niemand Bedrängnis erleiden mögest.

Dein Freund

Don Quixote de la Mancha.

Sancho hörte den Brief mit vieler Aufmerksamkeit an, der gelobt und von allen, die ihn gehört hatten, sehr verständig befunden wurde; Sancho stand schnell vom Tische auf, rief den Sekretär und schloß sich mit diesem in seinem Zimmer ein, um sogleich, ohne es länger aufzuschieben, seinem Herrn Don Quixote zu antworten; er sagte dem Sekretär, daß er alles, ohne etwas zuzusetzen oder auszulassen, so schreiben solle, wie er es ihm vorsagte; dieser tat es auch, und die Antwort, die er schrieb, lautete hierauf folgenderweise:

Brief des Sancho Pansa an Don Quixote de la Mancha.

Die Arbeit in meinem Amte ist so groß, daß ich nicht Zeit habe, mich am Kopf zu kratzen oder mir die Nägel abzuschneiden, die mir deswegen auch so lang gewachsen sind, daß Gott darin ein Einsehen haben mag. Ich sage dies nur, mein allerliebster Herr, damit Ihr Euch nicht darüber verwundert, daß ich Euch bisher noch keine Nachricht gegeben habe, ob es mir in meiner Statthalterschaft wohl oder übel geht, in der ich aber mehr Hunger leide, als da wir noch beide durch Wälder und Einöden zogen.

Neulich schrieb mir der gnädige Herzog und gab mir die Nachricht, daß sich etliche Spione auf diese Insel geschlichen hätten, mich umzubringen, bis jetzt aber habe ich noch keinen entdecken können außer einem gewissen Doktor, der in diesem Orte besoldet wird, alle Statthalter, die nur herkommen, umzubringen: Er heißt Doktor Pedro Recio und ist aus Tirteafuera gebürtig, woraus Ihr selbst urteilen mögt, ob das nicht ein Name ist, der einem Furcht einjagt, daß man unter seinen Händen sterben wird. Dieser Doktor sagt von sich selber, daß er die Krankheiten nicht kuriert, wenn sie da sind, sondern daß er dem zuvorkommt, daß sie nicht kommen, und die Medizin, die er braucht, ist Hunger und immer wieder Hunger, bis er den Menschen zum bloßen Gerippe heruntergebracht hat, als ob eine solche Magerkeit nicht schlimmer wäre als das Fieber. Kurz, er bringt mich durch Hunger um, und ich sterbe vor Verdruß, denn wenn ich dachte, in diese Statthalterschaft zu kommen, um warm zu essen und kühl zu trinken, um meinen Leib auf holländischer Leinewand und Federkissen zu pflegen, so muß ich statt dessen Buße tun, als ob ich ein Eremit wäre, und da ich es nun nicht freiwillig tue, so denke ich, daß mich zu guter Letzt noch gar der Teufel holen wird.

Bisher habe ich noch so wenig Rechtmäßiges bekommen wie Unrechtmäßiges eingenommen, und ich kann nicht begreifen, woran das liegt, denn man hat mir hier gesagt, daß die Statthalter, die auf diese Insel zu kommen pflegen, ehe sie hierhergelangen, von den Einwohnern vieles Geld geschenkt oder geliehen kriegen und daß dieses auch ein gewöhnlicher Gebrauch bei allen sei, die in eine Statthalterschaft ziehen, und es nicht bloß eine hiesige Sitte ist.

Als ich in der Nacht die Ronde machte, fand ich ein sehr schönes Mädchen in Mannskleidern und ihren Bruder in Weibertracht; in das Mädchen hat sich mein Speisemeister verliebt und sie in seiner Einbildung zur Frau erwählt, wie er sagt; ich habe mir den jungen Menschen zum Schwiegersohn ausgesucht: heute wollen wir beide unsere Gedanken dem Vater von den zweien vortragen, der ein gewisser Diego de la Llana, ein Edelmann und so alter Christ ist, als man sich nur wünschen kann.

Ich habe die Märkte besucht, wie Ihr mir geraten, und gestern habe ich eine Hökerin gefunden, welche neue Nüsse verkaufte, ich brachte aber heraus, daß sie unter einen Scheffel neuer Nüsse einen andern alter, wurmstichiger und verdorbener gemengt hatte; ich gab sie alle den Schuljungen preis, die sie wohl aussuchen werden, und gebot ihr, sich vierzehn Tage nicht auf dem Markte sehen zu lassen; man hat mir gesagt, daß ich brav gehandelt hätte. Was ich Euch sagen kann, ist, daß hier alle Leute meinen, es gäbe kein so böses Volk wie die Marktverkäufer, denn alle sind unverschämt, frech und gewissenlos, und ich glaube es selbst, denn ich habe sie auch an anderen Orten so gefunden.

Gott erlöse Euer Gnaden von den schlechtdenkenden Zauberern und nehme mich in Ruhe und Frieden aus dieser Statthalterschaft, woran ich aber zweifle, denn ich werde sie wohl nur mit dem Leben verlassen, so wie der Doktor Pedro Recio mit mir umgeht.

Euer gehorsamer Diener
Sancho Pansa, Statthalter.

Der Sekretär siegelte den Brief und schickte den Kurier sogleich ab, in eben dem Augenblicke machten diejenigen, die mit Sancho Spaß trieben, alle nötigen Anstalten, um ihm von der Statthalterschaft zu helfen. Diesen Abend brachte Sancho damit zu, einige Verordnungen zu machen, die auf die gute Verfassung der vermeintlichen Insel hinzielten, er befahl nämlich, daß es keine Aufkäufer der Lebensmittel im Staate geben sollte und daß man den Wein verschreiben könne, von wo man wolle, mit der Bedingung, daß der Ort angezeigt werde, von wo er sei, um ihn nach dem Werte und nach seiner Güte zu taxieren; wer ihn aber mit Wasser mische oder ihm einen anderen Namen gebe, solle mit dem Leben gestraft werden; er setzte den Preis alles Lederwerks herunter, vorzüglich der Schuhe, die ihm ausnehmend teuer schienen; er bestimmte feste Löhne für Dienstboten; er befahl, daß kein Blinder ein Wunderwerk in Reimen singen sollte, wenn er nicht einen gültigen Zeugen aufstellen könne, daß es wahr sei, weil er meinte, daß die meisten Wunder, die die Blinden absängen, erdichtet wären und den wahrhaftigen zum Nachteil gereichten; er setzte einen Alguazil über die Armen, nicht, daß er sie verfolgen, sondern daß er untersuchen sollte, ob sie arm wären, denn unter dem Scheine des erdichteten Mangels und verstellter Krankheit sind die Bettler Diebe und Trunkenbolde. Kurz, er machte so treffliche Verordnungen, daß sie in jenem Orte noch bis auf den heutigen Tag beachtet werden und den Namen führen: Die Einrichtungen des großen Statthalters Sancho Pansa.

Vierundneunzigstes Kapitel

Von dem verdrießlichen Ende, welches das Regiment des Sancho Pansa fand.

Meint man, daß in diesem Leben alle Dinge in demselben Zustande verharren werden, so meint man etwas Törichtes; es scheint vielmehr, daß sich alles im Kreise dreht. Der ersten Wärme folgt der Frühling, dem Frühling der Sommer, dem Sommer der Herbst und dem Herbste der Winter und dem Winter wiederum die erste Frühlingswärme, und also bewegt sich unaufhörlich die Zeit in dem nämlichen Rade. Einzig das menschliche Leben läuft seinem baldigen Ende zu, schneller als die Zeit, ohne Hoffnung, sich zu erneuern, außer jenseits, wo es von keinen Grenzen beschränkt wird.

Unser Autor führt dies nur wegen der Plötzlichkeit an, mit welcher das Regiment des Sancho seine Endschaft, Vollendung, Vernichtung, Verwandlung in Schatten und Rauch erreichte. Dieser, da er sich in der siebenten Nacht seiner Regierung im Bette befand, nicht von Brot und Wein, sondern der Urteilssprüche und Entscheidungen, der Einrichtungen und des Gesetzgebens satt, als der Schlaf eben anfing, ihm, dem Hunger zum Trotze, die Augen zuzudrücken, hörte plötzlich ein großes Lärmen von Glocken und Geschrei, als ob die ganze Insel zugrunde gehen sollte. Er setzte sich im Bette aufrecht und horchte aufmerksam hin, ob er nicht herausbringen könnte, was die Ursache dieses gewaltigen Aufruhrs sei; er erfuhr es aber nicht, sondern da das Gelärme der Stimmen und der Glocken sich noch durch unzählige Trommeln und Trompeten vermehrte, wurde er noch verwirrter, und voller Furcht und Schrecken stand er auf, zog ein paar Pantoffeln wegen des feuchten Bodens über die Füße, und ohne einen Schlafrock oder irgend etwas anderes überzuwerfen, trat er in dem Augenblick an die Tür seines Zimmers, als er von den Gängen mehr als zwanzig Menschen auf sich zukommen sah, die alle brennende Fackeln in den Händen hatten und, mit bloßen Schwertern bewaffnet, ihm alle mit einem Male laut zuschrien: Krieg, Krieg, Herr Statthalter, Krieg, denn unzählige Feinde sind auf der Insel eingedrungen, und wir sind verloren, wenn Eure Klugheit und Tapferkeit uns nicht errettet.

Mit solchem Lärmen, Toben und Aufruhr drangen sie auf Sancho ein, der erstaunt dastand und selber nicht wußte, was er sah oder hörte, und als sie zu ihm gekommen waren, sagte einer zu ihm: Waffnet Euch eiligst, gnädiger Herr, wenn Ihr nicht wollt, daß Ihr und mit Euch die ganze Insel verlorengeht.

Wie soll ich mich waffnen? antwortete Sancho, oder was weiß ich von Waffen oder von Erretten? Diese Dinge wären besser für meinen Herrn Don Quixote, der sie im Umsehen vollenden und zustande bringen würde; aber ich armes unschuldiges Kind verstehe von all diesem Spektakel kein Wörtchen.

Ha, Herr Statthalter, rief ein anderer, welche Saumseligkeit ist dies! Bewaffnet Euch nur schnell, denn hier haben wir sowohl Schutz- wie Trutzwaffen, führt uns heraus und seid unser Feldherr, denn Euch kommt dieses Amt ohne Zweifel zu, da Ihr unser Statthalter seid.

Nun, so bewaffnet mich in Gottes Namen, versetzte Sancho; und alsbald nahmen sie auch zwei große Schilde, die sie zu dem Endzwecke mitgebracht hatten, und legten sie ihm auf dem Hemde an, ohne ihm eine andere Kleidung unterzuziehen, ein Schild vorn und das andere hinten, und durch einige Löcher, die sie hineingeschlagen hatten, steckten sie seine Arme und banden ihn mit Stricken so fest, daß er ganz eingeschnürt und eingetäfelt aufrecht dastand, ohne imstande zu sein, die Knie zu rühren oder einen einzigen Schritt zu tun; sie gaben ihm eine Lanze in die Hand, auf welche er sich stützte, um sich aufrechtzuhalten. Als sie ihn so hatten, sagten sie zu ihm, er möchte nun gehen, sie anführen und alle anfeuern, denn er sei ihr Leitstern, ihre Laterne und ihr Licht, so daß sie ihre Händel wohl auf das beste schlichten würden.

Wie soll ich gehen, ich geschlagener Mann, antwortete Sancho, da ich die Kniescheibe nicht zu rühren vermag sowie diese Hölzer mich hindern, an die ich mit dem Leibe so fest angeschnürt bin? Das einzig Mögliche ist, daß ihr mich auf den Armen forttragt und mich in der Quere oder aufrecht an eine Pforte hinstellt, die ich entweder mit dieser Lanze oder mit meinem Leibe behaupten will.

Frischauf, Herr Statthalter, sagte ein anderer, denn die Furcht hindert Euch mehr am Gehen als diese Hölzer; macht fort und führt uns an, denn es ist die höchste Zeit, die Feinde nehmen zu, das Geschrei vermehrt sich, und die Gefahr ist aufs äußerste gestiegen.

So überredet, versuchte der arme Sancho sich zu bewegen, aber er fiel mit einem so gewaltigen Schlage zu Boden, daß er meinte, er sei in Stücke gesprungen. Wie eine Schildkröte blieb er liegen, von seinen Schalen eingeschlossen und zugedeckt, oder wie ein Schweinebraten, der zwischen zwei Schüsseln ruht, oder auch wie ein Boot, das auf dem Sande Schiffbruch gelitten hat; auch selbst sein Fall erregte bei diesem spaßenden Volke kein Mitleid; sondern sie löschten vielmehr die Fackeln aus und fingen von neuem an zu schreien und griffen wieder mit der größten Hast zur Verteidigung, indem sie über den armen Sancho wegrannten und ihm unzählige Hiebe auf die Schilde gaben, so daß, wenn er sich nicht zusammengebogen und eingezogen hätte, den Kopf zwischen die Schilde steckend, es dem armen Statthalter übel ergangen wäre, der in seinem engen Zufluchtsort heftig schwitzte und Gott von ganzem Herzen bat, daß er ihn aus dieser Gefahr erlösen möchte. Einige stolperten über ihn, andere fielen auf ihn, und es gab sogar einen, der sich eine geraume Zeit auf ihn stellte und von dort herunter, wie von einem Anstande, die Armee kommandierte, indem er mit lauter Stimme rief: Hierher, Leute, denn hier dringen die Feinde ein! Jener Posten muß verteidigt werden, jenes Tor verschließt, werft jene Leitern ab! Die Feuermörser her! Bringt Schwefel und Pech in Kesseln mit brennendem Öl! Sichert die Gassen mit Schwarzkörben! Kurz, er nannte mit dem größten Eifer alle Werkzeuge,

Geräte und Instrumente des Krieges, mit denen man beim Sturme eine Stadt zu verteidigen pflegt, und der gequetschte Sancho, der alles hörte und erduldete, sagte zu sich selber: O wollte Gott, daß die Insel nur erst völlig verloren wäre und daß ich tot wäre oder aus dieser großen Angst errettet!

Der Himmel erhörte sein Gebet, und als er es am wenigsten dachte, hörte er rufen: Sieg! die Feinde sind aufs Haupt geschlagen! Auf, Herr Statthalter, erhebt Euch und freut Euch mit uns dieses Triumphes, teilt die Beute mit uns, die wir den Feinden durch die Tapferkeit Eures unüberwindlichen Armes abgenommen haben.

Hebt mich auf, sagte mit kläglicher Stimme der beklagenswerte Sancho. Sie halfen ihm auf, und als er stand, sagte er: Den Feind, den ich besiegt habe, mögt ihr mir vorn an den Kopf nageln; ich verlange keinen Teil an der Beute von den Feinden, sondern worum ich einen Freund, wenn ich einen habe, bitte und ersuche, ist, daß er mir einen Schluck Wein reichen möge, denn ich bin ganz trocken, und daß er mir den Schweiß abtrockne, denn ich fließe ganz auseinander.

Sie trockneten ihn, brachten den Wein, banden die Schilde los, er setzte sich auf sein Bett und fiel von dem Schrecken, der Angst und den Schmerzen in Ohnmacht. Nun tat es denen leid, die den Spaß angestellt, daß sie ihn so weit getrieben hatten; nachdem aber Sancho wieder zu sich gekommen war, verminderte sich der Kummer, den ihnen seine Ohnmacht verursacht hatte. Er fragte, welche Zeit es sei; sie antworteten, daß der Morgen schon anbreche. Er schwieg still, und ohne etwas anderes zu sagen, fing er an, sich anzuziehen, in das tiefste Stillschweigen versunken, und alle sahen ihm voll Erwartung zu, was aus seinem eiligen Anziehen herauskommen würde. Er war nun angekleidet, und leise, leise, denn er war ermattet und konnte nicht schnell und heftig gehen, begab er sich nach dem Stalle, wohin ihm alle folgten, die sich zugegen befanden, hier ging er auf den Grauen zu, umarmte ihn und gab ihm einen Kuß des Friedens auf die Stirn, worauf er nicht ohne Tränen in die Worte ausbrach: Kommt her, Ihr mein Gefährte, Ihr mein Freund und Mitträger meiner Leiden und Nöte. Als ich mit Euch noch Kamerad war und keine anderen Gedanken hatte, als Euren Sattel und Zeug immer im Stande zu halten und Euer Bäuchelchen zu füttern, waren meine Stunden, Tage und Jahre glückselig; aber seit ich Euch verließ und mich auf die Türme des Stolzes und der Hoffart begab, sind mir tausend Leiden in die Seele gefahren, tausend Mühseligkeiten und viertausend Bekümmernisse.

Und indem er diese Worte sagte, zäumte er selbst den Esel auf, ohne daß irgendeiner ein Wort gesprochen hätte. Als er den Grauen aufgezäumt hatte, stieg er mit großer Mühe und Anstrengung auf und wandte sich mit seinen Reden an den Haushofmeister, den Sekretär, den Speisemeister und Petro Recio, den Doktor, nebst vielen anderen, die zugegen waren, also sprechend: Macht Platz, meine Herren, und laßt mich in meine vorige Freiheit zurück; laßt mich mein ehemaliges Leben wieder suchen, damit ich mich von diesem gegenwärtigen Tode wiedererwecke. Ich bin nicht dazu gemacht, Statthalter zu sein oder Inseln oder Städte zu verteidigen, die von den ersten besten Feinden bestürmt werden. Mir steht es besser, zu pflügen und zu ackern, die Weinstöcke zu binden und zu beschneiden, als Gesetze zu geben oder Provinzen und Königreiche zu verteidigen. Sankt Peter befindet sich wohl in Rom; ich meine, daß jeder sich wohl befindet, wenn er das Handwerk treibt, wozu er geboren wurde. In meiner Hand nimmt sich eine Sichel besser aus als das Zepter des Statthalters; ich will mich lieber an Rüben satt essen als der Knickerei eines abgeschmackten Arztes unterworfen sein, der mich mit Hunger umbringt; ich will mich im Sommer lieber im Schatten einer Eiche ausruhen und mich im Winter nach meiner Gemächlichkeit in zwei Schafpelze wickeln, als bei der Qual der Statthalterschaft auf dem feinsten Leinen liegen und mich mit Zobelfellen zudecken. Gott behüte euch, meine Herren, und sagt dem Herzoge, meinem Gebieter, daß ich nackt geboren wurde und mich noch nackt befinde, ich habe weder gewonnen noch verloren; das heißt, ohne einen Dreier bin ich in die Statthalterschaft gekommen, und ebenso ziehe ich wieder hinaus; ganz gegen die Art, wie die Statthalter von anderen Inseln fortzuziehen pflegen. Platz denn und laßt mich gehen, ich will mir Pflaster auflegen lassen, denn ich glaube, daß mir alle Rippen zerbrochen sind; Dank sei es den Feinden, die diese Nacht über mich herspazierten.

Dies darf nicht sein, Herr Statthalter, sagte der Doktor Recio, denn ich will Euer Gnaden einen Trank für die Beulen und Quetschungen geben, daß Ihr sogleich zu Eurer vorigen Stärke und Gesundheit zurückkehren sollt; und was das Essen betrifft, so verspreche ich Euer Gnaden, mich hierin zu bessern und Euch im Überflusse alles essen zu lassen, wozu Ihr nur immer Lust habt.

Der Senf kommt nach der Mahlzeit, antwortete Sancho; ich will ebenso gewiß bleiben, als ich Türke werden will. Dergleichen Späße sind nicht für zweimal. Bei Gott, wenn ich in dieser Statthalterschaft bleibe oder eine andere annehme, wenn man sie mir auch auf einer Schüssel brächte, so will ich ebenso gewiß ohne Flügel zum Himmel fliegen. Ich bin vom Geschlechte der Pansas, die alle starrköpfig sind, und habe ich einmal Ungerade gesagt, so muß es auch Ungerade bleiben, und wenn es auch Gerade wäre, mag die ganze Welt reden, was sie will. In diesem Stalle sollen die Flügel der Ameise liegenbleiben, die mich in die Luft getragen haben, damit mich Zaunkönige und andere Vögel fressen konnten, ich will nun wieder auf dem Boden gehen mit recht und schlechten Füßen, die, wenn sie auch nicht mit Schuhen vom feinsten Leder von Cordova geschmückt sind, doch wenigstens ein Paar grobe von Rindsleder haben werden; jede Ziege in ihrem Stall sich füge, und keiner das Bein weiter strecke, als ihm reicht die Decke, und so laßt mich gehen, denn es wird mir zu spät.

Worauf der Haushofmeister sagte: Herr Statthalter, wir wollten Euch von Herzen gerne ziehen lassen, so sehr uns auch Euer Verlust dauert, denn Euer Verstand wie Euer christlicher Wandel verpflichten uns, Euer Bleiben zu wünschen; aber Ihr wißt selbst, daß jeder Statthalter verbunden ist, vor seinem Abzuge von der Verwaltung seiner Würde Rechenschaft abzulegen; diese gebt uns von den acht Tagen, die Ihr regiert habt, und zieht in Gottes Namen.

Keiner kann das von mir fordern, antwortete Sancho, wenn es nicht der Herzog, mein gnädiger Herr, befiehlt; ich gehe hin, ihn zu besuchen, und für ihn wird alles parat sein; vollends, da ich so nackt fortziehe, wie ich es tue, braucht es keines anderen Beweises, um daraus zu entnehmen, daß ich wie ein Engel regiert habe.

Bei Gott, der große Sancho hat recht, sagte der Doktor Recio, und ich bin der Meinung, daß wir ihn ziehen lassen, denn der Herzog wird sich unendlich freuen, ihn wiederzusehen.

Alle stimmten darein und ließen ihn ziehen, indem sie ihm noch ihre Begleitung und alles anboten, was er zur Pflege seiner Person und zur Bequemlichkeit seiner Reise nur verlangen möchte. Sancho sagte, daß er nur etwas Gerste für den Grauen und ein Stück Brot und Käse für sich begehre, denn der Weg sei so kurz, daß er weder mehr noch weniger Fütterung dazu bedürfe. Alle umarmten ihn, und er umarmte mit Tränen alle und ließ sie sowohl über seine Reden, als über seinen ebenso schnellen als verständigen Entschluß verwundert zurück.

Fünfundneunzigstes Kapitel

Handelt von Dingen, die zu dieser Geschichte gehören und zu keiner andern.

Es geschah nun, daß Sancho, als er sich noch nicht weit von der Insel seiner Statthalterschaft entfernt hatte (denn er hat niemals erfahren können, ob das, was er regiert hatte, eine Insel, Stadt, ein Flecken oder Dorf gewesen war), daß er auf dem Wege, den er reiste, sechs Pilgern begegnete, jenen Fremden, die singend Almosen begehren; diese machten, als sie ihm nahe gekommen waren, Front gegen ihn und erhoben alle zugleich ihre Stimmen, indem sie in ihrer Sprache etwas sangen, wovon Sancho kein Wort verstand außer einem einzigen, welches sie deutlich vortrugen, nämlich Almosen, woraus er annahm, daß sie in ihrem Gesange Almosen begehrten; und da er überaus mitleidig war, so nahm er aus seinem Schnappsacke das Stück Brot und Käse, womit er sich versorgt hatte; er gab ihnen beides halb und machte ihnen durch Zeichen deutlich, daß er nichts weiter bei sich habe, was er ihnen geben könnte. Sie nahmen es sehr gern und sagten: Geld! Geld! Ich verstehe nicht, antwortete Sancho, was ihr von mir haben wollt, meine guten Leute. Hierauf nahm einer von ihnen einen Beutel aus dem Busen und zeigte ihn dem Sancho, um ihm zu verstehen zu geben, daß sie Münzen haben wollten; er aber gab ihnen so zu verstehen, indem er den

Daumen an die Kehle legte und die übrige Hand ausstreckte, daß er keinen Heller Geld bei sich habe, wobei er zugleich seinen Grauen anstieß, um durch sie hindurchzureiten. Indem er vorbeiritt, betrachtete ihn einer von jenen sehr genau, hielt ihn an, schlug ihm die Arme um den Leib und rief laut in reiner kastilianischer Sprache: Bei Gott, wen sehe ich? Ist es möglich, daß ich meinen teuern Freund in meinen Armen halte, meinen lieben Nachbar Sancho Pansa? O ganz gewiß, denn ich schlafe nicht, bin auch jetzt nicht betrunken.

Sancho war verwundert, sich bei seinem Namen nennen zu hören und sich von einem fremden Pilgrim umarmt zu sehen, er betrachtete ihn, ohne ein Wort zu sprechen, lange mit der größten Aufmerksamkeit, konnte ihn aber nicht erkennen. Da der Pilgrim seine Verwirrung wahrnahm, sagte er zu ihm: Ist es möglich, Freund Sancho Pansa, daß du deinen Nachbar nicht kennst, den Morisco Ricote, den Gewürzkrämer aus deinem Dorfe?

Hierauf betrachtete ihn Sancho mit der größten Aufmerksamkeit und fing an, sich seiner wieder zu erinnern, endlich aber erkannte er ihn völlig, und ohne von seinem Tiere abzusteigen, schlang er ihm die Arme um den Hals und sagte: Welcher Teufel sollte dich, Ricote, in der närrischen Verkleidung da wiedererkennen? Sage mir nur, wie hast du dich so zu einem Franzosen machen können, und wo nimmst du die Dreistigkeit her, wieder nach Spanien zu kommen, wo es dir übel ergehen wird, wenn sie dich kriegen und wiedererkennen sollten?

Wenn du mich nicht angibst, Sancho, antwortete der Pilgrim, so bin ich sicher, daß mich keiner in dieser Kleidung wiedererkennen soll; wir wollen uns aber vom Wege entfernen und uns in jenes Gehölz dort begeben, wo meine Kameraden essen und ausruhen wollen, da sollst du mit ihnen essen; denn sie sind sehr friedliche Menschen; dort will ich dir auch erzählen, wie es mir gegangen ist, seit ich unser Dorf verlassen habe, um dem Befehl Seiner Majestät zu gehorchen, der mit so großer Schärfe die Unglücklichen unseres Volkes bedrohte, wie dir bekannt sein wird.

Sancho tat es, und während Ricote mit den übrigen Pilgern sprach, gingen sie nach dem Gehölz, welches in einer ziemlichen Entfernung von der großen Straße lag. Sie warfen ihre Stäbe weg, zogen ihre Röcke oder Kapuzen aus und blieben in Ärmeln, worauf sich alle als junge, gut aussehende Leute zeigten, Ricote ausgenommen, der schon ein Mann bei Jahren war. Alle führten Schnappsäcke bei sich, und diese waren dem Anschein nach gut versorgt, wenigstens mit solchen Sachen, die den Durst reizen und ihn wohl auf zwei Meilen herbeirufen. Sie streckten sich auf die Erde und machten aus dem Rasen ihr Tischtuch, legten Brot darauf, Salz, Messer, Nüsse, Stückchen Käse, Schinkenknochen, an denen sich vielleicht nichts mehr zu essen fand, die aber doch immer noch das Abnagen vertrugen. Zugleich stellten sie ein schwarzes Essen hin, von dem sie sagten, daß es Kaviar hieße, welches aus Fischrogen gemacht wird und den Appetit zum Trinken sehr erweckt; es fehlte ihnen auch nicht an Oliven, die zwar trocken und ohne Zubereitung, aber schmackhaft und gut erhalten waren. Was aber bei dieser leichten Mahlzeit am meisten leuchtete, waren sechs Weinschläuche, wovon ein jeder einen aus seinem Schnappsacke hervorlangte; als aber der wackere Ricote, der sich aus einem Morisco in einen Deutschen umgestaltet hatte, den seinigen vorbrachte, so sah man, daß er es in der Größe mit den übrigen fünfen aufnehmen könne. Sie fingen hierauf mit dem größten Appetit und sehr gemächlich zu essen an, indem sie jeden Bissen recht genossen, den sie mit der Messerspitze nahmen, und von jeder Speise nur weniges kosteten; aber hierauf erhoben alle zugleich schnell ihre Arme und die Schläuche in die Luft, drückten ihre Lippen an die Lippen der Flasche, hefteten die Augen an den Himmel, so daß es schien, als ob sie sich dort ein genaues Ziel zum Treffen setzten, und in dieser Stellung wackelten sie mit dem Kopfe von der einen zur anderen Seite, ein Zeichen, durch das sie das Vergnügen, welches sie schmeckten, zu verstehen gaben, und so verblieben sie eine geraume Zeit, indem sie in ihre Mägen die Eingeweide der Schläuche einzapften. Alles dies sah Sancho mit an und wurde von keinem Umstande gekränkt; sondern um das Sprichwort wahr zu machen, welches er sehr gut kannte: Wenn du nach Rom ziehst, tue, wie du von anderen siehst, bat er den Ricote um seinen Schlauch und nahm ebenso sein Ziel wie die übrigen und mit nicht geringerem Vergnügen. Viermal erlaubten es die Schläuche, aufgehoben zu werden, aber zum fünften Male war es unmöglich, denn sie waren schon trocken und ausgesogener als ein Strohhalm, wodurch die Fröhlichkeit ziemlich zum Schweigen gebracht wurde, die sie bis dahin gezeigt hatten. Von Zeit zu Zeit faßte einer in seine rechte Hand die des Sancho und sagte: Spanier und Deutsch, beides gut Kerl, und Sancho antwortete: Gut Kerl, oder Teufel mich hol! Worauf er in ein Gelächter ausbrach, das eine Stunde dauerte, ohne weiter an das zu denken, was ihm als Statthalter begegnet war, denn in der Zeit, in welcher man ißt und trinkt, haben die Sorgen nur wenig Gewalt. Endlich war der Wein zu Ende, und alle fingen nun an zu schlafen, auf dem Tische und ihrem Tischtuche hingestreckt; nur Ricote und Sancho blieben munter, denn sie hatten mehr gegessen und weniger getrunken, und indem sich Ricote mit Sancho entfernte, setzten sie sich unter einer Buche nieder und ließen die Pilgrime in einem süßen Schlummer begraben, worauf Ricote, ohne in seiner Moriscosprache zu stammeln, in reinem Kastilisch folgendes sagte:

Du weißt, Sancho Pansa, mein lieber Freund und Nachbar, daß, als der Befehl und Bann Seiner Majestät gegen unser Volk bekanntgemacht wurde, alle in Furcht und Schrecken gerieten; wenigstens war dies mit mir der Fall, und zwar so sehr, daß ich glaubte, noch vor der Zeit, die uns vergönnt war, um uns aus Spanien zu entfernen, würde an mir und meinen Kindern die strenge Bestrafung ausgeübt werden. Ich richtete es hierauf als ein verständiger Mann so ein (denn wenn man auf eine gewisse Zeit das Haus verlassen muß, in welchem man lebt, so muß man sich nach einem anderen umsehen, wo man hineinziehen kann), ich richtete es also so ein, daß ich allein und ohne meine Familie aus dem Dorfe ging, um einen Ort aufzusuchen, wohin ich sie hernach bequem und ohne jene Übereilung führen könne, mit welcher die übrigen ausziehen mußten; denn ich sah wohl ein, und mit mir alle alten Leute bei uns, daß diese Befehle nicht bloße Drohungen waren, wie einige glauben wollten, sondern wirkliche Gesetze, die zu ihrer bestimmten Zeit in Erfüllung gehen würden. Auch wurde ich dadurch gezwungen, dies für Wahrheit zu halten, weil ich die bösen und schändlichen Anschläge der Unseren kannte, die so beschaffen waren, daß ich es für eine göttliche Eingebung halte, was Ihre Majestät bewog, jenen kühnen Entschluß zu fassen und durchzusetzen; nicht als wären wir alle schuldig gewesen, denn es gibt unter uns einige standhafte und aufrichtige Christen, aber es sind derer so wenige, daß sie sich denen nicht widersetzen konnten, die es nicht sind, und darum war es nicht gut, die Schlange im Busen zu nähren, die Feinde im eigenen Hause zu haben. Kurz, wir wurden mit vollem Recht mit der Strafe der Verbannung belegt, wie einige meinen, einer leichten und gelinden Bestrafung, aber für uns der schrecklichsten, womit man uns nur züchtigen konnte. Wo wir auch sind, beweinen wir Spanien, denn hier wurden wir geboren, und es ist unser wahres Vaterland; nirgends finden wir die Aufnahme, die unser Unglück fordert; und in der Barbarei, wie in allen Teilen von Afrika, wo wir glaubten, aufgenommen, geachtet und geehrt zu werden, dort kränkt man uns und mißhandelt man uns am meisten. Wir haben das Gute nicht erkannt, bis wir es verloren haben, und bei den meisten ist das Verlangen, wieder nach Spanien zu gehen, so groß, daß viele, die so wie ich die Sprache in ihrer Gewalt haben, zurückkehren und ihre Weiber und Kinder hilflos verlassen; so groß ist ihre Liebe zu Spanien, und jetzt weiß ich aus Erfahrung, wie wahr es ist, daß die Liebe zum Vaterlande süß sei. Wie gesagt, ich verließ unser Dorf und ging nach Frankreich, ich ging nach Italien und kam nach Deutschland, und dort, schien es mir, könne man in Freiheit leben, denn die Einwohner nehmen es nicht genau; jeder lebt da, wie es ihm gut dünkt, denn an den meisten Orten kann man in aller Gewissensfreiheit wohnen. Ich kaufte mir ein Haus in einem Flecken bei Augsburg und schloß mich diesen Pilgern an, deren Gewohnheit es ist, nach Spanien zu kommen und in jedem Jahre die heiligen Orte zu besuchen. Sie durchstreifen das ganze Land, und es gibt kein Dorf, aus welchem sie nicht gespeist und getränkt kämen und in dem sie nicht auch wenigstens einen Real an Geld erhielten; am Ende ihrer Wanderschaft haben sie dann wohl hundert Taler und noch mehr zusammen, die sie in Gold umwechseln und entweder in der Höhlung ihrer Stäbe oder unter den Lappen ihrer Kleidung verstecken; so kommen sie in ihre Heimat zurück, allen Wachen zum Trotz, die an den Pässen achtgeben. Meine Absicht, Sancho, ist nun, einen Schatz auszugraben, den ich versteckt habe, ich kann es ohne alle Gefahr tun, da er sich außerhalb des Dorfes befindet, dann will ich von Valencia aus an meine Tochter und Frau schreiben, die sich in Algier befinden, und einen Plan aussinnen, wie ich sie in einen französischen Hafen schaffen kann, von wo ich sie nach Deutschland bringen will, wo wir dann abwarten wollen, was Gott weiter mit uns vornehmen wird; denn mit einem

Worte, Sancho, ich weiß gewiß, daß Ricota, meine Tochter, und Francisca Ricota, meine Frau, gute katholische Christen sind, und wenn ich es nicht ganz so bin, so bin ich doch mehr ein Christ als ein Mohr und bete täglich zu Gott, daß er mir die Augen meines Verstandes öffnen möge und mir anzeigen, wie ich ihm dienen soll; was mich aber wundert, ist, daß ich nicht einsehen kann, warum meine Frau und Tochter lieber nach der Barbarei und nicht nach Frankreich gegangen sind, wo sie doch als Christen hätten leben können.

Darauf antwortete Sancho: Sieh, Ricote, das stand nicht in ihrer Macht, denn Juan Tiopieyo, der Bruder deiner Frau, nahm sie mit, und da er ein echter Mohr ist, so nahm er das Sicherste: und ich muß dir noch etwas sagen, daß ich glaube, du wirst das umsonst suchen, was du eingegraben hast, denn wir haben erfahren, daß sie deinem Schwager und deiner Frau viel Perlen und Goldmünzen weggenommen haben, die sie hatten herausbringen wollen.

Das kann wohl sein, versetzte Ricote; ich weiß aber, Sancho, daß sie hinter mein Geheimnis nicht gekommen sind, denn ich habe keinem Menschen was davon gesagt; wenn du nun, Sancho, mit mir kommen und mir helfen willst, es auszugraben, so will ich dir zweihundert Taler geben, die dir gut zustatten kommen werden, denn ich weiß ja wohl, daß es dir an allen Ecken fehlt.

Ich könnte es tun, antwortete Sancho; aber ich bin gar nicht geldgierig, denn sonst hätte ich wohl nicht heute früh ein Amt aus den Händen gelassen, in dem ich die Wände meines Hauses mit Gold überziehen und innerhalb sechs Monaten von lauter Silber essen konnte; deswegen also und auch weil ich glaube, eine Verräterei gegen meinen König zu begehen, wenn ich seinen Feinden Vorschub täte, will ich nicht mit dir gehen, wenn du mir auch statt der versprochenen zweihundert Taler gleich vierhundert bar aufzählen wolltest.

Und welches Amt hast du denn niedergelegt, Sancho? fragte Ricote.

Ich bin Statthalter einer Insel gewesen, antwortete Sancho, und zwar einer solchen, daß du wahrhaftig auf zwei Büchsenschüsse weit keine dergleichen finden sollst.

Und wo liegt diese Insel? fragte Ricote.

Wo? antwortete Sancho, zwei Meilen von hier, sie heißt die Insel Barataria.

Schweig doch, Sancho, sagte Ricote, die Inseln liegen ja dort unten in der See, und es gibt keine Inseln auf dem festen Land.

Und warum denn nicht? versetzte Sancho, ich sage dir, Freund Ricote, diesen Morgen bin ich abgereist, und gestern habe ich noch nach Herzenslust regiert; aber doch habe ich es gelassen, weil mir das Amt eines Statthalters gar zu gefährlich schien.

Und was hast du denn bei deiner Statthalterschaft gewonnen? fragte Ricote.

Ich habe das gewonnen, antwortete Sancho, daß ich nun einsehe, daß ich nicht zum Regieren tauge, es müßte denn über eine Herde Schafe sein, und daß man die Reichtümer, die man in diesen Statthalterschaften erwirbt, nur auf Kosten der Ruhe, des Schlafes, ja selbst der Nahrung erlangt, denn auf den

Inseln dürfen die Statthalter nur wenig essen, vorzüglich wenn sie Ärzte haben, die für ihre Gesundheit sorgen.

Ich will dich nicht weiter ausfragen, Sancho, sagte Ricote; aber sage mir doch, warst du in unserm Dorfe, als meine Frau, meine Tochter und mein Schwager fortzogen?

Freilich war ich da, antwortete Sancho, und ich muß dir sagen, daß deine Tochter so schön war, daß alle Leute, die nur im Dorfe waren, herkamen, sie zu sehen, und alle sagten, sie sei die schönste Kreatur auf der Welt. Sie weinte und umarmte alle ihre Freundinnen und Bekannten und alle, die gekommen waren, sie zu sehen; sie bat alle, sie möchten sie dem Herrn und seiner heiligen Mutter empfehlen; und das sagte sie mit solcher Rührung, daß sie mich weinen machte, ob ich gleich nicht leicht zum Weinen zu bringen bin. Und wahrhaftig, viele wollten sie verstecken oder auf dem Wege wieder wegnehmen: nur die Furcht, wider den Befehl des Königs zu handeln, hielt sie zurück, am meisten war Don Gregorio von ihr eingenommen, der reiche vornehme Majoratsherr, den du kennst; man sagt, daß er sie sehr liebt, auch hat er sich, seit sie weg ist, nicht in unserem Dorfe sehen lassen, und wir alle glauben, daß er ihr nachgegangen ist, um sie zu entführen; bis jetzt aber haben wir noch nichts davon gehört.

Den Verdacht habe ich immer gehabt, sagte Ricote, daß dieser Ritter in meine Tochter verliebt sei; aber ich habe mich auf die Tugend meiner Ricota verlassen und mich nie darüber gegrämt, daß er sie liebte; du wirst wissen, Sancho, daß sich die Moriscos selten oder niemals in Liebe mit den alten Chri-

sten einlassen*), und meine Tochter, wie ich glaube, sorgt mehr dafür, eine Christin als eine Verliebte zu sein, und wird sich nicht um die Bewerbungen dieses Majoratsherrn kümmern.

Das gebe Gott, versetzte Sancho, denn es würde für beide nicht taugen; jetzt aber laß mich fort, Freund Ricote, denn ich will noch heute abend zu meinem Herrn Don Quixote.

Gott sei mit dir, Freund Sancho, meine Kameraden rühren sich schon, und es ist auch Zeit, daß wir unsern Weg fortsetzen. Beide umarmten sich, Sancho bestieg seinen Grauen, Ricote nahm seinen Pilgerstab, und sie schieden voneinander.

Sechsundneunzigstes Kapitel

Was dem Sancho auf dem Wege begegnete.

Weil sich Sancho aufgehalten hatte, war es ihm nicht möglich, noch an dem nämlichen Tage das Schloß des Herzogs zu erreichen, denn als er noch eine halbe Meile davon entfernt war, überfiel ihn die Nacht mit jäher Dunkelheit. Da es Sommer war, machte sich Sancho nicht viel daraus; er entfernte sich daher vom Wege, um den Morgen zu erwarten; sein schlimmes und unfreundliches Schicksal aber wollte, daß er und sein Grauer in einen tiefen und sehr dunklen Graben fielen, der sich bei einigen alten Gebäuden befand, und während er hinabfiel, empfahl er sich Gott von ganzem Herzen, denn er dachte nicht anders, als daß er zu den Abgründen der Unterwelt hinabstürzen würde; es war aber nicht so, denn nach etwas mehr als drei Klaftern fand der Graue Grund, und Sancho lag auf ihm, ohne eine Verletzung oder einen andern Schaden bekommen zu haben. Er befühlte seinen ganzen Leib und hielt den Atem an, um zu sehen, ob er heil oder ob ein Teil verwundet sei; da er aber sah, daß er wohlauf und durchaus vollständig war, dankte er Gott dem Herrn für diese erzeigte Gnade, denn er hatte geglaubt, daß er gewiß in tausend Stücke brechen werde. Er befühlte auch mit den Händen die Wände der Grube, um zu sehen, ob es nicht möglich sei, ohne fremde Hilfe herauszusteigen, aber er fand sie ganz glatt und völlig steil, worüber er sich sehr betrübte, vorzüglich als er wahrnahm, daß sich der Graue äußerst schmerzlich und rührend beklagte, was auch nicht zu verwundern war, denn er war wirklich übel zugerichtet. Ach! sagte hierauf Sancho Pansa, wie viele unvermutete Zufälle begegnen doch auf jedem Schritte denjenigen, die in dieser erbärmlichen Welt leben! Wer hätte wohl sagen sollen, daß der, den man gestern noch als Statthalter einer Insel thronen sah, der seinen Dienern und seinen Vasallen Befehle gab, daß dieser heut in einem Loche begraben sein sollte, ohne einen Menschen zu haben, der ihm hilft, weder einen

*) Die Spanier unterscheiden „alte Christen" und „neue Christen" — die getauften Juden und Araber — noch bis in die Mitte des 19. Jahrhunderts gesellschaftlich und rechtlich.

Diener noch Vasallen, der zu seinem Beistande herzukäme? Hier werden wir nun Hungers sterben müssen, ich und mein Esel, wenn wir nicht schon vorher sterben, er von dem Falle zerschlagen und ich aus Traurigkeit. Wenigstens wird es mir nicht so glücklich gehen wie meinem Herrn Don Quixote de la Mancha, als er sich in die Höhle jenes bezauberten Montesinos hinabließ, wo er Leute fand, die ihn besser als in seinem eigenen Hause bewirteten; so daß es recht mit ihm hieß: Den Tisch gedeckt und das Bett gemacht. Dort sah er auch sehr schöne und angenehme Erscheinungen, ich glaube aber, daß ich hier nur Kröten und Schlangen werde zu sehen kriegen! Ach, ich Unglücklicher! Wohin haben mich meine Narrheiten und Einbildungen geführt! Meine Gebeine wird man hier herausnehmen, wenn es dem Himmel gefällt, daß man mich entdeckt, weiß und verschimmelt, und mit ihnen zugleich die Gebeine meines redlichen Grauen, woraus man vielleicht erkennen wird, wer wir sind, wenigstens diejenigen, die es gewußt haben, daß Sancho Pansa sich nie von seinem Esel trennte und sein Esel nie von Sancho Pansa. Noch einmal kann ich sagen: O wir Unglückseligen! Unser Unstern hat nicht gewollt, daß wir in unserm Vaterlande und bei den Unsrigen sterben sollten, wo, wenn wir auch keine Rettung aus unserm Elend gefunden hätten, es doch Leute gegeben hätte, die uns bedauerten und uns in der letzten Stunde unserer Wallfahrt die Augen zugedrückt hätten! O du mein Gefährte und Freund, wie schlecht werden dir deine redlichen Dienste vergolten! Vergib mir und bitte das Glück, so gut du es nur immer kannst, daß es uns aus diesem kläglichen Jammer erlöse, in welchem wir uns beide befinden, denn ich verspreche, dir einen Kranz von Lorbeer auf den Kopf zu setzen, daß du aussiehst wie ein gekrönter Poet, und dir doppeltes Futter zu geben.

Auf diese Weise klagte Sancho Pansa, und sein Esel hörte ihm zu, ohne eine einzige Silbe zu antworten: so groß war die Angst und Bedrängnis, in welcher sich der Arme befand. Endlich, nachdem sie diese Nacht unter jämmerlichen Klagen und Seufzern zugebracht hatten, kam der Tag, in dessen Klarheit und Glanz Sancho sah, daß es die unmöglichste Unmöglichkeit sei, ohne Beistand aus der Grube zu kommen, er fing wieder an zu klagen und zu schreien, um zu sehen, ob ihn jemand hören würde; aber all sein Rufen verlor sich in der Wüste, denn in der ganzen Umgegend war niemand, der ihn hätte hören können. Der Graue lag mit dem Maule nach oben, und Sancho Pansa brachte es so weit, daß er ihn auf die Beine stellte, auf denen er sich kaum halten konnte, er nahm hierauf aus dem Schnappsacke ein Stück Brot und gab es seinem Esel, der dies nicht übel aufnahm und dachte: Alle Schmerzen lassen sich bei Brot verschmerzen. Indessen entdeckte er auf der einen Seite des Grabens ein Loch, groß genug, daß ein Mensch hindurchgehen konnte, wenn er sich bückte und zusammenkrümmte. Sancho kroch hindurch und fand, daß es innerhalb groß und geräumig war. Er sah, daß es sich zu einer andern, sehr geräumigen Halle erweiterte. Als er dies wahrgenommen hatte, ging er dahin zurück, wo sein Tier stand, und fing an, mit einem Steine die Erde von der Öffnung wegzuarbeiten, so daß er in kurzer Zeit eine Höhlung machte, durch welche er bequem mit seinem Esel gehen konnte, was er auch tat, und ihn beim Halfter nehmend, fing er an, durch die Grube zu wandern, um zu sehen, ob sie nicht auf der andern Seite einen Ausgang hätte; oft ging er im Finstern und oft ohne Licht, aber niemals ohne Furcht. Beim allmächtigen Gott, sagte er zu sich selbst, was für mich ein teures Unheil ist, wäre das glücklichste Abenteuer für meinen Herrn Don Quixote. Er würde diese Abgründe und Schlünde für blühende Gärten und die Paläste der Galiani halten und erwarten, aus diesem Dunkel und der Eingeschlossenheit auf eine blühende Wiese zu gelangen; aber ich Unabenteurer, ohne Rat und guten Mut, glaube, daß sich bei jedem Schritte unter meinen Füßen plötzlich noch ein tieferer Abgrund öffnen wird, der mich dann völlig verschlingt.

Auf diese Art und mit diesen Gedanken glaubte er weiter als eine halbe Meile gegangen zu sein, als er einer dämmernden Helligkeit gewahr wurde, die ihm vom Tage herzukommen und durch eine Öffnung hereinzudringen schien.

Hier läßt ihn unsere Historie und kehrt um, um von Don Quixote zu handeln. Es traf sich nun, daß er an einem Morgen ausritt, um sich in allem zu üben und geschickt zu erhalten, und indem er den Rosinante ausrennen ließ und kurz umschwenkte, kam dieser mit den Füßen einer Höhle so nahe, daß, hätte Don Quixote nicht die Zügel heftig zurückgerissen, er es nicht vermeiden konnte hinunterzustürzen. Doch hielt er sich zurück und fiel nicht hinein, ritt aber ziemlich nahe hinzu und schaute, ohne abzusteigen, in die Tiefe hinunter, und da er so stand und hinabsah, hörte er von unten ein lautes Geschrei: He, da oben! Ist denn kein Christenmensch da, der mich hört? Oder ein mitleidiger Ritter, der sich einen armen Sünder dauern läßt, der bei lebendigem Leibe begraben ist? Eines unglückseligen unstatthaften Statthalters?

Dem Don Quixote dünkte, er hörte die Stimme des Sancho Pansa, worüber er erstaunt und erschrocken war; er erhob seine Stimme, so sehr er nur konnte, und sagte: Wer ist da unten? Wer jammert dort?

Wer sollte hier sein oder wer sollte hier jammern, war die Antwort, als der verfolgte Sancho Pansa, für seine Sünden und zu seinem Verderben Statthalter der Insel Barataria, vormaliger Schildknappe des weltberühmten Ritters Don Quixote de la Mancha.

Als Don Quixote dies hörte, verdoppelte sich seine Verwunderung, und sein Erschrecken nahm zu: ihm kam der Gedanke, daß Sancho Pansa tot sein müsse und daß seine Seele hier Buße tue. In dieser Einbildung sagte er: Ich beschwöre dich bei allem, wobei ich dich als katholischer Christ beschwören kann, sage mir, wer du bist und ob du eine büßende Seele seist, sage mir, was du verlangst, daß ich für dich tun soll, denn da es mein Gewerbe ist, den Notleidenden dieser Welt beizustehen und zu Hilfe zu kommen, so wird es sich auch für mich schicken, den Hilfsbedürftigen der andern Welt zur Hilfe zu kommen und beizuspringen, die sich nicht selber helfen können.

Also, war die Antwort, ist der Herr, der mit mir spricht, wohl mein gnädiger

Herr Don Quixote de la Mancha selbst, denn nach dem Ton der Stimme kann es auch kein anderer sein.

Don Quixote bin ich, versetzte Don Quixote, er, dessen Gewerbe es ist, beizustehen und zu Hilfe zu kommen in ihren Bedrängnissen sowohl den Lebendigen wie den Toten; aber sage mir nur, wer du seist, denn noch bin ich erstaunt; denn wenn du mein Knappe Sancho Pansa und gestorben bist, falls dich nur nicht der Teufel geholt hat und du dich durch die Barmherzigkeit Gottes im Fegefeuer befindest, so hat unsere heilige Mutter, die römisch-katholische Kirche, Hilfsmittel genug, dich aus der Pein zu retten, in der du dich befindest, und ich will sie meinerseits dazu bewegen, soweit ich vermag; darum erkläre dich endlich und sage mir, wer du bist.

So schwöre ich doch, war die Antwort, bei der Geburt wessen Ihr nur wollt, ich schwöre Euch, mein gnädiger Herr Don Quixote de la Mancha, daß ich Euer Knappe Sancho Pansa bin und daß ich zeit meines Lebens noch nicht gestorben bin; sondern ich habe meine Statthalterschaft niedergelegt, aus Gründen, die ich Euch beizeiten darlegen werde. In der Nacht fiel ich in diese Grube: der Graue ist mein Zeuge, der mich nicht Lügen strafen wird, denn zum größern Wahrzeichen ist er bei mir.

Und es schien wirklich, als ob der Esel verstünde, was Sancho sagte, denn in diesem Augenblicke fing er an, so hell zu brällen, daß die ganze Höhle davon widerklang. O du herrliches Zeugnis, sagte Don Quixote, dieses Brällen kenne ich, als ob ich es zur Welt gebracht hätte, und auch deine Stimme vernehme ich, o mein Sancho: warte nur, ich will nach dem Schlosse des Herzogs gehen, welches hier in der Nähe ist, und Leute herbringen, die dich aus dem Abgrunde ziehen, in den dich deine Sünden geführt haben müssen.

Geht, gnädiger Herr, sagte Sancho, und kommt um Gottes willen gleich wieder, denn ich kann es nicht mehr aushalten, lebendig begraben zu sein, ich sterbe vor Furcht.

Don Quixote verließ ihn und begab sich nach dem Schlosse, um dem Herzog die Begebenheit zu erzählen, über die sie sich nicht wenig verwunderten, denn ob sie gleich einsahen, daß er in einen Kanal des unterirdischen Ganges gefallen sein mußte, der vor undenklichen Zeiten dort gegraben worden war, so konnten sie doch nicht begreifen, wie er die Statthalterschaft verlassen habe, ohne daß sie Nachricht von seiner Ankunft erhalten hätten. Endlich nahm man Stricke und Seile, und mittels vieler Menschen und vieler Arbeit holte man den Grauen und Sancho aus jener Finsternis an das Licht der Sonne herauf. Ein Student sah ihn und sagte: Auf diese Art sollten alle schlechten Statthalter aus ihren Statthalterschaften kommen, wie dieser arme Sünder aus der Tiefe des Abgrunds kommt, tot vor Hunger, bloß und ohne einen Heller, wie mir scheint.

Sancho hörte dies und sagte: Acht Tage oder zehn sind es, Freund Lästerzunge, daß ich hinging, um die Insel zu regieren, die man mir gab; in dieser Zeit habe ich mich nicht einmal am Brote satt gegessen; in dieser Zeit haben mich Ärzte verfolgt, Feinde haben mir die Knochen weich geschlagen, ich habe keine Gelegenheit gehabt, mir etwas schenken zu lassen oder etwas einzunehmen; und wenn dem so ist, wie es ist, so verdiene ich nach meiner Meinung nicht, auf diese Art herauszukommen; aber der Mensch denkt und Gott lenkt, er allein weiß, was sich für einen jeden am besten schickt.

Unter solchen Reden gelangten sie, von allerlei Leuten aus dem Schlosse umgeben, dahin, wo sich auf einer Galerie der Herzog und die Herzogin befanden, um Don Quixote und Sancho zu erwarten, der nicht eher hinaufgehen wollte, um den Herzog zu sehen, bis er vorher dem Grauen im Stalle Quartier gemacht hatte, denn er sagte, daß er in der Nachtherberge eine gar zu schlimme Nacht zugebracht habe; dann ging er hinauf, um die gnädige Herrschaft zu sehen, vor der er niederkniete und sprach: Ich, meine Gnädigen, weil es Eure Hoheit also wollte, ohne irgendein Verdienst meinerseits, ging hin, um Eure Insel Barataria zu regieren, in die ich nackt kam, so wie ich auch nackt von ihr zurückkomme. Ob ich gut regiert habe oder schlecht, darüber gibt es viele Zeugen, die sagen mögen, was ihnen gut dünkt. Ich habe verwickelte Sachen aufgeklärt, Prozesse entschieden und bin immer vor Hunger gestorben, denn so wollte es der Doktor Pedro Recio, gebürtig aus Tirteafuera, der inselhafte und statthalterschaftliche Arzt. In der Nacht überfielen uns Feinde, und nachdem sie uns viel Drangsal angetan hatten, sagten die Leute von Barataria, sie hätten durch die Tapferkeit meines Armes den Sieg erfochten; Gott gebe ihnen Heil, wenn sie die Wahrheit sprechen. Mit einem Wort, während dieser Zeit habe ich die Last erwogen, welche auf den Regierenden liegt, und ich habe es ausgerechnet, daß das meine Schultern nicht tragen können, daß das kein Gewicht ist für meinen Rücken, kein Pfeil für meinen Köcher. Damit also nicht die Statthalterschaft mit mir kopfüber falle, habe ich lieber mit der Statthalterschaft ein Ende machen wollen und habe gestern früh die Insel so verlassen, wie ich sie gefunden, mit den nämlichen Straßen, Häusern und Dächern, die sie hatte, als ich hinkam. Ich habe von keinem was geborgt, auch ist mir sonst kein Gewinst zugefallen. Ich ging, wie gesagt, aus der Insel, ohne jedwede Begleitung, außer der meines Grauen; ich fiel in einen Graben, in diesem ging ich weiter, bis ich heute früh mit dem Licht der Sonne den Ausgang sah; dieser ward mir aber nicht so leicht, denn hätte mir der Himmel nicht meinen gnädigen Herrn Don Quixote geschickt, so hätte ich bis an das Ende der Welt unten bleiben müssen. So, mein gnädigster Herzog und Herzogin, ist hier euer Statthalter Sancho Pansa wieder, der nur das in den zehn Tagen gewonnen hat, in welchen er das Regiment führte, daß er einsieht, er gebe nichts darauf, ein Statthalter zu sein, nicht allein über eine Insel, sondern selbst über die ganze Welt; und hiermit küsse ich Euer Gnaden die Füße und mache es wie im Spiele die Kinder, wenn sie sagen: Verwechselt, verwechselt die Plätzchen; ich laufe aus meiner Statthalterschaft in den Dienst meines gnädigen Herrn Don Quixote, bei dem ich doch satt werde, wenn ich auch mein Brot in Ängsten esse, und ich meine, wie ich satt werde, ist mir gleichgültig, ob von Pastinaken oder von Rebhühnern.

Hiermit endigte Sancho seine lange Rede, während Don Quixote immer fürchtete, daß er tausend Narrheiten darin vorbringen würde, da er ihn sie aber mit so wenigen beschließen sah, sagte er in seinem Herzen dem Himmel Dank, und der Herzog umarmte Sancho und sagte ihm, es tue ihm in der Seele weh, daß er die Statthalterschaft so schnell verlassen habe; er wolle es aber so einrichten, daß er ihm in seinem Gebiete ein anderes Amt gebe, das weniger beschwerlich und mehr einträglich sei. Auch die Herzogin umarmte ihn und befahl, ihn gut zu verpflegen, da man ihm ansah, daß er zerschlagen und ermattet war.

Siebenundneunzigstes Kapitel

Von der ungefügen und nie gesehenen Schlacht, welche vorfiel zwischen Don Quixote von la Mancha und dem Lakaien Tosilos zur Verteidigung der Tochter der Dueña Doña Rodriguez.

Die Herzöge bereuten es nicht, daß sie sich mit Sancho den Spaß gemacht hatten, ihm eine Statthalterschaft zu geben, um so weniger, als an dem nämlichen Tage ihr Haushofmeister ankam und ihnen Punkt für Punkt fast alle Worte und Handlungen erzählte, welche Sancho in diesen Tagen gesprochen oder getan hatte; endlich schilderte er ihnen den Überfall der Insel, die Furcht des Sancho und seinen Abzug, worüber sie kein kleines Vergnügen empfanden. Die Geschichte fährt nun fort zu erzählen, daß der Tag des anberaumten Zweikampfes herbeikam, den Don Quixote mit dem Ehrenschänder der Tochter der Doña Rodriguez halten sollte, um das Unrecht wiedergutzumachen, das jener begangen hatte. Da der Herzog schon einmal und öfter seinen Lakaien Tosilos abgerichtet hatte, wie er sich mit Don Quixote zu verhalten habe, um ihn zu überwinden, ohne ihn weder umzubringen noch zu verwunden, befahl er, daß die Eisen von den Lanzen abgenommen werden sollten, indem er zu Don Quixote sagte, sein Christentum, worauf er großen Wert lege, erlaube es ihm nicht, daß dieser Zweikampf mit gegenseitiger Lebensgefahr gehalten würde, er möge sich begnügen, ihnen ein offenes Feld in seinem Gebiete bewilligt zu haben, obgleich dieses schon gegen das Gebot des heiligen Konziliums liefe, welches dergleichen Herausforderungen untersage. Don Quixote sagte: Seine Exzellenz möchten alles bei diesem Handel so einrichten, wie es ihnen am besten gefiele, denn er würde in allem gehorchen.

Der furchtbare Tag war gekommen, und der Herzog hatte befohlen, daß man vor dem Platze des Schlosses ein geräumiges Gerüst erbauen sollte, wo sich die Kampfrichter und die Dueñas befinden sollten, Mutter und Tochter, als Klägerinnen; von allen Orten und benachbarten Dörfern waren unzählig viele Menschen herbeigekommen, um diese unerhörte Schlacht zu sehn, dergleichen keiner jemals erlebt hatte, noch auch in dem Lande davon hatte reden hören, sowohl diejenigen, die damals lebten, als auch von jenen, die schon gestorben waren. Der erste, der in den Kampfplatz und die Schranken trat, war der Zeremonienmeister, welcher den Platz gewissenhaft beaufsichtigte, damit kein Betrug geschähe, noch etwas verdeckt sei, worüber man stolpern und fallen könne. Nach ihm kamen die Dueñas und nahmen ihre Sitze ein, in ihre Schleier bis über die Augen und selbst bis über die Brust verhüllt, mit den Gebärden einer gewaltigen

Unruhe, indem Don Quixote in den Schranken hielt. Bald darauf, von vielen Trompetern begleitet, erschien an einer Seite des Platzes auf einem großen Rosse, das heftig stampfte, der große Lakai Tosilos mit niedergelassenem Visier und ganz in tüchtige und glänzende Waffenstücke eingeklammert. Das Pferd zeigte sich als kräftig, breit und von Farbe gefleckt: ein Kranz von Wollhaar hing ihm an jedem Vorder- und Hinterfuße. Der tapfre Kämpfer kam, wohl von dem Herzoge, seinem Herrn, unterrichtet, wie er sich mit dem mutigen Don Quixote von la Mancha zu benehmen habe, vielmals erinnert, daß er ihn ja auf keine Weise umbringen sollte, sondern darauf sehn, dem ersten Angriffe auszuweichen, um sich nicht in Lebensgefahr zu setzen, in der er sich ohne Zweifel befände, wenn er im vollen Rennen auf ihn stieße. Er ritt um den Platz, und als er dahin gekommen war, wo die Dueñas saßen, hielt er eine Weile, um die zu beschauen, die ihn zum Gemahl verlangte. Der Marschall rief Don Quixote, der sich schon auf dem Platze zeigte, und sprach neben Tosilos mit den Dueñas, welche er fragte, ob sie darein willigten, daß sich für ihr Recht Don Quixote von la Mancha einsetze. Sie sagten ja und daß alles, was er in diesem Handel tun würde, gut getan und gültig und rechtskräftig sein sollte. Der Herzog und die Herzogin hatten sich indessen schon auf eine Galerie verfügt, die auf die Schranken niedersah, welche mit unzähligen Leuten umzingelt waren, die den Ausgang dieses nie gesehenen Kampfes erwarteten. Die Bedingung der Kämpfenden war, daß, wenn Don Quixote siegte, sein Gegner sich mit der Tochter der Doña Rodriguez verheiraten mußte, wäre er aber der Besiegte, so wäre sein Mitkämpfer seines Wortes frei, ohne irgendeine andre Genugtuung zu geben. Der Meister der Zeremonien teilte ihnen ihre Plätze zu und stellte beide dahin, wo sie stehn mußten. Die Trommeln erschallten, die Luft war vom Klange der Trompeten erfüllt, unter ihren Füßen zitterte die Erde; die Herzen der zuschauenden Menge waren voller Erwartung, einige fürchteten und andre hofften den guten oder den bösen Ausgang dieses Handels.

Don Quixote nun, sich von ganzem Herzen Gott, unserm Herrn, und der Doña Dulcinea von Toboso empfehlend, wartete nur darauf, daß man das letzte Zeichen zum Angriff geben sollte; jedoch unser Lakai hatte ganz verschiedene Gedanken: er dachte an nichts anderes als an das, was man jetzt erzählen wird.

Es scheint wohl, daß, als er seine Feindin so in der Nähe beschaute, sie ihm das schönste Weib zu sein schien, das er bisher in seinem ganzen Leben gesehn hatte; und der blinde Knabe, den man in den Gassen hier herum nur gewöhnlich Amor zu nennen pflegt, wollte diese Gelegenheit, die sich ihm darbot, nicht verlieren, über eine lakaiische Seele zu triumphieren und sie in die Liste seiner Trophäen einzutragen. Er näherte sich ihm also ganz leise, ohne daß ihn jemand sah, und stieß dem armen Lakaien einen Pfeil von zwei Ellen in die linke Seite, womit er ihm das Herz durch und durch spaltete, was er auch wahrlich sehr leicht tun konnte, denn Amor ist unsichtbar und dringt ein, wo er nur immer will, ohne daß ihn jemand wegen seiner Taten zur Rede stellt. Als daher das Zeichen zum Angriffe gegeben war, stand unser Lakai so entzückt, indem er die Schönheit derjenigen erwog, die schon die Gebieterin seiner Freiheit geworden war, daß er den Klang der Trompete gar nicht vernahm, den Don Quixote sehr gut hörte und, kaum ihn hörend, alsobald dahersprengte und im heftigsten Rennen, so schnell es nur sein Rosinante aushalten konnte, gegen seinen Feind stürzte. Und indem ihn sein Stallmeister Sancho abfahren sah, rief dieser mit lauter Stimme: Gott geleite dich, du Blume und Ausbund der irrenden Ritter;

Gott gebe dir den Sieg, denn du hast das Recht auf deiner Seite. Und obgleich Tosilos Don Quixote auf sich loskommen sah, bewegte er sich doch nicht einen Schritt von seinem Platze; sondern er rief vielmehr mit lauter Stimme den Marschall herbei, und als dieser gekommen, um zu sehn, was er verlange, fragte er ihn: Mein Herr, geschieht diese Schlacht nicht deshalb, daß ich mich mit der Dame da vermähle oder nicht vermähle?

So ist es, war die Antwort.

Also denn, sagte der Lakai, fürchte ich mich meines Gewissens und halte es für eine zu große Sünde, wenn diese Schlacht vor sich ginge, darum sage ich, daß ich mich für überwunden gebe und daß ich mich augenblicklich mit der Dame verheiraten will.

Der Marschall war über die Worte des Tosilos erstaunt, und da er einer der Wissenden war und den Zusammenhang der Geschichte kannte, so war er nicht imstande, ein Wort zu erwidern. Don Quixote hielt mitten in seinem Laufe inne, da er sah, daß ihm sein Feind nicht entgegenkam. Der Herzog begriff nicht, warum der Zweikampf nicht vor sich ging; doch der Marschall teilte ihm bald mit, was Tosilos gesagt hatte, worüber er aufs äußerste erstaunt und zornig war. Indem dieses vorging, begab sich Tosilos nach dem Sitze der Doña Rodriguez und sagte mit lauter Stimme: Ich, Señora, will mich mit Eurer Tochter verheiraten und verlange nicht, das mit Zanken und Streiten zu erlangen, was ich im Frieden und ohne Lebensgefahr bekommen kann.

Dieses hörte der edle Don Quixote und sprach: Da dem also ist, so bin ich frei und meines Versprechens ledig. Verheiratet Euch zur guten Stunde, und was Euch Gott der Herr gegeben hat, das möge Euch Sankt Peter gesegnen.

Der Herzog war jetzt zum Platz des Kastells herabgestiegen, ging zum Tosilos und fragte ihn: Ist es die Wahrheit, Ritter, daß Ihr Euch für überwunden erkennt und daß Ihr, von Eurem zagenden Gewissen angetrieben, entschlossen seid, Euch mit dieser Jungfrau zu vermählen?

Ja, gnädiger Herr, antwortete Tosilos.

Er tut sehr gut, sagte hierauf Sancho Pansa, denn: der Katze gib, was frißt die Maus, so hast du Ruh im Haus.

Tosilos bemühte sich, den Helm abzunehmen, und bat, daß man ihm eilig helfen möchte, denn es fehle ihm schon an Besinnung und Atem, weil er es nicht aushalten könne, so lange in dem engen Käfige eingeschlossen zu sein. Sie nahmen ihn schnell ab, und nun wurde sein Lakaiengesicht entdeckt und offenbar. Als dieses die Doña Rodriguez und ihre Tochter sahen, schrien sie laut und sagten: Dies ist Betrug, Betrug ist dies, den Tosilos, den Lakaien unsers gnädigen Herzogs, hat man uns statt des wahrhaftigen Bräutigams untergeschoben: Gerechtigkeit im Namen Gottes und des Königs wegen solcher Bosheit, um es nicht Schelmerei zu nennen.

Bekümmert euch nicht, meine Damen, antwortete Don Quixote, denn hier ist weder Bosheit noch Schelmerei, oder wenn sie da ist, so rührt sie nicht vom Herzoge her, sondern von den boshaften Zauberern, die mich verfolgen, die neidisch darüber sind, daß ich den Ruhm dieses Sieges davontragen sollte, das Gesicht Eures Bräutigams in dieses verwandelt haben, welches, wie Ihr sagt, dem Lakaien des Herzogs zugehört. Nehmt meinen Rat an und heiratet ihn, der Bosheit meiner Feinde zum Trotz, denn ohne Zweifel ist er der nämliche, den Ihr zu Eurem Gemahl habt erwerben wollen.

Als der Herzog dieses hörte, hätte er beinahe seinen ganzen Zorn weggelacht, er sagte: Die Begebenheiten, welche dem Herrn Don Quixote zustoßen, sind so außerordentlich, daß ich es glauben muß, daß dieser mein Lakai nicht derselbe sei. Wir wollen uns aber dieser Erfindung und List bedienen: laßt uns, wenn es euch gefällt, die Hochzeit vierzehn Tage aufschieben, und diese Person, die uns irremacht, solange eingeschlossen halten. In dieser Zeit erhält er vielleicht seine vorige Gestalt wieder, denn der Grimm der Zauberer gegen den Herrn Don Quixote wird doch nicht so lange dauern, vollends wenn sie sehen, daß ihnen ihre Schelmereien und Verwandlungen so wenig nutzen.

Ach, gnädiger Herr, sagte Sancho, diese Schufte haben es nur gar zu sehr in der Art, die Sachen, die meinen Herrn angehn, in ganz etwas andres zu verwandeln. Einen Ritter, den er vor einiger Zeit überwand und der der von den Spiegeln hieß, verkehrten sie in die Gestalt des Baccalaureus Simson Carrasco, der in unserm Dorfe geboren und unser sehr guter Freund ist, und meine gnädige Dulcinea von Toboso haben sie in eine gemeine Bäuerin verkehrt, und darum glaube ich, daß dieser Lakai als Lakai leben und sterben wird, die ganze Zeit seines Lebens hindurch.

Worauf die Tochter der Rodriguez sagte: Mag er sein, wer er will, der mich zur Frau begehrt, so nehme ich ihn an, denn ich will lieber die rechtmäßige Frau eines Lakaien sein als die Maitresse und Verführte eines Ritters, obgleich der es nicht ist, der mich verführt hat.

Alle diese Sachen fielen vor, indessen Tosilos eingesperrt wurde, so lange, bis man sähe, was aus seiner Verwandlung würde. Alle riefen den Sieg des Don Quixote aus, und die meisten waren traurig und melancholisch darüber, daß die so sehnlich erwarteten Kämpfer sich nicht in Stücke zerrissen hatten, so wie sich der Pöbel betrübt, wenn er gehofft hatte, einen gehenkt zu sehn, der von der Partei oder von der Gerechtigkeit Vergebung erhält. Die Menschen gingen fort, der Herzog und Don Quixote kehrten in das Schloß zurück, Tosilos wurde gefangengesetzt. Doña Rodriguez und ihre Tochter waren sehr zufrieden, weil sie sahen, daß dieser Handel auf dem einen oder dem andern Wege zu einer Heirat ausschlagen würde, und Tosilos hoffte nicht weniger.

Achtundneunzigstes Kapitel

Erzählt, wie Don Quixote sich vom Herzoge beurlaubte und was ihm mit der verständigen und aufgeräumten Altisidora, der Kammerfrau der Herzogin, begegnete.

Nun schien es dem Don Quixote Zeit, den Müßiggang zu verlassen, in welchem er sich in diesem Kastelle befand; denn er stellte sich vor, daß es ein großer Verlust sei, wenn er sich länger so einschließen lasse und untätig unter diesen unzähligen Festlichkeiten und Vergnügungen bleibe, die für ihn die Herzöge als einem irrenden Ritter anstellten. Und da er glaubte, er müsse dem Himmel von dieser Muße und Einsamkeit strenge Rechenschaft ablegen, so bat er die Herzöge um die Vergünstigung, sich beurlauben zu dürfen. Diese gaben sie ihm auf eine solche Weise, als wenn es ihnen sehr schmerzlich fiele, ihn von sich zu lassen. Die Herzogin gab dem Sancho Pansa Briefe seiner Frau, der über sie weinte und sagte: Wer hätte das gedacht, daß so große Hoffnungen, als in der Brust meiner Frau Juanita Pansa über die Nachricht meiner Statthalterschaft erzeugt wurden, darauf hinauslaufen sollten, daß ich jetzt wieder hinter den Abenteuern meines Herrn Don Quixote von la Mancha mich her schleppe? Aber ich bin doch vergnügt darüber, daß ich sehe, Juanita führt sich so auf, wie es sich schickt, daß sie der Herzogin Eicheln als Geschenk übersendet, denn wenn sie das nicht getan hätte, so würde ich mich sehr ärgern, daß sie so undankbar ist. Mein Trost ist nur, daß man von diesem Geschenke nicht sagen kann, es sei eine Bestechung, denn ich hatte die Statthalterschaft noch nicht, als sie es schickte, und das gehört sich, daß die, die eine Wohltat empfangen, sich dankbar bezeigen müssen, wenn es auch nur durch eine Kinderei geschieht. Kurz, nackt kam ich in die Statthalterschaft, und nackt komme ich wieder heraus, und darum kann ich mit gutem Gewissen, was nicht wenig ist, sagen: Nackt wurde ich geboren, nackt bin ich noch, ich habe nichts verloren, nichts gewonnen.

Dieses sagte Sancho für sich am Tage der Abreise. Als Don Quixote abreisen wollte, nachdem er sich den Abend vorher von den Herzögen beurlaubt hatte, zeigte er sich eines Morgens früh gewaffnet auf dem Hofe des Kastells. Von den Galerien sahen ihm alle Leute aus dem Schlosse zu, und die Herzöge kamen ebenfalls, ihn zu sehn. Sancho befand sich auf seinem Grauen mit dem Schnappsacke, Felleisen und Vorrat höchst vergnügt, denn der Haushofmeister des Herzogs, der nämliche, der die Dreischleppina war, hatte ihm einen Beutel mit zweihundert Dukaten gegeben, um damit die Unkosten der Reise zu bestreiten, was aber Don Quixote noch nicht wußte. Als alle, wie gesagt, zugegen waren, um ihn zu sehn, erhob unter den übrigen Dueñas und Kammerfrauen der Herzogin, die ihn betrachteten, die lustige und verständige Altisidora die Stimme und sagte mit klagenden Tönen:

Höre doch, du schlechter Ritter,
Halt noch etwas an die Zügel,
Noch nicht mach des schlechten Viehes
Magern Seiten Qual und Mühe.

Siehe, Falscher, du entfliehst nicht
Einem Drachen wild und wütig,
Sondern nur dem schwachen Lämmchen,
Das noch lange Schaf nicht würde.

Ha! die schönste Jungfrau täuschtest
Du, o grauses Ungetüme,
Die Dian' in ihren Felsen,
Venus sah' in ihren Wüsten.

Du Bireno*) hart, Äneas flüchtig,
Satan mit dir, der vergelt's dir tüchtig!

In den Krallen deiner Fäuste
Führst du weg (gottlos Entführen!)
Meiner Demut Herz und Seele,
Der Verliebten zart und züchtig.

Du entführst mir drei Schlafmützen,
Und ein Knieband, das sich fügte
Beinen, gleich dem reinsten Marmor,
Ganz so glatt und weiß und trübe.

Du entführst zweitausend Seufzer,
Feurig so, daß sie genügten,
Wohl zweitausend Trojas, gäb' es
So viel Trojas, anzuzünden.

Du Bireno hart, Äneas flüchtig,
Satan mit dir, der vergelt's dir tüchtig!

Indessen sich auf diese Weise die traurige Altisidora beklagte, schaute sie Don Quixote unverwandt an, kehrte sich sodann, ohne etwas zu antworten, gegen Sancho und sagte: Bei dem Leben deiner Ahnen, o mein Sancho, beschwöre ich dich, mir eine Wahrheit zu sagen: sprich, hast du denn vielleicht die drei Mützen und die Bänder mitgenommen, von denen diese verliebte Jungfrau spricht?

Worauf Sancho antwortete: Die drei Mützen habe ich mitgenommen, die Bänder aber sowenig wie die Fahne vom Kirchturme.

Die Herzogin verwunderte sich über die Leichtfertigkeit der Altisidora, denn ob sie sie gleich für aufgeräumt, lustig und leichtfertig gehalten hatte, so hatte sie doch nie geglaubt, daß sie dergleichen unternehmen könne; und da sie von dem Spaße nichts gewußt hatte, so war ihr Erstaunen um so größer. Der Herzog

*) Im zehnten Gesang des „Orlando Furioso" wird erzählt, wie Bireno seine Geliebte Olympia auf einer wüsten Insel im Stich läßt. Als sie erwacht, verflucht sie ihn, wie Dido den Äneas.

wollte den Scherz auf das Äußerste treiben und sagte: Nicht edel scheint es mir, Herr Ritter, daß, nachdem Ihr in meinem Schlosse die freundschaftliche Aufnahme empfangen habt, welche Euch widerfahren ist, Ihr so kühn seid, die drei Schlafmützen zum wenigsten und zum mehrsten die Strumpfbänder meiner Kammerfrau zu entführen: Zeichen einer üblen Gesinnung, Züge, welche mit Eurem Rufe nicht übereinstimmen. Gebt die Bänder heraus, oder ich fordre Euch auf Leben und Tod, ohne Furcht, daß schelmische Zauberer mich verwandeln oder mein Gesicht entstellen, wie sie es meinem Lakaien Tosilos getan haben, der mit Euch den Kampf unternehmen wollte.

Das verhüte Gott, antwortete Don Quixote, daß ich das Schwert gegen Eure durchlauchtige Person entblöße, von der mir so viele Gnade widerfahren ist. Die Mützen sollen herausgegeben werden, weil Sancho sagt, daß er solche habe; in Ansehung der Strumpfbänder aber ist es unmöglich, denn ich habe sie sowenig wie er bekommen, und wenn Eure Kammerfrau nur in ihren verborgenen Örtern nachsucht, so wird sie solche gewiß finden. Ich, Herr Herzog, bin niemals ein Dieb gewesen, denke es auch in meinem ganzen Leben nicht zu sein, wenn Gott nicht seine Hand von mir abzieht. Diese Jungfrau spricht, wie sie selber sagt, als eine Verliebte, woran ich keine Schuld habe, und darum habe ich auch nicht um Verzeihung zu bitten, weder sie noch Eure Exzellenz, die ich anflehe, eine bessere Meinung von mir zu hegen und mir von neuem die Erlaubnis zu geben, meine Reise fortzusetzen.

Gott verleihe sie Euch so glücklich, sagte die Herzogin, Herr Don Quixote, daß wir immer glückliche Nachrichten von Euren Handlungen empfangen. Und reist in Gottes Namen, denn indes Ihr zögert, facht Ihr nur das Feuer im Busen der Jungfrauen an, welche Euch sehn; die meinige aber will ich so bestrafen, daß sie sich in Zukunft niemals wieder, weder mit Mienen noch mit Worten, vergehn soll.

Nur ein Wort, nicht mehr, mußt du noch anhören, o tapfrer Don Quixote, sagte hierauf Altisidora, daß ich dich nämlich wegen der Entwendung der Strumpfbänder um Verzeihung bitte, denn bei Gott und meiner Seele, ich habe sie umgebunden, und ich bin so zerstreut wie jener, der auf dem Esel saß und ihn suchte.

Das sagt' ich ja, sprach Sancho, ich bin wohl der Mann danach, einen Diebstahl zu begehn, denn wenn ich das wollte, so war es mir nur ein Spaß, es in meiner Statthalterschaft mit der besten Gelegenheit zu tun.

Don Quixote neigte das Haupt und machte den Herzögen und allen Umstehenden eine Verbeugung, worauf er den Rosinante umlenkte und, indem ihm Sancho auf dem Grauen folgte, das Schloß verließ und den Weg nach Zaragoza einschlug.

Neunundneunzigstes Kapitel

Erzählt, wie sich so viele Abenteuer über Don Quixote ergossen, daß eins dem andern keine Zeit ließ.

Als Don Quixote sich im freien Felde sah, von den Bestürmungen der Altisidora erlöst, war es ihm, als wenn er sich wieder in seinem Elemente befinde, sein Geist erwachte von neuem, die Bahn der Ritterschaft zu verfolgen, und indem er sich zu Sancho wandte, sagte er: Die Freiheit, Sancho, ist eins der köstlichsten Geschenke, welches der Himmel nur immer den Menschen verliehen hat; mit ihr dürfen sich weder die Schätze vergleichen, welche die Erde verschließt, noch welche das Meer bedeckt. Für die Freiheit wie für die Ehre kann und soll man das Leben wagen, und als ihr Gegenteil ist die Sklaverei das größte Unglück, welches dem Menschen zustoßen kann. Ich sage dieses, Sancho, weil du wohl die Pracht und den Überfluß gesehn hast, welche uns in diesem Schlosse zu Gebote standen, das wir verlassen haben. Allein mitten unter diesen wohlschmeckenden Gerichten und abgekühlten Getränken schien es mir doch, ich sei vom Hunger umlagert, weil ich nichts mit derjenigen Freiheit genoß, mit der ich es getan hätte, wenn alles das meinige gewesen wäre; denn die Verbindlichkeiten, die uns erzeigte Wohltaten auflegen, sind ebenso viele Fesseln, welche die Freiheit der Seele beschränken. Glücklich ist derjenige, welchem der Himmel sein Brot gibt, ohne daß er wem anders als dem Himmel Dank schuldig ist!

Aber trotz allem, sagte Sancho, was Ihr da gesagt habt, ist es nicht gut, wenn wir für die zweihundert Dukaten nicht dankbar wären, die mir der Haushofmeister des Herzogs in einem Beutel gegeben hat und die ich als Stärkung und Pflaster auf meinem Herzen trage, um für alle Fälle etwas zu haben; denn wir finden wohl nicht immer Schlösser, wo man uns verpflegt, sondern geraten auch leicht in Schenken, wo sie uns prügeln.

Mit diesen Gesprächen und Unterhandlungen gerieten sie in einen Wald, der vom Wege entfernt lag, und plötzlich, ohne daran zu denken, fand sich Don Quixote in Netzen von grünen Fäden verwickelt, die von etlichen Bäumen nach den jenseitigen ausgespannt waren; und ohne zu begreifen, was dies sein sollte, sagte er zu Sancho: Ich glaube, Sancho, daß diese Netze eins der seltsamsten Abenteuer sind, die man nur ersinnen kann. Ich will sterben, wenn die Zauberer, welche mich verfolgen, mich nicht hierin verwickeln und meine Reise verzögern wollen, um die Strenge zu rächen, mit der ich Altisidora behandelt habe; aber ich sage ihnen, daß, wenn diese Netze, wie sie aus grünen Fäden gemacht sind, auch von den härtesten Diamanten wären oder noch stärker als diejenigen, mit denen der eifersüchtige Gott der Schmiede Venus und Mars umzog, so will ich sie doch so zerreißen, als wären sie nur Meerbinsen oder Gespinst aus Baumwolle. Er wollte sogleich vor und sie alle zerbrechen, als sich ihm plötzlich, zwischen den Bäumen hervortretend, zwei überaus schöne Schäferinnen zeigten; wenigstens waren sie als Schäferinnen gekleidet, außer daß ihre Leibchen und Röcke aus glänzendem Brokat bestanden; ihre Röcke waren nämlich von gewirktem Golde; die Haare ließen sie über die Schultern fliegen, die in der Goldfarbe wohl selbst mit den Strahlen der Sonne wetteifern durften, geschmückt war das Haupt mit zwiefachen Kränzen, der eine von grünem Lorbeer, durch welchen sich ein andrer von rötlichen Amaranten zog; ihr Alter schien nicht unter fünfzehn zu sein, auch nicht höher als achtzehn zu steigen. Dieser Anblick setzte Sancho in Verwunderung und Don Quixote in Erstaunen, die Sonne selbst stand in ihrem Laufe still,

um sie zu sehn, und es herrschte ein tiefes Schweigen. Die zuerst sprach, war eine von den beiden Schäferinnen, welche zu Don Quixote sagte: Haltet an, Herr Ritter, und zerreißt nicht diese Netze, die nicht Euch zum Schaden, sondern uns zum Vergnügen hier aufgespannt sind; und weil ich weiß, daß Ihr uns fragen werdet, was sie bedeuten, oder wer wir sind, so will ich es Euch mit wenigen Worten sagen. In einem Dorfe, das zwei Meilen von hier entfernt liegt und in welchem viele reiche und vornehme Edelleute wohnen, wurde unter vielen Freunden und Verwandten abgeredet, daß sie mit ihren Söhnen, Frauen und Töchtern hierherkommen wollten, sich an diesem Orte zu ergötzen, der der anmutigste in der ganzen Gegend ist, wir wollten ein Hirtenleben und neues Arkadien bilden, indem sich die Mädchen als Schäferinnen und die Jünglinge als Hirten kleideten; wir haben zwei Eklogen eingelernt, die eine von dem berühmten Poeten Carcilasso und die zweite von dem unvergleichlichen Camões, in seiner eigenen portugiesischen Sprache, die wir bis jetzt noch nicht vorgestellt haben; gestern war der erste Tag, an dem wir hier gewesen sind; unter jenen Zweigen haben wir einige Zelte aufgeschlagen, wie es im Felde gebräuchlich ist, am Ufer eines rauschendes Baches, der alle diese Wiesen bewässert; in der Nacht haben wir in den Bäumen diese Netze aufgespannt, um die einfältigen Vögel zu berücken, die, von unserm Lärmen erschreckt, sich freiwillig darin fangen. Ist es Euch gefällig, unser Gast zu sein, so sollt Ihr freundlich und höflich aufgenommen werden, denn jetzt darf sich kein Verdruß und keine Traurigkeit diesem Orte nähern.

Sie schwieg und sagte nichts Weiteres. Worauf Don Quixote antwortete: Wahrlich, schönste Dame, mehr erstaunt und verwundert kann nicht Aktäon gewesen sein, als er unvermutet Diana im Bade sah, als ich in Verwunderung bin, Eure Schönheit zu erblicken. Ich lobe den Vorsatz Eurer Unterhaltung, und für Euer gütiges Anerbieten sage ich Dank, kann ich Euch dienen, so dürft Ihr mir, von meinem Gehorsam überzeugt, gebieten; denn ich habe kein andres Gewerbe, als mich dankbar und als einen Wohltäter des ganzen menschlichen Geschlechtes zu bezeigen; vorzüglich aber so auserlesenen Damen, als Ihr es seid; daher, wenn diese Netze, die ohne Zweifel nur einen kleinen Raum einnehmen, auch den Umfang der ganzen Erde einnehmen sollten, so würde ich lieber neue Welten zu meinem Wege suchen, als sie zerreißen; und damit Ihr dieser meiner Hyperbel Glauben beimessen mögt, so erfahrt, daß derjenige, der Euch dieses verspricht, wenigstens Don Quixote von la Mancha sei, wenn dieser Name Euer Gehör erreicht haben sollte.

Ach, liebste Freundin, sagte hierauf die andre Schäferin, welches außerordentliche Glück! Siehst du diesen Ritter da vor uns? Du mußt wissen, daß er der tapferste, der verliebteste und der artigste auf der ganzen Welt ist, wenn die Geschichte nicht lügt und uns hintergeht, die von seinen Taten gedruckt ist und die ich gelesen habe. Ich wette, daß der wackre Mann, der mit ihm kommt, ein gewisser Sancho Pansa, sein Stallmeister ist, mit dessen Lustigkeit sich nichts vergleichen läßt.

Das ist wahr, sagte Sancho, ich bin dieser Lustige und dieser Stallmeister, von dem Ihr sprecht, und dieser Ritter ist mein Herr, der nämliche Don Quixote von la Mancha, in Büchern geschildert und beschrieben.

Ach, sagte die andre, wir wollen ihn bitten, daß er bleibe, denn unsre Eltern und Brüder würden sich außerordentlich darüber freuen, ich habe auch von seiner Tapferkeit und Anmutigkeit das gehört, was du gesagt hast; vorzüglich aber rühmt man, daß er der treuste und beständigste Liebende sei, von dem man nur weiß, und seine Dame ist eine Dulcinea von Toboso, welcher ganz Spanien die Palme der Schönheit zuerkennt.

Und mit Recht, sagte Don Quixote, wenn sie ihr Eure unvergleichliche Schönheit nicht streitig macht; bemüht Euch aber nicht, meine Damen, mich zurückzuhalten, denn die genauen Vorschriften meines Standes erlauben mir nicht, auch nur an irgendeiner Stätte der Ruhe zu pflegen.

Nun kam an den Ort, wo die vier standen, der Bruder von der einen Schäferin, auch als Schäfer gekleidet, mit solcher Kostbarkeit, daß seine Tracht mit der der Schäferinnen übereinstimmte; sie erzählten ihm, daß derjenige, der zugegen, der tapfere Don Quixote von la Mancha und der andre sein Stallmeister Sancho sei, welchen er schon kannte, weil er seine Historie gelesen hatte. Der vornehme Hirt freute sich und bat sie höflich, sie nach ihren Zelten zu begleiten, daß Don Quixote nachgeben mußte. Indem kam das Treiben herbei, und mancherlei Vögel flogen in die Netze, die, von der Farbe der Netze betrogen, in die Gefahr stürzten, der sie entfliehen wollten. Es fanden sich hierauf an dem Orte mehr als dreißig Personen zusammen, alle prächtig als Schäfer und Schäferinnen gekleidet, und zugleich erfuhren sie alle, wer Don Quixote und sein Stallmeister wären, worüber sie sich nicht wenig freuten, weil sie sie schon aus der Historie kennengelernt hatten. Man begab sich nach den Zelten, die Tische waren schon gedeckt und kostbar, reich und glänzend besetzt; man erzeigte dem Don Quixote die Ehre, daß er den obersten Platz einnehmen mußte; alle sahen auf ihn, und alle verwunderten sich über seinen Anblick. Als die Mahlzeit vorüber war, erhob Don Quixote die Stimme und sprach mit großer Würde: Zu den größten Sünden, welche die Menschen begehn können, gehört zwar, wie einige behaupten wollen, der Stolz, ich aber sage, daß es die Undankbarkeit ist, indem ich mich auf den gewöhnlichen Ausdruck berufe, daß die Hölle voller Undankbarer sei. Diese Sünde habe ich, seit ich den Gebrauch meiner Vernunft habe, soviel als möglich zu fliehen gesucht, und wenn ich Guttaten, die mir widerfahren, nicht durch andre Guttaten vergelten kann, so setze ich den Wunsch, sie zu erzeigen, an ihre Stelle; und wenn dieses nicht hinreicht, mache ich sie bekannt; denn wer von den Guttaten, die er empfängt, öffentlich spricht, würde sie auch mit andern vergelten, wenn er es vermöchte, denn meistenteils stehn diejenigen, welche sie empfangen, unter denjenigen, welche sie geben, und so ist Gott über alle, denn er gibt allen, und die Gaben der Menschen lassen sich mit denen Gottes keineswegs vergleichen, weil ein unendlicher Raum zwischen ihnen ist, aber dieser Mangel und diese Dürftigkeit wird gewissermaßen durch die Dankbarkeit vergütet. Ich kann, so dankbar ich auch für das erwiesene Gute bin, es nicht auf die nämliche Art erwidern, da ich von den engen Grenzen meines Vermögens beschränkt werde, ich biete aber an, soviel ich vermag und was in meinem Besitztume liegt; ich sage also, daß ich mich zwei ganze Tage hindurch in der Mitte der großen Straße nach Zaragoza lagern will und behaupten, daß diese verkleideten Schäferinnen die schönsten und artigsten Jungfrauen auf der Welt sind, nur allein die unvergleichliche Dulcinea von Toboso ausgenommen, die einzige Beherrscherin meiner Gedanken; mit Vergünstigung aller Herren und Damen sei es gesagt, welche mir zuhören.

Als Sancho dies vernahm, der mit der größten Aufmerksamkeit zugehört hatte, rief er mit lauter Stimme: Ist es möglich, daß es Leute in der Welt gibt, welche sich unterstehn, zu sagen und zu schwören, daß dieser mein Herr ein Narr sei? Sagt nur selbst, meine gnädigen Herren Schäfer, gibt es wohl einen Pfarrer in einem Dorfe, so verständig und gelehrt er auch sein mag, der so sprechen könnte, wie mein Herr gesprochen hat? Gibt es wohl einen irrenden Ritter, wenn er auch den Ruhm des tapfersten hat, der das Anerbieten machen könnte, das mein Herr getan hat?

Don Quixote kehrte sich zu Sancho und sagte, das Gesicht vom Zorn entbrannt: Ist es möglich, o Sancho, daß es auf dem ganzen Erdenrunde jemand geben kann, welcher nicht sagen sollte, daß du nicht ein Dummkopf seist, mit einem Unterfutter von demselben Zeuge, mit einer Art Aufschlag von Bosheit und Spitzbüberei? Was mengst du dich in meine Sachen, um auszumachen, ob ich verständig oder unklug bin? Schweig und antworte mir nicht, sondern sattle den Rosinante, wenn er abgesattelt ist; gehn wir, mein Anerbieten ins Werk zu setzen, denn mit dem Rechte, welches auf meiner Seite ist, kannst du alle diejenigen schon für überwunden halten, die mir widersprechen sollten. Zugleich stand er heftig und mit allen Zeichen des Zorns von seinem Stuhle auf, indem er alle Umstehenden in Erstaunen versetzte, die zweifelten, ob sie ihn für einen Narren oder für einen Klugen halten sollten. Sie suchten ihn zu überreden, daß er diese Aufforderung unterlassen möchte, denn sie erkennten seinen guten Willen, auch sei es unnötig, neue Beweise von der Größe seines Mutes zu geben, denn diejenigen seien schon hinreichend, die in der Geschichte seiner Taten erzählt würden. Aber dennoch setzte Don Quixote seinen Vorsatz durch, bestieg den Rosinante, faßte den Schild und ergriff seine Lanze. So lagerte er sich in die Mitte der großen Straße, die sich nicht weit von der grünen Wiese befand. Sancho folgte ihm auf seinem Grauen, nebst allen Leuten der schäferlichen Herde, die begierig waren, zu sehn, was aus seinem seltsamen und unerhörten Anerbieten werden würde. Als Don Quixote sich, wie gesagt, in der Mitte der Straße gelagert hatte, schickte er folgende Worte in die Lüfte: O ihr, Fremde und Reisende, Ritter, Stallmeister, Leute zu Fuß oder zu Pferde, die ihr dieses Weges zieht oder ihn noch in den folgenden beiden Tagen ziehen werdet, wisset, daß Don Quixote von la Mancha, irrender Ritter, hier gegenwärtig ist, um zu behaupten, daß alle andre Schönheit und Artigkeit in der Welt von derjenigen übertroffen wird, mit welcher die Nymphen begabt sind, die diese Wiesen und Wälder bewohnen, wobei ich die Beherrscherin meiner Seele Dulcinea von Toboso ausnehme; wer aber das Gegenteil behauptet, der komme herbei, denn hier erwarte ich ihn.

Zweimal wiederholte er diese Worte, und beide Male wurde er von keinem einzigen Abenteurer gehört.

Das Schicksal aber, welches seine Sachen aus dem Guten in das Bessere lenkte, veranstaltete es so, daß sich bald darauf auf dem Wege eine Anzahl von Leuten zu Pferde sehen ließen, von denen viele Lanzen in den Händen hatten, die alle in einem Trupp zusammengedrängt waren und in großer Eile reisten. Diejenigen, die bei Don Quixote waren, hatten sie kaum erblickt, als sie umkehrten und sich ziemlich weit vom Wege entfernten, denn sie sahen ein, daß, wenn sie dablieben, sie sich einer Gefahr aussetzten; nur Don Quixote blieb mit unerschrocknem Herzen stehn, und Sancho Pansa versteckte sich hinter dem Rosinante. Der Trupp der Lanzenträger kam herbei, und einer, der voran ritt, schrie dem Don Quixote mit lauter Stimme zu: Fort, du Teufelskerl, aus dem Wege, die Stiere reißen dich ja in Stücke.

Heda, Kanaille, antwortete Don Quixote, für mich gibt es keine Stiere, die mir Trotz bieten, und wenn es auch die stärksten wären, die der Xarama an seinen Ufern erzeugt. Bekennt, ihr Spitzbuben, daß das die Wahrheit sei, was ich hier bekanntgemacht habe, wollt ihr nicht, so macht euch zum Kampfe fertig.

Der Ochsentreiber hatte keine Zeit, zu antworten, und Don Quixote ebensowenige, aus dem Wege zu gehn, wenn er auch gewollt hätte; und so geschah es, daß der Trupp der starken Stiere sowie der zahmen Ochsen nebst der Menge von Ochsentreibern und andern Leuten, die sie umgaben, um sie nach einer Stadt zu treiben, wo sie am folgenden Tage ein Stiergefecht geben wollten, ihren Weg über Don Quixote und Sancho, Rosinante und den Grauen nahmen, indem sie sie zur Erde warfen und über sie hinwegrannten. Sancho war zerquetscht, Don Quixote betäubt, der Graue zerschlagen und Rosinante nicht unbeschädigt; endlich aber standen alle auf, und Don Quixote lief mit großer Eile, bald stolpernd und bald fallend, der Ochsenherde nach und rief mit lauter Stimme: Haltet an, ihr niederträchtiges Gesindel, denn ein einziger Ritter erwartet euch hier, der nicht die Gesinnung hegt oder der gewöhnlichen Meinung ist, daß man dem fliehenden Feinde silberne Brücken bauen müsse.

Aber die flüchtigen Renner ließen sich dadurch nicht zurückhalten, auch beachteten sie seine Drohungen nicht mehr als die Wolken vom vorigen Jahre: Don Quixote blieb endlich aus Müdigkeit zurück und setzte sich mehr erbost als gerächt am Wege nieder, um zu warten, bis Sancho, Rosinante und der Graue zu ihm kämen. Sie kamen, Herr und Diener stiegen wieder auf, und ohne umzukehren, um von dem erdichteten oder nachgeahmten Arkadien Abschied zu nehmen, setzten sie mehr mit Scham als Vergnügen ihre Reise fort.

Einhundertstes Kapitel

Was dem Don Quixote begegnete, als er nach Barcelona ging.

Der Morgen war frisch und verhieß, daß der ganze Tag so sein würde, an welchem Don Quixote weiterzog, nachdem er sich vorher erkundigt hatte, welches der nächste Weg nach Barcelona sei, ohne Zaragoza zu berühren; so sehr war er darauf bedacht, den neuen Geschichtschreiber, der, wie er gehört, ihn so geschmäht hatte, als einen Lügner erscheinen zu lassen. Es fügte sich, daß ihm in vier bis sechs Tagen nichts begegnete, welches des Niederschreibens würdig gewesen, nach welcher Zeit ihn die Nacht einmal, da er sich vom Wege entfernt hatte, unter einigen dicken Eichen oder auch Korkbäumen überfiel. Herr und Diener stiegen von ihren Tieren ab, und nachdem sie sich unter den Zweigen der Bäume hingestreckt hatten, überließ sich Sancho, der an diesem Tage viel geschmaust hatte, ohne weiteres einem tüchtigen Schlafe; Don Quixote aber, den seine Phantasien noch mehr als der Hunger wach erhielten, konnte kein Auge zutun, sondern schweifte und kreuzte mit seinen Gedanken durch tausend verschiedene Gebiete. Bald glaubte er in der Höhle des Montesinos zu sein, bald sah er die in eine Bäuerin verwandelte Dulcinea rennen und auf die Eselin springen, bald ertönten in seinen Ohren die Worte des weisen Merlin, der ihm die Bedingungen und die Weise entdeckte, durch welche allein nur die Entzauberung der Dulcinea geschehn könne. Er war in Verzweiflung, wenn er die Saumseligkeit, das geringe Mitleid seines Stallmeisters Sancho betrachtete, der sich, soviel er wußte, erst fünf Streiche gegeben hatte, eine nur geringe und unbeträchtliche Anzahl gegen die vielen, die ihm noch übrig waren; darüber stieg ein solcher Verdruß und Zorn in ihm auf, daß er zu sich selber sagte: Wenn Alexander Magnus den Gordischen Knoten mit den Worten entzweihieb: Gleichviel, entzweihauen oder auflösen! und er demohngeachtet der unumschränkte Herr von ganz Asien wurde, so kann sich auch ein Gleiches jetzt mit der Entzauberung der Dulcinea zutragen, wenn ich den Sancho, auch gegen seinen Willen, geißele; denn wenn die Bedingung dieser Erlösung die ist, daß Sancho dreitausend und mehr Streiche empfange, was kümmert's mich, ob er sie sich gibt oder sie ihm ein andrer zuteilt, denn das Wesentliche besteht darin, daß er sie empfange, mögen sie auch herkommen, woher sie immer wollen.

Mit diesen Gedanken näherte er sich dem Sancho, nachdem er vorher den Zaum des Rosinante genommen und ihn so zurechtgemacht hatte, daß dieser ihm zur Geißel dienen konnte, und fing an, ihm den Gürtel aufzulösen, (man meint, dieser habe nur vorn eine Schleife gehabt, von welcher seine Beinkleider gehalten wurden); er war ihm aber kaum nahe gekommen, als Sancho auch gleich ganz wach wurde und sagte: Was ist das, wer faßt mich an und macht mir den Gürtel los?

Ich bin es, antwortete Don Quixote, weil ich deine Unterlassung ergänzen und meiner Qual Linderung verschaffen will; ich komme, dich zu geißeln, Sancho, und die Schuld zum Teil abzutragen, zu welcher du dich verpflichtet hast. Dulcinea verdirbt, du lebst sorglos, und ich sterbe im Wünschen; und darum ziehe dich nur gutwillig aus, denn ich bin willens, dir in dieser Einsamkeit wenigstens zweitausend Streiche zu geben.

Ja nicht, sagte Sancho, haltet Euch ruhig, oder, beim lebendigen Gott, die Tauben sollen uns hören können; die Streiche, die ich auf mich genommen habe, sollen freiwillige sein und ohne Gewalt geschehn, und jetzt habe ich keine Lust, mich zu geißeln, genug, daß ich Euch mein Wort gebe, mich zu geißeln und zu hauen, sobald es mir in den Sinn kommt.

Ich kann mich auf deinen Edelmut nicht verlassen, Sancho, sagte Don Quixote, denn dein Herz ist grausam, und so sehr du Bauer bist, ist dein Fleisch doch zimperlich. Hierbei arbeitete er und bemühte sich, ihm die Schleife aufzubinden. Als Sancho dergleichen wahrnahm, stand er auf und ergriff seinen Herrn, mit dem er sich umfaßte und herumschwenkte, worauf er ihm ein Bein unterschlug und ihn mit aufgerecktem Gesichte auf die Erde hinschmiß; er stemmte ihm nun sein rechtes Knie auf die Brust und hielt ihm mit den Händen die seinigen so fest, daß er sich weder rühren noch regen konnte. Don Quixote sagte zu ihm: Wie, Verräter, du empörst dich gegen deinen Herrn und rechtmäßigen Gebieter? Das unterstehst du dich gegen den, der dich ernährt?

Nichts da von Verrat und Empörung, antwortete Sancho, ich stehe nur mir Unterdrücktem bei! Ihr versprecht mir hier, daß Ihr mich in Ruhe lassen und mich nicht zwingen wollt, mich zu geißeln, und ich lasse Euch los und ledig, wo nicht,

Mußt, Verräter, allhier sterben,
O du Feind der Doña Sancha.

Don Quixote versprach es ihm und schwor ihm, bei dem Leben seiner Gedanken, auch nicht einen Faden seines Gewandes anzurühren und daß er es ganz seiner Willkür und Laune anheimstellen wolle, sich zu geißeln, wenn es ihm gefiele.

Sancho stand auf und entfernte sich von dem Orte eine geraume Strecke, und indem er sich unter einem anderen Baum lagern wollte, fühlte er, daß ihm etwas an den Kopf stieß, worauf er mit der Hand tappte und zwei menschliche Beine mit ihren Schuhen und Strümpfen ergriff. Er zitterte vor Furcht, sprang auf und lief zu einem anderen Baum, und ihm begegnete das nämliche; er schrie laut nach Don Quixote, daß dieser ihm helfen solle. Don Quixote kam und fragte ihn, was ihm begegnet sei, warum er sich so fürchte, worauf Sancho antwortete, daß alle Bäume dort voller menschlicher Füße und Beine hingen. Don Quixote fühlte danach und erriet, was es sein könnte, weshalb er zu Sancho sagte: Es ist nichts, worüber du dich fürchten könntest, denn diese Füße und Beine, welche du fühlst und nicht siehst, gehören ohne Zweifel einigen Spitzbuben und Straßenräubern, die an diesen Bäumen aufgehängt sind, denn hier pflegt sie die Obrigkeit zu hängen, wenn sie ergriffen werden, zu zwanzigen und zu dreißigen; ich schließe hieraus, daß wir uns schon nahe bei Barcelona befinden müssen. Und so verhielt es sich auch in der Tat. Gegen Sonnenaufgang hoben sie die Augen auf und sahen die Trauben dieser Bäume, welche Körper von Räubern waren.

Indessen wurde es Tag, und wenn die Toten sie schon erschreckt hatten, so taten dies vierzig lebendige Räuber noch mehr, welche sie plötzlich umzingelten und ihnen in katalanischer Sprache zuriefen, daß sie sich ruhig verhalten und warten sollten, bis ihr Hauptmann käme. Don Quixote war zu Fuß, sein Pferd unaufgezäumt, seine Lanze an einem Baum gelehnt, und er war mit einem Worte ohne alle Verteidigung, deshalb hielt er es für gut, die Arme unterzuschlagen und den Kopf hängen zu lassen, um sich für eine bessere Zeit und Gelegenheit aufzusparen. Die Räuber gingen hin, um den Grauen zu plündern, auf welchem sie nichts von alledem ließen, was sie nur im Schnappsacke und im Felleisen fanden; es war für Sancho ein Glück, daß sich in einer Geldkatze, die er umgegürtet hatte, die Dukaten des Herzogs befanden, aber dessenungeachtet würden diese wackeren Leute so nachgeforscht und untersucht haben, bis sie gefunden, was er zwischen Haut und Fleisch verborgen hätte, wenn nicht in diesem Augenblicke ihr Hauptmann herzugekommen wäre, der ungefähr vierunddreißig Jahre alt schien und von starkem Körper, mehr als mittlerer Größe, von ernstem Blick und brauner Farbe war. Er ritt auf einem gewaltigen Pferde, mit einem Panzerhemde bekleidet und mit vier großen Pistolen an den Seiten bewaffnet. Er sah, daß seine Knappen den Sancho Pansa ausplündern wollten; er befahl ihnen, es zu unterlassen, worauf sie sogleich gehorchten und dadurch die Geldkatze gerettet wurde. Er verwunderte sich, die Lanze zu sehen, die am Baume lehnte, den Schild auf der Erde und Don Quixote gewappnet und melancholisch, in der traurigsten und kummervollsten Gestalt, welche nur die Traurigkeit selbst jemals zeigen könnte. Er ging zu ihm und sagte: Seid nicht so traurig, lieber Freund, denn Ihr seid nicht in die Hände eines grausamen Osiris, sondern in die des Roque Guinart gefallen, dessen Natur mehr mitleidig als streng ist.

Meine Traurigkeit rührt nicht daher, antwortete Don Quixote, daß ich mich in deiner Gewalt befinde, o tapferer Roque, dessen Ruhm auf der ganzen Erde keine Grenzen kennt, sondern daß ich so sorglos gewesen, daß deine Soldaten mich unberitten haben überfallen können, da es meine Pflicht heischt, dem Orden der fahrenden Ritterschaft gemäß, zu welchem ich mich bekenne, in ewiger Wachsamkeit zu leben und zu aller Zeit meine eigene Schildwache zu sein; denn du mußt wissen, o großer Roque, hätten sie mich zu Pferde angetroffen, mit meiner Lanze und meinem Schilde, so würde es ihnen nicht leicht geworden sein, mich zu überwältigen, denn ich bin Don Quixote de la Mancha, welcher mit seinen Taten den Erdkreis angefüllt hat.

Roque Guinart sah sogleich ein, daß die Krankheit des Don Quixote mehr Narrheit als Tapferkeit sei; ob er gleich seinen Namen einigemal gehört hatte, so hatte er doch seine Taten nie für Wahrheit gehalten, auch hatte er sich nie überreden können, daß eine solche Phantasie den Verstand eines Menschen beherrschen solle, darum freute er sich außerordentlich, auf ihn getroffen zu sein, um das in der Nähe zu sehen, was er aus der Ferne gehört hatte; er sagte also zu ihm: Tapferer Ritter, betrübt Euch nicht, haltet es auch für kein schlimmes Unglück, in welchem Ihr Euch jetzt befindet, denn es ist möglich, daß sich Euer erzürntes Schicksal mit dergleichen Unfällen versöhne; denn der Himmel pflegt durch seltsame, von Menschen nie ersonnene Mittel die Gefallenen aufzurichten und die Armen reich zu machen.

Don Quixote wollte seinen Dank abstatten, als sie hinter sich ein Geräusch hörten wie von einem Trupp Pferden, es war aber nur ein einziges, auf welchem in voller Wut ein Jüngling herbeisprengte, dem Scheine nach von zwanzig Jahren, in grünen Damast gekleidet, mit goldener Stickerei, einem aufgekrempten wallonischen Hut, eng anschließenden Stiefeln, Sporen, Dolch und Degen vergoldet, in der Hand hatte er eine kleine Büchse und zwei Pistolen an den Seiten. Bei dem Geräusche drehte Roque den Kopf um und sah diese schöne Gestalt, welche, da sie nahe gekommen war, sagte: Dich zu suchen kam ich, o tapferer Roque, denn bei dir finde ich, wenn nicht Hilfe, doch Trost in meinem Unglücke, und damit du nicht ungewiß bleibst, weil ich weiß, du kennst mich nicht, so will ich dir sagen, wer ich bin; ich bin Claudia Geronima, die Tochter des Simon Forte, deines vertrauten Freundes, des Todfeindes des Clauquel Torrellas, der auch der deine ist, weil er zu einer feindseligen Bande gehört; du weißt, daß dieser Torrellas einen Sohn hat, welcher Don Vincente Torrellas heißt oder wenigstens noch vor zwei Stunden so hieß. Um die Erzählung meines Unglücks abzukürzen, will ich dir alles nur mit wenigen Worten sagen. Dieser sah mich, warb um mich, ich gab ihm Gehör und schenkte ihm meine Liebe ohne Wissen meines Vaters, denn es gibt kein Mädchen, wenn es auch noch so einsam und strenge gehalten wird, das nicht Gelegenheit finden sollte, das auszurichten, was es sich vorgesetzt hat. Kurz, er versprach mir, mein Gemahl zu sein, und ich gab ihm mein Wort, die Seine zu werden, ohne daß wir weiter schritten; gestern erfuhr ich, daß er, uneingedenk dessen, was er mir schuldig war, sich mit einer anderen verheirate und daß diesen Morgen die Vermählung vor sich gehe; eine Nachricht, die mir die Sinne verwirrte und aller Geduld ein Ende machte, und da mein Vater nicht zu Hause war, fand ich Gelegenheit, die Tracht anzulegen, in der du mich siehst, worauf ich auf diesem Pferd fortsprengte und Don Vincente eine Meile von hier einholte; ohne mich aufzuhalten, mich zu beklagen oder seine Entschuldigungen anzuhören, schoß ich diese Büchse und zum Überfluß auch diese beiden Pistolen auf ihn ab, so daß er, wie ich glaube, mehr als zwei Kugeln im Körper haben muß, wodurch ich Tore eröffnet habe, aus welchem mit seinem Blute vermischt meine Ehre wieder zum Vorschein käme. So ließ ich ihn unter seinen Dienern, die nicht wagten, ihn zu verteidigen. Ich komme, dich zu bitten, daß du mich nach Frankreich hinüberschaffst, wo ich Verwandte habe, bei denen ich leben kann, zugleich will ich dich bitten, daß du meinen Vater beschützest, damit es die Anhänger des Don Vincente nicht wagen, an ihm eine schmähliche Rache zu nehmen.

Roque, über die Schönheit, den Anstand und das Schicksal der reizenden Claudia verwundert, sagte zu ihr: Komm, Señora, damit wir sehen, ob dein Feind tot ist, denn alsdann können wir beratschlagen, was dir am nötigsten ist.

Don Quixote, der aufmerksam zugehört, was Claudia gesprochen und Roque geantwortet hatte, sagte: Niemand darf sich der Mühe unterziehen, diese Dame zu verteidigen, weil ich es auf mich nehme; gebt mir mein Pferd und meine Waffen und erwartet mich hier, denn ich will gehen, um diesen Ritter zu suchen, und tot oder lebendig soll er das Wort erfüllen, welches er dieser edlen Schönheit gegeben hat.

Daran darf niemand zweifeln, sagte Sancho, denn mein Herr hat zum Verheiraten eine sehr glückliche Hand.

Roque, der mehr über das Schicksal der schönen Claudia nachdachte als auf die Reden des Herrn und Dieners achtgab, hörte nicht auf sie und befahl seinen Knappen, daß sie dem Sancho alles wiedergeben sollten, was sie von dem Grauen genommen hatten, zugleich gebot er ihnen, sich wieder nach der Gegend zurückzuziehen, in welcher sie diese Nacht zugebracht hatten, und hiermit entfernte er sich mit Claudia eilig, um den verwundeten oder toten Don Vincente aufzusuchen. Sie kamen an die Stelle, an welcher Claudia ihn getroffen hatte, und fanden hier nichts als frisch vergossenes Blut; da sie sich aber nach allen

Seiten umsahen, entdeckten sie Leute auf der Höhe eines Hügels, sie glaubten, wie es auch in der Tat war, daß sich Don Vincente unter diesen befinden müsse, den seine Diener tot oder lebendig fortführten, um ihn entweder zu heilen oder ihn zu begraben; sie machten sich eilig auf, um sie einzuholen, welches ihnen bald gelang, da jene nur langsam fortschritten. Sie fanden den Don Vincente in den Armen seiner Diener, die er mit schwacher und matter Stimme bat, ihn dort sterben zu lassen, denn der Schmerz seiner Wunden erlaube ihm nicht, sich weiter tragen zu lassen. Claudia und Roque sprangen vom Pferde und eilten herbei, die Diener fürchteten die Gegenwart des Roque, und Claudia zitterte beim Anblick des Don Vincente; halb gerührt und halb erbittert ging sie zu ihm, faßte ihn bei den Händen und sagte: Hättest du mir diese nach unserer Übereinkunft gegeben, so hättest du dich nicht in diesem Zustande befunden.

Der verwundete Ritter öffnete die fast geschlossenen Augen, erkannte Claudia und sagte: Ich sehe wohl, meine schöne und getäuschte Gebieterin, daß du dieselbe bist, die mich getötet hat, eine Strafe, die ich nicht verdiente und die meine Absichten nicht verschuldet haben, nach denen ich dich niemals durch Taten kränken wollte oder es jemals gekonnt hätte.

So ist es nicht Wahrheit, sagte Claudia, daß du dich heute morgen mit Leonora vermählen wolltest, der Tochter des reichen Balvastro?

Gewiß nicht, antwortete Don Vincente. Mein Unglück hat dir diese Nachricht überbracht, damit du mir aus Eifersucht das Leben raubtest, und da ich es in deinen Händen und Armen aufgebe, so halte ich mein Schicksal immer noch für glücklich; und um dich der Wahrheit zu versichern, so drücke mir die Hand und nimm mich zu deinem Gatten an, wenn du es willst, denn das ist meine letzte Freude, dich aus dem Irrtum zu ziehen, du habest von mir eine Kränkung erlitten.

Claudia drückte ihm die Hand, wobei ihr das Herz so zerdrückt wurde, daß sie ohnmächtig auf die blutende Brust des Don Vincente hinsank, und ihn ergriff die tödliche Erstarrung. Roque war gerührt und wußte nicht, was er tun sollte. Die Diener liefen fort, um Wasser zu suchen, das sie ihnen ins Gesicht spritzen könnten. Claudia erwachte wieder aus ihrer Ohnmacht, aber Don Vincente nicht aus seiner Erstarrung, denn er hatte sein Leben beschlossen. Als Claudia sah, daß ihr süßer Gemahl nicht mehr lebte, zerriß sie die Luft mit ihrem Jammer, schickte ihre Klagen zum Himmel, raufte ihre Haare aus und streute sie in den Wind, entstellte ihr Antlitz mit ihren eigenen Händen und gab alle Zeichen des Schmerzes und der Verzweiflung, die sich nur von einem geängstigten Herzen denken lassen. O grausames, o liebloses Mädchen, rief sie aus, wie leicht hast du dich bewegen lassen, einen so schrecklichen Plan auszuführen! O rasende Wut der Eifersucht, zu welchem fürchterlichen Ziele führst du den, der dir seine Brust öffnet! O mein Gemahl, welch elendes Verhängnis! Weil du der meine bist, so macht es dein Hochzeitsbett zu deinem Grabe!

So betrübte Klagen stieß Claudia aus, daß die Augen des Roque von Tränen überflossen, die er sonst bei keiner Gelegenheit zu vergießen pflegte. Die Diener weinten, und Claudia wurde in jeder Minute ohnmächtig, das ganze Feld schien nur eine Bühne der Tränen und ein Ort des Unglücks zu sein. Endlich befahl Roque Guinart den Dienern des Don Vincente, seinen Leichnam nach dem Wohnsitz seines Vaters zu bringen, der nicht weit entlegen war, um ihm dort ein Begräbnis zu geben. Claudia sagte dem Roque, daß sie in ein Kloster gehen wolle, dessen Äbtissin ihre Tante sei, um dort ihr Leben zu beschließen, mit einem edleren Bräutigam für die Ewigkeit verbunden. Roque lobte ihren guten Vorsatz und erbot sich, sie zu begleiten, wohin sie nur wolle, auch ihren Vater gegen die Verwandtschaft des Don Vincente und gegen die ganze Welt zu verteidigen, wenn ihm einer zu nahe kommen wolle. Claudia aber wollte seine Gesellschaft auf keine Weise annehmen, sondern dankte, so höflich sie nur konnte, für seine Freundschaft und nahm mit Tränen Abschied. Die Diener des Don Vincente trugen seinen Leichnam fort, und Roque begab sich wieder zu seinen Leuten; dieses Ende nahm die Liebe der Claudia Geronima.

Roque Guinart fand seine Knappen an der Stelle, an welche er sie beordert hatte, und Don Quixote auf dem Rosinante unter ihnen, der ihnen eine Rede hielt, durch die er sie bewegen wollte, diese Lebensweise, die ihrer Seele nicht weniger als ihrem Leibe gefährlich sei, aufzugeben; da aber die meisten Gascogner waren, rohe und wilde Menschen, so fand die Rede des Don Quixote keinen sonderlichen Eingang bei ihnen.

Als Roque herbeigekommen war, fragte er den Sancho, ob sie ihm alle seine Sachen zurückgegeben, die sie dem Grauen abgenommen hätten. Sancho antwortete, ja, nur daß noch drei Mützen fehlten, die wohl den Wert von drei Städten hätten. Was sprichst du, Kerl? sagte einer von den Räubern, hier sind sie, und sie haben nicht den Wert von drei Realen.

Das ist wahr, sagte Don Quixote; aber mein Stallmeister schätzt sie so hoch, weil ich sie von jemand empfing, der sie mir teuer macht.

Roque Guinart befahl, sie sogleich zurückzugeben, worauf er alle seine Leute in eine Reihe stellte und ihnen gebot, ihm alles an Kleidern, Kostbarkeiten und Geld samt allem, was sie seit der letzten Teilung erbeutet hatten, vorzulegen; er machte schnell die Schätzung, und was nicht geteilt werden konnte, setzte er in Geld um. Hierauf teilte er mit solcher Gerechtigkeit und Klugheit alles seinen Leuten aus, daß auch keiner im geringsten dabei zu kurz kam oder Schaden litt. Nachdem dies geschehen war und alle zufrieden, vergnügt und bezahlt waren, sagte Roque zu Don Quixote: Wenn man nicht diese Genauigkeit beachtete, so ließe sich nicht mit ihnen leben.

Worauf Sancho sagte: Wie ich gesehen habe, ist die Gerechtigkeit etwas so Gutes, daß sie auch sogar unter den Spitzbuben notwendig ist.

Dieses hörte ein Knappe und legte sogleich das Rohr seiner Flinte an, worauf er ohne Zweifel dem Sancho den Kopf zerschmettert hätte, wenn Roque Guinart ihm nicht zugeschrien hätte, daß er einhalten möchte. Sancho erschrak und nahm sich vor, die Lippen nicht mehr aufzutun, solange er sich unter diesen Leuten befände.

Indessen kam einer und noch mehrere von diesen Knappen, die auf den Wegen als Schildwachen aufgestellt waren, um die Reisenden zu beobachten und ihrem Oberhaupte Nachrichten zu geben, und dieser sagte: Señor, nicht weit von hier, auf dem Wege nach Barcelona, kommt ein großer Trupp Menschen.

Worauf Roque antwortete: Hast du gesehen, ob sie von denen sind, die uns suchen, oder von denen, die wir suchen?

Sie sind von denen, die wir suchen, antwortete der Knappe.

So geht alle, versetzte Roque, und bringt sie sogleich hierher, ohne daß euch einer entrinne.

Sie gingen fort, und Don Quixote, Sancho und Roque blieben allein zurück, indem sie erwarteten, wen die Räuber mit sich bringen würden; indessen sagte Roque zu Don Quixote: Eine neue Lebensweise muß die unsere dem Herrn Don Quixote scheinen, neue Abenteuer, neue Begebenheiten, und alle gefährlich; ich wundere mich nicht, wenn sie so erscheint, denn ich muß in der Tat gestehen, daß es keine unruhigere Art zu leben, keine angstvollere als die unsere gibt. Mich hat, ich weiß selbst nicht wie, die Rachsucht dahin getrieben, welche auch die allerruhigsten Gemüter in Empörung bringen kann; ich bin von Natur mitleidig und gutmütig; aber wie gesagt, die Sucht, eine Beleidigung, die mir widerfuhr, zu rächen, hat alle meine guten Neigungen zu Boden geworfen, so daß ich in diesem Zustande verharre; meine Einsichten mögen mir auch noch so viel dagegen sagen; und wie ein Abgrund zum andern und eine Sünde zur andern führt, so hat sich auch meine Begierde der Rache so verstärkt, daß ich nicht nur die meine, sondern auch fremde übernehme; aber Gott ist gnädig, so daß ich, wenn ich mich auch mitten im Labyrinthe meines Unglücks sehe, doch die Hoffnung nicht verliere, einen sicheren Ausgang zu finden.

Don Quixote verwunderte sich, von Roque so vernünftige und erbauliche Reden zu hören, denn er glaubte, daß unter dergleichen Beschäftigungen wie Plündern, Morden und Straßenrauben keiner einen guten Vorsatz behalten könne, er antwortete ihm: Herr Roque, der Anfang des Besserwerdens ist, seine Krankheit erkennen und daß der Kranke die Arzneien einnimmt, welche ihm der Arzt verordnet; Ihr seid krank, kennt Euer Übel, und der Himmel, oder richtiger zu reden, Gott, welcher unser Arzt ist, wird Euch die Arzneien geben, welche die Heilung hervorbringen; da Ihr eben in Euern Reden Eure Einsicht gezeigt habt, so müßt Ihr guten Mut fassen und hoffen, daß die Krankheit Eures Gewissens sich zur Genesung wenden werde; wollt Ihr nun einen Weg sparen und Euch leichtlich auf den der Erlösung begeben, so kommt mit mir, und ich will Euch lehren, ein fahrender Ritter sein, in welchem Stande ihm so viele Mühseligkeiten und Leiden begegnen, daß er für eine Buße zu achten ist und Ihr, wie man eine Hand umdreht, in den Himmel gelangen könnt.

Roque lachte über den Rat des Don Quixote, wandte das Gespräch anders und erzählte ihm das tragische Schicksal der Claudia Geronima, worüber sich Sancho sehr betrübte, weil ihm die Schönheit, der freie Anstand und der Ausdruck des Mädchens sehr gefallen hatte.

Indessen kamen die ausgesandten Räuber zurück und brachten zwei Ritter zu Pferde und zwei Pilger zu Fuß mit, überdies eine Kutsche mit Weibern und sechs Bedienten, die sie zu Fuß und zu Pferde begleiteten, bei denen sich auch noch zwei junge Maultiertreiber befanden, die zu den Rittern gehörten. Die Räuber trieben sie in die Mitte, und Sieger wie Besiegte beobachteten ein tiefes Schweigen, indem sie darauf warteten, daß der große Roque Guinart sprechen sollte, der die Ritter fragte, wer sie wären, wohin sie gingen und wieviel Geld sie mit sich führten. Einer von ihnen antwortete: Señor, wir sind Hauptleute von der spanischen Infanterie, unsere Kompanien sind in Neapel, und wir wollen uns in vier Galeeren einschiffen, die in Barcelona liegen sollen, um nach Sizilien zu fahren; wir haben zweihundert oder dreihundert Taler bei uns, mit denen wir uns reich und zufrieden dünken, denn die gewöhnliche Armut der Soldaten erlaubt ihnen keine größeren Schätze.

Roque tat den Pilgern die nämliche Frage, die er den Hauptleuten vorgelegt hatte; er erhielt die Antwort, daß sie sich einschiffen wollten, um nach Rom zu gehen, und daß sie beide etwa sechzig Realen aufbringen könnten.

Er wollte auch wissen, wer in der Kutsche sei, wohin die Reise gehe und mit wie vielem Gelde sie ausgerüstet sei, und einer von denen zu Pferde sagte: Meine gnädige Doña Guiomar de Quiñones, Gemahlin des Präsidenten von Neapel, nebst einer kleinen Tochter, einer Kammerfrau und einer Dueña befinden sich in der Kutsche; wir sechs Bediente begleiten sie, und die Reisekasse enthält sechshundert Taler.

Also, sagte Roque Guinart, haben wir hier neunhundert Taler und sechzig Realen; meine Soldaten belaufen sich auf sechzig, sinnt nach, wieviel auf jeden kommt, denn ich bin ein schlechter Rechner.

Als dies die Straßenräuber hörten, erhoben sie die Stimme und schrien: Es lebe Roque Guinart viele Jahre, allen Hunden zum Trotz, die seinen Untergang suchen!

Die Hauptleute waren betrübt, die Frau Präsidentin bekümmert und die Pilger nicht vergnügt, als sie sahen, daß ihr Vermögen preisgegeben wurde. Roque ließ sie eine Weile in der Angst; endlich aber wollte er ihrer Betrübnis, die man auf einen Büchsenschuß weit erkennen konnte, ein Ende machen, er wandte sich zu den Hauptleuten und sagte: Meine Herren Hauptleute, habt die Güte und leiht mir sechzig Taler und die Frau Präsidentin achtzig, damit ich mein Gefolge zufriedenstelle, denn jedes Amt muß seinen Mann ernähren, dann könnt ihr sogleich frei und ungehindert eure Reise fortsetzen, mit einem Passe, den ich euch geben will, damit, wenn ihr auf andere von meinen Leuten stoßt, die ich in diese Gegenden verlegt habe, sie euch keinen Schaden zufügen, denn es ist nicht meine Absicht, Soldaten zu beleidigen, noch weniger Damen, besonders so vornehme.

Unendlich waren die Danksagungen, die die Hauptleute dem Roque für seine Artigkeit und Freigebigkeit abstatteten, denn dafür hielten sie es, daß er ihnen ihr eignes Geld ließ. Die gnädige Doña Guiomar de Quiñones wollte aus der Kutsche steigen, um dem großen Roque die Hände zu küssen, aber er gab dieses durchaus nicht zu, sondern bat sie im Gegenteil um Verzeihung, daß er sie kränke, wozu er von den schlimmen Verpflichtungen seines unglücklichen Amtes genötigt werde.

Die Frau Präsidentin befahl einem Bedienten, sogleich die achtzig Taler, die auf ihren Teil gefallen waren, auszuzahlen, und die Hauptleute hatten die sechzig schon abgezählt. Die Pilger wollten ihre ganze Armut hergeben, aber Roque sagte ihnen, sie möchten ruhig sein; er wandte sich hierauf zu seinen Leuten und sagte: Von diesen Talern bekommt jeder von euch zwei, und zwanzig bleiben übrig, zehn davon sollen diese Pilger und die andern zehn dieser wackere Knappe erhalten, damit er von diesem Abenteuer etwas Gutes sagen könne. Er zog ein Schreibzeug hervor, mit welchem Roque immer versehen war, und gab ihnen einen geschriebenen Paß an die Anführer seiner Leute, worauf er sich von ihnen verabschiedete und sie frei ziehen ließ, während sie über seinen Edelmut, seinen schönen Anstand und sein seltsames Betragen erstaunt waren, denn sie hielten ihn eher für eine Alexander Magnus als für einen gemeinen Straßenräuber.

Einer von den Räubern sagte in seiner halb gaskognischen, halb katalanischen Sprache: Unser Kapitän taugt besser zu einem Pater als zu einem Räuber; wenn er sich in Zukunft freigebig erweisen will, so mag er es mit seinem Gelde und nicht mit dem unseren tun.

Der Elende hatte es nicht so leise gesagt, daß es Roque nicht gehört haben sollte, der sogleich den Degen faßte und ihm den Kopf spaltete, indem er sagte: So bestrafe ich die frechen Zungen.

Alle erschraken, und keiner wagte, ein Wort zu sprechen; so groß war der Gehorsam, den sie beobachteten. Roque ging beiseite und schrieb einen Brief an einen seiner Freunde zu Barcelona, worin er ihm Nachricht gab, daß er den berühmten Don Quixote de la Mancha, den fahrenden Ritter, von dem so viele Dinge erzählt würden, bei sich habe und daß er ihm melde, er sei der verständigste Mann von der Welt, und innerhalb vier Tagen, am Tage des heiligen Johannes des Täufers, wolle er ihn mitten auf die Reede vor der Stadt abliefern, bewaffnet mit allen seinen Waffen, auf Rosinante, seinem Pferde, und seinem Knappen Sancho auf seinem Esel, er möchte seinen Freunden, den Niarros, diese Nachricht mitteilen, damit sie sich mit ihm ergötzten.

Diesen Brief schickte er durch einen seiner Knappen, der die Tracht eines Räubers mit der eines Bauern vertauschte, so nach Barcelona ging und ihn dem überlieferte, an welchen er gerichtet war.

Einhunderterstes Kapitel

Was Don Quixote bei seinem Einzuge in Barcelona begegnete.

Drei Tage und drei Nächte blieb Don Quixote bei Roque, und wäre er dreihundert Jahre bei ihm geblieben, so hätte es ihm nicht an Gelegenheit gefehlt, seine Lebensweise zu bewundern. Hier waren sie am Morgen, dort aßen sie zu Mittag; einmal flohen sie, ohne zu wissen vor wem, ein andermal lauerten sie, ohne zu wissen auf wen. Sie schliefen stehend, oft ihren Schlaf unterbrechend, indem sie den Ort verließen und einen andern aufsuchten. Immer wurden Spione ausgeschickt, Schildwachen abgehört, die Lunten der Musketen fertig gehalten, ob sie gleich nur wenige hatten, sondern sich mehr der kurzen Büchsen mit Feuersteinen bedienten. Roque war des Nachts von seinen Leuten entfernt und hielt sich an Orten auf, die sie nicht wissen konnten, denn die vielen Befehle, die der Vizekönig von Barcelona gegen sein Leben hatte ergehen lassen, machten ihn unruhig und furchtsam, so daß er keinem traute, auch seine eignen Leute voll Mißtrauen behandelte, da er fürchten mußte, daß sie ihn ausliefern möchten; ein ohne Zweifel bedauernswertes und angstvolles Leben.

Endlich gelangten auf unbetretenen Wegen, Fußsteigen und heimlichen Pfaden Roque, Don Quixote und Sancho nebst sechs der Knappen vor Barcelona. Sie kamen auf die Reede am Abend vor dem Sankt-Johannis-Tage an, und indem Roque Don Quixote und Sancho umarmte, dem er die versprochenen zehn Taler gab, verließ er sie unter tausend Höflichkeitsbezeigungen, die von beiden Seiten getan und erwidert wurden. Roque ging zurück, und Don Quixote blieb, den Tag zu Pferde erwartend; dieser blieb auch nicht lange aus, sondern bald zeigte sich an den Fenstern des Orients das Antlitz der glänzenden Aurora, die Kräuter und Blumen erfreuend, und zugleich wurde auch das Gehör von dem Klange vieler Klarinetten und Pauken ergötzt und vom Getöse von Schellen und Pferdegetrappel, in dem der Ruf: Platz da! von Reitenden erscholl, welche aus der Stadt zu kommen schienen. Aurora machte der Sonne Platz, welche mit einem Angesichte, größer als ein Schild, vom niedrigen Horizonte allgemach in die Höhe schwebte. Don Quixote und Sancho richteten ihre Blicke nach allen Seiten und erblickten das Meer, welches sie bis dahin noch nicht gesehen hatten; es dünkte ihnen außerordentlich groß und breit, noch größer als die Ruideraseen, welche sie in la Mancha besucht hatten. Sie sahen die Galeeren, die im Hafen lagen, von denen man die Bedeckung abnahm und die sich nun zeigten voller Wimpel und Flaggen, die im Winde wogten und das Wasser küßten und streichelten; von ihnen her ertönten Oboen, Trompeten und Klarinetten, die fern und nahe die Luft mit lieblichen und kriegerischen Tönen anfüllten; sie fingen an sich zu bewegen und eine Art von Treffen auf dem ruhigen Gewässer darzustellen, welches zu gleicher Zeit unzählige Ritter gleichsam nachahmten, die aus der Stadt auf schönen Pferden und in prächtigen Livreen gekommen waren. Die Soldaten auf den Galeeren schossen viele Stücke ab, und diejenigen erwiderten, welche sich auf den Mauern und Türmen der Festung befanden; das grobe Geschütz zerriß mit fürchterlichem Krachen die Luft, worauf die Kanonen auf den Galeeren antworteten. Das Meer fröhlich, die Erde heiter, die Luft hell, alles schien plötzlich eine allgemeine Freude auf alle Menschen herniederzuströmen. Sancho konnte nicht begreifen, wie jene großen Gefährte so viele Beine hätten, womit sie sich im Meere rührten. Indessen sprengten mit Geschrei, Jubel und Jauchzen einige Leute nach dem Orte, wo sich Don Quixote voller

Erstaunen und Erwartung befand, und einer unter ihnen, der nämliche, an den der Brief des Roque gerichtet gewesen, sagte mit lauter Stimme zu Don Quixote: Seid unserer Stadt willkommen, o Spiegel, Leuchtturm, Angelstern und Kompaß der ganzen fahrenden Ritterschaft. Noch einmal willkommen sei uns der tapfere Don Quixote de la Mancha; nicht der falsche, nicht der erdichtete, nicht der unechte, den man uns kürzlich in falschen Historien dargestellt hat, sondern der wahrhaftige, der rechtmäßige und authentische, den uns die Blume der Geschichtschreiber beschrieben hat.

Don Quixote sagte kein Wort, die Ritter erwarteten auch nicht, daß er etwas antworten sollte, sondern sie ritten mit den übrigen, die ihnen gefolgt waren, hin und wieder, worauf sie anfingen, um Don Quixote mit künstlichen Wendungen in die Runde zu reiten, welcher sich gegen Sancho wandte und sagte: Diese haben uns gut erkannt, ich wette, daß sie unsere Geschichte gelesen haben.

Der Ritter, welcher mit Don Quixote gesprochen hatte, kam noch einmal zurück und sagte: Es beliebe Euch, mein gnädiger Herr Don Quixote, mit uns zu kommen, denn wir sind alle Eure Diener und große Freunde des Roque Guinart.

Worauf Don Quixote antwortete: Wenn Höflichkeiten Höflichkeiten erzeugen, so ist die Eure, Herr Ritter, eine Tochter oder sehr nahe Verwandte von der des Roque Guinart; führt mich, wohin Ihr wollt, denn ich habe keinen andern Willen als den Euren, vorzüglich, wenn Ihr denselben zu Euren Diensten anwenden wollt.

Mit nicht weniger höflichen Redensarten antwortete der Ritter, worauf sie ihn in die Mitte nahmen und sich nach dem Schall der Klarinetten und Pauken auf den Weg nach der Stadt begaben.

Beim Hineinkommen fügte es der Böse, der alles Böse anstiftet, und die Jungen, welche noch böser sind als der Böse, daß zwei von ihnen sich geschickt und verwegen durch alle Leute machten, und indem der eine den Schweif des Grauen und der zweite den des Rosinante aufhob, stopften sie ihnen zwei Büschel Disteln unter dieselben. Die armen Tiere fühlten diese neuen Sporen und klemmten die Schwänze ein, vermehrten aber ihr Übel dergestalt, daß sie tausend Sprünge versuchten und so ihre Herren auf die Erde warfen. Don Quixote nahm voller Verdruß und Ärger den Büschel unter dem Schwanz seines Kleppers hervor, und Sancho machte es mit seinem Grauen ebenso. Diejenigen, welche Don Quixote führten, wollten das Unterfangen der Gassenjungen bestrafen, aber es war unmöglich, weil sie sich schon unter den Tausenden, die ihnen gefolgt waren, verloren hatten. Don Quixote und Sancho stiegen wieder auf, und unter fortwährendem Jubel und Musik kamen sie in das Haus des Führers, das groß und vornehm war, weil es einem reichen Ritter zugehörte, wo wir sie jetzt lassen.

Einhundertzweites Kapitel

welches von dem Abenteuer mit dem bezauberten Kopfe handelt.

Don Antonio Moreno hieß der Wirt des Don Quixote, ein reicher und gebildeter Ritter, der sich gern auf eine anständige Weise ergötzte; da dieser den Don Quixote in seinem Hause hatte, sann er auch auf eine Art, wie er, ohne ihm zu schaden, seine Narrheit in Tätigkeit bringen könne, denn das ist kein Scherz, der wehe tut, und kein Zeitvertreib ist zu rühmen, wenn er einem andern zum Nachteile gereicht. Was er zuerst tat, war, sich den Don Quixote entwaffnen zu lassen, worauf er ihn in seiner engen, gemsledernen Kleidung (wie wir ihn schon mehrmals beschrieben und geschildert haben) auf einen Balkon hinausführte, der den Ausblick auf eine der Hauptstraßen der Stadt gewährte, wo er von allen Leuten und den Gassenjungen nicht anders beschaut wurde, als wenn er ein Affe wäre. Die Uniformierten machten aufs neue vor ihm ihre Übungen, als ob es nur seinetwegen allein geschähe; und Sancho war äußerst vergnügt, denn er glaubte plötzlich und ohne sein Zutun eine zweite Hochzeit des Camacho, ein zweites Haus wie das des Diego de Miranda und ein zweites Schloß wie das des Herzogs gefunden zu haben.

An diesem Tage speiste Don Antonio mit einigen seiner Freunde, die alle dem Don Quixote als fahrendem Ritter mit der größten Ehrerbietung begegneten, worüber er sich so stolz fühlte, daß er sich vor Vergnügen nicht zu fassen wußte. Sancho machte so viele Späße, daß alle Bedienten im Hause und alle, die ihm zuhörten, gleichsam an seinen Mund gefesselt waren. Bei Tische sagte Don Antonio zu Sancho: Wir haben hier erfahren, wackerer Sancho, daß Ihr ein großer Freund von Fleischklößchen seid.

Nein, gnädiger Herr, dem ist nicht so, antwortete Sancho, denn ich bin nicht gierig, und mein gnädiger Herr Don Quixote weiß recht gut, daß wir uns oft mit einer Handvoll Eicheln und Nüsse wohl acht Tage zu behelfen pflegen; es ist wahr, wenn sie mir schenken die Kuh, so lauf ich mit dem Stricke zu; ich meine, daß ich esse, was man mir gibt, und daß ich die Zeiten nehme, wie ich sie finde, wer aber sagen will, daß ich ein ungeziemlicher und unreinlicher Fresser sei, der mag mir glauben, daß er nicht die Wahrheit spricht, und ich würde dies noch auf eine andere Art sagen, wenn ich nicht die ehrenvollen Bärte bedächte, die hier am Tische sind.

Wahrlich, sagte Don Quixote, die Kärglichkeit und Reinlichkeit, mit welcher Sancho ißt, verdient wohl auf erzene Tafeln geschrieben und gegraben zu werden, damit sie den künftigen Zeitaltern zu ewigem Gedächtnisse bleiben. Wahr ist es, daß er, wenn er Hunger hat, etwas gierig scheint, denn er ißt dann hastig und kaut mit beiden Backen; aber dennoch geht ihm die Sauberkeit über alles, und in der Zeit, in welcher er Statthalter war, aß er mit solcher Zimperlichkeit, daß er sogar die Weinbeeren, ja selbst die Kerne der Granate mit dem Munde von der Gabel nahm.

Wie, rief Don Antonio aus, Statthalter ist Sancho gewesen?

Ja, antwortete Sancho, und zwar von einer Insel, die Barataria hieß. Zehn Tage habe ich sie regiert, wie es sich gehört; in der Zeit verlor ich meine Ruhe und lernte alle Statthalterschaften auf der Welt verachten; ich lief endlich davon, fiel in eine Höhle, in der ich mich schon für gestorben hielt, aus der ich aber doch durch ein Wunderwerk lebendig herauskam.

Don Quixote erzählte umständlich den ganzen Verlauf von der Statthalterschaft des Sancho, womit er den Zuhörern ein großes Vergnügen bereitete.

Man stand vom Tische auf, Don Antonio faßte den Don Quixote bei der Hand und ging mit ihm in ein abgelegenes Zimmer, in welchem sich keine andere Verzierung befand als ein Tisch, dem Anscheine nach von Jaspis, der auf einem Fuße von dem nämlichen Steine ruhte und auf den nach Art der Köpfe von römischen Kaisern eine Büste gestellt war, die von Bronze zu sein schien. Don Antonio ging mit Don Quixote im Zimmer auf und ab, endlich sagte er zu ihm: Jetzt, Don Quixote, da ich überzeugt bin, daß uns keiner sehen oder hören kann und daß diese Tür verschlossen ist, will ich eins der wunderbarsten Abenteuer, oder richtiger zu reden, eine Seltsamkeit erzählen, die man kaum wunderlicher ersinnen könnte, doch unter der Bedingung, daß das, was ich Euch sagen will, in den letzten Tiefen des Geheimnisses aufbewahrt werden muß.

Das schwöre ich Euch, antwortete Don Quixote, ja, ich will zu größerer Sicherheit einen Grabstein darüberwälzen, so daß Ihr wissen müßt, Don Antonio, daß derjenige, mit dem Ihr sprecht, zwar ein Ohr hat, zu hören, aber keine Zunge, um zu sprechen; so mögt Ihr mit Sicherheit das in meinem Busen ausschütten, was Ihr in dem Euren habt, und zugleich überzeugt sein, daß Ihr es somit zu den Abgründen der Verschwiegenheit hinabstürzet.

Im Vertrauen auf dieses Versprechen, antwortete Don Antonio, will ich Euch durch das, was Ihr sehen und hören werdet, in Verwunderung versetzen und mir selbst eine Erleichterung meiner Qual verschaffen, die dadurch entsteht, daß ich niemand habe, dem ich meine Geheimnisse mitteilen kann, denn sie sind von der Art, daß man sie nicht anvertrauen darf.

Dieser Kopf, Don Quixote, ist ausgearbeitet von einem der größten Zauberer und Hexenmeister, die die Welt gesehen hat, ich glaube, er war seiner Geburt nach ein Pole und ein Schüler des berühmten Scotus, von dem so viele Wunder erzählt werden; er war hier in meinem Hause und hat mir für die Belohnung von tausend Talern, die ich ihm gab, diesen Kopf verfertigt, der die Eigenschaft und Tugend besitzt, daß er auf alles antwortet, worüber man ihn ins Ohr befragt. Er machte seine Zirkel, malte Charaktere, beobachtete die Gestirne, zeichnete seine Punkte, kurz, brachte ihn mit der Vollkommenheit hervor, die wir morgen an ihm sehen werden, denn alle Freitage ist er stumm, und da heute einer ist, so müssen wir notwendig bis morgen warten. Indessen könnt Ihr darüber nachdenken, was Ihr ihn fragen wollt, denn ich weiß aus Erfahrung, daß er in allen seinen Antworten die Wahrheit spricht.

Don Quixote war über die Eigenschaft des Kopfes erstaunt und konnte dem Don Antonio keinen Glauben beimessen; er wollte aber nichts weiter sagen, außer daß er ihm dafür dankte, daß er ihm ein so großes Geheimnis anvertraut habe. Sie verließen das Zimmer, Don Antonio verschloß die Tür mit einem Schlüssel, worauf sie sich in den Saal begaben, in welchem sich die übrigen Ritter befanden. Indessen hatte Sancho diesen viele Abenteuer und Begebenheiten erzählt, die seinem Herrn zugestoßen waren. Am Abend nahmen sie Don Quixote, um mit ihm auszugehen, er wurde bekleidet mit einem langen Talar von lichtbraunem Tuche, in welchem der Frost damals Schweiß hätte vergießen können. Sie befahlen ihren Dienern, den Sancho so zu unterhalten, daß er durchaus nicht aus dem Hause käme. Don Quixote ritt nicht auf dem Rosinante, sondern auf einem ansehnlichen Maultiere, das gut ging und schön geschmückt war. Sie legten ihm den Talar an und hefteten ihm, ohne daß er dessen gewahr wurde, auf dem Rücken ein Pergament fest, auf dem mit großen Buchstaben geschrieben stand: Dieses ist Don Quixote de la Mancha. Sowie sie ihren Ritt anfingen, zog der Zettel die Augen aller auf sich, die ihn betrachten wollten, und sowie sie lasen: Dieses ist Don Quixote de la Mancha, verwunderte sich Don Quixote, daß alle, die ihn sahen, ihn nannten und kannten, er wandte sich zu Don Antonio, der an seiner Seite ritt, und sprach zu ihm: Groß ist der Vorzug, den die fahrende Ritterschaft genießt, denn derjenige, der sich ihr widmet, wird dadurch in allen Teilen der Erde bekannt und berühmt; denn seht nur, Don Antonio, daß selbst die Gassenjungen dieser Stadt mich kennen, ohne mich jemals gesehen zu haben.

So ist es, Don Quixote, antwortete Don Antonio, denn wie das Feuer nicht verschlossen und verborgen bleiben kann, so kann auch die Tugend nicht unbekannt bleiben, und der Ruhm, der durch das Waffenhandwerk erworben wird, überleuchtet und überglänzt jeden andern Ruhm.

Es traf sich, daß ein Kastilianer, der den Zettel auf den Schultern las, mit lauter Stimme sagte: Hole doch der Teufel den Don Quixote de la Mancha! Wie, bis hierher bist du gekommen, ohne an den unzähligen Prügeln zu sterben, die du auf dem Buckel hast? Du bist ein Narr, und wenn du es nur allein wärst und innerhalb dem Revier deiner Narrheit bliebst, so wäre das Übel noch geringer; aber du hast die Eigenschaft, alle die in Narren und Dummköpfe zu verwandeln, die sich mit dir abgeben und mit dir umgehen, zum Beispiel diese Herren, die dich begleiten. Gehe doch, Dummkopf, nach deinem Hause zurück und sieh nach deinem Vermögen, nach deiner Frau und deinen Kindern, und unterlaß diese einfältigen Streiche, die dir das Gehirn verzehren und den Verstand ganz erschöpfen.

Freund, sagte Don Antonio, geht Eures Weges und gebt nicht Rat, wo man keinen von Euch verlangt. Der Herr Don Quixote de la Mancha ist sehr gescheit, und wir, die wir ihn begleiten, sind keine Toren; die Tugend muß geehrt werden, wo man sie auch immer finden mag, geht zum Henker und mengt Euch nicht in Sachen, die Euch nichts angehen.

Ihr habt bei Gott recht, antwortete der Kastilianer, denn diesem trefflichen Manne Rat geben, heißt gegen den Stachel löcken; aber ich bedaure es sehr, daß der gute Verstand, den dieser Dummkopf in allen Dingen haben soll, so durch den Kanal seiner fahrenden Ritterschaft abgeleitet wird; und der Henker, den Ihr nanntet, sei mit mir und allen meinen Nachkommen, wenn ich von heute an, und sollte ich selbst mehr Jahre als Methusalem erleben, irgend jemand einen guten Rat gebe, und wenn er mich selbst darum bittet.

Damit ging der Ratgeber weg, und der Spazierritt wurde fortgesetzt; aber das Gedränge der Jungen und der übrigen Leute, die den Zettel lesen wollten, war so groß, daß ihn Don Antonio ablösen mußte, wobei er so tat, als ob er ihm sonst etwas abnehme.

Die Nacht kam, sie ritten nach Hause, wo sich eine Tanzgesellschaft von Damen befand, denn die Gemahlin des Don Antonio, die ebenso aufgeräumt wie schön und verständig war, hatte einige Freundinnen zu sich eingeladen, damit sie ihrem Gaste Ehre erwiesen und sich an seinen unerhörten Narrheiten ergötzten. Es kamen verschiedene; die Abendmahlzeit war prächtig, und um zehn Uhr wurde der Ball eröffnet. Unter diesen Damen waren zwei, die zu Schelmereien

und Possen aufgelegt waren, und ob sie gleich durchaus sittsam waren, konnten sie dennoch leichtfertig erscheinen, um Veranlassung zu geben, daß ohne Widerwärtigkeit der Scherz alle erheitere. Diese wetteiferten miteinander, den Don Quixote zum Tanze aufzufordern, den sie nicht nur am Leibe, sondern auch in der Seele ermatteten. Es war merkwürdig, die Gestalt des Don Quixote zu sehen, so hoch, ausgereckt, dürr, bleich, mit engen Kleidern, ohne Anstand zum Tanz und äußerst schwerfällig. Die ausgelassenen Weiber bewarben sich wie heimlich um ihn, und er verschmähte sie ebenso heimlich; da er sich aber von ihren Zärtlichkeiten mehr bedrängt sah, rief er mit lauter Stimme: Fugite, partes adversae! laßt mich in Ruhe, ungeziemende Gedanken, fort von mir, ihr Damen, mit euren Wünschen, denn diejenige, welche meine Seele regiert, die unvergleichliche Dulcinea del Toboso, gibt es nicht zu, daß andere Reize als die ihren mich zum Sklaven machen. Und mit diesen Worten setzte er sich in die Mitte des

Saales auf die Erde nieder, ermüdet und zermalmt von der Arbeit des Springens. Don Antonio veranlaßte, daß man ihn in sein Bett trug, und der erste, der ihn anfaßte, war Sancho, welcher sagte: Nun wißt Ihr's doch, mein gnädiger Herr, daß Ihr gesprungen seid; meint Ihr, daß alle tapferen Leute tänzerisch sind und alle fahrenden Ritter springerisch? Nun, wenn Ihr das geglaubt habt, so seid Ihr im Irrtum gewesen; es gibt manchen, der sich untersteht, einen Riesen totzuschlagen, und der darum doch keine Kapriole schneiden kann; wäre es darauf angekommen, einen Klatschtanz mit den Sohlen zu machen, so hätte ich mich für Euch einstellen können, denn mit den Sohlen kann ich klatschen wie ein Engel; aber im Tanzen bin ich auch nur ein Stümper.

Mit diesen Reden brachte Sancho alle zum Lachen, die auf dem Balle waren, er schaffte seinen Herrn ins Bett und deckte ihn warm zu.

Am folgenden Tage schien es Don Antonio gut, die Probe mit dem bezauberten Kopfe anzustellen, deshalb schloß er sich mit Don Quixote, Sancho und zwei anderen Freunden nebst den beiden Damen, die Don Quixote zu Boden getanzt hatten und die in dieser Nacht bei der Gemahlin des Don Antonio geblieben waren, in dem Zimmer ein, in welchem der Kopf war. Er erklärte ihnen die Narrheit Don Quixotes, empfahl ihnen Verschwiegenheit und erklärte, daß dieses der erste Tag sei, an welchem er die Kraft des bezauberten Kopfes versuchen wolle; außer den beiden Freunden des Don Antonio wußte keiner weiter um das Wesen mit dem Kopfe, und wenn es Antonio diesen Freunden nicht entdeckt hätte, so würden sie unvermeidlich in dasselbe Erstaunen verfallen sein, in welches die übrigen gerieten; so geschickt und künstlich war die Einrichtung.

Der erste, der sich dem Ohre des Kopfes näherte, war Don Antonio selbst, dieser sagte mit leiser Stimme, doch so laut, daß es alle hören konnten: Sage mir, Kopf, durch die Kraft, welche du besitzest, welche Gedanken habe ich jetzt?

Und der Kopf antwortete, ohne die Lippen zu bewegen, mit einer hellen und deutlichen Stimme, so daß alle folgendes verstehen konnten: Ich urteile nicht über Gedanken.

Als sie dies hörten, waren alle erschrocken, da sie wohl sahen, daß weder im ganzen Zimmer noch in der Gegend des Tisches sich eine menschliche Person befand, welche hätte antworten können. Wieviel sind wir hier, fragte Don Antonio noch einmal, und zugleich wurde auf die nämliche Weise geantwortet: Du nebst deiner Gemahlin und zwei Freunden, ferner zwei Freundinnen von ihr, ferner ein berühmter Ritter, welcher Don Quixote de la Mancha heißt, und sein Knappe, Sancho Pansa mit Namen.

Nun war wieder von neuem jedermann erstaunt, und wieder richteten sich allen die Haare vor Entsetzen empor. Don Antonio trat vom Kopfe zurück und sagte: Dies ist mir genug, um zu sehen, daß ich von dem nicht betrogen bin, der dich mir verkauft hat, o du weiser Kopf, redereicher Kopf, antwortvoller Kopf und bewundernswürdiger Kopf. Jetzt trete ein anderer hin und frage, was er Lust hat. Da nun die Weiber gewöhnlich voreilig und fürwitzig sind, so war die erste, die hinzutrat, eine von den Freundinnen der Gemahlin des Don Antonio, welche fragte: Sage mir, Kopf, was muß ich tun, um recht schön zu sein? Und die Antwort war: Sei recht tugendhaft.

Ich frage nicht mehr, sagte die Fragerin.

Ihre Gefährtin trat sogleich hinzu und sagte: Ich möchte wissen, Kopf, ob mein Mann mich liebt oder nicht?

Und man antwortete: Sieh, wie er dir begegnet, und du wirst es wissen.

Die Verheiratete entfernte sich und sagte: Dieser Antwort wegen war keine Frage nötig, denn aus der Begegnung kann man allerdings den Willen dessen erkennen, von dem sie kommt.

Jetzt kam einer von den Freunden des Don Antonio und fragte: Wer bin ich?

Und er erhielt zur Antwort: Du weißt es.

Das frage ich nicht, antwortete der Ritter, sondern du sollst mir sagen, ob du mich kennst.

Ich kenne dich, war die Antwort, du bist Don Pedro Noriz.

Mehr will ich nicht wissen, denn daraus, Kopf, kann man erkennen, daß du alles weißt.

Er trat zurück, und der andere Freund legte dem Kopf die Frage vor: Sage mir, Kopf, was wünscht mein Sohn, der Majoratsherr?

Ich habe schon gesagt, wurde geantwortet, daß ich über Wünsche nicht urteile; dessenungeachtet kann ich dir sagen, die deines Sohnes laufen darauf hinaus, dich zu beerdigen.

Das, sagte der Ritter, kann ich mit Augen sehen und mit Händen greifen, und ich frage nicht mehr.

Die Gemahlin des Don Antonio trat hinzu und sagte: Ich weiß nicht, Kopf, was ich fragen soll, nur das will ich von dir wissen, ob ich meinen lieben Mann noch viele Jahre behalten werde.

Die Antwort war: Ja, denn seine Gesundheit und seine Mäßigkeit versprechen ihm noch viele Lebensjahre, welche viele durch Unmäßigkeit zu verkürzen pflegen.

Nun trat Don Quixote hinzu und sagte: Sage mir, du, der du antworten kannst, war es Wahrheit oder war es ein Traum, was ich von dem erzählt habe, was mir in der Höhle des Montesinos begegnet ist?

Es war, wurde geantwortet, Wahrheit und Traum darin.

Mehr will ich nicht wissen, sagte Don Quixote.

Der letzte Fragende war Sancho, und er fragte folgendes: Kriege ich vielleicht, Kopf, eine andere Statthalterschaft? Werde ich aus der Armseligkeit eines Knappen herauskommen? Werde ich meine Frau und meine Kinder wiedersehen?

Worauf die Antwort war: In deinem Hause wirst du das Regiment führen, und wenn du dahin zurückkommst, wirst du deine Frau und Kinder sehen, und wenn du nicht mehr dienst, wirst du aufhören, Knappe zu sein.

Bei Gott, trefflich, sagte Sancho Pansa, das hätte ich sonst auch nicht gewußt, der Prophet Gemeinplatz hätte nicht schöner sprechen können.

Vieh, sagte Don Quixote, was willst du denn für Antworten haben? Ist es denn nicht genug, daß die Antworten, welche dieser Kopf erteilt hat, auf die Fragen passen?

Es ist genug, antwortete Sancho, aber ich wünschte, er erklärte sich deutlicher und sagte mir etwas mehr.

Hiermit hörten die Fragen und die Antworten auf; aber nicht die Verwunderung, in welcher sich alle befanden, die beiden Freunde des Don Antonio ausgenommen, welche den Zusammenhang wußten. Diesen will auch die Historie sogleich erklären, um die Welt nicht in der Ungewißheit zu lassen; sie könnte sonst glauben, daß es irgendeine Zauberei oder ein außerordentliches Geheimnis mit diesem Kopfe gewesen sei. Sie berichtet daher, daß Don Antonio Moreno, zur Nachahmung eines anderen Kopfes, den er zu Madrid sah, der von einem Künstler gearbeitet war, diesen in seinem Hause aufstellte, um sich zu unterhalten und Unwissende in Erstaunen zu setzen; die Einrichtung war aber folgende: Die Platte des Tisches war von Holz, das wie Jaspis gemalt und lackiert war, der Fuß, der ihn trug, war ebenso, mit vier Adlerklauen, die aus ihm herauskamen, um für die zu tragende Last desto stärker zu sein. Der Kopf, der von Erz schien und wie ein römischer Kaiser aussah, hatte die Farbe von Bronze, er war durchaus hohl und ebenso die Platte des Tisches, der er so genau eingefugt war, daß man keine Spur der Verbindung sehen konnte. Der Fuß des Tisches war ebenfalls hohl und hing also mit dem Halse und der Brust des Kopfes zusammen; alles aber hing mit einem anderen Zimmer zusammen, welches unter dem Gemache war, in welchem der Kopf stand. Durch diese ganze Höhlung des Fußes, Tisches, des Halses und des Bildes ging eine genau passende Röhre von Blech, die von keinem gesehen werden konnte. In dem unteren Zimmer, welches mit dem oberen zusammenhing, stand der, welcher antworten wollte, er legte seinen Mund an diese Röhre, so daß wie durch ein Sprachrohr die Stimme von oben nach unten und von unten nach oben in deutlichen Tönen ging, wobei es zugleich nicht möglich war, den Betrug zu bemerken. Ein Neffe des Don Antonio, ein kluger und scharfsinniger Student, war der Antwortende, dieser wußte von seinem Oheim, wer an diesem Tage mit ihm in dem Zimmer beim Kopfe sein würde, und darum war es ihm leicht, die erste Frage schnell und passend zu beantworten; auf die übrigen antwortete er aufs Geratewohl und als Verständiger verständig. In der Meinung des Don Quixote und Sancho Panso blieb dieser Kopf immer ein bezauberter und antwortender Kopf, doch mehr zur Zufriedenheit des Don Quixote als des Sancho.

Don Quixote bekam Lust, gewöhnlich gekleidet und zu Fuß durch die Stadt zu gehen, denn er fürchtete, wenn er zu Pferde wäre, würden ihn die Jungen wieder verfolgen; deshalb ging er mit Sancho aus und mit zwei Dienern, die ihm Don Antonio mitgab. Als sie durch eine Straße gingen, erhob Don Quixote zufällig die Augen und sah über einer Tür mit großen Buchstaben geschrieben: Hier werden Bücher gedruckt, worüber er sich sehr freute, weil er bis jetzt noch keine Druckerei gesehen hatte und gern ihre Einrichtung kennenlernen wollte. Er ging mit allen, die ihn begleiteten, hinein und sah auf der einen Seite Bogen abziehen, auf der anderen Korrekturen machen, hier setzen, dort die Lettern reinigen und kurz alles das geschehen, was man in einer großen Druckerei sehen kann. Don Quixote ging zu einem Kasten und fragte, was dort getan würde; man beschrieb ihm die Vorrichtung, er bewunderte sie und ging weiter. Unter anderem kam er zu einem, den er fragte, was er tue. Jener antwortete: Mein Herr, dieser Ritter, der hier zugegen ist, hat ein toskanisches Buch in unsere kastilianische Sprache übersetzt, und ich bin jetzt beschäftigt, es zu setzen und es dem Druck zu übergeben.

Welchen Titel führt dies Buch, fragte Don Quixote.

Worauf der Autor antwortete: Mein Herr, dieses Buch heißt im Toskanischen Le bagatelle.

Und was bedeutet Le bagatelle im Kastilianischen, fragte Don Quixote.

Le bagatelle, sagte der Autor, ist das, was wir im Spanischen Kleinigkeiten nennen; aber obgleich das Buch diesen demütigen Titel führt, enthält es doch treffliche und sehr wichtige Sachen.

Ich, sagte Don Quixote, verstehe etwas vom Toskanischen und rühme mich, einige Stanzen aus dem Ariosto zu singen. Aber sagt mir doch, mein edler Herr (und ich frage dies nicht, als ob ich Eure Kenntnisse prüfen wollte, sondern aus bloßer Neugierde), habt Ihr in dieser Schrift wohl das Wort Pignata gefunden?

O ja, oftmals, antwortete der Autor.

Und wie übersetzt Ihr es im Kastilianischen, fragte Don Quixote.

Wie soll es übersetzt werden, versetzte der Autor, außer durch Topf?

Bei meinem Leben, sagte Don Quixote, ei! wie weit habt Ihr es im toskanischen Idiom gebracht. Ich will eine große Wette anstellen, daß, wenn es im Toskanischen piace heißt, Ihr im Kastilianischen place sagt, und wo piu steht, sagt Ihr mas, für su setzt Ihr arriba und für giu abaxo.

Natürlich, sagte der Autor, denn dieses sind die richtigen Bedeutungen.

Ich wollte schwören, sagte Don Quixote, daß Ihr nicht in der Welt bekannt seid, die es stets meidet, die blühenden Genien zu bekränzen und löbliche Arbeiten zu belohnen. Wie viele Talente sind so untergegangen! Wie viele Genien sind so verloren! Wie viele Tugenden gering geschätzt! Dessenungeachtet scheint es mir, daß das Übersetzen aus einer Sprache in die andere, wenn es nicht aus den Königinnen der Sprachen, der griechischen und lateinischen, geschieht, sich so verhält, als ob man die flämischen Tapeten auf der unrechten Seite sieht, denn ob sich gleich die Figuren zeigen, so sind sie doch voller Fäden, die sie entstellen, und sie zeigen sich nicht in der Schönheit und Vollkommenheit wie auf der rechten Seite; auch beweist das Übersetzen aus leichten Sprachen ebensowenig Talent als Beredsamkeit, sowenig wie der beides zeigen kann, der ein Papier vom anderen abschreibt; deswegen aber will ich nicht sagen, daß das Übersetzen keine löbliche Arbeit sei, denn der Mensch kann noch mit anderen, schlimmeren Dingen seine Zeit zubringen, die ihm weniger Nutzen gewähren. Aber sagt mir doch gütigst, laßt Ihr dies Buch auf Eure Kosten drucken oder habt Ihr das Verlagsrecht schon einem Buchhändler verkauft?

Ich lasse es auf meine Kosten drucken, antwortete der Autor, und denke mit dieser ersten Auflage wenigstens tausend Dukaten zu gewinnen, denn sie besteht aus zweitausend Exemplaren, von denen jedes einzelne im Handumdrehen für sechs Realen verkauft werden soll.

Ihr habt richtig gerechnet, antwortete Don Quixote; es scheint aber, Ihr kennt nicht die Schliche und Wege der Buchhändler und wie genau sie untereinander zusammenhängen. Ich verspreche Euch, wenn Ihr diese zweitausend Exemplare auf dem Halse habt, werdet Ihr von der Last so erdrückt, daß Euch bange wird, wenn das Buch vollends nichts Auffallendes und Pikantes enthält.

Aber wollt Ihr denn, sagte der Autor, daß ich es einem Buchhändler überlasse, der mir für den Verlag etliche Groschen gibt und noch meint, daß er mir eine Gnade damit erzeigt? Ich drucke meine Bücher nicht, um in der Welt Ruhm zu erwerben, denn ich bin durch meine Werke schon bekannt; den Nutzen suche ich, denn ohne den ist mir der Ruhm keinen Dreier wert.

Gott verleihe Euch solchen, antwortete Don Quixote und begab sich zu einem anderen Kasten, wo er sah, daß man den Bogen eines Buches korrigierte, welches den Titel führte: Licht der Seelen; als er dies sah, sagte er: Diese Bücher, obgleich es deren schon viele gibt, müssen gedruckt werden, denn der Sünder, die sie brauchen, sind viele, und unzählig viele Lichter sind für so unzählige in Finsternis Wandelnde nötig.

Er ging weiter und sah, daß man ein anderes Buch korrigierte, worauf er nach dem Titel fragte und man ihm antwortete: es hieße: Der zweite Teil des scharfsinnigen Ritters Don Quixote de la Mancha, verfaßt von einem Einwohner von Tordesillas. Ich kenne dieses Buch schon, sagte Don Quixote, und in Wahrheit und bei meinem Gewissen, ich glaubte, es sei schon verbrannt und in Asche verwandelt, weil es durchaus unnütz ist; aber es wird schon sein Martinsfest finden wie jegliches Schwein; denn die ersonnenen Geschichten sind nur dann gut und ergötzlich, wenn sie sich der Wahrheit nähern oder doch den Schein von ihr haben, und die wahrhaftigen sind um so besser, je wahrhaftiger sie sind. Und mit diesen Worten und Zeichen eines heftigen Verdrusses verließ er die Druckerei.

Einhundertdrittes Kapitel

Erzählt das Abenteuer, welches dem Don Quixote von allen, die er bis dahin erlebt hatte, den meisten Verdruß erregte.

An einem Morgen, als Don Quixote nach dem Strande ausgeritten war, mit allen seinen Waffenstücken bewaffnet (weil, wie er oftmals sagte, sie sein Schmuck seien und sein Ausruhen das Streiten, weshalb er sich nie ohne sie befand), sah er einen Ritter auf sich zukommen, ebenfalls in ganz schimmernde Waffen gekleidet, der auf dem Schilde einen glänzenden Mond gemalt führte; als dieser so nahe gekommen, daß er gehört werden konnte, sprach er mit lauter Stimme, seine Rede gegen Don Quixote gewendet: Erlauchter Ritter, und niemals genug, so wie er es verdient, gepriesener Don Quixote von la Mancha, ich bin der Ritter vom silbernen Monde, dessen unerhörte Taten dir vielleicht seinen Namen bekannt gemacht haben; ich komme, mit dir zu streiten und die Kraft deiner Arme zu versuchen, aus der Ursache, dich erkennen und bekennen zu machen, daß meine Dame, welche es auch sei, ohne Vergleich schöner ist als eine Dulcinea von Toboso, welche Wahrheit, wenn du sie freiwillig zugestehst, deinen Tod verhindert und mich der Mühe enthebt, dich umzubringen; willst du aber kämpfen, und ich überwinde dich, so verlange ich keine andre Genugtung, als daß du die Waffen niederlegst und es aufgibst, Abenteuer zu suchen, dich in deine Heimat zurückbegibst auf die Zeit eines Jahres, wo du leben sollst, ohne das Schwert in die Hand zu nehmen, im stillen Frieden und in heilsamer Ruhe, denn so ist es dir zuträglich zur Vermehrung deiner Habe und der Errettung deiner Seele; wirst du mich aber überwinden, so fällt mein Haupt deiner Willkür anheim, deine Beute sind meine Waffen und mein Roß, und zu dir wird der Ruhm meiner Taten hinübergehn. Erwäge, was dir heilsamer sei, und antworte mir alsbald; denn den heutigen ganzen Tag habe ich dazu bestimmt, um diesen Handel zu Ende zu führen.

Don Quixote war in Verwunderung und Erstaunen, sowohl über den Stolz des Ritters vom silbernen Monde als auch über die Ursache seiner Herausforderung; er antwortete ihm mit ruhigem und strengem Anstande: Ritter vom silbernen Monde, dessen Taten bis jetzt noch nicht zu meiner Kundschaft gelangt sind, ich will Euch schwören machen, daß Ihr niemals die erlauchte Dulcinea gesehn habt, denn wenn Ihr sie gesehn hättet, so weiß ich, daß Ihr hierüber keinen Zwist beginnen würdet, weil Euch ihr Anblick überzeugte, daß es niemals eine Schönheit gegeben habe noch geben könne, die sich mit der ihrigen in einen Vergleich einlassen dürfe; darum, nicht sagend, daß Ihr lügt, sondern nur, daß Ihr von dem Rechten abirrt, nehme ich unter den genannten Bedingungen die Herausforderung an, und zwar sogleich, damit der Tag nicht verstreiche, welchen Ihr dazu bestimmt habt, und nur allein nehme ich von den Bedingungen die aus, daß zu mir der Ruhm Eurer Taten übergehe, denn ich weiß nicht welche noch welcher Art sie seien; ich begnüge mich mit den meinigen, welche und welcher

Art sie sind. Nehmt übrigens den Teil des Feldes, welchen Ihr wollt, denn ich werde das nämliche tun, und wem es Gott verleiht, dem mag es Sankt Peter segnen.

Von der Stadt hatten sie den Ritter vom silbernen Monde gesehn und dem Vizekönige gesagt, daß er mit Don Quixote von la Mancha im Gespräch begriffen sei. Der Vizekönig, welcher glaubte, es sei ein neues Abenteuer, welches von dem Don Antonio Moreno oder von einem andern Ritter aus der Stadt angestellt worden, begab sich sogleich mit Don Antonio und mit vielen andern Rittern, welche ihn begleiteten, nach dem Strande, wo er eintraf, als Don Quixote eben den Rosinante umschwenkte, um das nötige Feld zu gewinnen. Als der Vizekönig nun sah, daß sie Anstalten machten, aufeinanderzutreffen, stellte er sich in die Mitte und fragte, welches die Ursache sei, die sie bewegen könne, so plötzlich einen Kampf zu beginnen. Der Ritter vom silbernen Monde antwortete, sie beruhe auf dem Vorzuge der Schönheit, und sagte ihm in Kürze eben das, was er dem Don Quixote gesagt hatte, nebst den Bedingungen, unter welchen sie die Herausforderung angenommen und welche sie von beiden Seiten festgesetzt hätten. Der Vizekönig ritt zum Don Antonio und fragte ihn leise, ob er wisse, wer dieser Ritter vom silbernen Monde sei und ob es ein Spaß wäre, den man mit Don Quixote anstellen wolle. Don Antonio antwortete ihm, daß er weder wisse, wer er sei, noch ob diese Herausforderung Spaß oder Ernst vorstelle. Diese Antwort verwirrte den Vizekönig so, daß er nicht wußte, ob er den Zweikampf vor sich gehn lassen sollte oder nicht; da er aber gar nicht anders glauben konnte, als daß er ein Scherz sei, so trat er zurück und sagte: Meine Herren Ritter, wenn es hier kein andres Mittel gibt, als zu bekennen oder zu sterben, und der Herr Don Quixote Schwarz ausspielt und der edle Ritter von dem silbernen Monde Rot, so sei es, und frisch daran!

Der vom silbernen Monde dankte mit zierlichen und höflichen Redensarten dem Vizekönige für die gegebene Erlaubnis, und Don Quixote tat das nämliche. Dieser, sich dem Himmel und seiner Dulcinea von ganzem Herzen empfehlend, wie er beim Beginnen aller Schlachten, welche er ausfocht, zu tun pflegte, wandte noch einmal um, um etwas mehr Feld zu gewinnen, weil er sah, daß sein Gegner es ebenso machte, und ohne daß eine Trompete oder ein anderes kriegerisches Instrument geblasen wurde, ließen beide in dem nämlichen Augenblicke ihren Pferden die Zügel schießen, und da das Roß des vom silbernen Monde flüchtiger war, so traf es auf Don Quixote, bevor dieser ein Drittel des Weges zurückgelegt hatte, und zwar mit so heftiger Gewalt, daß, ohne ihn mit der Lanze zu berühren (die er dem Anscheine nach mit Vorsatz aufhob), Rosinante samt dem Don Quixote mit einem erschrecklichen Falle zur Erde niedergestürzt wurden. Er machte sich sogleich über ihn, stellte ihm die Lanze auf das Visier und sagte: Ihr seid überwunden, Ritter, und auch tot, wenn Ihr nicht die Bedingungen unseres Kampfes erfüllt.

Don Quixote, betäubt und zermalmt, ohne das Visier zu erheben, als wenn er aus einem Grabe herausgesprochen hätte, sagte mit schwacher und kranker Stimme: Dulcinea ist das schönste Weib auf der Welt und ich der unglücklichste Ritter auf Erden; und es ziemt sich nicht, daß meine Schwäche diese Wahrheit verleugne; stoßt zu mit der Lanze, Ritter, und raubt mir ebenso das Leben, wie Ihr mir die Ehre geraubt habt.

Dieses werde ich wahrlich nicht tun, sagte der vom silbernen Monde: es lebe, es lebe im vollen Glanze ihres Ruhms die Schönheit der Dame Dulcinea von

Toboso, denn ich begnüge mich damit, daß der große Don Quixote sich auf ein Jahr nach seiner Heimat zurückbegebe, oder auf so lange, als es ihm von mir geboten wird, wie wir vorher ausgemacht haben, ehe wir diesen Zweikampf unternahmen.

Alles dieses hörten der Vizekönig und Don Antonio, nebst vielen andern, die zugegen waren, sie hörten auch, wie Don Quixote antwortete, daß, weil nichts gefordert würde, das zur Herabsetzung der Dulcinea gereichte, er alles übrige als ein gewissenhafter und wahrhafter Ritter erfüllen wolle. Nachdem dieses Geständnis abgelegt war, lenkte der vom silbernen Monde um, verneigte das Haupt gegen den Vizekönig und ritt in einem kurzen Galopp nach der Stadt. Der Vizekönig sagte dem Don Antonio, daß er ihm folgen möchte und auf alle Weise erfahren, wer er sei.

Man nahm Don Quixote auf, machte ihm das Gesicht frei und fand, daß er blaß und voller Schweiß war. Rosinante konnte sich von dem schlimmen Falle für jetzt nicht von der Stelle bewegen. Sancho, ganz traurig, ganz schwermütig, wußte nicht, was er sagen, nicht, was er tun sollte. Es war ihm, als sei der ganze

Vorfall in einem Traume geschehn und als müßte alles nur vermittelst Bezauberung zugehn. Er sah seinen Herrn überwunden und verpflichtet, in einem Jahre keine Waffen zu nehmen. Er sah das Licht von dem Ruhme seiner Taten verdunkelt, die Hoffnungen seiner neuen Versprechungen vernichtet, so wie der Rauch im Winde verflattert. Er war in Sorge, ob Rosinante lahm oder nicht oder seinem Herrn die Glieder verrückt bleiben würden (welches ein großes Glück gewesen, wenn nur die Glieder verrückt geblieben wären). Dieser wurde endlich in eine Sänfte gesetzt, welche der Vizekönig bringen ließ, und nach der Stadt getragen, wohin sich der Vizekönig auch begab, in der Absicht, zu erfahren, wer der Ritter vom silbernen Monde gewesen sei, der den Don Quixote in so widerwärtige Lage versetzt hatte.

Alsbald verließ Don Quixote Barcelona und das gastliche Haus Don Antonios; an vier Tage zogen sie weiter, ohne daß ihnen etwas begegnet wäre, was sie auf ihrem Wege aufgehalten hätte.

Einhundertviertes Kapitel

Handelt von dem, welches der sehn wird, der es liest, oder der hören, der es sich vorlesen läßt.

Beim Ausgange aus Barcelona betrachtete Don Quixote noch einmal die Stelle, wo er gefallen war, und sagte: Hier war Troja! Hier hat mein Unglück, aber nicht meine Feigheit mir meinen wohlverdienten Ruhm entrissen; hier bewies mir Fortuna ihren Wankelmut; hier verdunkelten sich meine Taten; hier, mit einem Worte, sank mein Glück, um niemals wieder aufzustehn.

Als Sancho dies hörte, sagte er: Für ein tapfres Gemüt, gnädiger Herr, ziemt es sich ebensowohl, die Leiden mit Geduld zu ertragen, als im Glücke fröhlich zu sein; das kann ich von mir selber abnehmen, denn da ich Statthalter war, war ich fröhlich, und jetzt, da ich Stallmeister zu Fuß bin, bin ich nicht traurig; ich habe sagen hören, daß die sogenannte Fortuna ein betrunkenes, eigensinniges und überdies noch blindes Weibsbild sei, so daß sie nicht sieht, was sie tut, und selber nicht weiß, wen sie erniedrigt und wen sie erhebt.

Du bist sehr philosophisch, Sancho, antwortete Don Quixote, und sprichst äußerst verständig, ich weiß nicht, wer es dich gelehrt hat. Ich muß dir aber sagen, daß es keine Fortuna in der Welt gibt und daß alles, was geschieht, das Gute sowohl wie das Böse, nicht von ohngefähr kommt, sondern durch eine besondre Vorsehung des Himmels, und darum pflegt man zu sagen, daß jeder seines eignen Glücks Schmied sei. Ich war es von dem meinigen: aber nicht mit der nötigen Vorsicht, und darum sind meine Anmaßungen auf ein Unmögliches hinausgelaufen, denn ich hätte nach der außerordentlichen Wucht jenes Rosses des Ritters vom silbernen Monde urteilen sollen, daß ihm die Schwachheit des Rosinante keinen Widerstand leisten könne. Ich unterwand mich dessen,

tat, was ich konnte, wurde niedergeworfen, und ob ich gleich die Ehre verloren habe, habe ich doch die Tugend weder verloren, noch kann ich sie verlieren, nach welcher ich mein Wort erfüllen werde. Als ich irrender Ritter war, zeigte ich mich kühn und tapfer, mit meinen Werken und Händen bekräftigte ich meinen Beruf, und jetzt, da ich ein gemeiner Stallmeister bin, will ich meine Worte bekräftigen, indem ich mein gegebenes Versprechen in Erfüllung setze. Frisch denn, Freund Sancho, auf daß wir nach Hause kommen und das Jahr unseres Noviziats überstehn, mit dessen Schluß wir neue Kraft erwerben wollen, um zu dem mir unvergeßlichen Waffenhandwerke zurückzukehren.

Gnädiger Herr, antwortete Sancho, es ist kein großes Vergnügen, zu Fuß zu laufen, so daß es mich bewegen könnte, große Tagereisen zu machen. Wir wollen diese Waffen an irgendeinen Baum aufknüpfen, wie einen Gehenkten, und wenn ich dann auf dem Buckel des Grauen sitze und die Beine über der Erde habe, so könnt Ihr die Tagereisen so stark einrichten, als es Euch nur immer gefällig ist; denn wenn Ihr meint, ich soll zu Fuß und dabei alle Tage sehr weit laufen, so seid Ihr einer irrigen Meinung.

Du hast recht gesprochen, Sancho, antwortete Don Quixote; wir wollen meine Waffen wie eine Trophäe aufstellen und zu ihren Füßen, oder in der Nähe derselben dasjenige in die Bäume graben, was unter der Trophäe geschrieben stand, welche die Waffen des Roldan bildeten:

Keiner soll sie berühren,
Der nicht vermag
Mit Roldan Streit zu führen.

Das scheint mir alles so herrlich wie Gold, antwortete Sancho, und wenn es nicht wegen der Reise wäre, auf der wir den Rosinante noch nötig haben, so wäre es gut, ihn ebenfalls daneben aufzuknüpfen.

Weder er noch die Waffen, versetzte Don Quixote, sollen mit meinem Willen gehenkt werden, damit man nicht sagen könne: Für gute Dienste schlechten Lohn.

Da habt Ihr sehr recht, antwortete Sancho, denn nach der Meinung der weisen Leute soll man die Schuld des Esels nicht am Sacke auslassen, und da Ihr selbst von dieser Sache die Schuld tragt, so müßt Ihr Euch selbst bestrafen und Euren Zorn nicht die schon zerbrochenen und blutbespritzten Waffen entgelten lassen, ebensowenig die Sanftmut des Rosinante oder die Zartheit meiner Füße, daß sie mehr laufen sollten, als es billig ist.

Unter diesen Reden und Gesprächen ging dieser ganze Tag hin und noch vier andre, ohne daß ihnen etwas begegnet wäre, was sie auf ihrem Wege aufgehalten hätte; am fünften aber fanden sie am Eingange eines Dorfes viele Leute vor der Tür eines Hauses versammelt, die sich dort vergnügten, weil es ein Festtag war. Als Don Quixote zu ihnen gekommen war, rief ihn ein Bauer laut an und sagte: Einer von diesen Herren, die dort kommen und die Parteien nicht kennen, soll sagen, was wir bei unserer Wette zu tun haben.

Das will ich wahrlich und gewiß sagen, antwortete Don Quixote, falls ich den Handel verstehe.

Die Sache, mein lieber Herr, sagte ein Bauer, ist die: Ein Einwohner hier im Orte ist so dick, daß er elf Stein wiegt, und der hat einen andern Einwohner zum Wettlauf aufgefordert, der nicht mehr als fünfe schwer ist. Die Bedingung war, sie sollten eine Strecke von hundert Schritten mit gleichem Gewichte laufen, und da man den Herausfordernden fragte, wie das Gewicht gleichgemacht werden sollte, sagte er, daß der Herausgeforderte, der nur fünf Stein wiegt, die übrigen sechs in Eisen an sich tragen müßte, und dadurch kämen dann beim Magern so gut wie bei dem Fetten elf Stein heraus.

Nein, sagte Sancho hierauf, ehe noch Don Quixote antworten konnte, mir kommt es zu, der ich noch kürzlich Statthalter und Richter war, wie die ganze Welt weiß, diese Sache auszumachen und diesen zweifelhaften Fall zu entscheiden.

Antworte in Gottes Namen, Freund Sancho, erwiderte Don Quixote, denn ich bin nicht in der Laune, einer Katze Krümchen zu geben, so wie mir der Verstand erschüttert und umgedreht ist.

Mit dieser Erlaubnis sagte Sancho zu den Bauern, die mit offnem Munde um ihn her standen und seinen Urteilsspruch erwarteten: Lieben Freunde, das, was der Dicke fordert, ist unvernünftig, und hat auch keinen Schein des Rechts für sich, denn wenn das seine Richtigkeit hat, daß der Herausgeforderte die Waffen wählen kann, so wird er keine solche wählen, die ihm hinderlich sind, ja es ihm unmöglich machen, der Sieger zu sein; daher ist meine Meinung, daß der dicke Herausforderer sich abschabe, schabe, ausschneide, abnehme und herunterzwacke sechs Stein von seinem Fleische, hier oder da an seinem Körper, wo es ihm am besten dünkt, so werden ihm dann nur noch fünf Stein an Gewicht übrigbleiben, wodurch er dann mit den fünfen seines Gegners gleich und übereinstimmend wird, und so können sie mit gleichen Lasten laufen.

Meiner Seele, sagte ein Bauer, der den Urteilsspruch des Sancho hörte, der Herr hat wie ein Engel gesprochen und ein Urteil gegeben wie ein Kanonikus; aber der Dicke wird sich wahrhaftig nicht eine Unze von seinem Fette abschneiden lassen, viel weniger sechs Stein.

Das beste ist, daß sie gar nicht laufen, antwortete ein andrer, damit der Magere nicht von der Last zerdrückt und dem Dicken nicht sein Fleisch abgeschnitten werde, sondern wir wollen die halbe Wette in Wein vertrinken und diese Herren mit uns in das beste Wirtshaus nehmen, und somit hab' ich auch gewonnen, wenn es zum Ärgsten kommt.

Ich, meine Herren, antwortete Don Quixote, sage euch Dank; ich kann mich aber keinen Augenblick aufhalten, denn Gedanken und traurige Begebenheiten zwingen mich, unhöflich zu scheinen und meinen Weg nicht langsam fortzusetzen. Hiermit gab er dem Rosinante die Sporen und ritt fort, indem er sie alle verwundert zurückließ, da sie sowohl seine seltsame Gestalt wie den Verstand seines Dieners, denn dafür hielten sie den Sancho, gesehn und bemerkt hatten. Ein andrer Bauer sagte: Wenn der Diener schon so verständig ist, wie sehr muß es nicht erst der Herr sein? Ich wette, daß, wenn sie zum Studieren nach Salamanca gehn, sie, ehe man sich's versieht, oberste Alkalden werden, denn alles ist Spaß, es darf einer nur tüchtig studieren und dann Freunde und Glück haben, so hat der Mensch, ehe er sich's am wenigsten versieht, einen Richterstab in der Hand oder eine Bischofsmütze auf dem Kopfe.

Diese Nacht brachten Herr und Diener mitten auf dem Felde unter dem freien und offnen Himmel zu, und als sie am folgenden Tage ihre Reise fortsetzten, sahen sie, daß ihnen ein Mann zu Fuß entgegenkam, mit einer Tasche um den Hals und einem Spieße oder spitzen Stocke in der Hand, die gewöhnlichen Abzeichen eines Fußboten; als dieser Don Quixote näher gekommen, verdoppelte er seine Schritte und lief schnell auf ihn zu, umarmte seinen rechten Schenkel, denn höher konnte er nicht reichen, und sagte zu ihm mit den Zeichen der größten Freude: O mein gnädiger Herr Don Quixote von la Mancha, ach! welche große Freude wird in dem Herzen meines gnädigsten Herzogs entstehn, wenn er erfährt, daß Ihr nach seinem Schlosse zurückkehrt, denn er befindet sich noch immer mit der Frau Herzogin dort!

Ich kenne Euch nicht, mein Freund, antwortete Don Quixote, auch weiß ich nicht, wer Ihr seid, wenn Ihr es mir nicht sagt.

Ich, gnädiger Herr Don Quixote, antwortete der Bote, bin Tosilos, der Lakai meines gnädigen Herzogs, der mit Euch wegen der Verheiratung der Tochter der Dueña Rodriguez nicht kämpfen wollte.

Hilf Himmel! rief Don Quixote aus, ist es möglich, daß Ihr derjenige seid, welchen die Zauberer, meine Feinde, in diesen Lakaien verwandelt haben, um mir die Ehre jenes Treffens zu rauben?

Still nur, lieber Herr, versetzte der Briefträger, es war da nichts von Bezauberung oder von Verwandlung der Gesichter; als Lakai Tosilos kam ich in die Schranken, und als Lakai Tosilos ging ich wieder hinaus. Ich dachte mich zu verheiraten, ohne zu kämpfen, denn mir gefiel das Mädchen; aber es geriet mir ganz anders, als ich dachte, denn Ihr wart kaum von unserm Schlosse abgereist, als mir der Herzog hundert Prügel geben ließ, weil ich dem Befehl zuwider gehandelt, den er mir gegeben, ehe ich in das Treffen ging, und das Ende ist gewesen, daß das Mädchen nun eine Nonne und die Doña Rodriguez nach Kastilien zurückgekehrt ist, ich gehe aber jetzt nach Barcelona, um eine Tasche mit Briefen dem Vizekönige zu bringen, die ihm mein Herr übersendet. Wenn es Euch gefällig ist, einen Trunk zu tun, so habe ich hier eine Kürbisflasche voll vom besten Wein, der zwar nicht ganz kühl, aber unverfälscht ist, dabei etliche Stückchen Käse von Tronchon, die den Durst herbeilocken und erwecken, wenn er vielleicht eingeschlafen sein sollte.

Ich nehme die Einladung an, sagte Sancho, her mit dem höflichen Anerbieten, der wackre Tosilos tafle nur auf, allen Zauberern zum Possen und Verdruß, die es nur in beiden Indien gibt.

Du bleibst doch, Sancho, sagte Don Quixote, der größte Fresser von der Welt und der größte Dummkopf auf Erden, weil du nicht einsiehst, daß dieser Bote bezaubert und ein nachgemachter Tosilos ist; bleibe bei ihm und iß, ich aber will sacht voranreiten und warten, bis du nachkommst.

Der Lakai lachte, zog seine Kürbisflasche hervor, packte seine Stückchen Käse aus und brachte ein kleines Brot hervor, worauf er und Sancho sich auf dem grünen Rasen niedersetzten und in guter Eintracht und Geselligkeit schmausten, so daß sie auch bald dem ganzen Vorrate des Beutels auf den Grund kamen und noch so guten Appetit behielten, daß sie selbst die Brieftasche ableckten, weil sie nach Käse roch. Tosilos sagte zu Sancho: Dieser dein Herr, lieber Sancho, muß sich gewiß vieler Narrheiten schuldig machen.

Wie schuldig machen? antwortete Sancho, er bleibt keinem etwas schuldig, er bezahlt alles, vollends wenn die Geldsorte Narrheit ist; ich sehe es recht gut und sage es ihm oft genug, aber was hilft's? Und jetzt ist er ganz toll, seit er von dem Ritter vom silbernen Monde besiegt ist.

Tosilos bat, daß er ihm diese Begebenheit erzählen möchte; aber Sancho antwortete, es sei unhöflich, seinen Herrn so lange warten zu lassen, ein andermal, wenn sie sich wieder träfen, würde er Zeit dazu haben. Damit stand er auf, nachdem er von dem Kleide und aus dem Barte die Krümchen geschüttet hatte, nahm seinen Grauen, sagte dem Tosilos Lebewohl und holte seinen Herrn wieder ein, der im Schatten eines Baumes auf ihn gewartet hatte.

Einhundertfünftes Kapitel

Von dem grunzenden Abenteuer, welches Don Quixote zustieß.

Die Nacht brach herein, und es war ziemlich finster, ob sich gleich der Mond am Himmel befand, aber nicht da, wo er gesehen werden konnte, denn Frau Diana geht oft zu den Antipoden spazieren und läßt alsdann die Berge schwarz und die Täler voller Dunkelheit. Don Quixote gab der Natur nach und schlief den ersten Teil der Nacht, ohne sich nachher vom Schlummer überwältigen zu lassen; ganz anders tat Sancho, der niemals wieder zu sich kam, sondern vom Abend bis zum Morgen in einem Stücke schlief, was sein gutes Naturell und seine geringen Sorgen bewies. Die des Don Quixote hielten ihn so munter, daß er den Sancho weckte und zu ihm sagte: Ich verwundere mich, Sancho, über dein unbefangenes Gemüt. Ich glaube, du bist aus Marmor oder aus hartem Erze gemacht, in welchen weder Bewegung noch Empfindung ist. Ich wache, wenn du schläfst, ich weine, wenn du singst, ich sterbe vor Hunger, wenn du von Übersättigung träge und ohne Atem bist. Redliche Diener müssen die Sorgen ihrer Herren teilen und ihre Empfindungen mitempfinden, wenigstens des Anstandes halber. Betrachte die Heiterkeit dieser Nacht, die Einsamkeit, in der wir uns befinden, welche uns einlädt, zwischen unserm Schlafe doch eine Nachtwache einzuschieben. Stehe doch auf, um Gottes willen, tritt beiseite und gib dir mit edlem Gemüte und dankbarer Empfindung dreihundert oder vierhundert Hiebe auf Abschlag derjenigen, die du zur Entzauberung der Dulcinea vollbringen mußt; mit sanften Bitten verlange ich dies von dir. Hast du es getan, so wollen wir den übrigen Teil der Nacht damit zubringen, daß ich meine traurige Einsamkeit besinge und du deine Treue.

Gnädiger Herr, antwortete Sancho, ich bin kein Mönch, daß ich mitten aus dem Schlafe aufstehen und mich geißeln sollte, noch weniger will es mir gut dünken, daß man von den schrecklichen Schmerzen der Hiebe sich gleich wieder zur Musik bequemen könnte. Laßt mich schlafen und quält mich nicht damit, daß ich mich hauen soll, sonst will ich einen Schwur tun, daß ich niemals mein Kleid damit anrühre, geschweige mein Fleisch.

O verhärtete Seele! O Schildknappe ohne Gefühl! O schlecht angewandtes Brot und übel vergoltene Liebe, die ich dir erwiesen habe und noch erweisen wollte! Durch mich bist du Statthalter gewesen, und durch mich hast du die nächste Anwartschaft, Graf zu werden oder eine ähnliche Würde zu bekleiden, und die Erfüllung dieser Hoffnungen wird sich nicht länger als dieses Jahr verzögern, denn post tenebras spero lucem.

Das verstehe ich nicht, versetzte Sancho; ich verstehe nur so viel, daß ich, solange ich schlafe, weder von Furcht noch von Hoffnung etwas weiß, weder von Mühseligkeit noch von Pracht, und gepriesen sei der, der den Schlaf erfunden hat, den Mantel, der alle menschlichen Sorgen zudeckt, das Essen, das den Hunger stillt, das Wasser, das den Durst vertreibt, das Feuer, das die Kälte erwärmt, die Kälte, die die Hitze mildert, und kurz, das allgemeine Geld, für welches alle Dinge gekauft werden können, die Waage und das Gewicht, welches den Schäfer und den König, den Dummen und den Verständigen gleichmacht. Ein einziges böses Ding hat der Schlaf, wie ich mir habe sagen lassen, daß er nämlich dem Tode so ähnlich sieht, denn zwischen einem Schlafenden und einem Toten ist nur wenig Unterschied.

Niemals habe ich dich, Sancho, sagte Don Quixote, so zierlich sprechen hören wie jetzt, woraus man sehen kann, daß das Sprichwort recht hat, welches du manchmal anzuführen pflegst: Nicht mit wem du geboren, sondern mit wem du geschoren.

Ei, sieh da, versetzte Sancho, seht doch unseren gnädigen Herrn! Nun bin ich es wohl wieder, der Sprichwörter von sich gibt? Sie fallen Euch ja in größeren Brocken als mir aus dem Mund; doch muß wohl freilich zwischen den Euren und den meinen der Unterschied sein, daß Eure zur rechten Zeit und die meinigen zur Unzeit eintreffen; aber am Ende sind es doch alles Sprichwörter.

So weit waren sie, als sie ein seltsames Geräusch und rauhes Getöse vernahmen, welches sich durch alle dortigen Täler verbreitete. Don Quixote stellte sich aufrecht und griff zum Degen, Sancho aber verschanzte sich unter dem Grauen, wobei er vor Furcht nicht minder zitterte, als Don Quixote verwundert war. Das Getöse nahm jeden Augenblick zu und näherte sich den beiden. Es verhielt sich damit so, daß mehrere Menschen eine Herde von mehr als sechshundert Schweinen zum Verkaufe nach einem Jahrmarkte trieben, die solchen Lärm und Grunzen und Schreien erregten, daß Don Quixote und Sancho davon betäubt wurden und nicht darauf fielen, was es sein möchte. In einem Trupp kam die große und grunzende Herde herbei, und ohne für die Würde des Don Quixote noch für Sancho Achtung zu beweisen, liefen sie über die beiden weg, zerstörten das Bollwerk des Sancho und rissen nicht nur den Don Quixote um, sondern warfen noch überdies den Rosinante über den Haufen. Das Getrappel, das Gegrunze, die Hast, mit der diese unsauberen Tiere herbeikamen, brachte alles in Verwirrung und schmiß den Eselsattel, die Waffen, den Grauen, den Rosinante, Don Quixote und Sancho auf der Erde durcheinander. Sancho stand auf, so gut er es konnte, forderte den Degen von seinem Herrn und sagte, daß er ein Dutzend von diesen Kerlen und unhöflichen Schweinen umbringen wolle, denn er hatte nun erkannt, daß sie dergleichen waren. Don Quixote sagte zu ihm: Laß sie fahren, Freund, denn dieser Schimpf ist die Buße meiner Sünden, und es ist eine gerechte Strafe des Himmels, daß mich die Hunde fressen, die Wespen stechen und die Schweine mit Füßen treten.

So muß es auch wohl eine Strafe des Himmels sein, antwortete Sancho, daß den Knappen die Mücken stechen, die Läuse fressen und der Hunger aufreibt. Wenn wir Knappen oder Söhne der fahrenden Ritter wären, denen wir dienen, oder nahe Anverwandte, so ließe es sich begreifen, daß die Strafe für ihre Sünden bis in das vierte Glied fortdauerte. Aber was haben doch die Pansas mit den Quixotes zu schaffen? Jetzt wollen wir uns wieder niederlegen und die wenige Zeit von der Nacht noch verschlafen, es wird Tag werden, und wir werden ja sehen.

Schlafe du, Sancho, antwortete Don Quixote, denn du wurdest geboren, um zu schlafen, wie ich, um zu wachen.

Tags darauf setzten beide wieder ihre angefangene Reise fort, und als es gegen Abend war, sahen sie, daß ihnen zehn Menschen zu Pferde und vier oder fünf zu Fuß entgegenkamen. Das Herz des Don Quixote war erschüttert und das des Sancho erstarrte, denn die Leute, die auf sie zukamen, führten Lanzen und Schilde und sahen ganz kriegerisch aus. Don Quixote wandte sich zu

Sancho und sagte: Wenn ich jetzt, Sancho, meine Waffen üben dürfte, so würde ich diesen Heerhaufen, der uns dort entgegenzieht, nur für Marzipan und Honigkuchen halten; doch kann es auch etwas anderes sein, als wir fürchten.

Die zu Pferde kamen nun herbei und legten die Lanzen ein, stellten sich, ohne ein Wort zu sprechen, um Don Quixote und setzten sie ihm auf Brust und Rücken, indem sie ihm mit dem Tode drohten. Einer von denen zu Fuß legte den Finger auf den Mund, zum Zeichen, daß er schweigen solle, faßte den Rosinante beim Zügel und führte ihn vom Wege ab, die übrigen, die zu Fuß waren, trieben Sancho und den Grauen an, wobei ein tiefes Stillschweigen herrschte, sie folgten dem, der den Don Quixote führte, der zwei- oder dreimal fragen wollte, wohin sie ihn brächten, aber er hatte kaum die Lippen bewegt, als sie sie ihm schon wieder mit den Spitzen der Lanzen verschlossen. Dem Sancho begegnete das nämliche, der sich kaum zum Sprechen anschickte, als ihn einer von denen zu Fuß mit einem Pfriemen stach und den Grauen ebenfalls, als wenn dieser auch sprechen wollte.

Die Nacht brach herein, sie beschleunigten ihren Weg, und bei den beiden Gefangenen nahm die Furcht zu, besonders als sie hörten, daß man sie von Zeit zu Zeit so anredete: Fort, ihr Troglodyten, schweigt, Barbaren, wartet nur, Anthropophagen, beklagt euch nicht, ihr Skythen, tut die Augen nicht auf, ihr mörderischen Polyphemen, ihr würgerischen Löwen! und mit anderen ähnlichen Benennungen, mit welchen sie die Ohren der beiden Unglücklichen, des Herrn und des Dieners, marterten.

Sancho sagte zu sich selber: Wir sollen Trogdiebe sein, Barbiere, Handboten zu Wagen, Polen und Böhmen und alles durcheinander? Diese Namen wollen mir gar nicht gefallen, es weht ein übler Wind für uns, das Unglück fällt so dicht wie die Prügel auf den Hund, und wenn es nur noch bei Prügeln sein Bewenden hätte, aber ich fürchte, dies Abenteuer wird uns noch weit teurer zu stehen kommen.

Don Quixote war ganz in Verwirrung, ohne herausbringen zu können, was diese Schmähworte, womit man sie überhäufte, bedeuten sollten, doch zog er daraus den Schluß, daß er nichts Gutes zu hoffen und viel Böses zu fürchten habe. Sie kamen mit der Nacht in einem Schlosse an, welches Don Quixote bald für das des Herzogs erkannte, in welchem er sich noch vor kurzem befunden hatte. Heiliger Gott, sagte er, als es ihm kenntlich wurde, ha, was hat doch dies zu bedeuten? Sonst war in diesem Hause nur Höflichkeit und freundliche Bewirtung; aber für mich verkehrt sich das Gute in das Schlimme und das Schlimme in das Ärgste.

Sie begaben sich in den großen Schloßhof und sahen dort alles so eingerichtet und zubereitet, daß ihr Erstaunen wuchs und sich ihre Furcht verdoppelte, wie man im folgenden Kapitel sehen wird.

Einhundertsechstes Kapitel

Von dem seltsamsten und wunderlichsten Abenteuer, welches im ganzen Verlaufe dieser großen Historie Don Quixote begegnete.

Die zu Pferde stiegen ab und faßten mit denen zu Fuß Sancho und Don Quixote eilig an und führten sie in den Hof, in welchem rund umher hundert Fackeln brannten, auf großen Leuchtern befestigt, und auf den Galerien des Hofes brannten über fünfhundert Lampen, so daß man, ungeachtet der Nacht, welche sehr finster war, den Mangel des Tages nicht bemerkte. In der Mitte des Hofes erhob sich ein Grabhügel, ungefähr zwei Ellen vom Boden erhaben, über welchen ein auf seinen Stufen sehr großer Baldachin von schwarzem Samte ausgebreitet war, um diesen Hügel brannten große Kerzen von weißem Wachse, auf mehr als hundert silbernen Leuchtern; auf dem Grabmale selbst zeigte sich der Leichnam einer so schönen Jungfrau, daß ihre Schönheit den Tod selber schön erscheinen ließ. Ihr Haupt ruhte auf einem Kissen von Brokat und mit einem Kranz umgeben, der aus mannigfaltigen und duftenden Blumen geflochten war, die Hände waren auf der Brust gefaltet, und in ihnen hielt sie den Zweig einer weißen und sieghaften Palme. Auf der einen Seite des Hofes war eine Bühne angebracht, wo auf zwei Stühlen zwei Männer saßen, die, nach den Kronen auf ihren Häuptern und den Zeptern in den Händen, aussahen, als wenn sie zwei Könige sein müßten, entweder wahrhaftige oder auch nachgeahmte. Zur Seite dieser Bühne, zu welcher einige Stufen führten, waren zwei andere Sessel hingestellt, auf welche diejenigen, welche die Gefangenen führten, Don Quixote und Sancho niedersetzten; alles dies taten sie stillschweigend, indem sie ihnen durch Zeichen zu verstehen gaben, daß sie ebenfalls schweigen möchten; aber diese würden dennoch geschwiegen haben, wenn man ihnen auch kein Zeichen gegeben hätte, weil das Erstaunen, mit welchem sie alles betrachteten, ihre Zungen gefesselt hielt. Hierauf stiegen zur Bühne mit ansehnlicher Begleitung zwei vornehme Personen hinauf, welche von Don Quixote sogleich als der Herzog und die Herzogin, seine Wirte, erkannt wurden; diese setzten sich auf zwei kostbare Sessel neben diejenigen, welche wie Könige aussahen. Wer würde sich wohl hierüber nicht verwundert haben, da überdies noch Don Quixote erkannte, daß der Leichnam, welcher auf dem Grabmale lag, der einer schönen Frau war? Als der Herzog und die Herzogin zur Bühne hinaufstiegen, standen Don Quixote und Sancho auf und machten ihnen eine sehr ehrerbietige Verbeugung, die Herzöge erwiderten es und neigten die Häupter ein wenig. Indem lief quer ein Diener herüber und machte sich an Sancho, dem er einen schwarzen Rock von grober Wolle überwarf, welcher ganz mit Feuerflammen bemalt war, er nahm ihm auch seinen Hut ab und setzte ihm eine spitze Papiermütze auf den Kopf, wie sie die Verbrecher bei der heiligen Inquisition zu tragen pflegen, und sagte ihm ins Ohr, daß er die Lippen nicht voneinander tun möchte, weil man ihm sonst den Mund zuknebeln oder ihm gar das Leben nehmen würde. Sancho betrachtete sich von oben bis unten und sah sich in lauter Flammen brennen; da sie ihn aber nicht versehrten, kümmerte er sich wenig drum. Er nahm die spitze Mütze ab und sah, daß sie voller Teufel gemalt war, er setzte sie wieder auf und sagte bei sich: Meinethalben! wenn jene mich nur nicht verbrennen und diese mich nicht holen.

Don Quixote betrachtete ihn auch, und obgleich die Furcht alle seine Sinne gefesselt hielt, mußte er doch über die Gestalt des Sancho lachen. Indem ließ sich, wie es schien, unter dem Grabmale hervor ein gedämpfter und lieblicher Ton von Flöten hören, welcher, da er von keiner menschlichen Stimme unterbrochen wurde, denn das Schweigen selbst beobachtete hier ein Schweigen, sich schmeichelnd und wohllautend vernehmen ließ. Plötzlich zeigte sich neben dem Kissen der Leiche ein schöner Jüngling in römischer Tracht, der zum Ton einer Leier, welche er selbst spielte, mit der süßesten und reinsten Stimme Totenklagelieder sang.

Mitten im Gesange unterbrach ihn einer von denen, die wie Könige aussahen, und rief: Genug, göttlicher Sänger, denn es würde kein Ende nehmen, wollten wir uns jetzt den Tod und die Reize der unvergleichlichen Altisidora vorstellen, die nicht tot ist, wie die unwissende Welt glaubt, sondern die durch die Zungen des Ruhms und durch die Strafe lebt, welche, um sie wieder zum Lichte zurückzuführen, Sancho Pansa erleiden wird, der hier gegenwärtig ist. Deshalb, o Rhadamanthus, der du mit mir das unerforschliche Verhängnis beschlossen hast, um diese Jungfrau wiederzuerwecken, sage und verkündige es alsbald, damit das Glück nicht verschoben werde, welches wir von ihrem neuen Erwachen erwarten.

Kaum hatte Minos, der Richter und Gefährte des Rhadamanthus, dieses gesprochen, als Rhadamanthus aufstand und sagte: Auf, ihr Diener dieses Hauses, hohe und niedrige, große und kleine, kommt einer nach dem andern und gebt jeder dem Sancho zwölf Ohrfeigen, zwickt ihm jeder zwölfmal in den Arm und gebt ihm jeder sechs Nadelstiche, denn in dieser Zeremonie besteht die Belebung der Altisidora.

Als Sancho Pansa dies hörte, brach er sein Stillschweigen und sagte: Ich schwöre, daß ich soviel Ohrfeigen einstecken und mir soviel im Gesicht hantieren lassen werde, wie ich ein Mohr werden will! Bei meiner Seele, was hat denn das Hantieren in meinem Gesichte mit dem Aufleben dieses Mädchens zu tun? Mag der Henker doch den ganzen Kram holen! Dulcinea wird bezaubert, und sie geißeln mich, daß sie entzaubert werde; Altisidora stirbt an einer Krankheit, die ihr Gott zuschickt, und ich soll sie damit erwecken, daß ich mich schlagen, stechen und kneifen lasse. Sucht euch einen andern Spaßvogel, denn ich weiß, was die Glocke geschlagen hat.

Sterben sollst du, rief mit lauter Stimme Rhadamanthus; erweiche dich, Tiger, demütige dich, stolzer Nimrod, dulde und schweige, denn nichts Unmögliches wird von dir gefordert, und unterfange dich nicht, das Unbegreifliche dieses Vorfalls zu ergründen! Du sollst die Ohrfeigen bekommen, du sollst gestochen werden, du sollst gezwickt seufzen. Auf, sage ich, ihr Diener, erfüllt meine Gebote; oder so wahr ich ein ehrlicher Mann bin, ihr sollt sehen, was daraus entsteht. Sofort erschienen acht Dueñas, die wie in einer Prozession eine hinter der andern gingen, viere davon mit Brillen und alle die rechten Arme geradeausgestreckt, die Ärmel vier Finger breit vom Gelenke zurück, um die Hände länger scheinen zu machen, wie es jetzt gebräuchlich ist. Sancho hatte sie nicht so bald wahrgenommen, als er wie ein Stier brüllte und schrie: Ich will mir von der ganzen Welt im Gesichte hantieren lassen; aber daß Dueñas mich anrühren sollen, das kann ich nicht zugeben! Man mag mir das Gesicht zerkratzen, man mag mir den Leib mit scharfgeschliffenen Dolchen durchbohren, man mag mir die Arme mit glühenden Zangen kneifen, und ich will es mit Geduld ertragen oder um diesen Herren gefällig zu sein; aber daß mich Dueñas anrühren, das werde ich nicht zugeben, und wenn mich auch der Teufel holen sollte.

Auch Don Quixote brach sein Stillschweigen und sagte zu Sancho: Habe Geduld, mein Sohn, vergnüge diese Herren und sage dem Himmel vielfachen

Dank, daß er deiner Person eine solche Kraft mitgeteilt, daß du durch ihre Zermarterung Bezauberte entzaubern und Tote erwecken kannst.

Die Dueñas waren dem Sancho schon nahe gekommen, und er setzte sich besänftigt und überredet im Sessel zurecht, hielt Gesicht und Bart der vordersten hin, welche ihm eine Ohrfeige gab und ihm dann eine tiefe Verbeugung machte. Weniger Höflichkeit und weniger Schminke, Frau Dueña, sagte Sancho, denn bei Gott, Ihr habt Hände, die nach Weinessig riechen.

Hierauf drückten ihm alle Dueñas das Gesicht zusammen, und viele Leute aus dem Hause zwickten ihn; was er aber nicht aushalten konnte, war das Stechen mit den Nadeln, sondern er stand wütend vom Stuhle auf und nahm eine brennende Fackel, mit der er auf die Dueñas und alle seine Peiniger losschlug und laut rief: Fort, ihr Diener der Hölle, denn ich bin nicht von Erz, um diese ungeheueren Zermarterungen nicht zu fühlen.

Altisidora, die wohl müde sein mußte, so lange ausgestreckt zu liegen, kehrte sich indessen nach der Seite. Als dieses die Umstehenden sahen, riefen alle aus einem Munde: Altisidora lebt, es lebt Altisidora! Rhadamanthus befahl dem Sancho, seinen Zorn zu besänftigen, denn die beabsichtigte Wirkung sei nun schon erreicht. Als Don Quixote sah, daß Altisidora sich rührte, kniete er vor Sancho nieder und sagte zu ihm: Jetzt ist es Zeit, o mein Herzenssohn und nicht mein Knappe, daß du dir einige von den Streichen gibst, die du dir wegen der Entzauberung der Dulcinea geben mußt. Jetzt, sage ich, denn jetzt ist die Zeit, in welcher deine Kraft am wirksamsten ist und in der sie das Glück hervor bringen wird, welches ich von dir erwarte.

Worauf Sancho antwortete: Ja, ja, aus dem Regen in die Traufe, und hier kann man wohl mit Recht sagen: Dem Reichen wird gegeben. Das wäre schön, wenn nun noch nach diesen Zwicken, Ohrfeigen und Stichen die Hiebe kommen sollten! Nun fehlt nichts weiter, als daß man einen großen Stein nimmt und mir den um den Hals bindet und mich so vollends in einen Brunnen schmeißt, worüber ich mich auch nicht sonderlich grämen würde, wenn ich, um andere zu kurieren, immer der Pfingstochse sein muß. Laßt mich gehen, oder, bei Gott, ich schmeiße den ganzen Kram in den Dreck, mag doch dann draus werden, was will.

Altisidora hatte sich indessen auf ihrem Grabmale schon hingesetzt, und zugleich erklangen Oboen, von Flöten und den Stimmen aller begleitet, welche riefen: Es lebe Altisidora, Altisidora lebe!

Die Herzöge standen auf, auch die Könige Minos und Rhadamanthus sowie alle übrigen nebst Don Quixote und Sancho, um Altisidora zu empfangen und sie vom Grabmale heruntersteigen zu lassen, welche die noch halb Ohnmächtige spielte und sich gegen die Herzöge und gegen die Könige verneigte, Sancho Pansa aber von der Seite ansah und zu ihm sagte: Dir, mitleidigster Knappe, der auf dem Erdkreise zu finden ist, verdanke ich das Leben, welches ich besitze. Du hast von heute an, liebster Sancho, über sechs von meinen Hemden zu befehlen, die ich dir schenke, um dir sechs andere für dich daraus machen zu lassen, welche, wenn auch nicht durchaus ganz, doch wenigstens alle rein sind.

Sancho küßte ihr dafür die Hände mit der Mütze in der Hand und den Knien auf der Erde. Der Herzog befahl, sie ihm abzunehmen und ihm seinen Hut wiederzugeben, auch sollten sie ihm seinen Rock geben und das Kleid mit Flammen wieder ausziehen. Sancho bat den Herzog, ihm das Kleid und die Mütze zu lassen, denn er wolle sie zum Angedenken und zum Wahrzeichen einer so unerhörten Begebenheit mit nach Hause nehmen. Die Herzogin antwortete, er möge sie behalten, denn er wisse wohl, daß sie seine große Freundin sei. Der Herzog befahl, den Hof aufzuräumen und daß sie sich auf ihre Zimmer begäben, Don Quixote und Sancho möchten sie aber auf diejenigen führen, die ihnen schon bekannt wären.

Einhundertsiebentes Kapitel

welches auf das vorige folgt und Sachen enthält, die wegen der Deutlichkeit der Geschichte nicht ausgelassen werden durften.

Sancho schlief die Nacht in einem Rollbette mit dem Don Quixote in einem Zimmer, worauf er zwar, wenn es möglich, verzichtet hätte, weil er wußte, daß sein Herr ihn mit Fragen und Antworten nicht würde schlafen lassen, und er befand sich nicht in der Stimmung, viel zu sprechen, denn die Schmerzen seiner überstandenen Martern machten ihm diese immer gegenwärtig und ließen ihm die Zunge nicht frei, darum wäre es ihm gelegener gewesen, in einer Hütte allein zu schlafen als in diesem kostbaren Zimmer in Gesellschaft. Seine Furcht war auch so wohlbegründet und sein Argwohn so gewiß gewesen, daß sein Herr kaum in das Bett gestiegen war, als er zu ihm sagte: Was dünkt dir, Sancho, von der Begebenheit dieser Nacht? Groß und gewaltig ist die Kraft der verschmähten Liebe, wie du mit deinen eigenen Augen Altisidora hast tot gesehen, nicht von andern Pfeilen noch einem andern Schwerte, noch einem andern mörderischen Instrumente, noch einem tötenden Gifte, sondern bloß durch die Verachtung, mit welcher ich sie immer behandelt habe.

Mag sie in Gottes Namen sterben, wann sie will und wie sie will, antwortete Sancho, und mich nur in Ruhe lassen, denn ich habe sie zeit meines Lebens weder verliebt gemacht noch verachtet. Ich weiß es nicht und kann es auch gar nicht begreifen, wie das Leben der Altisidora, eines dummen Mädchens, wie ich schon einmal gesagt habe, mit der Zermarterung des Sancho Pansa zusammenhängt. Aber jetzt sehe und erkenne ich deutlich und bestimmt, daß es Zauberer und Bezauberungen in der Welt gibt, von denen Gott mich befreien möge, denn ich weiß mich nicht davon frei zu machen. Aber alles in allem bitte ich Euch inständigst, laßt mich schlafen und fragt mich nichts mehr, wenn Ihr nicht wollt, daß ich aus dem Fenster herausspringen soll.

Schlafe, Freund Sancho, antwortete Don Quixote, wenn es dir die Nadelstiche und die erlittenen Schmerzen erlauben.

Kein Schmerz, versetzte Sancho, ist der Kränkung mit den Ohrfeigen zu vergleichen, und zwar aus keiner andern Ursache, als daß sie mir Dueñas gegeben haben, die der Teufel holen mag. Und laßt mich schlafen, das bitt' ich nochmals flehentlichst, denn der Schlaf ist eine Erleichterung alles Unglücks, das man nur jemals im Wachen haben kann.

Schlaf gesund, sagte Don Quixote, und Gott möge dich behüten.

So schliefen sie beide ein, und unterdessen will die Historie uns Rechenschaft geben, was die Herzöge bewog, das Gebäude des eben geschilderten Betruges aufzuführen. Der Baccalaureus Simson Carrasco hatte es nicht vergessen, wie er als Ritter von den Spiegeln von Don Quixote überwunden und gestürzt worden war, welche Niederlage alle seine Pläne vereitelte und vernichtete und weshalb er die Sache noch einmal versuchen wollte, indem er auf einen glücklichern Erfolg als den ersten rechnete. Er erkundigte sich also, wo Don Quixote sei, schaffte neue Waffen und ein Pferd an und führte in seinem Schilde einen silbernen Mond, welches er alles auf ein Maultier lud, das ein Bauer führte, aber nicht Thomas Cecial, sein voriger Schildknappe, damit er weder vom Don Quixote noch vom Sancho erkannt würde. So kam er zum Schlosse des Herzogs, der ihm den Weg zeigte, welchen Don Quixote genommen hatte, und sagte, daß er die Absicht habe, bei den Turnieren zu Zaragoza gegenwärtig zu sein. Er erzählte ihm auch, was sie für Spaß mit ihm gehabt, den Plan, die Dulcinea zu entzaubern, welches auf Kosten des Hintern des Sancho geschehen solle. Er teilte ihm ebenso den Possen mit, den Sancho seinem Herrn gespielt hatte, indem er ihm weismachte, daß Dulcinea bezaubert und in eine Bäuerin verwandelt sei, und daß die Herzogin, seine Gemahlin, dem Sancho wieder weisgemacht habe, daß er der Getäuschte sei, weil Dulcinea in der Tat bezaubert wäre, worüber der Baccalaureus sehr lachte und sich verwunderte, indem er den Scharfsinn und die Dummheit des Sancho erwog sowie den äußersten Grad der Narrheit des Don Quixote. Der Herzog bat ihn, wenn er ihn anträfe, er möchte ihn nun, überwunden oder nicht, zu ihm zurückführen, um ihm den Erfolg zu melden. Dies versprach der Baccalaureus, reiste ihm nach, fand ihn aber nicht zu Zaragoza, worauf er weiterging und sich das zutrug, was oben erzählt ist. Er kehrte nach dem Schlosse des Herzogs zurück und zeigte diesem alles an, auch daß Don Quixote schon umkehre. Davon nahm der Herzog Gelegenheit, diese Posse anzustellen, so sehr ergötzte er sich an dem, was Don Quixote und Sancho taten. Er ließ alle Wege weit und breit um das Schloß herum, wo er nur irgend glaubte, daß Don Quixote vorbeikommen könne, mit vielen seiner Bedienten zu Fuß und zu Pferde besetzen, damit sie ihn im Guten oder Bösen zum Schlosse brächten, wenn sie ihn fänden; sie fanden ihn, gaben dem Herzoge Nachricht, der schon alles das eingerichtet hatte, was geschehen sollte, und daher gleich, als er die Nachricht von seiner Ankunft empfing, die Fackeln und die Lampen auf dem Hofe anzünden ließ, worauf sich Altisidora auf ihr Grabmal legte und alle jene Vorbereitungen getroffen wurden, welche erzählt worden sind und die so täuschend und gut ausfielen, daß zwischen ihnen und der Wirklichkeit nur ein geringer Unterschied war; in der Tat aber scheint es so zu sein, daß die Spötter wie die Verspotteten gleiche Toren sind und daß die Herzöge nicht zwei Finger breit vom Wahnsinn entfernt gewesen, da sie es mit solchem Eifer betrieben, mit zwei Wahnsinnigen eine Posse anzustellen, welche ihrerseits der Tag jetzt beleuchtete und ihnen die Lust aufzustehen erregte; denn niemals erfreuten, weder als Sieger noch als Besiegten, die müßigen Federn Don Quixote.

Altisidora, in der Meinung des Don Quixote vom Tode zum Leben erstanden, der Laune ihrer Gebieter sich fügend, mit dem nämlichen Kranze geschmückt, den sie auf dem Grabmale trug, bekleidet mit einem leichten Gewande von weißem Taffet, mit goldenen Blumen gestickt, die Haare über die Schultern fließend, auf einen Stab von schwarzem und dem feinsten Ebenholz gelehnt, trat jetzt in das Gemach des Don Quixote, der darüber erstaunt und verwirrt sich zusammenkrümmte und sich fast ganz in die Decken und Kissen seines Bettes verkroch, mit stummer Zunge, ohne auch nur auf irgendeine Artigkeit zu sinnen. Altisidora setzte sich in einen Stuhl zu seinem Haupte nieder, und nachdem sie einen tiefen Seufzer ausgestoßen, sagte sie mit zärtlicher und schwacher Stimme zu ihm: Wenn vornehme Damen und sittsame Jungfrauen über ihre Ehre hinwegschreiten und der Zunge die Erlaubnis geben, daß sie durch alle Schranken brechen und öffentlich die Geheimnisse bekannt machen darf, welche im Herzen verschlossen liegen, so müssen sie sich in der schlimmsten Bedrängnis befinden. Ich, Herr Don Quixote de la Mancha, bin eine von diesen, eine Bedrängte, Besiegte und Verliebte; aber dessenungeachtet eine so Duldende und so Sittsame, daß mir das Herz vom Schweigen brach und ich das Leben verlor.

Aber sagt mir doch, Señora, sagte Sancho, wie Euch der Himmel einen anderen zärtlicheren Liebhaber als meinen Herrn bescheren möge, was habt

Ihr denn in der anderen Welt gesehen? Wie steht es denn in der Hölle? Denn wer in der Verzweiflung stirbt, muß doch notwendig dorthin kommen.

Wenn ich Euch die Wahrheit sagen soll, antwortete Altisidora, so muß ich wohl nicht so ganz gestorben sein, denn ich kam nicht in die Hölle; wäre ich da hineingekommen, so hätte ich ein für allemal nicht herausgekonnt, wenn es auch mein Wunsch gewesen wäre. Zwar kam ich bis an das Tor, wo wohl ein Dutzend Teufel standen und Ball spielten, alle in Kamisol und Beinkleidern und wallonischen Kragen, die mit brabantischen Spitzen besetzt waren, nebst Manschetten von derselben Art, die vier Finger breit über die Knöchel reichten, damit die Hände um so länger schienen, in welchen sie feurige Raketen hatten. Was mich aber am meisten verwunderte, war, daß sie sich statt der Bälle der Bücher bedienten, die voller Wind und Wolle schienen, ein wunderbares und seltsames Ding; dies verwunderte mich aber noch nicht so sehr, als daß ich sah, da doch sonst bei den Spielern die Gewinner lustig und die traurig sind, welche verlieren, wie bei diesem Spiele hier alle grunzten, alle brummten und sich alle verfluchten.

Das ist kein Wunder, antwortete Sancho, denn die Teufel mögen spielen oder nicht spielen, so könnten sie doch niemals vergnügt sein, sie mögen gewinnen oder nicht gewinnen.

Das muß wohl so sein, antwortete Altisidora, aber es war noch etwas anderes dabei, was mich in Erstaunen setzt (ich will sagen, was mich damals in Erstaunen setzte), nämlich, daß beim ersten Schlage gleich von einem Balle nichts übrigblieb, er auch nicht wieder gebraucht werden konnte, wodurch eine Menge alter und neuer Bücher draufging, daß es ein Wunder war. Eins davon, das ganz neu und gut eingebunden war, bekam eine solche Maulschelle, daß die Eingeweide heraushingen und die Blätter herumflogen. Ein Teufel sagte zum andern: Sieh doch, was dies für ein Buch ist, und der Teufel antwortete ihm: Dieses ist der zweite Teil der Geschichte des Don Quixote de la Mancha, nicht von seinem ersten Autor verfaßt, sondern von einem Aragoneser, der, wie er sagt, aus Tordesillas gebürtig ist. Fort damit, antwortete der andere Teufel, und schleudert es in die Abgründe der Hölle, daß es meine Augen niemals wiedersehen. Ist es so schlimm? fragte der andere. So schlimm, versetzte der erste, daß ich, wenn ich mich selber dazu niedersetzte, um es schlimmer zu machen, es nicht vermöchte. Sie setzten ihr Spiel fort und schlugen mit anderen Büchern Ball, ich aber, weil ich Don Quixote nennen hörte, welchen ich liebe und verehre, suchte diese Vision in meinem Gedächtnisse zu behalten.

Eine Vision muß es ohne Zweifel gewesen sein, sagte Don Quixote, denn es gibt kein anderes Ich in der Welt, und obschon diese Geschichte von Hand zu Hand wandert, bleibt sie doch in keiner, sondern jeder gibt ihr einen Stoß mit dem Fuße. Ich habe mich nicht darüber geärgert, zu hören, wie ich mich als ein phantastischer Körper irgendwo herumtreibe, weil ich nicht derjenige bin, von dem diese Geschichte handelt. Wäre sie gut, aufrichtig und wahrhaft, so würde sie durch viele Zeitalter leben, ist sie aber schlecht, so wird der Weg von ihrer Geburt zu ihrem Grabe nicht weit sein.

Altisidora fuhr fort, sich über Don Quixote zu beklagen, als Don Quixote zu ihr sagte: Vielmals habe ich Euch gesagt, Señora, daß es mir leid tut, daß Ihr Eure Gedanken auf mich gerichtet habt, denn die meinigen dürfen Euch wohl dankbar, aber niemals hilfreich sein. Ich wurde geboren, um der Dulcinea del Toboso zu gehören, und die Schicksalsschwestern, wenn es diese gibt, haben mich für sie bestimmt, und zu denken, daß eine andere Schönheit die Stelle in meiner Seele einnehmen könne, welche sie besitzt, heißt das Unmögliche denken. Hinreichend ist diese Enttäuschung, damit Ihr Euch in die Grenzen Eurer Sittsamkeit zurückziehen mögt, denn niemand kann sich zu Unmöglichkeiten verpflichten.

Als Altisidora dies hörte, stellte sie sich sehr zornig und aufgebracht und sagte zu ihm: Bei Gott, Don Bohnenstange, Kieselseele, Dattelschale, eigensinniger und gröber als ein Bauer, den man bittet, wenn er auf seinem Sinn besteht, wenn ich Euch unterkriege, will ich Euch die Augen ausreißen. Meint Ihr denn vielleicht, Ihr Don Überwunden und Don Ausgeprügelt, daß ich für Euch gestorben bin? Alles, was Ihr gestern abend gesehen habt, war nur ein erdichtetes Wesen, denn ich bin kein solches Mädchen, das sich um eines solchen Kamels willen nur die Spitze eines Nagels sollte weh tun lassen, viel weniger deswegen sterben.

Das glaube ich wohl, sagte Sancho, denn wenn die Verliebten sterben wollen, so ist das nur ein Ding zum Lachen; sie können es wohl sagen, aber daß sie es tun werden, das mag Judas glauben.

Unter diesem Gespräch kam der Musikus, Sänger und Poet herein, welcher die Totenklagen gesungen hatte, dieser machte dem Don Quixote eine tiefe Verbeugung und sagte: Mein gnädigster Herr Ritter möge mich unter die Anzahl seiner getreuesten Diener zählen, denn schon seit langem bin ich ihm äußerst ergeben, sowohl seines Ruhmes als auch seiner Taten wegen.

Don Quixote antwortete ihm: Sagt mir, mein werter Herr, wer Ihr seid, damit meine Höflichkeit Euren Verdiensten entspreche.

Der junge Mensch antwortete, daß er der Musiker und Lobredner vom vorigen Abende sei. Wahrlich, versetzte Don Quixote, Ihr habt sehr recht; aber was Ihr sangt, schien mir nicht sonderlich passend zu sein, denn was haben die Stanzen des Garcilaso mit dem Tode dieser Dame zu tun?

Verwundert Euch hierüber nicht, antwortete der Musikus, denn unter den unbärtigen Poeten unseres Zeitalters ist es der Gebrauch, daß jeder schreibt, wie er will, und stiehlt, von wem er will, mag es doch zu seiner Absicht passen oder nicht passen, und jetzt gibt es keine Albernheit, die sie singen oder schreiben mögen, welche nicht auf die poetische Freiheit geschoben würde.

Don Quixote wollte antworten, aber der Herzog und die Herzogin hinderten ihn daran, welche eintraten, um ihn zu besuchen. Don Quixote bat sie um die gnädige Erlaubnis, noch an dem nämlichen Tage abzureisen. Sie gaben ihm gern die Erlaubnis, und die Herzogin fragte ihn, ob Altisidora in seiner Gunst bliebe.

Er antwortete: Meine Gebieterin, Eure Hoheit muß wissen, daß das ganze Unglück dieses Mädchens aus dem Müßiggange entsteht, welcher durch eine anständige und fortwährende Beschäftigung vermieden werden kann. Sie hat mir eben gesagt, daß Spitzen in der Hölle getragen werden, und da sie diese gewiß machen kann, so lege sie sie nie aus der Hand, denn wenn sie damit beschäftigt ist, die Koppel zu regieren, so wird nie ihre Einbildung von dem Bilde oder den Bildern dessen regiert werden, welchen sie liebt; und dieses ist die Wahrheit, dies ist meine Meinung, und dieses ist mein Rat.

Und der meinige, fügte Sancho hinzu, denn ich habe in meinem Leben keine Spitzenarbeiterin gesehen, die vor Liebe gestorben wäre, denn die arbeitenden Mädchen sind mehr darauf bedacht, ihr Tagewerk zu Ende zu bringen, als an ihre Liebeshändel zu denken. Ich weiß es von mir selbst, denn solange ich ackere, denke ich an meine Alte, an die Juanita Pansa nicht, die ich doch so lieb habe wie die Augen im Kopfe.

Das Gespräch war beendigt, Don Quixote kleidete sich an, aß mit den Herzögen und reiste am Abend nach seinem Heimatdorfe ab.

Einhundertachtes Kapitel

Was dem Don Quixote mit seinem Stallmeister Sancho begegnete, als er nach seinem Dorfe reiste.

Der besiegte und bedrängte Don Quixote reiste fort, auf der einen Seite ungemein tiefsinnig und auf der andern überaus vergnügt. Seine Traurigkeit rührte von seiner Besiegung her und seine Freude, daß er die Kraft des Sancho erwog, die dieser bei der Auferweckung der Altisidora bewiesen hatte, ob er sich gleich nur mit Mühe überreden konnte, daß das verliebte Mädchen im Ernste tot gewesen sei. Sancho war durchaus nicht vergnügt, sondern er war verdrießlich darüber, daß Altisidora nicht ihr Wort gehalten und ihm die Hemden gegeben hatte, und indem er sich dieses hin und her überlegte, sagte er zu seinem Herrn: Wahrhaftig, gnädiger Herr, ich bin der unglücklichste Arzt, der auf der Welt gefunden werden kann, denn es gibt Doktoren, die dafür, daß sie den Kranken, den sie gesund machen sollen, umbringen, für ihre Mühe ihre Bezahlung verlangen, die in nichts weiter besteht, als auf ein Zettelchen etliche Arzneien zu schreiben, die sie nicht machen, sondern der Apotheker, und das Geld ist uns aus der Tasche geschwatzt, ich aber, den die fremde Gesundheit Blutstropfen, Fratzen, Zwicke, Nadelstiche und Geißelhiebe kostet, bekomme nicht einen Dreier. Ich schwöre aber, daß, wenn ich wieder einen Kranken unter die Hände kriege, man mir die meinigen gewiß schmieren soll, ehe ich ihn kuriere, denn jedes Amt muß seinen Mann ernähren, und ich kann nicht glauben, daß mir der Himmel die Kraft verliehen hat, welche ich besitze, daß ich sie andern für nichts und wieder nichts mitteilen soll.

Du hast recht, lieber Sancho, antwortete Don Quixote, und Altisidora hat darin sehr übel getan, daß sie dir die versprochenen Hemden nicht gegeben hat, und obgleich deine Kraft gratis data ist, indem sie dich kein Studium gekostet, so sind doch die Martern deiner Person für mehr als Studium anzusehn. Ich kann dich versichern, daß, wenn du von mir eine Bezahlung für die Hiebe zur Entzauberung der Dulcinea fordern wolltest, ich sie dir geben würde, daß du zufrieden sein könntest; nur weiß ich nicht, ob die Bezahlung nicht der Wirksamkeit hinderlich sein möchte, und ich wünschte nicht, daß der Lohn der Heilkraft in den Weg träte. Demohngeachtet wird nichts verloren sein, wenn wir es versuchen; überlege, Sancho, was du fordern willst, und geißele dich sogleich, und mache dich selber dann bar bezahlt, denn du hast mein Geld in Verwahrung.

Bei dieser Anerbietung tat Sancho die Augen und Ohren spannenweit auf und gab in seinem Herzen die Einwilligung, sich von freien Stücken zu geißeln, worauf er zu seinem Herrn sagte: Nun gut, gnädiger Herr, so will ich Euch denn darin Euren Willen tun, was Ihr von mir verlangt, da es mir Vorteil bringt, denn die Liebe, die ich zu meiner Frau und meinen Kindern trage, macht, daß ich eigennützig scheine. Sagt mir nur, wieviel Ihr mir für jeden Hieb geben wollt, den ich mir zuteile.

Wenn ich dir bezahlen sollte, Sancho, antwortete Don Quixote, was die Größe und Wichtigkeit dieses Dienstes wert ist, so wären die Schätze Venedigs bei weitem nicht hinreichend, dich zu belohnen. Überschlage du, wieviel du von meinem Gelde hast, und bestimme selbst den Preis für jeden Hieb.

Sie betragen in allem, antwortete Sancho, dreitausend und dreihundert; davon habe ich mir fünf gegeben, die andern sind noch zurück; bei so vielen mögen die fünfe auch mit unterlaufen, und wir wollen dreitausend und dreihundert rechnen, jeden zu einem Quartillo, denn um weniger kann ich sie nicht lassen, und wenn es auch die ganze Welt so haben wollte, das macht also dreitausendunddreihundert Quartillos, die dreitausend machen tausendundfünfhundert halbe Realen, welche siebenhundertundfünfzig Realen betragen, und die dreihundert machen hundertundfünfzig halbe Realen, das heißt fünfundsiebenzig Realen, diese zu den siebenhundertfünfzig gerechnet, beläuft sich die ganze Summe auf achthundertundfünfundzwanzig Realen. Diese will ich von dem zurückbehalten, was ich von Euch habe, und so komme ich reich und vergnügt nach Hause, zwar tüchtig gegeißelt, aber die Katze kann keine Fische fangen — — — Ihr versteht mich schon.

O edelster Sancho! o liebenswürdigster Sancho! rief Don Quixote aus, wie verpflichtet werden dir Dulcinea und ich sein, so daß wir dir unser ganzes Leben hindurch, welches uns der Himmel schenkt, dienen müssen. Wenn sie zu ihrem vorigen Zustande gelangt (welches ohne Zweifel geschehn wird), so wird ihr Unglück zum Glücke und meine Besiegung zum herrlichsten Triumphe werden. Denke nur, Sancho, daran, wann du deine Büßung beginnen willst, und damit du desto eher dazu tust, will ich noch hundert Realen zulegen.

Wann? versetzte Sancho, ganz gewiß diese Nacht; macht nur, daß wir auf dem Felde unter offenem Himmel bleiben, so soll meine Haut auch offen werden.

Die Nacht kam heran, welche Don Quixote mit der größten Sehnsucht erwartet hatte, so daß es ihm schien, die Räder am Wagen des Apollo wären zerbrochen und daß der Tag länger währte als gewöhnlich, wie es wohl den Verliebten zu gehn pflegt, deren Rechnung niemals mit ihren Wünschen übereinstimmt. Sie begaben sich endlich unter einige angenehme Bäume, die etwas vom Wege entfernt standen, hier nahmen sie dem Rosinante und dem Grauen die Sättel ab und streckten sich auf den grünen Rasen hin, wo sie von dem Vorrate des Sancho aßen; dieser machte hierauf von dem Stricke und der Halfter des Grauen eine tüchtige und geschmeidige Geißel und entfernte sich damit zwanzig

Schritte von seinem Herrn unter einige Buchen. Don Quixote, der ihn so tapfer und mutig sah, sagte zu ihm: Trachte, mein Freund, daß du dich nicht zu Stücken haust, laß gemächlich einen Streich auf den andern folgen, übereile dich nicht so sehr in deinem Laufe, daß dir nicht in der Mitte desselben der Atem ausbleibe, ich meine, daß du es nicht so hitzig anfängst, daß du dir das Leben raubst, bevor die bestimmte Anzahl erfüllt ist; und damit du nicht durch eine Karte zuviel oder zuwenig verlierst, will ich die Streiche, die du dir gibst, an meinem Rosenkranze abzählen. Der Himmel stehe dir nun so bei, wie es dein gutes Vorhaben verdient.

Den guten Bezahler gereut kein Pfand, antwortete Sancho, ich will sie mir so geben, daß sie, ohne mich umzubringen, mir wehe tun, denn darin muß doch wohl das Geheimnis dieses Wunderwerkes bestehn.

Er entkleidete hierauf die obere Hälfte seines Körpers, schwang den Strick und fing an, sich zu schlagen, und Don Quixote fing an, die Streiche nachzuzählen. Sancho hatte sich ohngefähr sieben oder acht gegeben, als ihm der Spaß doch verdrießlich und die Bezahlung dafür zu geringe vorkam; er hielt daher ein wenig inne und sagte zu seinem Herrn, daß er sich gröblich geirrt habe, denn jeder Streich müßte unbesehn mit einem halben Real und nicht mit einem Quartillo bezahlt werden. Fahre fort, Freund Sancho, und werde nicht müde, sagte Don Quixote, denn ich verdopple den festgesetzten Preis.

Nun denn, sagte Sancho, in Gottes Namen, und nun soll es Hiebe regnen. Aber der Schelm ließ es bleiben, sie sich auf den Rücken zu geben, sondern er schlug gegen die Bäume, wobei er von Zeit zu Zeit solche Seufzer ausstieß, als wenn er mit einem jeden den Geist aufgeben würde. Don Quixote wurde gerührt und glaubte, er könne sich selbst umbringen, so daß durch Sanchos Unvorsichtigkeit das Werk nicht zustande käme; daher sagte er zu ihm: Fahre, Sancho, jetzt in diesem Geschäfte beileibe nicht fort, denn die Arznei dünkt mir ein wenig gar zu strenge, daher ist es gut, sie nicht auf einmal einzunehmen, wurde doch Rom auch nicht in einem Tag gebaut. Wenn ich mich nicht verzählt habe, so hast du dir schon über tausend Streiche gegeben, das ist genug für jetzt, denn man muß, mit den gemeinen Leuten zu sprechen, den Esel wohl beladen, aber nicht überladen.

Nein, nein, gnädiger Herr, antwortete Sancho, es soll nicht von mir gesagt werden: Das Geld voraus, so wird nichts draus; geht nur wieder fort, daß ich mir noch zum wenigsten tausend Hiebe geben kann, so haben wir das ganze Werk in zwei Portionen fertig, und ich bin dann noch im voraus.

Da du in einer so guten Stimmung bist, sagte Don Quixote, so stehe dir der Himmel bei, denn ich gehe wieder fort.

Sancho ging wieder so tapfer an sein Pensum, daß er schon vielen Bäumen die Rinde abgeschlagen hatte: so groß war die Strenge, mit der er sich geißelte; einmal schrie er laut auf, indem er einer Buche einen erschrecklichen Hieb gab: Hier soll Simson sterben und alle, die mit ihm sind!

Don Quixote lief auf dieses klägliche Geschrei und auf diesen gewaltigen Geißelhieb hinzu, faßte den geflochtenen Strick, welcher dem Sancho zur Geißel diente, und sagte: Das Schicksal will nicht, liebster Sancho, daß du meinetwegen dein Leben einbüßen sollst, welches noch zur Erhaltung deiner Frau und deiner Kinder dienen muß. Dulcinea mag auf eine andre Stunde warten, denn ich will mich in die Grenzen der nächsten Hoffnung zurückziehn und darauf harren, daß du neue Kräfte sammeln mögest, damit dieses Werk zur Freude aller geendigt werde.

Da Ihr es, gnädiger Herr, so haben wollt, antwortete Sancho, so sei es in Gottes Namen, werft mir aber doch den Mantel um die Schultern, ich schwitze und möchte mich nicht erkälten, denn die neuen Disziplinanten sind dieser Gefahr ausgesetzt.

Don Quixote tat es und deckte, indem er im Wamse blieb, den Sancho zu, welcher schlief, bis ihn die Sonne erweckte, worauf sie sogleich ihren Weg fortsetzten und fürs erste in einem Dorfe haltmachten, welches drei Meilen von dort entfernt war.

Sie stiegen in einem Wirtshause ab, wofür es Don Quixote erkannte, und nicht für ein Kastell mit seinen Burggraben, Türmen, Fallgattern und Zugbrücken; denn seit er überwunden war, sah er alle Dinge verständiger an, wie sich sogleich zeigen wird. Sie begaben sich in einen Saal unten, dem zu Tapeten alte bemalte Leinwand diente, wie man es in den Dörfern gewöhnlich findet. An einer Stelle war äußerst schlecht der Raub der Helena gemalt, wie der unredliche Gastfreund sie dem Menelaus entführte, und auf einer andern die Geschichte der Dido und des Äneas, sie auf einem hohen Turme, wie sie dem entfliehenden Gaste mit einem halben Bettuche nachwinkte, der im Meere auf einer Fregatte oder Brigantine davonsegelte. Zu merken war bei diesen beiden Geschichten, daß Helena nicht ganz gegen ihren Willen mitging, denn sie lachte verstohlen und schelmisch; die schöne Dido aber sah man Tränen vergießen, die ihr so groß wie Nüsse aus den Augen liefen. Als Don Quixote dies sah, sagte er: Diese beiden Damen sind darin sehr unglücklich gewesen, daß sie nicht in der gegenwärtigen Zeit gelebt haben, und ich über alles unglücklich, daß ich nicht

in der ihrigen geboren bin, denn wäre ich nur auf jene Helden getroffen, so wäre Troja nicht verbrannt und Karthago nicht zerstört, denn bloß dadurch, daß ich den Paris umgebracht hätte, wäre alles dies Unglück vermieden worden.

Ich will wetten, sagte Sancho, es brauchen nicht viele Tage ins Land zu gehn, so wird es keinen Krug, keine Schenke, kein Wirtshaus und keine Barbierbude geben, wo man nicht die Geschichte unsrer Taten gemalt hätte; ich wünsche nur, daß sie von bessern Malern herrühren mögen, als der dieses gemalt hat.

Du hast recht, Sancho, sagte Don Quixote, denn dieser Maler gleicht dem Orbaneja, einem Maler zu Ubeda, der, wenn man ihn fragte, was er male, zur

Antwort gab: Was es wird; und wenn er etwa einen Hahn malte, so schrieb er darunter: Dieses ist ein Hahn, damit es niemand für einen Fuchs ansähe. Von dieser Art scheint mir, Sancho, auch der Maler oder Schriftsteller zu sein (denn beides ist gleichviel), der die Geschichte dieses neuen Don Quixote, welche herausgekommen ist, ans Licht gestellt hat, er malte oder schrieb, was es nun wurde, oder er ist wie der Poet gewesen, der vor einigen Jahren in der Residenz war und Mauleon hieß, der auf alles, was man ihn fragte, gleich eine Antwort geben wollte und der, als ihn einer fragte, was das sagen wolle: Deum de Deo? antwortete: Es gehe, wohin es komme! Wir wollen aber dieses fahrenlassen, sage mir, Sancho, denkst du dir künftige Nacht wieder eine solche Portion zuzuteilen, und willst du es lieber unter einem Dache oder unter dem freien Himmel tun?

Meiner Seel', gnädiger Herr, antwortete Sancho, so wie ich sie mir zu geben denke, kann ich sie mir ebensogut im Hause wie auf dem Felde geben; aber doch möchte ich lieber, daß es unter Bäumen geschähe, denn es ist ordentlich, als wenn sie mir beistehn und mir mein Leiden auf eine wunderbare Art tragen helfen.

Es soll aber nicht geschehn, lieber Sancho, antwortete Don Quixote, sondern damit du neue Kräfte sammelst, wollen wir warten, bis wir in unser Dorf anlangen, welches spätestens übermorgen geschehen wird.

Sancho antwortete, er wolle nach seinem Willen handeln; aber er möchte lieber beim frischen Mute das Werk zu Ende bringen und das Eisen schmieden, solange es heiß sei, denn im Verzögern liege oft die Gefahr, und der Mensch denkt's, und Gott lenkt's, ein Haben sei besser als zwei Kriegen, und ein Sperling in der Hand ist mehr wert als eine Taube auf dem Dache. Keine Sprichwörter weiter, Sancho, um Gottes willen, sagte Don Quixote, es scheint, du kommst wieder zu dem sicut erat; sprich einfach, klar und nicht verwickelt, wie ich dir schon oftmals gesagt habe, und du wirst sehn, daß du für den Groschen einen Taler gewinnst.

Ich weiß nicht, was ich darin für Unglück habe, antwortete Sancho, ich kann nichts Kluges ohne Sprichwort sagen und kein Sprichwort sagen, das mir nicht als was Kluges vorkäme; aber ich will mich bessern, wenn ich kann. Und so endigte für jetzt ihr Gespräch.

Einhundertneuntes Kapitel

Von den Vorbedeutungen, welche Don Quixote beim Eingange in sein Dorf begegneten.

Als Don Quixote und Sancho ihr Heimatdorf erreichten, sah Don Quixote, daß bei den Tennen des Dorfes zwei Jungen miteinander stritten und der eine zum andern sagte: Gib dir keine Mühe, Periquillo, du wirst sie in deinem ganzen Leben nicht zu sehen kriegen.

Als Don Quixote das hörte, sagte er zu Sancho: Hörst du wohl, Freund, was der Junge da sagt: Du wirst sie in deinem ganzen Leben nicht zu sehen kriegen?

Nun gut, was tut das, antwortete Sancho, daß der Junge das gesagt hat?

Wie, versetzte Don Quixote, siehst du denn nicht ein, daß diese Worte sich auf mich beziehen und demnach bedeuten, daß ich niemals Dulcinea wiedersehen werde?

Sancho wollte antworten, aber er wurde unterbrochen, denn über das Feld kam ein Hase gelaufen, von vielen Jagdhunden und Jägern verfolgt, zitternd suchte er Schutz unter den Beinen des Grauen und verkroch sich dort, Sancho griff ihn mit der Hand und gab ihn Don Quixote, welcher hierauf sagte: Malum signum, malum signum, der Hase flieht, Jagdhunde verfolgen ihn, Dulcinea erscheint nicht.

Ihr seid seltsam, sagte Sancho; denn gesetzt, dieser Hase sei auch Dulcinea del Toboso und diese Hunde seien die schelmischen Zauberer, welche sie verfolgen und die sie in eine Bäuerin verwandelt haben: sie flieht, ich hasche sie und gebe sie in Eure Gewalt, Ihr habt sie in den Armen und streichelt sie: was ist es nun für ein schlimmes Zeichen, oder welche üble Vorbedeutung kann daraus gezogen werden?

Die beiden Jungen, die sich gezankt hatten, kamen nun herbei, um den Hasen zu sehen, und Sancho fragte den einen, worüber sie gestritten hätten. Und der, welcher gesagt hatte, du wirst sie in deinem ganzen Leben nicht zu sehen kriegen, antwortete, daß er dem andern Jungen Heuschrecken in einem kleinen Käfige weggenommen habe, die er ihm auch in seinem ganzen Leben nicht wiedergeben wolle. Sancho nahm vier Quartos aus der Tasche und gab sie dem Jungen für den Käfig, überreichte diesen hierauf Don Quixote und sagte: So, gnädiger Herr, sind nun alle diese Vorbedeutungen zerbrochen und vernichtet, die mit unseren Schicksalen, wie ich nämlich glaube, ob ich gleich nur dumm bin, nicht mehr zusammenhängen als mit den Wolken vom vorigen Jahre: Und wenn ich mich recht erinnere, habe ich auch den Pfarrer in unserem Dorfe sagen hören, daß es sich weder für christliche noch für verständige Personen schicke, auf dergleichen Kindereien etwas zu geben, darum haben wir auch nicht nötig, uns daran zu stoßen, sondern wir wollen geradeswegs in unser Dorf hineinziehen.

Die Jäger kamen und forderten ihren Hasen, den Don Quixote ihnen gab; sie zogen weiter, und am Eingange des Dorfes fanden sie auf einer kleinen Wiese den Pfarrer lesend und den Baccalaureus Simson Carrasco. Sancho Pansa hatte über den Grauen und das Bündel Waffen als Decke den wollenen Rock gebreitet, der mit Feuerflammen bemalt war und den sie ihm im Schlosse des Herzogs angezogen hatten, als Altisidora erweckt wurde. Die spitze Mütze hatte er dem Grauen auf den Kopf gesetzt, wodurch er ihn so abenteuerlich verwandelt und herausgeputzt hatte, daß man niemals einen ähnlichen Esel in der Welt gesehen hat. Sie wurden sogleich vom Pfarrer und dem Baccalaureus erkannt, die ihnen mit offenen Armen entgegengingen. Don Quixote stieg ab und drückte sie an seine Brust, und die Jungen, welche Augen wie Luchse haben, hatten schon aus der Ferne die spitze Mütze des Esels wahrgenommen und liefen herbei, ihn zu sehen, indem einer zum andern sagte: Kommt, Jungen, und seht den Esel des Sancho Pansa, der wie ein Engel aufgeputzt ist, das Vieh des Don Quixote ist aber noch dürrer, als es sonst war.

Von den Jungen umringt und von dem Pfarrer und dem Baccalaureus begleitet, kamen sie im Dorfe an und begaben sich nach dem Hause des Don Quixote, vor der Tür desselben fanden sie die Haushälterin und seine Nichte, die schon die Nachricht von seiner Ankunft vernommen hatten. Es fehlte auch nicht, daß sie nicht schon Juanita Pansa, die Frau des Sancho, gehört hätte, welche mit offenen Haaren und halb nackt gelaufen kam, ihre Tochter Sanchica an der Hand, um ihren Mann zu sehen, und da sie ihn nicht so herrlich fand, wie sie glaubte, daß ein Statthalter aussehen müsse, sagte sie zu ihm: So kommst du daher, Mann, zu Fuß und abgerissen, und siehst mehr wie ein Landstreicher aus als wie ein Statthalter.

Schweig, Juanita, antwortete Sancho, denn man findet an manchen Orten Schwarte, wo es drum keinen Speck gibt, wir wollen nach Hause gehen, und da sollst du Wunderdinge hören. Ich bringe Geld mit, das ist die Hauptsache, durch meinen Fleiß und ohne jemandes Schaden erworben.

Wenn du nur Geld mitbringst, liebster Mann, sagte Juanita, mag es auch so oder so erworben sein, denn wenn du es nur erworben hast, so wirst du immer keine neue Mode in der Welt erfunden haben.

Sanchica umarmte ihren Vater und fragte ihn, ob er ihr etwas mitbringe, denn sie habe auf ihn gewartet wie auf den Mairegen, wobei sie ihn um den Leib faßte und die Frau seine Hand nahm, die Tochter noch den Grauen führte und sie sich so nach Hause begaben, indem sie Don Quixote in dem seinen ließen, in der Gewalt seiner Nichte und Haushälterin und in der Gesellschaft des Pfarrers und des Baccalaureus.

Don Quixote, ohne Zeit oder Gelegenheit abzuwarten, begab sich sogleich mit dem Baccalaureus und dem Pfarrer in ein besonderes Zimmer, wo er ihnen kürzlich erzählte, daß er den Vorsatz gefaßt habe, Schäfer zu werden und in der Einsamkeit der Gefilde zu leben, wo er seinen verliebten Gedanken ganz ungehindert freien Lauf lassen könne in der Ausübung der schäferlichen und tugendhaften Übungen; er bitte sie auch, wenn sie nicht sehr beschäftigt wären oder doch von wichtigeren Dingen daran verhindert würden, seine Gefährten zu werden, denn er wolle Schafe kaufen, hinreichendes Vieh, um den Namen Schäfer führen zu können; sie möchten doch bedenken, daß das Vornehmste in dieser Sache schon geschehen sei, denn er hätte ihre Namen schon so schön ausgesonnen, daß man sie nicht besser wünschen könne.

Der Pfarrer bat ihn, daß er sie sagen möchte. Don Quixote antwortete, daß er der Schäfer Quixotiz heißen werde, der Baccalaureus der Schäfer Carrascon, der Pfarrer der Schäfer Pfarriand und Sancho Pansa der Schäfer Pancino. Alle erstaunten über diese neue Narrheit des Don Quixote; damit er aber mit seiner Ritterschaft nicht von neuem aus dem Dorfe liefe, gingen sie auf seine neue Absicht ein und lobten seine Narrheit als sehr verständig, wobei sie sich zu Gefährten seiner Lebensweise anboten. Und da ich nun, sagte Simson Carrasco, wie es die ganze Welt weiß, ein sehr berühmter Poet bin, so werde ich auf jedem Schritte Schäferlieder oder zierliche Gedichte verfertigen, mittels welcher wir uns in den Feldern, welche wir bewohnen werden, unterhalten können. Was aber das Nötigste ist, meine Herren, ist, daß sich jeder den Namen einer Schäferin aussucht, die er in seinen Versen preisen will, damit wir alsdann keinen Baum, wenn er auch noch so hart ist, verschonen, in welchen wir diesen Namen nicht schreiben und eingraben, wie es bei den verliebten Schäfern üblich und gebräuchlich ist.

Das ist gar vortrefflich, antwortete Don Quixote, doch brauche ich nicht etwa den Namen einer erdichteten Schäferin zu suchen, denn hier haben wir ja schon die unvergleichliche Dulcinea del Toboso, den Ruhm dieser Ufer, den Schmuck dieser Wiesen, den Inbegriff der Schönheit, die Blüte der Anmut und kurz, den Gegenstand, welchen keine Lobeserhebung erreicht, wenn sie auch noch so hyperbolisch ist.

Das ist wahr, sagte der Pfarrer; wir aber wollen uns handlichere Schäferinnen suchen, die, wenn sie uns auch weniger zu Herzen gehen, doch gut zum Scherzen sind.

Worauf Simson Carrasco hinzufügte: Und wenn sie uns fehlen, so nehmen wir die Namen aus den gedruckten Büchern, womit die Welt angefüllt ist; die Phillis, Amaryllis, Diana, Flerida, Galatea, Belisarda, die, da sie auf den öffentlichen Märkten feil sind, wir wohl kaufen und für unsere eigenen halten dürfen. Wenn meine Dame, oder richtiger zu reden, meine Schäferin, vielleicht Anna heißt, so besinge ich sie unter dem Namen Annarda, heißt sie Francisca, so nenne ich sie Francenia, wenn Luzia, Lucinda, denn so müssen sich alle endigen, und wenn Sancho Pansa in unsere Gemeinschaft treten wollte, so kann er seine Frau Juanita Pansa unter dem Namen Juanisana besingen.

Don Quixote lachte über die Veränderung der Namen, und der Pfarrer lobte unendlich seinen herrlichen und ehrenvollen Entschluß und erbot sich von neuem, ihm die ganze Zeit über Gesellschaft zu leisten, welche er nach seiner harten Verpflichtung feiern müsse. Hiermit nahmen sie Abschied von ihm und baten und ermahnten ihn, für seine Gesundheit Sorge zu tragen und sich so zu verpflegen, wie es ihm heilsam sei.

Das Schicksal wollte, daß seine Nichte und die Haushälterin das Gespräch der drei mit angehört hatten; sobald daher jene fort waren, gingen sie beide zu Don Quixote, und die Nichte sagte zu ihm: Was ist denn das wieder, Herr Oheim? Nun, da wir dachten, Ihr wärt in Euer Haus zurückgekommen, um ruhig und anständig zu leben, nun wollt Ihr Euch in neue Labyrinthe verwickeln, und gar werden

Schäferlein, du, der du kommst,
Schäferchen, du, der du gehst?

Wahrhaftig, dazu ist das Rohr zu alt, nun noch Pfeifen daraus zu schneiden.

Die Haushälterin fügte hinzu: Könnt Ihr es denn wohl auf dem Felde in der Hitze des Sommers, bei der Kälte des Winters und bei dem Heulen der Wölfe aushalten? Nein, wahrhaftig, denn das ist ein Stand für starke und abgehärtete Menschen, die dazu von der Mutterbrust weg aufgezogen werden; und soll unbedingt ein Unglück sein, so ist der fahrende Ritter noch besser als der Schäfer. Bedenkt Euch, gnädiger Herr, und nehmt meinen Rat an, denn ich gebe ihn nicht, da ich Brot und Wein übermäßig zu mir genommen habe, sondern ich bin ganz nüchtern, auch schon in meinem Alter über die fünfzig hinaus; bleibt in Eurem Hause, verwaltet Euer Vermögen, geht oft zur Beichte, teilt den Armen mit, und ich will es auf mein Gewissen nehmen, wenn Ihr Unrecht darin tut.

Schweigt, meine Kinder, antwortete Don Quixote, denn ich weiß am besten, was mir obliegt; bringt mich zu Bette, denn es ist mir, als sei ich nicht ganz wohl, und seid überzeugt, daß ich, ich mag fahrender Ritter oder fahrender Schäfer sein, es nicht unterlassen werde, immer denjenigen beizustehen, welche meiner bedürfen, wie Ihr es durch die Tat sehen sollt. Und die guten Kinder (denn dies waren sie wirklich), Haushälterin und Nichte, brachten ihn zu Bett, wo sie ihm zu essen gaben und ihn so gut als möglich verpflegten.

Einhundertzehntes Kapitel

Wie Don Quixote krank wurde; von seinem Testament und von seinem Tode.

Da alle menschlichen Dinge nicht ewig dauern, sondern stets vom ersten Anbeginn abwärtsstreben, bis sie ihr letztes Ende erreichen, und da Don Quixote vom Himmel kein Vorrecht hatte, das seinige im Laufe festzuhalten, so erreichte es auch sein Ende und seine Vollendung, als er es am wenigsten vermutete; denn sei es nun von der Melancholie, sich überwunden zu sehen, oder daß es der Himmel also verordnete, er bekam ein Fieber, welches ihn sechs Tage im Bette hielt, in welchem er oft von dem Pfarrer, dem Baccalaureus und dem Barbier, seinen Freunden, besucht wurde, und Sancho Pansa, sein braver Knappe, wich nicht von seinem Bette. Diese, welche glaubten, daß der Verdruß, besiegt zu sein, und sein Wunsch, die Erlösung und Entzauberung der Dulcinea noch nicht erfüllt zu sehen, ihn so niedergeworfen habe, versuchten alles, ihn aufzumuntern, weswegen der Baccalaureus sagte, er möchte sich ein Herz fassen und aufstehen, um das Schäferleben anzufangen, denn er habe schon eine Ekloge verfertigt, die bei weitem alle Verse des Sannazar übertreffe, auch habe er für sein eigenes Geld zwei herrliche Hunde angekauft, die Herde zu bewachen, mit Namen Barcino und Butron, welche ihm ein Hirt von Quintanar abgelassen habe. Don Quixote aber ließ deshalb seine Traurigkeit nicht fahren. Seine Freunde riefen den Arzt, der ihm den Puls fühlte, mit dem er nicht zufrieden war, und ihm sagte, er möchte auf alle Fälle für die Wohlfahrt seiner Seele sorgen, denn die seines Leibes sei in Gefahr. Don Quixote hörte dies mit Ruhe; nicht aber ebenso die Haushälterin, seine Nichte und sein Knappe, welche so von ganzem Herzen zu weinen anfingen, als ob er wirklich schon tot wäre. Der Arzt war der Meinung, daß Melancholie und Verdruß sein Ende herbeiführten. Don Quixote bat, man möchte ihn allein lassen, denn er wolle ein wenig schlafen. Sie taten es, und er schlief, wie man zu sagen pflegt, in einem Zuge sechs Stunden weg, so daß die Haushälterin und die Nichte glaubten, er würde von diesem Schlafe nicht wieder erwachen. Nach dieser Zeit aber ermunterte er sich und sagte mit lauter Stimme: Gelobt sei der allmächtige Gott, der mir so große Wohltat erzeigt! Ja, seine Barmherzigkeit hat keine Grenzen, und die Sünden der Menschen können sie weder beschränken noch verhindern.

Die Nichte war auf die Worte ihres Oheims aufmerksam, und da sie ihr vernünftiger vorkamen, als er gewöhnlich, wenigstens in dieser Krankheit, zu sprechen pflegte, fragte sie ihn: Was sagt Ihr da, Oheim? Gibt es etwas Neues? Was sagt Ihr da von der Barmherzigkeit oder von den Sünden der Menschen?

Die Barmherzigkeit meine ich, liebe Nichte, antwortete Don Quixote, welche Gott mir in diesem Augenblicke erwiesen hat und welche, wie gesagt, meine Sünden nicht haben verhindern können. Mein Verstand ist frei und klar und jener dicken Nebel los, die die armselige und fortgesetzte Lektüre der abscheulichen Ritterbücher auf ihn geworfen hatte. Ich sehe jetzt ihren Unsinn und ihre

Verworfenheit ein, und es kränkt mich nur, daß diese Enttäuschung so spät gekommen ist, daß mir keine Zeit übrigbleibt, es wiedergutzumachen und andere zu lesen, welche das Licht der Seele sind. Ich fühle, liebe Nichte, daß ich sterben werde, und ich wünschte, mein Tod wäre so, daß man einsähe, mein Leben sei nicht so schlimm gewesen, daß mir der Beiname eines Toren hinterbliebe; ist es aber auch der Fall gewesen, so wünschte ich doch nicht, diese Wahrheit mit meinem Tode zu bestätigen. Rufe doch, liebes Kind, meine guten Freunde, den Pfarrer, den Baccalaureus Simson Carrasco und Meister Niklas, den Barbier, denn ich will beichten und mein Testament machen.

Die Nichte aber wurde dieser Mühe überhoben, da diese drei selber eintraten. Kaum hatte sie Don Quixote gesehen, als er ihnen entgegenrief: Freut euch mit mir, ihr lieben Herren, denn ich bin nicht mehr Don Quixote de la Mancha, sondern Alonso Quixano, welchem sein Betragen den Zunamen des Guten erwarb. Ich bin jetzt ein Feind des Amadis von Gallia und der ganzen unzähligen Schar seiner Nachkommenschaft. Jetzt sind mir alle die verwerflichen Geschichten von der fahrenden Ritterschaft verhaßt; ich erkenne meine Torheit und die Gefahr, in welche mich ihre Lektüre gebracht hat, und verabscheue sie jetzt, da mir Gottes Barmherzigkeit meine Sinne wieder geschenkt hat.

Als die drei dies hörten, glaubten sie, er sei ohne Zweifel wieder von einer neuen Torheit befallen. Simson sagte zu ihm: Jetzt, Herr Don Quixote, da wir die Nachricht haben, daß die Señora Dulcinea wirklich entzaubert ist, kommt Ihr auf so etwas, und jetzt, da wir im Begriff stehen, Schäfer zu werden und ein Leben wie die Prinzen zu führen, wollt Ihr Euch gar zu einem Einsiedler machen? Schweigt doch um Gottes willen, besinnt Euch und laßt dergleichen Grillen fahren.

Diejenigen, die ich bis jetzt gehabt habe, versetzte Don Quixote, und die zu meinem Nachteile mir Wahrheiten schienen, wird der Tod durch Hilfe des Himmels zu meinem Besten kehren. Ich fühle, meine Herren, daß ich bald sterben muß, darum unterlaßt diese Scherze und bringt mir einen Beichtiger, vor dem ich beichten möge, und einen Notarius, damit ich mein Testament mache, denn in der Lage, in welcher ich mich befinde, muß der Mensch keinen Scherz mit seiner Seele treiben. Ich bitte euch also, daß, während der Herr Pfarrer meine Beichte anhört, ein anderer nach einem Notarius gehe.

Einer sah den andern an, über die Reden des Don Quixote verwundert, und ob sie gleich noch zweifelten, fingen sie doch an, ihm zu glauben, und eins von den Zeichen, aus welchem sie schlossen, daß er sterben würde, war, daß er sich so plötzlich aus einem Toren in einen Verständigen verwandelt hatte, denn er fügte zu den vorigen Worten noch so gut gesetzte, so christliche und vernünftige hinzu, daß er ihnen dadurch alle Zweifel nahm und sie ihn für verständig erklären mußten. Der Pfarrer ließ die übrigen hinausgehen und blieb mit ihm allein, um seine Beichte zu hören. Der Baccalaureus ging nach dem Notarius und kam bald darauf mit diesem und mit Sancho Pansa zurück, welcher, da er die Haushälterin und die Nichte weinend fand, auch anfing, laut zu schluchzen und Tränen zu vergießen. Die Beichte war beendigt, und der Pfarrer kam heraus und sagte: Er stirbt in Wahrheit, und in Wahrheit ist Alonso Quixano der Gute vernünftig; jetzt können wir alle hineingehen, damit er sein Testament mache.

Diese Nachricht gab den geschwängerten Augen der Haushälterin, der Nichte und des Sancho Pansa, seines braven Knappen, einen so gewaltigen Stoß, daß die Tränen aus den Augen sprangen und tausend tiefe Seufzer aus der Brust, denn in der Tat, wie schon einmal angemerkt ist, als Don Quixote Alonso Quixano der Gute schlechtweg hieß und auch als er Don Quixote de la Mancha war, war er immer von sanfter Gemütsart und von liebenswürdigen Umgangsformen, weshalb er nicht nur in seinem Hause, sondern auch von allen seinen Bekannten geliebt wurde.

Der Notarius kam mit den übrigen herein, und nachdem Don Quixote den Eingang zu seinem Testamente gemacht und seine Seele Gott empfohlen hatte, kam er auf die Vermächtnisse und fuhr fort:

Item so ist mein Wille, daß eine Summe Geldes, welche Sancho Pansa (den ich in meiner Torheit zu meinem Schildknappen machte) besitzt, wegen dessen zwischen mir und ihm verschiedene Berechnungen obwalten, nicht von ihm wiedergefordert werden soll, noch er darüber Rechnung abzulegen braucht, sondern, wenn etwas bleibt, nachdem er abgezogen, was ich ihm schuldig bin, das übrige, welches nicht viel sein kann, ihm gehören soll und ihm viel Segen bringen möge; und da ich ihm in meiner Torheit die Statthalterschaft einer Insel zu geben wünschte, so möchte ich ihm jetzt, da ich bei Verstande bin, ein Königreich geben, wenn ich es hätte, denn sein aufrichtiges Gemüt und seine Treue haben es verdient.

Er wendete sich hierauf zu Sancho und sagte zu ihm: Vergib mir, Freund, daß ich dir Gelegenheit gegeben habe, ebenso töricht zu erscheinen wie ich, daß ich dich in Irrtum gestürzt, in welchen ich selber stürzte, daß jemals in der Welt fahrende Ritter gelebt hätten.

Ach! antwortete Sancho weinend, sterbt nur nicht, gnädiger Herr, sondern nehmt meinen Rat und lebt noch viele Jahre, denn die größte Torheit, die ein Mensch in diesem Leben begehen kann, ist, daß er mir nichts dir nichts stirbt, ohne daß ihn einer umbringt oder eine andere Hand als die der Melancholie sein Ende herbeiführt. Seid doch nicht so lässig, sondern steht aus dem Bette auf, und wir wollen uns auf das Feld begeben, als Schäfer angezogen, wie wir verabredet hatten, vielleicht finden wir hinter einer Hecke die Señora Dulcinea entzaubert, daß wir's nicht besser wünschen können.

So ist es, sagte Simson, und der wackere Sancho Pansa sieht die Sache von der rechten Seite an.

Meine Freunde, sagte Don Quixote, wir wollen dies unterlassen, denn in den Nestern vom vorigen Jahr wird man heuer keine Vögel finden; ich war ein Tor und bin jetzt vernünftig, ich war Don Quixote de la Mancha und bin jetzt, wie schon gesagt, Alonso Quixano der Gute; und ich wünsche nur, daß meine aufrichtige Reue mich in eurer ehemaligen Achtung wiederherstellen möge, und so möge der Herr Notarius denn fortfahren.

Item vermache ich alle meine Habe meiner Nichte Antonia Quixana, welche hier gegenwärtig ist, nachdem sie vorher die Vermächtnisse ausgezahlt und richtig gemacht hat, welche ich noch anzeigen werde, wovon das erste ist, daß sie den Lohn, den ich ihr schuldig bin, seit sie mir gedient hat, der Haushälterin ganz auszahle und noch zwanzig Dukaten darüber zu einem Kleide. Zu Vollstreckern ernenne ich den Herrn Pfarrer und den Herrn Baccalaureus Simson Carrasco, welche gegenwärtig sind.

Item ist es mein Wille, daß, wenn sich Antonia Quixana zu verheiraten gedenkt, sie sich mit einem Manne verheirate, dessentwegen man erst vorher Nachricht einziehen soll, ob er auch nicht weiß, was Ritterbücher sind, und im Falle er es weiß und meine Nichte ihn doch heiraten will und ihn wirklich heiratet, soll sie meiner ganzen Erbschaft verlustig gehen, welche meine Vollstrecker alsdann nach ihrem Willen zu frommen Werken verwenden können.

Hiermit beschloß er sein Testament und wurde ohnmächtig, so daß er im Bette der Länge nach ausgestreckt lag. Alle erschraken und suchten ihm zu helfen; aber in den drei Tagen, welche er noch lebte, seitdem er sein Testament gemacht hatte, befielen ihn diese Ohnmachten häufig. Das ganze Haus war in Verwirrung; aber dessenungeachtet aß die Nichte, die Haushälterin trank, und Sancho Pansa war munter, denn etwas zu erben vertilgt oder mäßigt doch im Gedächtnisse des Erben den Schmerz, welcher den Sterbenden begleiten muß.

Endlich erschien die letzte Stunde des Don Quixote, nachdem er alle Sakramente empfangen und mit vielen und nachdrücklichen Reden die Ritterbücher verwünscht hatte. Der Notarius war zugegen und sagte, er habe noch in keinem einzigen Ritterbuche gelesen, daß irgendein fahrender Ritter auf seinem Bette so ruhig und christlich gestorben wäre wie Don Quixote, welcher unter den Klagen und Tränen aller, die zugegen waren, seinen Geist aufgab; das heißt, welcher starb.

Als dies der Pfarrer sah, forderte er vom Notarius ein Zeugnis, daß Alonso Quixano der Gute, gewöhnlich nur Don Quixote de la Mancha genannt, aus diesem Leben gegangen und eines natürlichen Todes gestorben sei, welches Zeugnis er deswegen begehrte, um zu verhindern, daß nicht irgendein Historienschreiber ihn wieder fälschlich erwecke und unendliche Geschichten von seinen Taten schreibe.

Dieses Ende nahm der scharfsinnige Ritter de la Mancha, dessen Geburtsort die Historie nicht genau hat angeben wollen, damit alle Flecken und Dörfer in la Mancha miteinander streiten können, ihn zu dem Ihrigen zu machen, wie die sieben Städte Griechenlands um den Homerus stritten. Wir übergehen hier die Klagen des Sancho, der Nichte und der Haushälterin des Don Quixote sowie die Epitaphien auf seinem Grabmal.

Und der verständige Autor sagt nun zu seiner Feder: Hier sei an diesem Nagel und ehernen Haken aufgehangen, du, ich weiß nicht, ob gut geschnitten, ob schlecht gespitzt, meine Feder, wo du viele Jahre leben wirst, wenn nicht übermütige und schelmische Geschichtschreiber dich herabnehmen, um dich zu entweihen. Ehe sie dir aber nahe kommen, magst du sie warnen und ihnen zurufen, so gut du kannst:

Fort da, fort da, Schelmgesindel,
Keiner soll nun mit mir schalten,
Dieses Unternehmen, merkt euch,
Ward für mich nur vorbehalten.

Für mich allein ward Don Quixote geboren und ich für ihn; er verstand zu handeln und ich zu schreiben; wir gehören beide einander an, trotz des Schreibers, der sich unterfing oder unterfangen wird, mit einer groben, schlecht geschnittenen Straußenfeder die Taten meines tapferen Ritters zu schreiben, denn es ist keine Last für seine Schultern und kein Gegenstand für seinen frostigen Geist, dem du sagen magst, wenn du ihn vielleicht kennenlernst, daß er nun im Grabe die müden und schon verwesten Gebeine des Don Quixote ruhen lasse und ihn nicht, dem Tode zum Trotze, nach Altkastilien schleppen möge, indem er ihn aus dem Grabe holt, in welchem er wirklich und wahrhaftig seiner ganzen Länge nach ausgestreckt liegt, so daß es ihm unmöglich fällt, eine dritte Reise und einen neuen Auszug anzustellen; denn um die Reisen lächerlich zu machen, welche so viele fahrende Ritter angestellt haben, sind die zwei hinreichend, welche er zum Vergnügen und Wohlgefallen aller Menschen begann, die etwas davon hörten, nicht nur in diesen, sondern auch in fremden Reichen; und damit wirst du die christliche Pflicht erfüllen, daß du dem einen guten Rat gibst, der dir übelwill, und ich bin alsdann zufrieden und vergnügt darüber, daß ich der erste war, der die Früchte seiner Schriften ganz so genoß, wie ich es wünschte, denn mein Wunsch war kein anderer, als bei den Menschen die erdichteten und unsinnigen Geschichten der Ritterbücher in Verachtung zu bringen, die durch meinen wahrhaftigen Don Quixote schon wanken und bald ohne allen Zweifel gänzlich fallen werden.

Lebe wohl!

INHALTSVERZEICHNIS